中国文化の伝統と現代

南腔北調論集

山田敬三先生古稀記念論集

目次

伝統文化篇

近代文化篇

言語文化篇

魯迅篇

伝統文化篇

「未知生焉知死」再攷
―『論語』の死生観をめぐって―

柴　田　篤

一　はじめに

一般的に、孔子（孔丘、前五五一～前四七九）の思想は死よりも生を重視すると言われる。孔子の関心は専ら現実の問題、つまり人は社会の中でいかに生きるか、ということに向けられていた、とされる。確かに、孔子とその門人たちとの言行録である『論語』には、死や死後の世界に関する活発な議論は殆ど見られない。ひたすら現実社会の問題を取り上げて論じている。しかし、言うまでもなく人は必ず死ぬ存在であり、死を抜きにして生を語ることはできない。問題は死をどのように捉えるかということである。『論語』においても、注意深く読み解いていくならば、死に関することがらが説かれている。『論語』の死生観ということで、すぐに取り上げられる言葉は次のようなものである。

「民の義を務め、鬼神を敬して之れを遠ざく、知と謂うべし。」（雍也篇）

「子、怪力乱神を語らず。」（述而篇）

「季路、鬼神に事うるを問う。子曰く、未だ人に事うる能わず、焉んぞ能く鬼に事えん。曰く、敢えて死を問う。

曰く、未だ生を知らず、焉んぞ死を知らん。」（先進篇）

この中でも、先進篇に見える季路（子路）との問答は、孔子が珍しく生と死の問題について直接語った言葉として取り上げられ、その生重視の姿勢を代表する言葉としてしばしば引用される。ただ、この言葉は、『論語』に見える他の問答や発言内容と比べると、やや唐突で、落ち着きがよくない感じがする。果たして従来のような解釈や理解でよいのであろうか。そもそも何のためにこのような問答がなされ、そこに収録されているのであろうか。

本稿では、『論語』の文章を通して見える孔子の死生観を考察しながら、この語句の意味について再検討していきたい（1）。

二　『論語』の中の「死」

先秦の書物の中でも、たとえば『荘子』などに比べると、『論語』の中には人が死ぬという記述は確かに少ないが、全く無いわけではない。直接「死」そのものを記述しているわけではないが、次の「伯牛有疾」の章は、人が死ぬということに対する孔子の考えを述べたものと言える。

「伯牛、疾有り。子、之れを問い、牖《まど》自り其の手を執りて曰く、之れ亡けん。命なるかな、斯の人にして斯の疾有ること、斯の人にして斯の疾有ること。」（雍也篇）

門人の冉耕（字伯牛）を見舞いに行った孔子が窓越しに手を握った理由については、幾つか異なる解釈があるが、徳行に勝れた人物（先進篇）とされながら、恐らく不治の難病に罹った伯牛に対して、孔子が深く憐れみ、また哀しんで、「運命であることだね」と述べたことは恐らく事実であろう。ここで孔子が言っている「命」とは、「斯の疾」によって確実に訪れるであろう彼の死が、年齢やその他の事情から見て、当然のこととして認め難いものであるにも関わらず、それが間近に迫っていて避けることができない、という事態に対して語られた言葉と言える。

「牖自り其の手を執る」という行為と、次の「曰く」を連続的に捉えるならば、この「曰く」は伯牛に対して語ったことになる。そうであれば、「亡之」を「之れを亡ぼせり」と読んで、「おしまいだ」（もう死んでしまう）という意味に解するのは、やはり不適切と言える。むしろ「之れ亡けん」と読んで、「こんなことがあるなんて」という嘆きの言葉と解した方が、次の「命なるかな」にも繋がりやすいと言える(2)。従って、「之れ亡けん。命なるかな」とは、本来ならばあるはずのない（あって欲しくない）ものが、確実にそこにもたらされることに対して、それは人知を越えたものであり、人の力では如何ともし難い運命である、と捉えられた言葉と言えよう。

顔淵篇に、子夏の言葉として、「商（子夏）之れを聞けり。死生、命有り、富貴、天に有り、と」と見えるが、この「死生、命有り」は、先の「命なるかな」の意味だと考えてよいだろう。死というものは人の力で左右することができない、という捉え方がそこにあると言える。この抗しがたい死に対する嘆きを最大限に表しているのが、顔回の死に際して孔子が取った態度であろう。

「顔淵死す。子曰く、噫、天、予れを喪ぼせり、天、予れを喪ぼせり。」（先進篇）

「顔淵死す。子、之れを哭して慟す。従者曰く、子、慟せり。曰く、慟すること有るか。夫の人の為に慟するに非ずして、誰が為にかせん。」（先進篇）

いずれも、孔子にとって顔回の死がいかに受け入れがたい衝撃的なものであったかということを物語っている。前者では、それが天の仕業であり、しかも理解し難いものとして捉えられている。「予れを喪ぼせり」という言葉は、後事を託すべき唯一の人物として考えていた顔回の死によって、自分の道が伝承されなくなった、という嘆きではあるが、顔回の死そのものを受けとめることができず、いわば放心状態になった孔子の気持ちを表現したものと見ることができよう。後者の、「夫の人の為に慟するに非ずして、誰が為にかせん」という、いわゆる慟哭は、顔回の死が、これ以上の悲しみは存在しない、と孔子に思わせるほどの衝撃的なものであったことを示している。

以上、二人の門人の死に関する記事から、孔子が死を、人の理解と能力を越えたものとして捉えていることが分かる。もっともこの両者の場合、たとえば高齢になり、天寿を全うした死に方を迎える、といったような尋常の死に方ではなかったということは言える。顔回の死の理由は語られていないが、孔子自身が顔回について、「不幸、短命にして死せり」（雍也篇、先進篇）と述べているように、その死が夭折であったことは確かである。したがって、すべての人の死が、理解しがたい、受け入れがたいものとして捉えられていたわけではないであろう。ただ、この両者のような形で死が訪れることがあるのを孔子ははっきりと認識し、そこに「命」あるいは「天」というものの存在を強く意識していた、と言うことはできよう。

次に、孔子が自分自身の死についてどのように捉えていたかを見てみることにしよう。『論語』の中には、孔子が重病状態になった時の話が二個所見える。しかも注目すべきことに、両者とも門人の子路が登場している。

述而篇に見える話では、子路が「禱らんことを請う」たのに対して、孔子は「諸れ有りや」と答える。子路がこれに対して、「爾を上下の神祇に禱る」という「誄《るい》」の言葉を挙げたところ、孔子が「丘の禱ること久し」と述べた、という話である。また、子罕篇に見える話は、孔子が重病状態になったので、子路が門人を孔子の臣下に仕立てて、師の最期を立派に飾ろうとした。病が小康を得た時、孔子は「久しいかな、由（子路）の詐《いつわ》りを行うや。臣無くして臣有りと為す。吾れ誰をか欺かん。天を欺かんか」と、子路の行為を激しく非難する。そして、「且つ予れ其の臣の手に死なんよりは、無寧《むしろ》二三子の手に死なんか。且つ予れ縦《たと》い大葬を得ずとも、予れ道路に死なんや」

と述べた、という話である。

両者は異なる話ではあるが、共通するところもある。子路が病篤き孔子に対して行ったことを、孔子が退けている点である。後者は偽りの行為に対して強く非難したものである。前者は「上下の神祇に禱る」という行為そのものを否定したわけではないが、子路と孔子とでは、「禱る」ことの中味、姿勢に違いがあったために、これを退けたのである。子路の「禱り」は、孔子の病気が平癒すること（命が永らえること）を専ら願うものであったが、孔子の「禱り」は、天地に対して自己の命を委ねることを願うもので、天地の意志（天命）に随順するという平素からの姿勢を貫こうとしたものである。「むしろ二三子の手に死なん」という、平常のあり方で死ぬことを良しとする姿勢は、「吾は行うとして二三子と与にせざる者無し」（述而篇）と言い切った孔子の姿勢に繋がるものであったと言える。

以上見てきたように、孔子自身の死に対する姿勢においても、天命（自然）に従いながら死を迎える、という考え方を持っていたことがわかる。次に、死者に対するあり方について、孔子がどのように考えていたかを見てみることにする。

三　葬祭の礼

死者を葬ることや喪に服することに関しては、『論語』の中にしばしば見える。魯の家老である孟懿子が孝とはどのようにすることであるかと質問したのに対して、「違うこと無し」と答えた孔子は、その意味を問うた門人の樊遅に次のように説明する。（為政篇）

「生けるには之れに事うるに礼を以てし、死すれば之れを葬るに礼を以てし、之れを祭るに礼を以てす。」

ここでは、葬事が子が親に対して為すべき孝の一環として捉えられ、礼にかなった形で行われるべきであると語られている。また孔子は、「喪の事は敢えて勉めずんばあらず」（子罕篇）というように、葬事を君子の務むべき大切な用事と考えていた。更に、葬礼に対する姿勢としては次のように説かれる。

「喪には其の易《おさ》めんよりは寧《むし》ろ戚《いた》め。」（八佾篇）

「上に居て寛ならず、礼を為して敬せず、喪に臨みて哀しまずんば、吾何を以てか之れを観ん。」（八佾篇）

葬事を行う場合、表面的に整った盛大な葬儀よりも、かりに形式的には質素であったとしても、心の中に悼み悲しむ気持ちをしっかり持つことが大切である、と説いている。そして、葬礼に参与する者も、哀悼の心を持ちそれを十分に表すことが重要である、とされる。それは他者に見せるためのものではなく、心の自然として哀しむことである。たとえば、次のように見える。

「子、喪有る者の側に食すれば、未だ嘗て飽かざるなり。子、是の日に於いて哭すれば、則ち歌わず。」（述而篇）

葬礼の中でも特に心を尽くすものは親の葬（喪）礼である。曽子は先師から聞いた言葉として、「人、未だ自ら致す者有らず。必ずや親の喪か」を挙げ、親の葬礼は子としての自己の真情を出し尽くすものである、と述べている（子張篇）。従って、親の死に対しては、「夫れ三年の喪は、天下の通喪なり」（陽貨篇）とされる。このように葬礼を行い服喪をした者は、樊遅に答えた孔子の言葉のように、さらに礼に従って祭祀を行うものとされる。したがって、「終わりを慎しみ、遠きを追えば、民の徳、厚きに帰す」（学而篇）という曽子の言葉に見られるように、上に立つ者にとって葬祭の礼は必須のこととされた。

以上のように見てくると、『論語』においては、死者を疎かに扱うことなく、哀しみ悼む気持ちでもって葬礼や服喪を行い、さらには礼にかなった形で祭礼を行うことが必要であると考えられていたことが分かる。死者に対する祭礼に関しては、本稿の冒頭に引用した、「鬼神を敬して之れを遠ざく」（雍也篇）という表現をめぐって異なる解釈がなされてきた。新注（『論語集註』）では、不可知なる鬼神に惑わされないように遠ざかる、という意味に解するが、古注（『論語注疏』）では、鬼神に狎《な》れ親しんで、冒瀆することのないように遠ざかる、という意味に解し、鬼神に対する深い尊崇の念を表したものと解している(3)。「其の鬼（死者の霊）に非ずして之を祭るは、諂《へつら》いなり」（為政篇）などの言葉を併せて見るならば、鬼神に対する祭礼が慎みをもって行われることを説いた言葉、と捉える方が自然であろう。

このように『論語』は、自然の情に基づき、誠実かつ慎重に葬祭の礼が行われるべきであるという考え方で貫かれていたと言える。孔子が、自己の死に対する子路の過剰な行動を厳しく戒めたのも、こうした考え方によるものであったことが分かる。では、死に対してそのような考え方を持っていた孔子が、ある意味では過剰ともいうべき反応を示した顔回の死について、次に考えていくことにしたい。

四　顔淵の死

孔門のすぐれた弟子たちの中でも、顔回（字は子淵）は特別な存在として『論語』の中に登場する。その徳行に対しては、孔子でさえ讃辞を惜しまなかった。というより、孔子はその弟子の中で、殆ど例外的に顔回を称賛している(4)。『論語』では二個所に見えるが、「弟子の中で誰が好学の人物か」という問いに対して、迷うことなく顔回の名前を挙げ、続けて「不幸、短命にして死せり。今や則ち亡し」と述べている（雍也篇、先進篇）。顔回は短命で亡くなり、孔子はその死を殆ど絶望的に嘆く。先進篇には、「顔淵死」で始まる四章が続けて記載されるが、その章の前に、「季康子問、弟子孰為好学」の一章が置かれ、序章の役割を果たしている。二章については既に見たが、以下、この四章全体を検討していくことにする（便宜的に「顔淵死」①のように表記する）。

「顔淵死」①は、顔回の父親である顔路が孔子のもとに来て、息子の葬式用に椁（棺の外箱）を作りたいので、孔子の車を貰いたいと願う話である。孔子は、子を思う親の情としては自分も同様であるが、我が子（孔鯉）の時にも椁はなかったとして、これを断っている。孔子はその理由として、大夫の末席に連なる以上、車をなくすわけにはいかない、としている。このやりとりには、いささか理解しがたいものがある。顔路が孔子に車を願った本当の理由、そして孔子がこれを断った本当のわけは何であったか、ということである。

顔路は孔子の最初の門人とされる。そして顔回と孔子は、強い師弟関係で結ばれていた。それなのに、この章の孔子と顔路の問答には、何かかみ合わないものが感じられる。両者共に本当の理由がどこか別の所にあるような、そのような対話に見える。顔路は孔子が顔回の椁のために車を醵出するのが当然である、と考えていたふしがある。それに対して孔子は、その「当然である」とされた理由を否定したのであろう。ここで注目すべきことは、自分の息子である孔鯉が死んだ際のことを引き合いに出している点である。自己と孔鯉、顔路と顔回の二組の親子の関係が取り上げられ、どちらも親子の情においては同様であることが前提とされている。このことに関連して考えるべきは、「顔淵死」④の文章である。

「顔淵死」④では、門人たちが盛大な葬式（厚葬）をしようとしたのに対して、孔子が反対をしたにも関わらず、弟子たちの手によって盛大な葬式が行われる。孔子はそのことが自らの本意ではなかったと、怒りを露わにして彼らを批判する。その際、注目すべきは、孔子が、「回や、予れを視ること猶お父のごとくせり。予れは視ること猶お子のごとくするを得ず」と語っている点である。ここでは、自分と顔回の関係を、親子の関係に見立てている。つまり、顔路と顔回という実際の親子関係の中にではなく、自己と顔回との間にこそ真の親子関係があったにも関わらず、門人があえてそれを壊してしまったというふうに、孔子は彼らを非難しているのである(5)。

先に見たように、「顔淵死」②と「顔淵死」③が、顔回の死に対する孔子個人の激しい哀しみを表現したものであるのに対して、「顔淵死」①と「顔淵死」④は顔回の死に際して、孔子と周りの人間、具体的には顔路や門人たち、との間に不協和音が起きていたことを示している。本文を読む限り、孔子の心情と他者の心情との間には、何らかの溝が存在したと考えられる。それは断絶感と言ってもよいものである(6)。「顔淵死」の四章全体から見て、孔子が何かに対して強い不満を感じていたことがわかる。孔子には、周りの人々に対する憤りあるいは失望にも似た感情が存在しているかのように見られる。表面的には、顔回の葬儀に関する意見の相違であるかのようだが、実際はより内面的、本質的な相違、あるいは断絶があったと考えられる(7)。顔淵の死そのものをどのように受けとめるか、ということにおいて、孔子と他の人々(顔路も含めて)との間に決定的とも言うべき溝があったと見ることができるのではないか。『論語』先進篇「顔淵死」の四章は、その間の事情を暗示していると言えるのではないか。そして、顔回の死をどのように受けとめるかということは、実は顔回の生をどのように理解するか、ということと密接に関わっていたと考えることができよう。では、以上の四章を含めて、先進篇全体の構造とその性格について見ることにしよう。

五　先進篇の性格

先進篇の分章に関しては、従来幾つかの説がある。第一章は「子曰先進於礼楽野人也」で始まる文章であるが、第二章の「子曰従我於陳蔡者皆不及門也」に次の「徳行顔淵」以下のいわゆる孔門四科十哲の文章を合わせて一章と見るか否かで見解が分かれる。古注は二章とするが、鄭玄と新注などは合わせて一章とする。また、「柴也愚」の章を、次の「子曰回也其庶乎」の章と合わせて一章とする考え方が古注であり、新注は二章とする。さらに、古注では「子張問善人之道」の章と、次の「子曰論篤是與」の章を合わせて一章とする。従って、古注は二四章、新注は二五章となる。以下、新注の分章によって各章の梗概を記す。

第　一　章「先進（入門が早い者）と後進（遅い者）との違いに対する孔子の評語」
第　二　章「陳・蔡の難を共にした門人に対する孔子の言葉と、いわゆる四科十哲」
第　三　章「孔子が顔回は我を助ける者ではないと評したこと」
第　四　章「孔子が閔子騫を孝であると評したこと」
第　五　章「孔子が南容に兄の子をめあわせたこと」
第　六　章「季康子が好学者を問い、孔子が顔回であると答えたこと」
第　七　章「顔淵が死に、顔路が椁を作るため孔子に車を願ったが、孔子が断ったこと」
第　八　章「顔淵が死に、孔子が天が我を滅ぼしたと嘆いたこと」
第　九　章「顔淵が死に、孔子が慟哭したこと」
第一〇章「顔淵が死に、門人が厚葬を願い、孔子は反対したが、厚葬が行われたこと」

第一一章「季路が鬼神に事えることと死のことについて質問し、孔子が答えたこと」
第一二章「閔子騫・子路・冉有・子貢の態度と、子路の死に方についての孔子の発言」
第一三章「閔子騫に対する孔子の評語」
第一四章「子路に対する孔子の評語と門人の反応」
第一五章「子張と子夏に対する孔子の評語」
第一六章「季氏に仕えた冉求の行為に対する孔子の評語」
第一七章「子羔・曽参・子張・子路に対する孔子の評語」
第一八章「顔回と子貢に対する孔子の評語」
第一九章「善人に関する子張の質問に対して孔子が答えたこと」
第二〇章「弁論者に関する孔子の評語」
第二一章「子路と冉有の同じ質問に対して孔子の答えが異なっていたことの説明」
第二二章「匡で難に遭った時、遅れた顔回を孔子が死んだかと心配したこと」
第二三章「季子然の臣下である仲由（子路）と冉有に対する孔子の評語」
第二四章「子羔に関することで孔子が子路を評した言葉」
第二五章「子路・曽皙・冉有・公西華が述べた志に対する孔子の評語」

先進篇に最も多く登場するのは、顔回と子路である。四科十哲に名前が挙げられているのを除けば、両者共に八章ずつであり、「顔淵死」の第一〇章と「季路問事鬼神」の第一一章を境にして、前半は顔回、後半が子路が中心になっていると言える。また、先進篇全体は、殆どが孔子の門人に対する文章からなっており、しかも、彼らに対する孔子の評語が多く取り上げられている(8)。直接の評語がない場合でも、第五章のように特定の評価が背後にある。第一九章は、子張が善人(素質はすぐれているが、才学に欠けた人)のあり方について質問したのに対して、孔子が答えた内容であるが、善人に対する評価と合わせて、暗に子張に対する評語になっている。第二二章は、死んだと思ったという孔子の言葉に対する、顔回の「子在せば、回何ぞ敢えて死せん」という答えによって、顔回の性格を表しており、間接的な評語と言える。また、「顔淵死」で始まる第七～一〇章は、前述のように孔子の顔回に対する評価が背景にあると言える。

このように見てくると、それ以外で問題となるのは、季路と孔子との問答である第一一章ということになる。ここに登場するのは子路と孔子だけであるから、この章が子路に対する孔子ないし記録者の何らかの評価(評語)と見ることができるかどうかということになる。では、第一一章の内容について改めて検討していくことにする。

六 季路問死章の解釈

先進篇・第一一章の原文をもう一度挙げることにする。

「季路問事鬼神。子曰、未能事人、焉能事鬼。曰、敢問死。曰、未知生、焉知死。」(9)

ここで先ず、従来の主な解釈を見ておくことにしよう。先ず古注である。何晏の『論語集解』は、魏の陳羣を引き、「鬼神及び死の事は、明らかにし難く、之れを語るも益無し。故に答えず」と、孔子が子路の問いに答えなかったのは、明らかにすることが難しく、語っても意味がないからだ、と解釈している。これを承け、『論語正義』の邢疏には、「この章は、孔子の益無きの語を道《い》わざるを明らかにするなり」とある。子路の最初の問いについては、

「子路、神に承事する、其の理、何如なるかを問う」と解釈し、それに対する孔子の答えは、「生ける人にすら尚お未だ之れに事うる能わざるに、況や死者の鬼神、安くんぞ能く之れに事えんや」と説明している。次の子路の問いについては、「敢えて人の死するが若き、其の事、何如なるかを問う」と解釈し、孔子の答えは、「女、尚お未だ生くる時の事を知らざるに、安くんぞ死後を知らんや」と説明している。そして、孔子の二つの答えを、「皆、子路を抑止する所以なり」と総括している。

次に、朱熹の『論語集註』を見てみよう。子路の問いについては、「鬼神に事うるを問うは、蓋し祭祀を奉ずる所以の意を求むるにして、死は人の必ず有る所にして知らざるべからず。皆、切問なり」と、先ず受けとめた上で、次のように述べる。「然れども、誠敬以て人に事うるに足るに非ざれば、則ち必ず神に事うる能わず。始めを原ねて生まるる所以を知らざれば、則ち必ず終わりに反りて死する所以を知る能わず。蓋し幽明始終、初めより二理無し。但だ之れを学ぶに序有れば、等を躐ゆべからず。故に夫子、之れに告ぐること此くの如し」と。また、朱子は程子の言葉を引き、「或るひと、夫子、子路に告げずと言うは、此れ乃ち深く之れに告ぐる所以を知らざるなり」と述べるが、これは前引した陳羣の「故に答えず」という解釈を否定したものである。

子路の質問の内容について古注は、「分かりにくいものだから、語る意味がない」、つまり人間の認識を越えるものであるので、孔子は語らなかった、と解釈する。これに対して新注は、重要な内容で問い自体は切実で人間の認識に属するものであるが、「人に事えること」、「生の意味を知ること」が先になければ不可能であるということを孔子は語った、と解釈する。

このように古注と新注とでは、孔子の考え方をどう捉えるかということにおいて相違が見られるが、子路が「どのように鬼神に奉事したらよいでしょうか」、「死ぬということはどういうことなのでしょうか」と孔子に尋ねた、と解することにおいては相違がないと言える。つまり、一般的な意味で、死者の霊に仕えるということと、死後はどうなるのかということについて子路が問い、その内容そのものについて孔子は直接的には答えなかった、ということになる。もちろん新注では、順序を間違えてはならないことを指摘することで、きちんと答えたというように説明はしているが。

以上のような解釈によって見るならば、この章が子路に対する何らかの評価を表したものである、ということには必ずしもならないであろう。新注の立場だと、先にすべき大事なことを後回しにしてしまうという子路の性格に対する孔子の指摘が表されている、と理解できないわけではないが、果たしてそれだけのことであろうか。

七　季路問死章の再検討

季路、姓は仲、名は由、字は子路。『論語』の中にその名が見えるのが四十章と、他の誰よりも数多く登場する孔子の弟子である。若い時分に任侠の世界に入っていたが、孔子に会って感化され、その門人になったと伝えられている。先進篇に「政事には冉有・季路」とあるように、政事的手腕を備えていたようで、孔子も、「由や果、政に従うに於いてか何か有らん」（雍也篇）、「千乗の国、其の賦（軍事）を治めしむべし」（公冶長篇）、「片言以て獄《うった》えを折《さだ》むべき者は、其れ由なるか」（顔淵篇）と、その政治力を認めている。極めて果敢で決断力に富み、行動的であったことが、『論語』に散見する子路の発言や記事からわかる。ただ直感的に反応し、直情的に行動して、慎重さに欠ける点が少なくなかったようで、孔子から「暴虎馮河して死して悔いなき者は、吾れ与にせざるなり」（述而篇）と批判され、「桴に乗りて海に浮かばん」の章（公冶長篇）でも、その「勇を好む」ことが過ぎる点を孔子にたしなめられている。『論語』にはそのような子路の失敗談がいくつも見える。先に見たように、孔子が重病になった際に子路が取った行動もその一つである。また自己の考えを積極的に披瀝するが、自己主張が自己過信に陥っている点を孔子に指摘されることも多かった。「由や人を兼ぬ」（先進篇）とは他者を押しのけることを指摘した孔子の言葉であり、「由よ、女に之れを知るを誨えんか。之れを知るを之れを知ると為し、知らざるを知らずと為す。是れ知るなり」（為政篇）とは、知ったかぶりをする子路を戒めた孔子の言葉と解釈されている。

特に、先進篇に「由や喭《がん》（荒々しい、がさつ）」、「夫の佞者（口先だけ巧みな者）」、「其の言譲らず（ぶしつけ）」と、また子路篇に「野（粗野）なるかな、由や」（子路篇）とあるように、内面の誠実さを重視した孔子の眼から見ると、子路は内実が伴わずに表面だけを取り繕う傾向があると受けとめられていたようである。そのような性格を有する子路の問いかけに孔子が答えたのが、先進篇の第一一章なのである。

ここで、『論語』の中における「焉」（いずくんぞ）の用例について検討してみよう。

①「焉んぞ倹なるを得ん。」（八佾篇）

②「焉んぞ佞を用いん。」（公冶長篇）

③「焉んぞ稼を用いん。」（子路篇）

①は、ある人が「管仲は倹なるか」と質問したのに対して、孔子が理由を示して、「どうして倹約家などと言えよう」と反論した言葉である。②は、ある人が孔子の門人の仲弓（冉雍）は「仁者ではあるが佞ではない」と言ったのに対して、孔子が「どうして雄弁である必要があろうか」と繰り返し反論した言葉である。③は、門人の樊遅が稼（穀物づくり）を習いたいと申し出たのに対して、「吾は農（百姓）に及ばない」と答えた後で、他の門人に対して、「彼は小人である」と言い、理由を説明した上で、「どうして稼を習う必要などあろうか」と述べた言葉で

ある。こうした「焉」の用例は、『論語』の他の章にも見られるが、共通するのは質問者の言葉（考え方）に対して、強く反論した表現であるということである。つまり、「焉」は単なる反語表現ではなく、相手の主張に対する切り返し、強い反意が込められた言葉と言える。

以上のように見てくるならば、「焉んぞ能く鬼に事えん」、「焉んぞ死を知らん」という孔子の言葉は、「鬼神に事えること」と「死ということ」について質問した子路に対する反意、反論が表現されたものと考えてよいだろう。つまり、子路が鬼神に事えることについて質問したこと、また死について知ろうとしたことに対して、「どうしてそんなことができようか」、あるいは「どうしてそんな必要があろうか」と述べたものと考えられる。孔子の二つの答えは、質問者である子路自身の考え方（姿勢）に対して向けられた反論と解すべきではないだろうか。つまり、次のような意味になる。

「君はどうして鬼神に仕えることなどできようか。」

「君はどうして死のことなどわかろうか。」

では、なぜ孔子はこのように子路に対して答えたのであろうか。これらの言葉の前に語られている言葉がその理由を表していると考えられる。

「君は〔あの人が〕生きている時に十分に仕えることができなかったのだから、どうして〔死んでしまった今その〕鬼神に正しく仕えることなどできようか。」

「君は〔あの人が〕生きていたことの意味がわからないのに、どうして死んだことの意味などわかるだろうか。」

孔子の答えはこのように読みとることができるのではなかろうか。子路の質問の意味はこうであった。

「先生、亡くなった〔あの〕人に、どのようにして仕えたらよいのでしょうか。」

「先生、では〔あの〕人が亡くなったことの意味についてお尋ねします。」

つまり、孔子と子路の双方がよく知っている人が亡くなった際に、子路が質問を行い、それに対して孔子が答えた言葉ではなかったかということである。一般的な意味で「鬼神に事えること」、「死のこと」について子路が問い、それに対して孔子が答えた、あるいは答えなかった、ということではなく、あくまでも眼前の具体的なことがらについて子路が質問し、孔子が子路に対する自分の考えを述べた言葉であったのではないだろうか。少なくとも『論語』に見える「死」は、抽象的な「死」のことではなく、おおむね具体的に「人が死ぬ」ことを指している。そして、孔子の答えの言葉には子路に対する反意が込められている。その意味で古注（疏）が、「皆、子路を抑止する所以なり」（前出）と説明しているのは、一理あると言える。では孔子は子路に対してなぜ反意を示したのであろうか。既に見てきた子路の性格を振り返るとき、理由は自ずから明らかになると言える。「鬼神に仕えるにはどのようにしたらよいのでしょうか」、「死とはいかなることでしょうか」という問いかけ方そのものが、不誠実な、自己を取り繕った言葉であると読みとった孔子が、子路に対して切り返した言葉と考えることができるのではないだろうか。ここには死者の生前における子路の取った態度や行為に対する孔子の強い不満が表明されていると考えられる。以上のように解釈するならば、この章は子路に対する孔子の評価が表された章と見ることができよう。

さらに言うならば、この章が「顔淵死」四章の次に位置することから、顔淵の死と関連付けて解釈することができるのではないか、とも考えられる。つまり、子路と孔子が問題にした「あの人」とは顔回を指す、と。しかし、これはあくまでも推測の域を出るものではない。ただ、そのように解釈すると、前述の「顔淵死」四章の分析において導き出された、「顔回の死をどのように受けとめるかということは、実は顔回の生をどのように理解するか、ということと密接に関わっていた」ということが、子路への答えの中に表現されていたということにはなり、四章とこの章とが連続して置かれていることの意味がより明白になると考えられるが、これは今後の検討課題としたい。

八　おわりに

以上、『論語』先進篇の「季路問事鬼神」の章について、本稿ではかなり大胆な解釈を行ってきた。鬼神や死に関する一般的な問答と捉えずに、具体的な事例に関する子路の質問と、それに対する孔子の反論というふうに捉えてみた。もちろん、子路と孔子の言葉の中に、具体的人物を示すものがあるわけではないが、名前は挙げずに、特定の人物を想定して「鬼神に事えること」と表現したことは十分に考えられる。何よりも、抽象的な議論ではなく、具体的な話と解釈する方が、この章をより無理なく理解することができるのではないだろうか。少なくとも、先進篇の編集や配列の仕方にはかなり緻密な計算が働いており、先進篇における顔回の死の意味、顔回と子路の役割など、先進篇が持つ様々な問題を解明していくための有力な手がかりがそこにあるように思われるからである(10)。

ただ、以上のような解釈を行ったからといって、従来考えられてきた孔子の基本的な思想に対する理解が著しく変化する訳ではない。「朝に道を聞かば、夕に死すとも可なり」(里仁篇)と孔子自身が述べているように、死に対する懼れや回避ではなく、真理の探究と実践、生の充実にこそ人生の価値を見出すという考え方を孔子が持っていたことは確かであろう。人の生と死は窮極的には「天命」に属するものであること。従って人は死に対しても常に誠実で慎重な姿勢を保つべきであること。具体的には葬祭の礼においてそれは表現されること。しかし、「人にして仁ならずんば礼を如何せん」(八佾篇)と言うように、あくまでも生きている人との誠実な関係こそがその基盤としてあること。自他に対して誠実に生きる者は、また誠実にその死を受け入れることができる者であること。子路に対する言葉も、窮極的にはこのような孔子の思想から発せられたものであったと言えるだろう。

註

（1）孔子の言行は、『礼記』、『孔子家語』、『韓詩外伝』、『大戴礼記』、『史記』を始め、戦国から秦漢の書物の中に数多く見られる。本稿では、『論語』に表されている死生観を中心に考察していくことにする。なお、『論語』及び孔子の死生観については、以下のような論考がある。笠原仲二「論語に現はれた死生観」（『立命館文学』第一〇五号、一九五四）、山下龍二「論語における《鬼神》について—儒教の宗教的性格—」（『名古屋大学文学部二〇周年記念論集』一九六九）、金谷治『死と運命：中国古代の思索』（法蔵館、一九八六）、加地伸行『儒教とは何か』（「中公新書」九八九、一九九〇）、池田秀三『自然宗教の力—儒教を中心に—』（「叢書・現代の宗教」一六、岩波書店、一九九八）。また、『論語』と孔子の思想については、以下の論考を参照した。武内義雄『論語之研究』（岩波書店、一九三九）、津田左右吉『論語と孔子の思想』（岩波書店、一九四六）、吉川幸次郎『論語 上・下』（「中国古典選」、朝日新聞社、一九五九，一九六三）、木村英一『孔子と論語』（創文社、一九七一）、渡辺卓『古代中国思想の研究—〈孔子伝の形成〉と儒墨集団の思想と行動—』（創文社、一九七三）、宮崎市定『論語の新研究』（岩波書店、一九七四）。

（2）金谷治氏の訳注『論語』（岩波文庫、一九九九）では、孔子が窓ごしに伯牛の手を取り、「おしまいだ。運命だねえ。こんな人でもこんな病気にかかろうとは、こんな人でもこんな病気にかかろうとは」と言ったと訳す。木村英一氏の訳注『論語』（講談社文庫、一九七五）では、「通説では「もうだめだ」と言う意味に解せられているが、仮りに既に病人が危篤状態で意識が無かったとしても、その場所での言葉としては適切でなく、不自然に感じられるので、私見によって訳した」として、「こんな（ひどい）事ったらない」と訳している。

（3）池田秀三氏の前掲書、第3章を参照。

（4）顔回の名前が出てくるのは全部で二十一章であるが、孔子独白の七章の他、他者に語った三章、本人に語った一章など、全体の約半数が讃辞と言える。後世、特に宋明思想史における顔回評価については、拙稿『顔子没而聖学亡』の意味するもの—宋明思想史における顔回—」（『日本中国学会報』第五十一集、一九九九）を参照。

（5）門人たちによる盛大な葬式を顔路が容認していたと考えられる（『論語正義』の疏、『論語集註』を参照）ことから、「顔淵死」④に見える孔子と弟子たちとの確執は、「顔淵死」①に見られた孔子と顔路との食い違いの延長線上にあったと言える。

（6）渡辺卓氏の前掲書では、「先進篇のこれら四章は、内容から分類すると、顔回の死に直面し嘆き度を失った孔子を語るものが二章、これに反しどこまでも禮を守り葬送しようとする孔子を語るものが二章ということになる。」（二五六頁）と見るが、孔子の二面性を語ったというよりは、度を失うほど哀しんだ孔子の姿と、それ故に他者との断絶感を深くした孔子の姿と捉えるべきであろう。

（7）孔子と周りの人々（弟子を含めた）との断絶に関しては、『論語』の中にそれを暗示させる言葉が見える。直接この個所と結びつくわけではないが、例えば、「予れ言うこと無からんと欲す」（陽貨篇）、「我れを知ること莫きかな」（憲問篇）などは、明らかに孔子が他者との間に断絶感、疎外感を抱いて発言したものと考えられる。いずれの場合も、子貢が聞き手となり、「天何をか言わんや」、「我れを知る者は其れ天か」という、天に帰着する孔子の発言を引き出している点が興味深い。

（8）『論語正義』の邢疏には、「前篇は夫子の郷党に在るを論ず。聖人の行なり。此の篇は弟子を論ず。賢人の行なり。聖賢の相い次すこと、亦其れ宜なるかな」とある。また『論語集註』には、「此の篇、多く弟子の賢否を評す」とある。木村英一氏は前掲書の中で、先進篇は「孔子晩年の塾における師弟の言行を集めたもの」と見ている（三五二頁）。また、編纂時期については、孔子没後一〇〇年に近い四～五伝の弟子によって魯の国でなされた、と推定している（三六四頁）。

（9）『論語集註』本は「曰敢問死」の「曰」の字を欠くが、阮元の『論語注疏校勘記』は、これを誤脱であると考証している。

（10）木村英一氏は前掲書の中で、「思うにこれは、死について語った珍しい孔子の言葉を含んでいるから、顔淵の死をいたんだ一連の記事の後に附記したものであろう」と述べている（三六〇頁）が、より周到な配慮でこの篇の編輯がなされていると考えられる。

第三の天人の分

近藤則之

はじめに

新出土の郭店楚簡一六種中の一つ『窮達以時』の文中に「天人の分」の語が見出され、荀子の「天人の分」の思想に関心が集まっているが、小論もこの荀子の「天人の分」に関する考察を加えようとするものである。ただし、小論の関心は『窮達以時』とは異なる問題にある。

「天人の分」の語は、たとえば、池田知久氏が『窮達以時』について論じた論考の中で、「このことば（引用者注、「天人の分」を指す）は、通行の古典文献の中では、周知のとおりただ『荀子』天論篇に一例だけ見えるものである」と述べている通り[1]、『窮達以時』が出現するまで『荀子』以外に用例はないと見られてきた。ところが、『春秋繁露』（以下『繁露』と略称）の最末の一篇、天道施篇第八二のそのまた最末、つまり『繁露』の最末尾の一節[2]に、次の一文を見出す。

不順天道、謂之不義、察天人之分、観道命之異、可以知礼之説矣。

この「天人之分」は、これまでその存在が気付かれなかったと言ってよいようであるが、従来、荀子の「天人の分」の思想は彼自身の段階で終息し、漢代に至ってはいわゆる天人相関論が一般となったと見られることが多かった。右は漢代の文献と目される『繁露』に見えるだけに、こうした見方に修正を迫る可能性を持つものである。かつまた従来の荀子の「天人の分」の解釈にも影響を与える可能性も考えられる。小論はこれらのことに関心を置きながら、このいわば第三の「天人の分」を荀子のそれとの連続不連続を中心として検討するものである。

なお、上述のように小論は『窮達以時』について考えることを目的にするものではないが、右の検討を経て、二者の「天人の分」と『窮達以時』のそれとの連続不連続の問題に限っては検討を試みることとしたい。

一　天道施篇の「天人の分」

初めに、「天人之分」の句を含む天道施篇の一連の文章を蘇輿の義証本によって原文のまま引用する。

名者所以別物也。親者重、疎者軽、尊者文、卑者質、近者詳、遠者略。文辞不隠情、明情不遺文。人心従之而不逆、古今通貫而不乱、名之義也。男女猶道也。[A]人生別言礼義、名号之由人事起也。不順天道、謂之不義。[B]察天人之分、観道命之異、可以知礼之説矣。[C]見善者不能無好、見不善者不能無悪、好悪去就、不能堅守、故有人道。[D]人道者人之所由楽而不乱、復而不厭者。[E]万物載名而生、聖人因其象而命之。[F]然而不可易也。[G]皆有義従也。[H]故正名以明義也。[I]物也者洪名也、皆名也。而物有私名。此物也非夫物。故曰、万物動而不形者、意也。[J]形而不易者、徳也。楽而不乱、復而不厭者、道也。(3)(4)(5)

凌曙の『繁露』の注や蘇輿の『繁露義証』によれば、この文章は、元来、天地陰陽第八一にあったものであるが、清の張恵言が、前後の脈絡を考えて、天道施篇の末尾にあるのが本来の姿であることを論じた。そこで凌曙がこの説に従って初めてこれをかの篇から切り取ってこの篇に移し、蘇輿もそれに従ったものである。ただ、凌曙は右の文章を天道施篇本来の文の末尾に直接繋げ、両者の連続性を強調している。これに対して、蘇輿はこの文は本来深察名号篇第三五の中の一節であると見る考えから、行を改めてこの文章を置き、前文と一線を画している。

確かにこの文章には「名」の語が頻出し、深察名号篇と同じく「正名」が話題の中心のようである。これに対して、天道施篇本来の部分は、人欲の抑制あるいは調整などが論述の中心であり、話題が幾分異なる。よって蘇輿の見方を妥当としてよいだろう。そこで以下、同篇の前文との関連は考えず、この文章をひとまとまりとする見方から、その内容を見ていきたいと思う。

とは言え、この一文はもともと錯簡を起こして他篇にあったのであり、右の原文の引用の中で注に示した一・二の例以外にも誤伝があるようである。たとえば、Ａの「男女猶道也」の一句はいかにも唐突である。『繁露』循天之道第七七に、「天地の陰陽は男女に当たる。人の男女は陰陽に当たる。陰陽も亦以て男女と謂ふ可く、男女も亦以て陰陽と謂ふ可し」という記述があり、この句は本来彼の篇にあったのではないかと考えられる。そうでなくとも、この文章には相応しくなく、何らかの誤伝と見なされる。また、末尾Ｊの「故に曰く、万物動きて形れざる者は意なり。形れて易はらざる者は徳なり。楽しみて乱れず、復して厭かざる者は道なり」の結論部分と、その直前Ｉの「物なる者は洪名なり。皆名《かいめい》なり。而して物に私名有り。此の物や夫の物に非ざるなり」の文との間の脈絡も不明確であり、間に何らかの文があったのではないかと想像される。

このようなわけで、この文章の全体の趣旨を精確に把握することは期しがたい。そこで、ここでは無理を犯して誤謬に陥ることを避け、問題のＣの文、「天人の分を察し、道命の異を観れば、以て礼の説を知る可し」に絞って、その意味を調べることとしたい。

まずこの文は直前のＢ「天道に順はざる、之を不義と謂ふ」の句を承け、「天道」に順わないことは「不義」である。そこで「天人の分を察し、道命の異を観れ」ば、「礼」が知られるから、この「礼」に従うことを通じて、「天道」に順わなければならないことを述べるものであるということはほとんど確実であろう。

それでは「天人の分」「道命の異」とはいかなるものか。

この文の直後に「(D)善を見る者は、好む無きこと能はず。不善を見る者は悪む無きこと能はず。好悪の去就は堅く守ること能はず。故に人道有り。(E)人道は人の楽しみて乱れず、復して厭かざる所由なり」とあるのは、人は生来善を好み、不善を悪む感情を持っているが、その好悪の情やそれに従う行動は恣意に流れ、客観性を保つことができない。そこで人は「人道」に従わなければならない。そしてその「人道」は人が楽しみを守り、安定を維持できるものでなければならないというもののようである。

好悪の情は生得的なものであり、従って天に属するものである。それに不備があるから、「人道」に従うというのは、いかにも「天人の分」と表現するのに相応しい。ただし、これは天与の好悪の情を棄てて、「人道」に従うことを言うのではあるまい。仮にそうであれば、これは天の否定に繋がる思考であり、「天道に順ふ」ことを論ずる文脈にそぐわない。そこでこれは天与の好悪の情を手がかりとして、これを「人道」によって律して善を実現することを言うものと考えるべきであろう。つまり、この「天人の分」は、人に善を実践する能力を与える天と、その能力を律する人という分別ということであり、天は好悪の情という善実現の能力を人に与えているが、これには不備があるので、何らかの人為によってこれを律するという意義のものと考えられる。

そして「天人の分を察す」というのは、そうした人の善の実現における天人の役割の分別、すなわち天与の好悪の情の限界、不備を認識し、それを補完するものとして「人道」が必要であるということを明確に認識することと解釈することができるようである。

それでは天の働きを補完する「人道」とはどういうものか。続く、「（Ｆ）万物名を載せて生じ、聖人其の象に因りて之に命づく。（Ｇ）然り而して易ふ可からざるなり。皆義の従ふ有るなり。（Ｈ）故に名を正して、以て名の義を明らかにす」の記述がこれを説明するもののようである。初めのＦの文は、『繁露』深察名号篇の「名は則ち聖人の天意を発する所なり」「事は各々名に順ひ、名は各々天に順ふ」「名は真より生ず。其の真に非ざれば、以て名と為さず。名は聖人の物を真にする所以なり」などと同じ趣旨と思われる。つまりは、事物は天が与えたその本質を示す固有の称呼、「名」を有するが、それは「聖人」によってのみ理解され明示されるということである。逆に言えば、事物の「名」は「聖人」がその天与の本質を示したものということである。従ってそれは当然「易ふ可からざる」ものである。また「名」は事物の本質を示すものであるから、それはその事物本来のあり方を示すものでもある。「皆義の従ふ有るなり」というのは、そのことを述べたものであろう。続く「名を正して、以て義を明らかにす」とは、「聖人」の「名」に事物本来のあり方、「義」が示されているから、「名」を正しく理解して、その「義」を理解しなければならないと解釈される。[6]

要するに、好悪の情を律する「人道」とは、聖人が明示した「名」、事物の呼称に従って、事物本来のあり方、「義」を見極める「正名」をその具体的な内容とするものであると考えられる。

ところで、ここで「名」は聖人によって明示されたもので、事物の本質を示すものであるが、他方、事物の起源を天に基づける思考においては、事物の本質は天与にして事物固有のものであり、それは「命」、「天命」とも表現することができる。従って、ここにおいては「名」は「命」に通じ、事物の「命」はその「名」によって知られることとなる。すなわち、「命」の決定者は天であり、その明示者は聖人であるということとなる。「天人の分を察す」に続く「道命の異を観る」とはこのことを言うものであろう。

この場合の「道」は、上文B「天道に順はざる、之を不義と謂ふ」との関係から天道と考えられる。すなわち「道命の異を観る」というのは、「命」を決定づけるのは天であるが、その「命」は聖人によって示されていることを理解すること、「命」は「道」、天道の内にあるが、その理解の方法は「道」が直接示しているわけではなく、聖人を媒介とした「正名」という人の行為に委ねられていることを認識するということであろう。

「天人の分」は天与の好悪の情の具有及びその不備と、それを律し補完する「人道」とを指摘するものであるから、実践論的な天人の役割の分別を意味すると見られるが、これに対し、「道命の異」は「命」の決定者と明示者の違いを指摘するものであり、認識論的な天人の役割の分別を述べるものと思われる。つまり、双方とも天人の役割の分別を言うものであり、「道命の異」も「天人の分」の概念に包摂されると言うことができると考えられる。

そこで、「天人の分を察し、道命の異を観れば、以て礼の説を知る可し」を要するに、以下のような意味に理解することができるだろう。人は、善悪に対する好悪の情という善実現の能力を天より受けているが、これを実践の根拠とするには不備がある。そこでその能力を補完する「人道」が必要である、という「天人の分」の認識に立たなければならない。その「人道」は好悪の情の恣意を防ぐためのものであるから、事物の本質、「命」を正しく認識するものでなければならないが、事物の「命」は「道」、天道の内にあり、常人には認識不能である。しかし、その「命」はすでに聖人が「名」によって示しているという、「命」の決定者と明示者の相異、「道命の異」の認識に立ち、聖人によって「正名」の実践を行えば、事物の本来のあり方、「義」を明らかにすることができ、好悪の情の不備を補い、事物への正しい対応、「礼」を理解することができる、と。

二　荀子の「天人の分」

以上、『繁露』天道施篇の「天人の分」「道命の異」の内容をひとまず明らかにしたが、この「天人の分」は「道命の異」を包摂し、人の実践における天の働きとそれを補う人為との分別を言うものと見なされる。しかもその人為は「聖人」の「名」を媒介に、「道」の内にある事物の本質、「命」を人の内に引き出すものであり、従ってこれは天人の分離ではなく、天人の連続を前提とするものと言える。もっとも、このことは「天人の分を察し、道命の異を観る」のは、「天道に順はざる、之を不義と謂ふ」という事態を回避する行為として語られていたことからすでに明らかである。

荀子の「天人の分」は、通説では、天人の分離を言うものであり、天人が別の価値体系に属することを宣言するものと見られている。そうであれば、両者は全く性格を異にするものである。果たしてこのように言い切れるか、以下に検討してみよう。

（一）天

まず、荀子の天や「天人の分」についての従来の見方を整理し、その上で、先に荀子の天の性格を明確にし、その後「天人の分」の意味を改めて明確にしたい。それに当たって、天論篇冒頭の周知の文を引用しておく。

天行常有り。堯の為にとて存せず、桀の為にとて亡びず。之に応ずるに治を以てすれば、則ち吉、之に応ずるに乱を以てすれば、則ち凶。本を彊めて用を節すれば、則ち天も貧にする能はず。養備はりて動くこと時あれば、則ち天も病ましむる能はず。道に循ひて[7]貳《たが》はざれば、則ち天も禍する能はず。故に水旱も之をして飢ゑしむる能はず。寒暑も之をして疾ましむる能はず。妖怪も之をして凶ならしむる能はず。本荒れて用侈なれば、則ち天も之をして富ましむる能はず。養略にして動罕なれば、則ち天も之をして全からしむる能はず。道に倍きて妄行すれば、則ち天も之をして吉ならしむる能はず。故に水旱未だ至らずして飢ゑ、寒暑未だ薄らずして疾み、妖怪未だ至らずして凶なり。時を受くること治世と同じくして、殃禍治世と異なるも、以て天を怨む可からず。其の道然るなり。故に天人の分に明らかなれば至人と謂ふべし。

この一文の一般的な解釈は、金谷治氏の「この一段は、『天』と人とを一連のものと見て相互影響を考える従来の立場からの訣別を宣言したものである」[8]という言葉に代表されると言ってよかろう。「天人の分」は天人の分離であり、そこにおける天は自然そのものであり、人の価値には関わらないものとされる。こうした解釈は、ここに改めて述べる必要もないが、中国の馮友蘭氏[9]、侯外廬氏等の『中国思想通史』[10]や、わが国の重澤俊郎氏等[11]によって示されたものであり、以後、右の金谷氏、また、荀子に関する多くの論考を著した内山俊彦氏もこの解釈に立ち[12]、その他荀子に関する論考が多くこの解釈に基本的に従っている。

一方、こうした解釈とは異なる見解も示されている。その代表として板野長八氏、松田弘氏が挙げられるだろう。板野氏は、荀子の天は主宰者であり神明であるとし、「天人の分」については、「人が天職、即ち天地の機能に対して慮も能も察も加えないで天地と機能を争わないこと、天地人が夫々の機能を発揮して相い並び相助くべしとする」意義のものであり、それは「天の内部的分化であると言い得る」とし、神明に通じる聖人によって実現されるものとした[13]。つまり、板野氏は、天人の分を、右に引いた天論篇の一文のすぐ後に見える「天に其の時有り、地に其の財有り、人に其の治有り。其れ之を是れ能く参ずと謂ふ」の三才の思想と同義に解釈したわけである。この解釈においては、「天人の分」は、天人の分離ではなく、次の松田弘氏の解釈と同様に、天人の分職という意味となろうかと思われる。

松田弘氏も荀子の天は主宰者であるとし、彼において天は絶対的善と把握され、人間の当為の絶対化の根拠とされているとする。「天人の分」については、「天職と人職との区分」と解釈し、その背後に「天の働きによって生じた万物を充実、発展させることはまさしく人間のみになし得ることであり、人間のみに課せられた責務にほかならない」という主張があるとした。ところが、こうした趣旨の「天人の分」の主張が、当時の呪術的風潮の打破を眼目とする文脈の中で行われ、天は人の吉凶禍福には何ら関与していないという意味において用いられているが故に、荀子の天は今日、誤って自然と認識されることとなったとする。その上で、松田氏は従来指摘されてきた天論篇の天と不苟篇その他の篇のそれとの意義の矛盾を解消し、また荀子の天が孔孟を継承すること、及び「天人の分」が、荘子の天の重視による礼・人為の否定を承け、彼の天の概念を取り込みつつ、これを再否定する意義を持つものであることを論じている。[14]

次に、池田知久氏も荀子の天を自然とすることを否定する。氏はまず「天人の分」を「直接的には『天』に属するものと『人』に属するものの区別という意味」であるとした上で、荘子及びその後学の天と荀子のそれの同質性、連続性の指摘を中心に、種々の観点から荀子の天を自然と見なしえないこと論じている。そして氏は「天人の分」について、「(自然、人間、社会等の)諸領域を包摂する全体的な世界において、人間の『其の為さざる所』、つまり人為・人工の為しえないまたは為すべきでないその範囲の外にある性質の事象と、人間の『其の為す所』、つまり人為・人工の為しうるまたは為すべき範囲の内にある性質の事象と、という意味である」と解釈している。また、荀子の「天人の分」の目指すところに触れて、道家、特に荘子系道家が天と人とを対立的に捉え、天を重視し、人を軽視・否定したのを承けて、これを再否定すべく、『天』という性質の事象に対して、その存在する範囲に一定の限界を設け、それを越えて作用することはないと認定することを通じて、その範囲のこちら側にある『人』という性質の事象の独自の存在意義を確保する」ことにあったと論じている。なお、この場合の「『人』という性質の事象の独自の存在意義を確保する」とは、荘子系道家の天人関係を逆転して、天を否定・軽視するものではなく、『天』によって奪われた失地回復であり、またはせいぜい『人』と『天』の平和共存であった」のであり、その結果、天論篇において天は人と並んではなはだ重視されることとなったとしている。そしてこうした結果に落ち着いた原因として、天論篇が荘子系道家の天の強い影響により、それに対する親しみと敬意が生じたためとする。[15]

以上、池田氏の荀子の「天人の分」の解釈に関する極めて大まかな要約であるが、氏の所説は、天論篇の天を自然と見ない点では板野説、松田説と同様であるものの、「天人の分」を「『人』という性質の事象の独自の存在意義を確保する」ものとするわけであるから、板野説が「天人の分」を「天の内部的分化」とするのや、松田説が、「天人の分」は天人の分職の意であって、その際の人職、人の行為も天によって絶対化されているとしたのとは趣を異にする。池田説も、「天人の分」において、なお天に対する尊重が示されていることは認めているものの、その理由については、上述のように荘子系道家の天への親しみや敬意によるとするのであり、板野氏・松田氏が、天の価値体系の中に「天人の分」を位置づけたのとは異なる見方である。

以上、荀子の天及び「天人の分」に関する所説を概観したが、この他にも、荀子の天に自然と主宰者の二義の併存を唱える説もあるが、論点を複雑にしすぎる嫌いがあるので、この説についてはここでは考えないこととして、以上を踏まえ、次に荀子の天が自然であるか否かを見極めたいと思う。

結論を先に言えば、筆者はこれを否とする見解に賛同するものである。それは、特に上記板野氏以下三氏の所論が詳細にして十分な説得力を持ち、もはや議論の余地はないと思われることもさることながら、これまで荀子の天を自然とする見方の最大の根拠であった前掲天論篇冒頭文の従来の解釈に、重大な誤解があると考えるからである。前掲の天論篇冒頭文は、天が人の吉凶禍福に関与しないことを主張するものと解釈され、これによってこの文末の「天人の分」の語は、天人の断絶を意味し、人と断絶した荀子の天は自然に過ぎないとされてきた。荀子の天＝自然を否定する松田氏も上述のように、この一文を天と人の吉凶禍福との断絶を唱えるものとすることまでは否定してしない。この点、板野氏もこの冒頭文によって荀子の人間主義・合理主義を指摘しているから同様の考えと見られる。[16] しかし、この見方は妥当ではないと考えられる。

これについて実は児玉六郎氏がつとに指摘しているところである。[17] 児玉氏は荀子の天に自然と主宰者の二の併存を見る論者であり、その指摘というのは、これら二義のうちの主宰者の意義を論ずる中でなされたものであるが、ただ、筆者の観点は氏とは少々異なるので、以下、別個にこの問題について論じることとする。

右の文の初めに、「天行常有り。……之に応ずるに治を以てすれば、則ち吉、之に応ずるに乱を以てすれば、則ち凶」と言うが、このように人に起こる好ましき結果と好ましからざる結果を言うのに「吉凶」という呪術的表現を用いるからには、そこに何らかの神秘的な力の存在を認めていると考えるべきであろう。

そこで後の記述を見ると、「道に倍きて妄行すれば、則ち天も之をして吉ならしむる能はず」とある。この表現は天が吉凶授与能力を持つことを全面的に否定するものではない。今この表現を逆から考えてみれば、これは、「道」に従って行動すれば、天が人に「吉」を与えるということになろう。そして初めの「之に応ずるに治を以てすれば、則ち吉」という表現がまさにその反対の事態に該当すると考えられるところである。

右の文中の別のところに「故に水旱も之をして飢ゑしむる能はず。寒暑も之をして疾ましむる能はず。妖怪も之をして凶ならしむる能はず」とあるが、これを見れば右のことが更に明確になる。これは「水旱」「寒暑」「妖怪」

が「飢」「疾」「凶」を与える可能性を全面的に否定するものでは（「妖怪」の「凶」はともかくとして）もとよりあるはずはない。言うまでもなく、それらへの人の対応が悪ければ、それらが「飢」「疾」「凶」を起こすことを前提とする言い方である。つまり、「水旱」「寒暑」「妖怪」が「飢」「疾」「凶」を起こすか否かはそれらへの人の対応の仕方如何にかかっているということであり、「飢」「疾」「凶」は「水旱」「寒暑」「妖怪」とは無関係であるということではない。とすれば、「道に倍きて妄行すれば、則ち天も之をして吉ならしむる能はず」というのも、これと同様、天による吉凶は人の行為の善否にかかっているという意義のものと見るべきであろう。

要するに、ここで荀子がここで述べようとしたことは、天は人の行為の善悪に応じて「吉凶」を与えるということであり、天が人の「吉凶」に関わらないことの主張ではそもそもないのである。

このことから考えれば、初めの「天行常有り」も、「天行」を「天の運行」と解釈し、天の自然としての恒常性を言うものと考えるのは妥当ではなく、天が人の行為の善悪に吉凶を以て応じることに例外がないこと、言い換えれば、人の善実現の努力に天は必ず応えてそれを実現させることを言うものとしなければなるまい。

ところで、兪樾は『爾雅』釈宮の「行は道なり」を根拠として、「天行」を「天道」と解釈しているが、[18] 右に見たところによれば、これは妥当と言うべきであろう。[19] そしてこのように考えれば、天論篇の後の方の「天に常道有り。地に常数有り。君子に常態有り。君子は其の常に道《よ》りて小人は其の功を計る」という一文も、冒頭文と一連のものとして捉えることができる。冒頭文の「天行」が天の運行で、天は自然として存在しているのみであれば、同じ天論篇の中で、このように君子の「常」の範として天の「常道」、地の「常数」が述べられることは不可解ということになるが、「天行」を「天道」と見れば、この矛盾は解消し、この「天に常道有り」が冒頭の「天行常有り」以下の記述に示された事柄を一つの裏付として述べられていると見なされることになる。

そして、天論篇冒頭文をこのように解することによって、しばしばそれとの矛盾が指摘されてきた不苟篇の「天言はざれども人高きを推す。地言はざれども人厚きを推す。四時言はざれども百姓期す。夫れ此れ常有るは、其の誠を至《きは》むる者たるを以てなり」の記述も、前者にいわゆる「天行常有り」や「天に常道有り、地に常数有り」の根拠を述べるものという意義を見出すことができ、矛盾は解消しよう。

なお、天論篇に「治乱は天か」の質問に答えて「日月星辰瑞歴は是れ禹桀の同じくする所なり。禹は以て治まり、桀は以て乱る。治乱は天に非ざるなり」と述べてそれを否定し、更に治乱の原因は「時」でも「地」でもないことを述べたところがある。このように天が人の治乱に関わらないというのは、天の吉凶実現能力を否定することと同じことのようにも見え、従来この解釈が一般的であったと思われる。

しかし、冒頭文の「天行」に応じるのに、「治を以てすれば則ち吉」という記述を今一度振り返ってみると、先に見たように、これは人の治世への努力に天が応じそれを実現させることを言うものであり、ここでも「治」は人の側にあり、天は「治」に直接関わるのではなく、人の努力に「吉」をもって応じているのみである。つまり、荀子において、天の治乱への関与の否定は天の吉凶実現能力の否定を意味するわけではなく、治はそれに向かう人の努力の結果に与えられる天の吉なのである。そこで、「治乱は天に非ざるなり」というのも、「治乱」は人の努力とは無関係に天が予定したものではないというのがその趣旨であって、天と人の吉凶の断絶を意味すると見ることはできない。

また、天論篇に隕石を単なる自然現象としたり、雨乞いなどの呪術の実効性を否定したりする記述があり、これも人の吉凶への天の関与を否定することと関連づけて論じられるが、これらの事柄は、天の吉凶が人の行為の善悪にのみ応じるという観点に立つ者からも主張され得るものである。

更に、天論篇に「大天而思之、孰与物畜而制之。従天而頌之、孰与制天命而用之」の記述があり、荀子の天を自然とする立場からは、文中の「物畜」が「物のごとく畜ふ」と読まれ、また「天命を制する」が天の運命を制御する意に解釈されるが、これについては、楊倞が前者について「物をして畜積せしむ」と注し、後者について「曲なる者を輪と為し、直なる者を桷と為すが若し」と注しているのに従って、天に対する思考に埋没するより、天与の事物やその性質を人間の福利に利用すべきことを唱えるものと解釈することも可能である。

以上の天論篇の二・三の記述は、荀子の天を自然と見る立場から、しばしばその観点の重要な根拠とされてきたものであるが、これらも天＝自然の解釈しか許さないものではなく、これらによって右の結論が動くことはない。

さて、以上を通じて筆者は、荀子に天に対する人の独自性を唱える主張のあることを指摘する池田説とは一線を画して、板野・松田両氏の所説を幾分修正する立場から、荀子の天は自然ではないということを確認するものである。

(二) 天人の分

さて、天論篇冒頭の「天人の分に明かなれば、則ち至人と謂ふ可し」の一節より前の「天行常有り。云々」の文は、天が人の吉凶に関与しないことを述べるのではなく、むしろ逆に天の吉凶が人の行為の善悪に応じること、その意味での天の恒常性を述べるものと考えられた。そうするとその部分に「天人の分」の実質は特段示されていないと見られることとなる。それでは「天人の分」がなぜここで言われたのか。

そこで目を転じて、その後の記述を見ると、「為さずして成り、求めずして得る、夫れ是を之れ天職と謂ふ」と、まず天の働きについて語られ、続いて「是くの如き者は深しと雖も、其の人慮を加へず。……夫れ是を之れ天と職を争はずと謂ふ」と、天への「至人」の関わり方が説明され、続いて「天に其の時有り、地に其の財有り、人に其の治有り。夫れ是を之れ能く参ずと謂ふ。云々」と、天地に参ずべき人の理想が宣言される。そしてその後更に天の性質についての記述とそれへの人の関わり方の記述とが対比的に繰り返される。そこで「天人の分に明かなれば、則ち至人と謂ふ可し」の一文は、それ以前の記述を結んでひとまず文章を完結させるものではなく、前文を承けて、後の記述を引き出すためのものであると見てよかろう。つまり、初めに天の吉凶が人の行為の善否に応じるものであることを述べ、その天の吉を得る人の行為の善は「天人の分に明か」になる「至人」の立場によって実現されると宣言し、その後に「天人の分に明か」なる立場がどのようなものであるか説明する文が続いていると見るのが妥当と考えられる。要するに、「天人の分」の内容は「天人の分に明かなれば、則ち至人と謂ふ可し」の後にこそ示されていると見なければならないと考えられる。

以上を踏まえて、その箇所を改めて見てみよう。

まず、「為さずして成り、求めずして得。夫れ是を之れ天職と謂ふ」と「天職」が定義され、この「天職」について、「至人」が「慮」「能」「察」を加えないことが述べられ、これが「天と職を争はざ」るものだとされる。つまり、「天人の分」とはまずは「天職」と人の役割の分別ということが理解され、松田氏の「天職と人職の区分」との解釈の妥当性を、「天職」と人職とが連続するか分離しているかの問題は別として、ひとまず見て取ることができる。

続いて、

天に其の時有り、地に其の財有り、人に其の治有り。夫れ是を之れ能く参ずと謂ふ。其の参ずる所以を舎てて、其の参ずる所を願ふは則ち惑へり。

と、天地人それぞれの役割の区別が述べられ、人の志向がその役割である「治」の実現方法の確立にのみ向かうべきことが述べられる。これは文脈から明らかに「天と職を争はず」を敷衍して述べたものであり、そこで結局、「天人の分」と「天と職を争はず」と、この「治」をもって天地と「能く参ず」ることは同じことを述べていると見ることができる。先に板野氏が「天人の分」をこの「能く参ず」をもって解釈したことを述べたが、この見方も、天人の連続・分離の問題は別として、確かに妥当とすることができよう。

天論篇は続いて、天の記述に戻り、

列星随旋し、日月遞炤し、四時代御し、陰陽大化し、風雨博施し、万物各々其の和を得て以て生じ、各々其の養を得て以て成る。其の事を見ずして、其の功を見る。夫れ是を之れ神と謂ふ。皆其の成る所以を知るも、其の形を見る無し。夫れ是を之れ天と謂ふ[20]

と述べる。これは上述の「天職」の内容をやや詳細に述べたものであり、それは「列星随旋」等種々の自然現象を通じた万物の生成であり、その養育であるとする。そしてその内実は「神」なるものであり、「形」を見ないものであるとする。先に「天職」について「至人」は「慮」「能」「察」を加えないとしていたが、それは「天職」の内実が「神」なるものであり、見えないものだからであった。

続いて、

唯聖人は天を知るを求めずと為す。

と、天が不可知の存在であることを聖人によって確認した上で、次のように述べる。

天職既に立ち、天功既に成り、形具はりて神生じ、好悪喜怒哀楽臧す。夫れ是を之れ天情と謂ふ。耳目鼻口形能（態）各々接すること有りて相能くせざる、夫れ是を之れ天官と謂ふ。心中虚に居りて以て五官を治むる、夫れ是を之れ天君と謂ふ。其の類に非ざるを財して、以て其の類を養ふ、夫れ是を之れ天養と謂ふ。其の類に順ふ者は之を福と謂ひ、其の類に逆らふ者は禍と謂ふ。夫れ是を之れ天政と謂ふ。其の天君を闇くして、其の天官を乱し、其の天養を棄て、其の天政に逆らひ、其の天情に背きて、以て天功を喪ふ、夫れ是を之れ大凶と謂ふ。聖人は其の天君を清くして、其の天官を正し、其の天養を備へ、其の天政に順ひ、其の天情を養ひて、以て其の天功を全くす。是くの如きは、則ち其の為す所を知り、其の為さざる所を知る。則ち天地官して万物役せん。其の行曲治し、其の養曲適し、其の性傷つかざる、夫れ是を之れ天を知ると謂ふ。

これは、「天職」「天功」が完成した後の人の為すべきこと、「天職」に対する人職を述べたものと見ることができよう。

天はその「職」「功」を通じ、人に形態や精神や感情を与え、生命活動のための五官とそれを統御する心を与え、生存のための糧として異類を与え、同類に従うことが福、その逆が禍となるような仕組みを与え、更に感情を与えて人間らしさを実現し、平和な人生を遂げさせようとしている。これに対して、人は「其の天君を暗ます」こと、心の不十分な活動を契機として、「天功」によって実現するはずの人の生命活動の完遂を阻害してしまう可能性を持っている。そこで人は「其の天君を清くする」こと、心の十分な活動を契機として、「天功を全く」しなければならないが、それを十全な形で人類に実現させるのが聖人であり、この聖人のあり方こそが天を知ることだという。

つまり天は人がその生命を平和に全うするための機能や素材をすべて与えているが、それらが放任されたままでは、それが実現しない。それらをうまく取り裁く人の働きが必須となるというわけである。

さて、以上によって、荀子の「天人の分」の内容がおおよそ明確になったと思われる。荀子の「天人の分」とは、「天職」と人職の区分であり、「天職」とは万物の生成とその生命を遂げるための素材の賦与、人職とは与えられた素材を十全に活用して、人類全体としてその生命を遂げることであると言えよう。残る問題は、この「天職」と人職の間に連続性があるか、断絶するかということである。

荀子は右のように、天は人に生命とそれを遂げるための素材を与えているが、天自らは人に生命を遂げさせることはできず、それは人の役割であると認定した。ここには、先に示した池田氏の荀子の「天人の分」の解釈、すなわち『天』という性質の事象に対して、その存在する範囲に一定の限界を設け、それを越えて作用することはないと認定することを通じて、その範囲のこちら側にある『人』という性質の事象の独自の存在意義を確保する」という解釈が妥当するように見える。しかし、ここで確保されている人の存在意義は人独自のものであるか否かについてはなお考える余地が残っている。

右の文で、人に「其の天君を清くし、其の天官を正し、其の天養を備へ、其の天政に従ひ、其の天情を養ふ」行為が求められたのは、「以て其の天功を全く」するためであった。従って、それらの行為はもとより天から離れたものではない。ここにおける人の役割は、天がその「天功」を遂げる過程の中で、これを阻害する可能性のあるものについて、それを制御あるいは調和させるという性質のものである。よって、この場合の人為は天の働きを継承して、天が為しえないことを助けるという性質のものであると言ってよい。しかも、「天功」を遂げるための人為は、心や五官等の人の側にあるものに対するものでありながら、「其の天君を清くし、其の天官を正し、云々」と、あくまで天の側のものとして表現される。これら「其の天君を清くし其の天官を正し、云々」の「以て天功を全くする」ための人の行為は、冒頭の「其の天君を清くす」が中心となることは言うまでのないところである。この「天君」を「清くす」というのは、心に何らかの加工を加えることを意味するのではあるまい。心の機能を天与の本来の姿において実現することであると言ってよかろう。「天君」を「清くす」ることの反対を「天君を暗ます」

と表現していることからもそれは明かである。とすれば、「其の天君を清くし、其の天官を正し、云々」という人の行為にも天は関与し続けているのであり、これらの人の行為が天の立ち入らない、人独自の世界で行われているとは言えまい。

先に「唯聖人は天を知るを求めずと為す」や更にその前の「天と職を争はず」、また同じ天論篇の右に引いた文の後に見える「天に志る所の者は其の見象の以て期す可き者に已む」等の記述を見れば、確かに『天』という性質の事象に対して、その存在する範囲に一定の限界を設け、それを越えて作用することはないと認定」しているかに見える。しかしこれらの記述は「天職既に立ち、天功既に成り、形具して神生じ、好悪喜怒哀楽臧す」る以前の「其の事を見ずして其の功を見る。夫れ是を之れ神と謂ふ」の「其の事を見ざる」段階、「皆其の成る所以を知るも、其の形を知る莫し」の「其の形を知る莫し」のところについて言うものであり、「天職既に立ち、天功既に成」った後は、人は「其の天君を清くし、云々」のことが求められているのであり、この段階においても天は、今見たように、人の心の本来性として関与し続けているのである。

さて、以上見てきた所を踏まえれば、荀子の天を主宰者とし、「天人の分」を「人が天職、即ち天地の機能に対して慮も能も察も加えないで天地と機能を争わないこと、天地人が夫々の機能を発揮して相い並び相助くべしとする」意義のものとし、「天の内部的分化であると言い得る」とした板野説や、同じく天を主宰者とし、「天人の分」は「天職と人職との区分」であり、その背後に「天の働きによって生じた万物を充実、発展させることはまさしく人間のみになし得ることであり、人間のみに課せられた責務にほかならない」ことが主張されているとし、「天人の分」に天人の連続を読み取った松田説はまことに妥当と言わなければならない。ただし、前節で検討したことをもって言えば、松田氏が、こうした「天人の分」の意義は、天による人の吉凶禍福への関与の否定という表面の意

義の背後に隠れたものとしたのは正確ではなく、まさにその表面の意味であったことを付け加えておかなければならない。(21)

なお、儒效篇に、「先王の道は仁を之隆ぶなり。中に比して之を行ふ。曷をか中と謂ふ。曰く、礼義是れなり。道なる者は天の道に非ず。地の道に非ず。人の道《おこな》ふ所以なり。君子の道ふ所なり」という記載があり、文中、特に「道なる者は天の道に非ず、地の道に非ず」の句は、従来天論篇の「天人の分」と並んで、荀子の天人断絶の思想を示すものと見られてきた。

他方、礼論篇を見ると、三年の喪の意義が縷々述べられた後、

上は象を天に取り、下は象を地に取り、中ほどは則を人に取る。人の群居和一する所以の理尽くせり。故に三年の喪は人道の至文なる者なり。

と述べられている。これは喪礼について言うものであるが、喪礼は「群居和一する所以の理」を尽くすものというのであるから、諸礼の中で最も重要なものということになる。その礼の範を天地に取っていると言い、ここでは礼の価値的根拠が天地に求められている。これをも含めて考えるならば、右の儒效篇の記述は、天論篇の「天に其の時有り、地に其の財有り、人に其の治有り」と同様に三才の思想を述べたものであり、天地に対する人の職分を唱えるものであって、「先王の道」の価値的根拠が天、天地であることを否定するものではないと見るべきである。

三　荀子の「天人の分」と『繁露』天道施篇

さて、右に見てきたことを通じて、荀子の「天人の分」と『繁露』天道施篇のそれとを比較してみよう。先に見

たように、天道施篇の「天人の分」は、「善を見る者は好む無き能はず。不善を見る者は悪む無き能はず。好悪の去就は堅守する能はず。故に人道有り」という記述に対応し、人は善を好み、悪を憎む好悪の情を持つが、それに任せただけでは恣意に陥る。そこで「人道」によってこれを律する必要があるというものであった。好悪の情は天与のものであり、その天与のものの不備を指摘し、これを「人道」によって律するというのは、荀子の「天人の分」が、人は「天職」「天功」によって生命を平和に遂げるための機能や素材をすべて与えられているが、これを放任すれば混乱に陥って「天職」「天功」を遂げることができない。そこで「其の心を清くす」る等の人の行為、人職が必須であるとするのと同じ考え方であると言うことができるよう。

また、天道施篇の「天人の分」における「人道」は「正名」を意味していたが、その「正名」とは、事物はその本質を示す「名」を既に天より与えられているものの、それを理解するのは聖人のみであり、聖人はその「名」を理解し、それを以て事物に命名する。「名」は事物の本質を示すからそれは「命」と言うことができ、そこで「名」によって、事物の本質＝「命」を理解し、また、これによって「礼を知る」という実践であった。つまり「人道」は天与の事物の本質を実現する行為であり、天を価値の根拠とし、天に従うものであった。

他方、荀子の「天人の分」における人の行為、人職は心の本来の機能を回復することを中心とするものであったが、それは「其の天君を清くす」と表現されていたのであり、心の天与の本来性に立ち返ることであり、やはり天を価値の根拠とし、天に従うものであった。

以上によって、荀子の「天人の分」と天道施のそれは、前者が人の生存を目的として、後者が善の実現を目的としてそれぞれ述べられているものの、人は天の価値体系の中の存在であり、天よりその目的のための機能や素材を与えられている。しかし、それには不備があり、これを天に従う人の行為によって補完する、という大枠で両者を括ることができる。両者には、その目指すものや、天から与えられた機能や素材、また、人の補完行為の内容に相異はあるものの、この大枠においては両者よく一致していると言ってよく、両者に明確な連続性を指摘することができると結論づけることができよう。

さて、以上のように荀子の「天人の分」は「天職と人職の区分」であり、更にその人職も天に従うものと解釈された。そして、このように解釈することによって、天道施篇の「天人の分」との連続性が指摘できた。これによって、荀子の「天人の分」は後世に継承されなかったとする従来の見方は改められなければならないこととなろう。また同時に、この連続性の確認によって、天道施篇の「天人の分」を一つの註釈として、荀子の「天人の分」についての右の解釈の妥当性を強調できることになろう。

結　語

荀子の「天人の分」は従来彼において終息したと見られてきたが、右のようにその継承者は存在していたのである。もっとも、新出土の『窮達以時』もその一つである可能性はあるが、それ以外にもその存在が以上の検討によって確認された。

とは言え、天道施篇の「天人の分」と荀子のそれの先後関係、あるいは『窮達以時』とそれらとの関係はなお確認していない。最後にそれらを見て小論を閉じよう。

天道施篇の「天人の分」を述べた一文の中に、「人道は、人の楽しみて乱れず、復して厭かざる所由なり」や「楽しみて乱れず、復して厭かざる者は道なり」の記述が見えていた。他方、『漢書』董仲舒伝所収の董仲舒の第三次対策の中にも、「臣聞く夫れ楽しみて乱れず、復して厭かざる者、之を道と謂ふ」と、ほぼ同文を見出す。そもそも『繁露』に見える「天人の分」であるから、董仲舒その人との近接性を指摘して差し支えなかろうが、右の事実によってそのことが更に明確なものとなり、この「天人の分」が荀子より後であることは間違いないところである。

また、同じく董仲舒伝第三次対策に、

質樸之を性と謂ふ。性は教化に非ざれば成らず。人欲之を情と謂ふ。情は度制に非ざれば節せられず。是の故に王者は上は天意を承くるに謹しみて、以て命に順ふなり。

という記述が見えている。これは天与の人の「性」「情」の放任を避け、それらへの「王者」の「教化」「度制」による指導の必要性を述べ、もって「王者」の権力の必然性を唱えるものであるが、その王者の「教化」「度制」も、「天意を承ける」ものであることが述べられている。そこで、ここにも人が天の価値体系の中に存在し、その中で善を実現するための機能や素材を天より受けながらも、それは不備を有するが故に、これを天に従う人の行為によって補完するという「天人の分」の論理を見て取ることができる。(22) 天道施篇の「天人の分」を述べる一文が董仲舒その人のものであるか否かはなお確定できず、「天人の分」の語を董仲舒が用いたとは断定することはできない。しかし、この思想の大枠は董仲舒によって確かに継承されていると断定することは右の資料によって可能であろう。

このように荀子の「天人の分」の思想は彼において終息したのではなく、漢代において少なくとも、董仲舒及びその学派へと継承され、その思想形成に影響を与えていたと考えられる。この結果、荀子の「天人の分」の発展として董仲舒の天人相関論があるという可能性も見えてきた。しかし、このことの解明は今後の課題である。

次に『窮達以時』と他の二つの「天人の分」との関係を思想的な連続不連続に限定して見ることとする。『窮達以時』の冒頭に云う。[23]

天有り人有り。天人に分有り。天人の分を察すれば、而ち行ふ所を知る。其の人有るも、其の世無ければ、賢と雖も行はれず。苟も其の世有れば、何の難きこと有らんや。

以下、舜の堯への邂逅による天子への即位を初めとして、「其の世有」ることによって成功を得た者が記述され、またその逆の人物が記述された上で、「遇不遇は天なり」、「窮達は時を以てする」ものであり、「善伓は己」であるから、遇不遇、窮達の問題に左右されず、「己に反るに惇く」あらねばならないことが述べられる。この『窮達以時』の「天人の分」については、末永高康氏[24]、池田氏[25]、浅野裕一氏[26]等に詳細な研究があり、ここでそれを踏まえなければればならないところであるが、それを待つまでもなく、この「天人の分」の基本的な意味が、人の遇不遇、窮達は天の支配するものであり、それとは独立して人の善の実践の意義は存在するということである点については異論は生じえまい。そうであるとすれば、これは荀子や『繁露』の「天人の分」とは異質なものであると言わなければならない。後二者は、繰り返すが、人は天の体系の中に存在し、天よりその生存のための、あるいは善を実現するための機能や素材を与えられているが、それには不備があり、その不備を人の天に従う行為によって補完するという天人の分職を大枠とするものであった。かくて、『窮達以時』の「天人の分」と荀子それとの間にあるのは、字句の一致のみで、直接的な思想の影響関係は考えられない。[27]字句の一致は、中間にまだ見ぬ仲介者がいないとすれば、いずれかがいずれかのものを借用して他義に用いたか、あるいは偶然と結論づけられよう。また当然、『窮達以時』の「天人の分」の董仲舒あるいはその学派への影響も考えられない。

註

(1) 池田知久氏「郭店楚簡『窮達以時』の研究」(『郭店楚簡儒教研究』汲古書院、二〇〇五年二月、三六六頁)。

(2) これは蘇輿の『春秋繁露義証』本による言い方である。この一文を含む一連の記述を天地陰陽第八十一に置く本もある。この事情についいは、第一章の初めに述べる。

(3) 「去就」の二字は『義証』本に見えない。鐘哲氏点校『春秋繁露義証』(新編諸子集成所収)は凌曙本によって補っているが、これが本の姿と考えられ、これに従う。

(4) 「不」の字もと無し。蘇輿の『繁露義証』所引或説によって補う。

(5) 「明」もと「名」に作る。『繁露義証』所引の天啓本(明、孫鑛評本)、及び凌曙本によって改める。その理由は次注参照。

(6) この辺りの記述は本文のH「故正名以明義」部分を承けたものであるが、右の注のようにこれを『義証』本は「故正名以名義」に作る。この「義」は上文の「皆有義従也」の「義」を承けると見られるが、更に上の「天道に順はざる、之を不義と謂ふ」の「義」を承け、天道に順うための「義」を見出す方法として「正名」を示したものと見られる。「故正名以名義」であれば、この意味が見出せない。

(7) 「循」はもと「脩」に作る。王念孫説に従って改める。(王先謙『荀子集解』参照。)

(8) 金谷治氏「荀子の天人の分〜その自然観の特質」(『金谷治中国思想論集』上巻、一九九七年五月、平河出版社。初出『集刊東洋学』二四、昭和五五年一〇月)一四四頁。

(9) 馮友蘭氏『中国哲学史』(民国二三年八月、台湾商務院書館)〜第一篇〜第一二章荀子及儒家之荀学〜(10) 天及性。

(10) 侯外廬氏等著『中国思想通史』(一九五七年、三月)第一巻〜第一五章〜第二節荀子唯物主義的自然天道観。

(11) 重澤俊郎氏『周漢思想史研究』(一九三三年八月、弘文堂書房)〜荀況研究。

(12) 内山俊彦氏『荀子—古代思想家の肖像』(東洋人の行動と思想14、一九七六年五月、評論社)・『中国古代思想史における自然認識』(一九八七年一月、創文社)〜第四章荀子・『荀子』(講談社学術文庫一三九四、一九九九年九月)等。

(13) 板野長八氏「荀子の天人の分とその後」(『広島大学文学部紀要』二八—一、一九六八年)。

(14) 松田弘氏「荀子における儒家的理念と天の思想的位置」(筑波大学『哲学・思想学系論集』昭和五〇年度)。

(15) 池田氏前掲論文。

(16) 板野氏前掲論文。

(17)児玉六郎氏「天論篇に表れた荀子の天観」(荒木教授退休記念『中国哲学史研究論集』一九八一年一二月、葦書房)、及び同氏著『荀子の研究』(一九九二年一二月、風間書房)~第三章~第二節荀子の天観。

(18)王先謙『荀子集解』参照。

(19)池田氏は天論篇の「天行」と『荘子』天道篇の「天楽を知る者は、其の生くるや天行、其の死するや物化」や刻意篇の「聖人の生くるや天行、其の死するや物化」等の「天行」との連続性を指摘している(池田氏前掲論文)が、まことに重要な指摘であると思われる。この指摘に従って、本文で述べたのとは逆に、天論篇の「天行」が『荘子』のこうした用例と同様、天の理法性を意味するものとしてその後の記載を見ても、やはり天と吉凶禍福との分断の意味するものにはならないと言うことができよう。

(20)「形」の上にもと「無」の字があるが、久保愛増註に従って衍とする。

(21)なお、この結論は、性悪篇の「性偽の分」の意義との比較によって検証されなければならないという指摘も出されるかもしれないが、ここでは「性偽の分」がどのように解釈されようとも、天論篇で述べられた「天人の分」に関してはこのように解釈されるものであるという立場から論述を先に進める。なお、これら両者の関係については近く別稿において論じる予定である。

(22)『繁露』深察名号篇第三十五に、「天、民を生じ、性に善質有るも未だ善なる能はず。是に於いて之が為に王を立てて以て之を善にす。此れ天意なり。民未だ善ならざるの性を天に受けて、退きて性を成すの教へを王に受く。王は天を承けて、民の性を成すを任と成す者なり」との記述が見える。これは本文に引いた対策第三とほぼ同様の性論であり、ここにも荀子「天人の分」の論理を見て取ることができるが、ここでは天与の性の不備もまた王に教化をなさしめようとの天意であるとしている。荀子の「天人の分」において、天与の素材に不備があるとするのは、絶対であるはずの天に不備を認めるものであり、ここに論理的な矛盾を指摘しうる。右の性論は、一方で、その不備こそ王に人の教を委ねようとする天意と認定して王の教化の必然性を唱えつつ、他方で、そうした「天人の分」の持つ論理的不整合を帳消しにし、天の絶対性を確保しようとした論述と見ることができるようである。ただし、こうした董仲舒の性論と荀子の「天人の分」との関係の詳細について別稿に譲る。

(23)引用文は涂宗流・劉祖信著『郭店楚簡先秦儒家佚書校釈』(民国九〇年、萬巻楼図書有限公司)の釈文による。

(24)末永高康氏「もう一つの『天人の分』——郭店楚簡初探」(『鹿児島大学教育学部紀要』人文・社会科学編第五〇巻、一九九九年)。

(25) 池田氏前掲論文。

(26) 浅野裕一氏編『古代中国史と郭店楚簡』(二〇〇五年一一月、汲古書院)~第三章『窮達以時』の「天人の分」について。

(27) 右三氏の中で末永氏のみ『窮達以時』と荀子の「天人の分」は異質としている。これは前者が孟子における自然と自然に立ち返る人の努力との区分に近く、自然とそれに対する作為の区分である荀子の「天人の分」とは異なるとするものであるが、小論の結論は両者の不連続という点のみ末永氏と一致するものとなった。

李白の「清平調詞」と白居易の「長恨歌」

松浦　崇

一　はじめに

楊貴妃（七一九〜七五六）を詠じた作品としてすぐ思い浮かぶのは、李白（七〇一〜七六二）の「清平調詞」であり、白居易（七七二〜八四六）の「長恨歌」であろう。前者は李白の運命を左右した重要な作品であり、後者は白居易の代表作として広く知られている。

李白が太子賓客賀知章の知遇を得て長安に入り、玄宗（六八五〜七六二）に謁見して翰林供奉に任ぜられたのは、天宝元載（七四二）のことであった。そして、興慶宮の沈香亭で、目の前の名花牡丹と美女楊貴妃を詠じるように玄宗から命じられ、即興で作り上げたのが「清平調詞」である。その成立は、同二載（七四三）の春とも三載（七四四）の春とも言われる。まさにわが世の春を謳歌する玄宗と楊貴妃であった。念願かなって政界進出を果たした李白も喜びに満ちあふれていた。が、悲劇はまもなく起こった。その傲慢な性格が災いして、李白は間もなく失脚する。その一因に、「清平調詞」で楊貴妃を悪女趙飛燕になぞらえたことがあるとも言われる。李白には承服できない言いがかりであったが、ついに玄宗も李白の長安追放を決意する。悲劇は李白だけにとどまらない。玄宗が信頼していた家臣の安禄山が反乱を起こしたのは天宝十四載（七五五）、長安から蜀に逃亡する玄宗が、途中の馬嵬坡で楊貴妃に死を賜ったのは至徳元年（七五六）年六月、「清平調詞」が作られてわずか十二年あまり後のことである。

楊貴妃の没後五十年目の元和元年（八〇六）冬十二月、友人の王質夫・陳鴻らと連れ立って外出した白居易は、王質夫の勧めにより、玄宗と楊貴妃の悲劇をテーマにした「長恨歌」を作った。場所は盩厔県の仙遊寺。馬嵬坡は、渭水をはさんで対岸の北約二十キロにある。白居易は、楊貴妃に関する言い伝えや先行作品を参考にして「長恨歌」を創作したが、楊貴妃に直接会った人の作った詩歌は、恐らく多くはなかっただろう。その数少ない詩歌として、白居易が李白の「清平調詞」を重視して参考にしたことは想像に難くない。「清平調詞」も「長恨歌」も、これまでに数多くの研究がなされ、影響関係を指摘することはあったが(1)、両者を綿密に比較検討する試みはなかった。わずか十二句八十四文字の即興詩「清平調詞」と、百二十句八百四十文字の堂々たる長篇物語詩「長恨歌」とでは、あまりに違いすぎるからである。しかし、李白の歌が白居易の歌に多大の影響を与えたのではないかという仮説に立って両者を見比べてみると、今まで気づかなかった新しい発見がいくつもある。

本稿は、白居易が「長恨歌」を創作するにあたり、李白の「清平調詞」を相当強く意識していたことを詩語の分析によって検証し、あわせて「長恨歌」と命名した意図を明らかにするものである。また、「詩語」の多くを『玉台新詠』所収の詩歌の詩語から借用していることや、歴代美女のイメージを集めて楊貴妃像を構築していることなどについても言及したい。

二　「清平調詞」三首について

李白の「清平調詞」は次の三首である。

其　一

雲想衣裳花想容　雲には衣裳を想ひ　花には容を想ふ
春風払檻露華濃　春風　檻を払ひて　露華濃かなり
若非群玉山頭見　若し　群玉山頭にて見るに非ずんば
会向瑤台月下逢　会《かなら》ず　瑤台　月下に向《お》いて逢はん

其　二

一枝紅艶露凝香　一枝の紅艶　露　香りを凝らす
雲雨巫山枉断腸　雲雨　巫山　枉《むな》しく断腸
借問漢宮誰得似　借問す　漢宮　誰か似るを得たる
可憐飛燕倚新妝　可憐の飛燕　新妝に倚る

其　三

名花傾国両相歓　名花　傾国　両つながら相歓ぶ
長得君王帯笑看　長《つね》に得たり　君王の笑みを帯びて看るを
解釈春風無限恨　春風　無限の恨みを解釈して

沈香亭北倚闌干　沈香亭北　闌干に倚る

「清平調詞」は、美女楊貴妃を賞賛するために作られた。其一は、花のように美しく仙女のように艶やかな楊貴妃の容姿を誉め、其二は、楚の襄王が夢の中で出会った巫山の神女や漢の宮中にいた趙飛燕にも勝る楊貴妃の美貌を称え、其三は、楊貴妃はあらゆる憂愁を解消するほど素晴らしいと絶賛する。

「清平調詞」の影響を強く受けたと思われる「長恨歌」の詩句を次に示す。

李白「清平調詞」

雲想衣裳花想容（1-1）

春風払檻露華濃（1-2）

若非群玉山頭見（1-3）

会向瑤台月下逢（1-4）

一枝紅艶露凝香（2-1）

雲雨巫山枉断腸（2-2）

白居易「長恨歌」

芙蓉如面柳如眉（59）　雲鬢花顔金歩揺（13）

雲鬢半偏新睡覚（95）　玉容寂寞涙闌干（99）

春風桃李花開日（61）　鴛鴦瓦冷霜華重（71）

玉楼宴罷酔如春（22）　翠翹金雀玉搔頭（40）

不見玉顔空死処（54）　金闕西廂叩玉扃（89）

玉容寂寞涙闌干（99）　忽聞海上有仙山（83）

天上人間会相見（112）　行宮見月傷心色（49）

梨花一枝春帯雨（100）　温泉水滑洗凝脂（100）

緩歌謾舞凝糸竹（29）　含情凝睇謝君王（101）

雲鬢花顔金歩揺（13）　雲鬢半偏新睡覚（95）

借問漢宮誰得似（2-3）
梨花一枝春帯雨（100）　夜雨聞鈴腸断声（50）
秋雨梧桐葉落時（62）
漢皇重色思傾国（1）

可憐飛燕倚新妝（2-4）
可憐光彩生門戸（24）　金屋妝成嬌侍夜（21）

名花傾国両相歓（3-1）
雲鬢花顔金歩揺（13）　雪膚花貌参差是（88）
春風桃李花開日（61）　漢皇重色思傾国（1）
一別音容両渺茫（102）　承歓侍宴無閑暇（17）

長得君王帯笑看（3-2）
一朝選在君王側（6）　従此君王不早朝（16）
尽日君王看不足（30）　梨花一枝春帯雨（100）
回眸一笑百媚生（7）

解釈春風無限恨（3-3）
春風桃李花開日（61）　此恨綿綿無絶期（120）

沈香亭北倚闌干（3-4）
玉容寂寞涙闌干（99）

白居易の「長恨歌」は李白の「清平調詞」の詩語を大幅に取り入れており、両者に酷似した表現が極めて多いことは歴然としている。

では、「清平調詞」其一の第一句から其三の第四句までの全十二句を、句ごとに検証してみることにする。

三　「清平調詞」其一と「長恨歌」

「雲想衣裳花想容」（第一句）について

雲のような衣裳をまとって花のように美しい楊貴妃に魅せられた李白は、「衣裳如雲容似花（衣裳は雲の如く 容は花に似たり）」とでも言うべきところを、「雲には衣裳を想ひ 花には容を想ふ（雲を眺めると美しかった衣裳を思い出し、牡丹の花を目にすると美しかった容姿を思い出すでしょう）」と表現した。目に焼きついて離れない楊貴妃の艶やかさを絶賛するために、平凡な比喩表現を壊して、主語であるべき「衣裳」と「容」を目的語にし、目的語であるべき「雲」と「花」を主語にしたのである。

ところが皮肉なことに、生前の楊貴妃が目に焼きついて離れなかったのは、李白ではなく、楊貴妃を失った玄宗自身であった。「帰り来たれば 池苑は 皆 旧の如く（都に帰ってみれば池も庭も昔のままであり）」（57）、「太液芙蓉 未央の柳（太液池の蓮の花も未央宮の柳もやはり昔のままだった）」（58）。「芙蓉は面の如く 柳は眉の如し（蓮の花は楊貴妃の美しい顔、柳の葉は楊貴妃の細い眉のようであり）」（59）、「此に対して 如何ぞ涙を垂らさざる（これらを見ていると自然に涙がこぼれてきた）」（60）。「面は芙蓉の如く 眉は柳の如」き楊貴妃を思い出したからに他ならない。主語と目的語を入れ替える手法を、白居易は李白から学んでいる。

「長恨歌」には、「雲鬢」の用例が二つある。「雲鬢 花顔 金歩揺」（13）と「雲鬢 半ば偏《かたむ》きて 新たに睡りより覚む」（95）である。前者は生前の楊貴妃の髪型、後者は仙界の楊太真の髪型であり、「雲鬢」こそ、楊貴妃と楊太真の両者が同一人物である何よりの証拠である。「雲鬢」とは、雲のようにふくよかな黒髪のことで、『詩経』の

「鬒髪 雲の如し」（鄭風「君子偕老」）に基づく詩語である。「羅襦 金薄《きんぱく》 厠《まじ》はり、雲鬢 花釵《くわさい》挙がる」（沈約「少年新婚為之詠詩」・『玉台新詠』巻五）など、梁・陳時代の詩に五つの用例がある。その中でも注目すべきは、北朝の歌謡「木蘭詩」の「我が旧時の裳を著け、窓に当たりて 雲鬢を理《をさ》む」（『楽府詩集』巻二五）である。父親の代わりに従軍して国家のために華々しい戦功を挙げて「帰来」した木蘭は、孝と忠とを見事に両立させた立派な女性である。国家の大混乱の原因を作った楊貴妃も、同じように「雲鬢」の美女であったが、二人の間には雲泥の差がある。「政治家」白居易の「悪女」楊貴妃に対する批判の眼は、「新楽府」の「上陽白髪人」（0131）「胡旋女」（0132）においても相当厳しい。「長恨歌」には、玄宗と楊貴妃に同情した「感傷」的な歌としての側面と、彼らを批判した「諷諭」の歌としての側面が混在しているが、白居易の批判は相当厳しいように思われる。

「春風払檻露華濃」（第二句）について

「春風 檻を払ひて 露華濃かなり」は、「長恨歌」の「春風 桃李 花開く日」（61）と「鴛鴦の瓦は冷やかにして霜華重し」（71）の両句に引き継がれる。香しい牡丹の花と化粧を施した楊貴妃を撫でるようにして吹きぬける「春風」は、名花牡丹と美女楊貴妃を引き立てるに十分な役割を果たす。だからこそ、あでやかな桃李が花開く日に吹く「春風」は、桐の葉を落として降り続く「秋雨」とともに、玄宗の哀しみを増幅させるのである。

「春風」は多くの詩人に好まれた詩語の一つであるが、詩語として使われるようになるのは比較的遅く（2）、後漢の宋子侯「董嬌饒詩」が最も早い例である。

洛陽城東路　洛陽　城東の路
桃李生路傍　桃李　路傍に生ず
花花自相対　花花　自ら相対し
葉葉自相当　葉葉　自ら相当たる
春風東北起　春風　東北より起こり
花葉正低昂　花葉　正に低昂す
不知誰家子　知らず　誰が家の子ぞ
提籠行採桑　籠を提《さ》げて　行《ゆ》くゆく桑を採る
（後略）　　　　　　　　　　　　　　　　　　　　　（『玉台新詠』巻一）

「春風桃李花開日」（61）がこの詩を念頭において作られた可能性は高い。董嬌饒の説いた無常観は、楊貴妃にそのまま当てはまる。秋に散った花も春になればまた香るが、花のように色香ただよう美女は、花の命よりもはかなく春の盛りに散ってしまったのだから。

「露華」については、「露の光」「光り輝く露」「華のように美しい露」「露を帯びた花」など諸説がある。しかし、解釈の問題よりもっと重要なのは、なぜ「露華」ではなく「霜華」なのかという点である。白居易が「春の露」ではなく「秋の霜」を用いたのは、次の歌の影響があると私は考えている。

中庭雑樹多　　中庭に雑樹多きも

偏為梅咨嗟　偏に梅の為に咨嗟す
問君何独然　君に問ふ　何ぞ独り然るやと
念其霜中能作花　其の霜中能く花を作《な》し
露中能作実　露中に　能く実を作すを念ふ
揺蕩春風媚春日　春風に揺蕩せられて　春日に媚ぶるも
念爾零落逐寒風　念ふ　爾の零落して寒風を逐ひ
徒有霜華無霜質　徒だ霜華のみ有りて　霜質無きを
（鮑照「梅花落」）

寒風に吹かれながらも美しい花を咲かせ、霜や露にも負けずに実を結ぶ「梅」と、春風に揺れ動き暖かい日の光に媚びへつらう「雑樹」。鮑照（四一二?～四六六）が強靭な「梅」を称賛して脆弱な「雑樹」を批判するのは、門閥貴族制度下にあって寒門出身者なるが故に冷遇されている鮑照の、恵まれた貴族たちへの嫉妬や反発があるからである。「霜華」は霜のように真っ白な花のことで、「霜質」は冷たい霜に耐える強い性質のことである。「霜華のみ有りて　霜質無き」と慨嘆した鮑照の批判と、安禄山の反乱によって脆くも崩れ去った玄宗政権に対する白居易の批判とは、同一線上にあると見なすべきである。

「鴛鴦の瓦」（71）は、幸福だった時代の「芙蓉の帳」（14）に対応する。前者は梁の昭明太子蕭統「講席将畢賦三十韻詩依次用」に、「日は麗《て》らす　鴛鴦の瓦、風は度《わた》る　蜘蹰の屋」の用例があり、後者も、梁の簡文帝蕭綱「戯作謝恵連体十三韻詩」に、「珠縄　翡翠の帷、綺幕　芙蓉の帳」（『玉台新詠』巻七）の用例がある。

沈約の「竹火籠」の詩に、「鴛鴦の被を覆ひ持てば、百和　氛氳を吐く」（『謝宣城詩集』巻五）と詠じられている。

室内にあって暖かい竹火籠を覆う「鴛鴦の被《ふとん》」と、屋外にあって霜で覆われた冷たい「鴛鴦の瓦」は対照的である。春風に吹かれて濃やかな「露華」と、白い花のような秋の重たげな「霜華」もまた対照的である。夜は室内で「翡翠の衾《ふとん》」に包まれて二人で楽しい時間を過ごし、昼間は屋外で春風に吹かれながら二人で「露華」を眺めたこともあった玄宗が、冷たい「鴛鴦の瓦」に重く積もった「霜華」を一人で見つめているさまは、あまりにも痛まし過ぎる。

「若非群玉山頭見」（第三句）について

「群玉山」は、仙女西王母の住む山のことである。「この世のものとは思えない楊貴妃のような美女を探し求めたいのなら、『群玉山』にでも行かない限り絶対に見つからないでしょう」と、李白は楊貴妃に最大限の賛辞を贈呈する。それが皮肉なことに、楊貴妃は海上にある「仙山」の住人になってしまったのである。白居易の「長恨歌」が、現実にあった玄宗と楊貴妃の悲恋物語に道士の冥界遊行の話を付け加えたのは、李白「清平調詞」に少なからず影響されたのではないだろうか。「長恨歌」には「玉」という字が五回使われている。楊貴妃が三千の寵愛を一身に集めていた長安の宮殿の「玉楼（玉で作った楼閣）」(22)、道士が訪ねた黄金造り御殿の西側の宮殿にあった門扉の「玉扃（玉で飾った扉）」(89)、そして、楊貴妃の美しい顔と装飾品を表す「玉顔（玉のように美しい顔）」(54)「玉容（玉のように美しい容貌）」(99)「玉掻頭（玉でつくったかんざし）」(40) である。白居易は、女性の美しさを形容するのに「花」「雪」「玉」の比喩を用いることが多い。

「花」を用いた美女の描写には、「花瞼 雲鬢 玉楼に坐す」（「聴崔七妓人箏」0903）「顔色は花の如く 命は葉の如し」（「陵園妾」0161）「洛陽迎へ得たり 花の如き人」（「母別子」0157）「黄金を惜しまずして 蛾眉を買い、花の如き三四枝を揀び得たり」（「感故張僕射諸妓」0662）「花顔の去りてより、秋水に芙蓉無し」（「感鏡」0475）「蘇家の小女 箇箇と名づく、芙蓉の花腮 柳葉の眼」（「箇箇吟」0604）「娉婷十五 天仙に勝る、白日の姮娥 旱地の蓮」（「隣女」1297）「花中 此の物 西施に似、芙蓉 芍薬 皆 嫫母」（「山石榴寄元九」0593）などがある。

「雪」を用いた美女の描写には、「声を尋ねて 其の人を見れば、婦有り 顔 雪の如し（「夜聞歌者」0498）「半ば露はす 胸 雪の如きを、斜めに回る 臉波に似たるを」（「呉宮詞」1085）「謾《みだり》に胸前の雪を愛す、其れ頭上の霜を如《いか》んせん」（「代謝好答崔員外」1301）「姑山 半峰の雪、瑤水 一枝の蓮」（「玉真張観主下小女冠阿容」1281）などがある。

「玉」を用いた美女の描写には、「窈窕たる 双鬟の女、容徳 倶に玉の如し」（「続古詩」十首其五 0069）「青糸の髪落ちて 叢鬢疎に、紅玉の膚銷えて 繋裙慢し」（「陵園妾」0161）「曾て玉顔と共に橋上に別かれ、消息を知らずして 今朝に到る」（「板橋路」1288）「舞を看れば 顔 玉の如く、詩を聴けば 韻 金に似たり」（「清明日観妓聴客詩」1360）「君が簾下に唱歌する人を愛す、色は芙蓉に似て 声は玉に似たり」（「酔題沈子明壁」2238）「皆云ふ 内に入れば便ち恩を承けんと、臉は芙蓉に似 胸は玉に似たり」（「上陽白髪人」0131）などがある。

「花の如し」「雪の如し」「玉の如し」は、女性美を形容するのにふさわしい比喩表現である。「花顔」（13）「玉顔」（54）「雪膚」（88）「花貌」（88）「玉容」（99）という「長恨歌」の詩語は、楊貴妃の実物を見ることの出来ない白居易のイマジネーションの産物であり、平易なるが故に分かりやすく、簡潔なるが故に親しみやすくなっている。

「会向瑤台月下逢」（第四句）について

「瑤台」とは、五色の玉で作った美しい高台のことで、『楚辞』の「離騒」に有娀《ゆうじゅう》氏の美女が住む所として登場している。「月下」について、大野實之助氏は、「この首の中で難解な語は群玉山と瑤台である。この二つは同一のところを指しているようにも思われるが、同一の場所と観ては意が通じない。別のところと観れば瑤台は月中の一場所と考えねばならぬ。或は月下とある語に拘束されて月の光りの照っている地上のある場所というように考える向きもあるようであるけれども、しかし真意はそうではなくやはり月の世界の瑤台と看るのが妥当であろう。月下は月中というのとその意が同じであると観たい」と説明する(3)。

この世のものと思えない楊貴妃のような美女は、「会ず瑤台月下に向いて逢はん(きっと、群玉山か月夜の瑤台においてしか逢えないでしょう)」と李白は楽しそうに詠じたが、楊太真は、「天上 人間 会ず相見ん(天上と人間に別れていても、何時の日か必ずお会いすることが出来るでしょう)」(112)と、叶うはずのない願望を悲しそうに述べる。将来の強い可能性を示す「会(きっと、必ず)」を同じように使っても、両者はあまりに違いすぎる。

「行宮 月を見れば 傷心の色」(49)とは、「会ず瑤台月下に向いて逢はん」と述べた李白の歌が念頭にあったからに他ならない。蜀の仮の御所で、(心を傷めさせるような)月を見て、玄宗は心を傷めているのである。

秋の月を眺めつつ「心を傷め」ている先行作品として、梁代の次の詩を挙げておきたい。

河漢東西陰　　河漢 東西に陰り
清光此夜出　　清光 此の夜出づ
入帳華珠被　　帳に入れば 華珠の被あり
斜筵照宝瑟　　斜筵 宝瑟を照らす
霜惨庭上蘭　　霜は 庭上の蘭を惨《いた》め

風鳴檐下橘　風は 檐下の橘に鳴る
独見傷心者　独り見る 心を傷める者の
孤燈坐幽室　孤燈 幽室に坐すを
（蕭子範「望秋月詩」・『芸文類聚』巻一）

「長恨歌」にも、「孤燈 挑《かか》げ尽くして 未だ眠りを成さず」(68)の句がある。「孤燈」の典故を「孤燈 幽幔に曖かなり」（宋・謝恵連「秋懐」・『文選』巻二三）に求める説もあるが(4)、失意を詠じた「詠懐」の詩ではなく、夫の帰りを待つ女性の「恋愛」感情を詠じた次のような梁代詩人の作品の影響が強いように思われる。

河漢縦且横　河漢は 縦にして且つ横
北斗横復直　北斗は 横にして復た直
星漢空如此　星漢 空しく此の如し
寧知心有憶　寧ぞ知らんや 心に憶ふこと有るを
孤燈曖不明　孤燈 曖として明かならず
寒機暁猶織　寒機 暁にも猶ほ織る
零涙向誰道　零涙 誰に向かひてか道《い》はん
雞鳴徒嘆息　雞鳴 徒らに嘆息す
（沈約「夜夜曲」・『玉台新詠』巻五）

征人別来久　征人 別来久し

年芳復臨牖　年芳　復た牖に臨む
燭下夜縫衣　燭下　夜　衣縫えば
春寒偏着手　春寒くして　偏に手に着く
願及帰飛雁　願はくは　帰飛の雁に及ばんと
因書寄高柳　書に因りて　高柳に寄す　（庾肩吾「奉和湘東王応令詩」二首其一「春宵」・『玉台新詠』巻八）

沈約（四四一～五一二）の詩は、天の川や北斗七星が輝く夜から鶏が鳴く暁まで、一睡も出来なかった女性を描く。彼女の寂しさは、「孤燈　挑げ尽くして　未だ眠りを成さず」（68）という玄宗の寂しさと同じである。

庾肩吾（四八七～五五一）の詩は、旅立った夫を長く待ち続け、寒い春の夜に灯火の下で衣を縫っている女性を描く。「長恨歌」にも、「春寒くして浴を賜ふ　華清の池」（9）という句がある。手も心も冷えきった無名の女性と、春まだ寒い日に華清池の温泉に入浴することを許されて、体も心も温かい楊貴妃とでは、同じ女性でありながらもその差は途方もなく大きい。

四　「清平調詞」其二と「長恨歌」

「一枝紅艶露凝香」（第一句）について

「一枝の紅艶　露　香を凝らす」を強く意識したのが、「梨花の一枝　春　雨を帯ぶ」（100）である。李白の「露」が白居易では「雨」に、李白の「凝」が白居易では「帯」になっている。李白の詩句が視覚や嗅覚に訴えるものとすれば、白居易の詩句は視覚と触覚に訴えるものである。同じ一枝の花でも、紅くて艶麗な「牡丹」の花と白くて清楚な「梨」の花では対照的である。前者が「牡丹」を愛でている玄宗の幸福な姿を描き、後者は雨に濡れた「梨」の花を眺めている玄宗の不幸な姿を描いていることは言うまでもない。

「一枝」の花といえば、南朝宋代の陸凱の詩が想起される。

折花逢駅使　花を折りて 駅使に逢ひ
寄与隴頭人　寄せて隴頭の人に与へん
江南無所有　江南には有る所無し
聊贈一枝春　聊か一枝の春を贈らん

（陸凱「贈范曄詩」・盛弘之『荊州記』）

江南に住む陸凱が長安に住む范曄に贈ろうとして手折ったのは、梅の花である。二人の年齢を推定して交友関係を否定する見方もあり(5)、江南に咲いた梅の花を長安まで持参するのは現実的に不可能だとしても、江南の「春を贈りたい」という心は温かく、「一枝の花」「一枝の梅」と言わずに「一枝の春」とした点は秀抜である。「一枝の春」は梅の代名詞になり、後世の詩人に大きな影響を与えた。李白も影響を受けた詩人の一人で、「一枝の牡丹」と言わずに「一枝の紅艶」と表現した点は新鮮である。それに対して、白居易の「梨花の一枝」は、平易で分かりやすい詩作を心がけた詩人らしい表現である(6)。

「凝香」の「凝」という語は、「長恨歌」に三回使われている。「凝脂」(10)「凝糸竹」(29)「凝睇」(101)である。「凝脂」は『詩経』衛風「碩人」の「手は柔荑の如く、膚は凝脂の如し」を典故にするが、漢魏晋南北朝時代の詩歌に、「凝膚」「凝嬌」「凝思」「凝情」などの用例はあっても、「凝脂」の用例は一つしかなく、「凝香」「凝睇」の用例は皆無である。「含情凝睇」は、『楚辞』九歌「山鬼」の「既に睇を含み、又笑ふに宜し」を典故にしたものであり、南朝梁の詩に「含睇」の用例が三つある。沈約の「湘夫人」・同じく「登高望詩」・何敬容「詠舞」である。「凝糸竹」(29)の「凝」について、「凝結する」「凝らす」「奏でる」「融けあう」など諸説があるが、いずれにしても管弦の音色の素晴らしさを表現したものに違いない。「凝香」は(牡丹の花の)香しさを、「凝脂」は(楊貴妃の)膚の白さを、「凝睇」は(楊太真の)ひとみの色っぽさを賛美したものである。

「帯雨」は、梁の庾肩吾「詠同泰寺浮図詩」と朱超「対雨詩」の用例が二つあり、華やかさとは対極の落ち着いたイメージを有する。白居易の「梨花一枝春帯雨」には寂寞とした趣があるが、李白の「一枝紅艶露凝香」を念頭に入れて鑑賞すれば、更に趣に深みを増す。紅い艶麗な牡丹の花によって象徴される美しい楊貴妃と、雨を帯びた白い清楚な梨の花によって象徴される楊太真とでは、あまりに対照的である。

「雲雨巫山枉断腸」(第二句)について

「雲雨巫山」は、楚の襄王の故事に基づく。宋玉の「高唐賦」によれば、楚の襄王と宋玉が雲夢の台に遊び、高唐の観を望んだところ、雲気があったので、宋玉は「朝雲」と言った。襄王がそのわけを尋ねると、宋玉は「昔先王(懐王)嘗て高唐に遊び、怠りて昼寝ぬ。夢に一婦人を見る。・・・去りて辞して曰く、『妾は巫山の陽、高丘の阻に在り。旦には朝雲と為り、暮には行雨と為る。朝朝暮暮、陽台の下にあり』」と答えた。それから襄王は、朝の雲や暮の雨を見るたびに仙女への思慕の情をつのらせたと伝えられている。

襄王を夢中にさせた美女、巫山の神女に断腸の思いを抱かせるほど、楊貴妃は美しかった。「眸を回らして 一たび笑へば 百媚生じ、六宮の粉黛も 顔色無し」（7・8）も、李白の影響を指摘し得る。

楚の襄王に（ぜひ会ってみたいと）「断腸」の思いを抱かせたのは巫山の神女だが、その巫山の神女に（嫉妬のあまり）「断腸」の思いを抱かせるほど美しかったのが楊貴妃である。楊貴妃を失った玄宗が（最愛の人を失って）「断腸」の思いを抱くのも当然である。楚の襄王・巫山の神女・楊貴妃・玄宗の四人の関係を示せば次のようになる。

楚の襄王 ―（断腸）→ 巫山の神女 ―（断腸）→ 楊貴妃
玄宗 ――――（断腸）――――→ 楊貴妃

楚の襄王は、朝の雲や夜の雨を見るたびに断腸の思いを抱いたというが、玄宗の断腸の思いはそれ以上である。なぜならば、楚の襄王は、懐王が「夢」の中で見た巫山の神女に一度も会ったことはなかったが、玄宗は楊貴妃を「現実」に深く寵愛していたのだから。しかも楊貴妃を失った原因が全て玄宗自身の不徳にあるのだから。

「聖主 朝朝暮暮の情」（48）、「夜雨 鈴を聞けば 腸断つの声」（50）、「秋雨 梧桐 葉落つるの時」（62）の三句のいずれも、襄王の故事を無視しては解釈できない。玄宗は朝な夕なに楊貴妃を思い出し、とりわけ雨の夜に鈴の音を聞くと断腸の思いを抱いた。降りしきる秋の雨に打たれて桐の葉が落ちる時も、思い出されるのは楊貴妃のことばかりであった。

第五〇句目の「鈴」を「猿」に作るテキストもある。もし「猿」が正しいとすれば、東晋時代の桓温（三一二〜

三七三）の「断腸」の故事と結びつく。桓温の部下に小猿を奪われた母猿の腸が悲しみのあまりに絶ち切れていたという故事である。故事の舞台「長江三峡」は、まさに楚の国にあり、「楚」「猿」「断腸」と「襄王」「朝雲」「暮雨」とが一つにつながる。

「借問漢宮誰得似」（第三句）について

「長恨歌」の冒頭で「漢皇 色を重んじ 傾国を思ふ」と述べ、玄宗・楊貴妃の物語を、あたかも漢の武帝と李夫人の物語のように仕立てた理由については、すでに多くの先学によって論じ尽くされているが（7）、「清平調詞」の「借問す 漢宮 誰か似るを得たると」に発想のヒントを得たと見ることはできないだろうか。「漢宮（漢の宮殿）」で楊貴妃に匹敵するほどの美女は趙飛燕であり、「漢皇（漢の武帝）」が愛した傾国の美女は李夫人であった。

「漢の宮殿で楊貴妃に匹敵するような美女はいただろうか？」「美しく化粧した趙飛燕くらいだろう」と、李白は自問自答する。李白の長安追放の一因になったとも言われる有名な詩句である。白居易もこの問題に興味を示し、彼自身の解答を用意した。すなわち春秋時代の西施、漢代の虞美人・李夫人・陳皇后・班婕妤・趙飛燕・王昭君・秦羅敷・董嬌饒・蔡琰・焦仲卿妻、北朝の木蘭ら、名だたる美女を思い起こさせる詩語を「長恨歌」の中に巧みに散りばめたのである。

西　施（8）・・・芙蓉帳暖度春宵（14）　太液芙蓉未央柳（58）　芙蓉如面柳如眉（59）

虞美人（9）・・・六軍不発無奈何（37）　宛転蛾眉馬前死（38）

李夫人・・・・・漢皇重色思傾国（1）　悠悠生死別経年（73）　魂魄不曾来入夢（74）
陳皇后(10)・・・金屋妝成嬌侍夜（21）　行宮見月傷心色（49）
班婕妤(11)・・・西宮南苑多秋草（63）　夕殿蛍飛思悄然（67）　孤燈挑尽未成眠（68）
趙飛燕(12)・・・姉妹弟兄皆列土（23）　昭陽殿裏恩愛絶（103）
王昭君(13)・・・聞道漢家天子使（91）
秦羅敷(14)・・・楊家有女初長成（3）　養在深閨人未識（4）
董嬌饒(15)・・・春風桃李花開日（61）　秋雨梧桐葉落時（62）
蔡　琰(16)・・・玉容寂寞涙闌干（99）
焦仲卿妻(17)・・唯将旧物表深情（107）　鈿合金釵寄将去（108）　臨別殷勤重寄詞（113）
　　　　　　　　在天願作比翼鳥（117）　在地願為連理枝（118）
木　蘭・・・・・雲鬢花顔金歩揺（13）　帰来池苑皆依旧（57）

「六宮の粉黛も　顔色無し」（8）と述べて、一方では楊貴妃のような美女は絶対に存在しないと否定しつつ、その一方で、歴代の美女のイメージを総動員して美女の楊貴妃像を作り上げたのは、巧みである。

「漢皇重色思傾国」（1）の「重色」についても触れておきたい。「重色」、すなわち「女色を尊重する」という穏やかな表現を用いて、「好色」という直截な表現を避けたのは、白居易の周到な配慮によるという見方が支配的だが、果たしてそうであろうか。私は三国時代の政治家、荀粲の過激な発言、「婦人は徳称するに足らず、当に色を以て主と為すべし」（『世説新語』惑溺篇）の影響を考えている(18)。『世説新語』にはこれとは逆に、「色を以て主と為」さなかった政治家の話がある。その政治家とは、東晋時代の王敦（二六六〜三二四）である。彼はある時身体をこわすほど色に耽っていたが、家臣の忠告に素直に従って、女性たちを解放した(19)。東晋王朝を倒そうとした野心家王敦は、決して色だけを重んじなかった。ということは、色に溺れて唐王朝を倒した玄宗皇帝は、悪名高い王敦にも劣る政治家で、美しい妻のために献身的な看病をして二十九歳の若さで死んだ荀粲並みの愚かな政治家ということになる。ちなみに、荀粲の行為は「世に譏りを得」、王敦の行為を「時人は（賛）嘆」した。

「可憐飛燕倚新妝」（第四句）について

「可憐」という詩語については、「間投詞的に文頭に置かれて、強い感動や激しい精神の動きを表現する」という説明がある(20)。李白の場合は「かわいい、美しい」の意味でとらえられるが、白居易の場合においては、「驚いたことに」という意味で、しかもプラスのイメージがやがてマイナスのイメージへと変わってゆく。すなわち、楊貴妃の後光が楊氏一門にも立ち上ったことは、楊氏一門にとっては栄誉でも、やがてそれが国家の混乱を引き起こす原因となるからである。

「金屋」は、漢の武帝（前一五九〜前八七）が若い時に「若し阿嬌を得て婦と作さば、当に金屋を作りて之を貯ふべし」（『漢武故事』）を典故としている。「阿嬌」とは、後の陳皇后である。衛子夫の出現によって武帝の寵愛を失った悲劇のヒロインとして、司馬相如（前一七九〜前一一七）の「長門賦」に描かれている。

「新妝」という語は、陳の後主（五五二〜六〇四）の「玉樹後庭花」に由来する。

麗宇芳林対高閣　麗宇 芳林 高閣に対す
新妝艶質本傾城　新妝の艶質 本 傾城
映戸凝嬌乍不進　戸に映じ 嬌を凝らし 乍ち進まず
出帷含態笑相迎　帷を出で 態を含み 笑ひて相迎ふ
妖姫臉似花含露　妖姫の臉は 花の露を含むに似たり
玉樹流光照後庭　玉樹の流光 後庭を照らす

白居易は、「傾国」（1）「麗質」（5）「回眸」（7）「一笑」（7）「妝成」（21）「嬌」（21）「玉楼」（22）「凝睇」（101）などの詩語の多くを「玉樹後庭花」から借用している。

李白の「新妝」を白居易は「妝成」に置き換えているが、「妝成」という詩語の用例として、梁元帝蕭繹「登顔園故閣詩」の「妝成りて 蝉鬢を理め、笑罷みて 蛾眉を斂む」（『玉台新詠』巻七）を指摘しておきたい。

「長恨歌」には『玉台新詠』所収の艶麗な「宮体詩」の影響を少なからず受けている。「長恨歌」の詩語で『玉台新詠』の詩歌に先行例のあるものを次に挙げる。

傾国（1）・・・何思澄「南苑逢美人詩」（巻六）
有女（3）・・・傅玄「有女篇豔歌行」（巻二）
未識（4）・・・劉令嫺「答徐悱妻唐娘七夕所穿鍼」（巻六）
麗質（5）・・・梁簡文帝蕭綱「孌童」（巻七）

一朝（6）・・・費昶「行路難」二首其一（巻九）
顔色（8）・・・傅玄「苦相篇」（巻二）
春寒（9）・・・庾肩吾「奉和湘東王応令詩」二首其一「春宵」（巻八）
凝脂（10）・・・劉孝威「郤縣遇見人織率爾寄婦詩」（巻八）
無力（11）・・・沈約「六憶詩」四首其三「憶食時」（巻五）・劉緩「寒閨」（巻五）
雲鬢（13・95）・沈約「少年新婚為之詠詩」（巻五）
金歩揺（13）・・傅玄「有女篇豔歌行」（巻二）
芙蓉帳（14）・・簡文帝蕭綱「戯作謝恵連体十三韻詩」（巻七）
承歓（17）・・・張華「情詩五首」其四（巻二）
妝成（21）・・・梁元帝蕭繹「登顔園故閣詩」（巻七）
光彩生（24）・・庾肩吾「類得横吹曲長安道」（巻八）
看不足（30）・・沈約「六憶詩」四首其一（巻五）
蛾眉（38）・・・張華「明月篇」（巻二）
花鈿（39）・・・庾肩吾「冬暁詩」（巻八）
玉顔（54）・・・張華「苦相篇豫章行」（巻二）・張華「明月篇」（巻二）
帰来（57）・・・宋子侯「董嬌饒詩」（巻一）
夕殿（67）・・・謝朓「玉階怨」（巻一〇）
蛍飛（67）・・・謝朓「玉階怨」（巻一〇）

孤燈（68）・・・沈約「夜夜曲」（巻五）
翡翠（72）・・・王僧孺「春閨有怨詩」（巻六）
梨花（100）・・・蕭子顕「燕歌行」（巻九）
含情（101）・・・梁武帝「襄陽白銅蹄歌」三首其一（巻一〇）
一別（102）・・・秦嘉「贈婦詩」三首其三（巻一）
音容（102）・・・王僧孺「為人傷近而不見詩」（巻六）
夜半（116）・・・鮑照「行路難」四首其一（巻九）
比翼（117）・・・魏文帝「於清河見挽船士新婚与妻別詩」（巻二）・傅玄「青青河辺草篇」（巻二）
連理（118）・・・梁武帝蕭衍「秋歌」四首其一（巻一〇）

この他にも発想の似た表現が散見する。たとえば、「眸を回らし一笑すれば 百媚生じ、六宮の粉黛も 顔色無し」（7・8）は、梁簡文帝蕭綱「孌童」の「嬾眼 時に笑ひを含み、玉手 乍ち花を攀ず」や「燕姫をして妒ましむるに足り、彌《いよ》いよ鄭女をして嗟せしむ」（『玉台新詠』巻七）に学んだ可能性がある。

「長恨歌」を創作する際に、筆と硯のそばに『玉台新詠』を置いていたのではないかと思うほど、白居易は『玉台新詠』の影響を受けている。

五　「清平調詞」其三と「長恨歌」

「名花傾国両相歓」（第一句）について

「長恨歌」は、「漢皇 色を重んじ 傾国を思ふ」の有名な句から始まる。「国を傾け」るほどの魅力的な美女を探し求めていた玄宗が、実際に「国を傾け」るほどの美女楊貴妃を手に入れ、本当に「国を傾け」てしまった悲劇を描いたのが、「長恨歌」である。「北方に佳人有り、絶世にして 独立す。一顧すれば 人の城を傾け、再顧すれば人の国を傾く。寧んぞ傾城と傾国とを知らざらんや。佳人 再びは得難し。」前漢の武帝に仕えていた楽人の李延年が、ある時こう歌うと、武帝は「この世の中にそんな美しい女性がいるだろうか」と溜息をついた。実は、李延年の妹こそが、その国を傾けるほどの美女だったのである。それ以来、武帝はこの女性、李夫人を深く愛するようになった。

「名花 傾国 両つながら相歓ぶ」。美しい牡丹の花と絶世の美女楊貴妃は、ともに春の歓喜にみち、ともに玄宗を歓喜させるに十分すぎるものであった。白居易は「長恨歌」で、「花のような顔」という語を二回使っている。「雲鬢 花顔 金歩揺」（13）「雪膚 花貌 参差として是なり」（88）がそれである。前者は生前の楊貴妃、後者は仙界に住む楊太真の顔である。

〈楊貴妃〉　　　　〈楊太真〉
「雲鬢」（13）　　「雲鬢」（95）

「凝脂」（10）　「雪膚」（88）
「玉顔」（54）　「玉容」（99）
「花顔」（13）　「花貌」（88）

雲のようにふくよかな髪、雪や玉のように白い膚、そして花のように美しい顔。いずれも楊貴妃と楊太真が同一人物であることを如実に示す証拠である。「春風桃李　花開く日」（61）に玄宗が涙を流すのは、桃李の花が開く春の日に、桃李の花のように美しかった楊貴妃を思い出すからである。

「太液の芙蓉　未央の柳、芙蓉は面の如く　柳は眉の如し」（58・59）、「梨花一枝　春　雨を帯ぶ」（100）。白居易は、「桃李」「芙蓉」「梨」などの花を楊貴妃のイメージとしてえがき、「牡丹」になぞらえることはしない。同じ三十代に作った諷諭詩「秦中吟」の中に、牡丹を買うために狂奔する長安の人々を批判した「買花」（0084）という歌があるが、彼が牡丹を嫌ったわけではない。豊満だったといわれる楊貴妃のイメージを白居易好みの清楚な女性に変えたとも言える。

「一別音容両渺茫」（102）の「両」を、「（私と玄宗の）二人とも」の意味にとる説もあるが、李白の「名花傾国両相歓」における「両」の用法に照らして、玄宗の「音（すなわち声）」を聞くことも「容（すなわち姿）」を見ることもなくなった、と解釈すべきだろう。

「一別」の先行用例として、「一別して　万恨を懐き、起坐して　為に寧からず」（秦嘉「贈婦詩」三首其三・『玉台新詠』巻一）を指摘したい。秦嘉は後漢の人。病気のために実家に帰った妻徐淑との間で交わされた贈答の詩が数首残っている。徐淑の妻は答える、

恨○無兮羽翼　恨む 羽翼の
高飛兮相追　高く飛びて 相追ふ無きを
長○吟兮永嘆　長吟 永嘆し
涙下兮霑衣　涙下りて 衣を霑す

（「秦嘉妻答詩」・『玉台新詠』巻一）

と。この詩句は、「長恨歌」という詩題に影響した可能性もある。病気のために夫に会えない秦嘉の妻徐淑の悲しみと、死んで玄宗に会えなくなった楊貴妃の悲しみは同じである。

「音容」は、次に挙げる王僧孺（四六五〜五二二）の「為人傷近而不見詩」を典故にしている。

嬴女鳳凰楼　嬴女は 鳳凰楼
漢姫柏梁殿　漢姫は 柏梁殿
詎勝仙将死　詎ぞ勝へん 仙 将に死せんとするに
音容猶可見　音容 猶ほ見る可し
我有一心人　我に 一心の人有り
異県不成隔　異県は 隔たるを成さず
同郷更脈脈　同郷 更に脈脈たり
脈脈如牛女　脈脈 牛女の如く

無妨年一語　年に一たび語るに妨げ無からん　（『玉台新詠』巻六）

恋人の簫史が鳳凰に乗って飛び去った「嬴女（秦女弄玉）」や、漢の武帝の寵愛を失った「漢姫（李夫人）」ですら、簫史や武帝の「音容」を見ることができたのに、どうして私だけが同郷の親しい人に会えないのか、せめて牽牛織女のように年に一度でもよいから会いたいと、近くにいながらも会えない悲しみを人に代わって詠じた詩である。近くにいて会えないのも悲しいが、「渺茫」たる空間に遠く隔てられた玄宗・楊貴妃の悲しみはもっと深い。

「承歓」(17) の語も、張華（二三二～三〇〇）の「情詩」五首其四に見える。

君居北海陽　君は　北海の陽に居り
妾在南江陰　妾は　南江の陰に在り
懸邈修塗遠　懸邈　修塗遠く
山川阻且深　山川　阻にして且つ深し
承歓注隆愛　歓を承けて　隆愛を注ぎ
結分投所欽　分を結びて　欽《した》ふ所に投ず
銜恩守篤義　恩を銜みて　篤義を守り
万里託微心　万里　微心を託せん
（『玉台新詠』巻二）

白居易がこの詩の「承歓」を典故にしたとすれば、「承歓侍宴無閒暇」の「承歓」は、楊貴妃が玄宗の機嫌をとっていたという意味ではなく、楊貴妃が玄宗の「歓（寵愛）を承け」ていたという意味で解釈すべきである。

「長得君王帯笑看」（第二句）について

「長恨歌」には「君王」という語が三回使われている。「一朝 選ばれて君王の側に在り」（6）「此れより 君王早朝せず」（16）、そして、李白の「長に得たり 君王の笑みを帯びて看るを」を踏襲したと思われる「尽日 君王看れども足らず」（30）である。楊貴妃を目の前にした玄宗の楽しそうな笑顔を李白は描き、「眸を回らして 一たび笑へば 百媚生ず」（7）という楊貴妃の笑顔を一日中見ても飽きない玄宗の満足感を、白居易は描く。

「一朝」という詩語の用例も多いが、梁の費昶「行路難」二首其一を意識しているかもしれない。貧しい少女が玉の輿に乗るシンデレラ・ストーリーが似ているからである。

君不見長安客舎門　君見ずや 長安 客舎の門
倡家少女名桃根　倡家の少女 名は桃根
貧窮夜紡無燈燭　貧窮にして 夜紡ぐに 燈燭無し
何言一朝奉至尊　何ぞ言はんや 一朝 至尊に奉ず
至尊離宮百余処　至尊の離宮 百余処
千門万戸不知曙　千門万戸 曙を知らず
（後略）　（『玉台新詠』巻九）

「看不足」は、梁の沈約「六憶詩」四首其一を意識している。意中の女性が「来る時」「坐る時」「食べる時」「眠る時」を思い浮かべる男性の歌である。

憶来時　　　来る時を憶ふ
灼灼上階墀　灼灼として 階墀より上る
勤勤叙離別　勤勤として 離別を叙べ
慊慊道相思　慊慊として 相思を道《い》ふ
相看常不足　相看て 常に足らざりしが
相見乃忘飢　相見 乃ち飢を忘る

（『玉臺新詠』巻五）

ちなみに、其三の「哺を含みて飢えざるが如く、甌を擎《ささ》げて力無きに似たり」の「無力」も、「侍児扶け起こすに嬌として力無し」（11）の典故かもしれない(21)。

「帯笑」は、南朝以前に用例がなく、李白の造語の可能性もある。この時代は、「含笑」が一般的であり、梁代の詩だけで十六もの用例がある。その一つが、次にあげる何遜（?～五一八）の「照鏡詩」である。

対影独含笑　影に対して 独り笑ひを含み
看花時転側　花を看て 時に転側す

（『玉台新詠』巻五）

いつも笑いを「帯」びて（「花」のように美しい）楊貴妃を「看」ていた玄宗が、春雨を「帯」びた一枝の梨の「花」を「看」て涙ぐんでいるさまは、想像するだけで哀しい。

「解釈春風無限恨」（第三句）について

「春風 無限の恨みを解釈す（春風が吹いてくると感ぜずにはいられない無限の恨みを解きほぐす）」ほど、美しい楊貴妃が、安禄山の乱が起こって、玄宗とともに蜀に亡命中に楊貴妃が馬嵬坡で殺されたのは、それからわずか十数年後のことであった。「無限の恨み」を解きほぐすほどの美女が、「無限の恨」を抱いてこの世を去った。白居易が楊貴妃の悲劇を詠じた歌を「長恨歌」と名づけたのは、実は李白「清平調詞」の「春風 無限の恨みを解釈し」に由来するのである。

漢代の楽府「鼓吹鐃歌」十八篇の中に「上邪」という歌がある。

上邪　　上や
我欲与君相知　　我 君と相知りて
長命無絶衰　　長命 絶衰無からんと欲す
山無陵　　山に陵《おか》 無く
江水為竭　　江水 為に竭き
冬雷震震夏雨雪　　冬に雷《いかずち》 震震として 夏に雪雨《ふ》り

天地合　　　天地合すれば
乃敢与君絶　乃ち敢て君と絶たん
（『宋書』楽志）

この歌が恋愛詩であるとすれば、これほど激しく恋愛感情を表現した歌は他に類を見ないだろう。「もし天変地異が起きたら、あなたとお別れしましょう。」「天変地異が起きない限り、あなたとお別れしたくありません！」永遠の愛の持続を願う崇高な祈りの言葉である。恋愛経験のある人なら誰もが抱く純粋な感情を、楊貴妃も玄宗に対して抱いていた。「天長地久有時尽、此恨綿綿無絶期（天地は悠久であるといってもいつかは尽きる時が来るが、この恨みだけはいつまでも続いて絶える時はないでしょう）」と、「長恨歌」は結ぶ。玄宗と楊貴妃は、「天地が合」したわけではないのに、別れざるを得なかった。お互いに愛し合っているからといって、二人の愛が永遠に持続するとは限らない。思い通りゆくこともあれば、思い通りゆかないこともあるのが人生である。そのことを如実に物語っているのが、他ならぬ「長恨歌」である。

「沈香亭北倚闌干」（第四句）について

李白の「闌干」は名詞であって、涙の流れるさまを形容した白居易の「闌干」とは明らかに違う。しかし、同じ漢字を使っていることは確かであるから、比較しても無意味ではなかろう。

「闌干」とは、人が落下するのを防ぐために橋や階段の縁に作りつけた「手すり」のことである。端から端まで均等に柵が並ぶ手すりには装飾的な美しさがある。その原義から派生して、涙が次から次に落ちる様子を「闌干」

と表現するようになったのだろう。李白は、沈香亭の北の階段にある「闌干」に寄りかかっている楊貴妃の姿を詠じて、「清平調詞」を締めくくる。それに対して、玄宗の使者の訪問に驚いた仙界の楊太真は、「闌干」として止めどなく涙を流し続ける。李白の描く幸福な楊貴妃と、白居易の描く不幸な楊太真との差はあまりに大きい。

「涙闌干」の典故は、次の歌である。

豈知重得兮入長安　豈に知らん 重ねて長安に入るを得るを
嘆息欲絶兮涙闌干　嘆息 絶えんと欲し 涙 闌干たり

（蔡琰「胡笳十八拍」）

蔡琰は、念願かなって長安に帰ることができたが、遊牧民族の男との間に生まれた子供を連れ帰ることは許されなかった。好きな人と結婚するという「女」としての喜び、愛する夫のために尽くすという「妻」としての喜びを失った蔡琰は、子供を育てるという「母」としての喜びまでも奪い去られた。「涙闌干」は、蔡琰の悲しみでもあり、楊貴妃の悲しみでもある。蔡琰はそれでも「長安に入る」ことができたが、楊太真は、「頭を回らして 下 人寰の処を望めば、長安を見ずして 塵霧を見る」すなわち「長安に入る」どころか、「長安を見」ることすらできなくなったのである。

「長安を見ず」とは、東晋時代、幼い明帝司馬紹（二九九～三二五）が「日」と「長安」との遠近を臨機応変に答えた故事に基づく[22]。仙界に行った楊貴妃は、異民族の侵略によって北中国を失い、長安に帰るどころか、長安を見ることすら出来なくなった東晋初期の北来貴族と同じように、悲痛な思いを抱きつつ「長安」に思いをめぐらせていた。

「回頭下望」も、魏の王粲（一七七〜二一七）の「頭を回らして長安を望む」（「七哀詩」）に基づく。後漢末の動乱を避けて長安から荊州に向かう十七歳の青年と同じように、楊貴妃も悲しそうに「頭を回らして」長安を望んでいた。

六　おわりに

さて以上、白居易の「長恨歌」と李白の「清平調詞」を比較してみたが、分析の結果、想像していた以上に李白の影響を受けていたことが明らかになった。「長恨歌」は「清平調詞」のパロディーであると断定するのは言いすぎかもしれないが、少なくとも、「長恨歌」を読み味わうのに、「清平調詞」の理解が不可欠であることは間違いない。

楊貴妃のような美女は仙界に行かなければ会えないと李白は言ったが、楊貴妃は本当に仙界に行ってしまった。漢の宮殿で彼女に匹敵する美女は趙飛燕くらいだと李白は言ったが、必ずしも趙飛燕だけではない。楊貴妃がいるだけで無限の恨みを忘れさせてくれると李白は言ったが、楊貴妃は無限の恨みを抱いて死んでしまった。

白居易の「長恨歌」は、「長命 絶哀無からん」と願いながら、わずか三十八歳の若さで非業の死を遂げた楊貴妃の鎮魂歌であった。「春風 無限の恨みを解釈す」るほどの美貌と幸運に恵まれた楊貴妃は、なぜ「無限の恨み」すなわち「長恨」を抱いて他界したのか。この疑問に答えようとしたのが「長恨歌」であった。「美人薄命」という通俗的な言い方がある。美女でありながら不幸な人生を送ったのは楊貴妃だけではない。虞美人・陳皇后・班婕妤・王昭君・蔡琰・焦仲卿妻・・・。いずれも美人薄命の典型である。白居易が「長恨歌」を作ったのは、元和元年

（八〇六）、エリート官僚への道の第一歩を踏み出した三十五歳の時である。優れた才能があっても出世の糸口を見出せなかった政治家白居易の苦悩を「長恨歌」に見出すことは十分可能である。

註

（1）この点についてはすでに、静永健氏に次のような指摘がある。

李白が楊貴妃の実像を見て詠んだとされる有名な「清平調詞三首」其三の（引用省略―筆者）は、白居易がこの玄宗楊貴妃の故事を「長恨」という語を用いて表現するに至る、その直接の典拠となるものではないかと考えられる。（『白居易「諷喩詩」の研究』勉誠出版・二〇〇〇）一七一頁

（2）拙稿「漢魏晋南北朝時代の詩歌における『春』『秋』（三）」（『プログレマテイークⅢ』・二〇〇二）一五〇頁。

（3）大野實之助『李太白詩歌全解』（早稲田大学出版部・一九八〇）二二五頁。

（4）西村富美子『白楽天』（角川書店・鑑賞中国の古典・一九八八）三五三頁。

（5）『漢魏晋南北朝詩鑑賞詞典』（山西人民出版社・一九八九）七二一頁。

（6）都留春雄氏に「梨花一枝春帯雨」という論文がある（『滋賀大國文』第一〇号・一九七三）。

（7）野口一雄『中国古典詩聚花　女性と恋愛』（小学館・一九八四）七二頁の解説がわかりやすい。『校注唐詩解釈辞典』（松浦友久・大修館書店・一九八七）四八四頁にもまとめている。

（8）西施は、春秋時代の越の美女。「西施微笑」という蓮の品種があるほど「芙蓉（蓮）」と縁が深い。

（9）虞美人は、楚の項羽の愛人。「垓下歌」の「虞兮虞兮奈若何」で知られる。玄宗と楊貴妃の悲劇は、項羽と虞美人の悲劇と似通う。この点は、川合康三「『長恨歌』について」（『終南山の変容』・研文出版・一九九九）に指摘がある。

（10）陳皇后は、漢の武帝の皇后。衛子夫の出現で武帝の寵愛を失い、長門宮に退いた。「月」と縁が深く、たとえば李白の「長門怨」に「月光欲到長門殿」とある。

（11）班婕妤は、漢の成帝の宮女。趙飛燕の出現で成帝の寵愛を失い、「西宮（長信宮）」に退いた。謝朓の「玉階怨」や王昌齢の「西宮春怨」「長信秋詞」など、陳皇后とともに。失恋した女性の典型として数多くの詩歌に描かれる。

（12）趙飛燕は、漢の成帝の寵愛を受けて皇后になった女性。成帝の寵愛が衰えると、妹の趙昭儀が寵愛を受け、姉妹は十数年

間、寵愛を独占した。「昭陽殿」は、成帝が趙昭儀に賜った宮殿で、未央宮にあった。

(13) 王昭君は、漢の元帝の女官。匈奴の王妃として遣わされた非劇の美女。白居易の「王昭君」二首其二に「漢使却回憑寄語」とある。

(14) 秦羅敷は、漢代の楽府「陌上桑」の主人公。冒頭に「日出東南隅、照我秦氏楼。秦氏有好女、自名為羅敷」とある。

(15) 董嬌饒は、宋子侯の「董嬌饒」に登場する桑摘み女。彼女は、春風に吹かれて桃李の花は揺れ動いているが、秋になると花は必ず散るといった主旨の無常観を語る。

(16) 蔡琰は、後漢末の学者蔡邕の娘。動乱の際に胡族の皇后となる。「胡笳十八拍」に、「豈知重得兮入長安、嘆息欲絶兮涙闌干」の句がある。なお、「胡笳十八拍」は偽作という説が有力である。

(17) 焦仲卿の妻は、『楽府詩集』の「雑曲歌辞」に分類される楽府（別名「孔雀東南飛」）の主人公の女性。後漢末に起きた夫婦心中事件に基づく長篇の叙事詩。実家に帰る妻が夫の母に別れを告げる場面や、夫に片身の品々を渡す場面、二人の墓に植えた松柏や梧桐が「連理の枝」となる場面など、「長恨歌」に大きな影響を与えた。遠藤寛一氏「長恨歌の研究（八）―長恨歌の拠り所となった悲恋物語を探る―」（『江戸川短期大学紀要』第一七号・二〇〇二）に詳しい。

(18) 荀奉倩（荀粲）は 婦と至って篤し。冬月 婦病みて熱あり。乃ち中庭に出でて自ら冷を取り、還って身を以て之に熨す。婦亡じ、奉倩 後 少時にして亦た卒す。是を以て 譏りを世に獲たり。奉倩曰く、「婦人は 徳 称するに足らず。当に色を以て主と為すべし」と。裴令（裴頠）之を聞きて曰く、「此れ乃ち是れ興到の事にして、盛徳の言に非ず。冀はくは 後人 未だ此の語に昧《くら》まされざらん」と。（『世説新語』惑溺篇二）

(19) 王処仲（王敦）、世に高尚の目を許す。常《かつ》て色に荒恣し、体 之が為に弊《つか》れ、左右 之を諌む。処仲曰く、「吾 乃ち覚らざるのみ。此の如きは 甚だ易きのみ」と。乃ち後閤を開き、諸婢妾数十人を駆りて 路に出だし、其の之《ゆ》く所に任す。時人 焉を嘆ず。（『世説新語』豪爽篇二）

(20) 松浦友久前掲書四九〇頁。

(21) 劉緩「寒閨」の詩に、「箱中 剪刀冷やかに、台上 面脂凝る。繊腰 転た力無く、寒衣 恐らく勝へざらん」（『玉台新詠』巻八）とある。これも「無力」の典故かもしれない。「無力」の語は、後漢の梁鴻の妻の孟光を意識している可能性もある。四大醜女の一人に数えられる孟光は、色が黒くて力持ちであったという。

(22) 晋の明帝（司馬紹）数歳にして、元帝（司馬睿）の膝上に坐す。人の長安より来たる有り。元帝 洛下の消息を問ひ、潸然として流涕す。明帝問ふ、「何を以て泣《なみだ》を致せる」と。具に東渡の意を以て之に告ぐ。因りて明帝に問ふ、「汝の意に謂《おも》へらく長安は日の遠きに何如《いかん》」と。答へて曰く、「日遠し。人の日辺より来たるを聞かず。居然として知る可し」と。元帝之を異とす。明日群臣を集めて宴会し、告ぐるに此の意を以てし、更に重ねて之を問ふ。乃ち答へて曰く、「日近し」と。元帝色を失ひて曰く、「爾何の故に昨日の言に異なるや」と。答へて曰く、「目を挙ぐれば日を見るも、長安を見ず」と。(『世説新語』夙恵篇三)

司馬紹が、私的な場で「日遠し」と答えたのは、「長安は近い」と言って、涙ぐんでいる父を慰めるためである。公的な場で「日近し」と答えたのは、「日よりも遠い」長安にいることを恥じるべきだと、家臣に発奮を促すためである。この話は、司馬紹の生年(二九九)と東晋王朝の建国(三一七)から推して実話ではないが、北来貴族の苦悩が伝わる真実味のある話である。

方干について

併せて中晩唐に於ける文人師承の事象について論ず

愛甲弘志

はじめに

官吏登用試驗である貢擧（科擧）が十分に整備された唐代に於いて、その合格を目指すのが當時の知識人たちの常識であった。彼らが經典の修得はおろか、作詩、作賦にまで日夜を分かたず没頭するのはその試驗の求めるところであったからである。この殆ど難行苦行といってもいいような努力が見事、實を結べば、そこで學んだことどもは中國封建王朝をしっかりと支える一員として、朝廷、或いは社會に於いて力を發揮する源と成り得た。しかし初志が叶わなかった時、彼はそれまで學んだことどもの意味をどうしても問わずにはおれない。

中唐以降、官吏になれなかった詩人たちが散見されるが、詩とは志を言うものという價値觀から遠ざけられ、或いは遠のかざるを得なかった彼らの詩作の意味も當然、問われなければならない。そこから文學の新しい展開が見えてくる。

本稿では官吏になるという夢を果たし得なかった詩人、方干なる人物をこの時代の一つの典型として取り上げて、彼を通して中晩唐特有の文學の有り樣を明らかにしてみたい。

方干について

方干という詩人について今日に於いては殆ど顧みられることはない。彼の生卒年も定かでなく、聞一多は「唐詩大系」の中で方干の詩を三首掲げて、彼が八〇九年（憲宗　元和四年）に生まれ、八七三年？（懿宗　咸通一四年ころ）に亡くなったと記しているが(1)、その没年は『唐才子傳』巻七「方干」の項に〈咸通末卒〉とあることに拠っているのであろうが、生年についてはそのように定める根拠についてよくわからない。『唐才子傳校箋』（第五冊補正）で陶敏氏は方干の生年は元和の前期で、光啓元年（八八五）前後に亡くなったようだとし(2)、『唐五代文學編年史　晩唐卷』は元和四年に生まれ、光啓二年（八八六）十月以前に亡くなったとしている(3)。またその出身地についても、『唐才子傳校箋』（第三册）で梁超然氏は『唐才子傳』が記す睦州の〈桐盧〉は住んだことがあるが、〈睦州清溪（※新安）〉（現在浙江省淳安縣）の人であるとする一方で、陶敏氏（第五冊補正）は〈睦州桐盧人〉だとする。方干の傳記は乾寧中（八九四－八九八）の進士、孫郃が「方玄英先生傳」を書いているが、それに拠ると、父親の方肅は進士に擧げられ、これも睦州桐盧の人とされる章八元に彼の詩が褒められて、その娘を娶らせたとある(4)。これらから晩唐の人、方干は江南の知識人の家に育ったことが知られるのである。

このような方干がもう少し注目されてもよいのではないかという理由を以下に述べるが、ただこれまでも彼を扱った人はいた。小林太市郎氏はその著『中國繪畫史論攷』の中で方干の詩に水墨畫に言及するものがあることに注目して次のように述べている(5)。

さて干の詩には畫に關するものが甚だ多い。凡そ唐末の詩人にして彼のように頻りに畫を詠める者はなく、また彼ほどの切實な理解を以て之を説いた者もない。殊に水墨畫を歌った作が多く、そのうちにまた示唆する所深きものが尠からずある。或は江南水墨畫の爲に彼は多く寄與したのではないかと考へられる。

唐代の水墨畫が殆ど傳わっていない今日、その實作から當時の狀況を正確に理解することは難しい。但だ中晩唐期に水墨畫が急速に進化していったことは九世紀中頃の張彦遠の『歴代名畫記』、そしてほぼ同じ頃に成ったとされる朱景玄の『唐朝名畫録』、更には唐末五代の荊浩の『筆法記』といった畫論によってじゅうぶんに窺い知ることができる(6)。加えてこのように詩作にも言及されていることが水墨畫研究の貴重な資料と成り得ているのである。この水墨畫の發展は但に繪畫という領域だけの問題と捉えてはならない。それは文學とも大いに關わっている。つまりこの世界をどのように捉えるべきかという藝術全般が抱える大命題と密接に關わっているのである。張彦遠の〈境は性と會す〉(『歴代名畫記』巻一「論畫山水樹石」)という言葉、また張彦遠と同じ頃の山水畫を得意とした張璪の〈外には造化を師とし、中には心源を得〉(同書巻一〇「唐朝下」)という言葉、更には彼に『繪境』という畫論のあったことも畫家の創作態度、或いは理想とする境地が中唐以降の詩論と並行して深化していく様相を呈しており(7)、方干の詩に水墨畫に言及するものがあるのは、まさにこの時代の人たちが繪畫や文學をも包攝する、より廣い藝術思想の大潮流の中にあるということが確かめられやすい好個の例なのである。本稿も彼が最も時代の影響を受けている典型的詩人であることを證し、そこから逆に彼を通してこの時代の特徴的な事象を捉えようとするのであるが、方干という詩人を取り上げる理由についていま少し述べてみたい。

方干がこれまで注目されなかったのは、彼が生きた時代が晩唐であったということで相當に割を食っているところがある。李白や杜甫の盛唐を唐代文學の絶頂期とし、中唐が次の山であったというのが後世の一般的な文學史觀であり、晩唐の詩人はそれらの後塵を拜していたとしか見なされない。更には方干が一度も官職に就くことがなかったことが注目されない大きな理由として數えることができる。彼の出仕への意欲が人並み以上のものであったことは彼の詩を見れば歴然としている。

枕上愁多百緒牽　　枕上愁多く百緒牽かる
常時睡覺在溪前　　常時睡覺溪前に在り
人間盡是交親力　　人間盡く是れ交親の力
莫道升沈總信天　　道ふ莫かれ升沈は總て天に信すと

（『玄英集』巻八「與長洲陳子美長官」）

このような露骨ともいえる延引を願う詩は他にも散見されるが、彼のこの願望に反して彼は益々、疎外感を味わわされるのである。

分手頻曾變寒暑　　手を分かちてより頻曾《しばしば》寒暑を變ず
迢迢遠意各何如　　迢迢として遠意各の何如
波濤一阻兩郷夢　　波濤一たび阻まる　兩の郷夢
歳月無過雙鯉魚　　歳月過《よ》すること無し　雙の鯉魚
吟處落花藏筆硯　　吟ずる處　落花は筆硯に藏れ
睡時風雨濕圖書　　睡る時　風雨は圖書を濕らす
比來俗輩皆疎我　　比來俗輩は皆我を疎んずるも
唯有故人心不疎　　唯だ故人の心疎んぜざる有り

（同巻四「寄江陵王少府」）

結局は願い叶わず、彼は江南は會稽の鑑湖の畔で隠棲せざるを得なかったのである。しかし「山を出でて蘇從事に寄す」詩（同巻七）にも〈寸心は火の似く頻りに薦を求むるも、兩鬂霜の如くして始めて機息む（寸心似火頻求薦、兩鬂如霜始息機）〉とはいうものの、なお出仕への願望と隠棲という諦観との葛藤は久しく續いていた。

慵拙幸便荒僻地　　慵拙は幸に荒僻の地に便なり
縱聽猿鳥亦何愁　　縱ままに猿鳥を聽けば亦た何ぞ愁へん
偶斟藥酒欺梅雨　　偶ま藥酒を斟めば梅雨を欺き
却著寒衣過麥秋　　却て寒衣を著て麥秋を過ごす
歳計有時添橡實　　歳計時有りて橡實を添へ
生涯一半在漁舟　　生涯の一半漁舟に在り
世人若便無知已　　世人若し便ち知已無ければ
應向此溪成白頭　　應に此の溪に白頭と成るべし

（同巻四「鑑湖西島言事」）

生きていくことに不器用な者にとって、かつがつながらもこの地こそ終の棲家に相應しいとはいかにも負け惜しみの裏返しであり、「山中に事を言ふ」詩（同巻四）の〈潛夫自ら孤雲の侶有れば、王侯に姓名を知らるるを要すべけんや（潛夫自有孤雲侶、可要王侯知姓名）〉というのも開き直っているが、「鏡湖西島に事を言ひ陶校書に寄す」詩（同巻三）に〈未だ必ずしも聖明の代ならざれば、長く雲水と親しむ。知音の延薦せざれば、何れの路にか泥塵を出でん（未必聖明代、長將雲水親。知音不延薦、何路出泥塵）〉ともいうように、正直に眞情を吐露するものもある(8)。しかしそれも漸く落ち着きを見せていく。

湖北湖西往復還　　湖北湖西往き復た還る

朝昏止處自由間　　朝昏止る處自由の間
暑天移榻就深竹　　暑天に榻を移して深竹に就き
月夜乘舟歸淺山　　月夜に舟に乘りて淺山に歸る
遶砌紫鱗欹枕釣　　砌に遶る紫鱗は枕を欹てて釣り
垂簷野果隔窗攀　　簷に垂るる野果は窗を隔てて攀づ
古賢暮齒方如此　　古賢暮齒方に此くの如きも
多笑愚儒鬢未班　　多く笑ふ愚儒の鬢未だ班ならざるを

（同巻四「湖北有茅齋湖西有松島輕棹往返頗諧素心因成四韻」）

この詩もそうであるが、方干の情景描寫はそのように描くことによって心の落ち着きを取り戻そうとする意識が強く働いていているようにみえる。そして最後の二句の自嘲的な笑いの中には嘗ての燃えるような野望は殆ど消えかかっている。方干の文學の眞骨頂はここからなのだが、このように都、長安から遠ざけられ、また政治社會からも隔てられ、同時に交際の場が狹められてしまったことが、彼への注目度を至って低くしているのは否めない事實である。

また方干の詩自體にも否定的な評價が生まれる要因はあった。南宋の開禧二年（一二〇六）に中奉大夫權尚書兵部侍郎兼中書舍人の雷孝友が「玄英先生集序」を書いている[9]。因みにこれは雷孝友が方干十二世の孫、方炳及びその子、方祕との誼で書かれたもので、方干の宋代以降の子孫のことについてはかなり詳しい。その序文に〈先生は詩を以て咸通・廣明の間（八六〇―八八一）に名ありて、兒童皆能く之を誦す（先生以詩名咸通・廣明間、兒童皆能誦之）〉と記されているが、これは方干の詩を肯定的に評價するものとして、子どもたちが彼の詩をよく諳んじていたことを引き合いに出しているのである。一方、南宋の葛立方が『韻語陽秋』卷二で、方干の「夏日靈隱寺の後峯に登る」詩について〈此れ眞に兒童の語なり（此眞兒童語也）〉というのはその眞反對をいく評價であるが、これもわかりやすい詩が方干の詩の特徴であることを裏づけていることになる。歐陽脩の『六一詩話』には唐末の詩人、鄭谷（八五一？—九一〇？）について次のように記している。

鄭谷の詩名は唐末に盛んなり。『雲臺編』が號さるるも世俗は但に其の官を稱して鄭都官の詩と爲す。其の詩極めて意思有りて、亦た佳句多し。但だ其の格は甚しくは高からず。其の人家に曉らせ易きを以て多く以て小兒に敎ふ。余兒たりし時、猶ほ之を誦せり。今其の集は世に行はれず。

鄭谷詩名盛於唐末。號雲臺編而世俗但稱其官爲鄭都官詩。其詩極有意思、亦多佳句。但其格不甚高。以其易曉人家多以敎小兒。余爲兒時、猶誦之。今其集不行於世矣。

誰でも解りやすい詩が子どもに打って付けのものであるというのは、例えば、明の呂坤の『社學要略』という啓蒙書の中にも見られる(10)。

毎日、童子、倦怠懶散の時に遇へば、詩一章を歌はしめよ。古今の極めて淺、極めて切、極めて痛快、極めて感發、極めて關係する者を擇び、集めて一書となし、これを歌詠せしむ。

毎日遇童子倦怠懶散之時、歌詩一章。擇古今極淺、極切、極痛快、極感發、極關係者、集爲一書、令之歌詠。

解りやすく面白い詩は注意散漫になりがちな子どもたちには相應しいが、それは大人の讀むものではない。蘇東坡が「柳子玉を祭る文」で〈元輕白俗、郊寒島瘦。嘹然として一たび吟ずれば、衆作卑陋たり（元輕白俗、郊寒島瘦、嘹然一吟、衆作卑陋）〉と述べたことと併せてみるならば、方干の詩が評價されにくいのも故なきことではなかった(11)。

また五代から北宋にかけての人、孫光憲の『北夢瑣言』の次のようなエピソードも方干の詩についてうまく言い當てている。

唐の呉郡の陸龜蒙、字は魯望、舊と名族なり。……方干の詩名呉中に著はるるも、陸は未だ之を許さず。一旦頓に詩五十首を作り、裝ひて方干の新製と爲す。時輩吟賞降仰すれば、陸謂ひて曰く、〈此れ乃ち下官方干の作に効ふなり。方の詩は模範中に在りて、句奇にして意精なり〉と。識者も亦た之を然りとす。薛許州能は詩道を以て己が任と爲す。劉德仁の詩卷を還して、詩有りて云へり、〈百首一首の如く、卷初は卷終の如し〉と。劉の態を變ずる能はざるを譏るは、乃ち陸の比なり。

唐呉郡陸龜蒙、字魯望、舊名族也。……方干詩名著於呉中、陸未許之。一旦頓作詩五十首、裝爲方干新製。時輩吟賞降仰、陸謂曰、〈此乃下官效方干之作也。方詩在模範中爾、句奇意精〉。識者亦然之。薛許州能、以詩道爲己任。還劉德仁卷、有詩云、〈百首如一首、卷初如卷終〉。譏劉不能變態、乃陸之比也。

（孫光憲撰『北夢瑣言』卷六）(12)

陸龜蒙は方干の晩年と重なるようだが、しかし方干を認めてはいなかった。そこで五〇首の詩を方干の新作と僞って見せたところ、皆が褒めたので、實は方干の詩を眞似ただけなのだと言ったという話であるが、そこにはやはり詩作に自信のある薛能が劉德仁（一作劉得仁）の詩が千篇一律だと皮肉った話も添えてある。方干の詩名は高く、模範となりえていたのだが、それは裏を返せば眞似ることができるということでもある。それはあっという間に五〇首もの詩を作ることができたという話が裏づけている。

とはいえ、晩唐という時代に積極的な意義を見出すならば、方干の文學もまたもう一度、再評價する餘地はじゅうぶんにある。尚永亮氏はその著『唐代詩歌的多元觀照』の中に「定量分析論」という章を設け、唐代の詩人三二二八人、詩作五〇四五四首を時期別、地域別などに分類し、唐代の文學の實狀や現象を數値で捉えるという畫期的な試みを行っている(13)。そこから晩唐という時代、江南という地域が大きな意味を持ち、更には方干自身が決して無視できない存在であることがはっきりと確かめられるのである。それに拠ると、初唐（三七五人、三四八九首）及び盛唐（四九五人、七六五一首）の唐前半期より、中唐（八〇一人、一八三八四首）及び晩唐（七九〇人、一七六一二首）の方が壓倒的に詩人數、作品數共に多いことが知られる。更にこれを地域と組み合わせて見ると、河南地方が初唐（五二人、八七九）・盛唐（六八人、二四一一首）が詩人數・作品數ともに一番多く、南方と比べて北方が壓倒的に優位である。中唐になっても北方の陝西地方（七六人、五三九二首）が詩人數・作品數ともに一番多く、北方が優位を保ってはいるが、南方の浙江地方（二五〇五首）が作品數では河南地方（二八二〇首）に次ぐ三位にまで上昇し、晩唐になると二位の陝西地方（四九人、二〇九二首）、三位の河南地方（四六人、一九六三首）よりも浙江地方（五四人、二九四六首）が詩人數・作品數共に一番多く、方干はここに入るのである。また一詩人の作品數だけで見ると、五百首以上の作者は二〇人（一五七三六首）、百首以上五百首未満の作者は九十七人（二〇五八二首）である。これらを併せても全體の人數の僅か三・六三％にすぎないが、作品數では七二％も占めている。方干の作品を『全唐詩』『全唐詩外編』で數えると三五一首で(14)、唐代の詩人の中で上位四三位以内にあり、間違いなく多作の詩人なのである。尚永亮氏は初・盛・中・晩唐を更に七つに分けて、初唐を第一代（創作時期が太宗貞觀―高宗龍朔年間　六二七―六六三）と第二代（太宗貞觀―高宗龍朔年間　六六六―七一〇）、盛唐を第三代（玄宗開元―代宗永泰年間　七一四―七六六）、中唐を第四代（代宗大曆前後　七六六―七九九）と第五代（德宗貞元―穆宗長慶年間　七八五―八二四）、晩唐を第六代（敬宗寶曆―宣宗大中年間　八二五―八五九）と第七代（懿宗大中―哀帝天祐年間　八六〇―九〇七）とし、それぞれに代表的詩人を掲げているが、その第六代に當てられる詩人に姚合・許渾・張祜・温庭筠・陳陶・杜牧・趙嘏・李羣玉・李商隱らと共に方干の名を擧げている。

これらの數字が物語るように、總じて文學の創作活動の場所が北から南へとその重みを增しながら拡がりを見せていく中にあって、詩作の多い詩人である方干が注目されても決して不思議ではないのである。

そもそも方干のその時代に於ける知名度の高さについて、それを窺うに足る幾つかの資料がある。ひとつは後蜀の何光遠の『鑑誡録』巻八「屈名儒」に載せるものである。

唐末の宰臣張文蔚・中書舎人封舜卿等奏すらく、前に名儒の屈する者十有五人有りて、孤魂に及第を賜はんことを請ふと。方干秀才は是れ其の數なり。

唐末宰臣張文蔚・中書舎人封舜卿等奏、前有名儒屈者十有五人、請賜孤魂及第。方干秀才是其數矣。

貢擧に及第叶わなかった者たちの死後に合格をさせるという上奏が行われたというが、南宋の洪邁の『容齋三筆』巻七には「唐昭宗恤録儒士」と題して次のように記している。

唐昭宗光化三年（九〇〇）十二月、左補闕韋莊奏すらく、詞人才子、時に遺賢有りて、一命も聖明に霑されずして、沒して千年の恨骨と作る。臣の知る所に據らば、則ち李賀・皇甫松・李羣玉・陸龜蒙・趙光遠・温庭筠・劉德仁・陸逵・傅錫・平曾・賈島・劉稚珪・羅鄴・方干有りて、倶に顯過無し。皆奇才有りて、麗句清詞、偏く詞人の口に在るも、寃を銜み恨を抱きて、竟に冥路の塵と爲る。伏して望むらく、進士及第を追賜し、各の補闕拾遺を贈られんことを。見存するもの唯だ羅隱一人にして、亦た乞ふらく特に科名を賜ひ、録して三署（?）に升らしめんことを。勅して莊を奬し中書門下をして詳酌處分せしむ。次年天復元年（九〇一）赦文あり。

唐昭宗光化三年十二月、左補闕韋莊奏、詞人才子、時有遺賢、不霑一命於聖明、沒作千年之恨骨。據臣所知、則有李賀・皇甫松・李羣玉・陸龜蒙・趙光遠・温庭筠・劉德仁・陸逵・傅錫・平曾・賈島・劉稚珪・羅鄴・方干、倶無顯過。皆有奇才、麗句清詞、偏在詞人之口、銜寃抱恨、竟爲冥路之塵。伏望追賜進士及第、各贈補闕拾遺。見存唯羅隱一人、亦乞特賜科名、録升三署。勑奬莊而令中書門下詳酌處分。次年天復元年赦文。

ここに記される上奏者や時期は前掲の『鑑誡録』と異なっているが[15]、身體的理由によって貢擧に及第できなかったともいわれる方干が、その死後、このような名譽に浴したということがいずれの書にも記されており、ここから當時の彼の知名度の高さが確かに知られ、冒頭部に引いた孫郃の「方玄英先生傳」に〈廣明（八八〇―八八一）中和（八八一―八八五）の間に律詩を爲る者、江の南に未だ及ぶもの者有らず（廣明中和間爲律詩、江之南未有及者）〉というのも決して誇張に聞こえなくなる[16]。因みにこの孫郃は『新唐書』卷六〇「藝文志」「別集類」に〈『孫氏小集』三卷。孫郃、字希韓、乾寧進士第〉と記される〈孫郃〉と同一人物で、同卷「文史類」に〈孫郃『文格』二卷〉とあるのも同じ人に違いなく、ここから彼の詩文に對する造詣のほどが知られ、方干に對する如上の評價もより重みを増すであろう[17]。方干自身も唐末五代の詩格の書との關わりが少なからずあり、方干と詩のやり取りのあった齊己（八六四―九三七？）の『風騷詩格』「詩有二十式」「十九曰禮儀」及び徐寅の『雅道機要』「明聯句深淺」、更には王夢簡の『詩格要律』「禮義門」に「中路に喩鳧に寄す」詩の〈送我杯中酒、典君身上衣〉を、また『詩格要律』「含蓄門」には「李頻に寄す」詩の〈軒車在何處、雨雪滿前山〉を、神彧の『詩格』「論破題」には「錢塘の路明府に貽る」詩の〈至業未得力、至今猶苦吟〉を、同書「論詩勢」には「李頻に寄す」詩の〈衆木又搖落、望君君不還〉を手本と成り得るものとして掲げている。また李洪宣の『緣情手鑑詩格』「審對法」には「揚州に旅次し郝氏林亭に寓居す」詩の〈鶴盤遠勢投孤嶼、蟬曳殘聲過別枝〉を引いて〈此れ卽ち深く力を失ふなり。切に宜しく之を忌むべし（此卽深失力也、切宜忌之）〉というが、例えば『瀛奎律髓』（卷二九「旅況類」）がこの聯について〈三四は絶佳にして、玄英一集の詩、此の聯冠と爲す（三四絶佳、玄英一集詩、此聯爲冠）〉というふうに、歴代、絶贊されるものであることと併せみるならば、この『緣情手鑑詩格』は當時の評價に敢えて反撥した發言とみることができるかもしれない。

このように詩格の書に於ける引用以外にも、方干の當時の評價の高さを知ることができるものがある。我が國で編纂された『千載佳句』の引詩狀況がそれである。大江維時（八八七—九六三）の手になるこの漢詩集は作者一五三人、詩一〇八二首を收め、殆どが中國の詩人のものであり、その編纂時期は唐末五代と重なる。編纂者が我が國の人とはいえ、ここに選ばれている詩人や詩から彼の地の雰圍氣を十分に讀み取ることができる。この『千載佳句』を校訂した宋紅氏は、更に詩人ごとに收録詩數を列擧しているが、いま一〇首以上のものについてここに抄出してみると次の通りである(18)。

五百七首　白居易／六五首　元稹／三四首　許渾／三〇首　章孝標／廿首　杜荀鶴／一九首　劉禹錫／一八首楊巨源／一六首　方干・温庭筠／一三首　趙嘏／一二首　何玄・賀蘭遂／一一首　王維／一〇首　羅隱

この詩集には李白（三首）や杜甫（六首）の詩も收めてはいるが、元白をメインに中晩唐に重きが置かれているのは、やはりこの詩集の編纂時期と大いに關係しているからである。そして方干は温庭筠と並んで八番目の採詩數であることも同樣に時代を反映していると見なければならないが、これは今日的評價と大きな隔たりがある。

また南宋の永嘉の四靈の一人、趙師秀の『衆妙集』は二二八首、七五人の、主に中晩唐のあっさりした五言律詩を選んでいるといわれるが(19)、五首以上選ばれた詩人の多い順に記してみると、ここにもその上位に方干を認めることができる。

劉長卿二三首／皇甫冉・周賀九首／劉禹錫・李嘉祐・錢起八首／方干・盧綸・崔塗・王維七首／司空曙・李頻六首／杜荀鶴・戴叔倫・耿緯・朱慶餘五首

因みに前述の如く、左補闕であった韋莊が貢擧に合格できなかった者たちのために上奏文を奉ったという、その年の七月に『又玄集』三巻を編纂しているが、そこには方干（三首）はもちろん、李賀（三首）・李羣玉（三首）・温庭筠（五首）・劉德仁（三首）・賈島（五首）の詩が選ばれている。

文人師承の事象について

今日でこそ方干は殆ど顧みられることはないが、しかし彼が當時に在ってはかなり注目されていた詩人であったことをこれまでいろいろな資料によって明らかにし得たではずである。そしてこの方干をこの時代の代表的詩人の一人と見做した時、だからこそ彼を通してその時代の文學的思潮や文學的事象をうまく捉えることができるのではと考えるのである。そこでこの方干を手掛かりとして、中晩唐期に於ける文人師承というこの時代の特徴的ともいえる事象について論じてみたい。

方干は苦吟の詩人を自認する。しかもその苦吟は出仕と對を成すことが多い。「錢塘の路明府に貽る」詩では次のように詠む。

志業不得力　　業に志すも力を得ず
至今猶苦吟　　今に至るも猶ほ苦吟す
吟成五字句　　吟じて五字の句成れば
用破一生心　　用て一生の心を破る
世路屈聲遠　　世路　屈聲遠く
寒溪怨氣深　　寒溪　怨氣深し

前賢多晩達　　前賢　晩達多ければ
莫怕雪霜侵　　雪霜の侵すを怕るること莫かれ

（『玄英集』巻一「貽銭塘路明府」）[20]

ここで方干は出仕が果たせないから、いつまでも苦吟しているというのである。それはまさに〈屈聲〉〈怨聲〉といったうらみ節である。「喩鳧に贈る」詩にも次のように詠んでいる。

所得非衆語　　得る所　衆語に非ずんば
衆人那得知　　衆人那んぞ知るを得ん
纔吟五字句　　纔かに五字の句を吟ずれば
又白幾莖髭　　又た白し幾莖の髭
月閣欹眠夜　　月閣　欹てて眠るの夜
霜軒正坐時　　霜軒　正に坐するの時
此時心更苦　　此の時心は更に苦しみ
恐作満頭絲　　恐る満頭の絲と作るを

（同巻一「贈喩鳧」）

ここでの苦吟は直接には喩鳧についてのものであろうが、これに共感するものがあってこそである。特に〈纔吟五字句、又白幾莖髭〉というのは、賈島（七七九―八四三）が「無可上人を送る」詩（『長江集』巻三）の〈獨り行く潭底の影、數ば息ふ樹邊の身（獨行潭底影、數息樹邊身）〉の句に自ら注して、〈二句三年にして得、一吟雙涙流る。知音如し賞せずんば、歸臥せん故山の秋に（二句三年得、一吟雙涙流。知音如不賞、歸臥故山秋）〉と詠んだのが想起され(21)、彼らが賈島の流れを汲んでいることを思わせる(22)。もっとも方干は賈島最晩年に「普州の司倉賈島に寄す」詩（『玄英集』巻二）を贈っており、兩者にはなんらかの關係が有ったように思われる。しかし方干は賈島を慕うが賈島には似ない。なぜなら方干は詩人としてのポーズの爲に苦吟を持ち出しているようにも見えるからで、且つ苦吟が出仕と對比されるばかりでは詩作そのものの意義を更に深く問い詰めるまでには至り得ない。そもそも貢擧に合格し、出仕を果たさんとする執念が方干にとっていかに抜きがたいものであったかははじめの方でも述べたが、次に掲げる詩の中の〈五字〉〈文章〉〈文字〉といったことばが餘りにもこれと緊密に絡み合っている。これが方干が賈島の苦吟には似ない所以である。

上國纔將五字去　　上國纔かに五字を將て去かば
全家便待一枝歸　　全家便ち一枝の歸るを待たん
（同巻五「送呉彦融赴擧」）

由來不要文章得　　由來文章もて得るを要せざるも
要且文章出衆人　　要且《むしろ》文章もて衆人より出でん
（同巻五「送弟子五秀才赴擧」）

文字不得力　　文字は力を得ず
桑麻難救貧　　桑麻は貧を救ひ難し
（同巻三「鏡湖西島言事寄陶校書」）

また次のようなものもある。

雖將劍鶴支殘債　　劍鶴を將て殘債を支ふと雖も

猶有歌篇取盛名　　猶ほ歌篇の盛名を取る有り

(同巻四「贈蕭山彭少府」)

何もかも無くなっても、詩人としての名は残るのだと友人を慰める方干の心の中にも文を以て立とうとするものがあったのだが、上の句の〈劍〉と〈鶴〉は活躍と隠棲という全く反對の價値觀を持つものが象徴的に使われている。それはまたひじょうにバランスの取れた士大夫の心持ちを表すものでもある。このことばは意外にも方干の詩に他に三例見られるだけで、彼以前にも彼以後にも用例は無いようである。方干の士大夫たらんとする強烈な志向がこのような造語からも透けて見える。

ところで自ら苦吟詩人を以て任じるかのような方干が前述のように、賈島の流れを汲むのではというのは既に指摘がある。例えば、元の方回の『瀛奎律髓』は朱慶餘の「早梅」詩のところで次のように記している。

張洎、項斯の詩に序して謂へり、元和中、張水部(張籍)の律格は舊體に渉らず。惟だ朱慶餘一人のみ親ら其の旨を授かる。沿ひて下れば、則ち任藩・陳標・章孝標・司空圖等有りて門に及ぶ。項斯は寶暦・開成の際に、尤も水部の賞する所と爲ると。然らば則ち韓門の諸人の詩派分異すれば、此れ張籍の派なり。姚合・李洞・方干より下るは、賈島の派なり。

張洎序項斯詩謂、元和中張水部律格不渉舊體。惟朱慶餘一人親授其旨。沿而下、則有任藩・陳標・章孝標・司空圖等及門。項斯於寶暦・開成之際、尤爲水部所賞。然則韓門諸人詩派分異、此張籍之派也。姚合・李洞・方干而下、賈島之派也。

(『瀛奎律髓』巻二〇「梅花類」「早梅　朱慶餘」)

これは明の楊愼の『升庵詩話』巻一一でも「晩唐兩派詩」として否定的に踏襲され、更には清の李懷民の『中晩

『唐詩主客圖』は張籍を淸眞雅正主とし、賈島を淸奇僻苦主としてそれぞれの詩の流れを描いているが、その李懷民の識語には次のように言う(23)。

余は貞元以後の近體詩を讀み、其の體格を穪量し、竊かに兩派を得たり。一派は張水部(張籍)。天然明麗にして、雕鏤を事とせずして氣味は道に近く、之を學べば以て躁妄を除き、矯飾を袪き、風雅に出入すべし。一派は賈長江(賈島)。力めて嶮奧を求め、心思を吝しまず氣骨は霄を凌ぎ、之を學べば以て浮靡を屛け、熟俗を却け、頑懦を振興すべし。

余讀貞元以後近體詩、穪量其體格、竊得兩派焉。一派張水部。天然明麗、不事雕鏤而氣味近道、學之可以除躁妄、袪矯飾、出入風雅。一派賈長江。力求嶮奧、不吝心思而氣骨凌霄、學之可以屛浮靡、却熟俗、振興頑懦。

そこで李懷民は賈島一派を次のように配置する。

淸奇僻苦主　賈島

上入室　李洞

入室　周賀・喩鳧・曹松

升堂　馬戴・裴説・許裳・唐求

及門　張祐・鄭谷・方干・于鄴・林寛

方干はこの賈島を淸奇僻苦主とするその「及門」の一人に數えられているが、前述の如く、盡くは賈島に似るものではない。この「及門」には鄭谷も並べられているが、趙昌平氏が「從鄭谷及其周圍詩人看唐末至宋初詩風動向」と題する論文で明らかにしている、賈島とは違う鄭谷の文學的特徴の方が方干により近いように思われる(24)。

因此宋以後唐宋二大詩派評谷詩爲淺俗，實未爲探本之論，谷詩淺切誠是，凡俗却未必，因爲這淺切中實包含對物象的深刻體察，作者的深刻匠心。……均淺而能遠，清婉有韻。……鄭谷的這種風格，究竟上承何種流派呢？清李懷民《晚唐詩主客圖》以賈島爲清眞僻苦主，而以鄭谷爲及門。誠然鄭谷與賈姚詩派後勁如馬戴、方干、李頻、李洞等都有較深關係，又不止一次地憑弔賈島墓（《長江縣經賈島墓》）；鄭谷又廣交詩僧，曾言〝詩無僧字格還卑〃，從上引詩句中可以看出其深於體察，善於刻畫中見悠然情韻，均得力於賈姚詩派，然而明顯不同的是，他絕無〝僻苦〃之態，險澁之句，却以淺切之辭、舒徐之致抜戟自成一隊。

鄭谷は賈島や姚合の流れを汲むものではあるが、そこに賈島のような苦しみ抜いて作られる難解な句ではなく、寧ろそういうものを纏わない、〈淺切〉とも見られるような風格があるというのは、前掲の歐陽修の『六一詩話』が語る鄭谷の詩の分かり易さに繫がるものであり、それはまた方干にもいえることでもあった。

そもそも方干が如何なる流派に屬しているかというのは、既に唐の大中十二年（八五八）の進士、張爲が書いた『詩人主客圖』の中にも記されており、そこでは彼は李益をその主とする「清奇雅正」の「升堂」の中に置かれている。

清奇雅正主　李益
上入室　蘇郁
入室　劉畋　僧清塞（周賀）　盧休　于鵠　楊洵美　張籍　楊巨源　楊敬之　僧無可　姚合
升堂　方干　馬戴　任蕃　賈島　厲玄　項斯　薛壽（薛濤？）
及门　僧良益　潘誠　于武陵　詹雄　衞准　僧志定　喩鳧　朱慶餘

この「升堂」には方干とともに賈島も並べられているが、このようなランク付けは『論語』「先進篇」の〈子曰く、由や、堂に升れり。未だ室に入らざるなり（子曰、由也、升堂矣。未入於室也）〉に基づくものである。また「清奇雅正」以外に「廣大敎化」「高古奧逸」「清奇僻苦」「博解宏拔」「瓌奇美麗」というふうに詩風を分け、そこからランク付けするというのは、梁の鍾嶸の『詩品』がそれぞの詩人の淵源を求め、それを上品・中品・下品とランク付けするのに近いものがあるが、二〇世紀の唐詩研究を整理總括した『中國新時期唐詩研究述評』には「唐詩流派與群體研究」という項を設けて次のように述べている(25)。

從總體上來看，對晩唐詩歌流派、群體與流行風格的研究稍嫌薄弱，事實上，中國古代最早的可以視之爲具有自覺的流派觀念的著作—張爲的《詩人主客圖》就出現在晩唐。

また尚永亮氏も前掲の『唐代詩歌的多元觀照』の中で次のように論じている。

第五代群是活躍在中唐後半期卽德宗貞元、憲宗元和年間的一批詩人。他們的創作高峰相對集中，詩人間過往深密〝韓孟〃、〝元白〃、〝韓柳〃、〝劉柳〃、〝劉白〃、〝張王〃，已成爲其個人友誼和創作聯盟的特稱。在詩歌創作上，其顯著特點是創新意識極強，而又具有明確的詩派觀念。韓孟、元白兩大流派一逐奇險，一求平易，大變唐詩舊貌；柳宗元、劉禹錫諸人更多地吟詠出貶謫失意的詩篇，賈島、李賀則劍走偏鋒，在詩藝上苦心經營。

このように中唐以降の文學の有り樣を詩派（主に時間軸）や群體（主に空間軸）を以てその特徴と見做しているが、例えば、賈晉華氏の『唐代集會總集與詩人群研究』もそこに着目した成果である(26)。ここで論じようとするのも大きくはこのような視野の中に收められるものではあるが、更に焦點を絞って、中唐以降の文學の有り樣をより明確にしてみたい。

方干自身の文學がどのように形成されていったかということは、他の詩人たち同樣に、なかなか窺いにくいものがあるが(27)、『唐摭言』には次のように記されている。

方干、桐廬の人なり。幼くして清才有りて、徐凝の器とする所と爲り、之に格律を誨ふ。干に或ひは句有りて云へり、〈新詩を把り得て草裏に論ず〉と。反語もて〈村裏老〉と云ふは、凝を譏ふのみ。

方干、桐廬人也。幼有清才、爲徐凝所器、誨之格律。干或有句云、〈把得新詩草裏論〉。反語云〈村裏老〉、謔凝而已。

（『唐摭言』巻一〇「韋荘奏請追贈不及第人近代者」）

徐凝といえば、長慶三年（八二三）、杭州刺史だった白樂天の下で張祜と争って解元を勝ち取ったことで有名であるが(28)、方干は彼に師事し〈格律〉を授かったのである。胡才甫氏の『方干詩選』が引用する「大清康熙戊辰（一六八八）」の日付のある、汪灐の「玄英集原序」にも次のようにいう。

唐の新定の方雄飛先生、元和中に詩律を徐凝に得、聲名大いに顯はる。姚武功（姚合）銭塘を守り（八三五）、一たび見て容を改め厚く之を延き致き、與に山澤の游を爲せり。

唐新定方雄飛先生、元和中得詩律於徐凝、聲名大顯。姚武功守錢塘、一見改容厚延致之、與爲山澤之游。

（汪灐「玄英集原序」）(29)

徐凝に師事したのを〈元和〉とする根拠は、方干が幼い頃のはずだからということになろうが、徐凝も同じ睦州の人とされていることから(30)、この二人を結びつける條件は整ってはいる(31)。

詩派研究にせよ、また群體研究にせよ、それら詩人間に何らかの繫がりがなければならないが、ここに見られるように、師と弟子という、より具體的な師承關係を明確にすることもまた重要なテーマと成り得る。前掲の『瀛奎律髓』の朱慶餘の「早梅」詩について〈張洎、項斯の詩に序して謂へり、元和中、張水部（張籍）の律格は舊體に渉らず。惟だ朱慶餘一人のみ親ら其の旨を授かる〉というのもそうであるが、靈澈（七四六―八一六）に關しても次のような記載がある。

經論を受くると雖も、一心に篇章を好む。越客の嚴維に從ひて、詩を爲るを學び、遂に籍籍として聞こゆる有り。維卒して、乃ち呉興に抵り、長老詩僧皎然と游び、講藝益す至れり。

雖受經論、一心好篇章。從越客嚴維、學爲詩、遂籍籍有聞。維卒、乃抵呉興、與長老詩僧皎然游、講藝益至。

（『文苑英華』巻七一三、劉禹錫「澈上人集序」）

蔣寅氏が〈大暦詩僧の殿軍〉と稱するこの靈澈ははじめ嚴維に詩の手ほどきを受け、嚴維が亡くなると、皎然にいろいろ學んだというのである(32)。

また鄭谷をめぐっても次のような話がある。

孫魴字は伯魚。性聰敏にして、學を好む。故唐末都官員外郎鄭谷亂を江淮に避け、魴之に從ひて遊び、盡く其の詩歌の體法を得。呉の時に文雅の士駢集し、魴遂に沈彬・李建勳と詩社を爲る。

孫魴字伯魚。性聰敏、好學。故唐末都官員外郎鄭谷避亂江淮、魴從之遊、盡得其詩歌體法。呉時文雅之士駢集、魴遂與沈彬・李建勳爲詩社。

（『十國春秋』巻三一「南唐一七」「孫魴傳」）

僧齊己益陽の人。……時に都官鄭谷袁州に在りて、詩を以て名あり。齊己詩とすべき所を攜へ（?）、徃きて謁して〈自ら封ず修藥の院、別に下す著僧の牀〉と云へる有り。谷之を覽て曰く、將に一字を改めて、方めて相ひ見ゆべしと。數日を經て、再び過り已に改め得たりと稱ひ、〈別に掃ふ著僧の牀〉と云へり。谷嘉賞して、結びて詩友と爲す。又た齊己に「早梅」詩有りて、中に〈昨夜數枝開くと〉と云へり。谷爲に點定して曰く〈數枝は早きこと非ざれば、一枝の佳きに若かず〉と。人は谷を以て齊己の一字の師と爲せり。

僧齊己益陽人。……時都官鄭谷在袁州、以詩名。齊己攜所詩、徃謁有云〈自封修藥院、別下著僧牀〉。谷覽之曰、將改一字、方可相見。經數日、再過稱已改得、云〈別掃著僧牀〉。谷嘉賞焉、結爲詩友。又齊己有「早梅」

詩、中云〈昨夜數枝開〉。谷爲點定曰〈數枝非早、不若一枝佳耳〉。人以谷爲齊己一字師。

（『十國春秋』巻一〇三「荊南四」「僧齊己傳」）

『詩人主客圖』や『中晩唐詩主客圖』が詩風が似ている所から、その詩派が繋がれていったのとは異なり、ここに擧げたものは、いずれも實際に詩の手ほどきを受けて、〈詩律〉や〈詩歌體法〉を授かったものである。方干自身にも〈弟子〉がいたという。

李頻師方干。後頻及第。詩僧清越贈干詩云、〈弟子已得桂、先生猶灌園〉。

李頻、方干を師とす。後に頻及第す。詩僧清越干に詩を贈りて云へり、〈弟子已に桂を得るも、先生は猶ほ園に灌ぐ〉と。

（『唐摭言』巻一〇「海叙不遇」）(33)

更に前掲の孫郃の「方玄英先生傳」にも次のようにいう。

詩弟子數人、知其深者弘農楊弇・釋子居遠。……先生有詩集十卷、弟子楊弇編之。

詩の弟子數人、其の深きを知る者は弘農の楊弇・釋子居遠なり。……先生に詩集十卷有りて、弟子楊弇之を編む。

（孫郃「方玄英先生傳」）

そもそも〈師〉や〈弟子〉とは儒・佛・道教、或いは技藝の世界で用いられるものであったが、このように詩の世界でもこのようなことばが使われるようなったということはこの時代の特徴的事象として注目される。そしてこの事象と通底するものとして貞元一九年（八〇三）、韓愈三六歳の時に書かれた「師の説」を想起せずにはいられない。

古の學ぶ者は必ず師有り。師とは道を傳へ、業を受け、惑ひを解く所以なり。人は生まれながらにして之を知る者には非ず。孰か能く惑ひ無からん。惑ひて師に從はずんば、其の惑ひ爲ること、終には解けず。……其の子を愛して、師を擇びて之に敎ふ。其の身に於いては、則ち師とするを恥づ。惑へり。彼の童子の師は之に書を授けて其の句讀を習はす者なり。吾の所謂其の道を傳へ、其の惑ひを解く者に非ざるなり。句讀の知らざる、惑ひの解けざる、或ひは師とし、或ひはしからず。小に學びて大に遺るるは、吾未だ其の明なるを見ざるなり。巫・毉・樂師・百工の人は相ひ師とするを恥ぢず。士大夫の族の師と曰ひ、弟子云と曰ふ者をば、則ち羣がり聚まりて之を笑ふ。之に問へば、則ち曰く、彼は彼と年相ひ若くなり。道は相似たるなり。位卑しければ、則ち羞づるに足り。官盛んなれば、則ち諛ふに近しと。ああ、師道の復せざること、知るべし。……孔子曰く、三人行へば則ち必ず我が師有り。故に弟子は必ずしも師に如かずんばあらず、師は必ずしも弟子より賢ならず。道を聞くに先後有り、術業に專攻あり、是くの如きのみ。

古之學者必有師。師者所以傳道、受業、解惑也。人非生而知之者。孰能無惑。惑而不從師、其爲惑也、終不解矣。……愛其子、擇師而敎之。於其身、則恥師焉。惑矣。彼童子之師授之書而習其句讀者也。非吾所謂傳其道、解其惑者也。句讀之不知、惑之不解、或師焉、或不焉。小學而大遺、吾未見其明也。巫・毉・樂師・百工之人不恥相師。士大夫之族曰師、曰弟子云者、則羣聚而笑之、問之、則曰、彼與彼年相若也。道相似也。位卑、則足羞。官盛、則近諛。嗚呼、師道之不復、可知矣。……孔子曰、三人行則必有我師。故弟子不必不如師、師不必賢於弟子。聞道有先後、術業有專攻、如是而已。

（『五百家注昌黎文集』巻一二「師説」）

ここで韓愈は〈道〉を傳受することについて、それが巫術・醫術・音樂・職人の世界の師弟關係のようにはいかないことを嘆いている。この發言は時の人々を刺激したようで、柳宗元は「韋中立に答ふるの書」で次のようにいう。

> 孟子稱へり、人の患は好んで人の師に爲るに在りと。魏晉より已下、人益す師に事へず。今の世に、師有るを聞かず。輒ち之を譁笑する有りて、以て狂人と爲す。獨り韓愈奮ひて、流俗を顧みず、笑侮を犯し、後學を收め召して、「師の説」を作り、因りて抗顔して師と爲る。世果して羣怪聚罵し、指目牽引して増す言詞を爲りて、愈よ是を以て狂名を得たり。
>
> 孟子稱、人之患在好爲人師。由魏晉已下、人益不事師。今之世、不聞有師。有輒譁笑之、以爲狂人。獨韓愈奮、不顧流俗、犯笑侮、收召後學、作「師説」、因抗顔而爲師。世果羣怪聚罵、指目牽引而増爲言詞、愈以是得狂名。
>
> （『唐文粋』巻八六「答韋中立書」）

この柳宗元の文から韓愈の發言が如何に世間から受け入れがたいものであったかが解るが、詩文創作に於いても韓愈の態度は同様であった。唐の趙璘『因話録』（巻三「商部下」）に〈元和中、後進は韓公を師匠とし、文體大いに變ず（元和中、後進師匠韓公、文體大變）〉というのもそれを裏づけているし、また『鑑誡録』巻八「賈忤旨」には彼の有名な賈島と韓愈の推敲の話を載せて、最後に〈共に詩道を論じ、數日厭かず、因りて島と布衣の交りを爲す（共論詩道、數日不厭、因與島爲布衣之交）〉と記されるのは如上の韓愈の發言と重なるものがあるが、韓愈の作品の中で最もそれがよく表れているのが〈元和十二年（八一七）十二月四日〉で始まる「石鼎聯句」の序文であろう。この聯句ははじめこそ楚語を使う衡山の道士、軒轅彌明と進士の劉師服及び校書郎の侯喜の三人で詠まれるが、最後は軒轅彌明にへこまされて、二人は〈尊師は世人に非ざるなり。某伏せり。願はくは弟子と爲らん。敢へて更に詩を論ぜず〈尊師非世人也。某伏矣。願爲弟子。不敢更論詩〉とひれ伏す。ここに詩作に於ける師と弟子との關係が生まれようとしているが、軒轅彌明も〈此れ皆與に語るに足らず。此れ寧ぞ文たらんや。吾は子の能くする所に就きて作るのみにして、吾の師に學びて能くする所の者に非ざるなり〈道士曰、此皆不足與語。此寧爲文耶。吾就子所能而作耳。非吾之所學於師而能者也〉と言うように、彼も師に就いて詩作を學んでいたのである。この軒轅彌明を賈島に比す説があるが、韓愈自身をこの人物に比していると考える方が「師の説」などと重ねられて讀みやすい。

まとめ

以上要するに、韓愈の「師の説」に見られる主張が中唐から晩唐にかけて具體的に文人師承の事象として現れるようになったことを明らかにしてきた。その例として、先ず方干を取り上げてみたが、それは二つの點に於いて彼が晩唐を代表する詩人と言えるからであった。一つはその當時の知名度に由るものであり、もう一つは彼の境遇に由るものである。前者については彼の文學そのものについてもう少し論じる必要があるが、本稿で引用した資料からも晩唐に於いて注目されていた詩人であるということは明らかにし得たはずである。後者の境遇については、彼が無位無官で、なおかつ江南に住んでいたということである。尚永亮氏は前掲の『唐代詩歌的多元觀照』の中で「晩唐文人類型及其對山林田園的群體性回歸」という章を設け、政治への情熱が薄れたり、仕官が叶わないことによって、隱棲して彼らの生活自體を藝術の對象としていくようになると述べ、この時期の文人を以下の三類に分けている[34]。

第一類文人。

他們都曾做過朝官，有一定的品級。但其中不少人是經過半生流離、嘗盡了艱辛磨難後纔得此一官的，而在得官之後，又曾產生過遠離朝廷的想法，直到付諸實踐。

許渾・杜牧・鄭畋・韋莊・高蟾・司空圖・錢珝・韓偓・呉融・秦韜玉・韓琮・曹鄴・鄭谷

第二類。

文人大多爲地方州縣官吏，或幕府僚佐，其中雖有少數人做了朝官，但品級不高，地位不顯，爲時也不長。

姚合・項斯・朱慶餘・雍陶・温庭筠・李商隱・李群玉・劉駕・劉滄・李頻・崔珏・薛逢・趙嘏・馬戴・崔櫓・羅隱・皮日休・聶夷中・曹松・崔道融・杜荀鶴・唐彦謙

第三類。

向往功業，追求半生却難副宏願，進士的大門向他們緊閉着，官場的路途更吝嗇向他們開放。

何植・李玫・皇甫松・李孺犀・梁望・毛濤・具麻・來鵠・賈隨・温庭筠・鄭瀆・何涓・周鈴・宋耘・沈駕・周繫・賈島・平曾・李淘・劉得仁・喻垣之・張喬・劇燕・許琳・陳覺・張維・皇甫川・郭鄩・劉庭輝（引『唐語林』卷二「文學」）

司馬札・方干・陳陶・張孜・陸龜蒙・章碣・羅虬・崔塗

官途に全く縁の無かった方干は當然、第三類の中に入れられる。これら隱棲していった文人たちは唐全體の半分以上に上ると尚永亮氏は明らかにするが、これさえも記録に殘っているものだけに過ぎず、晩唐の知識人たちの苦惱はこの時代に充滿していたのである。冒頭に述べたように、好むと好まざるとに關わらず、政治社會から遠のいた時に、詩作の意義を問い直し、そこに變化が生まれるのは當然のことであった。方干の詩が出仕に意欲を見せていた時のものと、隠棲へと心が傾斜していったものとに違いを見せるのは單に扱う題材が異なるからだけではない。このように政治社會にもたれず、また遠く都を離れた處で生きる知識人たちにとって、詩作をはじめとする、いわゆる知の繼承がどのように行われたかというのはたいへん興味が持たれるところである。本稿で文人師承という事象について注目したのもこのような關心からである。方干の場合、彼が徐凝に師事したのは幼い時のようであるが、年齢のいった者たちの間で師承關係が結ばれているものもあった。詩作を試みる者たちが大詩人たちの詩を諳んじたり、詩格に關する書で學んだり、詩會で競い合ったりする他に、直接、師と仰ぐ者に就き從って詩作を學ぶようになったこと、そしてこのような事象が積極的に諸書で語られるまでになったということから、この時代の消息の如何を窺い知ることができよう。

註

（1）聞一多「唐詩大系」（一九五六年　古籍出版社　『聞一多全集』四「詩選與校箋」所收）。

（2）『唐才子傳校箋』第五册「補正」（傅璇琮主編　一九九五年　中華書局）第三九〇頁。

（3）『唐五代文學編年史　晩唐卷』「八八六　唐僖宗光啓二年　壬寅」「十月」（呉在慶・傅璇琮著　一九九八年　遼海出版社）第七六九頁。なお胡才甫『方干詩選』（浙江歴代名家詩選叢書　一九八七年　浙江古籍出版社）の「前言」に〈據淳安《方氏宗譜》記載，他生於唐憲宗元和四年（公元八〇九年），卒於懿宗咸通一四年（公元八七三年），存年六五歳〉と記している。〈淳安〉は唐代の睦州清溪縣に當たるが、この家譜については未見。

（4）『全唐文』卷八二〇にも載せるが、『四庫全書』本『玄英集』及び『百名家全集』に附す同傳の方がより詳しい。なお本稿では『四庫全書』本『玄英集』を底本とする。

（5）『中國繪畫史論攷』「第五編　水墨畫の原始」「四　方干の周圍と貫休」（一九四七年　大八洲出版社）第二三〇頁。方干に關する最近の研究では周寅賓「論方干的浙江山水詩」（『文學遺産』一九九六年第二期）がある。

（6）水墨畫については次のものを參照。

中村茂夫『中國畫論の展開　晉唐宋元篇』（一九六五年　中山文化堂）。

小川裕充「唐宋山水畫史におけるイマジネーション（上）（中）（下）—潑墨から『早春圖』『瀟湘臥遊圖卷』まで—」（一九八〇年『國華』第一〇三四號・一九八〇年『國華』第一〇三五號・一九八〇年『國華』第一〇三六號）。

鈴木敬『中國繪畫史　上』「四　唐時代」（一九八一年　吉川弘文館）。

米澤嘉圃『米澤嘉圃美術史論集』上卷「唐代における『山水の變』」（一九九四年　國華社　原載は『國華』第一一六〇號　一九九二年）。

（7）權德輿の「左武衛冑曹許君集序」（『全唐文』卷四九〇）に〈凡所賦詩、皆意與境會。疏導情性、含寫飛動、得之於靜〉とあり、また司空圖の「與王駕評詩書」（『全唐文』卷八〇七）にも〈今王生者、寓居其間、浸漬益久。五言所得、長於思與境偕、乃詩家之所尚者〉とあり、更には方干の序を書いた王贊の「玄英集原序」にも〈夫干之爲詩、鋟肌滌骨、氷瑩霞絢。嘉肴自將、不吮餘雋。麗不葩紛、苦不棘癯。當其得志、倏與神會。詞若未至、意已獨往〉という。

（8）南宋、葛立方の『韻語陽秋』卷十一にも〈方干隱居鑑湖、任情於漁釣、似無心於仕宦者。觀山中言事詩云、山陰釣叟無知已、窺鏡撏多鬢空。別胡中丞云、吹噓若自毫端出、羽翼應從肉上生等語、豈全能忘情者耶。羅隱題其詩云、九霄無鶴版、幾鬢老漁樵、蓋亦借其隱道之言爾〉という。

（9）雷孝友「玄英先生集原序」（胡才甫『方干詩選』「附録一　序跋」所收。浙江歷代名家詩選叢書　一九八七年　浙江古籍出版社）。なお胡才甫氏の『方干詩選』は清の宣統三年（一九一一）、裔孫の方國鈞が重刊した『玄英先生述注』に拠ったといい、そこには五律一〇二首、七律一六七首、五七言排律九首、七絶三九首の計三一二首の他に歴代名賢題贈詩文、子孫の詩、序跋六篇が外編附録としてあることを明記し、この書の書影二葉まで載せてあるが、中國の書目にも見あたらず、どこに藏されているのか不明。

（10）陳弘謀編輯『養正遺規補編』（『四部備要』本）收錄。

（11）川合康三「『白俗』の檢討」（一九九四年　勉誠社『白居易研究講座』五初出。後に『終南山の變容』收録　研文出版　一九九九年）參照。

（12）北宋の王讜の『唐語林』卷四「棲逸」にも同樣の記事が見えるが、周勛初の『唐語林校證』（一九八七年　中華書局）は〈原書作「劉德仁」、當據改〉と注して、〈劉夢得〉に作っている。

（13）尚永亮『唐代詩歌的多元觀照』「五　定量分析論」「唐五代詩作者之地域分布與北南變化的定量分析」「唐知名詩人之層級

分布與代群發展的定量分析」（二〇〇五年　湖北人民出版社）。作品數や作者數については『全唐詩』『全唐詩補編』『全唐詩逸』及び陳尚君『全唐詩誤收詩考』（一九九七年　中國社會科學出版社『唐代文學叢考』所收）に拠っている。

(14) 方干の詩は他の詩人との重複が見られ、戴叔倫との重複が多い。佟培基『全唐詩重出誤收考』（一九九六年　陝西人民教育出版社）の論証では戴叔倫のものとすべきというものが多いが、ここはそれらも方干のものとして數えた。

(15) 『鑑誡録』に記される〈辛臣張文蔚〉は『舊五代史』巻一八「梁書」の「張文蔚傳」に〈昭宗初還京闕、皇綱寖微、文蔚所發詔令靡失厥中。論者多之。轉戸部侍郎仍依前充職。尋出爲禮部侍郎。天祐元年（九〇四）夏、拜中書侍郎平章事兼判戸部〉とあり、〈中書舍人封舜卿〉については、同巻六八「唐書」「封舜卿傳」に〈舜卿從子渭、昭宗遷雒時（九〇四）、爲翰林學士、舜卿爲中書舍人、叔姪對掌内外制〉とあり、この二人の事跡を重ねると、この上奏文が奉じられたのは天祐元年以降のことで、『容齋三筆』の〈唐昭宗光化三年十二月、左補闕韋莊奏〉とは合わず、この二つの記事には混亂があるようである。また五代、王定保の『唐摭言』巻一〇「韋莊奏請追贈不及第人近代者」には、韋莊が上奏文を奉った時期も記されていないが、追贈を請うた人たちの名前は次の通りである。

孟郊・李賀・皇甫松・李羣玉・陸龜蒙・趙光遠・李甘・温庭皓・劉得仁・陸逵・傅錫・平曾・賈島・劉稚珪・顧邵孫・沈珮・顧蒙・羅鄴・方干

□で囲ったものが『容齋三筆』と重複するが、ここには温庭皓の兄の温庭筠の名はなく、また孟郊・李甘について〈莊云不第、誤矣〉と記されている。時間的にはいえば王定保（八七〇—九四〇）『唐摭言』により信頼を置くべきかもしれないが、貢擧に合格した人までも追贈を請うのは信じがたいものがある。

(16) 〈乾寧丙辰（八九六）〉と記されている王贊の「玄英先生詩集序」はこの孫部との誼で作られた經緯も書かれているが、孫部の傳は『四庫全書本『玄英集』に附されているものに比べて、『全唐文』巻八二〇は簡略に過ぎる。

(17) 張伯偉『全唐五代詩格彙考』（二〇〇二年　江蘇古籍出版社）「全唐五代詩文賦格存目考」にもこの『文格』を掲げる。

(18) 宋紅校訂『千載佳句』（二〇〇三年　上海古籍出版社）參照。

(19) 吉川幸次郎『宋詩概説』（一九六二年　岩波書店　『中国詩人選集二集』第一巻）參照。

(20) 第一句の『玄英集』は〈至學〉に作るが、『全唐詩』に從っておく。

(21) 北宋、魏泰撰『臨漢隱居詩話』及び南宋、胡仔撰『漁隱叢話前集』巻二〇「劉賓客」參照。また方干より後の光化三年（九〇〇）の進士、盧延讓の苦吟の詩にも〈吟安一個字、撚斷數莖鬚〉という句が見える（『唐詩紀事』巻六五）。

(22) 賈島については荒井健氏の「寒痩詩人賈島」(『秋風鬼雨　詩に呪われた詩人たち』所收　一九八二年　筑摩書房。初出は一九五九年『中國文學報』第一〇册で原題「賈島」)及び二宮俊博氏の「詩人の墓　―中晩唐期における前代の詩人評価に関して―」(『中國讀書人の政治と文學』所收　二〇〇二年　創文社)參照。

(23) 清嘉慶十七年跋刊本。

(24) 『文學遺産』一九八七年第三期(一九八七年六月五日出版　上海古籍出版社)第三八頁。ここは繁體字に改めた。趙昌平氏は〈淸李懷民《晩唐詩主客圖》以賈島爲淸眞僻苦主〉と記しているが、恐らくはそれぞれ『中晩唐詩主客圖』、〈淸奇僻苦主〉の誤りであろう。

(25) 張忠剛・吳懷東・張叡才・綦維著『中國新時期唐詩研究述評』「第九章　多角度、多層次的綜合研究」「三、唐詩流派與群體研究」(二〇〇〇年　安徽大學出版社)第三三七頁。

(26) 賈晉華『唐代集會總集與詩人群研究』(二〇〇一年　北京大學出版社)。

(27) 拙論「中晩唐五代の詩格の背景について」(二〇〇六年　京都女子大學人文學會『人文論叢』第五四號)參照。

(28) 唐、范攄撰『雲谿友議』卷中「錢塘論」參照。

(29) 淸、汪灦「玄英集原序」(胡才甫『方干詩選』「附録一　序跋」所收。浙江歷代名家詩選叢書　一九八七年　浙江古籍出版社)參照。

(30) 馬本『白氏長慶集』卷三四「憑李睦州訪徐凝山人」の題下に〈凝卽睦州之民也〉とある。

(31) 因みに『中晩唐詩主客圖』下卷「方干傳」には次のように徐凝と方干との繫がりから賈島と徐凝の繫がりを求めている。懷民按、雄飛受詩律於徐侍郎、遂舉進士、其源蓋出徐氏也。今考侍郎集、絶句之外、近體三篇而已。卒難定其何體。但讀方詩、生新刻苦、似游泳長江而出者、七言尤逼肖、卽安知徐之不爲賈氏流耶。今但編雄飛、爲閬仙及門云爾。

(32) 蔣寅『大曆詩人研究』上册「第三章　方外詩人創作論」(一九九五年　中華書局)參照。

(33) 『唐詩紀事』卷六三「方干」は貫休の詩とし、『鑑誡録』卷八「屈名儒」は方干の詩とする。また孫郃の「方玄英先生傳」は〈湖州牧鄭公仁規・建溪太守李公頻・九江刺史陶公詳爲三益友〉というが、これは孫郃が李頻に気を遣ったのであろう。

(34) 前出註(13)。『唐代詩歌的多元觀照』「二　唐詩文化論」「〝壺天〟境界與晩唐士風的嬗變」「四　晩唐文人類型及其對山林田園的群體性回歸」參照。

『白氏文集』茶詩序説

藤井良雄

はじめに

岡倉天心の『茶の本』(The Book of Tea) は、明治三九年(一九〇六)に、陸羽の「茶経」の向こうをはって刊行された「ブック・オブ・ティ」(茶経)であり、陸羽の『ブック・オブ・ティ』(英訳名)を座右の書としていた岡倉(覚三)天心[1]は、まず陸羽のテキストについて、かなり詳細に述べている。八世紀中葉に現れ、八〇四年没の陸羽が著した『茶経』が「当時において相当な評判を生んだものにちがいない」と述べ、代宗皇帝(七六三―七七九)の庇護をうけ、彼の名声が数多くの門弟を引きつけたことも述べている。また一方、日本では「紀元七二九年という早い時期に、聖武天皇がその奈良の皇居において一百人の僧侶に茶を賜った」という記事を挙げ、

> 茶の葉はおそらく唐の宮廷へ派遣された我が方の使節(遣唐使)たちの手で輸入され、その当時の流行の仕方で点てられたのであった。八〇一年には僧最澄が若干の種子を携え帰って、これを叡山に移植した。幾多の茶園がこれにつぐ幾世紀のあいだに知られているし、当時の貴族や僧侶たちが喜んで飲料としたことも知られている。

と、僧侶の飲料として茶が日本でも普通のこととなる歴史を簡潔に解明している。岡倉天心は、唐代の茶法や製茶

法の日本請来は最澄の功績としているが、彼と同船で帰国した留学僧に長安の西明寺に在唐三〇年にもわたる永忠がいて、最澄が創建した比叡山延暦寺の北、琵琶湖を望む坂本の地に茶樹を植樹させたと言われている。因みに、永忠は桓武天皇の勅命を受けて近江国梵釈寺に入寺し、大僧都の位まで上る(2)。

ところで、日本の僧・妙心寺第五二世蘭叔玄秀が天正四年(一五七六)に著わしたといわれる「酒茶論」が伝わるが、時代的に言えば、中国においては明末・馮夢龍の著作『廣笑府』に見えるつぎの「茶酒争高」(茶と酒と高きを争う)の酒茶論争の笑い話と時代的に近い作品である(3)。

茶、酒に謂いて曰く、

「戦退睡魔功不少　睡魔と戦い退けるに功少なからず
助成吟興更堪誇　吟興を助成するは更に誇るに堪えたり
亡家敗国皆因酒　亡家敗国は皆酒に因る
待客如何只飲茶　客を待するに如何　只だ茶を飲むのみ」と。

酒、答へて曰く、

「瑤台紫府荐瓊漿　瑤台紫府　瓊漿(酒)を薦め
息訟和親意味長　訟を息め和親するに意味長ぜり
祭祀筵賓先用我　祭祀と筵賓と　先ず我を用ふ
何曾説着淡黄湯　何ぞ曾ち淡黄湯(茶)を説着するや」と。

各〻己の能を誇り、争論已まず。

水、之を解きて曰く、

「汲井烹茶帰石鼎　井より汲み茶を烹るは石鼎に帰し
引泉釀酒注銀瓶　泉を引き酒を醸し銀瓶に注ぐ
両家且莫争閑気　両家且に閑気を争うこと莫かるべし
無我調和總不成　我無くんば　調和總《す》べて成らず」と。

一方、日本の蘭叔の「酒茶論」は、花間に筵を開いて「酒を飲んで茶を喫さざる」忘憂君と、松の辺りで榻を置いて「茶を喫して酒を飲まざる」滌煩子との酒茶論争であり、どちらも譲らないので、最後によく酒も茶も飲むという一閑人が登場して、「此の二物（茶と酒）孰れが勝り孰れか負けんや」と あきれ顔して、

「松上雲閑花上霞　松の上雲閑かに　花の上は霞
翁翁相對鬪豪奢　翁翁相対し豪奢を闘しむ
吾言天下両尤物　吾言ふ　天下の両尤物
酒亦酒哉茶亦茶　酒も亦た酒なる哉　茶も亦た茶なり」と。

と、勝敗なしにユーモアを効かしておさめている。

また、青木正児はその『抱樽酒話』のなかで、日本ではいち早くこの蘭叔の「酒茶論」と敦煌文書に見られる「茶酒論一巻」[4]とについて次のように言及している。

直接我が蘭叔の『酒茶論』の粉本になったと断ずるわけにも行くまいが、此の写本を手写したのが僧侶であり……かうした類似の文が先に唐土に存在してゐる以上は、彼我文化交流の状況から推して、蘭叔の著は其の独創暗合とは考えにくい。

確かに、独創暗合ではないが、中国では明代まで茶と酒と水の登場との構成が続くのに対して、日本の酒茶論は翻

案小説と同じく、先ず漢文で書かれはじめ、そして「かな」を使った、酒方と「平等院を本陣とさだめ」た茶方と合戦しユーモア溢れる酒茶論まで伝わり「両ぢんの御大将、ぶじにぞ和合したりけり」と決して茶と酒とがけんか別れする話とはならない。日本国作「酒茶論」二作に関心のある方は『室町時代物語大成』第七(5)を読まれたし。

『白氏文集』もおそらくは初め、遣唐使船によって伝えられたであろうと考えられ、陸羽の『茶経』に続く時代に生を受けた白居易であり、また、敦煌文書に見られる「茶酒論」(6)の時代にも地続きであるので、『白氏文集』にそれらが存在するのかどうか明らかにすることが、本論のもくろみである。なべて「無いこと」の証明は難しいのであるが、果敢にこころみた序論である。

二

大まかにいえば、中国では唐代になってから茶葉の生産糧もかなり増大し、それにつれて喫茶の風習も世間に広まってきた。それで、文学作品上においても、茶が詠じられるのは自然の成り行きであろう。盛唐の李白には「答族侄僧中孚贈玉泉仙人掌茶」(族侄の僧・中孚の玉泉仙人掌茶を贈るに答ふ)という作品があり、その序文中に

其の水辺處處《あちこち》に茗草羅なり生ずるありて、枝葉は碧玉のごとく、唯だ玉泉真公のみ常に采りて之を飲むなり、年は八十餘歳なるも顔色桃李のごとくして、此の茗は清香あり滑熟なり。他より異なるものは、能く童に還り枯を振ひ、人寿を扶くる所以なり。余、金陵に遊び、宗僧中孚に見ゆるに、余に茶數十片を示せり、拳然重畳して、其状は手の如く、号して仙人掌茶と為す(7)。

この文章中では、「仙人掌茶」とその他の茶を比べていることから、茶の普及が相当なものであったと推察でき

よう。ただ、茶を贈ってくれたのは、親類の僧であった。杜甫にも三首の茶を詠ずる詩があるが、その二首「寄贊上人」「巳上人茅齋」も、僧侶との応接において詠じられている。

因みに、その他の盛唐の詩人に眼を向けると、岑参とならび辺塞詩人と称せられる高適には「同群公宿開善寺贈陳十六所居」（群公と同じく開善寺に宿し陳一六の居する所に酬ゆ）詩には(8)

讀書不及經、飲酒不勝茶　　讀書は經に及ばず　飲酒は茶に勝らず

とある。ここでは、お寺に対する気配りからか「讀書不及經　飲酒不勝茶」と詠じているのかも知れないが、「茶宴」や「茶会」は寺院内でも行われていたこと、寺において行われるのが常態であったかもしれない。劉長卿には「恵福寺與陳留諸官茶會（恵福寺にて陳留諸官と茶会す）(9)」詩や李嘉祐にも「秋晩招隱寺東峰茶宴送内弟閻伯均歸江州（秋晩、招隠寺東峰にての茶宴に内弟閻伯均の江州に帰るを送る(10)」詩などで推察できる。

ところで、『茶経』を作った陸羽はもともとお寺の小僧であったし、彼と忘年の交わりをなした皎然は詩僧であった。陸羽の『茶経』について、一世代後の白居易が何ら言及していないのは何故か。『茶経』が発刊された後の状況について、陸羽とほぼ同時代人とみなされる封演は、彼の著作『封氏聞見記』巻六に「飲茶」の項を設定して

茶は早く采るものは茶となし、晩く采るものは茗となす。……楚の人、陸鴻漸は茶論を為し、茶の功効ならびに煎茶炙茶の法を説き、茶具二四事を造る。……遠近敬慕し、好事者家に一副を蔵す。常伯熊なる者あり、また鴻漸の論に因り、広く之を潤色す。ここに於いて、茶道大いに行われ、王公朝士飲まざる者なし。

ここに封演がいう「茶論」が『茶経』であり、布目潮渢の「『茶経』著作年代考」(11)の考証によれば、陸羽が『茶経』を執筆したのは、七五八〜七六〇年頃であり、盛唐を代表する詩人たちの晩年に当たる。そのため、李白や杜甫などの盛唐詩に見られた茶は、陸羽の『茶経』によって現状認識されたものとみなされる。ならば、布目潮

渢の『中国名茶紀行』(12)が述べるように「唐代の喫茶は陸羽の『茶経』に見える餅茶を用いた喫茶法が一般的であって」、それだから、運送に便利な団茶で長安など北方に運ばれた。また彼の論著『中国喫茶文化史』(13)には、白居易が『茶経』について言及していないことについては、「白居易の全作品の中に『茶経』を見たという痕跡はないが、全作品を通じて、『茶経』の記述と大きく矛盾するところもない。この事実は陸羽の『茶経』がたんなる陸羽の好みを述べたのではなく、当時の茶をたしなむ風流人士一般の喫茶法と大きく隔たったものではなかったことを示していると言ってよかろう。」と、結論的に述べて、白居易の茶に関する知識が陸羽のものと変わらぬほど高いものであったことを示唆する。

確かに、白居易にとっては『茶経』に見られる茶法は熟知していたものと考えられる。それは、『茶経』が「一之源、二之具、三之造、四之器、五之煮、六之飲、七之事、八之出、九之略、十之図」と、茶の百科辞書とも謂うべき著作でありながら、白居易の時代ではすでに古典的一般的ともなったと考えられる。江州司馬に左遷された時、「香炉峰下新置草堂。即事詠懐題於石上」(〇三〇三)詩に「巌に架して茅宇を結び 壑を斲(ケズ)り茶園を開く」また「香炉峰下新卜山居。草堂初成。偶題東壁」五首の第三首(〇九七七)に「薬圃茶園是産業 野鹿林鶴是交友」と詠じたように、廬山にて茶園を経営したとも伝えられる白居易にとっては、『茶経』の記載はすでに既知のものであった思われる。それは、「謝李六郎中寄新蜀茶」(〇九九四)の尾聯に

不寄他人先寄我　他人に寄せずして先ず我に寄せたるは

應緣我是別茶人　まさに我は是れ茶を別つ人なるに縁《よ》るべし

と、新茶を四川省から贈ってくれた友人に対し礼を述べるに際し、「茶を誰よりも先にまず私に送って下さるのは、私が、本当にお茶好きで、茶の味の違いが分かる人間であるからにちがいない」と詠じている。ここの「縁」につ

いて、竹内実氏は「えにし」と訓じて、その『中国喫茶詩話』(14)で、「縁は単純に理由を示しているだけかもしれない。……白居易は仏教に傾倒したひとである。この縁にも、彼の謙虚なこころがまえをみたいとおもう。すなわち、いっぽうに茶の好きなじぶん白楽天がおり、いっぽうに白楽天に好意をよせる李六がいる。……なにかしら、そうしたものを超越した力がはたらいて、この茶が届いたのだ、という考えである」と述べている。

一方、陸羽の「緇素《しそ》忘年の交」友(15)に詩僧として有名な皎然がいるが、彼は白居易から評価されない僧であった。それは、「如来偈讃を説き、菩薩論議を著す。是の故に宗律師詩を以て仏事と為す」と詠じ賛嘆した「道宗上人に題す十韻」(二二三四)の序文中に見える。

普濟寺の律大徳・宗上人の法堂中に、故の相國鄭司徒、歸尚書、陸刑部、元少尹及び今の吏部鄭相、中書韋相、銭左丞詩、其の題を覧るに皆上人と唱酬し、其の人皆朝賢にして、其の文を省みるに皆義語にして、予始めて上人の文義の為に作り、法の為に作り、方便智の為に作り、解脱性の為に作り、詩の為にして作らざるを知るなり。上人を知る者は爾か云う。恐らくは上人を知らざる者は謂ひて護國・法振・霊一・皎然の徒と為さんか。故に予二十句を題して、以て之を解く。

この詩序中に皎然の名前が見える。また劉禹錫の「澈上人文集紀」に「世の詩僧というもの多く江左より出づ。霊一は其の源を導き、護国は之を襲ふ。清江は其の旗を揚げ、法振之に沿ふ」(『劉禹錫箋證』巻十九)と列挙され、皎然はそのグループの禅僧である。皎然は「飲茶歌、送鄭容」詩に「楚人の茶経　虚しく名を得たり」と『茶経』を高く評価していることもあり、陸羽は彼の友人であればやはり白居易には評価もできないであろうか。

皎然、字は清昼、呉興の人。俗姓は謝で、宋の謝礼運の十世の孫であった。彼は陸羽との交往詩として十三首も残している。ここでは一例として陸羽に贈呈された五言律詩「尋陸鴻漸不遇」詩を挙げる。

移家雖帯郭　野徑入桑麻　家を移し郭を帯びると雖も　野徑桑間に入る
近種籬邊菊　秋來未著花　近く種ゑたり籬邊の菊　秋來るも未だ花を著けず
扣門無犬吠　欲去問西家　門を扣くに犬の吠ゆるなく　去らんと欲し西家に問ふ
報道山中去　歸來日毎斜　報じ道ふ　山中に去りて　帰りきたるは日毎に斜めなりと

この詩題は「陸鴻漸を尋ねて遇はず」といい、白居易にも「郭道士を尋ねて遇はず」（一〇一九）詩があるように、唐詩に「～を尋ねて遇はず」というパターン化した詩題である。宋末の『詩林廣記』（後集巻九）には「尋隠者不遇」の項目があり「唐人に多く『隠者を訪ねて遇はず』詩あり。意味閑雅にして率ね人口に膾炙す。高駢云、……李義山云……韋蘇州云……」と指摘し、附説として「僧に本ゝ隠者を尋ねて遇はずの詩無し」とコメントしている。李白の作「天山道士を訪戴して遇はず」等の多くの詩題は、尋ねる相手は隠者・逸者・山人と道観の道士や寺の上人である。この詩題を皎然らが使い、尋ねられる側の上人であったはずの詩僧もよく使うようになった。おそらく白居易は、仏道に精進せずに世間の詩名を高めようとする詩僧らの徒（ヤカラ）を「道宗上人」と区別していたのであろう。

三

白居易は、茶と酒とをどのように表現していたか。先に盛唐の辺塞詩人高適の詩中の「読書は経に及ばず　飲酒は茶に勝らず」を引用したが、のち「茶禅一味」を標榜する禅宗寺院では「飲酒は茶に勝らず」であろう。そして、白居易は、仏教居士であるから、また仏教の五戒の一つである飲酒であるから、彼が酒に耽ること度を過ごすことはないようにみえる。それは、「陶潜体に効う」詩一六首の中に、次のように歌われているからである。

一盃復両盃　多不過三四　一盃復た両盃　多くは三四（盃）を過ぎず
便得心中適　盡忘身外事　便ち心中の適を得　盡く身外の事を忘る
更得強一盃　陶然遣萬累　更に復た一盃を強いなば　陶然として萬累遣る

また、過飲することに対しては酒代の無駄使いとまで言うのである。

一飲一石者　徒以多為貴　一飲すれば一石なる者　徒らに多きを以て貴しとなす
及其酩酊時　與我亦無異　其の酩酊の時に及び　我と亦た異なる無し
笑謝多飲者　酒銭徒自費　笑ひて謝す　多飲の者　酒銭徒らに費せるを（〇二一七）

しかしながら、程よいほどに酒が入り文学的興趣が湧くとなると話が違ってくる。ここに列挙した「陶潜体に効う」詩も、その序文（〇二一二）中の「雨中獨り飲み、往往酣酔し、終日醒めず。……因って陶淵明の詩を詠ずるに、適ま意と会し、遂に其の体に傚ひ、一六篇を成す。酔中狂言、醒むれば輒ち自ら哂ふ。……」という言葉から、その連作詩制作は酒興に拠っていることが明らかである。

白居易、六一歳の時かっての任地蘇州に長官として赴任している劉禹錫を回想して詠じた「憶夢得」（劉夢得を憶ふ・二七〇五）詩には

歯髪各蹉跎　疎慵與病和　歯髪各おの蹉跎　疎慵と病と和し
愛花心在否　見酒興如何　花を愛す　心在りや否や　酒を見るに興は如何
年長風情少　官高俗慮多　年長けて風情少なく　官高ければ俗慮多し
幾時紅燭下　聞唱竹枝歌　幾時か　紅燭の下　竹枝歌を唱うを聞かん

とあり、酒があれば詩興も湧くはずだから、何時か一緒に歌妓たちが竹枝歌を歌い踊るのを聞こうと結んでいる。後、洛陽に定住した時から、白居易は劉禹錫とを「聞道《きくな》らく　洛城の人尽く怪しみて　呼びて劉白二狂翁となす」(「贈夢得」三三一〇)と詩中で認めている。彼の狂の状態は酒によるものか、狂を沈めるために飲酒するのか。

興發詩随口　狂來酒寄身　　興発すれば詩口に随い　狂來たれば酒身に寄せる

(「春盡日天津橋醉吟」三二三六)と詠じ、酒を飲めば詩を作るという熱狂が確かに存在する。『白氏文集』には「狂歌」「狂吟」の例が数多く見られる。それは、劉白の共通するところとも言える。「同夢得酬牛相公初到洛中小飲見贈」(三三二四)詩には、洛陽にやって来た牛僧儒に対し、自らの「酒狂」が老年になってもまだ衰えていないと告げている。

詩酒放狂猶得在　　詩酒放狂　猶ほ在るを得たり

莫欺白叟與劉君　　欺くなかれ　白叟と劉君とを

また白居易は自らを六七歳で「醉吟先生」として自伝をつくるが、酒興に乗じて詩中にも自らの「醉吟」を詠ずる。

頭白醉昏昏　狂歌秋復春　　頭《かうべ》白く酔うて昏昏たり　狂歌す　秋復た春

一生耽酒客　五度棄官人　　一生酒に耽る客　五度官を棄てし人

………

煩君問生計　憂醒不憂貧　　君を煩はして生計を問はしむれども　醒を憂へて貧を憂へず

この詩題は「醉中、上都の親友の書を得たるに、予が報を停められしこと多時なるを以て、貧乏を憂へ問ふ。偶ま酒興に乗じて、詠じて之に報ず。」(三五八七)であり、まさに興に乗って詩を吟じた「醉吟先生」の名に相応しい。さらに、「唯だ詩魔ありて降すこと得ず　風月も逢うごとに一つに閑吟す」(「閑吟」一〇〇四)と、白居易は自

身に巣くう「詩魔」を詩作の源泉として自覚しているため、

酒狂又引詩魔發　　酒狂又た詩魔を引きて発し

日午悲吟到日西　　日午悲吟して日の西するに到る

と詠じているが、この詩例から明らかなることは、白居易にとって酒による狂こそ「詩魔」への契機の一つであり、それが自覚されている以上、「詩酒」は彼の人生に無くてはならないものであった。そして、彼自身「詩狂の客」と呼んだように「狂」とは実に「詩魔」にとらわれてなす詩作に他ならない。

四

酒がないときまた酔いから醒めるとき、そして白居易が詩作するとき、身辺に置くものは茶甌（茶盃）であることは想像するに難くない。次ぎに挙げる「詠意」（〇二九八）詩は、都・長安から江州へと左遷されたときの五言古詩であり、彼の身の上に降り懸かったことに由来する苦悩を浄化するべく詩に詠じたもののように思われる。

或吟詩一章　或飲茶一甌　　或ひは詩一章を吟じ　或ひは茶一甌を飲む

心身一無繫　浩浩如飄舟　　心身一に繫ぐものなく　浩浩として虚舟のごとし

富貴亦有苦　苦在心危憂　　富貴は亦た苦あり　苦は心の危憂に在り

貧賤亦有樂　樂在身自由　　貧賤は亦た樂あり　樂は身の自由に在り

この詩から、茶をすすりながら詩を作る詩人の姿が浮かび上がる。

また、晩年に詠まれた次の「偶作」二首の其二（二二八四）も、飲茶と吟詩とを併称して歌っている。

日西引杖屨　散歩遊林塘　　日西して杖屨を引き　散歩して林塘に遊ぶ
或飲茶一盞　或吟詩一章　　或ひは茶一盞を飲み　或ひは詩一章を吟ず

これら二首からだけでも、「酒興」によって詩を作るのとおなじように白居易は茶興によっても詩作を重ねたことが明らかである。また一例として「昨晩飲むこと甚だ多く」今日も昼寝し眠りから醒めたのち、次の「睡後茶興憶楊同州」（睡後の茶興、楊同州を憶ふ・三〇二三）詩の後半では、

睡足摩挲眼　眼前無一事　　睡り足りて眼を摩挲すれば　眼前一事も無し
信脚繞池行　偶然得幽致　　脚に信せて池を繞り行けば　偶然　幽致を得たり
婆娑綠陰樹　斑駁青苔地　　婆娑たり綠陰の樹　斑駁たり青苔の地
此處置繩床　傍邊洗茶器　　此處に繩床を置き　傍邊に茶器を洗ふ
白瓷甌甚潔　紅爐炭方熾　　白瓷　甌　甚だ潔　紅爐　炭　方に熾んなり
沫下麴塵香　花浮魚眼沸　　沫下りて麴塵香り　花浮かびて魚眼沸く
盛來有佳色　嚥罷餘芳氣　　盛り來れば佳色あり　嚥み罷りて　芳気餘す
不見楊慕巣　誰人知此味　　楊慕巣を見ず　誰か此の味を知らん

最後の聯を読んで、この詩に詠われる楊同州が単なる友人ではなく茶味を理解する大切な親友であることが判明する。白居易が「茶興」に乗じて作った詩は、「酒興」に比べると数的に少ないものであるかも知れないが、「茶」字「茗」字の現れる白詩は数十詩にのぼる。白居易の茶詩も彼の詩的世界の一側面たることは間違いない。

白居易の詩、総数二千八百余首のうち、酒に関わる詩はおよそ「九百首」あり(16)、一方、茶をテーマとする詩は八首、茶事や茶趣におよぶもの五十数首存在する。白居易の茶詩は量的にも白詩の一領域であることが明らかで

ある。

そして、白居易の詩のなかで、茶と酒とは対立的ではなく共存しているようである。茶と酒とを同一句あるいは同一聯で詠うものを列挙しておく。

① 泉憩茶数甌　嵐行酒一酌　泉に憩ふ茶数甌　嵐に行く酒一酌　「山路偶興」（〇三五一）

② 残茶冷酒愁殺人　残茶冷酒　人を愁殺す　「送張山人歸崇陽」（〇五八三）

③ 小醆吹醅嘗冷酒　深炉敲火炙新茶　小醆醅を吹き冷酒を嘗め　深炉火を敲く新茶を炙く　「北亭招客」（〇九二三）

④ 酒嫩傾金液　茶新碾玉塵　酒嫩して金液を傾け　茶新にして玉塵を碾す　「遊寶称寺」（〇九五二）

⑤ 甌汎茶如乳　臺黏酒似餳　甌汎れ茶は乳の如し　臺黏り酒は餳に似たり　「江州赴忠州至江陵已來舟中示舍弟五十韻」（一一〇四）

⑥ 嘗酒留閑客　行茶使小娃　酒を嘗めて閑客を留め　茶を行ひて小娃を使ふ　「春盡勧誘客酒」（二四七二）

⑦ 駆愁知酒力　破睡見茶功　愁ひを駆るは酒力を知り　睡を破るは茶功見はる　「贈東隣王十三」（二五五三）

⑧ 春風小榼三升酒　寒食深炉一椀茶　春風　小榼三升酒　寒食　深炉一椀茶　「自題新昌居止因招楊朗中小飲」（二六四九）

⑨ 半日停車馬　何人在白家　半日　車馬を停め　何人か白家に在るや　慇懃蕭庶子　愛酒不嫌茶　慇懃たる蕭庶子　酒を愛し茶も嫌はず　「蕭庶子相過」（二七二七）

⑩ 午茶能散睡　卯酒善銷愁　午茶能く睡けを散じ　卯酒善く愁ひを銷す　「府西池北新葺水斎即事招賓偶題十六韻」（二八七九）

⑪　桃根知酒渇　晩送一甌茶　　桃根　酒の渇するを知り　晩に送る　一甌の茶

「営閑事」（三一一六）

⑫　擧頭中酒後　引手索茶時　　頭を擧ぐ　酒に中りて後　手をひきて茶を索むるの時

「和楊同州寒食乾坑會後聞楊工部欲到知予與工部有宿酲」（三二〇七）

ここに列挙した詩には、詩題中に⑥「春盡勧誘客酒」⑧「小飲」⑫「有宿酲」と酒に関することが表明されており詩全体を読めば、やはり「酒興」によるものであるのが明らかである。ただ、白居易が病気で酒も飲めぬ時は、次の「首夏病間」（〇二三八）詩のように、やはり喫茶して「詩興」を遂げている。

移榻樹陰下　竟日何所為　　榻を樹陰の下に移し　竟日　何をか為す所ぞ

或飲一甌茗　或吟兩句詩　　或いは一甌の茗を飲み　或いは兩句の詩を吟ず

内無憂患迫　外無職役羈　　内に憂患の迫る無く　外に職役の羈する無し

此日不自適、何時是適時　　此の日　自から適せざれば　何れの時か是れ適なるならん

「閑適」詩の代表作者でもある白居易は、おそらく茶とも酒とにも関わらず詩興が湧くのであろうが、茶や酒があれば尚更に、前述したように「詩魔」の手に導かれて詩作に耽ることの楽しみを自覚していたのではなかろうか。

五

では最後に、『白氏文集』に「茶酒論」が存在するかどうかを問うとき、まず酒と茶とを優劣をつけて比較する表現があるのかが問題となる。酒と茶とだけを比べたものではないが、七律「鏡換盃」（鏡もて盃に換ふ・二六三

一）には、

欲將珠匣青銅鏡　　珠匣青銅鏡を將て
換取金樽白玉巵　　金樽白玉巵に換取せんと欲す
鏡裏老來無避處　　鏡裏には老來避くる處なく
樽前愁至有消時　　樽前には愁至れば消ゆる時あり
茶能散悶為功浅　　茶能く悶を散ずるも功を為すこと浅く
萱縦忘憂得力遅　　萱縦ひ憂ひを忘るるも力を得ること遅し
不似杜康神用速　　杜康（酒）神用速やかなるに似ず
纔分一盞便開眉　　纔かに一盞を分かちては便ち眉を開く

とあり、茶と萱草と酒とが比べられ、「茶も煩悶を消すには効力が弱く（詩経の時代からの）萱草も憂いを忘れさせる力の効きが遅い。それらは皆、酒の憂さ晴らしの不思議な作用の神速さには及ばない、わずか一盃でもう愁眉を開くことができるのには」と、酒を最も称えている。

ところで、布目潮渢の「白居易の喫茶」[17]では、主としてこの詩に拠って「白居易の場合では、茶は睡気さましに、酒は愁いを消すのに用いられ、茶と酒を共に愛する人を好ましい人物とする反面、忘憂のものとしては、酒の速攻性を第一とするのが白居易の結論と考えたい」とするが、酒よりも茶でなくてはならない場合が重要である。それは、まだ若かりし時の五言律詩「宿藍橋對月」（〇三三九）に、

昨夜鳳池頭　今夜藍渓口　　昨夜　鳳池の頭　今夜　藍渓の口
明月本無心　行人自廻首　　明月本ゝ無心　行人自から首を廻らす

新秋松影下　半夜鐘聲後　　新秋松影の下　半夜鐘聲の後

清影不宜昏　聊將茶代酒　　清影宜しく昏すべからず　聊か茶を將て酒に代へん

と詠ずるように、明月無心を前にして月光の清らかな光に対し、酔っぱらっているのは清光を汚すことになるから、酒の代わりに茶こそ相応しいと詠じている。白居易の詩作にとって、「詩魔」を消し去ることができぬかぎり「酒興」も「茶興」も隔てなく大切な機縁となっている。だとすれば、この明月無心の「清影」には茶こそ最もふさわしい飲料であったであろう。

以上の詩例と考察から、白居易には酒と茶との優劣を区別するような発想は見いだしがたい。しかしながら、『白氏文集』には茶と酒とを詠ずる詩作が多々あり、とりわけ酒の連作「何處難忘酒」や「對酒」など酒詩が「九百首」に上り、一方的に「酒顛」とされた白居易ではあるが、酒か茶かどちらを選択するかの究極的な決定は見られない。とすれば、結論的にいえることは敦煌文書にみえる「茶酒論」へ続くものがなかったとも断定できないのである。

註

（1）岡倉天心『茶の本』（角川文庫　浅野晃訳および「解説」昭和四七年一月）、本名は覚三。

（2）守屋　毅『喫茶の文明史』（淡交社　平成四年二月）・筒井紘一「飲茶の世界―茶以前から煎茶点茶へ―」（『長安―絢爛たる唐の都―』角川選書　平成八年）・周達生『中国の食文化』第六章「油茶と末茶の原初的形態」（創元社　一九九五年）

（3）蘭叔玄秀は十六世紀の人。馮夢龍（一五七四～一六四五）は明末の人。

（4）『抱樽酒話』「一、酒茶論」（『青木正児全集』第九巻　春秋社　昭和四五年一二月）

(5)『室町時代物語大成』第七（全一二巻、角川書店　昭和五四年二月）
(6)敦煌文書ペリオ本P2718（フランス国立図書館）、『敦煌変文集』（人民文学出版社　一九五七）にはペリオ本・スタイン本（大英博物館蔵）との六種が指摘されている。最近の訳注に清水茂氏「『茶酒論』釈」（『語りの文学』筑摩書房　昭和六三年二月）がある。
(7)其水邊處處有茗草羅生、枝葉如碧玉、唯玉泉真公常采而飲之、年八十餘歳、顔色如桃李、而此茗清香滑熟、異於他者、所以能還童振枯、扶人壽也。余遊金陵、見宗僧中孚、示余茶數十片、拳然重疊、其状如手、號為仙人掌茶、蓋新出乎玉仙之山、曠古未覿、因持之見遺、兼贈詩、要余答之、遂有此作、後之高僧大隱、知仙掌茶發乎中孚禪子及青蓮居士李白也。
(8)高適「同群公宿開善寺贈陳十六所居」詩「駕車出人境、避暑投僧家。裴回龍象側、始（一作如）見香林花。讀書不及經、飲酒不勝茶」。
(9)劉長卿「惠福寺與陳留諸官茶會（得西字）」詩「到此機事遣、自嫌塵網迷。因知萬法幻、盡與浮雲齊。疏竹映高枕、空花隨杖藜。香飄諸天外、日隱雙林西」。
(10)李嘉祐「秋晩招隱寺東峰茶宴送内弟閻伯均歸江州」詩「萬畦新稻傍山村、數里深松到寺門。幸有香茶留釋子、不堪秋草送王孫。煙塵怨別唯愁隔、井邑蕭條誰忍論。莫怪臨岐獨垂淚、魏舒偏念外家恩」。
(11)「『茶経』著作年代考」（『布目潮渢中国史論集』下巻　汲古書院　二〇〇四年）
(12)『中国名茶紀行』（新潮選書　平成三年三月）
(13)『中国喫茶文化史』（岩波書店　一九九五年五月）
(14)『中国喫茶詩話』（淡交社　一九八二年一月）
(15)陸羽の自伝とされる「陸文学自伝」中に見える言葉（『文苑英華』巻七九三）
(16)「九百首」は「酔吟九百首」と明末の夏樹芳『酒顛』上巻に見える（『青木正児全集』第九巻「酒顛」（さけきちがい）訳参照。）
(17)「白居易の喫茶」（『布目潮渢中国史論集』下巻　汲古書院　二〇〇四年）
＊『白氏文集』から引用した白（居易の）詩は平岡武夫・今井清編『白氏文集歌詞索引』の四桁の作品番号を附す。白詩は原則的に那波本に拠る。

善書宣講における勧善と娯楽

阿部泰記

一　はじめに

「宣講」とは清代に「郷約」という組織において皇帝が下した民衆を教化する内容の「聖諭」を読誦し、民衆にわかりやすく講釈することを指していた(1)。現代の「漢川善書」はこの「聖諭宣講」の名目を維持しているが、当然ながら清朝の皇帝の聖諭を宣講することはなく、通俗的な文芸作品を善書の文体に改めて上演することが多い。そうした傾向は一時に生じたことではなく、もともと民衆を教化する技法として民衆に親しみがある口語体の因果応報説話や勧善歌詞が用いられたことに由来する(2)。それは小説・歌曲に娯楽性が強く、民衆が好んで耳を傾けたからである。しかし娯楽性の中には享楽にふける一面も持っており、歴代の知者は常にそこに苦心をせざるを得なかった。現代の漢川善書もその例外ではなく、娯楽に偏向すると勧善の趣旨を失う危険性をともなっている。湖北省の漢川に伝承されるこの文芸は娯楽性を強めることによって今なおその生命を保っているが、本来の勧善の趣旨を失えば聴衆に嫌忌される可能性もあることに注意する必要があろう。本稿では歴代の民衆教化において詩歌・小説・戯曲がどのように応用され、現代の「漢川善書」にその思想が伝承されてきたか、その歴史的な推移について考察してみたい。

二　説話・歌唱形式による勧善

清末には聖諭宣講の後に「案証」という因果応報説話が語られた。その代表的なテキストが『宣講集要』一五巻（咸豊二年〔一八五二〕）である。現代の「漢川善書」はこの『宣講集要』の案証の文体を継承しており、説書体の「講」（語り）と吟唱体の「宣」（唱い）から成っている。

たとえば『宣講集要』巻一二「訓子弟以禁非為」（子弟に教訓して悪行を禁じる）の案証「独脚板」（片足）(3)は、道光某年のこと、四川徳陽県の商人の妻が近所の男と姦通して夫を殺すが、片足を犬が銜えて吝嗇の監生（国子監の学生）の家に運ぶ。監生は悪友の紹介で降童（神憑り）を呼んでお祓いをしてもらい、片足を埋めると、家族の病気が治癒する。しかし悪友への謝礼を惜しんだため、悪友が官に訴え、監生は収監される。神は監生に吝嗇が招いた災禍だと告げる。二人の捕吏は捜査に出て、勧世歌を唱って不孝者を改心させたため、その家族から犯人の情報を得る。さらに戒淫歌を唱って、それを聞いて応報を信じないと言った男を犯人として捕らえる。

というストーリーであり、冒頭は次のように「講」によって始まっている。

道光某年四月内、徳陽県審得一案。地名梨樹湾、一人叫張栄山、娶妻呉氏。栄山為人樸実、常在外貿易。呉氏年軽、在家不守貞節、与側近張牛児通姦。（道光某年四月のこと、四川徳陽県では一事件を裁判した。梨樹湾という地に張栄山という者があり、妻呉氏を娶った。栄山は人柄が質朴で、常に商売に出かけていた。呉氏は年若く、家で貞節を守らず、近所の張牛児と姦通していた。）

そして途中に人物が「宣」（吟唱）する場面を設定しており、監生が冤罪を訴える場面では、次のように、監生が七言句の歌詞を「宣」し、おおむねその二句ごとに県知事が監生に自供を迫る言葉を差し挟んでいる。


尊声太爺休着気、細聴犯生訴端的。（県知事様よ怒らずに、私の訴え聴かれませ。）

好好従直招来、本県与你原情。（すっかり有り体に白状せよ、本官はおまえの罪状を尋ねている。）

招此横事有道理、自恨当年悔不及。（この冤罪にも道理あり、昔を悔いても及びませぬ。）

如今悔也枉然了嗎。（いま悔いても無駄ではないか。）

事到如今不得已、説出方纔把禍息。（今となっては仕方なく、話して災禍を絶ちましょう。）

你要招纔得断案。（おまえが白状してこそ判決できるのだ。）

自従人把冤帖逓、牽連在案好慘悽。（他人に誣告されてから、事件に関わり悲惨です。）

本県審得有憑有証。（本官の調べには証拠があるぞ。）

任是有口難分洗、刑法受尽要命訖。（弁明しても無罪とならず、重い刑受け死にそうです。）

非是打、你全不招認呢。（打たなければ、おまえは全く白状しないではないか。）

不知此事従何起、太爺呀。叫我怎様叙来歴。（どうして事件が起きたのか、県知事様。私がどうして知りましょう。）

銀銭花了三千幾、父子監内暗悲啼。（三千幾両使っても、父子は獄で泣いてます。）

用銀銭、是你自己討得的。（金を使ったのは、自分が望んだことであろう。）

毎夜焚香把冤洗、訴告天神与地祇。（毎晩香焚き無罪を求め、天神地祇に訴えてます。）

対天訴冤、報応不爽。（天に訴えても、因果応報は間違いないのだ。）

起心動念神霊喩、昨夜一夢甚稀奇。（神のお告げをお祈りし、昨晩不思議な夢を見たのです。）

甚麼夢呢。（どんな夢だ。）

罵我有銭只顧己、全不施捨把善積。（お告げに私が金持ち利己的で、施し善行積まないと。）
哦。你纔是箇自了漢。（おお。おまえは勝手なやつなのだ。）
因降禍事到家裡、家業尽敗纔安逸。（そこでわが家に禍降らせ、家業を廃らせ落ち着くと。）
你在糊説。本県在問你的人命。（馬鹿なことを言うな。本官はおまえの殺人事件を問うておる。）

〔八句省略〕

歌詞は民衆が理解できる口語体であり、これを吟唱することによって人物の後悔の志を情感を伴って表現している。

そして監生が「宣」し終わると、「講」が次のように続く。

監生告訴一番。太爺見他情真、也不追究、発一張通関票、銀子五十両、命両箇差人四下察訪。（監生がこう訴えますと、県知事は彼の心が誠であると見て、深く追究せず、一枚の通関手形と銀子五十両を出して、二人の捕り方に周辺の捜査を命じました。）

このように「宣」と「講」を交える文体は説唱詞話系の文芸に起源するものである。たとえば、明成化刊説唱詞話『唐薛仁貴跨海征遼故事』「仁貴妻柳氏囑咐夫投軍」（薛仁貴の妻柳氏が夫に入隊を勧める）では七言と十言〔攢十字〕の歌詞が「唱」われる。

柳氏開言催虎将、多嬌嘆語告将軍。（柳氏は猛将促して、溜息ついて申します。）
長言人辦家也辦、自古家貧祖也貧。（「能ある者は家を成す」、「貧乏な家は祖も貧し。」）
你記孝経七箇字、敬親不敢慢於人。（『孝経』にも言うでしょう、「親敬えば人侮らず」と。）(4)
爺娘浅土難在養、緊把程途且做軍。（父母亡き上は養えず、前途を考え入隊しましょう。）

你去投軍休管我、我在家中靠六親。（入隊したら心配せずに、私は親戚頼ります。）

〔二十四句省略〕〔攢十字〕

柳金定叉定手従頭細説、勧丈夫薛仁貴且放寛心。（「柳金定、手拱いて、子細に話す。わが夫、薛仁貴どの、安心なされ。）

〔十八句省略〕

去当軍初出外小心在意、莫貪花休恋酒莫愛他人。（入隊し、郷里を出たら、気をつけなされ。女と遊ばず、酒におぼれず、浮気しないで。）

〔十四句省略〕

你志誠我志誠堅心守分、賽三貞和九烈万古留名。（お互いの、誠の心、守り続けて。貞節の、鏡となって、名を残しましょう。）

柳氏は「唱」形式を用いて自分の志を夫の情感に訴えていると言える。

このように通俗文芸の中で吟唱や歌唱によって人物の感情が表現されていることについて考えると、すでに『詩経』国風・周南「関雎」序（『毛詩』大序）に、詩歌が志や感情の表出であることを指摘していることに思い至る。

風、風也。教也。風以動之、教以化之。詩者、志之所之也。在心為志、発言為詩。情動於中、而形於言。……情発於声、声成文、謂之音。治世之音、安以楽、其政和。乱世之音、怨以怒、其政乖。亡国之音、哀以思、其民苦。故正得失、動天地、感鬼神、莫近於詩。先王以是経夫婦、成孝敬、厚人倫、美教化、移風俗。（風とは歌であり、教えである。歌で感動させ、教えで感化する。詩とは、心情の発露である。心にある時は志であり、言葉に発すれば詩となる。情が心中で動くと、言葉として結晶する。情は声に発し、声は文を成し、これを音という。治世の音は安らかで楽しく、その政治は和らいでいる。乱世の音は怨んで怒り、その政治はもとっている。亡国の音は哀しく物思い、その民は苦しんでいる。故に得失を正し、天地を動かし、鬼神を感じさせるのに、詩よりもふさわしいものはない。先王は詩によって夫婦を正し、孝敬の念を形成し、人倫を厚くし、教化を良くし、風俗を変えたのである。）

これによれば、詩歌は志の発現であり、音調を伴った詩歌には天地・鬼神を感動させる力があり、賢明な先王は詩歌によって家庭の秩序や社会の風紀を善導したという。

詞話系の文芸は『詩経』の時代から遠く離れているが、筆者は物語中に人物の歌唱場面が設定される理由を考える時、『毛詩』大序に述べられた天地鬼神を感動させる詩歌の説得力が応用されており、『詩経』国風の無名詩人をはじめとして、漢代楽府、唐代変文、宋代話本、元代雑劇、明代説唱詞話、清代宝巻など、歴代の物語の中では人物は詩歌の吟唱形式で志を表現してきたことに思い至るのである(5)。

ちなみに上掲の案証「独脚板」における監生の「宣」は真情を表出したため、聞き手である県知事はその冤罪を確信して事件の調査に乗り出すのであり、捕吏が勧世歌を唱ったため不孝者は良心を取り戻し、親は感動して捕吏に犯人の情報を告げる。『宣講集要』においては、「宣」は聴衆だけでなく天地鬼神を感動させる力を持ち、たとえば「大舜耕田」（巻一）では、舜が父母に虐待されて天に向かって泣いて「宣」すると、感動した天神が白象や鳥雀を遣って耕作や草取りを手伝わせる(6)し、「痛父尋屍」（巻二）では、水死した父の死体を捜す孝子夏正が川辺で号泣して「宣」すると、孝心が神を感動させて川底から死体を出現させるし、「宣講美報」（巻一〇）では、花柳界で遊ぶ放蕩息子彦金がアヘンを吸って病床に倒れ、懺悔の歌詞を「宣」すると、神聖を感動させて遠地から宣講生が到来し、宣講を実践して病気が快復したりする。

『宣講集要』にはまれに「葬師獲名」（巻九）のように説話だけのものがあり、「四川総督蒋大人勧諭歌」（巻五）のように歌唱だけのものがある(7)が、「案証」の文体は、おおむね説話に勧善歌を挿入させたものであり、説話に詩歌の説得力を加えて独特の教化の文体を創出したと言える(8)。

三　演劇形式による勧善

清代末期にはこうした説話と歌唱を結合した善書の宣講が行われていたが、現代では娯楽性の強い小説・戯曲の物語を取り入れている。それは聴衆の関心を引くためであったが、その原理はすでに清代末期に現れていた。清・余治『庶幾堂今楽』二集（咸豊一〇年〔一八六〇〕）は戯曲の文体を借りて勧善を行う試みを行ったのである。兪樾の序文（同治一一年〔一八七二〕）には民衆が親しみを感じる文芸を利用した教化が有効であることを指摘している。

天下之物、最易動人耳目者、最易入人之心。是故、老師・鉅儒坐皋比而講学、不如里巷歌謡之感人深也。官府教令張布於通衢、不如院本・平話之移人速也。君子観於此、可以得化民成俗之道也。……而今人毎喜於賓朋高会・衣冠盛集、演諸穢褻之戯、是猶伯有之賦「鶉之奔奔」也。余君既深悪此習、毅然以放淫辞自任、而又思因勢而利導之、即戯劇之中、寓勧懲之旨、爰搜輯近事、被之新声。……「楽記」云、「人不能無楽。楽不能無形。形而不為道、不能無乱。先王恥其乱、故制雅頌之声以道之。使足以感動人的善心、不使放心、邪気得接焉。」……今以鄭衛之声律而寓雅頌之意、所謂其感人深、其移風易俗易者、必於此乎在矣。……（天下の物は、最も人の耳目を動かしやすい者が、最も人の心に入りやすい。この故に、老師・大儒が講座に座して講義することは、里巷の歌謡が深く人を感動させるのに及ばないし、官署の告示を大通りに貼ることは、戯曲・語り物が速く人を教化するのに及ばないのである。君子がこれを見れば、民衆を教化し風俗を化成する道を得ることができる。……しかし今の人は常に賓客朋友の会合や衣冠を着けた高官の集会に、猥褻な戯曲を上演することを喜ぶ。これは伯有が「鶉の淫奔」（『詩経』鄘風）を賦したようなものである(9)。余君は深くこの悪習を憎み、毅然として淫猥な文字を放逐することを自らの任務とし、勢いに乗じて善導し、戯曲の中に勧善懲悪の主旨を寓し、近事を収集して新しい音楽を付した。……『礼記』「楽記」に、「人は音楽が必要である。音楽は形体が必要である。形体があっても正道でなければ、必ず乱れる。先王は乱れることを恥じて、雅頌の音を制定して指導し、人の善心を感動させて慢心させず、邪気が近づかないようにしたのである。」……今、鄭衛の音律に雅頌の意を寓しているのは、いわゆる人を深く感動させるためであり、風俗の改善が易しいのは、必ずこの点にあるのである。）

そこで余治は官署主導の聖諭宣講が効果を奏さないのを見て(10)、戯曲形式を借りた聖諭宣講を行ったのである。『庶幾堂今楽』「上当事書」（第八条）には、戯曲形式で宣講を行えば、郷約の中で宣講を行うことよりも大きな効果をあげることを説いている。

一、梨園宜一律釐定也。……試演一日、必有千百老幼男婦環観羣聴。……較之郷約之何啻百倍。何憂不能家喩戸暁耶。……凡有梨園、必官為釐定。其不可為訓者、悉删之、永禁不許演唱。……（一、梨園は一律に管理すべきである。……一日試演すれば、必ず多数の老若男女がわんさと視聴するのであり、……郷約の百倍にとどまらぬ効果を奏し、津々浦々に知れ渡ることは疑うまでもない。……すべての梨園は必ず官署が管理し、訓戒を守らないものは、ことごとく削除し、永久に上演させないことである。……）

『庶幾堂今楽』四十種は、初集「後勧農」(勧孝弟力田也)、「活仏図」(勧孝也)、「同胞案」(勧悌也)、「義民記」(勧助餉也)、「海烈婦記」(表節烈、懲奸悪也)、「岳侯訓子」(教忠、教孝也)、「英雄譜」(懲誨盗也)、「風流鑒」(懲誨淫也)、「延寿籙」(記修身改相也)、「有怪図」(懲溺女也)、「屠牛報」(儆私宰也)、「老年福」(勧惜穀也)、「文星現」(勧惜字也)、「掃螺記」(勧放生也)、「前出劫記」(勧孝也)、「後出劫記」(勧救済也)、二集「義犬記」(懲負恩也)、「回頭案」(嘉賢妻孝女也)、「推磨記」(儆虐童媳也)、「公平判」(懲不悌也)、「陰陽獄」(懲邪逆也)、「硃砂痣」(勧全人骨肉也)、「同科報」(勧済急救嬰也)、「福善図」(勧儆軽生図詐也)、「酒楼記」(戒争殴也)、「緑林鐸」(儆盗也)、「劫海図」(分善悪、勧投誠也)、「焼香案」(戒婦女入廟也)である。

各作品の歌詞はおおむね七言句と十言句から成っている。たとえば「活仏図」は太和県の楊甫が老母戴氏の世話を妻趙氏に託して西方へ活仏を求めに行くが、途中で老僧に会って活仏は東方にいると聴き家に帰ると、実は老母こそが老僧の告げた形相をしていたことを発見するという孝心を称揚する話であり、如来は次のように七言句で主題を唱う。

常嘆世人顛倒顛、痴心学仏想西天。(常に世人は顛倒し、仏求めて西に行く。)
霊山原在心田見、心田要好在堂前。(霊山心の中にあり、心を母に捧ぐべし。)

また老母が楊甫の帰りを思う心情は十言句で表現される。

恨我児、想我児、登高一望。(子を恨み、子を想い、山から望む。)
路迢迢、山隠隠、何処西方。(道はるか、山ふかく、西方いずこ。)
有妖怪、有虎狼、許多魔障。(妖怪や、虎狼など、魔性は多し。)
孤単単、向前去、好不悽惶。(ただ一人、旅すれば、さぞや怖かろ。)

害老身、毎日間、眠思夢想。（老いぼれも、毎日思う、寝ても覚めても。）

不知你、何日裡、回転家郷。（ああおまえ、いつの日か、故郷に帰る。）

この説話は清・寄雲斎学人編『日記故事続集』（同治四年〔一八六五〕）上巻「親即活仏」にも掲載されているが、次のように記述は短い。

〔宋〕楊黼、太和人。辞母入蜀、訪無際大士。当時有道高僧也。路遇一老僧、問何往。楊黼曰、欲訪無際。僧曰、訪無際、不如見活仏。黼問、活仏今在何処。僧曰、汝但帰家、見披衾倒屣者、即仏也。（楊黼は太和県の人であった。母と別れて蜀の地に入り、無際大士を訪ねた。当時有徳の高僧である。途中で一老僧に出会い、どこに行くかと問われた。楊黼が無際を訪ねると応えると、僧は無際を訪ねるよりは活仏に会う方がよいと言った。楊黼が活仏はどこにいるかと問うと、僧は、おまえが帰宅して布団を被って草履を逆に履いた者に会えば、それが仏だと応えた。）

これに対して余治の戯曲は、楊の賢妻を登場させ、夫の留守中に病気になった老母と実父を自分の股を割いてスープを飲ませて救い、一家はともに昇天する話としている。

なお『宣講集要』巻二「堂上活仏」もこの話であるが、内容が異なる(11)。

＊

同じく戯曲形式を借りた宣講に『宣講戯文』がある。この作品は、福建の人々が親しむ布袋戯（指人形劇）形式の善書であり、地方の文芸を利用した勧善方法である。刊行者である東局諸同人の序文（光緒十二年〔一八八六〕）には布袋戯の功罪について述べ、風俗に関わる作品だけを創作する主旨を述べている。

演劇之最宣淫者、莫如掌中班。邇来窮工極巧、繪影絵声、青年士女、観者罔不心動焉。傷風敗俗、莫此為甚。

前経官紳禁約、無可如何。茲本局諸同人、就善書堂合撰数段。皆有関於家庭、有関風化、能使士女観之、触目而警心。……（演劇で最も淫乱を宣揚する者は指人形劇に及ぶ者はない。爾来巧妙を極め、姿や声をよく写し、青年男女の観衆は心を動かさない者はなく、風俗を損なうものでこれより甚だしいものはない。これまで官署や郷紳が取り締まってきたが、効力がない。そこで本局の同人たちは善書堂において数話を創作した。皆家庭に関わり、風俗に関わる話であり、男女が観れば、すぐに戒めを感じさせることができる。）

その演目は「古廟呪媳」「大団円」「現眼報」「惜字獲金」「偽書保節」「妬心忘義」「純孝延寿」「琵琶記」「仗義得妻」九種であり、このうち「古廟呪媳」「大団円」は『宣講集要』巻六、「現眼報」は『宣講集要』巻一二「惜字獲金」は『宣講集要』巻九にも掲載されている勧善説話である。

たとえば「古廟呪媳」は、汪大（白面生〔大白〕）・汪二（二白）兄弟の嫁銭氏・周氏がそれぞれ夫を唆して分家させたあげく姑顔氏を追い出したため、姑が土地廟で呪詛すると嫁二人に天罰が下る話であり、宣講のように、兄弟の嫁が互いに口論する場面や姑が嫁を呪詛する場面に歌唱が行われる。姑の呪詛の歌詞は以下のとおりである。

二個親婦大不孝、日日一家来吵鬧。（二人の嫁は不孝者、毎日一家が騒ぎ出す。）
柴米油鹹同一家、両個毎毎私偸漏。（薪と食材共有物、二人は密かに盗んでる。）
婆仔但得無奈何、暫将両家来折灶。（姑しかし術はなく、竈を割って分家した。）
毎家当我十日期、周氏十日都未到。（十日毎の輪番制、周氏は期日来ないうち。）
将我騙去銭氏家、二人用心来張罩。（銭氏の家に追放し、二人巧みに罠を張る。）
可憐今日我生辰、拉我関倣門外狗。（あわれ私の誕生日、外に出され犬のよう。）
大神須着顕聖霊、責罰両婦有応効。（神様霊験顕して、二人の嫁を懲らしめて。）

このほか「大団円」は、清・蒲松齢『聊斎志異』（康熙一八年〔一六七九〕）巻二「張誠」に基づいた、商人張炳之（老生）の後妻牛氏が前妻呉氏の子張訥を虐待する話であり、張訥が、虎に攫われた弟張誠を捜して炳之の最初の妻何氏の子張謙と出会い、何氏と三兄弟は炳之と同居し、牛氏は天罰で病死する話で、「現眼報」は、富豪張懐徳が賢妻段氏の諫言を聴かず子弟の教育費を惜しむが、教育を受けなければ侮辱を受けることに気づく話で、「惜字獲金」は、文字を大事にする呉欽典が八卦文のある亀殻を得て外国商人が大金で買い取り、文字を粗末にする無頼趙文が神罰で失明する話である(12)。

＊

さてこのように民衆が親しむ演劇を勧善の手段にしようとする発想は、演劇が興隆した明代にすでに出現していた。たとえば王守仁（一四七二～一五二八）は明代の演劇が古楽を継承するものと評価しながら、教化を目指さない演劇は社会に役立たず、演劇は妖艶な歌詞を削って忠孝説話を上演し、民衆が無意識のうちに感化されるよう貢献しなければならないと主張した(13)。

古楽不作久矣。今之戯子、尚与古楽意思相近。韶之九成、便是舜一本戯子。武之九変、便是武王一本戯子。聖人一生実事、倶播在楽中。所以有徳者聞之、便知其尽善尽美与未尽美未尽善処。若後世作楽、只是做詞調、於民俗風化、絶無干渉、何以化民善俗。今要民俗反樸還淳、取今之戯本、将妖淫詞調刪去、只取忠臣孝子故事、使愚俗人人易暁、無意中感発他良知起来、却於風化有益。（古楽は興らないこと久しいが、今の演劇はなお古楽の趣旨に近似している。韶の九成は舜の演劇である。武の九変は武王の演劇である。聖人の一生で実際に起こったことが楽の中に伝えられている。故に有徳者が聞けば、その善を尽くして美を尽くしたところと、美を尽くさず善を尽くさないところを知る。もし後世の音楽が歌詞と音調だけであり、民俗や風化に全く関わりを持たなければ、どうして民衆を教化し風俗を改善できようか。今、民俗に醇朴を取り戻そうとすれば、今の演劇から淫猥な歌詞や音調を削除し、忠臣孝子の説話に取材して、学問を受けない民衆にわかりやすく、無意識のうちに彼らの良知を喚起させれば、教化に有益である。）

この王守仁の演劇論が清・余治に継承されたのである。余治は『庶幾堂今楽』自序（咸豊一〇年〔一八六〇〕）において、俗情に通じる演劇によって民衆を教化すると述べている。

古楽衰而後、梨園教習之典興。原以伝忠孝節義之奇、使人観、感激発於不自覚。善以勧、悪以懲。……無如、沿習既久、本旨漸失。……所演者、遂多不甚切於懲勧。近世軽狂佻達之徒、又作為誨淫誨盗諸劇、以悦時流之耳目。……而古人立教之意、遂蕩焉無存。風教亦因以大壊。……余不揣浅陋、擬善悪果報新戯数十種。一以王法天理為主、而通之以俗情。……以之化導郷愚、頗覚親切有味。……以佐聖天子維新之化、賢有司教育之窮、当亦不無小補矣。……師儒之化導、既不見為功、郷約之奉行、又歴久生厭。惟此新戯、最洽人情、易俗移風。……

（古楽が衰退して後、梨園教習の典礼が興った。もともと忠孝節義の奇談を伝え、人に鑑賞させて無意識のうちに感動を生じさせるものであり、善行は勧め、悪行は戒めた。……だが久しく踏襲するうちに本旨が次第に失われ、……上演するものは多く勧善懲悪に関係なくなった。近時の軽佻浮薄の徒は、また淫行・窃盗を教唆する諸劇を作り、時流の耳目を悦ばせており、……古人の教化の趣旨は全く存在せず、風教も大いに壊滅している。……私は浅薄を顧みず、善悪果報の新作の戯曲を数十種創作した。すべて王法・天理を主旨とし、俗情に通じており、……これによって無学な村人を教化すれば、かなり親しく味わいを覚えさせ、……聖天子の維新の教化、賢有司の教育の欠陥を助けるにも、些かの補助となるのは間違いない。……学者の教導が功を奏せず、郷約の執行も飽きられてきた今日、この新作の戯曲だけがもっとも人情に合致し、風俗を改善できるのである。……）

四　物語形式による勧善と娯楽

現代の漢川善書は清末に出現した『宣講集要』の案証形式を踏襲しているが、物語を小説・戯曲作品から借りるという新しい傾向を見せており、演劇による勧善と同様に、聴衆を魅了する物語を利用した勧善の方法を用いている。作品としては『巡按斬子』『珍珠衫』『珊瑚宝珠』『望江楼』『法堂換子』（仙桃市杜子甫）、『秦香蓮』『鍘包勉』『劉子英打虎』『売子奉親』『尋児記』（漢川市徐忠徳）、『粉装楼』『楊家将』『董小宛』『天宝図』『地宝図』『梁祝姻縁』『孟麗君』『劉公案』『武松殺嫂（金瓶梅）』（漢川市袁大昌）などがある。

これらの作品は清末の『宣講集要』と違って「宣」の場面をおよそ九場面と多く設定し、「宣」が大きな役割を果たしている。たとえば『巡按斬子』は、湖北巡按李天民の子継元が好色で、自分の婚約者と知らず劉蘭英を奪おうとして母李氏（実は継元の伯母）を殺したため、巡按が私情を捨ててわが子を処刑する話で、この作品では物語の中で、

①母李氏が病死した夫劉廷芳を悲しむ場面
②蘭英が衆人に苦境を訴え援助を得て母李氏を埋葬する場面
③蘭英が侠客に救われて江夏県に訴える場面
④蘭英が叔母のもとを訪れ悲惨な境遇を訴える場面
⑤継元に毒殺され太白金星の仙丹で蘇生した蘭英が漁師劉大千に救われて苦境を訴える場面

⑥江夏県令の子陳魁が蘭英を強奪しようとするが巡按李天民に妨害され蘭英が巡按に訴える場面
⑦継元の従者を殺して蘭英の墓を暴いた盗賊銭占青が自供する場面
⑧継元の母賈氏が刑場で継元を抱いて泣く場面
⑨巡按が処刑したわが子の死を悲しむ場面

の九場面に「宣」を設定して、聴衆に家庭倫理や社会道徳を鼓吹している。ちなみに李氏が夫の死を悲しむ「宣」は次のようである。

未開言、不由人、珠涙滚々。（話さぬ中、たまらずに、涙こぼれる。）
哭声夫、叫声夫、好不傷心。（慟哭し、名を呼べば、悲しみやまぬ。）
我的夫、在任上、何等光景。（わが夫、生前は、仕事を成し遂げ。）
生下了、蘭英女、当着宝珍。（生まれた子、蘭英は、お宝むすめ。）
児不是、劉門中、擎天之棍。（だがこの子、劉門の、後継ならず。）
万不料、我的夫、惨然帰陰。（図らずも、わが夫、無惨にも死ぬ。）

〔六句省略〕

このように漢川善書では小説・戯曲を改編しながら、物語の中で勧善懲悪、因果応報を説く形式を取っているものが多い。

ただ中にはそうでないものも出現している。たとえば『三子争父』（仙桃市杜子甫）は敬老精神を鼓吹する呂劇・曲劇などの同名作品とは内容が異なり(14)、書生李万才が妻周月英の不貞を疑ってその諫言を聴かず逃走して安徽に至り、誤って張春発の豆腐をひっくり返したことからその娘秀英と結婚するが、賭博好きを批判されて怒って逃走して上海で布を販売し、王員外の娘月娥を見て詩を作って宿泊を拒絶されたことから、駆け落ち相手と間違えられて月娥と逃走し、後に月英・秀英・月娥の子が状元・榜眼・探花に及第して父を争うという滑稽で目出度い物語であり、家族の悲歓離合を描いてはいるが、軽薄な人物が反省するわけではなく、勧善の主旨は窺えない。人物の「宣」は、

①李万才が妻の不貞を疑って妻を罵る場面
②周月英が夫の軽率な誤解をたしなめる場面
③周月英が姑に李万才が誤解して逃走したことを訴える場面
④姑が息子の勝手さを嘆いて泣く場面
⑤李万才が豆腐屋にわびて虚偽の経歴を語る場面
⑥張春発が李万才を見損なったことを悔いる場面
⑦王夫妻が月娥が死んだと誤解して嘆く場面
⑧周月英が子有慶に父の出奔を語る場面
⑨有慶が父を捜しに家を出る場面
⑩有慶が寧国府の宿屋で父の消息を尋ねる場面
⑪有慶が李万才に父の消息を尋ねる場面
⑫有慶が李万才に帰宅を促す場面
⑬張秀英が李万才の非情をなじる場面

に設定されており、家族を顧みない李万才に苦しめられた人々の苦衷をよく表現しているが、李万才が懺悔する

のである。

「宣」は無いし、李万才には悪報が下るどころか、かえってその子が出世して幸福になるという善報が下っている

また『尼姑還俗』（漢川市袁大昌）も、清・守朴翁編『醒夢駢言』（第一回「仮必正紅糸夙繫空門、偽妙常白首永随学士」）が描く書生曽学深と尼僧陳翠雲の才子佳人物語を宣講形式に改編した作品であり、学深が翠雲を見初めて母荘氏を欺いて尼寺に通い、母も同情して翠雲との結婚に同意するが、成就に至るまで曲折を経るという悲歓離合の内容で、勧善の主旨は希薄である(15)。人物の「宣」は以下のとおりであり、人物の感情疎通を主眼として対話形式の場面を多く設けている。

①母荘氏が子学深に黄州の祖母を見舞うよう命じ、学深が母に別れを告げる場面
②陳翠雲が学深（仮名潘公子）との結婚を悲観して嘆息する場面
③学深が翠雲に結婚を申し込み、翠雲が還俗して求婚を待つと答える場面
④荘氏が学深に結婚を促し、学深が祖母から陳家の娘を薦められたと答える場面
⑤学深が黄州に来て尼寺が壊れて翠雲の行方がわからないため母に陳家の父が出かけて話ができなかったと偽り、荘氏が不満を漏らす場面
⑥翠雲が参拝した荘氏に武昌の従兄潘を捜してほしいと依頼する場面
⑦学深が帰宅した荘氏に事実を打ち明けて許しを請い、荘氏が尼僧との結婚は許さないと厳命する場面
⑧翠雲が叔母荘氏により金家に引き取られて礼を述べる場面
⑨還俗した翠雲が偶然金家を訪れた武昌の荘氏に事情を話し、すべてが明らかになる場面
⑩学深が翠雲と結婚して変わらぬ愛を誓い、翠雲も感慨を述べる場面

五　結び

聖諭の宣講による民衆教化は、ただ聖諭を読誦し講釈するだけでは聴衆を引きつけることができず十分な効果をあげることができなかったため、啓蒙教育と同様に、果報説話を例に挙げて具体的に因果を説いたり、詩歌を吟唱して感情に訴えたりする方法が試行された。そして清代末期には演劇の形式を応用して果報説話を上演するという思い切った方法も採用され、現代の漢川善書に至っては、小説・戯曲の物語を上演するようになった。漢川善書では物語の中で詩歌の吟唱場面を設けて、夫婦・親子の感情を表現したり、主人公が苦境を周囲の人々に訴えたりして、家庭倫理や社会道徳を鼓吹する方法が考案されている。二〇〇六年の春節（旧暦正月）に漢川市において上演された『麒麟鎖』『神虎媒』などの善書作品はまさしくこうした演劇を善書に改編した作品であった。

ただ漢川善書では『三子争父』（仙桃市杜子甫）や『尼姑還俗』（漢川市袁大昌）などの作品も誕生しており、これらの作品では、善行を推奨するという伝統的な善書の主旨とは違って軽薄な主人公の女性遍歴や、才子佳人の結婚喜劇を描いている。こうした傾向は小説・戯曲の物語を善書に改編する新しい現代の善書に至って生まれたもので、伝統的な儒教道徳を説く善書では考えられない娯楽を享受する現象であり、娯楽性を追求する善書が鼓書などの演目と異ならないものを上演することもあることを示唆している。しかしながら善書が勧善の主旨を説かなくなれば、社会に果たしてきた役割が薄れ、その存在自体が危ぶまれかねない。幸いにしてこのような作品は多くはないが、今後の善書創作の課題となることであろう。

註

(1)「宣講」の概念については酒井忠夫『増補中国善書の研究』下(二〇〇〇、国書刊行会)下、一九頁等参照。ちなみに浙江省海寧知県許三礼が復刻した『六諭集解』(康熙一七年〔一六七八〕)「郷約規条」には「宣」は聖諭を読み上げることで、「講」は聖諭を講釈することであることを明示している。

(2)聖諭宣講に付随する因果応報説話の講読や勧善歌詞の吟唱については、阿部泰記「聖諭宣講の伝統と変容」(二〇〇七)参照。清・范鋐註『六諭衍義』(康熙二七年〔一六八八〕)などにその形式が見られる。

(3)「脚板」は西南官話で「脚」の意味。

(4)『孝経』天子章に、「子曰、愛親者、不敢悪於人。敬親者、不敢慢於人。」(子曰く、「親を愛する者は、敢へて人に悪まれず。親を敬ふ者は、敢へて人に慢(あなど)られず」と。)

(5)なお詞話系に属する説唱詞話や宝巻などでは叙事も歌詞によって行っているのに対して、宣講では叙事は説書体で行い、歌詞の途中にほかの人物が台詞を挿入して言葉を応酬するのであり、ほかの詞話系の文芸とは異なる別の文体を形成している。宣講の案証の詩歌体については阿部泰記「宣講における歌唱表現」(二〇〇四、アジアの歴史と文化八)参照。

(6)なお敦煌変文『孝子伝』(P二六二一)では舜が天罰で失明した父瞽叟を抱いて大いに泣くと、天地を感動させ、手で父の涙を拭うと両眼が開いたと述べており(「於是前抱父大哭、哀動天地、以手拭其父涙、両眼重開。」)、宣講ではこうした哀哭の場面を歌詞の吟唱によって具体的に表現している。

(7)「四川総督蒋大人勧諭歌」は「勧諭爾、士庶民、熟読深想。聴本督、説一段、大塊文章。」に始まる百二四句の長篇である。この「勧諭歌」は『勧世宝巻』(光緒二五年〔一八九九〕)に四川総督蒋大人の「勧世歌」としてそのまま掲載されている。

(8)『宣講管規』(宣統二年〔一九一〇〕)の洛陽悔過癡人序には、女子供は聖賢の言葉が理解できず、『宣講集要』に倣った『宣講拾遺』六巻(同治一一年〔一八七二〕)の歌詞や言葉に感動したという。「為婦孺輩講語録・格言諸訓、聞之知感者、十之三四。扞格者、常五六焉。不惟時過輒忘、且又往往諉為聖賢語言、固未吾儕能解也。無已、為之取荘跛仙『宣講拾遺』、朗誦数過、無不踴躍讙呼、感愧零涕而不能自已者。然後嘆、歌詞足以動聴、俚語尽人能解也。」(女子供は語録や格言などの教訓を講じても、聞いて感動する者は三四割であり、抵抗がある者は常に五六割である。時間がたてば忘れるというばかりでなく、往々にして聖賢の言葉はもともと我々には分からないとかこつけるのである。やむなく荘跛仙の『宣講拾遺』を取って数編朗誦すると、皆勇躍歓呼して、感動し涙を流して自制しようがなかった。それで歌詞が十分に人が聴く心を動かし、俚語が十分に人を理解させることに驚嘆したのであった。）

（9）『春秋左氏伝』襄公二七年に、「伯有は『鶉之賁賁』を賦す」と。鄭伯が晋・趙文子を接待した時に伯有が詠んだ。『詩経』鄘風「鶉之奔奔」は衛・宣姜の淫乱を風刺する詩であり、伯有は鄭伯の淫乱を趙文子に訴えた。「賁賁」は「奔奔」と同音。

（10）嘉慶一四年（一八〇九）には御史周鉞が講約を実行して教化に力を入れるべきとする上奏を行い、「乃近年以来、各地方官歴久懈生。率視為奉行故事、竟至日形廃弛。所謂化導斯民者、何在。」（近年以来、各地方官は時間を経て怠惰な心が興り、講約を形だけ行い、ついに廃止になる様相が現れてきた。所謂民を教導する者は一体どこにいようか。）と嘆いている。

（11）『宣講集要』巻二「堂上活仏」は「山西太原府一人、名楊黼。父早喪、母親胡氏在堂。有田五十余畝、楊黼在家耕種。怎奈事奉母親、少有恭敬。衣食二字、雖然未欠、究竟無有順従。胡氏只得忍耐過日。」（山西太原府に楊黼という人がいて、父は早く亡くなり、母親胡氏があり、田五十余畝を楊黼が耕していた。しかし母親の奉養が至らず、衣食を欠くことはなかったが、言うことを聞くことができず、胡氏は我慢して過ごすしかなかった。）で始まり、楊黼を不孝者として描く。阿部泰記「宣講聖諭―民衆文学特色的演講文」（二〇〇五、国際応用文学会原稿。二〇〇六、アジアの歴史と文化十転載）参照。

（12）なお現代の布袋戯『水鬼作城隍』も子供向けの善書と考えることができる。阿部泰記「西田社布袋戯脚本『水鬼作城隍』説話について」（二〇〇五、山口大学文学会志五五）参照。

（13）清・陳宏謀編『五種遺規』養正遺規補編「王文成公訓蒙教約」収。『王文成全書』巻二「訓蒙大意示教読劉伯頌等」の原文はやや異なる。

（14）善書『三子争父』については林宇萍「漢川善書における二つの特徴―教訓性と娯楽性」（二〇〇五、山口中国学会口頭発表。二〇〇六、山口大学人文学部異文化交流ニューズレター六）参照。

（15）『醒夢駢言』一二回は『聊斎志異』を白話に改編した作品であり、第一回は『聊斎志異』巻十一「陳雲棲」の改作である。原作では書生の名は真毓生であり、尼僧の名は陳雲棲である。『尼姑還俗』では冒頭「姻縁、姻縁、事非偶然。哪怕曲曲彎彎、自有花好月円」から『醒夢駢言』中の句を用いている。

亀井昭陽を魅了した清楽

中尾　友香梨

はじめに

江戸時代に次々と長崎を訪れた清の貿易船は、多くの貿易品を日本にもたらすとともに、さまざまな中国文化をも将来した。その一つが清楽である。当時中国では「小曲」「小調」「時調」などと呼ばれる民間俗曲及び地方劇に由来する通俗音楽が大いに流行したが、長崎来舶の唐船船主及びその他の乗組員たちによって日本にも伝えられた。それが清楽の始まりである。

清楽が伝来する以前、日本で流行した中国音楽と言えば、東皐心越による琴楽と魏之琰及びその曾孫魏皓による明楽が主流を為していたが、化政期以降は新しくもたらされた清楽がこれに取って代わった。華音の歌に月琴・胡琴などの伴奏を伴う清楽は、琴楽や明楽に較べてはるかに通俗的な音楽である。単にその曲目のみを見ても、「九連環（智慧の輪）」「茉莉花（ジャスミンの花）」「算命曲（占いの歌）」「紅繍鞋（赤い刺繍入りの鞋）」「脚魚売（スッポン売り）」「補缸（甕修理）」などと、男女の艶情や市井の雑踏、生活の息吹がそのまま伝わって来そうな卑俗な音楽であることは一目瞭然である。

しかし、清楽は風流好きな清客らによって日本に伝えられるや否や、当時のシノワズリーと同調して猛烈な勢いではやり始めた。その担い手となったのが、長崎に遊学していた文人騒客、唐人屋敷に出入りしていた唐通事及び丸山遊女である。特に文人騒客の場合は長崎での修行を終えた後、江戸や京阪に進出するか出身地に戻って活躍した者が多く、その際に彼らが長崎で覚えた清楽をもこれらの土地に伝えた。後述する遠山荷塘や佐野宏などはまさにその役割を果たした人物である。また、彼らは各地の有力な文人・儒者たちとも親密な交流を重ねていたので、彼らが長崎よりもたらした清楽はそれぞれの土地の文人・儒者の耳にも届き、少なからぬ反響を及ぼした。だが従来、清楽と江戸文人の関わりに焦点をしぼって具体的に論じた研究はほとんどなかったと言っても過言ではない。

そこで本稿では、まず筑前の大儒亀井昭陽を取り上げ、彼と清楽の関わりについて述べたい。亀井昭陽（一七七三～一八三六）はその父南冥とともに徂徠学派に属し、清廉孤高・方正謹厳な儒学者及び教育者として名高い。しかしその昭陽も、ある人物との出会いにより清楽をこよなく愛したことは、さほど広く知られていない。何と言っても厳然たる儒者としてのイメージが人一倍強い亀井昭陽であるからこそ、そのような一面を有していたことは実に意外な驚きをもって受け入れざるを得ない。

なお、本稿の執筆にあたっては主に以下の資料を参照した。

①『亀井南冥・昭陽全集』（葦書房、一九七九～八〇年刊行、以下、『全集』と略記）

②九州大学附属図書館石崎文庫蔵『昭陽先生文集』所収『甲申稿』

③慶応義塾大学斯道文庫蔵『昭陽先生文抄』所収『贈一圭上人等文』

後者の二つについて若干補足を加えたい。②の『甲申稿』は文政七年（一八二四）における昭陽の詩と文を収録した写本である。『空石日記』文政七年五月～閏八月の記録には、昭陽が清楽を鑑賞して詩を詠んだという記述が随所に見えるが、『全集』には昭陽のこの時期の詩はほとんど収められていない。つまり『甲申稿』は『全集』における昭陽のこの時期の詩について補完できる重要な資料と言える。しかし、この資料がもともと石崎氏個人の所蔵であったためか、所収詩作品に関しては、後述の石崎氏の論文に一首引用されるほかにはほとんど見られない。

③の『贈一圭上人等文』は、昭陽とその家族を清楽の旋風に巻き込んだ僧一圭に贈った昭陽の詩や文を、分寛明という人物が嘉永四年（一八五一）に書き写したものである。『全集』所収『昭陽先生文集初編』（以下、『文集初編』と略記）巻七「題近稿抄首」に「甲申五月、一圭上人自長崎赴東都、以一昔之期見過。余以為真人自天降、攀留之不輟。上人強而留錫十有二旬。其間所作詩文多言渉上人者。余欲以為別後恵思之地、抄出而手写之、以投其懐」とあり、『贈一圭上人等文』はまさにこれを抄写したものである。巻頭と巻末にそれぞれ広瀬淡窓と旭荘の序文が附されており、これらは一圭が筑前を去って日田の咸宜園に逗留した際、広瀬兄弟に求めたものと見られる。『贈一圭上人等文』所収の詩や文はその大半が『全集』及び『甲申稿』にも収録されているが、一方これらの資料には収録されていないものも見える。

本稿では従来ほとんど取り上げられることのなかった『甲申稿』及び『贈一圭上人等文』所収の詩や文を紹介し、さらに『全集』所収『文集初編』及び『空石日記』なども併用して、清楽と亀井昭陽の関わりについて述べたい。

一　亀井昭陽と清楽の出会い

文政七年五月一一日、昭陽は長崎から江戸へ向かう途上の僧一圭こと遠山荷塘の訪問を受けるが、昭陽と清楽の関わりはすべてここから始まった。

遠山荷塘（一七九五～一八三一）については、青木正児「伝奇小説を講じ月琴を善くしたる遠山荷塘が伝の箋」

（1）、斉藤月岑『武江年表』天保二年（一八三一）の条などに紹介されている。信州の人で、号は一圭、淡窓の咸宜園に学び、長崎へ下って清客から唐話・伝奇・詞曲・清楽などを学んだ。後に江戸に出て『水滸伝』や『西廂記』などの伝奇を講じ、江戸市中に清楽を教授した。また文雅の才を以て聞こえた清客江芸閣と名を並べて田能村竹田の詞集に評語を寄せるなど、中国俗文学及び詞学の方面において抜きん出た才能を発揮した。三七歳の若さで病没したが、まさに早熟の天才とも言うべき人物である。著書に『西廂記』『月琴考』『胡言漢語』などがある。

一圭が昭陽を訪ねてきたこの日から二人の間には莫逆の交わりが始まり、その交情は天保二年に一圭が没するまで続いた。両人の友情については、石崎又造「江戸に於ける唐話学及び俗文学の一斑」（2）、岩城秀夫「僧一圭と亀井昭陽」（3）、徳田武「遠山荷塘と亀井昭陽」（4）などの諸論考がある。本稿においてはこれらの裨益を受けつつ、二人の交情よりも一圭のもたらした清楽と亀井昭陽との関わりに焦点を絞って論じることにする。

一圭が訪ねて来た日の夜、昭陽は生まれて初めて清楽を耳にするわけであるが、後日、広瀬旭荘に宛てた手紙の中でそのことに触れて、次のように述べている。

圭禅子以竹酔前二日来自長崎。岡生折柬介之、曰、此人善月琴・胡琴、先生見而楽之。不佞憮然曰、生介人多矣、必曰、幸侍光塵、於僕栄矣。今此何人而辞如此。月琴・胡琴果何物乎。然言出自岡生、未可俄恚、叱童而延之。則目撃如酔。及聴二琴、骨解如泥。乃嘆曰、有是哉、子究之獲我心乎。竟歌鵲巣而去我棲、使禅子居有之、以至于今也。（『贈一圭上人等文』「与広瀬謙吉書抄」其一）

「岡生」とは一圭と同じく淡窓の咸宜園に学び、亀井塾を経て長崎へ下り、蘭学を学んでいた岡研介（字は子究）のことである。淡窓の『遠思楼詩鈔』巻下に「寄岡子究」という詩が収められているが、その末句に「唐寺有圭公、時来尋旧約」とあり、長崎における研介と一圭の親交ぶりが窺える。当時一圭は長崎の崇福寺に身を寄せていたが、やがて長崎での修行を終え、江戸へ向かうことになったので、その道中に筑前の昭陽のところに立ち寄るよう、研介が彼を昭陽に紹介したのである。

研介はそれ以前にもしばしば人を昭陽に紹介していたらしく、その際には必ず「幸ひに光塵に侍せしめば、僕に於いて栄《ほまれ》なり」と言うのが口癖であった。しかし一圭を紹介する手紙においては何故か、「此の人、月琴・胡琴を善くす。先生見《あひ》て之れを楽しめ」と記してあった。ゆえに「今、此れ何人にして、辞、此《か》くの如き。月琴・胡琴とは、果して何物なるか」と驚き怪しむ昭陽であったが、研介の紹介というからには、にわかに立腹するわけにもいかず、取りあえず宴を設けて一圭を迎えることにした。ところが一圭に会った瞬間、昭陽はすっかり心酔し、さらに一圭の奏でる月琴・胡琴の音楽を聴いては、その美しいメロディーに骨がとろけるほどの感動を覚えたのである。

月琴と胡琴はいずれも清楽の代表的な楽器である。月琴は阮咸から派生した撥弦楽器の一つで、形が琵琶に似ているが、胴が満月のように丸く扁平な形をしている。清楽用の月琴は、棹が短く、四弦（二弦ずつ同音）を張り、義甲または撥で奏する。一方、胡琴は弓奏擦弦楽器の一つで、小さい丸胴の上面に蛇皮を張り、棹の上部に紫檀などの糸巻がある。二弦を張り、馬尾毛の弓の弦で二弦の間を通して擦って奏する。

これらの楽器が奏でる絶妙な音楽とその持ち主の個性豊かな風格にすっかり陶酔した昭陽は、この日から四ヶ月以上にわたって一圭を自宅に引き留めることになる。無論その理由は単に一圭の月琴・胡琴の音楽に心を奪われたからというだけではなく、門人の今村北海が一圭から悉曇（梵語）と『韻鏡』（音韻学の書）を学びたがるのに便乗して、自分の二子にも唐話学を学ばせたかったからである。とは言え、それ以来昭陽は幾度となく一圭の清楽演奏を鑑賞し、その感想を漢詩に詠んでいる。特に来客のあった時や満月の夜には、必ずと言っていいほど一圭に清楽の演奏を依頼しており、一圭も昭陽が月琴・胡琴の音色を好んだためか、いつも快くこれらの楽器を弾いて興を添えた様子が、『空石日記』に頻繁にあらわれる「聴琴」という記述から窺える。また『文集初編』巻二の「送一圭上人序」に「余毎把酒、必請上人拊糸」とあることや、岡研介に宛てた書翰（「与岡子究」）に「僕以聴琴日醒、文成遅」などとあることからも、このようなことは充分に読み取れる。

昭陽は始めて清楽を聴いたその夜から、まず三日続けて清楽を鑑賞した。そして三日目の夜には次のような歌行まで詠んでその感想を述べている。よほど気に入ったのであろう。

齧缺聞道被衣子　　齧缺　道を被衣子に聞き
未卒其言便睡寐　　未だ其の言卒《お》はらずして　便ち睡寐す
被衣大悦行且歌　　被衣　大いに悦びて　行き且つ歌ふ
彼何人哉天和至　　彼　何人ぞや　天和に至れり
一圭禅師鼓月琴　　一圭禅師　月琴を鼓し
使我肉飛眉舞忘肉味　　我をして　肉飛び眉舞ひ肉味を忘れしむ
惟竹酔日夜絃闌　　惟だ竹酔の日　夜絃　闌《たけなわ》なり
我神蔵兮目自閉　　我が神　蔵《ぞう》して　目自から閉ず
鼓雲捉月遊鈞天　　雲を鼓し　月を捉へ　鈞天に遊び
広楽九奏多奇異　　広楽　九たび奏し　奇異多し
自曳霓裳翻羽衣　　自ら霓裳を曳きて　羽衣を翻《ひるがへ》し
禅師去後天自墜　　禅師　去りて後　天より自ら墜つるがごとし
室人交謫我何妨　　室人　交《こも》ごも謫《せ》むるも　我何ぞ妨げん

依然広寒宮裏戯　　依然として広寒宮裏に戯るるがごとし
未知禅師能参被衣禅　　未だ知らず　禅師能く被衣の禅に参じ
新生之犢悟得全　　新生の犢《こうし》のごとく　悟り得て全《まった》きを
（『甲申稿』「謝一圭上人」）

最初の四句と最後の二句は『荘子』知北遊篇を踏まえ(5)、一圭を被衣子に、昭陽自身を齧缺にたとえている(6)。実はこの日、亀井家では六歳で夭折した三男修三郎の三回忌が行なわれた。聡明利発な三男に家学の継承を期待していた昭陽にとって愛児の突然の死は悲痛極まる出来事であり、その哀傷を綿々と書き綴ったのが彼の有名な『傷逝録』である。それだけにこの日も昭陽は亡児への追憶と哀惜の念に沈んでいたであろうことは想像に難くない。

昭陽のそのような気持ちを気遣ってか、一圭はこの日も昭陽のために清楽を奏している。「惟竹酔日夜絃闌」の詩句からそのことが読み取れよう。また特別な日であるだけに、この日一圭の月琴音楽が昭陽に与えた感動も特別なものであった。二日前に初めて清楽を聴いた時は、肉が飛び眉が舞うような興奮を覚えた昭陽であるが、この日は月琴の美しい音色を聴きながら黙って目を閉じた。すると、まるで自分が天に昇り、雲を鼓して月を捉え、上帝の居る天界に遊びながら、仙楽を楽しんでいるかのような気がした。「遊鈞天」と「広楽九奏」の二句は『史記』に見える故事を踏まえ(7)、一圭の月琴音楽を天上の仙楽にたとえる。続けて「自曳霓裳翻羽衣」の句は、玄宗が月宮に遊び、仙女たちの奏でる仙界の音楽を覚えて俗世に戻り、「霓裳羽衣曲」を作ったという伝説に因んで(8)、一圭の月琴音楽を月中の仙女たちが奏でたという「霓裳羽衣曲」にたとえる。夜が更け一圭が去った後も、昭陽は依然として月琴の余韻の中をさまよいながら、家族の非難を受けるも構わず、現実に戻ることを拒否するのである。

この日の昭陽にとって一圭の月琴音楽は、まさにこの世の哀しみを忘れ去らせてくれる天上の音楽のように感じられたのである。

昭陽には江戸に出仕している甥が一人いた。妹の息子で、姓は山口、名は駒太郎、号は士繁。前途有望なこの青年に昭陽は格別な愛情を注ぎ、頻繁に書翰を送っていた。その中の一通には次のようなエピソードが記されている。

迫夜半、雲消而満月臨軒。僕把彼管吹煙、謂令堂曰、大郎今方仰而看月、妹氏何不同此望乎。其人雖遠、所望在此。無曰一月万里、且曰万里一月耳。相望悲喜。令堂曰、児毎便寄示日暦、月半必有雲錦字。僕因語其有約。令堂悦。僕忽覚先人「月琴弾月月方傾」句、曰、妹氏欲聴月琴歟。令堂曰、不敢請已、固所願也。乃往而語圭師、曰、為駒也母者来、請為之一弾、至東都之日、為我甥語之、顧不如故知乎。圭師欣然抱琴而起、乃戛胡琴、奏「到春来」「九連環」。次弾月琴、歌「茉莉花」。令堂喜甚。次郎曰、前日聞甘木人歌「九連」「茉莉」、故二曲殊覚妙々。圭師曰、是必佐野宏者、貧道在長崎授之。僕曰、邦人之唱西謡、亦唯是邦人之倡西謡也。至曲度纏声都不入国字、則嵇叔夜独有「広陵散」耳。（『贈一圭上人等文』「復山士繁書抄」其三）

士繁が江戸へ出発する際、昭陽は毎月の一五夜に同じ月を眺めながらお互いを思うことを約束した。いわゆる「雲錦約」である(9)。それ以来、昭陽は毎月の一五日夜には必ず月見をして「雲錦約」を守っている。右記は文政七年六月一五日のことである。この日は夕方になって突然空に雲がかかり、昭陽は月見の興趣を大いに削がれたが、士繁の母親つまり昭陽の妹が士繁の弟をつれて訪れたので、久しぶりの再会を楽しみながらしばし士繁の話題で話が弾んだ。

夜半になる頃、やっと雲が消え満月が顔を出したので、昭陽は士繁が贈ってくれたキセルで煙草を吸いながら、息子に会いたがる妹を慰める。今頃士繁も江戸であの月を眺めているだろうから、同じ月を眺めていれば、たとえ遠く離れていても思いは必ず相通じるはずだと。話しをしているうちに突如「月琴弾月月方傾」の詩句を思い出した昭陽が、月琴の音が聴きたくないかと妹に尋ねると、妹はもとより聴きたいと願っていたと答える。そこで昭陽は一圭を尋ね、士繁の母のために清楽を演奏してくれないかと頼む。一圭は快諾し、さっそく楽器を携えて来ると、まずは胡琴で「到春来」と「九連環」を奏し、次に月琴を弾きながら「茉莉花」を歌った。士繁の母は大いに喜び、士繁の弟は先日甘木の人が「九連環」と「茉莉花」を歌うのを聴いたことがあるという。すると一圭が「是れ必ず佐野宏なる者ならん。貧道、長崎に在りて之れに授けたり」と言う。当時九州にはすでに一圭から清楽の伝授を受けた人物がいたことが窺える(10)。

しかし、昭陽は「邦人の西謡を唱ふも、亦た唯だ是れ邦人の西謡を倡《とな》ふるのみ。曲度・纏声、都《すべ》て国字を入れざるに至れば、則ち嵇叔夜に独り『広陵散』有るのみ」と言い、一圭の清楽を嵇康の「広陵散」にたとえる。つまり、たとえ他に清楽の歌を歌う日本人がいるとしても、決して一圭のように音調や和声まで完全に和風の要素を取り去り、純然たる中華風に歌うことはできず、もはや誰も一圭の境地に達することはできないと言うのである。一圭の清楽に対する最高の評価と言えよう。

さらに興味深いのは、この日一圭の清楽演奏を鑑賞した後、昭陽が次のような詩を詠んでいることである。

月琴弾月到春来　　月琴　月を弾じて　春に到りてより来《このかた》
胡蝶成双芍薬開　　胡蝶　双《つがひ》と成り　芍薬開く
夏至更愁添今夕　　夏至りて　更に愁ひ今夕に添ひ
相思未夢見郎回　　相思するも　未だ夢に郎の回《かへ》るを見ず

九環六変到天明　　九環　六たび変じて　天明に至り
唯見鳥児飛越城　　唯だ見る　鳥児《とり》の飛びて城を越ゆるを
河上門開人不見　　河上　門開けるも　人見えず
鴛鴦枕畔此時情　　鴛鴦枕畔　此の時の情

（『甲申稿』「六月望、懐山士繁。次韻其見寄。此夜山母来、圭上人鼓琴」又）

一見してわかるように、頗る艶っぽい内容の詩であるが、実はこれらの詩には清楽の歌の文句がふんだんに詠み込まれているのである。それは次の二曲である。

「四節曲」（別名「到春来」「四季」など）

到春陽呵来、又(11)呀、芍薬呵々牡丹、一枝花児開、胡蝶呀而飛呀、飛来飛去成双成対、又。

夏至更添愁、又呀、無情呵々冤家、一去不回帰、這相呵々思呵、害得奴家如痴如酔、又。

秋景更傷悲、又呀、鴛鴦呵々枕上、夢見郎回帰、驚醒呵々奴呵、汗珠滴透紅綾錦被、又。

冬季雪花飄、又呀、誰家呵々吹笛、好似郎吹簫、弾琵呵々琶呵、琴声弾出清涼之調、又。


（大島秋琴纂輯・隅田圭峰校定『月琴詞譜』、万延元年刊）

「九連環」


看々也、賜奴的九連環、九呀九連環、双手拿来解不開、拿把刀児割、割不断了、也々呦。

誰人也、解奴的九連環、九呀九連環、奴就与他做夫妻、他們是個男、男子漢了、也々呦。

情過河、住岸的妹住船、妹呀妹住船、雖然与你隔不遠、閉了城門難、難得見了、也々呦。

変個兮、鳥児的飛上天、飛呀飛上天、哄喇咕嚧落下来、還有一個春、同相会了、也々呦。

雪花兮、飄下的三尺高、三呀三尺高、飄下一個雪美人、落在懐中把、懐中把了、也々喲。
一更兮、奴的也也喲、也呀也呀喲、二更等你不来了、三更鼓児敲、敲不断了、也々喲。
四更兮、金鶏的報暁天、報呀報暁天、五更三点天明了、錦繍被、鴛鴦枕、枕辺思、枕辺想、
害得奴家想、害得奴家思、相思病了、也々喲。　（中井新六輯『月琴楽譜』、群仙堂、明治一〇年刊）

昭陽の詩とこれらの清楽曲の歌詞に施した波線及び二重線を比べて見ればわかるように、昭陽はこれらの歌の文句を巧みに自分の詩に詠み込んでいるのである。終身娼妓の類に近づかず、厳格な儒学と難しい古文辞を以て名声の高かった亀井昭陽が、卑俗な清楽の歌の文句を漢詩に詠み込んで恥じなかったとは、謹厳な儒家らしからぬ意外な一面が表われていて大変興味深い。

七月と八月の一五夜にも昭陽は同様に月琴の音色を聴きながら月見をし、士繁との雲錦約を守っているが、次に八月一五夜の様子を見よう。

中秋之夜、雖風厲、雲破而月出矣。鉄也因与琴師会崎客於博多、得明月糕而来。僕呼妙起、開南窓而月下食。有頃、琴師亦袖月餅・龍眼肉帰。乃命虞也、使書生之飲者設酒。村北海適至。於是噉月餅、聴月琴、陶然大醺、足以酔天上顔如玉者。唯足下所貽新管、裊々吐雲、頗覚遮嬋妍耳。有詩、情見於辞。（『贈一圭上人等文』「与山士繁書抄」其六）

この日一圭は長崎からの来客に会うため、昭陽の次男鉄次郎を連れて博多に出かけていたが、夜になって二人が明月糕・月餅・龍眼肉などの手土産を携えて帰って来ると、昭陽は歓声を上げながら立ちあがり、さっそく長男や門人に酒席を用意させた。ちょうどそこへ今村北海も来たので、一同は月見をしながら月餅を食べ、酒と月琴の美しいメロディーに酔いしれた。最後に「有詩、情見於辞」とあるが、これについては第三節で詳述する。

一圭は亀井家に滞在する間、昭陽の二子や門人とともに博多の豪商松永花遁(12)の邸宅に遊んだことがある(13)。この日、昭陽は「一圭上人遊松子登氏、走筆束主人」という詩を作って花遁に贈り、さらに次の詩を詠んでいる。

憐吾芍薬牡丹春　憐れむ　吾が芍薬牡丹の春
今日他家偸得親　今日　他家　親《しん》を偸《ぬす》み得たり
已矣九連環已解　已《や》みなん　九連環已《すで》に解けたり
草堂無復舶来人　草堂　復《ま》た舶来の人無し

(『贈一圭上人等文』　「同日酔後」)

「芍薬」「牡丹」「春」及び「九連環」「解」などの言葉が、いずれも前掲の清楽の歌「四節曲」及び「九連環」に由来することは贅言を要しない。なお詩の内容もこれらの歌の内容をしっかりと踏まえており、昭陽が遊び心でこのような詩を詠んだとは言え、彼が清楽の歌に大変な興味を寄せていたことは充分に窺える。

また他日、外出した一圭の帰りを待ちながら、昭陽は次のような詩を詠んでいる。

閑抽琴譜慰蹉跎　閑かに琴譜を抽きて蹉跎を慰め
喚取荊妻案曲歌　荊妻を喚《よ》び取り　曲を案じて歌はしむ
禅子情郎同一悩　禅子　情郎　同《おな》じく悩む
非関塵水不同科　塵と水と　科を同じくせざるに関はるに非ず

(『甲申稿』　「待圭上人」)

一圭を待ちながら退屈凌ぎに月琴の楽譜を取り出し、妻を呼んで清楽の歌を唱わせるところに、昭陽の清楽に対する並ならぬ関心が見て取れよう。なお、昭陽の妻が清楽の歌を歌えたというのも大変興味を引くことであるが、実は妻だけでなく、娘や息子、門生や女中までもが清楽の歌を口ずさむといった異様な風景が亀井家では見られた。

二　亀井家の人々を巻き込んだ清楽の旋風

一圭が亀井家に逗留する間、清楽の魅力に引き寄せられたのは、決して昭陽一人だけではなかった。一圭を紹介してくれた研介に宛てた書翰の中で、昭陽は次のように近況を知らせている。

豚児学夏音・『韻鏡』、女孩学小曲、宰北海学悉曇、門生亦歌「茉莉花」「九連環」。一畝之宮、殆変於夏。

（『贈一圭上人等文』　「与岡子究書抄」）

息子たちが唐話と『韻鏡』を学び、門人の今村北海（宰吉）が悉曇を学んでいる傍らで、娘たちは清楽を習っていた。また門生たちも「茉莉花」や「九連環」といった清楽の歌を歌い、亀井家はまるで突然中国人の家に変じたかのようだという。同様のことは、甥の士繁に宛てた手紙にも見える。

琴客安於草堂。悉曇与夏音並発、「茉莉花」「到春来」「算命」「九連環」、入月琴・胡琴、鏘鏘盈人耳。妻孥・炊婢亦学口。草堂変為唐人窠窟。僕本唐人街産物、則殊為得本来面目、為之酲又酲、悪詩亦頻衝口。是近況也。

（『贈一圭上人等文』　「報山士繁書抄」其二）

一圭が寝泊まりしていた昭陽の書斎からは、頻りに梵語や華音が外まで聞こえ、「茉莉花」「到春来」「算命」「九連環」などの清楽曲を弾じる月琴・胡琴の音が鏘鏘と鳴り響き、昭陽の妻子や使用人までもがこれを口ずさむようになり、家全体がまるで中国人の家になったかのようだという。だがしかし、昭陽はそれを嫌うどころか、自身はもともと唐人街の生まれであるから、本来の面目を取り戻したと喜び、これを聴きながら酒に酔いまた酔い、思わず漢詩が頻りに口を衝いて出るという。突然華音や清楽の旋風に巻き込まれた我が家の様子に、昭陽は大変満足しているのである。

中でも特に清楽に親しんだのは四女の宗である。宗が一圭より清楽を習っていた時の逸話に次のようなものがある。

一日酔甚、坐者解曲中之義。北海敦礼学、不喜詞藻、説「二人房中」曰、不是双女、必両男。余笑曰、以三礼談小曲、不知西房乎東房乎。上人為少女宗、言「九連環」首章。宗低首良久、曰、不是剛(ママ)鉄、必純金。不然、能勝刀撃邪。上人笑曰、季蘭与礼法家、率然得未曾有佳対。門下有鶩僧、曰錦竜、学曲而不上口、悶癢不已。一夕上人有厭色、以其和而不夏、戯摸俗腔節之。竜激甚、上人乃歌大曲攪之、竜愈益張声相抗。（『文集初編』巻二「送一圭上人序」）

れっきとした儒学の伝統をもち礼法を重んじる亀井家に突然襲ってきた清楽の旋風に巻き込まれ戸惑う人々の反応が面白い。「二人房中」とは清楽曲「紅繡鞋」（別名「剪々花」「月花集」など）の第二章「二双紅繡鞋。曖呀。杏花二月裡開。曖々。二人房中、蒲竹那闘牌、你搬過来、我的小快々。曖々」(14)のくだりを指すが、前後の文脈からして「房中」の「二人」とは明らかに恋仲の男女を指すものである(15)。しかし礼学を尊ぶ北海は、「是れ双女ならずんば、必ず両男ならん」と固執する。また、一圭から「九連環」の歌を教わっていた四女宗は、第一章の「双手拿来解不開。拿把刀児割、割不断了」というくだりの説明を聴いては、しばらく考え込んだ後、真面目な顔で「是れ鋼鉄ならずんば、必ず純金ならん。然らざれば、能く刀撃に勝《た》へんや」と言うのである。なお亀井塾には錦竜という門生がいたが、清楽の歌を学ぶも華音が口になじまず、大変苦労していた。ある日彼の発音が和風で華音らしくないことを一圭がからかうと、錦竜はムキになってますます大きい声で歌いながら対抗したという(16)。

かくのごとく、昭陽一門に突然襲ってきた清楽の旋風は、さまざまなエピソードを生みながら亀井家の人々を楽しませた。次は、昭陽の長女友が女児を出産したときの出来事である。

昨為女孫三朝。（中略）圭師鼓阮琴・提琴、鸚武子酔而与二児笑傲於書斎。令弟次郎亦来、往参焉。女友在翠雲房。房外之歓哄、産婦所欲也。分娩之明夕、一老禿至自長石村。時北海与圭師、以「清平調」詞合「越天楽」節、名之曰作制礼楽。琴声歌声繁興。禿子駭曰、産母隔一壁。禿則掛心費心矣。然友也聴之暢然齁睡。我家無蓐労、前例固然。（『贈一圭上人等文』「与山士繁書抄」其七）

この挿話については、前掲の徳田氏の論文にも紹介されているが、産婦が壁一枚隔てた隣の部屋で寝ているにもかかわらず、部屋の外では例のごとく月琴・胡琴の音や歌声で賑わった。他所から来ていた老翁がその情景に驚愕するのも無理ではあるまい。しかしその騒がしい音は産婦の望むところであり、友はそれを聴きながら暢然と熟睡しているという。

友は一般的に「少琹」という名で知られるが、祖父と父の影響のもと深い学問を身につけ、詩画書ともに優れた技倆の持ち主であった。昭陽の門人三苫源吾（号は雷首）に嫁ぎ、亀井別家として今宿に居を構えていたが、両親の手助けをするため頻繁に百道の本家に来ていた。したがって日頃からたびたび清楽を耳にしたであろうことは想像に難くない。しかし「九州第一梅」(17)と自負するほどの才女が、出産の翌日に月琴・胡琴の演奏を所望し、その騒がしい音楽を聴きながら安眠しているとは、父昭陽の薫陶を受けてのことであろう。

亀井家の人々を巻き込んだ清楽の旋風は、一圭が去った後もその余韻を残して消えることはなかった。昭陽が午酌をすれば宗が月琴をつま弾いて興を添え(18)、昭陽の妻は孫の守りをしながら清楽の歌を一、二句口ずさんだりする(19)。また重陽の日には昭陽の子女や門人たちが例のごとく大いに月琴を鼓して清楽の歌を唱い、目を閉じればあたかも一圭がそこにいるかのようであると昭陽は日記に記している(20)。

さらに、九月一五日には江戸勤番に抜擢された吉永源八郎を送るための宴が亀井家で催されたが、この日も清楽で大いに盛り上がった宴の様子が、士繁に宛てた次の書翰に記されている。

　望之日、迎吉永御士而祖餞。其母其妻皆至。僕大酔。（中略）虞也・宗也狎鼓月琴、鉄也・世也同歌大小曲。御士亦頗学口。（『文集初編』巻一一「復山士繁」第二九信）

昭陽の長男と四女が月琴を弾き、次男と三女が大・小曲を唱い、おまけに主賓の吉永御士までもが清楽の歌を口ずさむといった清楽一色のにぎやかな雰囲気は、一圭在りし日と何ら変わりない。

ところがその翌年、亀井家は相次ぐ訃報に見舞われ、昭陽とその家族は悲しみのうちにあった。次弟雲来が二月一四日に他界し、その三日後には昭陽の長男が病没、また四月には士繁が江戸で客死した。大切な人を相次いで亡くした昭陽は、哀傷のどん底にいた。しかし一圭が無事に江戸にたどり着いたという知らせを受けた時、亀井家では再び月琴・胡琴が鳴り響き、酒と清楽を以てそのことを祝った様子が、次の書翰に記されている。

　将為上人東達故、呼児鉄・岸要慶一杯。鸚鵡《ママ》叟鼓翅飛来。（中略）僕告以上人吉耗。歓哄一声、急々促酒曰、有猫客、不可不具腥。遂大酔。世也唱曲、宗也搊月琴。侭如上人之旧光景。（『文集初編』巻一二「復圭上人」）

久々の慶事に亀井家では喜びの歓声があがり、大いに酒宴が張られた模様である。また三女世が清楽の歌を唱い、四女宗が月琴をつま弾いて興を添えるなど、一圭在りし日と同様の光景が再び見られたのである。

亀井家における清楽の余韻は、やがて一圭滞在時に生まれた孫娘にまでその影響を及ぼすことになる。一圭に宛てた手紙の中で昭陽はそのことを誇らしく綴っている。

　紅児肥白、婉孌霊利、又酷慕外翁。（中略）黄口唱「看々兮」、又倡「情過河」。可愛最可笑者、呼耳以国語、則不会也。呼以夏音、則抗手指其耳。此女世・女宗所教也。即上人之緒風、不敢不告。(『文集初編』巻一二「復圭上人」)

昭陽に「紅染《こぞめ》」という雅名を与えられたこの女の子は、立て続く不幸に悲しむ亀井家の人々に新たな希望と喜びをもたらしたに違いない。まだ言葉もまともにしゃべれない幼い口で「看々兮」「情過河」と、「九連環」の歌詞を口ずさむその様子は、さぞ可愛らしかったことであろう。しかも日本語で「耳」と言っても聞き取れず、華音でそれを言えば指で自分の耳を指すという、その利発ぶりは、皆が積極的に華音を覚えようと努力し、気軽に清楽の歌を口ずさむといった亀井家の家風及び教育環境を物語る。言うまでもなく、それは一家の主である昭陽の趣向によるものであり、ここに華音及び清楽に対する昭陽の特別な関心が見て取れる。

三　亀井昭陽が清楽を好んだ理由

さて、亀井昭陽はどうしてかくも清楽に魅了されたのであろうか。孤高を持して華やかな時流には目もくれず、方正謹厳な学究的文士として誉れ高い昭陽が、卑俗なる清楽をこれほどにまで愛した理由は、決して単なる好奇心ゆえとは考えにくい。以下、その理由について論じたい。

まず本論の第一節で紹介した、中秋の夜の様子を伝える士繁宛ての書簡に「有詩、情見於辞」とあったことを想起されたい。それはおそらく『甲申稿』に収められた次の詩を指すものである。

今歳中秋宴　　今歳　中秋の宴
悲歓両不禁　　悲歓　両《ふた》つながら禁ぜず

已餐明月餅
又聴明月琴
此味此声皆華物
東海明月到天心
我所思在東海上
思我看月坐夜深
両地愁心同一月
嫦娥似照両心臨
満堂尽是風藻客
月琴頻作姑蘇音
姑蘇西去三千里
懐君恰如絶域人
感之悵然添酒飲
松間清影欲西沈
背月遥望東北岑

已に明月の餅を餐し
又た明月の琴を聴く
此の味　此の声　皆な華物
東海の明月　天心に到る
我が思ふ所　東海の上《ほとり》に在りて
我を思ひ　月を看　夜の深きに坐さん
両地の愁心　同一の月
嫦娥の両心の臨めるを照らすに似たり
満堂　尽《ことごと》く是れ風藻の客
月琴　頻りに作《な》す　姑蘇の音
姑蘇　西に去ること三千里
君を懐へば　恰かも絶域の人のごとし
之れに感じ　悵然として酒を添へて飲む
松間の清影　西に沈まんとし
月に背きて　遥かに東北の岑を望む

（『甲申稿』「中秋宴、懐山士繁。此夜圭師鼓琴」）

中秋の明月の下で月琴の音を聴きながら、月餅を食べ酒を飲むといった、絵になるような風景である。「此味此声皆華物」の詩句に、中華的情趣に浸って満足そうな昭陽の気持ちが表われている。東の海より昇り中天にかかった満月を眺めながら、昭陽は江戸の愛甥へと思いを馳せる。士繁もまた今頃同じ月を眺めながらこの伯父のことを思っているだろう。そう思うとまるで明月が遠く離れた者同士の心まで分け隔てることなく照らし、二人の思いが月を介して結ばれているような気がしてならない昭陽であった。

異国情緒あふれる月琴の音色に導かれ、昭陽はさらに中国の蘇州へと思いを馳せる。月琴音楽がもともと蘇州あたりの江南で流行した音楽であり、一圭もそれを蘇州出身の清客から直接伝授されたからであろう(21)。「月琴頻作姑蘇音」の詩句はまさにそのことを指す。また、その次の「姑蘇西去三千里、懐君恰如絶域人」の詩句には、未だ見ぬ蘇州及びその地の人物に対する昭陽の強い憧憬が表われている。

続けて次の記述を見よう。一圭は自著の『韻鏡発蒙』を以て昭陽にその添削と評語を依頼したことがあるが、音韻学に暗い昭陽は二日間頗る苦労してやっとその作業を成し遂げ、その時のことを次のように記している。

僕題其天梯曰、古今痛快、使人欲飲。師見之曰、然則先生飲。僕曰、然則上人絃。虞也聞之、乃煮淮南品。遂乗三峡流泉之遺響、而酔倒於姑蘇閶門外。実本月初七日也。（『贈一圭上人等文』　「復山士繁書抄」其五）

疲労困憊した昭陽を慰めようとして一圭が酒を勧めると、昭陽はまさにその言葉を待っていたかのように、一圭に清楽の演奏を求めた。そして長男がゆでてくれた豆腐（淮南品）をつまみに酒を飲みながら、昭陽はさっそく一圭の奏でる月琴の音色に酔いしれた。「三峡流泉」は竹林七賢の一人である阮咸が作ったとされる琴曲の名称(22)。ここでは月琴が楽器の阮咸に由来することから、その音楽を「三峡流泉之遺響」と表現しているのであろう。そして月琴の美しいメロディーに載せられ、昭陽の思いは一気に蘇州の閶門の外までたどり着くのである。

さらに同様の表現は、筑前を去った一圭が日田の咸宜園に逗留する間、昭陽が彼に送った次の書簡にも見える。

圭公搏糸、亀翁若泥。毎聴必歎曰、「広陵散」於今絶矣。絶倒百日猶一日、懐哉。昨両為今、姑蘇之遊不可復尋、忽然隔在大海三千里外。其去也、製月琴見留。覩物懐人、猶在恍惚。故余亦手写小曲、追而報之。(『文集初編』巻七　「為圭公写小曲跋後」)

ここにおいても昭陽は一圭の清楽を嵇康の「広陵散」にたとえ、その素晴らしさを褒めたたえる。しかしその美しいメロディーの中でたびたび体験した「姑蘇之遊」の夢心地は、もう再び探し求めることができなくなったという。「其去也、製月琴見留」とは、一圭が亀井家に滞在する間、職人を指揮して宗のために月琴を造ったことを指す(23)。一圭の清楽の中でたびたび訪れた夢の地が突然海の彼方に隔てられたような気がして、失意を隠せない昭陽である。ゆえに自ら小曲を書き写して一圭に送ってまで、その思いを伝えたかったのであろう。

ところが一年後、一圭在りし日に体験した夢心地を、昭陽は子弟たちの清楽演奏の中で再び体験するようになる。三女世の月琴が完成してまもない時期のことである。

　酒者、女世託鸚武、使匠弥一循上人之教製月琴。爾来、双双和鳴、殊写人意。昨長堉来、酔後、女世・女宗鼓之、長堉・岸郎歌之。僕則居然姑蘇台畔人哉。(『文集初編』巻一二　「与圭上人」)

一年前に一圭の指揮の下で昭陽の四女宗のために月琴を製造した職人が、今度は三女世のために月琴を造った。それ以来、二人の娘はしばしば共に月琴を弾いて昭陽を慰めた模様であるが、昭陽がこの手紙を書いた前日には、長堉が訪れ、酒を酌み交わした後、例のごとく清楽演奏で大いに賑わった。娘たちが月琴を奏し、長堉と門生岸要が歌を唱い、それを聴いているうちに昭陽は再び姑蘇台のほとりの人になったかのような夢心地を体験するのである。

これらの記述を通してわかるように、清楽は昭陽がかつて書籍や絵巻でしか見たことのない憧れの蘇州及びその文化を身近で感じさせてくれるものであり、まるで実際にその地に遊ぶかのような夢心地を体験させてくれるものであった。これこそ、昭陽が清楽をこよなく愛した最大の理由の一つである。

しかし、昭陽が清楽を好んだ理由は決してこれだけではない。昭陽が一圭に贈った次の詩を見よう。

圭公鼓月琴　圭公　月琴を鼓し
引我蘇州去　我を引きて蘇州に去《ゆ》く
失却本来真　本来の真を失却し
昏昏不知処　昏昏として処を知らず
鈴翁休咎我　鈴翁　我を咎むるを休《や》めよ
奪魄酔胡琴　魄を奪はれ　胡琴に酔へると
請見天庭楽　請ふらくは見よ　天庭の楽
無非海外音　海外の音に非ざる無し
小倡雖非雅　小倡　雅に非ずと雖も
受之華夏人　之れを華夏の人より受く
本邦嘈囃曲　本邦　嘈囃の曲あり
金屎不同倫　金屎　倫を同じくせず
古楽雖洵美　古楽　洵《まこと》に美《よ》きと雖も
不関知夏音　夏音を知るに関せず
吾憐小詞曲　吾は憐れむ小詞曲
有益藝文林　藝文の林に益有らん

吾門二三子　　吾が門の二三子
先学九連環　　先ず学ぶ　九連環
一曲諳多字　　一曲に多字を諳んず
放歌非等閑　　放歌　等閑に非ず
日我初請曲　　日《かつ》て我初めて曲を請ひしとき
先歌茉莉花　　先ず歌ふ　茉莉花
屡聴頻得益　　屡しば聴きて頻りに益を得たり
不独悦皇萶　　独り皇萶を悦ぶのみならず

（『甲申稿』「圭上人鼓琴」）

この詩においても昭陽はまず一圭の清楽が自分の思いを蘇州の地へ案内してくれると述べ、その夢心地を「失却本来真、昏昏不知処」と表現する。続けて昭陽はそのような自分を咎めないでほしいと述べ、その理由を次のように説明する（因みに「鈴翁」は「鈴屋」の号で知られる江戸中期の国学者本居宣長）。

日本の宮廷音楽ももともとはすべて外国から渡来した音楽にすぎない。清楽は俗楽ではあるものの、紛れもなく中国人から直接伝授されたものであり、騒がしい日本の俗楽と較べれば、その違いは「金屎不同倫」と言うべきである。また古楽はまことに良いけれど、華音の学習には役立たない。「吾憐小詞曲、有益藝文林」の二句が明示するように、昭陽が清楽を好むのは、それが華音の学習に有益だと考えたからである。

自分のそのような判断が間違っていないという証拠として、昭陽は弟子たちが「九連環」の歌一曲から多くの華音を覚えることができたことを挙げる。また昭陽自身も「茉莉花」の歌をたびたび聴いているうちに、実に多くの

「益」を得たという。「皇荂」は『荘子』天地篇に見える古代中国の通俗歌謡の曲名(24)。「有益藝文林」や「屡聴頻得益」など、重ねて「益」の字を使っていることからも、昭陽が単なる好奇心から清楽に興味を寄せたのではなく、清楽が華音の学習に有益だと考えたからこそ、積極的に清楽を鑑賞していたことが看取される。

　しかし当時世間一般では、必ずしも清楽に対する評価が高かったわけではない。そのことは昭陽が広瀬旭荘に宛てた次の書簡からも見て取れる。

　圭子琴曲、世人或曰俗楽、曰猥褻。殊不知「越天楽」「五常楽」、猶「鹿鳴」「関雎」耳。雅音詩説、本邦固有加於清国。尚何有待矣。唯其方土・真景播於胡・月者。聴之、窅然如身在彼中遊。此其所以為希有・未曾有也。且案其辞、而知文字之音韻許多。此利益、豈「越天」「五常」所有乎。沈檀雖香、桃梨亦甘。苟有妙処者、而求備難之、妾婦之妬耳。況其琴音宜静夜正坐、固与今之三絃・胡弓、使人心飛揚流亡者、何啻甘醴与毒蛇哉。

（『贈一圭上人等文』「与広瀬謙吉書抄」其一）

　これには昭陽の音楽に対する優劣観が明白に示されている。世間では一圭の清楽を俗楽だとか猥褻だとか言っているが、それは雅楽の「越天楽」や「五常楽」も実は『詩経』の「鹿鳴」（宴会の歌）や「関雎」（恋の歌）に類するものにすぎないことを知らないからだと、昭陽は反駁する。さらに雅楽や詩説に関して言えばすでに日本の方が清を凌駕しており、もしこれ以上清の文化に何か求めるものがあるとすれば、それはただ一つ、胡琴・月琴によって表現される中国の真の風土や風景であり、清楽を聴いているとまるで実際に彼の地に遊び、それらの真の風土・風景を実体験するような気がすると述べる。

　また、清楽の歌の歌詞を通じて文字の音韻を多く知ることができる。このような有益性は「越天楽」や「五常楽」といった日本の雅楽からは決して得られないものである。だから雅楽も良いが清楽もそれに劣らぬ長所があり、もし清楽のこのような妙味を知りながら清楽を非難しようとする者がいるとしたら、それは単に婦人の嫉妬のようなものにすぎないと、昭陽は清楽を庇護する。しかも月琴・胡琴は、静まりかえった夜に居ずまいを正して弾いたり聴いたりするのに宜しく、人の気持ちを舞い上がらせてさまよわせるような日本の三絃や胡弓の音とは、甘酒と蛇毒との違いよりも大きく異なるものであると断言する。

清楽を擁護し、三味線音楽を中心とした日本の俗楽に対しては、批判的立場にある昭陽の音楽観がはっきりと示されている。前掲の「圭上人鼓琴」詩における「本邦嘈囃曲、金屎不同倫」といった表現もこれと軌を一にする。

同様の見解は、士繁に宛てた次の書翰にも表われている。

見示冨永氏柬、情味婉惻。此君果君子哉。然君子亦有虚筆。以亡児祥祭前一日故、具小肴二物耳、何厚供之有。（中略）聞之村宰吉、此君之好楽、正与魏文侯反。今其柬中、亦曰清朝之俗楽。可以見其敦於古楽也。僕之楽之、不与斉宣王同。夫雅楽之妙不待賛、然其伝久遠、若使周師・漢工可作、未可知其聴以云何。我与西土何択。今我圭師妙通唐音、而阮咸・提琴之譜、親受之蘇州客、則是真唐山之音哉。以我之常梦寐浙江西湖之間。故此声之起、恰似引大海外人物・山水来、而見之一堂也。物公云、宇与宙殊矣。所謂奘之身游身毒者、圭師之謂也、是以珍之。（『贈一圭上人等文』「復山士繁書抄」其五）

ここに見える「冨永氏」とは、「以亡児祥祭前一日故」といった記述や、士繁に宛てた第十九信に「四月念四柬、以本月中二夕至。時冨永子始来、与江道革・村宰吉會於草堂、聴一圭禅子鼓月琴」とあること、『空石日記』の文政七年五月一二日の記録に「辰十郎・道革・宰吉来。酒之。呼一圭弾琴」とあることから、冨永漸斎(25)を指すものと判断される。

冨永漸斎は古楽を好んだらしく(26)、昭陽に宛てた書簡の中で一圭の清楽を「清朝之俗楽」とした。これに対して昭陽は自身が清楽を好むのは、中国戦国時代の斉宣王がただ世俗の音楽を好んだのとはわけが異なると述べ(27)、さらにその理由を力説する。古楽のすぐれたところはいまさら称賛するまでもないが、その歴史は古く、かりに周の楽師や漢の楽工を生き返らせたとしても、その歌詞が何を言っているのか聴いてわかるまい。一方、一圭の清楽は直接蘇州出身の清客より授かったものであり、真の唐土の音楽である。それゆえ清楽を聴いていると、まるで海の彼方の人物や風景が一挙に目の前に繰り広げられるような気がするのである。一圭が長崎に遊学して清客から清楽を授かったのは、唐の玄奘法師がインドに遊学して仏法の真髄を授かったのと同様のことであり、だからこそ自分は一圭の清楽を珍重するのだと、昭陽は力説する。

昭陽は古楽よりも清楽に価値を見出そうとしたのである。その理由は、古楽よりも清楽の方が当時の中国を身近に感じさせてくれると思ったからである。言い換えれば、昭陽は清楽を通してその背後にある生きた中国の風景・人物・文化を感じ取ろうとしたのである。

昭陽のこのような考えは、さらに次の詩にも明白に表われている。

人云琴曲近桑中　人は云ふ　琴曲　桑中に近しと
一笑冷然歌幾終　一笑　冷然として歌ふこと幾《ほとん》ど終ふ
不向民間求実境　民間に実境を求めずんば
何能有得夏華風　何ぞ能く有得せん　夏華の風

（『甲申稿』「圭上人帰自訪某々。時雲来詩適至。次韻書事」「重次前韻書事」四首　其三）

世間の人は清楽を『詩経』の「桑中」に類すると言うが、民間に真実の境地を求めるのでなければ、どうして真の中華の風韻を得ることができようか、というのが昭陽の観点である。たとえ民間の卑俗な歌であるとしても、清楽はまぎれもなく唐土の生きた風俗や文化をリアルに伝えてくれるものだからこそ、その価値は高いと昭陽は考えたのである。

つまり、昭陽の意識下には音楽の雅俗観と唐話学の学習における有益性の有無とが交差していた。江戸時代の文人にとって「雅」「俗」は最も重要な価値基準の一つである。しかし昭陽が清楽に価値を見いだしたのは、清楽が「雅」か「俗」かという問題よりも、清楽が生きた中国文化の一部であり、学問に有益であるという一点にあった。古楽は「雅」であっても歌詞がついていないため、唐話学の学習には役に立たない。また同じ俗楽でも、日本の俗楽は「金屎不同倫」と言われるほど清楽とは比べものにならない。清楽は中国の生きた文化をそのまま伝えており、何より唐話学の学習に役立つ。そう思うからこそ、昭陽は清楽をこよなく愛したのである。

おわりに

以上、清楽と亀井昭陽について論究した。遠山一圭の来訪を受け、昭陽とその家族は突然襲って来た清楽の旋風に見舞われた。しかし昭陽はそれを嫌うどころか、嬉々としてこれを受けいれた。そして清楽を聴いてはその異国情緒あふれる風情を楽しみ、宴を催しては興を覚え、詩を詠んだ。また月琴の音色にひたるや、たちまち西湖や姑蘇台の住人となり、その魂は見はてぬ中華の世界を自由に逍遥したのであった。

しかるに、昭陽が清楽を好んだ理由はただいたずらに華国趣味に酔いしれるためではなかった。昭陽は学問における有益性を清楽に認めていたのである。清楽の歌詞は唐話の語彙や発音を知るにあたって非常に有益であった。また清楽は古代の雅楽や日本の俗楽と異なり、当時の生きた中国文化の一部でもあった。清楽によってもたらされる中華の世界、これこそ昭陽がこよなく愛し求めたものであった。つまり昭陽の清楽愛好、それは中国への強い憧れから生まれたものである。

一圭とほぼ同時代に、清楽を以て文人・儒者の間で活躍した人物に、ほかに亀齢軒斗遠と大嶋松洲がいる。亀齢軒斗遠については、中野三敏氏の論文に詳しい(28)。一圭が後に江戸に出て活躍したのに対して、斗遠は京阪を中心に活躍し、一圭が昭陽を訪うた翌年には同じく昭陽を訪れている。なお大嶋松洲については、その詳しい事跡がわかっていないが、長崎で清楽を修得した後に上洛し、公家の日野資愛を通して頼山陽や中島棕隠らと交わりを結んだことが、彼らの詩文から読み取れる。また時代が少し下ると、さらに大島秋琴という人物が現れ、『月琴詞譜』を編纂したが、その下巻の「詠阮詩録」には、亀井昭陽・頼山陽・広瀬淡窓・田能村竹田・辛島塩井・中島棕隠・梁川星巌など当代きっての名立たる文人・儒者らによる、月琴音楽に関する詩作品が収められている。

これらのことからわかるように、江戸後期の文人・儒者で清楽に深い関心を寄せた人物は、決して亀井昭陽一人ではなかった。清楽と江戸文人の関わりについて今後さらに文献の調査を続ければ、今まで広く知られていなかった多くの事柄が明らかにできるだろう。これを今後の課題とし、筆を置きたい。

註

(1) 青木正児『支那文藝論藪』(弘文堂書房、一九二七年)所収。
(2) 石崎又造『近世日本に於ける支那俗語文学史』(清水弘文堂書店、一九四〇年初刊、一九六七年復刊)所収。
(3)『森三樹三郎博士頌寿記念　東洋学論集』(朋友書店、一九七九年)所収。
(4)『明治大学教養論集』(明治大学教養論集刊行会、一九八九年)所収。後に「遠山荷塘と広瀬淡窓・亀井昭陽」の一部として『江戸漢学の世界』(ぺりかん社、一九九〇年)に収録。

(5)「齧缺問道乎被衣。被衣曰、若正汝形、一汝視、天和将至。攝汝知、一汝度、神将来舎。徳将為汝美、道将為汝居。汝瞳焉、如新生之犢、而無求其故。言未卒、齧缺睡寐。被衣大悦、行歌而去之、曰、形若槁骸、心若死灰、真其實知、不以故自持、媒媒晦晦、無心而不可与謀、彼何人哉。」(『荘子』知北遊篇)

(6)「堯之師曰許由、許由之師曰齧缺、齧缺之師曰王倪、王倪之師曰被衣。」(『漢書』古今人表)

(7)「簡子寤、語諸大夫、曰、我之帝所甚楽、与百神遊於鈞天、広楽九奏万舞、不類三代之楽、其声動人心。」(『史記』趙世家)

(8)「『逸史』云、羅公遠中秋侍明皇宮中翫月、以掛杖向空擲之、化為銀橋、与帝昇橋、寒気侵人、遂至月宮。女仙数百、素練霓衣、舞於広庭。上問曲名、曰、『霓裳羽衣』。上記其音、帰作『霓裳羽衣曲』」(『碧鶏漫志』巻三「霓裳羽衣曲」)

(9)『文集初編』巻五「雲錦約、贈山士繁」を参照。

(10)佐野宏については、前掲の石崎氏の論文にも言及されているが、寛政七年(一七九五)に生まれ、安政五年(一八五八)に没した筑前甘木の人。医を業とし、詩画にもすぐれ、詩集に『梅西舎詩抄』がある。

(11)繰り返しの意。

(12)松永久秀の末裔で、名は一豊、字は子登、通称は宗助、店屋町で質屋を経営。昭陽の叔父曇栄に書や漢詩を学び、亀井家と親交が深かった。漢詩集『石城唱和集』二巻を編纂しており、『花遁詩鈔』などもある。昭陽の『文集初編』巻一所収「賀松子登加俸序」に「騒人之遊我国都、自東者、叩其門而入、自西者、亦見其面而出。(中略)日頼子成之西遊、(中略)不使其謂筑無人、長嘯以去者、子登也」とあり、その交遊の広さ及び豪商ぶりを物語る。

(13)「圭与義也・鉄也・真亮、如松子登。」(『空石日記』文政七年五月廿七日)

(14)中井新六輯『月琴楽譜』(群仙堂、明治一〇年)による。

(15)「紅繍鞋」の歌自体そもそも男女の情事を描いた艶曲の一つである。

(16)「大曲」は戯曲や地方劇に由来する長篇の歌曲。一方、「小曲」は民間俗曲に由来する短篇の歌曲。

(17)「九州第一梅、今夜為君開、欲知花真意、三更踏月来。」これは少琹の代表的な漢詩として有名であるが、少琹作を否定する説もある。

(18)「草午酌、宗也鼓月琴。」(『空石日記』文政七年閏八月廿六日)

(19)「(内氏)抱女孫繞橘樹下、唱大曲一二句、曰、渾是唐人寱語。」(『空石日記』文政七年閏八月廿九日)

(20)「与長壻飲。北海来。大鼓月琴、唱小曲・大曲。閉目如圭公猶在。」(『空石日記』文政七年九月九日)

(21) 日本に伝わった清楽の流派は、この時点ではまだ蘇州出身の清客によるものが主流を占めていた。しかし天保年間になると、福建出身の清客によるものも加わる。

(22) 宋・郭茂倩『楽府詩集』巻六〇所収、唐・李季蘭「三峡流泉歌」には「憶昔阮公為此曲、能使仲容聴不足」とあり、「三峡流泉」の曲が阮咸によるものではなく、その叔父の阮籍によるものとするが、郭茂倩は『琴集』曰、「三峡流泉」、晋阮咸所作也」と附記している。

(23) 「匠竹内弥一者来、上人指教之造月琴」(『文集初編』巻七「書近稿抄後」)

(24) 「大声不入於里耳、折楊・皇荂、則嗑然而笑。」(『荘子』天地篇)

(25) 江戸後期の漢学者、寛政五年(一七九三)生まれ、安政四年(一八五七)死去。名は謙、字は嘉種、通称は辰十郎。門人に福岡藩士平野国臣らがいる。

(26) 「此君之好楽、正与魏文侯反」一句は、『礼記』楽記の次の文を踏まえる。「魏文侯問於子夏曰、吾端冕而聴古楽、則唯恐臥。聴鄭衛之音、則不知倦。敢問、古楽之如彼、何也。新楽之如此、何也。子夏対曰、(中略)今君之所問者、楽也、所好者、音也。夫楽者、与音相近而不同。」

(27) 「僕之楽之、不与斉宣王同」一句は、『孟子』の「梁恵王章句下」篇に「王変乎色曰、寡人非能好先王之楽也、直好世俗之楽耳」とあることを踏まえる。

(28) 「亀齢軒斗遠の後半生 ― 天保の風流 ―」(『文学研究』第八七輯、九州大学文学部、一九九〇年)

论长崎唐人贸易中的茶文化交流

滕 軍

清朝一代自一六四四年清军打入北京至一九一一年辛亥革命历时二六七年，是中国封建社会的最后一个王朝。清代疆域辽阔，经济发展，文化兴隆，是当时亚洲东部最强大的封建国家。但自乾隆以后，政治日渐腐败，阶级矛盾尖锐，不断爆发农民起义。道光二〇年（一八四〇）以后，由于外国资本主义的入侵，清朝逐渐变成半封建半殖民地社会。

纵观清前期的中日关系往来，笔者认为有以下五个特点：

（一）由于清朝统治者和日本江户幕府统治者均采取闭关自守政策，致使这一时期没能建立中日之间的国家关系，民间贸易往来是这一时期的主要交流方式。

（二）由于清政府在一六八三年发布『展海令』之后允许中方商人有限度地出海经商而日本政府始终禁止本国人出海，致使这一时期的中日贸易形成了单向流动的情势。

（三）由于清政府只允许位于东南沿海的一些地区为通商口岸，致使中国贸易品呈现出明显的地域性色彩。

（四）由于这一时期的中日贸易基本采取了市场经济的准则，中国贸易品目极其繁多，涉及到生活文化的各个角落。

（五）由于日本商人阶层的兴起，中国贸易品的买主分布于日本的各个阶层，随之，中国文化也影响至日本江户社会的每一个角落。

整个清代的中日民间贸易往来是以中国东南沿海和日本的长崎为轴心展开的。大致可分为以下三个时期：

（二）一六四四年至一六八四年为清代中日贸易往来的自然发展时期（1）。

这一时期的主要内容是郑氏商船队与日本的交流。早在一六一二年，郑绍祖（泉州地区富户）就东渡长崎经商，深受日本人器重，受到过德川家康（江户幕府的第一任将军）的接见。其子郑芝龙（一六〇四—一六六一）于一六二三年赴日经商，娶日本女子田川氏为妻，次年生郑成功（一六二四—一六六二）。日本长崎地方封建主委托郑芝龙管理来长崎的中国商船，使之不久便成为拥有庞大船队和武装力量的江洋巨商盗魁。郑芝龙极力开拓漳州、泉州至长崎的海上通道，使其间的贸易船舶络绎不绝。至崇祯八年（一六三五）遂独霸东海。一六四五年南明唐王朱聿键在福州称帝，为隆武政权。郑芝龙先是大力支持受封为候，后不久便叛明降清。其子郑成功则是坚持抗清，于广东募兵集训，在厦门、金门建抗清根据地。为筹集军饷，郑成功的商船队往来于厦门、台湾与长崎之间，年年不断，月月有船，成为清初中日贸易的主渠道。

关于郑成功商船队的数量和贸易额，有《荷兰商馆日记》史料可查，这是一位荷兰东印度公司总督寄给本国政府的一份报告。据其记载：自一六五四年一一月三日至一六五五年九月一六日为止的不到一年的期间里，有五七艘中国商船入埠。其中有安海船四一艘、泉州船四艘、大泥船三艘、福州船五艘、南京船一艘、漳州船一艘、广南船二艘。又据《日本商馆日志》后附清单记载，五七艘商船共载来一四万斤生丝和大量的布匹及各色货物，其全部货的货主是郑成功。在五一艘商船中，四一艘为直属郑成功的，其余的一六艘是间接受郑成功控制的。另据《长崎记》载，从一六四八年至一六六一年的一三年间，驶抵长崎的中国商船平均每年达五二艘，依上述《荷兰商馆日记》所记推算，可知郑成功的商船队至少每年达四〇艘。郑成功每年通过派遣大批商船队和征收其他商船的费用，所获利润自是相当丰厚的。郑成功还多次向日本方面乞师求援，曾几次得到军资军械的帮助。所以他的军队里有『倭枪队』，兵将皆持日本所造洋枪。又有号称铁人的大力士，披挂日本式铠甲，作战时冲锋陷阵，莫可抵挡。郑成功的部队装备好，军饷高，战斗力很强。一六五五年郑成功推拥桂王，彻底控制厦门。一六五九年大举北伐，得四郡三州二四县，大震东南。攻占南京失败后，又于一六六一年率两万水军收复台湾。郑成功于一六六二年卒死后，其子郑经继续从事对日贸易，保持着每年五〇艘商船的贸易量。其利润支撑着郑氏家族对台湾的统治直到郑经的儿子郑克塽于一六八三年降清。

那么，从一六二八年郑芝龙正式进入中日贸易以来，至一六八三年的五五年中，作为非法的郑氏商船为什么能作为中日贸易的主渠道而获得成功呢？笔者认为原因有二：

首先是利用了清政府的海禁政策。明末清初时期，中国政府一直采取断断续续的海禁政策，限制商民出海贸易。既使得到政府特许的出海者，也不能使用超过五〇〇吨的大船，若有违者，一律发到边境充军。同时清政府对西洋商船的限制也很严。只许他们驶泊澳门进行贸易。并且规定大小船不得超过二五艘。特别是一六六一年郑成功攻打南京，震惊清廷后，清政府于一六六一年、一六七二年等几次发布『迁海令』，命令居住在山东、江浙、福建、广东等沿海地区的人民向内陆迁移三〇里，片板不许下海，力图以此来切断郑氏的海上抗清势力。但郑氏商船队正是利用了这一海禁政策才得以在海上称霸一时。

其次是利用了日本的经济社会需求。一六〇三年日本进入江户时代以后，政局逐渐安定，商品经济快速滋生，对中国物品的需求急速扩大。这就给了郑氏商船队的发展提供了良好的贸易的机会。虽然贸易的方式有些特别，但其贸易品目仍然是一些传统的贸易品。如日本人所需的生丝、丝织品、药材、砂糖、兽皮等。而郑氏从日本买回的也是郑氏集团急需的刀剑、军火、造船材料、金、银、铜、食品、水果、酒、油等军资物品。实际上，这一期间的中日贸易正好互换所需，贸易平衡，因此也深得德川幕府的支持。就这样，在清政府看来是国贼逃犯的郑氏所经营的中日贸易在日本却受到了政府级的正式接应。

就在郑氏商船独霸中日贸易权的同时，也有一批被清政府特许的商人活跃于其中。他们是被清政府特许的贩铜商人。清朝初年，政府需要大量的铜来置办新钱，但由于当时铜的主要生产地云南至一六六二年一直被南明政权所控制，『滇铜』不得接济，这就使得『钱荒』日益严重。民间盗铸者日增，私钱盛行，甚至导致铜贵而钱贱。为解决这一问题，顺治二年（一六四五）清政府便宣布：『凡商贾挟重资愿航海市铜者，官给符为信，听其出洋，往市于东南、日本诸夷。舟回，司关者按时价收之，以供官用』。这样，就出现了一些经清政府批准，赴日贩铜的特许商人。直至一六八三年清政府平定台湾、一六八四年颁布『展海令』，特许商人们的商贸活动才转入正常。

（二）一六八四年至一七一五年为清代中日贸易往来的鼎盛时期（2）。

康熙皇帝于一六八一年平定三藩之乱、一六八三年从郑氏手里收复台湾之后，于一六八四年颁布了解除海禁、开放贸易的『展海令』。自此，清初延续长达四〇余年的『海禁』终告结束。一六八五年，清政府开设了广东澳门、福建漳州、浙江宁波、浙江云台山四个对外贸易港口，其后还每年建造千余艘出海大船，于是，通往东南亚、东北亚的海上贸易一下子活跃起来。中日贸易也在其中得到快速的发展。代替郑氏商船队的是来自南京、浙江、福建、广东的商人船队。中国出口的贸易品目也由此而大大地丰富了起来。但由于日本方面继续实行『锁国』体制，不准本国人出海，所以，中日贸易仍采用清商人赴日的单边贸易形式。一六八五年，赴长崎的清朝贸易船一下子增至七三艘，一六八六年又增至一〇二艘，一六八九年达一三七艘。创下了清代中日贸易史上中国商船年赴日数量的最高记录。

驶入长崎的中国商船有大小两种。一种是按传统方式制作的木船，它主要由南京、苏州、扬州、常州、福州等靠华东地区的商人使用。这种船体积小、载重量为二〇-五〇万吨之间。另一种船是在制作时引进了西洋技术的半机械化船，它主要由广东、广西等靠华南地区的商人使用。这种船体积大，载重量可高达一一〇-二〇〇万吨之间。来自不同地域的中国商船带来了不同地域的物产，其贸易品繁多至极，几乎包括了当时中国可做贸易品的全部物产。如果以南京船、浙江船、福建船、广东船为例进行分析的话，则南京船偏重于文化用品，浙江船偏重于丝织品，福建船偏重于生活用品，广东船偏重于香料和植物。当然这只是一个勉强的分类，据木宫泰彦《日华文化交流史》的研究，当时运抵日本的中国货物集结自中国的一五个省份，其主要贸易品的细目如下：(3)

○**由南京船运来的贸易品有：**书籍、白丝、绫子、纱绫、绉纱、罗、纱、闪缎、南京缎、锦、南京绡、金缎、袜褐、捻线绸、金丝棉布、绢紬、棉布、斜纹棉布、丝棉、皮棉布、丝线、纸、信纸、墨、笔、扇子、箔、砚石、线香、针、梳子、香袋、人造花、茶、茶瓶、瓷器、铁器、锡器、镶嵌金银刀护手、漆器（堆朱、青贝描金、屈轮、掐丝等）、光明朱、绿青、明矾、绿矾、红豆、茨实、槟榔子、檀香、芍药、黄精、何首乌、白术、石斛、甘草、海螵蛸、紫金锭、蜡药、花石、纸制偶人、角制工艺品、革制文具匣、服装、字、画、古玩、化妆品、药种子。

○**由浙江船运来的贸易品有：**白丝、绉绸、绫子、纱绫、南京缎子、锦、金丝布、葛布、毛毡、绵、罗、南京绡、茶、纸、竹纸、扇子、笔、墨、砚台、瓷器、茶碗、药、漆、胭脂、方竹、冬笋、南枣、黄精、茨实、竹鸡（鹑类）、红花木犀（即丹桂，药用）、附子、药种子、化妆品。

○**由福建船运来的贸易品有：**书籍、字、画、墨、笔、纸、布、葛布、白丝、绫子、绉纱、纱绫、八丝、五丝、柳条、纱、罗、捻线绸、闪缎、天鹅绒、南京绡、丝线、棉布、畦布、砂糖、甘蔗、佛手柑、橄榄、龙眼、荔枝、天门冬、明矾、绿矾、花文石、鹿角菜、紫菜、牛筋、天蚕丝、瓷器、美人蕉（植在花盆里）、线香、铁器、漆器、古玩、扇子、梳子、针、蜡、降真香、回香、藕粉、鱼胶、丝棉、茶、密饯、花生、药品、化妆品。

○**由广东船运来的贸易品有：**白丝、黄丝、锦、金缎、二彩、五丝、七丝、天鹅绒、八丝、闪缎、锁服、柳条、绫子、绉纱、纱绫、捻线绢、绵、捻线绸、绸、漆器、陶器、铜器、锡器、针、眼镜、龙眼、荔枝、沈香、黑檀、枕心、玳瑁、槟榔子、龙脑、麝香、真珠、英石（药品）、眼茄（治眼病的中药）、山归来（中药）、漆、椰子、波萝蜜、蚺蛇胆（中药）、水银、锅、天蚕丝、端砚、车渠石、花梨木、藤、翡翠、鹦鹉、五色雀、碧鸡、孔雀、药种子、蜡药。

而中国商船从日本运回的贸易品主要是金、银、铜。其中的金和银可用于直接兑换货币，铜则是用于铸币的原材料。除此之外，还有海产品：海参、鱼翅、鲍鱼、海带，艺术品：描金漆器、金箔屏风、艺术陶瓷、扇子等等。总而言之，自康熙皇帝一六八四年发布展海令，解除海禁以后，中日贸易出现了前所未有的繁荣景象，又由于中国清代的经济及商品积累达到了空前的水平，中国运抵日本的贸易品的数量和质量也到达了高峰。这一时期的中日贸易的发展，对推动两国的社会经济的进步起到了积极的作用。但是，由于中日贸易额的急速膨胀，日本的贵金属在短时间内大量外流。这对江户幕府的经济带来了巨大的危机，致使江户政府不得不采取限制贸易额的强制措施，清时代中日贸易的鼎盛时期于一七一五宣告结束。

（三）一七一五年至一八三九年左右为清代中日贸易往来的稳定至衰退时期（4）。

一七〇九年，长崎行政长官向江户幕府提出了一份咨政报告。其中报告说：『自一六四八年至一七〇八年这六〇年间，从长崎流出的金为二三九.七六万两，银为三七.四二二〇万贯。又说：自一六六二年至一七〇八年，从长崎流出了一〇〇〇一.一四四九万斤铜。报告中提醒江户幕府，如此下去的话，日本国内的金银铜将面临枯渴，建议从当年（一七〇九）起将中日贸易额限制在银六〇〇〇贯以内。江户政府听从了长崎行政长官的意见并于当年开始实施。长崎政府对先到港的中国商船进行收货，兑换至六〇〇〇贯银以后，便要求后到港的中国商船将货物运回，有的甚至不让靠岸。这对于毫无心理准备的中国商人来说科是难以接受的。他们有的集体上诉抗议，有的要求靠岸修理船只，有的索性假装返航却在途中将货物卖给私商（中国货物在当时的日本市场上实际上是处于供不应求的状况，日本商人私下买下中国商船的货物，可避开政府的关税、增加利润）。这样一来，从日本流至中国的金银铜的总量并没有得到控制。再说江户政府也不敢对清商实行过于严厉的控额政策，恐怕中国商船断航而影响整个江户社会经济的发展。

于是，一七一五年，日本政府宣布了以控制商船数量为主要内容的『正德新商法』。其中规定：㈠长崎政府每年只接受三〇艘中国商船入港互市。㈡每艘船的贸易额为一九一贯左右，总贸易额为六〇〇〇贯。㈢来长崎进行贸易的中国商船必须持有日本政府发放的贸易许可证。㈣对于所运来的货物大大超过或不足贸易额限、以及有私贸易行为的商船将不发给或永久吊销贸易许可证。

但是，正德新商法的实施并不那么顺利。比如，在正德新商法实施的第二年，只有七艘中国商船入港。这是因为一些中国商人将日本政府发放的贸易许可证拿回中国后，被一些人指责为『有失国体』而被中国地方官府没收了。由于中国商船来航的过于稀少而使得这一年日本国内的唐物价格猛涨，江户政府又不得不在下一年度接纳了四三艘中国商船入港互市，其中有一部分商船并没持有贸易许可证。一时间，江户政府又将中国商船的入港数额调高至四〇艘，将贸易额调高到八〇〇〇贯银，不久，又收缩其规模。但自一七一五年至一九世纪中叶的中日贸易存在着两大隐患，它从根本上阻碍了其发展并使之走向衰退。其一的隐患在日本方面：日本的金银矿产至一七世纪末显出枯竭之状，进入一八世纪，日本只得以铜来支付于中国。但不久，铜的产量也告枯竭，日本不得不加大鱼翅、鲍鱼、海参、海带等海产品的出口来抵充铜条。但这不能满足中国商人的利润追求，降低了中国商人从事中日贸易的热情。其二的隐患在中国方面：康熙中期以后，特别是雍正、乾隆、嘉庆、道光时期，土地兼并日甚一日，大部分农民沦为佃农，本来就十分脆弱的清代资本主义萌芽得不到培育，可作为贸易品的商品群得不到滋养，使之逐渐呈现出下滑的趋势。加上清中期以后赋税荷重、统治集团奢侈腐朽、吏治败坏，连续暴发了苗民起义（一七九五）、白莲教起义（一七九六）、天理教起义（一八一三）等农民起义，西方列强直逼中国，至鸦片战争前夕，中国已是一个没落了的虚弱大国。这反映在中日贸易上便是商船减少，贸易品质量低下，终于在一八三九年最后八艘船中国商船返航后，完全断航。清时期的中日贸易往来告一段落。

以上综述了清代中日贸易往来的概貌，并对其三个时期的特点进行了分析。在综述中我们已经确认了一个历史现象，那就是清代的中日贸易在日本一方都是以长崎为交易地点的。那么长崎的特殊贸易是怎样形成的呢？

长崎位于日本九州西北部的长崎半岛上，长崎半岛海岸蜿蜒曲折，拥有众多的天然良港。早在七、八世纪，这一地区就曾是遣唐使船队的最后补给地和离港地。在宋元期间，这里屡有遇到海难的中国贸易船靠岸，随之便产生了一些私贸易据点。特别是在明代的倭患期间，长崎附近的五岛列岛、平户都曾是王直、徐海（中国武装海商）等人的根据地，明末的郑芝龙也是以长崎为贸易口岸的。但长崎作为日本国家级的唯一对华贸易港口而正式发挥作用是在17世纪初。其中主要的历史契机是江户政府对天主教势力的驱逐政策。

早在一六世纪末，一些在欧洲受到破害的耶稣教士乘坐葡萄牙、西班牙的商船到日本传教，他们以传播西方科学为间接传教方式，使天主教很快在九州地区传播开来。许多诸侯大名都成为了天主教徒，有的还将自己所管辖的领地拱手送给耶酥教会。一六三七年位于九州西部的岛原半岛上的两万农民在天主教徒的指挥下发动了力图推翻幕府统治的农民起义。他们占领城池、用洋枪与幕府军作战。虽然幕府军于一六三八年完全镇压了这一场农民起义，但付出了很大的代价。岛原之乱促使江户幕府下决心实行锁国。

一六三九年，幕府下令禁止葡萄牙船来日本，一六四一年发布最终的『锁国令』，禁止任何日本人出国，同时禁止任何已在国外的日本人回国，断绝一切政府级外交活动，只允许中国、荷兰两国的商人来日互市，互市港口只限长崎（5），又因荷兰人也有传教的嫌疑，于是，幕府将荷兰人的活动范围限制在一个人工造的小孤岛（出岛）上。而对于中国商

另允许硫球和朝鲜两国以派遣通信使的方式与对马藩进行交流．

人，则只要确认其没有携带宣传天主教的禁书便允许其在长崎自由活动（但自一六八九年以后，中国商人也受到了限制）。这一锁国政策一直被严格执行了二一二年，直到美国人培理的舰队敲开江户湾的大门。这样一来，在这二一二年中，长崎就成为了日本唯一的国家级对外商港。又由于出入长崎港的中国商船及贸易额是荷兰方面的两倍，加上荷兰商船所经营的也多是中国货物，这就使长崎几乎成为了清代中日贸易的专用港口城市。日本人习惯地把发生在长崎的中日贸易称为『唐人贸易』。

日本江户幕府为掌控唐人贸易，保证长崎唐人贸易的利益为国家所用而不使之成为地方势力的温床，采取了严格而有效的管理措施。首先，由幕府直接派遣长崎的最高行政长官及高层行政人员。幕府为防止这些要职官员的腐败、叛逆，令复数人员轮流担任其职。这些要职往往在长崎任职两年之后，会被召回江户留察一年。幕府以此来保证幕府对长崎的掌控力度。其次，对于监督贸易和实行贸易的具体权限，幕府采取分权分管的制度，防止有人结党营私，从中渔利。以下，笔者将列举出长崎有关官职，并说明其在贸易活动中的作用：

长崎奉行：幕府派驻长崎的最高行政长官。

长崎目付：幕府派驻长崎的监察官。

长崎勘定：幕府派驻长崎的税收官。

町年寄：长崎最高地方长官。

常行司：长崎负责贸易的地方官。

乙名：町长。（长崎有八〇个町）

丝割符年寄：长崎商会会长。

丝宿老：长崎商会顾问。

书籍目利：负责书籍的鉴定、定价。
伽罗目利：负责香料的鉴定、定价。
唐物目利：负责艺术品的鉴定、定价。
药物目利：负责药品的鉴定、定价。
盐硝目利：负责珠宝、矿石的鉴定、定价。
鲛目利：负责兽皮的鉴定、定价。
端物目利：负责绸缎的鉴定、定价。
丝目利：负责生丝的鉴定、定价。
唐绘目利：负责中国画的鉴定、定价。
唐通事：负责翻译。
风说役：负责从中国人的杂谈中整理记录一些新闻、消息。
年行司：负责裁判中国人在长崎的刑事犯罪。
目明：负责肃清中国人中的天主教徒。
町使：负责治安。
船番：负责中国贸易船出入长崎港时的护航工作。防范私贸易行为。
远见番：负责在长崎外港监视海面上的中国来船。防范私贸易行为。
唐人番：负责管理唐人坊的出入，不准中国人随便外出，不准日本人无证进入，严格防范私贸易行为。

那么，具体的唐人贸易是怎样实施的呢？以下笔者进行一个较完整的叙述。

当唐船驶入距长崎7里处的野母外港时，「远见番」便树起信号旗向内港转达消。，接到消息后内港的各职能部门便立即行动起来，严密监控唐船的行迹。「船番」们马上划出小船将唐船紧紧围住。「明目」赶紧登上唐船，肃清唐人中的天主教徒（其方法是让每一个唐人用脚踩踏铸有耶酥玛丽亚的铜板）。「唐通事」也紧随上船，验收唐人的贸易许可证。「风役说」抓紧时间询问唐人一些问题（如：中国皇帝、年号是否有变化，中国的天主教徒的动态等等）。其后，由「船番」将唐船直接牵引到设在岸边的专用仓库入口，所有的唐物在「常行司」等官员的监视下全部御货。日方按唐人提供的货物清单将货物一一进行核对后封藏。与此同时，随船来的中国商人、水手们将妈祖像送到唐人寺寄放之后，便去唐人坊（唐人居住区）休息。日后，各色物品的「目利」至仓库仔细鉴定每一件中国货物的质量并根据当时的市场情况给出收购价，出示给唐人。经几个回合的讨价之后便成交。而唐人们，为等待季风的到来往往要在唐人坊内过一-三个月的生活。唐人坊建造于一六八九年，方圆三里，坊内有双层建筑三五栋、店铺一〇七个、土地庙1座、关帝庙一座、观音堂一座、凉亭一个、水塘三个。唐人贸易繁盛时，唐人坊住有二〇〇〇-三〇〇〇名的中国人。长崎政府派有二〇名「唐人番」日夜守卫唐人坊。除「唐通事」和妓女外，禁止任何人入内。而中国人则除了每月三月、四月、九月的妈祖祭之外亦不能外出。待贸易品全部成交，季风吹来时，日方就会催促中国商船回航。他们要求中国商人将要运回的货物提前装船以便日方监察。启航当天，日方又设专人在唐人坊检查中国商人的随身行李，中国人则要再次敲锣打鼓地将妈祖迎回船上。之后，这些日方官员还要上船最后点检货物。如哪艘船带走了超限额的金银铜，就将吊销其第二年的贸易允可证。最后，中国商船在十几只小船的监护下驶出长崎港。

可以说，江户幕府对于长崎贸易的政策制定和管理是相当成功的。这一成功巩固了长崎在长达二〇〇年的锁国时代里的独特的贸易地位，也使得中国文化得以对长崎施以深入而久远的影响。

在清代中日贸易开展的初期，长崎还是一个从一六世纪末逐渐形成的海外贸易小镇。随着中日贸易额的逐步扩大，其城市的规模也随之扩大。特别是一六四一年长崎被江户幕府确定为日本唯一外贸港口之后，这里变成一个富裕的、繁华的、充满异国情调的地方。其人口越五万，仅次于大阪，成为当时西日本地区的第二大城市。长崎从中日贸易中获得了巨大的利润。唐人贸易中的五〇％贸易品是经由长崎本地商人之手买卖的，并且，有三分之一的唐人贸易利润被用于长崎的市政建设。既使是不参与贸易活动的普通长崎市民也可以在每年的七月和一二月两次得到贸易分红。以一八二三年的分红额为例，每一户长崎市民可在一次分红中得到二两多银。

尽管江户幕府出于严格控制贸易利润的目的禁止中国人与长崎人的自由接触，但两国人民之间的交流却从未间断，中国文化给长崎地方文化的成长带去了深远的影响。

最显著的史证是由中国人出资的长崎唐三寺的建立。兴福寺建立于一六二三年，由在长崎的江苏、浙江籍船主为祈求海上往来平安，供养死去的菩提而建。福济寺建立于一六二八年，由福州籍船主集资而立。崇福寺建立于一鲁一区一六二九年，由漳州籍船主修建。唐三寺的建筑都由明清僧侣监工设计，采用纯粹的明清建筑式样，崇福寺的山门甚至是在漳州雕镂后运到长崎组装的。三所唐寺的住持也均由中国僧侣充任，各寺院还专设有天后宫，祭祀我国东南沿海渔民信奉的妈祖。每当中国商船到港，船主们就把随船祭奉的妈祖像清上岸，送到唐寺里寄存。《长崎名胜图绘》中对此描述到：寄存妈祖的行列十分庞大。先头有俩中国人提灯笼走左右，其后有敲锣者和一尊手持木棒的人偶（可能将此比做船员），其后是安放有妈祖的轿子。轿子两旁有手持旗子的中国人，轿子的后面有手持伞盖的中国人，行列的最后走着「唐通事」和「唐人番」。当走到十字路口时，锣声大作，趁此扮作船员的人偶也被剧烈的摇晃起来。到了唐寺，过山门、拜关帝庙、拜妈祖时，同样也会锣声大作，人偶乱晃。最后，中国人把妈祖像和人偶寄存在唐寺的妈祖堂里。每年的三月、四月、九月的二三日，三寺还轮流举办祭祀妈祖的仪式，这一天，长崎的街市因此而热闹非凡。

唐人坊似乎是一个囊括了我国东南沿海民俗文化之诸象的展示沙盘。坊里的人们通行看闽、粤、浙的方言，享受着美味的家乡料理，保持着固有的民俗信仰和人际往来准则，就连岁时节日也不疏漏。孟兰盆节时，他们放彩舟，慰籍祖灵；端午节时，他们互送粽子；过新年时，他们舞彩龙、吹锁呐、放鞭炮、荡秋千……。这一切无疑引起了长崎人的好奇和模仿，唐人坊里的生活景象被可以进出唐人坊的「唐通事」们用语言、用图画传达给了唐人坊墙外的人们。于是，整个长崎就变成了一个充满中国文化气息的社会。唐点心、唐料理、舞龙、舞狮、赛龙舟、放彩舟、大头娃娃舞等就成为了长崎文化的特征，而被一直发扬到今天。

中国文化对长崎的影响不止于民俗，中国商船将大量的书籍、绘画、艺术品首先卸货于长崎，而作为各色贸易品的「目利」们则首先感触到了明清文化的新气息，他们自然成为了中国明清文化于日本的首播人，而长崎则自然成为了中国文化的信息发送中心。本文所要涉及的明清茶文化对日本的传播亦不例外。

在论述福建工夫茶在日本的传播这一问题之前，笔者必须涉及一个在前一节没能来得及论述的问题，那就是福建在长崎唐人贸易中的独特地位。

福建地处我国东南边陲，面临东海，从东汉起就是我国海外交通的中心之一。至唐、五代时期，福建贸易港兴起，福州、泉州成为当时我国主要的对外贸易港口。宋元时期，福建外贸空前繁荣，从泉州至日本有了稳定的交通航线，在福建物产大量运销日本的同时，福建的地方文化也开始对日本产生影响。由福州东禅寺刻印的《大藏经》和由福州开元寺刻印的《大藏经》分别通过来福建访问修禅的日本僧人传到日本，被日本僧人广泛传抄。为这一时期的日本文化的发展起到了重要的推动作用。福建的优秀刻工也常常被请到日本，指导日本的雕版印刷业。为这一时期的日本印刷出版业的发展做出了贡献。明以后，福建在整个中日往来中的独特地位就开始显露出来。福建与琉球的特殊关系（一三七二—一八七九年期间，琉球王国通过福建府与明朝政府保持册封关系，福建文化对琉球产生了全方位的影响）使福建人民熟知了日本的情况，人们纷纷到日本经商致富，有的还成为了当地华裔的领袖。郑氏商贸集团就是其中的代表。从一六二三年至一六八三年这六〇年中，郑氏商贸集团与日本的交流成为了当时中日交流的一支独秀，而郑氏在中国的根据地便是福建的泉州。

康熙发布展海令（一六八三年）以后，福建沿海人民更是视日本如邻室、视东海如平川，频繁地往来于福建与长崎之间。据《华夷变态》的记载，从一六八四年至一七二二年这近四十年间，年均有七〇艘左右的唐船到达长崎，其中三〇%船籍是属于福建的。即使是来自广州、浙江、江苏、山东的商船，虽然其船主不是福建人，但他们所雇佣的船长、舵工、水手及搭船的客商中的八成至九成也是福建人。这些福建人在进行贸易活动的过程中，在与日本人接触、交往的过程中，把具有福建地区特色的语言文化、行为方式、饮食习惯等传播给了长崎人乃至日本人。因此，传播至长崎的中国文化具有了鲜明的福建地方色彩。

在关注福建与长崎唐人贸易的独特关系时，福建工夫茶的东传可说是唯独无偶。之所以这样说，这是因为中国茶文化于清代的最显著的成果正是福建工夫茶的出现。

明代以后，我国茶产品的六大茶类（绿茶、黄茶、白茶、青茶、红茶、黑茶）先后问世，其制作技术日臻成熟。其中的青茶，即乌龙茶的制作与品饮最为讲究，『工夫茶』即是指最高级别的乌龙茶或是指以此类茶为载体的品饮艺术。在这里，我们必须简单地回顾一下工夫茶的制作过程及形成历史。

工夫花的最早最好的产地在福建北部的武夷山，那里有丰沛的降雨，肥厚的砾壤，四季的雾霭。这些都十分适宜中叶种茶树的（中国茶树分为大叶种、中叶种、小叶种）生长。唐代时，武夷茶深藏闺中，少有人识。陆羽在《茶经》中说它是『往往得之，其味极佳』（6）。至两宋，位于武夷山东南麓的建安被指定为贡茶院，成为『龙团风饼』的供应地。至元代，贡茶院移址武夷山内直到一三六九年朱元璋罢造团茶。入明以后，武夷山的茶农在炒青绿茶独步于世的茶业转机的历史背景之下，逐步考案出了独特的散茶制作技术。由于武夷山茶树属中叶种茶树（7），其茶青（鲜叶）内质肥厚、外壁坚硬。如套用江浙一带的小叶种茶的『炒、揉、焙』的绿茶制作方法的话，就会使其生涩苦辣，无法饮用。而武夷山的茶农们将成熟了的茶青采摘后，将其放置五—一〇小时，并时不时地去摇动它，破坏其一部分叶脉，使内部的茶汁外流，产生氧化。当发酵至三〇%左右时，投入铁锅热炒，停止其发酵，引发高香。其后进行揉捻成形、焙干收藏。用这种方法制做的茶被统称为『乌龙茶』。而武夷茶即是乌龙茶中的佼佼者，工夫茶又是武夷茶中的皇后。那么稳定的工夫茶技术成熟于何时呢？

据今研究，有关福建功夫茶形成的史料记载始于一七世纪。据刘祖生的研究表明一七世纪中，阮旻锡（明儒生，参加郑成功反清斗争，后入武夷山为僧）在武夷山有过采制武夷茶的经历。《武夷山志》（一八〇八年）中载有他的茶歌：

采得：『最喜天晴北风吹』；

忙得：『两旬夜昼眠餐废』；

炒焙：『鼎中笼上炉火温』；

香气：『如梅斯馥兰斯馨』。

茶歌中所表述的内容完全是武夷茶采制的情景。即：武夷春茶采制期为二十天，以北风晴天采制的品质最好，日日夜夜，忙得废寝忘食。在铁锅中炒青，在焙笼上烘干，香气如梅花般的馥郁，兰花般的馨香。但阮旻锡的茶歌中还没有点出『工夫茶』之说。

写于一七三四年的《续茶经》（陆廷灿）中最早地记载了『工夫茶』之说。《续茶经》是清代最重要的有关茶的科学理论大著。它仿照唐·陆羽的《茶经》设十章，用约一二万字的长篇，收集了自古至一七三四年为止的有关茶的主要记载，汇成一册，命名为《续茶经》。陆廷灿在《续茶经》的〈凡例〉中写到：

> 《茶经》著自唐桑苎翁，迄今千有余载，不独制作各殊，而且烹饮迥异，即出产之处亦多不同。余性嗜茶，承乏崇安，适系武夷产茶之地。值制府满公郑重进献，究悉源流，每以茶事下询。查阅诸书，于武夷之外每多见闻，因思采集为《续茶经》之举。

从中可以读出，陆廷灿是福建崇安县的县令，武夷山就在其管辖之下。陆廷灿是在充分掌握武夷山情况的基础上来记载『工夫茶』的。可以说陆廷灿对『工夫茶』的叙述是来自现场的纪实报告。他在〈八之出〉中引用《随见录》写到：

> 武夷茶，在山上者为岩茶，水边者为洲茶。岩茶为上，洲茶次之。岩茶，北山者为上，南山者次之。南北两山，又以所产之岩为名，其最佳者，名曰功夫茶。

鉴于陆廷灿特殊的身分及《续茶经》对「功夫茶」之最早的记述，笔者认为，中国功夫茶制茶技术的成熟期可限定在一七三四年前后。

由于功夫茶与绿茶相比，味烈香高，可溶物丰富，如用此泡绿茶的方法沏泡，就会使之苦涩辛辣。随着功夫茶制作技术的成熟，功夫茶的品饮法也就问世了。为了使读者更好地理解工夫茶品饮法形成的历史，有必要先介绍一下承传至今的标准工夫茶品饮法。现参照陈香白的研究简述如下：

㈠主要功夫茶具：

炉：烧火用。亦称风炉、泥炉、凉炉，高一尺左右，以烧炭是供一铫之用者为宜。以细白泥为之。

铫：烧水用。亦称不铫、砂铫、即煮水器。容量在三〇〇CC上下为宜。以薄为贵，细白泥为之。

壶：泡茶用。圆体扁腹，努咀曲柄。容量在一五〇CC上下为宜，以宜兴紫砂为之。

杯：饮茶用。小若胡桃，以三〇CC茶量者为好。以白瓷者为佳。

㈡功夫茶　泡品饮过程：

治器：泥炉起火、砂铫掏水，洁壶淋杯。

纳茶：温壶之后，纳茶于壶中至七、八分。

洗茶：将砂铫提高，倾热汤于壶，然后立即将茶汤倾出废弃。

冲泡：再次将砂铫提高，高冲热汤于壶内至溢出。

刮沫：提壶盖平刮壶口，沫即散坠，盖定壶盖。

淋壶：复以热汤遍淋壶上，一则去壶外之余沫，二则追热壶中茶叶，令其发香。

烫杯：热汤淋杯，倾去杯口热汤，杯热则便于起香。

斟茶：谷标轮匀，称『关公巡城』；又必余沥全尽，称『韩信点兵』。

品茶：乘热饮之。观香、闻香、尝味、芳香溢齿颊，甘泽润喉吻（8）。

初刊于一七八六年的《随园食单》（袁枚）对功夫茶的品饮做了最早的记载。其中说：『余向不喜武夷茶，嫌其浓苦如饮药然。丙午秋，余游武夷，到曼亭峰、天游寺诸处。僧道争以献茶。杯小如胡桃，壶小如香橼，每斟无一两，上口不忍遽咽，先嗅其香，再试其味，徐徐咀嚼而体贴之。果然清芬扑鼻，舌有余甘。一杯之后，再试一、二杯，令人释躁平矜，怡情悦性。始觉龙井虽清，而味薄矣；阳羡虽佳，而韵逊矣。颇有玉与水晶，品格不同之故。故武夷享天下之盛名，真乃不忝。且可以瀹至三次，而其味尤未尽。』

由于工夫茶的品饮法完全不同于绿茶，其所用茶具也必然独特。写于一八〇一年的《梦厂杂著》对此做了完整的描述：

功夫茶，烹治之法，本诸陆羽《茶经》，而器具更为精致。炉形如截筒，高约一尺二三寸，以细白泥为之。壶出宜兴窑者最佳，圆体扁腹，努咀曲柄，大者可受半升许。杯盘则花瓷居多，内外写山水人物，极工致，类非近代物。然无款志，制自何年，不能考也。炉及壶、盘各一，惟杯之数，则视客之多寡。杯小而盘如满月。此外尚有瓦铛、棕垫、纸扇、竹夹，制皆朴雅。壶、盘与杯，旧而佳者，贵如拱璧，寻常舟（9）中不易得也。

至一九世纪中叶，福建功夫茶的品饮实践活动日趋成熟、丰富。生活于咸丰年间（一八五一—一八六二）的寄泉在《蝶阶外史》中描述了一位闽中巨富的饮茶生活，其中写到：

功夫茶，闽中最盛。茶产武夷诸山。采其芽，窨制如法。友人游闽归，述有某甲家巨富，性嗜茶，厅事置玻璃瓮，三十日汲新泉满一瓮，烹茶一壶，越日则不用，移置庖湢，别汲第二瓮。备用童子数人，皆美秀，发齐额，率敏给供炉火。炉用不灰木，成极精致，中架无烟坚炭，数具，有发火机以引火光悴之，扇以羽扇，焰腾腾灼矣。

壶皆宜兴沙质。龚春、时大彬、不一式。每茶一壶，需炉铫三候汤。初沸蟹眼，再沸鱼眼，至连珠沸则熟矣。水生汤嫩，过熟汤老，恰到好处，颇不易。故谓天上一轮好月，人间中火候一瓯，好茶亦关缘法，不可幸致也。

第一铫水熟，注空壶中汤之泼去；第二铫水已熟，预用器置茗叶，分两若干立下，壶中注水，覆以盖，置壶铜盘内；第三铫水又熟，从壶顶灌之周四面，则茶香发矣。

瓯如黄酒卮，客至每人一瓯，含其涓滴咀嚼而玩味之；若一鼓而牛饮，即以为不知味。肃客出矣。

茶置大锡瓶，友人司之，瓶粘考据一篇，道茶之出处功效，啜之益人者何在。客能道所以，别烹嘉茗以进。其它中人之家，虽不能如某甲之精，然烹注之法则同，亦岁需洋银数十番云。

以上有关功夫茶品饮的三则史料分别写于一七八日六年、一八〇一年、一九世纪五〇年代。鉴于写于一七八六年的《随园食单》已将功夫茶具的最大特点：胡桃杯、香橼壶，及功夫茶品饮的最大特点：先闻香、后试味、连饮数杯等一并写出，笔者认为应以一七八六年前后为中国功夫茶品饮法的成熟期。其后，写于一八〇一年的《梦厂杂著》又对功夫茶具做了更加详细的记载，指出了白泥茶炉、宜兴紫砂壶、小茶杯等的具体事项。写于一九世纪五〇年代的《碟阶外史》又对功夫茶法的具体操作过程进行了更加详尽的解说。

以上，笔者将中国功夫茶制茶法的成熟期限定在一七三四年前后，将中国功夫茶品饮法的成熟期限定在一七八六年前后。笔者做出以上限定的根据不仅根据于中国方面的史料，还根据于中国功夫茶东渡日本的一些反馈性史料。这一节，笔者只举出长崎方面的史料。

在由唐船运抵长崎的物品记录中多有茶的出现，如写于一六九五年的《华夷通商考》中就有来自南京、浙江、福建的茶的记载。其后，中国茶也一直作为贸易品之一不断运抵日本。但有关功夫茶具运抵日本的记录则要推迟到一九世纪初，即日本的文政年间（一八一八-一）。

首先，据长崎近年来的考古发现表明，在日本文政期间，有大量的中国白泥砂铫出口长崎。由于其批量大并有明显的外形特点（腹大，胎薄），被日本人冠以了『文政渡』的雅号。其次，于一八世纪前半，一些外施红、绿、黄花纹的小杯陆续运抵长崎，由于它出土的形式呈五个一组或一〇个一组者居多，可以断定为功夫茶具所用的胡桃杯。再看《村上文书》子卷上的记载：一八五二年有一〇〇个锡制茶罐入港。又据《唐船持渡荷物缀》上的记载：『一八五五年又有九个锡制茶罐入港，这些茶罐都属于日本煎茶文化不可缺少之物。」

从长崎绘画史料上也可以证明这一点。于日本文政年间（一八一八—一八三〇）初期所绘制的《长崎名胜图绘》〈唐人坊内之图〉中就有关于类似功夫茶饮法的描写：一位清人手持长烟袋坐在炭炉前，有三位日本娼妓陪伴。炭炉上坐有一只砂铫，砂铫里或是在煮水，炭炉的前方摆放有福建功夫茶中特有的茶船，茶船分上下两部分，下部分盛茶渣剩水，上部分为盘式、有漏眼，并盛有八个小茶杯，茶船的外部施有盘龙纹。一位娼妓正在饮茶。在〈长崎唐馆交易绘卷〉中则出现了用茶炉、砂铫烧炭煮水的情景：两位中国商人坐在石桌的两旁，一边下棋一边谈话，一个仆人在用力地给茶炉煽风、奉茶。画面上有砂铫、炉、壶、杯。在另一幅画于一九世纪初的〈唐馆书房之图〉中，两位清商人正在交谈，房间里布置有艺术柜、案几、椅子，可见书帙、扇子、笔砚、水滴、香匙筒、香炉、挂画等物。尤其值得注意的是，在艺术柜的上层摆放有紫砂泥壶、茶碗、茶托、青花水注、佛手柑饰物、书帙。在艺术柜的中层摆放有水方，下层摆放有凉炉及隐约可见的水瓮。

以上，笔者从至长崎的唐物贸易品清单史料、长崎的出土文物、长崎历史绘画三个方面筛选出了七则史料对福建功夫茶传至长崎的问题进行了史证。可以说，福建功夫茶是由长崎唐人贸易将其茶、茶具、品饮艺术传至了长崎的。由于唐人坊的中国人的亲身示范，致使长崎人最先晓知福建功夫茶这一新事物，并把这一信息发送至当时日本的文化中心—京都。另从七则史料的年代分布来看，七则史料的年代明显偏重于一九世纪上半的日本文政时期。这直接导致了与之相关的日本煎茶文化的兴起也开始于日本文政时期。对于这个问题，曾有学界人士提出异议，指摘日本煎茶道文化兴起的时机和地点都与中国功夫茶错位过多，因此导论出了日本煎茶道文化之兴起契机与中国功夫茶的关系薄弱的结论。其实，若参照笔者在这一节中举出的有关功夫茶制茶及品饮的中国方面的五则史料也偏重于一九世纪上半之史实，理清中国功夫茶法成熟普及于一八世纪末，之后才传入长崎，乃至传至京都这一文化形式传递的过程，就会发现，日本文政时期发生在京都大阪一带的煎茶文化是通过长崎这一中转站，与其源头—福建功夫茶紧紧地联系在一起的。

当然，福建功夫茶给予日本煎茶文化的偏重于饮茶的基本方式、饮茶的基本用具等物质表相部分；长崎唐人贸易带给日本煎茶文化的也偏重于明清文化的清新的氛围及与饮茶文化相关的书斋用品等外在的东西而日本煎茶文化的洒脱清逸的精神内涵和使之成为一种文化形式的内在机制则是通过中国黄檗禅宗文化的东传弘化、日本传统文化的滋养孕育而形成的。

註

（1）这一小节参照了刘毅《郑成功的商船队・清初海禁与特许商人》，收入《中日文化交流事典》，辽宁教育出版社，一九九二年，第四二四页.

（2）这一小节参照了刘毅《清朝展海令与对日贸易的发展》，收入《中日文化交流事典》，辽宁教育出版社，一九九二年，四五〇页.

（3）以下资料来自木宫泰彦《日华文化交流史》，日本富山房出版社，一九八七年，第六七八页.

（4）以下资料来自木宫泰彦《日华文化交流史》，日本富山房出版社，一九八七年，第六五九-六六八页.

（5）另允许琉球和朝鲜两国以派遣通信使的方式与对马藩进行交流.

（6）陆羽《茶经》（八之初）的最后一项有述，但『往往得之，其味极佳』是对福州、建州等十一州茶的泛指.

（7）茶树分有乔木，半乔木，灌木三种类型，根据叶子的大小又称大叶种，中叶种，小叶种.

（8）转引自陈香白《中国茶文化》，山西人民出版社一九九八年，第七〇-七四页.

（9）当时作者生活的地区有一种类似船上酒吧的商业活动．这里所说的『寻常船』指一般档次的船上酒吧．只有在高档的船上酒吧里才能见到作者所说的工夫茶茶具.

主要参考书目

1 日本东京板桥区乡土资料馆编《长崎的唐人贸易与煎茶道》，内部发行，一九九六年．

2 『煎茶的起源与发展』学术研讨会论文集《煎茶的起源与发展》，内部发行 二〇〇一年．

3 小川后乐《茶文化史》，日本文一综合出版社，一九八〇年．

4 陈香白《中国茶文化》，山西人民出版社，一九九八年．

5 日本主妇之友出版社编《现代煎茶道事典》，主妇之友出版社 一九九〇年．

穿越时空的经典

——《诗经》文化的传统与现代

林　琦

一　引　言

《诗经》，一颗璀璨靓丽的东方明珠。《诗经》蕴藏着丰富的文献资料，是一部了解春秋时代社会生活的百科全书，更是一部展示古人情感生活的文学宝典。

使用着简陋的生产工具，守着一方水土，周而复始地重复着日出而作，日落而息的田猎农耕生活的《诗经》时代的先民。无论在物质生活还是在精神生活上都享受着前所未有的丰富的现代人。人类的生存环境变了，生活质量变了。经过纵横三千年的悠悠岁月，人类的情感是否也古今不同了呢？人类的婚姻是否今昔相异了呢？走进《诗经》去感受先人的情感世界，再回头看看身边的现代人，我们就会发现：其实从相识相恋到谈婚论嫁、成家过日子、生儿育女、丧偶离异或白头偕老，人类的男女在此过程中所经受的喜怒哀乐、悲欢离合等种种情感体验是如此的相似。《诗经》不仅仅是为我们提供了一面观察祖先婚姻生活的镜子；它更以一种活态的民间文化的形式，穿越岁月的长河，影响着我们的情感表达方式、婚姻生活的模式乃至生活的方方面面。

人的一生，恋爱—成婚—生儿育女，每个过程都可视为『婚恋』的一部分。反映这一内容的诗篇在《诗经》中占了相当的份量，我們姑且称它们为婚恋诗。《诗经》能够经历几千年的风风雨雨流传至今，成为中国乃至世界的文学瑰宝，可见其具有不可磨灭的价值和深远的影响。但《诗经》影响之深之广，绝非一篇小小论文所能全面涵括。本文仅仅试图通过探讨《诗经》婚恋诗对汉语口语乃至文学语言、对现代人的情感思维模式和婚恋习俗等方面的影响，审视《诗经》留存于现代人身上的文化传统，重新认识《诗经》于当今时代的分量。

二　《诗经》语言的传播与影响—为有源头活水来

论及《诗经》对现代人的影响，首先不容忽视的就是早已融入日常生活中成为随口而出的口语的源自《诗经》的语言。早在春秋时代，《诗经》就被当作学习语言的教科书，及汉成为儒家经典后更是童蒙必习，文人学士尤视之为文学创作的标尺。就这样，《诗经》的许多词汇和诗句渐渐地为人们所运用和传播。不仅如此，还从中产生了大量的新生词汇和成语，大大地丰富了汉语的词汇。有识之士自不必言，就连平民百姓，虽不一定能完整地吟出多少《诗经》的篇章，但却在日常生活中自觉或不自觉地运用着源自《诗经》的词语、成语或诗句。其中与男女的婚恋、情感相关的词语，更是使我们的情感表达更加古雅而多彩。

（一）词　语

先秦的很多词语由于《诗经》的巨大影响而得以保存和传播，广泛应用于文学语言乃至日常生活中，流传至今。其中有些词语还在应用过程中派生出新的词义。另外，由不同诗句中的字词组合出的新的复合词，或模仿《诗经》里的词创造出的新词，也可视为《诗经》对后世产生影响的一个方面。现将这几种情况一并举例如下。

依依：出自《小雅·采薇》的『昔我往矣，杨柳依依。』形象地描写出了杨柳婀娜摇曳的姿态，成为妇孺皆知的咏杨柳的习语。如『隋皇堤畔依依在，曾惹当时歌吹声。』（慕幽《柳》），又如『感春柳之依依』（伍缉之《柳花赋》）等。在应用的过程中词义还得到了发展，被用来描写缥缈轻盈的烟。如『暧暧远人树，依依墟里烟』（陶渊明《归田园居》）。又用于描写感情，形容依恋不舍的样子，而且成为几个词义中最常用的一个，形成『依依惜别』、『依依不舍』、『往事依依』、『离情依依』等成语或惯用词语。后人把折柳与送别相联系，最早便是源于这句诗。因为『柳』与『留』谐音，柔软低垂的杨柳恰好表达出对亲人、朋友的恋恋不舍之情，情即为柳，柳即为情遂成定式，民间从此形成了亲朋好友惜别时折柳相赠的习俗。

琴瑟：出自《周南·关雎》『窈窕淑女，琴瑟友之。』和《小雅·常棣》『妻子好合，如鼓瑟琴。』琴和瑟本来是两种乐器的名称，后来成为复合词，代指夫妇。并由此发展出『琴瑟之好』『琴瑟调和』『和如琴瑟』『琴瑟和鸣』等成语，比喻夫妻间感情和谐，相亲相爱。

盼倩：『盼倩』一词由《卫风·硕人》的『巧笑倩兮，美目盼兮。』这两句诗各取一字组成复合词。在诗中的原意，『倩』为口颊好看，『盼』为眼睛黑白分明。形容女子的美丽多姿。

蛾脸：仿照『蛾眉』创造的新词，都形容女子漂亮的脸。『蛾眉』出自《卫风·硕人》『螓首蛾眉，巧笑倩兮。』螓是小蝉，『螓首』形容额头广方，蛾是蚕蛾，『蛾眉』形容眉毛细长。

（二）成　语

汉语中有成千上万意思丰富多彩的成语。成语以四字格居多，而《诗经》的主要句式正是四字句，不少形象生动的诗句在长年累月的运用中渐渐变成为人熟知的成语。

（1）直接出自原有诗句的成语

窈窕淑女：出自《周南·关雎》『窈窕淑女，君子好逑。』指美好的女子。

君子好逑：出自《周南·关雎》『窈窕淑女，君子好逑。』原指君子的佳偶。现指男子追求佳偶。

寤寐求之：出自《周南·关雎》『窈窕淑女，寤寐求之。』原来指梦寐中也在追求其所思念的人。后扩展到形容迫切期望着追求着某种事物。并由此发展出新的成语『梦寐以求』。

信誓旦旦：出自《卫风·氓》『言笑晏晏，信誓旦旦。』意为誓言说得真实可信。

邂逅相遇：出自《郑风·野有蔓草》『邂逅相遇，适我愿兮。』指无意中相遇。

辗转反侧：出自《周南·关雎》『悠哉悠哉，辗转反侧。』形容男子得不到所追求女子的那种焦急不安的心情，生动地描绘出男子因相思之苦，翻来覆去睡不着觉的情形。后来也用于表现由于各种不同的原因，心里有事而不能安睡的情况。

忧心忡忡：出自《召南·草虫》『未见君子，忧心忡忡。』原指因思念心上人而忧愁不安，后泛指心事重重，非常忧愁。

及尔偕老：出自《卫风·氓》『及尔偕老，老使我怨。』原为弃妇诉说原夫负心，后反用其意，用来形容夫妻相亲相爱，相伴到老。并由此创造出新的成语『白头偕老』，用作庆贺新婚之辞。

天作之合：出自《大雅·大明》『文王初载，天作之合。』意为仿佛是上天给予完美地配合在一起。后用来表示对新婚夫妇的祝愿。

（2）对原有诗句进行改造的成语

或变换原有诗句的词语顺序。如：

新婚宴尔：出自《邶风·谷风》『宴尔新婚，如兄如弟。』形容新婚的欢乐。原意是弃妇诉说原夫再娶与新欢作乐，后反用其意，用作庆贺新婚之辞。原意安乐的『宴尔』成了新婚的代称。

蛾眉螓首：出自《卫风·硕人》『螓首蛾眉，巧笑倩兮。』形容女子容貌美丽。（参照上文）

或变换、去掉个别字将其精简成四字成语。如：

之死靡他：出自《鄘风·柏舟》『之死矢靡它。』表示对爱情坚定不贰，至死不变。

或把几个诗句的意思概括组合成四字成语。如：

一日三秋：出自《王风·采葛》『一日不见，如三秋兮。』意思是一天不见面，就象过了三个季度那样漫长。比喻分别时间虽短，感觉却很漫长。形容思念殷切，用于描绘相思之苦。

采兰赠药：出自《郑风·溱洧》『士与女，方秉蕑兮。』『维士与女，伊其相谑，赠之以芍药。』蕑即兰，芍药即药，都是用于祓禊的香草。比喻男女互赠礼物，表示相爱。

（三）《诗经》语言在命名上的应用

直接或间接源于《诗经》的词语、成语不仅大大地丰富了口头语言的表达，还在人们的命名、文学创作等其它方面得到广泛的应用。俗话说『赐子千金，不如教子一艺；教子一艺，不如赐子好名。』又说『不怕生错命，就怕起错名。』自古人们就非常重视命名。姓名不仅是体现一个人文化层次、背景等的身份符号，而且还可能因此影响一生的事业、婚姻、健康、学业和人际关系。有着《诗经》情结的人生子时，喜欢从《诗经》中择字起个靓丽的、寓意美好的名子，寄托对爱情结晶未来事业有成、生活美满等不同角度的殷殷期望。这正反映了人们对《诗经》的这种不变情怀。从社会名流到平民百姓，古今不乏精彩范例。

清朝考据家王引之的名字出自《小雅·楚茨》的『子子孙孙，勿替引之。』寓意子孙后代繁衍不绝。诗学专家唐圭璋的名字出自《大雅·卷阿》的『颙颙卬卬，如圭如璋，令闻令望。』寓意人格如同珍贵玉器般高尚。现代的如秦邦宪的名字出自《小雅·六月》的『文武吉甫，万邦为宪。』寓意成为国家的栋梁之材。胡乔木的名字出自《小雅·伐木》的『出自幽谷，迁于乔木。』寓意人格犹如树木般高大。张闻天的名字出自《小雅·鹤鸣》的『鹤鸣于九皋，声闻于天。』

寓意声名远播。还有晚唐文学家陆龟蒙、北宋词人周邦彦、近代有名才女林徽音、著名历史学家傅斯年等等名人。另外如天禄、寒冰、哲明、鸿飞、舜华、松茂、克明、如玉、如璧、雅南、肇敏等等，也都是人们爱用的取自《诗经》的名字。笔者小儿的名字，也是从《豳风·七月》『我朱孔阳，为公子裳』中巧妙地取出连名带姓的『朱孔阳』三个字。

(四)《诗经》语言意象对文学创作的影响

《诗经》是中国诗歌乃至整个中国文学的一个光辉的起点。其思想内容和表现手法等诸多方面的特色，都对中国后代文学产生了很深远的影响。《诗经》的内容以日常性、现实性为基本特征，是中国的现实主义文学的源头。《诗经》以抒情诗为主流的特点，也奠定了中国文学以抒情传统为主的发展方向。《诗经》中浓厚的政治与道德色彩，也决定了中国文学关注社会政治与道德的特色。另外《诗经》在语言形式、表现手法方面也对中国文学起到了不同程度的影响，这将于下文涉及。此处仅在本文主题的范围内探讨《诗经》的语言意境对后世文学创作的不可忽视的影响。

日常生活中，大家常用『花颜月貌』『花容月貌』来形容女子美丽的容貌。这虽是出自《诗经》之后的文学作品，如明吴承恩的《西游记》第六十二回、清曹雪芹的《红楼梦》第六回等，但推本溯源，以花、月喻美人这种意象的塑造却是始于《诗经》。

『桃之夭夭，灼灼其华。』《周南·桃夭》通过摹写桃花盛开之貌，借物起兴，盛赞新婚女子的妩媚动人。正如清姚际恒《诗经通论》所言，『桃花色最艳，故以喻女子，开千古词赋咏美人之祖。』自此之后，桃花和佳人就如影随形，如唐代诗人崔护的『人面桃花』（《题都城南庄》）等。桃花从一个纯粹的自然物象上升为一种饱含文化意蕴的文学意象，在历代文人的笔下不断地演绎泛化，直至今日。

『月出皎兮，佼人僚兮。』《陈风·月出》第一次以月亮的皎洁明亮来映衬美人的娇好容颜。自此以后，以月喻美人、以月来表达相思之情在中国传统文学中成为一种思维定式。如韦庄《菩萨蛮·人人尽说江南好》的『垆边人似月，皓腕凝霜雪。』又有马瑞辰云『古者喻人颜色之美，多取譬于日月。』（《毛诗传笺通释》）为证。月超越一般的自然景物而成为一种极富文化内涵的意象，直至今天依然影响着文人的创作。

至于直接以《诗经》语言入诗入文的更是不胜枚举。台湾著名作家琼瑶不仅笔名出自《诗经》的『投我以木桃，报之以琼瑶。』（《卫风·木瓜》），她还喜欢在爱情小说中使用《诗经》语言。她的被拍成电视剧的小说《在水一方》的名字就出自《秦风·蒹葭》的『所谓伊人，在水一方』。电视剧的主题歌可以说就是《蒹葭》的现代版，是一首意境缥缈朦胧的情歌，为港台大陆等各地华人所传唱。现载《蒹葭》原诗和《在水一方》歌词于下以资比较：

蒹葭苍苍，白露为霜。所谓伊人，在水一方。
溯洄从之，道阻且长；溯游从之，宛在水中央
蒹葭凄凄，白露未晞。所谓伊人，在水之湄。
溯洄从之，道阻且跻；溯游从之，宛在水中坻
蒹葭采采，白露未已，所谓伊人，在水之涘。
溯洄从之，道阻且右；溯游从之，宛在水中沚

——蒹葭

绿草苍苍，白雾茫茫。有位佳人，在水一方。
我愿逆流而上，依偎在她身旁。无奈前有险滩，道路又远又长。
我愿顺流而下，找寻她的方向。却见依稀仿佛，她在水的中央。
绿草萋萋，白雾迷离。有位佳人，靠水而居。
我愿逆流而上，与她轻言细语。无奈前有险滩，道路曲折无疑。

我愿顺流而下，找寻她的踪迹。却见彷佛依稀，她在水中伫立。——在水一方

白雾、白霜和白色的芦荻，秋水伊人，恍然若缥缈仙境。想望追寻却可望而不可即，无限情意，无尽惆怅。『在水一方』的渺不可及几千年来令多少人扼腕慨叹。古往今来的文人们不断地由《蒹葭》演绎出新的诗篇。古者如鲍照的《遊思赋》、江淹的《去故国赋》等。今人如陈义芝的《蒹葭》，罗智成的《蒹葭》，周梦蝶的《所谓伊人》，蓉子的《白露》等等。

以上所涉及的仅限于与婚恋、男女情感主题相关的方面，但由此已可窥见《诗经》语言的深远影响之一斑。『《诗经》里有许多用当时口语写成的民间歌谣，流传至今，保存了大量上古口语词汇。』『《诗经》里的三千多个词，都出现在一定的上下文里，是活的词汇。』(1)《诗经》语言，已成为我们的口头语言乃至文学语言的源头活水，根植于我们的生活之中。

三 《诗经》对民间婚恋习俗的影响——润物细无声

恋爱和婚姻，一个跨越时空的古老而新鲜的话题。先秦的民间歌谣大都是表现男女之情的。以《诗经》为例，三百零五篇作品中言男女之情的约占三分之二，国风部分更是十有六七为婚恋题材的诗篇。这些婚恋诗生动地展现了几千年前的先民们的婚恋生活和情感世界，从中反映出先秦时代的婚姻观念、道德伦理观念和婚恋生活习俗，为我们保留了各种古代婚俗的资料。从民俗文化学的视角研读《诗经》婚恋诗，可以发现《诗经》所展示的情感表达方式、婚姻生活模式乃至各种婚恋习俗，至今仍然从各个层面不同程度地影响着我们的生活。

（二）《诗经》对婚恋习俗的影响

无论是几千年前的《诗经》时代还是二十一世纪的今天，热恋中的男女都要互赠信物以表衷情。从『贻我彤管』（《邶风·静女》）、『赠之以芍药』（《郑风·溱洧》）、『贻我握椒』（《陈风·东门之枌》）『投我以木瓜，报之以琼琚。』（《卫风·木瓜》）等等，到今天的名牌衣饰、九九九朵玫瑰乃至宝马香车，尽管信物无论从量上还是质上都不可同日而语，但赠者欲以此作为爱情见证的目的却未曾有变。即使在今天，恋人们在山盟海誓时，依然爱借用『之死靡他』（《鄘风·柏舟》，原文为「之死矢靡它」）、『执子之手，与子偕老』（《邶风·击鼓》）、『及尔偕老』（《卫风·氓》）等《诗经》的诗句来表明自己对意中人的坚定不贰，至死不变的心迹。『不求同年同月同日生，但求同年同月同日死』不就是『百岁之后，归於其居！』『百岁之后，归於其室！』（《唐风·葛生》）『穀则同室，死则同穴』《王风·大车》的现代诠释吗？而『谓予不信，有如皦日』这种指天为誓的举动，更是被爱情冲昏了头脑的现代人依然乐此不疲争相仿效的游戏。

在婚庆场合，人们常用《周南·关雎》第一章『关关雎鸠，在河之洲。窈窕淑女，君子好逑』或『天作之合』『宴尔新婚』『新婚宴尔』『白头偕老』『琴瑟之好』『琴瑟调和』『和如琴瑟』等其他《诗经》语汇来作为祝福新婚夫妇婚姻美满、家庭幸福的贺辞。

另外，祈祝早生子、多生子自古以来就是祝福新婚夫妇的一个重要内容。《礼记·婚义》云：『昏礼者，将合二性之好，上以事宗庙，而下以继后世也。』开宗明义地指出婚姻的目的在于传宗接代。祈祝早生子、多生子因而成为对新婚夫妇最美好的祝福。《诗经》中有不少诗篇涉及祈子贺子的内容，正是这种婚姻观念最好的写照。根据巫术的交感原理，古人认为通过咏唱多子之物，就可以获得类似的旺盛的生殖能力。因此，《诗经》或描写枝叶茂盛、果实累累的植物，或赞颂繁殖能力很强的动物，以此来预祝人多生子。如贺婚诗《周南·桃夭》：

桃之夭夭，灼灼其华。之子于归，宜其室家。

桃之夭夭，有蕡其实。之子于归，宜其家室。

桃之夭夭，其叶蓁蓁。之子于归，宜其家人。

全诗三章都以『桃之夭夭』起兴。第一章用艳丽多姿的桃花比喻新娘的动人美貌。第二、三章以累累桃实、繁茂桃叶为喻，祝愿新婚之家兴旺发达，新娘多生贵子。

椒聊之实，蕃衍盈升。彼其之子，硕大无朋。椒聊且，远条且。（外一章）

《唐风·椒聊》以描写花椒树繁茂的果实为起兴，赞美妇人，喻其多子。

《周南·螽斯》则借繁殖力惊人的螽斯的群集之貌，作为子孙众多、宗族兴旺的象征。

螽斯羽，诜诜兮。宜尔子孙，振振兮。（外二章）

『相同的自然环境、几千年不变的农耕文化形态，代代沿袭的口头传承决定了相似的思维方式，几千年相传不断的习俗生活更是陶冶塑造了一脉相承的信仰追求和情感气质。』（2）即使在几千年后的今天，生儿育女传宗接代依然作为婚姻生活的一个重要内容受到人们的普遍重视。于是，在民间的婚礼习俗或祝贺生子的习俗中，往往有用来满足人们繁衍子嗣心理期待的各种祈子吉祥物登场亮相。如植物果实类的枣子、栗子、石榴、花生、莲子、荔枝、桂圆、葫芦、花椒等，动物类的鱼、龙、麒麟以及与飞禽相关的蛋等等，而其中不少就是源自于《诗经》的。更有直接借用《诗经》的这些诗篇或其中的诗句来作为新婚或生子的祝辞的。例如：在农村，农民娶亲就有唱《桃夭》这首诗作为祝福之辞的。而《螽斯》一诗也被人们提炼成『螽斯衍庆』这个成语，用于庆颂子嗣繁盛的喜事。

除此之外，作为祈子、祝颂生子的吉祥语，还有源自《小雅 斯干》的例子。诗云：

吉梦维何？维熊维罴，维虺维蛇。

大人占之：维熊维罴，男子之祥；维虺维蛇，女子之祥。

乃生男子，载寝之床。载衣之裳，载弄之璋……

乃生女子，载寝之地。载衣之裼，载弄之瓦。

诗中描述人们如何通过占梦来预测生男还是生女，以及祝贺添丁或添女的习俗。梦见熊罴是生儿的征兆，梦见蛇是生女的征兆。生儿则给他睡床穿衣裳，让他玩弄美玉璋；生女则给她睡地床穿襁褓，让她玩弄纺线锤。由于《诗经》的影响，后世就以『熊梦』『熊罴入梦』『弄璋之喜』来表示对别人生男的祝愿以『虺蛇入梦』『弄瓦之喜』来表示对别人生女的祝愿。

又有《大雅·绵》的例子。『绵绵瓜瓞，人之初生……』，诗篇以连藤而生果实累累的大瓜小瓜为起兴，追述周之先祖的创业史。由于受这种葫芦生人观念的影响，葫芦成了民间习俗中象征繁衍子孙的吉祥物。民间于是有了于农历正月初一在门上挂用枝蔓缠绕的多个葫芦以祈子的习俗。也有以绘图或剪纸的葫芦图案来代替葫芦进行祈子的。这类图案多绘回环缠绕的葫芦藤和藤上所结众多小葫芦，或绘藤蔓上结一大葫芦，两边各结一个小葫芦，被称为『子孙万代』图。葫芦也因此在工艺美术品中占有一席之地。

从民间各地的各种与瓜有关的求子习俗中，也不难看出《诗经》时代的这种生殖崇拜思想的影响。贵州中秋节有偷瓜送子的习俗。结婚多年不育者，由亲友于晚上偷来瓜并用色彩画出人的面目，饰以衣服，敲锣打鼓送至无子之家。送者将瓜放在床上盖上被子，口念『种瓜得瓜，种豆得豆』。不孕之妇伴瓜睡上一夜，次日把瓜煮来吃，以为即可怀孕。安徽歙县有指使小孩子偷倭瓜放在新房的被子里的习俗。江苏六合，中秋夜晚，乡村妇女也有私取园瓜的，谓之「摸秋」，以兆生子[3]。

麒麟则是作为想象中的瑞兽而成为祈子吉祥物的。『麟之趾，振振公子，于嗟麟兮。(外二章)』《周南·麟之趾》以麒麟为起兴，祝愿贵族人丁兴旺。《说文解字》曰：『麟，仁兽也，麇身牛尾一角。』麇即鹿的一种。可见传说中的麒麟是在以鹿为原型的基础上复合其他动物的部分组成的。鹿是一种喜群聚、繁殖力极强的动物，古人视之为生殖象征物。作为鹿的神异化产物的麒麟，仍保留着鹿的生殖象征意义，古人认为求拜麒麟可以得子。由《诗经》的这首诗演化出民间的『麒麟送子』的求子习俗：多年不孕的妇女，于正月十五龙灯到家时，以龙身绕妇人一次，又将龙身缩短，上骑小儿，在堂前绕行一周。传统年画中有『麒麟送子』图案，绘一童子持莲蓬和笙等祈子吉祥物，骑着麒麟自天而降，象征着麒麟从天上送来贵子。民间认为春节张贴这种年画，有祈子之意。新婚夫妇也有使用绣有或印有『麒麟送子』图案的被面的。在婚礼中『麒麟送子』还成为祝颂子孙昌盛的颂辞。后人还以麟趾喻子孙的贤能。

现代常用结婚对联或贺婚诗中，也有很多源自上述《诗经》中的婚庆贺子内容的用例：合卺报喜有金鸡，熊罴占梦雀声啼。／琴瑟和鸣鸳鸯配，绵绵瓜瓞步云梯。／琴瑟和鸣家美满，百年偕老永团圆。／琴瑟和鸣今日起，百年偕老乐融融。／明岁麟儿应召梦。／关雎诗咏乐陶然。／诗咏关雎今夕祝。／连绵瓜瓞德声隆。／灼灼桃夭瑞露浓。／载咏河洲窈窕诗。／诗歌窈窕入河洲。／今夜熊罴应入梦……不一而足。

（二）《诗经》对民间婚礼仪式的影响

《诗经》，对于文人墨客来说是一部神圣的经典，是一门永远切磋琢磨不透的学问，而对于人民大众来说，它则是一幕幕真实而亲切的生活场景，是一种绵延不绝的文化模式。正因为这样，《诗经》中记载的有关古代婚礼习俗的传统，在几千年后的现代还大致传承着，只是在不同程度上发生了演变和创新。虽然《周礼》《仪礼》等其他中国古代文献也有关于古代婚礼仪式的记载，但以在现实生活中再现这些婚礼仪式的形式出现的却只有《诗经》。

在《诗经》中，男子娶妻叫『取妻』『归妻』『归』。如『岂其取妻，必齐之姜？』（《陈风·衡门》）『取妻如何？匪媒不得。』（《豳风·伐柯》）又如『士如归妻，迨冰未泮。』（《邶风·匏有苦叶》）再如『之子归，不我以。』（《召南·江有汜》）女子出嫁叫『于归』『有行』，如『之子于归，宜其室家。』（《周南·桃夭》）『之子于归，百辆御之。』（《召南·

鹊巢》）『之子于归，远送于野。』（《邶风·燕燕》）又如『女子有行，远父母兄弟。』（《邶风·泉水》《卫风·竹竿》）『取妻』即『娶妻』之迄今沿用不变自不待言。难得而有趣的是，民间至今仍有使用『归』、『行』这种古雅的字眼来表示婚嫁的。如广东潮汕地区、福建宁化地区称出嫁为『行嫁』，宁化人还称之为『归亲』，显示了其与上述诗篇所反映的中原文化的深厚渊源。

先秦时代婚嫁需有『父母之命，媒妁之言』，从《诗经》中也可得到佐证。《卫风·氓》『匪我愆期，子无良媒。』《豳风·伐柯》『取妻如何？匪媒不得。』等例子，都是『无媒不成婚』的最好说明。在婚姻恋爱自由的当今时代，男女谈婚论嫁虽不再『匪媒不得』，也不一定需要专职的媒人，但媒人这个角色不但没有因此退出历史舞台，而且在大多数人的成亲过程中依然起着重要的作用。亲戚朋友或者其他间接关系的人，都可能在有意或无意之中扮演起媒人的角色，撮合出一段姻缘来。不仅如此，由于《伐柯》以『伐柯如何？匪斧不克』来作为『取妻如何？匪媒不得。』的起兴，也即以斧子之于伐柯的重要性来说明媒人在婚姻中的重要性，今天人们依然称为人做媒为『伐柯』『执柯』『作伐』，而称婚姻介绍人为『媒人』或『伐柯人』。

在信息高度发达，世界日益朝着地球村目标靠近的今天，人类的婚姻形式婚礼模式越来越个性化。有严格遵循古代婚俗的古雅的传统婚礼，也有充满浪漫情调的西式婚礼，更有两全其美的中西结合的婚礼。有人喜欢独享静谧的两人世界的旅行结婚，有人则喜欢在酒店大宴宾客，恨不能让全世界的人都来分享自己的幸福。还有水下婚礼、空中婚礼、热气球婚礼、蹦极婚礼等等名目繁多的婚礼形式。但是不管有多少新人和商家挖空心思标新立异，热爱传统的中国式婚礼的还是大有人在，而且还大体遵循着古代的仪礼程序来进行。

先秦时代的婚礼有着繁芜复杂的过程，《仪礼·士昏礼》就对古代婚礼的六个程序『纳采』『问名』『纳吉』『纳征』『请期』『亲迎』作了详细的记载。

『纳采』，就是男方请媒人执雁为礼到女方家提亲。《卫风·氓》中的『匪我愆期，子无良媒。』就是女主人公责怪恋人没有请好媒人上门提亲。『问名』、『纳吉』，就是女家接受见面礼后，由媒人问清女子的名字，再交由男方在宗庙里占卜，看双方结合是否吉祥。若不祥则作罢；若吉利则告知女家并定下婚事。《卫风·氓》中的『尔卜尔筮，体无咎言。』说的就是婚前的占卜得到了吉祥的结果。『纳征』，就是男家向女家赠送鹿皮作为订婚依据。所以《诗经》中才会有『野有死麕，白茅包之。有女怀春，吉士诱之。』（《召南·野有死麕》）这样的情景：男子用白茅包起鹿皮来诱惑春情萌动的少女，以表白爱慕的心迹。『请期』，就是议定结婚的吉日良辰。『亲迎』，就是结婚之日男子亲往女家迎亲，接回家中后，共鼎而食，新婚夫妇各执剖成两半的瓠瓜的一半斟酒对饮。《卫风·氓》的『以尔车来，以我贿迁。』就是描写在亲迎这一仪式中用车将嫁妆运至男家的环节。其他描写以车马迎亲的场面的诗篇还有《召南·鹊巢》的『之子于归，百两御之。』《召南·何彼襛矣》的『曷不肃雍？王姬之车。』《周南·汉广》的『之子于归，言秣其马。』等等。

对比一下现代民间的传统婚俗。男女谈婚论嫁，第一步要『求婚』，亦即古俗之『纳采』，只是所执之礼不再是雁，媒人也不必非专职不可，亲朋好友都可以充当月下老人。接下来是『合婚』，俗称『合八字』，亦即古俗之『问名』『纳吉』，即请算命先生根据男女双方的生辰八字推算男女命相阴阳是否相合。若结果吉祥，就可以『下聘』，或称『送聘』、『送定』、『定亲』、『订婚』，亦即古俗之『纳征』。男家向女家送去聘礼以表示婚事正式确定下来，只是古代的鹿皮现在已为各种金贵首饰所替代。然后议定结婚的良辰吉日，俗称『择日』或『报日子』，亦即古俗之『请期』。佳期前一天，女方将嫁妆送到男方家布置好洞房。最后是『迎娶』，或称『接亲』，亦即古俗之『亲迎』，同样是由新郎于佳期当天凌晨亲自上门接新娘回家，晚上再宴请双方宾客。只是古俗的简陋车马为各种装饰华丽气派十足的轿车跑车或其他个性张扬的特色交通工具如三轮车、公交车、自行车等所取代。而婚宴上的交杯酒其实就是古代的以瓠瓜斟酒对饮仪式的刁遗。

周代多以春天为婚姻正时，因为『春者，天地交通，万物始生，阴阳交接时也。』（《白虎通·嫁娶篇》）《召南·何彼襛矣》、《周南·桃夭》都是结婚祝颂歌。前者以『何彼襛矣，华如桃李！』后者以『桃之夭夭，灼灼其华。』为起兴，都是以春天盛开的桃花形容新娘的艳丽多姿，是以春天为婚期的例证。

但也有以秋天或秋冬之交为婚期的。『将子无怒，秋以为期。』（《卫风·氓》）『士如归妻，迨冰未泮』。（《邶风·匏有苦叶》）便是例证。

避开忌年忌月忌日，选择良辰吉日为结婚日期依然是传统婚俗中很受重视的一个环节，但一般已不再计较是否春秋季。随着生活节奏的加快和国家法定休假日的变化，结婚择日观念正悄然发生着变化，双休日或节日长假成了择日的首选。春节、『五一』黄金周、『十一』黄金周等节日期间成了内地许多城市的结婚高峰期。

按照古代婚俗习惯，婚后第三天，新娘要偕同新郎一起回娘家，这在《诗经》中也得到了反映，即所谓的『归宁诗』。《周南·葛覃》云：『薄污我私，薄浣我衣，害浣害否，归宁父母。』描写的就是新嫁娘梳洗打扮回娘家的场面。这种礼俗现代叫『回门』，如今依然是传统婚俗、尤其是保留中原文化比较完整的闽南地区和潮汕地区婚俗中必不可少的一种礼节。

下面以闽西武平的婚嫁习俗为例一窥现代社会中传统婚俗的整个仪礼过程。

纳采：男方托媒人到女家说亲。如女方同意，则由媒人及男方长辈携未婚青年到女家相亲——『看妹子』。如双方同意议婚，男方须赠女方以信物（如金戒子）。俗称『过采』。

问名：男女双方互换庚帖，然后交算命先生查测生辰八字是否相合，俗称『合婚』。

纳吉：合婚得吉兆即由媒人从中周旋，议定聘金、嫁妆，男方备礼向女家定婚，俗称『小扎』。

纳征：婚约议定，择吉日正式下聘，俗称『大扎』……女家须备办新娘应用的衣饰、被帐、橱箱桌几和新郎的衣帽鞋袜等陪嫁妆奁，妆奁多寡视女方家境而定。

请期：男方选好合卺吉日，备礼物与吉课大红帖送到女家，俗称『送日子』。

亲迎：结婚前一日，男家张灯结彩，置花轿于大厅，请吹班奏乐，叫『养花轿』。迎亲日新郎披红挂花或坐轿或骑马，由媒人带领『亲家郎』抬着鱼肉等礼物，吹吹打打，伴花轿来女家迎娶……（至男家）新娘新郎拜天地、拜祖宗、拜爹娘，入洞房饮交杯酒。新郎给众人散发喜糖。众人哄抢嘻闹，不算失礼。然后吹班于下厅鼓吹，设婚筵宴请宾客，尽欢始罢（4）。

如今，随着百姓生活水平的提高，人们把婚事办得越来越奢侈。即使在农村，聘金也愈来愈多。亲迎由坐花轿改为乘拖拉机、摩托车、小汽车。女方陪嫁除传统的床、凳、箱、橱等外，又增加了自行车、缝纫机、收录机、电风扇、电视机、电冰箱等。

综上所述，我们可以看到《诗经》对民间普通百姓的婚恋生活的潜移默化的影响，可以看到民间传统婚俗与《诗经》所反映的中原文化的深厚渊源。

不难发现，《诗经》在民间其实并不是被人束之高阁的高深莫测的经典，而是始终以其充满人性的温暖的本来面目出现的。因为它所咏唱的是人类最具体切身最本原的情感和生活。三千年前的《诗经》所表现的古人的喜怒哀乐和对幸福吉祥的向往，一样代表着现代人的爱恨情愁和对美满生活的憧憬。正因此，时至今日，我们依然沿用着《诗经》时代的思维方式来表达情感、祝贺婚姻，依然沿袭着《诗经》时代的婚姻模式来经营我们的婚姻生活。

润物细无声，是《诗经》影响我们的方式。

四 《诗经》对民歌的影响—飞入寻常百姓家

（一）表现手法的影响

《诗经》原来都是配乐歌唱的乐歌，是歌辞与音乐的结合。《诗经》从其诞生那一刻起就与民歌有着密切的联系，许多作品就采自民歌。正因为如此，尽管后来乐曲失传，尽管经历秦始皇的焚书坑儒之劫和历代经学研究者的断章取义肆意曲解，但却由于它本身的内容贴近生活，韵律、节奏又琅琅上口，便于传诵，所以得以代代流传。不仅如此，我们至今仍然可以从某些民歌的形式特点和表现手法上看到《诗经》影响的痕迹。

《诗经》中的诗以四言为主，也有二言至九言自由地杂用。中国古代诗歌的发展基本是从二言体到四言体，再过渡到五言体、七言体乃至后来的词曲。而这些句式在《诗经》中都存在，这一方面为后来诗歌的发展奠定了体系上、句式上的基础，另一方面则至今为民歌所保留和传承。

《诗经》里大量运用的比兴手法，大大地加强了作品的形象性。朱熹《诗经集传》曰：比者，以彼物比此物也；兴者，先言他物以引起所咏之词也。『兴』字的本义是『起』。也就是借助其他事物为所咏之内容作铺垫。『兴』用于一首诗或一章诗的开头，又往往兼有『比』的用法，具有比喻、象征、烘托等较有实在意义的作用。如《关雎》的首句『关关雎鸠，在河之洲』，借眼前景物兴起下文的『窈窕淑女，君子好逑』，同时关雎和鸣又用来比喻男女求偶或男女间的和谐恩爱。又如《桃夭》，首句『桃之夭夭，灼灼其华』既是用写实的手法写出了春天桃花盛开时的美丽景色，又暗喻新娘的美貌，同时又是在烘托结婚时的热烈气氛。比兴这种微妙的、可以自由运用的手法，在后代诗人的手中不断翻陈出新，使诗歌含蓄委婉的韵致得到进一步的发挥；而在歌谣、民歌中，比兴手法更是无论古今一直得到淋漓尽致的演绎，成为一种不可或缺的表现手法。

《诗经》还形成了中国诗歌的另外一个特征，就是押韵。《诗经》的用韵灵活多变，依韵在句中的位置，有句首韵、句中韵，句尾韵；依韵在章中的位置，一章里只用一个韵的可分为句句用韵、隔句用韵、疏韵、遥韵、无韵几种情况；一章多韵的又可分为转韵、交韵、抱韵等几种情况。其中，以双句押韵的方式为最常用，如《关雎》、《桃夭》等。不仅中国古代诗歌的押韵形式在《诗经》里都可以见到，就是现代民歌的各种押韵形式也都能从《诗经》中找到其源头，民歌依然保留着《诗经》没有固定规定的、比较自然的押韵方式。

《诗经》中大量使用双声、叠韵、叠字的词汇来增加声韵上的美感，表达委婉曲折的情感，描绘秀丽清新的自然。如《关雎》，用叠字词『关关』摹写水鸟的叫声，用叠韵词『窈窕』形容淑女的妩媚，用双声词『参差』描写水草的状态，用叠韵词『辗转』表现因相思而不能入眠的情状，形象既生动，声音又和谐。《诗经》的这一特点同样反映于现代的民谣和民歌中。

《诗经》还大量地使用虚词、语气词、衬字，兼有凑足音节、押韵、咏叹等各种语气和使节奏更完美的多种功能。常用的衬字有『矣』、『之』、『于』、『兮』等。如『子惠思我，褰裳涉溱。子不我思，岂无他人？狂童之狂也且……』（《郑风·褰裳》）中的『之』『也且』，『有杕之杜，生于道左。彼君子兮，噬肯适我？中心好之，曷饮食之……』（《唐风·杕之杜》）中的『之』『于』『兮』等。

我国各民族、各地域都有各具特色的民歌。各地民歌虽都有与之相应的表现手法，但就其歌词而言，在运用杂言句式、比兴手法、押韵、衬字、衬词、衬句、迭词与叠音等方面却与《诗经》有很多相似之处，可以认为是直接继承了《诗经》的传统。根据表现和结构上的需要，这些艺术手法或对歌词的文字、音节进行补充，或使音韵更加和谐完美，或表达强烈的感情、塑造生动的形象，其形式多样，变幻无穷，从而使民歌具有各自独特的表现功能和强烈的艺术感染力。限于篇幅，在此仅以陕北民歌信天游为例进行分析。

（1）赶牲灵

走头头的那个骡子呦、三盏盏的那个灯，
啊呀带上了那个铃儿呦噢、哇哇得的那个声。
白脖子的那个哈叭呦、朝南得的那个咬，
啊呀赶牲灵的那个人儿呦噢、过呀来了。
你若是我的哥哥呦、你招一招的那个手，
啊呀你不是我那哥哥呦噢、走你的那个路。

（2）叫一声哥哥你快回来

上河里的鸭子下河里的鹅，
一对对毛眼眼照哥哥。
煮了那个钱钱下了那个米，
大路上搂柴了一了你。
清水水的玻璃隔着窗子照，
满口口白牙对着哥哥笑。
对扇扇的门来哟单扇扇的开，
叫一声哥哥哟你快回来。

（3）你把哥哥心搅乱

三十里那个面沙二十里那个川，

五十里那个路上哎呀我把我那妹妹看。
我看见那个小妹妹呀硷畔上那个站，
你把你的那哥哥哎呀心呀么心搅乱。
高旱岭那个盖房不嫌你那个低，
至死那个哥哥我哎呀忘呀哈忘不了你。

信天游的格式通常是七言，但为了表达上的需要，也使用九字、十一字等自由的格式。例如上述三例就属于杂言的自由格式。

通常上句为比兴，上下两句构成一个完整的内容，表达一个感情意思。例如第二例共有四段，每段的第一句就都是比兴。

信天游善用重词叠字，如第一例中的『走头头』『三盏盏』，第二例中的『毛眼眼』『清水水』『满口口』『单扇扇』等。

信天游也与其他民歌一样保留了《诗经》大量使用衬字、衬词、衬句、虚词、语气词的特点。如第一例中的『那个』『啊呀』『呦噢』『哟』，第二例中的『那个』『来哟』『哟』，第三例中的『那个』『那』『唉呀』『呀』『呀么』『呀哈』等等。

押韵同样是信天游的特点之一。一般都用句尾韵，各章独立用韵。如第一例的『灯』与『声』，『咬』与『了』，『手』与『路』；第二例的『鹅』与『哥』，『米』与『你』，『照』与『笑』，『开』与『来』；第三例的『川』与『看』，『站』与『乱』，『低』与『你』。

信天游，还有这里未及列举的山西左权民歌、河曲民歌等等民歌，都和《诗经》一样，是华夏大地上的天籁之音，它们凭借方言的魅力，凭借撷取日常生活中的细节的内容而焕发出经久不衰的生命力和无穷的韵味。《诗经》的民歌里所蕴含的中华民族积淀了几千年的生命真气和深厚朴素的人性文化至今依然在信天游等民歌中顺生绵延。

（二）对歌习俗的影响

《诗经》尤其是〈国风〉和〈小雅〉的民歌普遍使用叠咏体的章法。如《陈风·东门之池》：

东门之池，可以沤麻。彼美淑姬，可以晤歌。
东门之池，可以沤苎。彼美淑姬，可以晤语。
东门之池，可以沤菅。彼美淑姬，可以晤言。

全篇三章十二句四十八个字，只变动了六个字。又如《郑风·萚兮》：

萚兮萚兮，风其吹女。叔兮伯兮，倡予和女。
萚兮萚兮，风其漂女。叔兮伯兮，倡予要女。

全篇二章八句三十二个字，只变动了四个字。这种重章叠唱在重复的几章间，意义和字面都只有少许变动，借此强化感情的抒发，造成一唱三叹的效果。这种章法应该起源于生产劳动过程中的唱酬和男女聚会时的对唱等民歌形式，在编订时也为其他类型的诗篇所仿用，从而成为《诗经》中最具代表性的章法。

在《诗经》时代，为使适龄男女及时婚配，作为『父母之命，媒妁之言』式婚姻的辅助手段，『中春之月，（媒氏）令会男女，于是时也，奔者不禁。若无故而不用令者，罚之。司男女之无夫家者而会之……』（《周礼·地官·媒氏》）。即在阴历三月上旬的己日，让未婚男男女女祓禊于水滨，祭祀高媒，对歌择偶并自由地幽会乃至野合。《诗经》中有许多婚恋歌就是表现这个上巳节的风俗的。上述二例便是描写在此欢会时刻男女邀歌对唱借以表白心迹的诗歌。前者以男子的口吻描写与淑女的对歌，从『晤歌』到『晤语』再到『晤言』，微妙地再现出从对歌试探，进而袒露心曲，最后互诉衷情的情感递进的过程。后者描写女子要求男子带头唱歌，诗歌以风喻男子，以萚（落地叶）喻女子，寓意人生易老，要趁着青春年少早结良缘。反映这一风俗的最具代表性的诗篇是《郑风·溱洧》：

溱与洧，方涣涣兮。士与女，方秉蕑兮。

女曰观乎？士曰既且，且往观乎？

洧之外，洵訏且乐。

维士与女，伊其相谑，赠之以勺药。（外一章）

阳春三月，风和日丽，众多男女聚集于溱水、洧水岸边，临水祓禊，祈求美满婚姻。一对青年男女手持香草，穿行在如山如海的人群中，边走边相互调笑，并互赠芍药以定情。

这一类歌除此之外还有郑风的《山有扶苏》、《狡童》、《褰裳》等等。清人方玉润于《〈诗经〉原始》中云：『恍听田家妇女，三三五五，于平原旷野、风和日丽中群歌互答，余音袅袅，忽断忽续。』

《诗经》中的这种唱和形式，在现代歌曲尤其是民歌对唱中可常常看到。虽然在汉族中几乎已经销声匿迹，但在少数民族中却得到比较完好地传承。多数少数民族都有定期举行的『歌圩』『歌会』等，如苗族的跳厂、彝族的火把节、黎族的三月三、白族的绕山林、阿细人的跳月等等。如潮人流聚集于坡前岭后，分成男女双方，即兴而唱，相互酬歌、彼此对歌，唱和竟日，感情真挚纯洁，音调幽婉动听。对歌内容包罗生活的方方面面，而情歌对唱无论在哪个少数民族的民歌中都是最有生命力和最有魅力的部分。对歌是少数民族青年男女互诉爱慕之情的一种特有的表达方式。尽管在二十一世纪的当今，男女之间不再横亘着封建礼教的绳索，平日里也可以自由地交往，但『歌圩』『歌会』等仍然是青年们恋爱择偶的非常重要的时间和场所。苗族俗语『有口不会唱，白活在世上。有脚不会跳，俏也没人要。』就很好地道出了歌舞习俗在少数民族生活中的举足轻重的作用。

周代某些地方当此男女欢聚之时还有投果的风俗，那就是女子掷瓜果给喜欢的男子，男子若有意则回以玉石一类的随身佩饰。《卫风·木瓜》就是一首描写投果场面的诗歌：

投我以木瓜，报之以琼琚。匪报也，永以为好也！

投我以木桃，报之以琼瑶。匪报也，永以为好也！

投我以木李，报之以琼玖。匪报也，永以为好也！

诗中男女聚会对歌，唱至酣畅时，姑娘向意中小伙抛出手中的木瓜和桃李，而小伙则解下佩戴于身上的各种玉佩回赠姑娘，以表达自己愿意永远结好的情意。《王风·丘中有麻》和《召南·摽有梅》也是表现这种场面的诗歌。由于在先秦时代，采集用于食用或祭祀的香草、野菜或瓜果主要是女子的工作，尤其是由于瓜果象征多子且酸果利于孕，所以这些东西也就成了女子表情示爱的媒介物。而之所以男子多以玉类作为信物，则与玉为灵魂之象征，为灵力之根源有关，赠玉就是表示授灵，表示从此相爱男女成为灵魂相通的一体。

这一有趣的习俗还流传于后世。《晋书》载美男子『（潘）岳美姿仪……少时常挟弹出洛阳道，妇人遇之者，皆连手萦绕，投之以果，遂满载而归。』六朝时仍有此古风由此可见。晋代诗人陆机『敢忘桃李陋，侧想瑶与琼。』的诗句就是运用了由这一习俗演变而来的典故。少数民族的情歌对唱传承了《诗经》时代民间对歌的遗俗，有的少数民族如壮族在对歌过程中还要互抛绣球以示爱，而这个习俗大概就是《诗经》中所描写的投果习俗的现代转型。绣球代替瓜果成为对歌青年男女表达爱情的媒介物，同时也发展成为吉祥、幸福的象征。

（三）《诗经》民歌至今传唱

『关关雎鸠，在河之洲；窈窕淑女，君子好逑。』这首钟情男子最爱吟诵的《诗经·关雎》，至今仍在湖北省房县传唱。我国传统文化典籍中的作品竟然在偏远的小山村流传，这一现象引起了正在此地进行民间文化遗产挖掘整理、抢救工作的湖北省民间文艺家协会专家们的特别关注（5）。房县是采风并编撰《诗经》的周朝太师尹吉甫的故里。这里的村民识字不多，但却能随口吟唱《诗经》中的篇章。

上世纪八十年代初，《中国民间歌曲集成·湖北卷·郧阳地区分卷》主编、副研究馆员徐树棠在搜集整理郧阳地区传统民歌时，就发现了村民会唱《诗经》这一有趣的文化现象，这说明房县流传的传统民歌，与两千多年前的《诗经》有一定的渊源关系。专家们在挖掘整理和抢救中发现，房县农村还在传唱着《诗经》中的《关雎》《蓼莪》等民歌。例如：民歌『姐儿歌』：关关雎鸠往前走，在河之洲求配偶，窈窕淑女洗衣服，君子好逑往拢绣，姐儿见了低下头……民歌《年年难为姐做鞋》：关关雎鸠（哎）一双鞋（哟），在河之洲送（哦）起来（咿哟），窈窕淑女（哟）难为你（耶），君子好逑大不该，（我）年年难为姐（哟）做鞋（咿哟）。

当地村民在唱蒿草锣鼓或唱『待尸歌』（当地办丧事时唱的民歌）时，也经常把《关雎》民歌的前四句作为开场白或唱或说出来，以示雅兴，也有用《诗经》其他句子的。

如今，房县也有一些民歌高手应各地自然风景区的邀请，演唱二〇〇〇多年来传唱的《诗经》『关雎』等民歌和独具『楚调、巴音、秦韵』特色、国内外享有盛名的『房陵文化圈』地方民歌，为游客助兴。

笔者相信，凭中国之地大人多，有如房县这样的『下里巴人』唱《诗经》的现象一定不是绝无仅有，只不过尚待挖掘。这种现象，充分地展示了《诗经》文化的经久不衰的魅力，有力地证明了《诗经》文化的平民性和口头传承性。

在民间，《诗经》以民歌这种非物质文化的形式得以代代传承，生生不息。

五 结 语

《诗经》是人类早期社会生活的真实反映，更是人类早期情感生活的真实记录，而这种情感的全面展示和高度概括是超越时空的、古今相同的。正因为如此，这颗中华文化史上的璀璨明珠，不仅影响着中华文化的过去，影响着中华文化的现在，还必将影响着中华文化的将来。

三千年，令人眩目的年代数字。然而这些诗篇中所表达的情感世界，却是如此富于现代性。『窈窕淑女』使三千年前的多情君子『辗转反侧』、『寤寐求之』，秋水『伊人』同样使三千年后的痴心男子『一日不见，如隔三秋』。三千年的悠悠岁月，未曾改变我们人类的情感。三千年前的《诗经》文化，日久祢香……

註

（1）向熹：《诗经语言研究》，四川人民出版社一九八七年四月，一五九页。
（2）乔晓光：《沿着河走—黄河流域民间艺术考察手记》，北京西苑出版社二〇〇三年九月，三页。
（3）吴格言：《中国古代求子习俗》，河北花山文艺出版社一九九五年三月，一九九页。
（4）本节内容参照 CCTV 民俗频道专题节目。
（5）袁源 袁志国：〈《诗经》传统文化作品至今在湖北房县传唱〉，新华网二〇〇四年一一月一六日。

近代文化篇

日中『中国文学史』の初期著作における「西学東漸」

竹村則行

一　はじめに

人間の営みの集合体である文化は、水の流れの集合体である河の流れにも似て、常に高所から低所に向かって流れる。一方、低所から高所へは、水流即ち高度の文化に学び、それを導き寄せようとする運動のベクトルが働く。ここにいう「高低」は、時に国家制度であり、時に科学技術や軍事力であり、また或いは芸術やスポーツであり、その要素は多様である。例えば、当時世界の最先進であった中国唐朝の文化を学ぶべく、十数次に渡って遣唐使を派遣した八世紀の平安日本も、また明治維新による富国策に成功した明治日本へ続々と留学生を送り込んだ清末の中国も、基本的にはこのような運動の法則に則り、先進文明を自国に熱心に取り入れようとしたと解釈できる。とりわけ後者の場合、日本と中国の間には日清戦争という国家間の軋轢があり、更に大きな背景としては、「西学東漸」即ちルネッサンスを経て勃興した西欧の先進的な学術のアジア諸国への東進問題があった。

拙稿は、今を去る百余年前、日本の明治期後半、中国の清末～民国初期にかけて、日中の新教育制度下における高等教育教科書として陸続として出現した『中国文学史』（日本の当時の呼称は『支那文学史』）について比較検討を行い、当時の関係者が如何に西学の影響を受けて『中国文学史』を著述したか、その類似性と特異性について考察しようとするものである(1)。

二　日本の明治期、中国の清末~民初期の時代背景

ここでは、日本の明治維新や明治期後半、および中国の清末~民国初期にかけての社会情勢について、もとよりこの方面の専門家でない筆者の浅見ではあるが、以下の論述の便のために、その要点を整理しておくことにする。

一八六八年を頂点に実行された明治維新の実態や意義については、既に多くの専門家の研究蓄積があるが、ここでは、拙稿の目的に即し、以下の二点に絞って確認しておく。

(一)明治維新を促進させた外的情況：明治維新はその直前に顕著になった欧米の進んだ軍事力、科学技術力に触発され、また直接には直前の中国のアヘン戦争の教訓を受けて促進された要素があること。

(二)明治維新と教育問題：明治維新が急激な社会改革でありながら、流血の惨事を限定的に留め、実質上の無血革命に近い改革を成功させた背景に、江戸時代以来の文化水準、教育水準の高さがあったこと。

(一)明治維新を促進させた外的情況

十八世紀以降顕著になった産業革命による資本主義システム発達の結果、欧米諸国とりわけ英国のアジア進出が顕著になる。これらの諸国が、アジア就中中国進出の余勢をかって一衣帯水の日本へ貿易を求め、江戸幕府の鎖国の解消と貿易港の開港を求めて姿を現すのは、彼らからすれば必然の趨勢であったであろう。幕末から明治にかけ、日本が欧米勢力に遭遇した事件としては、ペリー来航(一八五四年)、生麦事件(一八六二年)、薩英戦争(一八六六

三年）、英仏蘭米艦隊の下関砲撃（一八六四年）等が挙げられるが、これらの事件を通して欧米勢力の強大な科学力とりわけ軍事力に覚醒した日本が、実質的に鎖国を解消して海外に眼を向け、海外の進んだ文化を取り入れるべく、欧米諸国等に使節団や留学生を続々派遣したことは特筆される。例えば文久二年（一八六二）には高杉晋作を含めた使節団が上海を訪問し(2)、明治四年（一八七一）には岩倉具視らの政府使節団が欧米十八ヶ国を訪問している(3)。これらの事例は、当時の指導者が、江戸幕藩体制を脱し、欧米の先進技術を積極的に取り入れた新体制の確立を急務としていたことの証である。また、幕末に勃発した中国のアヘン戦争（一八四〇年）、及び続くアロー号事件（一八五六年）、英仏軍の北京侵攻（一八六八年）等の教訓が東鄰日本国の明治維新に与えた影響については、既に呂万和『明治維新と中国』(4)や岩下哲典「アヘン戦争情報の伝達と受容」(5)等の論著が具体的に指摘している。

（二）明治維新と教育問題

それまでの幕藩体制から天皇制へと国体を一挙に変革した明治維新は、実質上は〝革命〟に等しい大改革であった。幕末～明治初の戊辰戦争～西南戦争を含め、流血の惨事は皆無ではなかったとしても、紛争は局地的であり、江戸城の無血開城（一八六八年）に象徴されるように、全体としては成功裡に〝革命〟が進捗したと評価できるであろう。このことの要因として、専門家の分析は様々であるが、拙稿においては、江戸時代までに営々と蓄積された文化力、即ち寺子屋や藩校での学習を通じて、日本人の教育水準が全体的にかなり高水準であったことを挙げたい。むろん、教育水準が高いことと文明国であることとが一致しない場合もままあるが、一般には、国民の教育水準が高ければ、理性的な情況判断が可能であるし、出版物を含めて文字を用いた的確な情報の伝達の結果、無用の混乱を防ぐ利点があると考えられる。例えば、幕末日本の函館で布教したロシアのニコライは、自国では考えられない江戸庶民の読み書き能力の高さに驚嘆しているし(6)、そのことは大久保利謙「江戸時代における庶民教育の一面」(7)からも裏付けられる。一方、近世藩校における教育や出版のあり様については、笠井助治の一連の巨著『近世藩校の綜合的研究』『近世藩校に於ける出版書の研究』『近世藩校に於ける学統学派の研究』(8)等に詳しい。むろん、幕末から続く改革の現場では、かなり熾烈な紛糾や混乱が生じたであろう事は十分に考えられるが、明治維新の大改革を実行し、或いは受け止め、更に改革を推進し維持した関係者の文化力、教育力がこれらの大改革を成功へと導いた基盤として機能したのではないかと筆者は推測するのである。

一方の中国においては、一八四〇年、アヘン戦争によって始まった西洋先進国との不幸な遭遇は、国土の一方的な侵略と割譲を伴う苦渋に満ちたものであった。即ち、続くアロー号事件(一八五六年)、英仏軍の北京侵攻(一八六〇年)、日清戦争(一八九四年)、八ヶ国軍の北京侵攻(一九〇〇年)、満州事変(一九三一年)~盧溝橋事件(日中戦争、一九三七年)等の戦乱を経て、悠久の歴史を誇る中華帝国は無惨にも西洋先進国の植民地として提供されたのである。むろん、中国自身の覚醒は、辛亥革命(一九一一年)、五四運動(一九一九年)等を通じて絶えず継続し、やがて今日中国の建国(一九四九年)に到るのであるが、特に清末から民国初期にかけての中国は、さほどの有効な手だてを施せないまま、西洋列強の蹂躙に任せてきた嫌いがある。この原因について、近代史の専門家の分析は種々であるが、筆者の素人考えでは、(一)中国自身の資本主義市場としての魅力と、(二)それに対抗する近代国家としての中国の物的心的両面にわたる未成熟という二大要因は払拭し難いように思える。

貿易や領土の対象としてアジアに触手を伸ばしはじめた十九世紀末の欧米列強にとって、〝地大物博〟の中国は恰好のターゲットであった。明清以来、マテオリッチ(利瑪竇)やアダムシャール(湯若望)等の基督教宣教師は、個別に皇帝の信任を得てはいたが、アヘン戦争以来の貿易港の開港、領土割譲(または租界地)の要求等を見れば、自国の資本の捌け口として、欧米列強が如何に巨大な中国市場を垂涎の的としていたかが良くわかる。この構造は、百数十年後の今日も基本的には変わっていないであろう。これらの強力な〝西学東漸〟（ここでは西洋科学技術、早く言えば武力に基づいた中国侵略）に対し、当時の大清光緒朝が取った対応策は、当初全く有効に機能しなかった。アヘン戦争や日清戦争の経緯を見ても、欧米列強に由来する最新式の武器の前に、偉大な伝統中華帝国を誇る清軍は連戦連敗を余儀なくされ、列強による国土の割譲、半植民地化という耐え難い未曾有の恥辱を味わうに至るのである。事ここに至った理由として、単に指導者の不明を指摘するのは簡単であるが、巨大な国家であればあるほど、情況の急変に即応した敏速な転回が困難である。当時の明治日本は、明治維新によって見事に国体の変革に成功したが、これも、指導層や庶民の意識もさりながら、日本が急激な変わり身に好適な規模の国体であったという物理的条件も加味されるべきであろう。

三　日中新体制の教育制度改革のあらまし

本章では、日本の明治初期、中国の清末から民国初期における教育改革、就中大学改革について要略を述べる。

（一）日本の明治期における教育改革のあらまし

明治維新の改革の重要な柱である教育制度の改革は、明治四年（一八七一）の文部省設置に続いて、翌明治五年（一八七二）の「学制」発布があり、高等教育に関して言えば、明治十九年（一八八六）の「帝国大学令」の発令が挙げられる。今ここに、『東京大学百年史』資料篇三(9)によって、後述する明治期の『支那文学史』を纂述する母胎となった東京（帝国）大学の漢学科変遷のあらましを記せば次の通りである。

①明治十六年（一八八三）、東京大学に古典講習科乙部が設置されたこと。
②明治十九年（一八八六）、東京帝国大学文科大学に漢文学科が設置されたこと。
→明治二十二年（一八八九）、漢学科に名称変更。
③明治三十七年（一九〇四）、文学科のなかの支那文学科に改組されたこと。

以上は要目でしかないが、拙稿で考察しようとする『支那文学史』の著者の多くがこれらの新制学科における学習経験を持つことを考えれば、これらの制度改革は『支那文学史』を生み出した基盤として意義深いものがある。即ち、後述する日本明治期の『支那文学史』の著者の多くは、次のようにいずれも東京（帝国）大学文科大学の古典講習科や漢学科の学歴を有しており、『支那文学史』の著述に当たってこれらの学制が果たした役割は絶大であるのである(10)。

藤田豊八　明治二十五年（一八九二）～二十八年（一八九五）東京帝国大学文科大学漢学科入学～卒業。
笹川種郎　明治二十六年（一八九三）～二十九年（一八九六）東京帝国大学文科大学国史科入学～卒業。
久保得二　明治二十九年（一八九六）～三十二年（一八九九）東京帝国大学文科大学漢学科入学～卒業。
高瀬武次郎　明治三十一年（一八九八）東京帝国大学文科大学漢学科卒業。
児島献吉郎　明治十九年（一八八六）～二十一年（一八八八）東京帝国大学文科大学古典講習科入学～卒業。

㈡　中国の清末～民国初期における教育改革のあらまし

清末から民国期にかけて、欧米列強や日本による中国侵略の国難の中で進捗した中国の教育改革は、初めは「日本モデル」を取り入れ、やがて対象を「アメリカモデル」に移行した(11)。清朝から中華民国へと国体を激変する中で、数多くの教育改革が試みられるが、ここでは紙幅の関係もあり、拙稿に関わるものとして、①「奏定大学堂章程」（一九〇四年）、および②「教育部公布大学規定」（一九一三年）を中心として、特に大学改革のあらましを見ておく。

①「奏定大学堂章程」（一九〇四年）

「奏定大学堂章程」は、光緒朝の一連の教育改革策として管学大臣張百熙の名前で奏上されたが、実際の文案は張之洞が起草したとされる。張之洞は、『勧学篇』に明言するように、日本留学を推奨する〝中体西用〟を標榜する清末の代表的文人であり、従って「奏定大学堂章程」は「日本モデル」によって清朝の大学振興を図ったものと考えられる。その方針に忠実に拠った林伝甲の『中国文学史』については改めて後述するが、ここでは、「奏定大学堂章程」文中に

日本有『中国文学史』、可仿其意自行編纂講授。

日本に『中国文学史』有れば、其の意に仿《なら》ひて自ら編纂講授を行ふべし。

とあることから、その「日本モデル」に拠ったことが分かる。

②「教育部公布大学規定」（一九一三年）

中華民国成立直後の一九一三年に発布された「教育部公布大学規定」によると、中華民国における大学の文科は哲学、文学、歴史学、地理学の四門に分かれる。その細目は次の通りである(12)。

〈一〉哲学…中国哲学・西洋哲学

〈二〉文学…国文学・梵文学・英文学・法文学・独文学・俄文学・意大利文学・言語学

〈三〉歴史学…中国史及東洋史学・西洋史学

〈四〉地理学

このうち、国文学（即ち中国文学）に含まれる科目（筆者注：必修科目の意か）として、

文学研究法・説文解字及音韵学・爾雅学・詞章学・中国文学史・中国史・希臘羅馬文学史・近世欧洲文学史・言語学概論・哲学概論・美学概論・論理学概論・世界史

の十三科目が挙げられている。

一方、明治三十七年（一九〇四）に改正された日本国の文科大学は、哲学・史学・文学の三学科から構成され(13)、そのうち、支那文学科の必修科目は次の七科目である。

哲学概論・心理学・美学・言語学・文学概論・支那語学・支那文学

以上、煩を厭わずに挙例したのは、中華民国初期における文科大学の構成と、先行する日本（更にはその原点たる欧米諸国）のそれとの類似を提示したかった為であるし、何よりも、本稿が考察しようとする日中の『中国文学史』が、当時の新制大学における講義教科書として編まれたものであることを示したかったからである。

ここに対比して例示した明治後期の支那文学科の修得科目と民国初期の中国文学科の必修科目には、内容が共通する科目（哲学・美学・言語学）も多く含むが、これは、民国初期の中国政府が「日本モデル」(14)を参照しつつ、独自の大学制度を模索していたことの現れと見ることができると考えられる。

四　日本明治期の『支那文学史』

これまで述べてきたように、明治維新や辛亥革命の国家変革そのもの、とりわけ人材育成に関わる教育制度の改

革も、西学の強い影響下になされたものであった。拙稿が考察の対象とする『中国文学史』も、それらの新制度による大学の教科書として編まれたものであり、必然的に西学の強い影響を払拭しがたいものであった。以下には、日本明治期の『支那文学史』および清末民初期の『中国文学史』について、特に、文学や文学史、また中国文学史という概念を著者がどう認識していたか、序論や総説等の叙述に基づいて個別に検証したい。

①末松謙澄『支那古文学略史』(一八八二年)

一八八二明治十五年、イギリス留学中にロンドンで邦人向けに行った講演に基づく本書は、その時期の早さと、西学の本場たるイギリスでの著作ということから、その「文学」観が注目されるが、次の冒頭の一文から、末松がここでいう「支那古文学」とは専ら「先秦以前の文学」を指しており、いわゆる「文学」概念とは乖離していることが分かる。

支那古文学の東洋文学に必要なるは猶希臘・羅甸学の西洋文学に於けるが如し。之にあらざれば以て文化の淵源を極むるに足らず。因て浅学を顧みず聊か所見を以て支那古文学史を略述せんと欲す。支那古文学とは先秦以前の文学を指す。(原文は漢字カタカナ文)

②三上参次・高津鍬三郎『日本文学史』(一八九〇年)

著者自ら述べるように、本書は日本文学史の嚆矢である。同じく支那文学史の最初の著作となった古城の『支那文学史』が、この書を手本にして、本書の叙述が手薄であった支那文学史に特化して述べた著作であるために、ここであわせて検討する。三上・高津共著になる『日本文学史』が、著者が明治初期に学んだ西洋の文学書、文学史の手法を我が国に適用して著されたものであることは、次の「緒言」に明らかである。

著者二人曾て大学に在りし時、共に常に西洋の文学書を繙きて、其編纂法の宜しきを得たるを嘆賞し、また文学史といふ者ありて、文学の発達を詳かにせるを観、之を研究する順序の、よく整ひたるを喜びき。〜本書の体裁は、西洋各国にある文学史と、文学書との体裁を参考して、之を折衷斟酌したるものなり。〜本書は実に本邦文学史の嚆矢なり。

以下、総論に入り、第一章「文学史とは何ぞ」、第二章「文学の定義を下すの困難なる事―文学の定義」等に分かって、文学や文学史の定義を述べるが、著者の念頭にあるのは、まず西洋のそれがどのようであり、翻って我が国の場合はどう解釈できるのかということであった。

③古城貞吉『支那文学史』(一八九七年)

古城貞吉の『支那文学史』における中国文学史観については、むしろその刊行を慫慂した井上哲次郎の「支那文学史序」に躍如として現れている。

> 我邦の文化は本と支那に得る所少しとせざるも、西洋の学術を引きて之れを入るゝに及んで、逈に支那に駕して上ぼるに至れり、〜

井上は以下の序文において、近年の「西洋の学術」(西学)に傾倒する余り漢文を追放しようとする風潮が誤りであることを述べ、書籍が豊富で著述が困難な支那文学史の著述に敢えて挑戦した古城貞吉の勇気を賞賛する。日清戦争直後に書かれたこの序文には、当時の風潮を反映して「支那人」への蔑視が露わであるが、井上の序文、また古城の『支那文学史』本文を通じて、古城の『支那文学史』が特に西洋文学との比較の観点から著述したのではなく、あるがままの「中国文学史」を概述しようとしたことは、次の「序論」から明らかである(15)。

> 吾人の今筆する所は此の古国の文学史なり。然れども吾人は今一般に東西の文学を考へて之に定義を下すことを為さず。直に此の古国上下三千余年間に発達変遷して幾多の詞人文才を生出したる概略を髣髴の間に留めん

と欲するのみ。

ただ、そうはいっても、明治後期に、三上・高津の『日本文学史』に範を取って著述された本書が、文学史を研究する大枠において、当時のいわゆる西学の影響を免れ得ていないことも事実であろうと思われる。

以下、個々の検討は省略するが、明治後期において、藤田豊八、笹川種郎、中根淑、久保得二、高瀬武次郎、児島献吉郎らの『支那文学史』が続々と刊行されている。これらの著作は、中に未完結のものや、叙述が清末まで及ばないものも含むが、いずれも東京帝国大学の漢学科や古典講習科の卒業生である青年期の著者達が、東京専門学校や哲学館での講義録を基に発刊したものであり、漢文興隆にかける明治期文人の鬱勃たる熱気が込められる点では共通する（但し、中根淑は幕末明治の文人であり、やや趣を異にする）。これらの著作においては、著者はいずれも西学からの影響を必ずしも明示していないが、古城『支那文学史』と同様、文学史研究の手法等、明治期に取り入れた西学による学術研究によることは明らかである。

ここで、明治後期に上述の『支那文学史』が続々と刊行された原因について考えてみたい。市村瓚次郎が児島献吉郎『支那文学史綱』(16)に寄せた序文に次のようにある。

往時仏人「テーヌ」は『大英文学史』を著はして声名大に揚り、近時英人「ジャイルズ」は『支那文学史』を著はしたれど、その声価は『大英文学史』に及ばざるは何ぞや。蓋し仏人の英語を学ぶは易く、従ひてその文学を味ふことを得たれど、英人の支那文学を知るは難く、従ひてその蘊奥を究め難きが故なり。然らば『支那文学史』を編すべきものを支那以前に求むれば、我が邦人を措きてまた何れにかある。

この序文は、フランス人テーヌによる『イギリス文学史』著作の利点とイギリス人ジャイルズによる『中国文学史』の難点を引き合いに出しつつ、漢籍の造詣が深い日本人児島による『支那文学史』著述の長所をのべたものだが、事情は、児島に限らず、〝支那学〟の碩学であった他の『支那文学史』著者にもそのまま当てはまるであろう。

個人がその成長に応じ、徐々に外界の新知識を取り入れながら、やがて一人前の大人の見識を持つように、国家においても、外界との接触は国家の発展に常に必要である。十九世紀末の日本や中国が受けた西学の影響も、水の流れの如く、必然の趨勢ではあった。もし、日本や中国の鎖国状態が依然として継続していたとすれば、その分だけ〝文明開化〟が遅延したのも必定であったであろう。明治維新が比較的うまくいった日本は、西学による国家再建に邁進することになる。教育体制もそうなら、『支那文学史』もそうである。明治以前、江戸時代に至る中国崇拝の風潮の中で、漢字の使用も含めて中国文化への親近度を深めていた明治の日本は、西学の科学分析法に学びつつ、新たな研究手法で「支那」研究に邁進するようになる。ここで注意しておきたいのは、日清戦争直後に勃興する「支那学」研究が中国を蔑視しつつ併呑しようとする当時の国策を背景に遂行されたものであることである。真理を追究する研究そのものには国策も国境も無いとしても、それに従事する研究者や関係者、研究成果の活用等が当時の国策と無関係に存在し得ないことは、百年後の今日も基本的に同様である。

五　中国清末～民国初期の『中国文学史』

清末から民国初期（更に今日）にかけて刊行された中国人による『中国文学史』史については、既に中国人研究者の精密な論考があり(17)、拙稿も多くの啓発を受けた。上記の明治期の『支那文学史』著作も同様であるが、清末～民国期中国の教育制度改革そのものが既に西学の影響下になされたものであり、多く大学教科書として用いられた『中国文学史』著作も既に西学の影響下になされた営為であると考えられるが、ここでは、幾つかの初期著作を検討の対象に挙げ、いわゆる「西学」の影響がどのように現れているかについて、序文や総論等を分析しつつ、個別に検討してみたい。蓋し、当時西学の強い影響下にあった著者は、著作のどこかにそのことを吐露しているに違いないと思うからである。

①林伝甲『中国文学史』（一九〇四年）

筆者の前稿(18)にも述べたが、林伝甲『中国文学史』は、著者が一九〇四年五月、京師大学堂に赴任するに当たり、直前の一月に発布された「大学堂章程」に示された中国文学研究の各項目に内容を肉付けして、講義用教科書として作成したものである。従って『中国文学史』の大枠は「大学堂章程」を起草した張之洞の中国文学史観を踏襲したものとなっているが、一連の『中国文学史』著作の初期作であることは疑いがない。むしろ、京師大学堂（後の北京大学）に中国文学科が設置されたという教育改革における西学の影響を重視すべきであろう。

②黄人『中国文学史』

黄人の『中国文学史』が、一九〇四年、蘇州東呉大学における国学教習用の教科書として編纂が開始されたことは、王永健「中国文学史的開山之作—黄摩西所著中国首部『中国文学史』」(19)に引く徐允修「東呉六誌・誌瑣言」中に、黄人の元同僚としての具体的な証言を載せる。また、黄霖『近代文学批評史』(20)は、該著について、「中国と西洋の比較に注意」していることに特徴があり、その「態度は比較的客観公平」であるとする。この指摘は拙稿の論旨上重要であるが、現物をなお未見の今、残念ながら筆者にはこれ以上の言及ができない。

③王夢曽『中国文学史』（一九一四年）・曽毅『中国文学史』（一九一五年）・張之純『中国文学史』（一九一五年）

王著は「中学校教科書」と冠し、商務印書館刊。張著は「師範学校新教科書」と冠し、同じく商務印書館刊。曽著はそれらの冠詞は無いが、凡例には「普通参考」用とあって泰東書局刊。いずれの著作も、一九一二～一三年にかけて公布された新制学校国文科における『中国文学史』教科書として、新興の出版社が教科書印刷を競って出版したものと考えられる(21)。この中では、張之純著『中国文学史』が、書籍の伝存、近世における戯曲小説の盛行、女子文集の成立にまで配慮がよく行き届いており、当時としては出色の出来映えであると判断する。

④謝无量『中国大文学史』(一九一八年)

緒論に加え、上古から近世に至る文学史を、全五編十巻六二章に分かって述べる。「大」の冠に恥じない総六三五頁にのぼる浩瀚の著作であるが、その三分の二ほどは原典の引用から成る。第一編第一章「文学の定義」第二節「外国学者論文学之定義」、及び第一編第四章「中国文学之特質」第一節「文字最古之特質」の叙述において、著者は努めて欧米の学者の言説を披露しており、著者が世界的(西学の)視野に立って『中国文学史』を著述しようとしたことが窺える。大学国文教科書用など用途についての著者の明言は無い。該著は教科書としては大部過ぎる嫌いがあるが、民国初期において、中華書局が当時新設の学校教科書印刷を重視していたことからすれば、教科書参考書として機能したことが考えられる。

以上には、民国初期の『中国文学史』著作のめぼしいものについて検討した。他に調査が及ばない未見の著作も多くあり、断定はできないが、この時期の著作の傾向は自ずから明らかになるであろう。それは、中華民国政府下の新制度による大学等の高等教育機関での中国文学教科書の要請を受け、著者が新たに知見を開かれた西洋の文学史の手法に基づき、『中国文学史』を論述しようとしたこと、そして、この時期の著者には日本留学の経験者が多く含まれていたことである。

六　まとめ―日本の支那文学と中国の中国文学

十九世紀後半に日本や中国が受けた西洋の衝撃（西学の洗礼）は甚大且つ深刻であった。その極みは欧米列強の武力による中国の国土分割であろうが、その衝撃は、平和な学問分野における「中国文学史」という概念の出現にも及ぶ。それまでの封建日本には、「中国」という外国があるだけであり、それまでの封建中国には化外の強盛な外国は基本的に存在しなかったはずのものが、突如として〃太平の眠りを覚ます〃西洋の衝撃に見舞われた訳である。それまで、日本文学や中国文学の作品は当然ながら孜々として蓄積を重ねてはいたものの、急に国家体制が変更し、新しい学校教育制度の下での「中国文学史」という新しい概念に直面した当時の文人は、どのようにこれを受け止め、対処しようとしたのであろうか。今日では既に違和感のない「中国文学史」であるが、日中の『中国文学史』の初期著作には、これに直面した当時の文人の困惑や対処法が正直に吐露され、記録されているであろうと思われる。拙稿をまとめるに当たり、このような観点から、日中の『中国文学史』初期著作に現れた「文学」「文学史」「中国文学史」概念の解釈について整理しておきたい(22)。

初期の日本人著『支那文学史』において、これらの概念について、改めて定義し、詮索するものは意外に少ない。管見の限り、拙稿第四章において検討を試みた諸著作では、三上参次・高津鍬三郎『日本文学史』（一八九〇年）、高瀬武次郎『支那文学史』（一九〇五年）が、正面から文学や文学史についての定義を試みているのが目立つ程度である。三上・高津著では、総論第一章「文学史とは何ぞ」、第二章「文学の定義を下すの困難なること…文学の定義」において、これらの問題への肉迫を試みており、また高津著では、第一章「何をか文学史と云ふや」、第二章「文学の定義」等において、恐らく先行の三上・高津著を参照しての上であろう、これらの問題に対する自説を展開する。その他の著作では、これらへの関心はいずれも比較的薄いと思われ、久保得二著などでは「文学及び文学史の何者たるかは、ここに縷述せず」とまで言い切っている。その理由は想像するしかないが、筆者は、まず、三上・高津著にも述べるように、その定義を下すことの困難さが挙げられると思うし、これを受けて、その後の『支那文学史』著作ブームの先駆けとなった古城貞吉著が、やはり面倒な定義を避けていることも遠因となったと思われるが、更に根本的な理由は、後述する当時の明治文人の中国（支那）蔑視観にあるであろう。

これに対し、初期の中国人著『中国文学史』における「文学」「文学史」「中国文学史」概念の定義は、拙稿第五章において検討したもののうち、林伝甲・王夢曽・曽毅・張之純著は必ずしも明確な定義に及ばないが（黄人著は未見）、謝无量著に至って、この問題の検討が試みられる。即ち、謝著の第一編緒論の第一章「文学の定義」、第一節「中国古来文学之定義」、第二節「外国学者論文学之定義」等がそうであり、一々の挙例は省略するが、著者はここで、西学の手法をも取り入れつつ、「文学」や「文学史」についての定義を下すことを試みている。これを受けて、時代はやや下るが、以下の『中国文学史』著作においても、この問題への関心が陸続と払われてきたのは、自国文学史であることはもとより、直接には、後世の『中国文学史』著作の一つの模範となった謝无量『中国大文学史』著の影響が大きいのではないかと筆者は考える。

⑤譚正璧『中国文学進化史』（一九二九年、光明書局）…一　文学与文学史

⑥胡懐琛『中国文学史概要』（一九三一年、商務印書館）…第一章総論、（一）何謂文学、（二）何謂文学史、（三）何謂中国文学史

⑦張長弓『中国文学史新編』（一九三五年、開明書店）…第一章導論、第一節　何謂文学史

このうち胡懐琛『中国文学史概要』は、難解な「文学」の定義を「人們蘊蓄在心内的情感、用芸術化的方法、或

自然化的方法、表現出来、是謂文学。」（人が心中に蓄えた情感を芸術化や自然化の方法で表現したものを文学という。）とし、「文学史」は考証を中心とする文学の客観的な歴史であり、これらから成る「中国文学史」については、やっと二十年前に端緒についたばかりだが、林伝甲・謝无量・張之純・曾毅・王夢曾の先行する『中国文学史』はいずれも「界限太不清楚」（文学の境界が甚だ不明瞭）で、経史子集の文を一緒くたにしていると批判する。「文学」「中国文学史」いずれも簡単に定義することが可能な代物ではないが、著者が何とか自分の言葉で表現しようとする意欲は好感が持てる。その他、筆者未見の著作も多いが、これらの著作では、冒頭の緒論や総論において、文学や文学史の定義を試みている。その是非や妥当性について筆者は云々する見識を持たないが、いずれも中国古代からある伝統的な文学概念を踏まえ、新しく導入された西学の文学・文学史概念について検討するという点では共通している。

最後に、拙稿をまとめるに当たり、日本明治期の『支那文学史』と中国清末～民初期の『中国文学史』の基本的な立場の相違について明確にしておきたい。日本の明治期、特にその後期は国力の伸張期に当たり、明治維新によって国体の改革に成功した日本が、周辺諸国、とりわけ日清戦争の勝利で中国への蔑視と侵略を強めた時期に当たる。確かに、明治の文人によって『中国文学史』（当時の呼称は『支那文学史』）がまとめられたのは中国人による『中国文学史』著作よりも数十年早いが、明治期文人の中国（支那）観は進出すべき対象（属国）としてのそれであって、独立国たる今日の中国に対する平等な認識を持ったものではなかったことは注意しておく必要がある。例えば、最初の著作である古城貞吉の『支那文学史』は日清戦争を挟んで著述されている(23)し、藤田豊八も『支那文学史』を途中で擱筆して上海に赴き、羅振玉の『農学報』に協力している(24)。

中でも象徴的なのは、第四章でも言及した井上哲次郎の古城貞吉『支那文学史』序である。

我邦の文化は本と支那に得る所少しとせざるも、西洋の学術を引きて之れを入るゝに及んで、迥に支那に駕して上ぼるに至れり、是に於てか我邦人の支那を軽侮すること殊に甚しとなす、～若し漢字を廃せば自己の姓名さへも記し得ざるべし、否、支那人を卑下する其論さへも支那人の恩恵によるにあらざれば為すこと能はざるにあらずや、果して然らば如何に支那を軽侮するとも、支那文学の研究は到底廃するを得ず、又廃するを要せざるなり、～然れども支那人自らは元来概括力に乏しく、且つ今の学術界の状態如何を弁ぜざるが故に、支那文学史を著はすが如きは、我邦人自ら進んで此任に当らざるべからざるなり、～

明治二十九年（一八九六）に書かれたこの序において、井上哲次郎は、日本文化に与えた中国文化の甚大な影響を認識しつつ、明治以来西学の導入によって日本は中国を凌駕したが、逆に中国を軽侮する風潮が生じたこと、衰頽する現今の中国の学術界を顧みれば、日本人が『支那文学史』を著述するのが適任であるとして、古城の『支那文学史』を推奨する。明治を代表する文人のこの発言は、恐らく当時の文人の中国観を象徴するものであろう。要するに、日本文学の骨幹である中国の文学史を当の中国人に成り代わって執筆するというものであり、ここには、過去の中国は尊崇しても、現在の中国を軽侮する当時の中国観が如実に現れており、明治後期に相次いだ日本人による『支那文学史』著作も、個人差はあれ、基本的には井上が示す中国（支那）観に立っていたものと考えられる。

一方、中国人による『中国文学史』著作は、当時の時代背景によって初期の一時期こそ「日本モデル」から出発したものの、自国の文学史の問題でもあり、まして欧米列強によって国土が恣に蹂躙されつつあるこの時期の政治情況からすれば、中国人のための『中国文学史』が程なく出現するのは当然のことであった。『中国文学史』は日本と同様、新制度による高等学校教育の教科書として出現したものであることを考えあわせると、西学の受け売りでなく、中国人自身の独立した概念による『中国文学史』の出現と、所謂新しい学校制度の定着とは不可分の関係にあることが予想される。ただし、新学校制度がいつから中国や日本に定着したのかという質問が難問であるのと同様、中国人による中国人のための『中国文学史』がいつ出現したのか、判定するのは極めて困難である。言い換えれば、その初期の指導者張之洞が「旧学為体、新学為用」(旧学を体と為し、新学を用と為す)(25)と述べた、いわゆる「新学」(西学)の手法が確かに『中国文学史』著作に根付いたのは誰のどの著作からであるのか、判定するのは極めて困難である。困難ではあるが、筆者が調査した範囲内で予測すれば、刊行時期や叙述内容からして、張之純の『中国文学史』(一九一五年、商務印書舘、師範学校新教科書)や謝无量『中国大文学史』(中華書局、一九一八年)は、通史の『中国文学史』として十分に中国人独自の識見による文学史著作として挙げられるであろう。ただし、これらは通史としての文学史著作について検討したものであり、さらにテーマや観点を異にした『中国文学史』として、魯迅『中国小説史略』(一九二三~四年)、鄭振鐸『文学大綱』(一九二七年)、胡適『白話文学史』(一九二八年)、鄭振鐸『挿図本中国文学史』(一九三二年)等が挙げられるが、これらの文学著作の『中国文学史』纂述史上における位置づけについては、あらためて検討したい。

註

(1)本稿にいう「初期」年代は厳密に特定できないが、『中国文学史』(『支那文学史』)が初めて出現する十九世紀の終わりから、西洋の借り物を脱して中国独自の『中国文学史』を模索しようとした二〇世紀前四半世紀のほぼ三〇年を念頭に置いている。なお、拙稿に密接する先行論著として、戴燕『文学史的権力』(北京大学出版社、二〇〇二年)、陳国球『文学史書写形態与文化政治』(北京大学出版社、二〇〇四年)、川合康三編『中国の文学史観』(創文社、二〇〇二年)等があり、一々明記しないが、多くの学益を受けた。

(2)『〝千歳丸〟上海行―日本人一八六二年的中国観察』(馮天瑜著、商務印書舘、二〇〇一年)参照。

(3)『明治の経済発展と中国』(周啓乾著、〝東アジアのなかの日本歴史〟七、六興出版、一九八九年)、第一章参照。
(4)六興出版、〝東アジアのなかの日本歴史〟六、一九八八年。
(5)明治維新史学会『明治維新と西洋国際社会』(吉川弘文舘、一九九九年)所収。
(6)『ニコライの見た幕末日本』(ニコライ著、中村健之介訳。講談社学術文庫、一九七九年)。
(7)大久保利謙『明治維新と教育』(『大久保利謙歴史著作集』四、吉川弘文舘、昭和六十二年)所収。
(8)いずれも吉川弘文舘刊。刊年はそれぞれ『近世藩校の綜合的研究』は昭和三十五年、『近世藩校に於ける出版書の研究』は昭和三十七年、『近世藩校に於ける学統学派の研究』は昭和四十五年。
(9)東京大学百年史編集委員会編、東京大学出版会、昭和六十一年。なお、関連する研究に、黒田茂次郎・土舘長言著『明治学制沿革史』(明治三十九年初版。臨川書店、昭和四十四年複印)、三浦叶『明治の漢学』(汲古書院、一九九八年)、町田三郎『明治の漢学者たち』(研文出版、一九九八年)等がある。
(10)著者の履歴については、川合康三編『中国の文学史観』(創文社、二〇〇二年)を参照。なお、本文に明記しなかった三名の略歴は、古城貞吉は明治十七年(一八八四)第一高等学校入学、翌年中退。松平康国は東京大学予備門において英語を学び、明治十九年(一八八六)アメリカミシガン大に留学し、政治法律を学ぶ。明治三十九年(一九〇六)に張之洞の政治顧問となる。
(11)阿部洋『中国の近代教育と明治日本』(龍渓書舎、一九九〇年)所収第Ⅰ章「清末中国の教育改革と『日本モデル』」、第Ⅳ章「流れの転換:『日本モデル』から『アメリカモデル』へ」、および同氏『中国近代学校史研究』(福村出版、一九九三年)所収第六章「中国教育の近代化過程とその構造」参照。
(12)これらの法令資料は、璩鑫圭・唐良炎編『中国近代教育史資料匯編　学制演変』(上海教育出版社、一九九一年)による。
(13)前註(9)、『東京大学百年史』資料篇三、二六頁。
(14)前註(11)。
(15)経済雑誌社、一八九七明治三〇年刊による。引用に際し、句読点を補い、表記を一部変更した。
(16)一九一二明治四十五年、冨山房刊。表記を一部改めた。なお、ジャイルズの『中国文学史』は一九〇一年刊。
(17)註(1)に挙げた先行論著参照。
(18)拙稿「明治日本の『支那文学史』と清末民初中国の『中国文学史』」(『九州中国学会報』四四、九州中国学会、二〇〇六年）参照。

(19)『書目季刊』二九―一、一九九五年。なお、同論文によると、黄人の『中国文学史』は一九〇四年に撰著が開始され、編毎に油印して講義に付された後、三年後の一九〇七年に初稿が完成し、内部発行された。一九一三年、黄人の逝去後、一九二六年、王文濡が修改に着手し、国学扶輪社から鉛印油光紙綫装の体裁で刊行されたとある。近刊の王永健『蘇州奇人』黄摩西評伝』（蘇州大学出版社、二〇〇〇年）第四章「黄摩西的《中国文学史》研究」は、更に詳しく成書過程、内容等について論述する。

(20)上海古籍出版社、一九九三年、八〇七頁。

(21)前註（12）参照。なお、商務印書館は一八九七年創立。泰東図書局は一九一四年刊。葉再生『中国近代現代出版通史』二（華文出版社、二〇〇二年）参照。更に、清末から民国初期にかけての新興民営出版社、特に商務印書館と中華書局との激烈な出版競争については、吉少甫主編『中国出版簡史』（学林出版社、一九九一年）三三〇頁参照。

(22)この問題について、註（1）に挙げる戴燕氏に詳細な検討があり、拙稿も多くの示唆を受けた。

(23)更に古城が『支那文学史』の脱稿後に上海に行って『時務報』の「東文報訳」（日本の新聞記事の中文簡訳）を担当したことなど、杜軼文「古城貞吉と『支那文学史』について」（『二松』十七、二松学舎大学、平成十五年）参照。

(24)『中国の文学史観』（川合康三編、創文社、二〇〇二年）資料編の銭鴎「藤田豊八」伝による。

(25)張之洞『勧学篇』外篇、設学第三。

※本論文は、日本学術振興会科学研究費（基盤研究C、平成十七～十九年、課題番号一七五二〇二三四）による研究成果の一部である。

※筆者は二〇〇六年十一月十七日、北京大学中文系において、拙稿と同題の学術報告をする機会があった。百年前に新設京師大学堂の国文科講師たる林伝甲が『中国文学史』を講じた後身の北京大学中文系において、未熟ながら初期『中国文学史』纂述に関する学術報告の機会を持てたことは、一外国人研究者として光栄であり、感銘深いものがあった。この場を借りて、ご招請いただいた張剣福主任、当日司会していただいた陳平原教授、並びに関係各位にお礼を申し上げたい。

「支那趣味」から「大東亜共栄」構想へ

――佐藤春夫の中国観

武　継平

一　問題の提起

佐藤春夫という人物は、詩人として大正昭和両詩壇において高い地位を有するのみならず、小説家としても同時代の芥川龍之介や谷崎潤一郎に比肩できる。彼が中国題材の作品を数多く書き、しかも田漢、郁達夫などの中国文人と交友関係を持っていたことはよく知られているが、もっぱらその中国観を取り上げた研究報告は少なくともわたくしは未見である。比較文学の分野に於いては、中国では、文学よりも、文学者の越境的な交渉に関心があり、日本では、郁達夫がいかに彼の影響を受けていたかについての研究が盛んだった(1)。中国現代文学研究の領域においても、一九七七年の文部省の科研助成を得た「佐藤春夫と中国」という学際的な研究があり、それは研究上の示唆と信憑性の高い関係史料の所在に関するヒントを与えてくれたが、論者の立場が異なるせいか、こと戦争に関わることとなると、何故か隔靴掻痒の念を抱かずにはおれなかった。

　昭和日本文学は波乱の進化過程を辿っていった。三〇年代に日本軍国主義が急速に勢力を増していくにつれ、国内の左翼思想に対する徹底的な弾圧の下でいわゆる「転向文学」という世にも不思議な時代の鬼っ子が生まれ、ついに冷静な判断力を無くし、魔が差したように国策文学に走ってしまったプロレタリア文学者またはヒューマニズムや芸術至上主義などを主張し続けてきた純文学作家や詩人は少なくなかった。佐藤春夫という純文学作家もその一人であった。彼は一九一九年『田園の憂鬱』の刊行をもって文壇デビューして以来、大正時代私小説の全盛期においてプロ文学と拮抗しつつ純文学を標榜してきた。その後、彼は昭和の思想統制および対外軍事拡張の戦争時代を生き抜き、一九三八年従軍して武漢戦場に赴き、一九四三年には再びマレー、ジャワ島一帯の占領支配に参加し、戦争支持または戦争協力の詩集と随筆をも数冊出版した。

過去の『佐藤春夫全集』(2)に戦争時代の作品があまり収録されていなかったため、戦時中彼がどのような文学活動を展開させ、そして日中戦争および大東亜戦争の中でどのような姿勢を取っていたのかなどはこれまで容易に知ることはできなかった。

本稿は主として一九九八年から二〇〇一年までの間臨川書店から出た全三八巻『定本佐藤春夫全集』に基づき、佐藤春夫の文学創作上の「支那趣味」を切口として三〇年代の「支那無文化論」および日中戦争開始以降のナショナリズム思想の暴走などを軸に、同氏の中国観を複眼的に考察したい。

二　「支那趣味」と「オリエンタリズム」への回帰

一九一八年耽美派小説家谷崎潤一郎の極力推薦を受けて文壇デビューした佐藤春夫は、出発時に西洋世紀末の頽廃的情緒を表現していたが、二〇年代前半谷崎や「小説の鬼才」と呼ばれていた友人芥川龍之介から「支那趣味」の影響を強く受けていた。エキゾチズムの追求は大正文壇の流行だが、この「支那趣味」は明治維新以降の西洋一辺倒の文化的嗜好に反抗する「東洋情緒」への回帰だったと思われる。谷崎・芥川・佐藤らが求めていた「東洋」とは、文化的な意味においての「西洋」と対抗するオリエンタリズムのことで、ナショナリズム的な傾向はまったく見られず、「東洋」＝「日本」という狭義的な解釈をすべきではない。

では、初期の佐藤春夫はいったいどんな中国観を有していたのか。

彼は中国で「詩仙」と呼ばれる李白という人物の風流洒脱な性格と決して追随を許さない芸術的境地に心酔するあまり、ロマンチシズムの手法で李白を霞を食う仙人として描いたことも（『李太白』一九一八）、一九二七年中国に訪れる際、無理に田漢に頼んでまで秦淮の夜の画舫に乗りこみ、晩唐の詩人杜牧が千年前に残した絶唱『夜泊秦淮』の「商女は知らず亡国の恨／江を隔てて猶唱う後庭の花」を吟唱しつつ、シュールな「風雅」を自ら臨場体験したこともあるほど中国古典文学に傾倒していた（『秦淮画舫納涼記』一九三五）。その他の初期作品にも同じ傾向が見られる。随筆『南方紀行』（一九二四）または小説『女誡扇綺譚』（一九二五）、『李鴻章』（一九二六）、『西湖紫雲洞の話』（一九二八）といい、薫り高い翻訳詩集『車塵集』（一九二九）といい、いずれも濃厚な「支那趣味」を見出すことが出来る。そしてこの「支那趣味」は古代中国、とりわけ中国文化の頂点を極めた唐代の文化へ傾倒する形で反映されている。このようなエキゾチックな古代中国文化に対する執着に変化が現われたのは一九三五年以後である。

当時西洋かぶれの社会風潮に逆行するオリエンタリズムへの追求について、佐藤は『東洋人の詩感』（一九二六）の中で言及し、「西洋の詩人は、自然を見るにも擬人的にしか見られないし見る事をしない。ギリシャ神話だって、自然の美しいところにはニンフが住むでゐると考へて、初めて美を感ずる……自然を只現象のままに見てその美感に打たれるといふやうな事はあまりない」と指摘している。いわゆる「東洋人の詩感」とは、つまり「何の主観も哲学もなしに、然し立派に詩になってゐると思ふ。支那の詩にしても王維や韋應物なぞの詩を初めとし純粋なる自然詩にその傑作が随分あると思ふ……。われわれ東洋人の風流といふのは、人間そのものを自然物のやうに、自然の一断片として感ずる事に詩感を置いてゐるのではないかと思ふ」というのが彼の持論だった(3)。

ここから二〇年代に佐藤春夫の「支那趣味」として現われてきた「東洋的詩情」が中国詩美学の伝統を主体とし、それをもって西洋詩学と対抗する「詩的感情」にほかならず、しかもそのイデオロギーや美学の意味においての「東洋(オリエント)」が、古代中国を中心に据えた輪郭のぼやけた概念であることを垣間見ることも出来る。ところが、彼の初期作品を読んでわかるように、彼の中国観は中国古典文学に対する深い愛着心に由来するシュールレアリズム的な観念であって、非芸術的、功利主義的な要素は見られない。当時の作品や後年の回想記や随筆、そして身辺小説などから、彼がいかに古代中国文人墨客の足跡を辿って憧れの中国詩の世界に近づこうとしていたのかを読み取ることができる。

三 三〇年代の中国観の変化

佐藤春夫は一九二〇年と一九二七年に二度も中国に訪れ、アモイ、鼓浪嶼と揚子江下流一帯を漫遊したことがある。特に二度目は家族同伴で、終始土地に詳しい友人の田漢や郁達夫の案内があり、軍閥の勢力争いによる戦乱が絶えず、庶民が塗炭の苦しみにあえぐ激動した中国社会の現実に自ら触れることになり、行く先々で生きている中国の暗黒面を見てみないふりすることができなかった。このような見聞がのちに彼の中国観を大きく変えることとなった。

それまで中国の絢爛たる古代文化の海に耽溺しそこから超現実的な世紀末の頽廃の「美」の芸術を見出そうとしてきた佐藤は、三〇年代に入ってから視線を古代文化から現代社会へと移した。そのギャップがあまりにも大きかったせいだろうか、彼の中国観は一変し、中国文化絶賛から徹底的な中国文化の否定に急変した。

戦時中、佐藤は『東天紅』（一九三八年中央公論社）、『戦線詩集』（三九年新潮社）、『風雲』（一九四一年宝文館）、『大東亜戦争』（一九四三年竜吟社）といった数多くの文学作品を公刊させることでその新たな中国観をアピールした。一九三八年以降ナショナリズムに急傾斜していく彼の中国観は、概して言えば、いわゆる「近代支那無文化論」の基に築かれていったもので、それがますますエスカレートして最終的には「大東亜共栄」構想に帰結していった。

文学作品のほかに、佐藤はまた何度も評論を書き、その「近代支那無文化論」を力説した。これらの評論は作者の思想解読に役立つ極めて重要なものだが、従来殆んど触れられなかったので、ここでそのポイントを要約しておきたい。

第一、佐藤春夫は、「支那は或る時代には当時の世界の文化の頂点を示してゐた時代がある。唐の玄宗皇帝の頃などがそれである」。「古代の支那文化は唐の玄宗皇帝とともに亡んだ。宋に発芽した近代支那の近代文化は清の乾隆帝とともに亡んだ。乾隆の後にはただ似而非なる西太后好みの頽廃が支那の生活の全部である」(4)、したがって「中華民国には文化は無いと断言して差支ない」(5)と考えている。

第二、「無文化」の近代中国にとって、留学生たちは唯一の救いだと思っていたが、田漢、郁達夫、郭沫若など日本留学生たちと交渉をもち、また数回にわたる訪中時の観察で、「一切の伝統的文化は全く滅んで、これに代わった多少の留学生的知性はその一切を挙げて政治的野心に捧げられた」（「支那に文化があるか」）と絶望した。

このような論理で、佐藤は次のように推論した。

文化とは「日常生活に具体化されて現れた知性と高い情操と――換言して哲学と芸術と言ってもよからう――」。だが伝統文化の復興よりも、知性をもつ留学生たちは政治的野心の実現にしか関心がなく、その結果「権力を享樂せんとする悪政治家と苦力と娼婦と商人とばかり」いる中国に「何の文化があり得るか」(「支那に文化があるか」)。

佐藤春夫は「五四」新文化運動以来の封建的な伝統の打倒と新たな文化の樹立を目指す二〇年代中国人の新しい「内なる文化の風景」をまったく感じられなかったわけではなかった。二〇年代初頭から田漢と郁達夫をはじめとする日本留学生たちと親交をたもち、上海で郁達夫の紹介で徐志摩と王独清を知り、南京で田漢監督の前衛映画を見た。そして郁達夫の『日記九種』も愛読し、田と郁を通じて郭沫若および創造社、文学研究会のメンバーともある程度の交友関係を持った。一九三二年彼は周作人と知り合い、魯迅の小説『故郷』を訳出し(『中央公論』掲載)、四年後改造社が『大魯迅全集』の編訳出版を企画する際特別編集委員を務めた。

ところが、こうした同時代中国新文学界の代表人物たちとの交渉を通じても彼は中国伝統文化復興の見込みを感じることができなかった。それよりも官僚や役人嫌いの彼の目に焼きついて離れないのは、北伐時に「天才詩人」と呼ばれた創造社グループの領袖郭沫若が軍人に転身し、北伐革命挫折後政治家として日本に亡命したこと、そして「四・一二」クーデター発生後、新しい時代の映画人の代表で有名な劇作家でもある田漢が南京国民党政府総政治部宣伝処芸術課顧問兼映画係長になったこと、さらに小説家としてもっとも気が合う郁達夫まで一九三六年に福建省政府の参議兼地方政府公報室長という政府の役職に就いたこと……など驚愕的な事実ばかりであった。「留学生の知性はその一切を挙げて政治的野心に捧げられた」と不満を洩らしたのは、文学者は政治と一定の距離を保つべきだと思い、社会にいつでも批判的な姿勢を取らなければ人間社会は進化しないと主張し続けてきたからである。同時代中国人文学者たちの政治への転身について、佐藤は一九二七年に書いた小説『一旧友』と『人間事』および一九三八年の『アジアの子』の中で明らかな不満を吐露したほか、三〇年代に書いたエッセーの中でも文学者の政治への関与に時折批判的な態度を見せている。この点に関して一九三八年以後の佐藤自身がどうなのかは大変興味深い問題だが、ここでは紙幅の関係で詳しくは論じないこととする(6)。

一九三八年以後に現れた佐藤春夫の「大東亜共栄」構想はこのような「現代支那無文化論」の上に構築されている。あれだけ古代中国文化に憧れつつも現代中国は文化砂漠としか思えない彼は、「支那の古代からの文化は一体どこへ行ってしまったのか」という疑問を持つのが当然であった。

この疑問に対して、佐藤は前掲「支那は文化国に非ず」の中でこう述べている。中国古来の文化は「外ではない、かくいふ我々の国へ皆来てそのうちの有意義なものは我が国にあるといふも失当ではあるまい…支那の文化は自国で全く枯死して我が国で開花せんとしてゐる」と。

中国人自身による自国伝統文化のルネッサンスが望めないなら、中国古代文化の真骨頂を受継ぎ、しかもそれをみごとに開花させた日本人が「大陸に進出してそこに文化を樹立する権利も義務もある」、というのがこの論理が導く必然的な結論であろう。このような思考があるからこそ、佐藤は「今日絶無と思はれる支那に新しい文化の種を下すこと」を「戦後における日本人の大事業」(「支那に文化があるか」)とみなしたのではなかろうか。

だが、近代史における日本の「中国大陸への進出」は、決して日本の知識人が文化砂漠と化した中国に行き、失った中国の伝統を復興させようとする純粋な文化救済活動ではなかった。まさに佐藤本人がかつて『東京日日新聞』(一九三八・九・七)で公言したように、あの戦争は「東洋の文化を伸ばすための戦争」であって、「この(盧溝橋)事変は単に武力をもって支那を□□《ママ》するのではない」(「平生の念願」)(7)。

ここで、中国への「新しい文化」の移植を「戦後における日本人の大事業」と看做した佐藤の言論に結び付けて考えると、その「大東亜共栄」構想にはナショナリズムの色に染められた対東亜諸国の文化改造があり、それがまたそれらの国々に対する武力行使による支配を前提に構想されたものだと解かる。とくに対中国の場合、まず「東洋文化」の移植、つまり「血液の入替え」をしなければならない、ここの「東洋文化」というのは、もっぱら「支那文化」に対することばであって、もはや「西洋文化」の対義語ではない。これこそ佐藤春夫のナショナリズム思想の核心ではなかろうか。

四 『アジアの子』に見える「大東亜共栄」構想

『アジアの子』は一九三八年三月号『日本評論』に『黎明東亜畫譜』映画物語の一作として掲載された佐藤春夫原作の小説である。雑誌に掲載された後、映画化されたという指摘もあるが(8)、今のところは未見である。作品の前半は土居治訳の郭沫若本人の回想記『達夫来訪』(一九三七年六月『中国文学月報』)と山上正義訳『日本帰来』(同年一一月『改造』臨時増刊号)の焼き直しといっても過言ではない。作品は一九三六年末極秘指令を受けて来日した郁達夫が抗戦のために帰国するよう郭沫若に働きかけたことと、郭が秘密裏に日本を脱出した経緯を取り上げている。小説主人公の汪とその親友の鄭がそれぞれ郭沫若と郁達夫をモデルしていることは一目瞭然である。作品の後半では、帰国した汪が抗日の宣伝工作に嫌気をさし、「皇軍の北支開発の真意を徐ろに会得し」、ついに抗日を自ら放棄するに至り、最終的には「昨日の抗日の急先鋒が今日親日家である転向」を遂げ、「決然として北支に入って日本の軍民の間に投じ」、日本軍が占領した河北通州で開業医として落ち着いた、となっている。通州は「皇軍」が開発した「王道楽土」で、「到るところの家々には日章旗がひるがへてゐる。風のまにまに耳に入るものは何やら聞きなれた曲と君ヶ代……」。汪の子供たちは「北支に日本文化の移入を企てるために日本語学校の建設」を父親に提案し、汪は和風の我が家を建てた後、日本から妻子を迎え、家族団欒を楽しみつつ「日本文化もこの土地を一時に吹きなびけるに相違ない」と何気なく感無量の胸中を吐露する。

『アジアの子』の創意は作品の後半、もっと言えば主人公汪の改心と日本占領軍への協力に関する描写に凝縮されていると言っても過言ではないとわたしは思う。汪は日本の帝国大学医科出身で留学時にはすでに天才詩人としての地位を固めていた。北伐戦争のとき、政治的野心に駆られて従軍し、挫折後また失意の政治家として日本に亡命してきた彼は、盧溝橋事変勃発後抗日戦争に参加するために日本を脱出したが、蒋介石との間にある確執が解消できず、また無二の親友の鄭にも騙されたために、すっかり意気消沈してしまった。挙句の果てに、日本軍のアジア「進出」を「会得し」、日本軍が築き上げた「王道楽土」に投じる行動に出る。日本人女性を妻とし、「アジアの子」を産み育てた小説主人公の汪は、人生の棘の道を歩みぬき、最終的には、中国での日本文化の開花を心から祈念する。

作品の結びにある日中戦争の結末の筋書きには作者の「大東亜共栄」構想が投影されていると思われる。「日本の支配下にあるアジアへの回帰」という小説主人公の辿った数奇な運命の帰結は、文学者佐藤春夫の念頭にある、現代中国知識人集団が戦争の中で生き延びる「唯一の選択肢」であるかのようにも読み取れなくもない。日中戦争の只中に、中国人の父と日本人の母をもつ子供たちは「アジアの子」に成長していく。一見「アジア主義」の要素が備わったように見えるが、それらの「アジアの子」が日本軍が他国で「開発」した「王道楽土」で日本語学校を建て日本文化を移植する、という「大東亜共栄」構想の背後には、アジアにおける日本の軍事拡張と文化覇権主義に対する作者の賛同および協力の姿勢が見られる。「日本文化もこの土地を一時に吹きなびけるに相違ない」という主人公汪の感慨こそ、日中戦争中作者が作品に託した重要なメッセージではなかろうか。それは作者個人の政治理念と国家思想との二重の意味を持つ。この時、作者の関心は二〇年代しばしば言及していた東西両洋の美学上の対抗から日本のアジアの制覇に変わったのである。

『アジアの子』では、鄭（郁達夫）は亡命政治家汪（郭沫若）の秘密帰国に手を貸す国民党政府のスパイとしてだけでなく、その手柄によって蒋介石からもらった多額の懸賞金を使って汪家の土地を買い取り、汪の恋人にまで手を出してしまう悪党として描出されている。北伐期にスピード出世した汪に愛を誓い、汪が日本に亡命した後汪の親友である鄭の「第二夫人」となったこの女のことを、作者は「こんな事は日本の娼婦も敢へてせぬ」と嘲罵している。作品の刊行は郁達夫との絶交のきっかけとなるが、後日郁達夫は目には目を、歯には歯を、で「日本の娼婦と文士」（一九三八・五・九）を書き、佐藤春夫のような「日本文士」は「普段は孤高を装い、自ら中国の友をもって自任する」が、実際は「軍閥の走狗」にすぎず、中国の「最も卑猥な売春婦にも及ばぬ」と罵り返したが(9)、作品の急所をつくことができたとはいえない。かつて「わたしの知っている支那人の中で、一番好きなのは郁達夫である（一九二七・七・二九友人松村梢風宛の書簡）」と自認した佐藤春夫はそういう郁に対する報復手段として、三年後自選小説集『風雲』の出版にあたり、『アジアの子』の登場人物鄭の名前を原型である郁達夫の本名にあらためたのである。

五「日支文化融合」のモデル

佐藤春夫の「大東亜共栄」構想には「日支文化融合」の要素も含まれている。彼は日中両国の文化を融合させる先決条件として両国の知識人の心を通じさせなければならないことに気づき、同時代の中国知識人への接し方に関して「日支文化融合」を促す提案をし続けてきた。

一九三八年、佐藤春夫は『文化開発の道』の中で、現代日中両国の知識人の相互理解の接点を探るべきだという新たな問題提起をした。いわゆる「皇道を認識した行動性のある新日本の知識人が」「支那に多く移住する事」が「事変後の一急務」というのが彼の提案した問題解決の「良策」である。つまり、戦争という武力行使による征服の手段を駆使して日本の文化人を大量に中国に移住させる必要があるというのが彼の考えであり、「今次の事変はたとひ新領土を得ず償金を得ないにしても、この種の新人物の教育には相当有意義であった」と認識しているからである。こうした発言には盧溝橋事変から始まった日中戦争への佐藤春夫の期待が窺える。たとえ日清戦争後のように、中国の領土（あるいは一部の領土）の支配権益と莫大な戦争賠償金の獲得ができなくても、日本文化を移植し、中国で「新人物」いわば従来と異なる中国の知識層を作り出すことができるという点だけでもこの戦争は有意義であると彼は考えたのである。

佐藤がここで提起した「新人物」に対する「教育」の問題は看過できない。そもそも彼が言及した「新人物」とは「日本婦人を夫人としてゐられる」周作人や「知日家といふよりは寧ろ日本の魂を持った文人」銭稲孫などのような「知日家中の雄」であった。その理由は、周と銭は二人とも「もう日本人同様に、あるいはそれ以上に日本の隅から隅まで表も裏も知ってゐるから」（『日華文人の交流』一九三八）だと指摘している。彼らのような中国の知識人に対して、佐藤は「有力な私立学校の教授の椅子を与へ」ることを提案し、そして彼らに「日本に学者として文人として迎へて、この人たちにものを書く機会を与へたならば」、「支那の有力な知識人の日本人に対する意見を我々が知る機会も多い」だけでなく、「いきのいい支那学を学ぶなども、日本の知識階級には得るところが決して少なくあるまい」と明言している（『日支文化の融合』（一九三八））。

ここで佐藤春夫が言及した「如何にして（日支）知識階級の融和を図るか」という問題に絡んで、従来中国であまり知られていない魯迅に関するエピソードに触れてみよう。

前述のように、佐藤は日中両国文化の融合を実現させるにはまず両国の知識人階級の融和をさせねばならないと考え、しかも具体的な融和方法も提案した。彼はかつて自分のそうした日中文化の融合構想の枠組みの中で、五四以来の中国新文学の旗手である魯迅の将来について計画し、そしてそれを実現させるために奔走したこともある。佐藤は『日支文化の融合』の中で、「魯迅が生きてゐるころ、彼を日本へ迎へて、日本の文士にしたいといふ希望を、自分は人々と相談して、ほゞその運びになった頃五一五事件が起った頃で、それに鑑みるところがあったものか、魯迅は半分決心してゐた志をひるがへした事があった。晩年再びこの考へが彼にあったらしいが、健康がそれをゆるさずに死なせた」と自ら触れている。

魯迅唯一の日本人弟子増田渉の回想記から(10)、増田が一九三一年頃、二度に亙って魯迅に日本の専任教職に就かせようと斡旋に務めたこと、そしてこのことは、増田の友人だった佐藤春夫や内山完造なども力添えしたものの、結局実現には至らなかった、ということは先行研究で知られている(11)。ところが、もし佐藤の話が本当であれば、彼が魯迅招聘計画の発案者だけでなく、「相談」相手の増田も内山も魯迅を「日本へ迎えて日本の文士にしたい」という佐藤の「考え」を知っていた、ということになる。「晩年再びこの考へが彼（魯迅）にあったらしい」という前記佐藤の記述の文脈から見れば、晩年再び魯迅にあった「この考へ」は日本の大学からの招聘（専任として）を引き受けたい、ということを意味する。つまり、一九三六年の時点では、魯迅も日本文士として招聘されることを知っていた、そして晩年自らそういう意思もあった、ということになる。

可能性としては考えられないわけでもないが、この点に関しては魯迅日記や魯迅書簡では確認できない。増田の回想記によれば、当時魯迅は「一年くらいなら行ってもいい」と返事していた、ということであった。明らかに佐藤春夫が言っていた「彼を日本へ迎へて、日本の文士にしたい」のと違うのである。

確かに、一九三六年七月に胸の病気が悪化した「晩年」の魯迅は、未名社の同人だった王冶秋に宛てた手紙のなかで、できれば日本に行きたい、しかも「場所は長崎が一番よい」と書いている。しかし、それはあくまでも三ヵ月間の療養のためであった。「一応国外だし、知っている人も少ないので、安静できる」と希望療養先を長崎に選んだ理由にも触れてはいるが、日本の大学の教職につく、または「日本文士」になるようなことに結びつけられる言及はなかった。

六　戦後の交錯する思惑

拙稿の最後の部分で、佐藤春夫の戦後の言動について考察してみたい。

戦後日本文壇内部における戦争協力責任の追及が行われる中で、関係者の反応は大体三つのパターンに分類することができる。一つ目は知識人の良知の真偽をためす勇気ある反省をするパターンだ。詩人高村光太郎がその代表人物といえよう。彼は文壇からの責任追及と良心の呵責を真摯に受け止め、戦争協力に走った自分にけじめをつけようと独り山奥に蟄居し、七年間の長きに耐えつづけていた。その間二度も帝国芸術院会員に選出されたものの、敢えて応じようとしなかった。二つ目は、自己責任を棚にあげ、一切を客観情勢のせいにする責任転嫁のパターンだ。元日本プロレタリア文学から転向した一部の文人によく見られる。彼らは戦争の非を認めてはいるが、自分たちの言動を時代や社会情勢によってなさしめられた「仕方がない」ことだと逃げる。さらに三つ目は、日本の東亜諸国への侵略行為を弁護するパターンだ。その観点を支えているのがまさに「大東亜共栄」論以外の何ものでもない。あくまでも日本国が大東亜戦争を起こした目的は東アジアの、すでに西洋列強の植民地にされた国々または植民地に変えられようとする国々を解放するためだったと頑なに主張する。

では、佐藤春夫は戦後いったいどのように戦時中の自分と向き合ったのだろうか。

ここで日本敗戦直後の一九四五年一〇月と一〇年後に起きた二つの出来事にスポットをあててその一斑を窺うことにしたい。

一九四五年一〇月といえば、日本がポツダム宣言を受諾し、無条件降伏という形で敗戦を迎えて間もなく、アメリカ軍を主とする連合国軍が進駐したころであった。かつて野望を膨らませ世界の国々を敵に回してしまった日本は、敗戦後世界の同情と寛恕を乞わなければならない絶体絶命の立場に立たされた。このような状況の中で、疎開先の浅間山南麓にいた佐藤春夫は「旧友に呼びかける」という標題で海外向けのラジオ放送用原稿[12]を書いた。

佐藤春夫が海外に向かって呼びかけた「旧友」とは、郁達夫のことである。文中郁達夫の名前はもちろん、郭沫若、徐志摩などの実名も挙げている。全編を通して一九二〇年前後知り合った時から、一九三六年暮れの東京で惜別するまでの「旧情を温める」口調であった。佐藤は郁達夫を自分と同類の人間と見て、郭沫若のように「特に嵐を好む海燕のやうな鳥」と異なる「静かな日に花の枝で歌ふ種類」の鳥に喩え、戦時中二度も三度も中国に行ったが会えず、かつて郁を「大東亜文学者大会に招待する案を立ててみた事もあ」ったこと、そして日中間の戦争の終焉を迎えた今は郁と相変わらず連絡がつかず、日中両国の関係を修復する重要な役割を担うために、「お国とわが国とを結びつける一役を」願い、郁達夫と郭沫若のように「わが国に留学した人で一般から信頼される人々が率先して事に当」ってもらおうと、公共電波を通してどこにいるか知らぬ郁に呼びかけている。

佐藤が執筆した時点で郁達夫はすでにスマトラで日本憲兵によって殺害されていた。そして一二月に流された放送を海外で実際に聞いた日本語のわかる中国人は極めて少なかったであろう。一方、日本では後年全集に納められるまで雑誌掲載はなかったので一般的には知られていないが、研究者たちの間では、作家井伏鱒二が一九四一年シンガポールで郁達夫の身を案じて四方八方探し回ったことと同じように日中両国文人の交渉にまつわる「美談」として語られている。

わたしは、佐藤春夫という人物がもともと郁達夫とその文学が根から好きだったこと、そして一九三六年の末に来日した郁を「敵方のまわしもの」と疑い、さらに小説『アジアの子』に実名で登場させた郁を悪党扱いしたことで旧友を深く傷つけてしまったことに対する陳謝の気持ちなど極めて複雑な感情がこの「旧友に呼びかける」に凝縮されていることを信じてやまない。そして「旧友に呼びかける」を読む度に心を強く打たれずにはいられなかった。しかし、この一文に関しては従来看過されてしまった重要な問題点も決してないわけではない。ここで二つ指摘しておきたい。

まず、この放送原稿はいったいどのようなシチュエーションの下で書かれたものか、という点。

執筆された一九四五年一〇月二二日はまさに終戦直後である。冒頭に「今、華日親善の物語をと求められた。果たしてその注文に適当かどうかは知らないが」という作者の断りのことばでわかるように、この文章は、戦争加害国の国民という立場にいる佐藤が自分のせいで絶交となり行方が分からなくなった中国人の旧友郁達夫の安否を案じ、ラジオ電波を通じて気持ちを伝えたいという単純な動機で書いたわけでは必ずしもなかった。誰の注文なのか明らかではないが、それに応じて書いたというのは本人も否めない事実であった。

もう一つは、価値観の動揺とオリエンタリズムへの再回帰の兆候が見られる点。戦後間もない頃の日本人が直面しなければならなかった厳しい現実に触れる際、佐藤は次のように心の動揺を隠せなかった。

「今僕らはみじめな敗戦国の民です。東洋の盟主、指導者のやうに思ひあがってゐた昔の夢も今は名残なく打ち砕かれました。東洋の君子国の自負の代りに、世界の侵略者、陰険な民族の名に甘んじなければならなくなったのです。」

彼は日本は「必ずしも陰険至極な奴ばかりの国」では決してなく、「民衆」が「ライネッケ狐のやうな指導者に欺かれてゐた」のだと必死に訴え、さらに「日本の文化人といふ者は実に無力な存在で」あるが、「四面楚歌の間に起ち上って一刻も早く祖国を改造しなければなりませぬ」と熱く語った。

このような敗戦後の価値観の崩壊による知識人の動揺は、戦後に発表された同氏の作品の中でもあまり見られない。アメリカ進駐軍の統治下にある日本は、政治、経済、文化ありとあらゆる面において欧米化されるのではないかという危機感があったからだろうか、敗戦後の日本人の価値観の再構築に他山の石が必要とされる時に、彼のような欧米文化に抵抗感がありオリエンタリズムの理想を持ちつづけてきた人からすれば、「世界のあらゆる隅々に求めなければならないが」、「お国の人々（中国の知識人）の意見を求める」のは「東洋を知る者は東洋人だから」である。ここに戦後佐藤春夫の思想が再び初期のオリエンタリズム思想へと回帰していく兆候が見られる。

ほかに、郁達夫のような中国の知識人である「親友の岡目八目の批評こそ我国復興のための最も必要な忠告」だという認識も、このラジオ放送用の原稿を書く動機の一つだと指摘しておきたい。むろん、作者がみずから言ったように、「この多難の日に」「三千里外に電波を馳って」、「ためらひ勝ちにもみじめなわが手を差し伸べ」たのは、一度不本意ながらも心に深い傷を負わせてしまった旧友郁達夫に対して、「この機会に旧い怨をも新しい憤をもすっかり忘れて」ほしい、そして「渝らぬ友情を新に求めたい」からだという過去の自分の言動に対する反省の気持ちもあろう。

戦争協力行為に対するけじめのつけようは、まさに知識人の良心に与えられた試練であった。「旧友に呼びかける」には、戦時中の「支那知識人改造」論者から戦後の「中国の知識人に意見を求める」者に変わっていく価値観の動揺が見られるものの、文壇内部から高まる批判の声の中でしばらく沈黙を守ったにせよ、結局戦時中「大東亜共栄」という大義名分の下にあった国家思想に加担したことについては、深い反省には至らなかった。その証拠として彼が終戦十年後に書いた評論『光は東方より』(13)を挙げたい。

まず、日本が勝って、清王朝から遼東半島、台湾、彭湖列島の割譲および銀二億両の戦争賠償金を手中にした「日清戦争」を「世界平和のために東洋の平和を維持する目的といういふ言ひ分の戦争であった」と美化し、そして、盧溝橋事変後中国に対して起こした侵略戦争を「旧友とのケンカのやうなもの」に喩え、「その友情を正常にもどすために、友情に水をさし、そそのかした者をたしなめ、旧友に事態を悟らせようとしたのが大東亜戦争である。これをしも侵略戦争といふなら誣ふるもまたはなはだしいものであらう」とちゃかす佐藤の開き直りぶりが見逃せない。戦時中出版された『戦線詩集再版の序』(一九四二)の中で「支那事変そのものが大東亜戦争に発展した今日にして思ふと洵に兄弟の牆に閲ぐもの・・・」と書いた彼は敗戦一〇年後もその考えを改めていなかったことがわかる。

その後、一九三七年から四五年まで極東と東アジアで起こした戦争はあくまでも侵略戦争ではないと頑なに主張するのも証拠の一つである。日本国が戦争を起こしたおかげで、「眠れる獅子といはれた中国は、これを機会に長い眠りから覚めた。印度、およびインドネシヤ、東南アジアの一帯もまた独立し」た、というのがその考えを支える論理らしい。

この論理が、「世界の久しい迷妄の一つを打開したのは大東亜戦争のもたらした結果である。そのために日本自身がアメリカの重圧下に喘いでゐるのは身を殺して仁をなしたかの観がある」という屁理屈を正当化しようとした。彼は「極東と東アジア諸国の独立および西洋列強の勢力が東洋から一掃され」た、という太平洋戦争の結果だけを強調し、日本が西洋列強の殖民勢力を極東と東アジアから追放し、その国々の独立と解放をもたらした、という結論を得ているようだが、それは動機と結果という二つの概念を混同することによる論理上の間違いで、よくいえば一種の錯覚であり、悪く言えば詭弁に過ぎなかった。何故なら、当時日本が大東亜戦争を起こしたのは、西洋列強とアジア、特に極東と東アジアの支配権を争うためであって、アジア諸国の独立と自由のためではなかったからである。

一九四一年八月に自選中国題材小説集『風雲』の出版にあたって書かれた「短編集風雲自序」の中で、佐藤春夫は「単純な旅情と異国趣味との追求にはじまって、日本文学の地理的領域を拡大すると同時に日常生活に終始するぢぢむさい一般の小説の方向を変へたい念願であった。その後は土地土地の文化や政情に対する関心を持ちはじめて現地報告風になり、また地方色の印象を虚実よろしく小説的に具体化して幻想するといふ興味と文明批評の傾向に変わりつつあった」、と自分の文学のスタイルの変化について振り返っている。これはまさしく、世紀末の退廃的情緒の中で美を発見する純粋な芸術至上主義者から、政情に強い関心を示す国策協力者に転身すると同時に、独自の「大東亜共栄」構想のロマンを「小説的に具体化し」つつ「東洋の盟主、指導者の」立場に立ってアジアに関する「文明批評」をも行っていた彼自身が歩んだ道を如実に反映していると言えないだろうか。

註

（1）近年関連テーマの学会報告、博士論文が時々見られる。研究専門書としては、胡金定『郁達夫研究』（東方書店二〇〇三）は注目される一冊だ。ほかに、陳齢「佐藤春夫と郁達夫―イロニーとしての交渉史」（『愛知文教大学論叢』第四巻、二〇〇一）も挙げられる。

（2）臨川書店から一九九八～二〇〇一年までの間継続出版された全三八巻『定本佐藤春夫全集』が出る前に二種類の『佐藤春夫全集』があった。最も早く出たのは一九三一年改造社が出した三巻全集で、その後講談社から一九六六～一九七〇年の間一二巻全集が出版された。後者にも戦時中の小説、随筆および評論の収録は少なかった。

（3）臨川書店出版『定本佐藤春夫全集』第一九巻三七一ページ。

（4）「支那に文化があるか」、臨川書店出版『定本佐藤春夫全集』第二二巻四〇ページ。

（5）「支那は文化国に非ず」、臨川書店出版『定本佐藤春夫全集』第二二巻一八六ページ。

（6）佐藤春夫は文壇デビュー当時から芸術至上主義を標榜し、その後自然主義文学にもプロレタリア文学にも批判的だった。しかし、三十年代に入ってからその作風が急遽変わった。「大東亜共栄」論の鼓吹や支那文化改造移民論を具象化する文学作品を戦時中に多数上梓させたことはいうまでもなく、漢口作戦に参加するために一九三八年九月に「文学者従軍海軍班」の一員として中国に渡ったこと、一九四二年三月『日本陸軍の歌』のために作詞したこと、また同年五月「日本文学報国会」の理事を務めていたことおよび一九四三年八月に「大東亜文学者決戦大会」に参加したことなどの戦争協力行為を見ても、一九三八年以降の佐藤春夫本人も政治と距離を置く「文士の節操」を守りきれなかったことが解かる。日本人文学者の「大東亜文学者大会」へ関わりについては、『近代文学の傷痕：大東亜文学者大会・その他』（尾崎秀樹著、普通社一九六三）、『交争する中国文学と日本文学』（杉野要吉編著、三元社、二〇〇〇年）、『日中友好のいしずえ―草野心平・陶晶孫と日中戦争下の文化交流』（佐藤竜一著、株式会社日本地域社会研究所、一九九九年六月）などすでに先行文献が多数あったものの、佐藤春夫個人の関与を調べた詳しい報告は見たことはない。

（7）このような思想は当時「大東亜共栄」を鼓吹する知識人たちの間では流行っていた。たとえば、盧溝橋事変後徳富蘇峰が「我らは武力をもって、彼ら兵匪を討伐し盡くすを以て我事成矣と観念することは出來ない。その次に來るものは、支那の智識階級を精神的に救済する事だ」と言い放っている。（『支那事変（北支那の巻）に就いて』昭和一二年一二月号《改造》五四ページ。

(8) 郭沫若『再談郁達夫』、初出一九四七年一一月発行『一九四七文訊月刊』第七巻第五期。

(9) 郁達夫『日本的娼婦與文士』、初出『抗戦文芸』第一一巻第四号。

(10) 増田渉『魯迅の印象』二六一ページ。角川選書。

(11) 山田敬三「魯迅と郭沫若——その九州大学との関係」、『中国現代文学と九州』二三〇〜二三一ページ(岩佐昌暲編著九州大学出版会二〇〇五年四月)。

(12) この原稿は脱稿日付が「昭和二十年十月二二日」とあり、同年十二月二十日に「挿話二題」の一編として東山栄子の朗読で放送された。

(13) 臨川書店『定本佐藤春夫全集』第二四巻三三五。

矢原礼三郎と邵冠祥

「満州国」日本詩人と中国「国防」詩人との接点

与小田隆一

はじめに

「麺麭」は、詩人神保光太郎（一九〇五―九〇）、北川冬彦（一九〇〇―九〇）らを中心に一九三二（昭和七）年一一月東京で創刊された月刊文芸同人誌であり、三八（昭和一三）年一月発行の第七巻第一号はその終刊号に当たる。

同号には「支那新詩人選集」と題して邵冠祥（一九一六―三七）ら中国詩人の作品四篇の訳(1)が掲載されている。同誌同人であり、常連投稿者の一人である訳者の矢原礼三郎（一九一五？―五〇？）(2)は、当時満洲映画協会（満映）に在籍しており、監督として映画「七巧図」の製作に当たっていた。

この約一年前、矢原の約百七〇篇に上る詩のうち、管見の限り唯一の中国語詩「夜之記録」が天津の文芸雑誌「海風」に掲載されたが、それは同誌に掲載された唯一の日本詩人の作品で、異例ともいうべきものである。(3)同誌は、詩歌による抗日救国運動の展開、すなわち「国防詩歌」を標榜する天津の文芸団体「海風社」(4)の編集、発行によるものであり、同社を主宰していたのが、後に矢原がその詩を翻訳した邵冠祥であった。

つまり、邵冠祥は、自らが主宰する詩歌団体の刊行物に矢原の中国語詩を掲載し、矢原は自らが同人として参加していた雑誌に邵冠祥の詩を翻訳、掲載するという形で、この二人の詩人の間には確かに接点が存在しているのである。

しかし、共産党指導下の抗日救国組織「中華民族解放先鋒隊」の一員であった邵に対し、その経歴、参加した文芸同人の性格を見ても、矢原には実際に左翼運動に関わった形跡は全く見られない。この二人は、少なくとも政治思想を共有する「同志」という関係ではあり得ないのである。

それでは、抗日救国に従事した邵と、日本人としていわばその矛先を向けられる立場であるはずの矢原が、なぜ接点を持つことになったのか。二人の間に何か共有できるものがあったのか。本論では、矢原礼三郎という殆どその名を知られていない詩人の紹介という意味も含め、主に矢原側の視点から邵冠祥との接点について論じていくこととしたい。

一　矢原礼三郎

矢原は詩人としては殆ど無名に近い存在であり、まとまった伝記資料がないため、その経歴にも不明な点が多い。矢原が同人として参加した文芸雑誌や「満洲国」で発行された日本語紙「大新京日報」、「満洲新聞」、「満洲日日新聞」等の記事、矢原が映画評論を投稿した「キネマ旬報」、「映画評論」、「映画の友」等から得られた断片的な情報をまとめると、およそ次のようになる。

一九一五（大正四）年頃　関東州旅順市巌島町に生まれる。（5）

二八（昭和三）年頃　旅順中学入学、先輩に詩人・北川冬彦。在学中より詩作を開始。

三二（昭和七）年　一一月、「麵麭」（東京）創刊、同誌同人に参加。

三三（昭和八）年　春、旅順中学卒業、官立東京外国語学校に入学。（6）

三四（昭和九）年　春　東京外国語学校を卒業（もしくは中退）。
六月、東京を離れ、旅順に戻る。
夏、「九州芸術」（福岡）同人に参加。九月の同誌第一年第二冊に詩二篇（「百貨店」及び「昼」）を発表。
一〇月、「九州芸術」同人より除名される。（7）
一二月、「麵麭」同人より脱退。（8）

三五（昭和一〇）年　一〇月、「麵麭」第四巻第十号より同誌同人に復帰。

三六（昭和一一）年　一月、「鵲」（大連）第七号より同誌同人に参加。
一月―二月頃、北京に留学、北京同学会語学校にて北京語を習得。（9）この間、相当数の中国映画を鑑賞、評論数篇を映画雑誌に寄稿。（10）
七月、同月の「鵲」第一〇号によれば、当時北京洋溢胡同（東単交差点東南角一筋目、現存せず）四六号の「俄人大楼」に居住。

三七（昭和一二）年　三月、北京留学を終え、東京へ。
四月―五月頃、「鵲」同人より脱退。

六月三〇日、満洲文話会結成とともに、同会に加入

一〇月—一一月頃、新京の満洲映画協会に入社、製作部に配属され、満映第一回作品「壮志燭天」の助監督を担当。

一二月、満映第五回映画「七巧図」の監督を担当、製作に入る。

三八(昭和一三)年　この当時、新京郊外寛城子のロシア人の家庭に下宿。

秋、寛城子から新京市内のアパートに転居。

一〇月、「満洲浪曼」(新京)創刊、同誌同人に参加。

三九(昭和一四)年　一月、「中支映画会社」入社のため上海へ。上海虹口地区崇智路の新上海ホテルに滞在。(11)

八月、中支建設資料整備事務所編訳部勤務のため南京へ。日本軍により接収された蒋介石国民政府の水利、建設関係資料、報告書の翻訳に従事。(12)

四二(昭和一七)年　この頃までに南京を離れ、新京の満洲映画協会に戻り、啓民映画部啓発課に勤務。

九月、満洲詩人会(大連)に加入。

(この後約四年間の経歴については、資料がなく、不明。)

四六(昭和二一)年　この当時、上海に滞在。(13)

四八(昭和二三)年　九月、『中国の現代文化』(東京　中国研究所編)「映画」の項を執筆。この頃までに東京に引き揚げていたものと思われる。

四九(昭和二四)年—五〇(昭和二五年)頃　死去(享年三四—五歳)。(14)

また、矢原の詩歌のうち、未見のものも含めて、筆者が現時点で題名、掲載紙誌を把握できている百六十七篇を発表年ごとにまとめると、次の通りになる。

一九三二年　七篇、三三年　四二篇、三四年　三四篇、三五年　五篇、三六年　三五篇、三七年　二四篇、三八年　七篇、三九年　五篇、（四〇年、四一年　なし）四二年　四篇、四三年　四篇（四四年以降　なし）

これを見ると、矢原の詩人としての活動には二度のピークがあることがわかる。一度目は、一九三三年から三四年である。そして二度目は、三六年から三七年で、その大半が北京留学の時期にあたる。それは折りしも、前年三五年一一月に北京天津間の交通の要衝・通州に日本の勢力を後盾とした冀東防共自治政府が成立するなど、日本の軍事的脅威がいよいよ現実のものとして華北一帯に迫って来た時期であり、また三五年一二月の「一二九運動」に象徴されるように、華北の青年学生を中心に抗日、救国の機運が急速に高まった時期でもあった。当時の矢原は正にその只中に身を置いていたことになる。ちょうどこの時期に作られた前述の中国語詩「夜之記録」は、次のようなものであった。

人們茫然地過絕望的日子　　ただ茫然と絶望の日々を重ねる人々
現在又是黄昏的時候了　　今また黄昏が訪れた
在街頭巷尾充滿了乞丐的吶喊　　街は至る所乞食の呻吟に満ち溢れ
人們的生計已經迫不及待　　人々の生計は最早一刻の猶予も許さない

天空有著下雪的模樣
北方的城市已經入了死之世界
聽說北方的暗雲越發深刻
今夜我因思維民族的末路
而徹夜不能安睡
我在自己的胸膛感覺著鄉愁
靜靜地把窗戶開了起來
不知不覺的
絶望之微笑裝飾了我的臉

今にも雪が降り出しそうな空模様
北方の都市は死の世界に入り込んでしまった
北方の暗雲はいよいよ色濃くなったという
今夜、民族の行く末を案じる私は
夜通し安眠することもかなわない
胸に郷愁を感じながら
そっと窓を開くと
いつの間にか
絶望の微笑が私の顔を覆い尽くしていた

(日本語は拙訳による)

矢原のいう「民族的末路」とは何を指しているのだろうか。「民族」という語は、この時期に作られた他の詩でも用いられている。以下、そのうちいくつかの用例を挙げてみたい。

うらぶれの民族は
ひしひしと強制労働をかこった　(「河抄」)

民族の背後に絶えず憐憫の焔もやしながら　(「末裔」)(15)

この二例に共通しているのは、「民族」がいずれも「日本民族」ではなく、「中国民族」を指しているということである。ほぼ同時期の作品である「夜之記録」でも同じ意味で使われたとするならば、また「北方的暗雲」を日本の軍事的脅威に直面していた三六年当時の華北の状況と解釈するならば、「民族的末路」とは、危機にさらされた「中国民族のたどる運命」と考えることができよう。すなわち、この詩は当時の華北一帯の情勢に対する認識を、実際にその中に身を置き、言わば肌で感じていた矢原が表現したものと解釈できるのである。

それを裏づけるように矢原は、「支那映画の精神」(16)と題する評論において、北京留学中排日映画に興奮を募らせる民衆を目の当たりにした経験について語った上で、次のように述べている。

(排日映画は)すべてが、哀愁の民族没落の報告に終始している…それにしても、この民族に綻びる詩情は、何とうら悲しいのであろう。

併し、すべての敗北は弱さを意味しない。この映画館風景は、燻った再建の姿そのものだ。虚構の彷徨の中で、昂揚する彼等の民族意識。映画人に、そして観客層に。

…映画人の潜在民族意識は、やがて対比的効果としての素晴らしい観客の民族意識を生むに至るであろう。その暁こそ、大衆教育の武器である映画の勝利の日であって、正に乾杯ものである…

昂揚する民族意識。これ当然の事なのだろう。但に映画に止まらずに、演劇に、文学に、音楽にと、あらゆる芸術部門のそれが膨張は何を物語る?

自覚の萌芽と自然発生的救いはあって然るべきだった。

矢原は、当時の情勢が圧倒的に日本側に有利であり、中国側の敗北は必至であると感じていたようで、それを「民族没落」という言葉で表現している。「河抄」に用いられた「うらぶれの民族」という表現や、「末裔」に用いられた「憐憫の焔」という表現、更には「夜之記録」に用いられた「末路」や「絶望」という語も、これと同類の表現と考えられよう。しかし、矢原は、それ以上に当時の華北における「あらゆる芸術部門」における民族意識の昂揚に注目しており、それを「没落」に対する「自然発生的救い」として、また「燻った再建の姿」、即ち将来における中国民族の再興を予感させるものとして、前向きに且つ好意的にとらえているのである。

次章で取り上げる邵冠祥の主宰した海風社は、当時の華北においては最も活発な活動を展開していた「抗日、救国」を旨とする文芸結社である。恐らくは矢原も、詩歌という芸術部門における民族意識の昂揚を代表する存在として、同社に注目していたのではないだろうか。

二　邵冠祥

邵冠祥も、矢原と同様に一般には殆どその名を知られていない詩人である。しかし、主に一九三六年秋から翌三七年七月までの短い期間ではあるものの、天津詩壇の中心的存在であったため、天津近現代史に関する資料等から、およその経歴は把握することが可能である。それらの資料に加え、邵冠祥の主宰した海風社に関する資料や、当時の天津における有力紙「益世報」及び「庸報」の文芸副刊から得られた情報で細部を補うと、次のようになる。

一九一六年　浙江省舟山群島に生まれる。杭州の小中学校に学び、中学在学時より詩作を開始。(17)

三五年　秋、天津の河北省立水産専科学校漁労科に入学。当時天津で活動していた唯一の新詩結社「天津草原詩歌会」に参加、同会の会刊「詩歌月報」をはじめ、当時の天津における有力紙「益世報」、「庸報」の文芸副刊などにも、しばしば詩、評論を投稿。

三六年　二月、中国共産党北平市委員会指導の下に成立した青年学生の抗日救国団体「中華民族解放先鋒隊」に加入。

この頃、杭州現代詩草社及び同社天津分社の結成に参画、天津分社編集による詩歌雑誌「今日詩訊」の四月発刊を計画。

三月、最初の詩集『風沙夜』を杭州現代詩草社より出版。

四月、杭州現代詩草社本社の活動停止に伴い「今日詩訊」の発刊を断念、名称を「詩訊」に改め、「庸報」文芸副刊（週刊）として発刊。また、「詩訊」編集委員会を母体に「詩訊社」を結成。

六月六日、詩訊社が草原詩歌会と共催した「天津第一次詩歌座談会」の司会を務める。

九月、詩訊社が草原詩歌会を実質的に吸収する形で、新たな新詩結社「海風詩歌小品社」が発足、その代表に就任。

一〇月一〇日、月刊誌「詩歌小品」創刊、主編を務める。

同月、海風詩歌小品社、「国防詩歌」を標榜する全国規模の詩歌団体連合「中国詩歌作者協会」に発起団体の一つとして参加。

一二月一二日、「詩訊月報」創刊、主編を務める。

三七年

一月一〇日、「詩歌小品」、「海風」に誌名変更、邵は主編から退く。同時に団体名称も「海風社」に変更。

一月二五日、同日発行の「詩訊月報」第二期より、主編から退く(18)

五月三〇日、「天津文芸座談会」を開催、海風社を基礎とした天津在住の文芸関係者による「抗日救国」のための統一組織の結成について討論。邵は、海風社執行委員、組織の結成のための準備委員に選出される。

七月、河北省立水産専科学校卒業。

七月四日、中国詩歌作者協会天津分会の結成大会を開催、同分会の執行委員に選出される。

七月一五日、二冊目の詩集『白河』を天津北方文化流通社より出版。

七月二〇日頃、同日浙江省に帰省予定のところ、「天津市公安局」を騙った日本憲兵部隊工作員により水産学校宿舎から連行され、殺害される。

邵冠祥が実質的に詩人として活動したのは、三五年秋から三七年七月までの、二年にも満たない短い期間で、それは殆どそのまま河北省立水産専科学校在学期間と重なっている。

この間、邵は自らが主編を務めた「詩歌小品」(「海風」)、「詩訊月報」をはじめ、様々な雑誌、新聞に詩を発表しているが、それらは『風沙夜』、『白河』という二冊の詩集にそれぞれ二五篇と二二篇、合計四七篇収録されている。雑誌、新聞に掲載されながら、詩集に収録されなかったものもあるが、その数は僅かであり、邵の詩は総計で五〇数篇になるものと思われる。

この二集は、前者が中学時代の習作も含む三五年以前の詩、後者が三六年以降の詩からなっており、その内容は大きく異なっている。前者では、故郷舟山群島の海を詠った叙景詩や、一人の青年としての将来への希望や抱負を詠ったもの、不漁に苦しむ漁民、路頭に迷う退役兵など、社会的弱者への同情を主題としたものが中心で、「抗日、救国」、「民族意識」といった要素はまだ見られない。

一方、後者ではまさにその「抗日、救国」、「民族意識」を表現するような詩が大部分を占めているが、前に述べたように、邵が天津詩壇の中心的存在として目立った活動を行ったのは、この詩集の収録する詩が作られた三六年以降である。

この時期邵が、海風社及びその前身ともいうべき詩訊社を主宰し、海風社を基礎とした天津在住の文芸関係者による「抗日救国」統一組織の準備工作にも従事したのは、前に述べた通りであるが、特筆すべきは、邵を代表とする海風社が、同社とほぼ同時期に組織された中国詩歌作者協会にも参加したことである。この団体は全国規模の団体ではあったが、実質的には海風社こそが、その屋台骨を支えていた。それを示すのが、三六年末における中国詩歌作者協会の発起団体八団体の活動状況を報告した次の資料である。

黄沙詩歌社（北平）：雑誌「黄沙詩刊」（月刊）既に停刊（全二期）
呼哨詩歌社（北平）：（不詳、記述なし）
草原詩歌会（天津）：雑誌「詩歌月報」（月刊）既に停刊（全一二期）、実質的活動停止
海風社（天津）：雑誌「詩歌小品」、「詩訊月報」（いずれも月刊）発行継続中
詩歌出版社（青島）：雑誌「詩歌新輯」（月刊）既に停刊（全二期）

詩歌生活社（広州）：雑誌「詩歌生活」（月刊）発行継続中
飛沙詩社（湖州）：（不詳、記述なし）
洪流詩社（江陰）：雑誌「洪流詩刊」創刊準備中(19)

この資料から判るように、この時点で雑誌の刊行を継続できていたのは、海風社と詩歌生活社の二社のみであり、大部分の団体は実質的な活動を維持できていなかった。更にいえば、詩歌生活社も翌三七年一月一三日に主宰者である詩人温流（一九一二―三七）が急死したことにより、活動停止に追い込まれている。また、洪流詩社が創刊を準備していた「洪流詩刊」も、三七年一月に天津の各有力紙が、二月創刊予定の旨報道したものの、その後は全く何の消息もないことから、実際には未発行に終わった可能性が高い。

このように、詩歌による抗日救国運動の展開を目指した中国詩歌作者協会の骨幹を成していたのは、海風社であり、またその代表である邵冠祥だったのである。

三　「白河」と「河抄」

以上、見てきたように、矢原と邵との間には、華北における民族意識の昂揚に注目する矢原と、詩歌の分野における民族意識の昂揚を、いわば象徴する人物である邵、という関係が存在するといえよう。互いに立場は全く異なるとはいえ、この「民族意識」に対する重視ということこそが、二人が共有し得たものだったのである。冒頭で触れた雑誌「海風」への矢原の中国語詩の掲載、矢原による邵の詩の翻訳ということから、この二人が少なくともお互いの存在を意識していたことは間違いないであろう。それでは、彼等は具体的にどのような経緯で上記のような接点を持つに至ったのであろうか。それを考察する上での一つの手がかりとなるのが、三六年当時青島に居住し、邵冠祥と同じく詩歌による抗日救国運動に従事していた詩人臧克家（一九〇五—二〇〇四）の存在である。

矢原は、三六年一〇月の「麺麭」第五巻第一〇号に臧克家の詩三篇の訳(20)を発表するとともに、その「訳者附記」の中で、臧克家を中国新興詩壇の代表的人物と見ていること、そして自身と親しい関係にあり、その人柄も熟知していることを明らかにしている。

臧克家は、このように矢原と親交を結ぶ一方で、志を同じくする詩人として、邵冠祥とも近い関係にあった。臧は、邵が主編を務める「詩歌小品」や、その前身ともいうべき「庸報」副刊「詩訊」、更には前章で触れた中国詩歌作者協会の会刊「詩歌雑誌」にしばしば詩や評論を寄せているほか、邵の最初の詩集『風沙夜』の表紙デザインも手がけている。邵にとって、臧は自らが主宰する海風社の、言わば社外協力者ともいうべき存在だったといえよう。

「民族意識」は、矢原と邵とが共有した、二人を結びつけるキーワードであるが、より具体的に言えば、この臧克家という人物の存在によって、二人をはっきりと一本の線で結びつけることができるのである。矢原の詩が「海風」に掲載された詳細な経緯については、現在のところ資料がなく、不明であるが、或いは臧克家の仲介があったのかもしれない。

また、矢原と邵との間には、もう一つ別の接点というべきものが存在する。それは、二人が極めて近い時期に、同じ事件を題材にしたと思われる詩を書いていることである。それは、即ち邵の詩集の表題にもなった長篇詩「白河」（三六年一〇月作）と、前にその一部を引用した矢原の詩「河抄」（三六年九月掲載）である。

まず、「白河」から見てみたいが、擬人化された白河に対する呼びかけの形で書かれたこの詩は、長篇であり、紙幅の関係もあるので、ここではその一部を引用する。

難道你沒有知曉
横過你身旁的那些風暴？
多少無辜而死的奴隸的死屍，
像石塊一樣向你懷裡拋！

哦！那些死屍隨著你漂去，
（你從哪裡帶來，又帶到何處？）
他們犯的什麼罪過
輕輕的死了，沒一聲嘆噓，

這是死，不是空靈的迷！
他們要生存，心裡點著飢餓的火把，
明明這是死路，在兇惡的毒鞭下，
流盡了血汗為他人作嫁。

おまえは知らないのか
おまえの傍らを通り過ぎたあの数々の嵐を
幾多の罪無き奴隷たちの屍は
石ころの如くおまえの懐に投げ捨てられたのだ！

ああ、屍はおまえと共に流れ漂う
（どこから連れて来て、どこへと連れ去るのか）
彼等は何の罪を犯したのか
溜息も漏らさず、いとも簡単に死んでいくとは

これは死なのだ、捉え難い謎ではない！
彼らは生きねばならなかったのだ　心に飢餓の松明を燃やしつつ
死に通ずる道だと知りながら　凶悪な鞭の下
他人のために血と汗を流し尽くしたのだ

你沉著憂悒的臉，

望著那些載著炮火，劊子手的船，從你東面源源的來

他又歸去，載滿白色的銀錢。

おまえは憂いに顔を曇らせてあの砲火と殺人者を載せた船が続々と東からやって来るのを眺めている船はまた帰って行く　白く輝く銀貨を満載して
（拙訳による）

この詩には、更に作者による次のような「注」が付されている。

二五年(21)七月の新聞報道によれば、毎日身元不明の死体が白河の上流から流れて来ているが、それはいずれも短衣を身に着けた若い労働者のようである。聞くところによると、×××人が秘密工事を行ったが、その大部分が既に完成したため、これらの労働者を殺害したのだという。

この詩の題材になっているのが、三六年から三七年にかけて、天津をはじめ華北一帯における抗日運動を激化させる大きな要因となった「海河流屍事件」である。事件の概要は次のようなものであった。

――三六年五月中旬、天津市内を貫流し渤海湾に注ぐ海河（白河）で、身元不明の漂流死体約三百体が発見された。天津の各抗日団体は、これらの死体が、日本軍に秘密工事要員として雇用された労働者であり、工事完了後、秘密保持のため殺害、遺棄されたものと主張し、抗議デモを行なった。また、天津の有力紙「益世報」も数回に渉り、日本軍の関与を匂わせる報道を行なった。それを受けて天津市当局も、この事件に関して調査を行なったが、

その結論は「阿片窟の経営者が、行き倒れになった中毒患者の死体を遺棄した」というものであった。―

邵冠祥が注で述べたような、死体を日本軍の蛮行による犠牲者とする見方は、中国では現在でもいわば公式見解となっているようで、近年中国で発表された天津近代史に関する論文等では、全てこの見解に拠っている。(22) 一方、当時の駐天津日本領事館の本国宛報告では、天津市当局とほぼ同様の「モヒ患者が遺棄されたもの」(23) との見解をとっている。どちらが真相なのかは、はっきりしないが、少なくともこの事件が、当時の天津、更には華北一帯では、抗日運動の展開に際しての一つの重大な象徴的事件であったことは確かである。

邵冠祥は、この「白河」という詩に、前に引用した注をつけ、更に詩集の表題にもしている。このことからも、また匇論詩の内容からも、実際に詩歌という形式での抗日運動に関わっていた邵の、この事件に対する強い憤りを見て取ることができよう。

一方、矢原の詩「河抄」は、次のようなものであった。ここでは全文を引用する。

黄色の水！
河は豪雨と共に
いやましに濁水にうづまく
それに荒涼の季節と大地
陰惨たる曇天
河口都市は暗い殷盛さだ
汽船は泥水を吐き

又泥水を呑んで下り
船内晴雨計は
病菌の猖獗を示す
この河の源流をさぐれば
そこ異民族の住むところ
奇崛の山々は聳え立ち
うらぶれの民族は
ひしひしと強制労働をかこった
やがて　日暦の数字が
支配者を焦燥させる
没落の人々よ
建設の主人よ
羸弱の阿片患者は
屠殺され激流に投ぜられた
あの支配者の虚偽の企画の中で—
この日
河口都市にちった消息
無限の悲哀をつたえて

この詩が「麺麭」に掲載されたのは、三六年九月である。恐らく実際に作られたのは、同年の六月から七月頃ではないかと思われるが、それは「海河流屍事件」の最中ともいうべき時期である。中国における民族意識の昂揚に注目していた矢原が、正にその象徴ともいうべきこの事件に関心を持たなかったとは考えにくい。そのことを象徴するかのように、この詩には、事件を連想させるような語句、表現が随所に見られる。例えば、死体で発見された労働者に代表される中国人を指すかのような「うらぶれの民族」、「没落の人々」、「強制労働をかこった」などの表現、日本軍を指すかのような「支配者」という語などであるが、とりわけ「羸弱の阿片患者は　屠殺され激流に投ぜられた」の二句は、特にこの事件を強く連想させる。

勿論、日本人である矢原の詩は、邵の詩のように直接的にこの事件に対する憤りを表現するものではない。むしろ、詩の内容を見る限り、矢原は敗北必至の状況に追い込まれた当時の中国の状況を象徴するものとして、この事件を捉えていたようであり、事件そのものに対する「憤り」ではなく、事件に象徴されるような状況に置かれた中国民族に対する「同情」を表現しているようにも思える。但し、それは単なる同情ばかりではない。第一章で触れた映画館での体験と同様、この事件をめぐる各抗日団体の激しい反応にも、矢原は中国民族の「燻った再建の姿」を見出していたのであろう。

このように、それぞれ捉え方は異なるが、矢原と邵はほぼ同じ時期に、同じ題材を詩に取り上げている。これもまた、この二人の間に存在した一つの接点であったといえよう。

おわりに

これまで述べて来たように、矢原と邵の二人を結びつけたのは、「民族意識」であった。では、矢原はなぜそれほどまでに華北における民族意識の昂揚に注目したのだろうか。またその矛先が自らの祖国日本に向けられたものであることを知りながら、なぜそれを好意的に捉えていたのだろうか。

矢原は日本人ではあるが、中国大陸に生まれ育ち、その生涯の大半を中国大陸で過ごしている。自らが生まれ育った中国という土地、常に自らを取り囲んでいた中国民族に対する思い入れには非常に強いものがあったに違いない。実際、矢原の詩は、日本国内に在住した時期のものも含め、その殆ど全てが中国大陸を舞台にしたものである。矢原は、日本民族と中国民族が、「河抄」の表現を流用するならば、「支配者」と「うらぶれの民族」という関係から脱して、真に対等な関係に生まれ変わることを望んでいたのではないだろうか。

だとすれば、矢原にとっては、中国における民族意識の昂揚こそが、中国民族を「うらぶれの民族」から脱却させるための必須条件ということになり、当然のことながらそれは歓迎すべきことになるのである。

従って、一九三七年七月以降の日本軍による華北一帯の占領も、矢原にとっては全く予定通りの出来事なのであり、来るべき中国民族復興の契機となるべき「敗北」であったと思われる。矢原が、邵冠祥の詩を翻訳したのは、華北陥落以後のことであった。実はこの時、邵冠祥は既に日本憲兵部隊に殺害されるという、非業の死を遂げていたのが、矢原にはそれを知る由もなかったと思われる。(24) 矢原は、邵冠祥を将来における中国民族復興の担い手の一人と考え、その詩を日本に紹介しようとしたのではないだろうか。

三七年秋以降、矢原は「満州」、上海、南京、再び「満州」と、各地を転々としている。

或いは矢原が満州に行ったのは、「満州国」の掲げる「五族協和」のスローガンの中に、日本民族と中国民族の対等の関係を見出そうとしたからなのかも知れないが、言うまでもなくそれは「夢想」であった。そして「夢想」である以上、やがてそれは必然的に崩壊する。三八年以降、矢原の詩は、その数において三七年以前に比べ激減している。特に南京に在住した四〇年、四一年には、管見の限り一篇の詩も発表しておらず、また四四年以降の詩も見当たらない。更に言えばこの四四年以降については、その動向さえはっきりとはわからない。このことと、各地を転々としたということを考えあわせると、三八年以降、矢原は従来の理想を見失っていたのかもしれない。

本論は、矢原を中心に論を展開したが、今後の課題として、邵冠祥が矢原をどう見ていたかを探る必要もあろう。また、矢原の三八年以降の動向についても、なお研究が必要だと思われる。いずれの課題についても、資料が決定的に不足しており、かなりの困難が予想されるが、可能な限り資料の発掘に努めたい。

註

（1）江岳浪「送別」及び邵冠祥「車中」、「希望」、「時間」の計四篇。なお、邵冠祥の三篇はいずれも詩集『風沙夜』（杭州・現代詩草社　一九三六年三月）にその原詩が収録されている。

（2）矢原は一九三二（昭和七）年一一月の「麺麭」創刊とともに同人に加入、三四（昭和九）年一〇月発行の第三巻第一〇号限りで一旦脱退するが、三五（昭和一〇）年一〇月発行の第四巻第一〇号から復帰、その後三八（昭和一三）年一月の停刊に至るまで同人であり続けた。約百一〇篇もの詩の他、随筆、評論など、この間同誌に掲載された矢原の作品は多数に上る。

（3）「夜之記録」は、一九三七年三月二〇日発行の「海風」第一巻第五・六期合刊号に掲載された。この号も含め、「海風」及びその前身「詩歌小品」は毎号三、四篇程度外国の詩人の作品を掲載しているが、日本人は矢原のみである。また、他の外国詩人の作品は全て「訳詩」であり、中国詩人の作品とは別の欄に掲載され、訳者名も明記されているが、矢原の詩は

「訳詩」とはされず、中国詩人の作品と全く同様に掲載されている。このような扱いに加え、矢原による日本語の「原詩」と思われるものが全く見当たらないこと、またこの当時矢原が既にかなり高度の中国語能力を有していたと考えられることから、この詩は矢原自身が中国語で書いたものと判断する。

(4) 海風社は、一九三六年九月に邵冠祥及び曹鎮華（河北省立天津師範学校在学）の二名を代表に「海風詩歌小品社」として結成された。翌一〇月に雑誌「詩歌小品」、一二月に「詩訊月報」を創刊、三七年一月には「詩歌小品」の誌名を「海風」に改めるとともに、団体名称も「海風社」に変更している。なお、同社の活動の詳細については、拙稿「陥落直前期の天津における海風社の活動」（「九州中国学会報」第四十一巻　二〇〇三年）を参照。

(5) 「麺麭」同人の一人芹川鞆生が「ふるさとの記その他あらあら」と題する随筆（「麺麭」第五巻第一一期付録　一九三六年一一月）の中で、矢原について「中学の名簿を繰ると、私の方が一年先輩となっている。」と記している。芹川は一九一四年生なので、矢原の生年を一九一五年前後と推定した。

(6) 坪井与「満洲映画協会の回想」（「映画史研究」第一九号　一九八四年）の中に、矢原に関する「東京外語出の詩人で北川冬彦の弟子、中国語に堪能、故人」との紹介があるが、他に矢原の東京外国語学校在籍に関する資料がなく、どの学科に在籍したのかは不明。

(7) このことに関しては、「九州芸術」第一年第三冊（一九三四年一一月三〇日）巻末の社告に「除名す」とあるのみで、詳細な理由については不明。但し、矢原は同誌第三年第九冊（一九三六年四月一〇日）にも「時計」と題する詩を発表しており、後に同誌同人に復帰していた可能性もある。

(8) このことに関しても、「麺麭」第四巻第一号（一九三五年一月）巻末に「昨年末に脱退」との消息が掲載されているのみで、詳細な理由は不明。

(9) 昭和一〇年度『北京同学会語学校概覧』（那須清編『北京同学会の回想』　不二出版一九九五年一一月　所収）によれば、同校には二年制の正科と一年制の研究科があった。恐らく矢原は研究科に在籍したものと思われる。

(10) 矢原が北京留学中に執筆したと思われる映画評論としては、次の五篇がある。

1．「最近支那映画の動向」　「キネマ旬報」第五六六号　一九三六年二月一一日

2．「支那映画の魅力―覚書風な」　「麺麭」第五巻第十号　三六年一〇月一日

3．「北平映画雑記」　「キネマ旬報」第五九一号　三六年一〇月二一日

4.「支那映画雑録―支那映画鑑賞の一方法」『映画評論』三七年一月号
5.「支那映画展望」『満州日日新聞』三七年二月一七日―一九日（三回連載）
また、次の五篇も北京留学中の映画鑑賞の経験に基づくと思われる。
1.「支那映画界に於けるソヴエート映画的要素」『キネマ旬報』第六一三号　三七年六月一一日
2.「支那映画の新動向」『麺麭』第六巻第八号　三七年八月一日
3.「支那映画の精神」『映画評論』三七年九月号
4.「由中国電影談到日本電影」『満洲映画』満文版創刊号　三七年一二月一日
5.「支那の映画女優」『映画の友』三七年一二月号

(11)一九三九年四月二八日の『満洲日日新聞』消息欄に「矢原礼三郎氏　上海崇智路　新上海ホテル滞在、中支映画会社入社の筈」とあるが、映画史関連の様々な資料を調べても「中支映画会社」なるものは全く出てこない。恐らくは当時上海に設立された日中合弁の映画会社「中華電影公司」を指すものと思われる。ただ、同社が正式に設立されたのは三九年六月であり、矢原は主にその設立準備に関わったのではないかと思われる。

(12)『中支建設資料整備委員会業務概況』（同委員会編　一九四一年三月）によれば、矢原は、同委員会編訳部に調査員として在籍し、『支那水利関係資料目録』（三九年一一月二五日）など、四一年三月までに七篇の資料を翻訳している。

(13)『キネマ旬報』再建第一六号（一九四六年七月一五日）に掲載された評論「中国映画界の近況」の末尾には、「矢原礼三郎上海にて」と記されている。

(14)矢原の戦後の動向を窺える資料は殆どないが、ただ、雑誌『満洲浪曼』発起人の一人である北村謙次郎の回想記『北辺慕情記』（大学書房　一九六〇年九月）に、「矢原は終戦後東京に住んだが昭和二十四五年のころまだ若くして逝いた」とあり、ここではそれに拠った。

(15)「河抄」、「未裔」はいずれも、『麺麭』第五巻第九号（三六年九月）に掲載。

(16)『映画評論』三七年九月号掲載。

(17)以下、邵冠祥の経歴の詳細、個々の情報の出処については、拙稿「陥落直前期の天津における海風社の活動」（註4既出）を参照。

(18)この時期、中国詩歌作者協会が「協会宣言」を発表、また会刊『詩歌雑誌』第二号の発行間近であったことから、邵は協会の活動に専念するため、主編から退いたものと推測される。
(19)「一九三六年的詩歌雑誌」(「詩歌雑誌」第二号　三七年二月)による。
(20)「民謡」、「生命の叫び」(原題「生命的叫喊」)、「元宵」の三篇。
(21)中華民国二十五年、即ち一九三六年を指す。
(22)例えば、天津社会科学院歴史研究所・編『天津簡史』(天津人民出版社　一九八七年八月)、天津地方志編修委員会・編著『天津通志　大事記』(天津社会科学院出版社　一九九四年一〇月)、郭武群『天津現代文学史稿』(同社　二〇〇〇年八月)などがある。
(23)外務省記録「昭和一一年在天津総領事館警察事務状況、同警察署長報告摘録」
(24)邵冠祥の死について、当時は海風社の一部のメンバーしか知り得なかったようである。例えば、日本敗戦後、天津で組織された共産党系の文芸組織「天津文化人連合会」の機関誌「文連」にも、邵冠祥の安否に関する消息を読者に求めるメッセージが掲載されている。(「文連」第二巻第七号　一九四六年六月一五日)

周作人文学における「雅」と「俗」

呉　紅　華

はじめに

五四新文学は一般的にエリート文学あるいは純文学と称される。二〇世紀末までの中国近現代文学史研究をみると、私たちの今までの研究の関心ははじめは魯迅を中心とする政治主流の五四新文学に向けられ、文革後の八〇年代は政治的に否定されてきた作家（例えば胡適、周作人、林語堂、張愛玲など）の研究が見直されて、その後文学史全体の再構築へと移行してきたことを見て取ることができる。二〇〇〇年に蘇州大学の范伯群氏を中心とした研究グループが『中国近現代通俗文学史』上・下二冊を出版し、その序文に「われわれが過去に行なった研究はただ中国近現代文学史の半分しか研究していなかった」(1)、つまりそれまで五四新文学に否定された通俗文学がわれわれの中国近現代文学史研究にほとんど取り上げられなかったと指摘して、学会に衝撃を与えた。范伯群チームの研究は確かに近現代文学史の空白を埋めた画期的な研究である。しかし中国の雅と俗はこんなに整然と二分して考えることができるものなのだろうか。そもそも雅と俗は士大夫である文人の表裏一体の両面であり、俗文学が雅に近づき、また雅の作品が俗の素材を使うといった傾向は今も昔も同じである。要するに雅と俗は正統と民間、文言と白話、エリートと庶民（大衆）の間を繰り返し、離れたり、近づいたりしながら、文学の成熟と進歩を推し進めてきたのである。

私はこれらの問題について五四新文学の内部からもう一度見直す必要があると考え、そこで私がこれまで研究してきた周作人文学における「雅」と「俗」の問題を考察して、この問題が周作人文学並びに五四新文学にどのように関係し、どのように後世の文学史に影響を与えているのかを明らかにしたい。

一　中国文学の雅と俗の概念とその流れ

雅と俗の考察にはすでに多くの学者の論文がある。とりわけ有用なのは雅俗の語彙の変遷を考察した村上哲見の「雅俗考」である(2)。村上の研究によると、中国の「雅俗認識」は士大夫という人間類型によって左右され、その自我意識の自覚と成長につれて「俗」なる語に軽侮の意が加わり、次第に強められて行くこと、中国の雅と俗の認識はともに魏晋六朝の間に成立し、宋代になって完成もしくは成熟の域に達したという。興膳宏も、統治者という士大夫の人々が政治に参加するための必須の教養がいわゆる経書であり、それらの経書を読み文章を書く技術を習得した教養がある人が雅の世界の人であり、そうでない人が俗の世界に属する人々であるという(3)。

鄭振鐸は一九三二年に『挿絵本中国文学史』を、また一九三八年には『中国俗文学史』をそれぞれ出版した(4)。とくに『中国俗文学史』には俗文学についてこのように定義している。

何を「俗文学」というか。「俗文学」とはすなわち通俗文学であり、民間文学であり、つまり大衆の文学である。言葉を換えて言えば、いわゆる俗文学とは大雅の堂に登らず、学識ある士大夫に重視されていないものであるが、民間に流行し、大衆が好み、歓迎するものである。

中国の「俗文学」の包括する範囲はきわめて広い。正統の文学がきわめて狭かったので、そこで「俗文学」の地盤がますます広くなるのである。詩と散文を除くほとんどすべての重要な文体、たとえば小説、戯曲、変文、弾詞のたぐいはすべて「俗文学」の範囲に収まるのである。

大雅の堂に登らず、学識ある士大夫が蔑視し、注意をはらおうとしない文体は、すべて「俗文学」である。「俗文学」は中国文学の主要な部分であるだけでなく、もはや中国文学史の中心となっているのである。

以上の言葉は中国の俗文学の範囲、また士大夫に軽蔑されてはいるものの、それが中国文学史の中心であると認めている。また早くも三〇年代初期から『挿絵本中国文学史』に戯曲（散曲も）、小説、弾詞、宝巻、変文など正統な文学に取り上げられなかった俗文学を三分の一を占める割合で書き入れ、『中国俗文学史』は五〇万字の俗文学専著として書き上げた。

ところで日本文学には政治からの影響が少なく、雅と俗はそれぞれ貴族文学と平民文学に対応するとはいえ、中国のように独特の政治官僚の価値判断に委ねられることはない。すなわち貴族作家も平民作家も作家個人の心情、文学的洗練をより一層追求することができる社会環境にあると言える。日本語の「雅」はまた「みやびやか」とも読み、趣味、感覚などにおいて優れていることを表わす。江戸文学研究家の中野三敏(5)は日本の雅俗について、

本来の「雅」の文化が品格を重んじ、「俗」の文化が人間的暖かさを身の上とする。そして「雅俗融合」の文化とは「雅」のなかに人間的暖かさを保ち、「俗」のなかにも確かな品格を保つ文化である。

と言っている。周作人自身は、「雅」とはただ自然で、大らかな風格（風度）だと言い(6)、また「俗とは即ち野暮のことだらうと思ひます」と言う(7)。周作人の雅俗に対する理解はもっと複雑的で近代的（日本的）であり、個人性が重視されるように思うが、このことについて次に詳しく考察する。

まずは周作人が育った頃の社会情況から話を進めたい。中国は近現代になると、科挙制度の廃止、近代都市の発展に伴う新聞などの大衆メディアの発達により、識字率が増える。このような社会的激変は士大夫層にもそうでない平民層にも変化をもたらす。つまり官僚文人への夢がつぶされた人々がその教養をもって通俗文学を書くようになり、また平民（特に商人）から出た物書きも新聞などで訓練を重ね、洗練された優秀な雅の文学作品を書くことができるようになる。従来のような雅の世界と俗の世界の区分が曖昧になり、文学作品も雅俗混合のものが多くなる。

文体から言うと士大夫らが従来高尚と見なしたのは詩と政治的な論文などである。その他のいわゆる俗文学（例えば章回小説や戯曲）は俗と貶しめられて文学として評価されることはなかった。しかし清末民初になるとその情況が大いに変わって、章回小説に多くの士大夫が好んで手を染めるようになった。伝統中国では小説は文学史の表舞台に上がっておらず、ただ婦人と児童の暇つぶしの書に過ぎず、志を持つ男子は小説を耽読することはよしとしなかったのである。従って小説は雅の領域には入れず雅と俗の対立も潜在的なものだった。近代になってまず梁啓超などの新小説家が小説を文学の表舞台に押し上げたが、それによって雅と俗が対立し矛盾も生んだ。すなわち梁啓超のような清末の新小説の理論家は小説を民衆の教育手段とみなし、文学を陰の存在から新聞や雑誌の表舞台に引っ張り出した。それと同時に、形式は伝統的な章回体にとらわれない自由なものとなり、言語もそれまでの古小説白話と違ってより言文一致を目指した近代白話文へと変化していった。後に小説の教育的効果にこだわりすぎて、小説の娯楽性を無視し、読者離れを招いたこともあったが、辛亥革命の後期文学はまたもや雅（教訓意識）を保ちながらも読者を意識し通俗に向かう(8)ようになるのである。このように五四新文学の生まれる前の新小説は更なる通俗化を果たし、文壇では本当の意味の通俗小説が流行しだしたのである。

さて周作人（一八八五〜一九六七）は翰林出身の祖父と秀才に合格した父を持つ科挙名門の家庭に育ち、出世のための経書の勉強を欠かさなかった。しかし清末科挙制度の腐敗のなかで祖父の賄賂事件を機に、官僚出世への道が閉ざされ、当時士大夫の家庭で暇つぶしにすぎないとされた小説も自由に読めるようになった。周作人は晩年、自分の読み書きの教養は雑書（通俗白話小説）から学んだ(9)と述懐している。少年期に読んだ白話小説の世界も接触した現実の社会も生々しい世俗であった。このことは周作人に限らない。五四新文学の代表格の文人たち（胡適、魯迅、顧頡剛、聞一多など）も幼年時代の厳しい経書の勉強の一方で、息抜きとしての小説も享受できる社会環境にあった。多くの人は雅の世界である受験勉強をしながらも、実際の生活では俗の世界である普通の庶民の中に身を置いていて、彼らの精神は雅俗両面によって形作られているのがほとんどであった(10)。五四新文学の出発は、まずそれまでの封建文学（雅の文学）を徹底的に打破し、まったく新しい文学をつくり出そうとする点にあった。陳独秀の言葉を借りれば、その新しい文学とはつまり国民文学であり、写実文学であり、社会文学である(11)。このように周作人たちの世代は境遇も教育も似通っていて、雅俗に対する認識もかなりの共通点がある。無論、だからと言って五四新文学の作家たちがその後創出する新文学がすべて同じと言っているのではない。文学史を現在の視点から見ると分かるが、五四新文学の創出は古典の優秀な文学作品、外国の新思想、新思惟を描く世界的に有名な作品、そしてそれまで士大夫たちに軽視された民間に伝えられたものを再認識するプロセスである。周作人はそれまでの士大夫たちと違う現代の文人（自由知識人）の役割を果たし、伝統と現在、西洋と中国、雅と俗の融合の文学を目指すところに一番の特徴があるのではないかと思われる。

二　周作人が提唱した「平民文学」と「貴族文学」

青年期に入ると世間ではちょうど林紓が訳した小説が流行していたが、周作人はその影響を受け、先に述べた雅俗両面の教養をもとに、『女子世界』や『中華小説界』などに有名な外国の小説を訳したり、『孤児記』や『江村夜話』のような小説を試作したりした。一方で梁啓超が「閑書」（小説を暇つぶしのものと見る）に対して提唱した社会改良に役立つ新小説にも共感を持った。しかし、小説をただ単に社会改良の道具と見ることには賛同しなかった。周作人の小説観は一九一四年『紹興県教育会月報』に書いた「小説と社会」(12)の一文に見える。

文学の雅と正を最終目的とし、俗語文を文言文に変える。また社会に執着せず、芸術の境地を蕭然として独立させる。

普遍的な作品を独特な一つだけのものにし、通俗的なものを洗練された雅の作品にする。文章を書く要訣は、社会の人々の好みに依らず作者個人の芸術の趣味を基準とすることである。従って近代小説は、誰にでも理解されるものではない。大衆に鑑賞されるものは文学的にも歴史的にも価値がないものである。

日本留学中に魯迅との共訳で出版された『域外小説集』が難解かつ意図するところの高雅さに上下ともに二〇冊しか売れなかったことはよく知られた話で、それは上記の彼らが主張する小説観からも分かるように、周氏兄弟が最初から読者に迎合する態度を取っていなかったからである。つまり早期新小説家の「利俗」（民衆を教育する手段）にも後期小説家の「媚俗」（読者に媚びること）にも賛同せず、文学の独立の立場を堅持する観点は最後まで終始一貫したのである。

一九一七年北京大学に迎えられた周作人は水を得た魚のように早速その先駆的才能を発揮した。一九一八年に

「人間の文学」を発表、五四新文学の理論の面に清新なヒューマニズムを導入し、新鋭の文芸理論家として『新青年』にデビューを果たした。同一九一八年一二月二〇日には「平民の文学」(13)を書き、平民文学と貴族文学の区別を定義しようと試みた。

我々が貴族的或いは平民的というのは、この種の文学が専ら貴族或いは平民に見せるもの、専ら貴族或いは平民の生活について述べるもの、もしくは貴族或いは平民自ら書いたものというものではなく、ただ文学の精神の区分、つまりその文学が普遍かどうか、真摯かどうかの区別を言っているのに過ぎないのである。

ここで周作人は普遍か或いは真摯かどうかの区別を以て、貴族文学と平民文学の区別とし、平民文学は決して通俗文学だけではなく、また慈善主義の文学でもないと説明した。その上貴族文学を平民文学の対立概念として、部分的、修飾的、享楽的或いは遊戯的なものとして批判した。この時点では明らかに論旨の曖昧さと矛盾が残る。というのは彼が晩年に訳した『枕草子』の内容を見るとその一つ目の普遍性の欠如が否定できなくても、貴族である清少納言の手によるものでありながら、真摯な思想や鋭い感受性があると周作人も認めているからである。また一方では周作人が中国に紹介した『浮世風呂』『浮世床』などのような江戸庶民文学も明らかに遊戯性抜きには語れないものである。

当時『新青年』のメンバーはそれぞれの立場から平民や民間の文学に注目したが、まだ理論的な言及は少なかった。この時期は五四新文学が提唱されたばかりで、その出発点はそれまでの伝統文学を徹底的に批判して新しい文学を作り出すところにあり、形式の上では胡適の「八不主義」、内容の上では周作人のヒューマニズムの導入、伝統的な貴族文学、古典文学、山林文学、そして具体的には韓愈の古文、八股文、程朱理学、桐城派などの雅の文学に対する批判であった。周作人は当初文壇に流行しだした旧劇や通俗小説を否定してかなり過激に批判したが、新文学創出の初期過程にはありうるプロセスであった。その後二〇年代半ばころから五四新文学が次第に安定期に入ると、周作人の思想も次第に変化し、初期の過激な批判を反省し、軌道修正をしていた。例えば、後の文章を細かく読むと周作人の論述が明らかに少しずつ変わっていることが分かる(14)。

一九二二年に書いた「貴族的と平民的」(15)の中で以下のように言う。

文芸上の貴族の精神と平民の精神の問題についてはすでに多くの人が議論したが、その多くは平民のものがもっとも優れていて、貴族のものがすべて悪いと思っている。私自身も以前こう思っていた。しかし現在は少し疑っている。

また、同じ文章で、彼は平民文学と貴族文学に新しい定義を加える。

平民の精神をショーペンハウエルの言う生への意志だといえば、貴族の精神はニーチェの言う超克の意志であると言える。前者は有限の平凡な存在を要求し、後者は無限の超越的発展を求める。前者は完全に現世的であり、後者はほとんど超越的である。

今まで曖昧にしてきた点に説明を加えたものである。ここで彼は当初の貴族文学に対する偏見を正した。また同時に平民文学の中の欠点も指摘している。それは平民文学が現世的功利的で、現代を超越する精神がないという点である(16)。「中国小説の中の男女問題」には出世や名誉、妻妾の封建的団欒思想、また当時流行した通俗小説における閨房暴露趣味、個人の恨みや中傷などの悪趣味(17)が中国国民に悪い影響を与えるので、断固として排斥すべきであるという。また民間の思想のうち長期的に士大夫たちに支配されたものを批判し、もともとの健全なものを引き出して発揚する。その参考にはいつも日本の文学や西洋の文学が用いられる。周作人が求める人間の文学は平民と貴族の両者を止揚したもの、つまり現実の人生を反映する一方で、またその現実を超越する中和の文学である。このことについて彼は「文芸とは平民の精神を基調として、その上に貴族的洗礼を加えるべきである。こうしてこそ本当の人間の文学を作り出すことが出来る」(18)と述べている。

周作人の提唱する平民文学と貴族文学の概念は、彼が紹介・翻訳した日本文学や江戸の庶民文芸から多くのものを借りている。また思想面でも武者小路実篤の新しき村の中国への紹介と実験を通じて自己の思想を形成し、新詩や散文では平民の日常生活を書き込む実作を多く作った。そこには石川啄木、千家元麿、木下杢太郎、与謝野晶子などからの影響が明らかに見て取れる。

周作人の日本庶民文学の翻訳は彼が訳した日本文学の多くを占めている。彼は日本の俗文学である庶民文芸の俳諧、小唄、川柳、俗曲、落語、狂歌、滑稽本、浮世絵、狂言、民謡、浄瑠璃などあらゆるジャンルのものを中国に紹介し、そのねらいは、士大夫の思想に汚染されていない健全な日本平民文学を中国に移植することで、健全な中国国民文学を作ろうという意図があった。

三　梁実秋との「醜の文字」に関する論争

周作人の弟子の一人、兪平伯が一九二二年一月の『詩』の創刊号に「詩の進化の還元論」(19)という詩論を発表し、これが契機となって周作人と梁実秋との間に一つの論争が起こった。兪は「詩は人生の表現であり、その上人生を善に向かわせる表現である。詩の効用が人間の真摯、自然、かつ普遍の情感を伝え、人と人の正当な関係を結ぶことにある」と言って、「文学には美と醜のみがあって、善と悪とは関係ない」とする当時の詩壇の主張を批判した。周作人は二六日に「詩の効用」(20)を書いて、兪の「よい詩の効用が多くの人を善に向かわせる」との論調に対して「文芸は本来著者の感情生活の表現であり、人を感動させるのは自然の効用である」と文芸の独特の価値を重視する。兪は平民文学に同調し、詩の平民化や民間に詩材を求めるが、ただ詩の社会価値にこだわり、詩の芸術的洗練と独立性を無視する傾向があった。

梁実秋はそれに対して、一九二二年五月二五日、二八日、二九日の三回に分けて『晨報副刊』紙上に「『詩の進化の還元論』を読む」(21)を書いて反論した。この文章は主に兪平伯と詩の貴族性や詩の進化論についての問題を議論し、詩の美意識を強調すると同時に、芸術作品には必ず教訓作用があるとする観点は偏見であると批判し、詩には美と醜の判断があるのみで、詩は貴族のものだと主張する。兪と梁の対立は典型的な「人生派文学」と「芸術派文学」における対立の様相が見られる。六月二日の『晨報副刊』に周作人は「醜の文字」(22)を書いて応戦し、梁の主張する「世の中のものには絶対に詩に書き入れてはいけない言葉があり、詩は貴族的である」の論に対して、日本の石川啄木の詩論「歌のいろいろ」(23)を引用し、詩や歌に醜の文字と思われる「畜生」や「小便」などを書き入れても立派な詩であると主張した。次は周作人の引用文である。

> うつかりしながら家の前まで歩いて來た時、出し抜けに飼ひ犬に飛着かれて、「あゝ喫驚した。こん畜生!」と思はず知らず口に出す――といふやうな例はよく有ることだ。下らない駄洒落《だじゃれ》を言ふやうだが、人は喫驚すると惡口を吐きたがるものと見える。(中略)土岐哀果君が十一月の『創作』に發表した三十何首の歌は、この人がこれまで人の褒貶を度外に置いて一人で開拓して來た新しい畑に、漸く樂しい秋の近づいて來てゐることを思はせるものであつた。その中に、
>
> 焼あとの煉瓦の上に、
> Syoben をすればしみじみ

　　秋の氣がする

といふ一首があつた。好い歌だと私は思つた。（小便といふ言葉だけを態々羅馬字で書いたのは、作者の意味では多分この言葉を在來の漢字で書いた時に伴つて來る惡い連想《れんさう》を阻む為であらうが、私はそんな事をする必要はあるまいと思ふ。）

つまり醜の文字を詩に書き入れることは可能であり、また作者が鋭い感性でその場の気持ちと季節感をうまくつかんだところにすばらしい詩だと周は石川啄木に同感する。梁は六月二五日にまた持論を書いたため、周作人は三〇日『晨報副刊』の「小雑感」(24)に梁との間に理解しあうことが出来ないと書いて醜の文字に関する論争を打ち切ったが、梁は七月五日にも反論を書き続け、主張の違いを解消することはできなかった。周作人は一九二八年出版の兪平伯の散文集『燕知草』に寄せた跋文に、

　新式の中学校教育を受けた学生の手によって書かれた文章は緻密で流暢である。（中略）しかし私は（散文には）更に渋味と簡潔さを加えるべきで、それでこそ読むに耐えると思う。従ってその文と言葉にはやはり変化を与えるべきである。口語を基本とし、更に欧化語、古文、方言などを加えて適度に調和し、最小限の言葉を有効に配置して、知識と趣味による二重統制があってこそ、雅致のある俗語文を作ることが出来る。私がここでいう「雅」とはただ自然、大らかという風格をいうのであって、何かの文字や言葉をタブー視することや、あるいは郷紳の格好ぶったものを指すのではない(25)。

と書いたが、やはり先の梁との醜の文字をめぐる論争を思い出させる一文である。周作人が求める雅の文学とは人間生活に自然に存在し、何かに束縛されるものでもなく、わざと人為的に格好良く見せるものでもないである。また晩年の児童雑事詩にはわざわざ「小便」を書き入れた詩があり、なかなか趣のある詩である。

帯得茶壷上学堂，ヤカンぶら下げ学校へ

生書未熟水精光。わからないとやたらとガブガブと

後園往復無停趾，裏庭へ往復してとまらない

底事今朝小便長。なんで今日はおしっこの多いこと(26)

小便という一見汚い言葉が使われているが、私たちはその言葉がこの詩に書き込まれていても何の悪い感情も持たず、天真爛漫な学童が学校にいる一コマをスケッチしたような、暖かい人間性（俗）と、詩の格調（雅）とが融合した美を詩に感じる。これこそが周作人の主張する俗を雅に昇華させた文学的営みの例である。

それだけではない。周作人文学は栄養をいつも俗文学に求めている。日本留学から帰ってすぐ日本の柳田国男たちの民俗学研究の方法を中国で実践し、地元の『紹興県教育会月刊』に民間の童謡や民謡を採集して、民俗学研究や児童文学研究に取り組んだ。北京大学では『歌謡』、『歌謡週刊』、『語絲』などを中心に歌謡（猥褻な歌謡も含む）を収集し、『徐文長笑話集』を編集し、その後、地方の方言調査も行った。また周作人らの歌謡収集に触発されて、編まれた『各省童謡集』、『江陰船歌』、『歌謡与婦女』、『潮州畲歌集』、『海外民謡』、『英吉利謡俗』などの多くの出版物にも序文を寄せている。周作人はまた民間文学に使われる多くの詩形に注目し、新しい思想と内容の詩を作った。新体詩に平民生活を書き入れたり、また「子夜歌」、「竹枝調」、寒山の偈（五言詩）、「打油詩」（志明和尚の『牛山四十屁』）などを使って多くの雑事詩を試作したりした。新詩のほかに残されている多くの雑詩や雑事詩には俗の詩形を借りて新思想新文学の内容を書き入れる挑戦をしている。その後欧化語、和語、方言、俗語、古文などあらゆる言葉の活用にも挑戦し続けた。

一九二七年『語絲』一三五期紙上の「芸深先生に答える」(27)中で、

ちょうど近代文学史が八股文を無視できないように、現代中国文学史もそれ（鴛鴦蝴蝶派）を拒んで正当な位置を与えないことは出来ない。

また「通俗文学について」(28)の中には、

我々は文学もしくは文学史、並びにいわゆる純文学を研究するには民間文学と通俗文学の二類を含まなければならない。

とあって、周作人は決して通俗文学を無視して外国の雅の文学をもって中国の俗文学に代えようとしたのではなかった。

ちなみに梁実秋の後期の散文小品（雅舎小品）を読むとかなり周作人の散文小品に似ていると言える。彼の書いた「男」、「女」、「子供」、「中年」、「老人」、「隈取」などの描写には多くの、ウィットに富む筆致と思いやり、都会の世俗的な人間模様と自然とのバランスが描かれており、それらは雅俗融合の境地に達していると言えよう。この比較研究は今後別の機会に譲りたい。

四　雅俗融合の文学の世界

斬新なヒューマニズムを導入して五四新文学に頭角を現した周作人は西山療養を機に彼の文学の反省期に入り、一九二三年には有名な『自分の畑』の散文集を世に出した。彼は文芸を人生のためでも、芸術のためでもなく文芸自身のためのものとしようとした。一九二五年に書いた「十字街頭の塔」(29)では、厨川白村の「象牙の塔を出て」「十字街頭を往く」の評論集に触れている。白村は純粋の芸術（象牙の塔）から離れて社会の現実（十字街頭）に関心を寄せる態度を宣告したが、自分はもともと十字街頭に住んでいる「引車売漿之徒」（林紓が白話文を攻撃するときに使った言葉）で、どちらの文学グループにも属さず、市民の中に揉まれても心地のいいこととも思えず、自分の塔を作ってたまには町に向かって胸中の不満を叫んだり、また自分の『九成宮』（唐の欧陽詢の書で楷書の極則といわれる）を写したりしてまだ自分の文学を守り通したかったと述べている。この市隠を自認した文学態度は、次の為永春水の三馬評とよく似ている。

式亭主人《しきていしゆじん》は鳩車《きうしや》竹馬《ちくば》の友《とも》なり。性素《せいもと》より拙辨《せつべん》。生平《せいへい》の茶譚《さだん》殊《こと》に鈍《にぶ》し。故《ゆえ》に人呼《ひとよん》で面白《おもしろ》くなき人とし、且話《かつはなし》のなき人とす。賈客《かかく》にして騒人《そうじん》。野暮《やぼ》にして在行《ざいかう》。居《きよ》は市中《しちう》にありて自《おのづか》ら隠《かく》れ、躬《み》は俗間《ぞくかん》にありて自《おのづか》ら雅《が》なり。言語《げんぎよ》を通《つう》めかさず、妄《みだり》に陳奮翰《ちんぶんかん》を吐《は》ず。形容《けいえう》を睟《すい》がらず、假《かり》にも利屈《りくつ》臭《くさき》を論《ろん》ぜず。ごぜへすの結交《つきあひ》、敬《けい》して闊《とほざ》け、來《き》玉への招待《しやうだい》、辞《じ》して到《いた》らず。陰物《いんぶつ》ならず陽氣《やうき》ならず。かたかたよらずかたよらず。凡《およそ》中位《ちうぐらゐ》の好男《いろをとこ》なり。適《たまたま》硯《すずり》にむかへば、滑稽《こつけい》帋上《ししやう》に溢《あふ》れ、詼諧《くわいがい》筆下《ひつか》に走《わし》る。鳴呼《あゝ》洒落《しやれ》たるかな。洒落《しやれ》たるかな。茂叔《もしゆく》が胸中《きやうちう》式亭《しきてい》の腹《はら》。恰《あたか》も光風霽月《くわうふうせいげつ》の如《ごと》し。云爾（30）

これは『浮世風呂』、『浮世床』の翻訳解題に引用した一文である。周作人は三馬から現代文人の市隠法を再確認したのかも知れない。

周作人文学のイメージを聞かれると、私たちは「温文爾雅」（態度が穏やかで立ち居ふるまいが上品である）、「和平沖淡」（温和な性格とクールな精神）と答えるだろう。これは彼の同時代の人の評価であり、また彼の作品の随所に表現されている周作人文学の魅力でもある。しかし彼のその優雅な美の作品の裏には鏡を覗くかのように俗世の人間世界が映し出されている。それが彼の作品に現れた凡人（平民）の悲哀である。

周作人は「日本文化を語る書簡」で日本の浮世絵と中国の大衆版画（姑蘇板）との比較に触れて、浮世絵と姑蘇板の絵はともに大衆の通俗画であるが、浮世絵が雅俗が一体となって現れているのに対して姑蘇板の方は雅俗が分離されているのみならず、内容的には同じく士大夫の思想であり、窮すれば五子科挙合格図を描き、達すれば歳寒の三友を描くのであり、芸術的レベルでは楼の上と楼の下ほどの段階的な違いしかないと雅俗の問題に言及した(31)。また、

浮世絵の重要な特色は風景にあるのではなく、市井の風俗にある。(中略)画面は華麗であり、色彩も艶美なことである。しかし、ここにはひとつの社会的陰翳がにじんでいる。これはあるいは東洋的色彩とも言え、中国の芸術を見ても文章とりわけ道徳文を読んでも、いつもこうした感じを持つのである(32)。

ここでの雅俗一体とはつまり妓女の姿態に刻まれている社会的恥部ともいえる場の「陰翳」がかえって憂愁により、雅を呈することを指す。これが文中に言う東洋的色彩である。

また一九二四年に書いた「娯園」(33)という文では、周作人が少年時代に思いを寄せていた従姉の着ていた薄紫の絹織物のシャツを着て踊ったり騒いだりするエロチックな興奮を表現するために、木下杢太郎の『食後の歌』の「絳絹裡」(34)の一節を引用している。同じエロチックな気持ちを描く場面である。

絳絹裡

床の間の筆をとりにと、
土用ぼしの下をくぐつたら、
小袖の裾に觸れた。
なんとも云へぬ亂れごころに、
はつと思うて首は引いたが、

南無、神も咎めたまはじ、

今は亡き人のかたみなれば。

エロチックな場面は度を過ぎると卑しくなるので描写が難しいものである。しかし、適度に書き込めたならば人間的な暖かみをうまく表現できる効果がある。こういう人間味のある描写は周作人文学には随所に見られる。次の子供のエゴを温かい目で見る場面も同じである。周作人が収集した紹興の民謡の一つであり、何回も彼の文章に引用されている。

黄花麦果韌結結　　黄花麦果（紹興の駄菓子の一種）はがりがり固そう、

關得大門自要喫　　門をとざして一人で食べよう、

半塊拿勿出　　半分だってやるものか、

一塊自要喫　　全部一人でたべちゃおう。(35)

こういう人間的なエゴがあるからこそ可愛らしく、潤いのある文章となって趣のある文学となる。周作人は中国の多くの文学にはそういうものが欠落していると考え、日本の多くの俗文学（庶民文芸）を中国に紹介したのもこの欠落を補うためであった。『雨天の書』自序一」(36)には都市に住む紳士の生活態度が書かれている。

今年の冬は特に雨が多い。冬なので、さすがにどしゃぶりの降り方は遠慮したようで、ただ蜘蛛の糸のように細々と降ってくるだけである。雨は小さく目にはっきりとは見えないが、空はどんよりとしてとても息苦しくなる。このような時には、よくある空想にかられる。川辺の寒村の小屋にいて、ガラス窓にもたれ、炭火鉢に暖められて緑茶を飲みながら、友人らと世間話をする。それはどんなに愉快なことだろう。

騒がしい都会の生活、ほこりの多い北京の冬に雨、そんな変化のない生活を過ごすと、鬱陶しく感じるのが人情である。こんなところからしばらく解放されたいと私たちがよく海水浴や山登りをして精神的ゆとりを求めるのと同じである。その現世的生活を超越的なゆとりを以て表現した文学に私たちは周作人の魅力を感じたのである。次の「喝茶」(37)もそうである。

お茶を飲むときは瓦の屋根に障子の中で、清い泉で注がれた緑茶、茶の道具が質素に見えて風雅なものを用いて、二三人の友達と飲むがよい。半日の長閑さを得るのは十年の世俗の夢に代わることが出来る。

このように日本茶道の精髄を語っている。私たちの飲み屋での場面の俗とは対照的に雅の世界の風景が浮かぶ。そしてこれを人間生活全般に広げると、

われわれは日常必需品以外に、なおいくらかの無用な遊戯と享楽とがあってはじめて、生活に意味を感じる。夕陽を眺め、秋の河を眺め、花を見、雨を聴き、香を嗅ぎ、渇きを癒すためでない酒を飲み、飢えを充たすためでない菓子を食べることは、みな無用な装飾だとはいえ、生活上必要なことで、そのうえそれが精錬されていればいるほどよろしい(38)。

なるほど申し分のない誰でも憧れる優雅な都市生活図である。しかし、これはあくまでも彼の理想郷であり、実際彼が町に出ても古都の北京には歴史的精錬を重ねた味わいの深い菓子を口にすることはできない。当時の中国では万事激変の中にあり、誰もこのような細かいことには目もくれないのである。周作人文学は世俗の現実があっての理想であり、人間抜きの世界は求めない。例えば、

たとえ神話故事に言われたようなあの不老長寿の生活であっても、私は少しも好きではない。氷のように冷たい金や玉で飾った門や階段のある屋敷の中で、五味の香料で味付けされたジャーキーのような「麒肝凰脯」(麒麟の肝と鳳凰の胸肉)を食べ、毎日何もすることなくぶらぶら遊んでいて、松の木の下で碁をするのでな

ければ、童男童女とふざけ騒ぐ、こういう生活に、何のおもしろ味があるとも思えない。しかも、永遠にこのようであれば、いっそう単調で嫌になってしまう(39)。

この二段の文章を読み比べると、周作人の作品の根底には現実の人間の生活があり、それを彼の思想、趣味、文章力によって高い格調のある洗練された雅の世界に向上させているため、その間の落差に私たちは味わいの深い人間の苦味を感じるのである。周作人の雅と俗の融合には彼独特のプロセスがあり、調和の過程に耐えた苦悩と葛藤も含めてその文学的営みは今の私たちにも実感できるものである。

終わりに

このように周作人文学を雅と俗の視点からもう一度整理して見ると、周作人の散文小品のもうひとつの魅力が提示できたと思う。周作人は士大夫たちに疎かにされた多くの俗文学から新文学創出に役立つものを洗い直し、古都北京の新しい市民としての文学の内実を示そうとしたのではないか。これこそが指摘されるべき周作人文学の持つ特徴であり、先に触れた梁実秋の後期作品も、北京風俗作家老舎も、この後現われた上海都会文学の名手張愛玲や通俗文学の大家張恨水の作品など、三、四〇年代の文壇の成果を見ても、そこに周作人の撒いた種が実っているのが見える。五四新文学と通俗文学の接合には周作人のような融合への葛藤のプロセスがあったのである。そうしたプロセスを経て、はじめて北京、上海の新興都市文学が発達してきたのである。無論その中には五四新文学のほかの作家たちの様々な努力があることも忘れられない。従って通俗文学が今まであまり取り上げられなかったのは、決して五四新文学作家たちの痛烈な通俗文学（鴛鴦胡蝶派、礼拝六派など）批判のみによるものではなく、むしろそれ以外の要因、まさに三〇年代後半の日中戦争から文化大革命までの異常な政治に束縛されていたことが原因ではないかと考える。

註

(1)范伯群主編『中国近現代通俗文学史』上・下　江蘇教育出版社　二〇〇〇年四月
(2)村上哲見「雅俗考」『中国文人論』　汲古選書十二　一九九四年三月
(3)「座談会・雅俗文芸の解体」『明治文学の雅と俗』　岩波書店　二〇〇一年一〇月
(4)鄭振鐸「挿図本中国文学史」『鄭振鐸全集』八　花山文芸出版社　一九九八年一一月
鄭振鐸「中国俗文学史」『鄭振鐸全集』七
(5)「座談会・雅俗文芸の解体」『明治文学の雅と俗』　岩波書店　二〇〇一年一〇月
(6)周作人「『燕知草』跋」『周作人自編文集・永日集』　河北教育出版社二〇〇二年一月
(7)周作人と武者小路実篤との公開往復書簡　『読売新聞』　四一年六月二一日
木山英雄『北京苦住庵記』P.85　筑摩書房　一九七八年三月
(8)陳平原「由俗入雅與回雅向俗」『中国現代小説的起点』　北京大学出版社　二〇〇五年九月
(9)周作人「我学国文的経験」『周作人自編文集・談虎集』
(10)大木康「通俗文芸と知識人」『中国通俗文芸への視座』　東方書店　一九九八年三月
(11)陳独秀「文学革命論」『新青年』二巻六号　一九一七年二月一日
(12)周作人「小説與社会」『周作人文類編③・本色』P.523　湖南文芸出版社　一九九八年九月
(13)周作人「平民的文学」『毎週評論』一九一九年一月
(14)呉紅華「周作人と狂言」『九州中国学報』四〇号　二〇〇二年五月
(15)周作人「貴族的與平民的」『晨報副鐫』　一九二二年二月一九日
(16)同上
(17)周作人「中国小説裡的男女問題」『周作人文類編⑤・上下身』P.433

(18) 周作人「貴族的與平民的」『晨報副鐫』一九二二年二月一九日
(19) 兪平伯「詩底進化的還原論」『兪平伯全集』第三巻　P.533　花山文芸出版社　一九九七年一一月
(20) 周作人「詩的效用」『周作人自編文集・自己的園地』
(21) 梁実秋「読「詩底進化的還原論」」『梁実秋全集』第六巻　鷺江出版社　二〇〇二年一月
(22) 仲密（周作人）「醜的文字」『晨報副刊』　一九二二年六月二日
(23) 石川啄木「歌のいろいろ」『啄木全集』第四巻　筑摩書店　一九六七年九月
(24) 周作人「小雑感」『晨報副刊』　一九二二年六月二日
(25) 周作人「『燕知草』跋」『周作人自編文集・永日集』
(26) 周作人「児童雑事詩・一二」『周作人自編文集・老虎橋雑詩』
(27) 周作人「答芸深先生」『周作人自編文集・談虎集』
(28) 周作人「关于通俗文学」『現代』二巻六期　一九三三年四月
(29) 周作人「十字街頭的塔」『周作人自編文集・雨天的書』
(30) 為永春水「浮世風呂四編跋」『日本古典文学大系』六三　一九五七年九月
(31) 周作人「隅田川両岸一覧」『周作人自編文集・苦竹雑記』
(32) 周作人「我的雑学十五・江戸風物與浮世絵」『周作人自編文集・知堂回想録』
(33) 周作人「娯園」『周作人自編文集・雨天的書』
(34) 木下杢太郎「絳絹裏・食後の唄」『日本現代文学全集』三五　一九六六年四月
(35) 周作人「故郷的野菜」『周作人自編文集・雨天的書』
(36) 周作人「自序一」『周作人自編文集・雨天的書』
(37) 周作人「喝茶」『周作人自編文集・雨天的書』
(38) 周作人「北京的茶食」『周作人自編文集・雨天的書』
(39) 周作人「死之黙想」『語絲』六期　一九二四年　『雨天的書』所収
※　本文中の訳は拙訳によるものである。

一九四〇年代雑誌『新東方』文芸欄の一考察

梁　有　紀

はじめに

ここ十年来、中国大陸における淪陥期（日本植民地期）文学の見直しが行なわれてきている。作家や作品の再評価とともに、掲載雑誌の復刊等も行なわれてきた。その中に『中国淪陥区文学大系』（広西教育出版社一九九八）や、『上海四十年代文学作品系列』（上海書店出版社二〇〇二）等も挙げられるであろう。これまで日本植民地下の汪精衛政権に関わる雑誌等は敬遠されてきたが、これらの大系・系列にはそれらの多くの雑誌・作品が取り上げられることとなった(1)。だが、『新東方』（新東方社）という雑誌だけは見あたらない。

一九四〇年代の上海で一世を風靡した女性作家、張愛玲（一九二〇―一九九五）の作品（一九四三―一九四五）初出誌も上記の雑誌等に含まれる。しかし『新東方』に掲載された作品だけは、長らく初出誌不明であった(2)。また、『新東方』は、中国の図書館等の目録等でも長らく封印されてきた(3)。

『新東方』は他と全く異質であったのか。表面にはあらわれにくくとも、時代の息吹きを伝えるであろう文学という文芸欄の側面から、見ていくこととする。

『新東方』と文芸欄

表紙に政治経済文化総合雑誌と記される『新東方』は、奥付によれば、一九四〇年三月一〇日に創刊された。編輯・発行者は新東方社、印刷者は新中印刷公司、代售處が各大書店、通訊處は南京となっている。創刊号の扉には「還都声中之曙光」「復興文化之壁壘」と印字され、一九四〇年三月三〇日の南京における「国民政府」の「還都」宣言を受けて創刊されたものと思われる。

旧東方は死し、病み、呻吟し、人々の助けを切望している。新東方はそうではない。積極的建設を本質とし、起死回生を聖手とし、斬新な姿態でもって、大衆の前に屹立し、旧東方の人々を「和平」の園地へと踏み入れさせ、天から授かる人類の快楽を享受させる。(「新東方発刊献詞」)

「和平」を刊行主旨に掲げ、創刊された『新東方』は、創刊当初、主に南京および中国淪陥区を活動舞台とした。創刊号以降は、印刷、通訊處等の住所が南京内で変わり、分銷處、總經銷が加わるも、代售處に上海が加わっていくのが二巻四期(一九四〇・一二)、三巻六期(一九四一・六)(五洲書報社)である(4)。四巻一期より発行者に、七巻一期より社長に蘇成徳の名が出てくる。一九四三年の七巻一期より代售處に上海の各書店が、分銷處に五洲書報社が加わり、一九四四年二月発行の九巻二期より発行者、社長の住所が上海となり、雑誌発行母体が、南京から上海に移る。

内容の装幀は、創刊当初から一巻三期(一九四〇・五)まで、巻頭欄(時事関係)、「論著」「和平文献」「雑俎」「文芸」欄と区分され、その後「論著」と「雑俎」の中にそれぞれの内容が組み込まれていくことになる。三巻二期(一九四一・二)から文芸欄が独立区分されるも、四巻(一九四一・七—)では、巻頭欄、「短評」「国際」「政治」「経済」「軍事」「文化」「教育論壇」「各地風光」「人物」「遊記」「漫画与漫話」（毎月漫画）「訳作」「散文」「詩」「随筆」「長篇連載」「読者園地」等に細分される。五巻（一九四二・一―）では従来の巻頭欄、「論著」「雑俎」「文芸」の区分に戻り、六巻（一九四二・七―）からは、区分が消失し、これまでの掲載順序を踏襲する形で、文芸欄は後尾に存在する。

しかし七巻（一九四三・一―）より、これまでの掲載順序も分解され、文芸は各論の間に挟まれていく形をとり、全体に対する文芸の紙幅の割合も増え出す。

創刊当初より、文芸欄は分量が少なく、全体頁（一〇〇頁から一二〇頁前後）の紙幅の一割前後であった。なかでも翻訳(5)や長編連載が多く、歴史小説や探偵ものもある。しかし、六巻（一九四二年後半）頃から少しずつ文芸も増え出し、七巻五期（一九四三・五）では文芸特輯も編まれるなど、七巻末期（一九四三・六）では全体の紙幅が細っていく（八〇―九〇頁前後）なか、文芸の割合は増えていく。それが顕著になるのが、九巻（一九四四・一）からである。文芸が全体紙幅の半分近くを占めるようになる。もっとも全体頁数も九巻二期（一九四四・二）からは五〇頁前後となり、一〇巻（一九四四・一〇）では三〇頁代にまで落ちていく。なお、九巻四・五期と一〇巻一・二期、三・四期、五・六期は二期合本である。

これほどまでに紙幅が変化していくのは、紙代の暴騰による。「紙代高騰」については、三巻五期（一九四一・五）、四巻六期（一九四一・一二）、五巻一期（一九四二・一）、七巻五期（一九四三・五）、九巻六期（一九四四・六）の「編輯後記」で度々述べられ、それと共に雑誌定価が高騰していく。創刊時、一冊二角であったものが、徐々に値上がりし、七巻五期には六元に、九巻六期には三五元、一〇巻五・六期には百元にまで高騰している(6)。

物価高、紙代高騰という時局の苦境の中で、雑誌刊行の困難さを述べるようになるも（六巻五期一九四二・一一

「編輯後記」)、文芸が荒廃していく情勢のなか、総合刊行物としての性質を維持しつつ（三巻五期一九四一・五「編輯後記」)、文芸欄への力の入れようは当初より見られる。以下、「編輯後記」を参照する。

「純文芸の原稿を多く求め、宣伝品式や強制された原稿は御遠慮願いたい」（一巻三期一九四〇・五）。「文芸も多く改革し」「レベルの改進を求めた」（二巻一期一九四〇・九）。「とくに文芸面で、量と質が増えてきた。この文芸が荒廃するなか、純文芸の刊行物は非常に少ない。凡そ文芸に従事し文芸を愛好するものは皆、この荒廃した局面が続くことを願わない。我々は、文芸に対する理解力がどのくらいか敢えて言わないが、この熱意を、我々の本分となし、文芸の領域を拡充し、開拓者となろう。この小園地を慎重に営み、必ずや健全なる発展をさせてみせる。しかし、この為に他を疎かにするのではない。なぜなら我々はやはり総合刊行物だからだ。ゆえに平均なる発展を希望する。」「可能なら」「各々を独立させて専門の刊行物としたい」が、「財力物力人力が充分な時」と違い、「諸々の『不可能』な制限があるようだ。」（三巻二期一九四一・二）

「編成上、一万字を超えるもの」や暫くは「歴史小品や小説」よりも、「雑文、散文、詩等を特に歓迎する」（三巻五期一九四一・五）。「文人生活が又苦しくなるなか」「本刊文芸欄で特集が出せたのは初めてのことだ」（四巻一期一九四一・七）。「好い劇本を期待する」（四巻五期一九四一・一一）。「紙幅の関係上、投稿は簡潔をのぞむ」（四巻六期一九四一・一二）。「文芸園地が荒廃落莫していく今日」、「編者はあえて」「創作特集を」「推薦する」（六巻一期一九四二・七）。

「本刊文芸欄は前号より水準が上がっていよう。同時に北京上海の文壇の老大家に原稿を頂けた。本刊の文芸は新人を軸とする。今後も変わらない。新人作家の引き続いての玉稿を期待したい。原稿料の面でも考慮する。」（六巻四期一九四二・一〇）

「文芸欄が熱く」「しかし内容に拘わらず、五千字以内にしていただきたい。」「原稿料の少なさ」について「自身も文化人で、文筆人の苦衷はよく理解しているつもりだ。」（六巻五期一九四二・一一）
「一つの刊行物の成長は、決して編者の独力で支えられるものではない。読者・作者・編者が共に連結し、溶け合ってのち、その刊行物が輝かしい明日を得るのだ。ゆえに我々は読者・作者からの多くの指導・批評をこいねがう。」（六巻六期一九四二・一二）
「刷新」し（七巻一期一九四三・一）、「改革」「進展」を求めるも（七巻二期一九四三・二）、「紙幅の関係上、特に長篇連載は停止」せざるをえず（七巻四期一九四三・四）、「読者には我々の境遇の苦難を分かってほしい」（七巻五期一九四三・五）、「よりあなた達に近づきたい」（七巻六期一九四三・六）、「友や敵を問わず」「偏った刊行物ではありたくない」（八巻五期一九四三・一一）と表明する。
「未来が日一日と好くなることを希望するも」「よく分からない」「言えない」状況の中で、「翌年からは、九巻が始まる。どのような計画があるか?どのような計画が雑誌をより好くするのか?」、「一冊の本が好ければ、作者や読者は集まるであろう。現在は三つのうちの一つだけで、一つは少数で、強くは言えない。我々は来年の本には更に多くの作者を得よう。同時により多くの読者も得るのだ。その時には、一に二が加わり三になり、揃って、善し悪しも判明する」（八巻六期一九四三・一二）。
『新東方』は、この後の一九四四年の九巻二期より、雑誌発行母体が上海へ移り、これまでの、胡蘭成（三巻四期―　）や、張資平（七巻二期―　）、路易士（七巻二期―　）、潘柳黛（七巻一期―　）、陶晶孫（「文人與娼優」「恋愛與文学」九巻一期一九四四・一）という著名作家のほか、南方の作家および張愛玲も登場してくることとなる。一九四四年の文芸欄とはどのようなものであったのか。それ以前も参照しながら見ていきたい。

一九四四年の文芸欄

一九四三年一月出版の第七巻より、経営に上海が関わり、文芸量も増え、路易士、潘柳黛等の作品も掲載されるようになった『新東方』の文芸欄とは、郷愁、追憶、流離い、過ぎ去りし日々への思いが、色濃く描かれる。七巻前後の文芸欄から見てみる。以下に関わるのはすべて作中の「私」である。

六巻六期（一九四二・一二）の陸拾「河辺」では、かつての「焦燥的で急速な私」が、時を隔てて郷里を想う。以前は子どもたちが集い、虫の声、草の声に包まれて流れる物静かな河の故郷に対し、空洞で寒々としていると感じ、そこを離れた。熱いものを探し求め、更なる焦燥を目的とするようになるが、秋になると、故郷のあの静かな河辺を懐かしく思い出さずにいられない。

「熱いもの」を求めた「焦燥感」が、時に冷え、故郷を想い出す。

七巻六期（一九四三・六）の果庵「小城之恋」でも、大都市を離れて、小さな町に移って来た「私」が、この町の風情から、故郷を回想し、今の郷里の変貌と、自らの現実を重ね合わせる。

「孤独、暇、単調、絶えずこの生活を思わざるをえない」現実において、

私がかつて幼年を過ごした郷村の生活、今やこの多くの夢も、思いと幻想の中に深く沈潜してこそ、僅かな映像として浮かび上がってくるだけ。でなければ、本当にどうしても呼び難いのだ。しかも郷村の今日は、疾うにこの種の味わいを取り戻せず、あるのはただ流亡と災禍、死滅と凌辱。たとえ郷村に生き、想ってもどんな恋しい思いも起こりえない。

移ってきたこの小さな町で、「日々は渺茫とし、私の恋い慕う小さな町も無辺の夢の中へと遠ざかっていく」。作

者の果庵は紀果庵（一九〇二—　）で、河北出身の人である。北京の大学を卒業し、一九四一年から南京に来た(7)。北京、上海の雑誌でエッセイ等を発表しながら、移っていく先での感慨を作中に込めていたのかもしれない。歳月が流れ、変化して来た現実との対比のなかで、郷愁、過ぎ去った日々への思いは、より強く出てくる。

一九四二年重陽の節句に金陵にて執筆したという、冰「母親」（六巻六期一九四二・一二）では、幼い頃の重陽の節句の母との想い出に始まり、その後、難病と闘っていた母との生活に「悲哀が充満し」、母亡き後は毎年行なっていた墓参も「事変以降」は行くことも叶わず、人に頼むしかない状況の中で、かつての母の苦労を想い、切なくてどうしようもなく、空虚とうら寂しさを感じる「私」が描かれる。

現実の変化していく生活の中では、障害となっていくものが立ち現れ、歳月、生を感じざるを得ない。「私」のかつての同級生が病にかかり、その闘病生活を見る中で、生き続けようとする「生の留恋」を聞く、子皿「生之留恋」（六巻六期一九四二・一二）には、「生あるものは、皆何としても生き続けようとするが、私はこの生の未練の叫びを聞くのが怖い。」「二年後のことなど誰にもわかりはしないのだ」と記される。

結婚についても、病が立ちはだかり（椰子文　馬午畫「恨綿綿」濟南一一／一一。七巻一期一九四三・一）、「この時代、児女たちの婚姻は、本人たちの完全なる自主によるべきだ」とはいえ、いざ外国の人との国際結婚の前では躊躇い、その迷いが海辺を舞台に描かれる（夏穆天「海」一九四二／一〇／一四故城。七巻一期一九四三・一）。

革命や時代の勢いに追い落とされた者は、流離い、郷愁を感じても現実を目の当たりに、逃れられない。「本国を追放された漂泊者」、「白系老ロシア人」は、

黄昏の寂寞が私に郷里への思いを呼び起こさせる。私はすでに蒼然たる心持ちだ。一人の風塵跋扈たる者、この世事の煩雑さには本当にもううんざりだ。それら我々に常に感じさせる人生の悲惨や歓楽、今や私はそれ

に対し冷ややかである。これは一つの恐るべき傾向だ。多すぎる刺激は時に我々の神経を麻痺させる。私の感覚が鈍くなったと言っているのではない。しかもそれらの出来事は私の前にとてもありふれて顕われる。私は見すぎた。経験しすぎた。残酷に成り果ててしまった。

「異国で凄惨な晩年を過ごすほどに落ちぶれてしまった」老人が悟ったことは、「歓楽は短く」「一瞬にして私を孤独者にしてしまった。」「生活そのものとは悲劇である。多くを見過ぎると冷淡になってしまう。」（夏裔「旅之恋」一九四二／一一／二六。七巻一期一九四三・一）という。

同じく、七巻一期に掲載される柳黛「家書」では、没落困窮していく一家の不遇と悲愴が描かれる。「未来は模糊として、渺茫であるけれど、私はやはり待ちたい。我々は生き続けるのだと。」

私たちは皆家に財無きか弱き民で、運命に弄ばれた哀れなやつ。重い十字架を背負ってこの大千世界を徘徊し自らの末日が来るのを待っている。私たちは敢えて言えようか、何が不愉快で何が不満足なことなのかと。

確かに、兄さん！　私もいつも疑問を抱いている。私たちは何のために生きているのか？生きる意義が一体どこにあるの？

初めての文芸特輯として『人物什誌』欄が編まれた七巻五期（一九四三・五）では、林青、平原、袁徽、丁文、潘中一蛀(8)の作品が掲載される。その中の林青「賭徒」では、この時代を生き抜く「生」について語られる。「自らの感情を抑えられないやつは馬鹿だ。賭博と人生は全く同じ。」「行為は永遠に最後の一秒で決められる。しかも最後の一秒の思慮もまた欲の貪りを受け続ける。」「実を言えば、私が賭けているのは金ではない、私の命なのだ。」

熱いものを胸に日々を送ってきたが、変わりゆく現実の中では、郷愁がよぎり、流離い、追憶との対比の中で、儚さ、侘しさを感じ、うら寂しさが漂っては滲み、免れ得ぬも、生き続ける人々が、作中には存在する。

しかし、一九四四年には、戦況の苦しさ、急激なインフレ等で行き詰まりを見せていく世相をより反映していくのか、雑誌発行母体も上海へと移った九巻以降の文芸欄では、これまでの苦衷が一層濃厚となり、出口の見えない「悲哀」が籠もるものへとなっていく。現状がどのように認識され、「生」について、「行く末」について、どのように把握されていたのか。一九四四年の九巻、一〇巻の文芸欄から見てみることとする。

「一九四三年は私にとって残酷悲惨な年で、父を奪われ、希望を壊され、美しい夢を粉砕された。」(君達「去吧！倒楣的一九四三年」九巻一期一九四四・一)という苦しい状況は、一九四四年の作品の中に引き続き随所に見られる。

寺を訪れる男女の話の潘中一蛀「思凡」(一九三六／五／五北平筆。一九四三／一二修訂、九巻一期一九四四・一)には、この世の生の現状が煩悩の中に描かれる。「この時の世は若者にとって実に『空』であるが、何もない『空』ではない。『空』の中に物があってもふれられず、人にせつなさを抱かせる。」「静の中に突然一年以前の一切合切が想い起こされ、いにしえへの思いはとどめられず、煩悩が生を纏い、簫の笛を吹いても全く味わいがない。」「老人は暫く静かに、一切忘れ、一切眼中になく」「生きる機会はあと僅かと、すべて自ら分かっている。」

現在自分には実に愛慕が起こり、口に言えなくとも、心が言う。このようであるから、この人を棄てることは出来ない。巡り合わせの因業は、人にしばしば思わず知らず苦悩を引き起こす。たとえ一度が再び三度にと、三度傷ついても悔い改めることは難しい。人は如何に愚かな動物かもとより自らは知らない。人は人を見ると分かって笑うが、事が自分に到っては合理性を感じる。だから馬鹿は死ぬまで悟らない。

連れの人との離れ難い因業を語っているのであるが、「人」への愛慕、「生」への執着としても読める。「活きるとは泣くことだが、死に至るには解脱の笑いが必要だ。笑いは我を忘れることが出来、我を忘れることはすなわち最大の快楽である。」と。

煩悩が纏う人生への処理方法とは、「芝居」であるという。「彼の頭には三層の楼がある。そこでは各種こまごまとした思念と感情が鬱積し」他の人は「入れやしない。」「私はただ永遠に芝居出来ることを願う。それしか隙間に自らの思念を滲入させる方法がないから」（龔意平「三層閣裏的零零碎碎」九巻一期一九四四・一）。

この世で生き抜く苦悩は、どのような現状に存在しているのか。

非常時期の現在、一切全てが緊縮し、根が掘り取られ、活きている樹は伐られる。これはやめられるべきだ。人民の生活が如何に維持されるかが、重大な問題であり、無計画で自生自滅のままでは、危険である。ゆえに現在は植樹すべきであって、根を掘るのではない。方法を設けて生産を増加させせなければならないのであって、立ち木の若い枝を折るのではない。

梅はまもなく開くであろう。春も来よう。人民の生活の前途に一種の希望の光が与えられるであろうことを、人はみな期待している。しかし光と梅と春が共にだ。（路鵑「孤山探梅記」九巻二期一九四四・二）

「どのように生きたらいいのか」「どこで降り、どこで乗車すればいいのか」分からない青年たちが描かれる、呂明宣「年」（九巻二期一九四四・二）では、「どのように明年を迎えたらいいのか」と、現況の苦しさ、不安定から、続く明日への不安が表される。

このような時勢、このような現象——阿寅は実際まだわずか高等中学から大学に上がる年齢の子どもだが、自らの生活の為に落ち着き先を探さなければならない。彼はもはや自分の家の生活状況を見ていられない。——闇市から日常生活に必要な各種物品を探し求められず、配給も常に得られず。名義上彼らの住んでいる区域がどのように併合以前の租界区であったとしても。彼らはただ新聞紙上で租界区の人々が各種日常生活に必要な配統品を領収するのを見るだけである。このため、彼らの日常生活はとぎれとぎれで規範もない。もはや見ていられない阿寅はついに家から離れた。しかも外に出ると、落ち着き先はあっても、またもや自身の生活上に何が足りないかを見ざるをえない。もともと至る所全てがこのように支えなく、頼りない。このような時勢にあっては。

「年」に続く作品である（「編輯後記」九巻四・五期）、呂明宣「撕毀了的山水」（九巻四・五期一九四四・五）には、「中国画を描き改めるとは」「決して西洋画を描き改めて中国画にするのではない。」「彼の愛する芸術とは、決して名でなく、決して利ではない。」と、あしもとを見つめるなか、中国のあるべき姿、芸術、自らのあり方へと言及される。

病を抱えた人との、二つの場所における往復書簡（潘中一蛀「両地」九巻四・五期一九四四・五）では、「人はいったん健康を失えば、青春を失ってしまう。まるで日々衰弱していく国家のように。彼女の周囲では、好い国際も悪い国際に成り変わってしまう。――このように、あなたは今きっぱりと私を棄てる！」と、国家と自らの身の上を重ね合わせた無念が滲む。

秋蛍(9)「彩虹」（九巻二期一九四四・二）には、道ならぬ恋が描かれる。「愛情とは糖衣をまとった苦い薬である。」「快楽はあるけれども、苦しみもあり、希望があれば悲哀もある。」「一人の『人』の生活には、少なくとも活気、快楽、温暖が必要であるが、彼には何もない。ただあるのは精神の虐待に耐え続け、性格を非常に陰鬱にしているだけ。」「もしも別の人に快楽を譲るなら、自らはただ悲哀に耐え続けるだけである。」「ある人が言うに、生活そのものとは夢であるが、この夢もまた非常に短くて哀しいものだ。」

生きるためには、必要なもの、備わっているもの、譲れぬものがある。しかし譲ってしまえば残るは悲哀だけなのである。

中秋節に帰郷出来ず、船上で過ごすことになった旅人が、停泊した村で、侍る女性と、互いに「温暖」を感じ合い、心を通わせる、葉帆の「温情」（一〇巻一・二期一九四四・一〇）。

「旅の途中の孤客は、平時より更に寂しい。」「胸中には一片の薄っぺらい物淋しさが揺れ動く。」「おなかの中は空いているわけじゃないのに、心は空虚」。

ある種の空しい理性観は、彼の人間性を束縛する。多くの青年もこのようでなかろうか。いわゆる無疵の純潔は、時に、罪悪の弱さに対する別の種の解釈でもある。なぜなら、人間性はこれに限らないからだ。純潔がまさって発展した時、もし彼自身が勝利したなら、多くの人が憤るであろう。このために、我々は言うのだ。それが純潔で、可愛そうな純潔なのだと。

現況の苦しさの中での、無疵の純潔は、哀れな純潔であるという。

九巻三期（一九四四・三）から、「石木、張愛玲、王予、魯賓、張金寿の諸先生」と列記され（「編輯後記」）、その後、毎期登場する作家の一人に魯賓がいる。魯賓の描く作品には「生」とは何かを追求するものがある。

魯賓「春歌」（九巻三期一九四四・三）は、孤独なピアノ演奏家と女性の話で、人物はどちらも外国名である。

「彼は極めて自然に暗惨たる光り無き孤独な命運の中へと入っていき」「深まりゆく好くなる黎明など期待せず」「表面上は修道士式の忍耐をたたえ、内心はすなわちこの種の超英雄の沈黙で泰然としている。」

彼は自分で解釈を求めないし、他人にとやかく言われるのも好まない。これがつまり彼の『生活』というものに対する揺るがぬ信仰であった。

彼には全く感情が無いというのは間違いである。たとえ彼が久しく冷え切った道を選んでいたとしても、彼の基本的態度を覆すに足るものが発生しないとは限らない。

彼は、自らが開く音楽教室で、あるしなやかな感性の天才女生徒に出会い、心を奪われ希望を持っていく。「彼はただ次第に意識し始める。彼女の前途が遠大で、ピアノは彼女の最も頼るべき落ち着き先であり、彼は出来るなら、全ての光陰と精神を犠牲にしてでも、この極めて希望ある女生徒を育成したいと。」しかし彼は「ほとんど毫も理想無き人物」で「彼の理想は一層の恐るべき暗い影に遮られる。」肺病を病んだ女性は、鍵盤上で喀血し、療養後、彼の演奏するメンデルスゾーン「春の歌」を聞きながら息を引き取る。「人生は短く、芸術は長い。」それが彼を社会には理解されない一人の運命づけられた孤独者にするのであった。

光無き孤独の中で見つけ始めた希望も、暗影に遮られ、悟りの孤独の中へと埋められていく。

魯賓「黒衣僧」（九巻四・五期一九四四・五）は、罪について、あの世からの使者の存在で、罰せられるこの世が示唆される。

人は理想無くしては生きていけない。私の理想はすでに逝った。私自身も天地の果てに行方をくらまさざるをえず、黒袈裟をまとっては、往事に盛んだった生命の火花を消す。しかし私は死んでいない、やはり世に生きているからには、この燃え残った余生を利用して、あなたの永遠に清められない罪悪を清めるため、世界のあらゆるところを歩こう。あなたという所詮逃れられぬ天が咎める犯人を探し出そう。今やついに私に見つけられた。ああ、他に何を言おう？おとなしく罪を認めよと！

魯賓「飢了一天」（一〇巻一・二期一九四四・一〇）は、失業人が一日放浪中、目にしたバッタとアリの運命に、自らの放蕩者の運命を重ね合わせる。

「泥地の上の幾匹かの灰黄色のバッタ」は、「ある時には、この灰黄色の愚か者もありふれた物語を織りなす・・雄が雌を追い、成功しても、しなくても、満足とも悲哀とも見分けがつかず。」「それらはこの種の休み無く行ったり来たりする為に活きているようだ。」

アリはおそらく職業性の動物といえるが、バッタは遊蕩者の一類に入らざるを得ない。（中略）彼は遊蕩者の生涯を傾慕する。しかしそれらの灰黄色のバッタは、実際彼に全く好きになる気を起こさせない。彼はそれらがむだに可笑しく活きているように感じる。可笑しさは決して嫌悪だけでなく、彼の殺意まで引き起こした。

彼は脚を上げ、交尾中の一対目掛けて、突然踏み潰し出した。

そして「それら子々孫々継承の仕事がなされない」まま「それらは苦しみを経て、永遠に共に眠った。」

その後、物貫いに付きまとわれる彼は、

最も重要なことは自分を救うこと。飢餓は救いを必要とし、嫌悪なる心情は更に救いを必要とする。この両者は死んでも彼に纏わり付く。背後の物貫いは重要でなくなりだした。

まずは自分が解脱してからのことだ。彼は思った。

「この世界では死人も生きているものに面倒なものを残していく。」「どのように自分で自分を制御したらよいのか」。雨に打たれ、「拭い去れない感覚の麻痺状態が作り上げられるのを彼は意識しながら」「その後、つまずき倒れ、ひどく倒れた。彼の体の上に一陣の踏み潰しが加わり、交尾中のバッタが踏みつぶされたような見苦しさを彼自身知るよしもない。」

嫌悪を抱いたバッタに自らが行なったように、自らもこの世から排除されていく。

魯賓「癩瓜家的食客」（一〇巻三・四期一九四四・一二）は、阿片吸引所に身を寄せる、落ちぶれた肖像画家の末期である。

「家があるのも、当然好いし、家がなくても、出家と同じように廟に身を寄せれば、それも好い。困ったことには廟が壊れすぎて、身を落ち着けようがなかった。」それでアヘン吸引所に身を寄せることになった彼は、「自らを水の中に沈めようと、沈めようと沈めようとしても、簡単には底に沈めず」「しだいに自分と共に底に沈めない煩悶が深くなり、あるべき親切も払いのけてしまった。」そして世話になった吸引所を去り、だだっ広い寒風が吹き荒ぶ夜の郊外に出る。

彼は郊外に出た。疎らな林とあばら屋、田野と墓山に幽かに動く鬼火。全て彼の懐から出て来たようなものだ。彼の衣服は防げない冷たい風も暖かい気流に変えてしまう。寒村の犬の鳴き声が聞こえるのも耳に心地よい。広がる夜の郊外の野原は人影がない。だが彼には、ある種の底に沈めない煩悶からの脱却を望んでは、直覚的に身が熱く絢爛たる世界の中にあることを感じる。

人はもしこのように自らが望む天地に突き進め、身を下へと沈め、沈めても底に沈め切れぬ息苦しさをふりはらえるなら、どんなにか好いだろう。（中略）彼はただ一種の意識無く彼を押し込める幾つかの事物から抜け出したいのだ。彼はこのようにするのにどれだけの力が要るかを全く思ってもみたことがなかった。

「彼は美しい憧れの中に現実の知覚を爪弾かざるを得ず」、「彼はもはや空に瞬く星を賛美する気になれず、広野の夜景を鑑賞する気にもなれなかった。鬼火がゆらゆらと墓山に揺らめき、彼もぼんやりと墓山の中でふらついた。」

魯賓は「随筆」（九巻六期一九四四・六）で以下のように述べる。

自然に順応することを分かっている人は、決して自然に屈服したりしない。人が活き続けるには、周囲に適応せねばならず、適応は乃ち克服を企む謂いであって、いいかげんなのではない。人が環境を克服しなければ、環境に克服される。環境を克服するとは一種の作戦である。

「ひと間の自ら統治出来る部屋がない。」「これはもともと大した欲求だとは思えない。けれど、大したことでなくても、とうとう目的に達することが出来ないのだ。」「毎回の失望全てが私に新しい希望をもたらす。」しかし、自らも次第に絶望を感じて来た。いったん絶望すると、再び試みる勇気をなくしてしまう。

ひと間の部屋の欲求に関して、現実の可能性は段々小さくなり、殆ど無きものに変わってきた。そこでありもしないことを作り出そうと、毎日ひと間の自分の支配出来る部屋を夢見たいと想う。緑のカーテンを掛け、ピアノにいっぱい楽譜を載せて……　四四、六、十

精一杯生きようとするこの世の生に、翳りが見られていく。それでも解脱しようと、もがけばもがくほど、自らの居場所すら幻想の中のものへとなっていく。

終巻に近づくと、短いエッセイ風の作品が多くなる。そこでは、生きることから、「行く末」を意識した「生」が語られていく。一〇巻一・二期（一九四四・一〇）を見てみる。

張金寿⑽は、「鈴」（九巻三期一九四四・三）、「脚鈴」（九巻六期一九四四・六）など、身近の小さな意匠を用いて、現実を投射し、表現する。作品「蟋蟀」では、往事の、蟋蟀を育てて行なった蟋蟀対決が、夢のようだと語る。

この後、衣食に煩わされ、暢気に蟋蟀を育てるなどということはなくなった。一日中ただどうしたらお腹を一杯に出来るかとあがいているだけである。今となっては、一日とて安らかに好きなことのためだけに出来ることなどない。往事が本当に夢の如く煙の如く想い出される。心の中は飄々と、落ち着き先はなく、掴みきれ

ず握りきれず、本当にどうしたらいいものやら。衣食住困難な時局においては、往事の交流が夢の如くであり、現実は先行きもよく見えず、如何にしたらよいものかと途方にくれる。

呉易生「蘇州好」は、上海から来た友に「以前より太った」と言われ、「実のところはうわべの見方にすぎない」とはいえ、「空虚」「寂寞」を感じていくほどに、「蘇州は好い所だ」「体がふくよかになった」といわざるをえない逆説性が述べられる。

しかし私が日に日に空虚と寂寞を感じていくのを知っているだろうか。

生活が不安定な時は、安定するところを求め、寝食に煩わされなくなると、単調すぎると思い、生気に欠ける。人類とは本当に下賤な動物である。永遠に現状に安んじることなく、物質生活が満足したら、精神生活が、精神生活が満足したら、英雄に、リーダーに成りたがり、永遠に争い、永遠に満足せず。天下は安まらない。ゆえにこのようなのだ。

けれども蘇州はさすがにやはり好いところだ。私を日一日と空虚と寂寞にさせるだけではない。かつ「ちょっと太らせる」。六月二十二日。

唐萱(11)「拉雑談」は、古今に存在した、「苦悶」と「奸商」について、述べる。

近ごろ心持ちが余り安まらない。散歩閑談も味わい無く、生活の為に奔走するのは決して今日に始まったことではないが、今日では生活の重圧を更に感じるので、閑談散歩に味わいがなくなったばかりか、食事宴席でさえ味わいに欠け素っ気なく思え出して来た。これはどのような心情なのか、久しく推し量れず。最近手持ちぶさたに新聞雑誌を翻訳していると、しばしば「苦悶」という字句を見かけた。私は思うに：この大半は苦悶の類に属しているのであると！
実際、「苦悶」という二字は決して今日に出来たものではないようだ。ずっとずっと以前からそれをよく見かけた。ただ今やより身近になった。（中略）「苦悶」とは一体どんな味なのか嘗ては知らなかったが、生活の荷が肩に架かって来て、一日一日と生活の苦味が近づいてくるにつれ、やっと「苦悶」が身近になり出した。だが気を配る方向も変わってしまった。

「奸商はとうに『古よりあった』が、今ほど烈しくはなかった。」「現在の人はこのよう、古の人もこのよう、ただ手段が違うだけである。」と述べられる。

喜金芝「戍卒及其恋念」では、「思想を売るものとあなたに粥や肉を与えるものは、同じように弱者ではないのか」「生も空虚に属している」といい、

私は逃避したい、逃避しよう、逃避する必要があるか？
あなたに告げる：私は虚無の境界に行くであろう。それがたとえ「死んだ」と言われても。

生活の糧が、賭け事や売文生活であった人生も二年後には随分と変わった（王予「小題大做」九巻三期一九四四・三）現況の中で、先行きは細っていくばかりである。

一〇巻三・四期（一九四四・一二）においても、葉帆「冷漠的人」では、防空された都市の静かな通りを散歩しながら、夜空にまたたく電車の高架線の火花に、自らの人生の象徴を見る。

夜、防空された都市の静かな大通りの間を歩く。彼は闊歩して、風に長髪を吹かれながら。一両の電車が通り過ぎた。高架線上には藍色の火花と光が発している。このような景色、彼は軽やかに感じた。けれどもけっして愛しくはない。愛しい全てが、彼にはなかった。彼は愛しさを感じたことがなかった。ただあるのは多く

の憎むべき厭うべきこと。このように彼を軽やかにする景色は、本当に得難い。彼は黙々と風に髪を吹かれ、ネクタイを吹かれ、飄々としていた。

住まいに戻っても、部屋には何もなく、「何も信仰せず」「何も望まず」「活き人は、かつてそれらの大黒石のような書籍によって苦しめられ死んでしまったのだ」。

夜に、彼は夢を見た。夢ではあの電車の高架線上の藍色の火花が、真っ暗な中に一瞬きらめき、燃えかすもなく、跡形無く消えた。あの藍色の火花は彼自身であった。目覚めた時彼は思った。それは本当に彼自身なのだと。或いは、彼自身の人生を象徴しているのだ。暗黒の中、藍色の、高架線上の、一瞬またたいては完結してしまい、声無く、におい無く、燃えかす無く、ただ、純潔で愛すべきもの！

「愛せず」「信仰せず」「希望せず」、一瞬のまたたきで終えてしまう人生に未練が残る。

一〇巻五・六期（一九四四・一二）の伊馬「消磨時間的人」で、真面目も不真面目も生死は同じと説かれる。

「真面目も好いし、不真面目も好い。結局死ねば終わりは免れ得ない。」

結論は空虚である。私が言うのは：真面目な人が死ねば、不真面目な人も死ぬであろう。彼らは同じように福もあれば苦しみもある。なぜなら彼らは同じように、活きた時間を持っているからだ。

人が持っているのは、時間である。真面目であれ不真面目であれ、この時間は、消耗しなくても消耗していくのだ。

一〇巻五・六期の終頁は、左采「舞台上的『傾城之恋』」である。その最後は、

張愛玲女史は「傾城之恋」の小説を改編して脚本にした。一種の試みだとかつて謙遜して言っていたが、収穫はやはりあった。作者が小説を書く才華でもって、更に新しい創作劇が出来ることを我々は希望する。かつ

それがそう遠い期待ではないことを望んでもいる。

と書かれ、終わる。張愛玲は、九巻三期より『新東方』に作品が掲載され、かつ当時の上海の文壇で広く活躍していた作家である。『新東方』に掲載された「存稿」、「自己的文章」では、何を描くかということが追求され、小説「鴻鸞禧」では、旧式家庭の中の廃れ逝く新派という図式のなか、人々が「悲涼」「悲哀」「傷悲」という言葉で形容されている。ここでももの悲しさはいや増しながら漂っている。

九巻二期から始まった文芸短評の《断章》欄では、当世の文壇状況と、文芸の役割等が披露される。

文化の中心地と言われる上海の、現段階の文化特色とは何か？（中略）以下の二種類に帰納出来る：

一、使い捨ての官僚文化（原文：報銷的官僚文化）；

二、暇つぶしの小市民文化（原文：消遣的市儈文化）。

いわゆる官僚文化は、千篇一律の官僚八股を指して言う。（中略）

いわゆる小市民文化とは、主につまらない鴛鴦胡蝶派、礼拝六派を代表とする、日和見小市民に消費される通俗流行低級趣味の出版物を指して言う。（中略）純文芸の立場に立てば、彼らの新聞紙上を無駄にすることに対し、我々は黙っていられない。

使い捨ての官僚文化と暇つぶしの小市民文化がこの文壇を席巻している！

純文芸の同志たち、一致団結して、それらの悪党を排撃し、それらの邪気を掃討しよう！（路易士）（「排撃！掃蕩！」九巻三期一九四四・三）

また「幇間文学」と、「文人的苦哀」について、以下のように述べられる。

今日見られる文学作品は、ほとんどが太鼓持ちである。また幇間文学だけが、今日の文壇を賑やかにし始め

ている。おそらくこの原因は二種ある：一つは社会環境によって造り出されたもの、もう一つは作家の思惟の貧困である。（中略）

幇間文化を偏って作り続ければ、我々の次世代をことごとく全て白痴にしてしまう。（向陽）（「幇間文学」九巻四・五期一九四四・五）

今日の生活の重圧は、多くの個人主義の文人の思想を非常に単純なものに変えてしまった。ただ生活の恐怖を感じては、信念と理想を失ってしまったのだ。けれども偉大な作品は、まさに個人の苦難を忘れ去った中にこそ産まれるのである。（谷平）（「文人的苦哀」九巻四・五期一九四四・五）

「創作とは決して一種の遊びではなく、それは人類社会の中の一種不可欠な機能である。もしそれがなければ、人類の社会は早くに貧血症を患い死んでいたであろう。（傅東華：「詩歌与批評」節録）」（「詩的創作（補白）」九巻六期一九四四・六）とされる世の中で、文芸の役割が最大限に認識されていた。

七巻二期に初登場し、九巻二期より終巻前まで毎期登場した路易士は、「宣言」（一〇巻一・二期一九四四・一〇）にて、「戦争に対し、私は全く心動かされることもない――。賛美せず、呪詛もしない。私はただ冷淡に、何が真理で、何が正義かをいいもしない。」と述べる。

路易士の文学論はじめ、『新東方』の文芸欄では、文壇に蔓延る気運を危惧し、より純文芸、純文学を重視し、現実における文学のあり方の意義というものを見つめ直そうと努力していたのではないだろうか。その中では、現実を直視し、苦難を文学作品の中で描ききることによって、解脱、打開策を見つけ出そうとしていたのかもしれない。

しかし、その打開法も、郷愁、流離い、追憶といったものから、一層極まっていく困難の中では、現状を認識して、「生」を問いただせばただすほどに、先行きの見えない、出口のない、やるせない「悲哀」が漂うものばかりになってしまった。まさにそれには、『新東方』に掲載された作者、およびこの時代を生きた人々の行く末が描かれていたといえるのかもしれない。

おわりに

一九四〇年代中国（上海）の論陥期における雑誌発行状況が、商業系（鴛鴦胡蝶派、新文芸系統含む）、同人誌系（女性誌等含む）、汪精衛政権系、と位置づけされるなら、確かに、『新東方』は、創刊号の題辞に汪兆銘、周佛海、褚民誼、林柏生、梅思平、羅君強、蘇成徳の名が列ねられる(12)など、汪精衛政権直属の機関紙であったといえるであろう。しかし三系統は隔絶出来るものではなく、相互に相絡み合うものでもあった。その中身は、特に文芸欄に視点を絞っていうなら、「悲観」を「楽観」に変えるという『楽観』（一―一二期一九四一・五―一九四二・四）系（『半月』『紫羅蘭』『新家庭』『紫蘭花片』系）(13)とは異なるも、また『中国論陥区文学大系』や『上海四十年代文学作品系列』に最多出の『万象』に掲載される作品群にみられるような、日常性、壮絶悲惨性(14)にだけ大別されるのでもなく、当時の現実生活を如実に映し出すという面からすれば、現状をより認識し見つめ、行く末を慮っていた。その現実生活の描写とは、郷愁、流離いから、どこまでも続く、出口の見えない、やるせない、「悲哀」であったのである。

複雑な時代の産物として敬遠される向きのある『新東方』が、表面の政策はどうであれ、中身の文芸についていうならば、実は時代に目をそむけることなく、もしかしたらより時代を見据え、直視していたといえるのかもしれない。

時代の気運の中で見過ごされがちなものに、注視すべきものがある事象の一つであろうか。

註

（1）『中国論陥区文学大系』（広西教育出版社一九九八）収録原載誌は、『万象』『雑誌』『天地』『春秋』『人間』『風雨談』『古今』『苦竹』『大衆』『文運』『文潮』等。

（2）『上海四十年代文学作品系列』（上海書店出版社二〇〇二）収録原載誌は、『万象』『雑誌』『春秋』『紫羅蘭』『女声』『文潮』等。「存稿」（九巻三期一九四四・三）、「自己的文章」（九巻四・五期一九四四・五）、「鴻鸞禧」（九巻六期一九四四・六）。関連するものとして、張宝権「三百年来中国女子服飾攷（中国女子服飾的演変）」（七巻五期一九四三・五、張愛玲 "Chinese life and fashions" の張宝権による中文訳か。なお張愛玲自身の中文版は「更衣記」『古今』三六期一九四三・一二。）、左采「舞台上的『傾城之恋』」（一〇巻五・六期一九四四・一二、張愛玲原作の舞台批評）がある。

なお、この初出誌については、邵迎建「張愛玲と『新東方』——張愛玲早期作品年譜補正」（『東方』東方書店二四一号二〇〇一年三月）で述べられるが、中国で出版される張愛玲研究書等では、今なお上記の三作品等については初出誌不明や再掲誌があげられることも多い。

（3）二〇〇二年の在外研究中、上海図書館で論陥期上海の雑誌調査を行なっていた時、『新東方』は、図書館備え付けの目録カードにも検索機にもなく、受付でも何度か拒否され、のち書庫に別置の雑誌ということで閲覧させていただけた。調査コピー中は見物人に「啊，漢奸雑誌！」と一蹴されたりした。

『全国中文期刊聯合目録』（全国図書館聯合目録編輯組編、北京図書館出版一九六一／一九八〇）等には『新東方』は掲載されていないが、最近発行の『上海図書館館蔵近現代中文期刊総目』（上海科学技術文献出版社二〇〇四）には掲載されるようになっている。また二〇〇六年初頭にマイクロフィルムの依頼も行えた。（中華全国図書館文献縮微中心製）

（4）以下の変更の詳細は〈付表〉を参照。

（5）四巻一期一九四一年七月には訳作特輯が組まれている。エジプト、アメリカ（マークトウェイン）、ロシア（トルストイ「流刑」）、日本（横光利一「Climax」）など。また後半の七巻からは、谷崎潤一郎「春琴抄」（七巻一期一九四三・一—八巻三期一九四三・九）の翻訳連載や舟橋聖一「木石」（七巻一期一九四三・一）の翻訳、菊池寛「謡言」（八巻一期一九四三・七）の翻訳等もみられる。

（6）詳細は〈付表〉参照。同時期の他雑誌の定価変動も同様である。『万象』（上海万象書屋）第一年一期（一九四一・九）の毎冊定価一元が、第四年六期（一九四四・一二）には三〇〇元に高騰。『雑誌』（上海雑誌社）九巻五期復刊号（一九四二・八）に四元が、一四巻三期復刊二四号（一九四四・一二）には一八〇元に、終巻一五巻五期復刊三七号（一九四五・八）には五〇〇〇元までという破格の暴騰である。

（7）紀果庵（一九〇二― ）河北の人。一九四一年から南京に。北京の『芸文雑誌』や『中国文学』、南京の『古今』、上海の『風雨談』等で、エッセイ等を発表。（『中国論陥区文学大系 史料巻』広西教育出版社一九九八）

（8）「華北文壇多年的老将」。（「編輯後記」三巻四期一九四一・四）

（9）秋蛍（一九一三―）原名王之平。遼寧撫順の人。東北論陥期の作家。（『中国論陥区文学大系 史料巻』広西教育出版社一九九八）

（10）張金寿（一九一六―）北京の人。一九四四年以降南京から上海へ。上海の『雑誌』『文潮』『文運』等、南京の『筆陣』『作品』『文芸者』等に作品を発表。（『中国論陥区文学大系 史料巻』広西教育出版社一九九八）

（11）原名は張英福。筆名に石琪、唐萱等。北京に生まれる。七七事変後上海に出て勉学。『雑誌』『万象』等に石琪、唐萱等の筆名で、小説やエッセイを発表。（『中国論陥区文学大系 史料巻』広西教育出版社一九九八）

（12）国民政府主席代理（中央政治委員会主席）・行政院院長の汪兆銘、財政部・警政部の周佛海、行政院副院長・外交部の褚民誼、宣伝部の林柏生、工商部の梅思平、辺疆委員会の羅君強、そして新東方社社長の蘇成徳（行政院政務委員）。南京国民政府（汪精衛政権）の機構を成す人員である。（小林英夫『日中戦争と汪兆銘』吉川弘文館二〇〇三）

（13）周痩鵑「発刊辞」『楽観』楽観雑誌社発行（五洲書報社總經）第一期一九四一・五・一。

（14）子どもの誕生日の出来事（施濟美「珍珠的生日」（小説）一九四四年四月号第三年第一〇期）や昆虫論（唐弢「以虫鳴秋」一九四四年一一月号第四年第五期）。病の一生（施濟美「病的生涯」（散文）一九四四年一月号第三年第七期）、女性の不遇（狄謨（耿済之）「顧大嫂」一九四三年一月号第二年第七期）や戦中の凌辱（蔡夷白（蔡晦漁）「叛逆」一九四四年三月号第三年第九期）など他。

（なお本稿は平成一五―一七年度科学研究費補助金の研究成果の一部である。）

＜付表＞『新東方』data　創刊号以降の変更点を記す。（創刊号以外は上海図書館蔵による。なお欠号はおそらく3巻3期。4巻3期。5巻3期。6巻3期。）

巻・期／西暦.月日 (毎冊定価元/半年/年)	編輯者	発行者	印刷者	代售處	通訊處	分銷處	總經銷	社　長
1・1／1940.03.10 (0.2/1/1.8)	新東方社	新東方社	新中印刷公司	各大書店	南京郵政信箱第一號轉	――	――	――
1・2／1940.04.10 (0.3/1.5/3)	新東方出版社	新東方出版社			南京太平路三八二號	――	――	――
1・4／　.06.10	新東方社	新東方社	南京国華印書館　中山東路臚政牌樓二三二號			――	――	――
1・5／　.07.10					南京小火瓦巷西方菴七號	――	――	――
1・6／　.08.10			新中印刷公司　朱雀路邀貴井十四號			――	――	――
2・1／　.09.10			国華印書館中山東路二三二號			三通書局南京朱雀路	――	――
2・2／　.10.10 (0.3/1.6/3)					南京漢口路一四四號	三通書局南京朱雀路中央書報発行所　南京中山東路	――	――

巻・期／西暦.月日(毎冊定価元/半年/年)	編輯者	発行者	印刷者	代售處	通訊處	分銷處	總經銷	社　長
2・3／　.11.10			新中印刷公司　朱雀路邀貴井十四號				――	――
2・4／　.12.10 (0.5/2.7/5)				＊南京 哈爾濱　天津　上海 遠東月刊社 東京 中央書報発行所各埠分発行所 三通書局各埠分局	南京江蘇路二十三號		――	――
3・4／1941.04.01						三通書局 南京朱雀路	中央書報発行所　南京中山東路	――
3・6／　.06.01	新東方社 社址　南京江蘇路二十三號			上海　五洲書報社	――			――
4・1／　.07.01	新東方社編輯部 社址　南京江蘇路十二三號	蘇成徳			――			――

巻・期／西暦.月日 (毎冊定価元/半年/年)	編輯者	発行者	印刷者	代售處	通訊處	分銷處	總經銷	社　長
4・2／　.08.01	新東方社 社址　南京江蘇路二十三號				――			――
4・4／　.10.01			新東方印刷公司 新街口塘坊橋六十五號		――			――
5・1／1942.01.01 (0.8/4.5/8)					――			――
6・1／　.07.01 (1.2/6.5/12)					――			――
7・1／1943.01.01 (3/16/30)	南京新東方社 社址：江蘇路二十三號	南京新東方社	新東方印刷公司 塘坊橋六十五號	上海　各書店各報攤	――	五洲書報社 上海山東路 三通書局 南京朱雀路		蘇成徳
7・5／　.05.01 (6/32/60)		南京新東方社 塘坊橋六十五號	新東方印刷公司 電話：二一九七五號		――	五洲書報社 上海山東路 三通書局 南京太平路		
8・1／　.07.01 (10/55/100)	南京新東方社 社址：江蘇路二三號				――			

巻・期／西暦.月日（毎冊定価元/半年/年）	編輯者	発行者	印刷者	代售處	通訊處	分銷處	總經銷	社　長
9・1／1944.01.15 (15/80/160)					——			
9・2／　.02.15	新東方雜誌社 電話：三九四三七	南京新東方社 上海霍山路五九九至六〇五號	建東印刷公司 電話：五〇七二七號	上海　各書局各報攤	——			蘇成徳 上海静安寺路斜橋弄六六號
9・3／　.03.15 (20/80/160)		南京新東方社 上海匯山路五九九至六〇五號		上海五洲書報社　各書局各報攤	——	——	中央書報発行所 總所　南京中山東路七二七號 上海分所 上海閘北虬江七〇九號	
9・4-5／　.05.15 (25/150/350)					——	——		
9・6／　.06.15 (35/210/420)	上海華山路五三四號 新東方雜誌社 電話：二〇〇〇七				——	——		——
10・1-2／　.10. (60/360/700)					——	——		——

巻・期／西暦.月日(毎冊定価元/半年/年)	編輯者	発行者	印刷者	代售處	通訊處	分銷處	總經銷	社　長
10･5-6／　.12. (100/600/1100)			建東印刷公司 電話：五〇七二七號 上海静安寺路青海路七號		――	――	文匯書報社 電話：三五四六九號	――

＊　各地域の書店名は以下の通り。
南京　上海書店　建国書店　大新書局　新新書局　光華書局　商務図書公司　新中華書局　合衆文具公司　共和書局　文化書局　国粋書局　世界図書社　　哈爾濱　満州書店　　営口　豊楽書店　　天津　中国公論社津唐弁事処　　張家口　蒙彊文化書局　　上海　遠東月刊社　　東京　大衆堂書店

(3・4　天津　中国公論社津唐弁事処→昌明書報社)
(3・6　南京　文化書局→×、北京　華北文化書局)
(4・1　南京　合衆文具公司→合衆図書雑誌公司)
(7・1　南京　合衆図書雑誌公司→合衆文具公司、北京→天津　華北文化書局)
(7・5　南京　光華書局　商務図書公司　新中華書局　合衆文具公司　共和書局　国粋書局　世界図書社→中心書店　金門書店　中央書店　新国民書店)
(9・2　南京　大新書局　新新書局→大新書店　新新書店)
(9・3　南京　三通書局、中央書報発行所各埠分発行所→×)

郭沫若「鄭成功」について

松岡純子

一　はじめに

福建省廈門市の鼓浪嶼（コロンス島）永春路七二号に、一九二八年頃ベトナム華僑・黄仲訓が建てた洋館がある。フィリピンの建築家が設計し、上海の建築労働者が建設施工した建物で、西林別墅と呼ばれていた(1)。一九六二年、鄭成功による「台湾収復」三〇〇周年を記念して、ここに鄭成功記念館が開設された。鄭成功関係歴史文物・文献・図表・絵画・彫塑・写真・模型などの展示物によって鄭氏の生涯を紹介するもので、この記念館の題字を郭沫若が揮毫している(2)。

郭沫若（一八九二～一九七八）は、一九六二年鼓浪嶼に数ヶ月滞在し取材調査を経て「鄭成功」を執筆、『電影創作』一九六三年二期・三期に発表した。この作品は、後に『郭沫若全集・文学編』第八巻（人民文学出版社一九八七年一月）に収録された。

日本の西端平戸に生まれ、明末清初の中国南部沿海地域から長崎・東南アジアを結ぶ海上に一大勢力を築いた鄭成功を、郭沫若はどのように描いているのだろうか。まず鄭成功の生涯を概観したうえで、作品の構成と登場人物および梗概を示し、場面設定・表現内容を分析し、郭沫若による作品執筆の意図について検討していきたい。なお、底本は前記『郭沫若全集・文学編』を使用する。

二　鄭成功の生涯(3)

鄭成功は、明朝福建泉州府南安県石井郷の鄭芝龍と肥前松浦の田川氏を父母として、明の天啓四年、即ち寛永元年(一六二四)旧暦七月一四日、平戸千里ヶ浜に生まれた。幼名福松、原名森、字明儼、号大木。平戸の母親の元で幼年期を過ごし、海商・海盗を経て明朝に帰順し官位を得て福建の安平鎮に居城を築いていた父芝龍の元へ、明の崇禎三年、即ち寛永七年(一六三〇)七歳の時に単身海を渡って行った。科挙受験を目指し、明の崇禎一一年(一六三八)南安県学の生員に選抜され、崇禎一七年(一六四四)南京の太学で銭謙益に学んだ。

隆武元年(一六四五)南京から福建に戻り、南下して福州で即位した唐王・隆武帝に拝謁、帝より朱姓を賜り成功と改名した。同年、長崎から福建安平に渡航した母田川氏と再会。隆武二年(一六四六)鄭成功は招討大将軍として出陣し、福建北部の仙霞関を守っていたが、安平城に退居していた芝龍は清に投降する決定を下した。鄭成功は清に降ることに反対し、父子は決裂する。福州の清将の元に赴いた鄭芝龍が北京に連行された後、清軍の急襲により、母田川氏が安平城で自害。これより鄭成功は儒服を焚き武力「抗清」の道を歩みだす。

永暦元年(一六四七)広東の南澳島に兵を集め、鼓浪嶼に拠り水軍を訓練し、閩南漳泉地区を攻略、翌年(一六四八)西南地区に拠る桂王・永暦帝に遣使し表を奉った。永暦四年(一六五〇)廈門島・金門島に拠る鄭氏支配下の旧船団・残存軍事勢力を傘下に収め、鄭氏の軍事権を手中にした。閩南各地で清軍と戦い、永暦七年(一六五三)海澄戦役で清軍の将兵を大敗させた。清朝による父・鄭芝龍を通しての高位高禄と親族を人質とする招撫の誘いに乗らず、永暦八年（一六五四）北京の父・芝龍が拘禁される。

永暦九年（一六五五）永暦帝により延平王に封ぜられる。廈門を思明州と改名し、吏・戸・礼・兵・刑・工の六官を置き、人材養成と軍事訓練に努め、総兵力は十数万に達したという。日本（長崎）・東南アジアとの海上貿易により、巨額の軍費・経費を賄った。同年、浙江の舟山を攻略。永暦一〇年（一六五六）泉州港海戦で清軍を大破。永暦一一年（一六五七）台湾からオランダ通事・何斌が通商交渉に来る。永暦一二年（一六五八）南京攻略のため北上するが、羊山沖で嵐に遭い、多くの船が転覆沈没し、舟山に撤退。永暦一三年（一六五九）船団と兵員を整え、再度北伐に向かい瓜州・鎮江で大勝したが、南京を攻めて挟撃され大敗し、思明州に帰る。永暦一四年（一六六〇）北伐失敗の機に乗じて、清軍は江、浙、粤の水陸軍を投入し廈門・金門島を攻めたが、鄭成功は海戦に持ち込みこれを退けた。この後、清朝は「遷界令」を発し、沿海住民を内地に強制移住させ、鄭成功軍への人員供給と糧道を断った。

永暦一五年（一六六一）何斌のもたらした海測図により台湾の鹿耳門から大潮に乗じて上陸、オランダ人と陸海で戦い、オランダ船を撃沈・敗走させ、赤嵌城（プロビンシア城）を降し、ゼーランダ城を長期包囲した。同年、清朝により北京の父・鄭芝龍および子孫眷族一一名が殺害された。永暦一六年（一六六二）投降したオランダ人と条約を結び、台湾からオランダ人を駆逐し、台湾経営に着手。赤嵌城を承天府とし、一府二県を置いて、農具・耕牛を導入し屯田兵制による開墾を行い、租税を徴収し、漢文化による教育制度を整えた。同年、旧暦五月八日、過労と熱病のため三九歳で急逝し、台湾の洲仔尾に埋葬された。

清朝康熙三八年（一六九九）康熙帝は、台湾鄭氏の帰順を受けて、鄭成功を明朝の忠臣として台南に廟を建て、故郷・福建への帰葬を許した。

鄭成功の生涯は、平戸での幼年期、福建・南京での求学期、武力闘争による鄭成功武装集団形成期、海上武装集団から政治・経済集団への転換期、南海王朝的統治政権樹立期にまとめられるだろうが、明末・清初に孤軍奮闘しつつ強権に服さず、海上に覇をとなえながら志半ばで倒れたその人生の軌跡は、後人を魅了するものがあるようだ。多くの鄭成功関連の文学・戯曲・映像作品があり、郭沫若による作品もその中の一作である。なお、中国現代文学における鄭成功関連の先行戯曲作品としては、魏如海（阿英）の「四幕歴史劇　海国英雄――鄭成功」（一九四〇年一月）がある(4)。

三　郭沫若「鄭成功」の構成・人物について

（一）作品構成

この作品は、冒頭に作中唱歌「鄭成功之歌」を掲げ、序幕と第一章から第十章および尾声で構成されている。各章の内容を簡単にまとめると以下のようになる。

「鄭成功之歌」一～四

序幕（プロローグ）鄭成功祠　唱歌

第一章　廈門・鼓浪嶼（コロンス島）台湾からのオランダ人通商交渉使者の来島

第二章　北征　舟山～羊山沖での嵐～舟山～焦山・瓜州・鎮江の戦い勝利

第三章　南京包囲～儀鳳門の戦い～大敗～廈門へ

第四章　台湾ゼーランダ城　清・オランダ連携～鄭側漢人捕縛～高山族社焼き討ち

第五章　泉州～廈門沖海戦勝利～清「遷界令」発令～鄭軍台湾へ
第六章　東征　澎湖群島～台風・飢餓～台湾鹿耳門へ
第七章　鹿耳門海岸上陸～陸戦・海戦勝利～赤嵌城（プロビンシア城）投降
第八章　ゼーランダ城市区攻防戦～放火・爆破～高山族社偽布告
第九章　ゼーランダ城包囲戦～オランダ救援艦隊撃退～高山族社慰撫
第十章　ゼーランダ城投降～条約調印・入城式～祝宴～婚礼挙行
尾声（エピローグ）鄭成功祠　唱歌

鄭成功の生涯最後の六年間に焦点をあてて構成されている。鄭成功祠堂から始まり、亡き鄭成功の事業を回想し、再び鄭成功祠堂に戻り、崇拝神格化される過程が示されている。

（二）主要登場人物

では、主要登場人物はどのように設定されているだろうか。一覧してみよう。

鄭成功　祠堂に祀られた神像～神格化された崇拝対象
　高山族が国姓爺・塔馬吉桑瓜（Tamagisangah 人類創造善神）として賛美
　在りし日の鄭成功＝軍事・練兵・民生・開拓の指導者・人格者

文官：沈佺期（台湾派遣、医療担当）、常寿寧（台湾派遣、船税徴収担当、絹緞子販売店兼航海旗販売店「常興正」店主）、潘庚鍾、楊英（戸官）

武官：甘輝将軍（弓の名手）、余新将軍、李順（引水都督）、馬信将軍（回教徒）、黄安（水師）、周全斌、洪宣（遊撃）、張煌言（舟山出身）、呉豪（宣毅后鎮）

董氏　鄭成功夫人、廈門にて婦女縫紉所（軍装・軍靴・軍帽等の製造、鄭成功肖像・花鳥・人物の刺繍、奨励品・商品化）を管轄

阿瑜　一九歳、常寿寧の孫娘、鄭成功を義父とする。台湾に派遣され高山族と漢人の和睦と連帯を象徴する。魏如海『海国英雄』の創作登場人物「鄭瑜（鄭成功の娘）」（妾から虚構の娘への変更）を、さらに義理の娘に設定変更したと思われる(5)

協力者

李科羅 VictorioRicci 神父（イタリア人ドミニコ会天主教徒、医術・造船・造炮の指導）

何斌（台湾在住、鄭成功側漢人、オランダ通事、オランダ語・ポルトガル語・日本語に通じ、澳門・廈門・台湾・日本を往来、鄭成功の父・鄭芝龍の旧友）

張椰風（台湾在住、鄭成功側漢人、椰風堂薬鋪の店主、漢方医）

オランダ人：雅可布・苗難実丁（評議員）、漢斯・雍尔更・拉迪斯 Hans Jurgen Radis（軍曹）、所羅門・苗難実丁（赤嵌城司令官）

黒　人：吉姆司（天主教堂使役）、威廉（督弁公署使役）、弥娜（天主教堂使役）

高山族：拝雪・波赫尔（頭領）、啓奴里克郎・拝雪（二四歳）、羅波・拝雪（一九歳）

犠牲者

甘輝、余新、潘庚鍾、常寿寧、沈佺期、拝雪・波赫尔、雅可布・苗難実丁、何斌、洪宣、拉迪斯軍曹

敵対者

清側：郎廷佐（江南総督）、梁化鳳（崇明総兵）、管効忠（南京総兵）、達索（内大臣・安南将軍）、李率泰（福建

総督）、朱衣佐（瓜州操江都門）

オランダ側：：腓特力・揆一（台湾督弁）、漢布魯克神父、勒奥納杜斯 Leonardus（検察官）、伊伯倫 Thomas von Iperen（商務官）、貝徳尓上尉（抜鬼仔）、阿尓多普上尉、君士担丁・諾貝尓（評議員）、雅可布・考烏 Jacob Caeuw（バタビア艦隊司令官）

内応者

所羅門・朱衣佐（天主教徒）、亨利・呉豪（天主教徒）、

郭苞（オランダ通事、一六五二年台湾で反乱を起こした郭懐一の弟、密告者）

四　郭沫若「鄭成功」の梗概

それでは、作品の各章ごとの場面展開を追ってみよう。

序　幕　最初に以下の記述が掲げられている。

鄭成功祠（内から外へ）「鄭成功以永暦一五年一二月一三日（公元一六六二年二月一日）収復台湾后，翌年五月初八日（公元一六六二年六月二三日）因病去世。台湾人民建祠崇祀之。」

柱に掛けられた漆塗の対聯には「白手曾扶明社稷，丹心憂照漢乾坤」「永暦一六年春（上聯）義女阿瑜敬献（下聯）」と書かれている(6)。

祠堂内部に鄭成功坐像。義理の娘阿瑜（白衣・白巾・高山族刺青）が梅の花咲く樹下を徘徊。祠堂の外では、椰子林・榕樹の下、高山族男女群集による「鄭成功之歌」の合唱。取り囲む漢人・黒人・オランダ人老若男女による

唱和が続く。

第一章一　永暦一一年（一六五七）七月　鼓浪嶼の湾内、鄭成功座船にて、甘輝の弓矢による鷹射ち。鄭成功、甘輝、馬信、黄安、周全斌、余新、楊英、夫人董氏、阿瑜登場。

二　廈門、イタリア人李科羅神父の住宅。台湾のオランダ人通商交渉使者、漢布魯克夫婦、雅可布・苗難実丁夫婦在席。呉豪が鄭成功との会見時間を通知。オランダ通事何斌、楊英、漢斯・雍尓更・拉迪斯軍曹らが登場。甘輝によって両目を射抜かれた鷹を、漢布魯克に贈る。

三　鼓浪嶼、日光岩水操台にて、鄭成功と文官：沈佺期、常寿寧、潘庚鍾、楊英、武官：甘輝、馬信、黄安、周全斌が同席。呉豪、漢布魯克神父、評議員・雅可布・苗難実丁、評議員・君士坦丁・諾貝尔、李科羅神父、何斌が登場。鄭成功の父・鄭芝龍（尼古拉斯・一官）、一六五二年の台湾での郭懐一の起義に話が及ぶ。オランダ側が「荷蘭東印度公司台湾督弁　腓特力・揆一　一六五七年七月七日付け書簡」を渡し、「軍餉銀五千両、箭坯一〇万枚、硫黄五千担」での通商交渉を提案。

四　鄭成功書斎（岳飛書、諸葛武侯「出師表」朱紅拓本、線装本や外国書籍を置く）にて。鄭成功は、義女・阿瑜、何斌、沈佺期、常寿寧らの台湾派遣を計画。

五　何斌が、オランダ人の測量による台湾地図と「台湾地理誌」稿本を献上。鄭成功は「永暦一一年六月初一日付け腓特力・揆一あて返書」にて、通商を受諾。

「牛魔王の腹中の孫悟空＝苦肉の計」台湾行の計画立案。沈佺期（医療担当）、常寿寧（航海船税徴収）、阿瑜（高山族との連携）各自役割を分担。

六　漢布魯克夫人、苗難実丁夫人ら、鄭成功夫人董氏の管轄する婦女縫紉所を参観。返書を受け取った漢布魯克は、呉豪を通し沈佺期、常寿寧に抗清復明軍費献金。

七　鼓浪嶼日光岩水操台にて、鄭成功は、違法献金受け取りにより、沈佺期、常寿寧、阿瑜を処罰、台湾へ追放。

第二章一　永暦一二年（一六五八）陽暦六月一三日　鄭成功北征、廈門を出航。

二　舟山群島到着。普陀前寺観音聖廟にて。子供たちによる「王者之師」賛歌。

三　九月六日羊山沖停泊。鄭成功は、李順（水夫出身老人）の説く羊山伝説を一笑に付し、羊山神を祭らず、海龍を起こす禁忌の音を鳴らす。嵐に見舞われ、海中に箭を射る姿を借りて跪き、舟山群島へと撤退し、隊伍を立て直す。

四　永暦一三年（一六五九）五月一七日（陽暦七月六日）羊山沖を通過し崇明島へ。六月一四日（陽暦八月一日）長江中流、焦山の戦いに勝利。

五　瓜州占領。瓜州操江都門・朱衣佐を捕縛。朱衣佐が南京・鎮江の地図を献上。

六　六月二二日（陽暦八月九日）鎮江城外、銀山の戦いに勝利。鄭成功は、朱衣佐に老母への孝養を尽くすようにと金を与え釈放。朱衣佐は呉豪と天主教の礼拝を行い、密談し出発。鄭成功は、張煌言の水路迂回持久戦の策をとり、甘輝の陸路短期決戦の策をとらず。

第三章一　南京城封鎖。城下で梁化鳳と朱衣佐が出会う。七月初七日（陽暦八月二四日）鄭軍南京城下に到着。江南総督・郎廷佐、梁化鳳、朱衣佐は、「緩兵之計」で鄭軍による総攻撃を引き延ばし、七月二一～三日、鄭成功の誕生日にあわせて急襲決定。

二　鍾山の孝陵で、鄭成功、甘輝、馬信、黄安、余新、呉豪、楊英ら明太祖を祭る。南京総兵・管郊忠、七月初九日付け書信にて、囲城三〇日の猶予を請う。許諾。

三　常州にて、安南将軍・達索は、朱衣佐の携えて来た郎廷佐からの密書を受け取り、謀議。一方、東岳廟の鄭軍大本営で、鄭成功、甘輝、馬信、呉豪らが会議。

四　七月二二日（陽暦九月八日）南京城儀鳳門が開き、清軍夜襲。偽農民による振る舞い酒で泥酔した防備の将・余新が朱衣佐らに捕縛される。梁化鳳らが落馬した甘輝将軍を生け捕り、潘庚鍾の首級をとる。鄭軍は達索の援軍に挟撃され大敗。鄭成功、周全斌、馬信ら包囲を突破、水師・黄安の船艦で下流へ。

五　孝陵上で、達索、梁化鳳、朱衣佐ら、潘庚鍾の首級を検分。甘輝、余新を斬刑。

六　九月初七日（陽暦一〇月二二日）廈門帰還。鼓浪嶼日光岩水操台にて戦死者を弔う。

第四章一　杭州岳武穆廟にて、達索、朱衣佐、梁化鳳、福建総督・李率泰が清朝と台湾のオランダ人との連携を密議。朱衣佐を連絡役として台湾派遣決定。

二　朱衣佐、船中で鄭軍による年三千両の航海許可旗に気付く。ゼーランダ城天主教堂にて、朱衣佐、漢布魯克神父、腓特力・揆一が密談。清・オランダ聯合で、陸海から鄭軍挟撃を計画。揆一、航海旗に関わる何斌と鄭側漢人の逮捕を命令。

三　黒人・吉姆司、威廉が、朱衣佐の来訪と密談内容を、鄭側漢人・張梛風に通報。航海旗販売店「常興正」にて、何斌、常寿寧が、貝徳尔上尉に捕縛される。オランダ督弁公署の軍事法廷にて、揆一、漢布魯克、郭苞、二八名の評議員らが常寿寧の火刑、何斌の公権剥奪・財産没収・左眼潰し・右腕切断、旗購入船主たちの銃殺を決定。（雅可布のみ票決を棄権）さらに沈佺期、阿瑜の捕縛を命令。バタビア総公司への用兵許可・救援依頼の為、君士担丁・諾貝尔の派遣を決定。

四　ゼーランダ城の刑場にて、常寿寧が火刑死、何斌も処断される。高山族社にて漢文・医術を学ぶ啓奴里克郎・拝雪、羅波・拝雪兄妹や阿瑜を、貝徳尓上尉、郭苞らが襲撃。「活仙人」と讃えられた沈佺期と族長の拝雪・波赫尓を焼殺。阿瑜は追求を逃れた山洞で高山族の刺青を顔面に施す。吉姆斯、威廉が、重傷の何斌を山洞へ運び込む。父親（拝雪・波赫尓）の仇討ちを誓う啓奴里克郎。

第五章一　永暦一四年（一六六〇）五月初八日（陽暦六月一五日）演武場にて、鄭成功は兵士の訓練を視察、李科羅神父は造船所・造兵器所で指導。そこへ、何斌、阿瑜が台湾より帰還し、水深・高山族分布・各地里程を記した台湾新地図を献上する。初十日、泉州・同安より達索、李率泰の率いる清軍の進攻を受ける。

二　鄭成功船上にて会議。泉州は黄安が迎撃、同安は馬信が迎撃することを決定。初十日、泉州で達索、朱衣佐、同安で李率泰、梁化鳳が各々海戦で死傷し敗退。

三　朱衣佐と李率泰は福州へ逃れ、清朝は「遷界令」による沿海住民移動を発令。朱衣佐は、オランダとの連携のため、再び台湾ゼーランダ城天主教堂を訪れる。天主教堂には、漢布魯克夫婦、揆一督弁夫婦、雅可布・苗難実丁夫婦が在席、朱衣佐を迎えいれる。

四　高山族の新社では、娘達が歌を唄い、若者達が猟をする平穏な日に、復讐の念が燃えていた。同安・海澄など沿海八八堡に「遷界令」が出され、漁民・農民は廈門・金門島へ移住してきた。舟山の張煌言が来島し、「復明抗清」は北征にありと、自論を主張するが、鄭成功は東征を決意。座艦にて、何斌、董氏、阿瑜、呉豪、黄安、李神父、馬信、張煌言との議論を経て、台湾攻略を決定。永暦一五年（一六六一）三月二三日（陽暦四月二一日）に耕牛・犂鋤を携え台湾渡航開墾へ出発することを宣言。呉豪、李科羅神父、阿瑜らも渡台。鄭成功夫人董氏と子どもたちは廈門に残留。

第六章一　四月一日（陽暦四月二九日）、東征して澎湖島に到着後、すでに七日経過。鄭軍に台湾移住の四万人余りの婦女老若が加わり、嵐に遭って飢餓状態に陥る。鄭成功、黄安、馬信、周全斌、李神父、阿瑜らが海岸での食料採取中、遊撃・洪暄を先頭に澎湖三六島澳長による食料差し入れを受ける。呉豪指揮下の飢餓兵士に不満が募るが、鄭成功による耕牛殺食禁止の説得と食料分配で静まる。

二　鄭成功、黄安、馬信、周全斌、阿瑜、李順、李科羅神父ら、嵐をついて出発を決定。

三　ゼーランダ城天主教堂にて、黒人女・弥娜の手で朱衣佐は西洋人に変装し、督弁公署大庁のダンスホールでの夜会へ。オランダ人・西洋人・印度人・ペルシア人・日本人なども参加。腓特力・揆一、貝徳尔上尉、朱衣佐（所羅門伯爵に変装）、教堂地下室隧道より公署へ現れた漢布魯克（ペルシア人老婆に変装）らは、公署階上に設置された秘密享楽室で、西洋妓女を侍らせカードゲームに興じる。

四　四月三〇日　鄭成功座艦にて、鄭成功、何斌、李神父、黄安、馬信、周全斌、呉豪、阿瑜ら会議。何斌、阿瑜は鹿耳門へ先行上陸、騎馬にて拝雪社へ連絡、啓奴里克郎、羅波ら鹿耳門へ向かう。呉豪はゼーランダ城へ投降勧告に出発。

五　ゼーランダ城市区椰風堂薬舗にて、張椰風が来訪した呉豪に食料・資金の提供を申し出、呉豪は「米・粟・メキシコ銀貨一千ドル」の受け取り証を渡す。薬舗近くの天主教堂を訪れた呉豪が、不在の漢布魯克あてに内応の手紙を筆記、文字を読めぬはずの黒人・吉姆司に漢布魯克への手渡しを依頼。吉姆司、威廉は、張椰風に陰謀を通報。

六　督弁公署屋上にて。漢布魯克、揆一、朱衣佐ら、鄭軍への対策協議。戦力は兵一二〇〇名、戦艦三艘のみ。朱衣佐は、ゼーランダ城死守、市区漢人街放火、高山族離間策を提起するが、採用されず。貝徳尔上尉が、兵を率い鹿耳門に迎撃へ。

第七章一　鹿耳門から、鄭成功、周全斌、馬信、歩兵、牛馬、銃砲、眷族、難民、李科羅神父らは、大潮に乗じて上陸。何斌、啓奴里克郎、高山族による出迎え歓迎。作戦会議にて、水師：黄安指揮（鹿耳門守備・北線尾防備・南打狗方面遮断）、陸路：左中右三路に分け、中軍：鄭成功指揮、銃砲・鉄甲兵配置、右軍：周全斌指揮、弓箭手・盾牌兵配置、左軍：馬信指揮、弓箭手・盾牌兵配置に編成。

二　黒人・吉姆司、威廉が呉豪内応の件を通知し、呉豪は鄭軍への帰還後、捕縛され船上で監禁される。五月一日（日曜日であったが）貝徳尔上尉の指揮下、二〇〇人の洋銃隊が、瑪麗亜号・白鷺号に乗船、三〇〇人の水兵が赫克托・封・特羅雅号（Hector von Troja）、埃門轟号（Emmen Horn）、格拉芙朗徳号（Gravelande）に分乗し、北線尾から上陸、洋銃隊三列横隊で銃撃。鄭成功、馬信、高山族ら弓箭手・盾牌兵・鉄甲兵による迎撃で陸戦に勝利、海戦では瑪麗亜号が逃走、白鷺号船長の拉迪斯が黒人兵反乱を指揮し投降。啓奴里克郎が、貝徳尔上尉との海中での戦いで、父親の仇討ちを果たした。

三　ゼーランダ城督弁公署屋上にて、揆一と朱衣佐は戦闘状況の不利を悟り、戦艦温存のため、撤退合図を出すが伝わらず。オランダ側鉄甲船三艘に対する鄭成功側中小型船（火船・砲船・弓箭船の三段編成）の戦いで、赫克托号は引火爆発、埃門轟号は燃焼沈没、格拉芙朗徳号は外洋へ逃走した。鄭成功、馬信、周全斌の三軍は、北線尾より赤嵌城へ進撃。黄安の水師（弓箭船・砲船・火船　三段編成に変更）は、ゼーランダ城へ進撃。公署屋上では、揆一、朱衣佐が対策を協議。漢布魯克、阿尔多普上尉が、赤嵌城の救援に向かった。

四　漢布魯克、阿尔多普上尉、黒人二隊とオランダ人二隊で赤嵌城へ急行。しかし、吉姆司隊長、威廉隊長と黒人二隊が反乱を起こし、漢布魯克を捕縛、オランダ人部隊を攻撃。阿尓多普上尉は、ゼーランダ城へ逃げ帰った。公署屋上では、揆一、朱衣佐、阿尓多普が、鄭軍と高山族との離間策として、大明招討軍宣毅后鎮・呉豪名での食糧・田畑徴発命令の偽布告貼り出しを画策。李科羅神父が公署を訪れ、「永暦一五年四月初三日付け鄭成功の書信」を渡し、投降を勧告。議事庁での評議会で、揆一は検察官・勒奥納杜斯、商務官・伊伯倫二名を派遣し、年貢増量による鄭軍撤退を要求し直接交渉を行うことを決定。

五　赤嵌城外広場の鄭軍陣営、鄭成功、楊英、阿瑜の前に、吉姆司、威廉が漢布魯克を連行。漢布魯克は、赤嵌城の家族や呉豪との面会および宗教生活への無干渉を要求、鄭成功は許可した。雅可布・苗難実丁の別荘で、漢布魯克は家族と再会。同行した阿瑜は、雅可布からの赤嵌城司令官への投降勧告申し出を受諾。

六　赤嵌城外広場の鄭軍陣営、鄭成功、李科羅神父が、勒奥納杜斯、伊伯倫と会見。鄭成功は、年貢増量による撤退交渉を言下に拒否し、白旗投降を要求した。そこへ、阿瑜、漢布魯克が帰還し、雅可布・苗難実丁の来訪と、赤嵌城司令官・所羅門・苗難実丁（実兄）への投降勧告申し出を告げた。鄭成功、李科羅神父、勒奥納杜斯、伊伯倫、漢布魯克、雅可布は、揃って赤嵌城へ。赤嵌城司令官は、勒奥納杜斯、伊伯倫、雅可布と面会し、開城投降を受諾。勒奥納杜斯、伊伯倫、漢布魯克、雅可布は、ゼーランダ城へ引き返した。鄭成功、馬信、周全斌、李科羅神父、高山族、吉姆司、威廉と黒人隊は、赤嵌城に無血入城を果たした。

第八章一　ゼーランダ城督弁公署の秘密室で、揆一、漢布魯克、阿尓多普上尉らは、漢布魯克神父を釈放し天主教堂への帰還を許した鄭＝ドン・キホーテだと、嘲笑。評議会の席上、揆一、勒奥納杜斯、伊伯倫らは、一転して投降を勧告した雅可布・苗難実丁を断罪し、鄭成功の間諜として広場で絞首刑を執行した。

二　黄安の水師は、ゼーランダ城市区を占領し、椰風堂薬舗を臨時司令部とした。漢布魯克神父が来訪し、呉豪との面会、宗教に干渉しない旨の許可を求める。督弁公署の屋上で、朱衣佐、揆一、阿尓多普が、呉豪名義で高山族向け偽造布告（糧秣田畑徴収）を準備。ペルシア人老婆に変装した漢布魯克が出現、公署と天主教堂間の秘密地下随道の存在を明かし、偽布告ばら撒きと放火の陰謀を画策。

三　漢布魯克神甫、揆一、朱衣佐、阿尓多普らは、地下隧道を通って天主教堂へ。夜半、ゼーランダ城市区に一斉放火。鄭軍は鎮火救済活動に忙殺される。鄭成功、何斌、馬信、阿瑜、李科羅神父らが、ゼーランダ城の状況視察へ赴く。臨時難民収容所となった天主教堂にて、難民救護活動を偽装中の漢布魯克を見舞い、呉豪による偽布告と雅可布絞首刑の消息を知る。黄安、鄭成功らは天主堂近くの椰風堂薬舗・臨時司令部へ向かった。

四　督弁公署秘密室にて、朱衣佐、揆一、漢布魯克神父らは、地下隧道と火薬を利用して天主教堂と鄭成功らがいる臨時司令部の一斉爆破を計画。椰風堂薬舗では、鄭成功、黄安、何斌、馬信、李科羅らが、軍事会議を開催。呉豪の召還と審問、市区の漢人被災者救済、高山族慰撫策として耕牛・耕具の贈与、医療所・造船所・縫紉所の開設、屯田新規開墾策の実施、高山族・当地在住漢人の耕地保留、ゼーランダ城市区・赤嵌城への守備人員配置を決定。呉豪出頭、漢布魯克による偽布告発布と地下隧道の秘密を告知。呉豪、何斌は漢布魯克を訪問、鄭成功、馬信、阿瑜は高山族慰問準備に赤嵌城帰還を決定。

五　揆一、漢布魯克、朱衣佐らは、天主教堂地下室へ火薬を運ばせ、地下随道工作を行い、公署から避難。呉豪、何斌が、椰風堂から天主教堂に入った時、地下火薬庫が爆発し、教堂も薬舗も崩壊、犠牲となる。黄安らの消火・救済活動中に、揆一らがゼーランダ城より出撃、黄安ら迎撃。揆一は銃撃され、左眼貫通、右足負傷。阿尔多普らゼーランダ城へ撤退。天主教堂廃墟に、鄭成功、黄安、漢布魯克夫人、雅可布・苗難実丁夫人、阿瑜がたたずみ、何斌らの死を悼んだ。鄭成功、馬信、張椰風、阿瑜、楊英らは、水牛・犂鍬を携え高山族・拝雪社に巡行。鄭成功は、高山族・漢族の和睦を提唱、土地を占拠せぬことを宣言し、呉豪名の偽布告に対しては、天主教堂での爆死を告げた。さらに耕牛・耕具贈与と使用法伝授、養牛・繁殖・鉄の精錬・鋳造指導人員配置、漢方医と西洋医による医術の指導・伝授、戸官・楊英による分配実務の担当などを宣言した。高山族人は、国姓爺を塔馬吉桑瓜（Tamagisangah 人類創造善神）として賛美。

第九章一　鄭成功は、台湾在住三ヶ月余りで、屯田開墾部署を配置し、ゼーランダでの廈門式練兵、水陸戦向け訓練を実施した。鄭成功、馬信、黄安らが、大砲砲撃訓練と拉迪斯による指導、新たに設置された鍛冶所・縫紉所・医療所を巡視。

二　ゼーランダ城包囲三ヶ月で、化膿が進行。人体は、野菜果物・ビタミン欠乏で敗血症・浮腫にかかり、兵士たちは生理上・心理上の困苦に直面。広場は墓場となり、棺と十字架が林立。揆一は、厳罰で統治し、銃殺刑・絞首刑を執行。公署の秘密室で逆上した揆一夫人が急死、揆一、妓女、漢布魯克神父らが葬送。

三　バタビアからの救援オランダ艦隊十艘、兵士七〇〇人が到着。艦隊司令官、雅可布・考烏副司令官、君士担丁・諾貝尔が乗船。公署屋上にて、揆一、漢布魯克、朱衣佐ら、救援隊との連絡役として阿尔多普の派遣を決定。鄭成功、黄安、馬信らも救援艦隊を発見、白鷺号による誘導・迎撃を計画。

四　連絡役・阿尔多普の小舟が夜の海に沈没。旧暦七月一七日夜、台風で艦隊は澎湖群島へ避難。鎮守遊撃・洪宣と一五名の兵士・島民らを全滅させ、家畜・家禽を食べつくす。旧暦閏七月二一日（西暦九月一〇日）艦隊は、白鷺号拉迪斯船長の誘導で、ゼーランダ城外海域へ。科登霍夫号（Cortenhoef）に砲台より一斉砲撃、先頭三船に命中、戦闘船・火船による包囲で敵艦三船沈没、司令艦ほか二船は海峡から逃走。公署屋上の揆一、漢布魯克、朱衣佐は、逃走か死守か議論。

第十章一　高山族拝雪社で二期作目の稲刈り。楊英が高熱で倒れ山洞へ隔離、チフス発症。啓奴里克郎、羅波が看病。張椰風、李科羅神父、ゼーランダから診察へ。

二　天主堂廃墟で隧道入り口鉄門発見。鄭成功、黄安、馬信、周全斌、拉迪斯視察。鄭軍司令部（何斌住宅）にて、鄭成功は、「遷界令」が山東から広東まで沿海五省へ拡大されたことを受け、廈門・金門・沿海難民の台湾移住を提起。周全斌の澎湖・廈門への派遣を決定。包囲開始後、七ヶ月経過。拉迪斯軍曹が、ゼーランダ城東南の烏特里邪（Utrecht）堡塁の攻撃を提案。

三　一六六二年一月二五日早朝、烏特里邪堡塁を攻撃。拉迪斯が犠牲となる。鄭成功、黄安、馬信、阿瑜ら、督弁公署の揆一、漢布魯克、朱衣佐らに投降勧告。

四　鄭成功司令部大庁にて、オランダ側は伊伯倫、勒奥納杜斯を派遣し、投降談判。鄭成功、黄安、馬信、李科羅神父、阿瑜ら在席。オランダ側一四条に鄭側四条を加え、全一八条の条約成文化。黄安（全権）、李科羅神父（顧問）。

オランダ人拉迪斯軍曹の中国式葬列に、鄭成功、馬信、張椰風、吉姆司、威廉参列。朱塗漆棺材を一六人で担ぎ、漢人、高山族、黒人達が葬送。烏特里邪廃墟に埋葬。

五　楊英は、拝雪社の山洞で大病後三ヶ月静養。『従征実録』『鄭成功之歌』を執筆。羅波が看病。阿瑜、啓奴里克郎が、ゼーランダ城の揆一投降を知らせる。

六　一六六二年二月一日午後二時、占領三八年のオランダ殖民者投降。投降儀式を挙行。鄭成功の臨席で、黄安、揆一が条約に署名交換、揆一が鍵・剣を鄭成功に献納。雅可布・苗難実丁夫人、国籍変更と中国人としての台湾残留を請求し、雅可布・苗難実丁を刑死させた揆一を告発。弥娜が、ペルシア人老婆に変装した漢布魯克、オランダ貴族に変装した朱衣佐を殺人犯として告発。鄭成功、二人に厳罰を言い渡す。入城式にて、旧督弁公署楼上に鄭成功が大明日月旗を掲揚、礼砲を鳴らす。旧暦一二月一三日夜、公署大庁にて祝宴開催。鄭軍、当地漢人、高山族、黒人、オランダ人参加。鄭成功、馬信、黄安、張椰風、李科羅神父、吉姆司、威廉（第一席円卓）、啓奴里克郎、楊英、阿瑜、羅波（同一卓席）。鄭成功の講話：今日は光栄なる日。昨日の苦しみを忘れず、勇気をもって明日を迎えよう。相思相愛の若者たち、啓奴里克郎と阿瑜、楊英と羅波の婚礼を高山族の儀式、連杯にて挙行する。高山族人と漢人の永遠なる連帯を祈って。

尾　声

鄭成功祠（外から内へ）新月・星のきらめき。椰子林での高山族男女による歌舞と「鄭成功之歌」合唱反復。取り囲む漢人、黒人、オランダ人男女による唱和。羅波、祠堂内へ、阿瑜、梅の花咲く樹下を徘徊。二人、鄭成功の神位に別れを告げる。鄭成功神像アップ。

五　場面設定と表現内容

（一）救世主としての鄭成功と厳しい軍律

冒頭の「鄭成功之歌」(7)は、以下のような内容である。

一

紅毛鬼，害人精！
殺人挖眼睛。
打死我們的親兄弟
燒死我們的父母親
搾取我們的血和肉
剝削我們的金和銀
打破我們的蛇罐子
燒毀我們的居民村
中国的台湾呵，
变成了一座大火坑！

二

鄭成功，大救星！
你来救我們。
赶走了那紅毛鬼，
收复了这赤嵌城。
教我們使用犁鋤，
教我們使用牛耕。
教我們讀書識字，
教我們相愛相親。
中国的台湾呵，
而今是一片唱歌声。

三

誰讓我打破枷鎖？
誰讓我們跳出火坑？
誰為我們駆除魔鬼？
誰為我們粉骨砕身？
是你呵！是你呵！
你是我們的生命根！
誰說你死了？誰說你死了？
不，你没有死！你没有死！
中国的台湾呵，
可不是你的化身？

四

天上的太陽，月亮呵！
那是你的一对大眼睛！
阿里山的神木呵，東海呵！
那是你的手臂和精神！
你日日夜夜瞧着我們，
你日日夜夜抱着我們。
天就垮了，海就干了，
你也不会跑掉我們。
中国的台湾呵，
可不是你的靈魂？

悪辣な紅毛鬼（オランダ人支配者）を追い払った鄭成功を、大いなる救世主として讃え、かつ農業振興・民生・教育への尽力に感謝し、鄭成功亡きあとの台湾は彼の化身として、霊魂が宿る地であることを歌うものである。

また、鄭軍の軍律については、こうである。

老人們纷纷议论：

——「鄭成功的军队秋毫无犯，真是王者之师呵！」
——「乱砍一根竹竿都要杀头呢！」
——「不准奸淫妇女，谁敢犯罪，一律沉水杀头，连将领都要连坐啦！」

――「他们都住在船上，决不乱住民房。」

――「天天都在操练，比看戏还好看啦。」

――「真是几百年来没有看过这样好的队伍。……」(8)

鄭成功の軍は王者の軍だ、竹一本切っただけで首がとぶ、婦女への姦淫を許さず、罪を犯せば首がとぶ、将校だって連座だよ……数百年来こんな立派な軍隊は見たことない……と。

澎湖で嵐のため進路を阻まれ飢餓状態に陥った時には、こうである。

鄭：「我听说，有人要殺牛来吃，这个不好。万万不能殺耕牛！这也是我们和荷兰人不同的地方。他们到一处，殺尽一处的耕牛，大吃大喝。我们不能学这个样。荷兰人是损人利己，我们是损己利人。如果有人要殺耕牛，倒不如来殺我。……」(9)

たとえ餓えに迫られてもオランダ人の如く私利にかられ耕牛を殺し肉食してはならないと。

――「不行！我们的軍令很厳，不许白吃老百姓一米一粟，吃了要砍头！」

――「我们也听见说。国姓爷的大兵真是王者之师呵！好吧，你就随便写一张收据吧。」(10)

また、庶民からの物資調達・提供についても、必ず受取証を渡すのだと言う。
(二) 国際連帯と「領土・台湾収復」
黒人兵反乱については、以下のように記述されている。

吉姆司一上岸，便命令手下的黒人兄弟们把漢布魯克梱绑了起来。

漢挣扎着大叫：「无法无天的黒奴！你们要造反吗？」

――「对，你说得对。我们正是造反！」

……吉再向漢说：「你今天可认得我们黑人了吧？我们要替有色人种报！」(11)

黒人兵は、反乱を起こし、有色人種に替わって仇を討つのだという。

台湾督弁揆一宛て「投降勧告書簡」および赤嵌城前の陣営でのオランダ人使者との投降条件交渉への返答においては、繰り返し以下のように述べられる。

「大明招討大将軍鄭成功致書于荷蘭台湾督弁先生

台湾是中国的疆土，我今率兵前来屯垦。荷兰公司只允在此经营贸易，乃竟四处建筑城堡，拥兵自雄，虐我汉人与高山族人，如奴隶牛马。今与尔等约：即日放下武器，献出城堡，愿归者可保安全离境，愿留者可保和平经商。此乃本大将军宽大为怀，望善自处。

永历十五年四月初三日　鄭成功」(12)

――「你们以为我是来做买卖的吗？我不是来出卖台湾，我是来收复中国的疆土。我也不是来打仗，我是来垦荒。你们占着台湾，并向我挑衅，那是以卵投石！」……

――「台湾的高山族兄弟，你们手下的黑人兄弟，都和我们站在一起了。……」

――「我给你两天的时间考虑。你们三色旗挂在我们中国的领土上，我们是不高兴的。……」(13)

台湾は中国の領土であって、中国領土を回収しに、戦いにではなく開墾に来たこと。武器を捨て降伏すれば、寛大な処置を受けられるのだという。赤嵌城の投降開城後、漢布魯克、朱衣佐、ゼーランダ城に戻る使者にも、以下のように同様の降伏勧告が繰り返される。

鄭：「好，刚才说过的话，向二位重申一遍。台湾是中国的疆土，我不是来打仗，我是来开垦。希望你们的督办献出熱蘭遮城，放下一切武器，我们一定以礼相待。……」(14)

ゼーランダ城包囲後の降伏呼びかけは、以下の通りである。

――「熱蘭遮城内的人听着！国姓爷告诉你们，要你们放下兵器，献出城堡。――如果你们愿意投降，保证你们安全回国。如果你们要顽抗到底，国姓爷要给熱蘭遮城以炮火洗礼。……

――你们如果愿意投降，便立即在公署楼上挂一面白旗；如果还有什么请求，便挂上两面白旗；明天清早可以派人出城来，从长商议，保证安全。――国姓爷是决不背信弃义，决不失信的。」(15)

武器を捨て投降開城すれば、寛大な処置を受けられ、無事に帰国できるのだと。国姓爺は決して信義に背かないのだと。以上、オランダ人側への硬軟とりまぜた対処が示される。

(三) 他民族・高山族との融和

さらに、次に示すような山地高山族への耕牛・耕具の提供など手厚い慰撫と屯田新規開墾、高山族と現地漢人耕地の保留、不法占拠者厳罰方針も描かれている。

鄭：「……目前最要紧的是要慰抚高山族人，帮助他们耕作和收获。我想立地同马信提督到附近的高山族的每一个社里去，一面慰抚，一面教他们使用耕牛和耕具。」……

鄭：「关于屯垦的是也要开始着手了。这个步骤我们早就有部署，也请黄安负责，把各营各镇分配到台湾各地进行屯垦。先发半年的粮饷，有了半年粮，以后就靠收成了。最要紧的一条，是不准圈占高山族和汉人的耕地，违抗者杀头。……。」(16)

鄭成功は、配下の兵士たちが引く水牛・犂鋤を携え、高山族の拝雪社を訪れて語った。

「高山族的弟兄们，姊妹们，你们好！」……

鄭：「我给你们带牛来了，带犁锹来了，还有镰刀、锄头，今年你们耕田种地就会更加方便了。」……(17)

鄭：「我希望你们和汉族的兄弟和睦，他们决不侵占你们的土地，谁要违反，我就要杀他们！你们也可以把他们杀掉。」……(18)

鄭：「耕牛和耕具的使用法，我想就在眼前操练给你们看看，你们是很容易学会的。我也能够操纵。」(19)

——「好呵，国姓爷，你真是我们的塔马吉桑瓜（Tamagisangah，高山族人所崇拜的创造人类之善神）！」……

鄭成功看了非常高兴，他说：「好吧，弟兄们，我要留下熟悉的人帮助你们。每一个社可以配备三几位。最要紧的是要教你们学会养牛，学会繁殖牛的后代，学会打铁，学会耕具的翻砂。这样你们就世世代代都不会缺少耕牛和耕具了。」

——「好呵，国姓爷，塔马吉桑瓜！」(20)

鄭成功の一行は、高山族人に耕牛と耕具を手渡してその使用法を教え、さらに牛の飼育・繁殖法、鉄の精錬・耕具鋳造技術まで人員を配置して伝授するという。そして、この後段では、中医と西医による医療技術のてほどきで高山族の医療人員養成も行うというのである。高山族の人々は民族神話の善神・塔马吉桑瓜の名をあげて、国姓爺・鄭成功を讃える。

ゼーランダ城投降、条約調印、入城式挙行後の祝宴にて、鄭成功は講話を行う。

「今天是我们光荣的日子。但我们的光荣是无数先烈的性命换来的。我们有了今天，决不要忘记昨天。不要忘记我们祖祖父父的艰难辛苦。」

「今天是我们光荣的日子。为了保持我们的光荣，决不要忘记了明天。我们要以百倍的勇气来迎接我们的明天。」

「今天是我们光荣的日子。为了纪念艰难的昨天、迎接光辉的明天，我在这个宴席上要为两对相亲相爱的青年举行婚礼。要让啓奴里克郎同阿瑜成为夫妇，楊英同羅波成为夫妇。……」

「我希望高山族族人和汉人要永远连结在一起。」

「我希望光明磊落的人都要永远连结在一起。」

「我要再说一遍，我们要以百倍的勇气迎接明天！」(21)

祝勝宴席で、光栄なる今日の日を讃え、先烈の犠牲・父祖の辛苦に言及し、過去の苦しみを忘れることなく未来を迎えようと呼びかけ、高山族と漢族の若者たちの婚礼を執り行う。高山族と漢族の永遠なる連携・絆への願いを込めて。拍手と歓声に包まれながら。

六　作品執筆の意図について

この作品の中の鄭成功は、北征（復明抗清）敗北、東征（オランダ勢力駆逐・台湾収復）勝利とともに台湾開拓・民生振興に努め、軍律厳しく投降者には寛大に、民族間・国際間の連帯を提唱・体現する神格化された人物である。生前最後の六年間のみを素材にし、対清・対オランダ勢力とのリアルな陸海戦の描写に、敵対者・内応者・協力者との絡み・駆け引きが織り込まれ、悪役の地下隧道を使っての神出鬼没の出現・変装ぶりにも活劇・冒険譚の趣きがある。また作中にアレキサンダー大王・カエサル・マキアベリ・皇帝ネロ・ドン・キホーテなどの名が散見され(22)、十字架にかかったイエス、旧約聖書の雅歌や福音書、賛美歌の一節も引用され(23)、「鄭成功之歌」以外に子供たちの賛歌や高山族の娘たちの杵歌が作中挿入歌として使われ(24)、日本での旧制高校時代の西欧文学受容の痕跡も、詩人としての資質、平易なリフレインの詩作の美しさも伝わってくる。そして、岳飛・諸葛亮「出師表」・杜甫の詩句への言及・引用(25)に、時代・社会への意識がにじみ、飢餓に直面しても理性による自己制御を求め、戦いよりも開墾、生産技術・農業生産の引き上げ、医療技術・器具の普及、人材養成を重視するあたりは、大躍進後の自然災害を経て、調整期にあった執筆時期（一九六二年）の状況を反映しているのであろう。

羊山神の禁忌と嵐のエピソードでは、鄭成功に、「好，我算接受了深刻的教训了。自己不信，不能禁止別人不信。只要在做好事，没有自信，也不妨有点迷信了。」(26)と、言わせている。また、天主教の漢漢布魯克神父の請求に対し「宗教生活不加干涉」(27)という保証を与え、黄信にも、「宗教生活，我们是向来不加干涉的。我们的马信提督不是回教徒吗？」(28)と、回教徒・馬信の例をあげて、「宗教生活には干渉しない」と言わせるところには、神格化を讃えるだけではない、迷信と宗教と神格化への留保付きといった微妙な感覚が示されてもいるようである。

中華人民共和国成立後、大躍進運動からの調整期にあたって、鄭成功の清朝支配への抵抗とオランダからの「台湾収復」の戦いと開拓事業には、毛沢東と人民解放軍による中国建国事業と「台湾統一」をオーバーラップさせ、神格化された鄭成功像には毛沢東の神格化が重ねられ、鄭軍の軍律の厳しさには紅軍の規律、漢族と高山族との連携・婚姻に中国における漢族と少数民族との団結連帯、黒人兵の反乱と連携に被圧迫者の国際的連帯が重ね合わせられていると言えよう。またイタリア人神父の医療・先進技術協力、オランダ人協力者の造型にも国際的連帯のメッセージが込められていよう。

なお日本人の母親についての記述は皆無で、明から清に降った父・芝竜については冒頭で、わずかに父の旧友が話題にするのみである。鄭成功は出自に悩むことなく、戦闘と日常訓練・民生振興・開墾事業・他民族との融和に尽力するのである。かくて、この作品は、中華人民共和国建国後の建国文学・人民文学執筆要請にこたえつつ、「台湾統一」という政治的課題をも織り込みながら、歴史上の英雄的人物を素材として活用し、現政権樹立の基礎を固めた人物を讃えるという文学技法が駆使され、郭沫若の文学における歴史と政治の関わりを考えるうえで、示唆に富む作品となっている。

註

（1）『鼓浪嶼―万国建築概覧』鷺江出版社　一九九五年一二月

（2）記念館は、二〇〇五年末に内部改装・展示替えが行われており、二〇〇六年改装後の展示では年表・図版・文字資料・船舶模型が減り、視覚に訴える大型の絵画・壁画・レリーフなどが増えている。記念館の正面入り口に掛けられた郭沫若の題字は変更なし。

（3）生涯事項については、以下による。
王鍾麒『百科小叢書　鄭成功』商務印書館　一九三四年五月
石原道博『鄭成功（新装版）』吉川弘文館　一九八六年四月
林田芳雄『鄭氏台湾史―鄭成功三代興亡実記』汲古書院　二〇〇三年一〇月
廈門鄭成功紀念館編『鄭成功文物史跡』文物出版社　二〇〇四年六月

（4）魏如海（阿英）「四幕歴史劇　海国英雄――鄭成功」所収単行本（既見分）は以下の通り。
（a）魏如海『海国英雄―鄭成功』（上海国民書店　新芸戯劇叢書之三　一九四一年二月）
この本には、戯曲「海国英雄」作品そのもの（「本書」の部分）の前後に、豊富な関連文献・公演記録・舞台写真・年譜・人物伝・公演諸評などが収録されている。以下にこの本の目次を示す。（　）内は執筆者名、〔　〕は筆者注。縦組み排印。
題詩（南史）、柳叙（柳亜子）、自叙（魏如海）、写作雑記（魏如海）、首次公演記事（李之華）、鄭成功画像、鄭成功手蹟、舞台面〔舞台写真〕、鄭成功年譜（節録）（許浩基）、人物誌、本事、本書〔「海国英雄―鄭成功」〕、註釈、歌譜（宣剛製譜）、
人物本伝　隆武（黄黎洲）、曾后（李瑶）、鄭芝龍（邵廷寀）、鄭鴻逵（徐鼒）、鄭成功（温睿臨）、鄭経（温睿臨、邵廷寀）、曹学佺（温睿臨）、曾桜（邵廷寀）、張名振（査継佐）、沈光文（連雅堂）
服装表、職演員表、初次公演評介文字図影編目
「四幕歴史劇　海国英雄―鄭成功」は、第一幕で隆武帝の失敗、第二幕で鄭芝龍の失敗、第三幕で鄭成功の南京攻略、第四幕で鄭成功の父の死による打撃と天地会組織を描く。上海孤島期に新芸劇社により璇宮劇院で二回公演が行われた。初演は一九四〇年九月二七日から一〇月三日まで、再演は一〇月一一日から一七日まで。

魏如海（阿英）「自叙」によれば、彼は南明史劇一「碧血花」（一九三九）、南明史劇二「海国英雄」（一九四一）に続けて三・四を書き、南明史劇四部作とする構想を立てていた。なお、阿英が先行作として言及し講評しているのは、「写作雑記二　関於鄭成功的戯劇」によると、以下の五作である。

金龍道人所見「鄭成功歌劇」（金龍道人『白麓蔵書鄭成功傳叙』に言及あり）

近松門左衛門「国姓爺合戦」

小山内薫「国姓爺合戦」改本

浴日生「海国英雄記伝奇」『民報』本　全一五齣　一九〇六年刊（『晩清戯曲録』で言及）

李扑園「鄭成功」五幕劇（『扑園史劇』所収）

（b）阿英『海国英雄』（海峡文芸出版社　上海抗戦時期文学叢書　一九八五年九月）

この本は、柯霊の序（一九八四年四月七日付け）と「海国英雄（四幕歴史劇）」・「牛郎織女伝（五幕劇）」・「春風秋雨（四幕劇）」三作を収録し、銭瓔の后記を付す。収録された「海国英雄（四幕歴史劇）」は、（a）本の「柳叙（柳亜子）」、「自叙（魏如海一九四一年一月一日付け）」、「本書（海国英雄―鄭成功）」部分のみを再録、「魏如海」を「阿英」に、「海国英雄―鄭成功」を「海国英雄（四幕歴史劇）」と改め、横組み排印出版したものである。

（b）本は間ふさ子先生のご所蔵本を参照させていただきました。記して謝意を表します。

（5）註4前掲書（a）本の魏如海「写作雑記三　関於鄭瑜」によると、梵天廬叢録に言及された鄭成功の妾「瑜」を理想的人物として娘に設定を変え、この不幸な女性への同情と紀念の意を示すとともに、鄭成功と娘・鄭瑜および息子・鄭経との対話の中に鄭成功の高潔かつ悲愴な情を写しだしたのだという。この「娘・鄭瑜」が、「義理の娘・阿瑜」として設定され、鄭成功の腹心として理想的働きをすることになる。

（6）註4前掲書（a）本の「人物誌」一九頁には、以下の記載がある。

鄭瑜　按「瑜」原為成功妾名。梵天廬叢録云：「公有妾，名瑜，能詩，廈門人。公死，有詩哭之云：赤手曾扶明日月，丹心猶照漢乾坤。属下某将欲得之，誓以死守。後入廈門某庵為尼以終。」其人極可傳，格於地位，移此名與其女，存之，以作此不幸人物之紀念。

ここに記載された詩句「赤手曾扶明日月，丹心猶照漢乾坤」が、序幕の対聯「白手曾扶明社稷，丹心憂照漢乾坤」に使われている。

(7)『郭沫若全集・文学編』第八巻　二七七―二七九頁
(8) 同前　三一〇頁
(9) 同前　三九九頁
(10) 同前　四一三頁
(11) 同前　四三五頁
(12) 同前　四三八頁
(13) 同前　四四四―四四五頁
(14) 同前　四四八―四四九頁
(15) 同前　五〇六頁
(16) 同前　四六四頁
(17) 同前　四七二頁
(18) 同前　四七三頁
(19) 同前　四七四頁
(20) 同前　四七四頁
(21) 同前　五一八―五一九頁
(22) 同前　アレキサンダー大王・カエサル　四二七頁、マキアベリ　四六二頁・四九二頁、皇帝ネロ　四九〇頁、ドン・キホーテ　四二八頁・四五一頁
(23) 同前　十字架にかかったイエス　三二六頁、旧約聖書・雅歌　四〇七頁、福音書　四六三頁、賛美歌　四八三頁
(24) 同前　賛歌　三〇九頁、三一二頁、杵歌　四七一頁
(25) 同前　岳飛書・諸葛亮出師表　二九三頁、杜甫詩句　五〇一頁
(26) 同前　三一七頁
(27) 同前　四四一―四四二頁
(28) 同前　四五五頁

施蟄存と穆時英の文学における女性像

張　静　萱

一　はじめに

施蟄存と穆時英は劉吶鴎とともに二〇世紀の二〇年代から三〇年代の上海文壇において活躍し、新感覚派と一括される作家群であった。それから半世紀を経た八〇年代、改革開放の気運が高まる中国に再び海外の現代文学思潮が流入するようになると、中国本土でもモダニズム作品の創作が盛んになり始めた。そうした流れの中で、新感覚派が再び人々の記憶を呼び戻し、彼らの文学が評価され、論議の対象となるようになった。

ただ、同じ文学グループに一括されてはいるが、施蟄存には、必ずしも他の作家と同列に論ずることの出来ない特色があることを、われわれは認識するようになる。では、新感覚派と一括される作家の文学に見られる異同はいったいどのようなものであろうか。この小論では施蟄存と穆時英の作品にスポットを当てながら、両作家の描く女性像の異同からその一端を窺うことにしたい。

二　現代的論理から凝視した伝統的女性像 ― 施蟄存『善女人行品』から

『善女人行品』は一九三三年上海良友出版公司から出版された施蟄存の短編作品集である。全部で十一の短編からなるこの作品集に描かれている女性たちはまさに施蟄存が設定している通り、現代社会における伝統的な女性である。「現代社会」と「伝統的な女性」というこの相反する二つのテーゼの結びつきによってどんな女性像が築き上げられてくるのであろうか。

『善女人行品』における主人公は大まかに二種類に分けることが可能である。そのうちの一種類は、中産階級に属し、裕福な暮らしをしているが、封建的保守的な考えの深淵からなかなか抜け出せない女性である(1)。もう一種類はサラリーマンやインテリの夫を持つごく普通の主婦である。『春陽』、『霧』は前者になり、『妻之生辰』、『残秋的下弦月』、『純羹』は後者にあたる。

『春陽』の主人公嬋阿姨は、十数年前、結婚を目の前にして三千畝の土地を持つ大地主の独り息子であったフィアンセを亡くしてしまった。嬋阿姨は、熟慮の末、死んだフィアンセの位牌を抱いて結婚の儀式を敢行し、その家の全財産を手に入れることにした。当時の社会システムにおける安定した地位と裕福な生活を得た代わりに、嬋阿姨はまともな結婚という幸せな人生を生涯にわたって閉ざしてしまったのである。施蟄存はかねてから傾倒していたシュニッツラーの手法によって(2)、三五歳になった嬋阿姨が莫大な財産を有しながらも、いかに心理的、精神的、または性的な欲求を抱きながら、寂しい日々を送っているかを繊細な筆致で描き上げている。

一溜眼，看見旁座的圓桌上坐着一男一女，和一个孩子。似乎是一个小家庭呢？但女的好像比男的年长得多。她大概也有三十四五岁了吧？嬋阿姨刚才感觉到一种获得了同僚的欢喜。但差不多是同时，一种常常沉潜在她心理而不敢升腾起来的烦闷又冲破了她的欢喜的面具。这是因为在她的餐桌上，除了她自己之外，更没有第二个人。丈夫？孩子？

上海のレストランで遭遇したこの場面の描写からは、幸せな家庭生活に対する嬋阿姨の渇望や実生活での寂しさ、辛さが読み取れるのであるが、時には彼女も自分が結局巨大な財産の臨時管理人でしかないことを悟り、これらの財産を放棄して真の結婚に思いを馳せることもあった。しかし、けっきょく彼女はそれを乗り超えることができず、現実の世界に戻ってしまう。嬋阿姨が超えられない一線、突き破ることができない分厚い壁とは何であろうか？

施の描写でリアルに映し出されているのは、彼女が結婚して夫や子供を持つ幸せな家庭への憧憬と財産を守り続ける「義務」との間に揺れ動きながらも、結果的には自分の生涯の幸せを見捨てたような悲しい後者への選択であった。このころの上海では、伝統的な因習を打破し、自我の確立を目指す新しいタイプの女性も、まだ少数ではあったが、もはや異端の存在ではなくなりつつあった。しかし、そうした中でも、施は嬋阿姨を、自分を取り巻く封建的な因習から抜け出せず、自我の覚醒からは程遠い女性として描写した。そしてこのような彼女を、「健康な娘であり、人々が賞賛する『卓見』という美徳を持っている」女性として描写したのである。これは『善女人行品』という作品集のタイトルと相まって、読者にアイロニーを感じさせる構成になっている。「美徳」「善女人」という基準はもちろん当時社会システムから導き出される価値評価であり、嬋阿姨の幸せな家庭への憧憬とは矛盾する道徳律である。位牌と結婚し、財産を取得する道を選んだ「卓見」の美徳こそが、彼女の悲哀の元凶であったからだ。

嬋阿姨の「美徳」とその美徳の背後にある悲しみ、この二つの相反するものによって映し出される嬋阿姨の女性像は、田舎生活をリアリズムの手法で描くことを試みていた『上元灯』の時代にはまだ見られなかったものである。嬋阿姨のような女性像を描くことが可能になったのは、施がシュニッツラーの主体叙述の手法に学んで現代的な手法と視野を取り入れるようになったからである。

施蟄存にとっては、彼女たちが尊敬を受けているという虚飾の下で抑圧されているリビドーや神経質を、シュニッツラー方式で明らかにすることは、頗る魅力があったに相違ない。しかもこれによって施蟄存の小説は「ブルジョアジーの刺激」を中国式に描写した現代のテキストとなるはずである。しかし施蟄存の小説を読めば、そうした感触を必ずもつとは限らない。なぜなら彼の叙述のトーンは少しばかり風刺を帯びてはいるものの、一貫して優しさと同情に満ちたものであるからだ。張愛玲のように、施蟄存はあまりにも彼の女主人公に夢中になっており、彼女たちを大きく傷つけさせたくなかったのだ。彼の歴史小説の中の人物の自由奔放な情欲と比して、これらの物語中の女性の心理はもっと繊細にもっと感傷的に描かれている(3)。

こういう現代的な手法と視野で伝統的な社会と「善女人」を凝視した結果、時代は現代でありながら、観念上は古いままの女性像を作り上げてしまっているのである。

『霧』は一九三三年に書かれた作品だが、オールドミスの主人公素貞が作品のタイトルが象徴するように本当の幸せへの見通しを霧に妨げられ、はっきりと見えないまま、青春を見逃してしまう。彼女が持つ結婚観、相手の選択基準は、結局のところ『春陽』の嬋阿姨と同じく、守旧的な古い考え方に拠るものであり、それが悲哀の根本的な原因となる(4)。

結婚や愛について、『爱，是不能忘记的』において張潔は次のような透徹した言葉を記している。

……人間は若い時、自分が何を求め、何を必要としているのかをけっして分っているわけではありません。他人の冷やかしでさえ結婚につながる場合があります。もう少し成長し、さらに成熟すれば、本当に必要としているものが何か分かるようになるのですが、しかしその時、あなたはすでに後悔するほど多くの心を痛めるようなばかげたことをしてしまっているのです。あなたが如何なる代価を払ってでも、もう一回やり直したいと切望するようになれば、その時、あなたは少し賢くなっているのです(5)。

娘に対する母親のこの言葉のように、『霧』の素貞も「もう少し成長し、さらに成熟すれば、本当に必要としているものが何か分かるようになるのですが、しかしその時、あなたはすでに後悔するほど多くの心を痛めるようなばかげたことをしてしまって」いた。

素貞は理想的な夫の像を心の中ではっきりと描いていた。それは、詩が作れて文章に長け、酒を酌み交わしながら月を愛で、細君に優しい美男子というものであった。世間への無知から来るこうした夫の像はあくまでもイメージに過ぎず、現実にどんな人を求めればよいかも分かるはずがなく、彼女にはいっさい「霧」がかかる状態であった。一度は夢のような夫になりそうな人に出会って喜んだが、彼が「ただの芸人」（一个戏子）だったことが分かると現実に戻り、改めて夢を追い求める。当時の中国社会では芸能人に対する偏見があり、彼女もそうした社会通念から抜け出せなかったのである。『春陽』の婵阿姨どうよう、素貞も封建的な価値観から自由ではなかったのである。

しかしながら、上海にいた素貞の従妹はそうではなかった。彼女は素貞と逆にその「戏子」に憧れていた。三〇年代初期に書かれたこの作品の背景と言えば、上海は半封建半植民地的性質を持ちながら、すでに西洋化された近代的な大都会として繁栄し、発達していた。それに伴って、もちろん人々の考え方や価値観も変化を激しく見せたが、それに対して、従妹が「なぜこんなに『戏子』に憧れているのか、素貞にはまったくわからなかった。」現代的な風が素貞の住む小さな漁村にまで吹いていなく、彼女はそれを受けいれることがまだできない。施は素貞をその現代的な考えを持つ従妹と対照的な位置に付けることによって、伝統的封建的な「美徳」を守らせ、悲しい「善女人」としての女性像を浮き彫りにしている。

呉福輝が言っているように、「二〇年代末期から三〇年代までの中国文化はイデオロギーにおいては、革命と反革命の戦いがあり、文明においては現代と伝統のもう一つの転換点にある。」(6)上に挙げた二作が描いたのはまさに現代と伝統の狭間に生きるが、伝統の呪文から抜けられなく、無意識的に自分の幸せを伝統の「美徳」と交換する「善女人」の女性像である。

三　新感覚の描いた現代的女性像—穆時英『公墓』から

施蟄存が『春陽』において描いた女性像が伝統の呪文から抜けられない「善女人」であるとすれば、穆時英はむしろ現代的な生活にもがく女性を浮き彫りにしているといえよう。

短編作品集『公墓』は、短編「公墓」を書名にしたもので、一九三三年に現代書局から出版された。この作品集には、裕福な家に生まれ、純情可憐な恋愛に終始する「小姐」と、生活に追われて男の間を行き来するダンサーという二種類の異なる女性主人公が描かれている。施蟄存の「善女人」と鮮明な対照をなすダンサーを主人公とした作品から見てみよう。

『公墓』に収められた『黒牡丹』、『Craven〝A〟』、『夜』および『墨緑衫的小姐』の主人公はいずれも西洋文化の影響を強く受けた現代社会のシンボルであると同時に都市の下層部に生き、生活の重圧に押しつぶされそうなダンサーである。

『Craven〝A〟』において、語り手の「私」はダンスホールで名を知られ、毎回違う男性を連れてくるダンサーの余慧娴と知り合う。彼女はCraven〝A〟の「あわい薄灰色のタバコのにおい」が好きで、いつもそれを吸い、その煙のただよう中で寂しく時間を潰している。周りから「Cheap」と軽蔑、嫉妬されているが、「私」は「彼女自身が人に軽蔑され、遊ばれていることを知っているのだろうか。」と思い、彼女に対する一種の同情心が芽生えて来る。多くの男性を魅了し、「名声が広く知れ渡っている」彼女と実際に向かい合って座ると、実は彼女が疲れきった孤独な初老の婦人のシルエットにすぎないことが分かり、驚かされる。彼女が六歳の時に母親から教わったメロデイーがホールに流れるが、母親はもうとうに亡くなり、そのメロデイーをさらに教えた「紹明」や多くの人々もみな彼女の知らぬ人となってしまっている。

ダンサーという職業は、施蟄存の『春陽』や『霧』のような伝統的文脈の中では、素貞がそうであったように蔑まれる存在であったが、『Craven〝A〟』のように西洋文化の洗礼を受け、中国の伝統と西洋的な現代の衝突によって歪が現れる場面においては、ごく当たり前の人物として描出される。こういう歪を帯びた現代的な社会こそが施蟄存の「善女人」女性像と対照される穆時英の女性像のバッググウランドであろう。

『Craven〝A〟』がそうであるように、穆時英の作品の主人公として描かれるダンサーは、いつもまず華やかなイメージ、またそれゆえに近寄ることの難しい雰囲気の中で登場する。その生い立ちや人生経験が淡々と描かれるうちに、華やかさの裏に隠された現代社会の歪が主人公に投射され、繕うことの出来ない深い傷口となるのである。施蟄存の描く主人公が封建的な伝統の犠牲者になる一方、穆時英の描く主人公は現代社会の犠牲者たることを免れない。『Craven〝A〟』では、主人公の疲れきった孤独を描いた後、彼女が少女時代にレイプされ、心身ともに深い傷を受けた背景に触れ、作者穆時英は、世間の辛酸を嘗め尽くした主人公に、「本心で永遠に一人の女を愛する男はこの世にいない」と絶望的なせりふを吐かせる。酷薄な運命の中で次第に目覚めていく主人公だが、その目覚めは自己放棄の相貌を呈して現れ、若い身体を持ちながら初老の心を抱くようになってしまう。

同じようにダンサーを主人公としても、『黒牡丹』の黒牡丹妖の方が、『Craven〝A〟』の余よりも遥かに幸運である。招待されて訪ねた友人の郊外の別荘で「私」は、一ヶ月前にダンスホールで出会ったヒロインと遭遇する。その夜、星空の下で友人から犬に噛まれた女性が飼い主に助けられ、その妻になったという夢のような寓話を聞かされるのであるが、それは何らかの事情で別荘に逃げ込んだヒロインを助け、二人が結ばれることを暗示する内容となっているのであるが、実際にはヒロインが怪しいダンス客から逃げ出し、別荘に走りこんだのであった。

他の作品の結末と異なり、生活に押しつぶされ、疲れきったダンサーが裕福な生活を手に入れたというハッピーエンドを見せる。ダンスホールでタバコの煙を吹かせながら、頬杖をしている疲れ果てたヒロインを見た時、「私」は「肩に担いでいた生活の重量がかなり減った気がした。なぜなら私と同様、生活に押しつぶされた人が見つかったからだ。」と語っている。友人の別荘で一夜を明かした翌朝、すでに女主人になったヒロインは「もはや生活に押しひしがれ、疲れた様子はなく、朝日の中で、……彼女の顔つきは余裕のある生活の中で一ヶ月前よりずっと豊かになっていた。」それを見た「私」は「……この世の中に一人生活に押しつぶされた人が減った。」のだと喜ぶ。そこにはいくらか作者自身の投影が見られ、このハッピーエンドは作者が自らに準備したものでもあった。「私たちみないい宿場を見つけて休むべきだ。」とまとめているのも、作者が自らをこの現代社会で踊らされているダンサーの一人だとみなしているからであろう。穆時英の作り上げた女性像には彼自身を投影した自画像という側面があるのである。

しかし穆時英は決してこれで満足しているわけではない。というのは現代社会に生きるものはその歪と戦いながらも完全に封建的な伝統の呪文から抜け出せていないからである。『黒牡丹』のダンサー主人公は別荘の女主人になったが、安心して幸せに暮らして行けることが保証されているわけではない。自分がダンサーだったことがばれないかという心配があるからだ。ダンサーは素貞が蔑んだ「戏子」と同じに社会下層に生きる卑しい存在であった。ヒロインにはもはや外に選択できる道がない。「私はこの部屋、この場所、この静けさを愛するようになった。聖五も隠遁者風の紳士で、私もこんなに疲れていた。聖五は私が何者だとしきりに聞くので、黒牡丹妖と言うと彼は信じた。もしダンサーだと言ったら、彼は私を西洋人形として扱い、信じてくれないだろう。私はただちょっと休めさえすれば何もいらない。私はここへ休みに来たのだ。この三日で、すでに半ポンド増えた。」ハッピーエンドは所詮「いい宿場」でしかなかった。

現代生活の呪縛から抜け出せないダンサーは、『夜』においては、水夫と一夜の愛で結ばれ、世間の辛酸を嘗め尽くし、憔悴する、寂しく無表情な姿で描かれている。さらに『墨緑衫的小姐』においては、主人公の女性が顔に「きらきらした涙」を流し、酒の浸み込んだ声で訴える自らの不幸を耳にし、「私」は「黒い心を持つようになった。……黒い心が重くなってきた。私は自分の心臓を呪いはじめた。なぜならそれが今こんなに重く、またこんなに柔らかいからだ。……」と、ダンサーの苦しい境遇を強調し、作品全体に陰鬱で重苦しい雰囲気を醸しだす。これは穆時英がダンサーの女性像を描く時によく見られるパターンである。この「私」は、『Craven〝A〟』ではダンサーの悲しみを映し出す鏡であり、『黒牡丹』ではダンサーの不運を解釈するものであった。

いずれにせよ、奇を衒う新感覚的な表現手法の下で穆時英がリアルに描写しているのは、現代社会の下層部にあがきながら生きる女性像である。彼女たちは現代文明、西洋文化がもたらされるよいものを何一つ享受できず、逆にそれによって生ずる社会の影に弄ばれ、伝統文化との狭間に息苦しい日々を過ごす。西洋文化との接触によって大変革を遂げつつ、「東方のパリ」と言われるほどの大都会に発展し、繁栄していた二〇世紀三〇年代の半封建的半植民地上海の明暗を穆時英は作品を通してリアルに記しているのである。

四　作家の実生活と女性像

施蟄存は『沙上的脚迹』の中でこう記している。

いわゆる「感覚」、私は即ち「意識」だと思う。この新しい意識は、社会環境や民族の伝統と密接な関係にある。社会環境の変化が速く、しかし、民族伝統は簡単に変わらない。私と穆時英などの小説が、まさに一九二八年から一九三七年までの上海社会を反映している(7)。

確かに施の書いた通り、二人の作家のそれぞれの作品を通して、当時の上海の様相、とりわけ女性の生存環境や生活状態を見ることができた。しかし同じ大都会上海を背景にしていながらも、婵阿姨や素貞に代表される「善女人」の女性像からは封建的伝統に囚われる生き様が映し出され、また黒牡丹妖や余慧娴に代表される「ダンサー」の女性像からは西洋文化の影響を受けた現代的社会の影に生きる姿が浮かび上がる。

…昆山的婵阿姨，一个儿走到了春阳和煦的上海的南京路上。来来往往女人男人，都穿得那么样轻，那么样美丽，又那么样小玲玲的，这使她感觉到自己底绒线围巾和驼绒旗袍的累坠。早知天会这样热，可就穿了那件雁翎绉衬绒旗袍来了。

右の描写から、八〇年前の、人で賑わう南京路の様子、更にはハイカラな風景と相容れない婵阿姨の身なりも生き生きと浮かんでくる。服装も心もそして考え方も時代の変化に追いつかず、一切ちぐはぐになってしまう。活気にあふれ、春にふさわしい軽い身なりの現代的雰囲気の人々と対照的に重い「毛糸のマフラー」、「駱駝の毛できたチャイナドレス」を身にしていることに、嬋阿姨自身も「邪魔者」（累墜）と感じる。この「邪魔者」こそ、嬋阿姨に付き纏い、彼女の一生を不幸にした財産を象徴していると言えよう。嬋阿姨の人物像を作り上げる伏線ともなるここの描写に対して、次のセリフは穆時英がヒロイン黒牡丹妖に用意したものである。

……我是在奢侈裏生活着的，脱离了爵士楽，狐歩舞，混合酒，秋季的流行色，八汽缸的跑车，埃及煙……我便成了没有霊魂的人。那麼深深地浸在奢侈裏，抓紧着生活，就在这奢侈裏，在生活裏我是疲倦了。……

ここには時代の変化に追いつかない女性の影すらなく、あるのは、ただただ現代社会の影で足掻いている精神が歪んだ女性の孤独な姿である。同じ伝統と現代の狭間にある二〇—三〇年代の上海の女性を描写のターゲットにしながらこうも女性像が違ってくるのは二人の作家のどういう相違によるものであろうか。

施蟄存が伝統的な女性像を多く描いたのは、もちろん彼の文学的素養とも関係する。何よりも彼は豊かな中国の古典的文学素養を持っており、作品ではそれに外国の新しい技巧を取り入れているのである。施蟄存の文筆活動は、詩作に始まり、小説へと発展してきた。施の父親は清末期の秀才で、師範学堂の文書起草係りだったが、その影響で施は少年時代に大量の詩や古典小説などを貪るように耽読し、古典的文学素養が養われ、『水滸伝』などは繰り返し七、八回も読んだという。外国文学が施蟄存に与えた影響も大きく、作品を読むだけではなく、文学的出発の一つのステップとして自ら精力的に翻訳を行った。二〇年代から彼は、オーストリア心理分析作家シュニッツラーの作品をはじめ、アメリカ、ノルウエー、ハンガリーなどの長編小説、小説集を含む十数か国の作家の作品、約三十作近くを翻訳している。そしてそれらを模倣し、その方法を自分の作品に取り入れた。文壇において「現代派」とも呼ばれている存在の所以であるが、彼自身が言うように外国の新しい技巧や手法を自分の作品に移植し、それをリアリズムの軌道にいれ、『春陽』などのような「中国の国情を反映する作品を書く」のであって、生き生きとした女性像は、このようなモダニズムとリアリズムとを結びつけ、伝統的な中国の女性を凝視した結果であろう。

一方、穆時英は施蟄存より七歳年下で、「十里洋場」で育った。つねに外国文学を読んで吸収し、それを模倣して、創作することにおいては、穆時英も施蟄存と同じである。彼はおしゃれな洋服を身につけ、パーマをかけ、だじゃれを口にするというふうに、生活においても現代生活の実践派であった。ただ彼は中国古典が苦手で、二九年に入学した上海光華大学中国文学学部の在学中、どの学期でも落第したという。

小説『被当作消遣品的男子』の中で、作者の投影と思われるヒロインが次の会話をしている。

『你读过茶花女吗?』

『这应该是我们的祖母读的。』

『那么你喜欢写实主义的东西吗?譬如说，左拉的「娜娜」，朵斯退益夫斯基的「罪与罚」……』

『想睡觉的时候拿来读的。对于我是一服良好的催眠剂。我喜欢读保尔穆杭，横光利一，堀口大学，刘易士——是的我顶爱刘易士。』

『在本国呢?』

『我喜欢刘呐欧的新的话术，郭建英的漫画，和你那种粗暴的文字，犷野的气息……』

実際、中国古典等の古いものより現代的な作品、新しいものに引かれる穆時英は『無軌列車』第四期に特集として掲載され、日本の新感覚派にも大きな影響を与えたフランス作家、ポール・ムーランや劉吶鴎の翻訳した横光利一を読んでおり、大きな影響を受けている。

「読書人の家柄」（書香門第）の施蟄存と違って、穆時英は銀行マンの家に生まれ、一五歳の時に父の株の失敗により、家が没落して、世間の辛酸をなめつくした。このことは後の生活と文学に大きな影響を与えたと考えられ、作品における「私」の殆どが作者自身とオーバーラップしており、ダンサーたちと生活境遇、心理的精神的状態を共有しているばかりでなく、実生活においても彼は実際にダンサーと結婚している。葉兆言の次の評はまさに彼の気持ちを代弁している。

「……この格好よくてハンサムで有名な小説家は、その恋愛の相手は「大家の令嬢」（千金小姐、）というような女子学生ではなく、生活の重圧で息もできないほどのダンサーである。彼は、このような、人に翻弄されている「哀れな者」（可怜虫）に対し、十二万分の同情を託している。」(8)

父の寂しく孤独な晩年は穆時英に大きな精神的な打撃を与えた。生活の辛酸を味わい、世間の冷たさを知らされた彼は、気を落とし、家出をしてしまった。『白金的女体塑像』の「自序」の中で穆時英は次のように記している。

「去年、私は突然鉄道の線路に投げ出された旅人のようになった。後ろから時速五十キロのスピードで追いかけてくる急行列車を振り返りながら、なお未熟な走り方で逃げ続けている、生命のどん底で躊躇している旅人である。二三年以来の精神的な蓄えが急に崩れてしまって、すべての概念、信仰、すべての基準、規則、価値観は悉くぼやけてきた。」(9)

やがて、彼はキャバレーに通うようになった。それが実は彼のダンサー女性像を創作する一番のきっかけとなる。

「……いわゆる病態の上海を描き出すために、彼は終日、帰るのを忘れるほどダンスホールに耽っている。……でも、穆時英のダンスホール行きは、普通の世間知らずのお坊ちゃんと大別する。ダンスホールは穆時英にとって、自分の享楽の場所ではなく、創作の書斎となっている。だから、穆氏はよくダンスホールに行くが、しかし、彼はあまり踊らない。むしろダンスホールの隅のテーブルに隠れて、……小さな紙に変てこに書いている。」(10)

さらに彼は「私の生活」の中で、このように書いている。

「世間のすべてに対し、私は好奇と同情の目で見ているが、しかし、同時に私は心の底に、ある寂しさ、海のように深くて大きな寂しさを秘めており、それは涙や溜息で洗いきれない寂しさであり、友達や愛する人が慰められない寂しさである。そんな時、私はただ黙って髪を引っ張りながら座っていることしかできない。私は老いた心を持つようになったのだ。」(11)

『Craven〝A〟』の中でこの引用と完全に同じ内容の言葉を言わせていることからみても、穆時英の作品には明らかに作者自身の投影が見られる。葉兆言が『穆時英』の中で書いているように「……穆時英も行動で小説を書く人に属するもので、彼自身が小説の中の結構な役者である。」(12)

このように、穆時英は創作においても私生活においても彼自身が言うように「私は自分に忠実であり、他人にも忠実である。」「私が私の小説の中に書かれている社会に暮らしている人間であり、この幾つかの短編に書かれていることは、ほぼすべては私がこの目で見たものである。」(13) 彼の華やかな新感覚派の筆致に描き出されるのは創作物というより、彼自身と彼が生活するその社会の赤裸々な現実であった。

一方、施蟄存にもダンサーを取り扱った作品、『薄暮的舞女』がある。陰惨たる社会の重さが身に沁みてくる穆時英のダンサー女性像の作品と類似しているが、多分に心理独白を駆使した作品である。

以上、同じ伝統と現代の狭間にある二〇―三〇年代の上海の女性を描写のターゲットにしながらも、伝統に囚われる女性像を作り上げた施と現代社会の生活に苦しむ女性像を作り上げた穆が、異なる女性像を創作した背景についての分析を試みたが、彼らの文学では伝統と現代を捨象したいわゆる人間のやさしさを注目した女性像も同時に描かれている。このような女性像については、二人は驚くほど類似している。

施蟄存の『妻之生辰』は次のようなストーリーで展開される。「私」は妻と恋愛結婚後、初めての妻の誕生日を迎える朝、いいプレゼントを買ってくると言い残してオフィスに向かう。一日の仕事を終えた帰宅途中、プレゼントを買いに行ったら、ポケットに一元の紙幣一枚と電車代にする何枚かの硬貨しかなかったことに気づくが、これでは満足の出来るプレゼントが買えない。自分の無鉄砲を自責しながら、毎月妻にわたす給料から十元出しても生活には影響がないだろうと思い、家に急ぐ。しかし妻のところの残りも七、八元だけで、これを来月までの生活に使わないといけない。「私」は呆気にとられてしまい、すべての悩みが襲い掛かってきた。外は春雨が降り出してきた。面を食べれば、誕生日を祝ってくれたことになると妻の言うままに「私」は彼女の作った面を食べ始めたが、一束の花さえ買ってあげられなかったのを思うと涙ぐんだ。

ごく普通のサラリーマンの日常生活風景に心の温まる愛情が漂っている。「私」のことばから妻の姿が見えてくる。妻が綺麗でいつもにこにこしており、貧しいサラリーマンの生活に一度もうかぬ顔を見せたことがない。彼女は「私」からの誕生日プレゼントを楽しみにしていたが、プレゼントを買うお金もないと分かった時、彼女は面を食べればお祝いになるのだからと夫を慰め、がっかりした顔を少しも見せることなく、いつものように微笑んでいた。美しくて性格が穏やかで思いやりのある優しい、いわば「賢妻」の像である。

施蟄存が描いた「善女人」が伝統に囚われる女性像をリアルに描き上げているというなら、三〇年代初期の上海を舞台にしたこの作品も、男女の自由恋愛による結婚に対する肯定と、家庭が出来たが経済的な問題に直面してしまうことをリアルに扱うと同時に、実生活におけるふつうの女性像を描いている。施蟄存自身の言葉で言えば、「……各編に描いている女性は、ほぼ近年、私が見た典型である。」(14)施蟄存はまた『十年創作集』引言」の中で「ただ少数で何人かの優れた偉大な作家、例えば、ダンテ、シェクスピア、セルバンテス、ゲーテ、トルストイなどの書いたのは人間世界の永遠の主題だ」とことわりながらこう言っている。「文学作品は女性のファッションと同様に、ある時期ある社会の様相を反映するだけである。」(15)更に上海の庶民の日常を描くこの作品から「賢妻」とはどんな女性かという数千年にわたって続いてきた女性観というものが展開されている。

新感覚派の旗手とも呼ばれる穆時英は、女性を主人公にした作品を多く残し、それが作品の大半を占めている。ダンサーを主人公とした作品以外に、抒情詩的な雰囲気が漂う恋を中心とした女性物語をも作り上げている。その純情で素朴な女性たちが『妻之生辰』の妻とともに三〇年代の女性像を補完するものであった。

五　おわりに

上で論じてきたように、施蟄存と穆時英は外国文学の受容と同時に自分なりのアイデンチテイを保ちながら、それぞれの生活背景を持ってより身近な女性を題材に変貌する現代社会に生きる異なる女性像を作り上げている。施蟄存の現代的視点から描かれた封建的伝統に囚われる「善女人」の女性像と、穆時英による新感覚派の筆致で描いた現代社会の影に足掻くダンサー等の女性像とが相まって、変わりつつある上海の変わらない因習に泥む側面と、西洋文化との接触によって変化を遂げた側面を映し出されており、同時に、時代や社会が大きく変わる時代に生きる女性の悲哀、逃れることの出来ない運命が描き出されているのである。

註

（1）張静萱「文学者としての施蟄存のアイデンテイテイ」『中国研究論集』白帝社，二〇〇六.

（2）李欧梵『上海摩登——一种新都市文化在中国一九三〇——一九四五』北京大学出版社，二〇〇一.

(3) 李欧梵《上海摩登——一种新都市文化在中国一九三〇—一九四五》北京大学出版社，二〇〇一.
(4) 張静萱「文学者としての施蟄存のアイデンティティ」『中国研究論集』白帝社，二〇〇六.
(5) 张洁《爱，是不能忘记的》广东人民出版社，一九八〇.
(6) 吴福辉《都市旋流中的海派小说》湖南教育出版社，一九九五.
(7) 施蛰存《沙上的脚迹》辽宁教育出版社，一九九五.
(8) 葉兆言〈穆時英（上・下）〉香港文汇報，二〇〇一年一一月二七日.
(9) 穆时英〈《白金的女体塑像》自序〉.
(10) 葉兆言〈穆時英（上・下）〉香港文汇報，二〇〇一年一一月二七日.
(11) 穆时英〈我的生活〉《现代出版界》第九期，一九三三年.
(12) 葉兆言〈穆時英（上・下）〉香港文汇報，二〇〇一年一一月二七日.
(13) 穆时英〈《公墓》自序〉现代书局，一九三三年.
(14) 施蛰存〈《善女人行品》序〉《施蛰存七十年文选》上海文艺出版社，一九九六年.
(15) 施蛰存〈《十年创作集》引言〉《施蛰存七十年文选》上海文艺出版社，一九九六年.

テキストは以下のものによる。

施蟄存：《中国现代文学百家　施蟄存代表作》华夏出版社，一九九八年一月.

穆時英：《中国现代文学史参考资料　公墓》上海书店，一九八六年五月.

参考文献：
張静萱，二〇〇六，「文学者としての施蟄存のアイデンティティ」『中国研究論集』白帝社.
劉文兵，二〇〇四，『映画のなかの上海』慶応義塾大学出版社.

子通・亦清主編，二〇〇一，『張愛玲　評説六十年』中国華僑出版社．
葉兆言，二〇〇一，〈穆時英（上・下）〉香港文汇報，二〇〇一年一一月二七日．
李欧梵，二〇〇一，《上海摩登——一种新都市文化在中国一九三〇—一九四五》北京大学出版社．
卢敦，一九八七，〈半世紀疯子生涯　影壇上的过客〉文汇报，一九八七年七月五日．
呉其敏，一九八一，〈也談穆時英〉大公報，一九八一年一〇月一七日．

黄遵宪的《朝鲜策略》与中日韩近代文化交流

刘　雨　珍

前　言

黄遵宪（一八四八—一九〇五）的《朝鲜策略》不仅对朝鲜的开化运动产生深远影响，而且宣告近代东亚社会进入了一个全所未有的新局面，对近代东亚的国际政治具有重要的推动作用。

《朝鲜策略》诞生于一八八〇年（中国光绪六年，日本明治十三年，朝鲜高宗十七年）的清朝驻日公使馆，它是由中国驻日参赞黄遵宪奉公使何如璋（一八三八—一八九一）之命，为面临列强武力叩关、但依然闭关锁国的朝鲜而撰写的重要策略性文章，是中韩两国年轻外交官黄遵宪与金宏集（1）（一八四二—一八九六）聚首东京的结果，也可谓中日韩三国近代文化交流的直接产物，在东亚文化交流史上具有划时代的重要意义。

迄今中日韩三国有关《朝鲜策略》的研究多集中于朝鲜开化史、中日韩关系史、国际政治等几个方面（2）。本文则从近代中日韩三国文化交流的视角出发，利用新发现的何如璋、黄遵宪、金宏集、宫岛诚一郎等人的有关笔谈资料，对《朝鲜策略》中所体现的外交思想及自强策略展开论述。本论文共分四章，第一章梳理中日韩近代文化交流与《朝鲜策略》诞生的前后经过，第二章论述《朝鲜策略》中所展现的防俄联亚的外交思想，第三章探讨迄今为止尚未研究的《朝鲜策略》自强策与黄遵宪的日本研究名著《日本国志》的内在联系，第四章阐明《朝鲜策略》的影响与意义。

一　中日韩近代文化交流与《朝鲜策略》的诞生

一八七六年朝鲜被迫与日本签订《江华条约》，由此揭开了两国近代外交及文化交流的序幕。自此直至一八八二年，李朝政府先后向日本派遣了四次修信使。尤其是于一八八〇年派遣的第二次修信使，对近代朝鲜的开化运动产生了深远影响（3）。

一八八〇年八月，李朝政府任命礼曹参议金宏集为修信使。一行共有五八人，包括别遣汉学堂上李容肃、军官前中军尹雄烈、书记司宪府监察李祖渊、书记前郎厅姜玮等，其中有不少人为日后的朝鲜开化运动做出了重要贡献（4）。

修信使一行于一八八〇年七月五日（旧历五月二十八日，下同）辞别高宗，八月一日（六月二十六日）乘坐日本汽船『千岁丸』离开釜山，八月十一日（七月六日）抵达东京。先后在日本滞留近一个月，于九月八日（八月四日）离开东京，九月十五日（八月十一日）返回釜山港。修信使的此行目的，主要是为解决如仁川开港、釜山关税赔偿、禁止谷物输出等两国间悬而未决的一些问题，并借机考察明治初期日本的开化情况。然而，由于金宏集并未携带『全权委任状』以及明治政府的交涉态度缺乏诚意，致使此行在外交上并未取得有效进展（5），而金宏集在与中国驻日公使何如璋、副使张斯桂、参赞黄遵宪等人的交流中，就关税问题及国际形势等交换了意见，学习到西洋的万国公法及势力均衡等有关知识，并带回黄遵宪的《朝鲜策略》，对其后的开化运动产生深远影响。以下就据金宏集的《修信使日记》（6）及《宫岛诚一郎文书》（7）中有关何如璋、黄遵宪、金宏集与宫岛诚一郎等人之间的笔谈记录，对《朝鲜策略》诞生前后的具体情形稍作梳理。

修信使抵达东京后十天即八月二十日（七月十五日），何如璋派参赞黄遵宪与翻译杨枢前往一行下榻的浅草本愿寺，拜会金宏集。见面伊始，黄遵宪便转达了何如璋急于会晤金宏集之意：『今日初见，春风蔼然，使人起敬，第不知滞留此间，为多少日？钦使何公，亟欲图晤，从容半日，畅彼此怀抱，不审何日乃得暇？使仆敬请命。』金宏集立即表示，翌日便去拜见何公使。接着，黄遵宪阐述了他对中朝关系及国际形势的看法：『朝廷与贵国，休戚相关，忧乐与共。近来时势，泰西诸国，日见凌逼，我两国尤宜益加亲密。』并指出：『方今大势，实为四千年来之所未有，尧舜禹汤之所未及料，执古人之方，以药今日之疾，未见其可。』金宏集同意黄遵宪对国际时势的精辟分析，表示希望得到中国的庇护：『敝国僻在一隅，从古不与外国毗连。今则海舶迭来，应接戛戛，而国少（小）力弱，未易使彼知畏而退，甚切忧闷。然所恃者，惟中朝庇护之力。』黄遵宪欣赏金宏集对中国的态度，但并不赞同其依赖中国庇护的意见，指出：『今日之急务，在力图自强而已。』对此金宏集深表赞同：『自强二字，至矣尽矣，敢不敬服。』[8]

次日，金宏集前往公使馆拜会何如璋。寒暄完毕后，何如璋表示：『我朝与贵国，义同一家。今日海外相逢，尤为亲密，彼此均不拘形迹。』接着单刀直入地问金宏集来日的目的：『使节之来，闻有大事三，不知既与日本外务（省）言之否？』对此，金宏集仅作了简单的回答：『使事，概为报聘，书契中有定税一事而已。』黄遵宪立即劝道：『钦使何公，于商务能悉其利弊；于日本事能知其情伪。有所疑难，望一切与商。我两国如同一家，阁下必能鉴此。』金宏集则解释说：『仆来此，大小事，专仰钦使指导，而形迹亦不能存嫌，所以稍迟迟，庶谅此意。』接着，黄遵宪开门见山地问及朝鲜与日本所签订的条约稿：『贵国与日本所缔条约，仆未见。汉文稿能饬人抄惠一份，感谢不已。』[9] 金宏集表示愿意照办，并表示非常仰慕黄遵宪的《日本杂事诗》，希望一见，且问及执笔中的《日本国志》将有多少卷。黄遵宪答应赠送《日本杂事诗》数部与金宏集，并告诉《日本国志》系与何如璋同著，卷帙浩博，预计将达三十卷，但未完稿。

八月二十三日（七月十八日），何如璋与张斯桂来到金宏集寓所回访，询问金宏集有关谒见明治天皇的日期以及与明治政府会谈、订约的情况。何如璋向金宏集介绍了日本与西洋修改不平等条约的情形：『近日此间方拟与泰西各国议改条约，其议改之意，在管理寓商及通商税则各事。其稿极详细，亦极公平，大略系西洋各国通行之章程，若各国通商均照此行，固无所损也。』并表示将设法取得日本与西方列强议改的约稿，以供金宏集作参考。

笔谈中，何如璋问金宏集有关俄国人的最新动向：『顷俄人在贵国图们江口一带，经营布置，究竟情形如何？』金宏集对此却毫无所知，便向何请教应付的办法。何如璋告诉金宏集可采取均势之法：『近日西洋各国，有均势之法。若一国与强国邻，惧有后患，则联各国，以图牵制，此亦目前不得已应接之一法。』(10)

八月二十六日（七月二十一日），金宏集再次来到公使馆，与何如璋会谈。此前，金宏集已经阅读了何如璋提供的日本与西方列强议改的条约稿，因此谈话围绕着『通商』进行。何如璋力劝朝鲜对外通商，说明只要关税能够自主，此乃『有益无损之事』，并详细地介绍了西方的关税保护办法。此外，何如璋再次谈到俄国南下所带来的巨大威胁：『现西人竞言功利，而俄人横暴，如战国虎狼之秦。闻其近年于图们江口一带，极意经营，且本年又增设水师于东海。此事大为可虑，迟则生变。我朝与贵国，谊同手足一家，殊难漠然也。』并提出联合美国、实行对外通商的对策：『愚见俄时颇急，现海内各国，惟美系民主之国，又国势富实，其与列国通好，尚讲信义，不甚图占便宜。此时彼来善求通商，若能仿此间议改之约稿，与之缔立条规，彼必欣愿。如此，则他国欲来通商者，亦必照美国之约，不能独卖，则一切通商之权利，均操在我，虽与万国交涉，亦有益无损之事，此万世一时之机会，不可失也。』对此，金宏集认为要改变推行多年的闭关锁国政策，实非容易之事，便回答道：『敝国事务，未可遽议交涉。』(11)会谈之后，何如璋担心笔谈不能尽意，便命黄遵宪起草《朝鲜策略》一文。

八月二十九日（七月二十三日），日本驻朝公使花房义质（一八四二—一九一七）邀请金宏集、李祖渊、姜玮，及何如璋、黄遵宪等人相聚于东京飞鸟山暧依村庄(12)。据一同参加聚会的宫岛诚一郎的笔谈资料记载，此日『三国文士，欢饮挥毫，正午来会，到晚始散』，情形颇为热闹。金宏集对前日陪同一行参观浅草文库的宫岛表示感谢，何如璋则称赞宫岛『深重同洲之谊，所虑深且远』。宫岛回答道：『仆自何公使之东来，相交尤厚且久矣。其意专在联络三国而兴起亚洲。今先生之来，若同此志，则可谓快极！』[13]自从何如璋、黄遵宪等来日以后，宫岛经常来往使馆，或切磋诗文，或讨论时事，推心置腹，无所不谈。宫岛悉心保存的与何如璋、黄遵宪等公使馆员们的大量笔谈资料，为我们研究中日韩近代文化交流提供了宝贵资料[14]。

在此三国文人欢聚、尽情交流的值得纪念时刻，黄遵宪趁着酒兴作诗道：

满堂宾客，三国之产，更无一人，红髯碧眼，
纸笔云飞，笙歌雨沸，皆我亚洲，自为风气；
人生难得，对酒当歌，今我不乐，复当如何？
纵横战国，此乐难得，奚怪有人，闭关谢客[15]。

落款曰『庚辰八月黄遵宪醉书应栗香先生属，时在暖依村庄。』诗中充分表达了作者对东亚三国文人欢聚一堂的兴奋之情，并流露出对『红髯碧眼』的西方列强欺凌东亚的不满[16]。

宫岛还拿出自己的汉诗稿《养浩堂诗集》，请金宏集在卷末题跋。金宏集难以推辞，回答说：『尊意难孤，谨当于卷尾书数字署名，以为他日替面之契矣。』九月一日，宫岛再次来访时，金宏集欣然为其撰写了跋文[17]。

席间，宫岛还与姜玮联手创作《散步暖依村庄赋》诗一首：

素心兰馥郁，可以订交情。（诚一启承）
一去沧溟滴，何由急远程？（姜玮转结）

兴犹未尽的姜玮又『续题求正』，作诗一首曰：

燕去无遗影，人归有远情。
此心朝暮遇，不必恨修程[18]。

可见当日三国文士欢聚一堂的气氛极为融洽。

此外，《大河内文书》中的『韩人笔话』一卷，还保留着大河内辉声及龟谷省轩等与金宏集、李容肃、李祖渊、姜玮等人的笔谈记录，笔谈日期分别为八月十七日、十八日、十九日、三十一日以及九月五日、六日等(19)。

九月六日（八月初二），黄遵宪携带刚刚完稿的《朝鲜策略》，来到金宏集寓所，说道：『仆平素与何公使商略贵国急务，非一朝一夕，今辄以其意见，书之于策，凡数千言。知阁下行期逼促，恐一二见面，不达其意，故迩来费数日之力草，虽谨冒渎尊严上呈，其中过激之言，千万乞恕，鉴其愚而怜其诚，是祷。』金宏集对此表示感谢：『见示册子，万万感铭，胜似逢场笔话多矣。』黄遵宪还说，对于『禁输出米』和『定税则』二事，何公使尚有一二意见，但来不及在《朝鲜策略》中阐述，并就通商及关税自主等问题阐述了自己的看法。对于金宏集所言『我国读书人，皆以为通商为不可』，黄遵宪回答道：『今日尚欲闭关，可谓不达时务之甚！仆策中既详及之，请归而与当局有力者，力主持之，扶危正倾，是在君子！』(20)

九月七日（八月初三），金宏集来公使馆辞行，临别之际，何如璋告知俄国海军大臣率领的十五艘军舰已停泊在珲春，形势紧张，建议朝鲜联合日本、美国，以抵御俄国。何如璋还告诉金宏集：『近日情形甚急，如阁下归国，众论稍通，请飞函告我，当相谋一善法也。』(21)对此，金宏集爽然答应。

九月八日（八月初四），金宏集一行离开日本返国复命。通过与何如璋、黄遵宪等人的笔谈，金宏集对朝鲜在国际政治中的地位有了较为深刻的认识，并发现朝鲜面临着许多重大问题。此后，金宏集及其带回的《朝鲜策略》对一九世纪后期的朝鲜社会产生了深刻的影响(22)。

二　《朝鲜策略》与黄遵宪的东亚联合思想

1、《朝鲜策略》的外交思想

《朝鲜策略》的中心思想，简而言之，即为防止俄国南下入侵，建议朝鲜采取『亲中国，结日本，联美国，以图自强』的外交政策。文章开篇即分析来自俄国的威胁：

地球之上有莫大之国焉，曰俄罗斯。其幅员之广，跨有三洲，陆军精兵百馀万，海军巨舰二百馀艘。顾以立国在北，天寒地瘠，故狡然思启其封疆，以利社稷。自先世彼得王以来，新拓疆土既逾十倍。至于今王，更有囊括四海，并吞八荒之心，其在中亚细亚，回鹘诸部蚕食殆尽。天下皆知其志之不小，往往合纵以相拒。土耳其一国，俄久欲并之，以英法合力维持，俄卒不得逞其志（23）。

文中指出俄国『有囊括四海、并吞八荒之心』，系借用贾谊《过秦论》中的名句（24），将当时不断对外扩张的俄国比作战国时期终灭六国的强秦，阐述其对亚洲各国所构成的巨大威胁：

俄既不能西略，乃幡然变计，欲肆其东封。十馀年来，得桦太洲于日本，得黑龙江之东于中国，又屯戍图们江口，据高屋建瓴之势。其经之营之，不遗馀力者，欲得志于亚细亚耳。朝鲜一土，实居亚细亚要冲，为形胜之所必争。朝鲜危，则中东之势日亟。俄欲掠地，必自朝鲜始矣。（中略）然则策朝鲜今日之急务，莫急于防俄。防俄之策如之何？曰亲中国，结日本，联美国，以图自强而已。

文中分析道，仅仅十余年间，就从日本手中获得桦太、从中国手中攫取黑龙江以东大片土地的俄国，下一步的侵略对象必然是朝鲜，因此朝鲜所面临的最大课题就是防俄。而防俄的基本策略，就是『亲中国，结日本，联美国，以图自强而已』。

接着，黄遵宪分别阐述了『亲中国，结日本，联美国』这一外交思想的具体内容：

1、亲中国

《朝鲜策略》首先指出，中国东西北三面与俄国接壤，地大物博，占据亚洲形胜，『天下以为能制俄者莫中国若』。并从地理位置、文化政教相近等角度，论述了中朝之间的友好情谊及历史上形成的宗藩关系，指出朝鲜『非独文字同、政教同、情谊亲睦』，且『形势毗连，拱卫神京，有如左臂，休戚相关而患难与共。』朝鲜危，则会直接威胁到中国的安全，因此朝鲜一旦有事，中国必会竭力保护。黄遵宪认为，朝鲜亲中国，是防止俄日入侵的最根本的有效措施，『务使天下之人晓然于朝鲜与我谊同一家，大义已明，声援自壮。俄人知其势之不孤而稍存顾忌，日人量其力之不足敌而可与连和』。从后来的自强策中我们亦可看出，黄遵宪所说的『亲中国』，其目的还是欲加强中朝之间的宗藩关系。

2、结日本

《朝鲜策略》指出，从地理角度来看，除中国之外，日本与朝鲜最近，『日本苟或失地，八道不足自保；朝鲜一有变故，九州、四国亦恐非日本能有。故日本与朝鲜实有辅车相依之势』。日本、朝鲜同时面临来自俄国的巨大威胁，因此黄遵宪力劝朝鲜应从维护亚洲大局的角度，与日本结盟，捐弃前嫌，化敌为友，共御强俄。

在《朝鲜策略》中，黄遵宪还以问答论难的方式，与反对者展开辩论，反复强调指出：明治维新后日本虽有倡导征韩论者，但目前力量不足，加之中国示意力在必争，故日本必有所顾忌。再则，朝鲜的保国之道，不在闭关拒盟，而在于发展自身的实力。

3、联美国

《朝鲜策略》对美国抱有一种幻想，认为美国刚刚独立，没有领土野心，『其与中国立约十馀年来，无纤芥之隙。而与日本往来，诱之以通商，劝之以练兵，助之以改约，尤天下万国之所共知者。』在黄遵宪看来，美国处处表现出作为民主国家的雍容大度。又因其『商务独盛』，故特别希望东亚保持和平局面，有利其开展贸易。《朝鲜策略》劝朝鲜主动与其订约，并『引之为友邦之国』。

当然，上述防俄联亚的思想，并非黄遵宪所独有，更应视作首届驻日公使馆员们的共同认识。

2、何如璋「防俄联亚思想」的形成及其影响

一八八〇年十一月十八日（十月月十六日），何如璋在致总署函中曾指出：

先是，朝鲜金使之将来，如璋欲劝令外交，荷蒙总署指示，又素知北洋李爵相屡经致书劝谕，而近来南洋岘庄知府亦主此议。因于其来也，危词巽语，面为开导，渠颇觉悟。复虑言语未通，不能尽意，中亦有如璋碍难尽言者，因命参赞黄遵宪作一《朝鲜策略》，设为问答论难之辞，先告以防俄，而防俄在亲中国，结日本，联美国，以图自强。即今所谓册子是也(25)。

由此可知，《朝鲜策略》是在公使何如璋的授意下由黄遵宪执笔而成的，其中所提出的『亲中国，结日本，联美国』的防俄思想，自然也就反映出何如璋的外交思想。只是何如璋作为公使身份，不便公开抛头露面，因此《朝鲜策略》最终才以『广东黄遵宪私拟』的私人撰写名义转呈朝鲜国王。何如璋本人则在致总署函的附件中，提交《主持朝鲜外交议》，强调要加强与朝鲜的宗藩关系(26)。

那么，何如璋的上述防俄联亚思想又是如何形成的呢？

早在该年五月二十一日（四月十三日），何如璋在致总署函中，便『合一切传闻之词』而作出『窃以为高丽之患，不在日本，而在俄罗斯』的论断(27)。而从当时何如璋附记的《与日外务卿寺岛问答节略》中可以看出，其防俄思想相当程度上受到英国驻日公使巴夏礼（Harry Smith Parkes，一八二八-一八八五）以及日本外务卿寺岛正则（一八三二-一八九三）等人的影响(28)。

另据《宫岛诚一郎文书》中的有关笔谈资料，早在明治十一年（一八七八）十二月一日，何如璋就在与宫岛诚一

郎的笔谈时，大谈东亚形势，指出将来亚细亚的最大威胁来自俄国。由于当时中国正就伊犁问题与俄国展开交涉，笔谈中何如璋告诉宫岛：『今朝廷派钦差大臣于俄国，以当其事，其人姓崇名厚』。清政府派遣崇厚作为钦差大臣前往俄国谈判归还伊犁问题，是在一八七八年六月二十二日。

当时围绕俄国对亚洲所形成的威胁，何如璋坦陈了自己的看法：

诚曰：将来亚细亚之大势如何？

何曰：熟察亚洲大局，将来为我大害者，非英、非德、非澳，唯一俄国也。俄真虎狼之国。其作祸先发端于朝鲜，朝鲜一跌，中土则危；中土危，则贵国亦危，不可不思也。

诚曰：朝鲜近状如何？

何曰：固守旧法，不好通商。视我中土，颇极谨恪，奈何力不足敌俄。

诚曰：今朝鲜不好通商，其势不免固陋。然我之防俄，籍以为干城，却似为得策，如何？

何曰：不然。防俄之策，却在劝彼使为通商。劝其通商，宜以英法人为之。何也？英法通商而入朝鲜，俄必与之拮抗。若使英法牵制俄国，则中东之祸庶得少迟。故曰亚洲安危在朝鲜，朝鲜一跌，则亚洲之势忽变，诚可寒心。近俄国新胜土鲁古（土耳其——引者），非唯英惧之，德亦实惧之。可知伯（柏）林之一会，英德通策以平均俄之力也。俄所得既不足偿其所失，不得不发愤于外，此般亚汗（阿富汗——引者）之战，无乃非其兆乎？今英国开亚汗之战，其力固难保不败，如英败则欧洲大局立失平均，于是乎俄纵强暴之势，骎骎然转方以迫我亚洲，我亚洲陷危地也必矣。此事决不出十年。及今之时，精练军舰、甲兵，以待他日之变，犹可及也(29)。

由此可知，早在一八七八年底，何如璋就将俄国视为最大的威胁，并言及朝鲜一国不足以抵抗俄国，需要引进英法势力以达到抗衡俄国的目的，这可谓《朝鲜策略》外交思想的最早体现。

四个月后的一八七九年三月二日，就在中日两国为琉球归属问题展开激烈交涉时，黄遵宪与宫岛诚一郎也曾谈到联亚抗俄的问题：

公度：我政府隐忍台役，即为维持亚洲大局起见。近日李爵相且驰书朝鲜，告以日本之可亲，俄人之可畏，且欲合纵两大，驱逐诸小，勿辱欧人之辱也。今贵国必欲绝好，吾亦无可奈何，不得已而应之。言及此，岂惟慨叹，实痛苦流涕之事也。李伯相之贻朝鲜书，即何公使以告伯相者。伯相之书：何公使到日本，知日本于朝鲜非能利土地人民，实欲联络亚洲大局云。

宫岛：过日窃与何公使论亚洲之大局，颇有益于敝国，想当有益于贵邦。今俄国之势隐然并吞亚洲（黄遵宪旁注：朝鲜亦在其中）。贵邦危则敝国亦危，敝国危则贵邦亦或危。今日之势，唇齿相持，维持亚洲也。可不深畏乎？（下略）(30)

由上述笔谈资料可知，无论公使何如璋、还是参赞黄遵宪，都抱着『联络亚洲大局』的思想，而这种思想又影响到李鸿章对朝鲜政策的最终决策

3、黄遵宪的东亚联合思想

那么，除了上述何如璋影响的因素之外，黄遵宪自身的东亚联合思想又是如何形成和发展的呢？

早在一八七九年刊行的《日本杂事诗》初版本中，有感于日本在一八七五年签订的《桦太・千岛交换条约》中以牺牲桦太而换取千岛群岛一事，黄遵宪就曾表达过对日本北方领土安全的担忧：

一洲桦太半狉榛，瓯脱中居两国邻。
罗刹黑风忽吹去，北门管钥付何人？(31)

黄遵宪认为，日本把桦太（库页岛）交给俄国，就等于将北方大门的钥匙交由俄国人控制。而俄国得到桦太后，就可进一步巩固其在远东的侵略基地，为其日后南下入侵打下基础。因此，黄遵宪提醒日本要警惕沙俄的侵略野心。

另外，黄遵宪在应邀参加日本陆军士官学校开学典礼时，曾作诗献给有栖川炽仁亲王，表达了自己对于亚洲各国辅车相依、共同富强的美好愿望：

同在亚细亚，自昔邻封辑。譬若辅车依，譬若犄角立。
所恃各富强，乃能相辅弼。同类争奋兴，外侮自潜匿。
解甲歌太平，传之千万亿(32)。

诗中，黄遵宪将中日两国比作唇亡齿寒、辅车相依的关系，希望两国共同富强，维护亚洲的和平。

黄遵宪的这种希望东亚联合的美好愿望，即使在甲午战争失败、日本要求中国签定屈辱的《马关条约》之时，也没有完全破灭。在题为《马关纪事》的诗中，黄遵宪写道：

既遣和戎使，翻贻骄倨书。改书追玉玺，绝使复轴车。
唇齿相关谊，干戈百战余。所期捐细故，盟好复如初。（其一）
蕞尔句骊国，群知国必亡。本图防北狄，迁怒及西皇。
患转深蝉雀，威终让虎狼。弟兄同御侮，莫更祸萧墙。（其五）(33)

第一首虽然前半部分讽刺日本拒绝中国使者的高傲态度，但后半部分还是期待着两国兵戎相见后，作为唇齿相依的近邻，『所期捐细故，盟好复如初』，能够捐弃前嫌，和平共处。

第五首吟诵甲午战争后的朝鲜半岛局势，本来希望共同联合起来，防止北部沙俄的入侵，不意日本迁怒于中国，挑起战端。黄遵宪担心这种『螳螂捕蝉、不知黄雀在后』的做法，最终会使拥有虎狼之心的俄国坐收渔翁之利。因此他希望『弟兄同御侮，莫更祸萧墙』，东亚应该象弟兄一样，不要自我残杀，而应团结起来。虽然黄遵宪留下了《悲平壤》、《东沟行》、《哀旅顺》、《哭威海》、《台湾行》（均见《人境庐诗草》卷八）等大量有关甲午战败的悲愤之作，但由上述《马关纪事》组诗可以看出，黄遵宪自始至终都抱有东亚联合起来防俄抗俄的这一思想。

可惜，此后的历史证明，明治维新后的日本所推行的大陆政策走的却是吞并琉球，侵占朝鲜，进而侵略中国的道路，与黄遵宪的美好愿望完全背道而驰。作为明治初期的年轻外交官，黄遵宪对此缺乏足够的警惕和认识，不可不谓是一大遗憾。

三　《朝鲜策略》的自强策及其与《日本国志》的关联

如果说黄遵宪的上述外交策略，还在很大程度上代表着公使何如璋的外交思想的话，那么，关于朝鲜国内的自强策略，则可以说更多地体现出黄遵宪自身对近代中日韩三国进行仔细观察与努力思考的结果。由前述黄遵宪与金宏集的笔谈可知，《朝鲜策略》的撰写时期，正值黄遵宪编纂《日本国志》的初稿时期，因此《朝鲜策略》中所提出的『结约、通商、富国、练兵』等自强策略，也就充分反映了黄遵宪本人对明治初期日本社会的观察与思考。这种对明治日本观察与思考的成果，一方面直接反映在《朝鲜策略》的自强策略之中，另一方面又在一八八七年完稿的《日本国志》中得到进一步的深入和发展。以往有关《朝鲜策略》的研究，几乎都集中在探讨其外交思想，本章则对《朝鲜策略》中所展现的自强思想与《日本国志》的内在联系进行探讨。

黄遵宪来日后的第二年即一八七八年，目睹了明治维新后所日本社会发生的巨大变化，在与日本友人广泛开展交流，以及对日本社会进行深入调查的基础上，萌生出撰写《日本国志》的念头。但由于此项工作规模宏大，需要耗费大量时日，于是作为前期准备工作，黄遵宪首先于一八七九年夏完成了《日本杂事诗》初版本一五四首的撰写工作。金宏集一行来日之际，黄遵宪正全力以赴投入《日本国志》的资料搜集及初稿编辑工作。至一八八二年三月黄遵宪驻日任期届满，调任美国旧金山总领事时，黄遵宪曾在赠别日本友人的诗中咏道：『海外偏留文字缘，新诗脱口每争传。草完明治维新史，吟到中华以外天。』[34]前者所谓『新诗』乃指《日本杂事诗》，后者『明治维新史』则指《日本国志》。但驻美三年半时间，由于各种事务繁忙，无暇对原稿进行修改。直到一八八五年秋，黄遵宪乞假回乡，决心完成《日本国志》的编纂事业，经过两年呕心沥血的艰苦努力，终于在一八八七年夏完成了近代中国的日本研究名著《日本国志》，并于一八九五年底正式刊行[35]。

《日本国志》共四十卷五十余万言，除卷首中东年表外，全书共分十二志，计国统志三卷，邻交志五卷，天文志一卷，地理志三卷，职官志二卷，食货志六卷，兵志六卷，刑法志五卷，学术志二卷，礼俗志四卷，物产志二卷，工艺志一卷。作者采用中国传统史书中的典志体裁，从各个角度对日本的历史和现状进行系统而深入的介绍和研究，堪称一部研究日本的百科全书。特别是在介绍明治维新的制度改革方面，其内容涉及政治、经济、军事、法律、官制、文化等各个层面，故黄遵宪亦称其为一部『明治维新史』。在介绍总结明治维新经验的同时，黄遵宪还史论结合，以『外史氏』名义共撰写评论三一篇，在与中国的现状进行多角度对照比较的基础上，提出一系列先进的改革主张。

如前所述，黄遵宪为朝鲜所筹划的『亲中国、结日本、联美国』外交思想，其最终目的也就在于促使朝鲜对外开放，以图自强。而在黄遵宪提出的国内自强策中，最先提出的就是要立朝鲜自强之根本：

群疑既释，国事一定，于亲中国则稍变旧章，于结日本则亟守条规，于联美国则急缔善约，而即奏请陪臣常驻北京，又遣使居东京，或遣使往华盛顿，以通信息；而即奏请推广凤凰厅贸易，令华商乘船来釜山、元山津、仁川港各口通商，以防日本商人之垄断，又令国民来长崎、横滨，以习懋迁；而即奏请海陆诸军袭用中国龙旗为全国旗帜，又遣学生往京师同文馆习西语，往直隶淮军习兵，往上海制造局学造器，往福州船政局学造船，凡日本之船厂、炮局、军营，皆可往学；凡西人之天文、算法、化学、矿学、地学，皆可往学。或以釜山等处开学校，延西人教习，以广武备。诚如是，而朝鲜自强之基基此矣(36)。

以上所建议采取的措施，归根结底，就是要将朝鲜置于中国的保护之下，积极地学习西方的科学技术，实现工业现代化，以立自强根基。黄遵宪认为，实行这种对外开放方针后，在『结约、通商、富国、练兵』等方面都是大有益处的。以下就分别考察一下《朝鲜策略》中所提出的『结约、通商、富国、练兵』等自强策略与《日本国志》的关联。

1、结约

首先，黄遵宪在《朝鲜策略》中，以中日两国皆是在西方列强坚船利炮的威逼下被迫开国，签订一系列不平等条约的惨痛教训来警告朝鲜，力劝其在和平时期主动与西方立约通商：

盖于无事时结公平条约，一利也。中东两国与泰西所缔条约，皆非万国公例，其侵我自主之权，夺我自然之利，亏损过多，此固由未谙外情，抑亦威逼势劫使之然也。今朝鲜趁无事之时，与外人结约，彼不能多所要挟。即曰欧亚两土风俗不同、法律不同，难遽令外来商人归地方管辖，然第与之声明归领事官暂管，随时由我酌改，又为之定立领事权限，彼无所护符，即不敢多事；而其他决毒药输入之源，杜教士蔓延之祸，皆可妥与商量，明示限制。此自强之基一也(37)。

虽然黄遵宪对于当时西方列强的侵略野心认识尚有不足，以为朝鲜在无事时期与外国缔结条约，可以少受一些外人的要挟。但文中，黄遵宪也深刻认识到『领事裁判权』对中日两国社会的深刻影响。在《日本国志》『邻交志』下，黄遵宪首先介绍了日本与西方的交流史，然后对西方的治外法权进行了猛烈抨击：

泰西诸国，互相往来，凡此国商民，寓彼国者，悉归彼国地方官管辖，其领事官不过约束之，照料之而已。

唯在亚细亚，理事得己国法审断己民，西人谓之治外法权，谓所治之地之外，而有行法之权也。（中略）而今日治外法权之毒，乃遍及于亚细亚。余考南京旧约，犹不过曰设领事官管理商贾事宜、与地方官公文往来而已，未尝曰有犯事者归彼惩办也。盖欧西之人，皆知治外法权为天下不均不平之政，故立约之始，犹不敢施之于我。迨戊午岁与日本定约，遂因而及我，载在盟府，至于今而横恣之状，有不忍言者。当日本立约时，幕府官吏未谙外情，任其鼓弄，而美国公使为定约稿，犹谆谆告之曰：此治外法权，两国皆有所不便，而今日不得不尔，愿贵国数年后急改之。其后岩仓、大久保出使，深知其弊，亟亟议改，而他国皆谓日本法律不可治外人，迁延以至于今。夫天下万国，无论强弱，无论大小，苟为自主，则践我之土即应守我之令。今乃举十数国之法律，并行于开港市场一隅之地，明明为我管辖之土，有化外之民干犯禁令，掉臂游行，是岂徒卧榻之侧，容人酣睡乎？(38)

文中，黄遵宪首先阐释了治外法权的定义，在简单介绍了西方治外法权的历史之后，指出『今日治外法权之毒，乃遍及于亚细亚』，并痛斥治外法权为『天下不均不平之政』，阐述其对中日两国之危害，并介绍明治维新后日本派遣岩仓使节团为修改条约而周游列国、但均遭拒绝的例子。由此可见，黄遵宪对朝鲜提出限制领事裁判权的对策，是为了防止朝鲜步中国和日本的后尘，免遭同样困境。

2、通　商

其次，黄遵宪在《朝鲜策略》中强调指出通商有利于国家自强：

于通商亦有利焉。我亚细亚居天地正带，物产甚富。中国自唐宋以来，设市舶司，与人通商，所用金钱，皆从外国输入，数百年来，不可胜数。至于近日，金钱稍有流出，则以食鸦片烟之故也。日本受通商之害，则以易洋服、用洋货之故也。苟使不食洋药，不用洋货，则通商皆有利无害。朝鲜一国虽曰贫瘠，然其地产金银、产稻麦、产牛皮，物产固未尝不饶。吾稽去岁与日本通商之数，输入之货值六十二万，输出之货值六十八万，是岁得七八万矣。苟使善为经营，稍稍拓充，于百姓似可得利，而关税所入，又可稍补国用。此又自强之基也(39)。

黄遵宪指出，造成中国近来金银外流，是由于吸食鸦片之故。而日本受通商之害，则由于易洋服用洋货之故，因此，朝鲜若能戒鸦片，不用洋货，则通商有利而无害。他劝朝鲜发展本民族的商品生产来抵抗外国商品的输入。

在《日本国志》『食货志』六『商务』条中，黄遵宪着重阐明西方国家的商品输出导致金钱流出海外的严重危害：

逮夫今日，乃有祸患百倍于聚敛，至于民穷材尽，虽有圣贤，实莫如何者，是则尧、舜、禹、汤、文、武、周、孔之所不及料、所不及言者也。是何也？曰：金钱流出海外也。晚近之世，弱肉强食，以力服人者，乃不取其土地，不贪其人民，威迫势劫，与之立约，但求取他人之材，以供我用，如狐媚蛊人，日吸精血；如短蜮射影，日中其荼毒。以有尽之材，填无穷之欲，日朘月削，祸深于割地数杯，于输币百倍，于聚敛又不待言也。既明效大验者，印度则亡矣，埃及则弱矣，土耳其则危矣。欧洲大国，皆知其然，比惶惶然，合君臣上下，聚族而谋之(40)。

黄遵宪认为，抵御外国资本主义商品输入的最好办法，就是鼓励本国人民发展商品生产，并提出以下三种办法：

1、生财之道——加强本国产品的竞争力，争取扩大本国商品的出口额。『欲我国之产，广输于人国；则日讨国人，以训农，以惠工，于是有生财之道。』

2、抵御之术——尽量使本国产品能够满足本国市场的需要，以抵御外国商品的输入。『欲我国所需者，悉出于我国；不必需者，禁之绝之。必需者移种以植之，效法以制之。于是乎有抵御之术。』

3、保护之法——通过加重对进口税来限制外国商品的输入。『欲他国之产，勿入于我国，则重征进口货税，使物价翔贵，人无所利；于是乎有保护之法。』

黄遵宪进一步指出，如果不即使采取以上措施以抵抗外国商品输入，堵塞金银外流，则『十数年后，元气剥削，必将胥一国而为人奴矣。』通过对明治五年至十三年金银输出输入的比较，指出『日本与诸大国驰骋，而十年之间，流出金钱，乃逾亿万之多，其何以支？痛念兄弟之国，窘急若此，不禁为之太息而流涕也。」

3、富 国

接着，黄遵宪在《朝鲜策略》中阐述通商可以富国的道理：

> 于富国亦有利焉。英国三岛止产煤炭，法国止产葡萄，秘鲁止产金银，皆以富闻于天下。他若印度之丝茶，古巴之糖，日本之棉，皆古无而今有，以人力创兴之，竟得大利。朝鲜土尚膏腴，物亦饶有，其人亦多聪明、善工作。（中略）苟使从事于西学，尽力以务材，尽力于训农，尽力于惠工，所有者广植之，所无者移种之，将来亦可为富国。又况地产金银，人所共知，若得西人开矿之法，随地寻觅，随时采掘，地不爱宝，民无游手，利益更无穷也。此又自强之基也（41）。

文中以英国、法国、秘鲁、印度、古巴、日本为例，来说明通商可以富国。黄遵宪指出：朝鲜土地肥沃，物产丰富，气候适宜，人民聪明勤勉，且矿藏丰富。力劝朝鲜采用西方先进的科学技术以开矿兴利，大力发展生产，实行『务材』、『训农』、『惠工』和鼓励种植的新政策，繁荣经济。

这种思想，在《日本国志》『物产志』中有了进一步的发展。黄遵宪深刻认识到物产的兴衰关系到国家的强弱：

> 今海外各国，汲汲求富，君臣上下，并力一心，期所以繁殖物产者，若伊尹吕尚之谋，若孙吴之用兵，若商鞅之行法，其竭志尽力，与邻国争竞，则有甲弛乙张，此起彼仆者。其微析于秋毫，其末甚于锥刀，其相倾相轧之甚，其间不能以容发。
>
> 故其在国中也，则日讨国人，朝夕申儆，教以务材、力农、蓄工，于己所有者，设法以护之，加意以精之；于己所无者，移种以植之，加法以效之。广开农尚工诸学校，以教人有异种奇植，新器妙术，则摸其形绘其图，译其法而广传之（42）。

黄遵宪所提倡的『殖物产』，并非仅仅是发展农业生产，它既是蓄工之本，又是商业之源。他认为必须积极吸收外国先进技术和经验，还必须广开农商工学校，向国人传授各方面的科学技术知识。

4、练 兵

最后，黄遵宪在《朝鲜策略》中强调指出，当今世界，日新月异，必须讲修武备，考求新法，实行军队现代化：

于练兵亦有利焉。（中略）今强邻交迫，日要挟我，日侮慢我。同一乘舟，昔以风帆，今以火轮；同一行车，昔以骡马，今以铁道；同一邮递，昔以驿传，今以电线；同一兵器，昔以弓矢，今以枪炮。使两军有事，彼有而我无，彼精而我粗，不及交绥，而胜负利钝之势既判焉矣！朝鲜既喜外交，风气日开，见闻日广，既知甲胄戈矛之不可恃，帆樯桨橹之无可用，则知讲修武备，考求新法，可以固疆圉、壮屏藩。此又自强之基也[43]。

在《日本国志》『兵志一』中，黄遵宪指出处于弱肉强食的激烈竞争环境下，必须使军队尽快实现近代化，以抵御西方列强的武力侵略：

况于今日之列国弱肉强食，耽耽虎视者乎。欧洲各国，数十年来，竞强角力，迭争雄霸，虽使车四出，敦雍容，而今日玉帛，明日兵戎，包藏祸心，均不可测。各国深识之士，处长治久安之局，不可终恃，皆谓非练兵无以弭兵，非备战无以止战。于是筑坚垒，造巨舰，铸大炮，日讨国人，朝夕训练，务使外人莫敢侮。东戎巴邱，则西城白帝，务使犬牙交错之国，度权量力，相视而莫敢发。

嗟夫！今日之事，苟欲禁暴兵，保大定功，安民和众，非讲武不可矣，非讲武不可矣[44]。

黄遵宪认为，在西方资本主义商品大量输入，帝国主义列强到处扩张侵略，占领殖民地，掠夺资源，奴役弱小国家人民的当今世界，要想求得生存和发展，就必须发展军事，建立强大的国防力量来抵御外来侵略。据此，黄遵宪提出向日本学习，改革兵制，采用西法练兵，建立一支有战斗力的近代化常备军。在《日本国志》『兵志』中，黄遵宪指出『日本维新以来，颇汲汲于武事』，并详细地介绍了明治政府改革兵制的过程。

以上所述黄遵宪为朝鲜提出的自强策略，概括起来，就是希望朝鲜对外实行开放，主动与西方各国订约通商，尽量减少条约中的不平等因素，争取获得较大的主动权。对内则厉行改革，学习西方先进科学技术，发展民族经济，加强国防，最终实现自立自强。如此则不但可以避免如波兰、越南、印度、土耳其受瓜分之危，而且欧亚诸大国，必欲与之合纵拒俄，此时朝鲜将会自立于世界民族之林。

这些自强思想虽然在《朝鲜策略》中还只是雏形，未能形成一种体系，但在一八八七年完稿的《日本国志》中，却得到极大的充实和完善。然而，黄遵宪撰成《日本国志》后，虽然将稿本抄写四份，一送总理各国事务衙门，一送李鸿章，一送张之洞，自存一份[45]，却并未得到清廷的应有重视。直到一八九五年底左右，《日本国志》才终于得以正式刊行。此时清廷已在甲午战争败于日本，被迫签订《马关条约》，割地赔款，屈辱求和，出于对日本的了解以及改革自强的需要，人们开始认识到《日本国志》的巨大价值。据黄遵宪回忆，当时任总理衙门章京的袁昶曾喟叹道：若是《日本国志》能够早流布的话，就可省去对日赔款的二亿两银子！[46]

四 《朝鲜策略》的影响及其意义

一八八〇年九月，金宏集将黄遵宪的《朝鲜策略》带回国后，立即上呈给高宗。十月二日，二人之间进行了如下对话：

金：清使亦以自强相勉矣。

国王：自强是富强之谓乎？

金：非但富强为自强，修我政教，保我民国，使外衅无从以生，此实富强之第一先务也。

国王：清使亦以俄罗斯为忧，而于我国事多有相助之意否？

金：臣见清使，几次所言，皆此事，为我国悬悬不已也(47)。

以上对话表明，黄遵宪在《朝鲜策略》中所提出的防俄联亚及自强思想等中心思想，已经引起高宗的高度重视。其后，高宗将其交给大臣们传阅讨论，得到了群臣的积极评价。李朝政府的最终结论是：

俄罗斯国处在北，虎视眈眈，天下畏之如虎，厥惟久矣。近年以来，每因中国及外各国文字，常以是为国忧。朝鲜壤界相接，安不知受其弊乎！今前修信使还，赍来中国人黄君册子，其言所谓《朝鲜策略》，自问自答，设疑设难，忧深虑远者，比前日所见各国文字，益加详密。虽未知其言皆当，亦安知非大加讲究于安不忘危之义乎！(48)

十月十九日（九月十六日），金宏集自朝鲜致函何如璋，中言：『又黄公所赠《策略》一通，代为筹画，靡不用极，谨已一一归禀。敝廷莫不感诵大德，异声同叹。现众论虽未可曰通悟，殊不比往时矣。』(49)不久，黄遵宪在公使馆会见朝鲜国王特派密使李东仁时，李汇报说：『朝鲜朝议，现今一变。』(50)

一八八〇年十一月三日（十月一日），金宏集被擢升为吏曹参议。一八八一年二月，朝鲜仿照中国制度，设立统理机务衙门，下设交邻、军事、边政、通商、机械、船舰、语学等司，迈出了内政改革的第一步。同月，金宏集被任命为统理机务衙门经理。其后，朝鲜于一八八二年分别与美、英、德等国缔结修好通商条约。所有这些，都说明《朝鲜策略》对近代朝鲜的开化运动产生了巨大影响。

然而，《朝鲜策略》在获得李朝君臣积极评价的同时，也受到了守旧派的猛烈攻击。就在金宏集升任吏曹参议之日，兵曹正郎刘元植上疏曰：

朱夫子上接孔、孟，亲炙周、程，道炳千载，师表百世，虽蛮貊之邦，莫不遵奉为大贤。夫黄遵宪中国人，必无不知朱子之为斯文尊师。今于遗词之际，何患无证！乃以如彼耶酥、天主之秽，肆然凭据乎？(51)

朱子学在朝鲜被定为国教，而《朝鲜策略》在解释美国宗教问题时言：『至于美国所行乃耶稣教，与天主教根源虽同，党派各异，犹吾教之有朱、陆也。』刘元植认为，面对如此『凶惨之句』，金宏集本应当面斥责，不应该欣然接受。他要求国王采取断然措施，但国王只是批示了『省疏具悉』四个字。次日，李朝政府宣布刘元植『阳托卫正之说，阴怀逞邪之计，摘出他国人文字，先诽讪朝廷，污蔑士林』，决定将其发配到边远地区。

一八八一年三月二十五日（二月二十六日），李晚孙等一万多名儒生聚集京城，向高宗伏阙请愿。他们联名上书道：

伏见修信使金宏集所赍来黄遵宪私拟一册之流传者，不觉发竖胆掉，继之以痛哭流涕也(52)。

这封名为《岭南儒生李晚孙等万人联疏》的请愿书攻击金宏集将《朝鲜策略》带回国内，同时攻击黄遵宪从事西学，尽力于『致材』、『劝农』、『通工』等主张。请愿书称：『材用农工，自有先王之良法美规。（中略）何尝舍先王之道，而从事于别样妙术耶！』请愿书痛斥黄遵宪曰：

彼遵宪者，自称中国之产，而为日本说客，为耶稣善神，甘坐乱贼之嚆矢，自归禽兽之同科。古今天下，宁有是理！(53)

要求国王发配一切传播西学的人士，销毁一切有关西学的书籍，『益明孔、孟、程、朱之教。』但是，高宗并未采纳李晚孙等人的意见，认为他们是断章取义，而误解了黄遵宪的意思，并在批语中驳斥了儒生们的迂腐无聊之见：『辟邪卫正，若借此而又烦疏举，是谤讪朝廷，岂何待之以士子而不之严处乎！』

四月七日（三月十九日），又有黄载显、洪时中二人上疏攻击《朝鲜策略》，要求将搜出后付之一炬。高宗将二人的奏章交付廷议。领议政李最应等一批大臣要求严惩，结果二人被发配到远恶岛屿。其后，李晚孙也被捕，被减死发配远恶岛屿，未篱安置。

上述有关是否应该接受《朝鲜策略》的争论，实际上是朝鲜是要对外开放还是继续闭关锁国的争论。然而，历史的车轮滚滚向前，传统的闭关锁国已不可能，朝鲜的开化运动势不可挡。一八八一年五月，李朝政府派遣鱼允中、洪英殖等人作为绅士游览团来日考察。七月十五日，黄遵宪访问宫岛诚一郎时，二人曾作如下笔谈：

宫岛：韩人数姓来都下，〔鱼允中、洪英殖〕，君相见否？曾闻李万孙为激昂之论，顷捕缚之，不知果真乎？

公度：频见韩人。仆尝读李万孙论，既赏其文章，复叹其人殊有忠爱之气，以为可惜在不达时变耳。前见韩人议论及此，仆劝韩廷拔用此人。自来倡锁港之论者，一变即为用夷之人。今日贵国显官即有前日放火焚英使馆脱走之人，因知李万孙辈将来大可用也[54]。

在此，黄遵宪一方面对李晚（万）孙的文章表示欣赏，认为有『忠爱之气』，另一方面又对他『不达时变』感到可惜。尽管如此，黄遵宪还是劝说朝鲜政府提拔他，认为他『将来大可用』，表现出其不记私仇的博大胸襟和超人气度。

结　语

一八九一年，黄遵宪在英国伦敦任驻英参赞时，曾撰《续怀人诗》十六首（《人境庐诗草》卷七），用以怀念出使日本、美国期间所结识的各国人士，其十三曰：

绕朝赠策送君归，魏绛和戎众共疑。
骂我倭奴兼汉贼，函关难闭一丸泥[55]。

此诗虽《人境庐诗草笺注》本及《黄遵宪全集》本中的自注皆只有简单的五个字：『朝鲜金宏集』，然据高崇信、尤炳圻校点本《人境庐诗草》，其后还附有如下一段文字：『光绪六年，曾上书译署，请将朝鲜废为郡县，以绝后患，不从。又请遣专使主持其外交，廷议又以朝鲜政事向系自主，尼之。及金宏集使日本，余为作《朝鲜策》（原文如此），令携之归，劝其亲中国，结日本，联美国。彼国君臣集众密议，而闻者哗噪，或上书诋金为秦桧，并弹射及余，谓习圣教而变夷言，盖受倭奴之指使，而为袄教说法云』(56)。可知黄遵宪对《朝鲜策略》所引起的巨大反响十分熟知。诗中用典颇多，不易理解，现分别稍作说明。

首句『绕朝赠策』语出《左传》文公十三年，春秋时期晋国大夫士会逃亡秦国，为秦所用。晋人患秦之用士会，乃使魏邑的寿馀假装叛魏而入秦，以诱士会返晋。计谋得逞，士会欲行，秦国大夫绕朝赠之以策，曰：『子无谓秦无人，吾谋适不用也。』(57)此处用来比喻金宏集临行回国之际，黄遵宪赠之以《朝鲜策略》一事。

第二句『魏绛和戎』则语出《左传》襄公四年。魏绛为春秋时期晋国大夫，山戎前来媾和，晋悼公初不同意。于是魏绛陈述媾和有五利，提出与山戎媾和，致力中原，最终得到晋悼公的采纳(58)。显然，此处用以指《朝鲜策略》中所提出的『结日本，联美国』等外交主张。

第三句『倭奴』与『汉贼』，钱仲联在《人境庐诗草笺注》中分别引《新唐书》东夷传『日本，古倭奴也。』及《三国志》吴书周瑜传：『操虽托名汉相，其实汉贼也。』(59)误。此处应指黄遵宪被骂为日本的走狗及中国的卖国贼之意。

末句『函关』指函谷关，难闭一丸泥，语出《后汉书》隗嚣传，王元说服隗嚣用兵坚守函谷关，以拒刘秀(60)。此处则谓朝鲜深处当时的国际环境，要想做到闭关锁国，实在是难上加难。

应该说，本诗及自注的内容将当时黄遵宪对朝鲜的态度展现得一览无余。虽然送给金宏集的《朝鲜策略》招致了朝鲜国内不少守旧派的强烈反对，但在早先一部放眼看世界的黄遵宪看来，闭关锁国绝不可行，朝鲜应打开国门，对外开展多方外交，对内则锐意改革，以图自强。由此意义而言，《朝鲜策略》无论是对于朝鲜的对外开放还是内政改革来说，都是一部具有深远意义的策略性文章，在中日韩近代文化交流史上占据着极为重要的位置。

註

（1）金宏集：又作『金弘集』，因其自身在与何如璋、黄遵宪等笔谈资料中皆作『金宏集』，故本文统一作『金宏集』。

（2）中国方面的主要研究论著有郑海麟：《黄遵宪与近代中国》第三章『从《朝鲜策略》看黄遵宪的外交思想』，三联书店一九八八年版；杨天石：《黄遵宪的〈朝鲜策略〉及其风波》，载《近代史研究》一九九四年第三期，后收入杨天石著：《海外访史录》，社会科学文献出版社一九九八年版；夏晓虹：《揭示一段沉埋多年的历史真相——黄遵宪撰写〈朝鲜策略〉的缘起》，载《中华读书报》二〇〇〇年八月十六日版；魏明枢：《论黄遵宪的〈朝鲜策略〉》，载《江西师范大学学报(哲学社会科学版)》第三七卷第三期，二〇〇四年五月。日本方面的主要研究论著则有平野健一郎：《黄遵宪〈朝鲜策略〉异本校合——近代初期东亚国际政治中文化的交错》，载日本国际政治学会编《国际政治研究》第一二九号，二〇〇二年二月。

（3）有关此四次修信使的活动行程及意义，参见河宇凤著、森山茂德译：《开港时期修信使的日本认识》，宫岛博史、金容德编：《近代交流史与相互认识Ⅰ》，日韩共同研究丛书二，（日）庆应义塾大学出版会，二〇〇一年一月。

（4）参见前注河宇凤著、森山茂德译：《开港时期修信使的日本认识》。

（5）参见前注河宇凤著、森山茂德译：《开港时期修信使的日本认识》。

（6）因《黄遵宪全集》第五编『笔谈』中的『与朝鲜修信使金宏集笔谈』未收录何如璋笔谈部分，因此以下本文所引金宏集《修信使日记》，据郑海麟、张伟雄编校：《黄遵宪文集》第二部『与朝鲜人笔谈』，(日本)京都，中文出版社一九九一年版。个别错字及断句引者略有改动。

（7）宫岛诚一郎(一八三八—一九一一)，号栗香、养浩堂等，江户末期出生于米泽藩。自幼接受汉学训练，被誉为神童。曾任藩校『兴让馆』助教。明治维新后曾任修史馆御用挂、宫内省御用挂，后被敕选为贵族院议员。宫岛与何如璋、黄遵宪等一直保持着亲密接触，并留下大量的笔谈资料。这些笔谈资料现大部分收藏于日本早稻田大学图书馆，并编有《宫岛诚一郎文书目录》。有关黄遵宪的笔谈资料，已收入陈铮编：《黄遵宪全集》(上)第五编『笔谈』中的『与日本友人宫岛诚一郎笔谈』(陈捷整理)，中华书局二〇〇五年版。但有关何如璋的笔谈资料则未收入，本文据早稻田大学图书馆藏《宫岛诚一郎文书》C—七补入。

（8）《黄遵宪文集》七六—七七页。

（9）《黄遵宪文集》七七—七八页。

（10）《黄遵宪文集》七九—八〇页。

(11)《黄遵宪文集》八〇—八三页。
(12)暧依村庄为日本近代著名实业家涩泽荣一(一八四〇—一九三一)的别墅，故址在今东京都北区飞鸟山公园内，现建有涩泽荣一史料馆。
(13)见《黄遵宪全集》(上)七七三页。
(14)关于宫岛诚一郎与黄遵宪等人的交友情况，详见刘雨珍：《黄遵宪与宫岛诚一郎交友考——以《宫岛诚一郎文书》中的笔谈资料为中心》，南开大学日本研究院编：《日本研究论集二〇〇四》(总第九集)，二〇〇四年九月。
(15)《黄遵宪全集》(上)二三四页。
(16)一八八二年二月四日，宫岛诚一郎为任期届满、即将离日的何如璋、黄遵宪设宴饯别时，黄遵宪亦作诗道：『天下英雄君操耳，高谈雄辩四筵惊。红髯碧眼正横甚，要与诸君为弟兄。』此处亦表达了作者对红髯碧眼横行一世局面的不满，以及希望亚洲联合起来的美好愿望。(《黄遵宪全集》(上)，七八四—七八五页)
(17)跋文曰：『余得晤栗香先生数次，襟度渊雅，英华袭人，今读其养浩堂集，可谓诗若其人，不觉心折，临行书此，以志景仰，何时一樽酒，重与细论文。为君一诵，黯然而已。鸡林归客金宏集拜识。』(早稻田大学图书馆藏《宫岛诚一郎文书》E—三七，E—一〇九)
(18)《黄遵宪全集》(上)，七七四页。
(19)大东文化大学图书馆所藏《大河内文书》七『韩人笔话』。
(20)《黄遵宪文集》八四—八七页。
(21)《黄遵宪文集》八九页。
(22)参见郑海麟：《黄遵宪与近代中国》第三章『从《朝鲜策略》看黄遵宪的外交思想』(三联书店一九八八年版)及杨天石：《黄遵宪的〈朝鲜策略〉及其风波》(《近代史研究》一九九四年第三期)等。
(23)《朝鲜策略》常见主要版本有：1、韩国国史编纂委员会编：《修信使记录》，《韩国史料丛书》第九卷，一九五八年版；2、高丽大学中央图书馆编：《金弘集遗稿》，高丽大学出版部一九七六年版；3、赵一文译注《朝鲜策略》，建国大学校出版部；3、外务省编纂：《日本外交文书》第一三卷第三八九—三九四页。关于《朝鲜策略》的各种版本，参见平野健一郎：《黄遵宪〈朝鲜策略〉异本校合——近代初期东亚国际政治中文化的交错》，日本国际政治学会编《国际政治研究》第一二九号，二〇〇二年二月。以下本文所引《朝鲜策略》据陈铮编：《黄遵宪全集》(上)，中华书局二〇〇五年版，二五一—二五八页。以下引文除特别注明外，均引自《朝鲜策略》。

(24)『秦孝公据殽函之固，拥雍州之地，君臣固守，以窥周室。有席卷天下，包举宇内，囊括四海之意，并吞八荒之心。当是时也，商君佐之，内立法度，务耕织，修守战之备。外连衡而斗诸侯。于是秦人拱手而取西河之外。』贾谊《过秦论》见《史记》陈涉世家、《汉书》陈胜传、《文选》卷五一。
(25)台湾中央研究院近代史研究所编：《清季中日韩关系史料》第二卷，四三八页。
(26)《清季中日韩关系史料》第二卷，四三九页。
(27)《清季中日韩关系史料》第二卷，四〇三—四〇五页。
(28)《清季中日韩关系史料》第二卷，四〇三—四〇五页。
(29)早稻田大学图书馆藏《宫岛诚一郎文书》C—七。
(30)《黄遵宪全集》(上)七三五页。《宫岛诚一郎文书》C—七文字略有不同。
(31)《日本杂事诗》其二二(《人境庐诗草笺注》附录一，一一〇四页)。
(32)《陆军官学校开校礼成赋呈有栖川炽仁亲王》(黄遵宪著、钱仲联笺注《人境庐诗草笺注》卷三，上海古籍出版社，一九八一年六月版，二四一页。以下引用《人境庐诗草》时均据此版本，不特一一注明)。
(33)《马关纪事》(《人境庐诗草笺注》卷八，六七六—六八一页)。
(34)《奉命为美国三富兰西士果总领事留别日本诸君子》其三(《人境庐诗草笺注》卷四，三三七—三四二页)。
(35)关于《日本国志》的编纂过程及影响等，请参见刘雨珍：《日本国志》前言，上海古籍出版社，二〇〇一年二月。以下引用《日本国志》原文时皆据此版本，不特一一注明。
(36)《黄遵宪全集》(上)二五五—二五六页。
(37)《黄遵宪全集》(上)二五六页。
(38)《日本国志》卷七『邻交志』下一，八八—八九页。
(39)《黄遵宪全集》(上)二五六页。
(40)《日本国志》卷二〇『食货志』六，二三一页。
(41)《黄遵宪全集》(上)二五六页。
(42)《日本国志》卷三八『物产志』一，三九五页。
(43)《黄遵宪全集》(上)二五六—二五七页。
(44)《日本国志》卷二一兵志一，二三三页。

(45)钱仲联『黄公度先生年谱』光绪一三年条，《人境庐诗草笺注》一一九五页。
(46)黄遵宪：《三哀诗·袁爽秋京卿》：『马关定约后，公来谒大吏。(中略)公言行箧中，携有《日本志》，此书早流布，直可省岁币。我已外史达，人实高阁置。我笑不任咎，公更发深喟。』(《人境庐诗草》卷一〇)
(47)《李朝实录》高宗卷一七，一二八页。
(48)《清季中日韩关系史料》第二卷，四四五—四四六页。
(49)《清季中日韩关系史料》第二卷，四五二页。
(50)《清季中日韩关系史料》第二卷，四三七页。
(51)《李朝实录》高宗卷一七，一七七页。
(52)《李朝实录》高宗卷一七，一八三页。
(53)《李朝实录》高宗卷一七，一八三—一八四页。
(54)《黄遵宪全集》(上)七八一页，《宫岛诚一郎文书》C—七文字略有不同。
(55)《人境庐诗草笺注》，五八六页。
(56)《黄遵宪全集》(上)一三〇页。
(57)《左传》文公一三年：晋人患秦之用士会也，(中略)乃使魏寿馀伪以魏叛者，以诱士会，执其帑于晋，使夜逸。请自归于秦，秦伯许之。履士会之足于朝。秦伯师于河西，魏人在东。寿余曰：』『请东人之能与夫二三有司言者，吾与之先。』〃使士会。士会辞曰：『晋人，虎狼也，若背其言，臣死，妻子为戮，无益于君，不可悔也。』〃秦伯曰：『若背其言，所不归尔帑者，有如河。』乃行。绕朝赠之以策，曰：『子无谓秦无人，吾谋适不用也。』关于策之解释，分为『马鞭』与『策书』两种，杜预注：『策，马檛。临别授之马檛，并示己所策以展情。』孔颖达疏：『服虔云：绕朝以策书赠士会。』
(58)《左传》襄公四年：(晋悼)公曰：『然则莫如和戎乎？』(魏绛)对曰：『和戎有五利焉：戎狄荐居，贵货易土，土可贾焉，一也。边鄙不耸，民狎其野，穑人成功，二也。戎狄事晋，四邻振动，诸侯威怀，三也。以德绥戎，师徒不勤，甲兵不顿，四也。鉴于后羿，而用德度，远至迩安，五也。君其图之！』公说，使魏绛盟诸戎，修民事，田以时。
(59)钱仲联《人境庐诗草笺注》卷七，五八六页。
(60)《后汉书》隈嚣传：元遂说嚣曰：『今天水完富，士马最强，北收西河、上郡，东收三辅之地，案秦旧迹，表里河山。元请以一丸泥为大王东封函谷关，此万世一时也。』

現代文化篇

老舎と石揮
―映画『我這一輩子』を中心に

石井康一

一

『我這一輩子（私の一生）』という映画がある。中華人民共和国建国直後に上海の私営映画会社・文華電影公司が制作し、一九五〇年二月、北京で公開が始まった。脚本・楊柳青、監督・主演は石揮。石揮は中国の一九四〇、五〇年代を代表する映画人である。

脚本の楊柳青[1]とは石揮の兄（本名・石開）のことであるが、石揮自身が自分でシナリオを書いたと語っていることもあり、むしろ石揮が主体となって書いたものと考えていいだろう。

原作は一九三七年七月一日、雑誌『文学』第九巻第一号に発表された老舎の中編小説である。しかし老舎がアメリカ合衆国から成立直後の中華人民共和国に帰ってきたのは、映画公開直前の四九年十二月である。この映画は老舎と直接の関係なしに作られたものと考えられる。映画は原作と大きく異なることから、別の作品と見做すべきである。しかし同時に、老舎と全く無関係ということもいえないはずである。

老舎の小説『我這一輩子』は人力車夫を主人公とする『駱駝祥子』（一九三六年）とほぼ同時期に書かれ、車夫と同様に社会の下層に位置する巡査を描いたことから一対の作と見做されるが、常に代表作とされる『駱駝祥子』

に対して、『我這一輩子』の影は薄かった。しかし建国直後に映画化されたのは、『駱駝祥子』ではなく、『我這一輩子』であった。老舎の作品を愛好した石揮が『我這一輩子』を選択したことは老舎にとってどういう意味を持ったただろうか。

映画『我這一輩子』も、今日では建国直後の代表作とされているが、正当な評価が始まったのは文化大革命終了後であり、長い間正面から触れられることの少ない作品であった。その理由は、監督・主演の石揮が反右派闘争の時に批判され自殺したことに起因する。石揮は四〇年代中国を代表する俳優であり、建国後も映画制作に積極的にかかわり続けた。大きく変わった時代をこえて活動するその姿勢には、どこか老舎に相通じるものを感じさせる。

もちろん映画『我這一輩子』は原作とは大きく異なる。しかし石揮という他者の手によって再生した『我這一輩子』と、建国直後の老舎を重ねあわせることによって、旧時代と中華人民共和国という二つの時代を作家として生きた老舎の姿を浮かび上がらせることができるのではないだろうか。そこから逆に映画人としての石揮にも新たな光を照射できないだろうか。本稿は老舎と石揮に焦点を当て、中華人民共和国成立直後の文学者と映画人のありかたについて考察を加えたい。

二

石揮は本名石毓濤、一九一五年天津生まれ、北京育ち。一九四〇年に上海に移り、話劇の舞台でさまざまな役柄を演じ、「話劇の皇帝」と称される。四一年「乱世風光」で映画デビュー、四七年に文華影業公司に入り正式に映画俳優となった。「太太万歳」（四七年）、「艶陽天」（四八年）、「哀楽中年」（四九年）、「関連長」（五〇年）、「腐蝕」

（五一年）等に出演し、又、「母親」（四八年）、「我這一輩子」などでは監督をつとめた。「霧海夜航」（五七年）が反右派闘争で批判され、二回目の批判大会のあと行方不明となり、一年半後に水死体となって発見され、歯型から石揮と確認された。一九七九年に名誉回復された。

映画『我這一輩子』は、乞食同然の格好をした老人が昔を回顧する形で始まる。清朝末期、失業していた若い「私」は、同じ胡同の趙さんに誘われて巡査の職に就いた。六円の月給と制服が支給されたが、辮髪の清国兵の掠奪・虐殺騒ぎが起きても逃げ回るばかりで、庶民からも馬鹿にされる情けない仕事ぶりである。清朝から中華民国に変わると、高官の門衛に配置され、阿片の仕入れまでやらされる。高官邸に押し掛ける学生のなかから申遠というリーダー格の学生を知る。五・四運動が起き、高官は失脚するが、又復活、警察の手入れがあったときに「私」は申遠を逃がしてやる。申遠は息子海福と友人になる。「私」は同じ胡同の人力車夫の孫の娘小玉と海福を結婚させようとするが、小玉は日本の従軍慰安婦の徴発で連れていかれてしまう。海福は北京を脱出して共産党軍に参加する。抗日戦争に勝利し、国民党は戻ってきたが、庶民の暮らしはますます悪くなるばかりである。かつて通訳として日本の手先となり働いていた胡理は、抗日の地下活動をしていたと嘘をつき、今は警察署長に収まっている。車夫の孫はそれを蔣介石委員長に告発しようとして胡理に捕らえられ、「私」も息子が共産党ということで厳しい拷問を受ける。獄中で申遠に再会する。不公平な世の中を訴える「私」に対し、申遠は共産党の地下党員であることを明かし、胸を張って処刑場へ向かう。老い衰えた「私」は冬の夜、街灯の下で「ああ、わしの一生は……」と呻いて生を終える。海福の参加する共産党軍が中国を統一することを示唆するシーンで映画は終わる。

かつて巡査は最下層の官吏であり、民衆からも馬鹿にされる立場であった。実直でまじめに巡査を務めた男の悲劇を若年から老年まで、ユーモアとペーソスをもって石揮は演じている。日本製の香水が五〇円で売られる一方、飢えと病気に苦しむ下層の庶民は薬代のために子供を三〇円で売らざるをえなくなり、いっそ死んだほうがましだと嘆く場面にあらわされるように、映画は高官、大人の醜態をシニカルに暴き、下層の庶民には温かい同情の眼を向け、現実を厳しく描いている。日本占領時期に日本の軍曹が部下と中国人通訳を連れて胡同に従軍慰安婦の徴発に来たときには、その手先とならざるを得ない。戸籍帳から若い娘の頁を破り取って助けようとするが、ばれてしまって軍曹に「バカヤロー」と殴られてしまう。武器を持たないので、抵抗できない。「おまえ〇〇（マルマル）してるか？」と性的欲望を剥き出しにする日本人軍曹、彼のでたらめな中国語に迎合して奇妙な中国語を使う中国人通訳、彼らは一見戯画化されているようでありながら、つい昨日の被侵略の記憶の強烈でリアルな反映である。この映画は文化部によって一九四九―五五年の優秀映画の二等賞に選ばれた。建国直後の映画の代表作として位置付けることができるだろう。

三

一九三七年の中編小説『我這一輩子』は、一人称の主人公の自述体で書かれている。複雑な筋はなく、北京の巡査の一生を描いたものである。原作は、髭を生やしているというだけの理由でくびを切られ失業し、息子も病気で死んでしまい、息子の嫁と孫を抱えて餓死するのを待つばかりという救いようのない悲劇である。老舎は物語の「私」に、「車引きと巡査は都市の貧乏人に用意された二本のレールである。字を識らず、手に技術のないものは車引きになり、少しは字を識っていて体面を気にするもの、手に技術があってもそれでは食べていけないものが巡査になった(2)」といわせている。

原作と映画の違いを「中国電影芸術史綱」(3)は以下の三点にまとめている。

①原著のほぼ三分の一を削除、主人公がはじめ表具師をしていたところと、妻が駈け落ちしてしまったことなどを省いている。シナリオは巡査である私を中心とし、腐敗した社会の本質を暴露することに重点を置く。

②原作で描かれているのは清末から民国一〇年までだが、シナリオでは「私」の生涯を解放前夜まで描き、半世紀の変遷と統治階級の変わらぬ本質を暴く。

③人物の変動。「私」を原作より正直善良に描き、共産党地下党員申遠を加え「私」親子に思想的影響を与えるようにし、日本語通訳から警察局長になる漢奸胡理を加えて国民党の反動的本質を暴く。

次に映画のシナリオについて触れておく。映画『我這一輩子』を活字化したもので筆者が見たものは二種類ある。

a「中国新文学大系(一九四九―一九六六)電影集(上巻)」(中国文聯出版公司　一九八八)所収のもの

b「石揮談芸録」(魏紹昌編　上海文芸出版社　一九八二)所収のもの

aは「上海文華影業公司はこのシナリオに基づいて一九五〇年に映画を制作した」と注記がある。しかしこの二種の版本はどちらも実際の映画と全く同じではない。aは叩き台としての石揮(楊柳青)作のシナリオで、bはそれをさらにスタッフも加わって練り上げた実際の映画に近い形のものとみることができる。結末の処理に注目してみよう。石揮の原案のaは映画の結末とほぼ同じであるのに、より実際の映画に近いはずのbは、結末は映画と大きく異なっている。

「私」が電柱の根元に座り込んで両手を胸に当て眠り込んでしまったあとの結末を石揮はこう記す。

(人民解放軍が入城する)

（私は夢から醒める）

（人々は道の両側で歓喜している。私は老いた体を引きずって群衆の方へ向かう）

（軍隊が次々通り、歌声が耳を震わす）

（隊列の中のリーダーを知っているような気がして、目を擦って気付く、海福だ。私は狂ったように駆け寄る）

（私は申遠の写真を差し出すと海福は泣きだしそうになる。歓声で言葉は聞こえないが、二人の理性と熱い思いによって、多くの人の眼がこの乞食の老人と若い兵士に注がれる）

（隊列は前進し、「私」の眼には涙が溢れる。しかし満面の興奮と感動で、「私」は人類史上空前の大きな波と共に、に前へ、前へと進まぬわけには行かないのだ！）


しかし実際の映画の結末で「私」と海福は再会を果たすことはできなかった。aの脚本通り、老い衰えた「私」は冬の夜、街灯の下で生を終えるのである。北京に入る共産党軍の海福と「私」との再会という、実現しなかった結末について石揮はこう述べる。

皆さんが二人を会わせたいとおっしゃっただけでなく、私も会わせたいと思ったのですが、私営の映画会社が大勢を動員して「入城式」を撮るのは難しく、「私」を死なせるしかありませんでした。しかし撮影の途中で、やはり死なすべきではないと思い、上海の郊外へロケ地を探しにいきましたが、空き地がなく（すべて農作物が植わっているため）、飛行場を借りようとも思ったのですが、賊軍機の空襲がよくあったため不可能で、そのような結末は撮ることができず、「私」を死なさざるをえなかったのです(4)。

その言葉に嘘はないだろうが、外在的要因により結末を変えたというのを額面通りに受け取ることはできない。

初期構想aでは、石揮は「私」を死なせたかったのであり、その通りに出来た今の映画は悲劇としてあまりにも見事に完結している。aの結末の主人公の死は、後のシナリオでは解放された北京で息子と再会する結末に改められたが、石揮は結果としては本来の自分が描きたかった結末を描くことができた。しかし発表直後から、ハッピーエンドにすべきであったとの意見が多く出されることとなった(5)。

映画の終盤の申遠の扱いにも違いがある。獄中で再会する「私」と申遠。aのシナリオにおける申遠は、もっぱら「私」の社会に対する怒りを聞くだけで、自分の素性も明かさず処刑場に向かう。それに対してbでは映画の会話とほぼ同じである。死をも恐れぬ共産党員としての性格は、撮影の現場で作られたものであるといえよう。またbでは処刑寸前に呼びに来られたときに「これだけたくさんの友がついてくれているのだから怖くないよ」と言い残して他の革命青年とともに処刑されるのだが、映画では処刑されるのは申遠ただ一人で、「たくさんの友」は処刑場へ連行するために来た官憲たちへの皮肉になっている。解放前夜に革命参加者がたくさん殺されることを避けたのであろう。

原作にはない人物として胡理と申遠があげられるが、胡理 Hu Li という名は「狐狸(きつね)」と同音であり、そこには悪の意味が付与されている。又、共産党員申遠の「申」は石揮自身が映画活動をしている上海の別称でもあり、また「伸」というプラスのイメージとも同音である。そして「申遠」は「深遠」と同音であり、明るい未来を暗示するイメージが付与されているといえよう。

四

石揮の映画『我這一輩子』が発表された一九五〇年、一方の老舎はどうしていたか。本章では老舎の中華人民共和国建国後の戯曲第一作『方珍珠』に注目して見てみたい。

老舎の建国後初の劇本『方珍珠』は五幕からなる話劇である。一九五〇年六月から八月にかけて執筆され、『光明日報』一九五〇年八月二一日、二二日、九月一日に掲載され、中国青年芸術劇院によって一九五一年元旦から初演された。

『方珍珠』は鼓書芸人「破れ凧」の養女方珍珠を中心に、北京の芸人たちの解放前後の変化を描いた作品である。全五幕の前半の三幕で解放直前一九四八年の北京を描き、後半の二幕で解放直後を描いている。

方珍珠は幼い頃売られてきて、「破れ凧」に芸を学び芸人になった。抗日戦争勝利後、北京へ帰ると富商、特務が彼女を愛人にしようとし、軍人やごろつきが舞台を妨害しようとする。解放前は慰み物だった芸人が解放後は尊重され独立した人格をもつ芸術家になっていく過程を描く。破れ凧たち芸人は国家の主人公となり、方珍珠は長年の願い通り学校に通うことになったのである。

『方珍珠』は発表、上演後、大好評を得た。独特の風格が生き生きとした台詞で人物が描きだされていることが第一の成功とされ、人間を通して二つの時代の根本的な違いを観客の前に表わし、旧社会を憎み新社会を熱愛することを訴え、一定の教育効果があるとされた。

この作品について数種の当代文学史を見てみると、共通した記述が見られる。

老舎は演劇を武器として心から党を称賛し、社会主義の新時代と人民の新北京を歌いあげた、その愛憎は鮮明で、成果は目覚ましく人民の称賛するところとなった。彼は「談『方珍珠』劇本」のなかで「この劇はもともと四幕のつもりだったのだが、解放後の光明を多く書いた方がいいという友人の忠告で五幕に改めた」と述べる。「解放後の光明を多く書く」のが戯曲創作の魂となった(6)。

当代文学史の多くは老舎の同じ言葉を引用して、「解放後の光明を多く書く」ことが「戯曲創作の魂となった」或いは「重要な特色となった」或いは「信条となった」とほぼ同様な記述をなす。つまり「友人の忠告」で「解放後の光明をより多く書く」ことにしたことをもっぱら肯定的に捉えているが、果たしてそうだろうか。

もともとは全四幕で第三幕までが解放前、第四幕で解放後を描くつもりだったが、いろいろな人の意見を取り入れて解放後を増やすことにした。解放前の三幕は老芸人破れ凧と養女方珍珠の闘いを方珍珠中心に描き、第四・五幕では解放後の光明と芸人たちの団結改造・地位の向上・政治思想上の進歩を描くことになった。しかし発表直後の座談会(7)で、主人公方珍珠が第三幕まではいいが、四・五幕では印象が薄いと指摘されたように、テーマが拡散して老舎自身も後悔するところになったのである。『方珍珠』という題にあらわれるように、老舎が描きたかったのは芸人の家に買われて芸を仕込まれ育てられた娘の旧時代における不幸と新時代の幸福の対比である。

創作において私には人の話を聞きすぎるという欠点がある。これは私に自信がないというのではなく、自信過剰——できるかぎり人の意見を聞いて組み合わせて全く矛盾のない作品を作ることができると思っているのである(8)。

謙虚な姿勢の創作談の中に屈折する作家の思いを我々は読み取る必要がある。『方珍珠』に限らず中華人民共和国成立後の老舎の作品について常に語られるのは、初稿以後の書き替えの問題であった。結局、解放後を多く書くべきだという当時の風潮に合わせたため、当初の構想通りにはならなかった。周囲の批評と老舎が描きたかった事の間にある矛盾。この問題に老舎は直面しつづけた。この問題は百花斉放・百家争鳴時期の『茶館』につながるものであった。

意見に従って物語を展開させる。よくも悪くも、それが建国後の老舎の創作姿勢であった。老舎は劇団との合作関係のなかで作品を練りあげていった。そして新しい時代に遅れた思想の持ち主であるとの自覚で、謙虚に大衆や政治的指導者の意見に耳を傾けた。人の意見を聞くという姿勢は、ときには老舎本人の思いつかないような劇的効果を上げる場合があっただろう。しかし、往々にして老舎本人の意図と離れることになり、作品の本質を変えてしまう結果となった。書きたいものと書くことを期待されているものの乖離、十七年にわたる老舎の抗いが、この『方珍珠』に始まったのだった。

『方珍珠』の基盤として、アメリカ合衆国滞在時に中編小説『鼓書芸人』を書いていたことがあげられる。『方珍珠』は『鼓書芸人』の続編として位置づけることができる。小説『鼓書芸人』は一九四八年から四九年にかけてアメリカで執筆、翻訳され、《The drum singers》（一九五二年）として出版された。惜しいことに老舎の原文は失われたため、英語の原稿から馬小弥が中国語訳し、『収穫』八〇年第二期に掲載され、単行本は人民文学出版社から一九八〇年に出版された。日本軍に占領された北京を逃れてきた方宝慶と養女方秀蓮を中心に、抗日戦争期の重慶を舞台に芸人たちの生活を描いたものである。後に田壮壮の監督で九二年に映画化もされた。

この二作のつながりを見ておこう。『鼓書芸人』は一九四八年から四九年にかけて書かれ、『方珍珠』は一九五〇年に書かれた。『鼓書芸人』で描かれているのは一九三八年から四五年まで、『方珍珠』は一九四八年から解放直後まで。『方珍珠』の主要人物はみな『鼓書芸人』からの継続線上にある。方珍珠は方秀蓮、破風箏は方宝慶、方太太、方大鳳は同じである。進歩的作家孟良（『鼓書芸人』）→王力（『方珍珠』）も共通している。一九四九年中華人民共和国成立を大きな転換点として、老舎は『鼓書芸人』の続編として、戯曲『方珍珠』を書いた。そのことによって、熟知する芸人の「解放」前の世界と「解放」後の世界をつないだのである。

一方、石揮は老舎の小説（一九三七年）を元にして、小説では描かれていないその後の二十年を書き加えて「解放」（建国）直前までを描いたという点では小説の続編ともいえる映画『我這一輩子』を制作した。中華人民共和国成立前後における両者の対称をなす文学的営為と見做すことができるだろう。

五

老舎と石揮、表面的にはその接点は少ない。しかし我々はこの二人に相通じるものを見いだすことができる。北京育ち、ユーモアが好き、京劇に造詣が深い、中華人民共和国成立を挟んで二つの時代にわたって活躍した芸術家、そして苛酷な政治運動の中で悲劇的な死に追い込まれたこと。

老舎にとって石揮は、自分の旧作を蘇らせ新たな生命を与えてくれた映画人だった。映画『我這一輩子』は小説と全く別の作品でありながら、まるで老舎の作品そのもののような風格を色濃く保っている。「私は小さいときから老舎先生の作品が好きでした」(9)という石揮による、脚本、監督、主演すべてにおいて見事な映画化であった。

建国直後の上海では、建国前からの伝統を引き継いで私営の映画会社によって数々の名作が作られた。その代表が『我這一輩子』である。しかし映画『武訓伝』批判のあおりを受け、五二年に公私合営になり、そして翌五三年に国営会社として統合されることによって、私営映画会社の歴史の幕は閉じられた。

五〇年代、映画会社が国営化されてから後は、上海の映画人にとっては作りたい映画を作ることはできない情況になってしまっていた。そこへ五六年、文芸界に自由化の波が押し寄せる。

一九五七年の年頭に石揮は一年の計を希望一杯に述べている。喜劇を演じたい、今シナリオを書いている、相声(漫才)台本を書いてみたい……そしてこう記す。


もし出来れば、老舎先生の作品の映画化を実現したいと思っている。彼の作品は小さい頃から読んでいるし、北京の人々の生活についてもよく知っている。老舎先生の描く人物は私にとっては他人ではないのだ。どの作品を選ぼうか、いま考慮中である(10)。


石揮のこの夢が実現されることはなかった。映画化したかった老舎の作品とは何であったか、『駱駝祥子』が有力だが、今となっては知る由もない。年頭のさまざまな希望を記す石揮にとって、この年に自らの命を絶つとは想像もしなかっただろう。上海電影制片廠の若手グループ「五花社」のリーダーとして監督・制作した『霧海夜航』が、反右派闘争の中で激しい批判を浴びることになり、四二歳の若さで石揮は自らの命を絶った。その死は九年後の文化大革命の中での老舎の死と重なりあう。

旧時代に対する怒りと新時代に対する希望をこめた映画『我這一輩子』から考えても、五七年に石揮を襲った絶望は想像に余りある。「生涯の仕事は革命を弾圧する側の手先であり、ときには日本軍の手先でさえもある」、「ぜんぜん革命的ではない」(11)主人公を温かい目で描いた作品が、大衆に愛され、文化部によって一九四九―五五年の優秀映画の二等賞に選ばれた、つまり反右派闘争の直前までは至極真っ当な評価を得ていたということも事実であり、一転してその作品までもが批判と対象になり、死に追いやられてしまったというのもまた歴史の事実である。その落差は中華人民共和国に自己の存在価値を賭けた知識人の悲劇であり、老舎の悲劇の前奏曲でもあった。

一方、老舎は、映画『我這一輩子』の制作には直接関わってはいないが、一九五〇年二月二一日の日記に「夜『我這一輩子』を見る。演技はいいが、やや散漫」(12)と記している。映画『我這一輩子』を見たことが、老舎に何の影響も与えなかったはずがない。俳優は単に与えられた脚本を演じるだけの存在ではなく、その演技によって逆に作者に何かを与え得る存在であるはずだ。老舎の小説を基にシナリオ化し、若年から老年までを見事に演じ分けた石揮が、後年老舎に戯曲『茶館』を書くきっかけを与えたといえるのではないかと私は考える。映画『我這一輩子』のなかで、分に安んじ己れを守って結局何も残らなかった一生を怒り嘆く獄中の「私」、それは明らかに清末から「解放」直前まで、真面目に働き続けたのに結局無残な死を遂げざるをえなかった『茶館』の主人王利発の一生を描くことを喚起するものであったといえないだろうか。

石揮には主人公の悲劇的結末（死）を描く際の周囲との葛藤があり、老舎も茶館の主人の惨めな死を実際の北京人民芸術劇院の舞台では描くことができなかったということがあった(13)。ともに教条的な価値観が絶対となる中で、表現者としての抗いがあった。老舎と石揮はお互いが何かを与え合う存在であった。石揮はその映画によって、演技によって新しい中国で創作者として生きる道を老舎に示唆してくれたのである。老舎には『毛主席が私に新たな文学芸術の生命を与えてくれた』(14)という文章があるが、別の角度から見ると、新しい生命を与えてくれたのは石揮の『我這一輩子』だったといえるだろう。

註

本稿は「中華人民共和国成立直後の老舎について――映画『我這一輩子』を中心に」（甲南大学国際言語文化センター『言語と文化』第六号　二〇〇二）をもとにして、その後の資料を加えて改めて論じ直したものである。

（1）筆名の由来は天津の楊柳青出身であることによる。
（2）老舎『我這一輩子・月牙児』一七頁　人民文学出版社　二〇〇一
（3）「中国電影芸術史綱」封敏　主編　南開大学出版社　一九九一
（4）（5）陸萬美他「座談「我這一輩子」」上海「大公報」一九五〇年二月二六日
（6）「当代文学概観」北京大学出版社　一九八〇、次の段の引用は順に「中国当代文学簡史」湖南人民出版社　一九八五、「当代中国文学概観」北京大学出版社　一九八六、「中国当代少数民族文学史稿」長江文芸出版社　一九八六
（7）『方珍珠』座談会紀略」『北京文芸』第一巻第六期　一九五一
（8）老舎「我的経験」『劇本』一九五九　一〇月号
（9）石揮「関於『我這一輩子』」上海「大公報」一九五〇年二月一五日
（10）石揮「一年之計在于春天」（参考資料⑧所収）
（11）佐藤忠男「中国映画の一〇〇年」二玄社　二〇〇六
（12）「老舎全集」第十九巻　十七頁　人民文学出版社　一九九九
（13）石井康一「老舎『茶館』論」『未名』第九号　中文研究会　一九九一
（14）老舎「毛主席給了我新的文藝生命」『人民日報』一九五二年五月二十一日

参考資料

① 老舎「暑中習劇記」『人民戲劇』一巻五期　一九五〇年八月
② 老舎「談『方珍珠』劇本」『文芸報』三巻七期　一九五一年一月
③ 老舎「『方珍珠』的弱点」北京『新民報』一九五一年一月十一日

④「中国電影史」南京大学戯劇影視学叢書　中央広播電視大学出版社　一九九五
⑤張桂興編撰「老舎年譜」上海文芸出版社　一九九七
⑥「中国電影家列伝　第二集」中国電影出版社　一九八二
⑦「中国電影演員辞典」程樹安　主編　中国広播電視出版社　一九九三
⑧「石揮談芸録」　魏紹昌　編　上海文芸出版社　一九八二
⑨「中国新文学大系（一九四九―一九六六）電影集（上巻）」中国文聯出版公司　一九八八
⑩「上海キネマポート」佐藤忠男　刈間文俊　凱風社　一九八五
⑪「〈中国・香港・台湾〉中華電影人物・作品データブック」（『キネマ旬報』No.1144臨時増刊　一九九四）
⑫「老舎年譜」書目文献出版社　一九八九
⑬「老舎事典」中山時子編　大修館書店　一九八八
⑭日下恒夫「『私の一生』について」老舎小説全集　七　学研お　一九八二
⑮柴垣芳太郎「老舎著作解題（その三）」北陸大学外国語学部紀要第二号　一九九三
⑯「中国映画の回顧〈1922～1952〉」東京国立近代美術館フィルムセンター　一九八五
⑰倪駿「中国電影史」　中国電影出版社　二〇〇四
⑱陳墨「百年電影閃回」中国経済出版社　二〇〇〇
⑲「百年中国電影精選　第二巻　新中国電影　上」中国社会科学出版社　二〇〇五
⑳「当代中国電影　上・下」中国社会科学出版社　一九八九
㉑陸弘石　舒暁鳴「中国電影史」文化芸術出版社　一九九八

㉒舒暁鳴「中国電影芸術史教程」中国電影出版社　二〇〇〇
㉓「新中国百部優秀影片賞析」中国電影出版社　一九九九
㉔「老舎文学詞典」北京十月文芸出版社　二〇〇〇
㉕「二十世紀中国文芸図文誌　電影巻」瀋陽出版社　二〇〇二
㉖劉新生「二十世紀中国電影芸術流変」新華出版社　一九九九
㉗韓煒　陳暁雲「新中国電影史話」浙江大学出版社　二〇〇三
㉘日下恒夫「《The Drum Singers（鼓書芸人）》について」関西大学中国文学会紀要　第一七号　一九九六
㉙「石揮・〝我這一輩子〟天問的慨嘆」『新京報』二〇〇四・九・七
㉚門間貴志「アジア映画にみる日本Ｉ〔中国・香港・台湾編〕」社会評論社　一九九五
㉛王敏「日中二〇〇〇年の不理解――異なる文化「基層」を探る」朝日新書　二〇〇六
㉜饒曙光主編「中国電影分析」中国広播電視出版社　二〇〇七
㉝孟犁野「新中国十年電影芸術史稿　一九四九―一九五九」中国電影出版社　二〇〇二
㉞劉澍「老電影往時」中国広播電視出版社　二〇〇六
㉟李多鈺主編「中国電影百年　上編　一九〇五―一九七六」中国広播電視出版社　二〇〇六
㊱呉瓊「中国電影的類型研究」中国電影出版社　二〇〇五
㊲DVD「電影伝奇　我這一輩子　北京啊北京」

たかがタイトルされどタイトル

老舎『正紅旗下』執筆の背景

倉橋幸彦

（一）

老舎の作品の中で、『正紅旗下』ほど運がよいものはない。

これまでの「長篇小説『正紅旗下』は、老舎の作品の中で、最も悲惨な目に逢ったものとは言えないにせよ、最も曲折を経たもの」（1）という言い方からすれば、これは皮肉とも思われるかもしれない。しかし、実はそうではない。

『正紅旗下』ほど、発表と同時に多くの人に注目を浴びたものを、老舎の他の作品に見出すことはできない。自伝体小説であるという点で、『正紅旗下』と「一対〝孿生〟」（2）の関係にあると称される『小人物自述』の運命を持ち出すまでもなく、たとえば、現在でこそ老舎の代表作と目される『駱駝祥子』や『四世同堂』の、それが発表された当時の反響を想起してみればよい。不朽の名作とされる『茶館』にしても、本格的な長期公演の実現までに、二〇年以上の年月を要したのであった。

『正紅旗下』は、時機を得た作品だった。誤解を恐れずに言えば、仮に六〇年代初期、老舎がいち早くこの作品を書き終え発表していたとしても、これほどの注目を浴びたと誰が断言できよう。

周知のことながら、『正紅旗下』は、一九七〇年老舎の生誕八〇周年を記念すべく、『人民文学』誌に三回に亘って連載された(3)。因みに、老舎はこの『正紅旗下』を当初『人民文学』に発表する予定であったとされている(4)。とすれば、七九年の『正紅旗下』の公表によって、一六年にも及ぶ長い年月を要したとはいえ、老舎の宿願がかなったのであった。

そして翌八〇年六月には、彌松頤による注釈八一条(5)を付した『正紅旗下』の単行本が人民文学出版社から刊行されている。初版の発行部数は一〇〇〇〇〇部。手元にある『小人物自述』を収録した第二版(一九八七年五月、北京第三次印刷)本の奥付によると、初版以来の総発行部数は一二五〇五〇部にも達している。

また、一九八二年には、「Panda Books(熊猫叢書)」の一冊として、《中国文学》雑誌社より英訳本《Beneath The Red Banner》(6)も出版されている。

こうして、『正紅旗下』は多くの人の眼に触れ、読書界で注目を受けるところとなる。その評判の程は、解放後の老舎の作品をほぼ全否定した王行之(7)でさえ、『茶館』とともに『正紅旗下』を例外的に優れた作品と認めていることを指摘しておけば、それで充分であろう。誰もが、『正紅旗下』を「未完の傑作」と高く評価した。

現在われわれが眼にし得る『正紅旗下』の運命は順風満帆であったとしか言いようがない。ややうがった言い方をすれば、『正紅旗下』の発表は事前に周到に準備されたとも言えようか。

ところで、ひとつの文学作品が作者の意図とは別に一人歩きすることは当然のことである。それにしても、この作品がこれほどの波紋を呼ぶとは、当の作者老舎すらも予想できなかったのではないだろうか。まして、『中国少数民族作品選(第一分冊)』(上海文芸出版社、一九八一年六月)にこの『正紅旗下』の一部(第七章)が収載されたことからも明らかなように、自身が「少数民族作家」として奉られようとは、老舎の全く預かり知らぬことであっただろう。

もちろん、老舎としてもこの作品の執筆には相当の自信があったはずである。『正紅旗下』では、自分にしか書けぬ清末の旗人の世界を、しかも解放後封印してきたとはいえ最も得意とする小説という形式でもって書こうとしたのであるから。しかし、老舎はついにこの小説を書き上げることなく、この世を去ってしまった。

『正紅旗下』が未完に終わったことは、確かに不運であった。にもかかわらず、この作品が多くの人の注目を惹きつけたことは、上で述べたとおりである。まるで未完であること、それがかえって、この作品の「遺著」としての価値を高めていると言えるほどに。

さて、こんなに幸運な『正紅旗下』だけに、老舎が構想した主題をはじめ執筆動機や擱筆理由等については、多くのところですでに語り尽くされた感がある。しかし、たとえば、あれほど自らの出自を語ることを拒んだ老舎が、どうしてこの自伝体小説を書き始めようとしたのかという動機ひとつにしても、疑問がないわけではない。そのことは、すでに「旗人老舎—その誇りと負い目」(8)で簡単に指摘しておいた。

以下では、作品のテーマを複雑に象徴していると思える「正紅旗下」というタイトルを手掛かりとして、今一度、老舎『正紅旗下』における執筆の背景について考えてみたい。

(二)

『正紅旗下』の魅力は、宮田一郎のことばを借りて要約すれば、次のように言えようか。

この小説は、「北京語への傾きが小さい」(9)にもかかわらず、「登場する人物、この人たちの生きた北京の街、その古都に伝わる習俗や風物についての、丹念で、そして滅びゆくものへの愛惜をこめた描写」(10)によって「北京の香りを濃厚に漂わせ」(11)た「たいへんに凝った文章」(12)である。

そして、この小説をより魅力的にしているのが、小説の本文を読んだだけでは理解できない「正紅旗下」というタイトルではないだろうか。

宮田氏が解くように、「たいへんに凝った」本文だけに、「この小説は、北京の人びとが守りつづけてきた習慣、風俗についての知識なしでは、読めず、味わえないところが少なくない」(13)。同じく、この小説の「正紅旗下」というタイトルも、清朝の八旗制度についての知識なしにはとうてい理解することができない。いわば読者の理解を拒否したともとれる、「たいへんに凝った」タイトルである。それだけに、このタイトルは老舎の創作意図を指標する重要なものである。

以下、このタイトルについて述べる。

なお、「旗人」や「正紅旗」については、すでに日下恒夫の『満洲旗人物語―正紅旗下―』(14)「について」に懇切丁寧な説明があり、ここでは繰り返さない。

ここでは、まず金啓孮「京旗的満族　六　満族的哈喇(hala)和冠姓」(15)の「(二)冠姓問題」における旗人の籍に関する次の一節を見ておこう。

もとより京旗旗人は「某省某県籍貫的」とは記さなかった。なぜなら、彼らは軍人であって、普通の居住民ではないからである。彼らの籍は軍籍であり、たとえば「某旗某佐領下」と書かれた。これが彼らの籍であった。清朝の八旗制度のもとでは、旗人は八旗に属さない漢人(「民人」)と違って、「××旗××参領××佐領下」

がわかればよかったのである。旗人にとって重要なのは、「籍貫」ではなく、八旗のうち「××旗」に属し、「××参領」「××佐領」に従うかということであった。

「佐領」とは、軍隊の最小単位「牛録（niru）」を統率する隊長の漢名。「参領」とは、五つの「牛録（niru）」を統括した「柵欄（jalan）」の隊長の漢名。これがわかれば、『正紅旗下』に登場する回族の金四把も用いた[16]と思われる「貴牛録（niru）」や「幾柵欄（jalan）」という旗人の「交際語」にも、清朝の八旗制度を窺うことができるはずである。また、小説（第八章）の中で、「多老大」がフランス公使館のコック長「春山」を話題にして、「春山、也是咱們旗人、鑲黄旗的」というセリフもよく理解できる。「鑲黄旗」は、いうまでもなく「正紅旗」と同じく八旗のひとつ。因みに、小説の中で「八旗」に関連した個所としては、上に引いたこの「鑲黄旗」が唯一の例である。タイトルに用いた「正紅旗」については全く言及されていないのである。これには大いに興味が引かれるが、ここでは話をもう一度、先の「××旗××参領××佐領下」に戻すことにしよう。なぜなら、ここでいう「××下」について、まだ何も説明していないからである。

この「××下」については、王佐賢の「八旗中的「上三旗」説及其他」[17]に詳しい。

清朝の八旗制度においては、男女皆平等にいずれかの旗籍に属する「全民皆兵」であり、たとえ皇帝であってもその例外ではなかった。つまり、皇帝、皇后、太后といえども最も基底の単位ではいずれかの「佐領」に編入されたのである。ただし、王、公、貴族その他の臣下とは違って、彼らが属する旗は、入関に際して自らが率いた「鑲黄旗」・「正黄旗」・「正白旗」の三旗のいずれかに属した。この三旗を「前三旗」あるいは「上三旗」、それ以外の諸王が率いた五旗を「下五旗」と呼ぶ。

そしてこの「前三旗」に属した皇帝、皇后、太后は、その旗籍において「××佐領上××（帝、后名）」とされた。

この「××佐領上」に対して、その他のものは、それが「上三旗」か「下五旗」かに関わらず、その旗籍のなかでは「××佐領下××（本人名）」とされたのであった。

たとえば、貝勒（beile）載濤ならば、正紅旗満洲の旗籍において「××佐領下載濤」ということになる。

ここまでいえば、老舎が題した「正紅旗下」は「正紅旗××参領××佐領下××」に由来することがわかるはずである。

そうすると、小説のタイトル「正紅旗下」を「「正紅旗のもとで」というくらいの意味」(18)と解釈するだけでは、やや説明不足なのである。もちろん、小説名の『正紅旗下』を、『Beneath The Red Banner』や『正紅旗のもとで』(19)と翻訳するのはやむなき処置ではあろうが。

これまでは、老舎が冠したこのタイトルに言及する場合、老舎の履歴の余白を埋めるという意味で「正紅旗」だけに注目されるのが常であった。『人民文学』掲載分にも、タイトルの一部である「正紅旗」だけには注が施されている。

しかし、日下恒夫の指摘による「正紅旗」の「正」を「第三声で読まねばならない」(20)という点をも含めて、この「正紅旗下」というタイトルは「たいへんに凝った」ものなのである。

そしてそれは、清朝末期の旗人の生活を描いた歴史小説の題として相応しく、旗人出身の作家老舎ならではのタイトルでもあった。そこには、老舎のこの小説を執筆するにあたっての並々ならぬ意気込みさえ感じられると言えば、言い過ぎであろうか。

一方、読み手にとっては、清朝の八旗制度に対する予備知識なくして、絶対に理解できないタイトルであった。読者のことを考えれば、邦訳の『満洲旗人物語』とまではいわなくとも、もう少し親切なタイトルも考えられたはずである。上でいわば読者の理解を拒否したともとれる、と言い表した所以である。とすれば、タイトルの由来を老舎が自身の出自を明示したものだとする従来のとらえ方にも疑問が生じるが、この問題については後でもう一度考えることにする。

ここでは、まず歴史用語としての「正紅旗下」が示す意味を確認するにとどめる。

（三）

一九六二年三月、老舎は広州で開催された「話劇、歌劇、児童劇創作座談会」に出席。このいわゆる「広州会議」で行った発言の終わり近くに、老舎は「最近ある小説を書いており」(21)と、『正紅旗下』の執筆をこっそりほのめかした。

この発言は、『正紅旗下』の執筆時期を知りうる上で貴重な証拠である。と同時に、『正紅旗下』の執筆が周到な準備のもとに行われていたことを窺う上でも重要である。

たとえ、それが作品の内容にまでは全く触れていないにしても、当時の中国において、公の場での発言がどれほど重要な意味を持つか、老舎がそれを知らないはずがない。

また、胡絜青によると、老舎は『正紅旗下』を書く傍ら、それを旗人出身の金受申をはじめ多くの友人に読んで聞かせ、彼らの意見を求めたというのである(22)。そればかりか、初めにも簡単に触れたように、それが『人民文学』に掲載されることが確約されてもいた。

これまでは、老舎の『正紅旗下』の執筆動機を語る場合、題材や文体や風格の多様化という当時の文芸界の風潮と、「〝拳匪乱〟後の北平社会を背景にした家伝史的な歴史小説」(23)を書くという老舎の宿望とに焦点が絞られていた。すなわち、当時の文芸界の風潮を反映して、老舎の内なる欲求によって『正紅旗下』が書かれたというのである。

もちろん、『正紅旗下』の執筆動機の一つとして、この老舎の内なる欲求を無視するわけにはいかない。けれども、それだけでは、まだ書き上げてもいない『正紅旗下』をどうして堂々と世間に公表したのかという疑問に答えることができない。

やはり、『正紅旗下』の執筆も、解放後の他の作品同様、外からの要請「趕任務」によるものと考えるのが妥当であろう。「趕任務」のお墨付きがあればこそ、上にみたような用意周到な執筆背景を理解できるというものである。

では、その「任務」の内容はどういうものであったのか。

大きく言って二つのことが考えられる。

ひとつは、辛亥革命を評価すること。

老舎は、「義和団事件」六〇周年を記念する「任務」として取り組んだ歴史劇『義和団』(後に『神拳』と改題)を、ちょうど辛亥革命五〇周年を迎えた六一年の三月に発表。

同年九月一五日、老舎は「辛亥革命五〇周年籌備委員会」の委員に選出されている。となれば、老舎の創作の材料のひとつに辛亥革命が用意されたということは、容易に想像できよう。

老舎としては、辛亥革命を正面に描くことはできないまでも、革命の必然性という主題を暗示さえすれば、解放後書きたくても書けなかった「家伝史的な歴史小説」が書けるのではないかという予想を立てたのではないか。

そして、この老舎の予想は、『正紅旗下』を「清末における旗人内部の矛盾を描くことにより、革命の必然性を解いたもの」とする中国での今日における評価に見事合致することになった。

「任務」のふたつ目は、『正紅旗下』を書くことを直接的に要請した内容といえる。

それは、「満族」を描くことである。

これを説明するために、まず老舎と「満族」との関係についてみておこう。

一九五六年　二月　国務院通知により「満清」という語の使用が禁止される。

一九五九年一二月　愛新覚羅傅儀、特赦により釈放。

一九六一年　六月　周恩来総理の傅儀、嵯峨浩、傅傑との接見に、老舎も同席する。

一九六二年一一月　老舎、傅儀『我的前半生』の修訂を出版社より依頼される。

年表風に記したこの四項だけでも、五〇年代後期より六〇年初期にかけての中国の少数民族政策の一端が理解できよう。

五六年の「満清」という語の使用禁止以来、清王朝における封建支配者たる「満族」の罪を免除し、民族団結という名のもとに、「満族」を少数民族の一つとして再編成しようとしたのである。

このなかでも、六一年の接見でなされた周恩来の談話は、清王朝を本当の意味で歴史的存在として認めた重要なものであるが、老舎にとっても非常に大きな意味をもつことになった。

この時の談話は「接見嵯峨浩、傅傑、傅儀等人的談話」と題して、『周恩来選集』（下巻、人民出版社、一九八四年一一月）に収録されているが、この中で老舎は「満族のすぐれた人物」（同書三一八頁）のひとりに奉られてしまったのである。

そうして、六二年の傅儀『我的前半生』の添削要請などからも明らかなように、老舎には「満族」を代表する作家としての「任務」が要請されたはずである。これとほぼ同時期に、老舎が歴史劇『康熙』の構想を練っていたという証言もある(24)。

とすれば、『正紅旗下』の執筆は、「満族」作家としての「任務」にもとづくものであることは、まず自明のことであろう。

しかし、だからといって、老舎が「満族」としての民族意識に目覚め『正紅旗下』の執筆に取りかかったとする、現在の中国における一般的な見方に追随することはできない。

そもそも、当時、老舎は自身が「満族」であると意識などしていたであろうか。

確かに、清朝における「満族」の罪の免除は、老舎に大きな勇気を与えた。それまで抱き続けた自身の出自に対する負い目を断ち切る条件が整ったのであるから。

ただし、老舎がこだわり続けたのは、あくまでも旗人出身ということであった。そして、この旗人の世界を、「滅びゆくものへの愛惜を込めて」描いたものが『正紅旗下』である。

ところで、八旗には八旗満洲、八旗蒙古、八旗漢軍の三つが設けられていた。この「満洲」「蒙古」「漢」というのは、本来的には民族による分類を示していた。しかし、後には「改旗」や「擡旗」によって融合がなされ、「満洲」「蒙古」「漢」が必ずしも現在的な意味での民族を示さないということは、すでに多くの人が指摘することである。

老舎は、八旗満洲の家柄とはいえ、厳密な意味で自分が属する民族については本当のところわからなかったはずである。肯定的な意味で「旗人」という語を使えない状況にあって、老舎はやむなく「満族人」という語を使用したことはある。しかし、老舎が、時の少数民族政策に倣って、別概念であるところの「旗人」と「満族（人）」を同一視したことはなかった。当然のことながら、旗人を描く小説の題名に「満族」を持ち出すことなど、思いもつかなかったはずである(25)。

旗人老舎にとっては、自身の出身がどの民族などということをあれこれいう必要などなかった。旗人の世界においては、「不分満漢、只分旗民」だったのであるから。ここでいう「旗」とは旗人、「民」とは旗籍に属さない人のことである。

そして、この「不分満漢、只分旗民」を象徴的に表現しているのが、「正紅旗下」というタイトルである。これについては、いまさら説明するまでもない。

なお、「満族」ということばについては、これまで何も説明してこなかったが、詳しくは前掲の「旗人老舎―その誇りと負い目」を参照していただきたい。

『正紅旗下』の執筆は、確かに「趕任務」という外からの要請によるものであった。ただし、老舎自身はといえば、その要請を巧みに自己の内なる要求に引きつけ、そして執筆に取りかかった。そうであってこそ、先にも触れたように、友人たちを前にして原稿を楽しげに読んで聞かせる老舎の姿を想像できるというものである。

（四）

書くための外的条件は整った。タイトルもすでに決まった。

そして、題材は長年構想を暖めてきた清末の旗人の世界。そのうえ、金受申という頼もしい助手の協力を得ることもできた。これで、歴史小説『正紅旗下』を書く上で「最も困難」と老舎も認める清朝の制度やしきたり、あるいは「古都に伝わる習俗や風物」の描写も問題はない。

とくれば、『正紅旗下』の執筆が順調に進まないはずがない。

ところが、いざ書き始めるとなると、予定通りにはいかなかった。

六一年の末に執筆を開始、擱筆の時期は特定できないものの、少なくとも六三年夏頃までは『正紅旗下』を書き続けていたようである。

一年以上の年月を要して字数わずかに八万字。この字数は、従来の老舎の創作経験に照らせば余りにも少ないといえるのではないだろうか。

もちろん、この一年の間には、六二年春の広州や蒙古への「出遊」によって腰を落ち着けて「何も書くことができなかった」時期もあった。また、老舎は当時すでに還暦を迎えており、その老舎に『駱駝祥子』を執筆した頃のような集中力を望むのは無理というものである。そのうえ、以前と変わらぬ様々な「社会活動」への参加も余儀なくされていた。

しかし、『正紅旗下』は、夭折したとはいえ二五年も前に『小人物自述』ですでに立てた構想をほぼ敷衍するかたちで進めることができたはずである。そして、確かに現在眼にし得る『正紅旗下』の第六章までは、その計画通り順調に筆が運んだのではないだろうか。

語り手の「我」を中心にして、それを取りまく「登場する人物、この人たちの生きた北京の街、その古都に伝わる習俗や風物」を「丹念で、そして滅びゆくものへの愛惜」をこめて描いた。「清末北京の風俗絵巻」と称してもよい。

第六章までを読む限り、老舎の年齢による衰えや、長らく封印した小説作法に対する不安など、全く感じさせない。それどころか、円熟味を増した筆さばきは、誰もが賞賛するとおりである。

ところで、一九八五年に再発見された『小人物的自述』が『正紅旗下』の草稿的役割を果たしていることについては、「老舎文学の原点―「小人物自述」」(26)で簡単に報告したことがある。その詳細については舒乙の「一対〝孿生〟小説」(27)に譲ることにするが、ここでは、この二つの作品が密接な関係を持つという意味で無視できない、「王一成」と「王十成」についてだけは言及しておく必要がある。この点は舒乙も触れていないからである。

言うまでもないが、「王一成」は『小人物的自述』における「小人物」の語り手の名。

『正紅旗下』では、この「一成」を文字って「十成」という名を、「義和拳」の英雄人物に託したのである。もちろん、『正紅旗下』執筆当時、『小人物的自述』の存在を知るものは老舎を置いて誰もなく、老舎自身のみが知る皮肉なユーモアであった。老舎としても、さすがに気がひけたのであろうか、「十成」は「王掌櫃の息子の名」であるが、「まるで男の子ではなくて、ある何かの基準みたい」と、とぼけてみせねばならなかった。

それにしても、『正紅旗下』に登場する唯一の英雄人物にどうしてこのような名を付けたのであろうか。この、今となってはやけっぱちとも思える命名の背後には、老舎の『正紅旗下』に「王十成」を登場させることへのためらいを見てとることもできる。

そして、そのためらいがこの作品を書きつづけることを困難にした一端とも言えるのではないだろうか。そのことは、現在残された『正紅旗下』の第七章以下の筆調の変化からも窺うことが可能である。

第七章で重要なのは、もちろんのこと「義和拳」の「王十成」の登場である。

老舎は、この英雄を登場させるにあたって、語り手「我」の「空泣き」を複線とした。ここまではよかった。

だが、その後がいけない。「義和拳」を生む時代状況を説明するために、ここでは引用を控えるが、三百字を越す長ゼリフを弄しているのである。

老舎自身も、このような長ゼリフが得意でないことは、『猫城記』等の経験で充分に承知していたはずである。にもかかわらず、その失敗をあえて繰り返した。そこに、老舎がこの作品をどうしても世に出したいという意欲、と同時に、新中国の作家の宿命とはいえ、「趕任務」の桎梏から完全に解き放たれて創作などできないという老舎の諦めを感じとることができよう。

もちろん、これだけなら、作品全体からみれば大した破綻とは言えない。しかし、その後に登場する人物の行動が、それまでの「我」の視点から離れて書かれていることに、作品の構想の揺れを感じないわけにはいかない。そして、その筆調を容易に引き戻すことができなかったのであろう。当時の反米宣伝を明らかに反映させたと思われる牛牧師のような極度に戯画化された悪にも筆が及ぶようになる。

前にも書いたとおり、『正紅旗下』の発表場所はすでに『人民文学』に決まっていた。老舎にしても、この雑誌に発表することを前提に『正紅旗下』の執筆を進めたはずである。

『人民文学』誌における作品掲載の慣例からすれば、大部の長編小説を構想することは、とうてい考えられない。ところが、今日われわれが読むことの出来る『正紅旗下』は、誰もが認めるように、「大部の長編小説の出だしにすぎない」。これだけでも、『人民文学』に三回に分載される量である。老舎は当初の構想を、ある段階で大幅に変更したに違いない。『人民文学』への発表はひとまず断念して、「趕任務」を優先させようとしたのである。これを喩えていうなら、本来の「正紅旗下」ではなく、「紅旗」を強調することを迫られたとでも言えようか。そしてそれが老舎執筆の揺れとためらいとなり、ついには擱筆するに至った。

一九六四年の夏から秋にかけて、老舎は「高齢と病気をおして、密雲県にある檀営大隊に赴き、経験活動を行う一方、満州族、蒙古族の現状調査を行なう。さらに、北京郊外の海淀区四季青公社門頭村大隊にも調査訪問に赴く」(28)。そして、このときの調査ノートをもとに、解放後における「満人的翻身解放和新生活」(29)を題材にした小説を準備していた。

その小説のタイトルは、『在紅旗下』。

この時期になっても、老舎は執筆を断念した『正紅旗下』のことが頭から消え去ることがなかったのであろう(30)。それにしても、『在紅旗下』という題名では、老舎の執筆に対する内なる要求の片鱗を全く読みとることができないではないか。

とここまで言えば、「正紅旗下」という小説のタイトルをただちに老舎の履歴の空白を埋めるものとする従来のとらえ方にも疑問が生じるのではないか。

日下恒夫は「老舎の生まれたのは、新街口南大街の東側で護国寺の西にある小楊家胡同(『四世同堂』の小羊圏胡同のモデル)であるが、そもそもそこは正黄旗の居址のうちに含まれる場所である」(31)、と説く。因みに、老舎の母親舒馬氏の実家は「正黄旗」に属していたことが判明している。もちろん、八旗居址の原則は「時代とともに守られなくなった」(32)のであるから、老舎の出身を今ここで、「正黄旗」と断定することもできない。やはり、老舎の出身は謎なのである。

『正紅旗下』という小説は、言うまでもないがあくまでも自伝体小説であって自伝小説ではない(33)。例えば、七つ年上の兄慶瑞は、この小説では黙殺されている。それなのに、その小説の題名をもってして、詳細な穿鑿抜きにそれを老舎の履歴の一部に加えることには問題がないのであろうか。例えば、老舎の幼馴染で著名な言語学者であった羅常培などのように、解放まもない一九五〇年の「自伝」(34)にはっきりと「我家都隷属正黄旗軍籍」と書き残しておいてくれればよかったのであるが。

老舎が小説の題に『正紅旗下』を採用したのは、自らの出身を読者に明示したというよりは、謎を残したかったのではないだろうか。あわよくば、読者が『正紅旗下』の「紅旗」に何となく気を引いてくれてくれることを願った。読者に、『正紅旗下』というタイトルの本当の意味を理解してもらう必要はなかったのである。また、わかる人には殊更に説明する必要もなかった。先に「読者の理解を拒否した」と述べた所以である。

老舎にとっては、「黄旗」でも「白旗」でも「藍旗」でもなく、「紅旗」でなければならなかった。六十年代の小説のタイトルとしては、これほど相応しいものは他になかったのである。さらに言えば、「鑲紅旗」ではなく「正紅旗」がよかった。

『正紅旗下』というこの題名を思いつき、一人ほくそえむ老舎の姿が眼に浮かぶようである。これにより、老舎は内なる要求と「趕任務」との折り合いをつけたのであった。

『正紅旗下』の命名は、老舎の「たいへんに凝った」ユーモアとしか言いようがない。そうであってこそ、老舎が小説の中で、「正紅旗」及び「正紅旗下」に一切言及しなかったことも肯ける。

やはり、老舎の『正紅旗下』は解放後の「未完の傑作」であった。

註

(1) 胡絜青「写在《正紅旗下》前面(代序)」(『正紅旗下』一九八〇年六月、人民文学出版社、所収)の冒頭。

(2) 舒乙「一対〝孿生〟小説」(『中国現代文学研究叢刊』一九八六年第一期所収)。

（3）第一章〜第四章（一九七九年第四期、四月二〇日、九四〜一一二、六四頁）。第五章〜第七章（第五期、五月二〇日、一〇一〜一一二頁）。第八章〜第一一章（第六期、六月二〇日、九五〜一一二頁）。
（4）前掲胡絜青「写在《正紅旗下》前面（代序）」三頁。
（5）初出の『人民文学』掲載分にも注釈が施されていたが、わずかに一二条であった。
（6）翻訳者は、Don J.Cohn
（7）「我論老舍」（『文学報』一九八九年一月一二日掲載）を参照。
（8）『關西大學中國文學會紀要』第一七号（平成八年三月）、七一〜八三頁。
（9）このことは、老舎の小説『正紅旗下』と李龍雲改編の話劇劇本『正紅旗下』（民族出版社、二〇〇〇年一一月）を読み比べていただけば充分に首肯されるはずである。因みに、同書には小説『正紅旗下』も収録されている。なお、話劇『正旗紅下』については、筆者「上海で甦った老捨—大型歴史劇『正紅旗下』上演パンフレット雑感—」（『老舎研究会会報』第一七号、二〇〇二年七月二六日、一〜二頁）を参照。
（10）恒紹栄「老舎《正紅旗下》詞語簡釈（上）」（『中国語』第二七〇号、大修館書店、昭和五七年七月一日、二八〜三二頁）に付された「序にかえて」から引用。
（11）同註（10）。
（12）同註（10）。
（13）同註（10）。
（14）竹中伸訳『老舎小説全集五　駱駝祥子・満洲旗人物語』（学習研究社、一九八一年一一月一日）の解説（四四一〜四四八頁）。なお、同文は胥敏により中国語にも翻訳されている。「関於満族旗人故事《正紅旗下》」（『満族文学研究』一九八四年第一期、内部発行）。
（15）『満族研究』一九八九年第二期、遼寧省民族研究所、六六〜八〇頁、一六。なお、「京旗的満族」は、『北京城区的満族』と改題し、一九九八年一〇月遼寧民族出版社より単行本として刊行されている。
（16）「我們特有的名詞、如牛録、甲喇、格格……他（:金四把）不但全懂、而且運用的極為正確。一些我們已満、漢兼用的、如〝牛録〟也叫作〝佐領〟、他却偏説満語」（七三頁）。
（17）『燕都』一九八七年第四期（八月四日、北京燕山出版社）一三〜一四頁。

(18) 前掲日下恒夫「『満洲旗人物語―正紅旗下―』」四四六頁。

(19) 竹内実は、『世界の都市の物語九　北京』（文藝春秋、一九九二年、九月二〇日）の中で『正紅旗のもとで』（同書二一四頁）という訳題を用いている。

(20) 同註（18）。

(21) 「戯劇語言―在話劇、歌劇創作座談会上的発言」（『劇本』一九六二年四月号、四月一〇日）九頁。

(22) 前掲胡絜青「写在《正紅旗下》前面（代序）」二～三頁。

(23) 羅常培「我与老舎―為老舎創作二〇週年」（『中国人与中国文』開明書店、民国三六年三月再版リプリント）一二一頁。

(24) 舒乙の証言によれば、おそらくは一九六〇年の人民代表大会開催期間中に、老舎は休憩室で毛沢東と椅子を並べて談話する機会があり、その中で毛沢東が康熙帝を高く評価したことに触発されて、『康熙』を構想したということである。舒乙「毛主席対老舎談康熙」（『我的風箏』陝西人民出版社、一九九八年二月、所収。原載『民族文学』一九九三年第一二期は未見）を参照。なお、同文において、舒乙は、「『正紅旗下』は毛主席によるあの談話の「直接産物」と言うべきである」と断言する。

(25) 『正紅旗下』における「満族」の使用は、「満族大員」（五五、六八頁）と「満族統治者」（七一頁）の三例のみ。またなお「満人」使用が二例（五四、七〇頁）見られる。

(26) 『老舎研究会会報』第四号、昭和六〇年一二月、四～七頁。

(27) 同註（2）。

(28) 日下恒夫「老舎年譜」（『老舎小説全集一〇　四世同堂（下）』学習研究社、一九八三年四月五日）からの引用。

(29) 舒乙『老舎』［祖国叢書］（人民出版社、一九八六年八月）一七四頁。

(30) 舒乙は次のように言っている。「実際上、老舎時刻不忘《正紅旗下》的創作。過去的題材不便去写、就写現代題材」（前掲『老舎』一七四頁）。

(31) 同註（14）、四四七頁。

(32) 同註（31）。また、関紀新はこの間の事情を次のように説いている。

「可是、査一査清代京城的八旗区画地図、人們又会多少有点児意外地発現：小羊圏胡同偏偏已経遊離於正紅旗的居住区域之外、它属於正黄旗的範囲。由此可以想見、永寿（：老舎の父）、或者是他的前輩、也有過前文所説的那種某些旗人因故做短距離搬遷的経歴。好在、他家並没有走遠、也不可能走遠、小羊圏胡同南面的護国寺街以南、以及出了這条胡同西口的西四北大街以西、都是正紅旗的地盤。也就是説、従他們家向南、向西、都只経幾十米、便会進入正紅旗原先的居住地」(『老舎評伝』重慶出版社、一九九八年一〇月、六頁)

(33)『正紅旗下』を老舎の伝記資料の一つとして扱ったものに、胡絜青編『老舎生活与創作自述』(香港三聯書店、一九八〇年四月。新版、人民文学出版社、一九八二年四月、)と同編『老舎写作生涯』(百花文芸出版社、一九八一年五月)がある。なお、『老舎写作生涯』は『正紅旗下』の第七章までを抄録する。

(34)北京市語言学会編『羅常培紀念論文集』(商務印書館、一九八四年三月、所収)。なお、この「自伝」執筆年の特定は、同書に付された息子の羅慎儀「補記」に基く。

因みに参考までに、羅常培「自伝」の冒頭を下に引いておく。

「一八九九年八月九日(清光緒二五年己亥七月初四日)我生在一個没落的満族家庭。本族源出吉林寧古塔的薩克達氏、後裔分羅、老、蒼三姓。有人因為我姓羅、懐疑我是愛新覚羅氏、其実我是寒門衰族、和〝勝朝貴冑〟毫無関係。/我的出生地在北京西直門内曹公観後西井胡同租賃的三間南屋裏。這個地方後来被〝陸軍大学校〟圏入、現在是華北中学的一部分。我家都隷族正黄旗軍籍、三代以内並没有做大官的。父親靠他月餉季米的収入養活我們六口、生活的艱苦可以想見。宣統末父親選抜作宣武門的〝城門吏〟、那是一個七品小官、哥哥挑補了歩軍統領衙門的遊緝隊、這時家裏的生活比較松動了一点児。」

［附註］

参考までに、『正紅旗下』を収録した老舎作品集を目睹した限りで挙げておく。

1．全文収録

『老舎選集(第二巻)』(四川人民出版社、一九八二年七月)

『老舎文集(第七巻)』(人民文学出版社、一九八四年五月)

『老舎代表作』［中国現当代著名作家文庫］(黄河文芸出版社、一九八六年八月)

舒済・舒乙編『老舎小説全集(第八巻)』(長江文芸出版社、一九九三年一一月)

伍仁編『中国現代小説精品・老舎巻』（陝西人民出版社、一九九五年三月）
舒済編『老舎小説経典（第四巻）』（九洲図書出版社、一九九五年六月）
孔範今編『老舎選集（上）』［二十世紀中国著名作家文庫］（山東文芸出版社、一九九七年三月）
『八太爺』［京味文学叢書］（北京燕山出版社、一九九七年八月）
李瀚辰・堵光一編『老舎文集（下）』（湖北人民出版社、一九九八年五月）
舒乙編『老舎作品精典（下巻）』（中国広播電視出版社、一九九八年九月）
『老舎全集（第八巻）』（人民文学出版社、一九九九年一月）
舒乙編『老舎作品経典（第Ⅲ巻）』（中国華僑出版社、一九九九年二月）
舒雨編『老舎代表作集（上）』（浙江文芸出版社、一九九九年八月第二次印刷）
舒雨編『老舎小説』［世紀文存叢書］（浙江文芸出版社、二〇〇一年一月第四次印刷）
栄天編『老舎経典』［世紀経典文叢］（南海出版公司、二〇〇〇年六月）
舒乙編『学生閲読経典 ― 老舎』（文匯出版社、二〇〇一年一月）
『老舎文選』［名家名著経典作品選（八）］（内蒙古文化出版社、二〇〇一年一月）
傅光明・鄭実編『老舎文萃』（文化芸術出版社、二〇〇二年二月）
『中国現代文学珍蔵大系　老舎巻（上）』（藍天出版社、二〇〇三年三月）
『老舎小説・散文』［学生閲読経典］（吉林文史出版社、二〇〇四年四月）
呉中傑編『老舎作品選読』（人民文学出版社、二〇〇五年三月）
傅光明編注『老舎集』（花城出版社、二〇〇六年六月）

2. 抄録

万平近編『老舎読本』［中学生文庫］（上海教育出版社、一九八九年五月）＊第一章
樊駿『老舎名作欣賞』［名家析名著叢書］（中国和平出版社、一九九六年一〇月）＊第一・三章
『解読老舎経典 ― 茶館的人生変奏』［青少年図書館叢書］（花山文芸出版社、二〇〇五年六月）＊第二章

硬骨の文人

――陳翔鶴の生き方

中　裕　史

　中国二〇世紀文学のなかで、陳翔鶴はまず指を折って挙げられるほどの代表的な作家とはいえないだろう。しかし、上海文芸出版社が出しているシリーズものの「中国現代作家名著珍蔵本」に三作品が選ばれて『感傷小説』の名が冠されているように、早期の作品はその個性を認められているし、それ以上に、六〇年代はじめに発表した二篇の歴史小説『陶淵明写「挽歌」』、『広陵散』によって、その名を文学史に刻んでいる(1)。

　一方で、陳翔鶴はつとに一九二〇年代から浅草社や沈鐘社の同人として文学誌の発行に関わっている。五〇年代には『文学遺産』の創刊、そしてその後一〇年にわたって同誌編集の仕事の中核を担うなど、地道で息の長い活動もしている。

　小論では、小説家陳翔鶴の名を高からしめた二篇の歴史小説をまず分析の対象として、陶淵明、嵇康という、政界から距離をおいた知識人の形象を作者がどのように描いているのかについて分析し、それから陳翔鶴の作家としての活動、編集者としての活動にも注目することによって、作品の主人公となっている知識人たちに作者のどのような思いが重ねられているかを考察してみたい。

一　『陶淵明写「挽歌」』について

陳翔鶴の描く陶淵明はまもなく六三歳になろうとしている。畑仕事をしたり、近所の人と酒を飲んだりしてゆったりと毎日を過ごしている。しかし、このような自ら適う日々にも不愉快な出来事はおこるもので、家から二〇里ほど離れた廬山の東林寺に慧遠和尚を訪ねたところ、寺ではおりしも法会の最中で、慧遠和尚は大雄宝殿の真ん中に端座して信者たちが四礼八拝しても半ば目を閉じたままで顔色一つ動かさない。大勢の読経や鐘や木魚の音の錯綜する中、散会となってようやく呪語をぶつぶつと念じると、信者に一言の言葉をかけることもせずに座を払って引っ込んだ。この人を人とも思わない傲慢な態度に大いに失望を感じた陶淵明は、それ以上の滞在を潔しとせず、陶淵明を含めて「潯陽三隠」に数えられる劉遺民や周続之らが引き止めるのを振り切って帰宅したのであった。

このくだりは陳翔鶴が創意を交えて描写したものである。慧遠の主宰する白蓮社に集まった知識人たちの伝記である『蓮社高賢伝』には、白蓮社への加入を勧められた陶淵明が廬山東林寺を訪ねたが、何が気に入らなかったのか、急に眉をひそめて帰ってしまったと記されているだけである(2)。劉遺民や慧遠が陶淵明よりおよそ一〇年前後はやく世を去っていることから、この廬山行きは陶淵明が五〇歳くらいの時のことだと考えられている(3)。したがって、これを最晩年の出来事とし、細かい状況を付与したのは、陳翔鶴に何らかの意図があってのことだと考えられる。

家に戻ってきた陶淵明はつぶやく。「死か。死ねばそれまで。死んでしまえばすべて終わりで、何ということもない。あのように鐘や木魚でこけ脅かしをするまでもない。坊さんは超脱といい、道士は羽化というが、じつは自分たちもまだ解脱しきれていないところがあるということなのだ。」(4)

陶淵明の「形影神」詩の序に、「貴賎賢愚、営営として以て生を惜しまざる莫し、斯れ甚だ惑えり」とあるが、陳翔鶴はこれに基づいてさきの独白を陶淵明にさせたのだろう。

第三章で、廬山から戻ってきた次の日の夜、いささか気持ちも落ち着きを取り戻した陶淵明が末息子の阿通と阿通の妻の三人で酒を飲み語り合う場面が設けられている。

廬山に出かけたその日に戻ってきた理由を息子の嫁に尋ねられた陶淵明は、「あの偉い坊さまは大仰にもったいぶるのがお好きで、三界の安らかならざるは猶お火宅のごとし、とか何とか、生だの死だの大層な話で人を脅しつける。わたしはそういうのが嫌いでな。」という。これを聞いて、金のことしか見えてないのでは、と阿通がいうと、陶淵明は、慧遠はそのような人間ではなく尊敬すべき点もあると答えてから、彼と自分とは生死についての考え方が異なるのだと、次のように語る。

「彼は『形尽神不滅論』を書いたが、わたしも『形影神』の詩三首を書いて彼に答えた。わたしの意見はつまり「大化の中に縦浪し、喜ばず亦た懼れず、応に尽くべくんば便ち須らく尽きしむべし、復た独り多く慮ること無かれ」の四句にある。尽く、とは終わること。何事も始まりがあれば終わりがある、始まりがあれば終わりがなければならないのだ。これはごく自然なことではないか。」

大化の中に縦浪し云々の四句とは、「形影神」三首の三「神釈」の末四句のことである。

この大化とは、『列子』天瑞篇にみえる言葉で、人が生まれてから死ぬまでの四つの変化すなわち嬰児・小児、青年・中年、老年、死亡をいう。つまり、陶淵明の立場は、生も死も含めた大きな流れの中にただ身を任せて余計なことを考えぬがよかろう、というものであろう。

陳翔鶴は最後の第四章で、陶淵明がその考えを「挽歌」詩の中に反映しておこうとする情景を描いている。息子夫婦と孫が寝静まった深夜、目が覚めた陶淵明は腹稿のほぼ定まった「挽歌」三首と「自祭文」を紙に書いてみようとするが、隙間から吹き込む秋風の冷たさに手足に力が入らないのを感じ、書き留めることはあきらめて詩句のさらなる推敲を試みることにする。そして「親戚は或いは哀しみを余さんも、他人は亦た已に歌う」と一六句で終止符をうつつもりだった「挽歌」の三首目に、生死にたいする自らの考え方を示しておくために、「死し去れば何の道う所ぞ、体を託して山阿に同じからん」の二句を加えることを決める。

「挽歌」を完成した陶淵明は、今度は「自祭文」の推敲にとりかかる。こちらの方は今さら何も手を加える必要がないと感じたが、これを誦じて最後の五句、「前誉を貴ぶに匪ざれば、孰か後歌を重んぜん、人生は実に難し、死は之を如何せん、嗚呼哀しい哉」にいたったとき、熱い涙があふれるのを覚える。陳翔鶴はこう続けている。

このとき、彼に感慨を催させたのは、眼前の生活ゆえのみならず、これまでの困難で不遇な一生ゆえでもあった。

東晋末期から宋朝にかけて、桓玄や劉裕らがたばかりあい殺しあう混乱の中、世俗と距離をおいてときに貧しさや病に苦しみながら生きてきた陶淵明が、死を間近に感じながら自らの生涯をふりかえる場面である。この場面を結末においたのは、陳翔鶴が、主人公陶淵明を、その一生や間近い死を自然のままに受け入れようとして気持ちの整理は一応できているが、それでも自らの生きた時代やその中における自身の境遇を思うとき、ある種の感慨を抑えることができない、そういった人物として解釈しているからであろう。ある種の感慨とは、晋朝の皇帝が桓玄や劉裕によって幽閉されたり殺害されたりした乱世への静かな憤り、「悠悠たる我が祖、爰に陶唐自りす」ではじまる四言詩「命子」からうかがえる家柄にたいする矜持を背景とする自らの無力感、妻子に不自由の無い暮らしを与えてやれなかったいささかの申し訳なさ、しかし政争の中で命を落とすことなく天寿を全うすることができた安堵感が混ざり合ったものであろう(5)。

このようにみたとき、この小説の主人公である陶淵明には作者の分身を感じることができるようである。このことについては引き続き考察していくが、もう一点、陶淵明をして「挽歌」末尾に二句を加えさせる契機になった慧遠に関して挙げておきたい。廬山における法会のさいの、地べたにはうようにして拝礼する人々に言葉をかけるでなく、そちらを見やろうともしない慧遠の傲岸さと、それに対する陶淵明の反感は、第二章で描かれている、檀道済の兵馬を引き連れたものものしい来訪をあしらったときの不愉快な気分をもあわせて考えると、権力をきらう陶淵明の人物像を目に見える形で再現したものであるといえるが、ここには陳翔鶴自身の心情が重ねあわせられて吐露されているようでもある。

二　『広陵散』について

ときは魏朝末の景元二年、嵆康は友人の向秀や一三歳になる娘阿鳳と八歳になる息子阿紹を助手にして鉄を鍛える鍛冶を日々おこなっていた。この年は嵆康にとって大きな事件がおこった。山濤と絶交したこと、そのために山濤に与えた手紙が大将軍司馬昭の不興をかってしまったことである。

嵆康と同じく「竹林の七賢」に数えられる山濤は散騎常侍に昇格するさいに嵆康を後任に推挙した。これに驚くとともに憤った嵆康は、一晩で長い手紙を書き上げて山濤に送り交わりを絶った。魏朝の皇帝を擁立しては廃する司馬氏の専横をかねてより快く思っていなかった嵆康は、山濤が司馬氏に与することを不満に思ったのである。

しばらく嵆康のところに顔を見せなかった向秀がやってきて、山濤は嵆康の手紙を意に介していなかったと告げ、同時に山濤から聞いた話として、何曽が司馬昭の前で阮籍を辱め讒言したが、司馬昭はそれをとりあげなかったことを知らせる。さらに、嵆康が山濤に与えた絶交書の中の「毎に湯武を非り周孔を薄んず」というくだりを司馬昭が不快に思ったこと、鐘会と呂巽が嵆康を誹謗したことも語る。

後に蜀で司馬氏に反旗を翻すことになる鐘会は、かねてから嵆康を好敵手とみなしていたが、嵆康を訪ねたおりにまったく相手にされなかったことでその憎しみをつのらせていた。『晋書』の「嵆康伝」や『世説新語』の「簡傲篇」にみえるこの有名な出来事は、嵆康の悲劇につながっていくわけであるが、陳翔鶴もこの事件を第一章において、第二章の鐘会の讒言、第四章の嵆康処刑の提議へと展開している。

また、呂巽は自らの軽率な振る舞いによって弟を苦しめていたのだが、その弟呂安と懇意である嵆康にも敵意をいだいていたことを、向秀の言葉を聞いて嵆康は知り、驚くと同時に暗澹とした気持ちになる。

「ああ、もういうな。行くぞ、わたしは行くぞ。山陽に帰ろう、早ければ早いほどいい。このような胸糞のわるい洛陽の街には永久に来るものか。」(6)

嵆康は魏朝皇室の一族の女性を夫人にしていて、そのことも鐘会の警戒心をあおった一因であると考えられるが、その夫人曹氏も伴って、権力をめぐって醜悪な闘争が繰り広げられる洛陽を離れて故郷の山陽に戻っていく。

第三章は山陽にある嵆康の屋敷が舞台となっている。山陽に引っ込んでからは人との交わりも一層少なくなり、鉄を鍛えたり、琴を弾じたり、思索にふけったりと、嵆康は物静かに暮らしていた。そこへ、突然洛陽から客が訪れる。そして呂安が兄呂巽の告発によって投獄されたことを知る。そもそも一年前、呂巽が弟呂安の夫人と密通したために、怒った呂安が兄を訴えようとしていたのを、家柄に傷がつくのを慮った嵆康が取りやめさせたことがあった。事はこれで収まったと考えていた嵆康だったが、呂巽は先手をうって弟を母に対する不孝のかどで告発したのであった。呂家のためを思ってした行為が逆に呂安を害することになったことを知って、嵆康は呂安の無実を証明するために、二度と行くまいと思った洛陽の街に出かける決心をする。

その夜、再び戻れないことを覚悟した嵆康は曹氏にたいして、自分たちの結婚を後悔していないこと、万一の場合に誰を頼るべきかということを告げる。

「おまえも知っているように、わたしはずっとこういうふうにやってきたのだよ。道義にもとらず、心に恥じるところさえなければ、決して後悔したことなどなかったのだ。」

「ねえ、おまえにはわからないだろうが、人の付き合いは互いの心を知ることが大切なのだ。ともかく、山巨源は見識のある、友となる価値のある人物だ。彼はわたしを理解しているし、わたしも彼を理解している。

絶交は一時の腹立ちにまかせた言葉だけのことさ。」

権力を手中に収めるためには手段を選ばず、競争相手を平然と踏みつけにし蹴落とす人間たちから、わが身を遠ざけようとした嵆康だったが、知己の危機にさいし、その一因が自らにもあると考えるや、一命を惜しまず、敢然と火中に身を投じて義を全うしようとする。ここには侠にも通じる、自らの信念を曲げない毅然とした生き方が示されている。そして、それとともに、最後まで妻子の行く末を案じ、細やかな配慮をみせる優しさや責任感の強さも表現されている。

そして第四章では、洛陽に赴く途中で捕らえられた嵆康が獄中で『幽憤詩』を書き、これに感動した太学生三千人が嵆康の免罪を願い出るが、鐘会の誣告によって処刑が実行されるさまを描く。嵆康の『幽憤詩』と古雅な七弦琴を弾じた『広陵散』の調べはともに人びとの心を強く打った。しかし、権力者は嵆康がこの世に存在することを許さなかったのである。

陳翔鶴はこの作品の末尾にこう書いている。

続いて角笛が吹き鳴らされ、太鼓が鳴り響いて、黒旗が打ち振られると、稀代の文学者にして思想家、音楽家でもある嵇康と呂安の二人は、残酷に、不正に、そして極めて無残に人生最後の旅程を無理やりに停止させられたのである。

陳翔鶴は『広陵散』のあとに「附記」をおいている。この「附記」は、『広陵散』に登場する人物の小伝の役割を担っていて、作品中にあるいは名であるいは字で示される人物の整理をして読者の便を図るものである。このなかで、陳翔鶴は、嵇康がしばしば「季世」という語を用いていることに注目して、そこに「当時の政治や社会にたいする嵇康の不満の気持ちが見て取れる」と述べている。

知識人としての矜持をもつ主人公が、傲岸で理不尽な権力者に不満を持ち憤りをおぼえるという図式は、前述した『陶淵明写「挽歌」』と同じである。長い沈黙を破って、久しぶりに読者の前に作品を問うた作家が、二作続けて歴史上の人物を主人公とし、結末こそ異なるものの、心情に共通するものを感じさせる描き方をしているのには、やはり意図するところなしとしないであろう。

これら二作品は、後に文化大革命のさいに、過去に仮託して現実を攻撃する「毒草」として激しく批判されることになる。過去にことよせて現実を訴えようとしているのは確かにその通りであろう。さきの「附記」冒頭で、陳翔鶴はつぎのように述べている。

嵇康や呂安のような人が、もしも今の世に生きてあれば、作家協会や音楽家協会の指導者のなかにこそ彼らを見出せるであろうことは、想像にかたくない。

しかし、陳翔鶴の重点は、権力者への攻撃にあるのでなく、不遇な知識人を描くことによって、志をえない当今の知識人にたいし、思うさま羽をひろげその力量を発揮する場が与えられるべきだと主張する点にあると思われる。このことを明らかにするために、時期をさかのぼって陳翔鶴の早期の作品を以下に検討する。

三　民国期の活動と魯迅の影響

陳翔鶴は与えられた責務を黙々とはたす、誠実で責任感の強い、知識人の一種の典型のような人物であった。陳翔鶴は一九〇一年に重慶で生まれた。省立第一中学を卒業すると、軍閥が小競り合いを繰り返す混乱のなかにあり、五四新文化運動の進展を思うように肌で感じられない成都のもどかしさに耐え切れず、成都を後にして上海に出て復旦大学外語系に入学、さらに復旦を中退して北京に移り、林如稷や陳煒謨ら同じ四川出身の学生が中心となって刊行した『浅草』、ついで『沈鐘』誌の活動に参加した。そして前述した「感傷小説」と称される小説作品を発表する。

「感傷小説」という呼ばれ方は、おのずと郁達夫の影響がそこにあることを示している(7)。たしかに陳翔鶴の作品にはいわゆる「多余人」の形象がしばしば現れる。しかし、ここではそうした繊細で過敏で現実逃避の傾きのある人物形象はおいて、これと重なる部分を有しながらも、自分の位置や考え方を一応はしっかりと保ち、目の前の現実を鋭く批判する類型の人物形象に焦点をあてることにしたい。そのために、ここで魯迅からうけた影響について述べておく。

抗日戦争中に成都で陳翔鶴を知り、人民共和国成立後はともに北京にあって過ごした、劇作家の陳白塵は陳翔鶴を記念して書いた『一個真正的人』のなかで、陳翔鶴は「いつも灰色の木綿の長袍を着て風呂敷包みを持っていて、魯迅を思わせるような格好だった」と述べている(8)。

魯迅はかつて「沈鐘社はたしかに中国で最も強靭で最も誠実で最も長く続いている団体である」と述べて、陳翔鶴ら沈鐘社同人の活動を高く評価していた(9)。もちろん、陳翔鶴の方でも魯迅の影響を強くうけていた。復旦大学外語系を中退して北京で独学していた頃、北京大学で魯迅の授業を聴講したことがある。またその頃、郁達夫に伴われて魯迅の家を訪れたこともある(10)。そして魯迅の作品にたいしても、同時代を代表する傑作であるとの認識をもっていた。たとえば『「沈鐘社」の過去現在および未来について』(11)のなかで、中学の教師時代に学生から同時代の作品の何を読むべきかと聞かれたら、必ず真っ先に『吶喊』や『彷徨』を挙げ、つぎに丁玲や許地山を挙げたと述べている。

陳翔鶴とともに浅草社や沈鐘社の活動をおこなった馮至はつぎのようにいう。

『転変』のなかの主人公慕海と上海の新聞記者である彼の友人の背後には魏連殳と呂緯甫の影がちらついていないだろうか。『古老的故事』のなかの蘇幼栴夫婦の悲惨な境遇はある意味において涓生と子君の運命を連想させせないだろうか(12)。

陳翔鶴が作家としての歩みをはじめた北京時代に、活動を継続していく力を得たのは魯迅の励ましによってであったし、創作の手本となったのは魯迅の作品であったといえるだろう。

魯迅の『孤独者』では、教師をしていた魏連殳は彼を中傷する新聞記事やデマのせいでクビにされ、「生きていく」ために「かつて自分が憎み、反対した一切のことをおこない、かつて自分が理想とし、主張した一切のことを拒絶した。」(13)

『転変』の主人公慕海君も教師であり、自らの性格を偽らず誠実さを堅持して学生に正対するか、生活のためと割り切って学生に迎合し自らを欺くか、に深く悩む。彼は六、七年のあいだ、毎年のように勤務校をかえざるをえず、そのたびに同じ状況を繰り返し経験してきた。そしてついには自らを欺く道を選んでしまう。

彼の悩みとはつぎのようなものであった。

彼はまさに学生たちの「情緒」を呼び醒まし高めんがために、中国人に普遍的な虚偽、悪劣、下品、身勝手さや無自覚のさまざまな不良現象にたいして、しょっちゅう一つ一つ攻撃を加えねばならなかったし、彼らの「想像力」を増すために中国人の志向の低さ、酔生夢死、無感覚さにたいして精一杯の不満を表していた(14)。

これは、学生と向き合う教師という設定を用いて、五四新文化運動以来、文学のそしてとりわけ魯迅のテーマであった国民性の改革を叫ぶものであろう。一九二七年の夏、馮至や陳煒謨が北京大学を卒業すると、沈鐘社同人は教師となって各地に赴き、それぞれが社会のなかに漕ぎ出していった。陳翔鶴も二七年から三六年にかけて、山東や河北の中学校や師範学校を転々とした経験をもつ。『転変』の教師慕海君の心情には、陳翔鶴自身のそれが色濃く投影されているとみてよいだろう。

『古老的故事』の主人公蘇幼梅は、新聞社の編集者として社説の執筆にあたるが、時事批評を書くことは許されず、当たり障りのないことばかりを書かねばならない状況を嘆いていう。

「知識人たるものが生活のためにここまで恥知らずに鈍感にならねばならないとしたら、中国にどんな希望があるというのか」(15)

蘇幼梅はまもなく新聞社を辞して国文教師になり、一時は生活の小康をえるが、解職させられた挙句、病を得てこの世を去る。

蘇幼梅の妻は亡き夫のことを「古風」であり、「正義感に富む人」であると振り返る。そして「目の前のあまりにも現実的な世界に生きたこと」が彼の不幸であったという。

陳翔鶴はこの作品をつぎのように結んでいる。

もしもこのような人間がなお生き続けたなら、不正官吏や土豪劣紳、あるいは日がな一日私欲を図ることしか知らない畜生のごとき手合いと比べて、まだしもいくらかましで役に立つのではあるまいか。

控えめな表現のようではあるけれども、自らの信念を貫いて生きることがかなわなかった知識人にたいする哀惜の念と、彼にそれをさせなかった現実にたいする抗議の気持ちが十分に伝わってくる。陳翔鶴の分身ともいえるこうした人物形象は、時を置いてそして姿をかえて再び作品のなかに登場してくるのである。

四　人民共和国期の活動

一九三八年に共産党員となった陳翔鶴は、抗日戦争後、成都で革命活動に従事し、四川大学や華西大学の教授らに積極的な働きかけをおこなっていたが、白色テロの標的にされたために名を変えて楽山に逃れ、四川の先輩作家である李劼人の経営する製紙工場にかくまわれたことはよく知られている。

人民共和国成立後は、成都で川西文教庁の副庁長や文連の副主席などを務め、川劇の振興に力を注いだりしていたが、五三年に中国作家協会古典文学部の副部長および中国科学院文学研究所の所員となり、新たに創刊されることになった『文学遺産』の編集を任された。『文学遺産』の創刊は五四年三月一日である。陳翔鶴はこの『光明日報』副刊を創刊するために準備を黙々と一人でこなした。創刊号からは、同じ作家協会で仕事をしていた友人である陳白塵のはからいで、その夫人の金鈴に助手を務めてもらうことができ、また第一九期からは、白鴻らが異動してきて、編集部としての形がようやくできあがった。

それから六三年の第四六三期にいたるまで、陳翔鶴は十年一日のごとく『文学遺産』の編集に心血をそそいだ。彼の努力は、中華書局などから刊行された一三集の『文学遺産』増刊や『李煜詞討論集』、『胡笳十八拍討論集』、『陶淵明討論集』などの単行本に結実している。

その間、陳翔鶴は膨大な分量の原稿に目を通したり(16)、北京や上海、南京など各地の大学を訪れて、古典文学の研究者たちの状況を把握し、彼らに原稿の依頼をしたり、『文学遺産』にたいする意見を求めたりした。また、歴史博物館の館員としてひっそりと暮らしていた沈従文に執筆を勧めて、彼がまとめた「文史研究必須結合実物」(17)などの文章を掲載し、この忘れかけられた作家の名を世間に思い出させたりもしている。

五〇年代に陳翔鶴が創作した短編小説は僅かに二編である。このことも彼が『文学遺産』の編集と発行にいかに精力を集中していたかを物語っているといえるだろう。この二編のうち、工場技師の顧師傅を主人公とする『喜筵』をここではおいて、知識人を主人公とする、もう一編の『方教授的新居』(18)に注目して、方教授の形象について以下に述べてみる。

方振東は、生物学を専門とする大学教授で市の人民代表でもあり、妻と二人の子がある。

彼は平生からどんなことも必ず自分でやり、軽々しく人の手を借りることなどない人間であった。引越しのさい、彼の留守中に家人が彼の大切にしている書籍を新居に運び入れた時には、書架に並べられている書籍を、以前と位置が変わっていないかどうかまで念入りに点検したほどである。

かつて校舎建築委員会の責任者として生物学部棟の建築をおこなったおり、その材料を利用して家で使う書架を二本作ってもらったことがあり、これがもとで「三反」運動のさいに「悪質分子」として闘争にかけられた。彼は

「士は殺すべきも辱むるべからず」という言葉を思い出すたびに、いつも腹立たしい気持ちを覚えるのだった。しかも、共産党青年団の支部書記をつとめる娘の小岑が「白状すれば寛大に、拒めば厳重に」という例の表現で父親に罪を自白するよう懇願したことで、失望するとともに心痛もおぼえる。

この運動のなかで証明されたのは、こうした若者たちがみな手のひらを返したように態度を一変させて、組織こそが大事で父親などどうでもいいということだ。これはひとつの教訓だといえないだろうか(19)。

方振東はまた教務長の林明軒にたいしても不満をもっていた。林は学生時代からの親友であったが、中国共産党地下党員の身分が公にされると次第に態度が尊大になっていった。「三反」の時には闘争大会の席上、汚職容疑と思想の立ち遅れとで方教授を名指しして批判したこともあった。第五章には、方振東のつぎのような心のつぶやきが書かれている。

フン、思想が立ち遅れてるだと。お前から共産党という栄えある肩書きを取ってしまえば、おれよりずっと優れているなどとはいえまいよ。

方振東のこうした心理に注目すると、人間としての中身や情理を顧みずに、立場や地位にとらわれて理不尽に他人を批判することにたいする腹立ちを見て取ることができる。そしてそれは知識人としての自負心や理想をもっている人間であってはじめていだきうる心情でもある。

つづく第六章に、まもなく親元を離れて瀋陽医学院に実習に向かう小岑に、方振東が酒を飲んで半ばからむようにいう場面がおかれている。

「お前の父親は昔からこんなにどうしようもない堅物なんだ。士は殺すべきも辱むるべからず、どんな辱めも受けるものか。」

この作品は、新たに大学の政治理論教研室主任に着任した李如剛の懇請をうけて、方振東が生物系の主任に就き、ふたたび意欲と熱意をもって仕事に取り組むところで終わっている。前述した作品にくらべると、主人公がその将来に希望をもてる形となっている。建国直後の「三反」「五反」運動から、梁漱溟や胡適、胡風にたいする批判など、一連の知識人批判がおこなわれる一方で、「百花斉放・百家争鳴」に向かう比較的緩やかな時期にあって、『方教授的新居』が書かれたこと、これがこのような明るい結末を生んだ原因であろう。

しかし、この作品の発表からまもなく、反右派闘争が発動され、知識人はまたしても大きな打撃をうける。陳翔鶴は『文学遺産』の編集活動に専念して、また創作からはしばらく遠ざかった。そして「大躍進」政策の失敗をうけた調整政策が打ち出され、文学においても題材や人物の描き方に多少の広がりが認められるようになった六〇年代に入って、当時『人民文学』の編集者であった陳白塵に『陶淵明写「挽歌」』の原稿を差し出したのだった。この時期には、鄧拓が『北京晩報』に『燕山夜話』の連載を始めたり、呉晗の歴史劇『海瑞罷官』や田漢の京劇『謝瑶環』が発表されたりして、歴史に取材した作品がいろいろなジャンルで見られるようになった時期である。

『陶淵明写「挽歌」』は、前述したように、翌六二年にやはり『人民文学』に発表した『広陵散』とともに好評を博したが、これもつかの間で、六五年一月には当の『人民文学』によって名指しの批判を浴びる。さらに、翌二月には、『文学評論』や『文芸報』にも批判の文章が掲載され、陳翔鶴は批判の重点的な対象となってしまう。そして、まもなく発動されたプロレタリア文化大革命のなか、激しい迫害をうけて、六九年四月二十二日、知識人にたいして甚だ冷酷であり安んじて身をおくところとてなかったこの世を、陳翔鶴は去ることになる。

五　知識人としてのあり方

これまでみてきたように、陳翔鶴の主人公には共通点を見出すことができる。すなわち、人を人とも思わない傲慢を憎むこと、自らのなすべき使命を全うしようと努める知識人としての自負を失わないことである。とりわけ、人民共和国以降の作品において、これは顕著に認められる。

また、家族への愛情をもっていることや植物を賞でたり書籍を愛蔵したりすることも挙げることができる。『転変』の慕海君は、その母や妹そして妻のためについに節を曲げたのであったし、『古老的故事』の蘇幼梅は、部屋一面の書籍と庭一面の草花に囲まれた生活を愛していたが、世に受け入れられずしだいに窮迫して大切な書籍を売っては食いつなぐなかでも妻との生活を第一に考え、妻への感謝の念は忘れなかった。『方教授的新居』の方振東も、書籍をきちんと書架に排列し、庭のリンゴや梧桐などの樹木の手入れを楽しむ人物で、家族との関係を重視していて、家庭よりも組織を優先させるとおぼしい娘の態度に大いに失望し、妻が心配するほど著しく老け込んでしまった。六〇年代の作品の主人公についても同様である。陶淵明は妻に先立たれたあと、末の息子夫婦と孫に囲まれて畑をいじりながら悠々と日々を送っているし、嵇康も梧桐や果樹のある庭で息子や娘に手伝わせながら鉄を鍛えている。

これらの主人公の形象には、陳翔鶴その人の人間像が投影されている。沈従文の『憶翔鶴』によると、二〇代の若き陳翔鶴は部屋のなかにいくつも書架を置いて中国や外国の書籍を整然と排列していた。(20) また陳白塵の前掲『一個真正的人』によれば、陳翔鶴は『文学遺産』の編集に専心していた頃にも、やはり足しげく瑠璃廠に通って古書や骨董を渉猟していたし、また草花を購ってその手入れに精を出していた。陳翔鶴は趣味の点においてもこのような一種の文人気質をもっていて、それを作品の人物設定にそのまま用いている。ここからも、主人公の背後に作者の影が見え隠れしていることを感じることができるのである。

陳翔鶴が自らをその主人公に重ねあわせているのだとすれば、作品にこめられた作者の思いは、陳翔鶴の実際の行動からみて取ることもできるだろう。

『方教授的新居』を発表する前年の一九五六年一月に、中共中央は「知識分子の問題に関する会議」を開いた。その冒頭、周恩来首相が「知識分子の問題に関する報告」を行なった。この報告は、知識分子の大部分がすでに労働者階級の一部になっていることを認め、知識分子に相応の信頼と支持を与えて専門知識を生かした仕事をさせることの必要性を説いている。この流れが「百花斉放・百家争鳴」につながっていき、知識人の自由な発言を生む。しかしそれもつかの間で、五七年六月からは「反右派闘争」が開始される。

陳開第が父親である陳翔鶴を回想して書いた『陳翔鶴与「文学遺産」』によれば、陳翔鶴は、『方教授的新居』発表の翌五八年に、知識分子にたいする度を越した批判運動を止めるように求める、「反簡単、反粗暴」の意見を提出している。『方教授的新居』の主人公がごく些細なことから「悪質分子」のレッテルを貼られたように、針小棒大に罪状を作り上げて知識人を批判する風潮が存在して、ろくに罪状の吟味もせずに機械的に批判が行なわれ、次第に粗暴化していく傾向を示していたことにたいして、これに反対する姿勢を敢然と示して党の知識人政策の改善に期待を表した。この意見提起がもとで文化大革命のさいには自己批判を余儀なくされるに至るが、「反右派闘争」の嵐が吹き荒れる最中にあってもなお一党員として党に言うべきは言うという態度は、知識人としての使命感や責任感にもとづくものであろう。

五八年一二月には『文学遺産』で陶淵明をめぐる討論が始められている。編集者としてこれに携わるうちに、陳翔鶴は自身の思いを投影した、自分なりの陶淵明像を創ってみたいと考えたことであろう。そして、前述したように、廬山の高僧慧遠を冒頭に登場させて、権力者にたいする反感をもつ一方で、人間の一生に静かに思いをめぐらせる陶淵明を描き上げた。第一章に書いたこの法会が一九五九年の廬山会議を影射したものであるとして激しい批判を浴びる原因になろうとは、おそらく考えもしなかったであろう。

また、馮至の前掲「『陳翔鶴選集』序」によれば、陳翔鶴はつとに二〇代の頃からすでに嵆康への愛着ひととおりでなく、死に臨んで従容として迫らず琴を弾じた故事を何度も馮至に語ったようである。この嵆康への傾倒については、一八年もの歳月をかけて念入りに校勘を重ねてついに『嵆康集』の精細な校本をまとめあげた魯迅の影響をもちろん否定できないが、その子嵆紹に与えた『家誡』の冒頭で「人にして志なきは人に非ざるなり」と述べて「志」を重んじる嵆康の考え方に、陳翔鶴自身がやはり大いに共感を覚えたからではないだろうか。陳翔鶴最後の作品の主人公が嵆康となったこと、そして同じく迫害をうけて死に至ったことは何とも不思議な因縁といえるだろう。

しかし、陳翔鶴は党に提言もし、古代文化の発展的継承にもそのもてる力を傾けて全力で取り組むことによって、知識人としての務めを全うした。知識人にたいするあまりに大きな圧力にたいして静かに立ち向かった硬骨の文人といえるのではあるまいか。

註

（1）『感傷小説』（中国現代作家名著珍蔵本シリーズ　上海文芸出版社　一九九六年）
『陶淵明写「挽歌」』（『人民文学』一九六一年一一期）

(2)『広陵散』(『人民文学』一九六二年一〇期)。
(3)『漢魏叢書』に収める『蓮社高賢伝』「不入社諸賢伝」にみえる。
(4)劉遺民は四一五年没、慧遠は四一六年?没とされている。
(5)『陶淵明写「挽歌」』第一章。
(6)「五柳先生伝」に「懐いを得失に忘れ、此れを以て自ら終わる」とある。
(7)『広陵散』第二章。
(8)中国現代名作家名著珍蔵本シリーズ所収の郁達夫作品集には、『自叙小説』という題名が冠されている。
(9)陳白塵『一個真正的人』(『新文学史料』一九八七年第一期)
(10)魯迅『「中国新文学大系 小説二集」序』。また、李霽野『憶在北京時的魯迅先生』(『文芸報』一九五六年第十三期)によれば、魯迅はしばしば沈鐘社同人を話題にして、「彼らの文学にたいする的確な取り組み方がとても好もしい」といった。
(11)『魯迅日記』一九二四年七月三日に記載がある。
(12)『現代』第三巻第六期 一九三三年。
(13)馮至「『陳翔鶴選集』序」(『陳翔鶴選集』 四川人民出版社 一九八〇年)。
(14)『孤独者』第四章。
(15)『転変』(『沈鐘』第二一期)第一章。「情緒」「想像力」は、小泉八雲がその手紙のなかで「学生の想像力と情緒に直接訴えかけること、これがわたしの教授法の基礎である」と述べているのを作品中に引いたもの。
(16)『古老的故事』(『鷹爪李三及其他』 桂林絲文出版社 一九四二年)第五章。ここでの引用は『陳翔鶴選集』による。
(17)陳翔鶴の子陳開第の書いた『陳翔鶴与「文学遺産」』(『新文学史料』年第期)によれば、『文学遺産』編集部の「関于退稿」には同誌の原稿採用率は約百分の三であるとの記載がみられる。
(18)『光明日報』一九五四年一〇月三日
(19)『文芸月報』一九五七年四月
(20)『方教授的新居』第二章
『沈従文文集 第一〇巻』(三聯書店香港分店 花城出版社 一九八四年)

文革期文学における集体創作の再検証

楠原俊代

一

二〇〇六年の今年は、文革発動四〇周年、文革終結三〇周年の節目の年である。ところが中国国内では、社会の安定に危害を及ぼさないためにということで、記念活動は行われない。文革について討論することに対する、当局の圧力は、一〇年前よりもさらに厳しいものとなり、中央宣伝部は各地でいかなる記念活動を行うことも禁止している。専門の学会もなく研究経費もないために、学術論文の発表も関連研究の発展も困難であり、学生も集まらない(1)。この三〇年来、文革は議論することも回想することも許されない歴史の禁忌となった、とも言われている(2)。しかし、「斉に在りては太史の簡、晋に在りては董狐の筆」(文天祥・正気歌)(3)の故事でも知られるように、歴史とはそうした状況のなかで記録されてきたともいえるのではないか。そのような歴史の記録として、盛禹九は韋君宜の『思痛録』(北京十月文芸出版社、一九九八年五月)を挙げている(4)。

人民文学出版社元社長、韋君宜(一九一七～二〇〇二)の名前は、『岩波現代中国事典』(一九九九年)にも採録されることなく、日本ではほとんど知られていない作家である。彼女は一九三五年清華大学在学中に「一二・九」運動に身を投じ、その後中国共産党に加入。延安時代には党の新聞宣伝および青年工作に従事、一九五四年作家協会に異動、雑誌『文芸学習』『人民文学』主編。長編回想録『思痛録』、長編小説『母与子』『露沙的路』、中短編小説集『女人集』、散文集『似水流年』『故国情』『海上繁華夢』など、一百万字近くの作品を著している(5)。

韋君宜は『思痛録』・「縁起」において、党につき従って、いかなる苦難も貧窮も望むところであった。だが、真に苦痛を感じたものとして、これまで経てきた幾多の運動が党と国家に挽回困難な災難をもたらしたことと、「私が被害者であるばかりでなく、加害者にもなった」ことをあげ、こう続けている――歴史は忘却されてはならないものである。この一〇年あまり私はずっと苦しみながら回想し、反省し思索した。われわれの世代が成したことのすべて、犠牲にしたもの、得たもの、失ったもののすべてについて。

そして韋君宜は、いったい何があったのかを知り、「それらのことについて考えてみようとすることは、この国家の主人(人民)が今後生存してゆくうえで必要なことである。われわれの党は成立以来、半世紀余の歴史をもつが、経験をよりよく総括するためには、歩んできた道を振り返ってみる必要がある。われわれは成功と失敗の比較の中からしか正しい思考と認識を行うことができない。われわれの現在の認識水準は、明らかにすでに建国以来のいかなる時期よりも優れている。長い目で見れば誤りと挫折は一時の現象であり、われわれの事業はそうすることによってさらに前途が開け、われわれの党はさらに成熟するのである。したがって私は、これは書くべきことだと思う」と記している。

しかし『思痛録』は文革だけではなく、韋君宜が一九三九年延安に赴いて以来の、搶救運動から周揚の人道主義問題に関する論争のときの発言(「関於馬克思主義的幾個問題的探討」、『人民日報』一九八三年三月一六日)にいたるまでの回想録である。韋君宜が『思痛録』を書き始めたのは、一九七六年四人組粉砕の前、周恩来逝去の前後という政治状況の極端に悪かった時期であり、それから一歩一歩思索を続け、一九八六年初めまでかかって執筆、一九八七年から一九八八年にかけて編集。脱稿から約一〇年を要してようやく刊行されたのだった。

韋君宜は、『思痛録』全一六章のうち、文革期における文学状況について、

第一三章　那幾年的経歴——我看見的「文革」後半截

第一四章　編輯的懺悔

の二章をあてて記述している。本稿は、韋君宜の『思痛録』からこの二章を手がかりにして、文革期における文学状況を、集体創作の角度から明らかにしようとする試みである。

二

韋君宜は、『思痛録』第一三章の冒頭で、多くの文章や映画で「文革」の一〇年間を描いているが、その大半は「文革」初期の場面、家捜しや殴打、引き回し……などで、その後の数年をわれわれがどのように耐え忍んだかについて描いたものはたいへん少ない、と述べ、文革の後半について記している。一九七三年幹部学校から元の単位に戻って以降のことであるが、それは「解放」されたのではなく、実は本当の檻の中に戻って、自分が懺悔しなければならないことをしてしまうことになったという。

人民文学出版社が、全社を挙げて湖北省咸寧の五・七幹部学校に下放されたのは一九六九年のことだった(6)が、全員が一斉に北京に戻れたわけではなかった。韋君宜が北京を出発したのは同年九月二九日、北京に戻ったのは一九七三年三月のこと。王笠耘のように韋君宜よりも早く戻った者もいたし、許覚民は、韋君宜が北京に戻った後もまだ幹部学校で「改造」を続けなければならなかった(7)。王笠耘が幹部学校から北京に帰るときのことを、

韋君宜はごく少数の「問題のある」人たちとそこに捨て置かれた。今後彼らにどのような処分が下されるのか、いったいまた会えるのかどうか、誰に分かっただろう！

と述べているように、次には何が起きるのか、自分はどうなるのか、まったく予想もつかない状況下にあった。北京に戻っても、人民文学出版社に復帰したのではなく、人民文学出版社を「新たにつくりなおす」のであり、文学のわからぬ一群の軍宣隊がすでに派遣されていて、「赤い糸」を代表し、すべてを掌握し、幹部学校から戻った者は、「旧人員」「留用人員」といわれた。王笠耘は、「これらの『左爺』が、もと文学出版社の者に対して労働監督を行うのにほかならない」と記している(8)。

文革発動後の数年間は、文芸誌紙・出版社を含むそれまでの文化機構はすべて批判・粛正され、「革命模範劇」と政治運動にぴったり歩調を合わせた詩以外の、文学創作はすっかり停滞していた。一九七二年から、当時の文芸権力機構がこのように衰微した局面の転換を図って、「社会主義の文芸創作を発展させよう」(9)と言い出し、創作活動はようやく次第に一定範囲内で回復した。多くの省市で文学雑誌が次々に復刊され、一九七四年一月には上海で文学月刊誌『朝霞』も創刊された。しかし、最も影響力のある『詩刊』『人民文学』『文芸報』『文学評論』『収穫』の復刊は、一九七六年以降になってからのことであった(10)。

韋君宜や王笠耘が幹部学校から北京に戻ったのも、一九七二年以降の「社会主義の文芸創作を発展させよう」とする動きにともなうものである。韋君宜は、一九六一年から人民文学出版社副社長兼副総編輯であったが、北京に戻っても、もはや「指導者」ではなく、上に軍宣隊がいた。それでも出版社指導小組の一員として、業務つまり原稿の依頼と出版を担当した。韋君宜は、「しかしこのとき原稿を書いて本を出す作家がどこにいただろう？ある者は秦城監獄に入り、ある者は幹部学校に行っていた。本を出すなら『工農兵』に頼らなければならない。いいかえれば、本を書いたことのない人に書いてもらうのである」という。洪子誠『中国当代文学史』によれば、一九七九年一〇月に開かれた第四回中国文学芸術工作者代表大会で読み上げられた、「為林彪、『四人組』迫害逝世和身後遭受誣陥的作家、芸術家致哀」に列挙された著名な作家、芸術家の名前は、鄧拓・葉以群・老舎・傅雷・周作人・司馬文森・楊朔など二百人にものぼる(11)。

当時、最も流行していた執筆方式は、「写作小組」を組織して行う「集体創作」であった。詩・散文・小説を発表する際、まだ多くの場合は個人署名の方式であったが、「集体創作」は一九五八年にはもう「共産主義思想」を顕示するものとして提唱、実践されてきていた(12)。その一つの方式が「三結合」であり、韋君宜もこれに加わった。「三結合」とは、「党の指導」と「工農兵大衆」、「専業文芸工作者」を結合して創作すること。三結合の写作小組は、文革期間中、一般に若干の文化水準の比較的高い労働者(あるいは農民、兵士)を選んで、短期間あるいは長期にわたって生産から離脱させ、文化宣伝幹部が彼らを組織し、これに若干の作家(あるいは文芸雑誌の編集者、大学の文学教師)を加えて構成された。執筆の手順は、通常まず毛沢東著作と関係する政治文書を学習し、執筆する「主題」を確定し、それから表現しようとする「主題」にもとづき、人物および人物間の関係(矛盾の衝突)を考案する。この「三結合」による創作は、当時、「文芸戦線上の新生事物」であり、「巨大な生命力と深遠な影響力」を有すると考えられていた。党が文芸工作に対して指導するのに有利であるほか、大量の無産階級文芸戦士を育成するよい方式であり、創作の私有といった資産階級思想を打破する上で有利な条件を提供するというのがその理由である。例えば、文革期間中に出版された長編小説だけでもおよそ百冊あまりになり、五分の四が当時の現実生活を描いたもの、残りが「革命の歴史」を題材にしたもので、洪子誠によれば、そのうち二〇冊、約五分の一に、「集体」(あるいは「三結合」)創作であることが明記されているという(13)。

百冊あまりの長編小説といえば、たいへんな分量であり、日本に「輸入されたものだけでもとてもひとりで読みきれるものではない」(14)ほどであった。今日では、文革期に生まれた文学は、「政治の道具」として機能しており、文学としての玩味に耐えるものでも、文学研究の対象になりうるものでもなかった(15)といわれるが、当時における評価は、そのようなものではなかった。

例えば、吉田富夫「路線闘争を描く短編小説――文革後の中国文学界」(一九七五年八月三〇日)には、以下のように記されている(16)。

一九七一年の後半に、中国文学界が文化大革命による五年間の〈空白〉のあとでその活動を再開してから、すでに四年が経過した。四年という時間は、書き手の養成からして手をつけなければならなかったある文学界が独自の風格をつくりあげるのに必ずしも十分とはいえないが、中国文学界はこの四年間で新しい書き手も育って、ようやくひとり歩きするところまできているようにみえる。

吉田富夫「文学――情況とその変革」(一九七六年一〇月三日)では、「集団創作は文革以後の文学創作の主要な方法となりつつある。〔略〕創作主体として業余作家が圧倒的な量で浮上してきたこと、創作の方法として集団創作が主流となったこと、相互にからみあったこのふたつの情況が、プロ文革後の文学情況の際立った特徴である」とした上で、このことの意味について次のように記している(17)。

何よりも指摘すべきは、文学創造の場に広範な人民大衆が直接参加したということ、ことばをかえていえば、人民大衆が文学作品を一方的に与えられ享受する立場から、享受者であると同時に創造者でもある立場へと移ったということ、これである。

また、吉田富夫「『虹南作戦史』論」(一九七四年五月二七日)には、以下のように記されている(18)。なお、

> 『虹南作戦史』は、上海近郊の農村における農業集団化運動を描いた長編小説で、一九七二年二月、上海人民出版社から出版された。これを執筆したのは「上海県『虹南作戦史』写作組」。
>
> 『虹南作戦史』が〈試み〉ているのは、文学創造を少数の専門家（＝作家）の手からより広い空間へと解き放とうとすることだともいえよう。〔略〕『虹南作戦史』が〈試み〉ている〈集体創作〉のあり方は、原理的には階級支配への要素をうちにふくむ「少数特権者」による芸術独占の形態を打ち破って芸術創造を人民大衆の手に奪い返すこと、そのことによって芸術のなかみが階級支配の方向に歪められる（修正主義化する）危険性のひとつ（外的条件のひとつ）を根絶やしにすること、それを意図してすすめられているともいえるであろう。〔略〕『虹南作戦史』はベストセラーになったという噂も耳にしないし、また正直なところ未完成もいいところなこの〈作品〉がもてはやされるとも考えられない。〔略〕これはあくまで「試験創作」である。しかし、敢えていえば、この失敗した「試験創作」は、何か途方もない新たな人民の文学への扉にたしかにつながっているような気はするのである。

文革が、二百人にものぼる作家、芸術家が命を落とすことになるほどのものだったとは、当時は想像もできず、文革期の「途方もない新たな人民の文学」について反論もできなかった。それから二〇年以上も経って、ようやく当時の集体創作の実態が明らかになってきた。

三

韋君宜の回想録『思痛録』のうち、先に記した第一三章と第一四章の二章と、『韋君宜紀念集』（人民文学出版社、二〇〇三年一二月」所収の追悼文によって、文革期における集体創作の実態を見てゆく。なお、先に引用した吉田論文には、「文革後の文学」と記されているが、その時点においてはまだ文革の只中にあったことなど、分かるべくもなく、次には何が起きるのか、まったく予想もつかない状況下だったのである。

韋君宜は、当時何十万部も売れた『千重浪』や『金光大道』第二巻の編集も担当したが、ここでは、『延河在召喚』『鑽塔上的青春』『前夕』の編集過程を追ってゆく。

韋君宜は、幹部学校から機関に戻ってすぐ報告に行くと、まったく予想もしないことに、そこで見たのは文革初期のあの「戦闘的雰囲気」だったという。先に戻って「結合」されていた革命派からは、以下のような編集過程をとることを教えられる――まず党委員会に主題と題材を選んでもらい、次に作者を選んでもらう、それから編集者が作者らと内容を研究する、作者が書き上げると、編集者がまた作者らと検討、修正をかさね、最後に党委が最終決定を下す。

今後はすべてを党に依拠しなければならない、ということだった。このとき韋君宜は、今後は絶対に二度と一字の作品も発表しないと心に決めていたが、他の人の作品については関与せざるをえず、逃げようもなく、そこでこれらの作者と一人一人接触し始めた。

韋君宜によれば、これらの作者は、大部分がこれまでいかなる作品も書いたことのない人たちだった。往々にして組織者が、党委員会の指令を受け、何々の題材は重要だということで、これらの作者を集めてきたのであった。彼らの中には少しは文才のある者もいれば、なんとか繋ぎ合わせて、任務を完成させた者もいる、流行をまねて何言か書いた者もいた。また、自分の生活を書こうと思っても、その生活を理解していない者、あるいは自分の認識と上層部の意図がまったく違っている者……などもいた。そして韋君宜のこのときの任務とは、彼らの手を取って、指導者が必要とする本をでっち上げることだった。韋君宜がまず第一に書き込まなければならない内容は「階級闘争を要とする」だったことを憶えている。これには作者も韋君宜も頭を使いぬいた、という。

それでは、集体創作の『延河在召喚』が、どのように作成されたか、作者の一人、沈小蘭によって見てみる(19)。沈小蘭が韋君宜と初めて会ったのは一九七三年の秋、二一歳のとき。沈小蘭は、当時、延安に下放され、県委通訊組の責任者として、県の放送ステーションの記事を書いたり、指導者のあまり重要ではない発言原稿を書いたりしていた。唯一の創作は、下放中に書いた散文で、ペンネームで『光明日報』に発表したことがあるだけだった。ところが思いもかけず、沈小蘭の弁公室兼宿舎の窰洞を訪れた韋君宜から、延安の下放知識青年についての長編小説写作小組に参加したいかどうか、と尋ねられた。枕元の本を見て、『紅楼夢』を読んでいるのかと聞かれ、また当時書いていた「幼稚」な小説を見てもらいもした。小説は、高級知識分子の子弟が北京に戻らず、陝北に留まることを決心するというもので、沈小蘭の本心ではなく、彼女は北京や都会にあこがれていたという。それから一、二カ月後、写作小組に参加することが決まった。

延安には、北京から下放された知識青年だけで二万人余もいた。沈小蘭の父は、省報の副総編、母は出版社の総編だったが、文革中、両親が自殺。沈小蘭は中学一年までしか勉強しておらず、北京の高校生だった長兄について延安に来たのであり、彼女は北京の中学に通っていたわけではなかった。写作小組に参加した知識青年は、沈小蘭と、高校一年まで勉強した馬慧の二人で、まる二年かかって『延河在召喚』を書き上げた。

この『延河在召喚』について、韋君宜は『思痛録』第一四章「編輯的懺悔」の中で、次のように記している。

私が延安に派遣され、下放され農村に住み着いた青年たちを組織して、「第一号英雄人物」を讃えるために書かせた小説もあった。なかなか文章の上手い少女も二人見つかった。「第一号英雄人物」には彼女たち下放青年のうちの一人、活発で有能な少女を選んだ。第一稿は正直にいって、なかなか良かった。これらの青年たちがなんとかしてあの極貧の陝北の農村を改善しようと、品種改良の実験をやり、不衛生な習慣と戦い、みずから危険を冒して医学を学んで、農民の子供を救い……と書かれていた。おそらくみな作者自身の体験したことなのだろう。これを台無しにしたのは、あの「階級闘争を要とする」で、地主を探し出して闘争対象としなければならないのである。しかし、陝北はすでに五〇年ほども前から土地改革をやってきており、それも本物の武装闘争であり、平和的な土地改革ではなかった。当時だれでも知っていたスローガンは「地主を肉体的に消滅させろ」である。今になってどうして地主を見つけ出せるだろう?殺し尽くしていなかったとしても、死んでしまっている。陝北で土地改革前の地主が生き残っていたなどと言えば、当地の農民も珍しい話だと不思議がるだろう。私は、新たに発生したブルジョア分子を闘争対象とし、汚職反対を書けばよいと主張した(作者も汚職事件を書くつもりだった)。しかし、陝北文化局が派遣してきた指導者は、それでは階級闘争に先鋭さが欠けると、あくまで地主に固執する。そこで、この地主は他所の地方からこっそり移住してきたことにした。最後には決死の闘争がなければならず、地主が水門を開いて水を流し、女英雄は命がけで水門を塞ぐ。作者が「こんな水門を見たことがない」と言うので、くだんの指導者は作者を連れて参観に行って解説し、ついにこの通りに書かせた。若い作者は私にこっそりこう言った。

「私の女主人公(すなわち現実では彼女の学友)に、あんな老地主と水中で取っ組み合いをやらせるなんて、本当に嫌です。どんな格好になることか?どう書けば……」

私には彼女の気持ちがよく分かった。これでは彼女に創作させているのではなく、彼女を侮辱している。はっきり言って、作者を侮辱しているのである。しかしその日に開かれた「集団創作」の会議でこの案が通ってし

まい、私も屈服した。ああ！私はなんということをしてしまったのか！〔一六六、一六七頁〕

すなわち、もはや存在もしない地主にあくまでも固執して階級闘争を描かせ、若い女英雄と水中で決死の取っ組み合いをやらせる、それが集体創作の会議で通ってしまえば、屈服せざるをえなかったのである。

沈小蘭によれば、本書の出版から二年も経たないうちに、韋君宜から、満足のゆかない物語を書かせて申し訳なかったとの手紙を受け取ったという。しかし、韋君宜は真面目に、このような政治の痕跡にまみれた小説の中にも、力の及ぶ限り、「醋精饅頭」など生活の実情をいくらかでも残してくれた。そのために韋君宜みずから延安までやって来て、彼女らと同じように寒い窰洞に泊まり、窩窩頭をかじった。韋君宜が小説の提綱に対して書き直すようにと指示した箇所は二五項目、まるまる七頁にわたってびっしりとすき間なく記されていた。こうして、彼女らのバラバラでまとまりのない生活を、少しずつ一つのまとまりあるものとしていった。沈小蘭は、韋君宜がこのような労力を払う必要は全くなかった、年若い彼女らにとって、学び向上するところがあるように、と願ったのかもしれない、それから長い歳月を経た今も深く感じるのは韋君宜の真面目さと素朴さだ、と述べている。その後、沈小蘭と馬慧は、どちらも作家にはならなかった。沈小蘭は編集者になり、馬慧は統一戦線部門に行ったという。

四

次は、一九七五年六月、人民文学出版社から出版された、任彦芳の五千行余におよぶ長編叙事詩『鑽塔上的青春』について見てみよう(20)。

任彦芳は、一九三七年生まれで、一九六〇年に北京大学中文系を卒業している。「少年のときから革命の隊伍に身を投じ、解放区の文芸作品に育てられ文学の道を歩むようになった」という任彦芳は、早くから韋君宜のことを知っていたが、初めて会ったのは、一九七四年のこと。任彦芳は、少しばかり本当のことを言ったために「反革命現行犯」として幹部学校で三年あまり審査を受けた後、一九七三年初めついに結論が出て、創刊されたばかりの『吉林文芸』に配属され、詩歌の編集者となった。指導者は任彦芳を吉林省の油田に派遣し、生活の中に深く入り込ませた。

ここには、下放知識青年からなる女子掘削隊があった。任彦芳は、長期にわたる不自由な抑圧から解放され、沸騰する生活の天地に来て、彼女らの鉄人〔大慶油田の開発に力を尽くした王進喜〕を模範として、祖国のために石油を探す献身的な精神に深く感動した。石油が地中の深層から噴出するように、ほとばしる感情に突き動かされ、任彦芳は三日三晩で三千行余の長編叙事詩、『鑽塔上的青春』を書き上げた。すぐさま全掘削工に向かって朗読すると、感動した彼らから喝采を博した。女子掘削隊の生活と心情を真に反映していたからだという。

任彦芳は長春に戻って、まず公木に読んでもらうと、当時このように真情実感を書いた詩はほとんど見られない、人民文学出版社に送るように、と提案された。公木は一九一〇年生まれの詩人、「八路軍軍歌」の作詞者でもある。この詩は、作家のほぼ全員が打倒され、書く人もいない当時において、石油労働者の現実生活を初めて反映した作品として重視され、任彦芳は、間もなく人民文学出版社へ行って原稿を書き直すようにという手紙を受け取る。それからが文学創作とはいえない、原稿修正の受難の日々の始まりだったという。

最初は、原稿を一度書き直してすぐ印刷に回すということだったが、たえず新たな精神が出され、原稿はそのより新しい政治的要求からますますかけ離れたものとなっていった。このとき原稿審査の担当者が、韋君宜にかわった。任彦芳が韋君宜に、

「革命模範劇の『三突出』の原則にしたがって書き直すのはまだ受け入れられる、しかし今は階級闘争を書かなければならず、女子掘削工の身近にどうしても階級の敵を探し出さなければならない、これには全くどうしようもない。実際生活の中にこのような階級の敵はいない、これでは自分が受けた感銘からあまりにもかけ離れたものになってしまう」

と言うと、韋君宜は苦笑しながらこう言った。

「私にもよい考えはない。この長編詩は、早く印刷に回すとよい、遅くなればなるほど面倒なことになる。最近伝達された精神は、大型の文芸作品は必ず階級の敵を含む階級闘争を書かなければならないというもので、ただ思想上の闘争を書くだけは駄目になった。作者の苦労は分かるが、私にも他の方法はない」

そこで任彦芳は大詩人李季の意見を持ち出した。

「李季同志に原稿を読んでいただいたところ、書き直せば書き直すほど悪くなっている、油田の中に無理やり階級の敵を探してはいけない……と言われた」

韋君宜はここまで聞くと、いくらか感情を高ぶらせながら、

「李季同志の意見に同意するが、書き直さなければ、出版社は出版できない！こんなにも精力を費やして、出せないのは残念、こんなにもよい題材なのに……」

と言った。そこで、任彦芳は韋君宜の苦衷を察し、「油田にいる階級の敵を捏造する」ために脳みそをふり絞るほかなくなった。

それまでの一年あまりの書き直し作業において、任彦芳は一貫して苦しい矛盾の中にいた――これは、解放後の最初の作品である。もしも政治的に「生き返り」たければ、本書の出版は鍵となる。出版できなければ、この詩

に深い関心を寄せてくれる油田の労働者らにも申し訳が立たない。だが、生活と良心に背き、どうあっても掘削工の身近に階級の敵を捏造しなければならないことを思えば、これで彼女らに承知してもらえるのだろうか？

しかし最後には良心に背いて「政治的必要」に服従し、女子掘削工の身近に無理やり階級の敵を加えた。この物語のつじつまを合わせるために、韋君宜も多くの知恵を出した。編集を終えた後、二人は苦笑し、これでよくなったと言って、長い溜め息をついたという。

こうして二年間に八度書き直し、三千行だった原稿は五千行あまり、詩的情緒の少しもないものに書き直され、長編詩『鑽塔上的青春』は、一九七五年六月人民文学出版社から出版された。この詩においてもまた下放知識青年で組織された女子掘削隊の身近に、文革時の「政治的必要」に従って、実際にはいもしない階級の敵が捏造された。

任彦芳は、言う —— 幹部学校で審査され吊し上げられた私の罪状は、文革を攻撃したことであったのに、幹部学校から出て来るやいなや、女子掘削工の事績を文革の新生事物として讃えた、傷跡が癒えてもいないのに痛みを忘れてしまった。それは本当のことを話すことが許されない年代、自分の思想を持つことが許されない年代、民主と自由のない年代であり、これは一個人の悲劇でも、知識分子だけの悲劇でもなく、時代の悲劇、民族の悲劇である。この悲劇を二度と繰り返さないため、社会全体が韋君宜と同じように懺悔をし、時代の『思痛録』を書くべきである！私もみずから経てきた歴史の真実の記録を書いたが、時宜に合わない敏感な事実を書いたとして、出版社は出版する勇気を持たないでいる。いまもまだ本当のことを話すのは容易ではない。一九五七年と五九年に二度批判され、文革でも「反革命」として打倒され、自分を守るためには嘘を言って周囲の状況に対処することも学ばなければならないことを初めて知った。しかしかつてのように、出版のために心に背く書き直しはしない。いつか出版されると固く信じている。

五

一九七六年一月、人民文学出版社から出版された、胡尹強の長編小説『前夕』について、韋君宜は、「編輯的懺悔」の中で、次のように記している。

中学校教師の胡尹強が、中学校生活を書いていた。主題は当時の教育思想にのっとり、知識の詰め込みに反対して、実践を重んじなければならないというものだった。内容はまずまずリアルで、いきいきと生活が描かれていた。この本もまた私が途中から引き継いだ。本の中の老校長は、教育を熱愛し、一心に生徒を教育する人物として描かれていた。ところが私が引き継いだときには、すでに走資派に改められていた。作者は、校長が生徒たちに卒業試験を受けさせるため、自分は朝食もとらずに包子を二つ持ってダム建設現場まで生徒を呼び戻しに駆けつけたことを書いているが、この校長を走資派だと言ってしまうのは忍びなかった。だが、どうしようがあるだろう？校長の性格は決まってしまったのである。作者は最後にしかたなく、こう書きかえた。洪水が発生し、全県の生命財産が危機に瀕したとき、この校長は生徒の成績を優先して、洪水と戦っている生徒たちをダムから無理に連れ戻した、と。私は言った。

「いけません、もしも全県でこんな大洪水が起きれば、県委員会も各単位に、まず業務を停止し、皆に応急措置を命じるはずです。この書きかえでは筋が通りません」

けれども方法がなかった、どうしてもこの校長を走資派にしなければならないのだから。私もしかたなく最後に同意した——一つの芸術形象をたたき切ることに同意したのである。〔一六五、一六六頁〕

『前夕』においても、走資派校長を批判するために、あり得ないようなストーリー展開になったのである。

胡尹強によれば、本書の執筆を始めたのは、出版より一〇年以上も前のことだった(21)。一九六五年、中学校の国語教師だった彼は、勤務時間外に一〇万字の中編小説『改造』を書いて、まず『収穫』に送付したという。このとき、雑誌社から編集者が来て、書き直しを求められた。校長の支援も得て、一九六六年早春、修正した原稿を送付後、間もなく『収穫』が停刊となり、文革が始まった。彼は恐怖にかられ、闇夜ひそかに百万字ほどもあろうかという、これまでに書いた原稿と四冊の日記をすべて焼却してしまう。中には、長編、中編、短編、一〇万字ほどの学術論著があったが、ほとんど未完、短編数編のみ投稿していたが、未発表。涙を浮かべ、黙ったまま、自分のまだ始まってもいない作家としての生涯に別れを告げた。ただ小説『改造』だけは、書いたことを知られていて、反党反社会主義の罪証を燃やせば万死に値すると批判されるために残す。

一九七二年になると少し落ち着き、「文芸」を重視せよということになり、省革命委員会は全省創作会議を開催、学校の革命委員会から全力の支持を得て胡尹強も出席。会議で彼の『改造』が重点作品と決定され、学校から創作休暇を与えられ、半年後に小説が完成。当初の一〇万字から三〇万字に増え、書名も『風浪』に変更する。原稿は、県宣伝弁公室から省に送られたが、「小説の一号英雄人物が知識分子では、どうなるか分からない」と省から返却される。そこで県宣伝弁公室の責任者は人民文学出版社に送付するが、胡尹強はもう何の希望も抱かず、学校に戻って教師をしていた。

人民文学出版社から、『風浪』が重点作品に決まったと、編集者が突然自宅まで訪ねてきたのは一九七三年秋たけなわの頃。本書三度目の書き直しを完成させ、書名を『前夕』に変更。さらに一九七四年秋、人民文学出版社のビルに滞在して最後の書き直し作業にかかる。この年の一〇月中旬、胡尹強は初めて総編輯の韋君宜に会ったのだった。だいたい三、四カ月かかって、『前夕』を完成させる。しかし当時、知識分子は「臭老九」であり、創作モデル「三突出」の「一号無産階級英雄人物」とすることができるかどうか、前例がなく、誰にも分からず、韋君宜も断を下せなかった。そこでまず「意見徴収本」として五百冊印刷することが決まる。

「意見徴収本」ができあがると、一九七五年秋、胡尹強はまた北京に向かう。これまでの編集責任者は幹部学校に行き、幹部学校からもどったばかりの小趙〔趙水金小姐〕が編集責任者となった。革命大衆の意見を聞くため、北京の工場、農村、学校、基層の文化館で五、六回続けて座談会が開かれた。すべて韋君宜が主催したもので、胡尹強らは韋君宜に連れられて座談会に参加した。当時は毛沢東思想と毛主席の革命路線によって革命大衆はすでに全面的に「武装」し、小説出版にも革命大衆のチェックを受けなければならなかった。幸いにも、座談会に参加したあらゆる革命大衆の反響は熱烈で、「知識分子を一号無産階級英雄人物とすることができるかどうか」についても肯定的な回答が出された。それからさらに三、四カ月出版社のビルに滞在し、胡尹強の処女作『前夕』はついに一九七六年一月に出版された。このとき彼は三九歳になっていた。

『前夕』は、一〇年にもおよぶ書き直し作業を経て出版に漕ぎ着けたわけであるが、しかしそれは、『前夕』をめぐる物語の始まりに過ぎなかった。『前夕』出版後の半年あまりはたいへん好評だった。しかし、胡尹強はそれは禍だ、この禍は自分が招いたもので、誰を恨むこともできない、とかすかに感じていた、という。

胡尹強によれば、「英明なる領袖」が一挙に「四人組を粉砕」したが、毛沢東がみずから発動し、みずから指揮した文革の勝利の成果を守るためには、もちろん皆に口をつぐませ、皆の思想に枷をはめるしかなく、そこで「四人組」の政治の衣鉢を継いで、すさまじい勢いで一切を圧倒する政治運動が発動され、「四人組」代理人の徹底捜査が始まった。こうして『前夕』は金華地区「四人組」関連の十大重要事件の一つとなり、専門家による特捜班が組織され、この上なく綿密な内外への調査が進められた。胡尹強の周囲でもいたるところでデマが流され、『前夕』

は江青、姚文元の意を受けて捏造したものだとまで言われた。

そして一九七七年八月下旬、胡尹強は「単人学習班」に処すると宣告され、窓には木切れを打ち付け、ガラスには紙をはった、がらんとしているが、すき間のない風も通らない個室に監禁された。二四時間、一挙一動を監視され、まっ暗闇のなかで、外の世界とは完全に隔絶された。数千年の伝統である連座の文化は、数十年にわたって次々に起きた政治運動の中でいっそう光彩を放ち、胡尹強の妻と友人たちまで連座して、彼と同様の「単人学習班」の待遇を享受した。彼は、逃げられない以上、腹をすえ、落ち着いて、一分一秒を懸命に耐えた、まだ生きてゆかなければならない、この世界がつまるところどう変わるのか見てみたかったから、という。

このとき彼の暮らす金華では、「すべて派」は何でも思いのままで、彼は監禁されたその日から、運動は終わらない、自分は出られないだろう、ということが分かっていた。けれども、この個室に一七カ月間、一九七九年一月末、三中全会開催から一カ月あまりが経ち、すべての特捜班が撤回されてしまうまで閉じこめられるとは思いもしなかったという。

以下の監禁中のことは、胡尹強が外に出てから聞いたことである。

『光明日報』『浙江日報』上に、紙面一頁すべてを使った『前夕』の大批判文が掲載された(22)。特捜班がどうして胡尹強に黙っていたのか。自由になってから読んでみて、批判文の論調がそれほど高らかではないことから、胡尹強は彼を反革命現行犯として打倒するだけで、徹底して悪を取り除いたことにするつもりだったのだろう、と思った。

小趙はこの批判文を読むと、韋君宜に報告。韋君宜はただちに文章を書いて『人民日報』の内部参考に発表。胡尹強は内部参考を読むことはできないが、聞いたところによれば、韋君宜は以下のように書いたという――『前夕』創作の経緯を述べ、『前夕』が現在のようなかたちになった責任は出版社と韋君宜にあり、作者には責任がない、このように不公正な待遇を受けるべきではない。

中央宣伝部長だった胡耀邦がこの文章を読んで、すぐに「まず作者を放すように」との批示を出し、それが文書として金華地区に届いたという。胡尹強は、一九七八年春ではないか、それまで特捜班はずっと、「牢獄の扉はおまえの前に大きく開かれている」と言っていたので、投獄されることを覚悟していたが、一九七八年晩春になると、突然「おまえを『救出』してやる」にかわったという。それからまだ七、八カ月もの間監禁されたのである。特捜班のメンバーが調査に行ったとき、韋君宜は、『前夕』が江青、姚文元とかかわりがない、と言うだけで責任を果たしたことになり、胡尹強のことなど捨て置いてもよかった。胡尹強によれば、韋君宜は総編輯としての業務にのみ専念し、付き合いを好まず、世間話も下手で、彼と個人的な付き合いはなかった。それにもかかわらず、韋君宜は、正義感と同情心、正直さと良知だけで、わざわざ内部参考に文章を書いてくれた、という。

『前夕』は、学校の革命委員会から全力の支持を受け、県宣伝弁公室の手配により人民文学出版社から出版された小説であり、革命大衆の審査を経て出されたものであるにもかかわらず、窓には木切れを打ち付け、ガラスには紙をはった、すき間のない風も通らない個室に一七カ月もの間、監禁される、しかも連座して、妻や友人まで監禁される、そのような時代があったのである。

六

韋君宜は、「編輯的懺悔」の中で、以上の他にも、浩然の『金光大道』第二巻執筆に際し、本書担当の編集組長は、「本の中に描かれている時期は、まさに抗米援朝だ！抗米援朝を書かなければだめだ！」と言い、この物語は、抗米援朝とは何の関わりもなかったが、作者は抗米援朝を書き加えた。それでもまだ不十分で、編集組長はさらに原稿四、五枚ごとに「抗米援朝」を書き足せと言った。この編集組長は、別の単位から転任してきた、文芸の編集をしたことのない造反派だった。浩然はまた階級闘争を描くために、変装して逃亡し炊事係をしている地主の「范克明」を作り、これに階級的破壊工作をやらせた。この方法が世に出るや、当時の手本となり、その摸倣が続出した。『千重浪』では、階級闘争が必要だ、つまり対立する意見の両方を二つの階級にあてはめ、さらに敵対する階級には具体的に破壊工作をさせなければならないとされ、新聞記事から写してきて、長年穴蔵に隠れていた人物をこしらえた、と述べている。そして、以下のように記している。

何人かの作者は、階級闘争は高めれば高めるほど良い、農村地主のことを書くだけではいけないと聞いて、局長まで高め、革命の隊列に潜り込んできた悪人だった、さらには「ソ連修正主義」と国民党が直接送り込んできた特務だった、にまで高めた。どうしてもこういうことを書かなければならず、しかも作者はそれについてまったく何の知識もないのだから（生活のことを言っているのではない）、編集者に援助を求めてくる。私もどうしようもなかったが、ちょうど文化宮では公安局主催の特務犯罪展覧会が開かれていたので、私の考えで二人の作者を連れて参観に行った。幸い彼らは頭が良く、二回見ただけで話を思いつき、後でなんと小説もできあがった。

このような小説は、当時はいくらでもあった。例えば『伐木人』『鉄旋風』『無形戦線』『朝暉』『晨光曲』『鑽天峰』……など、一年にとても多く出たが、完全に芸術といえないものだった。けれども、これらの作者は故意に上級におもねり芸術を破壊したのだろうか？そうではなかった。何人かの作者は実生活の体験が豊富で、例えば森や農村、学校の生活が、大変リアルで感動的に描かれている部分もあった。しかし構想全体としてはまったくでっちあげでしかなかった。作者は時勢に流されて捏造せざるをえなかった。今私がこの真相を言わなければ、永遠に彼らに対して申し訳が立たなくなってしまう。〔一六四、一六五頁〕

階級闘争は、初めのうちは地主との闘争、後には地位の高い幹部、古参の幹部、知識分子幹部との闘争へとエスカレートした。樵夫を描いた小説では、「実は、思想的に正しい書記は労働者出身で、間違っていたこの局長は知識分子出身だった。さらにさかのぼって、むかし局長が革命に参加したのも本当ではなく、学生運動に参加したというのも嘘だった。それればかりか、局長はこっそり人を裏切ったこともある、老幹部はすべて偽物だ」とまで言う。こんなことを言って、いったい何になるのか?どれもこれもこんな内容だった。小説の中でもはやすべての知識分子がみな悪者だと書かれるまでになった、と韋君宜はいう。

韋君宜より三学年上だった同学、熊大績は、抗戦が始まると冀中へ行って革命に参加したが、後に特務の罪で銃殺された。また、「一二・九」運動で有名な、北京市学連常務委員の王文彬は、一九三八年には武漢で全国学連大会開催準備の責任者だった。大会が終わった後、指導機関は武漢で工作するようにと彼を引き留めたが、彼は山東の微山湖に帰り武器を取って抗戦する。ところが一九三九年、微山湖の「湖西粛反運動」（康生が指導したと聞いた）で「反革命」とされ、銃殺に処せられた。二人とも、まったくの冤罪だった。それにもかかわらず、これらの人々は、その身分が当時の小説の中に描かれていた知識分子の悪人と同じで、公表された罪状まで同じだった。

韋君宜は言う――これはなんという憎むべきでっち上げ、恥知らずな濡れ衣だったことか！これでも「文学」だといえるのか?われわれ編集者に、出身階級に基づいて人間の善悪を区別するような、こんな基準だけを身につけさせ、しかも一切それにのっとって任務を遂行させた。これはいったいどういうことなのか？これは作者が人に恥をかかせたのではなく、また、編集者自身が道連れにされて、吊し上げられたというだけでもない。これは人と人との基本的態度の問題なのである。

そして、韋君宜は後に、懺悔しなければならない多くのことがらについて考えたという。

なぜ文学に携わったのか？当然、原稿料や名声が欲しかったからではなく、文学こそわれわれの隊列の中のあらゆる感動的な、歌と涙の生活を反映し、人々にいつまでも記憶にとどめておかせることができると思ったのだ。ところがいま私はこんなことをして、編集者として、こんな嘘の話を捏造し、私の同学、友人、同志に無実の罪を着せ、作者のでたらめを手助けすることが私の「任務」なのである。静かな夜、胸に手をあてて考えてみれば、みずから恥じ、懺悔せずにいられようか？〔一六九頁〕

韋君宜は集体創作に反対していたのではない。一九五九年早春、彼女は『人民文学』副主編の肩書きのまま長辛店二七機関車工場に赴き、一年間、工場史『北方的紅星』(23)編集に参加している。この工場には、京漢鉄道ストという革命の栄えある伝統があり、中国における労働運動発祥の地の一つで、労働者階級の烈士たちは人権と自由を求めて闘争してきたのである。どのようにこの英雄史詩、愛国主義教育史を執筆するのか。韋君宜は、ほとんどが二〇歳過ぎの、勤務時間外に壁新聞や放送原稿を書いていた文学愛好者からなる創作組を指導して、日夜資料に目を通し、関係者との座談会・討論会を開き、創作組のメンバーと一緒に取材して日曜日も休まず、家にもほとんど帰らなかった。なかでも工場労働者の書いた三千余の原稿と百回にのぼる座談会とインタビューの記録をとくに重視し、真剣に創作組のメンバーと討議したという。大量の調査研究を行い、広範な意見を求めた上で、工場史とは工場集団の事業の記録であり、広範な労働人民の創った歴史であるとともに、工場史執筆の目的は過去を総括し、後の世代を教育すること、と考えた。前事を忘れず、後事の師とするのである。創作組のメンバーには、真実でなければならない、真実は工場史の命である、本書は歴史の検証に堪えられなければならない、そして我々の子孫に道を誤らせてはならない、執筆方法と言葉に自分らしさを持つように、千篇一律であってはならない、他人の後についで走ってはならない、と常々言っていたという。

七

韋君宜はまた、『思痛録』第一三章「那幾年的経歴――我看見的『文革』後半截」の中で、集体創作について、次のように述べている。

軍代表がわれわれに「外へ出て工農兵から学習」させたことを憶えている。そこで、それぞれ部隊や農村、工場へ行った。「工農兵が国家の主人公」なのだから、工農兵が主となって原稿を書き、われわれは後について手伝わなければならないということであった。実際には工農兵が最初に一度書き、普通、編集者がそれをもう一度書き直して、何言か残すことができればそれでよいとされた。

私は工場のある組を手伝って魯迅研究を書いた。いちばん傑作だったのは、次のことである。工場の党委書記が非常に厳粛にまず出てきて、工場の人員の状況について説明した。

「この工作を重視して、われわれは工場の党委委員がみずから執筆工作に参加することを決定した。彼女〔党委委員〕が責任者となって指導する」

つづいてドアが開き、党委委員とその他のメンバーが厳かに入ってきた。その先頭に立って来たのがなんと小琴だったとは、まったく思いもよらないことだった。われわれの幹部学校の老「学員」の娘で、父親について下放して働いていた幹部学校の子弟だったのである（多くの家庭の子供たちは軍宣隊によって幹部学校へ追い払われた）。去年彼女は一七歳になり、北京に戻って仕事を探していたが、今はなんと工場の党委委員となっていたのである。われわれは（彼女の父親も含めて）彼女から学習しなければならないのである。彼女は恥ずかしそうにしていて、おばさん、おじさんと言い出しそうになるのをこらえていた。「工農兵」として威張って学習させるのもきまりが悪く、ひとことも話さなかった。厳文井が機転をきかせ、急いで、

「われわれは幹部学校の同窓生だ」

と声をかけた。私はそこに座って、こんなところで「教育を受ける」自分がとてもあわれでおかしいと思っただけでなく、われわれを「教育」するよう強制される小琴も非常に苦しかろうと感じた。まるで誰かが監督をし、われわれ老人と若者が一緒に出演している滑稽劇であった。〔一五四、一五五頁〕

先に引用した論文「路線闘争を描く短編小説」には、「文革後の文学は、その創作主体ひとつをとってみても、生産の現場に密着した人びとによって担われて」いるという(24)が、「工農兵から学習」するといっても、実情は以上のようなものだったのである。

さらに、「路線闘争を描く短編小説」には、以下のように記されている。

文学をつうじてみる中国の現実は、安定した基盤にたっているかにみえる。なるほど、社会の物質条件にはなおきびしいものがあり、人と人との関係にも絶えず波風は立っている。しかし、描かれた作品中の人物をとおしてみるかぎり、〈路線闘争〉というリトマス液で現実を検証するすべを覚えた人びとは、現実の矛盾をまえにして、当の矛盾そのものから智恵をひきだして闘うという強力な武器を身につけつつあるように思える。文革後の文学もまた、人びとの現実を〈路線闘争〉において描くという一点において人々の武器にヤスリをかけようとしてきた。

けれども、執筆工作を指導するのが一八歳の少女であったり、いもしない階級の敵を捏造していたのでは、路線闘争は「リトマス液」にも「強力な武器」にもなるはずがなかった。本論文が執筆されてから、ほぼ一年後に文革は一〇年で終結した。しかし、まさにそのときを迎えるまで、あるいは、それが過去のものとなってからしか、そのことは分からない。韋君宜は、一九七六年清明節の後、情勢がますます悪化すると思い、娘の楊団に大急ぎで結婚するよう促した、そのときは本当に「四人組」が打倒される今日を迎えられるとは思いもしなかった、という(25)。楊団に大学受験を勧めたのも韋君宜だったが、楊団は、一九七七年には子供が生まれたばかりだったので受験せず、その翌年再開された全国統一大学入試に合格したのだった。文革終結の時期が前もって分かっているなら、また違った選択肢もあったはずである。

四人組失脚後、韋君宜はようやく、当時捏造中だったこのような作品をすぐ製造停止にするよう、いそいで命令を下した。しかし多くの作品が進行中だったので、編集者の中には単純に業務上の観点から、途中で捨てるのはもったいないという者もいたし、また、原稿がもうできあがり製版に回したものもあった。そのために、韋君宜は一部の同志と論争もした。同時に、韋君宜はいくつかのよい作品、真実を反映した作品を出版して読者に届けようと、全力を尽くして援助したが、これは実のところ自分の過ちを懺悔する行為だったという。

また三中全会の後には、厳文井、韋君宜、屠岸の呼びかけと指導のもとに、人民文学出版社では現代文学編集室の編集者らが一カ月あまり集中的に、これまでストックしてあった三〇余の長編小説をもう一度読み直して討論し、確かな生活と生き生きとした思想が描かれたいくつかの佳作を選び、概念から出発し単純化・公式化・一般化されたその他の作品をすべて大胆に廃棄して作者に返却した(26)。

韋君宜は以下のように述べている。

これを文芸史料というのはでたらめであることをまぬがれないだろう。だが、それが文芸史料でないというなら、また歴史を隠蔽してしまうことになる。後の時代の青年たちはあの一〇年間は白紙のように文芸が無くて、まるで飛び越えた一〇年だとしか知らなくなってしまう。これは決して事実ではない。その真の姿を取り戻すため、私はこのことについて書き記したのである。〔一六〇頁〕

一〇年の内乱で、自分のこうむった苦しみはもとよりあるが、自分の懺悔も人に差し出して見せるべきで、そんなに覆い隠す必要はないだろう。私はそう思うのである。自分は当時「車を引いたが道は知らなかった」と言う人もいるが、本当だろうか？本当に道が見えなかったのか？われわれは当時の暗い道の両側の状況を思い出してみよう。〔一七〇頁〕

韋君宜のこの呼びかけに答えてか、『韋君宜紀念集』所収の追悼文には、多くの回想が記されている。本書は、七〇余人、八〇余編の文章を収めた六四二頁もの大部の書である。そのなかで、王笠耘は、韋君宜が、欧陽山の長編小説『聖地』〔人民文学出版社、一九八三年一一月〕は真実ではないと言った、と書いている。また、黄秋耘の『風雨年華』〔人民文学出版社、一九八三年一〇月〕を韋君宜に見せられたとき、王笠耘は、原稿審査意見として、次のように述べた――作者は、とても頭がよいと思う。嘘は言わず、真実も選んで語る。これは良心に背かないばかりではなく、政治的にも関門を突破しやすい。けれどもこれは歴史に本来の姿を返したのではなく、巧妙に「偽物を混ぜ」たことになる。

この言葉を韋君宜から聞いたのか、黄秋耘は後に、「ただ真実のみを語りたい、真実でなければ語らず、すべてが真実でなければ語らない」と述べ、果たして『風雨年華』で故意に触れなかった真実について、何年も経ってから「インタビュー」の形で補足した、という(27)。

これらの資料を丹念につきあわせ、文学から見た中国革命の再検証を進めてゆきたい。本稿は、そのささやかな第一歩である。

註

（1）「京厳防死守禁紀念文革爆発四〇周年　勧阻学者赴国際研討会」、『明報』電子版二〇〇六年五月一四日（http://hk.news.yahoo.com/060513/12/1nsni.html）。

（2）「当政者埋葬史実荒謬」、『明報』電子版二〇〇六年五月一五日（http://hk.news.yahoo.com/060514/12/1nt8v.html）。

（3）本文中では、（　）内は引用文の原注、〔　〕内は筆者の注とする。

（4）盛禹九「一個大写的人――懐念韋君宜」、『韋君宜紀念集』（人民文学出版社、二〇〇三年一二月）所収、一六三頁。

（5）『人民日報』二〇〇二年一月二八日に掲載された韋君宜の死亡記事による。韋君宜については、拙論「中国共産党の文芸政策に関する一考察――『思痛録』をてがかりに」、『中国近代化の動態構造』（京都大学人文科学研究所、二〇〇四年）参照。

（6）『韋君宜紀念集』（人民文学出版社、二〇〇三年一二月）五七五頁。

（7）『韋君宜紀念集』四七五、三八六頁。

（8）『韋君宜紀念集』四七五、四七六頁。

（9）『人民日報』一九七一年一二月一六日。

（10）洪子誠『中国当代文学史』（北京大学出版社、一九九九年）二〇八、一八五、一八六頁。

（11）洪子誠、前掲書、一八五頁。

（12）華夫「集体創作好処多」、『文芸報』一九五八年第二二期。

（13）洪子誠、前掲書、一八六、一八七、二〇九頁。

（14）吉田富夫「路線闘争を描く短編小説――文革後の中国文学界」、吉田富夫『未知への模索――毛沢東時代の中国文学』（思文閣出版、二〇〇六年）所収、二三二頁。

（15）岩佐昌暲「中国における文革期文学の研究状況と文献の紹介」（http://goukou.com/jieshao/kennkyuuzyoukyou.html）。

(16)吉田富夫「路線闘争を描く短編小説――文革後の中国文学界」、前掲書二三二頁。
(17)吉田富夫「文学――情況とその変革」、『未知への模索――毛沢東時代の中国文学』所収、一八八頁。
(18)吉田富夫「『虹南作戦史』論」、『未知への模索――毛沢東時代の中国文学』所収、二二九～二三一頁。
(19)沈小蘭の回想は、以下、すべて沈小蘭「読『思痛録』、憶君宜老師」、『韋君宜紀念集』所収による。
(20)任彦芳については、以下、すべて任彦芳「我珍蔵起這朶白花」、『韋君宜紀念集』所収による。
(21)胡尹強については、以下、すべて胡尹強「天、我們在這里做什麼――悼韋君宜老太太」、『韋君宜紀念集』所収による。
(22)『浙江日報』一九七八年四月一一日第三版に、紙面一頁すべてを使って、以下の三編の『前夕』批判文が掲載されいる。

浙江師院中文系大批判組「陰謀文芸的一個黒標本――評反党小説『前夕』」

金華二中党支部付書記・李子坤「不許汚蔑革命幹部」

金華二中教師・邵寿鹿「事実勝于雄弁」

しかし、『光明日報』紙上に『前夕』批判の文章は見つけられなかった。
(23)『北方的紅星』(作家出版社、一九六〇年)、全五〇九頁。『北方的紅星』執筆編集の過程については、同書「序言」「後書」と、北京二七機車廠原工人業余文学創作組「工人弟子的懐念」、『韋君宜紀念集』所収による。
(24)吉田富夫「路線闘争を描く短編小説――文革後の中国文学界」、前掲書二五三、二五二頁。
(25)楊団口述，郭小林整理「我為有這様的母親而驕傲」、『韋君宜紀念集』所収、五一、五二頁。
(26)胡徳培「累壊她了！――精誠奮闘的韋君宜」、『韋君宜紀念集』所収、四八六頁。
(27)王笠耘「難忘的韋君宜」、『韋君宜紀念集』所収、四七八、四七九頁。

流沙河「草木篇」批判始末

岩佐昌暲

はじめに

流沙河は一九八一年、この年初めて設けられた「全国中青年詩人優秀新詩奨」の最初の受賞者となり、中央詩壇に復帰した。二五年前に詩壇を揺るがせた大事件とともに名を知られ、同時に右派として姿を消した詩人はこのとき年齢すでに五〇歳。流沙河はこれ以後次々に作品を発表し、確固たる詩壇的地位を確立していく。

一九五七年に「草木篇」という詩が発表され、作者流沙河がそれによって批判された事件は、文芸界における反右派闘争の一事例としてよく知られている。だが、その批判の経過についてはほとんど知られていない。理由の一つは当事者の流沙河がその経緯について口をつぐんでいるからだが、もっと大きな理由は、一編の文章で作者が右派の烙印をおされて追放されるようなことは反右派闘争中には珍しくもない出来事で、人々がそこに格別の興味を見出さなかったからだろう。だが、当時の資料を読んでいくと、それは実はそれほど単純な事件ではなく、多くの人々を巻き込んだ一大冤罪事件であり、その冤罪の成立には詩人自身も大きく関わっており、彼の詩の評価にも関わる問題をはらむことが分かる。小稿は主に「草木篇」批判の主要な舞台であった『四川日報』の報道記事や批判の文章に拠りながら、この事件の経過を追い、「草木篇」批判を経た流沙河の詩人的評価を考えてみようとするものである。

流沙河という詩人

流沙河は文革後出版された詩集『流沙河詩集』に詳しい自伝を付している(1)。経歴の詳細についてはそれにゆずり、ここでは事件の理解に必要なことだけを抜きだしておく。

流沙河、本名は余勲坦。一九三一年一一月四川省成都市で生まれた。父親は余営成。成都郊外の金堂県の大地主の一族だった。ただ流沙河の生まれたころは、余家には昔日の勢力はなく、父の房は二〇ムーの田地を有する小地主にすぎなかった。この父親は国民党金堂県政府の軍事科長をしたことがあり、土地改革運動のさなか「民憤甚大」で処刑されたが、それは流沙河の事件にも大きな影を落としている。

四七年、成都の省立成都中学(高校部)に入学、このころから文学に興味をもつ。四九年春、成都の同人誌『青年文芸』に参加、成都の新聞に作品を投稿し掲載された。この年の秋、飛び級で四川大学農業化学系を受験、トップの成績で合格したが、授業には出ず、もっぱらもの書きに熱中、学外の文学青年と交際した。年末、成都が解放された。五〇年金堂県に帰り一月ほど小学校教師をした後、『川西日報』に投稿した彼の作品に注目した作家西戎の招きで『川西日報』に入る。西戎は同紙編集委員だった。五一年から西戎の創刊した『川西農報』に移った。同年、ある人と合作で「牛角湾」(中編小説)を書き、それが激しい批判にあうが、西戎のおかげで乗り切る。五二年、中国新民主主義青年団に加入、同年四川省文学芸術界聯合会(以下「文聯」と略記)に配置換えされ、創作員となった。五六年処女詩集『農村夜曲』(重慶人民出版社、七月)と短編小説集『窓』(中国青年出版社)を出版した。

そういう活躍が評価されてであろう、五六年三月北京で開催された全国青年文学創作者会議に派遣された(2)。「視野大いに広がり、詩想大いに湧く」と書いている。会議終了後、中国作家協会文学講習所で学ぶ。萩野脩二の紹介(3)によれば、文学講習所は五〇年に開設準備を始め、その年一〇月に学生を募集した。最初は中央文学研究所といい、所長・丁玲、副所長・張天翼だった。第一期は五一年一月開学、五三年　六月末終了、第二期は五三年九月開学、五五年七月終了だった。第二期の途中五四年に名称を中国作家協会文学講習所と改めた。第三期は五六年四月から八月までのわずか四ヶ月。三月の青年文学者創作者会議の参加者から六〇名を選んだ。九月から翌年七月までの第四期は編集者養成のためのもので、計二百人余りが学んだ。流沙河はこの第三期に入学した。この期の主任として文学講習所の実務を担った徐剛によれば、文学講習所は中央文学研究所が作家の養成を目指す教育をおこなったのと違い、短期の講習班にすぎずじっくり学ぶ環境ではなかった。流沙河の同期には、作家の吉学沛、胡万春、王剣青、詩人の李学鏊らがいた(4)。彼は八ヶ月、つまり編集者養成の第四期の途中まで在学し、四川に帰ることになったが、「鬱々として心楽しまず」帰省の列車の中で「草木篇」を書いたのだという。時は秋一〇月、「百家争鳴、百花斉放」いわゆる双百（以下、この語を用いる）の方針をめぐって中国知識界と文芸界に大きな渦が巻き起ころうとしている時期であった。なお彼がここで書いた詩は五七年五月出版された（『告別火星』作家出版社）が、そのとき「草木篇」は激しい批判をうけていた。以上が詩人流沙河誕生までの略歴である。

『星星』の創刊

四川に帰って間もなく流沙河は『星星』創刊の準備に参加した。『星星』は翌五七年一月一日、中国最初の詩歌専門誌として創刊された。出版は四川人民出版社、定価は毎期一角五分だった。誌名の『星星』は邱原（丘原とも書く）がつけたという(5)。毛沢東の「星火燎原可以燎原」（『毛沢東選集』第一巻所収）に基づく(6)。同じ月、北京で『詩刊』が創刊されたが、創刊の日時から言えば『星星』の方が早い。白航の回想によれば、編集部は四人だけで、主任（「主編」はおかれていなかった）が党員の白航（本名劉新民、一九二五―）、編集者として白峡（本名劉葉隆、一九一九―二〇〇四）、石天河（本名周天哲、一九二四―）、流沙河の四人がおり、「二白二河」と称された。このうち石天河は「執行編集」（編集実務の担当）で原稿の統一や紙面の構成に責任をもち、一番よく働いた。最年長だった白峡は穏やかな人柄で、七月、流沙河と石天河が右派とされて編集部を去った後、白航と二人で『星星』の編集を続けたが、結局第八期（八月）で彼らも右派とされ『星星』を離れることになる(7)。

後に見るように、この四人のうち、流沙河ともっとも深いつながりをもったのが石天河だった。石天河は湖南省長沙の出身。小学校卒の学歴しかないが、独力で文学を学び、肉体労働者、事務員、新聞記者などを経験、四九年入党、解放軍に従って四川に来て、五二年秋四川文聯に配属されて文芸工作に携わったという人である。五六年胡風との関連を疑われ、文聯の党支部書記李累の尋問を受けている。疑いが晴れて四川文聯理論批評組副組長を担当することになるが、文聯の指導部には彼への不信感が残っていたであろう。さらに、彼には四四年国民党軍事委員会のスパイ養成学校に一年間在学していたという「歴史問題」がつきまとっていた。これは日本軍が湖南に進軍した際、家族とともに難民として流亡中に貴州で「国防最高委員会特殊技術人材学校」学生募集の広告を見て、入学してみたらスパイ養成学校だったことが分かり、そこを逃亡したというのが真相だった。むろん四九年の入党の際、この経歴は党組織に報告済みで、この事実をめぐる厳しい審査にパスした上での入党ではあったが、五七年の反右派闘争の渦中でこの事実が再び蒸し返されることになる。そのきっかけをつくったのが流沙河であった(8)。

地方における文学雑誌の創刊は建国直後から始まっており、五六年には全国範囲に流通する文学雑誌は中央、地方を合せて七〇種を超えていた。これらの雑誌は中国共産党の思想的統制のもと、社会主義の枠の中で編集発行されてきた。ところが五六年に入って双百の方針が提起されるや、中国作家協会は雑誌編集者を集めた会議を数度にわたって開催、「大胆に、手放しで双百方針を実行し、異なる意見、観点の文章も思い切って発表し、異なる風格、異なる題材、異なる形式の作品も思い切って発表する。また、生活の中の欠点を鋭く批判する文章と作品でも、悪意の誹謗でないなら、当然発表すべきだ」という方針を提起していた(9)。こうして「出版物は、鮮明な主張、民族的風格の追求、鮮明な地方的特色という点で努力すべきだ」という観点が雑誌編集者の共通認識となりつつあった。『星星』もまた双百を背景にした自由化の流れの中で誕生したのである。それを端的に現したものが、創刊号に掲げられた「稿約」であった。全五条から成る「稿約」の第一はこうである。

「われわれの名は「星」だ。天上の星には一つとして完全に同じものはない。人々は夜明けの明星、北斗星、牽牛織女を喜ぶが、しかし、銀河の小さな星や、天辺の孤独な星も好きだ。われわれはさまざまな異なる光を放っている星を、みなここに集め、互いに光を照らしあう燦爛たる奇景をつくりあげたい。だから、われわれは詩作品の投稿にいかなる杓子定規な基準も設けない。

われわれは各種の流派の異なる詩歌を歓迎する。リアリズムの詩は歓迎する!ローマン主義の詩も歓迎だ!われわれは各種の風格の異なる詩を歓迎する。「大江東に流る」の豪放を歓迎する!「暁風残月」の清婉も歓迎だ!

　われわれは各種のさまざまな形式の詩を歓迎する。自由詩、格律詩、歌謡体、ソネット、「方塊」（白話の格律詩）形式、梯子（詩行を階段のように並べ視覚的効果を狙う）形式、全部結構だ！この点、われわれはある一つの形式を偏愛するものではない。われわれは各種のさまざまな題材の詩を歓迎する。政治闘争、日常生活、労働、恋愛、幻想、童話、寓話、紀行、歴史物語、すべて結構だ！われわれは各民族人民の現実生活を描いた詩の発表を主とはするが、しかし題材の選択を制限するものではない。

　われわれにはただ一つの原則「詩は人民のため！」という要求しかない。」

これが前年の作家協会の雑誌編集者会議方針の引き写しであることは明らかであろう。『星星』は双百政策を具現するものとして誕生したのだった。だが、双百政策は必ずしも中共党内の一致した支持を得ていたわけではなかった。多くの知識人や文学者を鼓舞する一方、これまで中共の政治路線を指導してきた幹部党員の間には疑問や反感も多かった。とりわけ文芸界幹部の間での反発は大きかった。それを代表するのが五七年一月七日『人民日報』に発表された「目前の文芸政策に対するいくつかの意見」と題する文章だった(10)。執筆者は陳其通（当時解放軍総政治部文化部副部長）、陳亜丁（当時の地位は不詳。八一電影製片廠政治委員、解放軍総政治部文芸処第二処長、『解放軍文芸』主編など歴任）、馬寒冰（詩人、解放軍文芸部門の幹部）、魯勒（当時解放軍総政治部文化部責任幹部）の四名。

　この文章は「一九五六年を回顧した感想」として、「過去の一年間、労農兵に服務する文芸の方向と社会主義リアリズムの創作方法は、ますます提唱する人が減ってきた」「当面の重大な政治闘争を真に反映する主題を、一部の作家たちは書こうとしなくなり、それを提唱する人も少なくなった。天地を覆すような社会変革や、驚天動地の解放闘争に代わって、日常茶飯の出来事、男女の愛情物語、スリラーものなどが大量に書かれた」「そこで文学芸術の戦闘性は弱まり、時代の様相はぼやけ、時代の声は低くなり、文学芸術の鏡に映る社会主義建設の輝きはその光が消えかけている」と述べ、双百方針以後、文芸界に広まった自由な風潮への反感と危機感を露骨に示していた。

「吻」と「草木篇」批判

『星星』に対する批判が始まったのはこの文章が掲載された一週間後のことである。一月一四日『四川日報』コラム欄「百草園」に春生署名の「百花斉放と死鼠のばら撒き」という短文が掲載された[11]。この短文は、こう述べていた。双百方針が提起されてから「詩歌の春が到来した。…解凍（雪解け）」が始まったと言う者がいる。それは、双百方針公布以前は文芸は「凍結」され、文芸などなかったといっているのと同じだ。それは事実に反する。確かに低俗なエロ文芸は、三〇年左連結成後から人民文学の内部では凍結されていた。しかし今日、それを解凍しようとする者たちがいる（要旨）。

春生が例にしたのは創刊号に掲載された日白（不詳）の詩「吻（接吻）」だった。彼は「吻」から「葡萄の美酒を満たした夜光杯を捧げ持つように／ぼくは君のえくぼをうかべた頬をささげもち／一気に飲みつくす／酔え、酔え！／／蜂がバラの芯に貼りつくように／ぼくは君の真っ赤な／唇から、吸い取る／蜜だ、蜜だ！」という二連を引いて、こう批判する。これは二〇年前蒋介石支配下で流行した低俗なしろものと変らない。詩人たちがどういうエロ詩を書こうと自由だし、それが彼のポケットに「凍結」されているならかまわない。しかしこれを公に発表し、あまつさえそれを「公式化」「概念化」反対の成果とし、「詩歌の春の到来」を証明するものとするなら、これは双百方針への歪曲である（要旨）。

話が前後するが、陳其通らの双百批判が『人民日報』に掲載された翌一月八日『成都日報』が『星星』創刊を報じ、その中で編集者の「もし党中央が双百の方針を出さなかったら、雑誌は出版できませんでした。詩歌の春が来たのです！詩歌だけではなく文学全部が、同じように今まさに「解凍」しつつあるのです」という談話を伝えた(12)春生の批判はこの談話に反応したものだった。春生は当時中共四川省委員会宣伝部文芸部門、つまり『星星』発行元たる四川省文聯の直接の上級組織の担当副部長李亜群の筆名(13)である。

黎之によれば、陳其通らの双百批判に対し毛沢東は一月に開かれた省・市当委員会書記会議で「彼らは善意で、党のため国のため、忠誠心に燃えているのかもしれないが、意見は間違っている」と批判したが、「奇妙なことに、この書記会議の後、少なからぬ省や市でこれが伝達されたとき、毛主席が四人の文章を肯定して、彼らは党のため国のためを思ってやっている、という話になった」という。これに続けて黎之はこういう動きは「当時の多くの人々が四人の文章に共鳴したことを反映している」と書いている(14)。『星星』批判も、この流れに位置づければ、建国後の四川文芸界を指導してきた党の文化官僚が、四人の文章に共鳴し、双百方針を自らを批判し否定する運動ととらえ、それに反撃した動きだったと言えるだろう。

『星星』批判が日白「吻」批判から始まったのは、「吻」が双百潮流の生み出した反社会主義的な作品の見本として攻撃できる分かりやすい要素をもっていたからにすぎない。流沙河「草木篇」への批判はその三日後一月一七日から始まった。

では「草木篇」とはどういう詩なのか。まずそれを見ておこう。「草木篇」は五種類の草と木をそれぞれ一つずつ題材にした五首から成る以下のような散文組詩で、「身を立てんとする者に言を寄す。柔弱な苗に学ぶこと勿れ」という白居易の句が引かれている。

白楊（ポプラ）

彼女は、緑の光をきらめかせる一振りの長剣。ただ一人平原に立ち、高々と青空を指す。もしかしたら暴風が彼女を根こそぎ抜き去るかもしれない。だが、たとえ死んでも、彼女は誰にも腰を折ろうとしないだろう。

藤

彼はライラックにまとわりつき、上に這い上がっていく、這い上がり、這い上がり……（原文のまま。以下同じ―筆者注）ついに花を木の梢に懸ける。ライラックは藤に巻かれて枯れ、刈られて薪になり燃やされる。藤は地面に倒れ落ちるが、息をぜいぜいいわせながら、別の木を狙って見つめている……

仙人掌（サボテン）

彼女は鮮花によって主人に媚を売ろうとはせず、銃剣を全身にまとっている。主人は彼女を花園から追放し、水も飲ませない。野原で、砂漠で、彼女は生き続け、子供を増やし続けている……

梅

姉妹のなかで、彼女の愛情が来るのが一番遅い。春、花々が媚びた笑顔で蝶を誘おうとするとき、彼女はそっと自分を白雪に嫁がせる。軽佻な蝶たちは彼女に口づけするにふさわしくない。ちょうど別の花々が白雪の愛を受けるにふさわしくないように。姉妹のなかで、彼女が笑うのが一番遅いが、一番美しい。

毒菌

陽の光が届かない川岸に、彼は現れる。昼間は美しい彩りの服を着て、闇夜には暗緑色のリンの火で、人類を誘惑する。だが、三歳の子供でも彼を採りには行かない。というのも、ママがこう言ったからなのだ。あれは毒蛇の吐いた唾液よ……

流沙河はこれらの詩を五六年一〇月に書いた。前述したように、北京の文学講習所での研修を終え帰省する途中、発表のちょうど二ヵ月前のことだった。文学講習所について彼は「それは人材輩出の学習班だった」と書き、「美しい北京は豊かな感情の燃料をくれ、いたるところ詩があるように思った」と回想している。そういう北京を去るときの心情を「鬱々として心楽しまず」というのは単に去りがたい思いのみによるのではあるまい。流沙河は双百の呼びかけに応じて動き出した清新な文学的雰囲気の中で北京生活を送った。彼が帰っていかなければならない成都の四川省文聯は、五一年に彼を批判し、やがてまた「草木篇」批判で露呈するような教条主義が支配していた。そこでは「文学」を政治の道具としか考えない党員が指導者として君臨している。そういう所でこれから文学活動をしていくのである。「身を立てんとする者に言を寄す。柔弱な苗に学ぶこと勿れ」という引用に何を託したのか、流沙河は語っていない。だが「白楊」「仙人掌」「梅」などの詩からは、誰にも頼らず、自分自身の才能を頼りに文学の世界で生きていこうと決意した若者の孤独な決意を感得することができないだろうか。「藤」や「毒菌」には自分のこれからの文学活動を脅かす得体のしれないもの（たぶん「党」や「政治」）への無意識の敵意が秘められているように思う。「草木篇」全編に流れる暗い思念、それは、「解放」を勝ち取った現在や、社会主義の未来を明るく歌うことを使命とした五十年代の現代詩の中では余りに異質であり、いずれにせよ批判される要素をそなえていた。

「草木篇」批判の口火を切ったのは『四川日報』に掲載された、曦波署名の二編の文章（「〝白杨〟抗弁」「〝仙人掌〟の声」）(15)だった。それは本物の白楊（ポプラ）と仙人掌（サボテン）が流沙河の作品に描かれた楊と仙人掌の暗いイメージに抗議するという形で書かれているが、後の批判のように「草木篇」に「個人主義の宣揚」などのレッテルを貼っているわけではない。ただ流沙河の名をあげて「蛇のようにくねくねした身体」などと書いていて普通の文芸批評とは異なる敵意が感じられる。流沙河はそれを「人身攻撃」だと反発している(16)。

「草木篇」に対する批判が形をとるのは一月二四日からである。この日の『四川日報』には『星星』の創刊号の書評とも言うべき文章が二編掲載された(17)。ただこの段階でもまだ河雋、曾克が「草木篇は何を擁護し、何に反対しているかよく分からない。これでは人民教育(という文学の重要な)役割を果たせない」と述べ、黎本初も「誤った作品」と述べているだけで、作品内容への具体的な批判はない。とくに河雋、曾克の文は、「稿約」が社会主義リアリズムの作品を歓迎すると言っていないという点をとらえ、『星星』が双百に乗じて出現した反社会主義の文学潮流だと批判することに重点があった。四川文芸界の党指導者たちの関心は、最初は『星星』の編集方向の是正にあった(18)。「草木篇」や「吻」批判はそのきっかけに過ぎなかったのである。

こうした動きに批判された側が沈黙していたわけではない。一月二四日、日白が「吻」は批判者の言うように花でないことは確かだが、鼠の死骸でもない。大騒ぎするようなものではないと反論(19)、翌週の『四川日報』には「吻」が歌っているのは人民の純朴な感情、愛する者の魂の奥底の声だ、という体泰や、「草木篇」はすばらしい詩だ、という虞遠生らの擁護論が掲載された(20)。石天河と流沙河、儲一天なども批判に対する反論を書き、文聯副主席常蘇民から『四川日報』編集部の伍陵に頼んでもらったがダメだった。伍陵は「春生は大物だから(反論できない)」と言ったという(21)。百家争鳴の原則に従って反論を許すべきだという主張も通らなかった。そこで彼らは反論を自主発行しようとした。それが四川省文聯(主席は作家の沙汀)の指導者の怒りにふれ、石天河、流沙河、儲一天、陳謙など(22)青年作家が「機関大会」の形で「制圧的な批判」にかけられ、石天河は「停職反省」の処分を受けた(23)。『星星』編集部と『四川日報』や文聯を牛耳る四川省党委員会宣伝部との対立は深まっていった。

百家争鳴・百花斉放の中の『星星』批判

こうした批判も、しかし二月の半ばを過ぎるとぴたりと止む。そして、五月以降は逆に党指導部のこういう批判の仕方は「粗暴」だという別の批判が出され、ついに批判の口火を切った李亜群が自己批判するという事態になる。以下『四川日報』に拠りながらその経過を辿っておきたい。

批判派が勢いづくのは二月に入ってからで、この頃は批判の声が擁護を圧倒する。二月五日から一六日まで『四川日報』はほとんど連日のように批判文を発表した(24)。はじめ静観していた四川大学中文系も二月八日「吻」と「草木篇」をテーマにした座談会を開催し、この二作品を批判したと報道された(25)。だがこれは党省委員会の圧力によるもので、後に中文系主任の張黙生は、こういうやり方は(下部の総意に基づかない)「上から下へ」(のおしつけ)で党の文芸方針に反すると批判している(26)。また、同じ二月八日と一二日、四川省文聯文芸理論組が二編の詩について座談会を開いた。同紙は「参会者の発言はいずれもこの詩に対して否定的であり、最近新聞等で発表された批判文の論点に基本的に同意した」と報じた。「草木篇」批判の論点とは何か。報道によれば、それが「個人主義を表現した作品」で「それは作者の誤った思想を反映し、人民や集団との対立の情緒を宣揚している」というものである。これについて文聯党支部書記の李累は、詩が表現しているのは「今日の現実に対する不満と人民大衆への憎悪だ。それは正に作者自身の思想感情を表現している。「草木篇」は毒草だ」と断言した。

しかし報道は、また邱乾昆、暁楓、沈鎮、華剣といった人々が「草木篇」と「吻」を擁護し、これまでの批判に異議を唱えたことも伝えた。例えば沈鎮は「「吻」はエロではない。接吻をするときまで共産主義万歳と叫ばねばならないというのか。「草木篇」はただ何をいいたいか判然しないだけだ。そのことが間違いとは言えない」と述べ、暁楓は「『四川日報』での批判文は教条の枠をあてはめている」などと述べた。この座談会には白航と流沙河も出席し、白航は『星星』は作品が原則的な過ちさえ犯していなければ掲載する、「草木篇」と「吻」は原則的な過ちを犯した作品だろうか、と反問した。同時に「稿約」に「社会主義リアリズム歓迎」の文字のなかったことを謝罪した(27)。だが一六日の席方蜀の批判文(28)を最後に、『四川日報』からはこれに関する報道や文章は姿を消す。

これは二月一七日、毛沢東が周揚、林黙涵や作家協会の指導者と会い、重ねて双百の重要性を表明したこと(29)や、二月二七日に中央で開かれた最高国務会議第十一次拡大会議で四人の文章を批判したことなど、双百方針堅持の強い態度表明と無関係ではないだろう。前にふれたように毛沢東は一月七日『人民日報』に掲載された文章に強い危機感をもっており、こういう考えは誤っていることを一月末に開かれた全国省市自治区書記会議ではっきり述べていた。だがそれはきちんと地方に伝わっていなかった。そこで毛沢東は最高国務会議の席上、再度四人の文章を批判し、それに反対だと述べ、『人民日報』がこの文に対し何ら態度表明をおこなっていないことを厳しく批判したのである(30)。最高国務会議に続いて三月六日には全国宣伝工作会議が開幕したが、毛沢東はこの会議でも同じ批判を繰り返し、双百方針の徹底を説いた。時を同じくして開かれた(三月五日—二〇日)全国政治協商会議第二届第三次全体会議も双百と人民内部の矛盾の処理が主たる議題だった(31)。つまり二月末から三月にかけての時期は党内の教条主義的思考を批判し、双百を推進する毛沢東のゆるぎない方針が全党に伝わっていく時期であった。

だがその一方、毛沢東は三月の段階で「草木篇」を批判している。黎之によれば毛は一二日の講話(「中国共産党全国宣伝工作会議での講話」)で「草木篇」に言及している。黎之はそのときの毛の言葉をこう記録している(32)。

「〝草木篇〟はよくない。四川の諸君、私は君たちがあれを攻撃したのに賛成だ。父が殺されたのを恨んで、日が経ってから君たちに〝草木篇〟をくれたわけだ。配ったかね？（誰かが「いいえ」と答えた）印刷してみんなに読んでもらいなさい。批判は時期の問題、方法の問題だ。今は〝放〟がまだ不十分だ。」

「父が殺されたのを恨んで」（原文「有殺父之仇」）というのは地主だった流沙河の父親が土地革命の際に処刑されたことを指す。毛沢東は「草木篇」はその恨みを述べていると読んだのである。黎之はこれに続けて「〝草木篇〟はその晩印刷して配布された。この講話は当時発表されず、一九六四にまた重大な修正がなされ（中略）当時編集中だった『毛沢東著作選読（甲種本）』に収められた」と書いている。つまり「草木篇」批判には毛沢東はお墨付きを与えていた。にもかかわらず四川で批判が抑制されたのは、批判によって斉放争鳴が萎縮してはまずいという政治判断が優先されたからであろう。

こうして四月以降、全国的に「百家争鳴、百花斉放」の季節が訪れる。四月一〇日『人民日報』が四人の文章を厳しく批判する社説（「継続放手，貫徹〝百花斉放〟〝百家争鳴〟的方針」）を発表、四月二七日、人民内部の矛盾を正しく処理する問題を主題とし、官僚主義、セクト主義、主観主義反対を内容とする党内の整風運動展開の指示が出された。五月四日には「党外人士に整風の援助を請う指示」が出された。それは整風が「わが党に意見を出し、批判してもらうのであって、彼らに自分を批判させるものではない」と規定していた。

四川省にも整風の波は押し寄せる。四川省文聯主席沙汀は五月初めに成都で開かれた座談会で「新聞報道からみると、（批判的な意見でも思いきって言う）放という点では四川はまだ不十分だ。春なお寒しの感がある」と述べ(33)、文芸界指導者としていっそうの「放」の必要を語った。四川での文芸界における動きが活発になるのは五月中旬からで、四川省文化界での党の指導に対する批判が噴出した。それに押されるような形で、五月一四日ついに李亜群が自己批判をする(34)。それは次のようなものだった。「指導的同志、特に私は、思想作風にやはり問題がある。どうか皆さんには大胆に意見を出していただきたい」「四川地区の〝放〟の雰囲気が北京、上海に及ばないのは、多分文芸部門での矛盾の暴露が不十分か、あるいは「草木篇」批判の影響なのかもしれない」「双百方針への理解は単純で一面的だった」「長期にわたって一家独鳴に慣れ、文学領域で敵対的な情緒が表現されると、習慣的に単純な狂風暴雨式のやりかたで批判をしがちだった」「「草木篇」は批判すべき作品だが、問題はそのやり方が粗暴だったことで、それは私に主な責任がある」「今日のスローガンはタブーがないということだ。何を言ってもいい。どれだけ言ってもいい。「草木篇」についても反対意見があれば言っていい」。

李亜群が自己批判した座談会は一四日から一六日まで三日間連続で開かれ、出席者から指導部にさまざまな批判が出された。例えば『成都日報』編集者の暁楓は、四川で放鳴が不十分な原因は、教条主義による文壇支配と粗暴な行政手段で文学創作に干渉している結果だと述べた。彼はまた「草木篇」批判に反対する人間も包囲攻撃を受けていると語った。文聯の工作人員邱原は「草木篇」批判の背後にはセクト主義が隠されていると述べ、自分は「草木篇」批判に同意しないため会議で批判され、日常業務も自由にやらせてもらえないと告発した。その他の発言者たちも「草木篇」批判が文芸界に自由にものを言えない空気をつくりだしている、中央では〝放〟をやっているのに四川は〝収〟(引き締め)だ、などと述べた。一方、省文聯の工作員は、流沙河や邱原が「草木篇」批判が原因で苦しめられていると言っているのは事実に合わないと指摘した(35)。

『文匯報』は「草木篇」批判に大きな関心を寄せており、一六日には記者范琰による流沙河訪問記「流沙河〝草木篇〟を語る」を掲載、流沙河が「草木篇」批判は当然だとしてもそれを「人民に対する挑戦状」だとか「反革命の復活を望んでいる」とかいう批判は納得できない。文聯指導者は行政機関を使って圧制をおこない、当時自分は

「憲法の与えている通信の自由さえ阻害されていた」文聯には民主がない、などと述べたと伝えた(36)。同紙のこうした報道は四川文芸界の党指導者の不満を買い、六月以降の反右派闘争の局面で同紙への非難が浴びせられることになるが、ここではふれない。

以上、見てきたように「吻」「草木篇」への批判は五月に至って始まった整風運動の中で省党委員会宣伝部副部長が自己批判をするという思いがけない展開をみせる。だが李亜群は「吻」「草木篇」批判自体を否定したわけではない。彼の自己批判には、「吻」「草木篇」は悪い詩だから、批判は当然だったという論理が貫かれている。過誤は批判の仕方の粗暴性にあったというわけである。その背景には宣伝工作会議での毛沢東の「草木篇」への批判的言及があったのは疑いを容れない。

その後の四川省文芸界での整風運動は「草木篇」批判を軸として展開される。その基本的論調は「草木篇」は批判されるべきだが、省文聯や宣伝部のような一撃で殺すような粗暴なやり方はすべきではないとし、以って文芸界への党の指導を批判するものであった(37)。特に、張黙生や儲一天らの批判は激しかった。

張黙生（一八九五―一九七九）は山東省生まれ、北京師範大学卒業。復旦大学教授などを経て、四二年四川に入り当時四川大学中文系主任、民主同盟四川省委員会文教委員で、省文聯理論批評組組長でもあった。いわば四川文教界における指導的人物である。彼はまず「新聞紙上で伝えられている流沙河の発言を読んだが、私は彼それに同意し、支持したい。」と述べ、以下、次のように文聯（実際にはその党組織）を批判した。

「流沙河は「草木篇」を書いただけでこんな激しい批判を受けているが、作品は党中央の双百方針のよびかけに応えたものだ。彼の作品に反対なら批判すればいい。だが相手にも反批判を許すべきだし、多くの人に反批判を許すべきだ。ところが文聯党組織は文芸批評を政治問題にし、流沙河を数日間闘争にかけた。これはどういう作風か。

なぜ反批判の文章を書いた者や、彼に同情的な発言をした者まで同じ目にあわせたのか。これは明らかに党中央の文芸政策に違反している。」「「詩に達詁なし」一首の詩に一つの決まった解釈などありえない。一番良いのは作者に注解させることだ。」「『星星』は文聯の刊行物で党宣伝部の大きな支持をえている。なぜ土から出たばかりの幼い芽を無慈悲につぶすのか。（中略）聞けば、『星星』の編集者の石天河も厳しい処分を受けたという。その具体的な原因は私には分からない。しかしこれらの点からみて、百花を斉放させようとしているのか、それとも寸草さえ生じさせないのか?どう解釈しようと、当時の批判状況は主席の双百の文芸方針に合わない。批判は下から上にではなく、上から下にであって、しかも文芸批評の限界を越えている。」「李亜群が自己批判したのは当然だし、必要だった。省文聯理論批評組の諸氏も自己批判すべきだ。」(38)

こうした批判について沙汀が二五日の会議で反論したが、張黙生はそれにも激しく噛み付き「「草木篇」にたいする粗暴な批判が双百方針に合致しているかどうか、沙汀同志はいかなる自己批判もした様子がない。最近文聯が連続して開いた座談会で（中略）私の一言半句を歪曲、曲解しただけだ。これは全省文聯の指導者のあるべき作風ではないと思う。」などと述べた(39)。

儲一天も四川省文聯の教条主義とセクト主義を激しく攻撃したが「教条主義、セクト主義の根っこは省委員会の教条主義、セクト主義にある。」と述べて、矛先を党省委員会宣伝部に向けた。彼はこう述べた。「多くの文章は宣伝部から出てくる。文聯の多くの会議もそうだ。「吻」と「草木篇」への最初の批判もそうだ。私は反論を書いた。文聯の指導者は発表すべきだと言ったが、宣伝部で通さなかった。」「宣伝部文芸処は教条主義とセクト主義が結びついた思想に支配され、党中央の双百方針に逆らい、今も逆らっている。上に逆らい、下を圧制、打撃を与えている。」「文聯の大会で省宣伝部の責任者の一人は「われわれ共産党はほかでもなくセクトだ」と言った。」「宣伝部文芸処長はわれわれの教条主義は多すぎるのではなく、少なすぎるのだ、と言った。この処長は反党だ。彼は中央の精神に逆らい、下の大衆から来る意見に打撃を与えているのだ。」

このほか邱原は文聯党書記李累を名指して攻撃した。これが五月後半の状況である。これより六月初めにかけて四川文芸界の人士が党指導者の傲慢ぶりをさまざまに暴露、批判し、それが詳細に新聞で報道されるという局面が現れる(40)。しかしこれが「右派」を暴露するための党の策略だと批判者たちが知る由はなかった。

四川文芸界反革命小集団の摘発

事態が急変するのは六月八日以後である。もはや詳述する紙幅がないので、駆け足でその後の経過を辿っておく。周知のように六月八日人民日報が社説「これはなぜなのか?」(「這是為什麼?」)を発表、反右派闘争が始まった。同日毛沢東は「力を組織して右派分子の狂気じみた進攻に反撃せよ」(「組織力量反撃右派分子猖狂進攻」)という党内指示を各省自治区の党委員会あてに発した。四川省でも五月以降、文芸界からの批判を甘受していた党指導部の反撃が始まった。一一日まず『四川日報』が「労働者、農民、知識分子」から「草木篇」擁護の人々を批判する手紙が届いていると報道(41)、一三日文聯が文芸工作者座談会を招集、流沙河の文聯批判は事実無根だという李累の反駁を発表した(42)。

この段階から批判の的が流沙河と「草木篇」から、彼やその作品を擁護したり、文聯指導部の文芸界への指導のやり方を批判した人々に広がっていくが、最初に標的にされたのが張默生であった(43)。彼に対する批判は直接には「草木篇」を擁護し「詩に達詁なし」を唱えたということにあった。が、実際には上にみたような省文聯批判となどで党側の不興を買っており、その報復とみられないこともない。

次に標的になったのは『星星』編集部で実際の編集業務を担当していた石天河だった。すでに述べたように石天河には国民党の党機関で訓練を受けたという過去があり、それが遠因となって文聯の党指導部からは疑惑の目でみられていた。その石天河が張黙生を訪ねて流沙河の支持を訴えたという(44)。同じ時期、流沙河の父の出身地金堂県繍水郷の農民から、流沙河の父親の極悪地主ぶりと地主の若旦那・流沙河の無頼をあばく手紙が『四川日報』に掲載された(45)。国民党、地主、民主同盟―新聞は、これが反人民の個人主義思想の詩とその作者をめぐる人々の共通項である、と暗示していた。その一方、「草木篇」をめぐる文聯指導部の「粗暴な批判」の実体は存在しない。「政治的迫害」や「人身攻撃」などは流沙河の誇張であり、『文匯報』記者の范琰が意図的に事実をゆがめて伝えた、と報道していた(46)。正しい党とそれを批判・攻撃する国民党、地主、民主同盟の知識人グループの対立、という構図が次第に鮮明になりつつあった。

七月一日『人民日報』社説「『文匯報』のブルジョア階級の方向は批判すべきである」が発表され、『文匯報』編集部が自己批判を行い、同時に范琰の五月一六日の記事は「事実と真相をねじまげ、ブルジョア階級の立場に立って反社会主義の言論のために宣伝するという極度に誤った報道だった」「われわれは四川文芸界の批判を誠実に受け入れる」という「按語」を付した流沙河批判を発表する(47)に及んで、四川文聯は免罪され、この構図が確定する。付け加えれば、四川省文聯はこの後も『文匯報』を批判、『四川日報』も范琰が四川文芸界における党の指導を批判するため暗躍したことを印象付ける記事を掲載、『文匯報』もこれまでの「過ち」を補うかのように、四川文聯の意向に沿う記事を掲載し続けた(48)。

六月三〇日、省文聯が座談会を開き、蕭然、陳之光、陳欣といった人々が、流沙河、石天河、儲一天らが結託して党に進攻したと摘発(49)、七月五日にも摘発記事が掲載された(50)。これらの記事の中で批判者たちは流沙河、石天河、儲一天、暁楓、張黙生らが以前から密接に往来し、ひそかに党を批判罵倒していた、と暴露していた。

七月六日流沙河は正式に右派と宣告された。一三日、やはり「草木篇」を擁護していた暁楓が批判された(51)。また二〇日、流沙河が「石天河がひそかに反党活動を行っていたと」告白したと報道された(52)。二四日流沙河が石天河らから来た私信を『文匯報』記者に渡した。同紙は石天河の政権転覆（原文「変天」）の陰謀が暴露されたと伝え、その私信八通を掲載した(53)。私信を公表して反革命の証拠とするのは、二年前の胡風批判で「胡風反党集団」を「摘発」するために採られたやり方と同じだった。

八月に入り、文芸界の右派が『星星』の政治的方向を変え、党に進攻しようと企んでいたと伝えられ、『星星』の「主編」（実は編集主任）の白航が実は党内の右派分子だった、として編集部を追われた(54)。『星星』編集部を核とする反党右派グループの存在がほのめかされ、『星星』創刊時の編集メンバーはすべて追放された。

こうして浮かび上がってきたのは次のような構図であった。石天河は国民党の特務、流沙河は地主の父を土地改革で殺された右派、ともに党に恨みをもつ。この二人が中心になり、文聯内部の右派分子儲一天、邱原、『成都日報』記者暁楓ら、党の指導に不満をもつ者たちをかきあつめ、反党集団（四川文芸界反革命小集団）を結成した。そのバックには民主同盟の張黙生、ブルジョア新聞『文匯報』記者范琰らがいて指示、画策した。彼らは党内の右派白航らとともに、党の文芸誌『星星』の指導を簒奪し、その政治的方向をねじまげ、『星星』を彼らの反党、反社会主義の陣地にしようとした。この構図に基づいて、八月三一日、常蘇民が『星星』事件の総括を行った。この中で石天河、流沙河ら「反共、反人民、反社会主義右派集団」は、一、共産党を諷刺・批判し、現実に不満な詩を多く掲載する、二、政治任務に協力せず、退廃、失望、灰色、哀怨の情詩を多く掲載する、三、「編集責任制」を唱え、党の指導に反対し、「新生の力量も育成」に名を借りて党への不満分子をかき集め、彼らの原稿を掲載し、『星星』を右派の独立王国にしようとした、と断罪された(55)。事件はこうして幕が下ろされたが、それはまた四川省反右派闘争の勝利の宣言でもあった(56)。

以上が「草木篇」批判の経過であるが、その流れをまとめると以下のようになろうか。

「草木篇」批判の出発点は「草木篇」そのものにはなかった。それは四川省文芸界指導部の『星星』への不満から始まったのである。双百方針のもとで出現した五六年以後の全国文芸界の「雪解け」状況は、広く教条主義的指導に慣れた党官僚の反発をかっていた。彼らはそれを自らが指導してきた建国後の文芸方針の否定ととらえ反発したのだった。四川においても状況は同じだった。『星星』編集部の人員配置は文聯党支部が決めたものだったが、『星星』が出版されてみると、それは上級の党指導部（四川省党委員会宣伝部）が期待したものと大きくへだたっていた。『星星』は「稿約」の「歓迎する」作品の中から「社会主義リアリズム」を排除し、「吻」のような「情詩」や、「草木篇」のように暗い情緒に満ちた作品を発表していた。これは指導部を強く刺激したであろう。『星星』への党の指導を強め、その編集に自分たちの意向を反映させることが必要だと指導部は判断した。それが批判の最初の目的だったと思われる。

はじめ『星星』編集部が対立した相手は、省委員会宣伝部の李亜群を頂点とし、その指導を受ける文聯党支部の党員グループ（李累、陳之光、黎本初、李友欣ら）である。その対立は「吻」や「草木篇」など文学作品の評価をめぐる論争という形で現れた。だが批判する側は四川文芸界の自由主義的（ブルジョア的）傾向を批判し、『星星』への関与を強めたいという政治的狙いをもっていたのであり、これを文学論争として展開する気は最初からなかった。その背景には党員たちの地主、特務、民主同盟といった、非党的なものへの得体の知れない反発、反感もあったことが想像される。また、「草木篇」を、この当時話題になっていた現実（党）の暗黒面を暴く文学（現実関与の文学）の流れに位置づけて理解した可能性もある(57)。石天河らはこれを「草木篇」評価という文学上の論争として展開しようと考えていた。やがて争鳴の過程で、もともと鬱積していた党員幹部に対する不満、反発（文芸の独自性への理解の欠如、文芸界への教条主義的な指導など）が噴出、それが「草木篇」擁護とからめて展開されることになった。そういう党員幹部への不満、反発は広く『星星』編集部以外の人々の共感をよび、彼らは「草木篇」擁護派という形で出現することになった。こうして四川の放鳴―整風運動は「草木篇」の評価をめぐる論争という形をとりながら、実際には党の指導を批判する運動として展開されることとなった、というのが私の意見である。これを要するに、「草木篇」批判は単なる文芸批判でも政治批判でもない、理論的と感情的とのいくつもの要素がないまぜになり、双百の提唱から放鳴、整風へという流れの中で、擁護者たちが文芸界反革命小集団を形成したとして摘発されるに至った冤罪事件であった。

おわりに

「草木篇」批判で反革命集団の成員とされた者は二四名。中心メンバーとされた石天河、流沙河、储一天、邱原、暁楓、陳謙、万家駿は流沙河を除いて逮捕、懲役刑が科せられた。储一天が無期、その他はいずれも懲役一五年（邱原は不明）、他の者も右派として労働改造キャンプに送られるという厳しさだった。ほかに同情的な発言をして批判、闘争にかけられた者（その多くも右派とされたであろう）はほぼ千名を数えた(58)。

だが主役だった流沙河は右派にはされたが、逮捕、入獄、労働改造もとなく、文聯内部で監視労働に従事という軽い処分ですんでいる。反革命集団を摘発したことが理由であろう。名誉回復されたのは七九年七月六日、二二年間を右派として過ごしたことになる。その後、彼は『星星』編集部に復帰し、詩人として活躍することになる。だが私は、復活以後の流沙河を評価しない。仲間を裏切ったという人間性、道徳性の面で言うのではない。そういう点で言えば、反右派闘争から文革へという激動の中で、何一つ過ちを犯さなかった文学者など稀有であろう。そうではなく、彼がその事実を明らかにしないまま、政治の被害者として詩壇に復活し、その後も自分の閲歴を文学の糧としていないことについて言うのである。実は石天河たちを「摘発」したとき、流沙河は本物の「詩人」になるチャンスをつかんだのだ。彼はその体験を糧とし、己れの加害者性（人間としての退廃、ぶざまさ）を逆手にとった作品を書く、つまり自己内部の暗黒を摘抉することで反右派闘争の不条理、党権力の暗黒を告発する作品を書くという道を歩むことができた。だが、流沙河はそうしなかった。もちろん安全地帯にいる異国の人間にそれを批判する資格はない。しかし、新時期文学のいくつかには、例えば張弦『記憶』（『人民文学』一九七九年第三期）のように、自分の右派体験を糧に権力のもつ加害者性と暗黒を衝くという課題に迫ろうとしたものもあったのである(59)。

流沙河の経たような人間性にとっての過酷な体験が中国現代文学の創造に生かされないのはなぜだろうか。自己内部の暗黒を摘抉することを文学の主題とするという方法意識が、『文芸講話』以後排除されたからだろうか。あるいは文学とは関わりのない中国人の民族意識（たとえば面子）がそうさせているのだろうか。文革と同様、反右派闘争もまだその細部にわたる事実の究明が遅れている（政治的に究明がためらわれている）歴史事件である。「草木篇」批判は、その一齣を構成する出来事にすぎないが、上のような問いをつきつけてくる点で、やはり文学研究の主題たりうるのである。

註

（1）「流沙河自伝」『流沙河詩集』上海文芸出版社、一九八二年一二月刊所収。以下本論で流沙河本人の伝記に関わる部分は特別の注記のない限りこの自伝による。

（2）ただし当時文聯副主席だった常蘇民によれば、この派遣には四川省文聯の党支部ではかなり異論があったという。（註54）

（3）萩野脩二「中央文学研究所について」『中国〝新時期文学〟論考―思想解放の作家群』一七九―一八二頁、関西大学出版部、一九九六年九月。

（4）邢小群「徐剛訪談―从文学研究所到文学講習所」『丁玲与文学研究所的興衰』一〇三―一三七頁、山東画報出版社、二〇〇三年一月。

（5）邱原（または丘原）、当時四川省文聯幹部。文革期に獄中で自殺した。「幹部」は国家機関で働く職員。指導的地位の職員とは限らない。

（6）白航「我們的名字是〝星星〟」（『星星』〇六年七月号）によれば「中国詩歌の伝統的精神が人民の心中で大いに発揚される」ようという意味がこめられていた。

（7）白航、同上。白峡については白航が書いた追悼文「白鶴飛走了」（『星星』〇五年二月号）が知りえた僅かな記録である。

（8）以上は石天河「回首何堪説逝川―从反胡風到《星星》詩禍」『新文学史料』二〇〇二年第四期、四一―五四頁。この文章は従来流沙河の証言を通してのみ語られてきた『星星』事件について、彼の発言によって右派にされた別の当事者の証言という点で貴重な資料を含んでいる。

（9）洪子誠『(百年中国文学総系）一九五六：百花時代』山東教育出版社、一九九八年五月、第四章「《人民文学》和《文芸報》」一二三頁。

（10）「我們対目前文芸工作的幾点意見」『人民日報』一月七日。この文章は双百方針に真っ向から反対するものであったため、毛沢東の危機感は強く、即日「請将此文印発政治局、書記処及月中到会各同志」という指示をだしている（『建国以来毛沢東文稿（一九五六年一月―一九五七年十二月）』第六冊、二九四頁、中央文献出版社、一九九二年一月）。この間の事情については黎之（李曙光）『文壇風雲録』河南人民出版社、一九九八年一二月（特に四一―一二三頁）や、それをふまえた丸山昇『文化大革命に到る道―思想政策と知識人群像』岩波書店、二〇〇一年一月（特にその第一〇、第一一章）が参考になった。

(11) 春生「百花斉放与死鼠乱抛」『四川日報』一月一四日。以下『四川日報』からの引用は(一月一四日)のように日付のみを( )で示す。

(12) 『成都日報』は未見。この翻訳は春生の前掲批判文に引かれているものによる。流沙河(註16)によればこの記事を書いた記者は暁楓、話したのは流沙河だったという。

(13) 石天河(註8)五四頁。なお李亜群は抗日戦争中、桂林の党責任者として胡風と接触があり(胡風「(胡風回想録)恵陽—桂林」『新文学史料』一九八八年第三期、五九頁)、胡風批判の際「胡風反党集団に関する第二の材料」中の胡風の路翎宛手紙には、発表時に削除されたが李亜群の名が出てくる(李輝著、千野拓政、平井博訳『囚われた文学者たち(上)』一〇六、一〇八頁、岩波書店、一九九六年一一月)。

(14) 黎之(註10)「从〝知識分子会議〟到〝宣伝工作会議〟」七一頁。

(15) 曦波「〝白楊〟的抗辯」「〝仙人掌〟的声音」(一月一七日)。曦波は文聯の党員幹部李友欣の筆名。彼は八〇年六月作家協会四川分会の副主席に選ばれている。

(16) 五月十六日の省文聯座談会における流沙河の発言。「省文聯邀請部分文芸工作者継続座談 囲繞〝草木篇〟問題発表意見」(五月一七日)

(17) 河雋、曾克「読了〝星星〟創刊号」黎本初「我看了〝星星〟」(いずれも一月二四日)

(18) 沙汀は「昨年下半期に四川省の創作界の思想状況について何度も文芸界の党内指導者たちと話し合ったが、彼らは労農兵の方向や社会主義リアリズムから離れた言論に大変憤慨していた」と述べている。「現在還放得不够,要継続的放—作家沙汀談〝百花斉放〟」(五月二日)

(19) 日白「不是〝死鼠〟、是一塊磚頭」(一月二四日)

(20) 体泰「霊魂深処的声音」、虞遠生「駁〝抗辯〟」(いずれも一月三〇日)

(21) 流沙河(註16)

(22) 儲一天、陳謙はともに四川文聯発行の文芸誌『草地』編集者。

(23) 石天河(註8)五四頁。白航(註5)は『星星』が二期出てから、石天河はいくつかの問題の見解で文聯指導者と矛盾が生まれ、出勤しなくなった」と書いている。

(24) 以下、「四川日報」に掲載された批判文の題目だけを記す。余筱野「為什麼〝吻〟是一首壊詩?」、叶文「〝草木篇〟是一

顆毒菌」（以上、二月五日）、王孚洪「〝草木篇〟読后」、袁珂「〝愛情〟和〝立身〟」（以上六日）、山莓「也談〝草木篇〟和〝吻〟」、何小「〝草木篇〟抒発了個人主義之情」（以上九日）、余音「不是死鼠，是過街老鼠」（一一日）、田原「矛頭是指向人民内部的欠点，還是指向人民？——駁〝駁、抗辯，〟」（一二日）など。

(25)「四川大学中文系教師座談〝吻〟和〝草木篇〟」（二月九日）

(26) 五月二〇日の省文聯座談会での張黙生の発言。「省文聯邀請部分文芸工作者継続座談　対教条主義和宗派主義進行尖鋭批評」五月二一日。

(27)「成都文学界座談〝草木篇〟和〝吻〟」（二月一四日）

(28) 席方蜀「〝小題大作〟及其它」（二月一六日）

(29) 黎之、（註10）「从〝知識分子会議〟到〝宣伝工作会議〟」七二頁。

(30) その経緯については黎之（李曙光）や丸山昇（いずれも註10）に詳しい。

(31) 朱正『一九五七年的夏季：从百家争鳴到両家争鳴』河南人民出版社、一九九八年五月、「二、不平常的春天」四三頁による。以下、双百の展開から反右派闘争の経緯に関する資料と記述は特に断らない限り本書による。

(32) 黎之（註10）八六頁。毛のこの発言は公表されたテキスト（例えば『毛沢東選集』第五巻）では削除されている。

(33) 沙汀（註17）。

(34)「四川地区〝放〟和〝鳴〟有何障碍　省文聯邀請部分文芸工作者座談」（五月一五日）

(35)「四川文聯連続座談三天　探討放鳴不够原因　李亜群承認対〝草木篇〟批評方式粗暴」（『文匯報』五月二〇日）

(36) 本報記者范琰「流沙河談〝草木篇〟」（五月一六日）

(37) 批判報道のいくつかを挙げる。「省文聯邀請部分文芸工作者継続座談　対教条主義和宗派主義進行尖鋭批評」（五月二一日）「省文聯邀請部分文芸工作者継続座談　討論有関対〝草木篇〟的批評等問題」（二二日）、「省文聯挙行作家、詩人、批評家座談会対〝草木篇〟問題的討論逐漸深入」（二六日）、『文匯報』「四川文芸界再談〝草木篇〟参加討論的人一致認為這是一首壊詩　但過去批評方式太粗暴不能使人心服」（二八日）

(38) 五月二一日の記事による。儲一天、邱原らの発言も同日の記事。沙汀の発言は五月二六日の記事による。いずれも註34を参照。

(39) 張黙生「我対沙汀同志的抗辯」（五月三〇日）

(40) 例えば「省文聯邀請作家、教授、文芸批評家継続座談 就党対文芸工作的領導等問題提出意見」（六月四日）など。
(41) 「工人、農民、知識分子来信参加争鳴対張黙生等人的発言提出不同意見」（六月一一日）
(42) 「対流沙河進行所謂〝政治陥害〟是不是事実？ 省文聯昨日召開座談会弄清真相判明是非」（六月一四日）、「四川省文聯挙行座談会 辯明批評〝草木篇〟的是非問題 李累認為流沙河関于侵犯人身自由等説法不符事実」（『文匯報』六月一五日）
(43) 張黙生批判は二四日の新聞（「川大中文系部分教師在座談会上指出 川大民盟組織在反右派斗争中徘徊不定、顔実甫教授対張黙生提出批評」、趙錫驊「評〝詩無達詁〟之説」）から始まった。以後二八日、二九日、七月一日、八日と批判報道が掲載されていく。
(44) 「川大教師批判張黙生右派言行 并掲露石天何曾找過張黙生支持流沙河」（六月二九日）
(45) 金堂県繍水郷農業社社員来信「流沙河為什麼仇恨新社会？」（六月二八日）
(46) 対流沙河進行所謂〝政治陥害〟是不是事実？ 省文聯昨日召開座談会弄清真相判明是非」（六月十四日）、「四川省文聯挙行座談会 辯明批評〝草木篇〟的是非問題 李累認為流沙河関於侵犯人身自由等説法不符事実」（『文匯報』六月一五日）など。
(47) 本報編輯部「我們的初歩検査（下）」「流沙河反動面貌完全暴露」（『文匯報』七月三日）
(48) 「作家李劼人和沙汀在人大発言 掲露有関流沙河問題真相 批判本報為記者范琰開脱」（『文匯報』七月九日）、「黄克維、楊新徳等掲発文匯 報記者范琰在四川放火」（七月一三日）、など報道は八月初めまで続く。
(49) 「文芸工作者在省文聯座談会上掲発右派分子的反動言行 流沙河敵視新社会的面目露出原形 与会者対石天河、儲一天等人的一些反動言行也作了掲発和批判」（六月三〇日）
(50) 「楊樹青掲発流沙河、石天河、儲一天等的反動言論」「林如稷説，有人抓住対〝草木篇〟批評有些粗暴這点，向党殺冷槍，企図整个否定這次批評」（七月五日）
(51) 「成都市工人農民機関干部及新聞文芸界人士挙行大会 声討右派分子暁楓的反動言行」（七月一三日）暁楓は本名黄沢栄、『成都日報』文芸組記者。五六年一〇月『草地』に指導部の官僚主義を批判する小説「新民主主義青年団省委員会への手紙」（「給団省委的一封信」）を発表し、また「党への報告」（「向党反映」）（未発表）など党批判の小説を書いた。「新民主主義青年団」は「共産主義青年団」の前身。
(52) 「省市文芸界人士集会声討右派分子 掲発石天河用明槍暗箭向党猖狂進攻的罪行 石天河曾経受過特務訓練，流沙河交代問

題有很大保留，白航的態度曖昧」（七月二〇日）

(53)「流沙河開始交出反動信件　石天河妄図変天陰謀敗露」、「石天河、徐航進行反動活動的証拠　流沙河交出的八封反動書信的内容摘要」（『文匯報』七月二四日）。公表された手紙は石天河の流沙河、白峡宛、徐航（成都第二師範学院学生）の流沙河宛。それぞれに「編者按」を付す。

(54)「省文聯機関工作人員向右派分子追撃　掲露流沙河石天河狼狽為奸的黒幕　文芸界右派……簒改〝星星〟詩刊的政治方向，率領着黒幇……処心積慮地向党進攻」（八月三日）、「省文聯掲発党内右派分子白航　他在石天河流沙河反共小集団中充当坐探」（八月八日）

(55)常蘇民の四川省第一届人大会第五次会議上での発言摘要「石天河、流沙河、白航等右派分子把持〝星星〟的罪悪活動」（八月二一日）

(56)「省第一届人大会第五次会議開幕　李大章省長作了関于四川省人民委員会工作報告　報告中肯定了本省各項工作的成就，対右派分子給予了厳正的駁斥」（八月二二日）

(57)洪子誠は「草木篇」を「生活関与の主張を体現した作品」に位置づけている。『当代中国文学的芸術問題』「〝関与生活〟：有争議的創作口号」一〇一頁、北京大学出版社、一九八六年八月

(58)石天河（註8）五三―五四頁。

(59)この問題は、拙稿「張弦の短編小説『記憶』について」『樋口進先生古希記念中国文学論集』三三五―三五三頁、中国書店、一九九〇年四月、「張弦『記憶』を読む」九州大学『文学論輯』三七号、一七五―一九八頁、一九九二年三月、などに書いた。

＊小稿の資料のうち『四川日報』及び『文匯報』の記事はスタンフォード大学フーバー研究所図書館所蔵のマイクロフィルム版を用いた。『星星』資料は重慶師範大学文学与新聞学院劉静教授及び研究院生の呉双さんの協力を得た。

中国同性愛小説の作家とその周辺

白水紀子

一　中国における同性愛――その歴史と現状

同性愛(1)は、かつては宗教の問題（神への冒涜、罪）として、社会的犯罪として、そして医療の問題（病気）として受け止められてきた長い歴史をもつが、近年ではようやく人権の問題（いわれなき差別）として捉えられるようになってきた。一九七三年、アメリカ精神医学会は精神疾患のリストから同性愛を削除し、一九九二年にはWHOの「国際疾病分類」から同性愛が削除された。日本では一九九五年、日本精神神経学会が同性愛を「性的逸脱」とはみなさない見解を表明、中国では二〇〇一年に「中国精神障碍与診断標準」を大幅に訂正し（第三版）、同性愛を「性変態」と規定していた部分が削除され、「同性愛は必ずしも心理的な異常ではない。同性愛の性行為により心理的な矛盾が引き起こされ、日常生活に支障をきたした場合だけが精神障害と見なされる」との記述が追加された(2)。

そもそも「Homosexual」同性愛という言葉は、今からわずか一〇〇年あまり前の一八九六年にハンガリーの医師ベンケルトによって命名されたと言われており、近代になって「発見」されたものである。アメリカの英文学者セジウィックは(3)、欧米の近代社会の特色を男同士の強い絆によって形成される社会（ホモソーシャル）と同性愛嫌悪（ホモフォビア）で説明しているが、近代になってとりわけ同性愛に対する抑圧が強まったのは、同性愛が「男らしさ」や近代国家の基盤となる近代家族主義を脅かすものとして忌避されたからであろう。

一方、中国では同性愛に対する規制はそれまで歴史的にほとんど存在せず(4)、文学作品の中で同性愛の行為を描写した作品は数えきれないほどある。それは日本などアジア諸国が広く共有する性文化でもあり、同性愛はおおらかで曖昧なまま受け入れられていたといえる。ところが、欧米に倣った近代化の波はアジアの性文化にも影響を与え、近代日本や中国で同性愛は「変態」として特別視されるようになる。たとえば日本では、菅野聡美『〈変態〉の時代』（講談社　二〇〇五）によれば、アブノーマルの訳語としての「変態」という言葉は大正時代に流行し、初めは変態社会学など異常という意味で広く使われていたが、昭和はじめ頃にはそれが性欲に限定（変態性欲に特化）して使われるようになった、という興味深い指摘がある。この背景には同性愛を性的変態と位置づける欧米の性科学の流行（エビング『変態性慾心理』一九一三年邦訳、ハヴェリック・エリス『性心理の研究』一九一四年邦訳）、より大きな背景としては「近代家族」の理念と優生学が日本社会に広く受け入れられ、それが強烈な同性愛排除に繋がって行ったためと推測される。一方、中国で近代化がはじまった清末から民国時期において同性愛がどのように受け止められてきたのか詳しい研究はまだなされていないが、民国時期の優生学の流行(5)や近代家族への関心(6)などから推測すれば日本と類似した状況にあったのではないかと思われる。中国語「同性愛」が確認されるのは一九二五年に『性教育与学校課程』（商務版）に掲載された「同性愛与性教育」という文章が最初で、当時の日本の刊行物で使われていた訳語が中国に入ってきたと言われ(7)、その後徐々に「同性恋」のほうがよく使われるようになっていったが、いずれにしても中国でも同性愛という概念が受容され「変態」とみなされるようになるのは近代以降のことである。ただし、今日の中国に根強く残っている同性愛に対する強い差別と偏見は、一九四九年の建国後に徹底された禁欲的な性教育と文革時期の暴力的な性抑圧によることが大きい。文革当時は未婚の男女の合意に基づく性行為さえも男性側に強姦罪を適用するなど厳しい状況下にあり、まして曖昧な同性愛者は「流氓（ごろつきやチンピラ）罪」の類推解釈により犯罪者扱いされていた。この類推解釈が取り消されるには一九九七年の刑法改正まで待たねばならず、同性愛が法的取り締まりの対象からはずされてまだわずか一〇年しか経っていない。よって中国社会において同性愛者への差別意識がなくなるにはまだ一定の時間が必要と思われる。

ところで、同性愛者はいつの時代にも、どの地域にも存在し、その数は少なく見積っても、およそ三～四パーセントとみるのが妥当だといわれている。この割合でいくと、人口一三億の中国では四～五千万人の同性愛者がいることになる。また同性愛者が生まれる原因については、先天説と後天説があるが、その原因追求は、異性愛者が生まれてくる原因をさぐるのと同じ程度にあまり意味をなさない。なぜなら、たとえばよく事例として挙げられる幼児期の不幸な性的体験にしても、このような体験が必ずしも本人のセクシャリティを同性愛へ導くとは言えず、家庭環境についても、一〇〇の家族があれば一〇〇の家族の形があるように、異性愛者であろうと同性愛者であろうとその環境は多様で複雑であり、生活環境からセクシャリティの形成要因を突き詰めること自体がそう簡単ではないからだ。しかしながら、中国では今日、後天説が強く意識されているようで、わが子を同性愛者にしないための家庭教育のあり方などがまじめに語られるほど同性愛者への偏見は根強いものがある(8)。

同性愛をいち早く取材したテレビ番組は上海東方テレビ局の「蔚蘭夜話」という性教育番組（一九九三・一～九四・七）だと言われているが、その後二〇〇〇年に入ると番組数が増え中央テレビ局の「央視論壇・同性恋：回避不如正視」二〇〇四・一二、「新聞会客庁・我了解的中国男同性恋」二〇〇五・三、「新聞調査・以生命的名義」二〇〇五・八をはじめ、他に地方局でも同性愛研究者やカミングアウトしている著名人を招いて特別番組を組むようになってきた。だが、近年はやはり何と言ってもインターネットがメジャーな媒体となり、当事者や支援者によるサイトが多数誕生している。同性愛関係のサイトは、愛白網(9)など三〇〇以上はあると言われ、さらにそこを母体に様々な活動がおこなわれており、同性愛者を取り巻く環境は、その情報面では飛躍的に改善されたと言ってよい。しかしながら、同性愛研究者で活動家でもある張北川が一九九八年および九九年に実施した調査によると、対象の同性愛者の六～七割が孤独・抑圧を感じており、自殺願望は三〇～三五％、実際に自殺行為を体験した者が九～一三％あったと報告されている。また、中国では他国にくらべて同性愛者の既婚率が高く一九九八年から二〇〇二年にかけての大型調査によれば同性愛者の七～八割が既婚者であり、周囲の圧力に屈したかたちでのこうした婚姻形態もまた大きな精神的な負担となっている。中国で最も早く同性愛の研究に取り組み『同性恋亜文化』（一九九八）をはじめ多数の著書がある社会学者李銀河は、今日の中国において同性愛者が平等の権利を獲得する上での障害として、一つは子孫を絶やすことに対する危惧、つまり家庭重視の社会規範の影響、二つ目は結婚という既成の制度から逸脱した、生殖を目的としない性を汚く下種なものとして軽蔑する態度、三つ目はいまだに同性愛関連の文化活動を様々な理由をつけて取り締まる政治面での民主化の遅れ、を挙げている(10)。

以上のような同性愛をとりまく環境のなかで、同性愛文学の出版に関しては最近ようやく障害はなくなり、むしろここ数年は「商品価値」ありとみた出版業界の思惑もあって盛んになりつつある印象をうける。しかしながら、数年前までは文学の分野でも以下のような目に見えない規制がかかっていたことは確認しておくべきだろう。

九〇年代、台湾で同性愛文学が一大ブームを迎えていたのとは対照的に、大陸ではまだ出版さえ難しい状況におかれていた。そのため、まずは香港で出版が始まり、周華山編集の小説集『他他她她的故事』（華生書店　一九九七）(11)に大陸の作家崔子恩、童戈、林白、石燕等の作品が収録されたのが最初である。またネット小説で評判になった「北京故事」は国内では出版できず二〇〇一年に台湾でタイトルを『藍宇』に変更して出版され（原作者の署名は北京同志、アメリカ在住の中国人女性）、同年に関錦鵬監督により映画化された。俳優はすべて大陸、監督と脚本は香港、制作スタッフは香港と大陸という顔ぶれで、同性愛映画としては最高の予算を使ったといわれている。北京同志はその後、同じくネット小説「輝子」を書いたあとペンネームを筱禾に変え、引き続き台湾の先端出版社から『青山之恋』（二〇〇二）『抗拒的誘惑』（二〇〇三）を出版している。また、ノンフィクションの方剛『同性恋在中国』（吉林人民出版社　一九九五）は、内容に不適切な部分があるとして著者と出版社が一九九九年に起訴されるという事件がおきている。この時はすでに同性愛は犯罪とはみなされなくなっていたが（一九九七年刑法改正）、「中国精神障碍与診断標準」が訂正される（二〇〇一年）よりも前という微妙な時期にあたり、第一審では同性愛が性的変態だとされ、それゆえ不適切な描写があると認定されている。しかしこの判決文が同性愛者たちの反発に遇い、第二審判決では同性愛は道徳問題でも疾病でもないことが確認された(12)。これは中国の法律上で同性愛に関する画期的な解釈として注目されるが、やはり九〇年代の中国の出版界は同性愛文学に対してまだ不安定な時期にあったと言え、大陸での出版が本格化するのは二〇〇〇年以降のことである。

ところで、同性愛を題材にした小説を書く作家が必ずしも同性愛者ではなく、また同性愛作家の作品がすべて同性愛小説でもない。ために、本稿では作家本人のセクシャリティは問わず（実際にはその多くが同性愛者やトランス・ジェンダーであるが）、同性愛を題材にした小説を書いている作家の動きに重点をおき、タイトルも「中国同性愛小説の作家とその周辺」とした。以下、さっそく最近の中国における同性愛小説およびその作家の紹介に入りたいが、紙幅の都合上、筆者が最も注目している作家の童戈、崔子恩そして王小波について主に記すことにしたい。

二　童戈——「新しい人文主義同性愛文化の形成」

童戈は現在、北京紀安徳（ジェンダー）健康教育研究所の主席顧問をつとめ、『中国人的男男性行為——性与自我認同状態調査』（北京紀安徳咨詢中心出版　二〇〇六）をフォード基金の助成を得てつい最近出版したばかりの、同性愛研究者として著名な人物である。近年ではエイズ問題に関する発言が多いが、作家としても男性同性愛を正面からテーマにした作品を書いており、代表作「追逐斜陽」（一九九六）が高い評価を受けて前述の周華山編『他他她她的故事』に収録されたほか、同じく短編小説「戦地」（一九九七）も比較的よく知られている(13)。二〇〇〇年に同性愛研究者として参加した学会「愛滋病予防与控制」で自らが同性愛者であることをカミングアウトしている。

彼が同性愛の問題を権利意識と結びつけて考えるようになったのは、彼自身が一九九三年に同性愛行為が発覚して窃盗犯と同じ拘置所に収容されるという体験をしてからである。当時すでに雑誌の主編をつとめ結婚をしていた彼は同性愛行為を犯罪とみなす社会に強い怒りを感じ、青島大学医学院の張北川がたちあげたホットライン「朋友通信」のプロジェクト（二〇〇二年にNPO組織「青島陽光同志工作組」へと発展）に参加する中で権利意識を深めていく(14)。この逮捕時の屈辱感や怒り、そして男同士の性愛のありかたについての思索は「追逐斜陽」「戦地」に色濃く投影されることになった。

「追逐斜陽」のあらすじは以下の通りである。

一流大学出の優秀な医師の林政は実習生との同性愛行為が発覚して地方の小さな病院に配置転換される。そして二〇数年後のある日、高校時代の親友の天頡によく似た秦陽という若者に出会い、それまで心の奥深くに封印していた同性への欲望がふたたび沸き起こってくる。しかしすでに五〇代半ばを過ぎていた林政は同性愛行為によって処罰を受けた天頡や実習生そして自分の不幸な一生を思いやり、秦陽とは義理の親子の関係を結ぶことで自らの同性への性愛感情に区切りをつけるという話である。物語の中でとくに印象深いのは、林政が高校時代を回顧する部分で、成績抜群だった天頡は父親の出身が悪かったために大学に進学できず公衆浴場の従業員になり、後にそこでの同性愛行為が発覚して僻地に送られ消息不明になってしまうのだが、護送されて行く前に彼が林政のためにまだ袖を通していない新しい洋服と林政への変わらぬ愛を綴った日記を残していく話や、その前年の一九六〇年の飢饉の時、すでに大学生になっていた林政が一時帰省した際、やせ細った林政に食料を分け与えながらもわざと自分のイメージを壊すような言動をして林政から遠ざかろうとする天頡の悲しい思いやりが描かれる場面など、男同士の愛の深さと純粋さが細やかに表現されている。

また、ネット上に発表された「戦地」（のち短編集『好男羅格』所収）は、一九八四年の中越戦争勃発直前に前線警備に送られた男性同性愛カップルの話である。主人公の肖の上司にあたる趙来子は肖より三歳年上で、同性愛の世界に肖を引き込んだことを悔いて肖から遠ざかろうとするが、二人の関係が発覚して中越前線に送られることになった趙に肖は自ら志願して同行し、復員後には戦争で両足を失った趙とともに生きていく決意をするという話である。先の「追逐斜陽」と同じく男同士の深い結びつきを描いたものである。

このように童戈の小説には同性愛を犯罪扱いする中国社会への抗議と男同士の間に成立する愛情の美しさが描かれているが、一方、彼の評論文ではむしろ中国の同性愛社会に対する内部批判が中心になっている。その中で彼が繰り返し主張している「新しい中国の人文主義同性愛文化の形成」(15)とは、簡単にまとめると次のような内容である。

まず中国の同性愛コミュニティの現状に童戈は批判的で、異性愛社会の性倫理観におもねる傾向がある点を問題視している。「社会が同性愛者に寛容になって以降、我々のコミュニティのなかに伝統的な性道徳が姿を現した。行為道徳、婚姻道徳の帽子を自分の頭にかぶせて、自分を異性愛者よりもさらに伝統道徳を遵守する見本に仕立て上げ、それから社会に対してある種の平等を求めようというのだ。どうです、僕の態度はこんなに立派で、こんなに道徳的です、みなさんはそれでも僕を平等に扱わないのですか?というわけである。」彼は具体的な事例として、ある男性同性愛者のサイトで女性的な男性同性愛者に対するバッシングがあったことを挙げ、これは異性愛社会が男性に要求する「男らしさ」の基準にすり寄る行為であり、我々が平等を獲得するために「まったく相いれない封建的な準則、封建的な規範を守らねばならないとしたら、これはなんともひどいことだ」(三八一頁)と述べて、伝統的な異性愛倫理文化の承認を求めようとする態度に警告を発している。また別の文章では(16)、エイズ対策の中で、同性愛とエイズを結びつける風潮を是正しようとするあまり、自分達が「いかに優秀で君子が多いかを証明することで平等の権利を獲得しようとするのは投降思想である」と述べ、このような行為は結局、仲間のエイズ感染者を貶めることになっていると厳しく批判している。さらに、童戈は中国の同性愛者に対する処罰の歴史を振り返りながら、そこに一貫して流れる「身分制度」の影を指摘する。童戈はとくに宋代以降に散見する同性愛者に対する取締り規定が、まずは当事者の身分によって違いがあり、高い身分の者には適用されず、また身分の低い者同士の場合にも問題視されず、ただ身分差のある者の間に発生したときに、身分の低い者を処罰していたという事例をあげて、「中国文化は同性愛者の性活動についてもこれまでずっとその人の社会的身分、社会的人格の等級によって判断してきた」(三八六頁)と述べ、この「身分意識」は今日でも同性愛社会に見出されると指摘している。「同性愛活動の中で、同性に好まれる男色、とくに社会的地位のある男性に好まれる男色は、過去から今日まで、往々にして女性のような体つきで、振る舞いや気質ひいては性活動の心理状態まで女性的なものだった。・・・これらは言葉にすると性行為あるいは性行為のスタイルのことを言っているようにみえるが、しかしながらそうではない。これは文化であり、伝統的な倫理文化によって形成された社会構造なのだ」(三九〇頁)。つまり、女性的な男性同性愛者へのバッシングに表れたように、「男らしい」同性愛者は身分が上で、反対に女性的なほうは身分が下だとみなす差別意識が現在まで存在し続けているというのである。童戈は、挿入される側に付与されるステレオタイプの形象や潜在的な蔑視は身分社会文化の反映であり、それは異性愛社会での女性蔑視とも共通すると指摘し、これが主流社会だけでなく同性愛社会内部にも存在することを問題視しているのだ。「伝統的なジェンダー枠組み、男尊女卑、人格の等級制など伝統社会倫理との自己同一化は、中国の伝統的な同性愛文化の主な構造となっており、今に至るもなお同性愛活動のなかに根深く存在している」(三九〇頁)として、欧米にはみられないこのような中国の同性愛社会の特色に厳しい批判の眼を向けている。そのため、こうした認識にたつ童戈は、同性婚の議論についても(反対はしないが)否定的で、身体的依存、経済的依存、身体の占有、性的権利の占有など異性愛社会の婚姻形式の中になぜ同性愛者が自ら進んで入ろうとするのか、むしろ規範的なセクシャリティや異性愛体制を自覚的に批判する中で新たな同性愛の性文化を再構築できないか、と問いかける。そして課題としては、公正な秩序、平等な主体を確立し、相手を傷つけない、プライバシーを尊重するなどの原則を守れば、性愛の形は多様で自由であるべきだと主張する。この「新しい人文主義同性愛文化の形成」が現実にはそう簡単に実現できないことは童戈も承知の上だが、それでもあえてこのような主張をしているところに、彼の強い信念を伺うことができる。彼は同性愛文化が主流文化に迎合したり、同化されるのを警戒しながら、これらの徹底的な批判の中から生まれるであろう新しい同性愛文化を模索しているのである。

三　中国初のクイア作家――崔子恩

小説家で、映画監督、映画評論家でもある崔子恩は一九九一年、勤務先の北京電影学院の教壇で学生を前に自身のセクシャリティを公表し、中国で最も早く同性愛者としてカミングアウトした人と言われている。その彼が企画代表をつとめた第一回北京同性愛文化祭（二〇〇五年一二月）が開催日直前に中止に追い込まれた時、彼は「徳国之声」（DEUTSCHE VELLE）の記者の質問に答えて次のように語っている。

「活動組織者は政府の立場について間違った判断をしてしまい、政府方面から来る圧力を小さく見積ってしまった。二〇〇五年、中央テレビ局が〈新聞調査〉で同性愛とエイズ予防特集番組〈生命の名義で〉を放送した時、内容はとても深みがあって全国で強烈な反響を呼び起こし、視聴者のほとんど誰もがこれは中央政府の同性愛問題に対する態度表明だと思った。しかし、文化祭が禁止されて初めて、組織委員会のメンバーは上層部の本当の意図がはっきりわかった。」「中国では、同性愛を語ろうとするならエイズを語らねばならず、両者は必ずセットにすべきだったのに、我々の文化祭は同性愛を単独で取り上げたために、だから問題になってしまった。・・・〈ブロークバック・マウンテン〉も、もし〈フィラデルフィア〉のようにエイズ問題に触れていたら、おそらく中国でも放映できたかもしれない。」(17)

確かに、中国だけでなく多くの国で同性愛はエイズ問題とセットで語られることが多いが、この「戦略」は諸刃の刃で、同性愛イクオール・エイズという偏見を広めることにもなっている。エイズ問題にほとんど触れることのない崔子恩には、今回の経験は同性愛をとりまく中国の厳しい現実をあらためて知る機会になったようだ。

その中国初となるはずだった第一回北京同性愛文化祭は、二〇〇五年一二月一六日から一八日までの三日間の予定で企画され、組織委員会のメンバーは、芸術総監督崔子恩、会計担当万延海（北京愛知行健康教育研究所所長）、フォーラム担当閑（レズビアン組織同語代表）、演出担当楊洋（映画制作者）、進行担当朱日坤（映画制作者、NGO中国網創設者）であった。協力機構・組織は愛知行信息咨訊中心、愛白／華文同性資料中心、北京紀安徳咨訊中心で、参加人数は海外からの参加者も含めて一〇〇〇人以上と予測されていた。プログラムは、崔子恩の開催宣言、李銀河の開幕式挨拶につづいて、昼間は四つのフォーラム、夜は各種の集い、ホールでは同性愛関連のテレビドラマ・映画の放映や絵画その他の展示を予定していた。ところが、開催二日前の一四日に北京公安局から開催許可をとっていないとの理由で予定会場の朝陽区大山子七九八芸術区仁倶楽部での開催を禁止する通知が届き、そのため会場を急遽個人が経営する上下線（ON OFF）というバーに変更して一六日の初日を迎えたのだが、開幕式の参加者が続々入場を始めた時に、ふたたび公安幹部・警察が出動して停止命令をだし（今度はバーの防災管理に不備があるという理由だったようだが、正確なところは不明）、結局、中国初の同性愛文化祭は取りやめになってしまった。組織委員会は「第一届北京同性恋文化節公開信」（二〇〇五・一二・一七）を同ブログに掲載して抗議を表明した。この「事件」に関しては一六日当日にロイター、香港商報、文匯報、韓国聯合社などが報じ、ヒューマン・ライツ・ウオッチ（国際人権監視団体）が中国政府批判の声明文を載せたという。

先の崔子恩の発言はこうした苦い経験をした直後のものであるが、じつは彼には過去に二回、規模はこれより小さいが同性愛映画祭に企画委員としてかかわったことがあり、多少の経験はすでに持っていたはずだった。

その一つは、二〇〇一年一二月一四日、北京大学図書館南配殿で開幕した中国初の同性愛映画祭である。会期は一四日から二三日まで、主催は学生組織の北京大学影視協会で、崔子恩は楊洋とともに企画委員の一人として協力していた。上映作品は中国初の男性同性愛を扱った「東宮西宮」（インペリアル・パレス、監督：張元、脚本：王

小波 一九九六)、同じく中国初のレズビアンを題材にした「今年夏天」(残夏 、監督・脚本:李玉 二〇〇〇)、「藍宇」(監督:關錦鵬二〇〇一)、「男男女女」(監督:劉冰鑑 脚本:崔子恩一九九九)、「旧約」(監督・脚本:崔子恩二〇〇二)などが中国国内で初めて上映された。すべてが「初めて」づくしで、中国初の同性愛映画祭にふさわしい内容だった。当初、北京大学団委は芸術学術交流と学生の資質向上に一定の効果を認めて開催を許可したのだが、予想以上の盛況ぶりに影響の拡大を恐れた上層部から圧力がかかり、会期半ばの一九日に停止命令が出されたのである。不幸中の幸いは、外国映画の放映が出来なかったとは言え、この時にはすでに中国映画の放映はすべて終了していたことだった。つづく第二回北京同性愛映画祭(二〇〇五年四月二三~二四日、五月一~七日)も、当初予定していた北京大学での上映は中止となり開催場所を複数に振り分け、会期も二つに分けるなどの変更を余儀なくされている。こうした過去の経験を踏まえ崔子恩らは上述の同性愛文化祭の開催にあたっては慎重に準備を進めたと思われるが、結局は開催にこぎつけることができなかったのである。おそらく図書の出版よりも、人が大勢集まる集会のほうが当局の干渉を招きやすく、中国では最近でもまだ同性愛をめぐる環境は完全に自由になったとは言えないことがわかる。

こうした状況の中で、崔子恩は映画監督・制作だけでなく雑誌に自身のコラムを持って映画評論の分野でも活躍しているが(18)、やはり彼の才能は小説において最も豊かに開花しているように思われる。

崔子恩の最初の長編小説でありまた代表作でもある『桃色嘴唇』(19)は、その序文(一)を書いた王干によれば、一九九四年に崔子恩から原稿を預かったものの王干が当時関係していた《鍾山》での出版が難航し、結局は九七年に香港の華生書店から出すことになったとある。『桃色嘴唇』の主な登場人物は三人で、末期患者を収容する病院の院長、この病院で亡くなった葉紅車、院長の息子の小猫である。一六歳のときに母をなくして孤児となった葉紅車は、同級生の男子学生Aに好意を抱くが、クリスマスの夜にAの父親から強引に性的関係をもたされたため、Aと別れてしまう。葉紅車が大学生の時にアルバイト先で知り合ったBは、異性愛者だったために葉紅車との友情を男女の恋愛以上に思いながらも葉の愛情を受けとめる事ができず葉から離れていく。葉は同性への欲望を抑えようとホルモン治療をうけたり、身体を鍛えたりし、女子学生Vの求愛を受け止めようと努力するが、すべてうまくいかなかった。彼は死を迎えたベッドの上で病院長に、母以外の誰からも自分の愛を受け容れてもらえず欲望を抑えて生きぬいてきた人生を語り、院長に支えられながらピンクの口紅を塗って息を引き取っていった。院長は葉の一生に同情と理解を示し、彼のために遺灰を空にまいて葬儀をおこなってやった。その時院長の息子はまだ五歳だった。

一方、院長の息子小猫はバイオリニストで同性愛者であった。父と息子の対立という古典的な男同士の心理的葛藤に加えて、二人は同性愛をめぐって最後まで心を通わせることができなかった。小猫は、高校生のときに出会ったAのほかに、複数の男性と関係をもち、女装した彼に思いを寄せる男性バレリーナを狂気に追いやるような恋愛遊びをしたり、また日本滞在中にアルバイト先で知り合った日本の青年と心中事件をおこし、彼だけが助かるという体験までして、中国に戻って来る。この時すでに結婚して小猫から離れていたAが、離婚してふたたび彼を受け入れる。久しぶりに帰省して父と対面した小猫は、自らの性体験や幼いころの記憶にある孤独な同性愛者の葬儀の場面、その後ふとしたことからこの男について父が書いた患者記録を読んだことを語り、父にその男に対するように今の自分を受け入れてほしいと望む。しかし同性愛者であることを受け入れて自然に生きようとする小猫、ピアスをして口紅を塗り自身の嗜好を隠そうとしない小猫に対して、院長は葉にみせたと同じ理解をどうしても示すことができない。子孫を残し家系を継承することのできない小猫は、もはや息子ではなく、化け物であり変態として映る。しかし小猫は愛の追求に性別は関係がないのだと語り、自身が抱えもつ「空」の感覚を埋めるには、同性との愛が必要なのだと訴える。「僕は否定しない。僕は肉欲を熱愛する。それは生命の根幹だから。僕らはそれを守ったり破壊したりするなかで快楽を得る。それはあなたが崇拝するいわゆる情感とか精神というものと同じように実在し、また、微かで虚無でもある。それは常に自分を固定する外力を探し求めており、僕にとっては、男の体こそが僕の体が停泊する港なのだ。あなたが僕の母さんや他の女の人の中に岸辺を探しあてているのと同じように」（一五四頁）。自分自身を受け入れるには他者の存在が必要なのだという普遍的な真理、そしてその他者の選択においてセクシャリティは多様なのだと小猫は語る。しかし、小猫の話が終わるころになっても、父と息子の間には和解の兆しはみられない。院長が採った究極の行動は、息子の勝利を認めること――親子の抱擁と口紅を塗った息子の唇に接吻すること、それと同時に手にしたナイフで息子を去勢することだった。院長には、息子への愛を抱擁と接吻で、また息子に対する拒絶を息子を去勢することでしか表現できなかったのである。本書の序文（二）を書いた戴錦華はこの部分を「息子の身体を傷つけることは、また自分自身の内心の混乱と恐怖を取り去ることでもあった。・・・彼の怒りは恐怖の仮面にすぎず、同じく自分の曖昧ではっきりしないセクシャル・アイデンティティへの恐怖であった」（一四～一五頁）と解釈している。

本書の構成は、第二章が葉紅車の話とそれに耳を傾ける院長、第三章は小猫の話とそれを聞く院長、そして第一章と第四章はまったく同じ内容になっており、物語の最後でふたたび時間が現在に戻り、複雑な人間関係が明らかになるという構成になっている。第一、四章の場面は留置場で、二人の未決囚が登場する。一人は実の息子にたいする「故意の傷害罪」で起訴された院長と、もう一人は「痴情のもつれによる殺人未遂」で逮捕された淳於仙風という風変わりな名前をもつ三〇歳くらいの男である。一日中しゃべり続ける淳於仙風と押し黙ったままの院長。だが、この男の話から、彼はかつて葉紅車が愛したBの息子で、孤独な中年を過ごしていた葉紅車と関係をもったことがあるだけでなく、小猫とも関係があったことがわかってくる。物語は、院長が呪文のように「桃色嘴唇」（ピンクの唇）という言葉をひたすら唱え続けるなかで終わる。男がピンクの口紅を塗ることは性別秩序や性別ゲームの攪乱を意味し、院長の呪文はその誘惑に対する必死の抵抗だったのかもしれない。

崔子恩の経歴は、筆者が行った二〇〇七年三月のインタビューによると、一九五八年八月一三日ハルピン市大平区三棵樹で生まれている。父親は鉄道病院の院長で、日本語やロシア語も堪能だったが家庭で話すことはなかったという。母親は敬虔なクリスチャンで、崔子恩自身も幼いころにキリスト教の洗礼を受けている。五人兄弟の上から三番目で、三人の姉妹と一番下に弟がいる。父親の勤務の関係で何度か引越しを経験しているが、そのうち二度ほど日本式平屋に住んだことがあるそうだ。彼はすでに中学のころから詩を書いたり、《ハルピン鉄路前進列車報》に「助手」という短い小説を発表するなど文学に関心を示し、一方で医学部進学を望む父親への反発もあって、一九八二年、ハルピン師範大学中文系に入学した。卒業後は二年あまりジャムス師専大学に勤務して古典文学を教えたが、八四年、中国社会科学院に進学。そのときの外国語の試験は大学在学時に学んだ日本語で受け、社会科学院でも引き続き日本語を学んでいる。研究テーマは先清から晩清の文学作品が中心で、修士論文は『李漁小説論稿』（中国社会科学出版社　一九八七）として出版されている。そして八七年から北京電影学院に勤務し始め、文学系電影編劇教研室講師、同大学青年電影制片廠専業編劇を経て九八年以降は同大学電影研究所理論研究室副教授である。九〇年夏から半年ほど日本に滞在したことがある。

『桃色嘴唇』は、彼の「『桃色嘴唇』際遇」(20)によると、執筆は、九〇年一二月に東京から北京に帰国後、同性愛者や両性愛者の友人たちと交際する中で構想が生まれたと言う。「これらの体験や思索を通して得た感情を表現したかった。東京の新宿二丁目のように〈地下〉にあり欲望と暗黒だけの世界ではないものを。私は、同性を愛する感情には絶対的に美しい部分があり、それは私たちの血流やなめらかな視線のように美しく、文学や芸術作品によって経典化されているどんな男女の愛の交歓にも劣るものではないと思っている。」そして第三章に筆が進んだ頃、彼の身辺で「ピンク事件」が起こり執筆が中断する。複数の教え子との間に同性愛行為があったとする告発文によって（冤罪）、教壇を追われ映画制作部門に配置換えされたのである。そのうえ日本帰国後に特別待遇として貸与されていた専門家用のマンションを追い出され留学生用のアパートに移されたのだ。大学側の尋問審査の過程で、書きかけの『桃色嘴唇』が具体的な「物的証拠」となることを恐れて他所に隠したり、病院で診察を受けるよう強要され「先天性あるいは後天性疾患」であることを証明すれば「罪」は軽くなると言われたりするなど（拒否）、彼はこの間、自殺を考えるほど心身ともにダメージを受けている。このころ中国ではまだ同性愛は「犯罪」扱いされていたため、彼はその後長い間学生に講義をすることが許されなかった。そして九三年、作品完成後も出版社探しに苦労し、九七年にようやく香港華生書店から出版されたことは先に書いた通りである。

崔子恩の小説が大陸で単行本として出版されるようになったのは九八年からで、花城出版社から出た長編小説『玫瑰床榻』と『醜角登場』が最初である。これ以前は、『偽科幻故事』の第一章にあたる部分が雑誌《花城》一九九五・四に、第二章が《莽原》一九九八・五、第三章が《花城》一九九八・六に掲載されただけであった。彼の評論集『青春的悲劇』（一九八八）や『電影羈旅』『芸術家的宇宙』（一九九三）などの出版は早くに実現していたことを考え合わせると、やはり同性愛という内容が問題だったと推測される。崔子恩の作品には他に中短編集として『三角城的童話』（香港華生書店　一九九八）、『我愛史大勃』（北京華夏出版社　二〇〇〇）があり、二〇〇三年には珠海出版社から崔子恩文学作品集として上記の『桃色嘴唇』のほか、『舅舅的人間煙火』『偽科幻故事』『紅桃A吹響号角』の計四冊が出版されている。現在は「東京地上、北京地下」（仮題）を執筆中とのことで、内容はセックス・ワーカーの権益についてのものだそうだ。

以上の作品のうち、彼の特色が一番よく現れているのが実験小説でクイア小説とよばれる『玫瑰床榻』『醜角登場』『偽科幻故事』『紅桃A吹響号角』であろう。たとえば『偽科幻故事』は、主人公の花木蘭が冥王星、土星、火星・・・と惑星を旅しながらそこで出会う様々なできごとを綴ったもので、SF小説ではお馴染みのスタイルを借用し、地球とは価値観がまったく異なる世界を描くことを通して至るところに社会風刺が散りばめられているが、この小説の特色は、こうした風刺性だけでなくさらに、焦点をセックス・ジェンダー・セクシャリティの概念の撹乱に定めて、既存の性愛観を徹底的に解体しているところにある。花木蘭という性別不詳の人物を主人公にし、それぞれの惑星で出会う生き物（すべて元素記号で表され、その名前からすでに不安定である）と性的な関係をもつのだが、彼らには性別がなかったり、皮膚の色の違いで性別が分けられていたり、全員が中性や男性や幼児だったりするため、これが同性愛なのか異性愛なのか、はたまた何愛なのか判別しにくく、判別する必要を感じさせないほどに多様で、性にまつわる「境界」は溶解している。また花木蘭は最初は男性として一人称で登場するが、途中から「不男不女」の花木蘭となり、呼称も「私」から三人称の「彼」や「彼女」にかわるなど主人公までが客体化されて流動的である。崔子恩と非常によく似た作風をもつ台湾の著名なクイア作家紀大偉は『偽科幻故事』に寄せた序文で「絶えず位置をずらし、読者が期待するどんな解読格子にもそうやすやすとおさまらない。これが本書の策略だと、私は推測する。よって、主人公の花木蘭の動きはつかみにくく、その〈身分〉も確定するのが難しい。・・・『偽科幻故事』は身分の確定と鬼ごっこをしようとするかのように、男か女かは重要ではなく、同性愛か異性愛かもどうでもよく、何でもかまわないのだ」（三頁）と述べている。一方、崔子恩のほうも紀大偉の短編集『膜』（華芸出版社　二〇〇三）が大陸で出版されると、「性中心主義に彼は愛想を尽かしている。・・・彼にとっては、性はすでにあまりに体制化しすぎている。模様替えをするなら、性以前から始めようと言うのだ」(21)と紀大偉の作風に強い共感を示している。

童戈の場合、強制的異性愛主義が生殖に帰結する性を正統視し男女間の性愛のみを自然視するのに対抗するために、関心の重点を自らが属する同性愛文化の再構築に置いているが、崔子恩の場合には、包括的なクイアという概念によって異性愛社会を含む性文化そのものを根底から転覆させようとしているようにみえる。ゲイやレズビアンの同性愛コミュニティのカテゴリーを確立することによって現実以上に同性愛を神聖化したり、またこれによって視野が狭められたりするよりも、崔子恩には男・女の二元対立の関係や性の制度化そのものを攪乱し、揺さぶりをかけようという狙いがあり、それゆえ彼の作品には、同性愛だけでなく両性愛やトランス・ジェンダー、トランス・セクシャルなど様々なセクシャリティをもつ人物が登場する。

性転換者を主人公にした『醜角登場』(一九九八)を、その「跋」を書いた戴錦華は「跨性書写」(トランス・ジェンダー創作)と名付けているが、本書は内容だけでなくその体裁も、小説、シナリオ、散文、索引、書簡などの混合体で構成されている。この作品について崔子恩が《音楽生活報》の記者に答えた次の部分は印象的である。

「我々の文化の中にがんとして存在する性別中心、男権中心、異性愛中心構造はいわゆる性器中心主義で解体できるものではありません。我々の文化の中の男と女、統治と被統治、異性愛と同性愛、生と死、自然と反自然、常態と変態など一連の二項対立基盤を捨て去り、科学決定論を捨て、人本政治を捨て去ってはじめて、〈解放〉の始まりがみえて来るのではないでしょうか。」(22)

崔子恩は創作のジャンルを映画、小説そして評論と巧みに使いわけ、古い生/性の基盤や仕組みを根底から覆そうと孤軍奮闘しながら、どの作品においても執拗に人の欲望について思索し、解き放たれた欲望の中から生まれてくる新しい何かを追い求めているように思われる。

四　王小波の同性愛小説――「東宮西宮」(「似水柔情」)

中国で最も早い同性愛研究書である『他們的世界――中国男同性恋群落透視』(一九九二年)(23)は王小波が妻の李銀河とともに一九八九年から九一年にかけて行った男性同性愛者への聞き取り調査に基づいて書かれたものである。このころ王小波は人民大学を辞職して本格的な著作生活に入ったばかりで、その彼が意欲的に取り組んだ仕事が映画シナリオ「東宮西宮」(一九九二)であった。東宮、西宮とは北京の同性愛者内では、天安門の東西にある人民文化宮と中山公園の公衆トイレを指す。九一年、北京東郊民巷派出所の警察が、健康問題の研究を名目に北京の同性愛者を逮捕し、五〇名あまりの同性愛者が尋問、採血、アンケート調査を強いられるという実際におこった事件が、王小波や第六世代の映画監督の張元を怒らせ、映画「東宮西宮」(一九九六)が世にでるきっかけとなったと言われているが、主人公の人物形象や心理状態などはすでに『他們的世界』での調査から具体的なイメージを得ていたに違いない。この映画で彼はアルゼンチン国際映画祭最優秀脚本賞を受賞、中国大陸初の同性愛を題材にした映画となった。

シナリオ「東宮西宮」(後に短編小説「似水柔情」に書き換えられた)(24)のあらすじは以下の通りである。

ある公園脇の派出所に勤務する警官の小史は宿直のときは公園内の同性愛者をつかまえてきては暇つぶしに彼らの話を聞いておもしろがっていた。そんなある日、彼は同性愛行為をしていた作家の阿蘭を連行するのだが、若くてハンサムな小史は自分自身が同性愛者の間で注目の的になっていたことを知らなかった。この日、小史に気がある阿蘭はわざと連行されたのだ。小史は宿直室で阿蘭の体験談を聞くうちに、いつしか自分自身のセクシャリティが同性愛であることに気づき、阿蘭の魅力に負けて関係を持ってしまう。小説「似水柔情」では、阿蘭が小史に語った幼少期の母との関係、妻とのこと、関係をもった画家のことなどが詳細に描かれているが、シナリオ「東宮西宮」ではこれらが短く処理され、後に小史の同性愛的傾向が署内に知れわたり左遷される場面もなく、焦点は派出所内での阿蘭と小史のやりとりに絞られ、異常だとみなしていた阿蘭の心理状態が、自分にも起こり得るのだと小史が知った、その意識の変化と驚愕が強調されている。この最後の部分を艾暁明は、かつて阿蘭を覆っていた絶望が彼の身も覆ってしまった。しかしこの小説の主題は絶望だとは思わない。王小波の他の作品がそうであるように・・・愛情という人生の中でもっとも美しい体験を庇護しようとする永遠のモチーフが隠されている、と評している(25)。確かに、権力者がいつのまにか軽蔑の対象だった者と同じ世界に身をおくようになる、ミイラとりがミイラになる、そういう恐怖や絶望感だけでなく、この小説には阿蘭の痛々しいまでの愛の渇望がよく描かれている。それは、ほとんど受身の立場にあった阿蘭がめずらしく反論する場面で、小史から「卑しい」(中国語原文：賤)という言葉を浴びせられたとき、「卑しくなどない、これは愛なんだ。二度と僕に向かって卑しいという言葉を使うのは許さない、わかったか！」(二二〇頁)と厳しい口調で言い返して小史が一瞬たじろぐ場面や、小史が自らの同性愛的欲望に目覚めたときの驚愕と恐怖を阿蘭を虐待することでごまかそうとした時、阿蘭が悲しげに微笑んですべてを受け入れる場面などには、阿蘭の小史に対する愛が決して一時の性的衝動によるものではないことを表わしている。

王小波は、処女作「地久天長」で二人の下放青年二人と一人の女子学生の間の恋愛を越えた結びつきを描き、「黄金時代」で男女二人の奇妙な性的関わりを描いて以来、一貫して性愛の世界のアンビバレンスを見つめているような印象を受ける。このシナリオ「東宮西宮」（および小説「似水柔情」）は、彼の作品群の中ではめずらしくストレートに同性愛を扱っているが、やはり同じような問題意識を認めることができ、愛情モデルの変換がたくみに仕掛けられた作品だと言える。

五　終りに――最近の同性愛文学

以上、主として童戈、崔子恩、王小波の作品を紹介した。すでに紙幅も尽きたので以下は筆者が目にすることのできた最近の作品を駆け足で紹介して本稿を終りにしたい。

まず、レズビアンを題材に扱った小説としては、すでに陳染の「空心人、誕生」（一九九一）「破開」（一九九五）、林白の「瓶中之水」（一九九三）「猫的激情時代」（一九九五）「致命的飛翔」（一九九五）があり、そして異色の作家としては劉心武の「仙人承露盤」（一九九四）が早い時期に女性の同性愛を題材にしたとして注目されるが、最近では、自伝体レズビアン小説として話題になった海藍『我的天使我的愛』（中国戯劇出版社　二〇〇五）があげられる。これはまずネット小説で人気がでてのちに単行本になったものである。海藍という著者名はペンネームの可能性が高いが本の扉には自身の写真を載せており、これまでレズビアンの歴史が公の歴史において不可視化され、同性愛の「問題」からも周縁化されてきたことを思うと、今ようやく中国のレズビアン小説が「歴史の地表」にでてきたのだと実感される。レズビアンを扱った小説ではこのほかに陳丹燕『百合深渊』（花城出版社　二〇〇五）、楊洋・羅衫『無法靠岸』（上海文芸出版社　二〇〇六）、紀実小説では秋月亮『不要問我為什麼』（光明日報出版社二〇〇三）がある。二〇〇一年に日中女性作家学術シンポジウムが開催されたとき、中国側団長をつとめた張抗抗は、松浦理英子の大胆な性描写について感想を求められ、「『親指Pの修業時代』や『二百年の忌日』での性の問題に関する彼女の探求は、中国の女性作家より大胆である。性の描写は中国女性作家の林白、陳染の作品の中にもあるが、彼女たちは日本の女性作家のようなところまで描写し切れていないようだ。私達にはこの面での描写にタブーがあるのではないだろうか。たとえば同性愛は恐らく私達の文学作品の中で取り上げることは許されなかった。社会の無形の〈網〉が私たちに影響を及ぼしているのである」（「チャイナネット」二〇〇一・九・二八）と答えていた。その後、同性愛をとりまく社会状況は徐々に好転してきており、中国の女性作家たちの今後の動向が注目されるが、ただ、アメリカ在住の大陸作家の作品で張浩音『上海往事――她和她的故事』（広西人民出版社　二〇〇三）や台湾の邱妙津、陳雪、洪凌、日本の中山可穂、斉藤綾子などの作品を思い浮かべると、先に挙げた作品のうち早期のものは女性同士のセクシャリティの描写において深まりに欠け、また最近の作品は自身の体験に拘泥しすぎるためか、構成が散漫で文章も練られておらず、文学作品としてのレベルはまだ低い印象を受ける。

一方、男性同性愛者が登場する作品では、アメリカでの留学生活を背景にした小傑『漂洋日記』（長江文芸出版社　二〇〇三）が出色で、他に泰迪「漂亮男生」（中国国際文化出版社　二〇〇五）、厳歌苓「也是亜当、也是夏娃」「白蛇」（『厳歌苓自選集』山東文芸出版社　二〇〇六）、水犹寒『一面游離、一面固守』（時代文芸出版社　二〇〇五）、魯鳴『背道而馳』（中国社会出版社　二〇〇五）などがある。さらに筆者未確認の作品で話題にのぼった作品に、格子『迷情的日子』（春風文芸出版社　一九九九）、葉鼎洛『男友』（浙江文芸出版社　二〇〇四）があり、作品のレベルは玉石混淆であるが、総じてこれらの作品が中国の読者を獲得し一つのジャンルを形成しつつあることは確かである。長い中国文学の歴史の中に、再び同性愛が文学の対象として戻ってきたのである。

註

（1）同性愛という言葉は一般に異性愛以外の様々なセクシャリティをもった人達をさして使われる場合が多いが、そのなかには両性愛、半陰陽、トランス・セクシャル、トランス・ジェンダー、トランス・ヴェスタイトなど必ずしも同性愛とは限らない人達も含んでいる。本稿でも「同性愛」を広義の意味で使用した。

（2）《人民日報》二〇〇一・三・一二。この部分は性同一性障害（性転換症）のケースを言っているようだが、記述が曖昧なため、同性愛は「予防できる」「治療できる」という言説が広まる余地を残している。

（3）イヴ・K・セジウィック『男同士の絆』（名古屋大学出版会　二〇〇一）、『クローゼットの認識論』（青土社　一九九九）

（4）白水紀子「中国のセクシュアル・マイノリティー」《東アジア比較文化研究》三号　二〇〇四。法規制については張在舟『曖昧的歴程――中国古代同性恋史』（中州古籍出版社　二〇〇一）、劉達臨・魯龍光『中国同性恋研究』（中国社会出版社　二〇〇五）、マシュー・H・ソマー「清代法におけるジェンダーの構築」『ジェンダーの比較法史学』（大阪大学出版会　二〇〇六）を参照のこと。日本では一時期であるが明治政府が制定した「鶏姦罪」（一八七三～八二）、中国では主なものとして宋の徽宗皇帝の時代に風紀の乱れを恐れて官吏が男娼を囲うことを禁じた命令や清の時代の「大清律」に未成年者との同性愛行為を禁止し、同性愛行為に付随した傷害・強姦・殺人を処罰した判例があるにすぎない。中国の場合、同性愛行為そのものを禁じたものではなく、主眼は「良民」と「賎民」の間の身分秩序の破壊につながる行為を禁じることにあった。

（5）坂元ひろ子『中国民族主義の神話』（岩波書店　二〇〇四）

（6）白水紀子「中国における〈近代家族〉の形成――女性の国民化と二重役割の歴史」《横浜国立大学教育人間科学部紀要第Ⅱ類》第六号　二〇〇四

（7）張北川のブログ〈http://blog.sina.com.cn/m/zhangbeichuan〉「同性愛」二〇〇五・一一・二九、および周丹「同性恋与法」『復旦大講堂系列　同性恋健康関預』（復旦大学出版社　二〇〇六）二九二～三頁。なお、最近では「同性恋」以外に「同志」という言葉も使われている。この語源については、香港で一九九九年に開催された第一回 Lesbian & Gay Film and Video Festival の中国語訳からだとする説、あるいは八四年香港の雑誌《電影双周刊》に掲載された映画評が最初だとする説がある。またレズビアンは「拉拉」と呼ばれることが多い。これはレズビアンの頭文字の拉からとったとも、台湾のレズビアン作家邱妙津『鰐魚手記』の主人公拉子から広まったとも言われている。

(8) たとえば『中国同性恋研究』前掲注(4)第五章「同性愛的防治」を参照のこと。この記載に同性愛者から非難の声があがったのはいうまでもない。

(9) 一九九九年より米NPO組織の華文同性資料中心ICCGLが運営。愛情白皮書中華同志網より発展した中国ではもっとも大きな組織。

(10) 張北川ブログ「同性愛 続」、および李銀河のブログ〈http://blog.sina.com.cn/m/liyinhe〉。また、ノンフィクションの陳礼勇『非常故事――中国同性恋情感実録』(中国三聯出版社 二〇〇三)の中には、親のために異性と結婚して悩むケースが大半を占め、一組の男女を基礎とする結婚形態への強い指向がいまだに中国社会に根強く残っていることが分かる。筆者が二〇〇六年夏に出席した北京のあるレズビアンの集いでも、男性同性愛者のカップルと女性同性愛者のカップルとの偽装結婚が話題になっていた。

(11) 筆者未見。『中国同性恋研究』前掲注(4)七二頁による。周華山はほかに大陸の同性愛者を紹介した『北京同志故事』『我們活着』(ともに九六年 香港同志研究社)を出版している。

(12) 高峰「中国当代同性恋全記録――同志二〇年」〈人民網〉二〇〇一・三・三〇

(13) 「追逐斜陽」「戦地」はそれぞれ〈捜狗com・文学・同志文学〉〈時代書城mypcera.com〉による。童戈にはこれらのほかに『好男羅格』(香港華生書局 一九九七)や「人偶表情」「模範瘋人」二〇〇二、「花火心結」二〇〇三があるようだが、筆者未確認。

(14) 童戈「gay的文化重構」『復旦大講堂系列 同性恋健康関預』前掲注(7)三九二頁。なお当該書は二〇〇三年から二〇〇五年まで香港智行基金とフォード基金の資金援助を受けて復旦大学が公衆衛生専攻の大学院生対象に開講した講義録。講師は秦士徳、李銀河、張北川、潘綏銘、白先勇など多彩。この講義が反響をよんで二〇〇五年度には学部生対象に拡大された。

(15) 童戈「gay的文化重構」前掲注(14)

(16) 童戈「陽光同伴:我対志願者群体的思考」《朋友通信・争鳴》網絡版二〇〇四年。原載不詳。

(17) 「中国同志的同性恋革命」《徳国之声中文網・社会》二〇〇六・一・六。なお、本文で紹介した第一回同性愛文化祭と第一、二回同性愛映画祭については、当該ブログ〈bglcf.org〉のほか愚礼勇「首届中国同性恋電影節夭折内幕(1)」〈捜狐健康health.sohu.com〉および「首届同性恋電影節影片一瞥」〈銀海網站・影人評論〉二〇〇一・四・二五によった。

(18) たとえば一九九九年《東方文化周刊》「崔子恩専欄」、一九九九～二〇〇〇年《音楽与表演》「崔子恩専欄・中国地下電影」欄、二〇〇二年《都市画報》「崔子恩専欄・光影唇歯間」など。
(19) 使用テキストは崔子恩『桃色嘴唇』（珠海出版社　二〇〇三）。初版は香港華生書店（一九九七）
(20) 崔子恩『桃色嘴唇』際遇」〈現象網／現象専欄 fanhall.com〉二〇〇四・五・二六、原載不詳。
(21) 崔子恩「紀大偉之膜和酷児発明」〈現象網／現象専欄 fanhall.com〉二〇〇四・四・七、原載不詳。
(22) 崔子恩「帯刺的玫瑰」〈銀海.com〉、原載《音楽生活報》一九九八・六・一八
(23) 李銀河・王小波編『他們的世界』（香港天地図書公司および山西人民出版社　一九九二）
(24) 本作品は彼の死後著作集に収められた。本稿で使用したテキストは「東宮西宮」『東宮西宮』（陝西師範大学出版社　二〇〇六）、「似水柔情」『黒鉄時代』（陝西師範大学出版社　二〇〇四）
(25) 艾暁明「愛情最美好之処——談王小波小説手稿〈似水柔情〉」《桃紅満天下》一九期　一九九八・五・一二

『人民文学』の復刊について

辻田正雄

一　文化大革命と『人民文学』

雑誌『人民文学』は、中華全国文学工作者協会（文協）の機関誌として、一九四九年一〇月二五日に創刊された。茅盾が主編に就任した。一九五三年に文協が中国作家協会（作協）に改組されてからも、『人民文学』は作協主管の刊行物として引き続き発行された。歴代の主編に邵荃麟、厳文井や張天翼がいる。文革によって一九六六年五月号で停刊を余儀無くされるが、それまで中華人民共和国を代表する文学雑誌であった。文革によるこの停刊は上級部門や指導部の正式の文件も通知も無く、当時の状況下ではやむを得ないと雑誌の責任者と中国作家協会党組の指導者たちが相談の結果下した決定であったという(1)。『人民文学』の復刊は七〇年代前半に一度計画されたが頓挫し、一九七六年一月に新しい『人民文学』として発刊された。「創刊のことば」は無かった。但し、目次に「総第一期」と記されたように当初は「復刊」とは言わず、文革後の一九七八年第二期に通号表示で「総第二二一期」とし文革以前からの継承をはっきりと示した。

本稿は、この『人民文学』の「復刊」について考察しようとするものである。具体的には、七〇年代前半の復刊計画がなぜ頓挫したのか、それがなぜどのようにしてその後発刊されることになったのか、また文革中に発刊された『人民文学』に関わった編集スタッフや執筆者の文革後の文学活動はどうであったのか等について、主として回想録に拠って事実関係を明らかにしようとするものである。

二　出版工作座談会

文革でその思想が封建主義であるとか、資本主義であるとか、修正主義であるとかの理由で重点的に批判されたのは、学術界、文芸界、教育界、新聞界、出版界である。その結果、出版関係の組織も壊滅状態となり、指導的地位にいた人間も批判された。そこで出版関係の機能を回復するためには、関連部門の指導部を結成することから始められた。

一九七〇年五月、出版口三人指導小組の成立が国務院によって批准され、この小組の下に事務担当チーム、政治工作担当チーム、具体的業務担当チームが設けられた(2)。これらのメンバーの大半は軍の代表であった。同年九月一七日、周恩来は図書出版業務を回復させるべくこのメンバーに出版計画を提出するように求めた(3)。同年一〇月、周恩来の指示により、毛主席著作出版弁公室と出版口三人指導小組が合併され、出版口五人指導小組(略称「出版口」)となり国務院当直室が指導することになった。出版口とは関係部門関係者によって編成された出版機構である。

一九七一年二月一一日、周恩来は出版口の指導者たちを召見する。だが提出された出版計画は不十分なものであった。文革のなか、出版口の指導者たちだけで図書出版業務の回復まで決定するのは困難でもあった。そこで周恩来は国務院が直接主宰して全国規模の会議を開催する必要があると判断した。一九七一年二月二七日、周恩来は各省、市、自治区の革命委員会に対し北京で開催される全国出版工作座談会に代表を派遣するよう至急電報を送った。国務院弁公室主任の呉慶彤が会議の準備工作の責任者となった。呉慶彤は一九二四年生まれで、一九五〇年に抗米援朝に参加し中国人民志願軍軍司令部機密科科長をつとめたことがある。その後国務院秘書庁秘書処処長、秘書室主任などを歴任している。

全国出版工作座談会は三月一五日に始まった。首都の出版界の代表の他、各省、市、自治区の代表二百人余りが参加した。その多くは五七幹部学校から呼び戻されたばかりのものと軍の代表であった。当初二週間の予定であったが問題が複雑で何度も延長を繰り返さざるをえなかった(4)。結局、国務院が直接主宰したこの全国出版工作座談会は、一九七一年三月一五日から七月二九日まで開催された(5)。会議は国務院の第一招待所で行なわれ、呉慶彤が会議の指導小組組長となり会議の全体をとりしきった。国務院の王維澄が会議の報告文件起草小組の組長をつとめた。王維澄は一九二九年生まれで、杭州市財務委員会科長や『杭州日報』副総編集などを経て一九六四年に中共中央高級党校政治経済学専攻課程を終了し、その後国務院総理弁公室秘書となっている。この時もおそらく総理弁公室として周恩来の意向を反映すべく中心的役割を荷っていたものと思われる。

王維澄のほか文件起草に関わったのは、人民出版社副総編集の斉速、商務印書館副総編集の汝暁鐘及び張恵卿で、この四名が作業をすすめた。張恵卿は一九二四年生まれの編集者で、マルクス主義の社会科学系書籍の編集を担当してきた。一九七一年当時の肩書きは不詳であるが、人民出版社編集室主任か副総編集であったと思われる。汝暁鐘は咸寧五七幹部学校第一五中隊の指導員にその名を見い出すことができる(6)。張恵卿ともども咸寧五七幹部学校から北京に呼び戻されてこの会議の進行に関わったのであろう。

一九七一年四月一二日、周恩来は全国出版工作座談会指導小組のメンバーを接見し、「いまは本を出し、広く言論に道を開くべき時である。主としてはマルクス、レーニンの著作や毛主席の著作を読むべきであるが、歴史や地理、そして哲学も学ばなければならない」(7)と述べた。多様な書物の出版を促したのである。周恩来はこの会議で討論される出版工作のさまざまな問題に対して具体的指示も与えている。会議の文件である「国務院の出版工作座談会に関する報告(国務院関於出版工作座談会的報告)」に対して、周恩来は字句の修正から標点符号にいたるまで筆を入れたと言われる。この文件は、六月一六日中央政治局で討議され最終的に毛沢東の同意を得て中共中央(一九七一)四三号文件として一九七一年八月一三日に各地の関連部門に通達された(8)。

文件には出版方針が明確に述べられている。「マルクス・エンゲルス・レーニン・スターリンの著作及び毛主席の著作の出版を第一位に置かなければならない。わかりやすい読み物を大量に出版すべきであるが、レベルの高い作品も努力して出版すべきである。唯物論と唯物史観を堅持すべきである。政治的パンフレット類は出版すべきであるが、文学芸術、科学技術、歴史地理学の図書も出版すべきである。『百花斉放、百家争鳴』の方針を堅持すべきである」(9)と述べている。また、もっと明確に、古典や外国文学の翻訳なども出版すべきであるとも述べている。

また文件の第三部分の「全面的に計画して、図書出版工作を積極的にやりとげよう」のなかで雑誌の出版工作について言及した部分があり、次のように述べている。

「需要度と実施の可能性にもとづいてそれがどれ位必要とされるのか、また刊行できるかどうかを判断して、理論、文学芸術、科学技術、学術研究、文教衛生、体育等の雑誌を徐々に復刊あるいは創刊すること。まず、労農兵、青少年が切実に必要としている雑誌を復刊あるいは創刊することに注意すべきである。社会科学方面の雑誌は中央の組織宣伝組の批准をあおぎ、文学芸術方面の雑誌は国務院文化組の批准をあおぎ、その他の雑誌については国務院の関係部門の批准をあおぐこと」(10)と規定している。文革でほとんどが停刊してしまっている各種の雑誌をできるだけ早く復刊すべきだということである(11)。

全国出版工作座談会の後、一九七一年一〇月、北京図書館が図書の利用を開放した。中華人民共和国成立後から文革前までに出版された中国語の社会科学図書を中心に一万種近くの図書の利用を解禁したのである(12)。

また『人民日報』にも変化が見られた。文革中は『人民日報』の題字横部分に「毛主席語録」が掲げられるのが常であったが、『人民日報』一九七一年一二月一六日号のこの部分に「もっと多くの良い作品が世に出ることを希望する(希望有更多好作品出世)」という「毛主席語録」が掲げられた。また同紙第一面トップに「社会主義の文芸創作を発展させよう(発展社会主義的文芸創作)」と題する無署名の「短評」が発表された。同じ日の『人民日報』社説よりも大きな扱いである。

この「短評」は文芸政策の新しい方針を一般にはっきりと示したものである。「短評」は、文革の進展によって現在大衆的な革命的文芸創作運動が盛んになっており労農兵の業余作者と専業作者とが結合していることがこの創作運動の特徴であると現状を分析したうえで、「業余創作も専業創作もともに提唱すべきである。文芸のさまざまな形式の創作も発展させるべきである」と述べた。革命模範劇以外の文芸創作も認めるということである。また、「社会主義の文芸創作の隊伍が必要である」とも述べ、もっと多くの人材が文芸創作に参加する必要があるとした。

これ以後多くの文芸雑誌が発刊されていく。主な復刊または創刊の情況は次の通りである(13)。

一九七一年一二月　『北京新文芸』試刊第一期。「北京市の総合的な文芸刊行物」として発刊。一九七三年三月一〇日、『北京文芸』に誌名変更。

一九七二年一月　『広西文芸』一九七二年第一期。(創刊か復刊か扱い不明)

一月　『広東文芸』試刊第一期。
三月　『吉林文芸』一九七二年第一期。（創刊か復刊か扱い不明）
五月　『解放軍文芸』復刊。
五月　『湘江文芸』創刊。
六月　『遼寧文芸』試刊第一期。（一九七三年一月、正式に創刊）
九月　『天津文芸』試刊第一期。（一九七三年二月、正式に創刊）

このように各地で文芸雑誌が復刊あるいは創刊された。この頃の年度別の発行雑誌のタイトル数は次の通りである。括弧内はそのうち中央レベルの雑誌の数である(14)。

一九六六年度　一九一（九二）
一九六七年度　二七（一八）
一九六八年度　二二（一八）
一九六九年度　二〇（一七）
一九七〇年度　二一（一七）
一九七一年度　七二（六〇）
一九七二年度　一九四（一一八）
一九七三年度　三二〇（一九二）

一九七二年頃に発行雑誌の種類が文革開始時の水準まで回復したことが判る。

ところで、文芸雑誌の発刊のゴーサインとなった『人民日報』一九七一年一二月一八日号に掲げられた「希望有更多好作品出世」という「毛主席語録」は、そもそも『人民文学』創刊号に与えた毛沢東の題詞であった。当然のことながら、『人民文学』の復刊も準備が進められるということである。

三　李季

『人民文学』のような中央レベルの雑誌を発刊するためには、かなり経験のある人物が復帰する必要があった。文革以前に指導的地位にいた人たちのほとんどが文革が始まって批判されたが、このような人たちが職場復帰しなければ業務の推行は困難であったと思われる。

一九七一年九月一三日の林彪事件によって毛沢東はある程度の緩和政策の必要性を認めたのだという(15)。また、林彪事件の後、幹部学校にも影響が及び雰囲気がかなり自由になったとの証言もある(16)。林彪事件の影響としては、それ以外に、林彪事件に関連して組織の再編や人事のチェックをし、場合によっては人員の補充や異動を行なう必要があったのであろう。

一九七一年一一月一四日、毛沢東は二月逆流を名誉回復する。二月逆流とは、文革初期の古参幹部による文革批判である。一九六七年二月、譚震林、陳毅、葉剣英ら党や軍の古参幹部が文化大革命の暴力的なやり方を批判し、中央文革小組のメンバーと対立した。これが「二月逆流」として批判されたものである。この二月逆流が名誉回復された。

また、毛沢東は一九七二年一月一〇日、陳毅の追悼会に参加する。名誉回復を行動で示したと理解されたことであろう。そして、一九七二年四月二四日の『人民日報』は老幹部の復活を認める社説を発表する(17)。この社説は周恩来の指示によるものであった。

これ以後、多くのかつて中央レベルの具体的業務の中心を担った人たちが五七幹部学校から北京に呼び戻されることになる。

一九七一年はじめ、中央レベルの出版社のうち文化部に所属するものは、人民出版社、人民文学出版社、人民美術出版社、中華書局、商務印書館の五出版社のみで、北京に留まっていたこれらの出版関係者はわずか一六六人で、しかも編集者はそのうち六三人でしかなかった。大部分は五七幹部学校にいたからである(18)。

『人民文学』復刊のために北京に呼び戻されたのは、咸寧幹校の第五中隊にいた李季である。

李季は文革直前に『人民文学』副主編であった。文革が始まると批判された。批判理由は周揚の反動路線を推行したということであった(19)。幹校へは、一九六九年一一月三〇日に北京を離れ咸寧に赴いた(20)。咸寧の幹校では第五中隊ではじめ指導員、その後中隊長になっている。

一九七二年になると、幹校では近いうちに幹部が北京に呼び戻されるといううわさがあった。周恩来の要請によるものだ、副部長以上であるとか一三級以上の幹部であるとかが伝わって来ていた(21)。ほどなくうわさは現実のものとなった。

一九七二年五月三一日、李季は咸寧を離れ(22)、北京に戻り、人民文学出版社の指導小組のメンバーとなる。具体的な詳細は不明であるが、すぐに『人民文学』の復刊に向けた準備に取り組んだものと思われる。

李季とともに『人民文学』の復刊準備を進めたのは楊子敏(23)や李曙光(24)らである。

楊子敏と李曙光のふたりの記述によれば、ふたりが『人民文学』の復刊準備に参加したのは一九七三年五月である。おそらくこの頃からかなり具体的な復刊準備作業を李季が中心となって進めたものと思われる。そして李季自身も『人民文学』の復刊を楽観的に信じていたようである。

一九七三年四月一六日から五月一八日まで中日友好協会代表団一行が日本を訪問した。この代表団全員を周恩来が二度も接見する(25)というように重視されたものであった。廖承志が団長で五五名という大型の団であった。李季もこのメンバーの一員として日本を訪れた。

日本訪問時、李季は文化組の「大物」とホテルで同室であった。李季はそれまで一年にわたって『人民文学』の復刊準備を進めて報告書を提出していたがまだ復刊に至らなかった。日本で、大型の文学雑誌の復刊予定はあるのか、あるとすればいつ頃なのかという日本人からの質問を受けて、李季がこの「大物」にお伺いを立てると「まもなく復刊されるであろう、と答えてもよい」という返事をもらい、帰国後復刊に関する報告書を文化部の某氏まで再度提出するようにということまで言われたのであった(26)。

この「大物」とはこの代表団の副団長であった于会泳であろう。だが『人民文学』の復刊は「四人組」によって「故意に引き延ばされ、ついに批准されなかった」(27)。

すでに見たように出版工作座談会で『人民文学』の復刊の方針が出されたが復刊には文化組の批准が必要であった。

国務院文化組は一九七一年七月に成立した。組長は呉徳、副組長は劉賢権で、その他に石少華、于会泳、浩亮、劉慶棠、王曼恬、呉印咸、狄福才、黄厚民がメンバーであった(28)。このうち黄厚民については不詳である。その他のメンバーの略歴を見てみよう。

呉徳（一九一三〜一九九五）は、文革前、天津市長や吉林省党委第一書記を務めたことがあり、一九六七年に北京市革命委員会主任になっている。

劉賢権は一九一四年生まれで、文革前、蘭州軍区副司令員兼青海省軍区司令員であった。一九七一年の林彪事件の後は、軍事委員会弁事組が解散となり代わって設置された軍事委員会事務会議が劉賢権の活動の中心となったと思われる。

石少華（一九一八〜一九九八）は写真家で、文革前は新華社副社長であった。文化組では秘書長を努めていたと思われる。実務を担当したのではないだろうか。李季が訪日時に文化部の「大物」から『人民文学』の復刊に関する報告書を「文化組の某氏」に提出するように指示されたというが、その「某氏」とは石少華のことかもしれない。石少華は文革後に新華社副社長に復帰している。

于会泳（一九二六〜一九七七）はもともとは上海音楽学院の教員であったが、文革で造反派となった。文化組の実質的中心であったと思われる。その後、文化組副組長となっている。一九七三年一月一日、江青と姚文元の意を受けて文化組創作指導小組弁公室が設立されたが、その組長は于会泳である(29)。文革後、自殺した。

浩亮（一九三四〜）は文革前から革命模範劇「紅灯記」の主役李玉和を演じていた京劇俳優である。文革後に審査を受け党籍を剥奪されたが、一九八八年には舞台に復帰している。

劉慶棠（一九三二〜）は文革前から現代バレエ劇「紅色娘子軍」の主役洪常青を演じていたダンサーである。文革後逮捕され、懲役一七年、政治権利剥奪四年の判決を受けた。

王曼恬（一九一五〜一九七六？）は毛沢東の遠縁にあたると言われている(30)。一九七一年五月、天津市党委員会委員に選出され、文教関係を担当した。天津での活動が中心であったと思われる。文革後、自殺した。

呉印咸（一九〇〇～一九九四）は写真家、映画カメラマンで、文革前、北京電影学院副院長等を務めたことがある。映画「紅旗譜」や「白求恩大夫」等の撮影で有名である。

狄福才は軍関係者で文化活動とは無縁であったと思われる(31)。ほどなく文化組から離れている。

これらの文化組のメンバーのなかには文学関係者はいないようである。メンバーのうち于会泳、浩亮、劉慶棠の三人が創作に関わる実権を握っており、江青とこの三人の関係は極めて親密であった(32)。

では李季の訪日時に文化組の「大物」が認めたはずの『人民文学』の復刊は何故頓挫したのだろうか。おそらくこの「大物」も復刊を信じていたがその後の政治情勢の変化によって結局批准されなかったのではないだろうか。

一九七三年八月二四日から二八日まで中国共産党第十回全国代表大会が開催され、鄧小平をはじめとする老幹部が中央委員に選出されている。鄧小平は一九七三年四月一二日に副総理としてすでに復活していた。

『人民文学』の復刊はそれに従事するかつての幹部が復帰し、その勢力が強大化することにつながり、復刊を利用した権力闘争あるいは勢力拡大かそれに反対かという性格を持つものとなったのであろう。

これは復刊準備の中心となった李季の当時の所属と関係している。李季が一九七二年に北京に戻ったのは人民文学出版社でそこで期刊準備組を成立させ『人民文学』復刊の準備を進めた(33)。人民文学出版社は陳翰伯所管の出版局の系統下にあり、于会泳らの文化組の系統ではなかった(34)からである(35)。

また雑誌類の刊行ということで言えば、文革推進派によって一九七三年五月に『朝霞』叢刊が、一九七三年九月には上海市委の『学習与批判』が創刊されている。また一九七四年一月には文芸雑誌『朝霞』月刊が創刊されている。

文革推進派がこれらの自分たちの意見を反映する雑誌を発行することに重点を置き、それ以外に新たな雑誌に人を送り込む余裕がなかったのかもしれない(36)。

それ以外に李季の編集方針が当時の潮流と調整をつけることが難しかったことも原因のひとつであろう。つまり、当時、出版社に指導部はあっても実際に中心になっていたのは軍の毛沢東思想宣伝隊の数人であったから、まず原稿依頼の段階からうまくいかないことになる。専業作家に原稿依頼するというような李季の方針は否定される。まず執筆者は労働者や農民でなければならず、そして労働者や農民が編集に加わらなければならない。そのような結果集まった原稿は、内容は千篇一律で文意も通らないものが多かった。創作方法も三突出(37)で李季には大いに不満であった。

李季を中心とする『人民文学』復刊準備組がいつ解散したのかは不明であるが、『人民文学』復刊準備組が解散となって数か月後に李季が訪ねてきて『詩刊』が復刊されることになったと黎之に語った(38)というから、一九七四年秋から冬のことであろう。

準備組は解散となり、李季は一九七五年、石油部勘探開発計画研究院の責任者となる(39)。これは李季が文革前に石油採掘現場に入って石油労働者の献身的精神を詩に歌いあげたことで「石油詩人」と呼ばれていたが、そのような石油部門との関係によるものであろう。そして李季といっしょに復刊準備活動を進めた他のメンバーもそれぞれ他の部署に移っていった。

四　『人民文学』の発刊

一九七五年一月一三日から一七日まで、第四回全国人民代表大会が開催された。国務院第一副総理に鄧小平が選出され日常業務をとり仕切った。国務院文化組は文化部に改組された。部長に于会泳、副部長に浩亮と劉慶棠が選出された(40)。

文芸界に変化が生まれるのは一九七五年七月である。「文芸調整」という名の自由化が進められる。七月はじめ、毛沢東は鄧小平との談話で、創作について百花斉放の状態にないことを述べた。また七月二日に、林默涵からの手紙に対する批語で、批判された周揚について、寛大な処置をとるべきだとして幹部の活用を促した(41)。また七月一四日、毛沢東は江青に対し、「党の文芸政策は調整すべきである」と述べ、詩、小説、散文や文芸評論が少ないと指摘した(42)。

そして創業事件が続く。創業事件とは、当時中共中央政治局員であった江青と文化部党核心小組が映画「創業」を批判したが、シナリオを書いた張天民が鄧小平と毛沢東に手紙を送り、毛沢東が張天民の手紙に対して批語を加えたものである。毛沢東は「この映画にそれほど大きな誤りはない。上映許可することを提案する。完全無欠を求めるべきではない。しかも罪状が十か条の多くにも上るというのは言いすぎだ。党内の文芸政策を調整するのに不利である」(43)としたのである。

一九七五年の文芸調整は毛沢東や鄧小平の直接指導のもと、胡喬木らによって具体的に準備が進められた(44)。このような状況下で、一九七五年七月二〇日、謝革光が『紅旗』に手紙を送り、広範な大衆が『詩刊』の復刊を渇望していると書いてきた。張春橋がこの手紙の件を毛沢東のところまで報告する。毛沢東がこの報告に対して、『詩刊』の復刊に「同意」の批語を与えるのは九月一九日である(45)が、張春橋はおそらくこの手紙の件を毛沢東に報告する段階で『詩刊』が復刊されることを予想したのであろう。そして続いて『人民文学』も発刊せざるを得ないと判断したものと思われる。八月頃に張春橋は于会泳に『人民文学』の発刊について述べている(46)。

詳細は不明であるが、袁水拍が指名され『人民文学』発刊の準備にとりかかることになる。

袁水拍（一九一六～一九八二）は文革開始とともに「反党、反社会主義」として批判されたことがある(47)。一九七二年冬、寧夏の幹部学校から北京に戻り一九七三年夏から文化組の芸術研究機構に勤務していた。一九七五年には文化部の文学芸術研究所所長であった。一九七五年八月二五日に袁水拍は張春橋に呼ばれ、新しい『人民文学』の発刊について指示を受けている(48)。それを承けて袁水拍は『人民文学』発刊に関する報告を起草し、九月六日、于会泳が文化部核心小組の名義で国務院に発刊許可願いを提出する。于会泳は文化部部長であるから、『人民文学』の発刊には文化部より更に上級の批准が必要であったと思われる。中共中央のすべての政治局員が閲覧している。政治局委員のなかでも張春橋の意見が重要な意味を持っていたようだ。張春橋は九月八日に「原則同意」した。十月一五日には于会泳に「出版局と相談し、まずやることだ」との批示を与えている(49)。

かくて『人民文学』発刊へと動きはじめる。

それ以後、この文化部核心小組の「定期刊行物発刊に関する許可願い」（許可願い）とそれに付録としてつけられた「全国規模の文学雑誌発刊の方案」（方案）に従って進められていく。

まず、組織の編成については、「方案」は、『人民文学』雑誌編集部は人民文学出版社に置き、出版局と文化部による二重指導体制とし文化部が主として方針について責任を負うと述べている。つまり、出版、発行およびそれに関わる経費は人民文学出版社の上部組織である出版局が負担し、編集方針を決定するのは文化部であるということになる。そして、文化部部長の于会泳は張春橋の指示を受けるのである(50)。

出版局の責任者は石西民である。石西民（一九一二～一九八七）は文革前、上海市委文教書記で一九六三年に上海市委執筆グループが結成された時の責任者である。後述の施燕平はこの頃の部下であると思われる。一九六四年に文化部副部長となり北京に移ったが、上海市委執筆グループ責任者の後任となったのが張春橋である。石西民は一九七五年に国家出版局局長になっている(51)。

出版局の役割は張光年(一九一三〜二〇〇二)の例から窺うことができよう。張光年は出版局配属となり、一九七五年一〇月三一日に、『人民文学』に関すること、人事異動に関することなど出版局に関する覚え書きを作成し、石西民を訪ねている。また一一月二〇日には厳文井とともに『人民文学』編集部に行き発刊準備状況について聞いたり、具体的に作業に関する小会議に出て、その場で出された意見を出版局の指導者に伝えると述べたりしている(52)。

編集部の人事については編集委員会が実際に動き出すまでは人民出版社(出版局)と文学芸術研究所(文化部)の責任者を中心とする準備小組によって準備を進める、と「方案」に記されているから、準備当初は袁水拍と厳文井が中心になって進めたものと思われる。

この「許可願い」と「方案」に記されている編集委員会の主編は袁水拍、副主編は厳文井、李希凡、施燕平の三人である。

このうち厳文井(一九一五〜二〇〇五)は出版局系統の人民文学出版社の副社長で兼職である。他の三人が文化部であるが、袁水拍は出版局等との調整等が主な任務であったと思われる。李希凡(一九二七〜)は紅楼夢研究小組の責任者で兼職である。施燕平が常務副主編として原稿依頼等の具体的編集業務を進めた。

施燕平は一九二六年生まれで、一九五七年に上海作家協会に加入し『萌芽』編集部に勤務した。その後『上海文学』編集部副主任などを経て、一九六四年に『萌芽』が復刊されると『萌芽』編集部主任になっている。一九六六年、文革開始直前、上海作家協会が芦芒を組長とする「五人小組」を結成しようとした時、胡徳華、唐鉄海や邢慶祥らとともにそのメンバーに加わる予定であった。同年八月頃、巴金批判が行なわれた時、施燕平は「小巴金」として批判された。一九七四年に欧陽文彬とともに『朝霞』叢刊の編集を担当し、一九七五年に『朝霞』月刊の編集委員となり責任者を務めていた(53)。

編集委員には馬聯玉、李季、賀敬之、浩然、張永枚、袁鷹、蒋子龍の七名が掲げられている。次にこれらの委員の略歴を見てみよう。

馬聯玉（一九三六～　）は児童文学作家、李季（一九二二～一九八〇）は詩人、賀敬之（一九二四～　）は詩人で歌劇「白毛女」の執筆者のひとり、浩然（一九三二～　）は小説家、張永枚（一九三二～　）は詩人、袁鷹（一九二四～　）は詩人で編集者、蒋子龍（一九四一～　）は労働者作家である。これらの委員のうち三〇代の馬聯玉と蒋子龍以外は全員文革前に『人民文学』に作品を発表したことがある。また、馬聯玉は中学教師をつとめたり文化工作に従事しながら五〇年代から作品を発表している。蒋子龍は文革前に小説を発表したことがあるが、実質的には文革中にデビューしている(54)。

これ以外に編集者等の実務担当スタッフがいる。そのほとんどがかつて中国作家協会の関係部門で編集等に従事していた人たちである。例えば、閻綱（一九三二～　）は一九五六年に中国作家協会配属後『文芸報』で主として小説評論を担当していた(55)。文革中、幹校での肉体労働を体験したあと、北京外貿学院から『人民文学』編集部の評論組に移って来た。また、許以（一九二七～一九九七？）は文革前には『人民文学』小説組副組長であった。一九七三年春に幹校から文化組に移って来ており、小説組組長をつとめることになった(56)。

その他、文革後の一九八五年に王蒙が『人民文学』主編になった時副主編となった劉剣青（一九二七～一九九一）も、この時発刊準備の会議で編集の進捗状況を報告している(57)。

発刊準備の段階で『人民文学』の題字も問題になった。

『人民文学』の題字は創刊号以来基本的には郭沫若が揮毫したものを用いていた(58)。『人民文学』の発刊にあたり題字を変える必要があるということになった(59)。編集部では、主編の袁水拍から毛沢東に揮毫を依頼したらどうかという意見が出されたが、このような瑣事で毛沢東を煩わせるわけにはいかないということでそのままになってしまった。閻綱が次のような提案をした。閻綱が編集部に復帰して数日後というから一九七五年九月下旬頃であろう。毛沢東が一九六二年に詞六首を発表するにあたって、当時の『人民文学』主編の張天翼と副主編の陳白塵宛に手紙を書いた時、その文中に「人民文学」の文字があり、しかもそれは簡体字であった(60)。閻綱はこのことを思い出して、この書体を使うことを周明（一九三四～　）に提案した。そしてカメラマンで、美術担当の編集者として咸寧幹校から戻って来た潘徳潤（一九三二～一九八六）に依頼して縦書きであったものを横書きにする等の技術的処理を加えて完成させた。そして、編集部の同意を得たのち、袁水拍、厳文井、李希凡、施燕平の四人が連名で張春橋宛に手紙を書き、張春橋を通じて毛沢東の同意を求めた。毛沢東から「かまわない（可以）」の批示を得て題字が決定した。一一月頃であろうか(61)。

『人民文学』第一回指導メンバー会議は、一九七五年一〇月二三日に文学芸術研究所で行なわれた。参加者は袁水拍、厳文井、李希凡、施燕平、袁鷹の五人であった(62)。施燕平はその前日の一〇月二二日に上海から着いたばかりであった。

原稿依頼を中心とした実務は施燕平が厳文井や李希凡らと相談して進められた。施燕平が上海をはじめこれまでのつながりのあるところへ原稿依頼の手紙を多数書いた。北京については直接『解放軍文芸』編集部や北京市作家協会会員を訪ねたりした。また、北京映画制作所にいた李準や馬烽にも依頼している。原稿の審査は集団で行なわれた。理論面は主として李希凡が担当し、厳文井は小説や散文について手助けする程度で、施燕平と袁水拍がすべての原稿に目を通した(63)。

創作についてかつて強調された三突出は、少なくとも公的には強調されることはなくなっていた(64)。

印刷は一二月中に終わっていたと思われる。予定発行部数は八〇万部であった。

五　希望有更多好作品出世

新しい『人民文学』は一九七六年一月二〇日に発刊された。復刊とは称さず「総第一期」と記した。だが「創刊のことば」は無く「読者へ」と題する編集後記で「新しい『人民文学』が読者にお目見えした」(65)と述べた。最初のページには「希望有更多好作品出世」という、毛沢東が『人民文学』創刊号に寄せた題詞を掲げ文革前からの継承を主張していることをうかがわせた(66)。

『人民文学』一九七六年第一期に作品が掲載されたのは、主として文革前から作品を発表していた作家や若い世代では知識青年である。ただ、文芸評論、時評や詩の執筆者についてはよく判らない。それ以外の作者について、当時の所属など略歴を記してみよう。

阿堅は上海人民芸術劇院の王煉(一九二五〜　)と上海京劇団の趙莱静(一九三二〜　)のふたりを中心とする創作チームのペンネームであろう(67)。蔣子龍(一九四一〜　)は既に述べたように天津の労働者作家である。陸星児(一九四九〜二〇〇四)は上海の知識青年で北大荒に下放したことがある。胡景方はおそらく胡景芳(一九三二〜一九九九)であろうと思われる。遼寧の児童文学作家である。孫顒(一九五〇〜　)は上海の知識青年である。『朝霞』月刊からの転載である。魯光(一九三七〜)は『体育報』の文芸編集者を経て国家体育委員会に所属となっていた。魏巍（一九二〇～　）は一九六三年に『人民文学』編集委員となったことがあり、この当時は人民解放軍文化部所属となっていた。満鋭（一九三五～　）は黒龍江人民出版社の文芸編集者である。李瑛（一九二六～　）は『解放軍文芸』の編集者である。馬達（一九二八～　）はこの頃天津作家協会所属であった。黄声笑（一九一八～一九九四）は湖北省宜昌港務局に勤務する労働者詩人である。任犢は余秋雨（一九四六～　）のペンネームである。上海の『学習与批判』誌の一九七五年第一期等に評論が発表されている。余秋雨自身は一九七五年から一九七六年にかけて病気療養中であったと述べている(68)が、任犢署名の文章の執筆者は余秋雨であると断定してよいであろう(69)。劉夢溪（一九四一～　）は文化部で紅楼夢研究をおこなっていた。傅活（一九四〇～　）は文化部中国戯曲研究院で主に理論研究を担当していた。

これらの人たちは文革後も作品を発表している。執筆者だけではない。編集者も同様である。文革後、主編の袁水拍は更迭され「四人組の腹心」と批判された(70)が、その後、作品集も出版されている。袁水拍は一九八二年一〇月二九日に病死したが、遺骨は八宝山革命公墓に安置されている(71)。副主編の施燕平も、文革後、四人組から信頼された人間として『朝霞』から移ってきたと批判され(72)審査を受けたが、一九七九年九月に復旦大学分校教員になり当代文学史の講義を担当した(73)。

『人民文学』の復刊をめぐっては権力闘争があった。鄧小平が一九七五年九月六日の「許可願い」に加えた批語は、『人民文学』の発刊を文化部が中心になって進めることに対する不満を述べたものであるが、この批語に見られるように、これは鄧小平と文化部、いや文化部の背後にいる張春橋との権力闘争であった。

しかしながら、文化部系統から指名を受けた『人民文学』の新しい編集部の実務担当者たちはそのようななかでも雑誌発刊に努力した。雑誌を出せる喜びをもって精一杯良いものを出そうとした。それに文化部と出版局といっても彼らはかつての同僚であったりあるいはかつての上司と部下である場合もあった。そして何よりも彼らは党に忠実であったのである。

袁水拍はかつて周揚から「党の言うことをよく聞く」と賞賛された(74)し、施燕平は「組織が決定したことには従う」しかないと考えていた(75)。

その他の執筆者たちも基本的にはこのふたりと同じであった。そして彼らは中華人民共和国に生きる「われわれ」のために「われわれ」を描こうとした。「われわれ」は時には「階級敵」を意識し排除した、労働者・農民・兵士のみのこともあった。時代の思潮によって「われわれ」の内容は変化することはあったが、一貫して、個を凝視する文学よりも「われわれ」を描くことが重視された(76)。

文革後の「新時期」と呼ばれる時期にも彼らは作品を世に出し文芸界の一翼を担っている。文革前も文革期も文革後も「希望有更多好作品出世」は編集者や執筆者の切なる願いでもあったであろう。

註

（1）呉俊「《人民文学》的创刊和复刊」、『复印报刊资料 中国现代、当代文学研究』二〇〇五年第一期。原載は『南方文坛』二〇〇四年第六期。

（2）「中华人民共和国出版大事记」、『当代中国』丛书编辑部编『当代中国的出版事业』当代中国出版社、一九九三年八月、二九ページ。

（3）张惠卿「周总理和一九七一年全国出版会议」、宋应离等编『中国当代出版史料』第一巻、大象出版社、一九九九年九月、所収、二一三ページ。原載は『出版发行研究』一九九八年第三期。

（4）方厚枢「"文革"一〇年的期刊」、宋应离等编『中国当代出版史料』第三巻、三八ページ。原載は『编辑学刊』一九九八年第三期。

（5）前掲、张惠卿「周总理和一九七一年全国出版会议」に拠る。張恵卿は座談会報告文件の起草に関わったひとりである。前掲、「中华人民共和国出版大事议」をはじめ、方厚枢「〝文革〟一〇年的期刊」など多くは一九七一年三月一五日から七月二二日まで開催されたとする。これはおそらく、ほぼ同時進行で開催されていた教育工作会議や体育工作会議などの会議の代表とともに出版工作会議の代表も加わって七月二九日に周恩来の接見を受けたが、この接見も出版工作座談会に含めるかどうかによる違いであろう。

（6）李晓祥「我所知道的文化部咸宁〝五七〟干校」、『湖北文史资料』一九九九年第二辑［五月］。

（7）『周恩来选集』（下卷）人民出版社、一九八四年一一月、四七一ページ。日本語訳は『周恩来選集（一九四九年～一九七五年）』外文出版、一九八九年、六八五ページ。

（8）前掲、张惠卿「周总理和一九七一年全国出版会议」に拠る。前掲、方厚枢「〝文革〟一〇年的期刊」は八月一六日とする。

（9）前掲、张惠卿「周总理和一九七一年全国出版会议」所引文件に拠る。

（10）前掲、方厚枢「〝文革〟一〇年的期刊」所引文件に拠る。

（11）但し、この会議で雑誌の復刊が全面的に承認されたとは言い難い。ほぼ同時進行で開催された全国教育工作座談会の文件である「中央（一九七一）四四号文件」に「ふたつの評価」が明記されたが、出版工作座談会の文件にも「ふたつの評価」が明記されたのである。「ふたつの評価」とは、一は出版界では長期にわたって反革命修正主義の黒い糸によって独裁が行なわれてきた、二は出版界の知識分子の大多数はその世界観がブルジョア階級のものであるかあるいはまだ十分には改造されていない、とするものである。この頃、周恩来らの秩序回復派と張春橋らの文革推進派のあいだでしのぎを削っており、両論併記になっていると考えられる。

（12）刘福春『中国当代新诗编年史』河南大学出版社、二〇〇五年一二月、一二六ページ。

（13）文革期の文芸雑誌の創刊号あるいは復刊号で実物を確認できたものは少ない。主として前掲、刘福春『中国当代新诗编年史』に拠る。また、文革期の文芸雑誌に関する研究として、岩佐昌暲「文革期の地方文芸雑誌について」、『言語文化論究』二〇（二〇〇五年二月、九州大学大学院言語文化研究院）がある。『朝霞』と『解放軍文芸』については、岩佐昌暲『文革期の文学　改訂版』九州大学大学院言語文化研究院、二〇〇三年七月、を参照。

（14）中国出版工作者协会编『中国出版年鉴　一九八〇』商务印书馆、一九八〇年一二月、に統計資料が掲げられている。前掲、方厚枢の整理に拠る。

(15) 中共中央党史研究室『中国共产党的七十年』中共党史出版社、一九九一年八月、四五六ページ。
(16) 庄浦明「〝最亲密的战友〟」、李城外编『向阳情结』（下）人民文学出版社、二〇〇一年二月、一七三ページ。
(17) 『人民日报』社论「惩前毖后、治病救人」、『人民日报』一九七二年四月二四日。
(18) 前掲、『当代中国的出版事业』七六ページ。
(19) 陈白尘『牛棚日记』三联书店、一九九五年五月、三九ページ。
(20) 王尧「〝文革文学〟纪事」、『当代作家评论』二〇〇〇年第四期［七月］。また陈白尘『牛棚日记』一五八ページ～一五九ページを参照。
(21) 张光年『向阳日记』上海远东出版社、一九九七年一二月、八八ページ。
(22) 「臧克家致郑曼信　十六（一九七二、五、三〇）」、『臧克家全集』第一一巻、时代文艺出版社、二〇〇二年一二月、七四四ページ。
(23) 杨子敏「忆李季同志」、『北京文艺』一九八〇年第五期。
(24) 李曙光「从头学起」、丁景唐等著『我与人民文学出版社』人民文学出版社、二〇〇一年三月、一三三ページ。
(25) 『周恩来年谱』中央文献出版社、一九九七年五月、に拠れば、一九七三年三月二七日と四月一四日の二回、周恩来は代表団全員を接見している。
(26) 涂光群「不屈的文人」、『五十年文坛亲历记』辽宁教育出版社、二〇〇五年五月、二三〇ページ。
(27) 『人民文学』编辑部「《人民文学》复刊的一场斗争」『人民日报』一九七七年八月一八日。『人民文学』一九七七年第八期［八月二〇日］にも掲載。
(28) 第四次文代会筹备组起草组、文化部文学艺术研究院理论政策研究室『六十年文艺大事记　一九一九～一九七九（未定稿）』一九七九年一〇月、二三三ページ。
(29) 杨鼎川『一九六七：疯狂的文学年代』山东教育出版社、一九九八年五月、二五五ページ。
(30) 施燕平口述「我的工作简历」、『当代作家评论』二〇〇四年第三期［五月］。
(31) 翟建农『红色往事』台海出版社、二〇〇一年四月、七二ページ～七五ページを参照。
(32) 徐景賢『十年一夢』時代國際出版有限公司、二〇〇三年一〇月、三三七ページ。
(33) 涂光群「中国作协与咸宁干校」、『向阳情结』（上）人民文学出版社、一九九七年一二月、五五ページ。但し、涂光群は李

季が北京に戻ったのは一九七三年としているが一九七二年の誤記であろう。

(34) 黎之「回忆与思考」、『新文学史料』二〇〇〇年第三期［八月］。

(35) 当時の組織関係はよく判らないが次のようなケースがある。人民文学出版社編集責任者であった盧永福は、翻訳組が必要だとして一九七三年末に北京に戻ったが、所属先はもとの職場であった人民文学出版社ではなく幹校の時の編成に基づいたものであったという。卢永福「向阳大会师，千古一风流」、『向阳情结』（下）二五七ページ。

(36) 陈徒手「汪曾祺的文革十年」、『读书』一九九八年第一一期に拠れば、江青が張永枚や浩然などの作家と連絡を密にしようとするのが一九七三年以降である。しかし、張永枚と浩然は『朝霞』には作品を発表していない。ただ、後述の『人民文学』の編集委員に加わっているのはこの時からの関係によるものであろう。

(37) 文芸創作の原則で、すべての人物のなかでは正面人物を突出させること、正面人物のなかでは主要な英雄人物を突出させること、主要な人物のなかでは最も主要な人物すなわち中心人物を突出させること、という三つの突出に帰納される。于会泳が「让文艺舞台永远成为宣传毛泽东　思想的阵地」、『文汇报』一九六八年五月二三日、で提起した。孙兰、周建江「二〇年『文革』文学综论」、『小说家』一九九九年第一期ほかを参照。

(38) 前掲、黎之「回忆与思考」。

(39) 一九七五年三月一七日に李季が訪ねて来て丁寧（散文家）に報告したという。丁宁「人在尽时曲未终」、『诗刊』一九八〇年五月号。

(40) 前掲、杨鼎川『一九六七：疯狂的文学年代』二六二ページ。

(41) 夏杏珍「当代中国文艺史上特殊的一页」、『新文学史料』一九九四年第四期［一一月］。

(42) 中共中央文献研究室编『毛泽东文集』第八巻、人民出版社、一九九九年六月、四四三ページ。前掲、『中国共产党的七〇年』では「毛沢東の文芸問題に関する書面の指示」とする。あるいはこの談話が書面の指示として出されたのかもしれない。

(43) 任平「光辉的历史文件」、『人民日报』一九七六年一一月五日で公表。またこの経緯については次を参照。『人民电影』编辑部「江青一帮扼杀电影《创业》的前前后后」、『人民电影』一九七六年第六期［一〇月二七日］。

(44) 前掲、夏杏珍「当代中国文艺史上特殊的一页」。

(45) 『建国以来毛泽东文稿』第十三册、中央文献出版社、一九九八年一月、四五一ページ、四五三ページ〜四五五ページ。

(46)阎纲「关于复刊《人民文学》的通信」、『文艺报』二〇〇四年六月一七日。
(47)王同策「〝横扫一切〟的一项罪证」、陈明洋编『当年事』文化艺术出版社、二〇〇五年一二月、一七九ページ、一八一ページ。
(48)前掲、黎之「回忆与思考」。
(49)前掲、『人民文学』编辑部「《人民文学》复刊的一场斗争」。
(50)吴俊「关于《人民文学》的复刊」、『当代作家评论』二〇〇四年第二期〔三月〕。
(51)前掲、徐景賢『十年一夢』四ページ。
(52)前掲、张光年『向阳日记』二五五ページ、二六一ページ。
(53)前掲、施燕平口述「我的工作简历」。
(54)『蒋子龙文集』华艺出版社、一九九六年四月、に拠る。
(55)阎纲「我与文学评论」、周鉴铭编『走向文学之路』湖南人民出版社、一九八三年九月、二二〇ページ。
(56)涂光群「断忆」、『人民文学』一九九八年第五期。
(57)前掲、张光年『向阳日记』二六一ページ。
(58)『人民文学』の題字は、一九四九年創刊号から一九五七年六月号までは郭沫若の揮毫になる「人民文學」。一九五七年七月号から一九六二年一二月号までは明朝体活字の「人民文学」。一九六三年一月号から一二月号までは郭沫若揮毫の「人民文學」。一九六四年一月号から一九六六年五月号までは郭沫若揮毫の「人民文学」を使用している。
(59)『光明日報』は一九六七年元旦号より、郭沫若のものに替えて毛沢東の題字を使用していた。但し、文革前から基本的に毛沢東の題字に替えようとする動きがあったのである。穆欣「毛泽东与『光明日报』报头的由来」、『百年潮』二〇〇六年第二期を参照。
(60)毛沢東の手紙の影印とともに『人民文学』一九六二年五月号に発表された。
(61)前掲、阎纲「关于复刊《人民文学》的通信」。
(62)前掲、吴俊「关于《人民文学》的复刊」。
(63)前掲、施燕平口述「我的工作简历」。
(64)三突出があまりにも多方面から反対されたため、江青は一九七五年九月一八日に弁明を述べ、文化部が文件を発布し、それ以後文章の中に三突出を提起しなくてもよいとした。朱寨『中国当代文学思潮史』人民文学出版社、一九八七年五月、五一二ページを参照。

(65)（無署名）「致读者」、『人民文学』一九七六年第一期。

(66)この「希望有更多好作品出世」という題詞は、一九八九年「六四」の後、中国作家協会の指導部が改組された後の『人民文学』一九八九年第一〇期にも掲載された。

(67)戴嘉枋『样板戏的风风雨雨』知识出版社、一九九五年四月、二〇二ページ。

(68)上海教育出版社、上海社会科学院文学研究所编『中国作家自述』上海教育出版社、一九九八年九月、六二〇ページ。

(69)张英「〝文革调査〟中的余秋雨」、『人物』二〇〇五年第一期。

(70)前掲、『人民文学』编辑部「《人民文学》复刊的一场斗争」。

(71)韩丽梅编『袁水拍研究资料』中国国际广播出版社、二〇〇三年三月、九六ページ。

(72)前掲、『人民文学』编辑部「《人民文学》复刊的一场斗争」。

(73)前掲、施燕平口述「我的工作简历」。

(74)前掲、黎之「回忆与思考」。

(75)前掲、施燕平口述「我的工作简历」。

(76)もちろん個を凝視する文学が無かったわけではない。社会主義建設を至上とする時、それは主流にならなかったし、時には表面に出ることもなかったのである。文革中にも個を凝視する文学は知識青年の詩の一部に見ることができる。

牟森に関するノート　―『ゼロの記録』を中心に

瀬戸　宏

九〇年代中国小劇場運動の代表的人物の一人、牟森については、中国では〝モダン〟(moderm)の価値観に基づく話劇に叛逆した先鋒演劇の代表的人物とみなされてきた。近年も、陳吉徳『中国当代先鋒戯劇一九七九―二〇〇〇』、胡星亮「中国大陸ポストモダン演劇の発展と建設を論ず」(1)などが牟森らをポストモダン演劇（後現代戯劇）の観点から論じている。その根拠は、いうまでもなく牟森の演劇作品は話劇の徹底した破壊をめざしていたからである。私は、この中国で普遍的にみられる観点にかねてから疑問を持っていた。牟森の演劇の特徴は、形式だけであろうか。その立場から、『中国演劇の二〇世紀』では「牟森の特徴は、『個』の崩壊の表現である欧米実験演劇の影響を受けたその舞台が、逆に『個』の強い表現になっていることである。実験演劇が五〇年代以来の『社会主義的人間』を破壊した後、そこからみえてきたのは、五四以来の『個』を重視する人間の姿だったのである。」(同書二一六～二一七頁)と記したことがある。本稿では、この問題をいま一度論じてみたい(2)。

一

牟森は一九六三年一月二二日遼寧省営口市に生まれた(3)。彼が三歳の時に文化大革命が始まっている。牟森は

〝一〇年の大動乱〟と呼ばれる社会的雰囲気の中で成長したのである。一九八〇年北京師範大学中文系に合格した。大学在学中に演劇に興味を感じ、学生劇団を組織して『教室での作文』(ドイツ)、アルブーゾフ『イルクーツク物語』などを上演したという。八五年夏には、西安話劇院、陝西人民芸術劇院、甘粛省話劇団、青海省話劇団、チベット自治区話劇団、成都市話劇院、四川人民芸術劇院、重慶市話劇団を調査し、「西北西南地区話劇体制と現状の調査報告」を執筆した。

一九八五年大学卒業後、彼は自発的に希望を出しチベット話劇団に配属された。牟森自身の談話に拠れば、チベットの自然に魅力を感じたことと辺境のチベットであれば創作の自由がより大きいに違いないと考えたことが、チベット行き希望の理由であるという。

しかしながら、チベット話劇団の状況は牟森の予想を越えるものであった。稀に小品を上演するのを除けば、劇がまったく上演されないのである。チベット話劇団には上海戯劇学院で話劇を学び一九八〇年の卒業公演で『ロミオとジュリエット』を上演して高い評価を受け、当時の共産党総書記胡耀邦の接見を受けたほどの俳優グループがいるが、彼らも劇を演じる機会がなく、ジュリエットを演じた女優はチベットに戻ってからまったく舞台に立っていなかった。彼女は身体が硬化し、もはや演技ができる状態ではなかった。俳優たちは酒を飲んで日々を過ごしていたという。

牟森は所属をチベットに残したまま北京に戻り、八七年九月に蛙実験劇団という独自の演劇集団を組織して、イヨネスコ『犀』を上演した。劇場は海淀劇院で、日曜の午前中一回だけの公演であった。ところが、この公演が好評であったため、中央戯劇学院院長の徐暁鐘の紹介で中央戯劇学院実験小劇場で一回だけ再演をおこなうことができた。八七年一一月のことである。翌八八年六月には、スイス文化基金の助成を受けることができ、ストラビンスキーの音楽劇『兵士の物語』を中央戯劇学院実験小劇場で五回上演した。八九年一月には、やはり戯劇学院実験小劇場でオニール『偉大なる神ブラウン』(《大神布朗》)を五回上演した。『偉大なる神ブラウン』プログラムに牟森が執筆した演出家の言葉が、孟京輝編『先鋒戯劇档案』(4)に転載されている。牟森らのこの時の心情がよくわかる文章であるので、主要部分を訳出しておこう。

「親愛なる観客の皆さま。一九八九年一月二八日というこのありふれた夜を覚えておいてください。この日の夜、あなたが私たちの『偉大なる神ブラウン』の初演を観ている時、首都のもう一つの舞台では、北京人芸の老芸術家たちが老舎先生の古典的名作『茶館』の最後の上演を行っています。一代の老芸術家たちは一つの輝かしい演劇時代を創造しました。しかし、生命は常に回転と交替の中にあります。『茶館』が一つの旧時代を葬ったように、『偉大なる神ブラウン』が一つの偉大な夢想をはぐくんだように、交替は必然です。私たちは、ここで神聖な感情を抱いて、演劇の名で、老世代の芸術家たちに私たちの最も真摯な敬礼を送ります。これは偶然でありますが、私たちは永遠にこの日を覚えていることでしょう。(中略)

私たちは芸術を自己の生活方式に選択した一群の若者です。結局のところ、芸術は生活方式そのものです。・・・私たちは演劇を自己の生活方式として選びました。私たちの生命が最も完全で最も徹底的な満足と発露が得られるためです。私たちが演劇を選んだのは、自己の生活方式のためであり、私たち自身に対する意義のほかに、私たちは自分たちの上演を通して私たちの観客一人一人に審美の向上と感情の昇華がもたらされること、私たち自身も絶え間なく昇華し浄化されることを望みます。宗教のように。私たちはこの昇華の過程で、私たち自身の生命の光を演劇を通して観客に伝えます。私たちは、魂の交流を望んでいます。私たちは、このようにするのがとても難しいことを知っています。私たちは結果を望んでいません。・・・

私たちは、新しい劇団です。私たちのすべては、新鮮な生命と同じように、強く、力があり、生き生きとしていますが、未成熟でもあります。私たちは完全さを追い求めません。私たちは追求の過程、追求そのものを喜びます。私たちは、やがて私たち自身の優秀な俳優、優秀な劇作家を産み出すでしょう。

私たちには、強い意識があります。私たちは歴史を作っているのです。何日ものぎっしりとつまった稽古の日々、私たちは自己の情熱と仕事に激しく揺り動かされ、夜も眠れませんでした。現在から新しい世紀までまだ最後の一二年があります。この一二年を歩んで、新しい世紀の足音が近づいてくる時、私たちは力強く、奔放な姿勢で彼を迎えます。私たちの内心は、気迫に満ちあふれています。私たちは新しい世紀に属しています。私たちは、自分自身の行動で新しい世紀の到来を迎えます。

再度、老世代の芸術家に敬礼します。

オニールに敬礼します。

新しい世紀に敬礼します。

私たちの上演を観に来てくださった皆さまに感謝いたします。」

新しい演劇活動に踏み出したばかりの、牟森たちの心情が伝わってくる文章である。こうして蛙実験劇団の名はしだいに知られるようになり、『戯劇報』八八年一期には『犀』の劇評が、同年八期の『戯劇報』には蛙実験劇団の紹介が掲載された。『偉大なる神ブラウン』の上演にあたっては、北京日報に広告を出してもいる。

しかし、これ以後蛙実験劇団は活動停止状況になった。時期的にすぐ連想できるのは、六四天安門事件の影響である。事実、彼が語ったところでは、牟森は六月三日深夜から四日未明にかけて、最も遅く広場を離れた部分に属していたという。牟森にこの点を尋ねてみると、影響は確かにあったが主要なものではない、活動停止の主要原因はやはり自己の生存問題だ、とのことであった。天安門事件後の経済引締めは、牟森のような「自由職業者」が収入を得る手段である各種のアルバイトを奪ったのであろう。この時、林兆華が経済面も含めて牟森の面倒をみてくれたという。彼は北京人民芸術劇院『田野・・田野・・』公演や中央実験話劇院『北京人』公演に携わっている。さらに、一九九〇年には、林兆華の戯劇工作室に参加し『ハムレット』の公演に関わっている。

だが、この活動停止の時期は彼の演劇活動にとってたいへん重要であった。蛙実験劇団の時期は、まだ戯曲が先にあり俳優がそれを演じていくという、基本的に話劇の範囲内であった。演劇の本質に関わる変化がこの時期に準備されたのである。

九一年夏にロバート・バーンディ（Rovert Barndy）というアメリカの演出家と協力する機会があり、たいへん大きな影響を受けた。彼を通して牟森はアメリカの身体訓練に関する方法を知ったのである。このあと牟森はおそらく生活のために、九一、九二年チベットに戻った。この間、九一年末に約一ヵ月アメリカを訪問している。九二年一月から七月には、チベット自治区話劇団で何人かの青年俳優とチベット演劇工作室を作り、異なった俳優訓練方法を試した。この年には、演技問題を扱った論文「生命の花は長く開き、芸術の木は長く緑」を『戯劇文学』に発表している。そして九二年一〇月に北京に戻り、ふたたび新しい演劇活動を開始するのである。

二

一九九三年二月から七月、北京電影学院俳優交流養成センター主任銭学格の支持で、北京電影学院俳優交流養成センター第一期俳優方法実験班を主宰した。教育内容と教育方針を自ら決定し専門家を教師に招いたほか、自らも教師を務めた。修了上演演目は、『彼岸および中国語文法討論』（《彼岸和関於彼岸的漢語語法討論》）で、北京電影学院第二稽古室で上演された。これは、高行健『彼岸』を詩人の于堅が脚色したもので、その前半部分は『彼岸』のほぼ忠実な上演であった。この実験班修了生を基礎に、自己の劇団戯劇車間を創立した。

一九九四年初め、第一回ブルュッセル国際芸術祭の委託を受け、『ゼロの記録』（《零档案》）を創作した。この内容は後で考察するが、于堅の同名の長詩をもとに自由に創作したものである。五月には、この作品で第一回ブルュッセル国際芸術祭とフランス・MAUBEUGE国際演劇祭に参加した。

この上演には、一つのエピソードがある。ブルュッセル芸術祭参加にあたって、牟森らは五月三日にブリュッセルに向かおうとしたが、彼と同行した演劇評論家の林克歓は北京空港で当局に拘束され出国できず、戯劇車間の俳優たちは演出家抜きで『ゼロの記録』を上演せざるを得なかった。出国拒否の理由は文化部（中国政府）に登録されていない劇団が外国公演をしようとしたことを文化部が知ったためである。戯劇車間のメンバーは観光ビザでの出国であり、文化公演用のビザではなかった。文化部が戯劇車間のベルギー公演を知ったのは、ベルギー側が戯劇車間の参加を駐ベルギー中国大使館を通して中国に通告していたからであった。俳優たちが出国できたのは、彼らはすでに別の便で出発しており、文化部は無名の彼らを知らなかったからのようである。ベルギー芸術祭には孟京輝も招待されていたが、『ゼロの記録』シンポジウムでは彼が林克歓の発言を代読した。

しかし、牟森、林克歓両氏とも彼らのパスポート、ビザは正規の手段で入手したものである。観光ビザで外国に行き当地で非商業的な文化交流活動（上演）をすることについてもし問題があるとしても、その是非は当該国が判断することで中国政府が関与することではない。政府未公認の芸術団体が海外で公演をすることも、音楽などで当時すでに前例があった。牟森、林克歓の出国拒否には、天安門事件五周年を控えていた中国政府の過剰反応の要素は否定できまい。この事件は外国の新聞でも報道され(5)、反響を呼んだ。このような理由のためか、両者が中国政府関係部門と交渉した結果、九日に林克歓が、牟森については五月一七日すなわち芸術祭終了後に出国が認められたのである。ベルギー側は牟森の到着に合わせて、『ゼロの記録』の三回の追加公演の機会を作った。

ちなみに、当時私は牟森出国阻止のニュースを知って、牟森は天安門事件の民主活動家と関係があるのではないか、と思った。牟森と会う機会があった時この点を尋ねたところ、「民主運動人士」とはいかなる関係も無い、逆に彼らの虚偽を非常に嫌っている、という回答が返ってきた。

ベルギーで上演された『ゼロの記録』は、たいへん成功した。これは、当事者である牟森、林克歓両氏だけでなく、現地で上演を直接観た孟京輝からも確認したことである。ただし、林克歓によれば、ベルギーでは『ゼロの記録』は芸術としてよりもむしろ政治的に扱われ、この点がたいへん不愉快であったという。これは、欧米の中国現代文学、芸術に対する姿勢からも推測できることである。上演直前の両氏の出国不能というドラマチックな事件がこのような扱いをいっそう助長することになったであろうことも、容易に想像することができる。西洋人は芸術上の反体制と政治上の反体制を取り違えている、と林克歓は私に語った。

ともあれ、ブルッセルでの『ゼロの記録』上演成功によって、『ゼロの記録』は世界各国の芸術祭から招聘された。『ゼロの記録』は一九九五年一二月に北京・円恩寺劇場で上演予定であったが、劇場近辺に居住していた共産党・政府指導者である姚依林が偶然逝去し、劇場周辺は上演活動が禁ぜられた。姚依林の喪が明けると、新彊で多数の死者を出した劇場火災事故があり、政府は舞台での火の使用を禁止した。『ゼロの記録』は舞台で実際に火花を散らすので、またしても上演できなくなった。このため、『ゼロの記録』は牟森の代表作であるにもかかわらず、中国国内では上演されていない。

一九九四年一二月アメリカ・フォード財団の助成を受け、『エイズと関係ある』（《与艾滋有関》）を北京・円恩寺劇場で上演した。一九九五年一月燐光群および瀬戸宏の招請で訪日し、東京で日中演出家会議に参加し、東京で俳優訓練ワークショップをおこない、横浜と大阪で自己の演劇創作を語る講演をおこなった。九五年春には、ブルュッセル国際芸術祭などの委託を受け、劉震雲の小説『故郷天下黄花』に基づく『黄花』を創作し、五月にブルュッセル国際芸術祭に参加した。八月には、日本タイニイアリスの招聘で『紅鯡魚』を日本人俳優を用いて創作し、タイニイアリス、中央実験話劇院実験劇場で上演した。この作品は、フランスの劇作家ジャン・ジャック・バルジャンの同名の劇をもとに自由に創作したものである。一〇月には、『黄花』のもう一つの上演版である『ある夜の記憶に関する調査報告』（《関於一個夜晩的記憶的調査報告》）を創作し、フランス秋季演劇祭に参加した。一九九六年には再び日本タイニイアリスの招きに応じ、東京で日中韓の俳優による『ホスピタル』（《医院》）を創作した。この年、自己の演劇観をまとめた『対抗としての演劇：自己と関係ある』（《戯劇作為対抗：与自己有関》）執筆を開始したが、現在に至るも出版されていない。一九九七年七月『傾述』（《傾述》）を創作し、長安大戯院小劇場で上演したが、この公演は失敗した。これ以後、二〇〇三年北京人芸『趙氏故事』（林兆華演出）文芸顧問担当のように時折牟森の名前を聞くことはあるが、基本的には演劇活動を停止し、今日に至っている。

三

上述したように、『ゼロの記録』は牟森の代表作であるとみなされている。私は、『ゼロの記録』の実際の上演を観る機会はなかったが、ビデオは観ている。このビデオは、一九九四年ブルュッセル芸術祭での追加上演の映像である。

『ゼロの記録』は、もとは雲南省在住の詩人于堅が雲南人民出版社発行の文学誌『大家』一九九四年一期に発表した長詩である。『先鋒戯劇档案』にも全文が転載されている。長詩『ゼロの記録』は個人記録の文体と無味乾燥な単語である平凡な男性の半生を描き出している。題名『ゼロの記録』の意味は、この記録に記された人間の社会価値は極めて平凡でゼロに等しいということであろう。しかし、長詩『ゼロの記録』から浮かび上がってくるのは、このような平凡人の侵すべからざる個人的尊厳である。

牟森演出の『ゼロの記録』は、于堅の長詩を直接上演台本として用いた演劇作品ではない。舞台の『ゼロの記録』は、演出家が長詩『ゼロの記録』を読んで彼が理解したその内容と精神を舞台で再構築したものである。上演時間は約五〇分で、俳優は三人しかいない。男優が二人（呉文光、蒋越）と女優一人（文慧）である。

演劇『ゼロの記録』は、工場の仕事場のような空間である。ここには華美な家具、舞台装置は何もなく、ただ無機的な機械がいくつかあるだけである。この舞台の雰囲気は、長詩『ゼロの記録』の内容と極めて似通っている。劇が始まった時、舞台には誰もいない。無人の空間に、録音の声が流れる。声の内容は、長詩『ゼロの記録』である。続いて、ある男優（呉文光）が観客に向かって彼の父親の生涯と彼が関係者を訪ね資料をさがし父親の生涯を明らかにしていく過程が語られる。俳優が語っているのは、彼（呉文光）の父親と彼自身の実際の個人史であるという。語り口は苦悶、苦痛の色彩で満ちている。たとえば、彼の父親はもともと軍隊のパイロットだったが、彼はある時父親が操縦していた飛行機は人民解放軍ではなく、国民党軍のものだったことを知る。七〇年代末まで、すなわち彼が成人に近い年齢になるまで、過去に国民党と関わりがあったことは社会的存在を否定されるにほぼ等しかった。彼はその苦痛を物語ろうとする。だがその時、別の男優（蒋越）が舞台で電気のこぎりを用いて鉄筋を切り、電気溶接機で鉄筋を加工しようとする。男優が鉄筋を切る時大音響が起こり、火花が舞台四方にまき散らされる。彼の語りはしばしばさえぎられる。だが、彼は大音響にまけずに独白を続ける。彼を妨げるものはほかにもある。女優はレコードプレーヤーで朗読を流す。朗読の内容は、長詩『ゼロの記録』である。彼も、子どもの心臓手術の記録映像を流しながら彼の独白を続ける。心臓手術の記録映像には、むごたらしさがある。この舞台での相互干渉が、舞台で抑圧感と力量感を形作っている。

別の男優は、たくさんの鉄筋を鉄の枠に溶接して立て、女優はその鉄筋に赤いリンゴを次々と突き刺していく。舞台にリンゴの林が出現したかのようになる。鉄筋のいくつかはリンゴを支えきれず揺れている。不思議で美しい場面である。

そのあと、別の男優も語りを始める。二人の男優は時には対抗して独白をおこない、時には声を揃えて語る。二人の男優は、万力でリンゴを砕き始める。最後に緊張感が頂点に達したところで、二人の男優は次々に鉄筋からリンゴを取り、全力で狂ったように回っている送風機にリンゴを投げつける。リンゴの汁やカスが四方に乱れ飛ぶ。演劇『ゼロの記録』はこのようにして終わる。最後の場面は明らかに抑圧された後の感情の爆発であり、観客に感情爆発による解放感、痛快感を与える。上演全体も、すでにみたように力強さに満ちており、舞台の吸引力は極めて強い。演劇『ゼロの記録』の舞台美術を担当したのは易立明である。易立明はこの前後から林兆華演出の舞台美術を数多く担当するが、この『ゼロの記録』においても、荒涼感の中に生命感や色彩の美しさがあるという彼の特色がよく発揮されている(6)。

ここで、演劇『ゼロの記録』の特徴を整理してみよう。

第一に、演劇『ゼロの記録』は、自己をみつめ自己を解放し真実の自己の声を発することを強調している。牟森は「私は旗幟鮮明な個人性を特に強調したい。最も根本的な問題は自分自身だ」(7)と語っている。だから、牟森は俳優に彼と彼の父親の真の個人史を語らせた。しかし、自己の真の声を発そうとすると、周囲からは多くの干渉がある。演劇『ゼロの記録』の俳優の語りを妨げる各種の要素は、現代社会の中のざまざまな妨害物を象徴している。この妨害物は打ち破られなければならない。牟森は「周囲はニセの雰囲気に満ちている。・・・私はニセを打ち破りたい。」(8)だから、演劇『ゼロの記録』では最後に俳優は全力でリンゴを投げるのである。

第二に、演劇『ゼロの記録』は形式と内容が円満に結び付いた舞台作品だということである。演劇『ゼロの記録』には、上演台本は存在しない。牟森によれば演劇『ゼロの記録』は「一つの長詩から一つの上演へと直接転化した」(9)舞台作品である。多くの人が牟森の作品を前衛演劇(先鋒戯劇)だと考えている。だが、牟森は「私はこれが前衛演劇だとはまったく考えたことがない」(10)と繰り返し述べている。演劇『ゼロの記録』は、〝先鋒〟的なスタイルに満ちたものであるが、それはスタイルのためのスタイルではない。牟森がこの上演スタイルを選んだのは、このスタイルが彼が観客に伝えたいものを最もよく表現できるからである。彼は観客に、劇をみてわかろうとするのではなく、感じとろうとすることを求めている。牟森が演劇活動を始めたばかりの時、次のような指摘があった。「彼は演劇を自己の生命に属するもの、自己の内心の呼び声に属するものとしている。暇つぶしではなく、ましてや凡庸な優雅さではないのである。」(11)これは、一貫して牟森の演劇に対する態度である。

第三に、演劇『ゼロの記録』の俳優は、いずれもアマチュアでありプロではないことである。二人の男優は独立プロデューサーであり、女優は東方歌舞団の振り付け師である。牟森がもともと招いた俳優は、プロであった。しかし、彼らは演出意図を理解できなかった。「俳優は創作の上でやはり受け身の位置に置かれていた。やはり伝統的なやり方だ：演出家は私たちにどうしたらよいか説明するべきだ！」(12)だから、彼は『ゼロの記録』のけいこの途中で俳優を換えざるを得なかった。

牟森は現在の中国の演劇教育に、非常に不満がある。「私たちの演劇教育体制は、すでに硬直し腐乱したものである。生命力がまったくない。・・・外国の演劇教育の根本点は、人間はすべて異なっており、自分は自分自身だということである。・・・上海、北京の演劇学校が外国の教育と異なっているのは、異なっている人一人一人を一つのものに変えてしまおうとすることである」(13)と牟森は言う。彼はさらに「中国にはほかの問題はない。政治問題もなければ、経済問題もない。問題は一つだけだ。教育がうまくいけば、すべてがうまくいく」(14)とさえ言う。彼の演劇教育に対する不満は、個性を重視することから生じていることがわかる。演劇『ゼロの記録』も、個人を強調することから出発して創作されているのである。

そうであるなら、『ゼロの記録』は、五四時期のイプセン『人形の家』、胡適『終身大事』とやはりその内容が共通するものであろう。『人形の家』『終身大事』が、中国における個性の自覚、個の解放と密接に結び付いているのは自明のことだからである。しかも、劇の最後での感情爆発による解放感、痛快感は、五四時期の若い中国人読者、観客が、イプセン『人形の家』を読み、胡適『終身大事』を観た時に感じたものとも、共通するであろう。『人形の家』『終身大事』も、個人への抑圧が続いたあと最後にノーラや田亜梅はそれを自覚し感情が爆発し、家を出て行くのである。少なくとも、『人形の家』の五四時期の受容のされ方はこのようなものであった。『ゼロの記録』は、上演形式は〝前衛〟〝先鋒〟だが、描いている内容は五四運動以来の〝旧課題〟なのである(15)。

四

しかし、牟森の作品の質は『エイズと関係ある』以後しだいに低下していった。私は一九九六年東京で『ホスピタル』を観たが、その舞台は散漫で失望した。『ホスピタル』からは、『ゼロの記録』の充実と力量感が見出せなかったのである。一九九七年牟森は『傾述』を演出した。これが、牟森の実質的に最後の作品となった。私は録画も含めて『傾述』の舞台を観ていないので、この作品について具体的な意見を述べることができない。ここではかつて牟森の演劇実践を強く支持した林克歓の評論を引用しておきたい。「たえまない繰り返しの中で、いかなる新鮮な要素も見出せないだけでなく、〝自述〟もしだいに変質し、ある種の作られた見せびらかしとなった」(16)

なぜこうなったのであろうか。私は、『ゼロの記録』などの演劇作品は、上演形式は〝前衛〟だが内容は五四時期の〝旧課題〟だと述べた。牟森は個性の解放という〝旧課題〟を二〇世紀八〇年代末から九〇年代に再び提出した。これは、この〝旧課題〟がこの時代に依然として通じる普遍性を持っていたからである。だが、個性を解放した後はどうなるのか。彼はこの問題に答えていない。五四時期に魯迅は「ノーラは家出してどうなったか」という問題を提出した。牟森は魯迅の問いに答えることができず、自己の新しい芸術の道を探し出すことができなかった。だから彼は自己の旧作の内容を繰り返すほかなく、最後には自己の演劇創作を中断してしまったのである。

しかし、どうであろうと牟森が二〇世紀八〇、九〇年代中国演劇の中で果たした役割は重要なものである。牟森の演劇活動を通して、中国演劇界は多くの演劇観念をより深く変革した。さらに、九〇年代末以降、孟京輝をはじめとする〝先鋒戯劇〟の大半が商業主義の大波に呑み込まれ、当初の先鋒精神を喪失し、剥きだしの商業演劇に変質したのをみる時、牟森の沈黙がある種のすがすがしさを感じさせることはないだろうか。彼の演劇実践は夭折したが、彼は多くの演劇の種をまいた。将来、中国には必ず彼の実験演劇精神を継承する演劇人が現れることは間違いない。

註

（1）陳吉徳《中国当代先鋒戯劇一九七九～二〇〇〇》（中国戯劇出版社　二〇〇四）下篇第三章消解与重構―牟森論、胡星亮《論中国大陸後現代戯劇的発展与建構》（董健・栄広潤主編《中国戯劇　従伝統到現代》中華書局　二〇〇六）

（2）本論の内容は、瀬戸宏《試論牟森〈零档案〉》（王正・田本相主編《小劇場戯劇論集》中国戯劇出版社　二〇〇二）として中国語で発表したことがあるが、日本語では今回が初出である。なお、第一、二節は瀬戸宏「北京の実験演劇―『アングラ』の芽」（話劇人社『幕』三一号　一九九四・五・一）、「北京の実験演劇2」（『幕』三三号　一九九四・一〇・一）と論旨が一部重複する部分がある。

（3）牟森の経歴については、《傾述》プログラム掲載の牟森経歴および瀬戸宏「北京の実験演劇―『アングラ』の芽」、「北京の実験演劇2」、陳吉徳《中国当代先鋒戯劇一九七九～二〇〇〇》（中国戯劇出版社　二〇〇四）に基づく。

（4）孟京輝編《先鋒戯劇档案》（作家出版社　二〇〇〇）

（5）たとえば朝日新聞一九九四年五月一一日朝刊

（6）以上の《零档案》内容整理には、上演ビデオのほか呉衛民《論当代中国舞台的〝先鋒戯劇〟》（田本相主編《華文戯薈　第一届華文戯劇節学術討論会文集》中国戯劇出版社　一九九八）、林克歓《荒誕与拼貼―九〇年代中国国内的実験戯劇》（方梓勲篇《新紀元的華文戯劇―第二届華文戯劇節（香港一九九八）研討会論文集》香港戯劇協会　二〇〇〇）を参照した。

（7）（8）（10）（13）（14）汪継芳《二〇世紀最後的浪漫―北京自由芸術家生活実録》（第四章実験戯劇与影戯）

（9）（12）呉文光、牟森、于堅《零档案：従詩到戯劇》（《先鋒戯劇档案》）

（11）子敏《喧嘩与騒動　談談蛙実験劇団》（《中国戯劇》　一九九八・八）

（15）この観点は瀬戸宏《荒誕派戯劇在中国》（《新紀元的華文戯劇》）で述べたことがある。

（16）林克歓《荒誕与拼貼―九〇年代中国国内的実験戯劇》

路遥の初期作品
――「交叉地帯」を描くに至る短篇小説

安本　実

一　はじめに

中篇小説『人生』（《収穫》八二―三　五月　上海）、三部に及ぶ大部な長篇小説『平凡的世界』（中国文聯出版公司　一九八六年一二月、八八年四月、八九年一〇月）で中国当代文学史にその確たる位置を占める路遥（一九四九年一二月〜一九九二年一一月）は陝西省北部の黄土高原地帯に生まれた。

そこは陝北とも通称され、西は甘粛省、東は山西省に跨って広がる黄土高原地帯の東西の中央部である。路遥の生まれた清澗県石咀驛鎮王家堡村、七歳から二三歳の間を過ごす延川県の郭家溝及び県城は陝北の中心都市延安の東北百キロ前後、更に労農兵学生として三ヵ年を過ごすその延安も、古くからの王朝文化の名残をとどめる西北の大都市西安からは北へ凡そ五百余キロに位置する。陝北は辺境の地としての歴史を有する、中国大陸内陸部のさらに奥地の、深い〝皺〟を刻む黄土の山並みに水平の視界を遮られた僻遠の地である。

路遥は中華人民共和国成立の年に農民の子としてその生を受けた。その最も多感な時期を含む生涯の大部分をこの地で過ごし、一九七六年二六歳で西安に移り住んで後も常に陝北の地やそこに生きる人々に囚われ続けた。大躍進や人民公社化、飢餓の時代や文化大革命、そして人民公社の解体と改革・開放政策の展開といった一連の出来事やその構造的社会変化をそれぞれの年齢時期に従って見つめてきた。

作家路遥はその生涯を通してこうした時代状況の明と暗、とりわけ改革・開放政策に伴う人々の生活や意識の変化或いは喜怒哀楽を、中国全体の社会構造をその射程内に置いてこれを農民の側から描こうとした。そうした意味では基本的に彼は一人の農民作家である。路遥の中国社会における農村問題への認識はシビアであり、「血統的な農民の子」として自分の出自に囚われ、自分の生まれ育った陝北農村への強烈な愛着と執着を滲ませる(1)。

路遥文学の総体は主として農村知識青年の農村〝脱却〟や非農民人生の確立への願望、或いはその挫折としてこれを小説化しようとするものであったと言える。そのことが、現代中国の抱える社会の構造的問題や普遍的課題を照射し、ディテールの確かな描写と相俟って作品に普遍性とリアリティを与えている。また、農村への愛着と執着、そして農村〝脱却〟という一見矛盾するかに見える路遥の創作モチーフやテーマのあり様は、その真摯な創作姿勢と相俟ってある種哲学的、或いは深い人生への洞察となって読者に強烈な現実的インパクトを与え、リアリズム作家としての路遥を際立たせている。

路遥は、陝北の小都市やそれを取りまく農村地帯を作品舞台に設定する。そこは空間的には農村部と都市部の接する所、別な言い方をすればそれぞれの生活や文化のあり様が交わり、矛盾が顕在化するいわゆる「交叉地帯」である。中国は「農村と都市」といういわば国内的南北問題を抱える。それは古くからの歴史的問題であると同時に中華人民共和国成立後に「人為的」に形成された閉塞的社会構造に起因するものである。「人為的」と言うのは、とりわけ一九五八年一月に公布、施行された「中華人民共和国戸口登記条例」を法的根拠とする農村戸籍と都市戸籍の峻別及び長年にわたるその厳格な運用を指す。それは農民の移動の制限、従って職業選択の自由の制限等に象徴される、農民を実質的に農村に囲い込む〝国家戦略的〟政策でもある。

この「交叉地帯」、周囲を農村に囲まれた県城や鎮レベルの小さな田舎町にも農村戸籍と都市戸籍の区別が厳然と存在し、従って農村戸籍者と都市戸籍者との間における社会的、〝身分的〟格差が常に存在する。路遥の作品主人公は殆んど農村戸籍の農村知識青年たちである。彼らはいわゆる改革・開放政策の進展と共に押し寄せる新しい時代の予兆を敏感に感じ取ってそれぞれに反応する。自分の能力と抱負に従って閉塞的社会構造の壁を越えて自己の人生を確立しようとし、ある者は非農村世界に飛び立つ。だが、既に歴史的に形成された格差や、とりわけ制度としての農村囲い込み政策に馴らされた閉塞的社会状況下にあって、彼ら若者の闘いは常に孤独であり、それ故にまた真摯であり、執拗でもある。彼らは常にその孤独の中に行動し、思索し、そして成長してゆく。従って路遥の作品は一方で生真面目な思弁的色彩を帯びざるを得ない一面を有する。路遥の経歴に思いを馳せるとき、その思弁的傾向を見せる作品には、極貧の農民の子として懸命に学校に執着し、農村戸籍のままに県城に彷徨した路遥自身の生き様やその後の作家として陝北に囚われ続けたその真摯な思考のあり様も窺える。

繰り返すが、路遥はそうした陝北の小さな空間的「交叉地帯」、また歴史の転換点という一九八〇年代前後のいわば時間的「交叉地帯」に生きる農村青年の格闘を描くことによって現代中国の抱える深刻な農村と都市との構造的矛盾を照射する。路遥はその構造的矛盾を声高に語ることは殆んどなかった(2)。だが、路遥の作品に通底するモチーフは、少し大仰に言えば、農村と都市の関わりという五・四新文学運動以来の古くて新しい問題に現在の時点から一つの回答を提示するものとも言えるのかも知れない。

上記は路遥文学総体に対する概括である。一九七〇年代のごく初めに〝嬉々として〟文芸活動に携わった路遥(3)が自己の創作テーマを最初から明確に掴んでいたわけではもちろんない。「文革期文学」という創作開始時の時代的制約からの脱却やその後の必死の習作期を通じて、徐々に自らの文学テーマを見出している。その文学的テーマが比較的明瞭な形を見せ始めるのは一九八〇年執筆、八一年発表の三篇の短篇小説からである。小稿ではこの時期の作品を中心に、従来の路遥研究においてあまり触れられることのない(4)、路遥文学総体の創作モチーフである「交叉地帯」の〝発見〟に至る作品的系譜の一端を辿ってみたい。

二―一 「文革期文学」と路遥

路遥の、その最初の文学的関わりは詩の創作に始まる。だが、間もなく散文や小説の執筆に転じ、一九七二年一二月、〝同人誌〟《山花》(5)に処女短篇小説『優勝紅旗』を掲載する。当時、民工の身分で延川県通訊組或いは延川県工農兵文芸創作組に所属していた頃、及び労農兵学生として延安大学中文系に学んでいた期間の小説創作には短篇四篇が確認される。更にこの時期、他に散文或いは報告文学四篇をものにしている。詩の創作に〝見切り〟をつけた後の路遥の志向は小説、散文の両方に在ったとも言えるのかも知れない(6)。だが、その後の展開は小説を主とし、しかも中篇、そして長篇へと発展する。それはともあれ、文革時期の短篇小説は以下の通りである。

①『優勝紅旗』(《山花》第七期　七二・一二・一六　延川)／②『基石』(《山花》第一五期　七三・五・二三)／③『代理隊長』(《山花》第一八期　七三・七・一六)／④『父子倆』(《陝西文芸》七六―一二　三月　西安)

上記四篇の作品は、文字通りの文革期の作品である。光明を描くというそのテーマ性、人物設定やその人間関係の定型化等は「文革期文学」として概括されるその範囲を基本的に出るものではない。とは言え、ここでは紙幅の関係上各作品に詳細に言及する余裕はないが、④を除く①~③は身近な生産や建設活動を題材に、比較的伸びやかに陝北の人々の息吹を感じさせるものとなっている面があり、例えば③『代理隊長』は、主人公趙万山とその女房趙大娘の老夫婦のやり取り、また陝北の農村風景の描写、とりわけ口ではきついことを言いながらも、懸命に働く亭主を気遣う趙大娘の細やかな描写は興味深く、作品全体は一種の健康的な軽やかさと陝北の農繁期の夏の日の明るさを連想させるものに仕上がっている。ふと、後の長篇『平凡的世界』の双水村の賑やかな農村世界を連想させる。決していわゆる千篇一律的な面ばかりではなく、若い業余作家路遥の将来の筆力をそれなりに感じさせるものともなっている(7)。その点は今後の課題として注目しておきたい。

二―二　文革の政治的終結直後の状況

この時期、路遥の作品には以下の三篇が確認される。

⑤『不会作詩的人』(「一九七七年一一月于西安」の記　《延河》七八―一　西安)／⑥『在新生活面前』(《甘粛文芸》七九―一　蘭州)／⑦『驚心動魄的一幕――一九七六年紀事』(「七八年九月写于西安、八〇年五月改于北京」の記　《当代》八〇―三　九月　北京)(8)

⑤、⑥の短篇二編はいわゆる「四人組」批判と「四つの現代化」への呼応を内容とし、個々の描写やディテールの採用等に幾つかの工夫は見られるにしても基本的には上記「文革期文学」の状況を色濃く引きずるものである。ただ、⑦は⑤、⑥とは異なる。詳細はここでは省略するが、路遥の最初の中篇小説であること、文革の動乱期に農民たち同士の流血の惨事を避けるために自ら犠牲となる県委員会書記を荒削りながら筆力豊かに描いていること、

また作品の発表がその後の路遥の創作活動に与えた影響等注目すべき作品となっている(9)。

三―一　模索とその多様な試み

一九七九年執筆或いは八〇年発表の一連の短篇小説は、モチーフ、テーマ、題材等従来の創作経験を一度捨てた、意識的な一種〝混乱〟した模索の痕跡を残す作品群となっている。その具体的作品には以下のものが見られる。

⑧『夏』(「七九年四月―五月、西安」の記　《延河》七九―一〇)／⑨『匆匆過客』(《山花》八〇―四貴陽)／⑩『青松與小紅花』(「七九年八月于延安」の記　《雨花》八〇―七　南京)／⑪『賣猪』(《鴨緑江》八〇―九　瀋陽)

⑧は一九七六年四月の第一次天安門事件直後を遠景の時代背景として、それぞれの理由で陝北に残る四人の下放知識青年たちの事件に対する見方の相違を縦糸に一組の男女の真摯な愛情の波乱を描く。主人公楊啓迪の愛情に対する戸惑いや歓喜、そして苦悶等々、その純粋にしてナイーブな感性が瑞々しく描写される。作品は、政治的野心を抱く同じ知識青年江風の形象化等にそれまでの型通りの〝悪役〟描写の痕跡はなお残るものの、誤解にもとづく〝失恋〟の苦悶の昇華の過程やそこに見られる主人公の純朴にして高い倫理性の追求などの内面描写は叙情的な風景描写と相俟って清々しい読後感を残す。その青春時代における恋愛感情の輝きはそのタイトルの『夏』にいかにも相応しいものという印象を残す。路遥が比較的早い段階から叙情的描写に優れ、ある種の高い倫理性への志向を有していたことも窺える。

⑨は、春節の帰省バスの切符購入で混み合う小さな町のバスターミナルを舞台に、自分の切符と同時に盲目の老

人にも切符を購入してやろうとするが、両方ともには買えなそうにない状況下で結局は自分の切符を優先させる中年男の心理情景を一人称形式で丹念に描く。そして外面的様子から反感を感じていた流行の服装の若い男と子連れの若い女の、最後の一枚の切符を巡る争いが、実はそれぞれに老人の切符を買おうとしていたことに起因するのを知った「私」は、当初誰も老人のことを構わないことに憤っていた自分の〝義憤の正体〟に気付く。自己の心理の剔抉という路遥文学のある種理詰めの心理的分析への志向を既に窺わせる作品である。

⑪は、文革後期「資本主義の尻尾を切る」という経済政策の下、農村社会の底辺に慎ましく生きる一人の正直者の老婆の悲劇を描く。老婆は、愛情一杯に飼っていた子豚を当面の塩や食用油代にと売りに出すべく市に出かけるが、その虎の子の子豚を〝お上〟の統一買い付けで無情にも安く買い叩かれ、狼狽の果てにその僅かなお金さえも失くしてしまう。作品前半は主人公六婆さんの善良で真っ直ぐな人柄と行動を軽快な筆致で丹念に描く。とりわけ、市への途中で拾った〝お上〟の迷い豚を届け出ようとする六婆さんとこれを横取りしようとするブローカーとの会話からは貧しくともまっとうに生きる老百姓の心意気と単純にして明快な〝お上〟に対する思い入れが心地よく読者に伝わる。だが、その思い入れは統一買い付けの「布告文」一枚によって無残にも砕かれる。抵抗も抗議も出来ずにただひたすら末端の〝お上〟に訴え、お願いするしかない六婆さん、そして「目を病んだような」夜の薄暗い電灯の下、鉄柵越しに既に官印を捺された子豚を懸命に撫でる六婆さんの姿を、作者は「鉄柵よ、一体誰がお前を作ったんだ……むごいことよ、なんと恥知らずなことだ。お前は党と大衆を隔ててしまった。お前は鬼の振りまわす両刃の刃だ。片面は党に、もう一方は大衆に向けられている」と〝代弁〟する。作品前半の六婆さんの言動や夏の日の明るい陽光や風景描写の抜けるような明朗さと対照されて読者に強い印象を残す。ほんの小品ながら、精選されたディテールの積み重ねと作品構成上の対比の妙という点で、後述する短篇『姐姐』、『月下』と共に路遥の比

較的数少ない短篇作品の中の秀作となっている。

この時期の各作品を見るとき、いわば「文革期文学」の枠が〝消滅〟した後に自己の文学世界を見出すべく懸命な努力を払っていることが窺われる。既に文革時期、また文革終結直後の「四つの現代化」への呼応といういわば型通りの作品群ではない。その残滓はなお残るものの、独自の創作傾向を模索する真摯な創作〝実験〟を行い、それなりの成果を上げていることが見てとれる。テーマや題材の多様化への試み、曲折に富むストーリー展開への工夫、人物設定やその人間関係の多様化、小説構成上の技術的工夫等々である。当然ながら後の路遥文学に繋がる各種の工夫も見てとれる。総じて言えば、矛盾を含む人間そのものを描くという姿勢、ある種の型通りの人物形象から脱して独自の人物像の形象化を目指すことだろう。

こうした模索、或いは習作の時期にあって、その後の路遥文学の展開からして題材或いはプロットの採用上注目すべき作品が見られる。⑧と同様下放知識青年の問題を扱い、また殆んど同時期に執筆された⑩の『青松與小紅花』である。作品は、⑧と同様下放知識青年を登場させながら、しかし下放知識青年同士の初々しい恋愛感情を瑞々しく描く⑧とは打って変わって、陝北のある農村にただ一人取り残された女子下放知識青年呉月琴の孤独とある農村末端幹部や農民家族との交流を描く。以下にやや詳しく見る。

呉月琴は不幸な娘だった。父は文革の動乱時、隔離審査室から突き落とされた挙句に「罪を恐れて自殺した」という罪状を着せられ、母も病と煩悶のうちに死んで彼女は天涯孤独の身だった。父のその罪状が消しがたい負の遺産となって一人村に取り残されていたのだった。大隊の小学校で教える彼女は子供たちやその親にとっては大切な存在だったが、彼女の現在の不幸は彼女自身の〝傲慢〟な態度と行動にあると見なす者もいた。常に孤高の姿勢を保つ彼女は、特に彼女が〝国営幹部〟と揶揄する農村幹部たちからは煙たがられていた。

公社書記の馮国斌がいた。彼はすぐに怒鳴り、農民たちにも厳しかったが、幹部たちにはもっと遠慮会釈がなかった。その点農民たちからの尊敬を得ていた。公社の文書係から呉月琴が子供たちに外国のみだらな歌（実は彼女が作曲した子供向けの英語の歌）を教えていると聞いた馮国斌は彼女を公社に呼びつける。だが、呉月琴にすれば初めて会う彼に具体的反感を感じているわけではなかった。むしろ彼が農民に怨まれていないという点でそれなりに評価できる人物だった。呉月琴のそっけなく、しかし物怖じしない落ち着いた態度に馮国斌は彼女が引き続き学校で教えることに無言の承認を与える。

その帰り道、呉月琴は雨のそぼ降る荒地の谷あいで深い孤独の中、声にならない声で暗闇に向かって激しく吼えたてる。ふと呉月琴の名を呼ぶ声を耳にする。第三生産隊隊長の運生だった。暗闇の荒地に居ることの恐怖心を急に取り戻した彼女は運生と共に学校の宿舎に戻る。雨の中いつまでも戻らない呉月琴を心配する運生の母が暖かい食事を拵えて待っていてくれていた。今度は悲しみや絶望からではなく、身内のように接してくれる運生母子の温かさが身に沁みて彼女はベッドに突っ伏してなく。

馮国斌が地区委員会から突然職務停止を命じられる。自由市場の取締りを十分にしないという匿名の手紙が原因だった。だが、彼は相変わらず公社のことに関わっている。そんな折り、呉月琴と運生が〝不正常な関係〟にあるという情報をまたもや文書係から聞く。先の出会いから、この不幸な境遇の呉月琴に関心を抱くようになっていた馮国斌は呉月琴に会うべく小学校に向かう。宿舎に着くとその呉月琴と運生の話し声が聞こえてくる。それは孤独な呉月琴の運生に対する真摯な激しい求愛の言葉だった。だが運生はこれに応えようとはしない。馮国斌は優秀で純粋な若者がなぜ不幸な境遇のままに置いておかれるのかという憤怒の思いに駆られ、自転車で夜道を県城に向かって走る。馮国斌は自分の停職問題には一言も触れず、まだ募集中だった地区師範学校に推薦すべく県文教局への紹介状を書いてくれるように県委員会の張華書記に頼む。

激しい感情の高ぶりから一夜を経た呉月琴は、運生母子の中に大地に根を下ろして生きる農民たちの生き様をしみじみと思う。彼女は自分の不幸な境遇を怨まず、今までの些か自棄的な考えを改め、自分を養い育てている大地や村人に恥ずかしくないような真正の人間に成長したいと強く願う。彼女は村人たちのために行動し、そして今は停職処分を喰らっている馮国斌に前回会った際の非礼を詫びようとする。公社外れの公路で県城から戻ったばかりの馮国斌に会う。馮国斌は彼女にすぐにも地区師範学校へ行く準備をするように言う。馮国斌の気持が痛いほどに嬉しかった。だが、彼女は行かない旨を決然と答え、そしてこの話を受ければ「走後門」としていま微妙な立場にある馮国斌に累を及ぼすだろうこと、何よりも自分の両手、真心で将来の進歩と発展を掴みたいからだと伝える。馮国斌の顔に実の娘に対するような慈愛に満ちた満足げな表情が浮かぶ。

作品は、孤独な下放知識青年と農村社会の接触を描くとも言える。だが、作品は、複雑なストーリー展開の可能性を内包するものの呉月琴と馮国斌、さらに運生母子との関わりも決して丹念に描かれているわけではないし、更にストーリー展開の飛躍等の問題もある。そのことは後に単行本収録に際して路遥自身が作品結末部への大幅な加筆やその他の部分に幾つかの補足の手を加えていることからも窺われる(10)。その意味では、作品はこの模索の段階における一作品に過ぎず、作品としての出来は別段目を引くものではない。だが、路遥のその後の文学展開を見るとき、ここでは一つのプロットに過ぎない呉月琴と運生との以下のやり取りが注目される。

天涯の孤独の中、運生の誠実な人柄や運生母子の優しさに惹かれて結婚しようと〝迫る〟呉月琴に対して、運生は、結婚すれば知識分子である彼女が生涯をこの土地に縛られて将来の発展の可能性が完全になくなってしまうこと、また文字もろくに知らない自分とでは全く不釣合いであること、更に自分たち母子が寄せた関心はいわば人としての同情と思いやりからであって決して結婚という大それた夢を望んだものではないことを泣きながら懸命に訴える。そして今噂されている問題がこれ以上彼女を傷つけることにならないようにと自分は既に農村の娘と婚約し、明日には村の主だった人たちを集めて婚約の酒席を開くと告げるのである。運生のこの反応からは、農民と知識人、或いは農村と都市との間に横たわる〝壁〟、或いは〝溝〟の存在が無意識のうちに運生をして呉月琴との結婚への意思を妨げさせていることが見て取れるように思われる。都市から来た下放知識青年呉月琴と農村青年運生の関係は、いわば恋愛に発展し得ないものとして設定されている。そこには農民の側からする都市及び都市の人間に対するある種の〝遠慮〟、或いはそういう現実への〝諦念〟さえも感じられるのである。

作者のこのプロットの採用は運生と呉月琴との出会いを〝不正常な関係〟として風評を立てる村人たちの、〝よそ者〟の呉月琴に対する無責任な保守性を描くと同時に、そんな中で敢えて彼女を暖かく包み込む農民の運生母子の善良性や同情心を描こうとすることにその狙いがあるのだろう。だが、この時点では文字通り模索時期に取り入れられた一つのプロットに過ぎなかったであろうものが次の段階の作品群では、「農村と都市の関わり」という主要な創作モチーフ或いはテーマへと繋がっているのである。

三―二　「交叉地帯」を描く短篇作品

前項のいわば創作的彷徨を経た後、路遥の作品はある種一つの〝まとまり〟を見せ始める。一九八〇年執筆、八一年発表の短篇作品に「農村と都市との関わり」ということが通底するようになることである。⑩においては一つのプロットに過ぎなかったものが、どのようにして創作モチーフへ転化していったかについては、自己の創作について多くを語ることなく死去した路遥の直接的言説からは分からない(11)。だが、この「農村と都市の関わり」という問題は、以下に述べる三篇の短篇作品、及び路遥文学総体の代表作である中篇『人生』や長篇『平凡な世界』等の各作品に共通するモチーフとなっているのである。

以下に取り上げる作品が僅かに短篇三篇とは言え、前項の模索期を経た後のまとまりを示すものであること、しかもその後の各作品に通底するモチーフとなっていることを考えれば、ことは注目に値する。換言すれば、それはその後の路遥文学の〝核〟となる要素に正面から向き合う最初の作品群になるだろう。

その三篇を発表時期に従って記せば以下のようになる。やや詳しくこれら各作品を見てみる。

⑫『姐姐』(「八〇年一〇月于西安」の記 《延河》八一——一)/⑬『月下』(「八〇年于西安」の記 《上海文学》八一——六 上海)/⑭『風雪蝋梅』(「八〇年九月写于陝北、八一年二月改于西安」の記 《鴨緑江》八一——九)

先ず⑫の『姐姐』を見る。作品は主人公の弟であるまだ少年の「私」の目を通して描かれる。

美しい二七歳の姉に縁談話は絶えないが姉は全て拒んでいた。村人たちは何かと噂する。父は一昨年母をなくして以来ますます寡黙になり、姉の結婚問題にも無関心な様子だった。姉は何度か大学を受験したがその都度数点及ばずして失敗し、どうやら生涯を農村で過ごさなければなさそうだった。だが、姉には既に心に決めた人がいた。そのことは私以外は、恐らく父も知らないだろう。相手は文革時期にこの村に下放していた高立民だった。両親が〝特務の頭目〟ということで誰からも相手にされず極貧の生活を送る立民に、姉は何くれとなく手助けしていた。いつしか二人の間に愛情が芽生えていた。「四人組」が失脚して彼の両親も名誉回復し、立民は統一入試に受かって今は北京の理工系の大学に学んでいる。二人の辛い別れは頻繁に交わされる手紙が補っていた。手紙を受け取った日の姉はその喜びを隠しようもなく、いつも綺麗な声で歌を歌った。そんな時、父はきまって憂鬱そうな視線で姉の後姿を眺めながら、みぞおち辺りが痛いと言っては歌を制した。

ある年の正月元旦、姉は春節でもないのに貴重な小麦粉その他を取り出し、おまけに私に鎮まで餃子用の羊肉を買いに行くよう言いつけた。姉は微かに震える両手で私の肩を掴むと顔を赤らめ、涙さえ溜めて私の耳元に囁いた。「寄り道しないでね。今日お客さんがあって餃子を作るの、誰だか分かる?そう、あの高立民よ。……彼は先月から省の工場に実習に来ているの。昨日手紙があって今日元旦に家に来るって……」

鎮からの帰り、私は郵便配達の李おじさんから姉宛の手紙を渡される。姉は昨日手紙を受け取ったばかりなのにと思い、ためらいながらも好奇心から手紙を読む。手紙には、姉が農民で将来にわたって共に生活のしようがないこと、姉のために省での仕事を探すよう両親に頼んだが『準則』に違反してまで「裏口工作」は出来ないと言われたこと、さらに両親は戦友の大学生の娘を相手に決めていて苦労してきた老いた両親に逆らえないこと、仮に結ばれたにしても遠く離れて暮らさなければならず、仕事や職業、商品食糧と農村食糧制度等がもたらす現実的格差が自分たちの生活に大きな困難をもたらすだろうこと、そして元旦に直接会って話すよりも手紙で別れを告げる方が互いに少しでも苦しまずに済むだろうということが綴られていた。私は家に駆け戻った。姉の歌声が何時しか降り出した雪と風のまにまに聞こえる。私は黙って手紙を差し出す。

気が付くと姉の姿がなかった。私は張り詰めた思いで家を飛び出した。あちこち捜し回り、ふと川べりの大きな石の上に雪だるまのように座る人を見つけた。姉はまるで白玉石で彫った像さながら、光を失った目で遠くを見ている。私は黙って姉に寄り添った。何時の間にか父が傍らに立っていた。父は体中に野良の黄色い土ぼこりを帯び、顔には幾筋もの汗を滴らせていた。私に犬革の帽子を被せ、姉に赤いマフラーを巻いて大きな厚い手で姉の頭の雪を払う。姉は立ち上がり顔を父の懐に埋めて泣き出した。父はその頭をそっと撫でながら深いため息をついて呟く。「あぁ、わしにはとっくに分かっていたよ……わしはお前を傷つけると思って言えなかったが……わしには、あの人たちは結局はわしらを見捨てるだろうってな……」

作品は⑩に見た例のプロットを改めて取り上げ、これをメインテーマに絞り込んでいる。テーマに関わるディテールが精選され、さりげなくそして丹念に積み重ねられている。幼い弟の目を通して描くという形で全てが静かに状況的に語られ、物語にしみじみとした静謐さを醸し出している。作品としてはその点が良い。とりわけ、決して多くの筆が費やされることはないものの、作品に極めて効果的な役割を演じる父親の存在がある。作品末尾の父親の先の呟きに続く、「いい雪じゃ、本当にいい雪じゃ……来年畑にはいい作物が出来るじゃろう、わしらの暮らしもよくなる……あぁ、この土地はわしらを見捨てたりなどせんもんじゃ」という言葉は、名もない陝北の農民たちが歴史的に置かれてきた位置、或いは農民の哀しみとでもいったものに読者をして深い思いに浸らせる。

作品は二人の恋情、とりわけ姉の一途な愛情と忍耐を前面に出して描く。作品は⑩とは異なり、明らかに農村の娘と下放知識青年の愛情とその破綻をテーマとしている。下放知識青年が大学に受かって後のことも描写の時間的範囲内に置く。姉は高校を卒業した「有文化」の人であり、双方に愛情の確認も既にしている。いわば対等の立場にある。そんな中で二人の愛情に破綻をもたらすものは直接には二人の〝身分〟の違い（＝戸籍の問題）である。そのことは、同時に、「階級の敵ときっちり境界線を引かなくっちゃ」という「私」に、生きていた頃の祖母の言葉を引いて「困った人がいたら手助けしてあげなくちゃならない、でないと罰が当たってお天道さんが雷を落とすって……外の人がどんなでたらめを言おうと私たちは怖がることはないのよ」と諭す姉の、或いは農村総体の素朴な善良さをも否定することに繋がる。そうしたことがこの作品を単なる悲恋の物語に終わらせることなく、農村と都市の隔絶とでも言うべき重いテーマを浮かび上がらせている。『姐姐』は農村と都市の構造的格差、それが人間存在にもたらす一つの悲劇を意識的に描くものと言える。

続く⑬の『月下』は農村の底辺に生きる農村青年の、町に嫁ぐ娘への狂おしいまでの思慕を題材に描く。

生産大隊書記高明楼の娘の蘭蘭が明日町に嫁ぐ。父親が探してきた相手は地区商業局の運転手で、その父親の局長は既に蘭蘭のために町に仕事を見つけているらしい。彼女は大学受験に失敗し、今は村で野良仕事に従事していた。村人たちはそんなうまい話は「わしら普通の百姓には夢にだって見られやせん」と冷淡だったが、よく働き、何くれとなく村人たちの世話をしてくれる彼女がいなくなることには些か寂しさを感じていた。同じ村に、幼くして父を失い、失明した母親を抱えて生活の重みすべてを担う大牛という青年がいた。頭が少し鈍く、口数も少ない大牛は村人たちから軽く見られるが、その力と善良な心根は大切にされていた。そんな大牛は、自分に分け隔てなく接してくれる美しい蘭蘭を愛し、彼女がただ村にいてくれることだけを願っていた。大牛の密かな思いは蘭蘭はむろん、村人の誰も想像さえ出来なかった。

生まれて初めて眠られぬ夜を過ごす大牛は一目彼女に会うべく銀色の月明かりの夜を走る。会ってどうするか、そんなことは彼には分からない。だが、「なぜ村を出る。村を離れないでくれ」と大牛は自分でも驚く言葉を口にする。蘭蘭はこの坊主頭に肩むき出しの愚直な農夫の、その苦痛に満ちた心が自分の眼前に激しく脈打つのをなす術もなく見ているほかなかった。心込めてたしなめる蘭蘭に大牛は言う、「どう言ってもわしらの村は貧しく、農民は苦しい。蘭蘭、行きなよ。……町は車が多いんだし、ぶつからんように気を付けてな」と。

名状し難いやるせなさに震える大牛は、明日には彼女を連れ去るトラックに石を投げ付け、物音を聞きつけて出てきた蘭蘭の父親高明楼に激しく食ってかかる。ずっと大人しく生きてきた大牛の初めての激情だった。二回目に投げた石はトラックの窓ガラスを砕き、破片が大牛の額を切った。再び家から出てきた蘭蘭は真新しいタオルで傷口を塞ぎ、涙ながらになだめる。大牛は大粒の涙を流し、そのまま座り込んだ。

やがて何日かして、村人は大牛が全く口を利かなくなったことに気付く。さらに月の夜、血の跡の滲んだタオルを頭に巻いた大牛が村の前の自動車道や河原を行きつ戻りつ、時として石を拾い上げると激しく地面に叩きつける大牛の姿を目にするようになった。

作品は大牛の痴情ともいうべき恋情を切々と描く。大学受験に失敗しているとは言え高校卒で、その人柄から村人の誰からも好かれている美しい娘、そして村の権力者の娘である蘭蘭と、その全ての面で対極の位置にある大牛とではまるで釣り合わない。従って、誰もが想像だに出来ない。大牛の恋情はその点で最初から〝悲劇〟性を帯びている。

作品前半は誰も気付かない大牛のささやかな恋情表現をいわば明るい陽射しの下に描く。大牛も自分の思いが分不相応なものであることは百も承知している。だから彼女が自分の目の届く範囲に居続けてくれことだけを願っていた。社会の底辺にひっそりと生きる大牛にとって彼女は正に太陽そのものだった。一方は天上にあり、他方は地上にあっても彼女のその暖かな輝きを浴びることができる。だから、蘭蘭のたしなめの言葉には従うものの、その太陽を奪い去られる大牛の苦悶と怒りのはけ口はこれを連れ去るトラックや縁談をもたらした父親に向かわざるを得ない。普段は大人しく無口な大牛がこの時ばかりは蘭蘭の父親、大隊書記の高明楼に激しく食ってかかる。大牛の突然の変容を理解できず、食う物に困って難癖を付けに来たと思った高明楼は救済食糧がもう直ぐ来ることを告げる。だが、大牛は「俺は飢えて牛の糞を喰らってもお前の物は食わん。お前は散々うまいことを遣ってきて、今度は自分の娘を放り出しおった」と言い放ち、さらに〝解放〟当初には死んだ大牛の親父と共に地主と闘ったという〝お決まり〟の高明楼の言葉にも大牛は今は激しく反発する。決して論理的反発ではない。しかし、農村社会の底辺に生きる大牛の憤懣が太陽を失うことを契機として噴出する〝訳の分からない〟怒りである。だが、そこには不公平で不条理な社会への無意識の反発が秘められていると読むことも可能だろう。

作品は、一見農村内部の階層問題を描くかに見える。だが、作品冒頭に、蘭蘭が親のコネによって都市部の男である地区商業局の運転手に嫁ぐという設定がなされ、そのことが大牛の行動を促すという点で農村と都市の関係をも反映する。また、大牛という人物の形象化と共に注目すべきは農村幹部としての高明楼なる人物の形象化である。この高明楼なる人物の形象化によって、作品は大牛の叶わぬ恋への単なる〝痴情〟だけではなく、農村社会の階層分化、そして婚姻を通じて村の特権層が町に連なり、ますます村での特権を強化してゆくという現実的構造をも映し出す。因みに、高明楼というこれまでの路遥の作品に登場する末端幹部とは異なるその形象はこれ以降の路遥文学における主要な登場人物の一つの原型となる。

⑭の『風雪蜡梅』は偶然の機会から地区招待所の看板服務員にされた農村出の美しい娘が故郷での貧しくとも伸びやかな生活や〝恋人〟が忘れられず、また上司のドラ息子との強引な結婚話に堪りかね、さらに〝恋人〟にも失望して決然と村に戻ろうとする姿を描く。

一人の娘が窓越しに咲く可憐な蜡梅を見つめている。数日前まではほんのトウモロコシの粒のようだった蕾がよりによってこんな風雪の日に一斉に花開くとは……。真っ白な雪を踏みしめてその一枝を手折る。部屋に戻ると二人の人間が上がりこんでいる。招待所の女所長とその息子だった。今日も執拗に息子との縁談を迫りに来たのだ。故郷に愛する恋人がいることを理由に断わり続けている馮玉琴に、所長は自分の例を引いて「感情がそんなに大事なものかしら……この世には愛情に勝るもっと大きな力がある……一切は変わるものなのよ」とうそぶく。

元来招待所に来ることに乗り気ではなかった馮玉琴が今ここにいるのは、恋人の康庄に強く勧められてのことだった。「俺は、高校は出たものの大学に受からなかった。後ろ盾もなければコネもない状態で一生この貧しい山あいの村に取り残される。お前はいとも容易く町に出られる機会に巡り合った。……お前が先ず先に行き、正式職員になったら何とか方法を講じて俺を引っ張ってくれ」と彼は言った。だが、年末の契約更新に絡めて執拗に迫る所長や親の権力を嵩にますます露骨に迫ってくる息子に一種の羞恥心と憤怒の思いが湧き起こり、彼女にこの恐ろしい土地を離れることを決断させる。彼女は康庄に一刻も早く自分を迎えに来てくれるよう、そして二人して早く所帯を持ち、辺鄙な山村で、貧しいながらも自分たちの幸福な生活を築こうという手紙を書こうとする。

その折しも、康庄が現れる。彼は二ヶ月前には既に町に出てきていて、今は地区糧油公司の炊事員をしていると言う。全ては所長の差し金だった。馮玉琴を諦め、しかも、自分の息子との結婚を勧めることを条件に所長が康庄にあてがった町での仕事だった。馮玉琴の必死の説得にも関わらず、あれほど思い焦がれ、頼りに思っていた康庄は権力の現実の力の前に既に深々と頭を垂れた腑抜けのようになっていた。彼女は「愛情に勝る世の中のもっと大きな力」を思い知る。彼女は泣いた。その涙は未練を残すにも値しない男への涙ではなく、長年純粋な気持をこんな男に捧げてきたことに対する悔し涙だった。彼女は思わず康庄にビンタを喰らわす。翌日、雪や風もやんだ。一人の娘が積もった雪を踏み締め、長距離バスのターミナルに向かって歩いている。娘は時々黄金色の蝋梅の香りを嗅ぎ、頬に押し当てている。雪解けの通行止め解除を待って村に戻ろうとする馮玉琴だった。

作品は「農村と都市」の一種〝対立〟的構図の中に主人公馮玉琴の故郷への強烈な愛着と愛情に対する矜持を描く。作品は上記粗筋からも窺われるように元来はドラマチックなストーリー展開の可能性を内包すると思われる。だが、短編という紙幅のせいか、或いは短編の紙幅の中に明確な〝対立〟的構図で描こうとするためか、人物形象は粗く、ストーリー展開は短兵急で作品的には余裕がない。とりわけ所長やそのドラ息子、そして康庄のそのあまりに俗臭ふんぷんたる形象とその対極にある馮玉琴の高潔な形象化との〝乖離〟など、ある種作品的現実味を損ねるものとなっている。また形容や比喩等にもある種観念的な〝固さ〟、〝ぎこちなさ〟が目立つ。殆んど同時期の『月下』や『姐姐』のような、路遥文学の一つの総体的特徴である作品的静謐さを欠く。その点、決して優れた作品とは言い難い。作品の初稿執筆年月、作品的傾向からして、『姐姐』や『月下』の前段階のものに位置付けるべきであるのかも知れない。

だが、路遥文学総体から見るとき、作品は荒削りな形ながら「農村と都市」の構造的矛盾という問題を正面から扱う。作品的には決して成功しているとは言えないが、ここでは二人の人物の形象が興味深い。一人は主人公の馮玉琴で、彼女は康庄への愛情を自分が慣れ親しんできた故郷、その細い山道、小河や村々によって陶冶され、育まれてきたものであり、命同様に貴重な感情的結実であると捉えている。人への愛情と故郷・郷土への愛着を一体のものとしていることである。路遥文学総体では、郷土愛と一体となった農村若者の愛情が描かれるが、作品ではやや観念的ながら最初に且つ強烈にこれが示されている。

更にもう一人は同じ農村出の高卒者の康庄である。彼は大学に受からなかったばかりに農村に囲い込まれて、ただ農民になることだけが運命付けられている。康庄は、地方の特産品を探しに来た女所長のメガネに適った恋人の馮玉琴を一つの〝つて〟と捉え、馮玉琴を裏切る形で町に〝お上〟の禄を食む炊事員の職を得る。そして「一緒に故郷に帰りましょ。……むしろ私たちは一生をあの貧しい谷あいの村で過ごしましょ。この世界で農民になることは決して他より劣ることじゃない。食べるものや着るものは豊かじゃないけれど、心は誰よりも豊かに過ごせるわ」と健気に、必死に説得する馮玉琴に対して、康庄は、「お前の話は俺の心を突き刺す。だけど、俺たちはもうあの山あいの貧しい村には戻れない。俺は後一ヶ月もすれば正式な職員になれる。……やっと〝お上〟の飯を食えるんだ。……俺はお前を愛している。だが、村に戻って一生苦しみを受けなければならないかと思うと俺には耐えられない。もし来る前だったら村での苦しみは知らずに済んだだろう。町に来て分かったが、あそこはまるで人間の住むところじゃない……」と答える。作品のテーマからすれば康庄は堕落し、変節する人物としてある。しかし、農村と都市の二元構造の社会、しかも経済的、文化的に都市絶対優位の状況に固定された農村からの脱出と考えれば、康庄の言動も単に堕落や変節と言うだけでは済まされなくなる。彼はその二元構造の社会に一種人格的に〝分断〟された悲劇的人物と見ることもできるのである。

ともあれ、この時期、「交叉地帯」、農村と都市の間に横たわる問題に的を絞り、これを農村の側から描き始めているのである。例えば、社会に無名で生きる人々、或いは自分で声を出せずに生きている人々に光をあてることに文学の役割があり、存在意義があると考えるならば、路遥は正しくこの時点から陝北に生きる名もなき農民たちを描くというその路遥文学総体への歩みを開始しているように思われる。後の展開を考えるとき、僅か三篇の短篇小説ながらこの時点でその軸足の移動を確かなものにし、若者の愛情や婚姻の問題を通じてその思惟を鋭くしていると言えるだろう。

四　結び

だが、これら農村と都市の関わりのあり様を描く作品も、いわばまだ表層の現象を描くに止まる段階とも言えるだろう。決して小稿冒頭に記した強烈なメッセージ性や現実世界への挑戦性をまだ十分に具えるものではない。些か飛躍するが、農村共同体の〝呪縛〟を脱し、農村と都市の構造的矛盾という分厚く、高い壁に立ち向かうという路遥文学総体に至るには、なお強韌な精神力と生活力を有する作品人物の形象化が必要になるだろう。

図式化して言えば、路遥はそうした人物を、先ず中篇『在困難的日子里（一九六一年紀事）』（《当代》八二一―五一〇月）に一種〝実験〟的に創出し、路遥文学最初の到達点とも言うべき中篇『人生』に総合的に開花させるのである。『在困難的日子里』で、路遥は飢餓の時代に県城の高校で学ぶ馬建強に「農民の子」としての強烈な自尊心と自卑感を付与して「農民の子」ゆえに被る諸々の屈辱感や屈折や苦悶を描き、自尊と自卑の格闘を通じてその内面のあり様を模索させている(12)。そして『人生』では、先の短篇作品のモチーフや馬建強の形象化の上に、敢えて二律背反的な行動をもとり得る強韌な精神力と行動力を有する高加林を形象化し、農村若者の苦渋に満ちた都市への〝挑戦〟とその精神の昇華を試みさせるのである。

註

（1）例えばその最晩年の創作随筆『早晨従中午開始』（一九九二年初春執筆）第三四章など。

（2）註（1）に同じ。路遥はこの中において殆んど初めて農村と都市の構造的矛盾、しかも都市絶対優位に対する憤懣をやや昂ぶった調子で述べるのみである。

（3）この点については、拙稿「路遥の初期文芸活動――〝延川時代〟を中心に」（『姫路獨協大学外国語学部紀要』第十七号二〇〇四年三月）を参照されたい。

（4）最近相継いで出版された『路遥研究資料』（雷達主編、李文琴選編　山東文芸出版社　二〇〇六年五月）、及び『路遥研究資料匯編』（馬一夫、厚夫主編　中国文史出版社　二〇〇六年八月）はそれぞれに六〇篇、六九篇の作家論・作品論的観点からの研究成果を収めるが、「交叉地帯」を描くこれらの短篇についての言及は殆んどない。

（5）この間の事情については、註（3）に同じ

（6）因みに、散文或いは報告文学は、『銀花燦燦』（《陝西文芸》七四―五　九月）、『灯火閃閃』（《陝西文芸》七五―一　一月）、『不凍結的土地』（《陝西文芸》七五―五　九月）、『呉堡行』（《陝西文芸》七六―一　一月）の四点で、何れも《陝西文芸》誌に七四年以降発表された。しかもこの時期路遥は《陝西文芸》編集部の〝見習い〟として各地に取材に赴き、右の作品はその見聞に基づくものである。この経験が後の小説創作の〝滋養〟となるのであるだろうが、一方でこうした散文の集中を考えれば、短いサイクルにおける路遥の創作軌跡は、詩→小説（短篇）→散文→小説（短・中・長篇を含む）という形を描けるのかも知れない。

（7）ただ、④の『父子倆』はいわゆる〝階級的自覚〟或いは〝二つの路線の闘争〟のテーマが前面に出る形となって「四人組文芸」の〝典型〟となっている。①～③が一九七三年という文革期文芸の比較的早い段階、そして執筆地が比較的〝自由〟な文芸活動に従事していた延川県であり、④は一九七六年という「四人組文芸」の締め付けが強化される段階、しかも西安での《陝西文芸》編集部見習い中、或いはこれを終えていた頃の執筆ということに関係するだろうか。同じ文革期の作品ながら、その作風の違いは興味深い。

（8）発表は一九八〇年であるが、初稿は「七八年九月写于西安」とあり、執筆年月からして一応この時期に分類される。

（9）詳細については拙稿「路遥最初の中篇小説『驚心動魄的一幕――一九六七年紀事』試論」（『関西大学中国文学会紀要』第一七号　一九九六年三月）を参照されたい。

（10）最初の単行本収録（『当代紀事』萌芽叢書　重慶出版社　一九八三年三月）時には、呉月琴の一人農村に取り残されている理由や、また結末部においては二年後の一九七七年秋再開された大学統一入試に受かって村を離れるという重要な場面が大幅に加筆されている。

（11）路遥は中篇『人生』執筆後、「関于『人生』和闇綱的通信」（『路遥文集　二』陝西人民出版社　一九九三年一月収）で「交叉地帯」について述べるが、それは『人生』という成功作の創作を振り返ってのことであり、この時点での直接的〝動機〟とは捉えがたい。

（12）中篇『在困難的日子里（一九六一年紀事）』については、拙稿「路遥の『交叉地帯』試論（一）」（『咿唖』二八号　咿唖之会編　一九九五年一二月）を参照されたい。

母と娘の物語
――王安憶『桃之夭夭』を読む

新谷秀明

一　弄堂《ロンタン》の風景から

王安憶の作品は多くが上海の弄堂を舞台としている。弄堂とは、昔から上海庶民が住む集合住宅である。石庫門《シークーメン》と呼ばれる独自の建築様式によって建てられた長屋風のレンガ造りの住宅が、複雑に入り組んでいる。家屋の狭い入り口を入ると薄暗い中に急な階段が現れ、階上にも階下にも床面積を精一杯効率的に使った部屋があり、それぞれに家族が窮屈に住んでいる。台所もトイレも共用。そんな弄堂の光景が上海市街のどこにでも見られた。九〇年代以降、大規模な都市再開発で弄堂はずいぶん消失したと言われるが、それでも弄堂は上海の庶民生活を象徴する住宅風景として現在なお存在し続けている。

王安憶がこれまで続けてきた文学的試みの中には、「ルーツ文学」の系譜に属する『小鮑荘』(一九八五)、知識人の存在価値を問うた『叔叔的故事』(一九九〇)、自らの家族史をテーマにした『紀実与虚構』(一九九三)などなど、多様なテーマとスタイルを試みた作品が混在するが、基本的には上海の庶民を描くことに長けた作家だと言える。これは王安憶自身が弄堂に生きる庶民の生活を熟知していることの反映にほかならない。

とりわけ『長恨歌』（一九九五）を発表して以来、『妹頭《メイトウ》』（二〇〇〇）、『富萍《フーピン》』（二〇〇〇）などのいくつかの作品を見るにつけ、王安憶はいっそう上海という都市を意識的に追究し始めたという印象を受ける。単に作品の舞台背景という次元を超越し、この都市とその住人の関係性こそが作品の重要な要素に据えられている。その認識の深化は、『長恨歌』第一章の印象的な上海市街の描写に象徴的に認められる。ここで王安憶は、上空から夜の上海を俯瞰するという手法によって、上海市街の平面構造を単純化してみせた。光と闇——まばゆいネオンの灯りに彩られたメインロードと、その後背に広がる闇の中の弄堂。弄堂の闇は、広く深くどこまでも拡がる。しかしその闇の中に、無数の人々がひっそりと息づいている。やがて視線は弄堂の闇の中のある一点にフォーカスされてゆき、一人の少女がクローズアップされる。その少女、王琦瑤の生涯が『長恨歌』の主要なストーリーとなる。

光と闇の二項対立によって王安憶が表現しようとしたものが上海の二面性——華やかな社交界と庶民的日常であることは明らかだが、そこに上海住民はどのように関わるのか。主人公王琦瑤は弄堂の住人でありながら、ある偶然によって社交界に足を踏み入れる。華やかな生活、地位のある男性との出会いと別れ、これらは確かにこの小説の前半（第一部）のハイライトであるが、しかし後半（第二部、第三部）は、解放により「人民」となった主人公が再び弄堂の一庶民として後半生を生きていく、最後には不意の事件により弄堂の一室で生涯を閉じるという一生が描かれる。王琦瑤の「その後」を十分な紙幅をもって描くことによって、いわゆるオールド上海への懐古に終始したようなものとは異なり、この作品は現代の市民社会と断絶されていない上海住民の物語を構築しているのである。

『妹頭』、『富萍』に至ると、もはや旧時代の上海は直接には描かれず、作者と同世代の新中国生まれの女性が主人公となるという点では、本来の王安憶のスタイルに戻った感がある。『妹頭』の主人公朱秀芝（幼名・妹頭）は淮海路の弄堂に生まれた典型的な中流上海市民であり、小学生時代からの成長の過程、恋愛、結婚、離婚までが弄堂生活とともに描かれる。言ってみればどこにでもいる普通の女の子の普通の生きざまが語られているに過ぎないが、個性豊かな主人公の性格描写が秀逸であり、人物への親近感を感じさせるとともに、弄堂に暮らす庶民の生活を緻密な描写によって読者の眼前に展開させている。いっぽう『富萍』は地方から上海へ流れ込んできた移住者をテーマにした作品であり、上海の市民層が出身地によって格付けされる構造を的確に描き出している。登場するのは揚州から上海に働きに来る農家の娘富萍と、長年上海で家政婦をしているその「おばあちゃん」、そして蘇州河のゴミ運搬船で働く「おじさん」など、揚州出身の人物ばかりである。六〇年代の上海にあってはこれらの人々は弄堂にさえも住む条件を持たない、上海に住みながら上海から排除された人々であった。しかしこういった移住者が実際には上海住民の大きな部分を構成していることは事実であり、王安憶は彼らの上海定着の物語を書くことによって「上海人」というアイデンティティの揺らぎをも指摘している。

これら一連の作品を、王安憶は上海とその住人とがいかなる関係を持ちつつ人生を送ってきたか、そこに上海の都市構造はどのように関わっているのかといった問題意識のもとに書きつづけているように思えるが、こうした系譜の上に位置する新たな作品が『桃之夭夭』(1)である。以下、この作品について述べていくことにしたい。

二　笑明明と郁暁秋

『桃之夭夭』は母と娘の物語である。母は笑明明（芸名）、滑稽戯(2)を演じる芸人。娘は三人兄弟の末っ子、郁暁秋。三人兄弟の上の一男一女の父親である郁子函は、職場の経理の女性と浮気の末、会社の金を使い込んだことが発覚し入獄、そして笑明明と離婚する。郁暁秋は郁子函が獄中にある間に出来た子なので郁子函が父親ではないことは明らかだが、実の父が誰かは本人も周りの者も知らない。郁暁秋は実父も義理の父も知らずに女手一つで育てられる。そのような関係にある母と末娘を中軸とし、母の生きざまと娘の成長をたどった小説である。

王徳威は王安憶文学の特徴を「歴史（とりわけ〃共和国〃史）と個人の関係に対する検討」、「女性の身体及び意識に対する自覚」、「〃海派〃市民の風格に対する再塑造」と三点にまとめている(3)。第二点について王徳威は特に「三恋」と称される三作（『小城之恋』『荒山之恋』『錦綉谷之恋』）において表された「強烈な女性の自覚」を指摘しているが、「三恋」ほどに強調されないまでも、女性の身体性に関わる意識の濃厚さを示す作品は他にも多く見られる。『桃之夭夭』ではそれが母の身体性と、遺伝子として母と連結された娘の身体性とに表される。

そもそも郁暁秋の父が不明――不在であるという設定は、この母子が最初から世間的な母子たる情に欠けていることを示している。そして郁子函という一応は輪郭を描くことができる父親を持つ長男と長女がこの小説ではむしろ脇役に追いやられていることは、作者が意図的に「家族」を排除したということになるだろう。郁子函は小説の前半で若かりし頃の母、笑明明の恋愛の対象として描かれるが、結婚後に父親として描写される場面は極めて少ない。しかも程なくこの父親自身が事件によって物語の舞台を降り、見知らぬ誰かを父として私生児として生まれた娘の郁暁秋が物語の主役として躍り出てくるのである。父親を介さない母と娘の関係は、この二人に世間的な親子感情以外の特別な感情を生じさせた。母にとってそれは、娘に対する屈折した態度となって現れる。

母は自らの出演する劇場にしばしば幼い郁暁秋を連れて行った。解放後上海で復活した滑稽戯劇団の看板役者であった母は、最初は娘を楽屋で遊ばせていただけだったが、そのうち子役として舞台に立たせ始める。小さかった頃は何の演技もなくただ舞台に出るだけでよかったが、小学校高学年に近づく頃になるとやがて台詞が付き、パンフレットにも名前が載るまでになった。芸人としての性がそうさせたのか、母はしだいに娘に厳しい要求をするようになり、時には演技を終えて舞台の袖に戻った娘を理由も言わずに平手打ちする。娘は意味もわからず打たれて泣きながらも、次の瞬間にはすぐさま笑顔を作りまた舞台に上がらなければならなかった。

家の中でも母の上の二人の子に対する態度と、郁暁秋に対する態度は全く違っていた。私生児であることから郁暁秋への世間の視線は一貫して冷たいものだったが、家の中では倍加して郁暁秋は冷遇されていた。凶暴な性格の兄からの暴力的な仕打ち、それに加担する姉と家政婦の苛め。母の不在中に起こった揉め事はすべて郁暁秋が原因を作ったように報告される。それを聞いた母は郁暁秋をかばうことはせず、常に郁暁秋を打つ。与える衣服から通わせる学校まで、あらゆる事において母は郁暁秋を差別した。

しかし、この母の心理について王安憶は次のように書く。

言ってみれば不思議なことで、彼女は今まで上の二人を殴るどころか指一本触れたことがなかった。上の二人に対しては、それほどの愛情もなかったが、彼らが成長したのちは、ある種の畏怖をいだくようになった。彼らの氷のような冷たさは、母をして自分よりもこの子達のほうが上であるとの感情をいだかせた。あらゆる芸人と同様、彼女は自らを謙遜し、自らを卑しんでいた。しかしこの末っ子に対しては、殴ったり罵ったりが甚だ多かった。それはこの子に特別愛情を注いでいるからというわけでもないようだった。むしろ上の二人よりもこの子のほうをより一層嫌っていたのである(4)。

このように作者は説明しようとするが、実に歯切れの悪い説明に感じる。郁暁秋への冷遇の理由を説明したと言うよりはむしろ母の屈折した心理状態を語っているかのようである。さらに言えば、小説の後半で文革中に郁暁秋が僻村へ下放されたとき、意外にも母は私財をはたいて八方手を尽くし娘を上海に連れ戻すという行動に出る。この時点で読者は母と郁暁秋の関係を再構築せざるを得なくなり、母の「嫌っていた」という感情は実はそう単純な憎しみではなかったことが確信できるのである。

全編を通読し、最終的に郁暁秋が姉の元夫と結婚し女児を出産する（この時姉はすでに病死、兄は文革中に人を死に至らしめたことが原因で入獄）という結末に至って、母と娘の関係はようやく読者に安堵感を与えるほどに落ち着く。それまでには長い時間をかけ、多くの危機を乗り越えなければならなかった。

二　母の前史

母、笑明明は眉目秀麗な容姿と天性のハスキーな歌声によって、十代前半の頃から「小周璇」と称され、上海の演芸場「大世界」で文明戯(5)を演じていた。とりわけ彼女が得意としたのは、各地の地方劇の曲を歌うことができ、各地の方言を真似ることができたことである。この器用さが彼女の芸人としての魅力であった。やがて彼女は、香港の映画会社のオーディションに合格し、香港に行くことになる。ところが香港で彼女を待っていたものは映画会社の倒産という厳しい現実であった。上海へ帰る旅費がない笑明明はやむなく香港でダンスガール（ダンスホールで男性客の社交ダンスの相手をする職業）となって糊口を凌いでいると、かつて上海で受けた別のオーディションの審査員であった男——老大哥と出会い、その男の力添えで上海に帰ることができた。この時、太平洋戦争勃発の直前であった。

これがまず一つの笑明明のエピソードであり、続いて上海帰着後のエピソードについても駆け足で語られる。笑明明は文明戯と独脚戯が合体した形で上海に新たに興りつつあった滑稽戯の劇団に入団、再び芸人としての生活を始めるが、無錫での地方公演の際に郁子函少年と知り合うことになる。郁子函は笑明明に憧れ、やがて無錫の家を飛び出して劇団と行動を共にするようになる。笑明明はしばらく郁子函を養っていたが、将来を案じ、郁子函の親戚がいる北碚（重慶）の学校で会計を学ばせることにする。笑明明はこれでこの少年とは今生の別れと考えていた。ところが数年後、成長し男らしくなった郁子函は再び笑明明の前に現れる。笑明明は郁子函の強い思いにほだされ、進めていた結婚話を反故にし、郁子函と夫婦になる。その後一男一女をもうけた後に浮気と汚職によって結婚が破綻したことは先に述べた通りである。

以上のような、いわば笑明明の波乱万丈が全五章のうち第一章に語り尽くされている。第二章でようやく郁暁秋が登場し、王安憶本来の持ち味である登場人物の性格、生活、家族、周囲の人間などへの細かな叙述が始まると言ってもよく、第一章はこの小説の中では比較的独立した部分であると考えられる。

これとよく似た小説構造を私たちは『長恨歌』に見ることができる。三部構成の『長恨歌』のうち第一部は、まさに王琦瑤の波乱の前半生が描かれている。ただ『長恨歌』では第二部以降も主人公の波乱は続いていき、『桃之夭夭』の第一章が本来の物語が始まる前のプロローグ的な意味を持っているのとは若干異なるかもしれない。しかし第二部（『桃之夭夭』では第二章）以降がどちらも解放後の上海の弄堂が舞台になり、王安憶の語りが落ち着きを取り戻す点に注目すれば、両者は基本的に同じ構造を持っていると認められるであろう。かつて張愛玲が得意としたように、女性主人公の翻弄される人生を描く――その舞台は上海であり、時代は三〇年代から戦時期にかけてでなければならない――という半ば類型化された言説を、王安憶も部分的に採用したということになろうか。しかし『桃之夭夭』に限って言えば、母の過去語りを最初にしておくことによって、母の人生はのちに叙述される郁暁秋の人生に重ね合わされるという重要な効果を生んでいる。とりわけ郁暁秋と何民偉の間に起こった恋愛と破綻の過程は、笑明明と郁子函との間の恋愛と破綻に重ね合わされることを指摘しておきたい。母は娘に屈折した心理を抱いていたことを先に述べたが、それはこの母子の近似性に由来するのではないだろうか。母の娘に対する苛酷さは、自らを排除したいという潜在意識の表れではなかったかという推測も可能のように思われる。

四 〝猫眼〟の少女

郁暁秋は私生児という公然の秘密を持ちながら成長する。五、六〇年代の中国社会特有の（それは上海だからこそかもしれないが）、世間の目や噂というものが個人を評価する決定的な要素となり得る閉鎖的市民社会の中、常に人々に陰湿な視線を浴びせられる存在であった。母に随って芸の世界に足を踏み入れかけたことも、人々の評価を貶める一因であった。上の二人は母の職業には無関心であるばかりか、むしろ母が滑稽戯の役者であることに羞恥心をさえ持っていた。しかし郁暁秋は世間の芸人に対する蔑視など意識もせず、人前で演技をしたり歌ったり踊ったりすることを好む無邪気な性格を備えていた。

人々の噂にのぼった郁暁秋の要素はそれだけではない。先にこの作品における母から娘へと連結される女性的身体性に言及したが、郁暁秋の成長につれてその身体性は顕在化する。胸や臀部といった身体部位の急激な成長を、姉からのお下がりの服は寸足らずで隠しきれず、さらには母の着古した毛皮付きのオーバーや兄のお下がりの男物のズボンなどを着用する郁暁秋の姿に男子学生や宣伝隊の男性労働者たちの欲望の眼差しが釘付けになる。加えて目尻が吊り上った大人びた顔立ちに男たちがつけたあだ名が「猫眼」であった。このあだ名は単に目の形状を指すにとどまらず、「色気」（中国語原文では「風流」）という要素を含むあだ名である。質朴こそが善とされた時代において、本人の意図しない性的アピールを外見に備えてしまったことは彼女の不幸であった。こうした外見的特徴は出生にまつわる憶測と関連付けられて人々の噂にのぼっていった。

文革期間中に郁暁秋が通っていた学校で集団下放が実施された時、郁暁秋が楽隊の活動を通じて知り合った何民華の弟、何民偉と同じグループとなった。この時から郁暁秋と何民偉は長い恋愛期間を持つのであるが、姉の何民華は弟と郁暁秋との恋愛に一貫して反対、その理由は弟が郁暁秋の色香に惑わされていると感じ、それに我慢できなかったからであった。実際には何民偉が郁暁秋に惹かれていたのは全くそのような要素ではなかったにもかかわらず。そして結婚寸前まで発展したこの二人の恋は、結局は成就しない。直接の原因は何民偉の心変わりであるが、何民偉が他の女性に靡いた背景には、姉を含めた世間の郁暁秋に対する冷たい視線が存在している。

男は女を裏切り、女は男の裏切りで不幸に陥る――この小説では郁子函と何民偉の二世代にわたる裏切りの反復によって、男とはそういうもの、という女性の諦念が強調されているように思われる。世間的には男性側の言い分というものも主張されて然るべきではあるが、王安憶は男の視点には立たない。『紀実与虚構』で自らを反映した女系家族史を書いたことからも知られるように、王安憶の文学創作は基本的に女性中心であり、男性の言説は往々にして排除されてきた。そのことをここでも再確認しておきたい。

さて小説は、何民偉と決別したあと郁暁秋が、難産により子を残して世を去った姉の夫と結婚をするという意外な結末を迎える。姉の残した子を自分の子のように世話をする二十八歳独身の郁暁秋と、妻を突然亡くし子を一人で育てる意欲を失った姉の夫との条件が一致し、お互いの家族が結婚を勧めた結果であった。この間に合わせのような結婚は、しかし郁暁秋に平穏と幸福をもたらした。やがて自ら女児を出産するが、その時の郁暁秋の心理はこう描写される。

看護婦さんが、女の子ですよ、と教えてくれた時、彼女は突然悲しくなった。幼い頃から大人になるまで受けた数々の困難と苦痛が、お産の痛みとともにこの瞬間に襲ってきたのだ。しかし次の瞬間、喜びがおとずれた。この女の子は明らかに彼女が待ち望んでいたものだ、今それがようやく実現できたのは、とっても素晴らしいことだ、そう思ったのである(6)。

女性であるために自らの体験した不幸が繰り返される可能性への本能的な恐れと、それを打ち消すに足る娘を持つことへの喜び。矛盾する思いの向こう側に見え隠れするのは母の存在である。母に疎外されながらも同時に自分が母の中で最も大きな位置を占めていたことが郁暁秋にようやく理解され、そのような母子の関係を自らも築きたいと願う心理がここに表されている。

五　桃之夭夭

ところで、小説の題名につけられた「桃之夭夭」とは『詩経』周南の「桃夭」の一句である(7)が、この詩はふつう結婚する女性へのお祝いの言葉とされる。そこに込められた一つの意味として、理不尽な人生を乗り越えて結婚した郁暁秋に向けた祝福の言葉と考えることができよう。「桃夭」の詩では、三度繰り返される「桃之夭夭」の次の句が「灼灼其華」、「有蕡其実」、「其葉蓁蓁」と変わっていく。照り映える花、ふくよかな実、生い茂る葉、つまり桃が花を咲かせて実を結び葉を茂らせるという植物の成長に、女性の成長とその結果としての婚姻とが仮託されている。郁暁秋が女児をもうけ文字通り実を結んだことによって、この題名は作品のテーマに合致する。

また、『詩経』に現れる桃は李とともに生殖の豊饒、エロティシズムの象徴として用いられるとされる。だとすれば夭夭たる桃、即ち若くしなやかな桃の木は郁暁秋の身体のメタファーであるという理解も可能である。すでに検討したように母と娘の身体性は連係しているのだから、桃はまた母の身体のメタファーでもある。いずれにせよこれは女性の身体にまつわる賛美であり、不遇な女性の生きざまを描くこの小説の叙述が暗澹たる色彩を帯びていたとしても、豊饒なる性への賛美こそがこの小説の根源的な方向性と考えられる。

王安憶が意識的に上海とその住人を文学の問題として捉え始めたことは、私たちにその問題を深く考察するきっかけを与えてくれたことでもある。私たちは王安憶の作品を通して、多様な人間がこの都市と多様に繋がっているありさまを想像することができる。『長恨歌』の王琦瑤、『妹頭』の朱秀芝、『富萍』の富萍、そして笑明明と郁暁秋、こういった女性主人公たちを次々と創造することで王安憶は弄堂の人物誌を多彩にし続けている。笑明明と郁暁秋のような、庶民と呼ぶにはあまりにも特殊すぎる生き方を運命づけられた人物も、やはり弄堂の住人であり上海という都市と繋がって生きてきたのである。

私たちの眼前には、経済的繁栄を誇り、高層ビルや高級車やブランド商品で埋め尽くされた巨大商業都市上海がある。香港やニューヨークと変わるところのない高層ビルの風景に多くの中国人がサクセス・ストーリーを夢見ている一方、商業的に加工されたオールド上海の表象が人々の懐古的心情をくすぐっている。王安憶がこうした上海をめぐる現状に対し懐疑的、批判的な目を向けていることはすでに指摘されている通りである。(8)

弄堂の暮らしは早くから人々の上海についての想像範囲からこぼれ落ちているばかりか、実体としての弄堂そのものが消滅する日へと近づいている。とはいえ、王安憶は決して自らの心象風景としての弄堂を懐古的心情から描いているわけではなく、もしそうだとすれば懐古を批判する者が懐古するという自家撞着に陥ってしまいかねない。繰り返すが、王安憶は上海の住人たちと上海との関係性に焦点を当てているのであり、その関係性そのものは都市から住民が消えない限り――たとえ弄堂の風景が消えたとしても――存続するものである。弄堂そのものは象徴に過ぎない。問題は弄堂にあるのではなく、そこで生活する人間にある。王安憶が書きつづける弄堂の人物誌は、現代的な言説に支配される上海像に対置しうるもう一つの上海像として、人々の参照を待っているのである。

註

（1）二〇〇三年一二月上海文芸出版社。本論での引用はこの版本による。

（2）上海で行われているコミカルな大衆演芸の一種。上海語で演じられる。古くは独脚戯と称した。

（3）王徳威「海派文学、又見伝人―王安憶的小説」（『如此繁華』二〇〇六年上海書店）

（4）第二章、六六頁

（5）現在の中国話劇の源流とされる早期の演劇。かつての滑稽戯の芸人は多くが文明戯出身であったことから、滑稽戯の成立過程には文明戯が影響しているとする説がある。すぐ後に述べるように、王安憶もこの説に従っている。

（6）第五章、二七六頁

（7）全文は次の通り

桃之夭夭　灼灼其華　　桃の夭夭たる　灼灼たる其の華

之子于帰　宜其室家　　之（こ）の子　于（ここ）に帰（とつ）ぐ　其の室家に宜しからん

桃之夭夭　有蕡其実　　桃の夭夭たる　蕡（ふん）たる其の実有り

之子于帰　宜其室家　　之の子　于に帰ぐ　其の室家に宜しからん

桃之夭夭　其葉蓁蓁　　桃の夭夭たる　其の葉　蓁蓁（しんしん）たり

之子于帰　宜其室家　　之の子　于に帰ぐ　其の室家に宜しからん

（8）たとえば王暁明は「従〝淮海路〟到〝梅家橋〟――従王安憶小説創作的転変談起」（『文学評論』二〇〇二年第三期）において、王安憶は『富萍』を書くことによって「あの新たなイデオロギーが創り出すオールド上海の物語と距離を置こうと」したことを詳細に論じている。日本語訳は「上海はイデオロギーの夢を見るか?」（『接続』vol.3　二〇〇三年ひつじ書房）。

ポストモダニズム評論と「先鋒派」の文学史的位置づけ

――陳暁明を中心にして

森岡優紀

はじめに　ポストモダニズム評論の登場と「先鋒派」概念の定着

「先鋒派」とは八〇年代後半から叙述実験を行った一群の作家、一般的には馬原の叙述革命後に登場した蘇童、余華、格非、孫甘露、葉兆言等を指している(1)。当初彼等の作品はただ単に「新潮小説」の一種ぐらいとみなされており、その意義はただちに認識されたわけではない。

初期の評論において、この種の小説は往々にして「新潮小説」という大枠のなかに大雑把に分類され、「尋根小説」や「現代派小説」と混同されていた。のちに、批評界は比較的に明確な範囲をもつ名称――「実験小説」をかろうじて与えた。つづいて、この種の小説はその意義が形式上の実験性という点に限定されず、同時に(より重要ともいえる)斬新な文学精神を現していることを、人々は発見した。そこでようやくそれを「先鋒小説」と呼び始めたのだ(2)。

そもそも「先鋒小説」という言葉は斬新な西洋の技法を取り入れたモダニズム小説全般を指しており、「実験小説」と使い分けられていなかったが(3)、九〇年代頃からその範囲が徐々に定まり、上述の作家を指すようになる

(4)。つまり作家が「先鋒派」という旗印を自ら挙げたのではなく、むしろ評論家達が「先鋒派」という概念を作ってその文学史的意義を強調したのである。この過程において所謂「ポストモダニズム評論家」が重要な役割を果した。ポストモダニズム思想は八五年にフレデリック・ジェムソン（Frederic Jameson 弗・詹姆遜）が北京大学で行った「ポストモダンと文化理論（後現代主義與文化理論）」という講演をきっかけに一躍注目を浴びはじめる(5)。特に若い研究者達、陳暁明、王寧、呉義勤、張頤武等はいち早くデリダ等のフランスのポスト構造主義哲学、及びその影響を受けて一世を風靡したアメリカの「ディコントラクション」の文芸理論に眼をつけた(6)。九〇年代には、李進、李以建、方克強、張京媛、鄭敏等も加わり、「ポストモダニズム評論」もしくは「解構（脱構築）評論」と呼ばれる一つの流れを形成するにいたる(7)。

陳暁明はポストモダニズム評論家のなかでも先鋒派研究の理論的枠組みを築いた人物である。日本においてこの分野に関する研究はまだ数少ない。しかし、中国において陳暁明は既に著名な評論家として活躍しており、彼の一連の研究は先鋒派の文学史的意義を体系的に示しただけではなく、文学理論上の一連の重要課題に対して画期的な観点をもたらした。中国のポストモダニズム評論を考察するにあたって小論は陳暁明の論述を中心とする。

ある文学を文学史的にどのように位置づけるか、この問題は文学史をどのような角度から構築するかという問題と切り離して考察することはできない。小論はポストモダニズム評論の理論体系を整理しながら、先鋒派の文学史的位置づけを考察する。この考察は先鋒派のみならず、新時期以降の文学状況全体への理解につながると思われる。

以下はまず八〇年代後半から中国の文学状況が大きく変化したきっかけとされる馬原の叙述革命を考察する。陳暁明はこの変化を「何を書くか」から「どのように書くか」への転換とみなしたが、その理論的な根拠は小説形式とイデオロギーの関係にある。そこで陳暁明の「写実主義」に関する論述の考察を通して、彼の小説形式とイデオロギーの関係についての考えを探る。陳暁明の理論はポストモダニズム思想から影響を受けているのだが、中国においてポストモダニズム文芸理論は伝統的な社会主義リアリズムのアンチテーゼとして受容された側面が強い。陳暁明が先鋒派をポストモダニズム的性質をもつ文学とみなす根拠はこれと深く関係しているのである。最後に、これら全体の考察に基づいて先鋒派の文学史的位置づけに関して筆者自身の見解を述べる。

一　八〇年代後半の文学状況

八〇年代後半から、文学状況は「分裂」「断絶」「ポスト新時期」とも論じられるような複雑な様相を呈していた(8)。謝冕は「八〇年代が終結するに伴って、新時期と呼ばれてきた文学の段階もそれとともに終わりを告げた。これは既に確定した事実となってしまった。(中略)八〇年代半ばから後半にかけ、中国新時期文学は『後新詩潮』『先鋒文学』、『新写実小説』等の現象をへて、文学が時代に伴い変化していく条件と可能性を示した(9)。」と述べている。同様に陳思和もこの時期について「共名」から「無名」への変化と論じ、やはり中国文学が新しい段階へ入ったと述べている(10)。

これについて陳暁明は馬原を分岐点とする「何を書くかからどのように書くかへ」の変化が生じたと述べる。

> 馬原を目印とし、中国文学はこの一年に多元化という傾向が現れた。報告文学と紀実文学は現実のホットな話題を追いかけ、純文学は現実から離れて内へと転換した。即ち文学自体へと方向を変えて、「何を書くか」から「どのように書くか」へと方向転換したのである(11)。

陳暁明は五九年生まれ。八五年から八八年にかけて英国へ留学し、西洋文芸理論を研究し、九〇年に中国社会科学院で文学博士の学位を取得して研究員となる。指導教官は文芸理論を専門とする銭中文である。博論の『解構的踪跡(12)』はポスト構造主義について体系的な論述を展開し、同時期の『無辺の挑戦——中国先鋒文学的後現代性(13)』はその理論をもとに先鋒派の研究を方向づけた著作である。

時にして歴史の変遷はまるで劇のようであり、二〇世紀の八〇年代後半は全体からすれば文化総崩れ、もしくは文化の逃避時代でもあったのだが、同時に奇妙な「高さ」へと躍進した——「先鋒派」文学はこの高さの明確な記しである——、啓蒙時代の思想水準でも、或いはリアリズムやモダニズムの概念と方法でしても、この「高さ」を理解するのはかなり大変だと感じる。これを「高さ」と称したのは、「ポストモダニズム」という広範囲の議論を起こした術語を用いずにふさわしい歴史的な位置を与えることができないからである(14)。

現在、「何を書くかからどのように書くか」或いは「ポストモダン」は、八〇年代後半の文学状況に関する一種の決り文句となっている(15)。しかし、「何を書くかからどのように書くかへ」の変化とは具体的には何を意味するのか、なぜこの変化を重用視するのか、またなぜ馬原を契機とするのか、これらの問題は大変重要であるにもかかわらず明確な答えがなかなか得られないのが現状である。

二　馬原の叙述革命とその意義

馬原は八二年頃から創作をはじめ、八四年から八六年にかけて実験的作品を立て続けに発表して、八七年以降注目を浴びる(16)。「八〇年代の中国文学において、馬原の小説は叙述の問題と結びついている。(中略)つまり、馬原は叙述の腕利きとして成功して八〇年代の中国文学に銘記されたのである。運よく馬原は文学史の転換点に位置し、四方八方から注目を浴びた（中略）(17)」とあり、当時文壇で馬原の「叙述革命」は大反響をよんだ。馬原による形式実験のなかでも、「元虚構」という手法が特に多く論じられているので、彼の小説「虚構」からこれをみてみよう。

私はあの馬原という漢人だ。私が小説を書いているのだ。（中略）実際、私は他の作家と本質的な違いはなく、私も他の作家と同じように何かを観察する必要があり、その観察の結果を借りて話をでっちあげているのだ。天馬が空を駆けるようなストーリーを作ろうとしても、前提としてせめて馬と空が必要である(18)。

という具合に、馬原の叙述は中国の小説においてかつてないものであった(19)。呉亮の「馬原的叙述圏套」は次のように評している。

まず馬原が常に用いる叙述技巧のうち、虚構のものを真実であるかのようにし、故意に真実と虚構のあいだに横たわる境界線を取り除くというのがある。この効果を意識的に作り出す際、馬原本人が小説内に顔を出すことが重要な役割を果たす。（中略）馬原は自分が身をもって体験した事件を如何にももっともらしく独白し或いは回想のかたちで語る時、自分が酔いしれるだけでなく、真面目すぎる読者までも真か偽かわからなくなるような罠へと引きずり込んで、幼稚でやっかいな疑問を抱せるようになる。これは馬原自身が本当に経験したことなのだろうか(20)。

作家本人が小説内に顔を出しストーリーについて得々とコメントしはじめる、しかしそれゆえストーリーは事実なのか虚構なのかが却ってわからなくなってしまう。この評論をきっかけにして馬原の叙述は「馬原的叙述圏套」と呼ばれるようになった。ただここではこれが文学史的に「革命」的である所以については何も示されていない。

この「元虚構」（「元小説」「元叙事」）は「メタフィクション（Metafiction）」の訳で、ラテンアメリカのボルヘス、七〇年代から八〇年代にかけてのアメリカ小説に多用された手法である。「二〇世紀後半を彩るアンチ・リアリズム文学の最尖鋭」とみなされた手法であり(21)、これを理解するためにはリアリズムの手法から考察する必要がある。そこで、中国におけるナラトロジーの概説書『叙述学導引(22)』を参照しよう。この概説書には『駱駝祥子』の一節が引用されている。

この車をもって以来、彼はまえにもまして張りのある毎日をすごすようになった。なにしろ、お抱えにせよ、辻待ちにせよ、「損料」のことで毎日いらいらしなくても、稼いだだけすっかり自分のふところにはいるようになったのだ。屈託することがなければ、人につんけんすることもなくなり、自然商売もとんとん拍子にうまくいくようになった。半年もするうち、彼の望みはさらにふくらんできた。この調子でいけば、二年、いや長くて二年もすれば、また車を買いたせるぞ。一台、二台、三台……おれだって車宿の親方になれるぞ。

しかし、希望というものは、えてしてむなしくおわるものである。祥子とて例外ではなかった。

最後の一句に注目してみよう。語り手は祥子の希望が空振りを予見し、祥子の心理の隅々まで見通した全知全能の位置から言葉を発しているのがわかる。読者がこの語り手に注意を向けると、この部分の描写が客観的描写と思えなくなるはずだが、普通は注意を払うことがない。これはリアリズム小説の語りの特徴であり、語る行為を読者からできるだけ隠して自然にみえるように背景に填め込んで小説の内容を現実と思わせる工夫をする。読者が語り手にぴったりと身を寄せ小説世界をのぞき込むとき、小説世界はリアリティをもって迫ってくるのである。

一方、馬原の「虚構」では、語り手が馬原と名乗って読者の目前に身をさらけ出す。そのため読者は物語世界から創作過程(叙述行為)に注意が向いてしまう。メタフィクションは映画に喩えると撮影現場までも映画中に組み込む手法なのである(23)。馬原の実験はメタフィクション以外にもあるが、全てひっくるめて叙述革命と呼ばれている。これらが叙述において革命的意義をもったのはこの「語り手の隠匿」を暴いたことにあるのではなかろうか。

三　陳暁明の写実主義批判

「写実主義」における語り手の隠匿について、陳暁明は博論『解構的踪迹』で次のように述べている。

模倣という機能は文学の根元的な機能であり、現実を反映すること或いは表現することは文学が昔からの夢としてきたことである。そのため、叙述作用が叙述主体を隠すことによって、言説が生み出した歴史を作り出すのは、写実主義言説の基本的な叙述方法である。即ち、写実的な言説は「メタディスコース（meta-discourse）」なのである。つまりこの種の言説は語られたものであり、またさまざまな規則によって拘束されたものであるが、その痕跡を覆い隠すことで、それがまるで自から始まり、生成されたもののようにふるまうのである(24)。

陳暁明の著作は文芸理論特有の術語を用いるため難解だが、要点は次のようになるだろう。現実を模写するというのは文学の本来の働きであり、現実を反映しようとするのは文学が昔から夢としてきたことである。語りとは誰かによって語られたものであるが、これを隠すことで語られた内容をまるで事実のようにみせかけるのは、写実主義の基本的な語りである。つまり、写実的な語りは「超越的な語り」のかたちをとっているのである。それはもちろん誰かによって語られ、手法面においても様々な規則に沿ったものであるにもかかわらず、その痕跡を隠すことで、まるではじめからそうであり、しかもそうでしかあり得ないような印象を人に与える。

例えば先に挙げた『駱駝祥子』の「この車をもって以来、彼はまえにもまして張りのある毎日をすごすようになった。（中略）しかし、希望というものは、えてしてむなしくおわるものである。祥子とて例外ではなかった。」とはまさにこのような語りであろう。そして文学理論における「写実」という概念に対して陳暁明は次のように指摘する。

「再現」が虚構を否定することは、現実の「現前」としての絶対的な権力を十分に示している。再現とはテクストの言説に対する現実秩序の絶対的統制をしめしており、そこで真実性の意義は現実が絶対的で十分な存在であることによる。故に、写実主義言説は二重顛倒の産物である。それは虚構された現実を絶対的真実とみなし、そしてそれを現実秩序を構築するための創作活動を「現実」の反映としてみなす(25)。

つまり、作家が現実を忠実に反映しているつもりでも、作家の現実に対する認識自体が作家個人の観点や時代の支配的思想を既に含むために現実そのものではありえず、むしろ現実に対する解釈でしかない。この意味で、現実をそのまま再現しているという考え自体が一つの背理(転倒)である。しかし、「写実主義」は「語り手の隠匿」などの手法を用い、現実に対する解釈にすぎなかったものを「これは現実そのもの」と読者に思わせるように小説を作り上げてしまう。そして、遂には評論家や作家自身までも小説の内容を現実そのものであるかのように錯覚してしまうのである。これが二つめの転倒である。

続いて、陳暁明は「写実主義」のこの側面に無自覚でいると、文学はイデオロギーの再生産に寄与してしまうと指摘する。

人々が「現実」と認めたものは、はじめから特定の観念、概念、術語で表現された意義であり、歴史或いは現実のもつ「真実性」とは、支配的な位置にあるイデオロギーの現実に対するある種の規範と期待にすぎない。そして、文学はイデオロギー再生産する方式でこの「真実性」を具体化した。まるでそれが確かに現実存在を反映する一つの方法であるかのように。現実を通してこの反映の方法を認識したわけではなく、このイデオロギーを再生産する方法を通して、より根元的より真の現実（歴史）が存在すると人々は思うようになったのである(26)。

議論の筋からここの「写実主義」は社会主義リアリズムを指していると思われる。「二重顛倒」という批判もある意味で当を得ているといえよう。中国において文学とイデオロギーが密接な関係を余儀なくされてきたというのは周知のとおりであり、その批判は夙に行われてきたが、理論的な体系性でもって小説の形式という側面から文学とイデオロギーとの関連性を考察した例は他に類をみない。

馬原の叙述革命はイデオロギーの文学に対する支配を小説の形式という側面から暴いたので、陳暁明はそれを文学史上の転換点と位置づけたのである。先鋒派に対する文学史的位置づけもこの延長線上から行われていると考えるべきである。

四　先鋒派とポストモダン

陳暁明の理論はポストモダニズム思想から示唆を得ているのは明らかなのだが、彼は文学としてのポストモダニズムをどのようなものと受け止めているのであろうか。『無辺的挑戦』の序から、「モダン」と「ポストモダン」に対する彼の理解を拾ってみよう。

モダニズムは偉大な幻想（を求める）一つの運動であり、通常思われているように線、色彩、構造の手法を弄んだわけではない。モダニズムの大家の心はいつも人類が直面している重大な生存の危機に悩まされ、解決の道筋を探すことを自分たちの芸術創作と思想探索における緊迫した任務としているのである。そこで、文学は芸術面において、超越的な精神や信仰を求め、反社会的な抗議の情緒を表現し、実存の神秘的な体験に溺れ、象徴と隠喩の多用によって言葉であらわしがたい精神の深さを表現する……等が、モダニズムの基本的な芸術的規範を構成している(27)。

ポストモダニズム文学については、以下のように特徴をまとめている。

(1)全体性に反対し中心的な世界観を脱構築するような多元的世界観(2)歴史と人間中心的人文観の解体(3)テクスト言説による世界(実存)本体論の代替(4)反(エリート)文化及び通俗的(大衆化或いは市民化)価値の立場(5)モザイクの戯れ、エクリチュール(テクスト)の快楽を追求する芸術姿勢(6)風刺、ブラックユーモアの美的効果への専らの追求(7)芸術的手法におけるモザイク、非連関性、随意性の追求、比喩の濫用、事実と虚構の混用(8)「機械的複製」もしくは「文化の工業化」をその歴史存在と歴史的実践の方式とする(28)。

一連の著作からみても、モダニズム文学が社会秩序を変えようとする意図をもち、超越的で普遍的な価値を追求しているのに対して、ポストモダンはそれらの解体を図ったというのが陳暁明の基本的な考えと言える(29)。

ポストモダニズム思想はもともと近代形而上学に対する批判を出発点とする哲学であった。しかし、中国の場合はジェムソンの講演がきっかけとなって注目を浴びはじめたという事実からも窺えるように、主に文芸批評への応用目的で概説書を通して受容された。評論用語も基本的にこれら概説書からの借用である。例えばハッサンの「モダン―ポストモダン」の特徴を比較した簡略な表には、ポストモダンの術語がほぼ出そろっている(30)。このような経緯もあり、評論家達のポストモダンに対する理解にはポストモダニズム哲学とその流れを汲んだ文芸理論が混在しており、「在場」「解構」「延異」「無中心」等術語もそれほど厳密に定義されていない。

では、先鋒派はどのような点においてポストモダン的な特質をもっているとみなされたのかについて検討してみよう。『無辺的挑戦』の第一章第一節「終極性失落・消解深度模式」において、陳暁明は先鋒派文学が「深度意義」を持たない文学であり、事実上「究極的な価値」を転覆する働きをしたと述べている。

当代中国の「先鋒派」も所謂「究極的な価値」に対して関心を既に失ってしまっており、少なくとも彼等の構築したテクストはこの究極的な統一性を事実上転覆してしまった。つまり統一的な深度意義を人類の実存の象徴としなくなってしまったのである。（中略）馬原は深度模式に対してはじめて反対を唱えた人物であり、彼は「叙述の罠」をもって物語を抑圧し、また物語をもって深度意義にとりかえたのだ(31)。

評論のなかで「深度模式」「深度意義」「終極性」などの用語は、小説内に意義、テーマ、イデオロギー等を内包していることを指している。そして先鋒派文学は「無深度模式」の文学であり、このような超越的意義を解体した、これこそが先鋒派文学の特徴であるという。しかし、このことを示す際に彼は海外のポストモダニズム文学と比較することを通して両者の類似性や影響関係を分析することは却って少なく、むしろ主に新時期文学との比較から先鋒派の特徴を示そうと試みている。『無辺の挑戦』においては先鋒派と新時期との詳細な比較が行われている。「大文字の人（大写的人）」は、文革期に奪われていた人としての権利と尊厳を回復する強い願望として、文革後の思想解放運動の最大のスローガンとなった。陳暁明は、これを新時期文学の最大の「深度模式」とみなしている。たとえば、新時期文学における「自我」というテーマを以下のように言及している。

「新時期」文学は思想解放運動の先棒を担ぎ、新しい情感の源泉と新しい感覚の方式を当然のこととして自覚的に求めた。明らかに、人の価値に対する強調、人の内面に対する肯定、人の精神の自由に対する尊崇を核としてこの時期の新情感を形成した。「新情感」が蔓延して、強い勢いで時代の新しい想像関係（イデオロギーの基本的表象体系）を構築していく過程は、人の「自己意識」が絶えず拡大され押し進められていく過程でもあった(32)。

張承志の『北方的河』はその典型的な例であり、主人公の熱い情熱、気概と強靭な精神は当時の青年を惹きつけてやまず、青年の理想的な自己像でもあった。

八〇年代後半に至ると、先鋒派における「自我」はこのような理想を追い求める意味合いが消え失せる。例えば、格非の主人公は懐疑論者か妄想癖をもつ人物であることが多い。余華は欲望の赴くままに行動する人物を描いており、その人物は陰謀を企んだり、殺人を犯したり、罠に陥れられたりして、遂には失踪か死に至るという結末を迎える。

「自我」は突然社会の周縁に退いて、くだらない快楽を咀嚼し、或いは意味もない幻想に溺れた。若い世代の作家は暴力、失踪、逃亡等の主題を描写するのに熱中した。それは彼等がこの種の主題に自我の鏡像を見つけたからである。まさに「自我」を永遠に追放することをもって、我らの時代の先鋒派はアンチ「新時期」の歴史的意向を表明したのだ。彼等はリアリズムから遠く隔たっただけでなく、モダニズムからも離れ、むしろポストモダニズムに近づいた（中略）(33)。

新時期文学において、「自我」「愛情」「苦難」「孤独」「歴史」等の主題は常に時代的、社会的意義を有してきた。しかし、先鋒派はこのような主題、つまり「深度模式」を解体してしまったとのべ、陳暁明はこれを「ポストモダン」的特徴というのである。新時期文学は超越的な意義を内包するが、先鋒派文学は超越的な意義に対する追求を放棄している、これがポストモダン的というわけである(34)。

ポストモダニズム評論家の先鋒派に対する位置づけは、彼等が持つ新しい文学史観の反映である。彼等は従来の文学理論が既に形骸化し、それに束縛されていると感じていた。そこでモダンの理念の解体ために用いられたポストモダンの方法を武器として、従来の文学概念の解体を目指したのである。そして先鋒派文学から新時期の理念を解体する要素を見出してそれをポストモダン的性質と評したのである。しかし実際の作品とは必ずしも整合的といえないところがあり、以下はこれを論じる。

五　先鋒派の文学史的位置づけについて

先鋒派がポストモダンかどうかについては、中国においても一時期議論が盛んに行われた。しかし、実際の作品に即して議論が行われている場合が少なく(35)、むしろ中国の社会状況においてポストモダニズム文学が発生し得るかどうかが焦点となり、戦後のアメリカと類似した多元的社会が八〇年代後半に中国でも生じたことが原因として挙げられることが多い(36)。しかし、これは論点がずれており、先鋒派文学が新時期の理念を解体したかどうか、それがポストモダンによる「真理」「歴史」「主体」などのモダンの理念の解体と果たして同質のものかに論点を絞るべきだろう(37)。この問題の詳細な検討には作品分析が必要であるが、紙面の制約もあり、ここでは筆者の考えのみを述べるにとどめておこう(38)。

先鋒派作家はほぼ六〇年代に生をうけ、文革期には小学生だったので政治運動から免れていた。知識青年世代が文革、新時期の主役の一員として自分達こそが時代を動かしているのだという主流意識をもっているのと対照的に、この世代は文革にも新時期の思想運動にも年齢的に遅れをとっており、強い周縁意識を有している。そのような背景もあり、彼等は新時期文学の理念に違和感を感じて、そこで自分たちの実感を文学において表現しようと試みたのである。これは一貫した彼等の創作姿勢であり、九〇年代頃から小説の実験性が弱まり「先鋒」ではなくなったとよく言われるが、この点においては変わっていない。

彼等は自分の感覚を表現できるような新しい小説形式の創設を試みた。蘇童がサリンジャーの「主人公が直接読者に呼びかける」ような語りに衝撃を受けて独自のスタイルを形成していくように、先鋒派作家の出発点は小説の形式と深い関連をもっている(39)。語り(叙述)によってどう小説世界を構成するか、語り手の意識的な操作によって読者にどのような効果をもたらすのか、自覚的に実験を繰り返した結果、非常に高い芸術性をもった作品が生み出された。このように考えると、先鋒派文学は新時期とは異なる流れであることは確かなのだが、「モダンへの解体」に意義をおいたポストモダニズムという呼び方は必ずしも彼等の作品の特徴を的確に言い当てているとは言い難い。

また転換の契機とされる馬原と先鋒派の関係についてもより慎重な考察が必要であろう。つまり、時代的には先鋒派は馬原の「叙述革命」に続いて文壇に登場し、一見先駆と後継者のようにみえるが、創作においてはどのような関係を持つのかを考察する必要がある。

蘇童、余華、格非、孫甘露、葉兆言等の作家は馬原の叙述革命が注目を浴びた直後に文壇に登場した。しかし、各々の作家の情況を考察すると別の側面が浮かび上がる。例えば、蘇童は八四年十月に処女作とは叙述風格が全く異なった短編小説「桑園留念」を書き上げる(40)。これは以後の創作の原点となった作品であり、彼自身も「私の創作から言うと、このような言葉に対する自覚は『桑園留念』のような少年の目で世界を見る小説から始まった(41)。」と述べている。しかしこの作品は色々な雑誌をまわされた末、『北京文学』に掲載されたのは三年後の八七年(二期)である。この経緯を考えると、蘇童は八四年の時点で既に現在の風格を形成していた。これは馬原の小説の発表とほぼ同時期であり、馬原の小説から直接的な影響を受けたわけではない(42)。

先述のように、直接的な影響を与えたのはむしろ外国文学である。「私が言葉に自覚的になるのを大きく助けたのはサリンジャーであり、言葉の点において非常に魅せられた作家の一人でもある。彼の『ライ麦畑でつかまえて』と『九つの物語』の叙述方法に対して私は一種の衝撃、本当の意味での衝撃を受けた。これ以来、小説の叙述面で自然に彼と近くなった。もちろん、なるべく真似をしたことがわからないようにしたけれど。『桑園留念』風の小説はサリンジャーから受けた助けと影響は最も大きく、私は彼からある叙述方法を努めて学ぶようした(43)。」と語っている。蘇童の作品からも、サリンジャーから影響を受けた形跡がうかがわれ、反対に馬原の作風との共通点は少ない。

余華の「十八歳出門遠行(44)」が掲載されたのは『北京文学』八七年一期である。しかし「関於余華」によると、八五年には余華はカフカの「村医者」という文集を読み、一晩でこの小説を書きあげたという(45)。この作品は初期の作品と風格が全く異なっており、先鋒派作家としての出発点となった作品である。カフカの「田舎医者(46)」は全て主人公医者の意識の内側からものをみているように描かれており一切の客観的な情況説明がない。そのため不可解な印象を読者に与える。例えば、主人公の医者が急診に呼ばれて馬車がなくて困っていると馬を貸してくれる者が突如として現れる。患者が治療不可能とわかると、医者はなぜか裸にされて患者に添い寝させられる。余華の「十八歳出門遠行」も同様の印象を読者に与える。主人公の少年は十八歳で旅へ出るが、その旅程で出会うもろもろの奇妙な出来事は少年の意識にそって描かれており、まさにカフカの作品とそっくりである。

作品、時期、創作談等からみても先鋒派作家が馬原から直接影響を受けたとは考えにくく、先鋒派に最も影響を与えたのはやはり外国文学である(47)。ただ、馬原の叙述革命の成功は文壇における先鋒派の登場の後押しとなった可能性は十分に考えられる。馬原の実験小説が話題を呼んだのは八七年頃であり、先鋒派作家が作品を全国誌に発表しはじめるのもこの年である(48)。例えば、『収穫』八七年五期に蘇童「一九三四年的逃亡」、余華「四月三日的事件」、孫甘露「信使之函」が掲載され、『収穫』八七年八期に格非の「迷舟」が、『北京文学』八七年一期に余華の「十八歳出門遠行」が掲載されている。八七年になると彼等の作品が全国誌に一斉に掲載されはじめるのは、馬原が批評界に広く認められたことが後押しとなったと考えられるのである。

このように、先鋒派作家達は創作自身においては馬原から直接の影響をほとんど受けていないといえる。そこで馬原と先鋒派の関係は文学史的には馬原が先駆と考えることは妥当性をもつが、影響関係と捉えるべきではない。この点は見逃されていることが多い。

おわりに

陳暁明を代表とするポストモダニズム評論が提出した先鋒派の文学史的位置づけは通説として定着しつつある。そこで最後に彼の方法論ならびに出発点について考えてみよう。陳暁明の評論の根底にはイデオロギーの徹底した解体という強い動機が存在している。陳暁明は政治的な理念をイデオロギーとしてみなしただけではなく、新時期文学の理念（「深度模式」）さえも一種のイデオロギーであるとみなしている。

「傷痕文学」によって確認された文学規範は、「新時期文学」の精鋭主義的立場を終始構築しようとした。こうした流れが八〇年代の主流となるイデオロギーの構築を絶えずつとめ、事実上ある意味でイデオロギーの中心となってしまった(49)。

文革批判から出発した新時期文学は極左路線に対する批判という点ではその有効性を発揮してきたが、時代が変遷するなかで新時期の理念自体が硬直化しつつあった(50)。

陳暁明の先鋒派に対する評論は「新時期文学批判」および「写実主義批判」をその軸とし、そこから「写実主義」と根本的に異なる叙述形式の創出、新時期文学が持つ「深度模式」の解体という二点を見出した。『無辺の挑戦』という著書のわかりづらい構成も、このような観点からみると上篇は「写実主義」との違いから先鋒派の叙述形式を考察し、下篇は新時期文学と先鋒派の比較が中心となっている。八〇年代後半からの変化をあらわす「何を書くかからどのように書くかへ」という、「内容重視から形式重視へ」という意味で捉えかねない曖昧な言葉も、この図式に沿って考えるとわかりやすい。それは「深度模式」が解体され、新しい叙述形式が創設されたと理解すべきであろう。先鋒派文学が馬原を先駆とする新しい文学の流れであると位置づける根拠もここにあるのではないかと思われる(51)。

註

(1) 陳暁明「最後的儀式・『先鋒派』的歴史及其評估」(『文学評論』九一年五期)による。
(2) 陳娟『記憶和幻想・中国新時期小説主潮』(上海文芸出版社、二〇〇〇年九月、二七〇頁)
(3) 南帆「辺縁・先鋒小説的位置」(『夜晩的語言』社会科学文献出版社、九八年二月所収)、尹国均『先鋒試験』(東方出版社、九八年五月)による。
(4) 洪子誠『中国当代文学史』(北京大学出版社、九九年八月)による。ただ、現在でもまだ混乱はある。
(5) J・M・布洛克曼李幼蒸訳『結構主義・莫斯科—布拉格—巴黎』(商務印書館出版社、八〇年九月)(Jan M. Broekm "Structuralism : Moscow-Prague-Paris" D. Reidel Publishing Company 74)は、フランスの構造主義思想を初めて中国に導入した著書であり、付録に詳細な評論用語解説が付いており、後の西洋理論理解する基盤となった。本格的に脚光を浴びるのはアメリカの学者の来中や概説書の翻訳からである。ジェイムソンはマルクス主義評論家（「西方馬克思主義批評」）でありポスト構造主義哲学の専門家ではなく、その概論的な紹介がわかりやすかったためだと思われる。

（6）ポスト構造主義とはフランスの六〇年代頃始まった現代思想を指し、ミッシェル・フーコー、ジャック・デリダ、ロラン・バルト、ジル・ドゥルーズ、ジュリア・クリステヴァ等が代表的人物として挙げられる。この思潮はある特定の「主義」を持たないが、人間中心主義、西欧中心主義、理性中心主義に対するアンチテーゼとして提出されたという点においては共通している。イェール学派の「ディコンストラクション」の文芸理論は、ポール・ド・マンを中心とし、J・ヒスリ・ミラー、ハロルド・ブレーム、ジェフリー・ハートマンを加え、七〇年代から八〇年代にかけてアメリカで一世を風靡した。J・カラー、富山太佳夫・折島正司訳『ディコンストラクション』（岩波書店、九八年五月）参照。中国のポストモダニズム評論はこれらの文芸理論を下敷きにしているが、統一した主義があるわけではない。

（7）これらの評論は新しい方法論を取り入れて評論界に活力をもたらし、また政治の付属としての位置から評論を脱けださせるのに貢献したなどの評価を受けている。（陳厚誠・王寧『西方当代文学批評在中国』百花文芸出版社、二〇〇〇年十月、一五頁）

（8）「後新時期」は主に張頤武によって提出された。これは「モダン」対「ポストモダニズム」の図式で八〇年代後半からの文学情況と新時期との断絶を強調した概念である。張頤武「後新時期文学・新的文化空間」（『文芸争鳴』九二年六期）、張頤武「対『現代性』的追問——九〇年代文学的一個赴向」（『九十年代批評文選』注一参照）、張頤武『分裂』与『転移』——中国『後新時期』文化転型的現実図景」（『東方』九四年四期）、王寧「『後新時期』・一種理論描述」（『花城』九五年三期）等参照。

（9）謝冕「走出八〇年代的中国文学筆談・世紀之交的文学転型」（『当代作家評論』九二年六期）

（10）陳思和『中国当代文学史』（復旦大学出版社、九九年九月）

（11）陳暁明『文学超越』中国発展出版社（九九年三月、三二一頁）

（12）陳暁明『解構的踪迹・話語、歴史與主体』（中国社会科学出版社、九四年九月）

（13）陳暁明『無辺的挑戦——中国先鋒文学的後現代性』（時代文芸出版社、九三年五月）

（14）前掲書『無辺的挑戦——中国先鋒文学的後現代性』三頁

（15）この用語は馬原と先鋒派を論じる際に常用されるが厳密に用いられてなく、八七年頃には馬原に関する評論に既に現れているが、その源泉を辿るのは難しい。呉澄「挑戦與突囲・近規中国先鋒小説流変論」(『上海師範大学学報・哲社版』九五年三期)、尹国均『先鋒試験』(東方出版社、九八年五月)、南帆「再叙事・先鋒小説的境地」(『文学評論』九三年三期)、昌切「先鋒小説一解」(『文学評論』九四年二期)等を参照。

(16)馬原「岡底斯的誘惑」(『上海文学』八五年二期)、「虚構」(『収穫』八六年五期)、「錯誤」(『収穫』八七年一期)、「遊神」(『上海文学』八七年一期)、「大元和他的寓言」(『人民文学』八七年一期と二期)等が叙述を実験的に行った代表的作品である。陳思和『中国当代文学史』と洪子誠『中国当代文学史』によると、八四年に「拉薩河的女神」が発表されたのが彼の最初の実験的作品とある。

(17)南帆「再叙事・先鋒小説的境地」(『文学評論』九三年三期)

(18)馬原「虚構」(『収穫』八六年五期)

(19)前掲「最後の儀式」に「先鋒派の歴史的軌跡を明確にさせるとき、馬原は否定できない一つの歴史的境界線の起点である」。南帆「再叙事・先鋒小説的境地」(『文学評論』九三年三期)には「馬原の後にでた他の作家群はこの転換を十分に広げ明確にさせた。」とある。陳思和『中国当代文学史』二九五頁も同様のことを述べる。

(20)呉亮「馬原的叙述圏套」(『当代作家評論』八七年三期)

(21)パトリシア・ウォーは『メタフィクション――自意識のフィクションの理論と実践』(結城英雄訳、泰流社、八四年七月)で「メタフィクション」という言葉はウイリアム・H・ギャスの論文から使われだしたとある。巽孝之『メタフィクションの謀略』(筑摩書房、九三年一一月)では「それは、『文学は現実を模倣する』という古典主義的前提に則るフィクションの諸条件を根底から問い直し、最終的にはわたしたちのくらす現実自体の虚構性を暴きたてる絶好の手段」と述べている。由良君美「メタフィクション論試稿」(『英語青年』八五年九月号)も参照。

(22)羅鋼『叙事学導引』(雲南人民出版社、九四年五月、一九頁)は物語論の概説書で、「駱駝祥子」等の中国小説を例に引きわかりやすく解説している。訳は立間祥介訳『駱駝祥子』(岩波書店、八〇年一二月)から引用した。

(23)馬原はこのメタフィクションという手法をボルヘスから学んだと語っている(「小説」『馬原文集』巻四、作家出版社、八七年三月、四一〇頁)参照。

(24)前掲書『解構的踪迹』七六頁

(25)前掲書『解構的踪迹』一二四頁

(26) 前掲書『解構的踪迹』一二三頁
(27) 前掲書『無辺的挑戦』三頁
(28) 前掲書『解構的踪迹』一二頁
(29) 『解構的踪迹』の参考文献に Brian McHale "Postmodernist fiction" (New York : 1987) が挙げられおり (邦訳なし)、海外ポストモダニズム作家としてピンチョン、ヘラー、ナブコフ、バース、ヴォネガット、バーセルミ、バローズ、メイラー、ボルヘス、マルクス、カポーティが挙げられている。陳暁明も王寧などの評論家もこれを参照にしたと思われる。
(30) Ihab Hassan "The postmodern turn : essays in postmodern theory and culture" Columbus : Ohio State University Press 87の九一頁。ハッサンは八三年に山東大学に来中。邦訳はなく、中国訳は哈桑「後現代主義転換」(王潮『後現代主義的突破』敦煌出版社、九六年所収)
(31) 前掲書『無辺的挑戦』四四頁
(32) 前掲書『無辺的挑戦』二一四頁
(33) 前掲書『無辺的挑戦』二一四頁
(34) 他の研究においても評論用語、含意等に若干のずれがあるものの基本的な認識は一致している。王寧「接受與変形・中国当代先鋒小説中的後現代性」(『中国社会科学』九二年一期)、王寧「後現代主義的終結――兼論中国当代先鋒小説之命運」(『天津文学』九一年一二期)
(35) 張頤武「対『現代性』的追問」(前掲書『九〇年代批評文選』三三頁)、張頤武「理想主義的終結――実験小説の文化挑戦」(張国義編『生存遊戯的水圏』北京大学出版社、九四年二月)」等も参照。
(36) この問題は、八〇年代後半からの市場経済の発展に伴う「多元化」、「知識人の辺縁化」などの社会的変化と関連して論じられることが多い。賀奕「不幸的類比・『後現代主義』理論的中国市場」(『当代作家評論』九三年五期)、洪子誠『中国当代文学史』、呉亮「回顧先鋒文学――兼論八〇年代的写作環境和文革記憶」(『作家』九四年三期) 等参照。先鋒派文学はこれらの社会的要因によって生まれたというような議論があるが、作家の意識等も考慮に入れたより慎重な考察が必要ではないかと思われる。「知識人の辺縁化」については、陳思和「論知識分子転型期的三種価値取向」(『陳思和自選集』広西師範大学出版社、九七年九月所収) 等参照。
(37) 陳暁明『無辺的挑戦』序、王寧「後現代主義的終結――兼論中国当代先鋒小説之命運」(『天津文学』九一年一二期) 等参照。

(38) 拙論「『先鋒派』における『文革』——蘇童の小説から」（『現代中国』七六号、二〇〇二年一〇月）参照。

(39) サリンジャーの語りとは「そのことを言うの、忘れてたけど、僕は退学になったんだ。（中略）四課目おっことしちゃって、しかも勉強する気がない、とかなんとか言いあがるんだな。」（D・J・サリンジャー、野崎孝訳『ライ麦畑でつかまえて』白水社、八五年九月）というような「主人公が直接読者に呼びかける」語りを指す。

(40) 蘇童の処女作「第八個是銅像」は「傷痕小説」的な題材で、大学在学中『青春』八三年七期に掲載されたが、凡庸な作品で作品集には収録されていない。

(41) 林舟「永遠的尋找——蘇童訪談録」（『花城』九六年一期）

(42) 蘇童は筆者のインタビューに「馬原は我々より何年も先に行く作家で、創作を始めた時期も我々より何年も早い。彼は我々の世代の先駆です。とは言っても、馬原の作品は我々の作品、余華の作品と何の関連も持っていません。」と答えている（『野草』六六号、二〇〇〇年八月）。

(43) 前掲「永遠的尋找——蘇童訪談録」

(44) 余華「十八歳出門遠行」（『北京文学』八七年一期）

(45) 朱偉「関於余華」（『鍾山』八九年四期）

(46) カフカ　池内紀訳『カフカ小説全集4』（白水社、二〇〇一年六月）

(47) 外国文学の影響については、蘇童『蘇童散文』（浙江文芸出版社　二〇〇〇年一〇月）、格非「欧美作家対我創作啓迪」（『外国文学評論』九一年一期）、余華「川端康成和卡夫卡的遺産」（『外国文学評論』九〇年二期）等を参照。

(48) 陳暁明によれば、馬原に関する最初の論文を見たのは八五年だが、八六年には二〇編余りにも及んだという（前掲書『解構的踪迹』一九〇頁）。

(49) 前掲書『解構的踪迹』一七八頁

(50) ただ、陳暁明はこの脱構築の手法は従来の価値の解体には有効性を発揮したが、代替する価値観の創設には無力であり、新時期が終焉を迎えた後、新しい人文精神の創設が重要であると語っている。拙論「陳暁明の『無辺的挑戦』における『歴史』」（『季刊中国』二〇〇二年六八号）参照。

(51) 陳暁明の観点が定着しつつあり、彼の観点に沿って先鋒派を論じる論文は他には、南帆「再叙事」、彭基博「先鋒小説的

感知形式」（『当代作家評論』九四年五期）、徐芳「一種緬懐・先鋒文学形式実験的再探索」（『華東師範大学学報』九七年一期）。李潔非「実験和先鋒小説」（『当代作家評論』九六年五期）、趙衛東「先鋒小説価値取向的批判」（『河南大学学報』九六年六期）等参照。

中国と日本との異文化理解

中国における日系企業に見るコミュニケーションの重要性

胡　金　定

はじめに

日本と中国は本当に近い。関空から飛行機に乗り機内食を食べながら、二時間ちょっとで上海浦東国際空港に到着する。東京国際空港からも三時間かからず上海に渡ることが出来る。北京へも四時間足らずで行くことが出来る。日本の札幌、仙台、福島、新潟、東京、富山、名古屋、関空、岡山、広島、福岡、長崎、那覇などの空港から直行便が中国の北京、上海、広州、厦門、青島、大連、瀋陽、西安、昆明、桂林、武漢、天津、重慶、ハルピンなどの空港に就航している。各航空会社はＳＡＲＳの影響で一時期減便などの措置を取ったが、二〇〇三年九月一日から、一五日間の滞在ならビザなしで中国入りが出来るようになったことを合わせて、路線と便数は増大する傾向にある。飛行機のほかに、日本から中国への船便も、大阪、神戸、下関から中国の上海、天津、青島に定期便が就航している。日中の航空会社のほかに、外国の航空会社も日本を経由している便があるので、日本と中国の行き来はますます便利になってきている。現在では日帰りの出張も出来るようになった。距離的に非常に近いので、よく「一衣帯水」という四字成語で日本と中国は近い隣国と表す。日本と中国は距離が近いばかりではなく、昔から日本は中国の文化を学び独自の文化を築いてきた。文化的に言えば、同じ儒教文化圏で、現在日本社会の中において、その痕跡を多く見ることが出来る。たとえば、昭和五六年に定められた「常用漢字」表には一九四五種の漢字がある。現在、中国でも常用漢字が定められているが、日本を上回って二五〇〇種ある。日本は小学校から筆の使い方を教えている。中国も小学校から習字を教えている。中国人は幼い時から箸を使い、一生を通してスプーンよりも箸を使う。年配の人は洋食を食べるときも箸を使おうと思っている人が多い。この点、日本人もよく似ているところがある。筆者の友人である、中国北京某国立大学の唐代文学の漢詩（中国では「唐詩」という）の研究者が日本の学会に出席するために来日した際、京都、奈良を案内していたら、この二つの場所には現在でも中国の唐代の建築や家の構造、服装、生活様式などが多く存在している、と懐かしく語ってくれた。中国は特に文化大革命（一九六六年～一九七六年）で多く破壊され、現存する古代のものは少ない。古く遡れば遡るほど、日本と中国の文化が非常に近いということが目に見えてくる。そういうことで、日本人でも、中国人でも、お互いに「筆談できる」と錯覚する人が多く存在している。中国人に日本文化や文字のことを聞いてみたら、中国と「差不多（大体同じ）」だと口を揃えて返事が返ってくる。確かに同じ漢字を使っているので、漢字文化圏で育てられた人にとっては、漢字を見れば、親しみが湧いてくるだろう。しかし、二千年以上も経つと、言語表現も時代の流れとともに変化しつつある。現在日本で使っている漢字は古代の中国語から来たものが断然多いわけだが、古典中国語と現代中国語とも違う表現があるように、中国の義務教育において、「古典中国語」の授業が設けられている。現代の若い中国人は古典語を勉強していなければ、中国の古典文献を読めないのが現状だ。現代中国語は（中国では「現代漢語」という）古典中国語（中国では「古漢語」という）と比べてみれば、文法構造や語彙構成や表現方法などもかなり違っていることが分かる。当然ではあるが、現代中国語と現代日本語も違ってくる。例を見てみると、日本語で「漢語」を言うと、頭の中のイメージとしてまず浮かんでくるのは、昔、中国から伝来して日本語となった語だ。また、「和語」とは反対語となっていることだ。一方、中国では「漢語」と言えば、現在、中国で法律に定められた標準語（中国では「普通語」或いは「漢語」という）を思い出すだろう。つまり、日本で言われている「中国語」のことだ。ちなみに、中国語の中には日本語の「中国語」という言葉自身は存在していない。同じ語彙でも一部分は字形も意味もまったく同じだ。たとえば、「学校」、「上海」、「政府」などだ。古典中国語には両方とも存在したが、現代語の文法構造相違による造語法が異なってきたもの、「平和」と「和平」はこの類の例だ。日本語の「平和」は、中国語で表現すると「和平」となる。だから、うっかりすると、誤解を招いてしまう。現代中国語の中には日本語の「平和」という意味の言葉は存在していない。同じ字形の「平和」があるが、意味は、言葉や態度などが穏やかであること、薬の性質が緩やかであること、環境が静かで、落ち着くことなどだ。さらに、日本語の「紹介」は、現代中国語では「介紹」になっている。順序が逆だが、意味はまったく同じだ。このように、例を挙げれば枚挙にいとまがない。同じ漢字を使っているところから来た親しみは、相互理解の妨げになることもしばしばある。

中国人は中国から飛行機に乗って日本の空港に着いたら、空港の案内看板、税関の検査官の肌（外見）などを見て、外国に来た実感が沸いてこない。しかし、税関を出ていくと、すぐに直面するのは中国と違う世界だ。まず、出迎えに来てくれた人の態度やしぐさから体感するだろう。中国人の場合は、お客さんを見かけると、大きな声を出してその名前を呼ぶ。また、すぐに近づいていって荷物を持ってあげたりして、車や電車、バスの乗り場へ案内していく。一方、日本人は公の場で大きな声で人を呼んだり話したりしていたら、周りの人に迷惑をかけることを気にするので、極力控えて、合図で示す。自ら進んでお客さんの荷物を持ったりすることは滅多に見かけない。少なくとも中国人と比較すれば、少ないような気がする。自分のことは自分でやる教育を小さいときから受けているので、その習慣を身につけている。一方、中国人はお客さんに対して、お客さんのために自分が出来ることなら、何でもしてあげることを小学校の先生からも、親からも教わっていたから、熱烈な態度をお客さんに示して、そのような行動に出るのだ。これは発想と教育の違いから来たものだといえるだろう。

上記で説明したように、日本人と中国人は言語表現や生活習慣や交友の方法などのあらゆる面において、かなり違っていることを認識し、具体例を挙げて説明していきたいと思う。

一　中国における日系企業の勘違い

ここ数年、日系企業の中国への進出が目立っている。天安門事件以前は一部の大企業だけだったが、天安門事件後に雨後の筍のように、競って進出している。特にここ五年、中小企業もコストダウンを考えて自ら手を上げて進出するようになってきた。進出企業の中に、成功する例もあれば失敗した例もある。本当にさまざまだ。総じていえば、大企業の失敗例はあまり耳にしないが、中小企業、取り分け零細企業の失敗例は時々耳に入ってくる。原因はいろいろあるが、勘違いから来るものも少なくない。中小企業および零細企業は進出するまでの準備が不十分で、いざ進出してみると、びっくりすることやショックを受けることなど、ハプニングの連続だ。

現在、中国に進出する場合、年に一度（九月八日）中国政府が主催して厦門国際コンベンション会場で行っている中国投資商談会を筆頭に、中央政府から地方政府まで積極的に外資企業を誘致する活動を繰り広げている。中国国内だけではなく、地方政府の長官が自ら誘致関係部署の部下を率いて外国にも出向き、誘致説明会を行うケースが増えてきている。また、民間の中国投資コンサルタント会社が続々と出ている。一方、中国国内に「経済特区」

や「経済開発区」を設けて、外国企業が投資しやすくなる区域を作っている。そして、外国企業管理に関する法整備も進んでいて、投資環境は五年前と比べてよくなってきた。日本の経済団体も中国進出相談やすでに進出している企業の追跡やアドバイスなどやっている。今年になって、大阪商工会議所が中国進出相談部署を設置して、中国に進出しようとする企業の相談や助言や現地とのコンタクトを取ることなど、積極的、本格的、組織的に進出企業の手助けをし始めている。

製造業の中小企業及び零細企業の共通の悩みは海外とのコンタクトが取れる人材が不足していることだ。また、十分に現在の中国事情が把握できないままに進出していく企業が多い。同じ漢字を使用していて、同文同種だと勘違いしていること、ある程度漢文が読めること、中国は発展途上国であり、すべてまだ日本より遅れていること、技術や生産管理に過剰自信を持つことなど、固定観念で現在の中国を想像している。中国は確かにまだ発展途上国であり、全体的な技術レベルや生産管理体制は日本のように平均的になっているわけではない。しかし、沿海開放地域には、かなり進んでいる分野もある。一部のものに限って言えば、先進国並みにまで成長している。たとえば、家電業界では現在中国メーカーの生産量は世界一になっている。生産技術も向上していて、中国独自の生産技術と管理体制が確立されつつある。家電業界では中国トップメーカーの海爾（ハイアール）が最初に海外メーカーと技術提携したのは日本の家電メーカーではなく、ヨーロッパのドイツメーカーだ。なぜなら、日本企業は時期尚早だと判断し、対等に提携できるレベルに達していないなどと考えているので、中国企業や中国人に日本企業は傲慢だという印象を与えている。実は、現在の中国は刻々と変化している。海外に長期滞在している中国人でさえ半年中国に帰っていなければ、町が変わってしまってびっくりした話をよく聞いている。急ピッチに発展している中国を古い物差しで計ろうとしたら、当然相手との関係がうまく行くはずがないだろう。

生産設備もよくなってきている。発展途上国の中で唯一工作機械が製造できるのは中国であることがあまり知られていない。メイド・イン・チャイナの工作機械、精密機械も海外に輸出している。

中国の国土が広く、国内では本当は時差が四時間もあるが、標準の時間しか設けていない。また、民族が多く住んでいるので、民族間の違いも大きく、一つの概念、一つの尺度で中国のイメージを描こうと考えたら、大きな誤りを犯すに違いない。同じ漢民族であっても、違う方言で話したり、生活習慣が違ったりして、まるで外国人のように見える。この状況を踏まえて、固定観念を捨て、中国の変化を見つめてほしい。

二　日系企業が失敗する理由

中国語の中には「好客（客が好きだ）」という言葉がある。幼いとき、お客さんが家に訪ねて来ると大いに喜んだ覚えがある。お客さんが来るとき、親の厳しい威厳が笑いのある優しい顔に変わり、美味しい家庭料理を作ってもてなすので、子供は大喜びだ。中国人はお客さんをもてなしたり、喜ばせたりするのが上手だ。宴会のにぎやかな雰囲気作りに一生懸命だ。中国人は宴会がただの食事を取る場だと考えていない。そこはコミュニケーションの場だと考えていることがほとんどだ。中国式の宴会に慣れていない日本人は、コミュニケーションどころか、はじめての人は緊張してしまうかも知れない。今、中国語を習う人は増加しているが、多くの学習者はコミュニケーションできる語学力まで到達していないうちに止めている。大学の第二外国語としての中国語を希望している学生も多いけれども、初級或いは入門段階でストップしている。語学の勉強は時代の流れのようなもので、流行を追っている感じだ。簡単な中国語で日常会話が出来る人は結構いるとはいえ、コミュニケーションできる語学力との差がまた大きい。だから、宴会や商談の際、日本人は英語を使ったり、通訳を雇ったりして、仕事を進めていく。日本語の通訳を通して訳されたことは、日本語化されているせいか、日本と同じように理解してしまいがちだ。通訳を介して会談していくと、衝突が起きにくく、お互いに遠慮しあい、本心を打ち明けることは困難だ。ただの旅行や文化交流ならこの程度で間に合うかもしれないが、工場や会社を作って、中国でのビジネス活動を展開するなら、物足りない感じがする。言葉が出来ないのは最大の仕事の妨げになる。その国の言葉でその国の人と話をし、その国の言葉でその国のことが理解できたら、事業の失敗は少なくなるだろう。だって、言葉は人間と人間との交流の潤滑油だから。

日本人は人の前で出来るだけ、意見や主張をはっきりしない、或いは、はっきりしたくない態度を取る。経営者として中国で事業を展開しようとするなら、「ＹＥＳ」か「ＮＯ」をはっきりしたほうがいい。中国人は自分の意見や主張をはっきりしない人を能力がないとみなしているので、このような会社の社長についていけない。社員に不透明なイメージを与え、会社の将来性が疑われる。

現地の人材を登用する場合、その人材を百パーセント信じて使うのが重要だ。中国人は相手からの信頼を重く見ている。これは友達かどうか判断する尺度だ。友達になると義理が日本人よりも硬く、責任感が強くなり、主人公に成りすまして経営者の代わりにいろいろやってくれる。そうなると、一心同体であり、中国での事業展開は簡単になり、成功につながる。中国人はよく「朋友はビジネスの基本だ」と言っている。この言葉の意味が分かるだろう。

企業に競争精神を導入すべきだ。中国人は平等主義をあまり好まない。一定の固定給を設定して、後は歩合制を導入してる会社はいつも生き生きとして、活気に包まれている。歩合制の管理は現地の人に任せたほうが手っ取り早い。日本は同じ職場、同期に入社した人には、給与も仕事も同じように配慮するのが常識だが、信賞必罰をはっきりさせたい中国では、そんな気遣いは無用だ。

従業員に対して、家族のように扱うのが成功の鍵でもあるといわれている。今、中国の外資企業で働く人の大半は内陸の出稼ぎ労働者だ、彼らは一人或いは同郷の友達と一緒に故郷を離れて出稼ぎに出てきている。年に一回或いは何年に一回しか家に帰れないので、ホームシックになる。経営者は少しの配慮で彼らの働く意欲を高めることが出来る。たとえば、中国の旧暦の祝日にものや手当てを配ったら、従業員の評価が上がる。従業員を粗末に扱うと、集団で会社を止めてしまうこともある。

三　日中コミュニケーションの特徴

人間はコミュニケーションを通して人間関係を築き、その中で人間性を高めていくのである。また、コミュニケーションは、二人以上の人間が言葉を使って意思の疎通を行う。言葉を使って意思疎通を図るのであるなら、それぞれの国にはそれぞれのコミュニケーションの特徴が存在するはずだ。簡単に言うと、言葉は人の心の声である。その人の言葉を聞くことで、その人を理解することができる。言語表現習慣をマスターすれば、その言語を使用している民族の文化や風俗や伝統が分かってくる。

現代の中国人は明るく、人の前では好んで自分のことを口にする。つまり、自己アピールをするが大好きだ。名刺交換をする際にも気がつくが、肩書きの多さに驚いたことがある。日本でもこのような人に出会うが、数はそんなに多くない。中国は社会風潮になっているように思える。日本人は人の前で自分のことを極力話題に出さないのが慣習だ。同じように自分のことを口にする人に対してあまり評価しない。中国人はそのようなことは気にせず、チャンスがあれば、自分の得意なことや自分が持っている資格、家族の自慢など誇らしげに話す。資格証明書や表彰状や自分のことを紹介している新聞記事などを出して人にみせる人もよく見かける。これらのものを以って、自分が言っていることがうそでないことを証明し相手に自分の能力を理解してもらう。日本ではこんなことを口にする人は政治家以外、ほとんど見られない。ここ二〇年、いわゆる改革開放を実施して以来、中国人の自己アピール傾向が次第に顕著になってきた。自己アピールの出来ない人は自信がないとみなされるので、この社会において、自己アピールは生きていく上での大切な技法だ。社会に受け入れてもらう最初の判断材料でもある。言葉の表現習慣の上においても、日本人と中国人は大きく違っている。中国人は「絶対こうだ」、「必ずこのようにしなさい」、「~こういう風にすべきだ」のように、断言する表現が目立つ。日本人は「~だろう」、「~かもしれない」、「~と思われる」のように曖昧な言葉使いをする。中国人同士で話をするとき、大きな声を出して話すので、日本人から見ると、喧嘩しているように聞こえる。大きな声で声調を高くして話をしたら、相手に自信満々、元気である印象を与える。そういう理由で、中国人は外国に行っても、平気で電車やバスや劇場などの公共的な場所で熱心に大声を出して話している。日本人は周りの人を気にして、大声で話したら、マナーが悪いと思われるのを心配する。だから、小さい声で話すか、或いは、黙って本を読むか、寝るかの行動を取る。

異国での事業の成功要素はさまざまだが、上記に見てきたように異国の事情や生活習慣、相手の考え方などの異文化を理解しなければならない。

台湾文化篇

「『第三代』その他」を読む

―楊逵、一九三七年の再来日―

横地剛

筆者は二度にわたり楊逵「『第三代』その他」を取り上げてきた⑴。楊逵の視線を分光器としその周辺を照らすと、日中戦争前夜の両国文学者の位相が様々な色彩を帯びて浮き彫りにされる。本稿ではこれを土台に同文そのものの意味を吟味しようと思う。楊逵と蕭軍『第三代』の出会いから始め、彼が何故この作品を評論したのかを考えてみたい。

楊逵の再来日

楊逵は一九三七年六月一〇日に再来日した。到着した時には近衛内閣が成立していた。間もなく盧溝橋事件が勃発し、一時逮捕拘束された。保釈後、尾行をまいて横浜の鶴見温泉に身をひそめ「模範村」を書き上げてから離日した。離日が九月の何時なのか不明である⑵。光復後発表した同小説は擱筆日を「八月」としてある⑶。これが正しければ、八月中に逮捕され、九月早々に離日したことになるだろう。

『星座』を主宰する矢崎弾は治安維持法違反の嫌疑で八月一八日に検挙され、翌年の一一月まで拘留された。同誌編集人の山本和夫は二四日に検挙された。検挙の理由は「反戦的言辞」と「上海に赴き左翼分子と連絡した」ことである(4)。一五日に「断乎膺懲声明」が出され、矢崎逮捕前日に新日本主義を標榜する新日本文化の会が発足した。そこにもう一つの検挙理由が見え隠れする。胡風によれば、九月一八日付『申報』は矢崎弾逮捕のニュースを伝えている。「矢崎は今春上海に遊び、王統照、胡風ら中国の左翼作家と往来し、帰国後は中国人民戦線派と連絡をとり文藝を通じて大衆の左傾化を謀っていた嫌疑により逮捕された(5)」。楊逵の逮捕はこれと深く関わっている。『星座』は九月号(八月二一日印刷納本、九月一日発行)を以て廃刊に追い込まれる(6)。

この短い滞在中の著作は現在までに九篇が発掘されている。

1. 「台湾文学を語る〜〝パパイヤのある街〟その他」楊逵・龍瑛宗対談
『日本学藝新聞』第三五号　一九三七年七月一〇日
2. 「輸血」揚　同右
3. 「行商人」林泗文　同右
4. 「文学と生活」楊逵『星座』第三巻第八号　一九三七年八月
5. 「試験地獄の緩和方法」楊逵『人民文庫』第二巻第一〇号　一九三七年九月
6. 「『第三代』その他」楊逵『文藝首都』第五巻第九号　一九三七年九月
7. 「新日本主義への質言二三」楊逵『星座』第三巻第九号　一九三七年九月
8. 「綜合雑誌に待望するもの」楊逵　同右　＊二篇は『楊逵全集』未収録
9. 「模範村」楊逵　＊『文藝』に発表予定だったが、未掲載。

再来日の目的は日本の「刊行物に台湾新文学の専用ページを開く」ことにあり、『文藝首都』、『日本学藝新聞』、『星座』から快諾をえた(7)。『日本学藝新聞』は七月一〇日に「台湾文化特輯」を組んだ。楊逵は到着したその日に『日本学藝新聞』の川合仁の家で旅装を解き、翌日には同社第一回文藝・思想講演会に出席する。七月二日には龍瑛宗に会い、七日の「星座の会」には『台湾文藝』の呉坤煌を連れだって出席し(8)、後に『星座』の同人に加わった(9)。また『文藝首都』の保高徳蔵を訪ね、改造社の『文藝』も訪ねたようだ。この間、牛込区鶴巻町の台湾留学生の下宿から本郷の旅館へと渡り歩き、石川達三、中野重治、徳永直、宮本百合子にも会った。ちなみに石川達三は『星座』同人の一人である。

当初、楊逵は一九三六年四月中旬に来日する予定だった。『台湾新文学』に「全島作家競作号」を組む予備工作のためである(10)。しかし夫人とともに病床に伏し、出発は一年以上遅れた。その間に台湾の状況は一変した。一九三七年四月に漢文欄が廃止され、『台湾新文学』は六月に停刊した。それでも彼は「台湾文学界のために出路を探し求め、なおあきらめることはなかった(11)」。自ずと目的は変わった。しかし「専用ページ」を確保し、そこを拠点に何をしようというのか。その片鱗が『第三代』の評論と「模範村」を書き上げた姿勢に潜んでいるようにみえる。

発表場を日本の雑誌に求めたのには幾つかの理由が考えられる。なかでも中国新文学及び植民地文学の紹介が盛んになったことが上げられる。満洲事変に始まる対華侵略の進展は日本人の間に中国への関心を呼び起こし、ジャーナリズムは「支那ブーム」に沸きたっていた。その流れのなか中国新文学の紹介は魯迅の死を挟んで一九三六年から三七年にピークを迎える。紹介は「非常に不充分(12)」とはいえ、「これまでのプロレタリア文学者たちの枠をつき破って、一般の読者層に拡大浸透」し始めた(13)。植民地文学の紹介も盛んとなった(14)。『文学案内』が

「朝鮮・台湾・中国新鋭作家集」を特集に組んだのは一九三六年一月号である。「台湾・朝鮮・中国─新文学の豊富な源泉(15)」の声も上がった。また中国における日本文学の紹介も進展する(16)。台湾・朝鮮の文学が日本語を介して中国に紹介されたのもこの時期である。胡風は楊逵「新聞配達夫」を訳出し『世界知識』(一九三五年六月)に発表、呂赫若「牛車」と楊華「薄命」を加え『朝鮮台湾短篇小説集─山霊』(文化生活出版社、一九三六年四月)と『弱小民族小説選』(生活書店、同年五月)に収録出版した。

楊逵はといえば、「台湾新文学運動が日本内地、中国本土に及ぶようになっていった(17)」ことを自覚しており(18)、そこに希望を懐いたようだ。「今後こちら(中国側─筆者)とも連絡して漢文のものはその儘、和文の方は翻訳して送ることにすると、非常にいいと思ふ(19)」と準備を進め、「それぐ著名な雑誌に発表紹介をして貰ふやう手配を整へ(20)」た。そして来日するや、「この吾々が中間に立って、中国の文化を日本に紹介し、日本の文化を中国に紹介すると云ふやうなことが出来るやうになれば甚だ申し分ないことだ」と説いて回り、『星座』が提唱した「日華文化交流」に共感を表し、「何かの仕事を分担し得るであらうことを私は約束する」と、積極的に交感の場に参入を試みた。そして日本と中国の「総ての文化人」に対し「この有意義な企てを貫徹させる為に十分努力することを私は待望するものであり、これを断じて誰かの都合に依つてひつ込ましたり放棄したりしないよう願ひたいものである」と呼びかけた(21)。

ところが、盧溝橋事件が勃発し、瞬く間にその場が失われてゆくのを目の当たりにする。『星座』は社告を掲げ「今日の情勢では文化的交流もまた躊躇せざるをえない」と「日華文化交流」が「頓挫」したことを告げた(22)。王統照の『文学』と『星座』との提携、日高清磨瑳らが結成した「中国文学研究グループ(23)」との提携は一月も経たずにたち消えとなった(24)。『文藝』連載の「文藝通信」も蕭軍と中野重治、夏衍と久保栄二郎を終えたところで「中止」となり、丁玲と宮本百合子の書簡は掲載できなかった。『文藝』も九月号に声明を出した(25)。中野重治が賛意を示した「魯迅文学奨金募集」もかけ声だけに終わった(26)。

事件は「不拡大声明」にもかかわらず、七月一一日には「北支事変」と名を改め、二七日には一転して「事変不拡大方針撤回声明」が出され総攻撃が開始された。翌月の一五日に到り「断乎膺懲声明」が出され、事件は「支那事変」に発展した。楊逵は「七月三一日夜」――それは北平・天津地区が陥落した翌日である――に、その感慨を『第三代』その他」に書き込み、さらに戦火が華中に拡大するなか「模範村」を書き上げた。

『第三代』との出会い(27)

楊逵は戦火が拡大するなか東京で『第三代』と出会った。

最近蕭軍氏の『第三代』を読んで、僕はいひやうのない愉しさを味わった。未だ第二部迄しか発表されてゐないが、発表された分をすっかり読了した今では、続きが待ち遠しくてならない。

『第三代』は『作家』の一九三六年六月から連載が始まり、第一部は三七年二月に、第二部は三月に文化生活出版社から出版され、四月にはそれぞれ版を重ねた。楊逵が手にしたのはこの第二版である(28)。状況からすると、蕭軍に会って帰国したばかりの矢崎弾から譲り受けたと思われる。矢崎は五月一六日から翌月の一〇日まで上海に滞在した(29)。

先ず二つの点に留意しておきたい。一つは楊逵が原文で読んだこと、もう一つは「この本も今度東京へ来て始めて手に入れることが出来」たことである。いずれも台湾のおかれた状況を反映している。

邦訳は翌年の五月に出版された(30)。訳者の小田嶽夫が「・・或る日中も燈の要る部屋で誌す」と訳出した序の末尾を、それより以前に楊逵は「晝なほ灯を要する部屋にて誌す」と訳出している。この一行をみても、彼の白話文の読解力は確かであり、日本語の訳筆も秀でていることが分かる。そこで彼は台湾当局が「新聞雑誌から漢文欄を追払つた」のは「賢明な策とは思われない」と直言し、さらに「東洋々と」「合言葉のやうに」いう日本の政府当局が、その実、自由な往来を拒み、書籍の入手すら困難にする「文化的境界」を造り、「事実に於て、芸術に於ける国境線が強められつゝあることは悲しむべきことである」と皮肉る。それはやがて日本の文壇が台湾と同じ道をたどるとの予見でもあった。

このような状況下では、楊逵と魯迅、胡風、蕭軍との出会いも東京経由となり、文字上で結ばれる。一九三六年五月一八日夜、魯迅は高熱を発し床に伏した。その日、胡風は出版したばかりの『山霊』を魯迅のもとに届けた。一〇日経っても熱は退かず、二八日、連載が始まった「中国傑作小説」の仕事を胡風に引き継いだ。魯迅は最初の一篇に蕭軍「羊」を選び、自ら鹿地亘と日高清磨瑳の訳稿を徹夜して校閲し、「作者小傳」と『中国傑作小説』小引」を附し『改造』六月号に発表した。鹿地が第二篇の柏山著「崖のほとり」の訳稿を魯迅のもとに届けた翌日、胡風が魯迅から代わって手伝うように言われたと鹿地を訪ねた。それから鹿地と日高が「へとへとになるほどの熱心さ」で読み合わせが始まり、それを鹿地が成文化し完成させた。こうして周文「父子の間」、欧陽山「明鏡」、艾蕪「山峡の中」、沙汀「老人」を共同で訳出し、胡風が魯迅に代わって「作者小傳」を書き次々に『改造』に送った。連載は魯迅の逝去で中断したが、翌年の一月まで続いた(31)。

魯迅は「『中国傑作小説』小引」で中国の「真実」をみるよう日本の読者に求め、「若し無駄な仕事に終らなかつたならば真に莫大な幸である」と訴えた(32)。胡風は魯迅に代わり「現代中国の若い文学を日本に紹介」する任を果たし、魯迅が亡くなった後、『大魯迅全集』(全七巻、改造社、一九三六年二月〜三七年八月発行)の翻訳と編集出版に全力を傾注する。そして盧溝橋事件の前夜、矢崎弾の求めに応じ「私の気持」を書き上げ、もう一度日本の読者に自分たちの「仕事」が「無駄であろうかと」問いかけた。それは亡き魯迅の遺志を代弁してのことだったろう。

日本の進歩的読者はどう言う風に私達の仕事を見て居るかを、私は知らない、新聞や雑誌に現れる、時評をみると、余り問題にして呉れないように見える。特に左翼的批判家達も触れようともしなかつた様子に私はさびしさを覚えた。一体、私達の仕事は無駄であろうかと考えながら、「星座」の諸賢の参考として、本当の文学者に俗人的だと笑はれるかも知れぬ私の気持を申し上げる次第である(33)

日本作家の多くが中国の「真実」を見ようとしないことに対し、魯迅と胡風は日本の読者に直接呼びかけることを選んだのだが、反響は「少」く(34)、胡風に「さびしさを覚え」させた。しかし影響は小さくはなかった。「中国文学研究会」(一九三五年三月成立)がそれを代表する。蕭軍は「羊」に附された「作者小傳」で初めて日本の読者に紹介され、「中国文学研究会」のメンバーがそれに応え、竹内好「最近の中国文学」(『文藝』一九三六年一二月)、武田泰淳「昭和一一年に於ける中国文壇の展望」(『支那』一九三七年一月)、千田九一「『第三代』の蕭軍」(『中国文学月報』一九三七年七月)、小田嶽夫「抗日支那の作家・知識階級人」(『文藝春秋』一九三七年八月)、長野賢「蕭軍のヒューマニズム」(『中国文学月報』一九三七年八月)、武田泰淳「抗日作家とその作品」(『文藝』一九三七年九月)と続く。この間に小田嶽夫、矢崎弾、鹿地亘が蕭軍に会い、会見の様子を伝え(35)「蕭軍より中野重治に/中野重治より蕭軍へ」(『文藝』一九三七年七月号)の往復書簡が発表されるに到り、蕭軍は広く一般読者の知るところとなった。なかでも日華学会が「『第三代』講演会」(一九三七年五月)を開き、「中国文学研究会」

の例会（同年七月八日）が「『子夜』と『第三代』」（竹内好）をとり上げたことが注目される。

楊逵は彼らが用意した交感の場で蕭軍と『第三代』と出会った。彼は「小田氏（文藝春秋）、鹿地氏（文藝）、長野氏（中国文学月報）」、『星座』、『都新聞』、そして蕭軍・中野重治往復書簡などを読み、蕭軍と往来のあった矢崎弾と中野重治にも会った。「鹿地氏（文藝）」とは蕭軍・中野往復書簡に附された「蕭軍小傳」を指している。『第三代』とこれらの評論を読んでから、楊逵は胡風の「気持」に正面から応えた。胡風が訴え、楊逵が共感を示したのは「私の気持」の次の一段である。

> これまでの日本の文壇は中国現代文学を認めやうとはしなかつたことを私達は知つてゐる、だけれども私達は決して泥足で紳士（傍点筆者）の客間に入り込もうとする積りではなかつた。云い換れば単に日本文壇を相手にするのではなく、幼稚でありながらの文学を通じて、中国文学は如何に虐められてゐるか、如何に立ち上がりつつあるか、如何に失敗や犠牲を通して自分自身を造り換えてゐるかを、日本の読者、特に進歩的読者に伝えたかつたのである。洪炉のやうに沸いて居る中国社会は多少とも文学作品に反映されて居り、そして日本の進歩的読者は必ずやそれに共鳴を持つだろう、と私達は信じてゐた・・・・(36)

「『第三代』その他」は何よりも魯迅、胡風たちの「仕事」に応えた植民地台湾からの共感であった。楊逵は長い引用の後に彼自身の言葉を綴った。

> 私達植民地のものも多く同じ感慨をもつてゐる。地方で働きながら書いてゐる日本の無名作家も同じような感慨をもつであろうことを私は考えている。

土匪の「真実」

楊逵は『第三代』の書評を数行に要約し、それを結語とした。

（『第三代』は）虐げられたるものがどん〳〵と所謂馬賊に入つて行くことを描いたものであるが、その馬賊が、吾々の何時も聞かされてゐる恐ろしい強盗でなく、虐げるものに対する一つの敵対勢力として成長して行つてゐる。日本にも「勝てば官軍敗ければ賊」と云ふ言葉があるが、それを意味するやうに、吾々は日々土匪、共匪、何々匪と教えられてゐる(37)。

楊逵の読み方は傍観者のそれではなく、当事者のものである。他の論者がそこに「異国情緒」を求め或いは「ヒューマニズム」を見出して、自分との距離を測るのとは大きな違いである。妻を「土匪婆(38)」と呼ぶ視点で読んでいる。彼は主題を読者の眼前につかみ出してみせ、『第三代』は「些かたりとも、瞞かしや媚びやうとする通俗性はない」と「真実」の存在を指摘した上で、そこが「吾々には面白いのだ」と憚ることはない。

武田泰淳は『第三代』は抗日的なものではないが満洲の農民の生活を書いたものであって……二〇世紀に山賊の生活を書いた作品がでるのも異様であるが、此の山賊達の自然人的な動作が少しも無理なところを見せない(39)」と評した。武田がここで「抗日的なものではない」としたのは「国防文学」一般と区別するためであり、むしろ「民族解放戦争における大衆文学」の一作品であることを示唆している。小田嶽夫は『第三代』を貫くものは人民戦線風なイデオロギーなのであろう(40)」としている。これが中国文学の専門家の紹介とすれば、浅見淵の読み方は知識人一般を代表している。彼は『文藝』の「匿名月論」を担当しており、武田の文章はさることながら、先に記した中国文学作品紹介にも詳しい。友人である小田嶽夫の訳本を読んでから書いた「支那(41)」と題する文章がある。彼は先ず「支那民族の精神的頽廃」を長々と論じ、「日支事変はじつに支那民衆が『阿Q正伝』で髣髴させているような状態に陥って」おり、人々は「利己主義」で「国家にたいする犠牲精神」に欠け、「この国家観念の喪失が、支那を今日の悲惨な運命に導いた大きな原因」だと持論を展開する。そしてこれを前提に『第三代』を紹介する。彼の理解では、この社会にあって「農民だけは健全」で「飽きることのない支配者の搾取を黙々と甘受しながら大地に噛じりついて」「生活そのものを以てそれを実行している」。そして「自由になるためには匪賊になるか、牢屋にゆくしかない」。そこに「『水滸伝』に描かれている、鷹揚にして執拗な義侠的な精神」が生ずるというのだ。二人の理解は「虐げられたるもの」が「所謂馬賊」なることに止まり、「虐げるものに対する一つの敵対勢力として成長して」いるという側面に踏み込まない。特に浅野は踏み込まないことで読者に中国は「土匪と、軍閥と、貪婪と迷信の支配する封建社会なりとする見解(42)」を押しつける。

『第三代』から『水滸伝』を想起した読者は少なくなかったようだ。が、そこにも違いがみられる。楊逵は「山賊が多いと」「軽蔑し、これを恐れるかはりに」、「支那社会の真実に触れ、山賊の正体を見究めなければならぬのではないか」という。ここまでは浅野と大差はない。しかしその先である。『水滸伝』が日本、台湾で『三国志』に比べ行き渡らなかった理由は「恐らく政治的な理由があつたのではないかと」と、主題が「替天行道」にあることをほのめかす(43)。ちなみに「漢文欄廃止」後、黄得時が『水滸伝』を、楊逵が『三国志演義』を日本語に翻訳したのは「心の征服」を妨げるためであり、台湾人が奴隷にも、奴才にもならない気概を示すためであった。民衆も同様である。楊雲萍は「決戦期」に至っても「働く農夫たち」が日本語で演ずる「皇民化劇」ではなく、「三国志演義」や「水滸伝」に娯楽を求めていることを記録している(44)。

両者の違いはどこから来るのか。一つは現実から目をそらせていること。一つは台湾の経験—日本帝国の植民地史―を忘れていることである。楊逵にとっては、台湾が経験し、彼がその歴史から学んだ論理が今や満洲で進行しているのである。満洲事変以来、「暴戻ヲ膺懲シ、確乎不同ノ決意ヲ以テ、抗日、侮日ヲ是レ事トスル一切ノ勢力(45)」を「馬賊」、「土匪」、「共匪」とするよう「教えられ」、如何に彼らを「惨殺」の対象としているかは説明を要しまいが、楊逵に見えるものが浅野には見えていない。

楊逵は転倒された台湾史を小説形式で正すことを文学の出発点としている。

九歳（民国四年）のとき、台南で噍吧哖抗日事件が起こった。私は自宅の門の隙間から日本軍の砲車が音を立てて通り過ぎるのを垣間見た。後に日本軍による鎮圧と惨殺を耳にした。かなり経ってから、日本人が書いた『台湾匪誌』を書店で買い求め、また所謂「匪徒刑罰令」も読み、初めて日本人が如何に歴史と法律を歪曲するかを知った(46)。

別の場所で彼はその「鎮圧と惨殺」の論理を明らかにしている。日本人は「吾々民族主義者を『土匪』と呼び」、「台湾革命史を記載した本を『台湾匪誌』と題し」、「吾々の民族革命運動を専治する法律を『匪徒刑罰令』と呼んだ」と(47)。ここに『第三代』と向きあう彼の原質がみえる。

さて、彼の原質と『第三代』賞賛の間に私達はなお彼の時代認識―とりわけ彼の日中戦争に対する認識―を検討する必要があるだろう。彼は所謂「支那問題」をどう認識していたのだろうか。それを直接示す資料はない。しかし僅かではあるが、手がかりが文中に残されている。情報が極度に制限された台湾(48)から東京に来て、彼は貪るように新聞雑誌類を読んだ。例えば「改造、中央公論、日本評論、文藝春秋それにセルバン」八月号を読み、「正確なる判断材料として、事件の裏面にひそんでゐるもの」を探究する。特に「嵐のソ満国境及び嵐の北支」に強い興味を示す(49)。このような姿勢は滞在中貫かれ、「『第三代』その他」にもその一端が窺える。

先に引用したが、彼は文中にわざわざ参考にした著者と雑誌名を明記している。そこで小田嶽夫は「国防文学」論争から「団結御侮と言論自由の宣言」に到る道筋を紹介し、蕭軍、胡風、中野重治もそれに対する見解を表している。『星座』の七月例会で矢崎弾が帰国談としたことは彼の著作からも窺える。『中国文学月報』（一九三六年九月号、八月二五日発行）は日高清磨瑳が「文藝家協会と文藝工作者」二団体の「主張・構成・活動等」を訳出し、胡風は『大魯迅全集』第五巻（一九三七年八月二一日発刊）の「解題」で「文藝界同人為団結御侮與言論自由宣言」の意義にふれ、「所謂華北五省自治運動が起るに至つて、始めて言論界は言論自由の要求を持ち出し、国民党も前のように抑え難くなって来た」と指摘、統一が「民族の解放と民族の進歩」のためであり、「奴隷になるのを願わない中華民族の児女」の闘いだと紹介している。この二篇も楊逵が手を延ばせば届くところにある。

日中戦争と内戦については、中野重治が「文藝通信」でエドガースノーの「中国共産党の領袖・毛沢東会見記―中国共産党の対日政策」とアグネス・スメドレーの「西安事件と国共合作」（『改造』一九三七年六月）を紹介し、「中国に対する日本の読書人の眼を非常に広く開きました。日本人は熱心に読みました」と記している。彼はさらに「二つに分かれた支那」及び「日支文学の聯繫」を説き(50)、「中国支那を彼女自身の歴史において見たい(51)」と訴えた。中野は楊逵と会い、「台湾のことをいろいろと聞いた(52)」のだが、「中国の国民解放戦争」における政治と文学を話題にしなかっただろうか。また、この前後に会った龍瑛宗が光復後に書いているのだが、「尾崎秀実（元台北一中出身）の中国研究は可成り正確なものであった(53)」という認識を楊逵と共有していたと考えるのも不自然ではないだろう。楊逵が読んだと記した『改造』八月号に尾崎は「北支問題の新段階」を発表している。そこで彼は「支那の最近における統一運動が国家的統一の問題たると同時に民族的統一戦線の問題であること」を論じた(54)。

楊逵の書評は突出している。その突出は植民地台湾の自覚と進展する抗日民族統一戦線に対する認識を欠いては生まれえないだろう。当時文字にすることが許された楊逵の表現は、戦火の拡大が「虐げられたるもの」を台湾から「満洲」に、華北から華中に広げさせるが、それは「虐げるものに対する一つの敵対勢力」の戦線を拡大させる結果を招くと、読み解くべきなのだろう。「模範村」は三度筆を加えてあるが、事件直後に「虐げられて来た」とだけ書いたその内容に後に次の一句を挿入したのが何よりの証拠である。

日本人は我々を数十年にわたって奴隷としてきたが、彼らの野心は益々肥大し、手段も悪辣さが増している。近年来、満洲も占領され、大陸全土も同様の運命を免れることはできない。これは個人の問題ではなく、民族の問題なのだ(55)。

歪曲された「土匪」の世界を蕭軍が生活として描き正したことに、楊逵は「いひやうのない愉しさを」覚えた。それは胡風がいう「如何に生活は文学を造ることかに対する同感(56)」でもある。楊逵は最後に「兎に角『第三代』は面白い、いゝ小説だ。何時か諸氏に紹介するの一日あるを待ちたい」と文章を結び、「教育」によって覆い隠された「真実」と眼前の事実に日本の読者たちが目を開くよう誘導するとともに、植民地文学者の一人として、祖国の抗日民族統一戦線とそこで議論されている大衆文学に共感を表明したのである。

「官民一致の美風」

それから楊逵は「模範村」の改稿に着手する。現存する「模範村」手稿(57)は、再来日後その前半部に当たる「田園小景(58)」を手直しし後半を新たに書き加えたのか、来日時に完成された「模範村」の原稿を持参し手直したのか不明である。限られた時間を考えると、後者の可能性が高いと思われるが、原稿が残されていないため、盧溝橋事件の直接の影響を探ることができない。しかし『第三代』が彼を奮い立たせたのは確かなことだろう。彼は前半に植民統治者と封建勢力が結び農民を圧迫搾取する実態を描き、後半に「虐げるものに対する一つの敵対勢力として成長する」一群の青年達を描き出した。

村の派出所に勤務して来た功労鮮やかな木村巡査は、一躍巡査部長に昇進し、この村は模範村として近く州の警察部長閣下から褒賞を、そして当村第一の地主阮固爺は褒状を頂くことになつてゐる。

村としてはこの上もない光栄であつた。

この村に於ては、官民一致の美風が実に徹底してゐた――と言うのは第三者の言葉で、村の役人達に言わせると、まだく前途遼遠だそうである。

「この連中は、全く牛見たいだ！ひつぱたけば動くが、一寸でも手をゆるめると直ぐなまけて、例へば道路の並木の世話を怠つたりして枯らしてしまふ」。

並木の「手入れを怠るもの」、「なまけたりしたもの」には科料が加えられ、「時には拳骨迄景品につけ」られる。資本家は産業道路の補修を褒め、「国防献金にも気前のいいところを見せた」。農民は「官命だと聞くと犁きかけたばかりの田をほつたらかしにして、直ちに道路の補修に出動した」。また「寄付金の激増」があり、「富農の出した寄付金」は「数倍」にもなるが、「中農以下の寄付金」は「それきりになる場合が多かつた」。さらに地主は百姓達から土地をとり上げては製糖会社に貸し、「製糖会社と緊密な縁を」結び、「灌漑その他官庁との関係を非常に円滑にする」。

楊逵は植民地台湾の社会構造と生産構造をこう描き出し、読者を「警務部長閣下の巡視」のクライマックスに誘う。「道路の再吟味に始まり、並木の手入れ、路地及び庭の清掃、垣根の修繕、それから家のまわりの始末等々で全庄をあげての大騒ぎが始まつた」。それで「警務部長が来る迄には、庄は見違へるやうな立派なものになつてゐた」が、「外観の立派さに反して、総ての家の中が、厳命でも行きところのないガラクタや農具や薪ではち切れそうになつた」。それから「大庁の頂卓に、媽祖様や観音様の仏像や香炉のかわりに日本式の神棚や、〃君が代〃を書いた額が飾られた」。老人達は仏像を拝まなくてはご飯も喉を通らず、時々こっそり引き出しては線香を上げ涙を流す。そのくせ靴音を聞いてはまたガラクタの中に押し込んだ。「怖いことには、住家を家の中に移された蛇が、のこくと夜中に出て来ては百姓の夢を破ることであつた。林金土の如きは終にその為に一命をとられてしまつた」。「官民一致」はとうとう「蛇」を家の中まで浸入させた。「蛇」は日本帝国主義が生活の隅々に入り込んだことを象徴している。巡視の翌日、村は模範村に決定された。「警務部長が談話で強調したことは、官民一致の美風と、模範村泰平庄の躍進振りに対する感激であつた」。楊逵は満洲事変以降の台湾の諸矛盾を「生活のなかに」容赦なくえぐり出し、矛盾の全てを民衆に押しつけ、「美風」で覆い隠す「官民一致」の実態を民衆の言葉で暴き出した。

それは再来日した彼の眼前で繰り広げられている「挙国一致」の本質でもあった。満洲事変以来、日本の「国内対立の相剋」は拡大し、一九三六年から三七年にかけ労働争議、小作争議が急増した。軍事費膨張による物価騰貴と増税がこの背景にある。これを反映し第二〇回総選挙（四月三〇日実施）で社会大衆党と日本無産党は三八の議席を獲得し、続く地方選挙でも躍進、為政者を震撼させた。近衛内閣は「国内対立相剋の緩和」を掲げて六月四日に成立する。楊逵来日の一週間前のことである。国民の民主化要求がさらに大きくなると思われた矢先に、盧溝橋事件が勃発した。内閣は一一日「北支事変に対する帝国政府の根本方針」を決定し、一二日に言論機関代表、貴衆両院議員、財界代表を召集、個別に会談し「挙国一致」の協力をとりつける。各界は挙って「挙国一致」の宣誓を行い、ここに「経済的、政治的、社会的、及び思想的（文化言論）・挙国一致(59)」が「実」を結び、「対立相剋」は一夜にして「緩和」された。一五日、社会大衆党は方向転換を声明、第七一帝国議会は多額の事変「追加予算案」と「特別税法案」を可決し、「北支」への侵攻は「国民の総意」であり、「国体ノ精髄ニ帰一セシムルコトデアリ」、「東亜永遠ノ平和ノ確立」のためとした。労働争議と小作争議は前半期の記録的集中から一転して記録的に激減し、間を入れずに「国民精神総動員運動要項」が八月二四日に閣議決定される。「こうして人々は現実をよく知っているのに、転倒された現実に順うようになる(60)」。

楊逵は「挙国一致」を「官民一致」に見立て、出兵を労役に、事変「追加予算」と「特別税法」を「国防献金」と「寄付金」に、そして「国体ノ精髄」を「美風」に重ねて書き込んだ。「挙国一致」は諸矛盾を「国体ノ精髄」で覆い隠し、対華侵略を「東亜永遠ノ平和」の美名で飾ろうとしていると暴いてみせ、これを背景に前段で村の役人達の言葉に「国民精神総動員運動」――台湾では「皇民化」運動になるのだが――の始まりを暗示し、後段に青年達の抵抗の始まりを書き込んだ。彼が危険を冒してまで「模範村」を日本で発表しようとした理由はここに求められるだろう。

一〇月末、『文藝』編輯部は掲載を見合わせ、原稿を送り返してきた(61)。「模範村」は植民地台湾に容れられず、当然のこととして宗主国日本にも容れられなかった。魯迅は租界上海の気質に戸惑う蕭軍をこう励ましたことがある。「『土匪気』は大変結構です。どうして克服しなければなりませんか(62)」。また、蕭紅著『生死場』の書評に「もしもこれでも読者の心を掻き乱せたら？それなら、我々はまだ決して奴才ではない(63)」と。魯迅と楊逵は常に自分を「匪」の側に置いた。そのため彼らの著作は「挙国一致」を乱し、「東亜永遠ノ平和ノ確立」を脅かすものとして退けられた。

「泥足」と「泥の足」

胡風によれば、「ある匿名の批評家」の批評が一九三七年四月頃掲載されたという。残念ながら未見である。胡風と楊逵は別々の個所を引用しており、二人がこの批評を個別にみていることが分かる。矢崎弾が二人にみせたと考えるのが順当だろうか。引用を再録してみる。「中国の作家達は浅薄にも此れで世界の文壇に登つた積りで居る(64)」、「どうもあんな無技巧なものを問題にするのは、泥足の人間を客間に招じ入れるようで体裁が悪い(65)」というのだ。「此れで」というのは『改造』に連載された「中国傑作小説」を指している。『大魯迅全集』の出版も含まれるかも知れない。この先に小林秀雄の見解がある。「日本のマルクス主義文献を読み噛った抗日作家達の作品に、支那人の正体があるとでも言うのか。僕は信じない(66)」と。彼は魯迅たちが用意した中国の「真実」をこう拒絶した。

両者の隔たりはプロレタリア文学運動解体後に行われた二つの文学論争に顕著に現れている。小林秀雄と正宗白鳥との間で交わされた「思想と実生活論争」(一九三六年一月～六月)、小林秀雄と中野重治の論争(一九三四年四月～三七年三月)である。中国新文学が「泥足」だとする批評は小林秀雄の「生まれ育つた思想が遂に実生活に訣別する時が来なかつたならば、凡そ思想というものに何んの力があるか(67)」という言説を根拠にしており、胡風と楊逵が問う「如何に生活は文学を造ることか」という考えとは互いに相容れない。

楊逵は「泥足」という批評を逆手にとり、日本作家たちの「小ぢんまりとした紳士のやうな生活」、「紳士意識」、「紳士的上品さ」を批判する。彼は先ず文壇の「貧血状態」打破に「当つて散れ！と云う精神を日本の作家は口にするだけでなく、身をもつて生かさなければならないやうに思うのは間違へであらうか」と質す(68)。「当つて散れ！」とは新日本主義のリーダーを自認する林房雄の言葉である。そして片岡鉄平の「文学の大衆化と言うことは絶望だ(69)」という認識にも鉾先を向け、「手先と象牙の塔で創作する」代わりに「足と社会で制作すべきこと、を進歩を口にするあらゆる作家に要求するものであると私は考える(70)」と諭す。楊逵は「転向」した二人の「檄」と「絶望」が「実生活に訣別する」思想との対応から発せられたことを見抜いている。楊逵と胡風はそれを「現実逃避」と批判し、日本の文壇を「世界の文壇」と自負する匿名批評家はそれを受け入れない中国新文学を泥臭く遅れていると蔑んだ。

二つの論争は当然のことながら「思想と実生活」から「伝統性と近代性」の論議に発展する。この間に小林は「思想は実生活に訣別する」を「思想は実生活に犠牲を要求する(71)」と言い換えるのだが(72)、その蔭で常に論者たちの中国に対する認識が問われた。今日の中国社会をどうみるかは日本の近代化をどう評価するかに通じ、実は争点の一つである。

魯迅は日本の文学者が「固定シタ考ト衝突スル処ノ事実ト遭フ事ヲ恐レ」、それを「廻避(73)」する一方で「古風ナ人道主義者ノ特色ハ実ニハッキリ発揮シテ」いると、早くから問題の本質を突いている(74)。正宗は魯迅の作品から「自分の周囲の現実を直視しないではゐられない」作家の心境を読みとり、中国新文学のあり方と中国の現実に理解を示す(75)。魯迅は正宗の見解に「同感(76)」を示して応え、彼を通して小林の言説に異議をとなえた。

中野は転向後、福井の「村の家」に戻り、父と対峙する。彼は「国」と「家」の関係を父の生涯を通して考え、それを視点に明治以来の近代化と向き合う。父は日清戦争に従軍、戦後は台湾総督府と朝鮮総督府の臨時土地調査局に勤務し、植民地経営の土台作りに寄与した。中野はこれを朝鮮・台湾・中国問題を考える出発点とした。蕭軍との往復書簡は「私の父が、日清戦争に砲兵一等卒で出かけて行つて大砲をうつたということ」、日本が「日清戦争なしには今日が考えられない国」であることから語り始める。そして日本の侵略戦争を正面に据え、『日本文学の現状と日本作家の中国への関心』という複雑で大きな問題」を考える。彼は小林の論理をこう批判する。『文学界』の座談会では「日本が二つに分かれてゐるといふのは事実にあつてゐないから何でも一つのものとして日本を見ろ、そしてそれに対して愛情をそゝげといふ」が、「中国には二つの政府がある。あるいは二つの政権がある。(中略)二つは対立するものではあるが一つの支那の中にある」。「小林秀雄などは再び嘘といひたいかも知れぬが」、自分の関心は「その両方ともに、そして特に両者の関係の理解にかゝつている」と。そして日本文学と中国文学の関係、特に日本プロレタリア文学と中国新文学が「内面的に共通した性質を持ってゐる」と指摘し、最後に中国の歴史をありのまま見ること、少なくとも太平天国革命を「支那ブルジョワ民主主義革命の先駆として」みる、「それが日本文学が中国と中国文化を取り入れて行く途であり、日本国民がつり上がった税金をつり下げてゆく道であると思ふものだ」と言い切る(77)。「日支文学の聯繫」の重要性と両者の齟齬を彼はこう認識し、小林との「論争」の礎とした。

保護観察下の中野が敢えて吐きだした言葉に対して、小林は現状を承認し歴史も伝統も顧みない。事件から一年有余後、彼は「満洲」を旅したのだが、「幾千万の難民の群れを眺め」ても『詩経』の桑柔編の様な表情しか思い浮ば」ず、「満洲」にも北京の街頭にも「阿Qの顔」に出会うことはなかったという(78)。もはや戦う相手である中国も中国人もみえないのだ。彼は「今日の中国について無知識(79)」であり、不感を決め込み、他者を鏡にすることを拒んでいる。

アトリーの『日本の泥の足』は当時国際的に注目された一書である。尾崎秀実がとり上げ、馮仲足も胡風が編集する『七月』でとり上げた。「泥の足」とは泥で造られた足の意で、日本の国力の弱さの喩えである。現在では

「粘土の足」と訳されている(80)。「泥足」の方は泥を着けたままの足を指し、「中国傑作小説」の日本文壇への登場を形容している。前者は脆い「粘土の足」で中国に侵攻しても「長期戦争を支える力はない(81)」との分析であり、後者は日本文壇が日本の現実からも中国の「真実」からも遊離していることを自ら弁明した批評である。この分析と批評には直接の関係はないようだが、いずれからも日本の近代化のひ弱さが読みとれる。楊逵と胡風の匿名批評家に対する反論は、結局のところ、彼らも「粘土の足」だ、ということに尽きるだろう。

首陽に入る

盧溝橋事件後、胡風は矢崎弾逮捕のニュースに接し、「民衆を圧迫することと中国を侵略すること」が遂に一元化されたことを知った。彼はそれが「日本帝国主義の強盗政策の二つの側面」だと指摘する(82)。楊逵は逮捕され身を以てその真髄を知らされた。中野重治も事件の重大性に気づいた一人だ。「それはその性質上過去のすべての『事変』よりも大きく、重く、過去のすべての事件が解決し残した全問題の解決のための『事変』であるであろう」。彼は瞬時に「事変」が日清戦争以来の総決算になるだろうと受けとめた。そして「中国の武力」は日本より「現在劣っている」としても、「もし『事変』が長びくならば、『事変』そのものの経過のなかにこの優劣の差が大きな速さで消えるであろう(83)」と、「事変」が長期の戦争になると予測した。尾崎秀実が「北支問題の新段階」で説いた分析に学んだと思われるが、日本の「速戦速決」の方針に対する「支那の民族戦線の全面的抗日戦との衝突」を想定している。楊逵もこの分析を共有している。

小林秀雄は「この事変に日本国民は黙って処したのである。これが今度の事変の最大の特徴だ」と述べ、「挙国一致」の思想は「日本民族の血の無意識な団結という様な単純なものではない。長い而もまことに複雑な伝統を爛熟させて来て、これを明治以降の急激な西洋文化の影響の下に鍛錬したところの一種異様な聡明さなのだ、智慧なのだ」と説明する。すでに明らかなように、中野と小林は事件を前にして日本の「近代化」問題を見据えているのだが、彼は続けて「この智慧は、今行うばかりで語つていない。思想家は一人も未だこの智慧について正確には語つていない。僕にはそういう気がしてならぬ(84)」と言葉を濁し、「智慧」の何たるかをはぐらかす。彼は自ら切り開いた場に到達するや、その場を迂回し問題を投げ出してしまった。このため「智慧」は「実生活に訣別」し、それを「犠牲」にする思想に止まり、国民を「黙」らせるイデオロギー装置としてのみ作用する。

戸坂潤は中野が「感想」を寄せた『改造』九月号に「挙国一致と国民生活」を書き、思想動員を煽動する小林の非論理性を暴き、その先に新日本主義への道が用意されていることを明らかにした。「この挙国一致なるものは、所謂自由主義と自由主義反対者との相剋を止揚したものではなくて、前者を後者へ止揚して了ふことなのだ」、「日本主義もそれが自由主義の変貌としてでなければ行はれ得ないというのが、最近の文化情勢である」と(85)。

事件を挟んで、芸術院が成立され、文化勲章が設定され、続いて文藝懇話会が解散し、代わって中央文化連盟が結成された後、佐藤春夫の提唱によって八月一七日に新日本文化の会が誕生した。前者の半官半民の財団法人と後者の民間団体が伴走し、文化界の「挙国一致」と民衆の思想動員を推進する。中央文化連盟の趣意書は、現代日本文化は「模倣追従に急にして創造的進歩性を欠くの傾向」があり、「思想対立階級の闘争徒に激化」させ「民心の動揺、社会の不安」を招いた。そこで「わが国民性の特質」を自覚し、「東西文化」の長を取り短をすて「新日本文化」を建設するとしている。新日本文化の会は中央文化連盟会長松本学を賛助に迎え、林房雄らを中心に会員二三名で発足、規約、綱領、会則などの規定はなく、加入脱会も自由とした。ところが発起人の一人である林房雄によれば「『日本的なるもの』とは何かを根本的に探求する」を目的とし、今や「日本的なるもの」の探求は「二千年の伝統と明治以来七〇年のひたむきな西欧及び世界文化の吸収の成果として、今こそ我々は新しき日本文化を創造し得る時に到達した(86)」というのだ。しかも「日本を愛することは、必然的に排他的であり、偏狭ならざるを得ないのだ(87)」と居直る。

楊逵はこの一連の動きが「文化人に依つて企てられてゐる」ことを重視し、「当局の政策以上に吾々を悲しませることだ」と批難する。その上で彼らが企てる新日本主義が「この拡大され行く芸術の友愛的な勢ひに殻を着せやうとするかに見える」と、その鎖国性を指摘する。「新しき日本文化」が戦っている相手国の中国どころか、植民地である台湾、朝鮮をも包括できないというのだ。「結局、その殻は、提唱するもの自身を包む以上にはならないのではないかと思はれる」。これが「新日本主義の理論的薄弱さ及びそれに反対する声の高きこと等に依つて帰納した」楊逵の「結論である」(88)。

彼はさらに『星座』九月号に「新日本主義への質言二三」を寄せ、「玄妙奥妙なもの」と新日本主義の曖昧さに「不審」を並べたてる。「新日本主義者諸氏が何を考へ、何を国民に教えようとしてゐるか」、「日本人の気持ち、日本人の感覚が徳川のそれか、それとも秀吉のそれか、或いは全然別の新しいものであるか?」「日本人の目と世界人の目との相違は一体何処にあるか」、「新日本主義の諸氏が、如何にして日本の発展を計らうとしてゐるか」と。そして最後に「新日本主義は我々に」つまり植民地の民に「そして日本の働ける人達にどんなことを教えようとするのであろうか?」と疑問を投げかけた。

綱領も規約もない以上、批評も体系的にはならないのだが、彼の批判は、要約すれば、第一に文化人の思想動員加担、第二にそれを支える新日本主義の曖昧さ、第三にその鎖国性乃至は排他性に集中している。後のことになるが、「大東亜文学者会議に際して」楊逵は同様の文化人たちに出会うことになる。彼には彼らの「企て」が「もはや芸術ではなく、『一個のチンドン屋』に過ぎない(89)」と映った。

最後に矢崎弾についてふれておきたい。彼は上海から帰国後に『星座』九月号に「特輯　民族主義再検討」を組んで、新日本主義批判を行った。楊逵が一文を寄せたことは先にふれた。印刷納本と同時に矢崎らが逮捕され広く流布することはなかったと思われるが、日本文学史に貴重な一ページを遺した。

彼はヒューマニズムを基調に「日華文化交流」を試みた。「現代のヒューマニズムは一面プロ文学の弾圧による後退の一抵抗の方法」であり、「現今の政情に刺激されたインテリ良心の自覚の表現」であるとの信念に基づいている。これに対して王統照は「具体的な方向」を求め、胡風は異議をとなえた。蕭軍は「避実攻虚」と言葉を返した(90)。帰国後、彼らの批判に応え、「古風ナ人道主義」が表す「現実逃避」からの脱却に努め、スペイン内戦に示されたヨーロッパ知識人たちのヒューマニズムを喚起するよう『星座』同人に訴えた(91)。しかし、同時に彼は日中戦争の原因を「昨今の中国の軍事的政治的行動の態度(92)」にあるとの見解を示し、胡風の顰蹙をかった(93)。

矢崎の検挙と『星座』の停刊は新日本主義（民族主義）がヒューマニズムを破壊した瞬間として記憶されるのだが、検挙の理由が示すように、彼のヒューマニズムが有効なのは「現代日本主義の陥れる鎖国的過誤と方言的郷土愛を剿滅する任務に果敢である(94)」ためであり、ヒューマニズムそのものではなかった。日中戦争の拡大によって、彼のヒューマニズムは中国に対しても、日本においても、すでに足場を失っていたのである(95)。

楊逵が再来日し直面したのは新日本主義と抗日民族統一戦線の台頭とその衝突、そしてその衝突下における「階級と民族」の問題であった。「第三代」の評論と「模範村」にはこの問題に対する彼の思索とその方向が読みとれる。その彼が台湾に戻り「首陽農園」に籠もることにするのだが、そこに彼の強い意志が表れている。「首陽」の二字は「反日の態度を公に表明[96]」するためであり、日本文壇への断念を表す。と同時に、その表裏一体をなす抗日民族統一戦線に対する確信と「民族解放戦争における大衆文学」に対する期待を表している。楊逵はこれをよりどころに戦争の長期化を予測し「餓死を免れる糧としてすすめられる儘に鉄面皮を被る[97]」ことを決意した。

「転向」後の文学者達の間では、林房雄の「当たって散れ」と魯迅の「首陽山に隠れる」が対比され議論された。「魯迅と林房雄―転向者の冗舌と沈黙[98]」と題した匿名批評が議論の内容を今に伝えている。「転向者が、魯迅の所謂無言の抗議をもつて応戦することに、われ〳〵は些か疑問なきを得ない。（中略）ゆるされた最後の短剣をもつて闘ふことも、また悲壮であると同時に重要なことであろう」というのだ。批評は「首陽山に隠れるか、矢つき刀折れるまで戦ふか」と選択を迫り、「そこが支那人と日本人との相違なのかも知れないのだ」という。問いかけの是非は別にしておくが、そうであるならば、楊逵は確かに中国人として魯迅の道を選んだことになる。

註

（1）拙稿「范泉の台湾認識―四〇年代後期における台湾の文学状況」『境外の文化』汲古書院二〇〇四年一二月、『人間』二〇〇三年一二月、『復旦学報』二〇〇四年第三期。同「由《改造》連載〈中国傑作小説〉所見日中知識分子之姿態―従魯迅佚文／蕭軍《羊》所附〈作者小傳〉説起」『人間』二〇〇五年四月。

（2）「楊逵の再来日」については以下の先行研究がある。河原功「楊逵―その文学的活動」『台湾近現代史研究』創刊号　龍渓書舎　一九七八年四月。張季琳「台湾プロレタリア文学の誕生―楊逵と『大日本帝国』」（博士論文）東京大学大学院人文社会系研究科　二〇〇〇年六月。黄恵禎『楊逵及其作品研究』麦田出版一九九四年七月。同「左翼批判精神的鍛接：四〇年代楊逵文学與思想的歴史研究」（博士論文）国立政治大學文学系　二〇〇五年七月。

（3）楊逵「模範村」『台湾文学叢刊』第三巻　台湾文学社　一九四八年一二月

（4）近藤龍哉「胡風と矢崎弾―日中戦争前夜における雑誌『星座』の試みを中心に」『東洋文化研究紀要』第一五一冊に発表

予定。矢崎検挙の理由は『特高外事月報（昭和一二年八月分）』に依る。著者より発表前の原稿を閲覧する機会を賜り、『特高外事月報』を提供していただいた。記して謝意を表します。

(5) 胡風「憶矢崎弾―向摧残文化的野蛮的日本政府抗議」『七月』周刊 第三期 一九三七年九月二五日／半月刊 第一巻第一期一九三七年年一〇月一六日。『申報』「東京民衆覚悟 反軍閥空気濃厚」一九三七年九月一八日、文中の矢崎に関する報道は『東京朝日新聞』一九三七年九月一日「評論家矢崎弾氏『反戦演説で取調／渡支前後の事情も』」。

(6)「出版法」は発売又は頒布の三日前に内務省への届出が義務化されている。これからすると届出た八月一八日に矢崎弾は逮捕されたことになる。

(7) 宋澤萊「不朽的老兵」陳芳明編『楊逵的文学生涯』前衛出版社 一九八八年九月。

(8)「星座通信」『星座』一九三七年八月号。

(9)「新人紹介」『星座』一九三七年九月号

(10) 楊逵「編輯後記」『台湾新文学』一九三六年四月及び一九三六年五月

(11) 宋澤萊「不巧的老兵」前掲

(12) 中野重治「中野重治より蕭軍へ」『文藝』一九三七年七月号

(13) 飯田吉郎「現代中国文学の紹介について―プロレタリア文学者より見た」『東洋大学紀要』第一二集 一九五八年二月。

(14) 白川豊「日本雑誌に発表された旧植民地作家の文学」『植民地期朝鮮の作家と日本』大學教育出版一九九五年年七月。

(15) 足立「台湾・朝鮮・中国」『都新聞』〈大波小波〉一九三七年七月三〇日

(16) 例えば以下を参照されたい。江口渙「日本プロレタリア文学の支那訳とその訳者」『文学評論』一九三四年一一月、小田嶽夫「日本文学と支那」『文藝懇話会』一九三六年六月。

(17) 河原功「台湾新文学運動の展開」『台湾新文学運動の展開』研文出版 一九九七年一一月

(18)「作家養成と編輯を大衆の手に～本社第二回打合会方針決定」『台湾新文学』第一巻第一号 一九三六年二月。また胡風訳『朝鮮台湾短篇小説集―山霊』広告が『台湾新文学』第一巻第八号 一九三六年九月、第二巻第一号 一九三六年一二月、第二巻第四号 一九三七年五月に掲載されている。

(19)「作家養成と編輯を大衆の手に～本社第二回打合会方針決定」前掲

(20) 楊逵「〝全島作家競作号〟の計画発表に際して」『台湾新聞』一九三六年三月六日

(21) 楊逵「『第三代』その他」『文藝首都』一九三七年九月号
(22) 『星座』編集部「社告」『星座』一九三七年八月号
(23) 竹内好「『中国文学月報』後記」『中国文学月報』一九三六年八月号
(24) 「日華文化の交流と今後の星座」『星座』一九三七年七月号
(25) 編輯部「読者諸氏へ」『文藝』改造社 一九三七年七月号
(26) 魯迅先生紀念委員会準備会「魯迅文学奨金募集」『改造』夏期特大号一九三七年七月。
「日華文化交流アンケエト」『星座』一九三七年八月号。
(27) 本節の引用は脚注した以外は全て楊逵「『第三代』その他」前掲。
(28) 蕭軍『第三代』巴金主編〈新時代小説創刊之二〉文化生活出版社 第一部 一九三七年二月初版、同四月二版、第二部 一九三七年三月初版、同四月二版。
(29) 矢崎弾「上海日記抄」「続上海日記抄」『星座』一九三七年七月号／八月号
(30) 蕭軍著・小田嶽夫訳『第三代』大陸文学叢書―二 改造社 一九三八年五月二〇日
(31) 詳細は拙稿「由《改造》連載〈中国傑作小説〉所見日中知識分子之姿態」前掲。
(32) 魯迅「『中国傑作小説』小引」『改造』一九三六年六月号。掲載文には標題はない。
(33) 胡風「私の気持」『星座』一九三七年八月号
(34) 矢崎弾「中国の新文学に就いて」『星座』一九三七年八月号
(35) 小田嶽夫「上海通信」『文藝』一九三七年五月号、同「支那芸術界の報告」『日本評論』一九三七年五月号、矢崎弾「中国と支那」『朝日新聞』一九三七年六月二一日、同「中国の新文学瞥見」『報知新聞』一九三七年六月二五～二七／二九日、同「上海日記抄」「続上海日記抄」『星座』一九三七年七月号／八月号、同「中国の新文学に就いて」『星座』一九三七年八月号など。鹿地亘「交友録第一頁（1）（2）」『報知新聞』一九三七年七月一五日／一六日。
(36) 楊逵「『第三代』その他」前掲。胡風「私の気持」より引用、表記に異同がみられる。
(37) 楊逵「『第三代』その他」前掲
(38) 楊逵「太太帯来了好消息」『新生月報』一九五六年四月、林曙光「楊逵與高雄」『文学界』一九八五年五月
(39) 武田泰淳「抗日作家とその作品」『文藝』一九三七年八月号

(40) 小田嶽夫「『第三代』小感」『中国文学月報』一九三八年七月
(41) 浅見淵「支那」『市井集』一九三八年一二月
(42) 尾崎秀実「支那論の貧困と事変の認識」『セルバン』一九三七年一〇月号
(43) 楊逵「水滸伝のために」『台湾新聞』一九四二年八月二四日
(44) 楊雲萍「派遣作家の感想」『台湾文藝』一九四四年八月
(45) 「第七十一回帝国議会衆議院決議案」一九三七年八月七日
(46) 楊逵「沈思、振作、微笑」『自立晩報』一九八三年四月三〇日
(47) 楊逵「太太帯来了好消息」前掲
(48) 河原功「日本統治期台湾での『検閲』の実態」『東洋文化』第八六号 二〇〇六年三月
(49) 楊逵「綜合雑誌に待望するもの」『星座』一九三七年九月号
(50) 中野重治「二つに分かれた支那」、同「日支文学の聯繋」『報知新聞』一九三七年一月二二日／二三日
(51) 中野重治「死せる魯迅を憶ふ」『報知新聞』一九三七年一月二四日
(52) 「一台湾作家の七十七年ぶりの来日を機に語る」『文藝』一九八三年一月号
(53) 彭智遠（龍瑛宗）「中国認識の方法」『中華日報』〈文化〉一九四六年八月八日
(54) 尾崎秀実「北支問題の新段階」『改造』一九三七年八月号
(55) 楊逵「模範村」『文季』文季雑誌社 一九七三年一一月一五日
(56) 胡風「私の気持」前掲
(57) 楊逵「模範村」日本語手稿 一九三七年八月、『楊逵全集』第五巻 国立文化資産保存研究中心籌備処一九九九年六月。以下特に脚注のないものは同文より引用。
(58) 楊逵「田園小景―スケッチ・ブックより」『台湾新文学』一九三六年六月五日
(59) 戸坂潤「思想動員論」『日本評論』一九三七年九月号初出、林淑美校訂『増補世界の一環としての日本2』平凡社 二〇〇六年八月
(60) 林淑美「表象された国民―〈翼賛〉への道―昭和一二年の意味」『昭和イデオロギー思想としての文学』平凡社 二〇〇五年八月

(61)「一台湾作家の七七年―五〇年ぶりの来日を機に語る」前掲
(62)蕭軍宛魯迅書簡　一九三五年九月一日『魯迅給蕭軍蕭紅信簡注釈録』黒竜江人民出版一九八一年六月
(63)魯迅「蕭紅作『生死場』序」『奴隷叢書』容光書局出版　一九三五年一二月
(64)胡風「私の気持」前掲
(65)楊逵「『第三代』その他」前掲
(66)小林秀雄「満洲の印象」『改造』一九三九年二月号
(67)小林秀雄「作家の顔」『読売新聞』一九三六年一月
(68)楊逵「『第三代』その他」前掲
(69)片岡鉄兵　題不明『日本学藝新聞』第三三号　一九三七年六月二〇日
(70)楊逵「文学と生活」『星座』一九三七年八月号
(71)小林秀雄「思想と実生活」『文藝春秋』一九三六年四月号
(72)林淑美「〈小林秀雄〉というイデオロギー」『昭和イデオロギー』前掲
(73)増田渉宛魯迅書簡　一九三二年一月一六日
(74)増田渉宛魯迅書簡　一九三五年七月一七日
(75)正宗白鳥「『論語』読みの『論語』知らず」『読売新聞』一九三五年五月二五日、同「モラエスと魯迅」一九三五年七月二〇日。「摩拉哀思與魯迅」『雑文』第三号　一九三五年九月二〇日。魯迅は二編を読み増田渉宛書簡で感想を綴った。
(76)増田渉宛魯迅書簡　一九三五年八月一日
(77)中野重治「二つに分かれた支那」、「日支文学の聯繫」、「死せる魯迅を憶ふ」前掲
(78)小林秀雄「満洲の印象」『改造』一九三九年一月号
(79)矢崎弾「中国で眺めた日本的性格」『新潮』一九三七年九月号
(80)Fred Utley "Japan's feet of clay" Faber & Faber 1936.　董之学訳『日本的透視』世界知識叢書十四　生活書店一九三七年四月。日本では一九三七年に発禁。石坂昭雄ら訳『日本の粘土の足』日本経済評論社　一九九八年三月。尾崎秀実『敗北支那の進路』『改造』上海戦勝記念・臨時増刊号　一九三七年一一月。馮仲足「『泥足』已在脆裂了」『七月』周刊　第二期　一九三七年九月一八日

(81) 馮仲足「『泥足』已而脆烈了」前掲
(82) 胡風「憶矢崎弾」前掲
(83) 中野重治「条件つき感想」『改造』一九三七年九月号。同号は発禁処分を受けた。「模範村」の原稿返却はこれに関係していると思われる。『文藝』九月号は「社告」を出し「文藝通信」中止を声明している。小川五郎（高杉一郎）が編集担当者である。
(84) 小林秀雄「満洲の印象」前掲
(85) 戸坂潤「昭和一二年上半期の日本　思想」、『自由』一九三七年七月号、同「挙国一致と国民生活」『改造』一九三七年九月号、林淑美校訂『増補世界の一環としての日本』前掲
(86) 林房雄「新日本文化の会／その成立と目的への私見」（上／下）『読売新聞』一九三七年七月二七日／二九日
(87) 林房雄「一九三七年の感想」『新潮』一九三九年一月号
(88) 楊逵「『第三代』その他」前掲
(89) 楊逵「大東亜文学者会議に際して」『台湾時報』第二七五号　一九四二年一一月
(90) 矢崎弾「中国の新文学について」『星座』一九三七年八月号
(91) 「北支事変とヒューマニズム」『星座』一九三七年九月号
(92) 『星座』編集部「社告」前掲
(93) 胡風「憶矢崎弾」前掲
(94) 巻頭言「昭和日本の為めに」及び「特輯　民族主義再検討」『星座』一九三七年九月号
(95) 『特高外事月報（昭和一二年八月分）』前掲
(96) 楊逵「日本植民統治下的孩子」『聯合報』一九八二年八月一〇日
(97) 楊逵「あとがき」『鵞鳥の嫁入り』三省堂　一九四六年三月
(98) 物見高「魯迅と林房雄」『都新聞』〈大波小波〉一九三六年四月五日

劉大任『浮游群落(1)』に見る六〇年代台湾青年の思想と行動

岡﨑郁子

はじめに

劉大任（一九三九～）は一九六六年に台湾を出てアメリカへ渡り、現在もニューヨーク在住の作家である。歐陽子（一九三九～）、白先勇（一九三七～）、王文興（一九三九～）、張系國（一九四四～）など、多くの外省籍の若者がこぞってアメリカを目指した六〇年代に劉大任も台湾を離れた。その後上述の若者たちは作家としての才能を開花させ、台湾に戻った者もアメリカに止まった者も、それぞれの立場は異なっても全員が中国語による作品を発表してきた。五〇年代の赤狩り、白色テロの時代に幼少期を過ごし、五〇年代末頃から六〇年代初めにかけて大学生活を送った若者たちは、一党独裁政権下の息苦しい台湾社会を変革しようと模索するが、やがて挫折或いは絶望しアメリカという新天地に望みを繋ごうと、一部の若者は台湾を出る決心をする。

その若者たちの仲間には、地下組織の読書会に参加したり台湾独立運動に身を投じて、長年獄に繋がれたり一命を落とす者もいた。読書会に参加していた劉大任の友人陳映眞(2)（一九三七～）は七年もの間政治犯として獄中にあった。自分たちの六〇年代をぜひ書いておきたいというのが、劉大任の『浮游群落』執筆の動機である。台湾文学のなかで、六〇年代をこれほど生き生きと若者の立場から描き出した作品は稀有と言える。

暗黒とも言える六〇年代のなかで、知識分子を気取る若者たちは如何に考え如何に行動したかを探るのが本稿の目的である。『浮游群落』から見える六〇年代の政治及び社会情勢をまず探り、そのなかで各々の信念に基づいて思考し行動する若者の姿を追う。次に、六〇年代の知識分子の間では省籍矛盾や対立はなかったとする劉大任の主張を『浮游群落』から探る。最後に、作品でも描き切れなかったかつての盟友陳映眞に対する劉大任の思いと、相容れることのできない二人の思想的対立に逼る。そこにはアメリカへ渡って台湾の現実から乖離してしまった一群の作家たちと、台湾内部の現実に拘束されつつ筆を握ってきた作家たちとの相違点や埋め尽くせないわだかまりも垣間見えてくる。

一 『浮游群落』に見る六〇年代台湾青年の思想と行動

「自由中国事件」というのが『浮游群落』に登場する。六〇年代の若者が興味を抱いたこの事件の起きた、日本敗戦後の台湾の政治情勢から見てみよう。国民党は中国大陸における内戦で共産党に破れ、蔣介石は一九四九年台湾に撤退、中華民国政府を台湾に移転した。だが、その後も人民解放軍による「台湾解放」に危機感を募らせていた。翌年六月に勃発した朝鮮戦争が、国民党にとっては救いの神となった。アメリカが第七艦隊を台湾海峡に出動させ、中華民国に対して大規模な援助を再開し、対中共の前線基地の建設を目指したのである。世界にはびこる東西冷戦のなかで、台湾はアメリカ側に組み込まれることになった。そのため、二つの中国、つまり中共の中国大陸と、国民党の台湾の対峙が長期化の様相を呈してきた。そこでアメリカの支持を続けて得るために、対外的には「自由中国」と宣伝したが、内部の政治は民主主義とは無縁の独裁体制そのものであった。

一九四九年五月二〇日には台湾に戒厳令が施行され、その後八七年七月一五日の解除まで三八年間も続くことになる。この間、新党の結成、共産主義への共鳴、新聞の増頁などは認めず、政治活動や言論を厳しく統制した。国民政府に対して政治的異議を唱えたり、共産主義思想に基づいた労働争議を起こそうとしたりするだけで、戒厳令の名のもとに軍事裁判にかけられた。そして、その行動目的は政府転覆だと決めつけられ、叛乱罪に処せられることになる。国民政府は五〇年代を通じて、台湾島内の共産勢力を一掃することにやっきになっていた。そのため、脅威を感じた軍人や国民党員を無実の罪に陥れたり、怪しいと思われる一般市民を逮捕したりするのも茶飯事と化していた。こうした恐怖の島台湾の状況は、六〇年代にかけても変わるものではなかった。

『浮游群落』に登場する「自由中国事件」は、正に政府の独裁体制を批判する政治事件であった。中心人物の雷震（一八九七～一九七九）は、五四運動の推進者の一人である胡適（一八九二～一九六二）に呼びかけて、一九四九年一一月に『自由中国』という雑誌を創刊し、憲政の確立、言論の自由、司法の独立、地方自治の確立、反対党の結成などを雑誌を通じて主張した。六〇年六月、反対党となる中国民主党の結成を企画したが、中共のスパイをかくまった科で雷震は逮捕され、新党結成は挫折した。小説では陶柱國が大学三年のある日、突然構内のあらゆる場所に、スローガンの書かれたポスターが貼り出され、翌日にはそれがすべて破られるという事件が発生する。緊迫した空気に包まれるなか、学生の間にデマや憶測が飛び交い、その一つが「昔の『自由中国』に共鳴して、国民党に反対を唱える地下組織のしわざに違いない」というものだ。また、一九五七年五月二四日に起きたいわゆる「五・二四事件」を連想する者もいた。国府軍将校を殺害したアメリカ将校に対して、アメリカ側が無罪判決を下したため、それに抗議して台湾民衆がアメリカ大使館を襲撃した事件だ。実は林盛隆も襲撃に参加した一人で、そのとき引きずり降ろした星条旗の星一つを破って持ち帰っている。

大学構内にスローガンを貼り出した事件をきっかけに、陶柱國と宿舎で同室だった廖新土が大学から姿を消した。廖新土が実は台湾独立運動に関わっていて、やがて逮捕され獄中で自殺する話は、のちになってわかってくる。台湾島内の共産勢力を一掃することは、六〇年代、七〇年代に至ってなお、現実にも、また現実を反映させた文芸からもできるものではなかった。六〇年代半ば、劉大任とともに同人雑誌『劇場』の編集に携わっていた陳映眞が、毛沢東の書や共産主義思想を学ぶ読書会に参加していたことで逮捕され、一九六八年から七五年までの七年間を獄中で送ることになる。『浮游群落』の林盛隆は、陳映眞がモデルだということは間違いのないところだ。林盛隆は読書会に止まらず、工場での労働争議を煽動するためストライキを呼びかけるビラを作ろうとして逮捕される。国民政府が戒厳令まで布いて規制しようとした民衆の言論や政治活動であったが、民衆には民衆の欲求があり、独裁体制下ではあっても、活動や抵抗が完全に止むことはなかった。

さて、以上の政治情勢を踏まえて、『浮游群落』で繰り広げられる若者群像を見ていく。物語に登場する若者一人一人が、以上のような事件や運動、活動と深く関わりをもつようすが描かれているからだ。

伝統に反発して、新しい何かを生み出そうとしている六〇年代の若者たちには、集うことのできる場所がいくつかあった。『布穀』と『新潮』という二つの同人雑誌もその場所を提供してくれるし、最近台北にオープンしたクラシックを聴かせてくれる音楽喫茶「夜鶯」もたむろするには格好の場所だ。

『布穀』の中心人物は中学教師の林盛隆と大学助手の胡浩で、同人には他に詩を書いている陶柱國、超現実詩人の圖騰、日本文学を研究している葉羽などがいる。林盛隆が共産主義に傾倒しているため、『布穀』は左派雑誌のように見られているが、内実は一枚岩ではない。特に精神的に不安定な状態の続いている陶柱國には、明確な政治思想など無縁のもので、当時の作者に一番近い分身のような存在として描かれている。また、一三、四歳の頃、革命遺族子弟学校に紛れ込んで、南京から台湾にやってきた天涯孤独の胡浩は、先走る林盛隆の行動に引っぱられ気味だ。いや、胡浩もロシアにおけるマルクス主義の先駆者であるプレハーノフ（一八五六～一九一八）や、中国のマルクス主義理論家である陳伯達（一九〇四～）などの書物をこっそり古本屋から手に入れて読んだりしており、林盛隆の気持ちは痛いほどわかっている。だが、胡浩の経歴からくる立場には微妙なものがあった。それにはのちほど触れる。

一方の『新潮』は、西洋の理論を台湾にもち込んで芸術を論じようとする一種の西洋かぶれが集まっているグループで、盛んに「横之《の》移植」を強調する。中心人物は新潮社社長の楊浦と一番の理論家である柯因で、同人には他に詩人の洛加、大学助手の許英才、音楽を学ぶ方暁雲などがいる。柯因は、「三〇年代の方法で六〇年代の問題を解決しようとしている林盛隆は間違っている」と常々批判していて、事あるごとに議論をふっかけようとする。我々は西洋の理論も学んだのだから思想を変えるべきだと柯因は主張する。

このように論争をくり返す二つの同人雑誌だが、一見対立しているようでいて、実はそうでもない。対立というより互いに競いあっているのは、誰がより先進的か、誰が他に先んじて文化的思想的に先鋒となれるかという点なのだ。誰もが自分こそ時代の精鋭だとの自負心が強いのが若者の特権である。議論はするが何と言っても皆二〇歳前後の若者であり、お互い同級生或いは友人関係で繋がっている。また、当時の既成の文壇や保守的な思想界に対して、二つの同人雑誌は運命共同体のような連帯感を有していたと想像できる。

名曲喫茶「夜鶯」はそうした若者のたまり場で、チャイコフスキー、ベートーベン、ショパン、パガニーニなどのクラシックが流れるなかでの白熱した議論は、飽くことなく続いていた。他にも『布穀』の胡浩の家にも、夜な夜な友人が集っては議論したり、議論の末口論になったりをくり返していた。しかし、それらの議論は言わば机上の空論に止まっていて、若さゆえの血気が為せるものとも言えたが、それを行動に移すべく秘密裡に蠢いているグループの存在が次第に明らかとなっていく。

そのグループのメンバーとは、『布穀』の林盛隆をはじめとして、工場技師の蘇鴻勳、小学教師の王燦雄、教会関係者の呉大姐、医学生の呂聰明などだが、毛沢東の論文を学ぶ読書会を開いている。プロレタリア階級と結んで台湾に革命を起こすことを真剣に考えていて、まず暴力で政権を奪う民主革命を手はじめに、人民が政権を樹立したあとには社会主義革命へと進むことも視野に入れている。それらの革命のためには、台湾独立運動の人々も同盟軍となるとの考えだ。林盛隆はこのグループに胡浩を引き込みたいと思っていて、読書会に誘ったり議論をふっかけたりと揺さぶりをかけている。

それぞれが暗黒の六〇年代を生きていくために何とか自身の活路を見出そうとあがいているなか、作者の分身である陶柱國だけが精神放浪症にかかっていて、どのように行動してよいのかわからない。父親は大学教授で、息子のために将来のレールを敷こうとするが、陶柱國は何に対しても意欲が湧かず、恋人である何燕青ともうまくいかない。何燕青はのちに胡浩とも一線を超えてしまい、陶柱國との三角関係に陥る事態を招く。陶柱國は物心のつく頃から、混沌として際限のない、原始の世界のような暗闇にまとわりつかれていて、このままではいけないとわかってはいるが、為す術をもたなかった。阿青（何燕青の愛称）を失ったら生きていけないと思いつつも、成熟した恋へと発展しない。阿青が彼の子を堕胎したことで、二人の仲は決定的な破局を迎える。

やがて、さらにもう一つの異質のグループの出現によって、若者たちに分岐点が訪れることになる。グループというよりアメリカ帰りの一人の男羅雲星が提案するモダニズム芸術を企業化しようとの構想に、大勢の若者が群がる結果を生む。羅雲星には銀行家の叔父羅俊卿が後ろ盾としてついており、豊富な資金も当てにできる上に、政治家を引退はしたが依然として政界に影響力をもつ大物勸老も力になってくれそうだ。一旗揚げようともくろむ芸術家気取りの映画評論家余廣立、劉洛（カメラマン）、邢峯（版画家）、陸明聲（作曲家）、羅沙玲（実験映画）などの他に、『新潮』の楊浦、何燕青も加わるようになる。阿青は広告会社に勤めるキャリア・ウーマンで、コマーシャルを手がけたこともある。勸老の孫娘蘭西が羅雲星に近づき秘書となったことで、羅雲星に興味を抱き一夜をともにした阿青としては内心穏やかでない。新たな三角関係に発展する可能性を孕むが、軍配はどうやら蘭西に上がりそうな雰囲気だ。

商業映画を巨大な組織として成長させたい夢を描く羅雲星の計画は、少しずつ現実味を帯びて、余廣立、楊浦、阿青の四人で「現代伝播企業会社」を設立するところまで漕ぎつける。『新潮』を出版部に据えて、前衛雑誌として甦らせたいとの意図が楊浦にはある。だが、企業として成り立つためには、楊浦にとっては不本意ながら、流行女流作家の作品を掲載しなければならない事態も出てきそうだ。『浮游群落』の主要な登場人物は、陶柱國、胡浩、林盛隆の三人だ。陶柱國は外省人で、大学では哲学を学んでいたが、卒業後二年間の兵役を終えてからは定職もなくぶらぶらしている。自己喪失感から深く苦悩し、十二指腸の急性潰瘍で入院したり、ついには自殺未遂まで起こす。胡浩は、実は台湾の五〇・六〇年代を通じて存在した特殊な人々を代表している。これらの人々とは、大陸の内戦の影響を何らかの形で受け、さまざまな理由から台湾に流れてきた若者を指す。ある者は大陸の学校の台湾移転に伴って台湾へやってきた。また国民党軍に強制的に徴発された者もいるし、先輩や機関について台湾に来た者もいる。彼らは社会の底辺層に属し、根なし草のような存在であったため、外省籍のなかでもまず台湾という土地に愛着をもった連中である。なぜなら彼らには「家」が必要だったし、「土地」が必要だった。天涯孤独の胡浩はそういった特殊なグループの一員なのだ。故に作者は胡浩に特定の政治思想はもたせなかった。胡浩はただ友人を欲し、愛を欲していただけだったのだが、彼は大切な友人である陶柱國の恋人を奪ってしまった。それは阿青の積極性に負けてしまったからではあるが、後ろめたさがいつまでも胡浩につきまとうことになる。林盛隆に引きずられて行動をともにしたのも、ただ友人を失いたくなかっただけなのだ。最後にはスパイだった余廣立の裏切りで林盛隆ともども逮捕され、胡浩は政治犯として自由を奪われるわけだが、最悪の場合は生命を落とす結果にならないとも限らない。無辜の罪をかぶる最も同情すべき人物として、作者は胡浩を描いている。

林盛隆は現実の政治情勢を深く憂慮し、積極的に地下の反体制運動と結びつこうとするが、具体的な行動を起こす前に当局に通じる人間の通報によって、運動はあっけなく壊滅する。このグループの運命が最も苛酷で悲惨なものとなる。作者の友人陳映眞は現実に逮捕、入獄の運命を辿った。

作者の分身である精神放浪症の陶柱國は、恋人とも訣別し物語の最後でアメリカへと発っていく。台湾を棄ててもどこへ行っても、内面の問題はいつまでも残るわけだから、それで一切が解決するものではない。彼のその後が気にかかる。

六〇年代を象徴するかのような欧米の音楽（クラシックや映画音楽）、絵画、映画、哲学、そして文学が全篇に散りばめられていることによって、それぞれの場面の緊迫感、絶望感、喪失感などがより効果的に読者に伝わってくる。暗黒の六〇年代とは言え、特に音楽や映画をはじめとする芸術は、当時青春ただ中にいた者にとっては、生涯心に刻まれた郷愁《ノスタルジー》を誘う存在であろう。

二　省籍矛盾をどう描いたか

戦後の台湾文学を語るとき、二・二八事件及びその後の本省人と外省人の間の対立やわだかまりを抜きにしては論じられないと筆者自身これまで考えてきたし、省籍矛盾は確かに存在していたと思う。

しかし、『浮游群落』の二つの同人雑誌、及び地下運動と結びつこうとするグループを見る限り、省籍矛盾は一見感じられない。というより、本省人対外省人の構図は描きたくないとする作者の意図が働いているように思う。

劉大任自身が次のように述べている。

〔『浮游群落』を…筆者補足。以下同様〕執筆の際、わたしには本省対外省といった意識はなかった。実際、六〇年代前後の台湾青年世代の知識界では、本省人と外省人間の溝や対立はそれほど明確なものではなかった。省籍矛盾は「二二八」後も確実に存在していたが、表面化はしていなかった。それが表面化したのには、二つの重要な原因があった。①政治人物が文化面での本土主義運動を利用して、政治闘争の切り札とした。②台湾独立運動を地下の非合法な地位から地上の合法的な身分に引き上げようとした。この二つの原因が表面化したのは、いずれも九〇年代初めに李登輝が政権を握るようになってからのことである(3)。

劉大任の分析によると、一九八七年七月に戒厳令が解除され、李登輝が本省人としてはじめて総統に就任し実権を振るうことになる九〇年代初めが一つの転換期だったと言っている。二・二八事件はもちろん個々の心にさまざまな傷跡を残したには違いないが、戒厳令下にあった五〇年代から八〇年代半ばまでは、自由に省籍矛盾を云々することさえできない状況にあったということだ。それが九〇年代初めに至り、政治人物云々は脇に置くとしても、一気に台湾意識の芽生えが高まったことで、本省人対外省人という図式が表面化した、と劉大任は見ている。

翻って、六〇年代を舞台とする『浮游群落』に表われる省籍の問題については、次のように語っている。

六〇年代には〔省籍矛盾は〕表面化していなかったが、わたしは直感的にこの問題〔の存在〕を捉えていた。だから、ある場面では意識的にある人物の省籍を明らかにしているが、そこでは「省籍矛盾」を起こさないように苦心した。例を挙げるなら、林盛隆は明らかに本省人（名前からもわかる）だが、彼の思想の核心を「台湾は中国革命の未完成の部分である」とした。彼が活動に参与していく方法は、中共の地下組織の方式に則って書いたし、『新潮』は欧米崇拝の団体だが、その頭脳的指導者である柯因は明らかに本省人だとわかるようにした。これは一部の外省人は本省人のことを「田舎っぺ」と考える傾向があるのを批判してのことである(4)。

改めて『布穀』『新潮』二つの同人雑誌、共産主義思想を学ぶ読書会、芸術の企業化を画策するグループそれぞれを構成するメンバーの省籍に注目してみよう。人物の相関を図（文末）にまとめてみたが、文脈や発言から登場人物ほとんどの省籍を割り出すことができた。省籍矛盾を感情の軋轢や生活などの面から積極的に作品にした陳映眞をはじめとする作家たちにも意図するところがあるのは当然だし、逆にそれを遠ざけようとするのも作家の計算だとするなら、本省人と外省人を対立関係では捉えたくないとしつつも、林盛隆や柯因を本省人に設定したことには確実に劉大任の思わくが反映されていることになる。

大陸で悲惨な体験をしてきた二人、胡浩と余廣立の末路は、外省人ゆえに用意されたものである。胡浩は定住できる家と語りあえる友がほしかっただけなのに、林盛隆と行動をともにしたことで、銃で撃たれ負傷したまま逮捕され、投獄される。ついには獄死ということもあり得る設定であり、最も同情すべき人物として描かれる。また余廣立は民国三八年（一九四九）以前に、北平で「反飢餓、反迫害」運動をやったことで一〇年間投獄され、拷問を受けて腕が奇形している。辛酸を嘗めつくした彼が選んだ道は、仲間を裏切る特務となり、彼自身には外交官のパスポートが与えられ妻とともにアメリカへ渡るという結末である。

一方、同じ外省人でも、銀行家の叔父や政界を引退した大物を後ろ盾とし、自身もアメリカに遊学していた羅雲星は、胡浩や余廣立とは立場も考えかたも全く異質である。芸術の企業化に参加するメンバーは実は全員外省人で、当初は特務の余廣立をさえ片腕と頼んでいた。六〇年代の若者たちのなかで、唯一活路を見出せそうなのが、政治とは一応一線を画しているかに見えるこのグループだ。尹教授が外省人であるのも明白で、彼が代表しているのは大陸から台湾にやってきた最高レベルの知識分子であり、知的営為を伝えるという一種の使命感をもっているようだ。こうして見てくると、登場人物をいちいち外省人だ本省人だという必要はないと作者は言うが、本省人は本省人としての、また外省人は外省人としての役割を演じているように思える。また、それぞれが辿った運命そのものが省籍の違いを象徴しているという点は異存のないところだろう。

もう一つ、廖新土を死に追いやった台湾独立運動も、省籍と切り離して考えることはできない。胡浩と陶柱國の目の前で当局によって逮捕された廖新土の省籍は、もちろん本省、つまり台湾だ。廖自身どの程度台湾独立運動と関わっていたのか、また思想的に真に台独派だったのかなど詳細は不明だが、逮捕、投獄の原因の一つに、叔父が日本で台独運動をやっていることがあるのは間違いない。

台湾では運動を展開することの難しさを察した廖文毅（一九一〇〜一九八六）は、香港を経て一九五〇年日本へ渡り台独運動を継続していたし、一九六〇年に「台湾青年社」を創設する王育徳（一九二四〜一九八五）は、一九四九年に香港を経て日本に亡命、その後の生涯を台独運動に捧げた人物である。このように台独運動は日本で細々と続けられていたに過ぎず、戒厳令解除後は台湾でも台独の声は大きくなるが、いまだに独立は実現されてはいない。投獄後の廖新土は気がふれたようになり、「総統バンザイ」と叫び続け、ついには自ら生命を断った。

ただ、六〇年代を青春まっただ中で生きていた若者にとっては、本省人対外省人という構図で問題の処理に当たったり、身を処したりすることはなかったのかもしれない。特に知識分子は、蔣政権が歓迎しない西洋モダニズム以来の文化思潮や、蔣政権が全力を上げて鎮圧しようとしている社会主義革命の理論を推し進めることに努力をはらっているのだとの自負があるため、省籍などという細かいことにこだわるのは愚にもつかないと考えていたようにも思う。時代の精鋭としての彼らの理想は、あくまでさらに上を見据えていたということか。いずれにしても、登場人物が全員本省人、或いは全員外省人との設定であれば、『浮游群落』という作品そのものの存在が意味をもたなくなるし、六〇年代台湾の特殊性も消失する。作者の思わくを尊重しつつ、登場人物の図にはあえて省籍を入れることにした。

新天地を求めて台湾を脱出し、アメリカへ渡る決心をするのは、作者の分身陶柱國、西洋崇拝の許英才や方暁雲であるが、暗黒の息苦しさから抜け出したいとの心情は、省籍に関わらず、当時の台湾に住む人々に共通してあったものであろう。

三　陳映眞に対する思い

陶柱國は新天地を求めてアメリカへ脱出し、林盛隆は獄に繋がれる、という『浮游群落』の結末は、かつての盟友劉大任と陳映眞の身に起こった現実のことだった。二人の間には、生涯を通じて相容れない思想的対立がその後の人生において起きてしまうが、若い頃はどのように出会い、友情を育んでいったのであろうか。また、陳映眞との交流は、劉大任の創作に如何なる影響を与えたのかを探りたい。

劉大任が二〇〇三年五月から一年間、台北の『壹週刊』に連載した「紐約《ニューヨーク》眼」を一冊にまとめた『冬之物語』が、二〇〇四年一二月にＩＮＫ印刻出版より上梓された。「紐約眼」は二〇〇一年から週一回彼が連載しているコラムで、一九九九年に二七年間勤務した国際連合秘書処を退職後は著作に専念しているようだ。『冬之物語』の題名については、日本的な表現が気に入ってのことらしい。該書は第一輯から第五輯に分かれ、計三七篇の随筆が所収されている。その第一輯「白色恐怖」には七篇が収められているが、この七篇すべてが一九六八年六月に叛乱罪で逮捕された旧友陳映眞についての文章である。陳映眞の逮捕には、実は劉大任も関わっていたかもしれないとの思いを劉大任自身ずっと抱き続けていて、その詳細を「白色恐怖」七篇に認めている。そして、次のように文章を締めくくっている。

　この三五年の間〔陳映眞の逮捕からの意〕、近親者や親友以外にはこの件を語ることはなかったし、文字にすることもなかった。（中略）この一連の七篇以後、わたしはこの件に関して二度と文章を認めることはない(5)。

幸い筆者のことも親しい友人と認めてくれたのか、実は『浮游群落』を日訳した際、一九八九年八月に台北で劉大任にインタビューをしたのだが、その折上記の詳細を語ってくれている。日訳名『デイゴ燃ゆ』の解説「劉大任とその時代(6)」にすべてを書いておいた。作者に先駆けて筆者が公表したことになる。

この陳映眞の政治迫害事件が、劉大任の一生を大きく変えてしまったと本人も語っているが、ではそれが作品にどのように影響しているのであろうか。『浮游群落』の登場人物のなかでは、林盛隆は陳映眞をモデルとして描いていると、筆者も書いたし作者も友人や文学界の人たちから言われるそうだ。それに対して劉大任は、台湾人である林盛隆は六〇年代知識分子のなかに実在しそうな人物であり、小説ではそれを概念化したものであるという。また、「確かに映眞とのつきあいを描いた部分もあるが、だが、映眞という人間は、林盛隆に比べ、その旺盛さは言うに及ばず、敏感さ、複雑さは何千何百倍である(7)」と紹介している。

その林盛隆を中心に開かれていた読書会、いわゆる秘密会議のことも『浮游群落』に書いた。劉大任自身は陳映眞が招集する秘密会議には参加したことはないと、筆者のインタビューに答えていたが、そのインタビューから十数年を経て、実は一度だけ参加したことがあると告白をしたのが以下の文である。

もしわたしが陳映眞事件の法網から逃れた魚だとするなら、わたしの唯一の罪状は陳が召集した秘密会議に一度参加したことである。（中略）小説『浮游群落』のなかで似たような秘密会議のことを書いた。細部にわたるいくつかは、間違いなくその折経験したことに基づいたが、全く同じというわけでもない。自身の釣魚台運動のことも少なからず加えているし、長年乱読してきた旧ソ連と三〇年代中国の小説から受けた印象なども自然に入り混じっている(8)。

では、陳映眞と会うまでの劉大任はどのような経歴を経、また陳映眞逮捕後の劉大任は如何なる人生を歩むことになったのであろうか。生いたちから見てみることにする。

劉大任、一九三九年二月五日、江西省永新県県城に生まれる。土木技師である父劉定志と母胡怡の三男四女の長男。小学校は三年生までは南昌市の実験小学、四年生は天后宮国民小学に通った。第二次世界大戦後、国際連合の機関である「戦後救済復興総署」の江西分署に勤務していた父が、戦後の処理もほぼ完了したということで、職を失ったのが一九四七年、劉大任八歳のときであった。翌四八年七月、父母に従って台湾に渡る。父は水利局に職を得、劉大任は台北市東門国民小学五年生に編入したが、六年生のとき台北女師範学校附属小学に転校した。

小学校を卒業後、台湾省立師範学院（現、師範大学）附属中学に進学する。その中学で胡浩のような革命遺族子弟学校の友人ができる。革命遺族子弟学校というのは、もとは南京にあり、国民党の軍隊や機関に所属していた者が、戦争等で犠牲になったり殉職したりした場合、その子弟が入学できる学校で、一九四九年の国民党撤退とともに台湾に移された。移されはしたが校舎はなく、政府も校舎建設の資金はないため、台湾省立師範学院附属中学と合併した。生徒の年齢はさまざまであったようだが、四九、五〇年に入学した者が卒業すると、この革命遺族子弟学校も自然消滅してしまった。

一九五六年台湾大学法律系に入学、ロシアや日本の文学、及び中国三〇年代の文学作品を熱心に読むようになり、著作にも興味を覚える。その後、哲学系に編入し、大学卒業後は二年間兵役につく。一九六二年九月から六四年六月までは、ハワイ大学東西文化センターの奨学金を得たことで、二年足らずをハワイで過ごす。ハワイ大学では演劇を学んでいた邱剛健と知り合う。台湾に戻ってからは、邱剛健が主宰する『劇場』という雑誌に陳映眞とともに参加、劉大任と陳映眞は親密さを増していく。やがて自分が真に学びたいのは中国の近代史だとはっきり自覚しはじめ、六六年九月にはカリフォルニア大学バークレー校に留学するため台湾を離れる。

アメリカへの出発を数日後に控えたある日の早朝、陳映眞が劉大任を訪ねてきて、「警備総部から事情聴取を受け、たったいま帰されたところだ。君も気をつけたまえ」と忠告した。陳映眞は地下組織の読書会に参加していたため恐怖心があったのかもしれないが、その読書会に一度しか参加しなかった劉大任は、数日後には台湾を離れる気分も手伝ってか、それほど意に介することはなかった。カリフォルニア大学バークレー校では修士号を取得、六八年には博士課程に進んだ。まもなく彼は、釣魚台列島をめぐる政治運動に没頭し、中心的役割をはたすようになって、学業を放棄する。国際連合にやっとのことで職を得たのは一九七二年で、九九年に退職するまで二七年間勤めた。

劉大任が夢中で修士論文を書いていた一九六八年六月、陳映眞とその仲間が逮捕された。実は劉大任の働きかけで、アイオワ大学で毎年開催されている国際作家講習会（International Writers Workshop）に陳映眞を招聘する話がまとまり、アメリカへ渡る数ヵ月前の逮捕であった。五〇年代なら死刑のところだったが、アイオワ大学のポール・エンゲルと聶華苓の尽力もあり、一〇年の判決が言い渡された。一九七五年、蔣介石死去の恩赦によって、陳映眞は釈放された。七年の刑に服したことになる。陳映眞釈放のニュースを耳にした劉大任は、かつては同じ理想を抱いた友人として、いまの心情を彼に伝える責任があると感じ、「長廊三號(9)」と題する小説を書き陳映眞に献じた。この小説を読んでの陳映眞の反応は、友人を介して「悲観的すぎる」と伝えてきただけだったという。その後二人は台北で何度か会う機会を得たが、中国の現実を目の当たりにしたり、アメリカでの釣魚台運動を体験したりした結果、六〇年代の思想と大きく変わってしまった劉大任と、釈放後も変わらない陳映眞では、旧友を暖めることもままならなかったようだ。

釣魚台運動に疲れはてていた劉大任は、未知の世界に飛び込む決心をする。国際連合がアフリカのケニアに環境企画署を置くことになり、中国語に堪能な人材を募集しているのを知った彼はすぐに応募、一九七六年三月からの二年半を首都のナイロビで過ごす。妻、二人の息子を伴っての赴任だった。政治闘争に明け暮れていた彼に、再び著作への意欲が湧いてきたのは、遠いアフリカでの生活から、郷愁の念が募りはじめた結果なのかもしれない。次第に六〇年代台湾の若者、つまり彼自身とその友人たちの生きざまや思いを書いておきたいとの構想がまとまってきて、『浮游群落』の執筆に着手することになる。陳映眞を彷彿とさせる人物の描写には、細心の注意を払ったに違いないが、二一世紀の現在から見れば、林盛隆とその仲間の地下組織や秘密集会の場面の描写が、あまり成功していないと作者はいう。成功していない理由はいくつかあるが、そのときの心理状態が最たるものだと自身を分析する。

〔『浮游群落』を〕書いたのは一九七八年で、事件発生から一二年経っていて、そのときには映眞はすでに出獄していた。左翼青年だったわたしはと言うと、空想から現実へ引き戻され、情熱的に一身を捧げていたものが挫折・幻滅するといった全過程を体験してしまっていた。書きながら、あれこれ迷ってしまったために、情熱と幻滅が頭のなかで争いはじめ、結果、情熱的でもなく幻滅的でもなく、逆に皮肉に満ちた文章になってしまった。しかし、この皮肉はきわめて淡泊なものであり、姜貴の『旋風』及び『重陽』とは全く異なる。姜貴の立場は明白に反共だが、わたしは反共ではなく、ただわたしの考える歩むべき道を共産党が歩まなかったために、残念で遺憾なだけである(10)。

陳映眞たちの地下組織には加わらなかったものの、共産主義に理想を託したという点では劉大任も同じ考えをもっていたことがわかる。故に、アメリカに渡ることなくそのまま台湾に残っていれば、自分も陳映眞と同じく逮捕、投獄といった運命を辿っていたと、劉大任は信じて疑わない。その意味からも陳映眞に対する彼の思いは人一倍強いように思う。陳映眞事件から四〇年近く経つわけだが、その間彼の活動や消息をずっと注意深く見守ってきたと劉大任はいう。陳映眞が自分の立場を堅持しつつ、文学創作面で新境地を開拓していることに敬意を払ってきたが、お互いの経験があまりにも異なってしまったいまは、自身の知識と良心に従って自身の道を歩むしかないというのが、劉大任の心情であろう。

終わりに

国民政府が台湾に撤退し、一党独裁の政権が誕生する四〇年代末からはじまった赤狩りや白色テロは、五〇年代を経て六〇年代に至っても台湾に住む人々を脅かし続けた。六〇年代を生きる若者たちが、その息苦しい時代のなかで如何に考え如何に行動したかを、劉大任の『浮游群落』から見てきた。その思想も行動も一つではなく、若者たちたちはお互いに共鳴したり反発したりしながら、各々の道を真剣に模索していた。ただ誰もが求めていたものは一つだった。すなわちそれは、小説のなかの以下の文に集約されている。

自分は混乱していても「それ」は混乱していない、自分は迷っても「それ」は迷わない、「それ」はいままで潰れたり逃げ出したりしたこともない、自分はぼんやりしているのに「それ」はしていない、自分は動悸がするのに「それ」はしていない(11)。

そんな「不動のもの」を憑かれたように追い求める陶柱國、この「不動のもの」こそ信仰にも似た揺るぎない思想、信念ではないだろうか。『浮游群落』での陶柱國は「それ」を得ることなくアメリカへ旅立つ。陶柱國に限らず「不動のもの」を求めていたのは、実は台湾に住むすべての人々だったはずだ。台湾を脱出したからといって、陶柱國の精神は放浪を止めるのか、読者としてはその後が気にかかる。劉大任自身は中国の現実を目の当たりにしたこと、アメリカで起きる釣魚台運動に深く関わったことで、アメリカへ渡るとき地平線の向こうに輝く光を見つめていた心情に変化を来たす。特に釣魚台運動ではアメリカでのリーダー的存在となっていたこともあって、その後の挫折に計り知れない敗北感を味わったに違いない。『浮游群落』以後のテーマははっきりしていると思うが、小説としては発表していない。『浮游群落』同様、登場人物のモデル探しをされて、友人その他に迷惑の及ぶのを憂慮しているのか、或いは彼自身が心血を注ぎ、理想を抱いたものに裏切られた打撃からいまだに立ち直っていないのかそれは不明だが、陳映眞との葛藤をとってもいまだに六〇年代を引きずっている劉大任が見える。随筆では中国批判をはじめとして陳映眞や過去の運動のことも書いているが、小説には仕立てていない。六〇年代をテーマに『浮游群落』を著わした劉大任には、自身を含むその後を読者に提供する義務があるのではないだろうか。

また、省籍矛盾は確かに存在したというのが筆者の考えだし、六〇年代アメリカへ渡ったほとんどが外省籍の若者に限られていた点のみを挙げても、やはり格差はあったのだ。台湾を捨てた若者たちがやがて作家としてその発表の場を台湾や香港に求めたとき、台湾の苛酷な政治情勢のなかで筆を振るってきた作家との間に軋轢が全くなかったと言えば嘘になる。ただ、台湾文学はその歴史から見ても、ふところの浅い閉鎖的な文学ではなく、許容範囲は甚だ広い。それが台湾文学の特殊性であり多様性であるとするなら、今後も進化を続けていくものと期待する。

最後に気にかかるのは、何燕青の生きかただ。女性の登場人物は少なく、蘭西はお飾り的な存在にすぎないが、阿青はいわば六〇年代を代表するヒロインである。愛した男陶柱國の子供を堕胎し、火遊びのように胡浩、羅雲星とも関係をもつが、魂の拠りどころを失っている。陶柱國は彼女のもとを去ってアメリカへ行ってしまい、胡浩とは彼が逮捕される前にすでに訣別、羅雲星のことは真剣に愛していたとは言えない。自分も浮游群落（プランクトン）の一つにすぎないと自覚しつつも、キャリア・ウーマンとして仕事に情熱を燃やして生きていくしか彼女に道はないのか。そのためなら蘭西に興味をもちはじめた羅雲星とも仕事上のパートナーだと割り切り、ともに芸術の企業化を目指していくのかもしれない。それくらいの強さがなければ、生き抜いてはいけない。間違っても陶柱國のあとを追ってアメリカへ行くようなことはしないだろうし、卑屈に羅雲星への未練を引きずることもないだろう。いずれ劉大任の作品を通して、阿青のその後を知ることができるのかもしれない。

註

（1）劉大任『浮游群落』の初出は、香港の『七〇年代』第一四一期（一九八一年一〇月）～第一五二期（八二年九月）、台湾で

は遠景出版事業公司より一九八五年六月に単行本が出る。『浮游群落』の拙訳『ゴデイゴ燃ゆ―台湾現代小説選別巻』は、研文出版より一九九一年一月二八日出版さる。拙訳は台湾で出版されたものを底本とした。

（2）陳映眞は一九三七年竹南生まれの台湾作家で、本名陳永善。許南村などの名で評論活動も行なう。作品集には『第一件差事』『將軍族』『夜行貨車』『華盛頓大樓―雲』『山路』など、評論集には『孤兒的歴史・歴史的孤兒』他がある。筆者には「山路」の日訳「山道」『三本足の馬―台湾現代小説選Ⅲ』研文出版、一九八五年四月一〇日、及び陳映眞についての評論「陳映真―中国革命に希望を抱き続ける政治作家」岡﨑郁子『台湾文学―異端の系譜』田畑書店、一九九六年四月一五日他がある。

（3）劉大任氏より筆者宛の書簡（二〇〇六年七月七日付）に拠る。

（4）同注（3）。

（5）劉大任『冬之物語』ＩＮＫ印刻出版有限公司、二〇〇四年一二月、五七頁八～一一行目に見える。

（6）岡﨑郁子「劉大任とその時代」『ゴデイゴ燃ゆ』。のち「劉大任―アメリカに新天地を求めた知識分子作家」と改題・加筆して、岡﨑郁子『台湾文学―異端の系譜』に再録。

（7）劉大任『冬之物語』二〇頁三～四行目に見える。

（8）劉大任『冬之物語』二九頁二～六行目に見える。

（9）劉大任「長廊三號」の初出は、『現代文學』復刊號第四期、一九七八年六月。この短篇と陳映眞との関係については、拙著『ゴデイゴ燃ゆ』の解説に詳しい。

（10）劉大任『冬之物語』二九～三〇頁に見える。

（11）劉大任『浮游群落』遠景出版事業公司、二一二頁二～三行目に見える。

【人物相関図】

グループⅠ

林盛隆（本省人）中学教師、既婚者
胡　浩（外省人）大学助手、天涯孤独、投獄
陶柱國（外省人）詩人、明確な政治思想はない、アメリカへ
圖　騰（外省人）超現実詩人
葉　羽（外省人）日本文学を研究

布　穀
共産主義

⇔ 対立しているようでもあり、していないようでもある

グループⅡ

楊　浦（外省人）新潮社社長
柯　因（本省人）新潮社の中心人物
洛　加（外省人）詩人
許英才（本省人）大学助手、アメリカへ
方暁雲（外省人）音楽系学生、アメリカへ

新　潮
西洋崇拝

グループⅢ

読書会 ← 労働争議 ← 失敗 ← 逮捕

林盛隆（本省人）『布穀』の中心人物
蘇鴻勲（外省人）技師
王燦雄（本省人）小学教師、廖新土の従弟
呉大姐（外省人）教会勤務
呂聰明（本省人）医学生、「夜鶯」オーナー

グループⅣ

芸術の企業化 ← 将来性がある

羅雲星（外省人）アメリカ帰り、芸術の企業化をもくろむ
余廣立（外省人）映画評論家、間諜
劉　洛　カメラマン
邢　峯　版画家
陸明聲　作曲家
羅沙玲　実験映画を製作
（劉洛・邢峯・陸明聲・羅沙玲について）重要人物ではない　たぶん四人とも外省人
（他に楊浦、何燕青、蘭西も羅雲星の仕事を手伝うことになる）

〔その他の登場人物〕

何燕青（外省人）陶柱國の恋人、広告会社勤務

廖新土（本省人）台湾独立運動嫌疑で逮捕、自殺

尹教授（外省人）大陸から来た最高レベルの知識分子

羅俊卿（外省人）銀行家、羅雲星の叔父

勤　老（外省人）政界を引退はしているが、影響力をもつ黒幕的存在

蘭　西（外省人）勤老の孫娘、羅雲星の秘書

李喬『寒夜』と饒舌体の語り

三木直大

「大衆文学」としての『寒夜三部曲』

李喬の『寒夜三部曲』(一般に『寒夜』と呼ばれる)は、「客家文学」であると同時に、台湾の「郷土文学」を代表する作品のひとつであり、また読み物として非常によくできた大衆性をもっている。台南の国家台湾文学館で二〇〇六年九月末に、「大河小説家作品シンポジウム」が開催された(1)。鍾肇政『濁流三部曲』、李喬『寒夜三部曲』、東方白『浪淘沙』を並べて論じることが内容であった。この三作品はいずれも大長編小説だが、「大河小説」という以上、ここでは台湾の歴史を生きる人間像を描く長編小説といったことが強く想定されていた。『寒夜三部曲』と『浪淘沙』が最近、公視や民視で連続テレビドラマ化され人気をえたこともあるが、こうしたシンポジウムの開催の前提には近年の台湾本土化の政治意識の大きなうねりが存在することは容易に見てとれる。そのなかで一九七八年から一九八一年にかけて発表・出版されたこの作品が、再評価されようとしているということであろう。

シンポジウム企画者の一人彭瑞金は、かつて『寒夜三部曲』を論じて「李喬の短編小説と大長編小説とは違うジャンルの文学表現といえよう。日本統治下台湾の五〇年の歴史を背景とする『寒夜三部曲』であれ、『埋冤・一九四七・埋冤』であれ、本質的には作者個人は登場しない「大文学」である。そこに表現されているのは、族群と国家と時代の物語である。こうした巨大な歴史大作のなかでは、作家はとるにたらない存在として背景に退いてしまっている」(2)と述べている。もちろん彭瑞金はこのような対照性を作品論に持ち込むことで、批評家として台湾の文学状況に対する批判を展開してもいるのだが、「巨大な歴史大作」つまり「大河小説」を「純文学」の対概念として設定しながら、『寒夜三部曲』の李喬と短編小説における「純文学信徒」の李喬とを対照させている。

彭瑞金がここで展開している問題は、私たち日本の読者にとっては「大衆文学論」の問題として論じられることの多いテーマである。尾崎秀樹は『大衆文学論』(3)に収められた「読者の発見と伝統」のなかで、グラムシの「民族的──大衆的」という論点を引用しながらこう述べている。

「大衆文学論にあっては、作家論・作品論とともに読者論・作中人物論が重要な意味をもつ。それは大衆文学が読者によって創られる文学とされる結果でもあるが、だれが何をどう描いたかだけではなく、その作品がどう読まれたか、どのような反応を生んだか、いかなる「英雄のモデル」を造型したかが問われなければならない。つまり送り内容と、受けての反応分析である」

およそ文学作品というものは、書き手だけでは成立しない。読者が書き手自身だけの場合もあるかもしれないが、必ず読者を必要とする。そして何よりも「大衆文学」は、「大衆」という任意の読者の存在を作家が意識することなしには成立しない。それは「純文学」の比ではなく、読者によって作品の登場人物たちが再創造されていくこともまた前提としているといってよいだろう。だからこそ、そこに「族群と国家と時代の物語」が展開されることにもなる(4)。そして、『寒夜三部曲』の主人公たち「阿漢」「灯妹」「明基」は、尾崎秀樹がここで述べる「英雄のモデル」そのものである。さらには、第二曲『荒村』が新聞連載小説として書かれたことも(5)、台湾の戦後文学における台湾像の創出と結びついた大衆性の獲得の問題と大きく関わっているということがいえよう。

李喬の『寒夜三部曲』は『寒夜』『荒村』『孤灯』の三部曲からなり、台湾中部・苗栗の山中に移住したある客家人の一家を中心にして物語は展開する。作品には多様な人物が登場するが、その人物たちはそれぞれが清朝末期から日本植民地統治の終焉に至るほぼ五〇年の台湾のさまざまな側面を表象させられている。そして物語は、「父の死（不在の父）」「代理の父」「大地の母」という被植民地の三位一体的な構図を軸に展開するように仕組まれている。さらには、作家自身が生まれ成長した場所を作品の舞台とすることから、中心となる一家の人物たちも作家の実在の親族たちの物語として読まれうる仕組みをもっている(6)。

作家自身はおりにふれて作家の父親像・母親像について、作品の主人公である阿漢や灯妹と異なった人物像を提示する短編作品を書きはするのだが、それでいて『寒夜三部曲』は「我が家族の物語」(7)だとまた語ったりする。それは読み手による人物像の再創造を、作家もあえて否定しようとは考えていないのだということを表している。こうした作家と作品と読者との関係性のあり方自体が、読者に物語の虚構性を超越させてしまう独特な位置を与えている。

そうした読みの構造を成り立たせるのは、『寒夜三部曲』の登場人物たちに重ねあわされる様々な物語が、普遍的に台湾に実在するからである。つまり日本統治期を大きな舞台として、台湾人の歴史記憶・民衆記憶とでもいうものを背景に作品は書かれている。なかでも、台湾人の太平洋戦争を描く『孤灯』は、「多くのプロット、出来事、そして常識とでもいうものについて、筆者はそれを体験してきた人たちに教えを請わざるをえなかった。この数年、私は少なくとも三〇人以上の人たちに教えを請うた」と「後記」にあるように、作家自身による多数の聞き取り調査によってエピソードが構成されている(8)。そのことによって、台湾の読者たちはそれぞれの登場人物に、自分たちまた自分たちの係累たちの具体的な像を読み込むことができるようになっている。そうした「大衆の読み物」

であることを、作家自身は否定していない。「この書は、ある日までは、ずっと市井の書であり大衆の読み物であった」と作家は『大地之母』(9)の序文に書いている。「ある日」とは、この序文の書かれた一九九〇年当時の台湾大学教授で『寒夜』の英訳本を企画した齋邦媛に出会った日といっているのだが、それはさておき、「大衆の読み物」(李喬の用語にならうなら「市井之書常民的読物」)であることは、この長編の本来の姿であるように思う。そうした作品と読者の相互の補完関係あるいは共犯関係というものが作家独特の語りのスタイルによって増幅されることによって、この作品を成立させている。

土地の神話を描く

そうした「大衆文学」としての『寒夜三部曲』を成り立たせている根幹にあるものは、「郷土」の「神話化」である。『寒夜三部曲』全編が、「郷土」を神話化していく物語であるといってもよい。ただ、その「郷土」は土着の土地ではない。その構造は三部曲全曲の序章におかれる「神秘の魚」と名づけられた「高山鱒」の物語に象徴させられている。

「高山鱒」は雪覇国家公園内に生息する陸封されたマスで、台湾の「国宝魚」に指定されている実在する魚、サクラマスの仲間で日本のヤマメに近似した種である。だが、『寒夜三部曲』において「高山鱒」が台湾の象徴として用いられているといっても、実は辻褄が合わないところがある。何故なら「高山鱒」は陸封されたマスだからである。彼方の海洋を巡りそして故郷に帰ってくるというマスの回遊性を、作家はたとえば『孤灯』では南洋に出て行った台湾人が台湾に帰ろうとする物語に重ね合わせて描いている。だが、実在の「高山鱒」は、陸封され自由を封じられたマスであり、その地から出て行くことができない。それはまた植民地期の閉塞された台湾人の現実を象徴している。「高山鱒」の姿が台湾だとすれば、それは台湾島に閉じ込められ奪われた自由を象徴するものになる。だが、そうすれば『孤灯』における「台湾」という「郷土」の物語とまた、マスのイメージは乖離してしまうことになる。「隔離された孤独な寂しい魚」である自分たちのほんとうのルーツはどこにあるかという物語を、同時にそれは内在させもするからである。「高山鱒」は地殻変動によって中国大陸から台湾島が分離したときに、台湾の山岳地帯に陸封されたものとして語られる。その点では「高山鱒」の故郷は、また大陸であるという読みまでを許容するのである。

あきらかに作家は、そうした「郷土文学」の作家としての論理的な矛盾とみえるもの、台湾の「客家」の位置づけ、さらに台湾に生きる人々の多様性とも言い換えられるもののすべてを、意図的に「高山鱒」に表象させようとしているように思われる。それはまさに矛盾した物語なのだ。しかし、読者は物語中にしばしば登場するマスに重ねあわされる台湾イメージに違和感を覚えないであろう。そうさせるのは、それが「論理」ではなく「神話」として示されるからである(10)。そしてその「神話」は、きわめてたくみに台湾のかかえる「族群」の多様性と矛盾を包み込んでしまうのである。

「神話」はまだある。それは「郷土」の描き方によって強化される。象徴的なのは、苗栗から南洋に徴用されアメリカ軍の侵攻によってルソン島を敗走する主人公・劉明基たちが、北方―台湾の方角に向かってみんなで並んで座っている「望郷」のシーンである。主人公の劉明基は台湾を目指してルソン島を北上する。作家はそれを「肉体でも精神でもない、マスが故郷に帰るようなものだ」と書く。それもまた「神話」そのものだが、そこには「望郷」を下敷きにして理想化された土地が描かれる。だが、その土地とは想像される土地であるといってみることができる。そうした理想化の思念が、『寒夜三部曲』を成立させている。

李喬という作家が台湾像として見出そうとしているのは、『孤灯』の結末に提示されるルソン島で戦火と飢餓のなかで、主人公・明基がすべての希望を失ってなお、思想によってでも精神によってでもなく、マスのように、ただ身体が北にむかって歩いていくその場所に帰結するものであるだろう。明基が友（永輝）を失い、最愛の女性（阿華）を失い、母（灯妹）を失い、すべての希望を失ってなお、北に向かうありさまは次のように描かれる。

「戦争は終わった。さあ、立つんだ。進むんだ。戻るんだ、北へ。台湾へ、故郷に向かって、進むんだ。

自分が歩いているのではなかった。北に向かって進んでいるのは、肉塊だった。知覚も感覚もなかった。だが、そんなことは、北に向かって進む力と何の関係もなかった。力は意思以外のところから来ていた。知覚や感覚以外のところから、生命以外のところから生じていた。それは自然の力だった。大地からきて大地に戻る、台湾からきて台湾に戻る、蕃仔林からきて蕃仔林に戻る。そうなのだ、そうやって自然は平衡を保っていくのだ。呼ぶ声もなく、懐かしい匂いもなかった。だが、空無となった前方に、空無となった台湾と故郷に続く前方に、目には見えない一筋の光が射していた。それは生あるものが見ることができる光ではなかったが、それはあった。それは確かにそこにあった」(11)

ここでも彭瑞金の言葉を借りるなら、いわば「族群」や「国家」やさらには「時代」の彼方に、言葉以前のおよそ生きるものに絶対の事柄として「望郷」が提示され、その「望郷」と二重写しになった台湾像は、台湾という土地に生まれそこに生きる人間に内在するものとして、明基という人間の行動に重ねあわされるように表象されている。

『寒夜三部曲』は、三部曲全篇を通して「台湾とは何か」という問いとその答えを、物語として提示することを目的として書かれた作品といってみることができる。そしてその人物像は「国民」像の問題と結びついていく構造をもたされている(12)。「国民」像というとき、アンダーソンの『想像の共同体』に従うなら、その「国民」とは想像され創造されるものである。そして「望郷」と「高山鱒」の物語は、『寒夜三部曲』を成立させる「神話装置」として、何の説明も不要とする絶対的な要素として機能させられている。

だがひるがえって考えてみれば、台湾における「郷土」はそもそもが「土着」の「土地」ではない。いわば人々はみな「移民」であり、先住民と対比すれば「異郷人」である。第一曲『寒夜』は、まさにその移民の物語であった。さらに、先住民すらも追い立てられた人として、彼らが居住する地は先祖伝来の地ではないことが多い。それもまた、移住した人々と移住した土地を守る「隘勇」であった主人公・阿漢の物語として語られる。そのことを見落としてはならないだろう。『寒夜三部曲』の主人公たちが存在の根拠とする「郷土」は、所与としての土着の土地ではない。たんに「土地」ということだけを根拠に「郷土文学」を書こうとしても、そこに「仕組み」がなければ不可能である。そこで李喬の『寒夜三部曲』が導入した仕組みが、「大地の母」のイメージ―土地の神話と母の神話の造型である。そういう点でも、『寒夜三部曲』は「純文学」としての短編作品とは異なり、作家自身が言っているように「語り物」であるといってよい。「大衆の読み物」であることはこの長編の本来の姿であるように思われる。

しかしながら「大衆の読み物」とすることは、何もこの作品の文学性をおとしめるものではない(13)。大衆性を有することと同じ理由で、『寒夜三部曲』はまた現代性をそなえている。陳芳明は『寒夜三部曲』を「邊緣人的記録」と評しているが(14)、『寒夜』の主人公たちは「邊緣人」である前に、入植者とその子弟たちなのである。『寒夜三部曲』は「郷土文学」の代表作ではあるが、移民が入植した土地を郷土としていく過程、言いかえれば偶然の土地が如何に必然の土地となっていくかの物語なのであり、異邦人の物語である。そこに『寒夜三部曲』を現代文学たらしめる根拠もまたあるのだといえる。日本植民地支配と戦後の国民党支配が本省人の人々に「郷土」を発見させていくのであり、「郷土」意識はいわば歴史のなかで想像され創造されるものだが、その過程を台湾の戦後文学として描き出したところに『寒夜三部曲』の文学史的意味がある。

饒舌体の語り

ではその「神話化」は、小説の文体においてはどのような仕組みをもっているだろうか。『寒夜三部曲』を特徴づけるものに、延々と続く饒舌体の語りがある。それはあたかも作家自身が物語の世界に没入し物語と一体化しているかのようで、読者はその延々と続く語りに取り込まれていくと同時に、一面その過剰さにたじろぐようなところのある文体である。だが、この饒舌体ぬきにストーリーの展開だけでは、『寒夜三部曲』は成立しない。では、この饒舌体の正体はいったい何なのだろう。この饒舌の主体は、登場人物を配置し物語を進行する非人称の語り手なのだろうか、それとも作家自身なのだろうか。この文体は李喬の短編小説にもときおり姿を見せることがあるが、それは「母親」など『寒夜三部曲』以降の作品についてである。『寒夜三部曲』の世界とつながる蕃仔林世界を形成する六〇年代から七〇年代の短編小説群「阿妹伯」や「山の女」にはまず登場しない。また、「人球」や「恐男症」のような実験的短編でも、文体は抑制されている。饒舌体を登場させれば、それらの作品は短編小説としての形式を失ってしまうことにもなるからである。言い換えれば、李喬にとって長編小説を成立させるために必須のものが、この饒舌体なのだということになる。そして、『寒夜三部曲』の饒舌体は、『藍彩霞的春天』や『埋冤・一九四七・埋冤』などの以後の長編小説と比べても際立っている。『寒夜三部曲』の作品世界が、李喬自身のいう「我が家族」の世界であることがまた、この饒舌体をいっそう饒舌なものにしているのだといえる。

作品世界のなかで、登場人物たちは登場人物たちの主体を生きていて、その主体性が物語をつくりあげていく。一方に、作家としてその人物たちを整理し配置していく装置としての非人称の語り手が存在し、そこには語り手の主体性とでもいうべきものがある。さらに登場人物と非人称の語り手の全体を見ている書く主体としての作家の主体性がある。李喬は作家の語りの方法の探究に初期から意識的な作家だが、彼に言わせるなら、これは作品の「観点」つまり「語りの主体」の問題であって、とりわけ長編小説において重要な問題ということになる(15)。『寒夜三部曲』の世界も同様である。小説を成立させる主体に、まず登場人物たちの主体がある、そして非人称の語り手の主体がある。その語り手の主体が、いわば物語を構築していく。

そして饒舌体は、登場人物の主体にも語り手の主体にも及んでいる。ではその主体は誰なのだろう。作家の主体なのだろうか。登場人物においては、それは登場人物の意識の流れのように出現する。だが、それは次の瞬間に語り手のそれに転換し、そして両者が入れ替わりつつ、その饒舌は続いていく。一例を原文でひいてみよう。

①明基手腳並用，冒險爬下那黑忽忽的坎谷。②也許是在黑暗中久了，身邊二三尺內的木石物體居然模糊地分辨得出來。③他感到現在並非自己的力量支持自己這樣行動，而是有一種自然的力量，或者說是神秘的命令。④奇怪的是，他對於這個行程，恍然是似曾相識的；⑤以往自己來過這裡的，而且不止一次。那是很久很久以前；在進入工校以前，在讀小學以前，甚至還不會走路以前。那是剛學爬行的幼童期嗎？當然不是。那是在另一個時空裏，一個熟悉的曾經經歷過的時空裏——現在，那血消逝的時空竟然在者漆黑的坎谷深處連接起來了。⑥他進入一種溫柔舒適的氤

氳裏，而且眼前呈現一片柔和的黄色光暈…

⑦他又問到那種熟悉的體香。不過，他還聽到飄忽不定的幽幽哭聲。⑧誰在哭？是自己嗎？好像是，又好像不是。是難友？還是老母的？或者是阿華的？那好像是，又好像不是。喔，是「共同」的哭聲，是屬於生靈界共同的哭聲，那是還未分化成你我他以前的共同體所發出來的。⑨那…那麼，我劉明基竟然進入生命的奥底，生靈的根源了嗎？我還活著嗎？我應該還活著。那麼…(16)

まず①の語りの主体は非人称の語り手である。②の主語は明示されていない。③④の文の主体は非人称の語り手である。⑤からは登場人物・明基が主体であるように見える。ただし主語は明示されない。そしてここに意識の流れの手法が導入される。⑥でまた語り手が主体である。⑦も語り手である。⑧は主語が明示されない。そして⑧は明基である。そして主語の「我明基」は登場人物の意識の流れの最後にやっと示される。

このように語り手の主体と登場人物の主体が、②と⑤のような主語を明示しない文を挿入することによって、複数の主体が重なり合った一つの流れとなり、相互に入れ替わりながら連続していく。そのときさらに、読む者の主体性が作品世界に重ねあわされる。つまり主語を明示しない書き方をすることが、読者を作品世界に取り込んでいくのである。主語が明示されない文では、読者の意識がその文の主語になりかわりさえする。この連続が、李喬の饒舌体の本質とはいえないだろうか。作家自身が『小説入門』で「複式の単一観点」(17)となづけているものが、これである。実はここにあるのは時代の語り部たろうとする作家の技巧である。

この饒舌体は、読者にこの作品を読ませる大きな仕掛けになっている。その過剰さはむしろ計算されたものであって、語りの饒舌体を客観的に見ている作家の目というものが背後に存在している。この作家の目は語り手の主体と登場人物の主体が相互に入れ替わりながら連続していくのを見ている目である。それは説話物語りが自己の語る説話それ自体を如何に語るかを計算しているのに似ている。語りを聞く聞き手をいかに作品世界に参加させていくか夢中にさせていくか、それを語り部の技巧とでもいえばよいであろうか。その点では、『寒夜三部曲』を一種の説話文学なのだといってみることができる。説話とは市井で物語を語って聞かせる話芸であり、口承文芸であるその語りを集約し記録したものが、説話文学としての長編小説に発展していく。台湾人の歴史記憶、台湾人の伝説を描く『寒夜三部曲』は、まさに現代の説話文学ともいうべき作品である。この語りの構造が、『寒夜三部曲』に大衆性をもたせる大きな要素である。

だが、一方において『寒夜三部曲』はもちろん現代文学である。それは何故なのか。『寒夜三部曲』が現代文学たりえるのは異邦人の物語であることとともに、現代文学の技法の導入とりわけその語りの文体が無意識の語りとでもいうべき「内的独白」の形態をしばしば援用するがゆえである。「意識の流れ」というジョイスの名前と結びつく現代小説の技法についてはあらためて述べる必要はないだろう。李喬の現代小説の技法の実験は、題材的な面では「人球」や「修羅祭」などの短編小説に顕著だが、意識の流れという技法はむしろ長編小説に合致した技法である。李喬自身が『小説入門』で先の「複式の単一観点」に続けて、『寒夜三部曲』には「意識の流れ」の技法を使用していると述べているが、一九六〇年代から七〇年代にかけての台湾の「現代主義文学」の隆盛下で、何を描くかというテーマとは別に、文学表現の同時代性を「郷土文学」の作家たちも獲得していくことになる(18)。

ただ、『寒夜三部曲』の「意識の流れ」には、明らかにジョイスの『ユリシーズ』やフォークナーの『響きと怒り』とは違うものがある。むしろ意識の流れの技法は、既存の自己像の崩壊とそこからの再生を、時間軸場所軸を相互に交錯させることによって記述する極めてモダニズム文学的な技法であるといえる。「自我の解体感覚」とでもいうものがそこに登場する。だが、李喬の小説でそれを実験するのは、やはり「人球」のような短編小説においてである。もし李喬があえて一歩を踏み出し「食人」のテーマを『孤灯』に書いたなら、そこで「意識の流れ」の手法は大きく印象付けられたかもしれない。だが、李喬はそれをしなかった。大岡昇平の「野火」がそうであるような心理描写は、『孤灯』には根本的にないのである。作家は「食人」の問題は書きたくなかったというが(19)、それはたんに「書きたくなかった」ということではあるまい。書けば『孤灯』のメインテーマが変容するからである。作家はそのために書かなかったのだ。李喬はこう述べている。

「潜在意識の理論の小説への適用、いわゆる意識の流れの方法は、長編小説の叙述観点のひとつである。だが、この手法は題材や主題の制約を極めて大きく受ける。それによって小説全体を叙述しようとすると、書くことと読むことと二重の困難に面することになる。だから、この方法は長編小説に部分的に用いるのがいちばんよい、そして欠くことのできない方法になる」(20)

『寒夜三部曲』における「意識の流れ」の技法は、まさにこれである。「意識の流れ」は『寒夜三部曲』では登場人物の人間像を明確化し造形するものとして使用されるのである。もちろん、「意識の流れ」の叙述は必然的に饒舌体にならざるをえないともいえるのだが、『寒夜三部曲』の特徴は登場人物の意識の流れであったはずのものがいつの間にか語り手のそれに変化しているという互換性にある。そしてその互換性のなかに、読者の主体が誘惑されることになる。それが李喬独特の饒舌体の秘密であり、この饒舌体こそが李喬の長編小説の文体というものである。つまり『寒夜三部曲』が「現代小説」でありながら「説話文学」であるという性格をもつ理由はここにある。

李喬は『小説入門』で「歴史小説」と「歴史素材の小説」という二項目をたてている。それによるなら『寒夜三部曲』は「歴史小説」ではなく「歴史素材の小説」だということになる。この区別は李喬独特のものだが、彼によれば「歴史小説」というのは「事実のふりをした虚構」であり「趣味的な」ものということになる。いっぽうの「歴史素材の小説」とは小説である以上それは虚構だが、歴史的事実の追求のうえに歴史の「真実」を追究するものということになる(21)。この区別の中心にあるのは、どうすれば自己の文学は歴史相対主義の陥穽から免れることが可能になるかという問いであると思われる。李喬によるこの区別に従うなら、饒舌体の語りは、本来は「歴史素材の小説」より「歴史小説」にこそふさわしい語りかもしれない。ところが李喬はそれを「歴史素材の小説」で用いている。そのこともまた矛盾を内在させているのだが、さらに言えばその矛盾に見えるものこそが『寒夜三部曲』の秘密なのである。現代文学の技法の導入によって『寒夜三部曲』は「歴史素材の小説」として現代小説なのだけれども、ロラン・バルトの語を援用するなら同時に装置としての「神話化作用」が機能して、それがこの作品を「歴史小説」的な「読み物」としても成立させるのである。

註

(1) 詳細は『台湾大河小説家作品学術研討会論文集』(国家台湾文学館、二〇〇六)。
(2) 『李喬短篇小説全集』の「序文」、苗栗県立文化中心、二〇〇〇。「純文学信徒」も、彭瑞金の「序文」からの引用。
(3) 初版は勁草書房、一九六五。講談社文芸文庫版(二〇〇一)による。
(4) 尾崎秀樹の論考が竹内好の「国民文学論」を視野に入れたものであることはいうまでもないだろう。
(5) 第二曲『荒村』は、『自立晩報』副刊に一九八〇年一〇月から一九八一年九月にかけて連載されている。
(6) この問題については、拙論「『阿伯妹』を読む ― 李喬の作家的戦略」(植民地文化研究第三号、二〇〇四)。
(7) たとえば、陳銘城による訪問記録「把文学創作駛進歴史的港湾」、『自立晩報』、一九九三・五・一七。『李喬短編小説全集』「資料彙編」、三一八頁。
(8) 太平洋戦争をめぐる『孤灯』の歴史記述の問題については、李喬・周婉窈・三木による「『寒夜』の背景」(『植民地文化研究』第五号、二〇〇六)。

(9)『大地之母』は『寒夜』と『孤灯』のダイジェスト版(遠景出版、二〇〇一)。このダイジェストを担当したのが台湾大学教授であった齋邦媛で、英訳など再評価のきっかけになった。詳細は、筆者による『寒夜』(国書刊行会、二〇〇五)の「解説」。

(10)序文での描き方が、大陸から説き起こされることから、李喬の意識のなかにも漢民族としての台湾人という意識があるのではないかと指摘する論者もいる。

(11)『孤灯』、遠景出版、一九七九、五一五頁。

(12)つまり李喬自身が『大地之母』の序文で「『大地之母』は英訳簡約本と同時に出版される。また時期を重ねたかのように、公共電視台のドラマシリーズ『寒夜』全二十回の撮影が五月中旬に開始され、十月には放映が始まる予定である。これによって、『寒夜三部曲』はほんとうに作者を離れ独立した文化財となり、台湾の人々のものとなる」と述べる「屬於國人全體百姓的獨立的文化財」(原文)という問題にいきつくことになるのである。

(13)そこに台湾文学に表象されたナショナリズムの一形態と大衆性を読み取ることができるのかもしれない。

(14)「後戒厳時期的後殖民文学」、『中華現代文学大系・評論巻1』、九歌出版、二四四頁。「邊緣人的記録」は、もともとは齋邦媛の用語である。

(15)『小説入門』、大安出版社、一九九六、一三一頁。

(16)『孤灯』、三九七頁―三九八頁。

(17)『小説入門』、一三二頁。

(18)この問題については陳正醍も「台湾における郷土文学論戦(一九七七―一九七八)」(『台湾近現代史研究』第三号、一九八一)で指摘している。

(19)詳細は「『寒夜』の背景」

(20)『小説入門』、一三二頁。

(21)『小説入門』、一九二頁。

瘂弦「大佐」について

松浦恒雄

はじめに

最近、台湾では、光復後に大陸から大挙して台湾に渡ってきた軍人やその家族、また彼らが集中して住んでいた軍人村を描いた小説のアンソロジーが次々に出版されている。蘇偉貞主編『台湾眷村小説選』（二魚文化事業有限公司、二〇〇四年二月）や齊邦媛・王徳威編『最後的黄埔：老兵与離散的故事』（麦田出版、二〇〇四年三月）などである。この二冊に収められた計二一編（内一編は重複）の小説には、この半世紀来、大陸反攻から大陸親族訪問の解禁に至るまでの、海峡両岸の複雑な政治関係がもたらす悲喜劇が描かれているだけでなく、都市の近代化に伴い、撤去、建て替えの進む軍人村に対する懐旧の情や年老いて身寄りなく貧窮に苦しむ老兵への人道的眼差しも見て取れる。

こうした軍人村という歴史的烙印をくっきりと押された社会環境のもとに生きる人間の姿を、人間本位に描く文学を軍人村文学と呼ぶならば、おそらく、本稿で取り上げる瘂弦の「大佐」（一九六〇年）という詩は、その最初期の作品にあたるのではあるまいか。

瘂弦は、自身も大陸から台湾に渡って来た軍人出身の詩人であり、自らの中で熟成させた戦争体験を、難解なシュルレアリスムの手法に託して詩にうたい込んできた(1)。筆者はかつて瘂弦の詩に社会性を見ることに消極的であったが(2)、彼の詩を深く読み込むにつれ、その社会風刺に満ちた詩句の配置に気づかされた(3)。

本稿は、瘂弦の「大佐」という詩に対する先行論文の議論を整理し、その解釈を再検討することを通して、瘂弦の戦争認識がどのように詩に表現されているかを明らかにしようとするものである。

一

まず、瘂弦の「大佐」という詩を見てみよう(4)。

大佐

それは炎の中から誕生した
純粋に異なる薔薇の花だった
彼らはそば畑で最大の会戦に出くわし
彼の足の一本が一九四三年に訣別した

彼は歴史と笑い声を聞いたことがあった

何が不朽なのか
咳止め薬カミソリの刃先月の家賃といった類い
しかし妻がミシンがけする断続的な戦闘のもと
唯一彼を虜にしたのは
太陽だ　と彼は思った

この詩は三聯からなる。第一聯は、抗日戦争によって片足を失うに至った軍人がうたわれている。戦闘の時間は一九四三年。場所は大陸の「そば畑」とあるだけで、それ以上は特定できない。第二聯は、過去（第一聯）と現在（第三聯）を結ぶ蝶番の役割を果たしているように見える。ただ、この詩句だけからは、「彼」がいつどこで「歴史と笑い声」を聞いたのかは不明である。第三聯は、傷痍軍人となって退役した「彼」の貧困に喘ぐ現在の生活がうたわれている。生活の場所は、台湾のおそらくは軍人村ではないかと思われる。

「大佐」にうたわれた内容に関する上述のような基本的な理解に、ほぼ異論はないと思われる。ただ、この同一の理解に立ちながら、具体的な詩句の解釈に当たっては、様々な異なる意見が提出されている。管見の範囲で、主な先行文献を以下に記しておこう。

①余光中「新詩的賞析」（『中報月報』第一巻第二期、一九八〇年三月）、未見。
②黄維梁「瘂弦的〈上校〉」（『藍星』詩刊二一期、一九八九年一〇月）。
③鍾玲「瘂弦筆下的三個人物――坤伶・上校・二嬷嬷」（『現代文学』復刊二二期）。
④葉維廉「在記憶離散的文化空間裡歌唱――論瘂弦記憶塑像的芸術」（『詩探索』第一三輯、一九九四年四月）。

⑤王宗法「満目青山帰落照―読《上校》」(『台湾文学観察』安徽教育出版社、二〇〇〇年八月第二版)。
⑥三木直大「瘂弦　戦争と死をみつめる詩人」(『しにか』二〇〇二年九月号)。
⑦馬顕彬「戦争与和平的較量―細読瘂弦《上校》一詩」(『名作欣賞』二〇〇五年第一三期、二〇〇五年七月)。
⑧禹明華「細読《上校》―新批評観念的解読」(『邵陽学院学報(社会科学版)』第四巻第四期、二〇〇五年八月)。
⑨龍彼徳『瘂弦評伝』(三民書局、二〇〇六年七月)。

以上の先行文献のうち、②～④は、蕭蕭主編『詩儒的創造』(文史哲出版社、一九九四年九月)に収録されている。①は、未見であるが、その論点の幾つかは③に紹介されているので、それを用いることにする。なお、引用に際しては、①余氏のように略記する。

二

では、詩題の「大佐」から検討を始めよう。

詩題の原文「上校」は、日本の軍隊制度では「大佐」に相当する。⑥三木氏は、正確に「大佐」と訳しておられるが、筆者は『深淵』(思潮社、二〇〇六年)において、「大尉」と誤訳してしまった。誤訳が生じたのは、大佐のような高官が片足を失うような最前線での戦闘に加わるのはおかしいと考え、下士官の「大尉」だと早合点したためである。ただ、確かに「大佐」という階級がいつの時点のものであるかは、論者によって意見が割れている。②黄氏、③鍾氏など台湾側の意見は、「大佐」が退役後の階級であると考えている。例えば、③鍾氏は「抗戦中に彼が足を失った年、彼はせいぜい中佐程度のちっぽけな士官であっただろう」と述べる。つまり、従軍中の「彼」は大佐ではなく、「ちっぽけな士官」であったと考えるのである。一方、⑤王氏、⑦馬氏、⑧禹氏など大陸側の意見は、戦闘時の階級と考えている。特に、⑦馬氏は、詩中の「彼」が、大佐という高級指揮官に属することを根拠にして、独自の解釈を行っているが、詳細はのちに譲る。筆者は、すでに述べたように、大佐は戦闘時ではなく、退役後の階級であると考える。

第一聯一、二行目「それは炎の中から誕生した／純粋に異なる薔薇の花だった」

「炎」が火器の発砲やそれによる戦火を指すという理解は、ほぼ共通しているようだが、⑤王氏はやや異なり、「日本侵略者の侵略の戦火であり、中国人民の怒りの炎である」と言う。このいずれの場合も、戦場での戦闘行為により引き起こされたものであることに変わりはない。

問題は、「それ」が何を指し、「薔薇の花」という直喩表現がどういう効果をあげているかである。①余氏は、大佐の足の傷口或いは傷跡の比喩であろうと言う。これは「薔薇の花」の色や形状からの連想だと思われる。⑧禹氏もほぼ同説である。この説に近いのが、②黄氏の戦争中に流された血と考える説である。⑦馬氏の「流血と死亡の隠喩」との説も、ほぼ同一だろう。ただ、②黄氏は更に、殺伐とした戦場と愛や情熱を象徴する「薔薇」との取り合わせの違和感から、「薔薇」が「怨みと壊滅的な炎」を示す逆説的な用法を兼ねると考えた。一方、③鍾氏は、「軍人の愛国的情熱と犠牲的精神」、⑨龍氏は「愛国之情」を指すと考え、⑤王氏は、「炎」を侵略の戦火、中国人の怒りと捕らえる観点から、実際の戦火或いはそれにより引き起こされた精神的な怒りの炎だと考える。これらの諸説を整理すると、負傷した傷跡を示すという考えと愛国心を指すという考えに分かれよう。ただ、後者の場合、「純粋に異なる」という語の解釈がやや苦しくなるように思われる。

「薔薇の花」の解釈が重要なのは、「彼」の戦闘による負傷をどのように評価するかと直接かかわるからである。

議論をやや単純化すれば、「薔薇の花」が「彼」を抗日英雄としてその果敢な戦闘精神を賛美する比喩と見るのか、或いは彼の英雄云々よりも、負傷した傷跡の生々しさをクローズアップする比喩と見るかである。後者の場合、当然、②黄氏のように、戦争のもたらす破壊性、悲惨さへの眼差しが生じるであろう。ただし、後者の場合においても、⑦馬氏のように、「誕生」というプラス価値の語との組み合わせによって、英雄の血を美しい薔薇の花で賛美していると英雄説を押し通す考え方もあって、実際の解釈は複雑に分岐する。筆者は、①余氏の意見に近く、「薔薇の花」は、直接的には、負傷による流血を吸って赤黒く染まった軍服を比喩するものと考える。ただ、この比喩が戦場の悲惨さからかけ離れた美的な比喩であるため、戦争という出来事を遠くから冷静に観察しているような印象を読者に与えているようにも思う。このことは、以下の行の解釈にもかかわる。

三行目「彼らはそば畑で最大の会戦に出くわし」

「そば畑」は、本来、食糧を生産し、人の生命を支える場であるはずだが、その「そば畑」が人命を奪う戦場となっている。このことから、戦争の破壊性を風刺する皮肉な用法であるとする②黄氏の説が、ほぼ共通した認識と言える。ただ、⑦馬氏は、戦争とは交通の要衝の地から起こるはずだが、「そば畑」が戦場となっているのは、戦争が「そば畑」のような周縁にまで広がり、到るところが戦争状態に包まれていることを示す、という非常にうがった見方を示している。筆者は、これらの説にもう一つの可能性を付け加えたいと思う。それは、瘂弦にとって「そば畑」が「故郷」の原風景を表象する語ではなかったかということである。「赤い玉蜀黍」（一九五七年）に、次のような行がある（第五聯）。

ちょうどキリギリスの入った瓢箪を綿入れの上着にしまい込み
ふと寂しさと温もりを覚えたとき

また銅の輪を転がしながら丘を越え
遠くにお祖母さんのソバ畑が見えて
わっと泣き出してしまったときのように

ここに見える「ソバ畑」は、優しく人を包み込む懐かしさに満ちている。それは、「ソバ畑」が母方の里（原文は「外婆家」）にあることと密接にかかわっている。例えば、中国の民謡にうたわれる母方の里は、子供にとって甘美な懐かしさに満ちた世界であるのが常である（「揺啊揺、揺到外婆橋」など）。このような連想の糸をたどると、「ソバ畑」の持つ意味は、食糧生産の場というだけではなく、「故郷」の原風景を想起させるイメージとしても用いられているのではないかと思われる。その「故郷」の地が戦場となるのは、戦争が人心の拠り所を剥奪する現実的な暴力であることを、如実に表現するだろう。

「最大の会戦」に「出くわした」というのは、「最大」（「彼」の従軍生活における）という誇張と、それほど大きな会戦にもかかわらず、うっかり「出くわした」という、軽く対象を突き放したような、独特のユーモアを含む表現のように思える。⑦馬氏は、「出くわした」には、二重の意味があるという。一つは、偶然の中の喜びである。なぜならば、「彼」は高級指揮官であり、その本性は好戦的であるため、この出会いを喜んでいるとする。もう一つは、偶然故に戦闘準備が不足していることを示す、と考える。これが次の行で「彼」が負傷する原因である。馬氏の前提は、「彼」が当時大佐であり、しかも好戦的な人物であることだが、特に後者についての論拠は乏しい。

四行目「彼の足の一本が一九四三年に訣別した」

「彼」が戦傷のため片足を失ったことを、片足がその負傷した年と「訣別」したと擬人的にやや大袈裟に表現したのは、三行目を受け、少し軽みを出すための工夫ではないかと思われる。それはまた、④葉氏の言うように、新聞記者が「この一年の大事記」でも書くかのような感情を動かさない淡々とした書き方でもある。そのため却って、戦争のもたらす破壊性や喪失感を客観的に強く印象づけているように思われる。

⑦馬氏は、前行の解釈を受け、「彼」は大佐であり、指揮所で戦争の指揮を執っているはずなので、負傷は考えにくい。にもかかわらず、片足を失ったというのは、指揮所が爆撃を受けるような大規模で激しい戦闘があったことを示す、と考える。これも、想像された場面設定が議論の前提となっており、従いにくい。ただ、「彼」が片足だけを失うのは、両足を失うよりも欠損感が強く出るという馬氏の意見には、筆者も同感である。

この会戦が「一九四三年」であったということに関しては、諸説ある。③鍾氏は、一九四三年一月、河南省南部で戦われた「大別山区之役」によって、国民党軍が日本軍から失地を奪い返したその時のことであると言う。⑦馬氏は、「最大の会戦」が日中間の大決戦を指すはずだとして、実際には一九四三年の出来事ではなく、一九三八年の台児荘の戦役ではないかと述べる。②黄氏も、一九四三年が日中戦争中戦闘が最も苦しい時期であったと述べ、その年代の真実性を史実により確保しようとする。このように詩の言葉を何とかして歴史的な事実に還元して解釈しようとするのは、おそらく「薔薇の花」や片足との訣別といった独創的表現がもたらす戦争の破壊性、喪失感の強さを、史実によって受け止めようとする意識が自ずからに働いているからではないか。或いは「抗日」は、大陸、台湾を問わず、極めてリアルな感覚を呼び起こす対象だということかも知れない。

では、もし史実から離れて解釈するとすれば、一九四三年という年は、どのように考えられるだろうか。②黄氏の言うように、或いは四二年でも四四年でも良かったのかも知れない。ただ、一九四三年以外の年では、四つの数字が全て仄声になってしまう。こうした音感上のバランスも、瘂弦に四三年を選ばせた理由の一つではないか。

なお、この箇所の下敷きになったと思われる表現が「感覚から出発しよう」（一九五九年）の第二節第五聯に

「あの男はなぜ銃剣を用いて／ソバの上に展開する戦線を傷つけたのか」と見える。

第二聯「彼は歴史と笑い声を聞いたことがあった」

第二聯の理解を二分するのが、「笑い声」の解釈である。これを戦勝の「豪快な笑い」と取るか、「嘲笑」と取るかである。

前者を代表するのが③鍾氏である。「彼」が「歴史」を聞いたとすれば、それは小人物が歴史を動かす大きな事件に参与したということであり、歴史の創造と誕生の現場に居合わせたということである。そのとき「彼」は、「不朽」の感覚を持ったはずであり、時代の流れを作り出した英雄的な意識を自覚したであろう。よって、彼の笑いは「嘲笑」ではなく勇壮な笑いなのである、と言う。⑤王氏も、この「歴史」と「笑い声」は、ソバ畑の戦闘の勝利がもたらしたものだと考える。

一方、②黄氏は、「彼」が片足を犠牲にして得たものは何か。貧困の生活に過ぎない。とすれば「歴史」とはいったい何なのか。「歴史」とは実に滑稽ではないか、と考え、ここには「歴史」に対する風刺の外に、自嘲も混じっているのだと述べる。同様にして⑧禹氏は、笑いを「歴史の嘲笑」と捕らえ、「歴史」の「不朽」に貢献した「彼」が「歴史」から嘲笑を受けているのだと解釈する。

この両者の意見を汲み取りながら、より深みのある解釈を試みるのが、④葉氏である。葉氏は、「彼はかつて歴史の創造者であり、輝かしい戦功をあげた。勝利の笑い声は或いは雲にまで届いたかもしれない。しかるに今は、彼は歴史の外に置かれ、耳にするのは嘲笑の方がそれ以外のものより多いのである」と述べる。葉氏は、「彼」が聞いた声を過去（抗日勝利直後）に聞いた声と今聞こえてくる声に分けて二重に捕らえた。しかし、葉氏が第一聯を英雄的な聯としては捕らえていないことと考え合わせると、勝利の笑い声は暫時のものに過ぎず、嘲笑の声の方がこの行の主要な意味であると考えているようである。⑦馬氏も、「笑い声」に二重の意味を読み取ろうとするが、馬氏の二重性は、英雄への賛美と戦争への嘲笑の二重性であり、風刺性は含まれない。馬氏の解釈は、③鍾氏と同じ範疇に属すると考えてよいだろう。

以上の三つの異なる意見を参照しながら、もう一度この一行の妥当な解釈について考えてみたい。まず注意すべきは、この一行が「他曾聴到過」という表現を用い、彼自身の行為として描かれていることである。この詩の中で、彼が行為の主体として示されているのは、この箇所と「他覚得」（第三聯）という箇所だけである。このことから、彼の過去（「他曾聴到過」）と現在（「他覚得」）が、対比的に描かれていることは間違いないだろう。とすれば、この一行は、やはり風刺性を抜きにして読むことはできないと思われる。「彼」が聞いた「歴史と笑い声」（この両者は併せて解釈されるべきである）は、ともに風刺の対象である。つまり、それは歴史を創造した勝者の姿を示すと同時に、それが最早過去の残骸に過ぎないことをも示している。とすると、④葉氏の言う現在の嘲笑は、「笑い声」という語の残像として、読者が行間から聴き取った声であるということになるだろう。

では、第三聯に移る。第一、二行目「何が不朽なのか／咳止め薬カミソリの刃先月の家賃といった類い」

第三聯は、退役した大佐の現在の生活状況が示されている。この二行は、「歴史」の「不朽」（抗日勝利）に貢献したはずの現在の「彼」にとって、「不朽」、つまり朽ちることなく必要とされるもの（際限なく続く負担）は何かと問い、それは、病んだ身体を治す薬と毎朝伸びる髭を剃るカミソリの刃と支払いが滞ったままの家賃である、と答える。この三つの名詞は、読点も打たれず、途切れることなく「といった類い」と続くことから、読者には、これらに引き続き、まだまだたくさんの同様の事態があるかのような印象を与える。ただ注意すべきは、一見出鱈目に羅列されているように見えるこの三つの名詞が、実は見事に選択されていることである。彼が長期にわたりギリギリの生活を強いられ身も心もすっかり衰弱していることは、この三つの名詞で十分に説明されている。③鍾氏は、「咳止め薬」からこの詩に詠まれた季節が冬ではないかと言い、②黄氏は、かつて銃剣を持って「最大の会戦」に参加した彼が、今は「カミソリの刃」を相手にしているのだと言う。後者の見方には同意できるが、前者の見方には少し問題があろう。「何が不朽か」の答えとして「咳止め薬」が挙がっていることを考えると、冬の風邪といった一時的なものではなく、気管支炎や喘息のような持病に対する薬だと考えた方が彼の境遇にふさわしいと思われるからである。

第三行目「しかし妻がミシンがけする断続的な戦闘のもと」

この行は、ミシンがけする音とかつて「彼」が戦場で戦っていたときの機関銃の音がモンタージュされている、とする①余氏の考えが優れる。②黄氏は、かつて「彼」が参加した戦闘は神聖なる抗戦であったが、現在の戦闘は生きるための苦闘であると言い、妻のミシンがけの音が無意識のうちに「彼」を抗戦の過去へと連れ戻すのだと述べる。この一行は、ほぼこの両者の意見で尽きているだろう。⑦馬氏が、足踏みミシンの音から、大佐の健全な足への願望を読み取るのも興味深い連想である。あえて筆者の蛇足を記せば、傷痍軍人として不遇な生活を余儀なくされている「彼」が、現在の自分を辛うじて支え得ているのは、一文の値打ちもない軍功と妻の内職による収入である。自己のアイデンティティをほとんど失いかけている「彼」は、妻のミシンがけの音（自己の無力を知らしめる音）を、自らの存在に意義を見出すことのできた時代の音（戦争の機銃掃射の音）として、知らぬ間に聞きなしているのである。

第四、五行目「唯一彼を虜にしたのは／太陽だ　と彼は思った」

この「太陽」が何を表すかで意見が大きく分かれる。①余氏は、この「太陽」には「日の丸」の旗の意味が掛けられているとする。②黄氏は、そこからこの二行には、当時彼が恐れていたのは、「日の丸」を掲げた日本軍の虜になることだったという意味と、この詩が書かれたのが八月二十六日であることを考慮に入れ、酷暑の太陽にあたってくらくらし、虜になったような気分になったという意味の二つの意味があると考える。しかし、こんな風に執筆時期の季節に照らした解釈をする必要もないとして、冬の日に所在なく日向ぼっこをしていて、すっかり気持ちよくなり、虜となってしまったかのように感じている、という新たな解釈を提出し、こちらの方が優れているようだと自ら結論づけている。ただし、この冬の日の日向ぼっこの前提が、③鍾氏に見える「咳止め薬」が必要な冬の季節だとすれば、前述したのと同様の理由によって、従いがたい。⑤王氏は、「太陽」が失われた青春の炎の象徴であると考える。王氏によれば、「彼」の日光浴は、人生最後の落ち着き先を求める意識の比喩であり、精神的な憧れを求めていることの現れである。つまり、「彼」は、かつての精神を支えてくれていたものの代替物を「太陽」に求めている、ということになる。②黄氏と⑤王氏の意見は、「太陽」に現在の不如意な生活を慰める対象を見出す、という点において共通している。

一方の⑦馬氏は、「太陽」が光明、平和の象徴であるという。「彼は思った」という表現からは、誰に押しつけられたのでもなく、「彼」が自然とこう悟ったのだということがわかる。つまり、好戦的な大佐の「彼」でさえ、ついに平和の「捕虜」となり、平和主義者へと転向したのだと、馬氏は主張するのである。ただ、好戦的な大佐の転向理由については一切触れられていない。馬氏は、この詩の主題が、戦争を放棄して平和を求めることにある、と述べるのみである。

上述のような意見を踏まえて考えると、「太陽」の「虜」になるという句は、どのように解釈するのが妥当であろうか。第三聯の二、三行目が、元軍人としてのアイデンティティの危機を表すとすれば、最後の二行は、そこから自らを救出するための行為だと考えてよいだろう。⑥三木氏は、「そんな彼に唯一、生の実感として感じられるものは、片足を失ったときにも、そして今もギラギラと照りつける「太陽」だけだ」と述べる。筆者の「太陽」に対する解釈も、実は三木氏にほぼ等しい。「太陽」は、片足を失うような生命の危機に逢着したときにも、また貧困と持病に苦しみ、生き甲斐を見いだせず精神的危機に苛まれている今も、唯一、「彼」の生への渇望を代弁してくれる存在であった。おそらく「彼」にとって、戦争はいまだ過ぎ去っていない。いや、日常の中に虚構化された戦争の「現実」の中にしか「彼」は、生きることができないのである。しかも、それは、「彼」に「歴史」も「不朽」も、経済的な豊かさももたらさない。「彼」にとっての戦争は、「太陽」の輝きに集約される、ある種の激しい感覚となっている。そこには、理念も政治も入り込む余地はなく、生きることへの渇望だけが眩しく輝いている。このように政治の虚飾を剥がされ、剥き出しにされた戦争認識が詩にうたわれることは、当時の台湾や大陸において、決して多くはなかった。瘂弦の「大佐」は、詩的表現にこうした批評性を持たせることにより、今も読者に熟慮を促し続けている。

註

（1）龍彼徳『瘂弦評伝』（三民書局、二〇〇六年七月）によれば、瘂弦が一九四九年八月に従軍して以降、実際の戦闘に加わった経験はないようである。しかし、幼い頃から日中戦争の最中で生活していた瘂弦が、戦争の悲惨な現実を自ら見聞し、自身の戦争体験として蓄積していったということは十分に考えられることである。例えば、葉維廉「在記憶離散的文化空間裡歌唱―論瘂弦記憶塑像的芸術」は、「戦時」に描かれた、焼夷弾により死亡した「母親」の姿は「多分、瘂弦が少年期に目撃した忘れ難い出来事であろう」（蕭蕭主編『詩儒的創造』（文史哲出版社、一九九四年九月、三四一頁）と推測している。

（２）小稿「瘂弦読詩札記」（『境外の文化』汲古書院、二〇〇四年一二月）。

（３）小稿「台湾現代詩の批評性」（『現代詩手帖』二〇〇六年八月号）。

（４）原文は以下の通り（『瘂弦詩集』〔洪範書店、一九八一年四月〕に拠る）。

上校

那純粹是另一種玫瑰
自火焰中誕生
在蕎麥田裏他們遇見最大的會戰
而他的一條腿訣別於一九四三年

他曾聽到過歷史和笑

甚麼是不朽呢
咳嗽藥刮臉刀上月房租如此等等
而在妻的縫紉機的零星戰鬥下
他覺得唯一能俘虜他的
便是太陽

【付記】本稿で用いた資料の収集には、中華民国教育部「台湾研究―短期フェローシップ」（二〇〇六年度）の援助を受けました。

黄霊芝文学雑感

松永正義

以下の文章は、二〇〇六年一一月二五日に真理大学麻豆校区で開かれた「第十回台湾文学家牛津奨暨黄霊芝文学国際学術研討会」での報告原稿に若干の手を加えたものである。牛津奨とは真理大学が毎年台湾文学の功労者に送るもので、二〇〇六年の第十回は黄霊芝に送られ、それを記念するシンポジウムだった。わたしは黄霊芝について報告するだけのものは持っていなかったのだが、岡崎郁子さんを通してのお誘いでもあり、また黄霊芝氏ご本人にお会いできるのではないかという期待もあって（結局黄霊芝氏はお体の加減から参加されなかったが）、無理を承知で参加することにした。感想程度のものなので、もう少し勉強して手を加えたいと思っていたのだが、当初の域を出ることができないまま、若干の手を加えるだけで責をふさぐことにしたい。ご本人を前にしての報告を想定していたので、ですます調で、名前にはすべて敬称をつけてある。論文は公的なものだから敬称をつけるべきでないという文章を読んで以来、直話を引く時のほかは敬称をつけないことにしているのだが、そういうわけで敬称をつけた。また報告は中国語で行ったのだが、話し言葉のリズムで考えたかったので、下書きの日本語でも、ですます調で書いた。今はそれらのことも改めないままにしたい。

報告原稿に入るまえに、黄霊芝について簡単に紹介しておきたい。

黄霊芝は一九二八年台南の生まれ。父は総督府評議員を務めた実力者で、その九人の子の一番末である。尋常高等小学校卒業後、台南第一中学に入学、在学中に日本の敗戦を迎える。四六年台湾大学外文系に進んだが、翌年肺結核となり、以後長い療養生活にはいる。療養生活のなかで小説「蟹」を書き、以後日本語で詩、小説を書く。七一年「蟹」が『岡山日報』に掲載されたのをかわきりに、小説、随筆などを『岡山日報』に発表。それらの小説は、国江春菁著、岡崎郁子編『宋王之印』（慶友社、二〇〇二年二月）としてまとめられている（国江春菁は日本時代の改正名による黄霊芝の名前）。また論文、随筆などが『えとのす』等にも掲載されている。

六八年「蟹」を中国語訳して『台湾文芸』に発表。これは第一回呉濁流文学賞を受賞した。以後『台湾文芸』に小説、随筆、論文などを発表。

また六七年に呉建堂を中心として台北短歌会が結成されるやこれに参加、さらに七〇年には自ら台北俳句会を結成し、これを主催する。七一年から『台北俳句集』を刊行し、その活動は今も続いている。また日本の俳句誌『燕巣』にも投稿、九〇年から同誌に「台湾俳句歳時記」を連載、これは黄霊芝著『台湾俳句歳時記』（言叢社、二〇〇三年四月）としてまとめられている。これは台湾の季題を説明して例句をつけたもので、本文はすべて二八字一二行で、一字余して終わるように書かれた短編随筆である。この凝りようは並大抵のことではない。さらに九三年に台北県立文化センターに漢語俳句教室を設けたのを契機として、中国語による俳句会、台湾俳句会を結成、主催しているという。

文学はしかし黄霊芝の活動の一部であるといってよく五三年ころから彫塑をはじめ、台湾美術協会の有力な会員でもある。

黄霊芝の文学を読むのは容易ではない。商業出版として出されたのは、日本で出版された前記二著だけだろう。その作品は私家版『黄霊芝作品集』としてまとめられ、七一年に巻一が出されてから、現在巻二〇まで出ているようだが、わたしはシンポジウムの会場に展示されていたそれに、文字通り触れてみることができただけだ。

黄霊芝についての研究は、岡崎郁子『黄霊芝物語――ある日文台湾作家の軌跡』（研文出版、二〇〇四年二月）が、ほとんど唯一のものといってよく、『宋王之印』の出版などとあわせて、黄霊芝の再評価は岡崎のリードによって行われてきたといえる。

以下はシンポジウムでの報告である。

わたしは黄霊芝先生の文学についてはほとんど素人で、その著書も岡崎郁子さんが編集された『宋王之印』と、これも日本で刊行された『台湾俳句歳時記』の二冊を読んだだけで、本当はここで報告させていただく資格はないのですが、岡崎さんからぜひ黄霊芝先生の文学について何か言えと言われていますので、『宋王之印』を読んだ感想をいくつかお話ししたいと思います。

わたしが『宋王之印』と『台湾俳句歳時記』を読んで一番驚いたのは、その日本語の確かさ、うまさでした。『台湾俳句歳時記』の日本語は、きまった字数で書くという、ご自分で決められた決まりを守って、その中で完結した文章を作ろうとされたためか、いくらか凝った文体で、短い中にそれぞれに異なった雰囲気を表現している、そのうまさにも驚いたのですが、しかしもっと驚いたのは、『宋王之印』の、より自然な文体の中に、底の知れない深さを描き出している文体のほうでした。これはたぶん文体ばかりでなく、作品の構成や叙述のしかたなど、作品全体からくる印象なのでしょうが、このような作品が日本語を母語としない、あるいは日本語を唯一の母語としない人によって書かれたということは、ひとつの驚きでした。

もちろん日本時代を経験した台湾の作家たちの日本語が、日本人以上にうまい日本語である場合が多いことは、わたしも知っています。たとえば呉濁流先生です。呉濁流先生は戦後もずっと日本語で書かれ、発表するときにはそれを中国語に翻訳して発表されることが多かったようです。呉濁流先生は、中国語で書くと文章がきつい表現になってしまうので、自分の好きなほんわかしたやさしい文体にするためには、日本語で書かなければだめなのだとおっしゃっていました。たしかに呉濁流先生の小説は、台湾の厳しい状況を描写しながら、その中にある種の明るさがあって、それが作品の印象を救いのある、好ましいものにしているように思います。呉濁流先生の日本語も、立派な日本語であると思います。しかし黄霊芝先生の小説から受けた印象は、もう少し別のものでした。わたしはこれを文体の問題としてだけではうまく説明できないので、作品の構造の問題もふくめて考えてみたいと思います。

呉濁流先生の小説では、表現される内容と、表現する主体とが同じレベルにあるように思われます。呉濁流先生が表現しようとしていた内容とは、もちろん台湾の社会の状況や、その中での台湾人の苦悩でした。呉濁流先生の文体とはそうした内容をより良く表現するための手段であって、それが表現されれば作家としての主体はそれで満足されるものだったと思います。時代の証言を残そうとする呉濁流先生の作家主体にとって、それは必要かつ十分なものであったと思われます。呉濁流先生の文学では、作家の主体は表現される内容の中に一体化していたのだと言えるでしょう。それはある意味では素朴なリアリズムと言ってもいいかもしれません。

しかし黄霊芝先生の小説はそうではありません。そこでは作家の主体は、書かれている内容の外側にいて、書かれている内容を相対化し、ねじ曲げ、それとは別の視点、別の世界もあるのだということを示唆しているようにも見えます。そうした文体のありかたはまた、作品の構成にも表れているように思います。

たとえば「天中殺」という作品があります。それは借家として自分の持ち家を貸している主人公が、詐欺に引っかかって右往左往する物語です。そうした主人公の行動にともなって、戦後の台湾の警察機構の官僚主義や腐敗が明らかになっていきます。そうした内容は、軽妙な風刺小説になっています。しかしこの小説では最後に、「それから一年ほど経ったある日、寝室の床下から白骨が一体分出て来た。」という一行が加えられています。この一行で、小説は単なる風刺小説であることをやめて、「人殺し」という恐怖をふくんだ、謎の中に突き落とされます。作品の内容はここで、それまで読んできたものとは全く異なる世界に入ってしまうことになります。

こうした構成はほかにもあって、たとえば「豚」は、果樹農園を作るために豚を飼い、その豚に振り回される話です。ここでは慣れない果樹栽培に孤軍奮闘する主人公の様子や、豚を巡るさまざまの逸話、また豚と主人公の娘の交流などが、軽妙に描かれていきます。しかし最後に、主人公は豚をもてあまして処分することになります。娘は「親友」であった豚が殺されることに反対するけれども、どうしようもありません。そして最後の一行「以来、娘は私めに――いや人間というものに――憎悪を感じている。」という文章を読むことによって、読者は、他者を害することによってしか生きていけない人間という存在の深い闇を見させられることになります。また「毛虫」は、バスの中で偶然見つけた毛虫を、主人公が救ってやろうとする話ですが、最後に主人公の知らないところで、毛虫は蟇に食われてしまいます。ちょっと奇矯な主人公の行動は、最後のところで全く無意味なものとなってしまうわけです。

こうした例はまだ他にもありますが、最後に「蟹」を取り上げてみたいと思います。この小説は、一度食べた蟹の味が忘れられず、それをもう一度食べたいという執念にとらえられたひとりの乞食が、彷徨の末に海岸で死に、逆に自分が蟹に食われる、という話です。執念にとらわれながら彷徨する乞食の姿の中には、戦後の台湾社会の閉塞状況が気分として表現されているのかも知れず、また死に至る病にとらわれた作者が、自らの執着を相対化しようとする思いが込められているのかもしれません。しかしこの小説は、「序章」として、初めて蟹という不気味な存在を食った男の話が置かれ、また「終章」として作者自身が顔を出し、「この日、いかなる因縁か私は蟹を一匹釣り上げた。」というふうに小説は終わっています。小説は「序章」と「終章」に挟まれることによって、小説の本体とは異なった意味を持ち、異なった世界に入っていきます。そして最後の一行によって、読者はそれまでの話の内容から突き出されて、非常に奇妙な感覚の中に突き落とされます。そこには人を食う蟹がいて、またその蟹を食う人間がいて、そうした関係の中で蟹あるいは人という存在が、何か不気味なものとして見えてきます。

黄霊芝先生の小説は、こんなふうに小説の内容の外側に、それを包み込んで、より深い世界の意味が表現されているように思います。こうした黄霊芝先生の文体は、呉濁流先生のようなある意味では素朴なリアリズムとは、全く異なる世界であるように見えます。そうした表現が他ならぬ日本語でなされていることに、わたしは大変驚いたわけです。

わたしは「蟹」を読んで思い出したことがあります。日本の詩人会田綱雄の「伝説」という詩と、その詩を自分で解説した「一つの体験として」という文章です（『会田綱雄詩集』現代詩文庫、思潮社、一九七五年一月、会田綱雄『人物詩』筑摩書房、一九七八年一月、などに収録）。会田綱雄は戦時中、日本軍の特務機関にいて、南京や上海で暮らしていた人です。「一つの体験として」という文章で、会田綱雄は、同じ特務機関の人間から南京大虐殺の様子を聞いたと語り、その後同じ特務機関員から聞いた話として次のように書いています。「その話のあとで、こういうことを聞いた。それは、戦争のあった年にとれるカニは大変おいしいということ。これは日本人がそういうのではなく、占領され虐殺された側の民衆の間の、一つの口承としてあるということ。そのことを特務機関の同僚が私に教えてくれたのである。戦争のあった年にとれるカニがおいしいというのは、戦死者をカニが食べるので、脂がのっておいしいというのである。……（略）……だから中国人は、戦争中は、よほどのことがなければカニを食わなかったのではないかと思う。」さらに会田綱雄は、上海で知り合った詩人の路易士（紀弦）が、絶対に蟹を食べようとしなかったことを書いています。日本人によって書かれた、もっとも優れた日中戦争の総括のひとつだと思います。

しかし詩の「伝説」のほうは、そうした戦争体験、中国体験を直接描いたものではありません。人里離れた湖のほとりに住む夫婦がいて、その父母は死ぬと自らの身体を湖に投じ、その身体を蟹が食い、その蟹を夫婦が捕って町に売りに行くことで生活をしている。夫婦が死ねばまたその身体を湖に投じ、それを蟹が食い、その蟹を夫婦の子供たちが売って生活する。そんな人間の原初的な生の営みを、蟹を食うという「伝説」として描いたものです。

詩はこんなふうに始まります。

湖から
蟹が這いあがってくると
わたくしたちはそれを縄にくくりつけ
山をこえて
市場の
石ころだらけの道に立つ

蟹を食うひともあるのだ

そんなに長い詩ではないので、このまま全体を引用したい気持ちもあるのですが、いまは少し省略して、後半の部分を引用するにとどめます。

わたくしたちはやがてまた
わたくしたちのちちははのように
痩せほそったちいさなからだを
かるく
かるく
湖にすてにゆくだろう
そしてわたくしたちのぬけがらを
蟹はあとかたもなく食いつくすだろう
むかし
わたくしたちのちちははのぬけがらを
あとかたもなく食いつくしたように

それはわたくしたちのねがいである

こどもたちが寝いると

わたくしたちは小屋をぬけだし
湖に舟をうかべる
湖の上はうすらあかるく
わたくしたちはふるえながら
やさしく
くるしく
むつびあう

この詩には戦争の描写はおろか、戦争を暗示する表現もひとつも出てきません。しかし会田綱雄自身が言うように（「イロハニホヘト――石垣りんさんと」、前記『人物詩』所収）、戦争の体験がなければできなかった詩だと思います。会田綱雄はいわば戦争の体験を、戦後の過程のなかで反芻し、そうした体験を人間という存在そのものの意味を問う問題としてとらえなおした上で、詩として表現したのでしょう。人間という存在の不安定さ、危うさが、人を食う蟹の不気味さとして表現されており、「蟹を食うひともあるのだ」というその「蟹を食うひと」とは、そうした人間という存在のありかたに気がついていない人たちです。してみると蟹とは戦争であり、そのなかで死んでいくことが、こどもたちの生につながる（「それはわたくしたちのねがいである」）、そんな営みが子々孫々にわたって続けられていくのです。詩の主人公である夫婦は、蟹に食われる輪廻の世界に入っていくことで、蟹を食うことから自由になれたのだとも言えます。

黄霊芝先生の「蟹」でも、主人公に最初に蟹をふるまった男のように、ただ蟹を食う側の人間もいます。主人公も最初は食う側の人間ですが、蟹を食いたいという欲望が、自分の身を滅ぼすほど強く、常軌を逸してくることによって、蟹に食われる側の人間になってしまいます。おそらく主人公にとって、最後には蟹を食うことと蟹に食われることとは、同じ事であったに違いありません。主人公の彷徨は、戦争と動乱のなかをくぐり抜けることによって、人間の本源へ帰って行くための彷徨であったと思われます。終章で蟹を釣り上げた作者は、日常生活のすぐ裏に、こうした人間の不安定さ、危うさがあることを暗示しているのだと思います。

黄霊芝先生はおそらく会田綱雄を読んでいるわけではないと思いますし、両者の間に直接の関係はないと思います。しかし両者の文学の根底には戦争と戦後の動乱の体験があり、また両者ともその体験を直接に表現するのではなく、それを人間の存在そのものの危うさ、不安定さとしてとらえ、さらにそれでも生きていかなければならない人間のありかたを見ようとしているところに、共通するものがあるように思います。黄霊芝先生の描いているのは紛れもなく台湾の社会ですし、台湾という場所を離れて黄霊芝先生の文学は成り立たないだろうと思いますが、しかし同時にそこに描かれているのは、台湾であろうとどこであろうと普遍的に存在する、人間の不安定さ、不可思議さです。黄霊芝先生の文学が素朴なリアリズムと決定的に異なるのはその点だと思います。

黄霊芝文学のこうしたありかたを、社会的存在としての人間と実存的存在としての人間を、全体的に描こうとする試みだと考えると、それは日本の戦後文学の立場に似ているように思われます。二十世紀の世界の文学には、ふたつの大きな流れがあって、ひとつは人間を社会的存在と考え、社会の問題、社会の中での人間の問題を描こうとするもので、主要にはプロレタリア文学、社会批判の文学として考えられていました。もうひとつはいわゆる二十世紀文学で、一九世紀の安定した人間観がもはや信じられなくなったとき、そうした不安定な人間の内部をどのように描くかということが考えられました。いわゆる現代派の文学です。日本ではこのふたつの流れは、前者はプロレタリア文学として、後者は新感覚派や『詩と詩論』以後の現代詩として受け入れられました。日本でこのふたつの流れが形成されたのは昭和の時代、一九二〇年代後半からですが、台湾では前者はすぐに同時代的に受け入れられていったのに対して、後者は影響が少ない、あるいは遅れて四十年代に少し入ってきただけのように見えます。いずれにしても、日本でこのふたつの流れを統合して、全体としての人間を描こうとする試みが行われるのは、戦後派の時代になってからです。戦後派とは、四五年から五五年くらいまでの間の日本の文学を主導した、野間宏、椎名麟三、埴谷雄高、武田泰淳らの文学をいうもので、一方でプロレタリア文学を受け継ぎながら、他方で二十世紀文学の人間の存在の問題を取り込もうとしました。

黄霊芝文学にはプロレタリア文学のような視点があるわけではありませんが、台湾という社会の問題を離れられないという意味では、やはり社会的存在としての人間の問題を描いていると言っていいと思います。そうしてみると黄霊芝先生の文学は、やはり日本の戦後派の文学と重なる部分があるように思われます。もちろん黄霊芝先生の文学は日本の戦後文学とは異なったところで、孤立しながら形成されたものだと思われますが、しかしその文学が単に植民地時代の日本文学を受け継ぐだけでなく、むしろ戦後の日本文学と共通するような課題を引き受けながら、台湾という島の中で孤立しつつ形成されていたことは、わたしにはとても不思議なことのように思われます。そういう意味で黄霊芝先生の日本語の文学は、非常に特異な存在なのではないかと思います。

こうした黄霊芝先生の文学観念がどこから来たのか、日本語からなのか、中国語からなのか、それとも欧米の言語からなのか、わたしにはとても興味のあることです。黄霊芝先生自身は、言葉は道具に過ぎないと言っています。しかしまた、表現される内容は、表現する言葉によって形を規定される、とも言っています。

たとえばツォウ族の音楽家高一生は、日本語とツォウ語のふたつの言葉で音楽を作っています。ツォウ語の歌は、明るく楽しいもので、日本語の歌は、「春の佐保姫」のように、獄中で死刑を覚悟したとき、家族に自分の思いを伝えるために作られたものだそうです。いわば共同体の中での喜びを歌うにはツォウ語が、個人の内面という、すぐれて近代的な感覚を歌うときには日本語が使われたわけです。表現する内容が言葉を選び、また言葉が表現の形を決定するということが、そこにはあるように思われます。

こうしたことと考え合わせてみると、黄霊芝先生の文学にとって日本語とはどのような意味を持っているのかという問題は、とても興味深い問題だと思われます。わたしは今この問題に答えることはできないのですが、この問題は台湾文学を考える上で、とても重要な問題なのではないかと思います。

以上大変雑駁な感想ですが、わたしの報告とさせていただきます。

岡崎郁子著『黄霊芝物語』から考えたこと

澤井律之

まえがき

拙文では、岡崎郁子著『黄霊芝物語―ある日文台湾作家の軌跡』（二〇〇四年、研文出版）を取り上げ、書評を兼ねて私見をいくつか述べてみたい。

一　台湾文学界に孤立する黄霊芝

黄霊芝は一九二八年台湾生まれの作家である。戦後国民党統治下の台湾において日本語で詩や小説、俳句の創作を始め、一九七〇年からは台北俳句会を主宰している。中国語を公用語とする台湾において日本語で作品を発表していたため台湾では公に取り上げられることはほとんどなかった。岡崎郁子氏は黄霊芝のことを「「日本時代への郷愁だ」「日本人の糞を食って生きている」「今でも植民地の犬になりたいのか」と罵る同胞がいる」（『黄霊芝物語』四四頁）と述べている。日本で取り上げることは可能であったろうが、日本でも彼の名が広く知られるようになったのはつい近年のことである。黄霊芝の主宰する台北俳句会は日本の俳壇と交流があり、岡崎氏によると、日本の俳壇における、台湾に縁のある人々の間では、黄霊芝は有名であるとのことだ。一九八九年俳誌『燕巣』を主宰する羽田岳水氏も戦前台湾中部で教師をしていたことがあり、羽田氏が訪台して黄霊芝に会った際「台湾歳時記」の執筆を依頼した。これを受け黄霊芝は「台湾歳時記」を一九九〇年から九年近く『燕巣』に連載した。これが労作『台湾俳句歳時記』(二〇〇三年、言叢社)に結実し、二〇〇四年正岡子規国際俳句賞を受賞(黄霊芝「俳句に託す台湾の心」『日本経済新聞』朝刊二〇〇五年一一月二一日)、二〇〇六年秋の叙勲で旭日小綬章を受章するに至った(「旭日小綬章受章の台湾人作家・黄霊芝さん　俳句追究日本語で半世紀「省略の仕方に面白さ」」『西日本新聞』朝刊二〇〇六年一一月六日)。

俳句以外の作品については、岡崎氏の調査によると『岡山日報』の原敏という人物が同紙上で一九七一年から七四年にかけて小説一〇篇、随筆三篇、短歌五首を取り上げ高く評価したことがあった。黄霊芝は一九七一年から私家版『黄霊芝作品集』を出版し始め(二〇〇三年第二〇巻を発行)、友人知人に配布していたようだが、その範囲を超えて広く話題になることはなかったようだ。

岡崎氏が黄霊芝を研究し始めたのは、一九九六年岡崎氏の著書『台湾文学―異端の系譜』中文版の新書発表会の席上で詩人の李敏勇に「異端というなら黄霊芝さんこそ台湾文学の異端じゃないのか」と質問されたことがきっかけだ。その翌日『台湾万葉集』の編者の呉建堂の、菊池寛賞受賞を祝賀するパーティーの席上で黄霊芝を紹介され、黄霊芝から『黄霊芝作品集』を譲り受け、岡崎氏は「黄霊芝を読むことなく「異端」を語っていた自分を恥じ」、黄霊芝の研究を始めた。岡崎氏は、その精力的な研究によって黄霊芝の小説集を編集し、国江春菁(黄霊芝のペンネーム)著『宋王之印』(二〇〇二年、慶友社)として出版した。さらに『黄霊芝物語』を著し、黄霊芝の文学の魅力と、黄霊芝を問うことの意義の大きさをはじめて明らかにしたといえよう。

ところで、上記の李敏勇の指摘にもあるように、黄霊芝が台湾において全く無名であったわけではない。一九六五年に編集された台湾人作家のアンソロジー『本省籍作家作品選集』には彼の詩が採られている。また、一九四七年に日本語で執筆したとされる「蟹」は、一九六八年『台湾文芸』に中国語訳で掲載され第一回呉濁流文学賞を受賞した。その他、一九七〇年同仁詩誌『笠』が編集した『華麗島詩集』にも名を連ねている。さらに、一九七四年から七七年まで呉濁流文学賞選考委員を担当し、『台湾文芸』の表紙デザインも手がけた。

台湾現代文学史にも名は見える。葉石濤著『台湾文学史綱』（一九八七年）には次のように記されている。

省籍の詩人は、六〇年代に『笠』が創刊されるまで、共通の活動の場をもたなかった。五〇年代、彼らは独自に創作していた。この時期に創作を始めた者に、黄騰輝・黄霊芝・李政乃・謝東壁・邱瑩星・葉笛・何瑞雄・郭文圻等がいる（第四章理想主義の挫折と退廃―五〇年代の台灣文学）。

『台湾文芸』には、日本植民地時代の老作家が加わり……また大多数の省籍作家が関係した。鍾肇政・張彦勳・鄭煥・林鍾隆・文心・葉石濤・廖清秀・黄霊芝・陳千武・徐和鄰等戦後第一世代の作家や、……（第五章無根と放逐―六〇年代の台湾文学）。

葉石濤は、『笠』の詩人として、また『台湾文藝』に「蟹」を発表した作家として黄霊芝のことをはっきりと記憶していたに違いない。一九七〇年代に『台湾文藝』の編集に加わった彭瑞金も黄霊芝のことを忘れてはいない。

『台湾文芸』は同人誌ではなく、様々な作家に門戸を開いた。古い世代では、龍瑛宗・呉新栄・王詩郎・黄得時・呂訴上・江肖梅・李君晢・葉栄鐘・王昶雄・陳逸松がいる。早期に登場した作家には、鍾肇政・廖清秀・鄭煥・陳火泉・文心・黄娟・林鍾隆・張彦勲・陳千武・林海音・葉石濤・詹冰・趙天儀・鄭清文・李喬・鍾鐵民・七等生・江上・李魁賢・杜潘芳格・許其正・奔煬（張良澤）・黄霊芝……（『台湾新文学運動四十年』第四章努力と研鑽の年代)。

ただし、どういう訳か台湾の行政院文化建設委員会が出版した『中華民国作家作品目録』(一九八四年)、『中華民国作家作品目録』(一九九九年)、国家図書館が編集した『台湾文学作家年表与作品総録』(二〇〇〇年)には黄霊芝の名が見えない。

筆者は、知り合いの台湾人作家に黄霊芝のことを聞いてみたことがあるが、その返答は『台湾文藝』で「蟹」は読んで覚えているがそれ以後書いていないだろうとのことであった。黄霊芝が中国語の作品を発表せず、もっぱら日本語による私家版『黄霊芝作品集』を出版したのは、黄霊芝自身によると次のような理由からだ。

私は見よう見真似で中国語で小説を書いてはいる。がそれには日本語で書く以上に、恐らくは十倍以上の労力を要し、そして多分十分の一ほどの効果も上がっていないのではないかと懸念している。短い人生に於いてこれだけの浪費をしなければならない理由が何処にあるのだろう(『黄霊芝作品集』第一巻「自序」、岡崎前掲書一八一頁より引用)。

さらに言語は道具にすぎず、言語による芸術である文芸も国境をもたないことを知るべきであるとの自説を展開している。

純粋の言語などというものは、おそらくは太古の昔からすでになかったであろう。(中略)言語は当初より一国のためにのみ存在したものではなかった。いわんや、言語や文字は文芸にとっての道具にすぎない。もし道具が本質を左右し得るほどの力をもつものならば、梅原龍三郎の絵はフランス美術であり、ベートーベンのピアノ曲はイタリア音楽である。そして我々の軍隊は、さしずめアメリカ軍だということになろう。今日の我々には国境の観念が強く、その枠内で物を考える傾向があるが、文芸もまた、他のもろもろの芸術と同じく、国境をもたないことを知るべきである（『台北俳句集』（八）「あとがき」、岡崎前掲書一八〇頁より引用）。

岡崎氏は、以上のような黄霊芝の発言をもとに彼が日本語で書く理由を次のように結論づけている。

そして、ついには自らの全集を日本語で編む決心をし、二〇〇三年までに二〇巻を数えている。台湾では読んでくれる人とてない日本語による文芸作品である。誰のためのものでもない、まして日本人にへつらう気など毛頭もない。ただ自分が生きた証として書き続けているだけのことである。黄霊芝にとっての日本語とは、それだけの意味にすぎない。誰もやらないから私がやってやろう、こういうへそまがりが一人くらいいてもいいじゃないかと尻まくりして、ことさら痩せ我慢をしている体に見えなくもないが、持論を証明するために、死ぬまで自らに鞭打って自己との苦しい闘いを続けてゆくに違いない。それが黄霊芝という作家である（岡崎前掲書一八二頁）。

岡崎氏は、言語は道具にすぎない、文芸は国境をもたないという「持論を証明するために」黄霊芝は日本語による文芸創作を営んでいるのだとする。『黄霊芝物語』に序文を寄せている佐藤智水氏は、こうした岡崎氏の論を読み、「他人に読まれることを想定しない「文学」乃至「言語表現」、そんなものは存在しないという自分の中の常識が黄霊芝の出現によって崩された」と述べているが、そうではないと思う。山田敬三氏は、「究極の読者だけが問題であったからであろう」（「黄霊芝との出会い」岡崎前掲書序文）と述べているが、黄霊芝は、やはり日本語がわかる読者を対象に文学作品を提供しようとしているのだ。でなければ、私家版であろうと印刷物にする必要はないだろう。黄霊芝も他の作家同様に自己表現を鑑賞し理解してくれる読者を求めているに違いないのだ。ただここで、黄霊芝は自分の作品を日本語を解さない大部分の台湾の人々に対して閉じてしまった。長編小説『アジアの孤児』を書き、『台湾文藝』を創刊して台湾の文学に多大の貢献をした呉濁流も日本語で創作したが、彼は自作を中国語に翻訳して出版し、多くの台湾の人々がそれを読んだ。「蟹」で呉濁流文学賞を受賞して高く評価されたにもかかわらず、黄霊芝は自らその道を閉ざし、台湾の文学界から孤立することになった。

二　作品集『宋王之印』

岡崎氏は、黄霊芝の作品について「戦後台湾の五〇年史を繙くがごとく台湾社会を余すところなく伝えている小説群である」（『宋王之印』解説）と述べている。筆者は、岡崎氏が編んだ作品集『宋王之印』のみを読んだにすぎず、黄霊芝のほんの一部分をかじったにすぎないのだが、日本語で書かれてはいるものの、作品の背景や時代、登場人物はあくまで台湾のものであり、少なくともここからは正真正銘の台湾作家にほかならないとの印象をもった。

『宋王之印』には、「毛虫」「宋王之印」「古稀」「癌」「紫陽花」「ふうちゃん」「夢」「豚」「天中殺」「竜宮翁戎貝」「金」の家」「蟹」「におい」「輿論」「董さん」の計一五篇の作品が収められている。以下、配列順に内容を見てみよう。

巻頭の「毛虫」は、ある男が一匹の毛虫を救うために奮闘するという馬鹿馬鹿しい行為を、巧みな表現と心理描写によってユーモラスに描いた小品。

表題作である「宋王之印」は、国宝として故宮博物院に入れられた宋王の玉印が、実は偽物であることをそれを彫った当の本人が物語の語り手に告白するというもので、ミステリー仕立てになっている。

「古稀」と「癌」はいずれも死に対する恐れを取り上げる。前者では、老境にさしかかり死に直面する老人たちの心理と悲哀をリアルに描き、後者では癌の病に罹ったのではないかと心配する患者の心理を軽妙に描く。

「紫陽花」は、ラジオのアナウンサーの声からまだ見ぬ声の主に恋する青年の恋愛を、「ふうちゃん」は幼少の頃の深い罪の記憶を描く。岡崎氏はこの二篇には黄霊芝自身が「投影されて」いると述べている。「夢」は、「正夢」を題材にしたショートショートで、妻を殺す夢を見た男が、恐れのあまり本当に殺してしまうという怖い話。「豚」は、主人公が豚の飼育に奮闘努力するさまを非常に生き生きと描いた中篇。これも「紫陽花」「ふうちゃん」と同じく、黄霊芝自身の実体験に基づくものだろう。

「天誅殺」以下の作品は、いずれも台湾の社会に対する鋭い批判性をそなえている。「天誅殺」は、家を貸そうとした男がトラブルに巻き込まれ、犯人や警察、裁判所に翻弄されるさまを描く。「竜宮翁戎貝」の竜宮翁戎貝とは、非常に希少価値のある四億年前の古生物。台湾を第二の故郷とする日本人北村氏が、戦前台湾でたまたま入手した竜宮翁戎貝を他界後その遺志によって台湾に返還するというニュースが伝えられる。最初北村氏はもてはやされるが、話題の中心は北村氏から竜宮翁戎貝へ、さらに竜宮翁戎貝のもつ金銭的価値へと移ってゆき、北村氏のことは忘却されてしまう。「「金」の家」は、語り手が女性である。幼いときに養女に出され、長じて結婚しては、夫の女遊びと虐待を受ける。それでも、女性は家や血といった古い観念から抜け出すことができない。「蟹」は、病気の乞食が語り手だ。蟹を求めて海に向かった乞食は、誤って人骨を食らいショックを受け、新竹の海辺で行き倒れとなるが、それでも胃袋は何かを求める。作者の意図がわかりにくい作品ではあるが、時代背景は具体的で戦後初期の台北だ。「におい」は、語り手の「俺」と、人工的なポマードの匂いを振りまく若者とのバス車中での無言の格闘をユーモラスに描く。ポマードの匂いに象徴されるものは、台湾で流行する軽薄な西洋かぶれでもある。「輿論」は、浮気性でだらしのない妻を誤って殺したという事件が、マスコミと輿論によって高級官僚を巻き込む大事件となり、ついに警備司令部（軍の治安組織）が乗り出す事態にまで発展するさまをダイナミックに展開している。黄霊芝は、芸術肌の作家で「「美」のハンター」（岡崎前掲書五六頁）を自称しているが、これらの作品はいずれも多かれ少なかれ台湾社会の悪弊や醜悪さをリアルにえぐり出しているように思う。

巻末の「董さん」は、二二八事件の犠牲となった実在の人物湯徳章をモデルにした作品である。一九一五年西来庵事件で両親を失った田沼太郎は、奉公人の台湾人阿玉に育てられ、後に高等文官試験に合格して台南市警察本署の警部補となり、戦後は台湾に残り阿玉の姓である董を名乗り弁護士となったが、二二八事件発生後首謀者の一人とみなされ見せしめに殺される。「董さん」の死について作者は「董さんの父親は日本人だったために台湾人により殺されたが、董さんは台湾を愛したがゆえに中国人に殺された」と語っているが、ここには人は必ずしも国家や民族によって束縛されるものではないという黄霊芝の熱いメッセージが込められているといえよう。

三 「海行兮的世代（海行かばの世代）」としての黄霊芝

岡崎氏は、黄霊芝を論ずるにあたり、戦後も途絶えることのなかった日本語による文学活動―シンガポールで林益謙が一九四六年に創刊した『明台報』、陳蕙貞著『漂浪の小羊』（一九四六年）、一九五〇年六月『台湾新生報』付録として創刊された日本語紙『軍民導報』等を掘り起こした。そして黄霊芝がそれらといかに関係したかを明らかにしている。黄霊芝全三一篇の作品については、心象の原風景、死生観、社会性、二二八事件、戦後初期『漂浪の小羊』との出会い等の角度から論じ、さらにおそらく何度も足を運んで黄霊芝を取材されたのだと想像するが、黄霊芝の人間像にまで踏み込んで考察している。その上で、黄霊芝を「台湾最後の日本語作家」（岡崎前掲書三六頁）に位置づけた。本著を読んで、筆者は黄霊芝が台湾文学史上において、一見「異端」に見えるが、実は欠くことのできない重要な作家であることを強く認識させられた。黄霊芝と言えば、関係者の間でも「陽明山の奥深い竹林に居を構え、蘭を育て、歌を吟じ、詩を朗誦し、小説を書き、フランス語を読み、彫塑を作り、書を論じ、雲をながめ、蝉を聴く」（李魁賢「純粋的芸術家―黄霊芝」、前掲書二〇一頁より引用）というふうに俗世間を超越した人物であるかのごとく見られているのだが、先に見たように黄霊芝の作品をよく読んでみると、黄霊芝がいかに台湾に愛着をもっているかを再認識させられるのである。それは、『台湾歳時記』の一書を見てもわかる。黄霊芝の台湾のあらゆる事象についての見識は相当なものである。黄霊芝は、台湾のことを次のように語っている。

台湾には幾ら写真を撮っても何も写らない部分がある。炎《ほむら》のような…または風でもあり呻きでもあり…そして無のような、それでいてでんと居座る図太いもの…それを理解するのは多分難しい。が、それを風土として育ったのが台湾の文芸なのだ（「戦後の台湾俳句」『台湾俳句歳時記』）。

岡崎氏は、黄霊芝の文学について「台湾という土地に生きる名もない普通の庶民の一人ひとりの生き方や考えや生活を、ていねいに描き出している点にこそ、黄霊芝文学の神髄がある」（岡崎前掲書五六頁）と述べているが、筆者も全く同感だ。台湾の現代文学に、庶民の哀感を描いた秀作は多く、台湾作家の得意とする分野である。この点においては黄霊芝の文学と共通するのだが、受ける印象はずいぶんと違う。様々な要因が考えられるが、まず日本語で書いているということ。それぞれの言語がもつ特性によって表現内容は左右されるものだと黄霊芝自身が言っている（「戦後の台湾俳句」）。次に、岡崎氏が何度も強調するように、徹底して「政治性」や「イデオロギー」を排除し、「台湾意識」や「台湾ナショナリズム」、さらには「外省人」と「本省人」の対立といった観点とは全く無縁なスタンスで作品を書いていることが挙げられよう。上述したように、黄霊芝は台湾の風土と文芸の切ってもきれない関係を強調するが、「台湾意識」に言及することはない。日本語で書き、「台湾意識」を主張しないが、黄霊芝は台湾人であり、彼の文学は正真正銘の台湾文学である。

歴史家の周婉窈は、一九二〇年から三〇年の間、すなわち大正末期から昭和初期に生まれた世代を「戦争期世代」と名づけた（『海行兮的年代』二〇〇二年、允晨文化実業）。彼らの学齢期は皇民化運動が施行された時期と重なり、日本人に同化することを極端に強いられ、さらには戦争にも動員された世代である。それゆえ「海行兮的世代（海行かばの世代）」とも名づけている。周婉窈は、この世代は一九四五年八月日本の敗戦によって言葉と、言葉に付帯する知的財産を失い、さらに日本と戦った中国の統治下において、自らと自らが属した集団の過去については沈黙したと述べ、彼らを「失われた世代」だとしている。しかし、「失われた世代」の沈黙こそが、様々なレベルで国民党統治下の学校教育と社会教育の効果を相殺したのだと述べ、この世代の研究の重要性を唱えている。周婉窈の見方に沿えば、黄霊芝はまさに「失われた世代」に属し、さらにこの沈黙したものたちの代弁者とも位置づけられよう。

岡崎氏は、黄霊芝や邱永漢を取り上げることに否定的な空気が台湾にあり、そうした台湾文壇にもの申すために黄霊芝を論じたと述べている（岡崎前掲書二六五頁）。戦前の台湾文学の再評価は、相当な成績を上げているが、戦前の文学を引きずっている人々、沈黙した人々までをも包含した観点からの研究はまだ少ないように思う。つい最近刊行された三木直大氏編訳による林亨泰詩集『越えられない歴史』（二〇〇六年、思潮社）は、そうした観点があるように思った。まさに歴史は「越えられない」のだ。戦前の文学の戦後への継承を明らかにしてはじめて台湾文学とは何かという難問について一つのコンセンサスが得られるのではないだろうか。岡崎氏の研究は、こうした問題を解明していくうえで大いなる手がかりを提供したと言えよう。昨年一一月に真理大学で黄霊芝文学国際学術研討会が開催されたが、これも岡崎氏の貢献によるものだろう。

境外文化篇

The Vigil of a Nation 論 ―中国共産党批判と林語堂の挫折

合山　究

まえがき

林語堂は、西洋文明を痛烈に批判した前著の *Between Tears and Laughter*（『涙と笑いの間』、一九四三年七月出版）で激しい批判にさらされたが、その嵐が未だおさまらない一九四三年九月二三日に、戦争中の中国情勢を視察するためにアメリカ軍の貨物輸送機に乗ってマイアミから、南米・アフリカ・南アジアを経由する南回り航路で中国へ旅立った。そして、翌年の四四年三月二二日、ちょうど半年後にニューヨークに帰るという旅行を行なった(1)。本書の *The Vigil of a Nation* は、そのときの旅行記である。

ところが、本書はただ単に見たまま感じたままを記述しただけの旅行記ではなく、当時、新興勢力として支配領域を拡大させつつあった中国共産党を痛烈に批判する政治論を内包していたために、またしてもアメリカのジャーナリズムの意向に逆らい、前著の酷評に更に追い打ちをかけられるかのように轟々たる非難を浴びることとなった。これらの著書が相次いで非難攻撃の的となったことによって、Lin Yutang's Overwhelming Success（林語堂の圧倒的成功）といわれるほどの大成功を収めていた彼も、遂にその名声を失墜させ、惨めな敗北感を味わったのである。

そしてそれ以来、本書は前著同様、無価値な本として葬り去られたまま、一顧だにされずに今日に至っている。しかし、本当にそのような無意味な内容の本なのだろうか。また、当時のアメリカの知識人には共産党シンパが多かったのに、林語堂はなぜそのような中国共産党批判を行なって、身を滅ぼすようなことをしたのであろうか。そうした疑問から、このたび *The Vigil of a Nation* を読んでみていささか驚いた。というのは、意外にも、この本には、スノーの『中国の紅い星』や『アジアの戦争』などのような中国共産党礼賛一色に塗りつぶされたルポルタージュとは全く違った、当時の中国の実態が生き生きと描写されていたからである。しかもそれは、単に当時の中国の社会文化、人々の生活情況、国共両党の熾烈な抗争などが活写されているばかりでない。何よりもすばらしいのは彼の政治論である。林語堂の炯眼は、当時まだ中国共産党の輪郭さえ定かには見えぬ時期に、早くもその政治体制のもつ本質的な欠陥を見通し、共産中国がたどったその後の運命、たとえば、二〇世紀最大の人民虐待の一つに数え上げられる文化大革命のような惨劇の起こることを、驚くべき先見の明をもってすでにはっきりと予見していたのである。いわば本書は、中国共産党の破綻や共産主義の末路を予測した見取り図であったのだ。しかもそれはまた、ただ単に共産党の目前の戦術や手口の批判といった低次元の批判ばかりではなく、いずれは中国において、民主主義や自由主義が全体主義の一変形としての共産主義に打ち勝って誕生するだろうと説く希望に満ちた政治論であったのだ。

共産党の政治体制が、地球上からほぼ消滅し、その欠陥が周知のものとなった今日では、この書に見られるような中国共産党や共産主義への批判も以前のような束縛や先入観なしに読むことができ、林語堂の政治論のもつ先見性や洞察力、孤立を恐れず、ただ一人で巨大なアメリカのジャーナリズムに敢然と立ち向かった勇気などに対しても、正当な評価をなすことができる。

そこで、ここでは、林語堂がその名声を失墜させた二著のうち、前著については先年小論を山田敬三先生編『境外の文化』に載せたので、今回は *The Vigil of a Nation* を取り上げ、この本の中に含まれる彼の中国共産党批判やそれによって彼がアメリカのジャーナリズムより蒙った酷評の実態など、さまざまな問題について考察し、あわせて長い間不当な扱いを受けてきた本書の復権を図りたいと思う。

一　*The Vigil of a Nation* の内容

この本には、国共内戦中の一九四七年に広州で刊行された『宇宙風』（一四六期〜一五二期）に載った蘇思凡訳の『枕戈待旦』があるが（未見）、その内容は中国共産党批判を含む中国旅行記という以外には殆ど知られていないので、まず本書がどのような内容の本なのか、章ごとに簡単に紹介することにしよう。

Preface　（序）

À Propos of the Manner and Matter of the Book　（本書の内容と方法）

これらには、米中関係は現在最も重要な時期にさしかかっており、中国の現状や将来について深い理解が必要であるが、本書はそのための基礎知識を提供するための本である、といった意味の著作意図が述べられている。中でも重要な執筆動機は、当時の外国特派員たちによる共産党礼賛の中国情報の氾濫に対する著者の不満であった。従って、執筆態度も特派員たちの書くような最初から目的をもった書き方ではなく、cultured vagabond（教養ある放浪者）としての立場で、中国人の生活や文化を観察し、小型カメラのスナップ写真のように撮りたいものを撮り、画家の風景画のように描きたいものを描き、色や音や臭いの伝わるような筆記調の書き方で書くという。

第一章　Flight into China　（中国への飛行）

林は、航空輸送司令部（ATC）の軍用輸送機に乗ってアメリカから中国（重慶）に向かったが、その間の機内の様子、経由地の情景、米中間の物資輸送の実態、アメリカ軍の軍人気質、ヒマラヤ山脈の偉容などについて記している。

第二章　Chungking　（重慶）

まず、重慶で最初に宿泊した国民党の将軍、熊式輝の家で、林が「社交界の知名士」と呼ぶ熊の娘の可愛い少女の歓迎を受けたことなどについて記す。次に、戦争状態から日常生活を取り戻した重慶市街の復興ぶりを生き生きと描き出し、インフレーションの状況は厳しいが、中国人の驚嘆すべき「忍耐力」と「精神的満足感」があれば、「経済の自由放任主義」でも十分やってゆけるという。

第三章　Pandas, Widows and the Literary Famine　（パンダ、尼僧、女流詩人）

重慶を中心とする四川地方の特産物や独特の文化、たとえば節婦烈女の牌坊・書店の書籍・文房四宝などについて記している。

第四章　The Nation's Leaders　（中国の指導者）

孫科（孫文の長男）の容共的政治観を紹介し、中国の将来に関する孫科の楽観的な見方に懸念を示している。さらに、本章では、国民党の多くの軍人や政治家との会談の様子、伝統文化の護持に関する国共両党の考え方の相違などについて述べたあと、蔣介石やその夫人（宋美齢）の人柄や国民党の政治手法などについて詳細に語り、蔣介石への支持の姿勢を明らかにしている。

第五章　Ships and Machines　（造船と機械）

重慶付近に存在する鉄工所、織物工場、器械販売店、発電所、造船所、軍需工場などの発展状況について述べ、さらにマッチ、鉛筆、乾電池、革靴、毛織物など、さまざまな産物を取り上げて、中国の産業の発展を自慢する。とくに、北碚市長のLu Tsoyingの兄のLu Tsofuの造船業や海運業などに注目し、彼が経営する鉄工所や造船所や地下工場などを訪れ、その発展の様子について驚嘆を交えて詳述している。林は、中国が他国の植民地にならず、経済的自立を成し遂げるには、産業の育成がとりわけ重要であると考えていたので、戦時下にも関わらず産業の発達が想像以上に見られたことに意を強くしたのである。

第六章　To the Northwest　（西北地域へ）

飛行機で重慶から宝鶏へ向かう。搭乗するまでの苦労、旅客の様子、病客と漢方医術のこと、黄土高原や西北地方の風物、この地域の歴史や人間の特徴、悠久の大地に生きる農民の姿などについて述べている。

第七章　Ancient Sian　（いにしえの都・西安）

本章は、殆どみな西安市内やその近郊の古代遺跡や名所旧跡に関する探訪記事で占められている。西安の若い歴史研究者の案内で、大興善寺、興教寺、茂陵、驪山など、おびただしい遺跡や名勝を巡り、それらについて彼の感想を記している。

第八章　The “Civil War”　（内戦）

本章には、第一五章とともに彼の共産党批判が最も強くあらわれている。第一五章が政治観や政治論を主とするのに対して、本章は政治や軍事における具体的な事例を通しての中国共産党批判である。たとえば、国民党軍を不意に攻撃して武器・弾薬・穀物などを奪い取る共産軍の実態、抗日戦をやらずに政府軍を攻撃する新四軍のこと、日本軍と共同して政府軍を挟み撃ちにする共産軍の卑劣な戦法、トロッキストの烙印を押して立派な人物や純粋な青年を粛清する残忍なやり口、国民政府を貶めるために根も葉もない噂をふりまく狡猾な宣伝術、またそれを真に受けて共産党礼賛の偏向報道をする外国特派員のことなど、共産党側の主張とは全く反対の多くの事例を挙げて批判している。

第九章　Young China and the War　（新しい中国と戦争）

本章では、西安に駐屯する国民軍の若き将軍、胡宗南と出会って意気投合したこと、国民党の「強制収容所」（善導学校、労働営）の様子、北大時代の同僚の沈兼士らと華山に出かける途中、立ち寄った潼関の前線基地の軍事演習の様子などが記されている。また、西安孤児院の少女歌舞団の金玉華という少女を養女にしたエピソードについても触れている(2)。

第十章　Huashan　（華山）

本章では、華山登山に関する記述が大半を占めている。途中の風景、登山の様子、華山に関する遺跡や文化の説明などの合間に、沈兼士と語り合った周作人への批判や周兄弟の思い出、党の指令に従って魯迅評価を急変させた共産党の文芸批評のあり方への批判などを挿入している。

第十一章　Paochi and the Japanese Prisoners　（宝鶏と日本人の捕虜）

西安から汽車で宝鶏へ戻る途中に立ち寄った紡織工場や機械工場、旋盤工場、製紙工場などの様子や、宝鶏において見た雇用人のための幼稚園や小学校、図書館や運動場、協同組合や売店、食堂、さらには銀行、生命保険業などの発達について述べている。そのあと、日本人捕虜の収容所を訪ね、日本人捕虜と対話するが、捕虜の悪びれることのない態度や率直な物言いや意想外の天皇観、戦争観の表明などに驚き、さすがの林語堂もいささかたじたじになってインタビューを終えたのであった。

第十二章　The Northwest Highway　(西北自動車道路)

本章は、宝鶏から貨物運搬用のトラックに乗って成都に向かう途中に遭遇したさまざまな事柄について述べている。すなわち、英国人が技術指導をしている工業専門学校の様子、諸葛亮の遺跡や木炭バスのこと、アメリカ軍のトラックが多く駐車している広元の街、梓潼・剣門関の風景、汚い旅館での宿泊、労務者集団のように規律のない四川の新兵、北方の前線とは異なる中国兵士の劣悪な環境などについてである。

第十三章　Old Chengtu　(古代成都)

現代に至るまで連綿と続く四川の伝統文化、骨董屋、夜市、四川料理（とくに豌豆料理）、茶館などについて述べ、さらに文殊院、青羊宮、杜甫草堂、薛濤井などの名勝古跡から四川地方の教育、公衆衛生、識字能力などに言及する。最後に、成都で出会った著名な画家の張大千のことに触れている。

第十四章　Out of the Bamboo Age　(竹の時代)

近代が鉄の時代（steel age）であるとすれば、四川地方の人々は今なお「竹の時代」を生きていると見て、二千年前から存在する灌県の竹を利用した灌漑用の水利施設、西南地方に多く見られる竹の吊り橋、竹を用いて塩を取る塩井（富順県西北の自流井など）や天然ガスを採取する井戸など、竹を中心にして栄えるこの地方独特の産業や生活文化について述べている。

第十五章　Reflections on Democracy and the Future　(民主主義と中国の未来について)

四七頁を占める本章は、第八章とは異なり、政治思想面からの共産主義批判であり、林語堂の政治観を見るうえに非常に重要である。(一)民主主義(二)団結(三)軍隊(四)産業化の四項目にわたって論じているが、とりわけ（一）（二）には、民主主義に対する彼の考え方や国民党に加担する理由など、彼の政治観や政治的立場がよくあらわれている。また、中国共産党がまだ海のものとも山のものとも分からないこの時期に早くもその本質的欠陥を見抜き、一党独裁による弊害、言論の抑圧、整風という名の粛清、伝統文化の全面的破壊、さらには文化大革命のような将来起こるであろう悲惨な事態を予測させるものとなっている。

なお、総括に当たる本章（四）に「産業化」をおいたのは、産業化が中国の経済的自立の鍵を握っていると林が考えていたからであろうが、それとともに、西洋文明の物質偏重を批判した前著に対して、彼が中国の貧民の生活向上を求めない人間であるかのごとく曲解されたので、本書では貧民の生活向上への道筋を示すために、産業の発達の必要性を特に強調したという面もあるだろう。

二　本書の創作意図

本書の内容は大体以上のごとくであるが、これを見てもわかるように、この本は旅行記ともいえるし、また政治論であるともいえる。今日の読者は政治や軍事に関する記述よりも、むしろ当時の社会文化や庶民生活の様子を生き生きと伝える旅行記的描写のほうに興味をそそられるかもしれない。ところが、政治問題が最大の関心事であった当時のアメリカにおいては、旅行記的な記述に関心を寄せる者は殆どなく、専らその政治論を問題にした。しかもその内容が、中国共産党批判や共産主義批判という彼らの意に反するものだったので、非常な衝撃を受け、すぐさま書評による猛烈な反論や反駁をもって、林語堂に対する集中攻撃を加えたのである。本書がアメリカにおいてどのように批判されたか、またそれによって林語堂がどのような状況に追い込まれたかを見る前に、そもそも林語堂がなぜこのような本を著したのか、また、林語堂がなぜ中国共産党とかくも対立しなければならなかったのかについて見ることにしよう。

（1）特派員のレポートに対する疑念

林語堂がこのような共産党批判の書を著すことを企図した直接的理由としては、先ず第一に、林自身が本書中に再三述べているように、当時、アメリカの特派員たちによって中国共産党を賛美する情報が一方的にジャーナリズムに流されていたことに対する強い不満が挙げられる。

当時、林語堂の出版物はアメリカにおいて次々にベストセラーとなっていたが、しかしその間にも中国情勢は刻々変化しており、一時も目が離せない状態にあった。祖国の将来に並々ならぬ関心をもち、また、中国のあらゆる問題に関して意見を聞かれる立場にあった林語堂にとって、中国情勢の変化は常に把握しておく必要があった。彼は一九四〇年に家族と一緒に帰国し、戦争情況を自分の目で確かめようとしたけれども、日本軍の猛烈な空爆にあって、ごく短期間重慶や香港に滞在しただけで、ニューヨークに舞い戻らねばならなかったことがあった。従って、それ以来彼はずっと、故国の情勢を見るために中国に出かける機会を窺っていたのである。

ところが、その間に、スノーなどの外国特派員たちによる中国共産党を満場一致で（unanimously）礼賛するルポルタージュが続々と現れた(3)。*Amerasia* によれば、「そのころまでには、彼ら（アメリカ人）はまた中国の現状をよりはっきりと理解できるようになり、林語堂によって描写された牧歌的な旧中国は、現実感が殆どないということを覚りはじめていた。有能な外国特派員グループの奮励努力のお陰で、そしてまた中国における公式・非公式の観察者たちのレポートとも相俟って、中国情勢の真相がゆっくりと、確実にアメリカ本国にもたらされ国民の知るところとなった。・・・そして彼らは、中国の基本的な政治問題は、完全な民主主義勢力が保守的で反動的な国民党政権に挑む戦いであることを悟り始めた」(4)という。おそらく当時のアメリカのジャーナリズムにおいて、中国共産党を知らない者は時代遅れの古い人間であり、現代中国を語る資格がないといった雰囲気が生まれていたことは間違いあるまい。このような風潮に対して、もともと共産党嫌いの林語堂が、このままじっと手をこまねいていては、特派員たちの一方的な情報がアメリカ中に氾濫し、実情を知らない読者がそれに影響され、遂には取り返しがつかないことになると、危機感を募らせたということは十分に考えられることである。林はいう。

もし私が共産党サイドの話のみを聞いたアメリカ人だったら、私は完全に中国共産党の側に味方するであろう。中国共産党は日本と戦っている唯一の人民であるとか、何の理由もないのに中国政府はこれらの英雄的な戦士を「囲剿」し始めたとか、これらの共産党軍には政府から給与が支払われていないとか、重慶にいるいくつかの党は「ファシストや無抵抗主義者や日本びいき」であるなどといった話を、私は信じたであろう。(本書一二九頁)

そこで、前回の一時的な中国行きから三年余が過ぎ、戦争の帰趨もほぼ定まったので、再度中国に行って特派員たちのいうことが事実かどうかを自分の目で確かめ、特派員たちの共産党礼賛のルポルタージュとは異なった旅行記を書こうとしたという理由も十分に理解できる。本書には、「彼ら(特派員たち)は中国に行き、その先入観を全く変えずに、そのまま中国から帰ってきた。それは言うならば、彼らは中国へ行ったとはいえないのだ」(一一頁)とか、「もし外国の観察者が眠っていたのでなければ、その事実を知っていたはずである。それらの事実に対する甚だしい無知と歪曲は、遊撃隊の宣伝工作が活発であることと、中国戦線からのかなり低いレベルの報告が存在することを示している」(一四四頁)といった、特派員たちに対する対抗意識をあらわにした言葉が到るところに見えるからである。

また、このような政治的立場からの特派員批判だけではなく、著作態度においても特派員たちとは異なることを表明している。それは、cultured vagabond（教養ある放浪者）の立場で見たまま感じたままを自由に記す著述法を取ると述べていることである。これも、特派員たちの目的をもった画一的な書き方に対する文学者としての一種の対抗意識のあらわれであるかもしれない。あるいはまた、彼が国民党側に初めから味方をしたものではないことを示そうとする一種のカムフラージュであるかもしれないが、いずれにせよ、この中国行はそんな悠長なものではなく、彼にとって中国と彼自身の将来を決める運命をかけた闘いにも等しいものだったと思われる。おそらく彼は、中国において自由主義（民主主義）が勝つか、共産主義（全体主義）が勝つか、伸るか反るかの戦いを行なうような気持ちで出かけたものと思う。彼のような多方面の才能を有し、自由にものを言う人間にとって、その才能の発露を抑圧する共産主義は、根本的なところで彼とは相容れない政体であった。従って、共産党という未知の新勢力に味方する意図をもって出かける特派員たちとは反対の立場、すなわち、国民党側に立った報告をする意図を実は初めからもって中国に出かけたのではないか、そしてその思いは、中国滞在中にますます切実なものとなっていったのではないかと私は思うのである。

ただ、林の最晩年の自伝では、当時、米軍の駐華軍事代表として蔣介石の参謀長を務めていた容共派のスティルウェル将軍や外交官のサービスやデービスなどを激しく批判している。しかし、この本には彼らに対する批判は全く見えない。おそらく、国民政府と米国との関係が悪くなることを恐れて、彼らへの批判を避け、もっぱら特派員やジャーナリストたちのレポートに的を絞って批判したのであろう。

（2）中国の左翼系文人の林語堂批判

林語堂が中国共産党や共産主義を批判する気持ちを鞏固なものにしたと見られる理由がもう一つある。それは、彼がこの旅行中に左派系文人から執拗な集中攻撃、つまり「囲剿」（包囲殲滅）を受けたことに起因する。「囲剿」という語は、一般的には国民党が共産党を軍事的に囲剿するときに用いるが、文化的には共産党が特定の文人や作家に対して寄ってたかって攻撃を加え、その人の思想や文学の影響の消滅をはかるやり方としても用いられる。これは「整風」中の「文風」に通じる一種の知識人批判キャンペーンであるが、林語堂はこの時これを受けたのである。

共産党系文人による林語堂に対する囲剿は、一九四三年の年末からはじまった。一二月二四日に重慶の中央大学で「論東西文化与心理建設」という題目の講演を林が行なったところ、これに対して、三日後の二七日の共産党の機関紙『新華日報』に彼の講演内容を激しく批判する郭沫若の記事（「啼笑皆是」）が出た。これを皮切りに、如波、陳桑、郭沫若、田漢、秦牧、陳思、李観済、曹聚仁らが、『新華日報』や国民党系の『民国日報』などに次々に林語堂を批判する文章を載せ、一斉に非難攻撃を加えた。林の講演は中国人の自負心と自立心の必要性を説いた実に堂々たる格調の高い内容であったが、そんなことはお構いなしに、趣旨をねじ曲げ、事実を歪め、人身攻撃的なやり方で執拗な批判を繰り返したのである。林は古典を読めないくせに、こんな非常時に青年に易経を読めと言っているとか、林は哲学博士の学位をもつに値しない無学な人間であるとか、林の英語の実力は最低で、アメリカで通用しないのをごまかしているとか、林は中国人や中国文化を貶め、中国人の生活の「些事」を利用して金儲けをしているとか、困難な時期に中国から逃亡し、安全で快適な外国でのうのうと暮らしているといったことを、感情的な言葉を用いて誹謗中傷し、彼に対する悪印象を一般読者に植えつけようとしたのである。

この事件に関しては、秦明道「林語堂与郭沫若的旧賬」（『星島週報』一八三期、香港星系報業公司刊、一九五五年五月一二日）と秦明「林語堂與郭沫若一場論戦」（『藝文誌』第十期、一九六六年七月）に詳述されているが、これらは殆ど同文である。おそらく同一人物の作であろう。また、林語堂自身も本書中（五七〜五九頁）にそのことについて述べており、*Amerasia*（第九巻五号、一九四五年三月九日）にもその間のいきさつが載っている。さらにまた、秦賢次『林語堂年表』（一九四四年の項）の記述によれば、この時の講演内容や郭沫若・曹聚仁などの批判文、林の答弁文などを集めた『林語堂往何処去』という本がこの年に出版されたという。

林語堂は、左派系文学者たちによる陰険で執拗な批判を食らって、この種の徒党を組んで異論を葬るやり方こそ、共産党の本質であると身にしみて感じたに違いない。そして、もし共産党が中国を支配するようなことになれば、自分のような自由思想家はとても中国では生きて行けないと実感したに違いない。林はそのとき、これらの批判に対して殆ど反論らしい反論をせず、文人の度量を以て悠然と対応したが、旅の最後に、「左派仁兄に贈別す」という律詩を三首残して中国を離れた。この詩は林が左派系文人や中国共産党に与えた絶縁状といってもよく、彼はすでにこの時、心中深く、共産主義との闘いを今後の人生の目標とする決意を固めていたに違いない。というのは、その時以来、彼の批判の矛先が、これまでのファシズムや日本軍国主義に対する批判から、中国共産党や共産主義批判へと切り替わったからである。

三　本書における中国共産党批判の骨子

林語堂が外国特派員たちの中国レポートを偏向報道として批判するのは、結局のところ、彼らとの間に中国共産党や共産主義の見方に根本的な相違があったからである。個々の事象の是非については、多くは水掛け論に終わって勝負がつかない。やはりもっと根本的なこと、つまり林と特派員たちとの政治思想の違いを見る必要があるだろう。

（1）民主主義をめぐる立場の相違

林語堂と特派員たちとの最も大きな政治思想上の相違は、「民主主義」についての考え方に帰結するだろう。現在でもそうであるが、当時においても民主主義は最も重要な政治課題であるとされたので、どの政権も民主主義政治の達成を目標に掲げていた。ところが、言葉は同じ「民主主義」でも、それぞれの政体によってその概念が異なるのである。とりわけ大きな相違は、「自由民主主義」と「社会民主主義」という二つのデモクラシーの対立によって示される。これら二つの民主主義をめぐる覇権争いは、第二次大戦後の冷戦時代に激化するといわれているが、その争いは当時すでに始まっていたのである。

林語堂の唱える民主主義は、我々のいわゆる「自由民主主義」であり、民主主義社会とは思想の個人的相対性（思想はすべて個人のものだという考え方）を認める社会、つまり、他人に支配されない自由な精神活動が出来る社会である。そのためには、民主主義の主要な属性である基本的人権、言論の自由、出版の自由、信仰の自由、自由な選挙、多数決の原理などは欠くべからざるものである。これらの中で林が当時とりわけ重視したのは思想・言論・出版などの自由であり、これらが十分に行なわれるならば、他のものは自ずから達成できると彼は考えていたようである。というのも、彼のような自由思想家にして作家である者にとっては、思想や言論の自由が奪われることは致命的なことであったからであろう。彼が言論の自由にいかに並々ならぬ関心をもっていたかは、アメリカ移住後の一九三六年に、*A History of the Press and Public Opinion in China*（邦訳『支那における言論の発達』）を出版していることによっても分かるだろう。彼は、「出版の自由は、法律や憲法の制定よりも重要である。政府を批判する方法を知らない国民は、民主主義国家の国民とはいえない」（二一三頁）と共産党を批判している。

その点からすると、中国共産党は民主主義的政党ではない、あるいは民主主義的政党にはなれないと、彼は繰り返し言うのである。

中国の共産主義政権には言論の自由、信仰の自由がない。それは、厳しい統制、恐怖政治、軍隊と民政における諜報組織や地方の政治委員などによって統治する。（二二七頁）

政権についての最終的な評価は、民衆が政権に対して不利なことを言えるかどうかである。そしてそれは、その政権が「民主主義」の概念にのっとった政治をしているかどうかを判断するかなりよい評価法である。私は延安から帰ってくる外国の特派員の中に、その政権を完璧な政権として「称賛」しない農民を一人発見できたと報告する者が、一人ぐらいいてもよいと思うのだが・・・。（二二七頁）

しかし、一方の国民党もまだ十分な民主主義政党にはなっていないので、国民党に対しても、（一）Bill of Rights（権利宣言）をただちに厳しく実施せよ。（二）中国のあらゆる党派にすぐに憲法上の地位を与えよ。（三）国民党自身が、共産党の急進的な綱領と競争して、貧農や労働者や一般人民から支持される活気のある政党へと脱皮せよと提言し、将来、中国が真の民主主義国家になることをひたすら願うのである（二二四頁）。彼はいう、「民主主義の問題は、最優先の課題だ。というのは、戦争後のことを考えるとき、真に民主的な中国の樹立が保証されることは、戦後の国際的な協力のために極めて重要であり、またそれゆえに、戦争での勝利が確実になった今となっては、戦争に勝つことよりも更に大きな世界的関心事であるからだ」（二一一頁）と。

ところが、先に述べたように、「民主主義」にはもう一つの立場、すなわち毛沢東の『新民主主義論』に見られるような「社会民主主義」の考え方があった。彼らによれば、真の民主主義は共産主義の中にこそあるのであって、プロレタリア独裁が達成されてはじめて真の民主主義社会になるとするのである。英米のいわゆる「民主主義」は

「ブルジョア民主主義」であって真の民主主義ではなく、孫文の「三民主義」ですら民主主義の前段階にすぎないというのである。貧困にあえぐ人々のために地主やブルジョアの権益を奪って、貧農や下層労働者に分け与えることこそが「民主主義」であるとするこうした理論は、貧窮者の多かった当時においては単純明快で理解され易かったにちがいない。林語堂も国民党に対して貧民、労働者などの「小さな人々」の幸福にもっと配慮するよう勧めているが（二二四頁）、しかし、スノーらは林の言葉を逆手にとって林の民主主義観を厳しく批判するのである。スノーは言う、

「自治政府を組織する」権利をもつこと、労働組合や農民組合を設立すること、女性に男性と対等の地位を与えることは、中国の黄土の上とか、労働搾取工場とかで生きるために働く必要のない者には重要ではないかもしれないが、しかし、そんな表現手段なしに、政府の上に「民主主義」のレッテルを貼っても、中国の大多数の人民にとって何の意味ももたないだろうということは確かである、と。（次章掲載の書評リストの⑦の（a））

当時の多くの中国の民衆にとって、言論の自由や出版の自由があるかないかといったことは大問題ではなかったかもしれないが、それでさえ、スノーや宋慶齢などは、延安に十分存在すると主張したのである（二二五頁）。そして、結局、国民党と中国共産党との戦いを、保守的で反動的な勢力と完全な民主主義勢力との戦いという二項対立的な図式にはめ込んで、林の民主主義観を批判したのである。

というのは、林語堂の *The Vigil of a Nation* は、中国国民の中の最もよい協力者の幾人かを誹謗しているからである。それらの協力者はたまたま中国共産党によって導かれたものであるが、その中国共産党は、もう数年前になったけれども、近い将来に中国に共産主義政権を樹立する意図を放棄したのである。それを見た大部

分の人々によれば、これまでに知られるどんな中国よりもより民主的な政治が行なわれるのである。ただ林の反共的長広舌のために、彼の本は中国の幸福にふだん何の関心ももっていない米国の愚かな反動的グループに利用されることだろう。（同上⑦（a））

（2）自由主義と全体主義の対立

思想の自由、言論の自由、信教の自由などの「自由」を重視する林語堂にとって、帝国主義的専制政治、イタリアのファシズム、ドイツのナチズム、日本の軍国主義、ソ連のスターリン主義などのような全体主義や専制主義の政治体制はどうしても容認しがたい政体であった。ところが、不思議なことに、当時共産主義は、全体主義や専制主義や国家主義などの範疇には入らず、むしろ民主主義や自由主義や国際主義に近いものと思われていたのである。林語堂が、「あらゆるマルキストが〈民主主義者〉であり、〈自由主義者〉であり、資本主義支持者でさえあると主張しているという事実は、この戦争の最も驚くべき功績の一つである。私が無党派の立場を取り、内部的不統一や延安における出版の自由の抑圧を、重慶におけると同様に厳しく叩くということは、その筋のものを憤慨させるだろう」（一四頁）というがごとく、黒白未分の状態にあったのである。

そのようなわけで、毛沢東が、「一切の抗日人民（地主・資本家・農民・工人など）の人権・政治権・財権および言論・出版・集会・結社・信仰・居住・移動の自由を保証する」(5)とか、「党外の人々の宗教信仰、思想の自由および生活習慣については、必ず尊重する」(6)などとたびたび言い、共産党内や解放区の人民にはほぼ充分な自由があり、独立性と個性があるなどといって、共産党は個性と自由を最も尊重する党であると強調し、敵の国民党を人民の一切の自由を剥奪する独裁的、封建的、専制的、ファシズム的政党だとして非難する戦術を取ったとしても、誰もおかしいとは思わなかったのである。そのことは、たとえば、戦後の連合政府をめぐる蒋介石との会談において、共産党が国民党に対して言論・出版・集会・結社・思想・信仰の自由、特務機関の廃止などを要求しているのを見てもわかるだろう。

中国共産党に対する当時の一般の認識は、大体このようなものであったが、これに対して林は、それが間違ったものであるとして、中国共産党を「全体主義的民主主義」と呼び、その体制がもつ避けがたい傾向、すなわち、専制政治、プロレタリア独裁、粛清や追放、思想統制、権力政治、独裁者の神格化、暴力革命、文化破壊などについていち早く指摘し、これらを批判したのである。

中国におけるソビエト政権は、まさにロシアにおけるソビエトが独裁政権として支配するのと同様に独裁政権であり、それは独裁政権のもつ力強さと悪徳とをすべて備えている。それはせいぜい「全体主義的民主主義」とか「民主主義的全体主義」としか言えない。私にはそんな語句がどんな意味をもつかわからないが・・。民主主義的全体主義、つまり人民の利益のために働く全体主義国家は、確かにソビエトロシアによって十分に例証されるように、政治改革を実行する上の力強さと能力をもっている。問題は、それが中国の望む民主主義であるかどうかである。（二二七頁）

林は、ソ連のスターリンのやり方から見て、中国共産党の人民民主主義独裁（プロレタリア独裁）は、一党独裁になり、さらに独裁者の神格化となり、結局、人民抑圧になるということを見抜いていたようであるが、当時のアメリカの知識人には、中国共産党が真の民主主義政党だという説のほうが、林の説よりも理解されたのである。

また、林は言論、思想、出版の自由がない社会では、思想統制が行われ、文芸活動はすべて政治の道具と化す。従って、外国の特派員たちが「満場一致」で称賛する共産党報道はあやしい。批判のない社会は、民主主義ではなく独裁に通じる。これは、特派員たちが共産党のいうことを鵜呑みにしているからだと見るのであるが、これに対して、特派員たちは、それこそむしろ全員一丸となって善いことを行なっている証拠であり、満場一致の同意見のどこが悪いかと反論するのである。

（3）温情主義と独裁主義

林語堂は、国民党主席の蒋介石をPaternalist（温情主義者）であると見、国民党をPaternalism（温情主義）の政党であると見なし、一方、中国共産党を全体主義的強権政治の政党であると見なした。彼はいう、

国民党政府の全体的性格は、温情主義であるが、しかし私はそれが「ファシスト」だとは思わない。それは、温情主義の弊害をすべてもっている。人々の思想や行動を善導することに気を遣いすぎて、人々に自発的にやらせることには十分に心を配らない。しかし、私はそこに思想や見解の統制という弊害とか、恐怖や権力の支配などが存在するとは思わない。温情主義政権の下での人々の反応は、ある種の騒擾や穏やかな楽しみである。全体主義者の支配下に置かれた人々の反応は、陰口、人知れぬ恐怖、威嚇による服従、軍隊の直立歩調行進に見るような政府への満場一致の賛辞である。温情主義の弊害は矯正可能であるが、全体主義の弊害はそうではない。後者のはっきりした証拠を得るには、延安に行かねばならない。（二一七頁）

Paternalismの訳語としては、温情主義の外に、父子主義、家族主義、父親的干渉主義などがあるが、要するに、国民党は冷酷非情な粛清を伴った共産党に比べて、不十分ながらも道徳に基づく暖かさをもった家族主義の政党だというのである。一方、プロレタリア独裁を求める共産党は、それが達成されると必ず権力闘争になり、密告、拷問、粛清、追放などの恐怖政治に陥り、最後には、人民抑圧、大量虐殺へ進む、と見るのである。林は言う、「中国における真の全体主義政権と真に徹底した一党独裁は、重慶（国民党）にではなく、延安（共産党）にある」（二三三頁）と。

しかしながら、国共両党に対する林のこのような見方にも、異論があった。というのは、当時、蔣介石は軍事委員会の長であり、国民党の主席であり、また広範な実権を握っていたので、一般には独裁者といえば蔣介石、一党独裁（専政）といえば国民党だと思われていたからである。これに対して林は、蔣介石はしばしば「独裁者」とよばれているが、そうではなく、温情主義者である。なぜなら、彼は同志を一人も粛清していないからだなどと弁護する（六一頁）。しかし、特派員たちは、むしろ蔣介石の「独裁」体制のゆえに、国民党の政治改革がなされず、全人民が挙げて民主主義のために一体となって働くことができないのだと批判するのである。

要するに、林はプロレタリア独裁を目指す共産党の全体主義的政治よりも、儒教的な家族主義を基盤にした国民党の温情主義政治のほうが、民主主義の政治を達成する可能性が大きく、またその体制のほうが中国には向いていると思っていたのである。従って、民主主義へ向けて漸進主義を取るか、急進主義を取るかという対立においても、彼は、暴力革命を否定し、民主的手段によって漸進的になされるべきであるという立場を取った。

国民党と中国共産党の相違は、社会改革を実行する手法にある。漸進的な改革によるか、それとも暴力とプロレタリア独裁の手法によるかのどちらかである。現代のいかなる民主政治においても、そのような政治的相違は民主的な手段で解決されるべきである。（二三五頁）

民主主義は、一国の中で意見や利害が衝突するにもかかわらず、平和を保証する。そして、ゆっくりではあっても、着実な発展を約束する。そのようなわけで、私は民主主義が最も成熟した政体であると信じるのだ。

（二一二頁）

というのである。

（4）文化主義と物質主義

林語堂が国民党を擁護し、共産党を否定する立場を取った更にもう一つの理由に、中国の文化伝統を守る政党であるか、それを捨て去る政党であるかの相違がある。彼は唯物主義の共産党の文化否定の政治よりも、力強さはなくとも道徳に基盤を置く国民党の文化擁護の政治を選ぶのである。共産主義者は、中国の伝統文化の絶滅をくわだて、古書を廃棄し、焚書坑儒のような文化否定をやる。精神より物を尊ぶ共産党は、窮極的には物質第一主義に陥りがちになり、自然美を愛でることさえブルジョア的だと見るようになる。到底、cultured vagabond のような自由な精神をもった者の生きうる社会とはなり得ないという。

以上のような観点から、林は唯物論のマルキシズムよりも道徳主義の孔子を、全体主義的方法（totalitarian approach）よりも道徳的方法（moralistic approach）を選ぶといい（五七～六一頁）、秦の始皇帝による統治に類似した共産党の支配体制よりも、漢代の儒教統治に似た蒋介石のやり方に戦後の統治を託すべきである、というのである。

ただ、林は、蒋介石の儒教的温情主義を支持するといっても、蒋介石のような上からの道徳の押しつけや強制ではなく、国民が自発的に道徳心の向上に目覚め、やる気を起こすような政策を採るべきであるといっている。蒋介石のような道徳の強制では、若者に受け入れられないからである（六五頁）。

また、アングロサクソン・モデルを採用するか、ロシア・モデルを採用するかというときには、全体主義の「ロシア・モデル」よりも、民主主義の「アングロサクソン・モデル」、つまりコミンテルンに臣従する義務を負っている共産党よりも、三民主義の国民党を取れという。そのほうが中国の実態に合っており、中国の将来にとって有益であるからだというのである。

以上、林語堂の政治思想の骨格をなす部分を共産党や特派員たちとの比較の上に見てきたが、結局、林と特派員たちとの考え方の違いは、その後の米ソ冷戦中に顕在化する自由民主主義と社会民主主義の立場の違いに帰着するだろう。林は、国民党には貧農や労働者などの「小民」を重視する気持ちが不足しているけれども、それを除いてはおおむね国民党のほうが共産党よりもよりよい中国を作り得ると見ていたのである。その最大の理由は、共産主義には言論・思想・出版・信教などの自由がないということであったように私は思う。「私が十年前に行なった中国の「左翼」との文学上の闘いにおいて、彼らは私を、思想の自由が時代遅れのものであることを知らず、また文学は共産党の宣伝手段であるべきだというルナチャルスキイ理論が西洋の智慧の決定版であることを知らない知識人として、しばしば私を冷笑した」（一四頁）などと批判しているからである。やはり、言論の自由が封殺されることは、彼にとってその存在を否定されるにも等しかったのであろう。

しかしながら、当時は冷戦時代のようには双方の陣営の特徴が明瞭には認識されておらず、とくに中国共産党の実態については分からないことが多かったので、当時の進歩的知識人の多くは共産党の振りまく幻想と政治の実態との乖離に殆ど気づかず、中国共産党を理想の政党のごとく見なし、その逆に、国民党を独裁的な非民主主義的政党、時代遅れの古い文化を死守する反動勢力であると見なしたのである。たとえその時点で中国共産党に幾分欠陥があったとしても、それらは将来十分克服され得ると信じて疑わなかったのである。そのような時代思潮の中でなされた論争なので、先見の明をもった林語堂の国民党擁護、共産党批判の論理が米国のジャーナリズムに容れられなかったのも、無理もないことかもしれない。

四　*The Vigil of a Nation* に対する米国での批判

The Vigil of a Nation は、一九四四年の末に出版され、ニューヨーク・タイムズのベスト・セリング・ブックスによれば、ゼネラルの部の第七位（一九四五年二月二五日）を占め、林語堂のアメリカにおける六冊目のベストセラーとなった。しかしながら、既に述べたように、本書が出版されると、前著の『涙と笑いの間』同様に多くの書評が現れ、それによってまたしても彼はアメリカのジャーナリズムから袋だたきにされた。書評は一九四五年一月末から集中的に現れ、二、三月にピークを迎えたが、書評の数ではむしろ前著よりも多く、主だった新聞・雑誌に載らないものはないといってよいくらいであった。管見の及ぶ限り、*Book Review Digest* に載っているものだけでも二一種あり、新聞広告に引かれているものが二五種あり、その他、*Amerasia* の記事中に引かれているものが四種ある。重複を除いて、少なくとも四〇種以上の主要な新聞雑誌に書評の出たことが現在確認できる。いかに、本書が問題作であったかが分かるであろう。それらのうち、私は次のような書評を読んだ。

① *New York Times Book Review,*　Jan.28, 1945, pp.1&29.（Brooks Atkinson）
② *News Week,*（The Angry Voice of Lin Yutang),　Jan.29, 1945,　pp.91-92.
③ *Time,*（China Revisited),　Jan.29, 1945,　pp.102-104.
④ *New Yorker,*　Feb.3, 1945,　pp.78-82.（Edmund Wilson）
⑤ *The Saturday Review of Literature,*　Feb.3, 1945,　pp.10-11.（Harrison Forman）
⑥ *The New Republic,*（Old America Hand),　Vol.112, No.6,　Feb.5, 1945,　pp.180-182.（Richard Watts Jr.）

⑦ *The Nation,*

(a) (China to Lin Yutang) Feb.17, 1945, pp.180-183. (Edgar Snow)

(b) (China and Its Critics) Mar.24, 1945, pp.324-327. (Lin Yutang)

(c) (China to Lin Yutang ll) Mar.31, 1945, p359. (Edgar Snow)

(d) (Letters to the Editors) Apr.21, 1945, p471. (Maud Russell；ReubenS. Flacks)

⑧ *Amerasia,* (China's Scholarly Press Agent:Lin Yutang's New Role)

Vol.9, No.5, Mar.9, 1945, pp.67-78.

⑨ *Pacific Affairs,* Vol.18, June, 1945, pp.198-199. (H.G.W.Woodhead)

⑩ *Far Eastern Survey,* (Conflict in North China:1937-1943)

Vol.14, July, pp.172-176. (Michael Lindsay)

⑪ *The Yale Review,* (China in War Time)

Vol.34, Summer, 1945, pp.751-755. (Laurence Salisbury)

(以下、*Amerasia* 所収の引用文)

⑫ *New York post,* Jan.25, 1945, (Sterling North)

⑬ *PM,* Feb.11, 1945, (Nym Wales)

⑭ *Far Eastern Survey,* Feb.14, 1945, (Laurence E. Salisbury)

⑮ *The Shanghai Evening post and Mercury,* (Randall Gould)

署名入りの記事の書評家は、殆どみな中国に勤務したり、辺区に入ったりした経験をもつ特派員や記者である。彼らははるばる中国に出かけ、困難を冒してレポートを取ってきたのであるから、それが林語堂によって厳しく批判されるのは心外であったに違いない。とりわけ辺区に足を踏み入れたことのある者にとってはそうだったろう。従って、本書に対する彼らの書評が中立的立場でなされるはずはなく、濃淡強弱の差はあるとしても、否定的な評価に傾きがちなのは致し方のないところであった。上記の書評だけではまだ十分ではないかもしれないが、本書に対する書評の全体的傾向はほぼつかめたと思うので、以下に、それぞれの書評で論議された事柄のうち、重要と見られるものの要点のみを挙げた。既に前章で挙げたものもあるが、それらを通して当時の海外メディアが国民党と中国共産党とをどのように見ていたか、また林がどのような内容の批判によって文壇の寵児の座を追われたのかといったことについて、具体的に知ることができるであろう。

(1) 林は、独裁者(ファシスト)である蒋介石を一方的に支持し、彼の政治を「温情主義」と見なし、もっぱら国民党擁護の論陣を張り、共産党を厳しく批判している、と非難する。(②③④⑤⑦)

(2) 林は、国民党が貧農や労働者のための政策を持たず、下層の民を重んじないということを知っているのに、なぜそんな国民党の味方をするのか、と非難する。(①⑤⑥⑦)

(3) 林は、特派員たちが共産党の資料や発言を鵜呑みにし、虚偽の報告をしているというが、逆に林こそ国民党のプロパガンダ資料などの虚偽事実を根拠にして共産党を非難している、と批判する。(⑤⑦⑧⑩)

(4) 林は、共産党が国民党に従うと言いながら、日本と戦わずに政府軍を攻撃し、独自の通貨を発行して支配領域を拡大させ、中国の団結を妨げているというが、事実に悖る言いがかりだ、と批判する。(②⑥⑦⑨)

（5）林は、何応欽や陳立夫のような者を立派な人物と見なしている、と非難する。（⑦）

（6）国民政府は面子と体裁のために、外国に向かって内紛のことを言わないのに、共産党は国民党の悪口を言いふらし、それを真に受けた特派員たちは共産党を完全無欠の政党のように宣伝している、と林が言うのを批判する。（③⑤⑦⑨）

上記の議論の中には、今から見れば、林のほうが正しいと思えるものや相打ちになるものも多いが、中国共産党にバラ色の夢を描いていた当時にあっては、林の意見は殆ど受け容れられなかったようである。

（7）林は、延安や共産党支配地域に行ったことがなく、辺区の情況を見たこともないのに、やたらと共産党を非難している。これは公平で客観的な学者のなすべきことではない。また、不遜にも、訓練を重ねた有能なジャーナリストたちを、共産党の宣伝を鵜呑みにする騙されやすい集団として馬鹿にしている、と厳しく批判する。（②⑤⑥⑦⑧⑨⑪）

この批判は、林にとって最も痛いところを突かれたといえるだろう。林は、国民党の公式文書や辺区から逃亡してきたChen Chungの*Fours Years of the Chinese Communist Party*などを通して、特派員たちの知らない厖大な秘密資料をもっており、ある面では特派員たちの満場一致のレポートよりは遙かに深く共産党の実態を見ており、また今日から見れば、共産党や辺区についての批判や共産党の本質的な欠陥についての指摘にも的中しているものが多いのだが、いかんせん当時の米国には中国共産党という史上未曾有の新勢力が中国に誕生しつつあるという期待感があったために、共産党支配地域を見もしないで批判するという特派員の主張のほうが読者に支持されたのである。また、次のような批評も、林にとってはかなりの痛手となったようである。

（8）林は、こんな時世に伝統文化を礼賛し、その保存を訴え、封建主義の思想家である孔子をもちだし、現代中国から遊離した古い時代の中国文化をまき散らしており、自由と民主主義の達成に重大な障害となっている、と非難する。（②③⑦⑧）

林は古い中国だけを書いているのではなく、一九三九年には評論 *The Birth of a New China*（『新中国の誕生』）を書き、一九四〇年には現代物の小説 *A Leaf in the Storm*（『嵐の中の木の葉』）を著している。しかし、特派員たちは共産党に肩をもった書き方をしなければ、現代中国を知らない旧派的作家といった言い方で否定するのである。

さらにまた、林は政治論とは殆ど関係のない一種の人身攻撃的な批判も受けた。

(9) 林は、腐敗堕落した国民党を支持し、その宣伝マンに成り下がっている。林の official visa の取得には問題がある。国民党から金をもらっているからに違いない、と非難する。（⑦⑧⑨）

(10) 林は、安全で快適なニューヨークに住み、中国では良い目にばかりにあってご馳走をたらふく食べながら、民衆の味方の共産党を攻撃している。貧しい者への同情をもたない人間だ、と非難する。（⑦⑧）

この種の悪質な流言については、林が本書中やスノーへの反論などできっぱりと否定している(7)。しかし、このような人身攻撃的な批判は読者に悪印象を与え、林の評判を落とすには相当効果があったようである。

もちろん、*The Vigil of a Nation* に対する書評中には、このような非難ばかりではなく、「この本は政治的には問題があるが、文学的にはおもしろいし、読む価値がある。全く棄てたものではない」とか、「内戦や共産党のことを書いたことは重要であり、情報として役立つ」といった褒め言葉を一、二句挿入しているものもある。また、前掲リストの①や④のように、割合中立的なものもある。たとえば、著名な演劇評論家でニューヨーク・タイムズの中国特派員であったアトキンソンは、「中国における政治的情報は、たいてい当てにならない。国民党と共産党の間に見られるように、双方の側に余りに多くのプロパガンダが出されているので、何が真実であるかを知るのは事実上不可能だ」（①）といい、「しかし、中国のたいがいの知識人は、現政権（国民党）に不満足ではあるが、共産党をも欲しないというのが私の印象である。彼らは言論の自由や出版の自由が保証されるような民主主義へ傾斜したより進歩的な国民的政党を欲している。・・・中国の大部分の人々が現政権に不満足であることを表明するとき、彼らが共産党の政府を求めていると決めてかかるのは間違いであると、私は信じる」（①）といっている。しかし、この種の中立的批評は少ない。大半の特派員は、林の見解が正しいとすると、自分らの仕事が意味を失いかねないので、猛烈な反撃に転じたのである。そしてその反論は、民主主義や言論・出版の自由のような政治哲学の根本問題に関わることよりも、目前の情況や事象を通して、共産党を称賛し、国民党を否定するという皮相的な反論が多かったのである。

なお、本書に対する特派員たちの批判の中で最も重要な役割を果たしたのは、やはりスノーである。スノーは周知のごとく、西洋人としていち早く延安の辺区に赴き、中国共産党の実態を西欧世界に知らしめた人物として、特派員中最も著名であったからである。林はスノーを意識し、スノーが一九四一年に著した『アジアの戦争』を本書中に二度引用して批判しているが、スノーはこれに対して、⑦で挙げたように *Nation* の書評で反論し、林がまたこれに再反論し、スノーがさらに再再反論するといったふうに、全面対決の様相を呈した。しかしながら、林とスノーの本書をめぐる論争の詳細については、紙幅の関係で、別稿に譲らざるを得ない。

五　林語堂の敗北と *The Vigil of a Nation* の今日的意味

上述のように、林語堂のこの本はアメリカにおいて酷評を受け、彼の国民党擁護の言論は封殺された。その間の経緯について林語堂は、最晩年の自伝（*Memoirs of an Octogenarian,* 11.The U.S.A.）において、次のように回顧している。

私は国民党員としてでもなく、また蔣介石の側でもなく、一人の独立した批評家として、そしてしばしば辛辣な批評家として、自己をすでに確立していた。慎重な批評家なら、みんなを鎮めるために控えるところを、私は敢えて口にした。・・・

当時重慶にいた周恩来が、農地改革者のふりをして、世間に彼を信じ込ませていたとき、私は反共宣伝において、蔣介石のために働いた唯一の中国人であった。私は実際喉をからして叫んだ。・・

私に対して意地悪な流言が、共産党支持者の間に広がった。私の本は、*The Vigil of a Nation* を出版するまでは、次々に成功を収めていた。進歩的知識人の間で私に対する評判が急落した。何応欽が私に二万ドル払ったというわさが立った。私はこのうわさを、パール・バックやシン（J. J. Singh）やアグネス・スメドレーから聞いた。ニューヨークの公会堂における会合で、スメドレーはそのことを会合の前に話したので、私はただちに異議を申し立て、彼女にそれを人前で繰り返して言うように求めた。フォアマン（Harrison Forman、書評⑤の評者）は、延安に三週間旅行して、中国の専門家のような態度を取った。彼は「林さん。あなたは延安に行ったことがありますか」といった。私は「いいえ。でも共産党は中国にずっといますし、私はその間ずっと彼らと関わってきました。私は彼らが長沙でやったことを思い出します」といった。会合中、スメドレーはそのことに言及しないほうを選んだ。私は自分が蒋介石政権の顧問（侍従室顧問）として登録されていた間、多年にわたって政府から一銭ももらっていないということを断言できる。それはただ、パスポートを取得するという便宜からであった。

しかし、自由中国を広く旅行してアメリカに帰ってから、はじめて状況が分かった。私は帰国すると、あるラジオを通じて、次のようにいった。「重慶の人たちは、まさに南京（国民政府）にいた人たちであり、近代中国のために袖をまくり上げて働いている」と。次の日、私は出版元のウォルシュ（ジョン・デイ出版社社長）から二度とこんなことを言うことは出来ないし、言ってはいけないという、厳しい警告を受けた。私は苦境に立たされた。私は、これは負け戦だと思っただけで、私自身を単なる傷痍軍人と見なすことができたし、そのことについては殆ど何も考えなかった。

以上見てきたように、林語堂は中国旅行中に左翼陣営から囲剿を受けたように、アメリカにおいても特派員たちを中心とする進歩的知識人から集中的な非難攻撃を受け、無惨な敗北者となったのである。そして、それ以来、彼は右翼的、反動的な異端の文人という烙印を押され、ジャーナリズムの片隅に追いやられたまま、再び嘗ての輝かしい栄光を取り戻すことはできなかった。

しかしながら、二〇世紀が全体主義と自由主義、あるいは共産主義と自由主義との闘いによって特徴づけられるとすれば、本書は、アメリカにおいて、中国はどうあるべきかをテーマにして闘わされた一方の側を擁護する殆ど唯一の本として貴重である。しかもその内容は、当時まだ多くの知識人に中国共産党の欠点が見えず、理想世界が出現しつつあるのではないかと思わせていたころに、早くも体制そのもののもつ本質的な欠陥を見抜き、将来起こるであろう数々の災厄を予告するという驚くべき先見の明をもっていたのである。中国のその後は、スノーらが説いたような理想国家の建設は達成されず、むしろ林語堂が予見したごとくなった。林語堂は彼らとの論争に敗れはしたが、長期的に見れば、むしろ勝利者であったといえよう。目前の現象を皮相的に見て、共産主義の幻想を振りまいたスノーらの功罪については、いずれ厳しく問い直されるであろうが、先ずは真個の自由主義者としての林語堂の本領が最もよく発揮されている本書に対して、速やかに名誉回復がはかられるべきであろう。

註

(1) 林語堂は、アメリカのマイアミから南下してプエルトリコ、ギアナ、ナタール（ブラジル）を経て、南大西洋・アフリカ大陸の中央部を横切り、アデン、カラチ、カルカッタを経由し、さらにヒマラヤ山脈を北上し、また南下して昆明に入り、昆明から重慶に向かうというコースをとった。当時、太平洋戦争は終盤にさしかかっていたが、なお太平洋上や東南アジアでは激戦が続いていたので、アメリカの西海岸から太平洋を越えて中国に向かうことができなかったからである。当時はこの南回りルートが通常のコースであった。重慶では、最初、熊式輝、後には孫科の家を宿舎にし、飛行機、汽車、バス、トラックなどを用いて、半年間、七省に及ぶ内地旅行を次のような行程で行なった。

昆明→重慶→宝鶏→西安→潼関→華山→宝鶏→広元→成都→自流井→重慶→昆明→桂林→衡陽→長沙→岳麓→湘潭→衡山→衡陽→曲江→衡陽→桂林→貴陽→重慶→昆明→カルカッタ

復路は、カルカッタから北回りルートでニューヨークに帰った。本書では、後半部の広西、湖南、広東方面の旅の様子は、各地の政治家や軍の司令官など多くの人にあったことを記すのみで、殆ど述べられていない。

(2) 林語堂が金玉華という西安孤児院の一二歳の少女を養女にしたことは、本章の外、第一一章にも触れている。なお、その後の経緯については、林太乙『林語堂伝』第一六章に記されている。

(3) 当時、中国通と称された特派員や記者には、〝3S〟といわれたEdgar Snow, Agnes Smedley, Anna Louise Strongの外、Gunther Stein, Nym Wales, John Gunther, Harrison Forman, Sterling North などがいる。また、海軍士官のEvans F Carlson, 作家兼評論家のEdmund Wilson, 演劇評論家のBrooks Atkinson や学者のOwen Lattimoreなどもそうである。彼らをはじめとして数多くの特派員や記者が、著書や報告書を通じて中国共産党を賛美する情報を一斉に海外のジャーナリズムに流したのである。

（4）書評リスト⑧ *Amerasia,* Vol.9, No.5, Mar.9, 1945, p.69.

（5）毛沢東「陝甘寧辺区施政綱領（一九四一年五月一日）」（『毛沢東文集』第二巻三三五頁、北京人民出版社、一九九三年刊）

（6）毛沢東「関于共産党員与党外人員的関係（一九四二年三月）」（『毛沢東文集』第二巻三九七頁、北京人民出版社、一九九三年刊）

（7）林語堂は、Official Visa の取得に関して、「私は読者に是非とも私の立場を明確にしておかねばならない。私は自分の本から唯一の収入を得ている自主独立の作家である。私は中国政府に雇われているわけではない。私は中国政府に責任があるわけでもないし、報告書を提出するわけでもない。私は便宜上、Official Visa をもっているが、それは次のようなアメリカにおける不便を軽減するためだ」（本書一四頁）といい、一九四〇年に Official Visa をもたずに中国旅行をしたときに嘗めた苦労など、数々の不都合をその理由に挙げている。また、スノーの本書に対する反論その他でも、その種の理由を述べている。

一九四八年香港の『白毛女』公演

間　ふさ子

はじめに

一九四八年五月二九日土曜日午後一時、香港九龍の普慶戯院で、歌劇『白毛女』の幕が開いた。これは延安・張家口・東北などいわゆる解放区以外では初の上演であった。

当時香港には、かつて国民党統治区で抗日文芸運動に従事していた文芸工作者たちが、国民党の圧迫を逃れて集まっていた。この公演は、そういった人々が結成した建国劇芸社・中原劇芸社・新音楽社の三団体による連合公演で、約二ヶ月の稽古を経て、五月二九日（土）・六月五日（土）・一二日（土）・一九日（土）の午後に計四回の公演を予定していた。ところが予想外の好評でチケットが売り切れたため続演となり、最終的に六月二六日（土）一三時・七月三日（土）一三時・七月一九日（月）一九時・七月二〇日（火）一九時の四回が追加され、計八回の上演となった。

その頃の香港は、五月一日に毛沢東が在香港の中国国民党革命委員会主席李済深と中国民主同盟中央常務委員沈鈞儒に政治協商会議の開催と民主連合政府樹立をよびかけたことをきっかけに、国民党左派や民主党派が大きく中国共産党の方に動いていく時期に当たっていた。

そのような社会の雰囲気のなか、香港の新聞や雑誌は、稽古の様子から上演後の観客の感想までさまざまな情報を伝え、書店では脚本も販売された。香港総督や香港政庁の高官たちも観劇し、『白毛女』公演は当時の一大文化現象となった。

本稿では、上演の経過やその後の反響などを整理しながら、国民党統治区での抗日文芸運動を経て、新たな時代を迎えようとしていた文芸工作者たちにとって、この『白毛女』公演がどのような意味を持っていたのかを考えてみたい。

（一）発端

（1）『白毛女』香港公演まで

香港公演で主役・喜児を演じた李露玲は、後年以下のように回想している。

一九四八年夏、私は香港『華商報』の図書資料室で、歌劇『白毛女』の脚本をみつけた。一気に読んでしまうと、喜児と楊白労の悲惨な境遇にすっかり心を奪われてしまった（1）。

李露玲は当時建国劇芸社のメンバーだった。この歌劇を香港でやりたいと思った彼女は劇団理事長の王逸に相談した。王逸も公演に前向きだったが、香港で『白毛女』を公演するのは簡単なことではないと言い、洪遒を通じて夏衍の指示を仰いだ。数日後、答えが戻ってきた。それは「夏衍同志は大いに賛成だが、『建国劇芸社』のみでは力不足なので、『中原劇芸社』・『中華音楽学院』と合同でやらないと『白毛女』の上演任務は遂行できないだろうと考えている」というものだった。そこで建国劇芸社は他の二団体とともに合同公演に向けて動き出した（2）。ちなみに、一九四八年四月一七日の『華商報』〈週末版〉には「五月中旬にはさらに中原・建国・音楽院が合同でリハーサル中の歌劇『白毛女』がある」との記事が見える。

ここでまず中国新歌劇の代表作と言われる『白毛女』の初期の創作過程について簡単に整理しておきたい(3)。『白毛女』は、中国の伝統劇や西洋の歌劇を参考に、北方民謡の旋律や舞踊を取り入れて作られた歌劇で、歌や踊りがふんだんに採用されているため、農民にも親しみやすく、話劇に比べて言語の障壁が少なく内容も容易に理解できた。

作者の一人である賀敬之によれば、歌劇『白毛女』は以下のような経過で作られていった(4)。

一九三一年、「喜児」が地主に凌辱される。

一九四〇年、八路軍が晋察冀辺区河北西北部の某地区に来る。そこには「白毛仙姑」の噂が立っていた。

一九四四年、この物語が延安に伝わる。

一九四五年、一月から四月にかけて脚本が練られ、稽古が重ねられた。

一九四五年四月、延安にて初演。合計三〇回以上の公演を行う(5)。

一九四五年一〇月、賀敬之が張家口で脚本の改訂を行う。

一九四六年一月、張家口にて公演。合計三〇回以上。脚本を出版(6)。

その後、一九四七年七月に今度は丁毅が中心となってハルピンで脚本の改訂が行われ(7)、第四幕(白毛女の山中での生活)をカットして全六幕を全五幕とした(8)。

香港公演は一九四八年五月二九日が初日であったので、すでに五幕ものの脚本が出版されていたわけだが、香港での上演は六幕二〇場であり、一九四七年にハルピンで改訂された際に削られた第四幕が演じられていることから、彼らが演じたのは延安版の台本か張家口改訂版台本のどちらかであった。

何はともあれ、邵荃麟が指摘したとおり、『白毛女』が解放区以外の場所で上演されるのは初めてのことであり、当時の情勢からすれば国民党統治区ではない香港でしかその機会はありえなかった(9)わけだが、香港での上演も順調に行われたわけではない。そこには乗り越えるべきさまざまな困難があった。

第一に、解放区で大評判を取ったといわれるものの、農民を主人公とする北方の民間芸能の色彩が濃い新型歌劇が、香港という南方の植民地である商業都市の観客に受け入れられるかどうか全く未知数であること。これは興行成績という最も現実的な問題にも直結してくる。採算に心配があれば劇場主は劇場を貸してくれない。実際、会場として借りた普慶劇場は粤劇の小屋として香港では指折りの劇場で、客の集まりやすい夜間は粤劇の公演が入っていて貸してもらえず、やむなく土曜の午後の公演となった。それでも賃貸料は決して安くはなかった。

第二に、香港では香港政庁華民政務司による脚本の検閲があり、それにパスして上演許可をもらわないと公演できなかった。もし解放区の脚本だとわかれば許可が出ないという危惧もあった。

第三に、演じる側の力量の問題があった。もっぱら話劇と西洋音楽の教養の薫陶を受けてきた彼らが、北方民謡をどう歌い、農民をどのように演じるのか。

結果から見ると、第一と第二の困難は、時代の趨勢や関係者の努力により解決されたが、第三の問題、即ち「いかに演じるか」については、いくつかの課題が浮かび上がってきた。これについては最後に検討したい。

（２）「建国劇芸社」・「中原劇芸社」・「新音楽社」

香港の『白毛女』公演は、「建国劇芸社」・「中原劇芸社」・「新音楽社」の合同公演であった。この項では、これら三つの文芸団体のあらましをまとめておく。

『白毛女』上演のきっかけをつくった李露玲が所属していた建国劇芸社は、一九四六年一月広州において結成された劇団で、理事長は王逸、その他のメンバーには章泯・周鋼鳴・瞿白音・蒋鋭などがいた。彼らは新中国劇社から袂を分かってきた人々である。新中国劇社は抗日戦勝利後に昆明へ移動し活動していたが、劇団の運営方針について意見が二つに割れた。瞿白音は「香港・広東へ移動し劇団を会社組織にして活動しよう」と主張したが、これまでどおりの方法で様子を見ていずれは上海へ戻るという意見が大勢を占めたため、瞿白音ら一三名は一九四五年一一月に昆明で仲間と別れ広州に向かった。

だが、広州では国民党の取締が厳しくてほとんど活動できず、一九四六年三月に広州から香港へ移った。香港の文芸界での彼らの名声は高かったが、劇団としての演劇活動が活発に行われた形跡はない。一九四六年上半期に孔聖堂と中央戯院でゴーゴリの『検察官』（中国語題は『欽差大臣』）を上演しているが、「国語」による上演だったため不入りであった(10)。そのため大劇場での公演をあきらめ、小規模公演や分散して映画の仕事を行っていた。

『白毛女』公演後も建国劇芸社としての正式な演劇公演は行われなかったようで、中心メンバーの瞿白音・王逸などは共産党の全国解放を前に、それぞれのポジションを与えられ、東北・華北などへ配転となって香港から去っていった(11)。

建国劇芸社がキャリアのある南下演劇人のグループだとすると、中原劇芸社は、より若い人々のグループであり、しかもほとんどが広東・香港の出身者で構成されていた。結成は香港でだが、彼らもまた抗日戦争中は七戦区芸宣大隊・演劇四隊・広東省立芸術専科学校などで活動し、抗日戦勝利後、国民党の支配下にあった広州で活動がままならず香港へ出てきた人々であった。当時中国共産党広東区委員会秘書長だった饒彰風の肝煎りにより、理事長となった李楓などが資金を出して一九四六年三月一八日に職業劇団として出発した。だが同年五月に行われた第一次有料公演の周彦作『朱門怨』が不入りのため赤字となるなど、劇団経営は厳しい状況であった。そのため劇団員は学校の教師や映画の仕事をして働き、その報酬の一割程度を上納するという方法で劇団を維持した。

一九四七年には許幸之脚色の『阿Q正伝』、陳白塵作『陞官図』、李健吾作『双喜臨門』(原題は『以身作則』)を上演した。とくに一九四七年五月末から六月初に行われた『陞官図』・『阿Q正伝』の再演は、当時イギリス軍が徴用していた景星戯院で行われたが、これの実現には中英学会副会長の馬文輝の多大なる協力があった(12)。馬文輝は『白毛女』公演の際にも彼らを助けることになる。

中原劇芸社は、建国劇芸社とは異なり、『白毛女』公演後も、同年八月から九月にかけて『人間地獄』(ゴーリキー作『どん底』)を、翌一九四九年四月には夏衍作『芳草天涯』を上演するなど、劇場公演を重ねていき、さらに歌と踊りを中心とした「歌舞大会」上演、映画出演、ラジオドラマ放送など、幅広い活動を展開した(13)。その他学校や労働者グループの演劇公演の指導や協力も精力的に行った(14)。

この劇団の大きな特徴は、地元に密着した活動を行うため、劇場公演からラジオドラマまで演劇活動をすべて広東語で行ったことである。この姿勢は、建国劇芸社とははっきり異なっていた。

香港新音楽社は一九四七年三月に結成され、一九四九年一〇月に解散した。中国共産党中央南京局香港分局麾下の組織である。もともと新音楽社は一九三九年に李凌が中心となって重慶で結成されたもので、桂林・昆明・武漢・上海・広州・香港などに分社ができた。戦後、総社は重慶から上海へ移り、重慶は分社となった。一九四七年に中共代表団が南京から撤退したあと、李凌らは上海から香港へ南下、総社も香港へ移り、新音楽社の粤港分社と合流して活動を行った。主な活動は、『新音楽』月刊の発行、香港中華音楽院の創設、香港での歌詠運動の推進などであった。

香港中華音楽院は香港政庁に登録ずみの団体で新音楽社の表看板であった。作曲・声楽・器楽の三組に分かれ、趙渢・厳良堃などが教鞭を執った。またメンバーのほとんどは、音楽教員や新聞の音楽版の編集などの職につき、給料・原稿料・編集料はすべて上納した(15)。

新音楽社は中原劇芸社と同じ建物に入居しており、胡均・郭杰・蔡余文など双方に所属するメンバーもいて、両者の関係は非常に密接であった(16)。蔡余文は新中国劇社出身であったので、建国劇芸社のメンバーとも親しかったはずである。よってこの三団体は、それぞれ看板は異なるものの、つながりは比較的強く、合同公演も比較的スムーズに進んだと思われる。

(二) 公演

(1) 役割分担

『白毛女』香港公演の主要キャスト・スタッフは別表の通りであった(17)。

（表1）キャスト

役名	演技者	所属
楊白労	方熒	建国
喜児	李露玲	建国
王大嬸	区英（区央芳）	中原
王大春	斯蒙（何啓明）	建国
趙大叔	黎海生	中原？
大鎖	李鳴	中原
黄世仁	藍谷	建国
黄母	廖瑞群	？
穆仁智	蒋鋭	建国
張二嬸	張志暉	中原
新区長	龐岳（符公望）	中原

（表2）スタッフ

担当	担当者	所属
白毛女演出委員会主任委員	龐岳（符公望）	中原
導演団（執行導演）	王逸	建国
導演団	李淩	音楽
導演団	倪路（倪捷祥）	中原
経営部	何啓明（斯蒙）	建国
場務	林奕	中原
出納	李叔孟	中原
演出部	李門	中原
舞台監督	李門	中原
装置	李鳴	中原
メイク	紅冰	中原
照明	倫敦（謝明？）	？（建国）
効果	容思	中原
劇務	倪捷祥	中原
宣伝部	梁楓（梁克寒）	中原
美術	田頌・羅中	中原

（表3）音楽・舞踊

担　　当	担　当　者	所　　属
編曲・作曲	厳良堃	音楽
編曲・作曲	胡均	音楽・中原
指揮	郭杰	音楽・中原
ピアノ	厳良堃	音楽
バイオリン	蔡余文	音楽
チェロ	余薇	音楽
三弦	陳吾	中原
笛	徐厳	中原
打楽器	葉素	音楽
舞踊振付	倪捷祥	中原

表からも明らかなように、三団体にはおおまかな役割分担がある。芸術面でリーダーシップを取ったのは建国劇芸社である。キャリアや実力からいってもそれは順当であった。理事長の王逸が執行監督を務め、主役の喜児を李露玲が演じたほか、主要キャストはほとんど建国のメンバーが担当した。

新音楽社は当然のことながら音楽のパートを担当した。演奏のほか、新たに曲を書き下ろして加え、踊りを合わせた(18)。

裏方として公演を支えたのが中原劇芸社である。彼らの役割は公演の情宣やチケット販売などにも及んだ。中原劇芸社の力がなければ、おそらくこの公演は実現できなかったであろう。

先に述べた克服すべき困難のうち、制作・興行面におけるそれはことごとく中原のメンバーの努力によって解決された。

例えば「演出証」が無事得られたのは、中原劇芸社の秘書長であった符公望の努力によるものであった。彼はそれまでの経験から、香港政庁華民政務司の担当官が脚本を読まずに梗概だけで内容を判断していることを知っていたので、『白毛女』は封建迷信を暴く物語である」という梗概を作り、それに袖の下を添えて提出した。符公望の読みどおり、許可はすぐに下りた(19)。

『白毛女』香港公演のチケットは、七角・一元二角・一元七角・二元四角の四種類だった。彼らの観客層は労働者・学生・会社員・店員など、所得の低い人々であり、粤劇や映画より安い価格設定であったという。前売り券は生活書店・新知書店などで発売したほか、学校や工場向けに団体販売も行い観客動員を図った(20)。

彼らはまた中原劇芸社のコネクションを使い、先に述べた中英学会副会長の馬文輝の協力を仰いで、香港総督をはじめ香港政庁の高官やアメリカ領事など外国人の観劇も実現させた。「それ（第三回公演の香港総督たちの観劇─筆者）以降、どの回も大入り満員となり、入場券を購入しようとする人の列が九龍普慶戯院をぐるりと取り巻いた(21)」。

『白毛女』の公演は、建国劇芸社や新音楽社など南下してきたベテラン文芸工作者が表舞台に立ち、地元に根ざした活動をしていた若い中原劇芸社が裏方を務めるという形で行われた。とりわけ社会の下層から上層まで目配りした中原劇芸社の情宣活動が実を結び、関連報道や口コミなどにも助けられたうえ、時代の追い風が吹いたこともあって、香港全体を巻き込む社会現象となっていった。

(2) 中国共産党のバックアップ

中国共産党はこの公演に対して全面的なバックアップを行い、周而復・邵荃麟らが稽古場を訪れあれこれアドバイスした(22)。とくに解放区を実際に知っている周らの意見は貴重なものだったろう。初演の一週間ほど前からは、党外の著名人である郭沫若・茅盾などの推薦文を新聞・雑誌に掲載した。郭沫若は「白毛女はなぜ白髪になったのか」という『華商報』読者の質問に、劇団関係者に代わって答えてさえいる(23)。彼らの目的が、解放区文芸、ひいては解放区そのものの宣伝にあったのはいうまでもない。

周而復によれば、当時中国共産党中央南方分局文化工作委員会の主な仕事は、香港や東南アジアに向けて党中央と解放区の方針や政策を宣伝すること、特に毛沢東の文芸講話の内容と方針を宣伝し可能な範囲で実践して文芸界の統一戦線工作を進めることであった。そのために『群衆』一五期（一九四七年五月八日）で、「新民主主義論」と文芸講話の一部を「毛沢東論人民的文化與人民的文芸」というタイトルで紹介し、新民主出版社から『論文芸問題』という題名で文芸講話を出版した(24)。『白毛女』の公演はその格好の宣伝であり実践だったといえる。

だが、その彼らにしても、公演がこれほどまでに評判を呼ぶとは予想していなかったようだ。郭沫若らが推薦文に於いて強調したのはもっぱらこの作品の政治的意義であり、芸術的効果に対しては若干の留保をしていたように見受けられる。

例えば、茅盾は初日の五月二九日の『華商報』に掲載された「讃頌《白毛女》」の中で、「西洋の歌劇に心酔している人は、『白毛女』はまだ水準に達していない、将来の中国歌劇の礎にはなっていない、もっと言えばどっちつかずの代物で、宣伝の効果はあっても芸術的価値はないと思うかもしれない。もちろん『白毛女』が中国新歌劇の一定不易の形式になると決めてかかるのは独断的な見方である(25)」と述べている。

(三) 反響

(1) 観客の意見

『白毛女』の第一回公演の翌々日、一九四八年六月一日の『華商報』第二面に、『白毛女』導演団の、第一回目の上演を観た観客の意見を求める公告が出た。宛先は九龍体蘭街三二七号文協（中華全国文芸協会）気付王逸を指定してあった(26)。

中原劇芸社は公演のたびに文芸関係者を招いて座談会を開き批評を仰いでいた。これは劇宣隊の伝統でもあった。今回はさらにその範囲を拡大して、広く観客の声を聞こうという姿勢を示した。本家本元の延安で観客の声をもとに芝居を書き換えていった賀敬之たちのやりかたを意識していたということもあるだろうし、観客の反響を新聞雑誌に掲載することでさらに宣伝効果を上げようという意図もあっただろう。

観客からは、初日終了直後から直接的な反応が返ってきた。手紙の他、各新聞雑誌にも観客の意見が掲載された。中には重箱の隅をつつくような意見もあったが、その盛況ぶりは空前のことであった(27)。

中英学会では『白毛女』を観劇した外国人演劇愛好家たちを招集して香港政庁新聞処で座談会を開いた(28)。また『白毛女』演出委員会も、第二回公演終了後に顧仲彝ら文化人を招いて検討会を開催した(29)。専門家も一般の観客も意見はほぼ同じで、批判的意見はおおむね以下の三点にまとめられる。

(1) 構成と進行について

第一幕から三幕まで(つまり喜児が地主の黄世仁に凌辱され、売られそうになって虎口を脱出するまで)は非常に良くできていたが、四幕以降になると筋を述べることに急となり、だんだんと散漫になり尻すぼみになっていった。

(2) 配役について

ヒロイン・喜児を演じた李露玲、その父・楊白労役の方熒、地主の手下・穆仁智を演じた蒋鋭の演技には賞讃が集まったが、藍谷が演じた地主・黄世仁は、悪人らしさの表現が十分でなく、「おぼっちゃま(30)」のような印象を与えた。

また、解放された新時代を象徴する存在であるべき村の幹部（区長と農会会長）は、役の解釈を完全に誤っていた。彼らは「人民に服務する」立場の重要人物であるはずなのに、単なる添え物のようで、場違いな感じを与えた。

(3)　歌について

役者によっては、何と歌っているのか全く聞き取れなかった。これには、歌唱法に問題があって声が意味のある言葉として観客の耳に届かなかった、もしくは北方の言語で書かれた歌詞が広東語を常用する香港の観客に聞き取れなかった、という二つの側面が考えられるが、後述するように主に問題になったのは前者であった。

一般の観客の反応の特徴はもう一つ、非常に細かい点までよく見ているということである。例えば、「地主に追われて沼で靴を片方なくした喜児が次の場面で両方靴を履いているのはおかしい(31)」、「妊娠七ヶ月の喜児は大きなおなかをしているべきである(32)」、「喜児が住む山の洞穴の石が幕によって向きも形も変わっていた(33)」、「八路軍を歓迎する村人のなかに純広東式の背負子を背負っている人がいたがあれはおかしい(34)」など、確かに細部にこだわった意見なのだが、それだけ観客が熱心に「解放区」とはどのようなところなのかを観ようとしていたとも言えるのではないだろうか。

これは使用言語の面からも伺える。先に述べたように、「国語」で上演した建国劇芸社の話劇公演は不入りで、広東語を使っていた中原劇芸社の公演は着実に観客に受け入れられていった。これは香港という土地ならではの現象である。ところが『白毛女』の場合、広東語の上演でなかったということはあまり問題になっていない。観客はこの『白毛女』を、北方の解放区の物語だと了解した上で見にきていたのである。

広東語ではなかったが、わかりやすい内容だったこと、ヒロインやその父親の演技に観客が感情移入しやすかったこと、物語の展開を言語ではなく音楽と動作を中心に表現する歌劇という形式だったことなどが幸いして、観客はきちんと内容を理解することができた。これは第一回公演のあと中英学会が開いた座談会の際に外国人観客から同様の意見が出たことからも裏付けられるだろう(35)。『白毛女』の上演によって「解放区」を宣伝しようという共産党の狙いは見事に当たったと言える。

（2）音楽論争

『白毛女』上演後、音楽をめぐって二つの論争が展開された。一つは楽器についてで、『白毛女』では中国楽器と西洋楽器のどちらを主とすべきかという論争から、西洋楽器は中国楽器に代われるかという問題に発展した(36)。もう一つが歌唱法についてで、歌詞が全く聞こえなかったという問題をめぐって、『華商報』・『華僑日報』などで論争が展開された。

論者たちの意見を読んでいくと、なぜ歌詞が聞こえなかったのか、その理由は、①俳優たちの声楽の訓練が十分でなく、喉を使って歌っていたため声量が足りなかった、②俳優たちの発音が正確でなかった、③俳優達が北方民謡の歌い方に習熟していなかった、という点でほぼ一致している。

それにもかかわらず、「真嗓子／假嗓子」・「土唱法／洋唱法」の定義や、「中／西」・「科学的／非科学的」・「落後／進歩」といった概念のとらえ方などについて、さまざまな意見が出され、最後に邵荃麟が『群衆』に「民族化と現代化の関係の問題」・「普及と向上の問題」という観点から毛沢東の文芸講話の主旨に沿う方向で総括を書いて論争を収めた(37)。

実はこの下地には一九四七年八月から九月にかけて中共広東区委の機関誌である『正報』誌上で起こった「聴不

懂怎麼辦」という論争があった(38)。そこで問題になったのは、西洋音楽を学び新音楽事業に従事する音楽家たちと人民との乖離であり、人民が理解できる音楽をいかに提供するのか、新音楽をいかに人民自身のものにしていくのかということであった。これはつまりは邵荃麟の言う「民族化と現代化の関係の問題」や「普及と向上の問題」であり、一九四七年の時点では、前述の「毛沢東論人民的文化與人民的文芸」を踏まえた観念的な論争に過ぎなかったものが、『白毛女』という実践の場で問題が具体的になったことから、論争が再燃したものであろう。

（四）問題

（1）観客の誤解

当時の香港は解放区とは全く事情が違い、さまざまな立場の人々がそれぞれの思惑で活動する場所であった。共産党の香港での活動の主な目的は、国民党左派・民主党派・財界人・南洋華僑などに働きかけ、彼らを自らの陣営に引き入れることであった。

一九四六年から一九四八年まで『華商報』の編集長を務めた劉思慕によれば、国共内戦期の「統一戦線」に関する内容の編集方針は、共産党が内戦において防御から反攻に転じ優位に立ち始めた一九四七年後半を境に大きく変化したという。前期は「反内戦・反独裁・要和平・要民主」を基調とした「有理・有利・有節」の報道で蒋介石を批判し、事実を示して共産党への恐れを除去していくことだったが、後期には、半ば公然と共産党の「愛国・愛人民」の方針や政策を宣伝し、解放区での各階層の生活を紹介して将来の展望を示し、人々の懸念を解消させるという基調に変わった。民主党派に対しても「左派を支援し、中間派を取り込み、右派を批判し孤立させる」という方針を取った(39)。

『白毛女』が上演された一九四八年六月というのは、前述したように毛沢東による政治協商会議招集と民主連合政府樹立のよびかけによって世論が大きく動き始めた時期に当たる。香港の人々に受け入れられるかどうか幾分の危惧を抱きながら初演の幕が開くと、彼らの予想を裏切って公演は大評判となり、追加公演まで行なわれた。だが公演が好評を博すればするほど、彼らにとってあまり都合の良くない事態もおこってきた。

それは、『白毛女』の第一の敵役である地主の黄世仁が弱々しかったのに比べ、手先として使われている穆仁智の悪役ぶりがあまりにも堂に入っていたため、観客の憎しみが黄を飛び越えて穆に集中したことであった。

馮乃超は、『白毛女』について、「それ自体に矛盾する各種の表現方法を含んでおり、その最も基本的なものが、様式化と写実的手法の間の矛盾である(40)」と言っている。つまり、楊白労や喜児など虐げられる農民はリアリズムの手法で描かれ、黄世仁や穆仁智など虐げる側の地主やその手下は様式化(または戯画化)して描かれているということだ。香港の舞台では、この矛盾が適切に処理されなかったために逆効果が生じてしまった。

本来なら地主である黄世仁こそ「極悪」の存在であって、穆仁智という人物は、自覚なく搾取階級の手先となっているものの、正しく教育すれば過去を悔い改め生まれ変わることができる人々を代表しているはずであった。ところが穆を演じた蒋鋭の演技があまりにも優れていたため、打倒されるべき地主が逆にお人好しに見えてしまったのである。

これは彼らにとっては想定外のことだったであろう。一九四八年六月十九日発行の『正報』第九四期には、穆を死刑にしなければ香港の労働者たちは納得しないだろうという意見も掲載された(41)。

その誤解を解くためか、『華商報』には一連の記事が掲載された。その一つは「黄少爺」と題するもので、黄世仁と同姓の広西のある地主がいかに多くの女性を虐待してきたかを述べている。「まだ『白毛女』の真実性を疑う人がいるかどうか知らないが、もしいるのであれば、これをご覧なさい。ここにも地主について掛け値なしの真実の物語がある(42)」

また、「『白毛女』の黄の母は懲罰を受けるべきでしょうか?」という一読者の手紙が紹介され、編集者がそれに対して以下のように答えている。

黄の母親の、人を虐待するという特殊な性格を作り上げたのは、彼女が所属する人が人を食う封建社会、地主階層だと私たちは考えます。今日人民の革命の対象は、「四大家族」官僚資本集団であり、これは地主という搾取階層を代表する統治集団です。彼女個人については、教育を施しさえすれば、悔い改めることができるし、彼女が過去に犯した過ちや今後人民のなかでどのように生きていくべきかを徹底的にわからせることができるでしょう。私たちはこれにこそ努力すべきだと思いますが、ご意見はいかがでしょうか(43)。

これは明らかに、香港の自営商工業者・中産階級・学生・教員・知識分子・一般公務員・自由業者などを意識して用意された問答であり、地主・黄世仁が罰せられるのは当然だが、その使用人や、女性である母親には救いがある、ということを宣伝する意図で掲載されたものだと思われる。

香港での『白毛女』上演にあたっては、この作品に込められた政治的メッセージを正確に舞台に表現する必要があった。だが、香港で活動していた演劇人たちにその準備が整っておらず、図らずも観客に誤解を与えてしまった。そこで中国共産党はそれをなんとか正さねばならなかった。

（2）文芸工作者の課題

では実際に公演を行った演劇人たちはこの公演をどのようにとらえていたのだろうか。芸術面で中心となったのは、抗日戦争期に演劇活動を通じて抗日宣伝を行い、戦後香港に南下してきたベテラン文芸工作者であり、華東・華南・西南地区出身の知識人である。よって、『白毛女』を上演することの意義の大きさは当然理解していたし、一方で北方の農村を舞台にした農民歌劇を演じることが簡単なことではないことも重々承知していた。

彼らには二つのハードルがあった。一つは南方の人が北方の物語を演じること、もう一つは知識人が農民を演じることである。総合すれば、解放区を知らない南方出身の知識人が北方の農民をどう演じるか、ということになる。馮乃超の言葉を借りて言えば、「南方出身の長らく都市で育った一人の知識人が北方の農民を演じること、しかも調査研究がしにくい状況であること、これが一つの困難であり、さらに、芸術工作者が抑圧された農民と感情を同じくし呼吸を共にすることの問題があ(44)」った。

ヒロイン喜児の父・楊白労を演じて好評を博した方熒は「角色誕生以前」という文章でそのことについて下記のように述べているという(45)。

この役に対して、同情と哀れみを深めた以外には、この男を好きになったとはお世辞にも申し上げられない。（中略）しかし、舞台に対する良心と責任感が（中略）自分を追い込み、奮い立たせた。

また一方で、黄世仁役の藍谷の失敗は、地主に関する生活体験が不足しているために、地主の圧迫を逃れて農村からやってきた観衆の実感を自分のものにできていないせいであると華嘉は言い(46)、馮乃超も「俳優が地主階級に対して農民のような憎しみや恨みの感情を欠いていた」からだと指摘している(47)。

実は役者の演技以前に、演出団の演出そのものが試行錯誤の連続であった。執行導演の王逸は新聞記者のインタビューに答えて「もちろんうまく演じきる自信はないが、やりながら学び試みていく中で、私たちが理解したいと思っている多くの問題に触れていきたい」と述べている(48)。おそらくこれは彼らの正直な気持ちだったであろう。香港の観客にとって「解放区」が興味と好奇の対象であったのと同様、彼らにとってのそれも、遠いつかみどころのないものであったはずだ。

それは、演技の面だけでなく、中国北方の伝統音楽をうまく把握しきれなかった音楽人の失敗にも表れているし、とくに観客の批評にもあった「前半は良いが後半が弱い」という点に如実に表れている(49)。「解放前」の状況は彼ら自身が体験してきたことでもあり、リアリティをもって演じることができたが、「解放後」がどうなっているのかについて、解放区を知らない彼らは想像するしかなかった。だから「区長」と「農会会長」という新中国を代表するべき人物の重要性を認識できなかったし、終わりに近づけば近づくほど、芝居はよりどころを失い浮き足立っていったのである。

ここには抗日戦争勝利後香港に集まっていたいわゆる南下文化人の彷徨が伺える。抗日戦争時期、国民党統治区の抗日文芸運動において彼らは一定の成果を上げ得た。だが抗日戦勝利後は、やがて到来する新しい時代における自らの位置や進路をはっきりと見極めることができていなかった。五里霧中の状態のもと『白毛女』は演じられ、彼らは舞台という実践の中で自らの現状と課題を再認識し、それがその後の進路の模索につながっていった。それこそが彼らにとって『白毛女』上演の最大の意義であり収穫であったのではないだろうか。

おわりに

建国劇芸社・新音楽社の主要メンバーは全国解放を前に香港を去る。一方、中原劇芸社は、一九四八年の後半以降、団員の一部を華南の遊撃区に送り出し、一九四九年五月には彼らが中心となって中国人民解放軍華南文化工作団が組織され、留守部隊を残して華南地区の遊撃区へ宣伝工作に向かった(50)。華南文工団はそれ以降各地で『白毛女』を上演する。その中には広東語版の『白毛女』も含まれていた(51)。

また、台湾の医師・郭琇琮は、香港で行われた華東局の台湾幹部会議に出席した際、『白毛女』公演を観て感動し、台湾に戻るや学生や労働者たちを組織して「郷土芸術団」を立ち上げ、翌一九四九年七月に台湾の「歌仔戯」を改良した『新白蛇伝』を上演した(52)。

解放区で生まれた『白毛女』は、香港に於いて、ベテランの文芸工作者たちの彷徨とは別に、新しい時代を生もうとする若い力に影響を与え、姿・形を変えながら継承され、伝播していった。

註

（1）李露玲「回憶歌劇《白毛女》在香港的一次演出」『人民音楽』一九八一年第五期二九頁
（2）同右
（3）歌劇『白毛女』の成立過程については、松浦恒雄「新歌劇『白毛女』」『中国のプロパガンダ芸術　毛沢東様式による革命の記憶』岩波書店二〇〇〇年を参照。また歌劇『白毛女』の版本の変遷については、関浩志「歌劇『白毛女』の創作と変遷―版本の系譜と改作意図を中心に―」『東アジア地域研究』八号二〇〇一年七月を参照。
（4）賀敬之「『白毛女』的創作與演出」、延安魯芸工作団集体執筆『白毛女』新華書店一九四九年、二四九～二六一頁

(5) 新華書店一九四六年六月出版。(六幕)
(6) 韜奮書店一九四六年一一月初版、一九四七年七月再版。(六幕)
(7) 東北書店一九四七年一〇月初版。(五幕)
(8) 丁毅「再版前言」延安魯芸工作団集体執筆『白毛女』新華書店一九四九年。丁毅はこの中で『白毛女』の脚本は張家口・承徳・チチハル・ハルピンその他で何度も出版されそれぞれに改訂が行われていると述べている。
(9) 荃麟「『白毛女』演出的意義」広東話劇研究会《犁痕》編委会編『犁痕―中原劇芸社的戦闘歴程』一九九三年、八六頁
(10) 鍾蔚「奮闘中的香港劇運」『大公報』一九四九年四月二五日
(11) 蔣鋭「建国劇芸社簡史」中国戯劇家協会広東分会・広東話劇研究会編『広東話劇運動史料集 第一集』二〇一頁、建国劇芸社資料小組「建国劇芸社始末」杜宣主編『駝鈴声々―新中国劇社戦闘歴程』漓江出版社一九九一年三二一~三二五頁
(12) 鄭樹森・黄継持・盧瑋鑾「国共内戦時期(一九四五―一九四九)香港文学資料三人談」『国共内戦時期香港文学資料選』天地図書有限公司一九九九年二一頁
(13) 李門「記香港中原劇芸社」広東話劇研究会《犁痕》編委会編『犁痕―中原劇芸社的戦闘歴程』一九九三年、三三~四三頁
(14) 方暘「一群両歳的戯劇「牛」―「中原」劇芸社両周年紀念」『華商報』一九四八年三月二十二日
(15) 李凌「香港中華音楽院和新加坡中華芸専」『楽話』花城出版社一九八三年、二四八~二四九頁
(16) 胡均「美好的回憶――我在中原劇芸社工作和生活散記」広東話劇研究会《犁痕》編委会編『犁痕―中原劇芸社的戦闘歴程』一九九三年、五七~六二頁
(17) 「《白毛女》分工系統表」広東話劇研究会《犁痕》編委会編『犁痕―中原劇芸社的戦闘歴程』一九九三年、一〇六頁などを参照して作成。
(18) 李凌「《白毛女》的音楽」広東話劇研究会《犁痕》編委会編『犁痕―中原劇芸社的戦闘歴程』一九九三年、九三頁(初出:『華僑日報』一九四八年五月十四日)
(19) 徐巌「在香港演出歌劇《白毛女》的曲折経歴」広東話劇研究会《犁痕》編委会編『犁痕―中原劇芸社的戦闘歴程』一九九三年、九九~一〇〇頁
(20) たとえば新中国劇社の一員として一九四七年の台湾公演に参加した陳吾は、台湾公演後上海を経由して香港に至り中原劇

芸社のメンバーとなった。当時海陸豊公学校長の職にあった彼は、『白毛女』のチケットを二百枚学校関係者や生徒の保護者に販売したという。（陳吾「回憶香港中原劇芸社」広東話劇研究会《犁痕》編委会編『犁痕―中原劇芸社的戦闘歴程』一九九三年、六八頁）

(21) 李露玲「回憶歌劇《白毛女》在香港的一次演出」『人民音楽』一九八一年第五期三〇頁。

(22) 同右および作者不明「記歌劇《白毛女》在香港的演出」『広東文化網』〈参考文庫〉http://www.gdwh.com.cn/modules/wenku/showarticle.php?BAS_ID=3076（情報入手日二〇〇六年八月九日）

(23) 『白毛女』何来白毛／郭沫若先生答読友」『華商報』〈読者版〉一九四八年五月二一日

(24) 周而復「往事回首録」（上部）『周而復文集』第二一巻、文化芸術出版社二〇〇四年、二五二頁

(25) 茅盾「讃頌《白毛女》」鄭樹森・黄継持・盧瑋鑾編『国共内戦時期香港文学資料選』天地図書有限公司一九九九年、二六八頁（初出『華商報』一九四八年五月二九日）

(26) 「白毛女」導演団／徴求意見」『華商報』〈読者版〉一九四八年六月一日

(27) 孺子牛（華嘉）「人民芸術的勝利　祝「白毛女」的演出成功」『正報』第九五号一九四八年六月二五日、二四頁

(28) 馬萍「国際人士初評「白毛女」―記中英学会的一個集会」（『大公報』〈電影與戯劇第八期〉一九四八年六月五日）

(29) 区露「《白毛女》演出検討紀要」広東話劇研究会《犁痕》編委会編『犁痕―中原劇芸社的戦闘歴程』一九九三年、一〇三～一〇五頁（初出『華僑日報』一九四八年六月九日）

(30) 中国語では「二世祖」

(31) 寒連「関於白毛女的幾点意見」『正報』第九二期一九四八年六月五日〈白毛女意見特輯（一）〉、二六頁

(32) 淡如の意見『正報』第九五号一九四八年六月二六日〈白毛女意見特輯（四）〉二五頁

(33) 謝明の意見『正報』第九五号一九四八年六月二六日〈白毛女意見特輯（四）〉二五頁

(34) 王岌可「一個観衆的観後什感」『正報』第九三号一九四八年六月一二日〈白毛女意見特輯（二）〉、二六頁

(35) 馬萍「国際人士初評「白毛女」―記中英学会的一個集会」（『大公報』〈電影與戯劇第八期〉一九四八年六月五日）

(36) 邵荃麟「芸術的民族化與現代化的関係　関于「白毛女」的音楽論争的一点意見」『群衆』第二巻二八期一九四八年七月二二日、一八四頁

(37) 邵荃麟「芸術的民族化與現代化的関係　関于「白毛女」的音楽論争的一点意見」『群衆』第二巻二八期一九四八年七月二

七月二九日
(38) 方遠「聴不懂怎麼辦」『正報』第五二期一九四七年八月三〇日 一六～一九頁、趙渢「怎麼辦？人家聴不懂呢！」『正報』第五五期一九四七年九月二〇日 一六～一九頁、孺子牛「人家聴不懂，這様辦！」『正報』第五六期一九四七年九月二九日 二〇～二二頁
(39) 思慕「我進《華商報》的前後及其他」南方日報社・広東《華商報》史学会編『白首記者話華商 香港《華商報》創刊四五周年紀念文集』広東人民出版社一九八七年、三〇頁
(40) 馮乃超「従「白毛女」的演出看中国新歌劇的方向」大衆文芸叢刊第三輯『論文芸統一戦線』一九四八年七月、四六頁
(41) 黎明「黄世仁和穆仁智該不該殺？」『正報』第九四号一九四八年六月一九日、二六頁
(42) 戈鑑「黄少爺」『華商報』〈熱風〉一九四八年六月一八日
(43) 「「白毛女」的黄母／該受懲罰嗎？」『華商報』〈読者版〉一九四八年六月二六日
(44) 馮乃超「従「白毛女」的演出看中国新歌劇的方向」大衆文芸叢刊第三輯『論文芸統一戦線』一九四八年七月、四六頁
(45) 同右、四六～四七頁
(46) 孺子牛（華嘉）「人民芸術的勝利 祝「白毛女」的演出成功」『正報』第九五期一九四八年六月二五日、二四頁
(47) 馮乃超「従「白毛女」的演出看中国新歌劇的方向」大衆文芸叢刊第三輯『論文芸統一戦線』一九四八年七月、四七頁
(48) 汪明・齊文「人民芸術底開花――「白毛女」上演記」『華商報』〈本報特写〉一九四八年五月三〇日
(49) 賀敬之によれば、延安での上演の際、すでに「前の三幕は緊張感があるが、後の三幕は弛緩している」という批判があり、賀らはそれに基づき何度も修正を加えたという。（賀敬之「『白毛女』的創作與演出」、延安魯芸工作団集体執筆『白毛女』新華書店一九四九年、二五六頁）
(50) 李門「記香港中原劇芸社」広東話劇研究会《犁痕》編委会編『犁痕―中原劇芸社的戦闘歴程』一九九三年、四三頁
(51) 一九四九年一〇月四日、文工団一隊が福建省龍岩で中華人民共和国成立祝賀大会で上演、一二月一〇日より、普通話『白毛女』劇組が広州海珠戯院にて公演、一九五〇年一月二日、粤語組『白毛女』が広州で初の公演、二分団が四月一日より広東省肇慶に新築された人民劇場で『白毛女』を公演。（陳大耀整理「華南文工団大事記」『広東文化網』〈参考文庫〉http://www.gdwh.com.cn/modules/wenku/showarticle.php?BAS_ID=1188）（情報入手日：二〇〇六年八月九日）

（52）藍博洲「郭琇琮医師」『消失的台湾医界良心』ＩＮＫ印刻出版有限公司二〇〇五年、六五～七二頁。ドキュメンタリー『我們為什麼不歌唱』（関暁栄・藍博洲・范振国・李三沖撮影、侯孝賢映画社一九九六年）にも郭琇琮夫人林雪嬌（林至潔）の証言が収録されている。

文学作品に見る「スージー」と香港

池　上　貞　子

はじめに

最近一年ほど滞在した香港と現代文学との関わりについて考えているうち、ふとアジアでよく知られている何篇かの作品のなかに、スージー（Suzie）という名前の女主人公が登場することに気がついた。すぐに頭に浮かんだのは、張愛玲の「沈香屑――第二炉香」（一九四三）、リチャード・メイソン（Richard Mason）の「スージー・ウオンの世界」（The World of Suzie Wong、一九五七）、施叔青の「愫細怨」（一九八一）の三編だった。作者も描かれた時代もちがうが、香港を舞台としていることは共通している。この名前は偶然なのか、それとも何か深い意味があるのか。かなり大きな辞書でも、スージーはスーザン（Susan）の略称であるということぐらいしか、言及はない。

結論を先に言えば、英語や英文学の素養の乏しい筆者が、その線を追求するのはあまり意味がないように思われるので、むしろそういう名前で現わされた女性が、とくに今回の場合のキーワードとした香港とどういうかかわりを持つのか、言葉をかえて言えば、スージーと言う名の女性主人公が登場する小説のなかで、香港がどう扱われているかという視点で考えてみようと思う。ただし、本来、ここにとりあげた作品は個々でとりあげても、かなりの労力と紙面を費やすべきはずのものなのに、安易に名前だけを持って並べてしまったために、それぞれの作品に対して浅薄な読み方しかできないかもしれない。それについては今回の論考を契機に、今後の課題としてそれぞれの作品を様々な文脈の中で考えていけたらと思っている。

一　第一番目のスージー：張愛玲「沈香屑――第二炉香炉」

「沈香屑――第二炉香」は張愛玲が「わたしは上海の人たちのために香港の物語を書いた」(1)とした作品のうちのひとつで、一九四三年六月『紫羅蘭』第三期に掲載された。彼女は当時、中国語の小説を書く本格的な作家として出はじめたばかりで、第一作目「沈香屑――第一炉香炉」は同じ雑誌の前号に発表されている。当時、二三歳だった。「沈香屑――第二炉香」の中心となる物語は、植民地香港のイギリス人社会のなかの出来事であり、主人公も主な登場人物もほとんどイギリス人である。その特異性のせいか、この小説だけを正面からとりあげて論じた例は非常にすくない。そのまれなケースのひとつとして、香港浸会大学の林幸謙著『張愛玲　輪述　女性主體與去勢模擬書寫』(台北、洪葉文化、二〇〇〇)のなかに関連の論述がある。著者は、「・・・『沉香屑――第二炉香』のなかで、張愛玲は女性が自我をもって身体(主体)を守り、父親の権威(主体)を覆す物語を書いた」(2)として、フェミニズムの観点から論じている。本論では、他の作品と比較する都合でこの作品だけをこの観点で多く論じることはできないため、あまり取り上げる余裕はなかったが、視点は参考になった。

小説の構成は、まず香港大学を彷彿させる大学の図書館で、ふたりの女子大生がひそひそ話をしているところから始まる。この導入部分により、この小説があくまで中国人の「わたし」の視点で書かれていることが明らかになっている。こうした構図は、あたかもイギリス人社会という、香港という額縁のなかに作られた絵を鑑賞しているかのようで、張愛玲小説集『伝奇』増訂本(3)の有名な表紙絵を思い起こさせる。それは、清末の伝統的な中国人の家庭を、覆面をした現代人が窓から首を突き入れて観察している図だ。イギリス人社会を中国人に、現代人を香港にいる「わたし」と入れ替えればわかりやすい。

額のなかの絵に相当する物語は、イギリスからやってきて香港の大学で一五年間物理と化学を教えている四〇歳のロジャーが、二一歳の愫細(Suzie)と結婚式をあげる当日の朝、そわそわしている様子を描写するところから始まる。話のポイントは、初夜に夫から体を求められた若妻がまったくその知識も準備もなかったため、夫を獣呼ばわりしてしまう。このため、事情を知らない人たちは外面的な状況だけで判断し、それはまた悪意のある人たちにフレームアップされて、ロジャーはあっと言う間に身動きのとれないところに追い込まれてしまい、最後は彼の自殺が暗示されるという話だ。これに対する作者の考えは、導入部分で、物語の語り手である「わたし」が、それほど親しくもないアイルランドの学生クレメンタインに、姉から受けた性教育でショックを受けたという告白を聞き、以下のように反応するところにあると考えていいだろう。

わたしは何気なさそうに言った。「あなたが今ごろそんなことを分かったなんてヘンねえ」。彼女は一九歳なのだ。わたしはさらに続けた。「たいていの中国の女の子はものすごく早いうちに知ってしまうから、何にも神秘的ではないわ。中国の小説にはあなた方の小説よりはっきり書いてあるし、そういうものを読む機会はあなたたちよりずっと多いのじゃないかしら」(4)

香港大学の周辺で実際にこのような事件が起こって、作者が見聞きしたのかどうかはわからないが、いずれにせよ、これは〝性〟が大きなテーマであり(この場合、その欠如という、マイナス方向への関わり方ではあるが)、性に関する知識の扱いについて、中国人とイギリス人の違いのようなもの、おおげさに言えば異文化体験のようなものがあったのではないかということは考えられる。

しかし、張愛玲の目は、性の秘密を知ったショックを抑えるため、わざと冷静な態度を装う異国の少女の興奮をも冷静に見つめ、いっそうの冷徹さで物語のなかの人間や人生を観察している。字面から見ても、最初の数ページだけでも以下のような罵りとも言える言葉が横溢し、まるで作者が自己の内にためていたこれまでの人生の鬱屈を、一気に吐き出したかのようだ。「人生はたいていこんな風に――不徹底だ」「汚らわしい物語、だけど人間は結局汚らわしいもので、人と交われば汚らわしさもついてくるのだ」「人間なんて、哀れでない人はないのだから、そんなにしょっちゅう哀れんではいれられない」。そして何度もくりかえされるロジャーの、自分は「傻（おろか）」だという認識・・・。しかし、ロジャーを決定的に恐怖に陥れたのは、自分の生活する香港の英国人社会の「愚昧の残忍さ」だった。

・・・香港のミドルクラス以上のイギリス人社会、あの連中に対しては何をか言わんやだ。あいつらは、男はどいつもこいつもブリキの目覚まし時計のように、時間通りに食事をし、お茶を飲み、トイレに行き、仕事に行く。頭のなかにはチクタクという針の音以外には何もない。東洋の灼熱の気候のせいだろうか、時計は不正確になった。だが時計はあいかわらず時計だ。女は一日中編み物をしている。産毛だらけの顔は起毛のシャツみたいだ・・・。こんな人たちに対して、彼がスージーの家の家庭教育の欠陥を言い立てることができるだろうか。ロジャーはふつうの人になりたかった。今、状況は彼を圧迫し、大衆の圏外に追い出そうとしている。彼は今やっと圏内の愚昧――愚昧の残忍さに気がついた・・・。圏外だって恐ろしくなくはない。青味をおびた小さな歯と大きな黒い影が頭上で揺らめき、指さしてくる・・・。ぞっとするような考えがおびただしく、できたばかりの蜘蛛の巣のように彼の顔にはりついた。彼は頭をふって、けんめいにその網をおしのけた(5)。結果的に彼は蜘蛛の巣を追いはらうことができず、自殺に追い込まれてしまう。この社会は「愚昧の残忍さ」をもっているくせに、「しばしば、ひとりふたりの頑固な老人が、ゼイゼイ言いながら、皆さん、植民地で守るべき白人種の名誉を忘れてはいけませんぞ、と説教している」(6)のが見受けられる。愛するスージーは一番避けなければならないはずなのに、ロジャーの宿敵に助けを求めるほど無知（天真爛漫）で愚かだし、その母親はすでに姉娘で経験しているはずなのに、年頃の娘に性教育も行なわず、さらにそのことが原因であることにも気づかず男の非をふれまわるほど愚かだ。小さな社会のひとりひとりが「愚昧の残忍さ」ばかり。しかし、当のロジャーもその例外ではなく、自分自身に対して「傻（おろか）」という言葉がくりかえし使われ、自己認識があることはすでに述べた。

しかし、ロジャーの絶望感を決定的なものにしたのは、香港の自然だったのかも知れない。スージーの姉ミリソンの離婚の原因は、真相はまさに自分の場合と同じだったのだと思い至り、さらにその相手の男が行き場を失って自殺をしたと聞いたロジャーは、衝撃のあまりその場を飛び出す。そしていつしか事件の発端となった、スージーが逃げ、自分がその後を追った坂道を歩いていた。

あれはまるで何百年も前の出来事のようだ。今夜もまた月夜で、山のむこう側の海には黒い島、島の上の方に山が浮かんでいて、山のむこうはまた海、海のむこうはまた山だ。海にも山にも木の葉の上にも、至るところヒュルルと鳴る笛のように清々しい輝きがある。けれどもロジャーには、自分の行く先々が闇に包まれているように感じられるだけだった（7）。

しかし考えてみれば、ロジャーの下降は一五年前、この香港という土地に来たときからすでに始まっていたのかもしれない。

一五年前はじめて華南大学に赴任した頃は、彼は仕事熱心な若者で、働く時に頭をつかって考えていた。けれども華南大学の空気は考えることには向いていなかった。春には山中のツツジが纏綿と雨の中で赤さをほこり、はらはらといつ果てるともなく散り続け、止めどなくあたりを赤くそめた。夏、赤土の崖を登って授業に向かうときは、道の両側には真っ赤なハイビスカスが咲いて、焼け残った無数の小太陽のようだった。秋と冬は、空気がすっきりして甘く潤いを帯びる。まるで挟み物のあるビスケットのようだ。山からの風、海からの風がヒュウヒュウ鳴って、シュロの銀青色の木に当たった。人はせいぜいイヌを連れて山に登り、頭をつかわずに激しい運動をするだけだ。時間はこうして流れ去った(8)。

主人公のロジャーはこのように、植民地にあって自分自身が植民者の側にありながら、無自覚の内にむざむざと内部崩壊、自己破滅の道をたどっていく。彼の最も愛する人が彼の破滅を手伝ったのである。この物語の主要人物としては香港のネイティヴの人間は登場せず、香港はただ自滅していく植民者に舞台を提供し、観客席のなかに冷然としたまなざしの、中国から来た早熟な少女に居場所を作ってやっているだけである。

二　第二のスージー：リチャード・メイソン「スージー・ウオンの世界」

香港のある種のイメージを代表するものとして「スージー・ウオンの世界」があるが、これにはハリウッド映画の影響が大きいようだ(9)。日本では「慕情（Love is a Many Splendored Thing)」ほどヒットしなかったそうであるが、「ラブリイ（lovely）な忘れ難い作品」(10)とされている。影響力から考えたら、映画についてもっと語るべきなのであろうが、ここでは文学上の比較として、イギリスの作家リチャード・メイソン（一九一九-九七）原作の「スージー・ウオンの世界」の方を中心にとりあげる。メイソンに関するイギリスのインターネットなどを見ると、関心の在りどころが違うからだろうが、映画より小説の方が評判がよいようだ。一九五七年に「発表されてまもなく英米でベスト・セラーとなり、劇化されてニューヨークの舞台でも大あたりをとった」(11)。「慕情」と同じく、ウイリアム・ホールデン主演で映画化されるのは、そのあとの一九六〇年のことである。

物語はアメリカ兵を相手とする湾仔【ワンチャイ】の娼婦スージーと、イギリス出身でアジアのいくつかの国を体験した貧乏画家ロバートとの、いわば純愛物語だ。現実の生活では汚れた世界に住みながらも自尊心を持って生きるスージーと、その謎めいた美しさにひかれたロバートは、さまざまな曲折を経たあと、お互いにとって「初めての男」、「初めての女」として結ばれ、ふたりの結婚とロバートの画家としての成功が併行する。

映画ではロバートはアメリカ人に設定され、原作の後半でロバートが日本やイギリスで画家として成功する話とか、ふたりで日本やイギリスに行く話も省略されている。白人のボヘミアンと東洋の娼婦との純愛物語だ。現在の香港の若い人たちにＤＶＤで映画を見た感想を聞いたところ、「なぜ香港ではなくてはならないのか」という疑問が多かった。たしかに、五〇年代当時、横浜、台北、ソウル、香港など、アジアには米兵があふれていた。白人男と東洋女のラヴ・ストーリーならどこでもよいはずだ。なぜ香港なのか、これはやはり作者メイソンの側から見るしかないであろう。

リチャード・メイソンは、一九一九年イギリスのマンチェスターに近い、ヘイルというところで生まれた。大学卒業後、ロンドンの東洋語学校で日本語を学び、第二次世界大戦中は空軍将校としてビルマ戦線で活躍、その後インドの情報部隊に勤務した。これらの体験をもとに、一九四六年にインドを舞台にイギリス人将校と日本人の語学教師との恋愛を描いた「The Wind Cannot Read」（邦題「風は知らない」）を書いて一躍有名になり、一九五二年には「The Shadow and the Peak」（邦題「空からきた女」）を、そして一九五七年にこの「The World of Suzie Wong」（邦題「スージー・ウオンの世界」）を発表した。筆者は第一作と第三作は日本語訳で読むことができたが、第二作目については国立国会図書館でざっと閲覧しただけである。三作目の「スージー・ウオンの世界」の翻訳の解説では、これら三冊について、「いずれも、異国情緒ゆたかな舞台に、ヒューマニスティックな愛情をうたいあげていて、長編作家として並々ならぬ力量を示している」(12)とあるので、アジアが舞台かと思ったが、ジャマイカだった。男を追ってイギリスからメキシコへ行き、さらにジャマイカまでやってきた女性と、やはりふらりとイギリスからやってきて現地で学校の教師をしている青年との愛情物語だ。

こうしてみると、イギリス人男性とアジアの女性との恋という点では一作目と三作目は似ているが、設定は対照的だ。念のために、第一作「風は知らない」の概要を紹介する。ビルマのジャングルで日本軍と戦い、負傷したイギリスの将校マイケル・キンは、インドで日本語訓練班に配属され、日本語を教えに来た女性ウェイ（実は日本人）と知り合う。彼女の本名のイニシャルH.T.、名前を花子といった。上層階級の出身だが、不幸な出来事があって、家族の意向でイギリスに送られる。父親の友人の貴族が後見人になり、そのアドバイスと励ましを得て、中国名を名乗ってインドで日本語を教えることになったのである。敵国の人間でありながら、ふたりは愛し合うようになり、やがていっしょに旅行し、同棲するようになる。この間に、女性は本人がよく口にする言葉、日本語の「さびしい」をもじって、サビイ（Sabbi）と呼ばれるようになる。が、女性は実は不治の病にかかっていて、戦争が終わったらイギリスで幸せな結婚生活を送ろうと夢見ているマイケルの祈りもむなしく、亡くなる。

一作目のこれと三作目の「スージー・ウオンの世界」と比べると、同じくイギリスの男と東洋の女の恋愛を描きながら、女性主人公の設定が非常に対照的であることがわかる。サビイが上層階級の出身で、一時的ではあるが、とにかく教師という知的な職業に着いているのに対し、スージーは大陸から出てきた貧しい家庭の出身で、娼婦という、社会的にさげすまれる仕事をしている。それにもかかわらずスージーは自尊心が強く、誇り高く生き続け、ロバートとの結婚生活にたどりつく。一方のサビイは心身ともに傷つき、不治の病に冒されているせいか、いつも自分を卑下し、遠慮して、最後には死という結末を迎える。

ここでのサビイの描き方は、彼が日本語や日本文化を学んだことや、情報将校としてさまざまなタイプの日本人と接した経験が反映されているだろう。「さびしい」という言葉をキーワードにしたことや、タイトルの「風は知らない」(13)などは、彼が日本人のものの考え方に関心をもっていたことを示している。「スージー・ウオンの世界」を書いた直接の動機は、戦後旅行で訪れた香港の姿に触発されたと言われている。エキゾチシズムを盛り込んだラブロマンスというパターンを保つにしても、彼にとってすでになじみのある日本人やインドという土地などを描いたあと、同じ東洋でありながら、それとはまた異質の中国に目が行くのは当然であろう。香港旅行で、日本人とは違った自尊心のありようを見せる中国人、とりわけ中国系の女性に興味をそそられたかもしれない。このことから考えると、スージーは香港、あるいはその頃直接取り込むことが不可能であった中国の女性を代表しているといえよう。ここでは香港は、その当時多くの場合そうであったように、中国の代理をさせられているのである。

それなら、この小説の中で香港はどのような位置にあるのだろうか。まずスージーの出身を見ると、彼女はもともと香港生まれではなく、上海で生まれ育った。両親は一人娘の彼女を宝物のように大事にしたが、幼い頃に亡くなり、彼女は叔父の家で育てられる。この叔父が悪人で、彼女に学校教育を受けさせなかったばかりでなく、あろうことか一六歳の時に彼女の処女を奪ったのであった。その時叔父の実の娘はすでに香港に移民していて、時々送金してきていた。叔父は今度はスージーを香港に送ろうと考えた。偶然ながら、スージーの方もこの姉いとこを慕っていたので、強く香港行きを願っていた。両者の利害が一致し、スージーは香港にやって来た。その後の経歴は多くの内地からやってきた若い娘と同じようなもので、まず工場で女工として働くが、やがてダンスホールの踊り子になり、最後は娼婦になったのである。最初は彼女もこの娼婦という仕事を嫌い、辛く感じていたが、時間がたつにつれ、考え方が変わってきた。

けれども彼女はそれに慣れてしまった。人間という者は何にでも慣れてしまうものだ。最初は「逆境が私をこの生活に押し込んでしまったんだ・・・私は、生まれつきこの生活に属している人たちとはちがう、私はここではいつでも外者【そともの】なんだわ、私は人間が違うんだ」と考えて踏み出すのだが、生活が人をつつんでしまい、その生活がその人の生活になってしまう。それがあたりまえになって、反対にその人が経てきた世界にとって、その人はよそものになってしまうのだ」(14)。

こうした「ここはしょせん他郷にすぎない」という感覚は、現在でも多くの人が香港の人の心情を表わす言葉として使う。いずれにせよ、スージーはこうしてワンチャイの小さなバーでロバートと知り合った。彼は折しも最も中国的な、最も香港らしい雰囲気を求め探しているところだった。ロバートはマレーシア、シンガポールを経て、この地に足を踏み入れたばかりの画家だった。彼が自分の寝泊まりするところを探し歩いていた地域は、他のイギリス人とちがっていた。彼に住む場所を紹介した人は信じられず、ワンチャイはきっとイヤになりますよ、あそこにはイギリス人はいず中国人ばかりで、その上ものすごくやかましいところですから、と言う。意外なことに彼の答えは、「それこそがわたしがずっと追い求めていたものだ。今住んでいるところで一番の問題は、イギリス人しかいないことさ」というものだった。

ところで、彼はなぜこのように中国および中国人にこだわるのだろうか。なぜ香港に来たのだろうか。ロバートは香港に来る前はシンガポールにいたが、そこでイギリス陸軍の将校に巡り逢った。その将校は以前香港に住んでいたことがあり、現在でもなおため息をもらしながら、よく「香港に帰りたいなあ」と言った。ロバートが理由を尋ねると、将校の答えはこのようなものだった。「シンガポールもいいが、どこへ行っても平凡な町だ。でも香港は本物の中国なんだよ。中心地をちょっと離れたら、もうヨーロッパ人の姿は見えない。そのうえすごくきれいなんだ」(15)。こうした言葉はロバートに幼き日の夢を思い起こさせた。

私は子どものころ家にいた庭師を思いだした。彼は庭造りのことなど何も知らなかった。それもそのはず、船乗りだったので、褐色の腕に刺青をしていた。消えかかった青い中国式の竜のあいだに香港という文字が彫ってあった。阿片窟だの、砲艦だの真珠河の話、中国の葬式やそれについてくる白頭巾をかぶった泣き男たちが、涙を流して泣き叫び歯がみすることなどを、鋤の柄によりかかって語ってくれる姿は、少年時代の私にとって、はむかうことのできない英雄であった(16)。

このことからすると、中国/香港は彼にとって幼き日の夢を実現する神秘の王国だということがわかる。だから彼はスージーがはじめて会ったとき、自分は金持ちの娘だと偽ったことも気にしない。彼女には特別の自分なりの原則があって、人を傷つけるのは意に介さなかったが、体面には非常にこだわった。そして自分の愛する人の体面にまでこだわるあまり、ついには監獄に入れられてしまった。それでも彼はスージーを追い求め続けた。ロバートを魅了した中国人とイギリス人の違いははっきりしている。ロバートがスージーとの結婚を決意した後、香港へ来たばかりで落ち着かない若いイギリス人たちのためのパーティに参加する機会があった。彼らはそこであきもせずウイットに富んだ会話を続けていたが、ロバートにはこうした雰囲気はなじめなかった。退屈であったばかりでのみならず、その閉塞感に恐怖さえ感じはじめた。その時彼はそこで給仕をしていた老ボーイに注意を引きつけられる。とりわけその目が印象的だった。

――それはこの部屋にすべてのものから、はるかに遠い世界に属している、小さな深く引っこんだ中国人の眼だ。それを見たとたんに、私はまるで窓が開けはなたれ、新鮮な空気を吸いこんだような気分になった。遠いはるかな世界をちらっとのぞいただけだったのに、それだけで十分に元気づけられた――君は、この部屋にとじこめられているのではないから安心したまえ。これは人生の片隅の小さな取るにたちないものだ。この外には探検すべき宇宙全体が君を待っているのだ――(17)

ロバートはこうしてパーティを抜け出した。彼の脳裡に、偶然垣間見たスージーの様子がふたたび浮かんできた。その時彼女は客を送って出てきたところだった。ということは、彼女はついさっきまでその男とベッドを共にしていたということだ。彼女はロバートの視線に気がつくと、最初はちょっと恥ずかしそうにしたが、やがて様子が変わった。まるで現実を直視して、こう言っているかのようだった。「私の背後には全世界があります、経験の全世界、それはあなたにはけっして理解できないものです。でもそれは私の一部分で、それがなかったら私というものは存在できないのです、たとえそれがあなたを失うことを意味するとしても」(18)。ロバートはその世界を絵に描こうと決心した。

物語は、スージーの入獄や病気を経たあとも、ロバートのスージーと結婚しようという気持ちは変わらず、やがて仕事も次第に成功に向かって発展していく。そのなかで、日本は彼らにとって現実／香港から逃避する場所としての役割を果たし、さらにはふたりが最後に到達して幸せな生活をする場所となっている。

結局、作者の念頭にはまず中国があり、香港は社会主義の中華人民共和国から逃げ出して集まる場所、つまり臨時の中国、あるいは中国の代理と考えていたのかもしれない。時代のせいもあって、作者の頭には香港人か中国人かという区別はない。彼にとって「中国」はある種の文化の表象であり、上海に住んでいようが香港に住んでいようが、この系統の文化を擁しているなら、その人は中国人なのである。スージーは一六歳の時に上海から香港にやってきた。彼女は中国人だ。ここでの香港は大陸から逃げてきた人たちのためだけでなく、ロバートという元来所属している植民者社会を越境してきた流浪者のためにも居場所を提供している。

三　第三のスージー：施叔青「愫細怨」

「愫細怨」は台湾の女性作家施叔青（一九四五―　）によって書かれ、一九八一年に『聯合報』に発表された。ちなみにこの主人公のスージーの姓は黄で、スージー・ウオンすなわちメイソンの小説の主人公と同じ名前になる(19)。この作品を書いた当時の作者は、アメリカ人の夫とともに一九七八年から香港に住んでいて、香港芸術中心亜州表演節目策画主任という役職をつとめながら、小説を書き続けていた。一六歳の頃から書き続けている彼女の作風は常に変化し、居住の場と作風と年齢が対応している。現在は台湾で活躍しているが、大陸の研究者王晋民は八〇年代中ごろまでの彼女の作風について、かつてこう紹介した。

初期には心の秘密や奥底の闇をえぐるなどして心理的な葛藤を描くことに巧みで、若い女性の世の中に対する驚異や幻想をうまく表現していた。一九七〇年にアメリカに留学して修士課程で学ぶようになってからは、主としてアメリカに住む華人の結婚生活をテーマに書くようになり、カルチャー・ショックや男性中心の伝統的な権力関係の下で侮辱され傷つけられている女性たちの姿を描いた。第三段階は成熟した創作を行なうようになったと言える。冷静に自我から離れ、題材の小さな世界から飛び出して、描きだす人生の断面図もますます広がった。そのことは一連の香港の物語からも見て取ることができる。死と性と狂気は彼女の創作のなかで繰り返し扱われるテーマである(20)。

香港に移ってからはじめて発表したのは「台湾玉」であるが、これは内容的にも台湾を舞台とした作品である。香港を舞台とした作品の一部は「香港的故事」として「之一」から「之九」まであり、ここでとりあげる「愫細怨」はその第一作になる。作品としては、翌年にやはり『聯合報』に掲載され、第八回聯合報小説推薦奨を受賞した「窯変・香港的故事之二」の方がきめの細く、完成度が高いような印象をもつ。

「愫細怨」のあらすじは以下のようだ。

香港で生まれ育ったスージー(愫細)は、高校を卒業するとすぐにアメリカにやられ、そちらの大学でデザインを学んだ。同じ大学で建築学を学んだディックと結婚し、ともに働いていた。半年前、「中国」を追い求めるディックの念願がかなって、香港の建築事務所に仕事を得、移り住んできた。これまでの年月の間に、スージーの母は亡くなり、失意の父は仕事をやめ、オレゴンに農地を買って引き込む。唯一の弟もカリフォルニア大学在学中というわけで、スージーの香港の根はほとんど絶たれつつあり、本人もむしろアメリカの方に親近感をもっている。

香港でよい条件の暮らしをはじめたのも束の間、この半年の間に、香港では求めていた「中国」が得られないのに失望したディックは、同じような想いをしているアメリカから資料収集に来ている女子学生と「同病相哀れむ」かのように愛し合うようになり、ひとしきりもめた結果、スージーは家を出る。

以上、かなり細かく紹介したが、実はここまでが前提で、中心のストーリーはスージーが仕事で知り合った洪俊興という大陸出身の男に惹かれ、彼との精神的ギャップを感じながらも肉欲に負けて、その相克によりほとんど発狂寸前にまで追い込まれるほど苦しむという物語である。洪は二〇年前に大陸を後に香港に出てきて裸一貫でがんばり、現在は觀塘で小さくもない印刷会社を経営している。仕事上の取引で彼に会ったスージーは、彼のもつ「中国」に惹かれ、その後も一貫して「西洋的」な背景をもつ自分とは住む世界が違うのだという意識を保ちつつも次第に親しくなっていき、ついにある雷雨の夜、肉体的に結ばれる。その後は理性と肉欲とに引き裂かれて、彼との距離を近づけたり遠ざけたりしながら（その間、彼は一貫して同じ場所にいる）、しだいに精神不安定になってたびたび爆発する（ヒステリーを起こす）ようになるが、異なる感性をもつ男の方は「暖簾に腕押し」だ。ある夜、男が妻子をすてるつもりはまったくないことを確認したスージーは、屈辱感とそれでも捨てきれない自己の肉欲のおぞましさに耐え切れず、発作的に洪とともにしていた自分のベッドから抜け出し、マンションの裏でひとり一夜を明かす。夜明け、ついにこらえきれなくなって激しい嘔吐をする。

スージーはマンションの後ろの浜辺を一晩中行ったり来たりした。あたりが白むころ、それ以上こらえきれなくなって、両足をぐにゃりとさせて砂浜に跪いた。それから嘔吐が始まった。ふだんのありったけの力を振り絞って、五臓六腑が引っ張り出されてきてしまうのではないかと思われるほど、思いっきり吐いた。(21)

その後どうなる（どうなった）か、解決は示されていない。これは彼女の作品に多く共通するもので(22)、結局は主人公が自分で解決するしかないのか、あるいは読者に勝手に考えろということなのだろう。

この作品でも、前の二作と共通して、性が大きなテーマになっている。しかも「横溢な性」「性の性（さが）」ともいうべきか。ここで、相手の男性洪がスージーにとって「中国」を表象する存在であるのは意味深長である。洪が、スージーにとって失われつつある「根」であり、夫を自分から奪うことにもなった「中国」を色濃く持つ、伝統的な中国の男であることは何度か言及されている。以下の二つのくだりは、二人が知り合ってのちの関係の発展の情況と限界を如実に示している。

知り合ってからこの方、洪俊興はずっと彼女を支配していた。スージーは彼の言うままになり、行く先はすべて洪俊興に属する領土だった。彼女は自分だけなら一生行くはずのない画廊へ連れて行かれ、中国の有名な現代画家の絵を紹介された。彼は彼女に付き添って博物館や陶磁器のオークションや骨董品展覧会などにも行った。もちろん潮州料理や広東料理を出す路地裏の小さな料理屋へは数え切れないくらい行った。スージーは自分がわずか数ヶ月の間に洪俊興に連れられてこれまで行ったことのない世界に足を踏み入れ、少しずつ呑みこまれていることを認めないわけにはいかなかった(23)。

彼が彼女を愛していることは、説明されるまでもなく、彼女にも感じられた。自分は感動すべきなのだろうか。いや、何度も、数え切れないくらい何度も、洪俊興は彼女のもとから妻のもとへと戻り、スージーはひとりベッドの上で今彼は妻と何をしているのだろうかと、ボンヤリ物思いにふけるままに捨ておかれたのだ。彼女はこの、まだ会ったこともない女に耐えがたい嫉妬を感じた。言ってみれば自分はこの印刷工場主の人生にとっては小さな点にすぎない。彼は昼は少しでもよけいに金をかせぐために市場を飛び回り、夜になると彼女のもとに慰めを求めてやってくる。そしてまたりっぱな夫、父親の役割を果たしに帰って行くのである。彼女にはわかった。彼は伝統的な中国の男であり、どんなに彼女を愛していても、家庭を壊してまで、彼女といっしょに暮らす気はないのだ(24)。

夫ディックも「中国」を追い求め、それに失敗して、自分の「領土」へと退散していった。スージーはディックとの関係では自分の領土であった「中国」から、洪との関係では「西洋的」なものに領土を変えたが、「中国」に抗しきれずに精神不安定になっている。

では香港そのものは、この作品のなかでどう位置づけられているのだろうか。洪の言葉に中に、非常に明白な表明がある。

そうかも知れない。アメリカでも大陸でも、ちがう場所だったら、おれたちのような人間はぜったいに出会うことはない。その意味で香港は変わっている。異なる人間、異なる物がみんなこの小さな場所にかたまり、いっしょくたになっている。いずれにせよ、みんな平和に共存し、何とか日々を過ごしているじゃないか。そのことは君も否定できないだろう？(25)

しかし、この言葉は、実は、スージーが洪と一線を画そうと決心して、互いが住む世界のちがいを彼に知らしめるために自宅に招き、そのことの注意を喚起しようと暗示を試みている最中に口にされたもので、ふたりのすれ違いはいっそう際立ったものになっている。このふたりの関係すなわち中国／香港は、妻と別れる意思のない洪に対して、その立場に甘んじさせられながらも肉欲に惹かれて断ち切れない自分への苛立ちをつのらせるスージー、それを正面から受け止めるのではなくただ包み込んでしまう洪、このあたりをみごとに表象している。

いったいスージーは、「領土（原語：領地）」ということに非常にこだわっている。これはフェミニズム論者からすれば格好の論点になるのだろう。アメリカという「西洋的」な領土ではおそらく夫の采配を受けながらも、それなりに安定していた自分の位置は、香港に来て「中国」の領地が拡大したとたん（具体的には、中華レストランで象徴されている）、自分が采配をふるう側に立つ。そして、その香港にいながら、さらに濃厚な「中国」を意識したとたん、今度は「西洋的」な側に立って、より強固な「中国」である洪の采配を受けることになる。その采配者の真実の姿は、出会いの頃に惹きつけられた「愛すべき中国男性」というような生易しいものではなく、実はもっとしたたかな、妻子のある家庭は守りつつ、さらに愛人をもつという、「伝統的な中国男性」のそれであった。彼女の「西洋的」な部分（あるいは理性と言ってもいいかもしれないが）は、「もともと住む世界がちがう」という固定観念のもとに、これに対して猛烈に拒否反応を起こし、最後の「嘔吐」にいたる。

しかし考えてみれば、社会的には自立し、夫とは別居状態（おそらく夫から非を唱えられる心配もない）の現代女性が恋愛をするのに、「住む世界がちがう」という意識も大時代的だし、「妻と別れないから、自分の位置はあくまでも下になってしまい、生まれの立派な自分にとっては屈辱的だ」というのも、自由恋愛が社会的にあまり認められていなかった時代ならともかく、やや古典的で、「西洋的」な女性とも思えない。そのことからすると、作者の意図はさらに、「西洋的」と思っているスージー自身のなかの「中国」を暴き出すことにもあったのではないだろうか。ということは、先ほどからの表象からすれば、香港という「西洋的」な「領土」も本質的には「中国」なのだということになるだろう。

四　スージーと香港

深い考えもなくスージーという名の女主人公が登場する小説を三作並べてみたが、冒頭で述べたように、最初発した「なぜ、スージーなのか」はあいかわらず解決していない。ただひとつ啓発的だったのは、嶺南大学英文系の欧陽楨教授の以下のような言葉だった。すなわち「Susan の略称は一般的に大人に対しては Su が使われる。Suzie は概して子どもに対して使われ、愛らしいもの、あるいは自分より下と思われる者に対して使う」。つまり、対等意識の場合には使われないと言うことである。これは英語を母語とするメイソンの場合、たしかにそのようなことがあるのかも知れない。アジアの女性に対する無意識に優位な立場に立った親愛の情。ちなみに第一作「風は知らない」の女性は「さびしい」を変化させたサビイで、やはり同様の扱い方なのではないかと思われる。他の張愛玲と施叔青がどう考えていたか不明だが、後者が前者を意識し、ある種の継承発展か、あるいは逆に転覆を考えた可能性もないわけではないと思うが、今回は深く追求しない。ちなみに現在の香港では、代表的な繁華街であるチムサーチョイを闊歩して歩く若い女性を表わす、〈チムサーチョイ・スージー〉という言葉があるそうだ。

名前の意味の追求はともかく、こうした名前の女性の登場する小説で、作者たちは香港をどう位置づけていただろうか。作者は三人とも香港にとっては外来者であるが、創作時期の香港の文化状況と合わせて考えたらどうなるだろうか。第一のスージーは一九三〇年代後半から四〇年代初めと考えられるが、この時期は香港そのものの文化について考えられる土壌もなく、日中戦争による、中国大陸の文化人たちのいわゆる第一次南来の時期に当たる。大多数の作家にとって、香港はその土地に住む人の生活や感情を描く背景ではなく、内地から来た登場人物の、仮の舞台としてしか描かれない。張愛玲の他の香港を舞台とした小説「沈香屑——第一炉香」、「ジャスミン茶」「傾城の恋」などみなそのとおりで、亜熱帯の風土を強調して、彼女にとってのエキゾチシズムを作り上げているのは周知のことだ。ここでとりあげた「沈香屑——第二炉香」の主要な物語は、そのなかでも極端に植民者イギリス人の世界に限っている。しかしそれはまた、小説冒頭の、その世界をのぞいている中国人にとってあるいは悠久の中国史のなかでは、一時的な世界／仮の舞台にすぎない。

第二のスージーは、処女作の白人男と日本女性とのエキゾチック・ラブストーリーで好評を博した作者にとって、いつかは描かれるべきはずの中国女性だった。しかし、五〇年代のアジアにおいては、国を閉じて社会主義国家建設に邁進中の中国大陸に求める手立てはなく、旅行で訪れた香港にその可能性を見出したのではないだろうか。多くの外来者にとって、香港がかなり長い間、中国の代理であったことは事実だ。余談だが、六〇年代半ばから大学で中国語や中国について学び始めた筆者の周辺でも、大陸に行けないので、香港へと行くという知人も多かった。台湾も代理とするに足りうるが、これは政治的な立場がからみ、ある種の荷を背負わざるを得ないのに対して、香港はあくまでフリーハンドだった。

第三のスージーは、香港にアイデンティティを感じながらも、思春期以後を過ごしたアメリカとの間で揺れ動き、その揺れを「中国」探しによって止めようとしている。香港は「中国」探しの場所になっているのだ。これが書かれた一九七〇年代末～八〇年代はじめは、香港ではすでに劉以鬯らいわゆる第二次南来作家の努力も身を結び、また『中国学生週報』などさまざまな新聞雑誌の啓蒙や場の提供に支えられて、香港育ちの若い作家たちが活躍し始めていた。社会的にも一九六七年の暴動、六〇年代末から七〇年代はじめにかけての中文法定運動、七一年の釣魚台運動などを経て、「本土（香港）」意識がたかまりつつあった。七〇年代台湾の郷土文学論争や七九年の大陸の民主化運動などもさまざまな影響を及ぼしたことだろう。西西、也斯など若い作家たちは香港アイデンティティを追求していたはずだ。こうした香港人自身の、「中国」ではなく「本土」を求める方向に対し、それとクロスするように、外来者の施叔青が「中国」探しの小説を書いているのは興味深いが、詳細については今回きちんと検討する余裕がなかったので、今後の課題としたい。

こうして見てくると、スージーと呼ばれる女性を主人公に仮託された香港が、外来者によって長い間「中国」の代理の役割を担わされてきたことがわかる。では、香港人自身がスージーを描くとどうなるのだろうか。実は、一九六〇年頃流行していた薄い通俗本のなかにも『スージー・ウオンの世界』なるものがあった(26)。これは映画のシナリオを娯楽本として改編したらしく、ほとんどスージーだけに焦点があてられ、男性主人公にはあまり注意が払われていない。最近の作品ではというと、うまいぐあいに香港の詩人で小説家の也斯が二〇〇二年に「尋路在京都」という作品を書いており、フランス語および日本語に翻訳されている(27)。

話は張愛玲の「沈香屑——第二炉香」の登場人物をもじってあり、作者が筆者に語ったところによれば、張愛玲の作品と「対話をした」のだそうだ。香港滞在二〇年になるアメリカ人の中年男ロジャーが香港娘の阿素（先ほどのスージーの解釈を考えると、適切な中国語訳なのかもしれない）を連れて、七〇年代に一度訪れたことのある京都を旅する話だ。ロジャーはごく若い頃訪れた京都にあこがれ、東洋で英語を教える仕事を探すが、思いがけず香港に割りふられて赴任し、以来かれこれ二〇年になる。今はある大学で教鞭をとっているが、近年、政府の大学改革で雑用が急増し、ふうふう言いながら毎日を過ごしている。阿素は彼よりずっと年下の、ごく普通の香港娘で、ホテルの渉外係の仕事をしている。ロジャーとは、彼の行きつけのバーで知り合った。阿素の北京への出張による不在がきっかけとなって、現在はいわゆる同棲中である。最近増えたけんか状態を打開するため、気分転換の京都行きを思い立ったのだ。実際に来てみると、日本がはじめの阿素にはすべてが好奇心の対象であるが、ロジャーにとっては思い入れのある京都駅をはじめ、町の景観はかなり様変わりしている。そのうえ、友人が本式の日本を味わうようにと予約しておいてくれた旅館の人々の応対の仕方や食べ物も、自分の思い描いていたのとはかけ離れている。叙述は、現在の雨もようの京都と、意識の流れ的な手法によるふたりのこれまでのことが、交互に語られる。あまり高揚しない雰囲気。帰国前のひと時、駅のコインロッカーに荷物を預けたふたりは、駅周辺で互いに相手を見失うなどのハプニングに見舞われるが、最後には駅ビルの上からいっしょに京都の町を俯瞰して、心の安らぎを得る。

彼らは互いに支えあい、そこに立って京都の景色をながめた。実に思いがけないことだが、この人の行ったり来たりする駅、この束の間の時を過ごす空間が、結局のところ、彼らにとって長く留まる場所となったのだ。

彼の心の中にあるあの古い駅はもう無くなった。彼女が、これでも駅って言えるの、と聞いた。これは新しい空間だ。彼らの目の前にあるのは新しい光景だ。ここにはさまざまの人間がいる・・・（中略）・・・人びとは上がったり降りたり、ひとつところに留まってはいない。こうした混雑した場所は不純で、開放的でやや滑稽味をおびているが、まさにそこに身を置く彼らにとっては居心地がよかった。彼らはゆっくりと歩き出し、人混みの間をぬうと、次第にそこから離れ、バルコニーの反対側へ行ってこの都会を眺めた。ロジャーはもはや地図やファックスをひっくりかえしてこれまで行ったことのない寺院を探すことをやめた。彼らは互いに寄り添って、この角度から見ると何の変哲もない庶民の生活が営まれている現代都市をながめながら、そよ風に身をゆだねた。仕事のために正午の汽車で帰国の途につく前に、しばしこのふたりだけのものである朝の時間をすごしたのである(28)。

京都と中国語文学というと、台湾の作家朱天心の「古都」を思い出すが、「古都」では台北との対比で京都を変わらない町として位置づけているのに対し、也斯は京都も時間による変化を防ぎきれるものではない、例外ではないということを正面から受け入れ、さらにそのなかで自分にとって心地よい場所を選んでいる。ロジャーに付託された也斯にとっての心地よい場所は、二〇年前と同じく駅にあった。ここは人が集まり散り、交錯する場所であって、定住する場所ではない。しかしそこには、日常生活のなかで、ちょっと仕事を離れて立ち止まり、微風を受けながら、他人の日常生活を俯瞰できる場所があった。

どうやら二一世紀のスージーとその相手は、もはやアイデンティティの問題をよりも、より個人的・普遍的な、人間としてのあり方や感覚上の快適さを求めている。一九九七年の中国への返還を経て、主観はともかく、アイデンティティは確定された。スージーは香港人によって阿素として語られ、したたかに「老外（外国人）」と共存して地道に日常生活を送りながら、かつて張愛玲によって語られた閉鎖的な空間をとびこえて、異国の土地にあっても香港の日常の延長で束の間の異国体験を楽しんでいる。

註

(1) 張愛玲「到底是上海人」『流言』上海、中国科学公司、一九四四、上海書店影印本、一九八七、p.58
(2) 林幸謙『張愛玲 輪述 女性主體與去勢模擬書寫』台北、洪葉文化、二〇〇〇
(3) 張愛玲『伝奇』増訂本、上海、山河図書、上海書店影印本、一九八七.
(4) 同上、p.262
(5) 同上、p.258
(6) 同上、p.289
(7) 同上、p.294
(8) 同上、p.286
(9) Thomas Y.T.Luk and James P.Rice, edit; Before and After Suzie:Hong Kong in Western Film and Literature: The Chinese University of Hong Kong
(10) 川本三郎『ロードショーが１５０円だった頃／思い出のアメリカ映画』東京、晶文社、二〇〇〇、pp.268-273
(11) リチャード・メイソン作・松本恵子訳『スージーウオンの世界』東京、英宝社、一九六〇、p三四六―三四七
(12) 同上
(13) 原作は"The Wind Cannot Read" London, 一九四六
訳者のあとがきでは、日本語訳を「風は知らない」(The Wind Dose not Know: 風不知) とした理由について、こう説明している。
　題名は、「この花は、かたく折るなという立札も、読めぬ風には是非もなし」(Though on the sign it is written: Don't pluck these blossom. ―It is useless against the wind, which cannot read という日本の歌から採ったように著者は書いているが、これは恐らく、都都逸(?)だろうと思われる。文字通りには、「風は読めない」となる

が、著者の承諾を得て、「風は知らない」とした。

（14）註（11）に同じ。P.91

（15）同上、p.25

（16）同上、p.25

（17）同上、p.291

（18）同上、p.292

（19）"The World of Suzie Wong" 日本語訳では彼女の本名は「王美蘭」とされているが、中国語の文献のなかでは一般に黄姓になっている。広東語を解さない日本語訳者は香港滞在二五年と言う人士に教示を受けたらしいが、黄も王も広東語ではWongとなるため、この差異が生じたようである。

（20）『台湾新文学辞典（一九一九―一九八六）』四川人民出版社、一九八九

（21）台湾作家全集『施叔青集』台北、前衛出版社、一九九三初版、p.153

（22）その前後の作品について言えば、「台湾玉」では主人公にとって主観的に解決しているが、客観的には何も解決していない。「窯変」では珍しく解決の糸口が示されていて、その意味で読者に受け入れられやすいのかもしれない。

（23）台湾作家全集『施叔青集』台北、前衛出版社、一九九三初版、pp.128-129

（24）同上、p.140

（25）同上、p.132

（26）張続鈞『蘇茜黄的世界』香港、環球図書雑誌出版社、一九六〇。この資料は香港嶺南大学の黄淑嫻博士から提供を受けた。

（27）梁秉鈞「尋路在京都」隔月刊誌『天涯』二〇〇二年五号、中国海南島、天涯雑誌社、二〇〇二、九所収。
フランス語訳は LEUNG PING-KWAN "hercher son chemin a Kyoto"、アンソロジー "ALIBIS Dialogues Litteraires franco-chinois" ondation Maison des sciences de 1' home 二〇〇四に掲載。
日本語訳は「ルッキング・フォー・ア・ウェイ・イン・京都」として、日中両語雑誌『藍・BLUE』一一・一二期、二〇〇三、一〇に掲載。

（28）隔月刊誌『天涯』二〇〇二年五号、中国海南島、天涯雑誌社、二〇〇二、九、pp.132-133

聶華苓『桑青與桃紅』初版における政治関連部分の削除

島田順子

はじめに

在米の作家聶華苓（一九二五〜）は中国大陸に生まれ、新中国成立前に台湾へ渡り、一九六四年に渡米、アイオワ大学の国際創作プログラム（International Writing Program）（1）主宰者としても知られる。台湾で小説の執筆を始めた聶華苓が渡米後に発表した長編『桑青與桃紅』は、作家自身の移動体験を反映した代表作である。この作品について、筆者はこれまでにも異なった観点から検討を加え、文章として発表してきたが（2）、本稿では初出と初版の異同に焦点を当てる。

『桑青與桃紅』が完全な形で最初に発表されたのは、一九七〇年一二月から七二年四月までの香港『明報月刊』誌上における一七回の連載で、これが初出に当たる。香港と並行して、一九七〇年一二月一日から台湾の『聯合報』副刊でも同時連載が始まったが、こちらは七一年一月二二日までで一旦中断し、同年二月四日から六日にかけて再び掲載された後、計五六回で打ち切られた。四部から成る小説の第二部終了までの掲載であった。これについて聶華苓自身は、共産党軍の北平包囲（一九四八〜四九年）を背景とする第二部で、旧制度の崩壊や一切の古いものの消滅、共産党の北平入城を書いたため、それが即ち国民党の失敗を示すとして問題となったことを指摘している

(3)。また、二〇〇〇年八月に筆者がアイオワで行った作者へのインタビューでは、当時の台湾が非常に保守的であったこと、そのため、作中の性描写の部分が「黄色（ポルノ）」だと非難され、連載打ち切りの原因となったことにも言及があった(4)。

『桑青與桃紅』の単行本出版は、香港『明報月刊』連載の終了後四年余りを経た一九七六年一二月で、香港の友聯出版社から初版が出されている。聶華苓はこの単行本出版に際して、原稿に大幅な修正を加えており(5)、初出と初版の異同には興味深い点が見られる。本稿は『桑青與桃紅』のストーリーを紹介した上で、初出と初版の異同調査で浮かび上がった、単行本出版時の作者自身による政治関連部分の削除を取り上げ、その内容を検討する。

一、長編小説『桑青與桃紅』のストーリー

『桑青與桃紅』は作者と似た経歴の女性桑青が主人公で、第一部から第四部までの各部において桑青の人生の四つの時期が描かれる。それぞれ桑青の日記から物語に入っていくような形となっており、語り手は桑青である。また各部の最後に、分裂して現れた桑青のもう一つの人格「桃紅」が米国移民局に出した手紙が置かれる(6)。この四部をはさんで最初に「序（楔子）」、最後に「跋」という構成である。小説で語られる桑青の人生は四つの時期のみに限られ、それ以外の彼女の人生については読者の想像に委ねられる。その四つの時期とは、抗日戦末期の一九四五年、共産党北平入城前後の四八〜四九年、桑青が台湾に渡った後の五七〜五九年、及び渡米後の六九〜七〇年である。それぞれの場面は何の説明もなく次の場面へと飛び、その間は空白のまま残される。では、香港『明報月刊』に連載された初出『桑青與桃紅』のストーリーを簡単に追ってみよう。

序

乱雑に散らかった部屋、壁には落書き。ブラウスの胸をはだけ、下半身は下着だけの女が自分は桑青ではない、桑青は死んだと言い張っている。自分のことは「桃紅」とでも呼べばよいと。サングラスに黒いスーツの米国移民局の男は、桑青の調査に訪れたが、女が中国語を喋り出して止まらなくなり退散する。

第一部　桑青の日記――瞿唐峡（一九四五年七月二七日―八月一〇日）

一六歳の桑青は友人の史丹と湖北省恩施から家出し、重慶に向かっている。年上の史丹は、重慶は「抗戦中心」で流亡学生の面倒を見てくれると桑青に吹き込む。桑青は自分につらく当たる母は継母で、弟も継母の子だと言い、桑家の跡取り息子に受け継がれる大事な魔除けの玉を持ち出して来た。桑青と史丹のほか、流亡学生の青年「浪子」[7]、乳呑み子を抱いた「桃花女」、年配の「老先生」ら六人の乗客と船主、一二人の漕ぎ手を乗せて長江を遡る木船は、瞿唐峡で岩に乗り上げ動けなくなる。船主は降雨で水位が上がり、船が浮いて動かせるようになる時を待つしかないと言う。船に閉じ込められた状態で雨を待つ乗客たちは、次第に危機感を募らせる一方、奇妙な躁状態をも示し始める。数日が過ぎたある夜、桑青は流亡学生と性関係を持つ。六日目、船上の暇つぶしの賭博で負けた桑青は魔除けの玉を流亡学生に渡そうとするが、落として真っ二つに割ってしまい、彼と半分ずつを持つことになる。乗客たちが賭けの罰ゲームで乱痴気騒ぎをしている時、抗日戦勝利の知らせが届き、山にかかった雲を見た船主が突然「雨が降るぞ！」と叫ぶ。

桃紅が移民局に出した一通目の手紙

桃紅はバスやヒッチハイクで米国内を移動し、反戦デモに参加するというヒッピー風のグループの車に乗る。

第二部　桑青の日記――北平包囲（一九四八年一二月―一九四九年三月）

桑青は南京から、親が決めた許婚者のような存在の沈家綱がいる北平へ飛行機で飛ぶが、北平は既に共産党軍の包囲の中にある。家綱が病身の母と暮らす四合院は一部を人に貸しており、使用人に暇を出して空いた部屋も流亡学生らに占拠される。共産党軍の脅威が迫るある日、錯乱気味の家綱の母は、息子を一生自分の元へ置いておくため軟弱に育て女性をあてがったこと、夫を思いのままにしようと添わせた春鳳が男児を産んで焦ったこと、白雲観の廟会の折、「借胎」で身籠った家綱は沈家の子ではないこと、春鳳が第二子を妊娠した時、流産させようとして死なせてしまったことなど告白していく。桑青と家綱は結婚式を挙げ初夜を迎えるが、その寝室で先に物を言えば先に死ぬという迷信を気にして黙っていた家綱が、「処女じゃなかったんだ！」と桑青への言葉を思わず発してしまう。桑青は妊娠し、孫に囲まれたいと家綱の母は喜ぶ。共産党軍が北平に入り、延安に行ったという噂のあった春鳳の息子家慶が、右腕をなくし「林立」と名を変えて沈家に戻って来る。共産党員となった家慶は一九四二年の整風運動など過酷な体験を語るが、革命がすべてを超越すると言う(8)。家綱の母が死んで遺体を埋葬した翌日、桑青と家綱は他人を装い南へ向かう。途中何度も共産党の検査を受けた末、桑青は魔除けの玉を没収され、持っていたことを黙っていたとお下げの髪を両方とも切られる(9)。

桃紅が移民局に出した二通目の手紙

米国で移動を続ける桃紅は、ハネムーンでドナー湖へ向かうスミス夫妻の車に乗せてもらう。ベトナム戦から戻ったばかりのスミス氏は、右腕がステンレス製の義手である。ドナー湖付近では一九世紀中頃、雪に閉じ込められた開墾隊の人々が飢餓で人肉食に至ったという。

第三部　桑青の日記——台北　屋根裏（一九五七年夏—一九五九年夏）

公金使い込みで指名手配中の家綱と桑青、八歳になる娘の桑娃は、桑青の父に恩を受けた蔡氏宅の屋根裏に隠れている。低い天井の下で、立ち上がれず這って暮らしている両親をまねて、背の低い桑娃も這っている。当初は音を立てないよう注意していた二人も、月日の経過と共に大胆になっていく。家綱は心臓病にかかった自分はもうすぐここで死ぬと虚ろにつぶやく。二年が過ぎた夏、蔡氏の妻が病気になり、家綱に反対されながらも桑青は病院へ見舞いに行く。夜ごと病院へ通うようになった桑青のことを、男を食べに行くのだと家綱は桑娃に話す。蔡夫人が死に、葬儀場へ経帷子を届けた蔡氏と桑青は帰宅して性交渉を持つ。昼は下の蔡氏宅で過ごし、夜だけ屋根裏へ戻る生活をするようになった桑青は、夜も戻りたくなくなり蔡氏とサーカスを見に行く。家綱が寝ている間に、何度も桑青に連れ出された桑娃が外界に慣れた頃のある夜、世帯調査に訪れた警官が庭にいる桑娃と話し、屋根裏の家綱を発見する。

桃紅が移民局に出した三通目の手紙

使われなくなった給水塔に住み、虫害にあった木を切って生活している男と知り合った桃紅は、そこで一緒に暮らす。彼はアウシュビッツで家族を失い、一人生き残ってポーランドから渡って来たユダヤ人である。

第四部　桑青の日記 ―― 米国ローンツリー（一九六九年七月 ― 一九七〇年一月）

移民局で永住権申請の調査を受ける桑青は、家族のことやそれまでの異性関係、共産党との関わりの有無など厳しく追及される。家で錯乱する桑青が湯につかると体の不調が消え、別の人格「桃紅」に変わる。不倫相手の江一波と性行為中、桃紅が妊娠を告げると、彼は費用を持つから中絶が合法化されたニューヨークで下ろせと言う。桑青の年下の友人鄧志剛は、博士号取得間近だが米国の生活にストレスを感じている。ある夜、桃紅と鄧志剛がドライブ中に車のガソリンが切れ、下車した二人は墓地で寝る。桃紅と始終入れ替わるようになった桑青は、頭の中に二つ脳があって話をしていると怯える。鄧志剛に電話をした桃紅が、江一波の子を産むつもりだが彼との関係は終わったと言うと、鄧志剛はニューヨークの姉には子供がいないから行って相談しようと提案する。桑青は鏡の上の「桑青は死んだ」という落書きに驚くが、それは桑青を憎む桃紅の仕業であった。

ニューヨークへ行った桑青と鄧志剛は、彼の姉で桑青の昔の同級生でもある丹紅と会う。鄧志剛は姉が桑青の子を引き取るよう、犬の死が見たいだけの桃紅と共に、姉が我が子同然に可愛がる犬を殺す。夫のジェリーに犬を殺されたと思い込んだ丹紅は、元々問題のあった結婚を終わらせる決心をし、桑青の子も引き取らないと話す。桑青が予約を入れた中絶医の診察を受けた桃紅は、妊娠三ヶ月を過ぎているので普通の中絶法では無理だと言われて楽しげに帰る。まだ中絶の方法を探っている桑青は桃紅に邪魔をされる。鄧志剛は病院への就職が決まったにもかかわらず、結婚して大陸へ戻り一緒に子供を育てようと桑青に言う。桑青は死んだ女と結婚はできない、もう自分と会ってはいけないと答える。ニューヨークから戻った桃紅が江一波に電話をすると、彼の妻ベティーが心臓発作で死んだという。自分の子が下ろされなくてよかったと喜ぶ江一波に、桃紅は「子供はあんたと関係ない」と電話を切る。一方、鄧志剛は部屋を引き払って消息を絶つ。ある日、無人の車が木にぶつかって炎上するが、倒れていた女性は無傷というニュースが新聞に載る。病院から抜け出した桃紅は記念にその新聞を買い、遂に完全に自由になったと喜ぶ。

桃紅が移民局に出した四通目の手紙

給水塔に怪しげな人間がいると付近の住民が警察に通報し、調べに来た警官は桃紅と男が無害な外国人だと知るが、古い給水塔は倒れる危険があると所有者が取り壊しを決める。給水塔を出た男は東へ、桃紅は西へと別れる。給水塔で出産するつもりだった桃紅は、子供を産む場所を新たに探さなければならない。

跋

太陽神炎帝の娘は東海で死んで小鳥となり、海を埋めようと毎日小石をくわえて飛んで来ては海に投げ込む。海は「ばかな鳥だ」と笑うが、小鳥は今日に至っても続けている。

二、初出と初版の異同について

（一）作者自身による全体的な修正

『桑青與桃紅』の初版における修正は、大きなものでは各部の最後にあった桃紅の手紙が各部の最初に移るといった構成上の変更から、小さなものでは句読点の削除・追加に至るまで、規模も内容もさまざまである。このような規模の大小や内容の如何を問うことなく、数頁にわたる削除も一字の追加も同じく一つの変更として見れば、筆者が作中に発見した修正の数は六六〇を超える。『桑青與桃紅』の単行本初版は三三〇頁足らずであるから、単純計算では一頁につき平均二個の修正箇所が存在することになる。単行本発行に当たり、作者が全編に目を通して文章を改めたことがわかる。

その内容としては、文章表現の修正や、意味を理解しやすくするための説明の追加が比較的頻繁に見られる。たとえば、「電話が鳴った（電話響了）。」が「電話がまた鳴った（電話又響了）。」に変えられたり(10)、会話の相手がはっきりするように相手の名の呼びかけが台詞に加えられたり、といった修正である。上記はほんの一例であるが、全体的に文章表現が再度吟味され、より整ったわかりやすい方向へ練り直されたと言える。これらの修正は大抵、数字から一行に収まる程度のもので、数は多いが個々の規模は大きくない。また、誤植や脱字など、明らかな誤りを正すのは、最も基本的な必須の修正であるが、数としてはさほど多くない。登場人物の呼び名の変更などは、その人物が現れるたびにそれを一つの修正として数えたので、内容は重複している。第一部の木船の乗客「浪子」は、単行本では「流亡学生」と呼び名が変わるが、七〇回近くも登場して修正数の合計を増やしている。第三部のサーカスの猛獣使いの女性も「女人」から「玉女」に変わり、「流亡学生」ほど多くはないが重複して数えている。このほか、第二部で病身の沈夫人が寝ている場所がベッド（床）からオンドル（炕）に変わるのも、同様に重複して数えた。

筆者が『桑青與桃紅』の初出と初版の異同調査を行って、特に注意を引かれたのは、以上に例示したような細かい修正ではなく、初版における政治関連部分の削除である。この削除は全編に見られ、中には数頁にわたる規模の大きいものもある。本章では作中の政治関連部分の削除に焦点を当て、その内容を検討する。香港での単行本初版発行時の修正は、作者自身によるものであることを本人が明言しており(11)、外部からの直接的な干渉や圧力はなかったと思われる。作者が政治関連部分の記述にどのような削除を行ったのかを見ることにより、『桑青與桃紅』が雑誌初出時と単行本初版で、作品としてどう異なるのかを考えてみたい。尚、筆者が入手し、調査した版は一九七六年一二月に友聯出版社から出された初版そのものではなく、八二年二月同社発行の再版であるが、この再版までの間に作品の修正は行われておらず(12)、両者の内容がまったく同じであることは作者にも手紙で確認した。この旨、お断りしておく。

（二）政治関連部分の削除

『桑青與桃紅』の初版で削除された部分には、第一部の盧溝橋を連想させる「瀘定橋」での戦闘の物語や、戦争孤児たちが演じる日本兵も登場する無言劇など、抗日戦に関する挿話も含まれる。これらも政治関連だと言えないことはないが、ここでは特に国民党・共産党に関する記述の削除に絞って、その内容を見ていくこととする。全編にわたって、規模の大小に関わらず削除が見られるのは、国民党・共産党関連の部分だからである。削除された部分を作中から抜き出し、長いものはその要約を、短いものは全文を以下に挙げていく。

●削除された政治関連部分一覧

・各番号の下は、削除部分が掲載されていた『明報月刊』の発行年月、頁、段、行。
・（ ）内は削除されていない部分を示す。
・矢印「↓」は文字の書き換えを示す。傍線部が元の文字。

当時『明報月刊』は上段、中断、下段の三段組みで、基本的に一段が三一行、一行が二二字であった。挿絵がはさまれたり、部分的に字体や字の大きさが変わることもあり、一段の行数や一行の字数はその都度変化した。

(1) 一九七〇年一二月、九二頁中段二八行～下段一行。桃紅が壁に書いた落書き。

誰怕蔣介石
誰怕毛澤東
Who Is Afraid of Virginia Woolf
蒋介石なんか怖くない
毛沢東なんか怖くない
ヴァージニア・ウルフなんか怖くない

(2)　一九七一年三月、九七頁中段二～三行。船上の流亡学生の言葉。
(古代的帝王,)今世的蔣介石毛澤東，他們都是浪子呀!浪子是不死的呀!

(古代の帝王にしたって、)現代の蔣介石や毛沢東にしたって、みんな流浪者なんだ!流浪者は死なないんだ!

(3)　一九七一年四月、七九頁上段一二行。一九四八年当時の南京の状況。
(罷工、搶購、搶米、停課、示威遊行、流血暴動)、政治鬥争
(スト・買い占め・米の奪い合い・休講・デモ行進・流血暴動)・政治闘争

(4)　一九七一年七月、九四頁下段二九行～九七頁中段二三行。以下は削除部分の要約。
一九四九年北平に共産党軍が入城した後、桑青の夫家綱の義兄家慶が沈家に戻るが、共産党員となった彼は右腕を失い、「林立」と名も変えていた。共産党からは逃げ切れないぞと笑う家慶は、沈家の人々にそれまでの体験を語る。四二年延安整風運動の「告白大会」において、農村での文化工作時、前線支援で農民が飢えていたことを話した家慶は、党政策を批判し、規律に背いたとして山へ送られる。外界から隔離され、日々反省文を書かされ、一年後に許されて出ると、妻は別の土地で彼女に横恋慕していた党支部代表と同居していた。四七年に国民党の爆撃を受けて右腕を失った家慶は、その後、別れて五年になる妻と再会し、整風時期に孤立し神経衰弱になった彼女が、党支部代表の求めに応じてやむなく彼と同居したいきさつを知る。革命がすべてを超越すると言う家慶は、「沈家慶」は既に死に、自分の名は「林立」だと話を締めくくる。

(5)　一九七一年七月、九七頁下段一～二行。共産党の検査で、列車の乗客が受ける質問。
有金子嗎?有美鈔嗎?有反動派書籍嗎?有秘密文件嗎?

金を持っているか？米ドルを持っているか？反動派書籍を持っているか？秘密文書を持っているか？

(6) 一九七一年七月、九八頁上段一一行～九九頁下段一九行。以下は削除部分の要約。

共産党が入城した北平を出て、他人を装い南へ向かう桑青・家綱夫婦は、泊まった宿で床に就いた後、共産党の検査のため他の客たちと共に中庭に出される。一人ずつ出身、行き先、目的、金品の所持などを問われるが、荷物の中に魔除けの玉を見つけられた桑青は、持っていることを黙っていたと、全員の検査が終わった後も一人中庭に残される。桑青を役所に連れ帰るか相談する二人の共産党幹部に、桑青が妊娠中であることを告げると、幹部は桑青のお下げ髪を両方ともはさみで切り取った後、ようやく桑青を許し、没収した玉とお下げ髪を持ち帰る。寝床に戻った桑青は、他の客に知られないよう家綱の掌に「強姦」の二文字を書く。

(7) 一九七一年八月、七九頁上段六～七行。国民・共産両党の支配の及ばない地域の荒れ廟。

大門兩邊的破牆上一邊畫着毛澤東的像，一邊畫着蔣介石的像。兩張臉上打着粗黑的叉。

表門の両側の壊れた壁には一方に毛沢東の肖像が描かれ、一方に蒋介石の肖像が描かれている。二つの顔には太い黒の×印が付いている。

(8) 一九七一年八月、八三頁下段一五～一六行。桃紅が米国移民局に出した手紙の追伸。

(附：寄上桑青北平日記一本）——共産黨檢查下的走私品。又寄上桑青身份證一張——國民黨的特產品。

(同封：桑青の北平の日記一冊）——共産党の検査の下での密輸品。桑青の身分証一枚も送ります——国民党の特産品。

(9) 一九七一年一一月、七一頁上段一五行。桑青が蔡家の客に語る架空の身の上話。「彼」は夫。

(他陷在大陸）被共產黨殺死。

（彼は大陸から出られなくなり）共産党に殺された。

(10) 一九七一年一二月、一〇二頁上段七行。米国移民局の調査で、桑青が蔡氏について語る。

（他在大陸的時候，）共産黨→有人（說他是国民黨；）

（彼が大陸にいた時、）共産党は→ある人は（彼が国民党だと言い、）

(11) 一九七二年一月、八二頁上段二九行。鄧志剛の学位取得後の身の振り方。

（回台灣吧，受不了！回大陸吧，也）受不了！→不行！

（台湾に戻るのは、耐えられない！大陸に戻るのも、）耐えられない！→だめだ！

(12) 一九七二年一月、八三頁下段三～四行。在米華人の会議における出席者の発言。

（我提議組織一個「維護人權委員會」，）向大陸和台灣（抗議危害人權事件！）

（私は「人権擁護委員会」を作り、）大陸と台湾に対して（人権侵害事件への抗議をすることを提案する！）

(13) 一九七二年一月、八三頁下段六～八行。在米華人の会議における出席者の発言。

我們之中不能有偏左偏右的政治立場，若有，任何行動都談不上了！

我々の間には左寄りや右寄りの政治立場があってはならず、もしあれば、どんな行動も論じられなくなる！

(14) 一九七二年二月、九四頁上段四～五行。桃紅が桑青との関係を語る。

（我和你互相「迫害」，就和這個世界上的）左右兩派→兩大超級強國（一樣。）

（私とあんたは互いに「迫害」し合って、この世界の）左右両陣営→両超大国（と同じね。）

(15) 一九七二年三月、六七頁上段二五行～二七行。「自殺する」と言う張耀華への鄧志剛の言葉。

（那你就找一條路去死好啦！回台灣好啦！）回大陸好啦！（用你的行動去殺死你，但决不是用你的手去殺死

你）

（じゃあ君は道を探して死ぬがいいさ！台湾に戻るもいい！）大陸に戻るもいい！（自分の行動で自分を殺しても、決して自分の手で自分を殺すわけじゃないからね）

以上が『明報月刊』初出時には存在していて、単行本初版で削除や変更が行われた政治関連の部分である。これらの削除から読み取れるのはどのようなものか、そこに見られる傾向を考察し、初出と初版における『桑青與桃紅』の作品としての差異を検討する。

（三）初出と初版の差異

削除部分でまず目に付くのは、⑴・⑺・⑻など国民党・共産党が共に揶揄される箇所である。たとえば、⑴の「蒋介石なんか怖くない／毛沢東なんか怖くない／ヴァージニア・ウルフなんか怖くない」という桃紅が書いた落書きについて、Gianna Quach は「耐え難い現実を神話へと変える滑稽な連想を通して、中国の政治の悪夢を和らげる」と述べる(13)。また、白先勇はこの部分に小説全体が指し示す事実が含まれているとし、毛沢東と蒋介石がそれぞれ主張した政治理論が近代中国分裂の根源となり、この半世紀の政治理論闘争によって心を引き裂かれ、精根尽き果てた中国人は、ただ荒唐無稽な世界に逃げ込むしかなく、そこでのみ政治教条が意味を失うと述べる(14)。解釈の可能性はいくつもあるが、蒋介石も毛沢東も、正気の人間にとっては忘れたくても忘れられない「悪夢」なのだという諷刺と取ることもできる。⑺では、その蒋介石と毛沢東の顔に太い×印が書かれ、庶民の側から否定の意思が突き付けられる。⑻においては、桑青が大陸から持ち出した日記を「密輸品」と呼んで、共産党の厳しい検査を諷刺する一方、台湾での桑青の身分証を、国民党の人民管理の「特産品」であるとからかう。これらは聶華苓の作品の持ち味である諷刺性が顕著に現れた、非常に面白い部分であると言え、削除で消えてしまったのは残念なことである(15)。

次に特徴として見られるのは、(4)・(5)・(6)・(9)・(11)・(15)など、共産党のマイナス部分と捉えることができる記述の削除・変更である。(4)では、革命のためにはすべてを犠牲にする共産党組織の中で、自然な感情を押し殺し、抜け殻となってしまった家慶が、虚ろな表情で別人として沈家に戻り、(5)・(6)では台湾を目指して逃げる人々から、共産党が検査と称して金品を巻き上げ、(9)では桑青が語る架空の身の上話の中で、夫が共産党によって殺される。(11)では、台湾と同じく戻るのが「耐えられない」場所とされていた大陸が、戻ることの「できない」場所というニュアンスに変えられ、(15)では、そこへ戻ることで死をも招きかねない場所として書かれていた台湾と大陸のうち、大陸だけがはずされる。これらの削除・変更から感じられるのは、共産党や大陸の負の部分に、できる限り触れないでおこうという方向の配慮である。

このほか、(2)・(3)・(10)・(12)・(13)・(14)などは、国民党・共産党や政治的な左右の立場に触れてはいるが、特に双方を諷刺しているという部分ではない。(2)は毛沢東と蒋介石が共に「浪子（流浪する人、或いは不良）」で、強靭な生命力を持つと述べ、(10)は蔡氏を国民党と見なしたのが共産党だというだけで、(13)でも在米華人が左右に偏らない立場を堅持しようと主張するだけのことである。ただ、これらの削除によって政治的な色彩が薄まり、より「無難」な作品になるようには思われる。(3)では一九四八年当時、南京の混乱の一つに数えられていた「政治闘争」が除かれ、(12)では人権侵害事件の抗議の対象として名指しされていた大陸と台湾が消されて、その事実がぼかされる。(14)においては、互いに迫害し合うのが「左右両陣営」から「両超大国」に変えられ、元の表現であれば中国や台湾も含まれるが、「両超大国」なら当時の米国とソ連ということになり、やはり「無難」な表現に変わると言えるだろう。

単行本初版発行時に、作中の政治関連部分がすべて削除されたのかと言うと、そうではなく残された部分もある。上述したような削除部分が示す傾向を踏まえながら、削除されずに残ったのはどのような部分か考えてみよう。削除されなかった政治関連の記述としてすぐに思い浮かぶのは、第二部の国民党・共産党のラジオ放送の部分や、第三部の墓から甦り人を食う死体の話である。ラジオ放送には国民党・共産党双方への諷刺が見られ(16)、人を食う死体は台湾政権の象徴と読むことができる(17)。しかし、そこに含まれる諷刺や象徴はあからさまなものではなく、これらが単なる写実的な描写として読まれることもあり得る(18)。国民党・共産党に関する直接的な記述は削られ、間接的なものは残されたようにも見える。また、第三部の航空機事故を仕掛けたスパイの話や、第四部の桑青の幻覚に現れる南京での学生時代の記憶――政治的立場を異にする学生同士の衝突、なども削除されていない。この二つの挿話には事件に対する左右両側からの関与の可能性が書かれるが、いずれも単なる噂で真相は不明とされる。やはり、政治関連の記述の中でも、曖昧なものは削除されずに残ったという印象を受けるのである。

おわりに

本稿は『桑青與桃紅』初版における政治関連部分の削除を取り上げ、初出との差異を明らかにしたが、作者が『桑青與桃紅』の原稿に修正を入れた一九七六年一月当時(19)、作者自身の状況はどうであったのか。七一年の初めに台湾『聯合報』における「桑青與桃紅」の連載が打ち切られて以来、聶華苓は台湾では作品を発表できない状態にあった(20)。渡米してから一〇年ぶりとなる一九七四年の台湾訪問も、同行したポール・エングルと共に米国大使館の保護を受けていて尚、安心感がなく落ち着かない数日のみの滞在だったようである(21)。以後台湾へ帰れなくなり(22)、ブラックリストに載っていたという聶華苓の台湾での立場は、七六年当時、既によいものではなかった。一方、中国に対しては、聶華苓は一九七四年に帰国申請を出したが(23)、七六年にはまだ許可を得ておらず、実際に帰郷を果たすのは七八年のことになる。作中の政治関連部分の削除や変更から感じられるのは、先に見たように、主に中国と共産党への配慮なのである。ただ、これは筆者の印象に過ぎず、作者自身は、七六年の『桑青與桃紅』の修正は文章を整えるためのもので、不要な部分を削ったと述べ、政治的な要因については明確に否定している(24)。

作者の意図がどうあれ、『桑青與桃紅』は初出と初版では異なる作品となってしまった。文章表現の修正や誤りの訂正によって確かに全体が整えられたとは感じるが、聶華苓の作品の特徴である諷刺性は、政治関連部分の削除でいささか弱まった。『桑青與桃紅』から多少なりとも「毒」が抜けてしまったのは非常に残念である。Sau-ling Cynthia Wong は「聶華苓が自身のよく知っていることを書くという事実――そして作中に共産党員の直接的な描写がないことが、大陸の批評家に『桑青與桃紅』が中国びいきであるという評を書くことを可能にしてきたのかもしれない。革命意識には幾分欠けるにしても。」と述べている(25)。しかし、元々作品の中に「共産党員の直接的な描写」はあったのである。初出の『明報月刊』連載に目を通す批評家がほとんどいないため、その事実がこれまで関心を呼ぶことはなかったようだが。

『桑青與桃紅』はその折々の政治情勢によって、連載中断や記述の削除・変更などを経験してきたが(26)、政治的な圧力がなかったと思われる香港の単行本初版発行時に、作者が自らの判断で大幅な修正を行った。作者が述べる「文章を整えるため」という以上の理由については、どんなものであれ推測の域を出ない。作品が初出時とは違うものになったという事実があるだけである。初出と初版のどちらが作品としてよいかは意見の分かれるところであろうが、初出時の『桑青與桃紅』が持つ混沌の衝撃力と諷刺の毒は、修正によって弱められたように思う。修正が常に「改良」であるとは限らず、初出時の粗削りなエネルギーの中に作品の魅力が存在することもある、というのが初出と初版の異同調査を行って筆者が抱いた感想である。

註

（1）毎年世界各国から数十人の作家や詩人をアイオワ大学に招き、交流・創作の場を提供するプログラムで、聶華苓の発案により一九六七年に発足した。聶華苓が主宰者を務めたのは一九七七年から八八年まで。

（2）「『桑青與桃紅』の挿話について」（『野草』第六六号、二〇〇〇年八月）、及び「分裂と多重性——聶華苓『桑青與桃紅』」（『現代中国』第七七号、二〇〇三年一〇月）。

（3）林克記録「聶華苓和非洲作家談《桑青與桃紅》（下）」『明報月刊』一九八四年一月、八八頁。

（4）拙稿「聶華苓インタビュー（上）」『中国文芸研究会会報』第二二八号、二〇〇〇年一〇月、一〇—一一頁。

（5）作者自身による修正とは別のものとして、挿絵の変更がある。『明報月刊』連載時の挿絵は単行本ではなくなるが（桃紅の手紙に添えられる三葉の地図はそのまま残る）、第三部の桑娃の創作「点子ちゃんの冒険（小不点兒歴險記）」に、新たに一六コマの漫画のような挿絵がつく。

（6）初出では各部の最後に桃紅の手紙が置かれるが、単行本初版以降は各部の最初に移される。

（7）初出では流亡学生が「浪子」と呼ばれるが、単行本初版以降は単に「流亡学生」と記される。

（8）家慶が沈家に戻って自らの体験を語る場面は初出にしかない。

（9）共産党の検査の場面は初出にしかない。

（10）「桑青與桃紅（一六）」『明報月刊』一九七二年三月、六七頁。

（11）筆者が二〇〇〇年八月にアイオワで行った聶華苓へのインタビューによる。香港での出版に政治の影響がなかったことは、聶華苓「桑青與桃紅流放小記」（『桑青與桃紅』時報文化出版、一九九七年）二七一頁にも言及がある。尚、筆者の手元にある一九八二年二月発行の再版本は、二〇〇〇年の訪米時に作者の御好意によりいただいたものである。

(12) 修正が入るのは一九七六年一月、八六年五月、八八年八月である（聶華苓『桑青與桃紅』時報文化出版、一九九七年、二七〇頁）。

(13) Quach, Gianna. 1993. "Mulberry and Peach: Two Women of China" *Modern Chinese Literature*. Spring, 168.

(14) 白先勇、周兆祥訳「流浪的中國人——台灣小説的放逐主題」『明報月刊』一九七六年一月、一五四—一五五頁。

(15) 一九七六年一二月発行の単行本初版で削除・変更された部分のうち、一九八六年六月に香港の華漢文化事業公司から出された版において復活、或いは元の形に戻ったのは(1)・(8)・(11)・(15)の各部分（修正時期は八六年五月）。(10)の「共産党」は七六年に「ある人」に変えられたが、八六年には「左派」に変えられる。

(16) 共産党に包囲された北平の沈家で、一日中つけっ放しのラジオからさまざまな放送が流れる場面。筆者は主にこの部分の諷刺を、取り合わせの妙——共産党・国民党の宣伝に劇放送をはさんで、両党の放送が娯楽番組よりはるかに出来の悪い出し物だと諷刺したり、政治宣伝とベッドシーンを組み合わせること自体で両党をからかうもの、として捉えたが、Su-feng Chou（周素鳳）は放送の内容に注目してこの部分を解釈している。たとえば、敵対する二つの国の戦略に焦点を当てた「空城計」の物語が、人民解放軍と国民党軍の敵対を強調し、客の言いなりになるほかない年若い娼婦の境遇が、国民党と共産党によって引き起こされた戦争の犠牲者である中国人民の境遇に重なる、といった見方である。Chou, Su-feng. 1998. *Voicing An / Other Self : A Dialogic Perspective on Two Women of China.* Taipei : Bookman Books, Ltd, 99-100.

(17) 拙稿「『桑青與桃紅』の挿話について」（註（2））を参照されたい。

(18) 拙稿「分裂と多重性——聶華苓『桑青與桃紅』」（註（2））を参照されたい。

(19) 『桑青與桃紅』友聯出版社、一九七六年、三二八頁。

(20) 註（11）の筆者インタビューによる。聶華苓作成の資料によれば、一九七七年に台湾の大林書局から『失去的金鈴子』の第四版（未見）が出されているが、このような旧作の再版ではなく、新しい文章が発表できなかったということのようである。

(21) 註（11）の筆者インタビューによる。聶華苓は「憶雷震」（『七十年代月刊』一九七九年三月）一〇—一一頁でも、一九七四年台湾訪問時の状況について触れている。
(22) この後、聶華苓が台湾へ帰れるようになるのは、政局が変化した一九八八年のことである。
(23) 註(11)の筆者インタビューによる。
(24) 同上。
(25) Wong, Sau-ling Cynthia. 1998. "Afterword" *Mulberry and Peach : Two Women of China* by Hualing Nieh. New York : The Feminist Press, 226.
(26) 一九八〇年に大陸で初めて出された中国青年出版社版は、全編の性描写と政治関連部分に細かい削除・変更があるほか、更に性描写の多い第四部が、桃紅の手紙を残して丸ごと削除されている。作者に手紙でこの件を確認すると、当時大陸ではまだ性愛の描写が受け入れられなかったので、第四部をしばらく出さないことに作者が同意したとのことであった。また、註(11)の筆者インタビューによれば、第四部以外の細かい削除・変更については、作者は知らされていないという。

華文作家としての高行健

楊　暁　文

序章

高行健は二〇〇〇年一〇月一二日、中国系作家として初めてノーベル文学賞を受賞した。「西洋の新聞や雑誌に掲載された、彼に対する報道と評論は二百篇になんなんとしている」（劉再復『高行健論』、聯経文化叢刊、二〇〇四年、二八三ページ）が、その祖国である中国においては、報道どころか、高氏の作品がすべて発行禁止になっているのは周知の事実である。では、日本における高行健像はいかなるものであろうか。これを明らかにするために、先ず日本での高行健作品の出版状況を調べておきたい。

これまで日本で出版された高行健関係の書物を全体的に見た場合、その劇作と小説の翻訳が圧倒的に多く、本格的な研究はあまり多くない、というのが実情であり、このことは文芸理論家（『没有主義』『文学的理由』などを参照）や画家としての高行健が日本ではあまり認知されておらず、その結果、かたよった高行健像が日本に存在していることを意味するのではないだろうか。

そういう中で、ノーベル賞受賞前の高行健に劇作家としての才能を見出し、その作品を次々と日本の読者に紹介した『中国現代戯曲集』編集委員会には、先見の明があった、と評すべきであろう。なかでも、瀬戸宏氏と飯塚容氏の訳業は特筆されなければならない。

瀬戸宏氏は中国を出る前の高行健の戯曲の代表作『逃亡』と『非常信号』（内山鶉氏との共訳）を訳し、すでに高行健と文通するほどの仲であったことを以下の記述から伺い知ることができる。「高行健から最近私に届いた手紙によれば、今年（九四年）秋に台湾の出版社から『高行健戯曲集』発行以後に発表した作品を集めた戯曲集を出版する計画があるとのことである」（『中国現代戯曲集1』、晩成書房、一九九四年、八〇ページ）、『逃亡』および他の作品の日本語での訳出を快く許可してくれた高行健氏のご好意にもこの場を借りてお礼申し上げたい」（同上）。

瀬戸氏と同じく話劇人社編集委員会担当理事に名を連ねる飯塚氏の高行健への思いは、ノーベル賞受賞後に日本で出された『高行健戯曲集』の解説によく表れている。

本書は高行健の異なる時期の戯曲三篇を収録している。話劇人社編集の『中国現代戯曲集』はすでに、第一集（一九九四年）、第二集（一九九五年）、第三集（一九九八年）で彼の劇作を紹介してきた。それから数年、この間の一大事件は、二〇〇〇年に高行健がノーベル文学賞を受賞したことだ。スウェーデン王立アカデミーが発表した受賞理由の中では、二篇の長篇小説と並んで、劇作の分野における成果に対しても高い評価が与えられている。日本で唯一、高行健の劇作の紹介を続けてきた『中国現代戯曲集』編集委員会としては、それなりの自負を感じると同時に、さらに他の作品も翻訳したいという願望を抱いた。しかし、相手がノーベル賞作家となった以上、出版契約は難航するのではないか、相当に厳しい条件が提示されるのではないかという懸念もあった。ところが幸いなことに、高行健氏側はこれまでの友誼を尊重してくれて、高額なロイヤリティーなどの要求は一切出さなかった。条件はただひとつ、一冊をまるごと彼の作品集に当てるということだけだった。こうして実現したのがこの『高行健戯曲集』である。高行健氏の理解ある姿勢に感謝したい。

（『高行健戯曲集』、晩成書房、二〇〇三年、一九八ページ）

戯曲以外に、高行健の小説の翻訳もあった。受賞前に、「瞬間」という短編（『紙の上の月』所収、JICC出版局、一九九一年）が訳出され、受賞後は、彼にノーベル文学賞をもたらした二つの長編――『ある男の聖書』と『霊山』（それぞれ集英社から二〇〇一年、二〇〇三年出版）の飯塚容氏による日本語訳があり、『母』が二〇〇五年に、高行健の短編の代表作を網羅した形で、やはり飯塚氏の訳で、同じく集英社から発行された。

翻訳のほかに、高行健に関する「案内」もあった。月刊『しにか』一九九八年四月号に「中国現代文学案内」という特集が組まれ、「中国現代作家名鑑―代表作品とプロフィール四〇」の一人として、高行健の生い立ちや中国を離れるまでの文芸的営為を中心に紹介が行われた。しかし残念なことに、事実の誤認があった。「八〇年発表の中篇小説「有隻鴿子叫紅唇児」以降、モダニズム小説の作家として注目を集める」（『しにか』第九巻第四号五四ページ）とある。この小説の最後に高行健自身が「一九八〇年八月十一日初稿　一九八〇年十月十二日二稿于北京」と明確に書いているように、それは八〇年に執筆されたに違いないが、活字となったのは八〇年ではなく、翌年の八一年（文学雑誌『収穫』に掲載）であった。

こうみてくると、日本における高行健関係の出版物は翻訳が主流のように映るかもしれないが、研究論文は皆無ではなかった。それは、『中国文学最新事情　文革、そして自由化のなかで』（サイマル出版会、一九八七年）に収録された、辻田正雄氏による「モダニズムの位相＝高行健――『赤い嘴をしたハト』の手法」であった。

辻田論文は「現代主義をめぐる論争」、「芸術手段は階級を超える――『現代小説技巧初探』」、「小説『赤い嘴をしたハト』」、「人称の手法」、「文学の多様化を！」という五つの部分からなっている。

「現代主義をめぐる論争」では、一九七七年八月（に開催された中共十一全大会）から八〇年代の初めにかけての中国の社会情勢や文壇の動きを素描しつつ、「現代派」あるいは「現代主義」をめぐる論争のプロセスをたどる。現代主義的傾向をもつ作家及びその作品を例として挙げ、その最後に高行健を登場させる――「文学研究の分野で現代主義的傾向の著しい著作が、高行健の『現代小説技巧初探』である」（前掲書一六一ページ）。

「芸術手段は階級を越える――『現代小説技巧初探』」において、辻田氏は自分なりに、高行健が一九八〇年から八一年にかけて雑誌『随筆』の「詩文漫歩」欄に連載した数多くの文章を「芸術手段は階級を越える」という角度から分析し、高の主張を新文学の歴史と関連させて論じ、「現代化建設の進展とともに、徐遅の言う「少数の先駆者」のひとりとして、高行健が『現代小説技巧初探』を世に問うたことは、中国当代文学史のなかに特筆されるべきことである」（同上一六五ページ）と位置づける。文学史的にみれば、その位置づけに異論はない。ただ、結果的に八〇年代の中国における「モダニズム」と「リアリズム」との論争を引き起こしたが、その一連の文章を書く高行健の当初の動機は別のところにあった。高は次のように告白するのである。

一九八一年、私が『随筆』に連載した、現代小説技巧を語る一連の文章は、黄偉経氏の提案によって、『現代小説技巧初探』という本の形で花城出版社から出された。それは私が自分の書いた、発表されにくい小説に活路を開くためのものであった。というのも、私の小説は往々にして編集者から「小説らしくない」、あるいは「小説ではない」、あるいは「まだ小説を書くコツを会得していない」と見做されたからである。

（『没有主義』、天地図書有限公司、一九九六年、九八ページ）

その「小説らしくない」「小説ではない」「まだ小説を書くコツを会得していない」と見做された（別の言葉で言えば、当時の中国では高行健の小説の価値は十分に認識されていなかった）高行健の作品のひとつは、辻田論文でも論じられた中編小説『赤い嘴をしたハト』であった。

『赤い嘴をしたハト』に関して、辻田論文は「何よりもこの小説を特徴づけるのはその形式である。小説は、小説中の人物が語る部分から構成され、「叙述者」が時代背景を説明したり、各人物の言葉と言葉をつないでいる。「叙述者」が小説中の人物と討論したり、死者と対話したりする」（同上一六八ページ）と指摘している。ここでの「形式」は高行健の言葉で言い換えれば「小説技巧」であり、そして「叙述者」と小説中の人物との議論のほかに、小説中の人物と自分の心との会話なども、まだ林彪や「四人組」への憎しみが直接的に書かれることの多い当時の中国文壇では珍しい書き方に属する。現に高行健自身も、登場人物と自分の心との会話に自負をもっていたらしく、『随筆』連載文章のひとつ――「談芸術的抽象」に、「ある小説は〝四人組〟時代に塗炭の苦しみをなめて夭折した若い科学者のことを描いているが、その臨終の際、主人公と彼の心の会話が行われた」とある。「ある小説」とは『赤い嘴をしたハト』のことであり、また「主人公と彼の心との会話」は「芸術的抽象」の好例として挙げられた。

辻田論文が「人称の手法」に着眼した点は評価できるが、「小説のなかに読者を引き込むために、高行健が小説中の人称に注目した作品が、短編『路上』（「人民文学」八二年九月）である」（同上一六九ページ）、とそれを『路上』に限定した言い方はいささか妥当性を欠いているように思われる。というのは、高がその前後に書いた小説、『朋友』『雨、雪及其他』『公園裡』などのいずれも人称の手法（これについての探究をその後の高はさらに深めていく）に重きを置いた作品だからである。

また、「コミュニケーションの成り立たない関係性を高行健は好んでとりあげる」（同上）との辻田論文の指摘に一応賛同するが、辻田論文で取り上げられた『二十五年後』『花環』よりも、『海上』のほうがもっと代表性を有するであろう。タイトルから見ても、一人称「我」、二人称「你（您）」、三人称「他」を同じ作品に出現させ、微妙なニュアンスを作り出すために巧みに使い分けているという点から見ても、『路上』と『海上』とは好一対である。そしてそれらのテーマを考える場合、「コミュニケーションの成り立たない関係性」は的外れではないが、人間社会とは何かとの疑問、人間性の探究、人間の脆弱さへの理解（このテーマはその後の高の模索につながる）をも視野に入れるべきではなかろうか。

辻田論文をしめくくる「文学の多様化を！」は、謝冕が「現代主義であれ何であれ、それは文学の多様化を渇求するもので、単一化された類型に対する挑戦であり、歓迎すべきものであって恐れる必要はない」（同上一七三ページ）と述べているのを拠り所に、中国文学の新たな可能性への願いをもこめて、それまでの高行健を総括しようと意気込むもので、小見出しの「文学の多様化を！」にあった「！」に、この論文の執筆者の気持ちがよく表れている(1)(2)。

だが、翻訳にせよ、この「モダニズムの位相＝高行健――『赤い嘴をしたハト』の手法」にせよ、八七年末に高行健が中国を離れた後の創作活動、つまり中国作家としてではなく、中国と台湾のような中国語環境でない異文化の下で母語による作品を意欲的に発表し続けている華文作家としての高行健の文芸的営為に関する本格的な研究が行われておらず、日本での高行健研究における空白の状態が続いている。この空白を埋めようとするのが本論文の目的である。

第二章　申小龍への関心

申小龍という名前は、日本ではあまり知られていないようだ。しかし、渡欧後の高行健の文芸理論書をひもとく

と、よくこの名前を目にする。たとえば、

●大陸の若い言語学者である申小龍の研究も、中国語による創作をする作家たちの注目に値する。（前掲『没有主義』一二ページ）

●これは最近、申小龍が国内の言語学界で提起した問題である。（同上一三四ページ）

●一〇数年来、新しい世代の言語学者、たとえば申小龍がこれに疑問をもち、中国語そのものの中から中国語の言語構造を見出そうとした。（『文学的理由』、明報出版社有限公司、二〇〇一年、三ページ）

●現在新しい世代の若い言語学者は申小龍を筆頭に中国語の言語構造への探究を試みている。（同上七三ページ）

●申小龍はとても有意義な仕事をてがけた。つまり、この問題を改めて出してきたのである。（同上七六ページ）

以上のように、高行健はしばしば申小龍に言及しているが、それは何故か。この疑問に答えるためには、まず、申小龍とはどういう人物であるかを明らかにしなければならないであろう。

申小龍は一九五二年九月、上海に生まれ、文革の洗礼を受けて、一九七八年の初めに復旦大学中国言語文学部で中国語を専攻するようになり、言語学の学習と研究を始めた。張世禄教授を指導教官に、修士と博士の学位を取得。卒業後、同大学で教鞭をとるようになり、現在は同大学、同学部の教授。その名が中国の学界に知られるようになったのは一九九〇年、吉林教育出版社から上梓された『中国文化語言学』によってであり、それは従来の西洋語文法の角度でなく、中国文化という視点から中国語そのものにアプローチしようとする斬新なアイディアに富んだ学術専門書であった。申の新しい見解は多くの少壮の言語学者の共鳴を得ると共に、それへの批判意見も多く出された。

このような申小龍と高行健との接点は主に以下の点にある、と筆者は考えている。

I、中国語という言語の構造を西洋の言語理論によってではなく、中国語そのものの中から明らかにしなければな

らないとの問題意識

中国で文字が発明されて既に四千年の歴史を有するがゆえ、「小学」（文字の訓詁や音韻に関する学問）の伝統も長きにわたっているが、西洋言語によく見受けられるような理論体系は構築されてこなかった。一八九八年、欧州を遍歴し、フランス語・英語・ギリシャ語・ラテン語などに精通し、フランスで初めて言語関係の学位を取得した清朝の人・馬建中によって、中国最初の系統的な文法書・『馬氏文通』が完成された。以来西洋語文法を中国語法に応用した言語研究が中国言語学界の主流となった。しかし、語尾変化がない、品詞における形態上の区別はない、時制（テンス）という文法範疇もない、といった特徴をもつ中国語に西洋語文法を応用すれば無理が生じ、問題が出てくるのは必然の成り行きだった。これを裏返していえば、中国語に西洋語でいうところの文法があるかどうか、この問題を解決するには中国語の言語構造を探究することによってその本質を明らかにしなければならないのではないか、ということになる。高行健は渡欧後の異文化の中での中国語による創作を持続しているうちにそうした問題意識をもつようになり（高行健「没有主義」参照）、申小龍は新鋭の言語学者として一世紀にわたる中国言語学界に存在してきたこの深刻な問題を提起し、中国語そのものを見据えた語学の研究と教育を声高らかに呼びかけたのである（申小龍『当代中国語法学』参照）。

Ⅱ、古代中国語と現代中国語とを関連させて考えようとする方法論

中国語には昔から文法関係の基本的文献の蓄積があり、許慎による『説文解字』はその代表的なものの一つである。にもかかわらず、そうした学問的な資源を有効に利用せず、古代中国語と現代中国語を分けて考えるのが中国言語学界の「常識」になっている。つまり、そこから現代中国語までを視野に入れて、中国語文法らしい中国語文法を建設しようとせず、西洋の言語理論に拠って中国語語法を成り立たせているのが中国言語学界の実情である。

これに対し、高行健も申小龍も、中国語語法理論建設の具体的な方法論として、古代中国語と現代中国語とを関連させて考えようとすることを提案する（高行健「文学与玄学・関於『霊山』」、申小龍『漢語語法学』参照）。

Ⅲ、中国語における「欧化（ヨーロッパ化、西洋化）」現象に対する指摘

二〇世紀の初頭、おびただしい数の西洋の学術書や文学作品が中国語に翻訳されることによって、中国語に大きな変化がもたらされた。「欧化」現象の出現であった。具体的には、主語と繫辞（コプラ）の増加、名詞や代名詞の接尾語が多くなった、代名詞の使用頻度が高くなった、文（センテンス）の構造が複雑化した、といった現象が挙げられる。「五・四運動」前後の時代に、翻訳による中国語の「欧化」の第一次ブームが起こり、一九八〇年代の改革開放後、西洋現代文学の翻訳・紹介により、中国語はもう一度「欧化」の洗礼を受けた。それでは、「欧化」されたままの中国語を放任するのか、それとも正しい中国語の使い方を推進するのか。そもそも正しい中国語とは何か。その正しい規則はどこにあるのか……。「欧化」現象を指摘することによって、人々に正しい中国語への関心、高行健の言葉を借りていえば「純正なる現代中国語」への関心を持たせようとするところに、高・申両氏の共通項を見出すことができる（高行健「現代漢語与文学写作」、申小龍『語文的闡釈』参照）。

つまるところ、申小龍は従来の中国語研究に顕著に見受けられる「欧米理論一辺倒」への反動として文化言語学の旗揚げをし、「究竟什么是汉语语法？（いったい何が中国語文法？）」（申小龍『語言与文化的現代思考』、河南人民出版社、二〇〇〇年、五五ページ）という疑問にぶつかり、一方、高行健は欧州という異文化のなかで中国語による創作の意味と方法を考えているうちに、「何谓汉语的语法？（中国語の文法とは何か）」（高行健「文学与写作答問」、前掲『文学的理由』所収、七三ページ）との根源的な質問に到達した。申小龍の研究を肯定的なまなざしで見守り続けた高行健は、年長者の立場にたち、かつ言語学専門でないのを理由に、次のように謙遜して述べたこ

とがある。

中国語そのものの機能から中国語の言語構造を明らかにすることは非常に有意義なことであり、そしてたいへん難しい仕事でもある。これは主に西洋語を対象とした文法的分析に基づく、広義に解釈する言語学への突破口ともなりうる。私は自分自身が力不足でこの任務を果たせないことを自覚している。幸いなことに、今日の中国の言語学界でこのことを手掛けている人がいる。

（前掲『文学的理由』六ページ）

高のいう「今日の中国の言語学界でこのことを手掛けている人」とは、いうまでもなく彼がその著書のなかで何度も高い評価を与えている申小龍その人である。

ところで、「私は自分自身が力不足でこの任務を果たせない」という中国式の謙遜した言い方はさておき、高行健における申小龍への関心は最終的に、いかにその文化言語学の核心の部分、つまり中国語のもっとも本質的特徴はどこにあるか、さらにその本質的特徴をどのように自分自身の創作活動にいかすか、にあるらしい。

まず中国語の本質的特徴のひとつとして、その音楽性を高が指摘する。

一つ一つの漢字を言葉とする中国語は白話文以来、複音節あるいは多音節の言葉が多くなり、固有の四声と平仄による以外、現代中国語の音楽性はますます豊かになった。私は創作をしているとき、特に言葉の音楽性を追求する。このため、わざわざ李清照の詞「声声慢」を現代中国語に書き直した。

（前掲『文学的理由』一八ページ）

では実際、高の作品を読んでみることにしよう。中国語本来の音楽性を読者と一緒に味わうために、あえて翻訳をせず、原文のみの引用を試みる。

一切的一
一的一切
一的一的一切
一切的一切的一的一切的一
从黑夜到天明
从天明到黑夜
从黑夜到天明到黑夜到天明到黑夜
从春到秋
从冬到夏
从秋到冬到春到夏到黑夜到天明到黑夜
一切的一切的一的一切的一的一切的一切的天明的夜的冬的春的夜的夏的
一切的天明的一切的夜的一切的一切
（『高行健戯劇六種第一集』、帝教出版社、一九九五年、八〇～八一ページ）

内容的にはそれほど難しいところもないが、表現的にはいかにも特異なものがいたるところに見受けられる。「一切的一切的一的一切的一的一切的一切的天明的夜的冬的春的夜的夏的一切的天明的一切的夜的一切的一切」は高行健の書いたもっとも長いセンテンスのひとつであり、文の意味というよりも、高行健流の漢字の組み合わせが特徴的で、そこから特有のリズムと語呂が生まれてくる。さらに、キーワードである「一切」を種々さまざまな形で変奏させ、人々は春夏秋冬を通じて、昼夜を分かたず、得たいもののすべてを追い求めてやまないけれども、その「一切」とは何かを、語句の反復によって、高は人々に再考を促していく。「一切的一　一的一切」に代表されるように、言葉の順序を変えることで中国語の発音に内在する音楽的要素が引き出されてくる。

次に、中国語の表現から視覚的効果を生ずる試み。表意文字の漢字により読者に一定の意味を伝えたりある種の暗示を与えたりするのは中国語の本質的特徴のひとつに数えられるが、この本質的特徴をいかにみずからの創作に活かすかには作家それぞれの創意が必要である。例を通して高のアプローチを見てみることにしよう。この場合、原文の漢字が高行健なりの工夫を具現しているゆえ、原文、それから訳文という順に見ていくことにする。

他背海坐着、一个人、在海滩上的一张帆布躺椅上。风挺大。天空明朗得没有一丝云彩、海水映着耀眼的阳光、那脸面便看不清楚。

（「瞬間」の冒頭。『高行健短篇小説集』所収、聯合文学出版社有限公司、二〇〇一年、三一一ページ）

彼は海に背を向け、一人きりで、浜辺に置かれたズックの寝椅子にすわっている。風がとても強い。空は雲ひとつなく晴れ渡り、まぶしい日差しが反射しているので、その顔ははっきり見えない。

（「瞬間」、高行健著・飯塚容訳『母』所収、集英社、二〇〇五年、一一二ページ）

远处、荒凉的海滩上、从窗户里、逆太阳光、似乎看见个背海坐在张靠椅上披条浴巾的男人、一手推开挡住脸面的帽子、一手从沙地上拾起本书、看了起来。

（「瞬間」の末尾。前掲『高行健短篇小説集』三三八ページ）

遠くの、荒涼とした浜辺に、窓の向こうに逆光を浴びて、海に背を向けタオルをかけて、寝椅子にすわっている男が見えたようだ。顔を覆った帽子を片手で押しのけ、片手で砂浜から本を拾いあげて読みはじめた。

（前掲『母』一四六ページ）

海、一人の男、デッキチェア、強い風、晴れ渡った空、まぶしい日差し、タオル、帽子、本……。画家である高行健は、現代中国語が表意文字の漢字によってしか表現をなさないことをいかそうと、「海滩」や「阳光」といった描写性に富んだ漢字を拾い上げ、それを意識的に読ませることで読者の想像を喚起しようとしている。ヒントを示した漢字を取り上げて、イマジネーションのスペースを提供することで、読者に自ら想像させるのである。つまり、創作の半分を読む者に任せ、彼らの主体的能動性を思う存分発揮させ、最後に彼らと一緒に完全な作品を完成するのである。無論、イマジネーションの天地は任意なので、どのような人でも、その生活経験や美的感覚などによって、好みの完成に近づけることができる。

中国語の内包する音楽性と視覚的効果を高行健は理論的に認識し、かつ実際それをみずからの小説や戯曲のなかに取り入れることによって、中国語の本質的特徴をいかそうとしている。

第三章　「意識の流れ」から「言語の流れ」へ

一九四〇年江西省生まれの高行健は、北京外国語学院でフランス語を学び、山村で文化大革命を経験し、「四人組」が逮捕されてからの中国文壇にモダニズムの新風を吹き込んだ人である。雑誌『随筆』の「詩文漫歩」欄に連載した彼の「文学創作雑記」に、「談意識流（意識の流れについて）」（一九八一年、第一四号）というのがある。

「意識の流れ」(stream of consciousness) はウィリアム・ジェームズの心理学の用語であり、常に生成、変化する意識を統一的な流れとして総合的に把握すべきだとする学説であるが、その思想的背景として、二〇世紀の思想と芸術に、他者の眼のみならず、自分自身の眼にもかくされ、われわれ自身によってわれわれの存在の暗い深みへと抑圧された感情や観念がわき返る無意識の層の探求をうながす哲学者ベルクソン、人格の表層と深層の葛藤、分裂、相互浸透、両者の関係の疎隔とよみがえりといった心のダイナミズムの探求を行なった心理学者フロイトの影響が指摘できよう。この学説の文学の領域における応用が中国に紹介されたのは一九八〇年代のことで、その積極的な紹介者のひとりが高行健であった。

「意識の流れとは独立した文学流派ではなく、芸術の創作方法とも言えず、現代文学作品に見られる、一種の更新された叙述言語である」と高の「談意識流」はこう書き出す。たしかに意識の流れは文学流派ではないが、創作の一手法ととらえるのが一般的である。ところが、高は「一種の更新された叙述言語である」と定義する。ここからは、彼の文芸創作における叙述スタイルを重要視するというスタンスがうかがえる。そしてこれこそがのちに彼が「意識の流れ」を脱却し、「言語の流れ」を主張するようになる内的要因である。

意識の流れは、世界に門戸を開き始めた八〇年代の中国の文芸界にとっては、斬新なものであった。この創作手法（高の言葉では「叙述言語」）を積極的に試みたのは一九七九年、新疆から北京に復帰し政府の要職につき名実ともに当時の中国文学界のリーダーなる王蒙である。高行健は「談意識流」のなかで、中国における意識の流れの実践者の代表として、「わが国の一部分の中年と青年の作家たちも小説の叙述言語について模索中である。なかでも、王蒙の最近の短編小説はすでに多くの読者の注意を引いている」、と王蒙を紹介する。この「談意識流」の末尾に記してある脱稿の日付が「一九八〇年九月」となっているので、一九八〇年に王蒙の書いた、意識の流れを特徴とする作品群、『風箏飄帯』『春之声』『海的夢』あたりをさしている。ここでは、『風箏飄帯』を例に、王蒙流の「意識の流れ」を見てみたい。

赤い旗、赤い本、赤い腕章、赤い心、赤い海原。真赤な世界を築くのだ。この世界の九億人の心をあわせて一人の人の心のように。八〇歳から八歳まで、みんな輪になって一緒に語録を暗誦し、〝左を刺せ〟〝右を刺せ〟〝殺せ、殺せ、殺せ〟だ。かの女の欲したこうした世界は、以前欲しかった二つの鈴のついた大凧より、ずっとよいものだった。真赤な世界がどんなものであるか、かの女にはわからなかったけれども、牧草や農作物のつくる緑の世界は眼にすることができた。かの女はこの緑の世界に歓呼した。それから、枯葉と泥と丸裸の冬の黄色の世界。かの女は家を想った。そして黒の世界。これはかの女と共に挿隊した知識人青年たちが次々に〝ドア〟を通っていなくなってからのことだ。かの女はビタミンA欠乏症にかかり、視力に障害をうけた。

かの女は真赤な世界についての夢を、緑、黄、黒の世界の重なりの中で失ってしまった。そしてかの女は食欲がなくなり、胃の具合が悪くなり、顔はやつれてしまった。赤の夢をのぞくと、かの女はほかのたくさんの色の夢を失い、放棄し、どなりたてられて奪われ、こっそりと盗み取られてしまった。白の夢は、水兵服と波しぶき、医学博士と仕上げ工、白雪姫。どうして雪は六角形をしていて無限の変化があるんだろう。大自然も芸術家かたぎがあるのかしら。藍の夢は、空、海の底、星の光、鋼、フェンシングでの優勝とスカイダイビングの定点降下、化学実験室とフラスコとアルコールランプについてのものだ。それにオレンジの夢、そう、愛情。その人はどこにいるのかしら。背が高く、聡明で、見識があって気立てがよく、いつも無邪気に笑っている……わたしはここにいるのに。かの女は天壇の回音壁に向かって叫んだ。

（「凧の尾」、王蒙著・柴内秀司訳、『無名』、一九八四年、第四号、七四～七五ページ）

主人公である若い女性・範素素の人生経験と理想を描き出すために、王蒙はそれまでの中国の小説によく見受けられる平淡直截に描写する方法を捨て、主人公の夢の世界に立ち入り、それを異なる色で再現することによって、彼女の内面における変化のプロセスを読者にわからせようとし、王蒙なりの「意識の流れ」の手法で当時の中国の読者に新しさを味わわせた。

しかし、当時の中国にとっては新しさいっぱいの「意識の流れ」であったが、世界の他の国においては、すでに実践済みの創作手法で、それによって成功した作家も少なくない。高行健もこのことを意識し、「談意識流」のなかで、「意識の流れは一種の表現力の強い現代文学言語であり、とくに登場人物の内的世界を描写するのに適している。この種の言語で創作をした代表的な人物は、フランスではプルースト」と書き記している。

すでに多くの歳月の過ぎたある冬の一日、家に帰った私がひどく寒がっているのを見て、母は、ふだん飲まない紅茶でも少し飲ませてもらっては、と言いだした。私ははじめ断ったが、それからなぜか、気が変わった。母は、「プチット・マドレーヌ」と呼ばれるずんぐりしたお菓子、まるで帆立貝の筋のはいった貝殻で型をとったように見えるお菓子を一つ、持ってこさせた。少したって、陰気に過ごしたその一日と、明日もまた物悲しい一日であろうという予想とに気を滅入らせながら、私は何気なく、お茶に浸してやわらかくなったひと切れのマドレーヌごと、ひと匙の紅茶をすくって口に持っていった。ところが、お菓子のかけらの混じったそのひと口のお茶が口の裏にふれたとたんに、私は自分の内部で異常なことが進行しつつあるのに気づいて、びくっとした。素晴らしい快感、孤立した、原因不明の快感が、私のうちにはいりこんでいたのだ。（中略）そのとき一気に、思い出があらわれた。この味、それは昔コンブレーで日曜の朝（それというのも日曜日には、ミサの時間まで外出しなかったからだ）、レオニ叔母の部屋に行っておはようございますを言うと、叔母が紅茶か菩提樹のお茶に浸してさし出してくれた小さなマドレーヌの味だった。（中略）そして、これが叔母のくれた菩提樹のお茶に浸したマドレーヌの味であることに気づくやいなや（なぜこの思い出が私をこれほど幸福にしたのかはまだ分からず、そのわけを見つけるのはずっと後のことにしなければならなかったとはいえ）、たちまち叔母の部屋のある、道路に面した古い灰色の家が、芝居の書割のようにやってきて、その背後に庭に面して両親のために建てられた別棟に、ぴたりと合わさった（それまで私が思い浮かべていたのは、ただほかと切り離されたこの別棟の一角だけだった）。（中略）全コンブレーとその周辺、これらすべてががっしりと形をなし、町も庭も、私の一杯のお茶からとび出してきたのだ。

（『失われた時を求めて』1、第一篇　スワン家の方へI　マルセル・プルースト　鈴木道彦訳、完訳版、集英社、二〇〇六年、一〇八～一一四ページ）

わずかひと切れのケーキをめぐって、延々と七ページにわたってプルーストは筆を走らせている。この繊細さ、この文体でしか伝えられない独特な雰囲気、いいかえれば、プルーストの特異な感性のありかたは、文学の新たな可能性を高行健に悟らせた（後に、高はプルーストの書き方について、「その言葉自体の持つおもむきとあじわいを、私は原文から容易に感じ取ることができた」と述べている。前掲『文学的理由』一二ページ）。

きわめて複雑で繊細なスローモーションの運動を見事に構築されたシンタックスのロジックによって分析的に描き得るフランス語。語尾変化のない、主に単音節からなる単語に意味の弁別機能をもつ声調が伴い、単語の文法関係が語順などによって表示される中国語。中国で生まれ育ち、しかもフランス語を専門としている高行健は双方の長所と短所を知った上で、彼なりの「意識の流れ」の創出につとめた。従来の起承転結型の小説の形式を破り、「これは伝統的な書き方による小説ではない」とその冒頭で明言した中編小説『有隻鴿子叫紅唇児』（すなわち序章で言及した『赤い嘴をしたハト』）を発表した。

「正凡的話」、「公鶏的話」、「快快的話」、「公鶏和快快的対話」、「燕萍的話」、「肖玲的話」、「快快給公鶏的信」、「公鶏給快快的回信」、「燕萍的日記」、「肖玲的日記」、「叙述者和主人公们的談話」においては主人公たちがそれぞれ自分自身のことを語るという形をとって小説を進行させ、「作者的話」、「叙述者的話」では分析や説明を行い、「肖玲的夢」、「公鶏夢中和肖玲的対話」のような夢の形を借りて人物の内面描写をする試みもあり、「小妹心里的話」、「燕萍内心的話」、「快快内心的話」、「公鶏内心的話」、「主人和他的心的対話」にいたっては、より意識の内奥までも描写されるようになる。

五〇年代における中国インテリの受難から起筆し、六〇年代の激動を経て、「四人組」が逮捕される前後までの悲劇を内容とする点では、いわゆる「傷痕文学」の部類に属しているが、平淡直截に主人公の運命を描いていくという当時までの小説の書き方と一線を画し、作中人物の意識の内奥がクローズアップされるように上述のような、音楽でいうフーガのような構成を工夫したという点では、「これは伝統的な書き方による小説ではない」との明言は読者を欺いていない。

そしてまさにこの意味において、高行健のこの中編小説が中国における「意識の流れ」の代表的な作品の一つに数えられたのである（李春林著『東方意識流文学』、遼寧大学出版社、一九八七年、二一二ページ参照）。

以上のように、「意識流」（意識の流れ）を理論的に中国に紹介し、かつその実践を積極的に行なった高行健であるが、渡欧後の彼に大きな変化が見られるようになった——「意識流」を止揚し、「語言流」（言語の流れ）を主張するようになったのである。

私は西洋の「意識の流れ」に対して、一つの概念、すなわち「言語の流れ」を提起する。人間の意識は非論理的であり、とても活発に、盛んに動いている。この人間の意識は西洋言語のアスペクト、主語と述語の厳格な構造によってがんじがらめになることが多いが、弾力性のある中国語の構造は、つねに動いているという意識の特質により接近している。私が「言語の流れ」を提起したのは、「意識の流れ」が実現不可能であるからだ。実現可能なのは「言語の流れ」のみである。

（前掲『没有主義』一三五ページ）

渡欧後、本論文第二章で述べたような中国語の本質的特徴への問題意識により、「意識の流れ」から次第に遠ざかり（完全に捨てたわけでもない）、「言語の流れ」への方向転換が高行健にあったことは認められる。しかし、肝心な「言語の流れ」について高による定義はあったものの、定義の細部に関しては曖昧さが残された。それゆえ、意味が曖昧なまま、「言語の流れ」は高行健に関する紹介や論評のなかで使われるケースは多々ある。だからこそ、本章において、この「言語の流れ」のなかみを明らかにしていかなければならない。

まず「言語の流れ」に関する高行健自身の考えを整理する必要があろう。一九九三年の段階で、高は「言語の流れ」を「一つの概念」（前出の『没有主義』一三五ページの引用を参照）と定義していた。その後、抽象的な概念の提起にとどまっては読者に理解されにくいことに気づいたのか、その概念を創作実践において明らかにしていく過程で、彼は「言語の流れ」を説明しなおす、「いわゆる「言語の流れ」とは私が探し当てた一種の書き方である」（「現代漢語与文学写作」、一九九六年）と。「一つの概念」より、「一種の書き方」のほうが分かりやすくなってはきたが、まだ抽象的な理論の域を出ていない。そこで、高行健の具体的な作品の分析などを通して、「言語の流れ」とはなにかを解明していきたい。

（1）人称の転換

人称の転換による文芸作品は高行健の小説が出現する以前に皆無だった訳ではなく、むしろ前衛的な作家によって積極的に試みられてきたといえよう。たとえば、センセーションを巻き起こしたフランス女流作家、マルグリット・デュラスの『愛人』は「わたし」と「娘」を使い分けて異なるイメージをみごとに表現し、華文文学の代表的な女流作家・厳歌苓の初期の『你跟我来、我給你水喝』にしても、渡米後の名作『扶桑』にしても、人称の転換によってすぐれた芸術的効果が収められている。しかし、全体的に見てみれば、それらはあくまでも部分的に人称の転換を行なったに過ぎず、高行健の『霊山』と『ある男の聖書』のように、作品の最初から最後まで、人称の転換に徹した例は世界的にも珍しい。

『霊山』は霊的な雰囲気をもつ山を訪ね歩く男の放浪記であり、『ある男の聖書』も文化大革命をテーマとし、内容的に読者を驚かせるようなものでもないはずだが、たえず人称を変えていくことで、高行健はややもすれば平淡になりがちな素材に変化を持たせ、つねに読者に新鮮さを味わわせようと、ユニークな人称構成をてがけたのである。

『霊山』では、三つの人称が相互に変わっているが、その表そうとしているのは同じ主体の感性なのだ。これが本書の言語構造である。そして、第三人称の彼女は、直接にコミュニケーションが取れない異性に対する主体の種々さまざまな経験と想念といえる。換言すれば、この小説は長編の独白にすぎず、人称が頻繁に変化するのみ。私自身はこれを、言語の流れと呼びたい。

（「文学与玄学・関於『霊山』」、前掲『没有主義』一七三ページ）

『霊山』のみならず、『ある男の聖書』においても、渡欧後の劇作、たとえば『対話と詰問』においても、人称の転換が重要なポイントとなっている。「わたし」は当事者であるとすれば、「おまえ」は角度をかえた叙述を試みようとする新たな話者であり、「彼」は距離をおいた、客観性に近づこうとする語り手となる。このような「わたし」「おまえ」「彼」、そして「直接にコミュニケーションが取れない異性に対する主体の種々さまざまな経験と想念」を体現した「彼女」を代わる代わる登場させることによって、作品はつねに違う視点で語られ、異なる心象風景が次々と繰り広げられ、こうした変化に富んだ作品の進行に伴って行間からおのずと流動性が生まれるのである。

（2）多様な叙述スタイルの競演

悩みがあるのかい？おまえは彼女をからかった。

どうしてわかるの？

わかりきったことさ。若い女がたった一人で、こんな場所へ来てるんだから。

あなただって一人でしょう？（『霊山』九、集英社、二〇〇三年、六二ページ）

智慧は一種の贅沢、贅沢な消費である。

おまえは陳述することだけを望む。因果とロジックを超越した言語を用いて。人間はすでに多くのむだ話をしてきたが、おまえがもう一度語ってもかまわない。（『霊山』五八、同上三七五ページ）

一冊、天に舞い上がり
おかげで生まれた七夕伝説
二冊目、海に飛んで行き
漁師が拾って、怨歌を歌う
お寺に飛んだ、三冊目
そこで和尚は経を読む

村に届いた、四冊目
娘が歌う恋の歌
五冊目、飛んで田んぼに落ちた
農夫が歌う仕事歌
六冊目こそ『暗黒伝』
師匠が歌う鎮魂歌（『霊山』五九、同上三八六～三八七ページ）

引用の例からわかるように、『霊山』はまさしく文章様式の集大成である。ダイアローグ、エッセー、民謡、祭鼓詞、旅行記、伝聞、雑記、寓言、神話、画論、県誌、文物説明……そうした性質を異にする文章形式が交響曲のごとくそれぞれの音色を奏で、おのおのの境界線をこえて、神秘な『霊山』への遠い道程（長い読書の旅）へと読者をいざなう。『ある男の聖書』も平叙、会話、感想、議論、異聞などを混ぜて、ある男の心の歴史をたどっていく。ストーリー性に頼らないところから出発した高行健の創作は、各種の叙述スタイルを響き合わせ、それらをダイナミックに組み合わせることで相互に張力を漲らせ、作品全体に躍動感をもたらす。高はいうのである。「私はいつも叙述スタイルの変化を企図しており、それを人称の転換に結び付けていく。このことが、言語は流れているようなものでありプロセスであるという私の認識にも合致している」（前掲『没有主義』一七八ページ）。

以上の（1）独特な「人称の転換」に、（2）ダイナミックな「多様な叙述スタイルの競演」を加えて、世界に唯一無二の「高行健文体」が完成したのである。その長年にわたる努力の賜物である「高行健文体」は、「中国語による小説芸術と戯曲に新しい道を切り開いた」（The Nobel Foundation2000）と高く評価され、華文作家としての彼の不動の地位を築くと同時に、海外華文文学の一つの範を示したのである。

第四章　これからの高行健研究

与えられた紙幅も尽きようとしているので、最後に、これからの高行健研究、とくにその解決を急がれる課題の幾つかに触れておきたい。

（1）高行健の哲学と文学

紙幅の関係で今回高行健の文学および戯曲に的を絞り考察してきたので、その哲学的な部分については言及する余裕がなかった。しかし「自我」「真実」「自由」をめぐる哲学的な議論は、彼の小説（例えば『霊山』『一個人的聖経』）、戯曲（例えば『叩問死亡』『山海経伝』）、文芸理論（例えば『没有主義』『文学的理由』）のいたるところに見受けられる。その哲学と文学、芸術のかかわりあいをこれから明らかにしていかなければならないであろう。

（2）高行健とジェイムズ・ジョイス

本論では高行健と密接な関係にあるマルセル・プルースト、マルグリット・デュラスを論じてみたが、このほか、彼に大きな影響を与えた文学者はもう一人いた。彼の文章に何度もその名を記されたジェイムズ・ジョイスである。ジェイムズ・ジョイスは長編小説『ユリシーズ』によって世界中に文名を馳せた。小説という概念がこの作品のために変わったといわれ、この小説によって真の新しい二〇世紀の文学が始まったともいわれている。ある人間の行動や会話の後にすぐ続いてその人物の独白的な言葉が続く「意識の流れ」の世界的な代表作である本書に、種々さまざまな文体が使われ、英文でほとんど可能なあらゆる文体を組み合わせたような形になっている。中国語でほとんど可能なあらゆる叙述スタイルの組み合わせを試みた高行健におけるジョイス受容も確実に研究テーマの一つにはなろう。

(3) 中国における高行健研究

序章でも少し述べたが、アジア(台湾、香港、日本など)、欧州(フランス、スイス、イタリアなど)において高行健に関する紹介(翻訳を含めて)と論評が数多く行なわれているにもかかわらず、その本家本元である中国では、高の作品は発売禁止のままである。しかしながら、彼の創作に対する評論活動は皆無でもないようだ。入手可能な資料をもとに、中国における高行健研究の実態の解明が進められるべきである。

註

(1) 中国を離れる前の高行健の話劇、探索演劇に関して、瀬戸宏氏の著作『中国演劇の二十世紀 中国話劇史概況』(東方書店、一九九九年)は論評を行なっている(詳しくは同書参照)。

(2) 最近の研究として、二〇〇六年三月、世界思想社から出版された宇野木洋氏の『克服・拮抗・模索—文革後中国の文学理論領域—』は、「それまでも外国文学研究者の間では議論になっていたようだが、高行健『現代小説技巧初探』(花城出版社、一九八一年九月。ちなみに、高行健は、海外移住後に執筆した長編小説「霊山」「一個人的聖経〔ある男の聖書〕」、戯曲「野人」などによって、二〇〇〇年度ノーベル文学賞を受賞しており、初の華人ノーベル文学賞受賞者ということで話題になった)の評価をめぐる論争あたりを契機に表面化していったといえよう。この高行健著は小冊子ではあったが、自己言及を重ねるフランス文学の営みを、シュールリアリズムやヌーヴォーロマンまでの歩みに即してその表現技法の特徴を紹介した上で、「近代化〔原語「現代化」〕」された社会には「近代化された」文学が必然であり、欧米の「現代派」「現代主義」を排除せずに、そこからも学ぶ姿勢の必要を主張して話題となった」(同書一六四~一六五ページ)と指摘している。

附記:本稿は、平成一八年度科学研究費補助金(基盤研究(C)「高行健を中心とした華文文学の総合的研究」(課題番号一八五二〇二六三))の交付を受けて行った研究成果の一部である。

モンゴルの服飾文化

森川登美江

はじめに

筆者は勤務する大分大学で十年前に〝アジア学〟を担当することになり、ならばその国の民族衣装を着て講義しようと考えた。これは予想以上に受講生の関心を引き、毎回の衣装を楽しみに出席してくれるようになった。それまでは海外旅行の記念に時々民族衣装を購入する程度だったが、それ以来、意識的に探すようになり、いつの間にか三十五カ国、三百着の衣装と数十点のバッグ、百枚を越えるストール、二十個ほどの帽子、十数足の履物や種々のアクセサリーが集まり、大分県内だけではなく全国各地で〝国際ファッションショー〟を開催するようになった。数が増えてくると共通点や相違点も自ずから浮かび上がって来て、最初は単に教材の一つ、受講生の興味を引き付けられればという程度の軽い気持ちだったのが、次第に研究対象としても興味を惹かれるようになってきた。

二〇〇六年はチンギス・カン(1)の即位(一二〇六年)八〇〇周年に当たり、モンゴルでは盛大な記念行事が開催された。〇六年、夏と秋に中国旅行した時にもモンゴル関係の書物が多く目に留まったし、中国でもチンギス・カンへの再評価が始まっていると聞いた。とりわけ面白いと思ったのはチンギス・カンの思想を企業経営に生かそうとする動きである。『成吉思汗管理箴言』(司馬安編著　中国民航出版社　二〇〇五年六月第一版　二〇〇六年九月第二次印刷）という書籍が新しく出版されて、空港の売店に置かれていた。

日本でもモンゴルへの関心が高まり、各種の新著も相次いで発行された。その中で私自身の野蛮な軍事国家というモンゴルに対するイメージが大きな転換を迫られた。そのイメージはどうやらいわゆる〝タタールのくびき〟(2)や、モンゴルに席巻されたヨーロッパの国々からの影響であったようだ。チンギス・カン自身は「地に国境なく、人に差別のない」世界の構築を目指していたらしい。彼が徹底的に弾圧したのは降伏せずに抵抗を続けた国、とりわけ一度は恭順を誓いながら裏切った国や民族に対してであって、最初から恭順の意を示した国や民族に対しては指一本触れず大幅な自治を認めた。通商の自由を認め、旅人や商人の通行の安全を保証したので貿易も盛んになった。その中で、各地のさまざまな布地や宝石などもモンゴルに入るようになり、モンゴルの服飾も大きな発展を遂げ、豊かになっていった。本稿ではそうしたモンゴルの服飾について考察してみたい。

なお、本稿では衣装にとどまらず、髪型やアクセサリーなども考察の対象にするため、衣装よりも広い概念を表す「服飾」という語彙を使用する。引用箇所の注記については紙数の関係と、あまりにも煩瑣になるため省略して参考文献を最後に掲げた。

モンゴル族について

人口四八〇万人、大部分は内蒙古自治区に居住し、その他は新疆、青海、甘粛、遼寧、吉林、黒竜江などの省区および河北、河南、雲南などに分布している。史書では〝蒙古室韋〟と称し、北方草原の古い遊牧民族である。チンギス・カンがモンゴル諸部を統一し、蒙古汗国を建国後、モンゴル族が次第に形成された。

元朝を開国した皇帝フビライは行省など各項の制度を開設し、中国の統一した多民族国家を強固にし、発展させた。主として牧畜業を営み、騎馬、射術にすぐれる。手扒肉、羊背子などの肉食品を好み、バター茶、馬乳酒を愛飲する。『蒙古秘史』、『蒙古黄金史』、『蒙古源流』など大量の貴重な典籍を有する。『江格爾』は中国三大史詩の一つである。伝統楽器には馬頭琴、祝日にはオボー祭、ナダム(3)などがある。

内蒙古自治区は一九四七年に中国で成立した最初の少数民族自治区である。一六世紀に導入されたチベット仏教(4)とシャーマニズムが併存する。遊牧は減少している。歌と舞踊を愛好する民族で、言語はアルタイ語系モンゴル語族に属し、三種類の方言がある。一三世紀初め、ウイグル文字を基礎にしたモンゴル文字が作られ、それを改革したものを現在使用している。ほかにチベット文字に手を加えたパスパ文字があるが、元の滅亡後は使用されていない。

中国歴代の服飾

中国歴代の服装は多種多様であるが、形式上から見ると、大きく二つに分類される。上衣下裳と衣裳連続の形式である。西周以前は主に上衣下裳の形式のものを男女区別なく着用していた。衣服は上下に分かれており、上半分を「衣」、下半分を「裳」と称した。春秋戦国時代になると、また新たな衣服の形式が出現した。それは上下が一体となって一枚の衣服となったもので、「深衣」と称した。後世の袍や衫などの服は、この深衣を基本として発展したものである。袍は、最初はもっぱら内側に着用した綿入れの内衣の一種であった。袍を着る場合、かならず外側に別の衣服を着なければならなかったが、漢代に至ると、女性は家にいるとき、これを上着として着るようになった。襟、袖、裾などの部分に縁飾りをあしらい、ある者は袍に色を施し、各種の文様を刺繍するようになった。そして袍服はさらに礼服へと変化していき、結婚式の時には必ずこの種の服装を着用するようになった。袍服は広く流行し、女性が常服とした以外に、男子もこれを着用し始めた。そして朝服として用いられるようになり、皇帝でさえ着用するようになっていった。

袍服の袖もまた変化した。初めは多くが大袖であり、腕の部分が非常に広く円弧を描いており、俗に袂《べい》或いは牛胡と呼ばれた。その理由は袖が下に垂れ、牛の首の弛みに似ていることに由来している。こうした服装は、両袖が翻り、見た目にはたいへん美しかったが、北方地区の少数民族にとっては、逆に非常に不便であった。そこで北方においては筒袖の服が出現した。

袍服と類似した服装に衫がある。衫は漢代以降に出現した服装であり、三つの大きな特色がある。その一は裏地のない単衣《ひとえ》である。その二は衣の袖である。古代の袍服の袖の多くは、袂と呼ばれる垂れ下がったものであった。そして両端はすぼまって袖縁がつけられ、祛《きょ》と呼ばれた。こうした形態は防寒の目的から生まれた。つまり両袖が広いと保温効果も薄れるため、袖端がすぼめられているのである。衫は夏服の一種であり、祛はつけない。材質は単薄で、両袖が垂直に広くなった形式になっている。その三は衣襟（前身頃）である。漢代以前の服装は、一般に大襟を用い、襟合わせが互いに交差することから、俗に交領と呼ばれる。また衫には対襟（中国服の前ボタン式で、襟が前で合わさる上着。左右を中央で合わせ、布製の中国式ボタンでとめる）が採用され、衿合わせ部分を前部で交差させず胸前に寄せて、そのまま下に垂らした。こうすると胸部の多くが外面に露出し、夏季に着用するのに適していたのである。元代にはモンゴル族の女性は多く袍衫を着用した。

文献の記載によると、人々が最も早く着用した服装は、短衣に囲裳を加えた形式のものであった。特に女性は平素家にいるときは短衣を着用していた。

古代の女性も背心《はいしん》（チョッキ）を着用した。だが、背心と呼ばれるようになったのは宋代以降である。清代には背心の名称を踏襲しつつ、坎肩《かんけん》、或いは馬甲《ばこう》とも称した。名称の変化に従い背心の形式も絶え間なく変化していった。元代の背心は曲線をいくらか用いて作られているが、全体の形式からいえばやはり比較的素朴である。背心の長さは通常、腰までであったが、中には膝まで達するものもあり、これを俗に比甲《ひこう》と称した。

古代の女性が着用した内衣も、非常に特色があった。唐以降、内衣もまた新たに発展していった。この時期の内衣は、一般に抹胸と呼ばれ、ブラジャーと同様の役目を果たすものであった。甘粛省漳県の元墓から出土したものは、形は背心に似ており、後ろから前に着用し、胸前で紐状のボタンによりとめた。

披肩《ひけん》（肩掛け）は、五代以降、民間の女性も用いるようになった。この時期の披肩は、もっぱら如意雲式に作られ、それゆえ雲肩と呼ばれた。『元史・輿服志』には「雲肩は四垂雲（四方に垂れる雲）に似て、青緑、黄羅など五色がある。金をはさんでこれを作る」と記されている。舞女や楽伎が雲肩を着ける目的は美観にあったが、普通の女性にとって雲肩を着けることは、ただ装飾のためだけではなく、実用的価値を有するものであった。とくに礼服は多くの文様が刺繍されていたので、平素洗濯することはできず、長期間使用すると襟首付近が髪などで汚れてしまう。もし雲肩をその礼服の上に掛けて使用すれば、解いて洗うことも簡単であり、また美観も増すことから、ついにこの小さな飾り物は、実用性と装飾性を備えることになったのである。

下裳では、北方の地は広く、外出時には常に馬に乗る必要があったので、褌《こん》（大昔は股のあるズボンを指した）は裙や裳などに比べると大変便利であった。北方住民が着用した褌は、今日の「燈篭褌」とその様式が同じで、長さは踝まで、腰と足元を帯で縛る形式のものであり、活動に便利である。

古代における腰帯の名称は大変多く、形状も非常に複雑であるが、ほぼ二種に大別することができる。皮革で作ったものと、絹を織って作った大帯である。北方の少数民族はその多くが遊牧民であり、常に移動しながら生活を営んでいるので、日常的な用具は絶えず身につけている。すなわち大型の器物は馬上に結わえ、刀、剣、針筒、ハンカチ、砥石などの小物は腰にぶら下げているのである。帯飾りに施された装飾も大変特色がある。例えば安徽省安慶棋盤山の元墓から出土したものは銅製であるが、表面は鍍金されており、裏表両面に牡丹と菊の文様が施されている。また花の文様の周囲には四角の縁取りがあり、その内側の隅に「小穴」が一つあけられ、革帯に装着するようになっている。この他、江蘇省蘇州虎丘の元代墓からは、さらに精緻な帯頭が出土している。その表面には「文王訪賢図」がレリーフされている。工匠の高度な工芸技術が窺われる優品である。

古人は腰に垂らす飾りをとても重視し、一本の腰帯の上に多くの飾り物をぶら下げた。玉佩は単独使用以外にも多数組み合わせて用いられた。これを組佩と称する。組佩の中でもっとも貴重なものは、大佩に属するものである。大佩は雑佩とも呼ばれ、種々の玉器をつなぎ合わせ、一体の佩飾にしたものである。

モンゴル族の服飾

遊牧系騎馬民族であるモンゴル族の服飾には騎乗に適した特徴が見られる。袍は裾広がりでスリットやギャザーが入り、足の動きを妨げない。打ち合わせの深い前身頃や筒袖も運動性があり、乗馬や弓を射るのに適し、馬蹄形の袖口は手綱を持った手から風が入るのを防ぐ工夫と考えられる。革や厚地のキルティングで作られた厚底の長靴（ブーツ）を履くのも、乗馬と防寒の必然からである。

モンゴル人の服飾が多様なのは、分散または互いの居住地が遠いことと関係がある。例えば、昭烏達盟《ジョーウダ》、烏蘭察布盟《ウランチャブ》、伊克昭盟《イコチャオ》、錫林郭勒盟《シリンゴール》、巴顔淖 盟《バイン・ノール》などの若い女性たちは、みなそれぞれ好む盛装と普段着を持っていて、その中には精巧で美しい服装が少なくない。袖の長さが指の長さを超えるもの、服の上にチョッキを着るもの、髪に多くの真珠の飾りをつけ、服の全面に刺繍したもの、袍は細く長く腰にぴったりまとうものもある。

しかし、いくら形が異なってもみんな袍を着るという共通の特色がある。男女の服装はいずれも大襟の長袍で、広い縁飾りを施している。頭はスカーフで包むか、髪を結ぶかする。阿拉善《アラシャン》右旗汗淖児の一帯では、「大布绷子」という強い太陽の日差しを防ぐことができる直径一メートル余りの、白い布で作った特徴のある笠が用いられている。男女ともみな腰に広く長い帯を締める。赤、黄色、緑の絹織物が好まれ、男性は腰の下に刀の鞘をかける。遊牧民は足に「唐吐馬」すなわち半長靴を履き、靴に色糸で美しい雲や植物、幾何模様を刺繍する。無地の革靴は着脱に便利なように靴の前の部分が短く、底は平らで、騎馬のとき鐙に引っかかりにくくなっている。また、右の上衿のボタンに「哈布特格」と呼ぶ香り袋をかけるのを好む。

チンギス・カンらは何度もヨーロッパやアジアの広大な地域に大規模な征服活動を行ったので、元代は宝石の来源が非常に豊富で、自国で生産する以外にも略奪や貢納の形で輸入できたので、装飾は非常に贅沢で華やかであった。

モンゴル帝国、元朝時期のモンゴル族の服飾

1．絹織物

漠北地区（ゴビ砂漠の北方、外モンゴル）に勃興したモンゴル族の服飾材料は本来主要には毛皮に限定され、絹

や麻などの織物は少なかったが、モンゴル族の漢族その他の民族に対する全面的な征服に従い、モンゴル族は素早く漢族地区の絹や麻の生産を掌握した。さらに宋代以来しだいに発展してきた綿織物業も、少数民族が居住する辺境から内地に拡大していったため、元代には民族間の服飾材料と捺染技術の融合と発展の情勢が出現した。

元朝成立後、支配階級が伝統的な毛皮から絹織物に改めて後、軽く快適であったばかりでなく、統治者としての優越感と威厳を感得したため、絹織物に対してさらに愛着を感じるようになった。また漢族の統治制度を熟知して以後、絹織物業が社会の安定と経済発展に重要であることを認識し、元朝の統治者は養蚕と絹織物業の発展をとりわけ重視し、何度も勅令を発布して養蚕に関する農業書を発刊し、絹織物の税徴収を重要な課税の一つとした。宋代にすでに比較的高い水準を持っていた刻糸（絹地に色糸を植えて模様を織り出した高級織物）は元代には普遍的に金彩を用い、その繁華細密ぶりは宋の刻糸を超え、多くは仏像製作に用いられた。現存の元代の釈迦像の掛け軸は一〇色の金彩で織られている。

2．麻織物

元代、麻紡績は南方各地へ普及し、民間の普遍的な家庭手工業となっていた。麻は綿布に取って代わられる衣類原料となってはいたが、夏衣には依然として麻を使用することが普通だった。広西は当時、麻紡績業が最も発達した地域で、生産量の大きさで全国に名が知られていた。元代にはすでに〝半晒半浸〟の方法が広く採用され、日中は晒して夜は取り込むことによって漂白作用を生じた。

3．綿織物

綿花の栽培は元代に始まったわけではないが、両宋時代には福建、両広地域に限られていた。しかし元代には全国に広まった。長江中下流と関陝渭水流域に迅速に伝播したので、元の世祖のとき浙東、江西、湖広、福建などに一〇個の木綿提挙司を設置し、毎年綿布淅一〇万匹を徴収したのである。綿紡織技術面では、元初、有名な綿紡織革新家の黄道婆を通して海南黎族の綿紡織技術を自分の故郷松江鳥泥涇（現上海龍華）に持ち帰り、改良を加えて極めて大きな発展を遂げた。捺染面ではすでに人物花草紋様を染めることのできる青花布ができていて、色持ちも良かった。

4．毛織物

遼、金、夏と同様、元代の毛織物業は主要には西北地区にあった。しかし元代には漢族地区に対する統治と大量の漢族地区への移民により、元代の毛織物業は生産量が増大しただけでなく、産地も次第に西北以外の地区に向かって広がっていった。元朝政府は寧夏、和林（今、モンゴルオルコン河上流東岸の哈爾和林）などに局院を設置して絨毯を製造し、生産量はきわめて大きく、技術も高かった。毛織物の原料は非常に多く、羊毛だけでも白、青、黒の三種がある。染料には回回茜根など二二種あり、一〇余種の色を染めることができ、毛織物の品種は六、七〇種を下らなかった。

モンゴル族の服飾は多少とも匈奴、鮮卑、柔然、突厥、回鶻、契丹などの民族の文化伝統を継承している。中でもモンゴル人は時間と地域の関係で契丹人の服飾文化の影響をもっとも明らかに受けている。モンゴル民族の成員の源泉は相当複雑で、モンゴル語系と突厥語系の種々の部族を含んでおり、これらの宗教信仰、風俗習慣が異なる部族がモンゴル民族の服飾文化に豊富多彩な人文資源を提供した。モンゴル帝国と元朝時期の服飾の風格は基本的に一致しているが、後期になると様式はさらに多様化し、また法律で規定された官服制度が作られた。

牧畜業を生業とするモンゴル、チベットなどの人々は、家畜の皮と毛を着る。かつて比較的裕福な牧民は絹織物や麻・木綿を着たが、一般の人々は肌着と夏着だけが布地であった。羊皮を縫製した衣服、ズボン、コートは殆どが裏打ちしない毛皮だけで、襟元、袖口、裾周りには色布もしくは細い毛皮で、縁取りしたものもある。モンゴル族、キルギス族は、羊毛を毛氈にするのに巧みで、パオのほかに靴、靴下、帽子の素材にする。

元の太祖チンギス・カンが一二〇六年建都してから、中原の服飾には異族の風情が現れた。元の前期には宮中の服装制度は長期に渡って宋式を採用していたが、一三二一年、元の英宗期に古制を採用し、天子と官吏たちの上衣が下裳に連なり、上がぴったりとして下が短く、腰に襞を入れ、肩と背中に大きな珠をつけた質孫服制を制定した。漢語ではそれを一色衣あるいは質孫服と称した。それは漢族を継承しつつまたモンゴル族の特徴を兼ね備えた服制であった。質孫服の用途は広く、官吏・楽人・衛士は宮殿の大宴会のときにはいつも着用した。この種の服式には上、下級の区別と材質の精粗の相違があった。天子の質孫冬服には材質で分けた一一の、夏服には一五の等級があった。元代、女子は貴族と平民の二種に着衣形式が分かれていた。貴族の多くはモンゴル人で、革の服と革靴を民族装にしていた。貂鼠と羊の皮で服を作ることは広範に行われており、その様式は多くがゆったりとした袍式で袖口は狭く、身ごろは広く、身丈が長く地を引きずるので、必ず女の奴婢が裾を掲げていた。平民の婦女の多くは漢族の短い上着とスカートを着用していた。

元代の人は宮廷での宴会のときセットにした服装を重んじ、色や形、生地だけでなく、全身の服飾を統一した(5)。当時、元代の人は金糸の素材を尊び、金糸を入れた織物〝納石矢〟(織金錦)が最も高級なものとされた。これは元代に生まれたが、それは元代の官営の絹織物技術の進歩を反映したものである。マルコ・ポーロは「馬車と駄馬が京城に運搬してくる生糸は毎日千輌を下らず、絹織物と各種の絹糸や木綿糸はここで大量に生産された」と記す。西安・南京・蘇州などでも大量の生糸・金糸の入った織物・絹織物などが生産された。「杭州では大量の絹織物を生産し、ほかの省の絹織物も大量に流入したので、当地の住民の大多数はいつも全身綾絹と薄絹、錦織と刺繍を身に付けていた」と言う。

女子は依然として左衽で細い袖のゆったりとした袍を主とし、その下に套褲（ズボンの上にはく後腰のないズボン。牧畜をする人や化学工業労働者のズボンの保護用）をはいた。また、首には雲肩を巻き、金代の習俗を引き継いだ。袍の多くは鶏冠紫、泥金、茶あるいは頬紅などの色を用いた。〝栖鷹冠〟はモンゴル帝国、元朝時期における成年男子の主要な冠飾であった。乞顔部の神霊は白海青で、この種の猛禽を冠飾としてデザインしたのは、主としてトーテムに対する崇拝を表現したものである。この時期、婦女の基本的服飾は男子と似ているが、既婚女性と男子や娘の服飾、貴族と平民の服飾には区別があった。またモンゴル伝統の軍政合一国家体制が全国上下ほとんど全民皆兵にしたため、軍服は階層と使用者を越えて流行の服飾となり、民間人の披甲、掛箭も武威を体現する装飾となった。

元代に使用された服飾には緞子類が二十種近く、羅が五種、紗が十余種、綾が二種、綢が四種、絹が二種、木綿類が十余種ある。元代貴族の佩飾は貴重な宝石で製作され、その彫琢と刻磨技術も当時、世界一流であった。

明、清代のモンゴル族の服飾

一三六八年、元朝統治者は農民起義軍に駆逐されて大都を退き、中原に対する統治を喪失し〝北元〟期に入った。この時期の元朝の様式の特徴は、前代を引き継ぎつつも固有の特色を備え、後代の幕を開けた。その中でも際立った変化は長袍の襟と袖の形で、皮の翻領（折り襟、開襟）と狭い袖に大きな馬蹄袖（清朝が強制的に推進した標準的な装飾で、両手を広げて体を支えて叩頭するとき人は馬のような姿勢になり、それで〝犬馬の功〟を表した）を加えた長袍であった。満州族が故意に満、蒙一家思想を宣揚し、姻戚関係を結んで融合の現実的条件を強める中で、モンゴル族の服飾には満族文化の傾向が表れた。清朝政府は基本的にはモンゴル遊牧封建制を破壊しないという前提の下に新しい盟旗制度(6)を作って〝分割統治〟を施行し、甚だしくは旗と旗との間の服装の差異を主張した。これはモンゴル部落の服飾の形成と定型を促進した。清王朝は中国封建制度が隆盛に達した時代だったため、その服飾には厳格な等級の区別があった。清朝政府はモンゴル封建主が元来持っていた地位の高低と清王朝に対する忠誠の程度に基づき、親王、郡王、貝勒、貝子、鎮国公、輔国公、台吉(7)などの爵位を授与し、清朝の服制に基づいて品官の官服を指定した。

清代のモンゴル族の服飾は宮廷服飾制度の強い影響を受けたが、人口の絶対多数を占めるモンゴルの民衆は、依然として伝統的な牧畜業に従事していたので、基本的には服飾文化の実用性と審美の伝統を改変することはなかった。清代のモンゴル族の服飾には鮮明な民族的特徴があった。男子は右衽、斜め身ごろ、ハイカラー、長袖、玉縁、ゆったりしていて、裾にスリットの入らない長袍で、普段は木綿、祭りには赤や黄、あるいは濃い藍色の絹織物を着る。色が鮮明で、対比が強烈な服装を好み、腰には赤や緑の絹の腰帯を締める。男子はさらによく両側に肉食用の小刀や、火打石、鼻煙壷（嗅ぎタバコを入れる小瓶）などを吊り下げる。モンゴル族は男女を分かたず牛皮、船形三日月型のブーツを好み、高さは膝にそろえる。この種の革靴は馬に乗るとき鐙を伸ばすのに便利で、ブーツはさらに風や寒さを防ぐことができる。

女子はみな長袍を着るが、地方により異なっている。満州族の影響をやや多く受けた喀喇沁などの地方では両側にスリットが入り、袖口と衿にレースのついたゆったりとした長袍を着用し、腰帯は締めないことが多い。ブリヤート族はスカート式の起肩の長袍に、上着はぴったりした短いチョッキを羽織る。紺、黒、黒ずんだ銅色の暗い色を好む。

モンゴル族は青、黒、褐色の帽子を好み、女子も冬には男子と同じような円錐形の帽子をかぶる。その他の季節には男女はみな赤、ピンク、青の木綿か絹で頭を包む。男子は長髪を留めて辮髪にし、先には紅い紐を結び、房を背中に垂らした。男子は左耳に大きな耳飾りをつけるが、両耳につけるものも少数いた。左に大きなイヤリング、右に小さな下げ飾りのついた耳飾りをつける。

近、現代のモンゴル族の服飾（一九世紀末から現在）

ここでは一九世紀末から現在に至るモンゴル族の服飾を取り上げる。

近、現代にモンゴル族の服飾には比較的鮮明な三つの変化が生じた。明末から次第に形成され始め、清朝中期に基本的に型が定まった農、牧混合型の生活様式はある部分のモンゴル人の生活手段となった。伝統的な長袍、ブーツは明らかに農業生産には不都合であり、モンゴルの伝統的風格を残した新型の〝三段式〟服飾——上着、ズボン、靴が生まれた。清末、清朝政府による統治の終焉と、モンゴル封建勢力の衰弱に従って、服飾の等級は消滅に向かい、貴族と庶民の間の服飾は相互融合を始めた。このほか西方工業文明がモンゴル地区に浸透し、二〇世紀二〇年代からモンゴルのインテリは洋服と革靴の着用を始めた。この時期、モンゴルの服飾は富裕層と貧民層の二種に分けられる。モンゴル族の服飾の生産は雇い人と婦女自身が縫う段階を突破して、商品交易化に向かい、ハイラル、ハルビン、瀋陽、北京、張家口、多倫、帰化、楡林などはモンゴル服飾の加工と材料の供給基地になっていた。相対的に言えばモンゴル族の庶民の服飾はさらに実用的で質素になっていった。普段は暗い中間色を着用し、祭りや重要な場合に着る盛装を一、二着持っている。

一九四九年以後は前の三〇年と、後の二〇年の二段階を経た。前三〇年は農業民族の服飾を模倣し、服飾の政治的象徴の意義を強調する傾向が鮮明だった。藍色、灰色など伝統的な色を重んじると同時に、軍緑色、真紅など時代の特色を持った装束を好んだ。二〇世紀最後の二〇年――中国の改革開放時期には、モンゴル族の服飾文化が復活、多様化し、審美的情趣が高まった斬新な時代である。この時期には伝統的な生活様式は衝撃を受け、部分的には消滅したが、民族の自我意識は新たに覚醒し、民族服を自己の文化伝統のメルクマールとして珍重し、積極的に服飾文化を発掘、研究し、大胆な改造と新しいものを作り出す試みをした。伝統の基本的風格を継承することを前提に、多元化と分解化が始まった。モンゴル族の服飾の中に現今まで保留されている基本的要素は以下の数種である。

① 蒙袍の縁飾り工芸

② ウエストを絞るデザイン（腰帯で結ぶ・自然に絞るの二種）

③ 袍本体に襟を付ける。この点はモンゴルの風俗中に伝えられる〝人には兄あり、衣服には襟あり〟と関連があるかもしれない。

④ モンゴル族男子が青色を基調とする色を重んじ、金、銀、珊瑚を好む伝統はなお存在する。

モンゴル族の未来の服飾は次の三種に分化する可能性がある。

① 生活服飾：その使用者は牧畜区に集中するが、都市住民やその他の職業者も自分の好みのデザインに基づいてモンゴル族の風格を持つ服飾を着用する。

② モンゴル族の服飾の風格を有する時装も起こり、民族地区と文化的職業（旅行業のごとく）に盛行する。

③　区域あるいは世界的なモデルの服飾の中にモンゴル族の服飾の理念が体現され、モンゴル族の服飾文化が各民族間の交流と融合を推進する。（〈22〉pp.141～146）

古代において男子が左耳にイヤリングをつけることが流行したのは、右手に剣を持ち、左右対象であることを重視したからだと言われている。モンゴル人は来るものがあれば去るものがあり、左があれば右があるという〝完全〟の原理を信じているからだ。近代以後、モンゴルの男性にはイヤリングをする風習がなくなったが、溺愛する子どもと病気の男の子にだけ左耳にイヤリングをして男児の生命を〝繋ぎ止めよう〟とする。

女子も髪を留め、未婚者は頭髪を真ん中から分けて二本の髪根を突き刺し、髪根に二個の大きな丸い玉をつけ、髪の先は下に垂らす。結婚後は辮髪を頭のてっぺんに丸めて髷を作り、イヤリングをつける。女子はさらに首飾りを好んだ。

農業区や半牧畜区では、多種多様な労働に従事するのに便利なように、モンゴル人も漢族のスリットの入った木綿の服や、シャツを着、革の服や革靴も好んだ。革靴は短靴が多かった。蒙袍、ブーツは正月・節句や親戚友人を訪問するときに着る礼服であった。

モンゴル族の主要な服飾

〈蒙袍（デール）〉

モンゴルの衣装でまず最初に思い浮かぶのはあの男女ともによく着用している〝蒙袍〟であろう。漢代には男子はよく〝袍服〟を着ていたし、一部の女子も身につけていた。華梅は「(元朝) 国家の服飾制度は漢制を踏襲しているだけでなく、モンゴル族の伝統を混合している」「蒙古族の男女はみな長い袍を主に着用し、その形は遼より大きかった。中原に入ってその主となったが、服飾の制度は終始混乱していた。男子は普段家にいるときには狭い袖の袍を着るのを好み、丸襟で、裾がゆったりとしたもので、腰部には編んだ紐を縫いつけ、腰周りを広く取り、或いはボタンを並べてつけ、裾を細かい襞に折り、それを〝辨線襖子〟〝腰線襖子〟などと俗称した。このような形の服は金代にすでにあったが、焦作金の墓から実物の資料が出土し、元代には広く着用されていたことが分かる」という。

漢代に好まれたゆったりとして快適な袍服のモンゴルにおける流行は、広々とした大草原という自然環境に適応するための必然の結果であった。乗馬にも歩行にも草原に座るのにも便利に作られていて、〝昼間は外套、夜は掛け布団〟という二役を務めることができることも長期間に渡ってゆったりと厚い様式を保持してきた要因である。材質は絹、緞子、木綿、麻、錦および羊、貂、獺などで、着用する人の経済状態や社会的地位が反映される。また季節によっても材質のほか、単や袷などの区別がある。色は赤、藍、緑、ピンク、白、青、紫など比較的鮮やかなものが主であるが、それは広大な草原で人と人の間の距離が大きく、その中で相手の年齢、身分、性別などを弁別しなければならないからである。ただし普通は緋色のものはかつてラマ僧しか着用できなかったので着ない。

デールと呼ばれる袍は夏期には着る人が減ってきたが、冬期にはまだ多くの人が着用している。袍の裾周りには種々の色の縁飾りが縫い取りされている。縁飾りは蒙袍の最も重要な装飾の一つで、各部落の縁飾りは多様だが、大体袍子の色と対照的な強烈な絹を縁飾りの材料とし、袍子の色より明るく目を引くものが普通である。蒙袍の様式は多種多様だがおおよそカラーの有無、馬蹄袖の有無、スリットの有無などの違いがある。寒風吹きすさぶ北方の草原に適応するため、ハイカラーが定式となっている。蒙袍の前襟は袍全体の焦点部位である。材質と縫製技術はこの部位に集中的に体現されている。

男性の袍は勇敢で率直な性格と、鷹揚で自信にあふれた精神を反映しているという。袍の着方にも決まりがあり、着るときには袍に向かって両手で肩の所を揃えて持って軽くはたき、まず右手を通した後、背後から袍を回して左袖を通す。脱ぐときはまず時計の針と逆方向に帯を解き、上から下に順次ボタンをはずし、左袖を脱いだ後、右袖を脱ぎきちんと畳んで、襟は身体以外の方向に向け、うっかり襟にぶつからないようにする。これは襟を非常に大事にしているためで、社会生活の中で年長者を尊重するように襟に対しているのである。

また初めて新しい袍を着用するときは、めでたい日にちと時間を選ぶという。モンゴル人がいかに袍を大事にしているかが察せられる。遊牧民族と中原民族の経済、文化面の交流の拡大に従いモンゴルの服飾に変化が生じた。唐宋以後、布地を原料とする丸襟の長袍がモンゴル地区に出現し、元代以後は官服と民服の区別だけではなく、男性用と女性用の区別も生じた。一七世紀後期には満州族文化のモンゴル民族への影響につれてモンゴルの服飾にはまた新しい変化が起きた。しかし、こうした蒙袍は現在では純畜産地区以外は少なくなっており、我々がよくテレビで目にするそれらの服飾はすでに祭礼用の礼服となっている。

〈腰帯〉

腰帯も蒙袍の中では欠くことができない。革製もあるが、普通は綿や美しい絹で作る。広い腰帯は、通常、赤もしくは緑色の布を使う。両端は垂らしたままにすることを好む。腰帯を締めることはモンゴル族の男子にとっては権威の象徴であり、男の標識である。史書の記載によれば、モンゴル人は神に祈るとき〝腰帯を首にかけ、帽子を手に持つ〟が、尋問や懲罰の時にはまず冠帯をはずすという。モンゴル人は今に至るまで帽子と腰帯を重視しており、日常生活の中で人と付き合う際注意すべき一つである。男子は普通ベルトの右側に精巧な蒙古刀を吊るし、左側には小さな鎖を吊るす。腰にはさらに火打ち鎌（鎌状の火打ち金）、鼻煙壷、小袋などを下げる。このベルトには遊牧生活に適した独特な機能がある。しっかり締めたベルトは乗馬の際、内蔵が揺れて傷むのを軽減し、力仕事の際には腰を保護し、力を出しやすい。保温にも役立つし、縄として使ったりもする。既婚女性があまりベルトを締めないのは、懐妊や授乳の便のためであろう。華梅は「ベルトには原始的な生命崇拝の意味がある」と指摘する。

〈答忽〉

冬に着用する外套で、主として貂、狐、リス、羊の皮で製作される。毛は外側に向き、ゆったりとしている。古代には貴重な答忽は金持ちや役人が重視した装束の一つであった。毛を外側に向けた羊皮の答忽は、モンゴル人が凍りつくような寒空と雪に覆われた地面で獲物を追跡するときの最良の偽装道具の一つであった。

〈褲子〉

生産と生活の特徴の必要から、古代モンゴルの男性のズボンはみなゆったりしていた。ハイウエスト、深い股、細いズボンの筒は共通の特徴であった。モンゴル人の各種のズボンの中でもっとも特殊なものは套褲である。套褲は古代の足を保護する戦闘服から変化したもので、普通型、修飾型、相撲型に分けられる。庶民は肉体労働をしたり、寒い季節に馬に乗って外出するとき、普通套褲をはく。ナダムなど祝賀活動に参加するとき、モンゴルの男性は貴族も庶民も修飾套褲をはく。

〈服飾紋様〉

題材内容と装飾の風格は、おおよそ両宋装飾芸術の伝統を踏襲した上で発展したが、少数の織金錦紋様だけは西域の図案の影響を受けた。相対的に言えば、元代の服飾紋様は漢族伝統の龍、鳳凰、麒麟、有翼の人、鳥禽、胡蝶、花卉、水や雲などが多かったが、枝にまつわる花模様などもあった。

男性の伝統的服飾

男子の服飾はだいたい自由にさせていたが、元代の男子の公服は漢民族の習俗に従うことが多く、羅で作られ、袖がゆったりとし、盤領で、しかもみな右衽であった。

〈掛子〉

掛子は、長い着物の上に着る腰までの短い上着で、広袖のものを〝大袖掛子〟という。昔は乗馬服として用いられたが、最初は社会的地位を体現する一種の儀礼服であった。だから普通は祝典、宴会、婚礼や祝祭日だけ着て、幼児や少年少女は着なかった。青年は金や銀の補子（円形図案）をつけた青や黒の掛子を着用した。壮年は紫、青を主とし、老年は深い色や各種の革の掛子を尊重した。

〈モンゴル汗溻子と查莫查〉

汗溻子はモンゴル人が着る汗取りシャツの一種で、基本的様式は掛子に似ており、前見ごろの真ん中に上から下へ直線に開ける。薄い色で作ることが多い。查莫查も一種のシャツで、単の袍に類似しており、長短不同、スリットの入ったものと入らないものがある。汗溻子と查莫查はモンゴル人が夏に着る普段着で、アンダーシャツの類に属し、天気の状況に応じてその上に袍を羽織る。

〈坎肩児〉

モンゴルの老若男女がみな好んで着る礼服で、掛子から両袖を省略したものである。

巴特爾坎肩児は昔時のモンゴル人が戦闘や危険な場合、外套の中に着た秘密の防箭衣で、故に巴特爾（英雄）坎肩児と称される。これは表側と内側の生地の間に多くの薄い鉄片を固定した後で縫い合わせるので、外からは見分けられない。長い歳月の中で巴特爾坎肩児は一種の礼服となり、名称と基本的様式のみが残った。今は着る人がいないが、それは最も早い防弾服だったかも知れない。モンゴル人は普通、衿、前身ごろ、裾に飾りを付けるので、衣服を美化し、男前を上げることができる。

〈被り物〉

冬は帽子で、夏は笠であった。いろいろな形の「瓦楞帽」が各階層の男子に用いられた。大切な場所ではもともとの形を用いたが、漢民族の拝謁と祭祀時の服装も取り入れた。礼帽はモンゴル族男子用の帽子で、半球状の本体を取り巻くようにして、大きなつばが取り付けられている。普通は精緻な毛織物で作られるが、革や高級な布地で製作されることもある。黒、茶褐色、灰色が多い。デールを着るときも、洋服を着るときも着用する。普段は頭巾を被る。

〈蒙古靴〉

蒙古靴は蒙古族の男子が気概を示す装束の一つである。布、革、フェルト(8)の三種がある。主要な様式は靴先の上巻き式、半巻き式と平底で先が反り返っていないものとの三種である。砂漠を歩く場合は爪先が反り返った靴、ぬかるんだ草原を歩く場合は平底の靴を使用する。布靴の多くは高級な材質で作られ、民族的特色を持った各種の図案が刺繡される。革靴は柔らかくなめした牛革で作られ、旧式、新式の二種がある。フェルトの靴は羊毛あるいは牛毛などを重ね合わせ、叩くことによって一枚の布にして製作する。蒙古靴は履いて暖かく、騎乗するとき足や踝を保護し、歩行にも便利である。

〈相撲服〉

一二世紀、政戦の必要から常に相撲(9)を戦士訓練活動にし、尚武の精神を充満させるようにした。蒙古汗国のとき、草原では大衆的な相撲活動が普遍的になり、多数の相撲選手が出現した。元朝には専門に相撲を管理する〝校署〟という機関があり、相撲選手が着用する服を専門に供給した。清代後期には衿がなく、袖が短く、胸や肘を露出した相撲服を着た。下は大きな白いズボンで、長い革靴を履く。

女性の伝統的服飾

モンゴルの娘たちが遵守するのは勤労、質素、礼節を弁えることである。そのため彼女たちの服飾の材質、色彩、アクセサリーは既婚女性に比べて単純、質素である。例えば娘たちのアクセサリーは普通イヤリングとブレスレットだけである。袍を着るときは腰帯を締めるが、化粧は許されない。普段は十分な理由がない限り、勝手に他家を訪問することはできない。モンゴルの娘の冬の装束は若者のようであるが、それは各種の戸外労働に参加しやすいからである。春秋は質素な幅の狭い木綿か錦の袍を着用し、夏は白、ピンク、緑のブラウスか一重の袍を着る。娘は普通スリットの入った袍や直襟のチョッキは着ず、ふだんの外套は大襟坎肩（チョッキ）と右衽の袍で、アクセサリーは緑松石（トルコ石、ターコイズブルー）かメノウのネックレスなどである。娘は親指と薬指以外の指に各種の指輪をはめることができる。新婦になったら腰帯を解き、頭には専用のアクセサリーをつけ、奥吉（チョッキの類）を着るが、これも未婚と既婚の区別である。奥吉は既婚婦人の社会的服飾で、過去の礼服に相当し、祝祭日や儀式ではいつも着用する。中年（四五歳以上）は奥吉を着ない。新婦は必ず装飾性の強い華麗な奥吉を着用する。

以前は牧畜区の女子は冬は革製の服を着、革の帽子や円錐形の帽子を被り、スカーフを巻いて、フェルトか布の靴を履いていた。夏はたっぷりした長袍に赤や黄色や緑の絹の帯を締めた。伝統的なモンゴルの婦女の服飾は身分、地位、階層の違いによって異なっていたが、長袍と靴は全女性の基本的な格式であった。農業地区や半農半牧地区では農作業をするため、服装も少し異なる。長袍のほか短い上着にズボンや、裾の両脇の開いた袍もみうけられる。ブーツはあまり履かず、普通の靴を好んで履く。男はやはり帯を締めているが、女は帯を締めなくてもよく、このため「布斯貴渾」（帯を締めない人）と呼ばれている。

坎肩はモンゴル語の罕夾児の訳名で、チョッキである。普通、長短二種に分かれる。多くは色彩が鮮やかな絹地で作られ、レースの縁飾りがつけられる。伝統的にはチョッキは既婚婦女には必須の礼服であったが、現在は小さく華やかなチョッキも作られ、モンゴル族の女性に好まれている。

比甲はフビライの皇后がデザインした短い肩掛けで後ろが前より長く、風に向かって出発したり、狩猟で矢を射たりするのに便利で、モンゴル国で歓迎された上着の一種である。

〈髪型〉

髪型は貼別、牛角、何本ものお下げだが、一三歳になると髪型を変え、普通は分けないで一本のお下げにして背中に垂らし、金、銀、玉石のイヤリングをつける。娘が一六歳になったとき、頭に珊瑚の額箍あるいは顔にベールをかぶせる習俗を有する地方もある。

〈頭飾〉

昔、モンゴルの貴族の女性は高さ三〇～五〇センチの大きな〝顧姑冠〟とか〝姑姑冠〟などと称される被り物をかぶっていた。紐の端が鵞鳥のように見えるので〝姑姑〟と呼んだらしい。『黒韃事略』には「姑姑冠は、カバノキで支柱を作り、それを紅い絹で包み、金の織物で頭頂を作り、さらにその上に四、五尺の柳枝あるいは針金で骨組みを作り、青いフェルトで包んだ。身分の高い女子は宋朝で作られた翠花あるいは色とりどりの絹の飾りを用い、それらの飾りを、風を受けてひらひら揺れるようにした。漢民族の女子、特に南方の女子はまったくこのような冠は被らなかった。後にこれは貴族の婦女に限らず、民間でも祭りや重大な儀式の時には一般の婦女もかぶるようになったが、彼女らは鶏の羽根で飾っていた。元朝滅亡後は使用されなくなった」とある。

宋から元までの四〇〇年間、頭巾をかぶる習慣は永く衰えることを知らなかった。とりわけ庶民の女子の間では、さらに広範囲に流行していた。頭巾のかぶり方は多種多様であり、前向きに縛るもの、後ろから前を包むもの、髪全体を包み込むもの、額に巻くものなど、その形態は千差万別であった。

女性の髪飾りは種類が多く、地域によって異なる。娘達はさらにおしゃれ用のスカーフにも凝り、普通一メートル余りの木綿または絹で頭を巻く。地区や年齢によって巻き方には差異がある。歩揺も古代女性たちの重要な髪飾りである。これは釵（さい：簪と同様、髪に挿すものであるが、簪は挿す部分が一本なのに対して、釵では二股になっている）を基礎に発展したものである。

櫛は古代においては髪を整える道具であった。とりわけ女性たちは、ほとんど櫛を肌身から放さずにいたので、やがて挿し櫛の風習が生まれていったのである。中唐以降になると挿し櫛はいっそう際立ったが、元朝以後、挿し櫛の習慣は次第に衰え、明清に至ってほとんど忘れ去られてしまった。

頭飾りの様式は非常に多いが、基本的様式は二種に分けられる。封髪を真ん中から分けて後頭部に団子を作り、簪、額箍、垂飾、イヤリングなどをつけるのを〝上忽〟、髪を二本のお下げにして胸の前に垂らし、頭上に髪套を飾るのを〝西博爾格勒〟という。婦女は普段スカーフをかぶるとき、普通は髪全部をくるむが、上忽のときは頭頂を露出する習俗の地方もある。

〈耳飾り〉

「耳に穴を開ける」という本来的な意味は装飾のためではなく、戒めの役割を帯びるものであった。それは本来、少数民族の風習のひとつであり、活発で外出したがる女子の耳に穴を開けて耳珠をつけることで、彼女たちの生活態度を正し、行動を慎むよう悟らせるためのものであった。この方法はやがて中原に伝わり、漢族の人々にも受け入れられ、ついに漢族女性の礼法のひとつとなったのである。昔は女性が耳に穴を開けるということは、完全に強いられたものであった。女児は一般に一〇才前になると、母親や年配者によって米粒で耳を何度も擦られ、痺れてきたところで針の先を突き刺され、そこに草や紐を通して小さな穴を開けられたのであった。その動作をしながら年配者は女児に対して「大人になったら規律を守る女性になるように」と教えるのであった。

耳飾りの一種〝耳墜〟は耳環の形から発展したもので、上部は円環となり、そこに垂れ飾りが付けられているため耳墜と呼ばれる。

〈念珠〉

モンゴル地区で仏教が盛んになるに従って老婦人は頭を剃り、円頂帽をかぶり、首に念珠をかけ、紫色の上着を着る習俗が出現した。これは尼を模倣したもので、仏に対する敬虔さを表す。寡婦も類似の装束を着用する地方もある。婦女は葬送や服喪期間中は頭飾をつけず、化粧せず、奥吉を脱いで哀悼の意を表す。男性は配偶者を亡くしても喪服を着ないが、女性は黒の服を着て、髪を振り乱し、服喪しなければならない。三年間は再婚が許されない地方もある。

〈纓絡〉

纓絡とは、実際は融項鍵や長命鎖などの首飾りと同じ装身具である。纓絡の上部は、通常、金属の項圏（首飾り）

になり、項圏の周囲には多くの珠玉宝石が垂れ下がっている。また、胸部付近に鎖片に似た飾り物を付け、高貴な感じを与えるものもある。瓔珞を身に付ける人は、主に宮廷中の舞妓や侍女であった。

〈手飾り〉

古代女性の手飾りは、指輪以外にも鐲と釧があった。鐲はすなわち手鐲であり、一般に腕部につけるものである。また釧は臂釧であり、通常上腕部に付けた。元明清時代の手鐲の形状は、主として口の開いた円環状で、表面は連珠状になっているものと、両端は龍首形で金銀を環状に曲げたものがある。そして環の表面は素紋と連珠形の二種がある。既婚女性は薬指に必ず金、銀、玉石、メノウなどの美しい指輪をはめなければならない。左右の手には金銀の腕輪をはめる。

〈眉の描き方〉

元代の后妃の眉の形にも大きな特色があり、細長いだけでなく一文字に作られている。蒙古族の貴婦人たちに特有の化粧法なのであろう。

〈帽子〉

帽子の起源は巾であるという。巾はもともと人々が労働するとき首に巻いて汗を拭く布であったが、大自然の風や砂、太陽から頭部を保護するため巾を頭に移動させ、各種各様の帽子に変化してきたのである。古代のモンゴル人にとって帽子は社会的身分を表す最も明確なメルクマールの一つであり、貴族と貧民、黄金家族（チンギス・カンの血統を引いたもの）と庶民の区別があった。帽子を重視する主要な原因の一つは、モンゴル人は人体器官の中で頭部が代表的部位で、霊魂の宿る場所だと考えており、こうした信仰と関連があるようだ。

相対的に言えば、モンゴルの婦女は未婚時代はおしゃれに気を使わず、簡素な服を好むが、既婚女性の装飾は鮮やかで独特である。結婚後は円頂帽或いは耳套を着用し、化粧する。紅纓円頂帽はモンゴル女性の礼服であり、儀礼的慶典のときは必ずそれをかぶる。

〈哈布特嘎〉（タバコを入れる旧式の巾着）

昔、モンゴル族の女性たちの伝統的な腰飾りであった。糊付けした二枚の硬い布を用い、綿を詰めて絹でくるんでから縫い合わせた小袋である。

むすび

ジョン・マンは二〇〇三年三月、『アメリカン・ジャーナル・オブ・ヒューマン・ジェイス』に掲載された「一二世紀にモンゴリアに住んでいた一人の人物が自分の遺伝物質をユーラシア大陸の半分にばらまいた結果、現在生きている全男性の二百人にひとりが、その遺伝物質を持っている」という仮説を紹介している。この遺伝特性を一二〇九年から没年の一二二七年にかけて中国北部と中央アジア全域にばらまいたのは、チンギス本人だ。戦では美しい女性が戦利品の一部になるし、得られた中で最高級の美女を家来に連れてこさせるのは統率力の表れでもあった。チンギスはこれがまちがいなく行われることにこだわっていた。チンギスは帝国を建てる四〇年の間に何百人もの女性と性的な交渉を持った。タイラー・スミスらの論文は『われわれの発見は、社会的威信に基づいた新しい形の自然選択が人間社会に存在することを証明している』と締めくくっている。このケースは遺伝子の行動に背景があり、そのすべては八世紀半ほど前にモンゴルの草原に出現したひとつの人格——戦略的才能、闘志、指導力、冷酷さといった、さまざまな特質からなる人物——に帰する（〈9〉pp.11～14）

この仮説がもし真実であるならば、チンギス・カンのスケールの壮大さと二一世紀の今にまで及ぶ影響力をこれ以上端的に示すものはほかにないであろう。

『蒙古族服飾文化』はモンゴル族の服飾文化について次のように指摘する。

> モンゴル族の服飾文化は中国北方の草原で暮らした多くの部族の生活習俗を反映しているため、珍しく風変わりのように見えても、実際は深いものを内包している。だから歴史研究者はもちろん現代のデザイナーもモンゴル人の服飾文化に注意し始めているのは必然的な原因があるのである（〈22〉p.41）

モンゴル族も服飾の中に防寒・防暑・美観だけでなく、歴史の記憶などさまざまな意味を含ませてきた。今後、市場経済の発展の中でモンゴル族の服飾がどのような発展・変化を遂げていくのか興味深いところである。なお、モンゴルには多数の部族がおり、それぞれの特徴を持っているが、紙数の関係で稿を改めたい。

註

（1）チンギス＝ハーン：本名はテムジン（?～一二二七）。一二〇六年に「大モンゴル国」を建国し、その初代君主となった。「チンギス」（欧米の研究者の中には、ペルシャ語資料に基づき〝ジンギス〟という場合が多い）とは、テムジンがモンゴル部族長になった時に、周囲から贈られた名前で、その意味は「強大」とか、「大海」などと諸説あるが、確定していない。「カン」とは、ユーラシア北方の草原地帯に暮らしたトルコ（チュルク）系・モンゴル系遊牧民族が用いていた称号で、国の“王”や部族〝長〟などの意味であったという。それに対して「ハーン」は唯一無二の君主のことで、「カン」よりもランクの高い、遊牧民族を統合する最高位の者の称号として用いられた。元来は「カガン」といったが、一三世紀ごろには「カアン（カーン）」となり、現在までに「カン」と同じように発音の変化が起こって、「ハーン」となったといわれている。チンギスは、現在、彼の故郷であるモンゴルでは「ハーン」と呼ぶことが定着している。しかし、生前には「カン」と呼ばれていた。つまり〝皇帝〟ではなく〝王〟であった。（〈28〉はしがきp.iiより抜粋）本稿では引用の場合を除き「チンギス・カン」と表記する。

（2）「タタール」とはトルコ語を話すイスラム教徒のモンゴル人を指すロシアの言葉。一二三七年、モンゴル軍がロシアに侵入。以後五〇〇年間、ロシアはモンゴル帝国の支配下に置かれる。この時代を「タタールのくびき」と呼ぶ(〈8〉p.123)。これに対して杉山正明氏は以下のように解説する。「モンゴル時代のロシアについて〝タタールのくびき〟といういいかたで、モンゴルの支配がいかに過酷であったかが強調される。これは、かなり古い時代からそういわれ、ソ連時代も好んで使われた。その考えのもとには、豊かな農業地域であるロシアに粗放・野蛮な遊牧民のモンゴルが襲撃をかけて略奪するというイメージがある。・・・しかしこれはかならずしも事実ではない。ロシアの不幸の主な理由は、肥沃なステップ地帯には雨がとぼしく、その北側のモスクワもふくむ森林地帯は雨はふるけれども土壌がやせているという地理的条件がある。つまり、農耕にはもともとあまりむいていない。（〈8〉pp.317～318)

（3）ナダム：歴史の面から見ると、「ナダム」はラマ教の影響を受けており、特に縁日、オボー祭りなどは「ナダム」が宗教を宣伝する場になった。現在の「ナダム」は伝統的な民族形式をしきたりのまま用いているが、多くの新しい内容が加えられるようになり、民族の特色を備えた蒙古族の人びとの心から歓迎される盛大な祭日となった（〈27〉p.231)。

（4）〝ラマ〟とは僧侶をさす言葉で、チベット仏教では僧侶が重視されたためチベット仏教をラマ教とも称するが、軽蔑の意味があるのでチベット仏教と称したほうがよい。

（5）モンゴルには「姿を統一させる宴会」がよく知られている。官位の等しい貴族らが同じ色の官衣に身を包み、姿を統一させて宴会に臨む。あるいは、そうした官衣を支給する宴会をいう。姿形のことはモンゴル語で「ズス」というので、これを統一させる宴会は「ズス宴」といい、「只孫」という漢字が「ズス」にあてられていた。（〈30〉p.32)

（6）盟旗制：内モンゴルでは市・地区に当たるのが盟で、県に相当するのが旗。ヌルハチは女真族（満州部族）の出身である。建国の過程で女真族を統一するために取り入れた制度を〝満州八旗〟と呼んだ。旗は軍事・行政・生産の機能をあわせもっていた。それを遊牧民統治にもあてはめ、これが騎馬民族の定住化、農耕民化をうながす役割をうまく果たしたので、現代の新政府も同じ行政制度を採用したのである。

（7）台吉（タイジ）：元朝の子孫の貴族の称号の一つ。清朝の盟旗制の下で族長に封ぜられ、旗と人民を世襲制で与えられた。

（8）フェルト：包住まいをする人たちの間では、フェルト作りの伝統を持っている。梳った羊毛を簀の上に並べ、文様の場合は染色した羊毛をデザインに従って配置し、これを簀の子に巻いて、温湯をかけて湿らし、簀の子を地上で転がしてフェ

ルトさせる方法が一般的である。これらが包の屋根や壁面に使われ、また敷物に用いられるのである。〈10〉p.187)

(9) 相撲はモンゴル語でパリルホドと呼ばれ、中国語では現在、摔跤というが、秦・漢の時代は角觝あるいは角力といい、晋の時代に相撲と書かれるようになる。〈37〉p.365)

――主要参考文献――

【歴史】

〈1〉ドーソン著・田中萃一郎訳『蒙古史』上巻　岩波書店　昭和一一年三月一五日発行　昭和一六年二月一〇日第六刷発行　同上　下巻　昭和一二年三月一五日発行

〈2〉香山陽坪著『騎馬民族の遺産／北ユーラシア』沈黙の世界史六　新潮社　一九七〇年三月二五日発行

〈3〉小貫雅男著『モンゴル現代史』山川出版社　一九九三年九月二〇日一版一刷

〈4〉小島晋治監訳・大沼正博訳　世界の教科書シリーズ❷『わかりやすい中国の歴史―中国小学校社会教科書』明石書店　二〇〇〇年一一月一〇日　第一刷発行

〈5〉ハイシッヒ著・田中克彦訳『モンゴルの歴史と文化』岩波書店　二〇〇〇年一二月一五日　第一刷

〈6〉特・官布扎布　阿斯鋼訳　現代漢語版『蒙古秘史』新華出版社　二〇〇六年一月第一版

〈7〉白石典之著『チンギス・カン〝蒼き狼〟の実像』中央公論新社　二〇〇六年一月二五日

〈8〉杉山正明著『大モンゴルの世界　陸と海の巨大帝国』角川書店　平成四年六月三〇日　初版

〈9〉ジョン・マン著、宇丹喜代実訳『チンギス・ハン―その生涯、死、そして復活』東京書籍株式会社　二〇〇六年七月七日第一刷

【服飾】
〈10〉小川安朗著『民族服飾の生態』東京書籍株式会社　昭和五四年四月二日第一刷
〈11〉沈従文編著『中国古代服飾研究』商務印書館香港分館　一九八一年九月初版
〈12〉周汛・高春明著　栗城延江訳『中国五千年　女性装飾史』京都書院　一九九三年三月一日第一刷
〈13〉京都書院デザインセンター『色彩のコスチューム―中国55少数民族の服飾―』株式会社京都書院　平成九年一月一五日第一刷
〈14〉芳賀日出男著『素材フォトバンク　世界の民族・衣装・小間物』㈱グラフィック社　一九九八年七月二五日初版第一刷
〈15〉梁京武主編『老服飾』北京・龍門書局　一九九九年四月
〈16〉国立歴史民俗博物館編『よそおいの民俗誌　化粧・着物・死装束』慶友社　二〇〇〇年三月三〇日第一刷
〈17〉田中天＆F.E.A.R.著『コスチューム　中世衣装カタログ』新紀元社　二〇〇一年四月八日初版
〈18〉朱和平著『中国服飾史稿』中州古籍出版社　二〇〇一年七月第一版
〈19〉文化学園服飾博物館文化・服装学総合研究所『世界の伝統服飾―衣服が語る民族・風土・こころ』文化出版局　二〇〇一年一一月一日第一刷
〈20〉華梅著　施潔民訳『中国服装史　五千年の歴史を検証する』白帝社　二〇〇三年四月四日初版
〈21〉文化学園服飾博物館編『文化学園服飾博物館名品選』文化学園服飾博物館　二〇〇三年六月六日
〈22〉烏雲巴図　格根莎日編著『蒙古族服飾文化』内蒙古人民出版社　二〇〇三年九月第一版
〈23〉華梅著『中国服飾』五州伝播出版社　二〇〇四年一〇月第一版

〈24〉鐘茂蘭・範朴編著『中国少数民族服飾』中国紡織出版社　二〇〇六年八月第一版第一次

【その他】

〈25〉小島晋治・辻康吾・太田勝洪・高橋満編『中国百貨』大修館書店　一九八六年九月二〇日初版　一九九三年一〇月一日第六版
〈26〉馬寅主編・君島久子監訳『概説　中国の少数民族』三省堂　一九八七年一二月二〇日第一刷
〈27〉斉星著・伊藤克訳『中国歳時記』北京・外文出版社　一九八八年初版
〈28〉小玉新次郎・大澤陽典編『アジア諸民族の生活文化』一九九〇年二月二〇日初版第一刷
〈29〉一ノ瀬恵著『モンゴルに暮らす』岩波書店　一九九一年一一月二〇日第一刷
〈30〉小長谷有紀著『モンゴル万華鏡—草原の生活文化』角川書店　平成四年二月二八日　初版
〈31〉窪徳忠著『モンゴル朝の道教と仏教』平河出版社　一九九二年七月一〇日初版
〈32〉川合宣雄著『モンゴル悠々旅行術』第三書館　一九九三年七月二〇日初版
〈33〉郭浄・段玉明・楊福泉主編『雲南少数民族概覧』雲南人民出版社　一九九七年七月第一版
〈34〉主編：拓暁堂・副主編：劉忠民、尚林『中華旧俗』中国書店　一九九七年一〇月第一版
〈35〉李澤奉・劉如仲編著『清代民族図誌』青海人民出版社　一九九七年一二月第一版
〈36〉市川捷護・市橋雄二『中国五五の少数民族を訪ねて』白水社　一九九八年一月二〇日第一刷　一九九八年四月二〇日第二刷
〈37〉赤塚不二夫　文・横山孝雄『マンガ　中国の知識百科』主婦と生活　一九九八年五月一日第一刷
〈38〉WCG編集室編『モンゴル—草原の国を好きになる』株式会社トラベルジャー　二〇〇一年一〇月三一日

第一版第一刷

〈39〉後小路雅弘監修『モンゴル近代絵画展図録』産経新聞社　二〇〇二年

〈40〉司馬安編著『成吉思汗管理箴言』中国民航出版社　二〇〇五年六月第一版　二〇〇六年九月第二次印刷

〈41〉宮紀子著『モンゴル時代の出版文化』名古屋大学出版会　二〇〇六年一月一〇日初版第一刷

〈42〉堺屋太一著『堺屋太一が解くチンギス・ハンの世界』講談社　二〇〇六年二月一〇日一刷

〈43〉中国民族（カード）民族画報社編輯出版　発行年月日不明

阪神地区における技術者層華僑ネットワーク一考

――理髪業者の定着とビジネスの展開を中心に――

陳　來　幸

はじめに

日本における華僑華人社会に関する分析はこれまで様々な角度からなされてきた。有力貿易商人については、長崎泰益号の陳国樑・世望父子(1)や神戸復興号の王明玉・敬祥父子(2)、神戸移情閣の主人呉錦堂(3)を中心に、家族史の角度からも研究が蓄積されている。組織としての中華会館(4)や中華総商会、ならびに華僑学校についても、その変遷や構成に関し、言及がしばしばなされている。しかしながら、人数のうえでは圧倒的多数を占めたであろう、技術をもって来日した雑業従事者については、必ずしも研究が充分であったとはいえない(5)。

さて、世界各地へ散らばる華僑華人に共通する特性の一つは「ニッチビジネス」にあるといわれる。マイノリティとしての移民がホスト社会に分け入るには、ニッチ(=niche)すなわち隙間(すきま)の職業(ビジネス)を見つけ、その筋での成功と発展のために苦心するほかない、ということである。一旦成功者がでると、そのニュースが故郷に伝わり、成功美談としての「情報」と身元引受け人の存在という「安心」が、その地の人々にとり、移民のプル要因となる。そして、技術習得のための移民が引き続き同様の場所ないしは近隣の村々から促進されるのである。範囲をさらに広く取れば、タイでは華人の構成は潮州人を主とし、フィリピンでは晋江人が圧倒的多数を占め、初期アメリカ西海岸では台山を中心とする珠江デルタ西部出身者が大多数であったこともまた、端緒期のきっかけは様々であったとはいえ、なじみのある人々が集まるという同様の現象の集積でもある。

初期の日本華僑において、このような社会集団として認知され、かつ長期にわたって華僑社会を形成して今に至るものに、神戸・大阪を中心とする西日本一円の鎮江・揚州（江蘇）人理髪職人、神戸の宝安（広東）人ペンキ職人、上海（浙江・江蘇）人テイラー、全国に見られる福清（福建）人呉服行商人などがある。なかには金網製造行商や鎹止め(6)職人などのように、一時期各地に相当数散在したものの現在はすでに姿を消したものや、温州人行商人など一時期相当規模の集団を形成したものの関東大震災を機に一斉帰国の道を選んだ人々もいる。

江蘇省出身の理髪人を第一代来日祖にもつ在日華僑二家族を中心に、現在中国で展開している事業に関する調査旅行を実施し、現地でさらに二つの家族に関する聞き取り調査を行った。家族の来歴を確認し、ビジネスの発展過程を追跡するとともに、時々の社会的政治的経済的背景を考察し、そのビジネス転換の契機、ならびに彼らのメンタリティとネットワークの実態を明らかにしようと考えた。以上が本論の目的である。第三章では、広東省出身のペンキ業華僑のケースを比較検討している。

一　理髪業と江蘇省グループ

1．日本における理髪業の発展

日本における理容業の歴史の原点は、一八七一（明治四）年八月九日に発布された「断髪令」（太政官第三九九

「散髪制服略服脱刀共可為勝手事但礼服ノ節ハ帯刀可致事」）にさかのぼる。明治天皇が一八七三（明治六）年三月二〇日に断髪ののち、断髪が全国に普及することとなり、髪結床は新しい技術を導入した理髪所へと徐々に変わっていった。この過程で、当初理髪業は一般に「舶来職」と呼ばれていたものが、一八七五年頃には「散髪」、一八七七年頃には「剪髪」という言葉を使うようになり、最終的に「理髪」という言葉に落ち着いていった。

理髪所のはじまりは、一八六九年横浜居留地一四八番（中華街）に開店した小倉虎吉が代表とされ、その友達五人組が明治初期の草分けとして有名である。もともと髪結であった小倉は中国人の客にひいきにされているうちに外国船に出入りするようになり、見よう見まねで外国人理髪師の手並みを覚え、横浜に住み着いたという(7)。

一九〇一年、警視庁令第一一号をもって「理髪営業取締規則」が制定されると、各地に警察署単位の理髪組合が組織される。伝染病の予防などに鑑み、消毒薬品の製法、取扱法、応用など衛生面で様々なきまりを定めたほか、警察力をバックに、「組合強制加入」や「営業距離制限（一〇〇メートル規定）」などが盛り込まれた。理髪業の公衆衛生面で果す役割の重要さが社会的に認められ、理髪業界の地位向上に貢献したとされるできごとである。こうして、東京や大阪、名古屋、京都、などの大都市では行政単位を超えた複数組合による、業界自身のための組合作りが進み、東京理髪組合連合会（一九一七年）や大阪府理髪営業取締連合会などの組織ができあがっていった。

大阪では、理髪師試験が一九一九年に全国にさきがけて実施された。その背景には、中国人理髪師が日本に進出していたことが指摘されている。彼らの特技は耳そうじとあんまと低料金であり、日本人業者は圧迫され、打撃が大きかった。大阪でも中国人理髪師が年々増加の一途をたどっており、彼らの存在が理髪業者の生活を次第に「おびやかす」ようになっていた。その「防止策」として試験制度が考案された。従って大阪の試験制度はいわば「業者自らの自衛策」でもあったといわれる(8)。大阪の試験は効果覿面であったようで、これより大阪から退去する中国人が続出し、隣接の兵庫県へ流れたため、兵庫も続いて実施の段階へと進んだという。こうして、この試験制度は徐々に全国で実施されるようになった。

一方、一九〇六年に東京に結成された大日本美髪会（一九二九年、社団法人大日本理容協会へと改組）によって、業界の近代化と情報交換を目的に機関紙『美髪』が発行されていたが、関西でも一九二二年に『美容世界』が創刊されるなど業界の啓蒙運動は全国へ広まり、内務省令による全国統一資格試験の実施と理髪師法の実現に向けて業界の大同団結への機運が年々高まっていった。そして、昭和恐慌の嵐が日本経済を直撃し、戦争の時代へと世の中が変化していくにつれて、男子理容師の就業禁止（一九四三年九月二三日「理・美容業男子就業禁止令」(9)）、金属供出などが強制され、理容業界は苦渋の時代を迎えた。理容師法案は一九二九年、一九三八年と二度にわたり成立を目前にしたものの、終戦までにはついに実現することはなかった。

戦後GHQ公衆衛生局の下、官民一体の共同作業を経て「理容師法」が作成され(10)、一九四七年末、ついに法案が成立し、一九四八年一月一日から施行された。理容師・美容師の社会的地位の確立と徒弟制度の抜本的な改正をもりこんだものとなり、「医師に準じる権威」を勝ち取ったとされるものである。

こうして、一九四六年四月には、はじめて全国組織としての全国理容連盟創立総会が開催され、ほぼ都道府県にひとつずつの理容師会を束ねるしくみをとる(11)。その後、高度成長期を経た日本の理容業は図1の通り、理容師数の対総人口比がほぼ〇・二一％で安定するようになり、現在に至る。

2．華僑理髪師の日本への進出

華僑理髪業者の進出は、以上でみてきた日本の理髪業全体における発展史のなかで、どのように位置づけられる

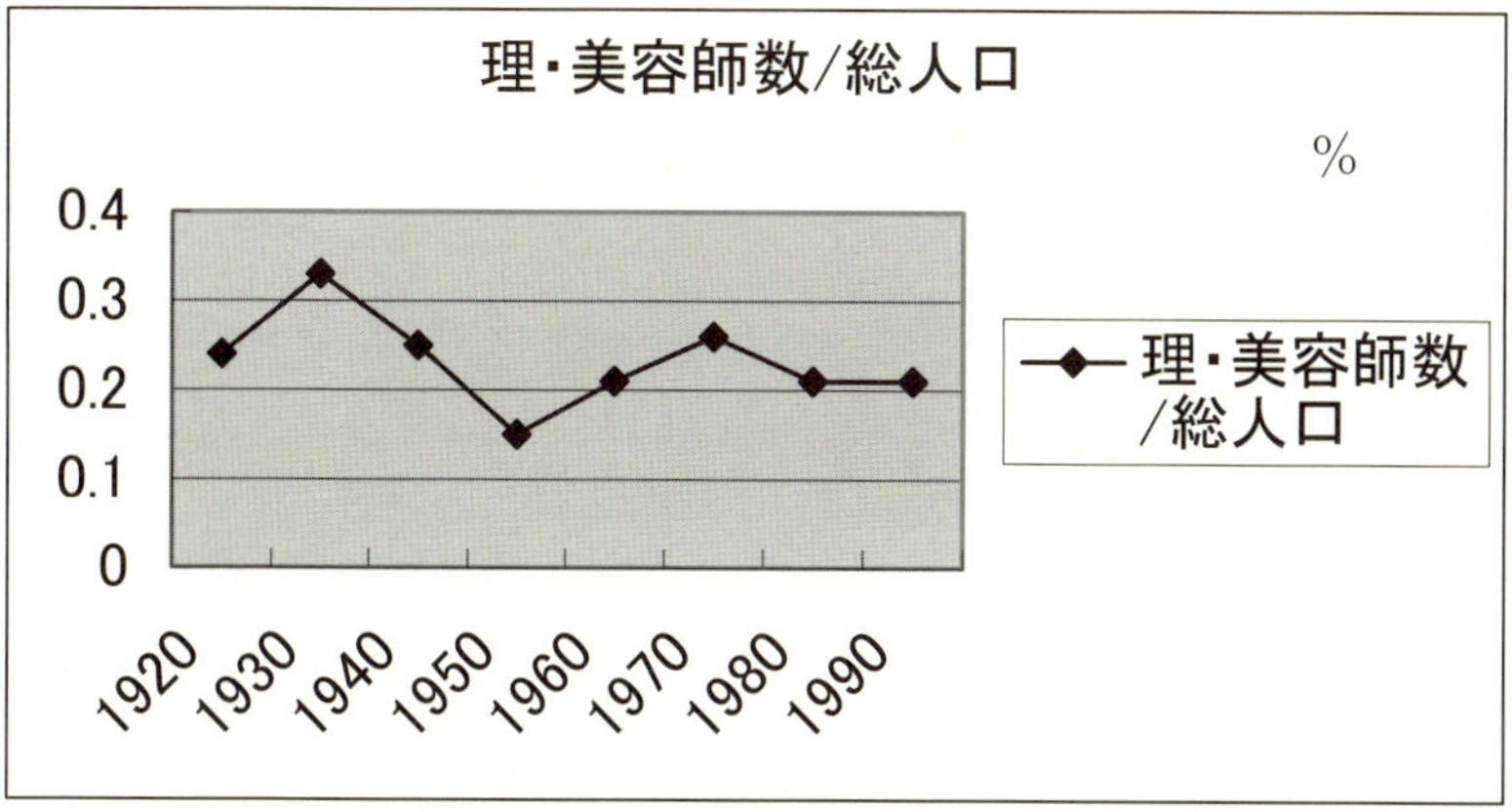

図１　総人口に占める理・美容師数の割合変遷

出所：労働省官房労働統計調査部『理容師・美容師』1963年、14頁、全国理容環境衛生同業組合連合会『理容師法施行50年史』1988年、174―198頁より作成。

のであろうか。まず、理髪人の日本への入国のハードルの面から見ていきたい。

一八九九年八月四日、居留地の撤廃を機に施行された勅令三五二号（「条約若は慣行に依り居住の自由を有せさる外国人の居住及営業に関する件」七月二八日発令）と内務省令四二号（「施行細則」）は、外国人の内地での雑居と営業を認めたが、労働者（雑役に従事する者）の内地雑居と就業は行政官庁（庁府県長官）による許可制をとることとし、「公益上必要あり」と認められた場合には一旦与えられた許可を取消すこともできることが定められた[12]。同時に出された内務大臣訓令第七二八号では、この勅令が、日本人労働者と業務上競争の結果軋轢を生じ、紛擾を来たし、「公安秩序を害する」虞れのある「清国労働者を取締る」ためのものであることを明確に述べ、「雑役に従事」し得る者（＝労働者）の許否は当分の間、一々内務大臣の指揮を待つべし、と定めた。つまり、許可を得て「雑役」に従事する者と、炊飯、給仕などの目的で個人の家で使用される家事従事者以外の非熟練単純労働者は、原則内地雑居を禁止する、という基準で日本の

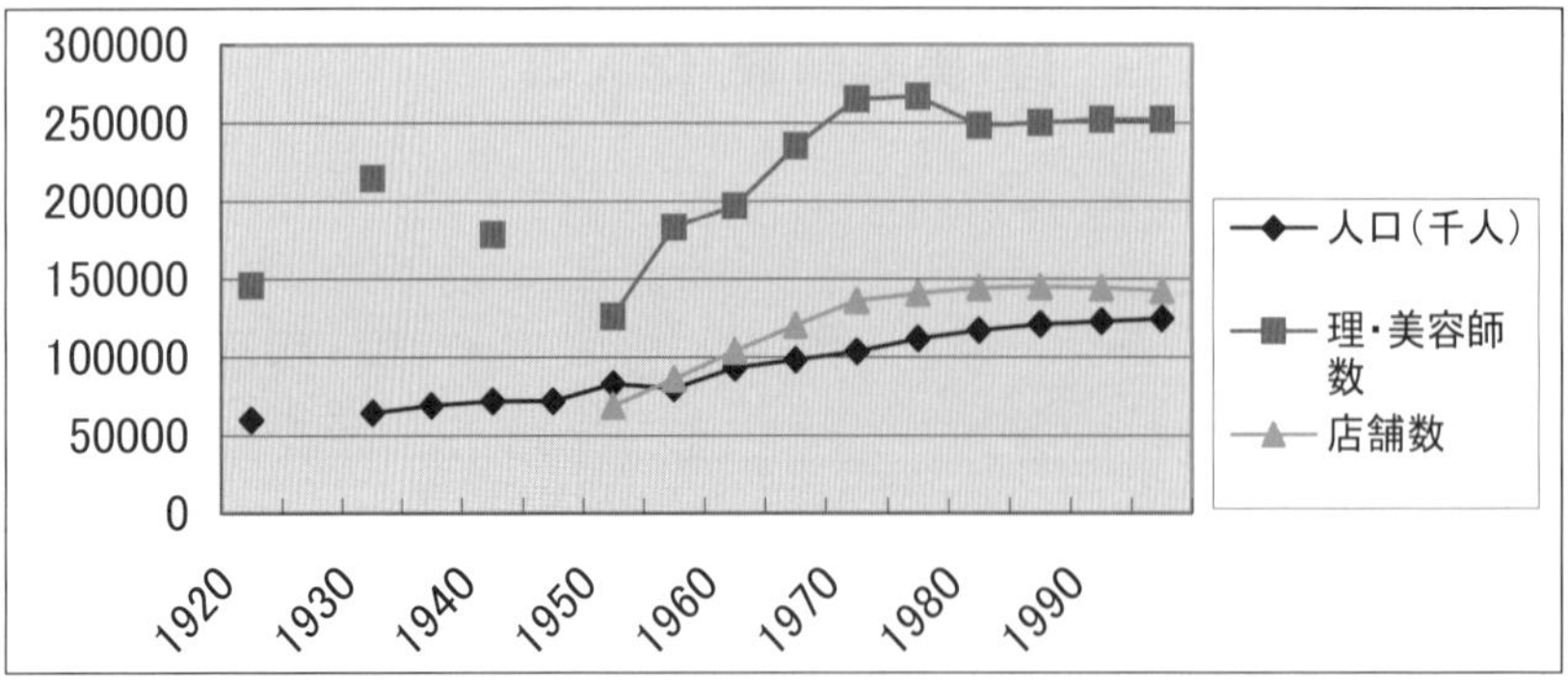

図２　日本における理・美容師数の変遷

出所：労働省官房労働統計調査部『理容師・美容師』1963年、14頁、全国理容環境衛生同業組合連合会『理容師法施行50年史』1988年、174―198頁「理容昭和史年表」より作成。

労働市場が一部開放されたわけである。

そして、一九一二年一一月一六日の内務省訓第一九二号により、理髪従業者と料理従業者に限り、内務大臣に伺いを立てずとも、地方長官に就業の許認可権限が一任される旨周知された[13]。要するに理髪と料理の二職種についてのみ、特別扱いがなされたのである。このことは、大正期以降の華僑理髪業者の日本への入国をいっそう促進させることとなった。

図2により、その後の理髪業をめぐる状況の詳細をみていくこととする。労働省官房労働統計調査部の行った理容業に関する雇用観測調査が指摘するとおり、一九二〇年から一九三〇年にかけての理容師の数は約五割増しに近い増加率を示している。一九二〇年とは、まだまだ従来の伝統的な「床屋」や「髪結い床」的なものが相当広く残っており、理容所の利用者層も限られていた時代であった。

ところが、一〇年後の一九三〇年は、経済的には世界的恐慌が日本にも波及した時期ではあるが、文化的には欧米文化の流入によっていわば爛熟した時代であり、理容技術も一般に普及し、西洋流の店舗が一般的となり、現在で見られるような形式の理容業が確立した時代である。また、産業界の不況によって、技能的な職業として安定性のある理容師を志望した者が多かった。

一九四〇年代に入ると、国家総動員法に基づく国民徴用が実施されていたうえ、応召による離職も多くみられた。また、先に指摘したとおり、労務調整令による男子就業禁止令が出されたため、理容業に従事する人の数は減少せざるを得なかった。五年ごとの数字からわかることは、戦後は一九五五年になり理容師数がはじめて一九四〇年の実数に回復し、総人口あたりの理・美容師数の割合は、一九五〇年の〇・一五を最低に以降上昇に向かった（図1）という傾向である。

進出する華僑の側からみれば、第一に、居留地時代には、欧米人が持ち込んだ「舶来職」として神戸や横浜に理髪技術が集積されていたこと、第二に、その後これらの開港都市と大都市から各地に近代的理髪所が普及するに従い、理髪業は華僑にとって相対的に従事しやすい隙間業種であり続けたこと、第三に、料理従業者と並び、華僑理髪従業者は、必要な技術を持った雑業層として、日本への入国については、地方の実情に照らし、日本人労働者との間に軋轢を生じない限りなるべく寛大に取り扱うという趣旨に基づき、その許諾は地方長官の自由裁量に委ねられており(14)、他の単純労働者においては多くの場合上陸許可の余地すらなかったこととは別格の扱いであったこと、第四に、戦争に突入した日本の特殊事情から、男子の従事者が急速に欠乏し、その隙間を埋める意味において、理髪業がビジネスチャンスとして生き残り続けたという幾つかの条件が重なり、戦後を迎えた。

周知の通り、阪神地区を中心に広がった華僑理髪業者は、江蘇省の鎮江と対岸の揚州出身者が大方を占める。中国本土、とくに上海を中心とする江南諸都市では、理髪業は銭湯業とともに江北人（揚州人）が多く従事する職業であった。

運河が長江と交わる地点に位置し、伝統的な商業都市であった揚州には「早上皮包水，晩上水包皮」という習慣がある(15)。つまり、朝は茶社（＝茶館）でおいしいお茶を胃袋に注ぎ込み、夜は浴室で一日の垢を落としてすっきりさせるという意味である。人気のある大型浴室では、マッサージ、肩たたき、足の手入れ（美脚、修脚）、ひげそり、理髪などのサービスが整っていた。揚州人はこのような浴室文化を上海に持ち込み、上海で大型浴室を経営するのは大抵揚州人であった。また、「揚州三把刀（三つの刃物）」もつとに有名である。一つは四大料理の一角を形成する淮揚料理のコックの包丁。一つは浴室文化と切り離せない「足の手入れ」のナイフやかみそり。一つは理髪のはさみと剃刀である。昔、揚州の理髪師がもつ工具入れの重さは、全ての道具を入れて、合計二斤十三両四分五銭の重さとするきまりがあったという(16)。二斤は北京と南京という二つの都の音に通じ、十三は天下十三省を指した。四分は「四海」に通じ、五銭は「五湖」に通じる。つまり、揚州の理髪師には、道具を手に提げ、全国各地を行脚する心意気があったことの表れでもある。

このように、揚州人理髪師は中国国内でも古くから聞こえのよい存在であった。ただし、神戸の理髪業の草分けは広東省梅県出身の李新琳、李安琳であった。李新琳は一八七〇年に来神して西洋人の理髪にあたり、李安琳は一八七八年頃渡来して開業した。それが居留地一八番の怡生（E. Sang）である。また、一八九一年に北洋艦隊を引率して来日した丁汝昌の付き人である「剃頭的（＝辮髪専門の床屋）」の揚州人陳東宝は、渡来後、帰国せずに居残り、一八九四―九五年頃東京から神戸に移り住み、開業した。当初は有力者や大きな貿易商の雑用などをして、漸次小金がたまれば小さな店を持ち、床屋をはじめた者が多かったという(17)。一九世紀末期の頃の神戸では、華僑で理髪業を開業するものは五軒、従業員を含め理髪人は全部で一五―一六人であったものが、一九一四年頃には六〇名ほどになっていた。

さらに、第一次大戦中から直後の好景気の下、当局の入国取締りが緩んだ一九一八―一九年頃には、理髪職の領域にも中国から労働力が流れ込んだ。先に触れた通り、日本の理髪業者が華僑の進出に脅威を感じ、試験制度が実施された頃である。

一九三〇年の神戸在留中国人の職業分布を見ると、理髪業三九人、理髪従業員三一九人にまで増加している。ただ、満州事変を経た一九三一年一二月には一時期理髪業二三人、従業員六八人に激減した(18)。日中間の政治問題、国際関係に対してはきわめて敏感な流動層であったことがわかる。このころは、世界恐慌の波のあおりで、日本でも手に職を付けた理髪職が人気を博した時期である。そして先に指摘した通り、一九三〇年から一九五〇年にかけては、需要が存在したにもかかわらず、総人口比に占める理髪師の割合が低下の一途を辿った時期でもあり、ニッチビジネスとしての理髪業が中国人移民をひきつけ、その結果華僑理髪師が日本市場に分け入ったのである。前掲成瀬論文（註5）の主人公李政朝（仮名）が日本の占領地域である揚州から日本にやってきたのはちょうどこの頃一九四三年七月のことであった。

3．江蘇出身華僑理髪業者とその後の展開――大阪を中心に――

一九二〇年代は理髪業をはじめとする多くの技術者集団の組織結集が進む時期である。一九二六年に結成された阪神華僑理髪業連合会には四五〇名の理髪人が加入し、同職の一致団結と共済が図られた(19)。一方、一九三六年における主な華僑居住地での理髪業者の概要は以下の通り。

一説に、一九三二年における旅日華僑理髪連合会の加盟者は四三五名とあり(20)それは表1の県境を越えた華僑の理髪業者の総和とほぼ等しいので、職人を合わせると、その頃までには日本には上記五地域を中心に一二〇〇名

	東　京	神奈川	大　阪	兵　庫	長　崎
理髪業	96	43	35	259	6
理髪職	151	56	402	208	9

表１　1936年府県別華僑理髪業・理髪職数

出所：高橋強「両大戦間日本華僑社会の変容」（註19に同じ、84頁）「東京・兵庫・神奈川・大阪・長崎華僑職業別統計表（1936年）」より。

を超える華僑理髪人が進出していたと考えてよいであろう。

理髪業者は親方のもとで修行を積み、一定の技術を習得したところで独立する。鉄道沿線の主要な駅前は人通りが多いため、理髪店の展開は神戸を中心に、関西一円から西は岡山、東は愛知のあたりまで、まずは旧国鉄線路沿いに広がったという。上にあげた表を見る限り、兵庫県の理髪店舗は他県と異なり、理髪業者の数が理髪職の数を上回る。一店舗あたりの規模が小さく、おそらくは家族経営の店が多かったことをうかがわせる。

一九九五年一月の阪神淡路大震災の時、華僑震災本部が神戸中華同文学校に置かれ、華僑全員の安否確認と情報の伝達は最も基層の組織である同郷会を中心に速やかに行われた。神戸市中央区に集中して居住している広東人や福建人と異なり、職業上の特性から、兵庫区、長田区、灘区、など、神戸一円に散住していたのが、もと理髪業者が大多数を占めた江蘇省同郷会の人たちであった(21)。神戸では、大正から昭和の初期にかけ、早い時期に需要を満たした理髪店舗のネットワークが形成されたのであろう。大きな人口をかかえ、繁華街の人口稠密度の高い大阪では、おそらくは一店舗あたりかかえる職人の数が多かったのであろう。

大阪では、現在の神戸市中央区のように華僑の多くが一所に集中して住んでいたわけではない。理髪業者や呉服行商者は機会あるごとに集まっては情報交換を行い、時局への対応を図ったという。戦後、人通りの多い駅前や繁華街に店舗を構えていた理髪業者特有の、地の利ゆえに転業が功を奏し、飲食店や娯楽産業で成功した者が多い。このことは大阪の江蘇省出身理髪業者の特徴でもある。

その他、以下のケーススタディで指摘するように、ひとつに、戦後の華僑が戦勝国特権を享受することによって転業の契機がもたらされたこと、そして、戦争の終結によって日本人の理髪職への回帰が予測されるなか、多くの華僑理髪業者が転業を試みたこともまた看過されてはならない。以下にあげる江蘇省出身華僑は、いずれも理髪職人を来日第一世にもつ転業組で、現在、なんらかの形で故郷との関係を維持している人々である。

二　現地調査とインタビューから

1．宋氏（大阪）一族のケース(22)

（1）宋氏の先代の来歴と定着

宋勝雄氏は一九三二年生まれの二世華僑。父徐福延は江蘇省淮安県出身で、徐正文の次男として生まれた。福延は大正末期、一〇代のときにおじに連れられ来日した。岡山県備前片上で理髪店を開業していたこの親方宋懐章は徐福延にとっては母方のおじにあたり、福延は来日後、おじの姓を取り、宋明玉と改名した。長兄の徐福章は先に淮安を離れて上海の南市（華界）で沖仲仕として人夫頭をしていたので、故郷淮安を後にした福延は、その兄を頼りに上海経由で日本に渡った。適齢期に達したころ、宋明玉は淮安に戻り、同郷の陳氏（漣水県）と結婚し、日本に連れ帰った。戦後、岡山から京都に移った宋家は、やがて大阪鶴橋に進出し、現在に到る。

勝雄氏の妻房子女士（一九三二年生）の父趙懐珠も、一九二六（大正一五）年にやはり淮安から同じ師匠を頼って来日した。宋明玉とは兄弟弟子の関係で、同じ岡山県の金光市で理髪業を営んだ。房子女士の記憶によると、岡山では近隣の日本人がとてもやさしくしてくれ、小さい頃に近所の人からいじめられた経験はあまりなく、生まれてきた兄弟姉妹の日本名も近所の日本人につけてもらったという。趙家も戦後に岡山を離れ、神戸市長田区の大橋のとある理髪店へ一家で引越し、一時神戸に居住したあと大阪に移った。女士を含む三男二女の兄弟姉妹たちは全員神戸の中華同文学校で学んだ。このとき、最年長の房子女士を除く兄弟姉妹たちは全員、当時の李万之校長に名付け親となってもらい、中国名を名乗った。

一方、戦後岡山を離れて京都に移っていた宋家は、一人息子の勝雄氏を一時期神戸の趙家に預け、勝雄氏はのちに妻となる房子女士とともに大開で再開された神戸中華同文学校にしばらく通った。やがて、大阪に中華学校ができたのを機に大阪中華学校に移ったという。勝雄氏も房子女士もすでに中学生になる年齢だったので、中国語は少しの間しか学んでおらず、中国語での会話能力は充分ではなかった。

宋家はその後京都から大阪の鶴橋に進出したのち、理髪店を閉め、色々なビジネスを経験した。江蘇の同郷の人たちがよく集まっては、仕事に関する情報を交換したという。大阪の四天王寺の近くにある清寿院大阪関帝廟でのお祭りは、同郷人たちが集う、定例の楽しい集まりであった(23)。理髪店の多くはもともと駅前など、人が集まる雑踏に店を構えたので、パンやアイスクリームなど、いわゆる戦後特需のはやりものをてがけるものが多かった。例にもれず、宋家も様々な目新しい飲食業を手がけ、後には中華料理やレストラン、パチンコなど様々なビジネスに挑戦した。当時、京都や大阪の江蘇省の人たちは、理髪業を続ける者もいたが、多くがこのようであったという。

淮安出身の宋明玉は、生来人に好かれるタイプでもあり、その開放的な性格が幸いし、鎮江出身の理髪グループとも、揚州出身の理髪グループとも仲良くし、岡山時代には福建出身の閩北グループの人たちとも親交を深めたという。

大阪に定着した勝雄氏夫妻は一男二女をもうけ、当時の大阪華僑にはめずらしく、一九六〇年代に子供たち全員を神戸の中華同文学校に通学させた。お二人にこのあたりの理由を尋ねたところ、大阪の中華学校は一学年に一学級しかなく、しかも各クラスの人数は少なく、子供の学習にとっては神戸の中華同文学校の方が、好ましい競争と刺激があると考え、無理をしてでも子供たちを神戸の学校に通わせたいと思ったという。学校の近くに家を借り、子供たちは週末だけ大阪に戻るという生活を続けた。現在、すでに卒業した者を含め、合計六人になる孫たちも全員大阪の自宅を拠点にしつつも神戸の中華同文学校を卒業或いは通学している。また、ご夫婦ともに大阪華僑総会と江蘇省同郷会の中心的なメンバーで、勝雄氏とそのご子息は神戸中華同文学校の理事・評議員を含む数々の華僑団体の公職にもつき、房子女史もまた大阪華僑総会婦女会の会長を長年務めるなど、華僑社会との関係は緊密である。

（2）改革開放後の帰国投資——その心境

改革開放後、中国での投資話が大阪にもたらされるようになり、宋勝雄氏は関心をもった。僑務弁公室や同郷会などを通じてもたらされる情報を頼りに、まずは上海龍華鎮にあるダンボール工場に投資することを決意し、一九九二年頃ラインを導入した。開放政策初期の時期にあたるこの最初の事業は、鎮政府との合弁という形態を取ったため、宋氏には一〇〇％の経営決定権がなく、パートナーとの経営方針や文化の違いなど、色々な面で苦労が多かった。やがて上海市街地域の拡張と発展によってこの工場は立ち退かざるを得なくなり、工場を清算した。その後、黄浦江東岸の浦東側の現在地、南匯区下沙鎮沈香村にダンボール工場（上海大東包装材料有限公司）をスタートさせた(24)。

現在、大阪での事業は長男に任せ、軌道に乗りはじめた上海の工場には、次女の婿であるH氏（日本人・総経理）或いは勝雄氏（副董事長、副総経理）夫妻のいずれかが常駐する生活となっている。長男（T氏）の四人の子供たちを含め、H家の二人の子供たちも夏休みは上海で過ごすなど、幹部職員として故郷淮安の村から呼び寄せた親族の子供たちとの中国語での交流も親密になった。もともと中国語ができなかったH氏はビジネスの必要から上海の大学で中国語を集中訓練し、いまでは相当なレベルに上達している。

宋勝雄氏に、日本での生活と老後に全く心配がないにもかかわらず、六〇歳を超えてから中国での投資を決意した心のうちと、幾多の困難を経験しながらもなおこの事業を続けている理由をお聞きしたところ、「この事業を続けることで、子供や孫たちに中国とのつながりを持ち続けて欲しいと願っている」との答えが返ってきた。そして、「製造業に関わり、中国の発展とともにありたい」、という胸のうちを聞くこともできた。日本におけるビジネスは一貫して商業、サービス業関連であったため、製造業に対して「憧れ」のようなものがあったとの説明が付け加えられた。また、従業員の約半数はふるさと淮安の近隣の村々から募集しており、「若夫婦二人が工場勤めをして、食べるに困らない給料を得られるように」と、発展が遅れたふるさとの人々への配慮を忘れない。

家系図（図3）一行目に登場する、上海に在住していた従兄弟Q氏の長男X氏には、退職後に大東包装材料有限公司の副総経理に就任してもらい、さらに、先祖の墓と土地を守ってきた従兄弟である故徐士彦氏の息子二人（R氏とP氏）を淮安から呼び寄せ、三男P氏は工場長、その妻はご夫婦の食・住と買い物など身の回りの世話係りである。同じくその次男R氏とその妻には外回りの営業責任者と経理を任せている。つまり、徐家一族には企業内の重要な仕事を任せているわけである。このP氏やR氏一族はそのおかげで上海市南匯区の戸口（戸籍）を持つことができ、その子供たちは地元の小学校と中学校に通学している。

彼らからみた場合、かつて日本に渡ったおじいさんの弟一家が開放後の上海に工場を建てた。自分たちはそこで働くことで大都会上海での暮らしが実現し、子供たちの教育にも明るい未来が開けてきた、ということなのであろう。

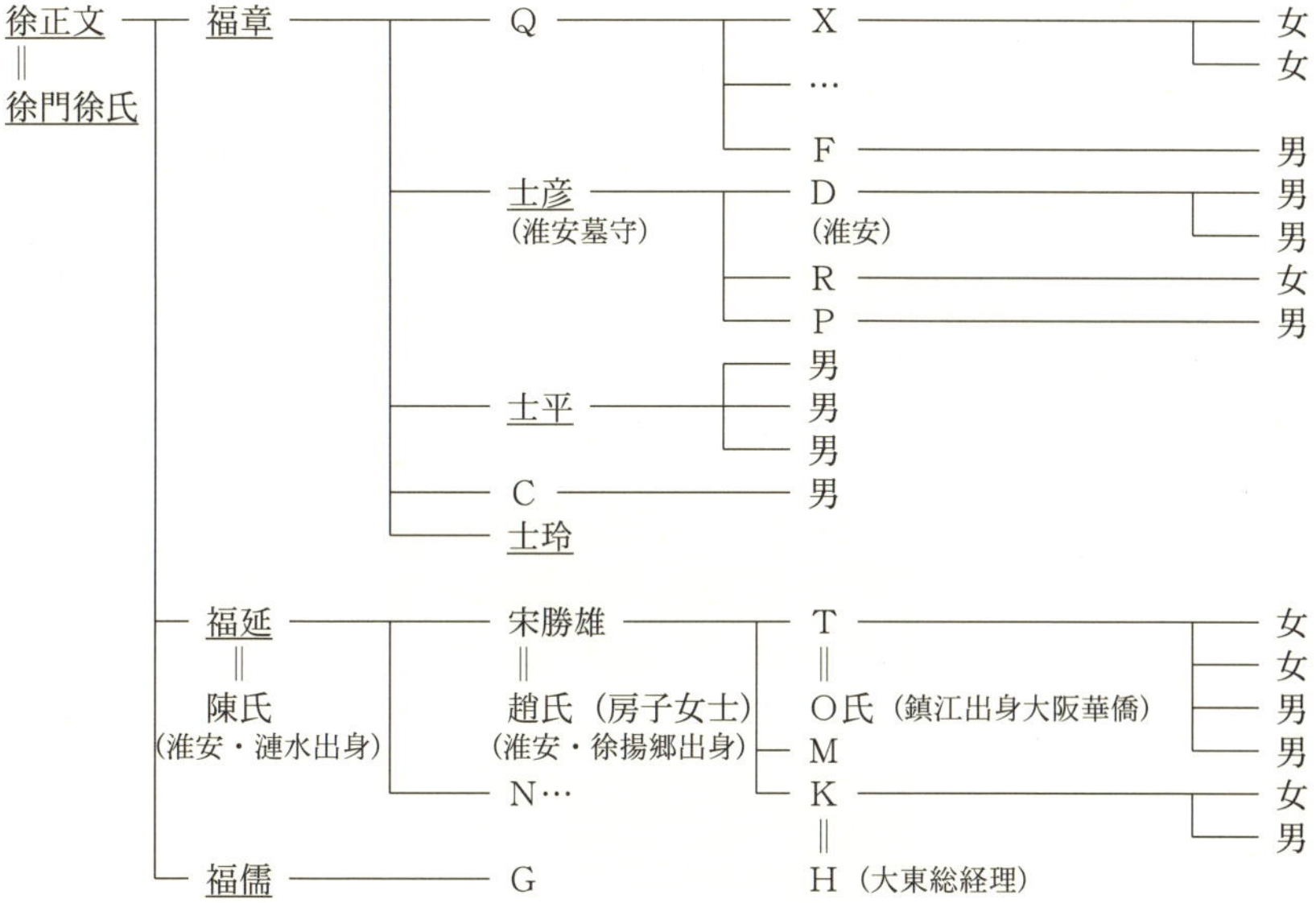

＊下線は故人

図3　徐氏一族の系譜

（3）淮安での宋氏の事跡(25)

二〇〇三年の行政区画改革ののち現在の淮安市は、四区（清浦区、清河区、楚州区、淮陰区）と四県（漣水県、洪沢県、金湖県、盱眙県）からなり、人口五〇〇万（市街地区人口七〇万）を擁する大都市となっている。

勝雄氏の父明玉（＝徐福延）の故郷鉢池郷呂荘村は、現在淮安市清河区に属する。母陳氏の故郷は漣水県。妻房子女士の父方趙氏は淮安徐揚郷の出身、母方朱氏の出身は淮安席橋郷である。江蘇省出身の在日華僑の多くが鎮江・揚州をふるさとに持つことを考えると、一家全員のルーツが淮安にあるケースは珍しい。

宋氏は、戦後日中間で華僑と故郷との連絡や送金などが可能となった早い時期に、一族の人たちのために村に家を建て、探親訪問解禁後は淮安の僑務弁公室に公用車を寄付し、一九九五年には呂荘村の小学校に一〇万元の寄付を行っている。呂荘小学校の校舎壁にはその事跡を記念したプレートが埋め込まれている（写

写真１　呂荘小学校校舎のプレート

写真２　周恩来記念館

写真３　宋勝雄夫妻

真1）。周恩来総理記念館建設の際も一〇万元の寄付を行っている（写真2）。上海市人民政府の僑務弁公室が入居する上海市華僑大厦建設の際も、東南アジアの華僑・華人とともに出資建設に協力している（写真3）。

宋勝雄氏の故郷に対する思い入れがここまで強烈なのは、今なお元気で健在な勝雄氏の母陳女士の存在が大きい。母陳氏の戦後初の帰郷は一九六三年。上海と淮安で六ヶ月滞在し、死後の旅発ちの準備にと、寿衣を香港で購入し、写真撮影をしたという。一九七二年、父福延の長兄である福章の逝去に際しては、日本から故人の弟の嫁であるこの陳氏と姪N女士の二人の帰郷を待ち、葬儀（土葬）が執り行われた。

徐正文はもと周家の者で、徐氏に婿養子に入ったため、夫妻の墓の妻の墓碑名は徐門徐氏となっている。父福延を日本に呼び寄せた宋懐章の妻は福延の母方の姨媽（おば）で、同じく徐門である。母方親族関係による海外へのネットワーク展開の典型的な例としてこのケースを認めることができる。

2．その他のケース

（1）ゴルフ場を経営する段氏（大阪）一族

段家の一代目段少昌氏は一九〇七年江蘇省鎮江生まれで、一九二三年に一六歳で来日した。理髪店にて奉公ののち、大阪川口等にて理髪店を開業。一九四五年に難波新地に場所を移し、中華料理店をスタートし、一九五六年に総合レジャー産業「光明株式会社」を設立した。一九九四年、二代目の時代になり、光明株式会社は上海近郊の昆山市周荘にゴルフ場を建設した。つまり、父の故郷である江蘇省において初めて投資事業に着手し、日系企業を顧客に中国での新たな総合レジャー産業の展開を試みているのである。

段少昌氏は一六歳での来日を「人生最大の挑戦といえるかもしれない」と語っている。そのきっかけを作ったのは、たまたま村に来ていた易者のアドバイスであった。母親が段少年の将来を占ってもらったところ、「この子はできるだけ遠いところへやればいい、必ず成功する」といわれたという。そこで、段少年の母親は、日本から里帰りしていた同じ村出身の従兄弟のひとりに息子を日本へ連れていって欲しいと頼んだ。農業が好きではなく、田舎にいても将来の可能性が見出せなかったし、百姓をするにしても男兄弟三人のうち一人が後を継げば充分な程度の土地の広さしかなかったことにもよる。「日本でひと旗あげよう」というのが正直な気持ちであった。そして、なんといってもその従兄弟兄さんの羽振りのよさが段少年の日本行きの気持ちを強くさせた。金の指輪や時計を身につけ、「誰の目からみても羨望の的」であったからという(26)。理髪店の丁稚奉公として日本に行くことになったとき、少なからずまわりの人のなかには反対の声もあった。その頃、理髪師という職業は日本でも中国でも見下げられることが多かったからである。村に残って先生にでもなればいい、と考えていた人が多かったが、段少年には「技術を身につけて、自分の腕で金を稼ぐのがなんで悪いのだ」という気持ちがあった。長じてのち、この頃のことを回想し、「既成概念にとらわれるな」というアドバイスを後進に残している。

戦後の統制令下、段氏は大きな決断を迫られた。戦後の一九四九年までは食べ物に関する統制令が敷かれ、講和条約が成立する一九五二年までは戦勝国の国民という立場によるメリットも少なからずあった。とにかく食べ物が飛ぶように売れたこの時期、段氏は理髪店に見切りをつけ、家族で切り盛りして家庭料理を出す程度の料理店四海楼を構えた。現金払いが評判を呼び、様々な物資が自然と店に集まるようになり、寿司を出すとまたそれが飛ぶように売れたという(27)。その後、統制令が解除されて日本人の料理専門家が現れると、経営も次第に厳しくなってきた。そこで時代の流れを読んだ段氏は料理店を閉め、娯楽業へと転換し、ゲームセンター、パチンコ事業への展開を図り、今日に至る(28)。

中国への投資話は三代目段玉容女士の僑生（華僑学生）としての台湾留学と関係がある。玉容女士の台湾大学留学をきっかけとする人脈が、改革開放後の中国での投資話を段家に呼び込み、起業にあたっては現地に駐在した玉容女士のコミュニケーション能力が大いに役に立った。また、米国の留学先で上海出身の留学生と結婚した弟が現在ゴルフ場の総裁を務める。段家の三代目はいずれも華僑学校では学んでいないが、長じて後に獲得した中国語と英語、そして台湾、米国経由の人脈が、現在のビジネスの安定的発展と深く関わっている(29)。

理髪業から身をおこし、時代の流れを読んで二たび転業し、さらに中国の改革開放後、中国への進出を果した段家のビジネス発展のプロセスは、理髪業出身の大阪華僑の成功者としての典型でもある。

（2）故郷揚州の電子部品企業に投資したS氏のケース(30)

一九二六年一二月大阪生まれのS氏は揚州出身で、現在奈良に在住の二世華僑である。S氏の父は氏が生まれる五年ほど前の大正一〇年頃に、十数歳で理髪の見習いとして日本にやってきた。父の生まれ故郷である揚州へは、祖母に会いに一九五一年に一度訪れたことがあるが、それ以来、一九九〇年に団体で揚州旅行に行くまでの四〇年近く一度も訪れたことがない。揚州との関係は皆無に等しかった。

S氏の故郷への投資話はO氏との出会いを発端とする。Oさんは改革開放後日本の大学へ留学して卒業ののち、日本の大手メーカーに就職し、当時上海の貿易部門で副部長をしていた。揚州出身のOさん（現在日本籍・新華人）と一九九二年頃飛行機の上で偶然知り合ったことがきっかけとなる。このO氏は、電子部品を製造する揚州の国営企業との合弁会社に投資しないか、との話をS氏に持ちかけた。「これから中国は発展する。その発展とともにありたい」という感覚をずっと持っていたので、S氏は決心してこの企業に投資した。超小型のコンデンサーを生産する企業である。当時は中国の側からは、国営企業の民営化という「改制（制度改革）」の波が存在した。一方、一般の民衆には外資との合弁企業の製品は品質が良い、という固定観念があった。そのことを考え最終的には投資に踏み切った。

S氏は韓国や日本のメーカーへの納品ルートや国内の提携先を開拓し、技術向上のための人脈紹介などの点でも大いに会社に貢献した。その他、氏ならではのネットワークの開拓にも努力してきたつもりだが、主導権を握れないため、複雑な思いも随分してきたという。幸い、現在この会社の製品は松下電器やフィリップス、シーメンスなど上海に工場のある大手メーカーに納品しており、会社としての安定性を確保できるまでに成長した。

七〇歳近くにもなり帰国して投資することを決意されたSさんに、その動機を尋ねたところ、「これからは中国だ」と常々思っていたところに話があったことに加え、揚州という地に「出身地だという愛着がある」、という返事が返ってきた。Sさんに投資話を仲介したのがいわゆる「新華僑（華人）」で、しかもこのOさんの来日のきっかけは大阪に住む老華僑であるおじを頼っての留学であったという。老・新華僑ネットワークの繋がりを意識させられる話である。

（3）鎮江駅前の華僑新村を購入したE氏のケース(31)

一九二六（昭和元）年生まれのEさんは、現在和歌山在住で、江蘇省揚州市出身の一世華僑である。一九四二年、日本占領下の揚州から出国した。実兄の奉公先の家族の一人が日本に行っていたことがそもそもの縁であった。のちに親方となる陳海山の奥さんが揚州に帰郷中、日本の理髪店に欠員ができ、徒弟を探していることを知る。両親に日本行きを相談するが、「中国はこんなに人が多い。よりによっておまえが行くことはない」と反対された。しかし、兄弟も多く、このままでは食べていくにも困ると思い、Eさんは両親に黙って故郷を離れた。

鎮江から汽車に乗って上海へ向かい、上海で船を待った。神戸行きの船は一日二便出ており、朝九時発の船に乗り、丸四日かけて神戸港に着き、その日の内に和歌山海南市に向かった。当初乗船するはずであった一便前の船は航海中に沈没したということを後から聞いた。運が良かったとしかいいようがない。当時を振り返り、Eさんは回顧する。日本到着後は氏名などを警察に届け出る必要があった。その時、説明を容易にするためであったろう。親方の息子として届け出るため陳慶松と名乗るが、戦後早い時期にE姓にもどした。見よう見真似で日本語を習得し、一九四七、四八年頃に理髪師免許を取得し、その後日本人と結婚した。

終戦直後に親方と共に大阪の鶴橋へと進出した。親方はまず中華料理、ついで金物雑貨商を営んだ。Eさんははじめそれらを手伝ったが、一九五〇年頃に椅子六台の規模の理髪店を始め、一九五四年頃、千日前で親方の支援を得て理髪店を開業した。その後、同じ江蘇省のLさんの店を買い取り、椅子一二台規模の理髪店を開業した。店は繁盛し、ついで二階で美容室を経営するようになった。当時、職人はほとんど日本人を雇い入れていたが、徐々に職人が見つからなくなったため、規模を縮小してゆく。

一九八〇年頃、一階をゲームセンターとし、美容室は止め、理髪店を二階で営むようになる。そして、八〇年代中頃、千日前の再開発による立ち退きを契機に、Eさんは和歌山へ戻り、ゲームセンターを経営して現在に至る。

一九六五年、人に言付けて故郷に家を建て、その翌年の一九六六年、父親の八〇歳の誕生日をお祝いするために初めて帰国した。改革開放後は一年に二、三回、頻繁に帰国するようになる。鎮江駅前に華僑向けの住宅地が造成されていることを知り、そのうちの一軒を購入した。華僑新村のE家は一九八二年に竣工したもので、現在は揚州の次兄の娘家族が住んでいる。全一二戸のうち二軒が横浜華僑の所有であるほか、ほとんどは大阪の華僑の所有である。

三　塗装業と広東幇グループ

居留地が開かれ、外国商館の建築が進むと、清国から大工、塗装工、煉瓦工など建築関係の職人が横浜などにやってきた。彼らは香港、上海などの欧米化した都市において西洋近代建築の経験を持っていた。当時の日本にはペンキ業者は一軒もなく、建設途上の横浜、大阪、神戸等の状況を伝え聞いたペンキ職人陳材昌、招相記は欧米人の勧めに従い、明治二年頃、上海から神戸へ渡来したという。

招相記（Ahsung）は横浜元町一丁目谷戸坂の山手一八四番地に定着して後、ペンキ塗請負業者として名を馳せ、船体や洋館の塗装だけでなく、家具の修理・製作なども手広く行っていた。横浜ではペンキ業者が一八七八年以降四―八軒程度であったが、一八九八年から一〇軒前後で大正年代まで続いたとされる。そのころ、日本人塗装職も増加して横浜ペンキ職工組合が結成されており、一八九九年には清国職工と同一待遇を要求して、清国人塗装請負業者を相手に労働争議を起こしている(32)。これは、日本塗装業界における初めての労働争議と称される一件であり、塗装技術が清国人並にレベルアップしてきたことの表れであった。

陳材昌は来神後材昌号（Tsoi cheong）を開店し、陳熊も相前後してペンキ職をはじめ、大工を兼業した。やがて日清戦争後、章興号が材昌号から独立して開業し、さらに籍安（Thiek on）号がおじの店章興号から独立して開業した(33)。明治から大正にかけて、材昌、章興、籍安の名は広く内外に知られたという。日露戦争後には遠く北海道や四国などへも赴いて外国人の教会や住宅、石油タンクの塗り替えにも従事していた。ところが、一九一三―一四年頃になると、横浜と同様に、日本人塗装業者によって塗六会という同業者組織が成立し、大戦後には栄町通や海岸通一帯に建物が増加するにつれて日本人業者が続出し、中国人塗装業者に対する当局の取締りが厳重となり、神戸から外部へはあまり出向かなくなったとされる(34)。

理髪職人とは違い、この時代の華僑ペンキ職人の就業は厳しく範囲が制限された。一九三〇年七月、横浜招相記に雇用されていた順徳出身のペンキ職人数名が旧居留地外の港に停泊す船舶にて無許可で労働に従事していた件につき、神奈川県知事が内務大臣に伺いを立てたところ、「本邦ペンキ職に大なる脅威を与え」、「公安を害するに至る虞ある」との理由で不許可とすべし、との指示が出されている(35)。従前の旧居留地と雑居地内での就業はよろしいが、その他の場所での自由営業は実質厳しく制限されていたのである。

この時代、料理職、理髪職以外の華僑の職業として、旧居留地雑居地以外で営業が認められたものの例として、音楽手、自動車車掌、産婆、針灸術、按摩術などがあったが、仕事内容にそれほどの専門性が認められない看護婦、マッサージ術の営業行為は雑役労働に該当するとみなされ、就労許可を取る必要があった。ただし、多くの場合日本人労働者にとって大きな脅威としてみなされ、地方長官の判断によって就労が許可されなかった。先の順徳人ペンキ職人への指導によると、従前から華僑が就労していた職業であるという理由で、旧居留地雑居地内という狭い範囲に就労が制限された。つまり、不許可就労を指摘された中国人には、従前の居留地雑居地での就労、あるいは転職、もしくは本国への帰還が当局から説諭されたのである(36)。

多くは開港初期の居留地時代にやってきた広東人は、居留地が撤廃され、外国人の内地での雑居と営業が解禁された後も、旧居留地とその近辺の旧雑居地に集住し、特異な居住形態を取らざるを得なかった。その理由の一つが以上に述べた通りである。この点は、日本人同業者との激しい競争と排斥に直面しながらも、法的には旧居留地外での就労と居住が許可された江蘇出身の理髪職人が、居留地旧雑居地外へ大きく伸張していったのとは大きく異なる。華僑の居住と就業の状況は、外国人に対する日本の入国管理制度と就労制限とに大きく左右されたのである。因みに表1で拠った華僑職業別統計表(一九三六年)にはペンキ職人の欄はない。該当する欄「その他職人・労働者」を見てみると、兵庫が八〇二人であるのに対し、大阪は三三人である(37)。この数字のうち、すべてがペンキ職人ではない(38)としても、兵庫と大阪の違いは歴然としている。大阪ではペンキ職人の就労がおそらくはほとんど許可されなかったのであろう。

ただし、神戸の洋館や船舶の塗装などは華僑ペンキ職人の独壇場であった。近年になってもなお、異人館の壁塗りには老舗の籍安号を指定し、ずっと贔屓にしてくれる欧米商館が多い。籍安号梁家の話によると、華僑の塗装職人は自らの塗装技術に高いプライドを持っており、戦後になっても日本の塗装工業会などに加入することなく独自の顧客群を維持し続けたという。但し、全盛を誇った華僑塗装業者として現在なお営業を続けているのは、セキ

（籍安号）、明記塗装店、第一装業など数店にすぎない(39)。

統計からみる限り、一九三〇年一二月の神戸在住中国人六、七八〇人のうちペンキ塗職は一四一人。満州事変を経た翌一九三一年一二月に華僑総数が三、三九九人へと半減したにも関わらず、ペンキ塗職は一〇八人と健在である(40)。商社員、銀行員、輸出入商、仕立職人、料理業従業員とともに、減少が少なかった職種の一つに数えられる。

むすび

本論の目的は、阪神間に理髪技術をもって定住した華僑のルーツを尋ね、その来日の経緯とその後のビジネスの発展の過程を分析し、考察することであった。

第一に、いくつかのケースから、来日のきっかけと形態に共通点を見出すことができる点を指摘しておきたい。宋明玉、段少昌の両氏、そしてE氏のいずれの場合も、故郷を離れたのが一〇代半ばの頃で、来日後に技術を身につけたことである。宋明玉は母方のおじ宋懐章に、段少昌は母の従兄弟に、ペンキ職の梁籍安も母方のおじ冼章興に連れられて来日し、いずれもそのおじを親方と仰ぎ、おじの店で技術を習得した後独立している。共通の祖先から平等の気を受け継ぐとされる伝統的な父系宗族内にあっては長幼の序が重んじられ、儒教的倫理が貫徹する。その中にあって母方親族の存在は気の乱れの元凶であるとも捉えられている。ここで確認できたのは、海外への新たな戦略的展開（＝移民）のきっかけになっているのが、母方からから拡大する親族ネットワークであったという事実である。宋家、段家、梁家の三つのケースはそのことをよく物語っている。舅父（母方のおじ）と外甥（姓の異なる「おい」や「めい」）との間に成立する親和的な関係性が中国社会を構成する原理の一つであることを改めて確認できる。

段氏は占いによって来日を決意したといい、鎮江のE氏は親の反対を押しきって来日したというが、二人の少年のいずれにおいても母親の決断、あるいは両親の言葉が強く印象に残っている。そして、全てのケースにあてはまる共通項として確認できるのは、それぞれに存在した強力な社会的上昇志向であった。

第二に、日本の法制度上の問題が華僑の就業形態とビジネスの発展とを強く規定してきたという点を強調しておく。なかでも、一八九九年の勅令三五二号によって規定された府県長官による労働者の許可制の解釈が重要である。従前の居留地雑居地外での雑役労働者の就労と居住は許可制とされ、日本人同業者との競争、公安秩序面での配慮など、地方の実情に応じて府県長官にその許否権が与えられた。ただし、一九一二年以降は理髪人と料理人だけは一々内務大臣に伺いを立てずともよくなった。つまり、この二種については例外扱いされたので、理髪業は上陸した兵庫から他府県へと拡散し得た。ここに、ペンキ業との相違が認められる。

駅前の繁華街に店舗を構えた理髪業者はその後の環境変化に乗じ、転業する契機にも恵まれた。江蘇出身華僑と広東出身華僑の居住形態の相違をもたらした一因は、ペンキ職などを旧居留地雑居地内に制限した「雑役労働」に関するこの法令に求められるのである。

第三に、需要と供給に基づいた市場原理が華僑のビジネスの発展を規定しているということもまた同様に重要である。自明のことでありながら、これまでの日本華僑史研究ではこの検証を充分に行ってこなかった。本論では居留地から流入した「舶来職」としての理髪業をとくにとりあげ、日本の理髪業発展史との関わりのなかでこの点について分析を行った。

註

（1）陳一族に関する端緒的研究として、市川信愛・杉本邦夫「長崎華商『泰益号』文書の研究・序章」（長崎華僑研究会『長崎華商泰益號関係資料』第一輯、一九八五年）がある。泰益号文書をもとにした研究に和田正広・翁其銀『上海鼎記号と長崎泰益号』（中国書店、二〇〇三年）、廖赤陽『長崎華商と東アジア交易網の形成』（汲古書院、二〇〇〇年）、朱徳蘭『長崎華商貿易の史的研究』（芙蓉書房、一九九七年）、山岡由佳『長崎華商経営の史的研究』（ミネルヴァ書房、一九九五年）がある。

（2）王家一族については蔣海波「王敬祥――革命に貢献した経済人」（神戸華僑華人研究会編『神戸と華僑――この一五〇年の歩み』神戸新聞総合出版センター、二〇〇四年）、江柏煒「晩清時期的華僑家族及其僑資聚落：福建金門山后王氏中堡之案例研究」『人文及社会科学集刊』第一五巻第一期、二〇〇三年）、三輪雅人「王敬祥――孫文を支えた神戸華僑」（馬場憲二・管宗次編『関西黎明期の群像』和泉書院、二〇〇〇年）、松本武彦「孫中山と王敬祥」（財團法人孫中山記念会編『孫文と華僑』（汲古書院、一九九九年三月）、王柏林「金門島山後郷王家三代記」（『社会学雑誌』（神戸大学）第七号、一九九〇年）等の著作がある。

（3）呉錦堂については中村哲夫「呉錦堂――寧波幇の主導した実業愛国の革命」（前掲『神戸と華僑――この一五〇年の歩み』所収）、同『移情閣遺聞――孫文と呉錦堂』（阿吽社、一九九〇年）の他、許瓊丰『一九世紀至二〇世紀初期神戸華僑社会之研究―以呉錦堂為主』（中国文化大学提出、修士論文）、山口政子「在神華僑呉錦堂（一八五四―一九二六）」（山田信夫編『日本華僑と文化摩擦』巌南堂書店、一九八三年）がある。

（4）中華会館編『落地生根――神戸華僑と神阪中華会館の百年』（研文出版、二〇〇〇年）。

（5）新しい傾向の研究として、成瀬千枝子「ある大阪老華僑のライフヒストリー――華人組織とのかかわりを中心として―」（『日本オーラル・ヒストリー研究』第二号、二〇〇六年六月）がある。主として華人組織の解明に重点を置いた研究であるが、インタビューという方法で歴史像を構築しようとする点、インフォーマントが江蘇省出身の理髪人である点で、本論の視角と通じるところがある。

（6）鋸碗ともいい、瀬戸物修理のこと。山東人が多かった。

（7）坂口茂樹『日本の理髪風俗』（日本風俗史学会編集風俗文化史選書六、雄山閣、一九七二年）一九〇―一九一頁。

（8）全国理容環境衛生同業組合連合会『理容師法施行五〇年史』（一九九八年）二七頁。

(9) これに先立つ一九四三年九月二一日の閣議で、十七職種の男子就業制限、一四歳から二五歳の未婚女士の勤労動員が決定され、理容業もこの職種の中に含まれ、女子で代行されることになった。この禁止令によって、四〇歳未満の男子理髪従業者は一九四四年三月二五日までに転職、転業、それも、戦争配置の生産部門に転職しなければならない、とされた。

(10) 二一条からなる(「理容師、美容師法」労働省官房労働統計調査部『理容師・美容師』雇用観測シリーズN一九六三年、六〇—六四頁)。

(11) 「全国理容師団体一覧」同上『理容師・美容師』五八—五九頁。これによると、東京と広島に二団体あったほか、各地一団体の合計四八団体が傘下に糾合されている。

(12) この間の背景については許淑真「日本における労働移民禁止法の成立——勅令三五二号をめぐって」(松田孝一ほか編『東アジアの法と社会』汲古書院、一九九〇年)に詳しい。

(13) 内務省警保局編『外事警察関係例規集　昭和六年』(龍渓書舎)三五六—三五八頁。

(14) 「大正一三年八月二日内務省秘書第六七四号外務省通商局長宛警保局回答」同上五六頁。

(15) 王鴻『老揚州　烟花名月』(江蘇美術出版社、二〇〇一年)一〇一—一〇七頁。

(16) 同上、一〇七—一〇九頁。

(17) 鴻山俊雄『神戸大阪の華僑』(華僑問題研究所、一九七九年)二〇二—二〇五頁。

(18) 前掲『落地生根』、一八三頁。

(19) 高橋強「両大戦間日本華僑社会の変容」(長崎華僑研究会『長崎華僑と日中文化交流(年報第五集)』一九八九年)八六頁「昭和初期兵庫における華僑団体」より。一九三四年には神戸理髪業組合(一二八名加入)が結成されている。

(20) 二宮一郎「大阪華僑の伝統行事大阪関帝祭の三五年」(『大阪春秋』第八七号、一九九七年六月)一二一—一二三頁。

(21) 安井三吉、陳來幸、過放編集『阪神大震災と華僑』(神戸商科大学・神戸大学、一九九六年)所収、江蘇省同郷会へのインタビュー録より。

(22) この部分の記述は、上海での宋勝雄・房子氏夫妻への聞き取り調査(二〇〇二年一二月)と、上海・淮安での調査(二〇〇三年九月)によって整理した。

(23) この点に関しては前掲二宮一郎「大阪華僑の伝統行事大阪関帝祭の三五年」を参照されたい。大阪の理髪業出身者は毎年六月末(旧暦五月一三日)に関帝祭を行ったほか、年に3回の観音祭で寄り合ったという。

(24) 大東包装材料有限公司おけるインタビュー（二〇〇二年一二月）による。
(25) 二〇〇三年九月二〇日、淮安での調査による。
(26) 段少昌『難波新地一丁目より——不況を知らない華僑経営』（ぱる出版、一九九四年）八七—八八頁。
(27) 同右、一一〇—一一二頁。
(28) 詳細は光明株式会社社史編集委員会『光明五十年のあゆみ』（同社、一九九三年）による。
(29) この部分は江蘇省昆山周荘のゴルフ場での段玉容姉弟への訪問調査（二〇〇三年九月一四日実施）と、公開シンポジウム「華僑・華人ネットワークの新時代」（二〇〇四年九月四日、神戸中華会館、学術振興会委託研究［代表籠谷直人］主催）での段女士の報告・談話による。
(30) 上海におけるS氏へのインタビュー（二〇〇三年九月一五日）と、揚州の現地工場訪問（同一八日）による。
(31) 鎮江華僑新村におけるE氏へのインタビュー（二〇〇三年九月一七日）による。
(32) 神奈川県塗装協会『神奈川縣塗装史』（二〇〇〇年）九四—九六頁。
(33) 籍安の創業者梁籍安と章興のオーナー冼章興とは甥と母方のおじの関係。有限会社セキ（籍安号）代表の三代目梁建宏氏への聞き取り調査（二〇〇四年三月二二日）による。
(34) 鴻山俊雄前掲書、二二九—二三〇頁。
(35) 「支那人労働不許可の実例（ペンキ塗職）」前掲『外事警察関係例規集（昭和六年）』三九七—三九八頁。
(36) 同上、三六九—四〇二頁。
(37) 「東京・兵庫・神奈川・大阪・長崎華僑職業別統計表（一九三六年）」、前掲高橋強論文八四頁。
(38) 全盛期の一九二七—八年頃には二五〇人くらいの華僑塗装職人がいたとされる（鴻山俊雄前掲書二三〇頁）。
(39) 註（33）に同じ、梁建宏氏への聞き取り調査による。深圳市僑務弁公室の協力のもと、梁建宏氏に伴いルーツを訪ねる調査旅行を行った。詳細は別稿を用意している。
(40) 前掲『落地生根』一八三頁。

言語文化篇

雲南省大理白族白語文字の創定とその普及問題の現在

ローマ字型から漢字型への移行の動きをめぐって

甲　斐　勝　二

問題の所在

中国少数民族の白族は、人口約一八六万人、主に雲南省大理白族自治州に居住[1]、また貴州や湖南省にも居住する。土地の英雄を神として祭る日本の神社信仰にも似た本主信仰や豊かな歌謡文化などで知られ、日本でも、数年前にその藍染めの展覧会が行われたし、民間歌謡の紹介も行われている[2]。白族は白語を持ち、漢語とは発音は随分違い、語法にも差がある。『白語簡志』では、白語を漢藏語系藏緬語族彝語支と述べるが、諸説有り、最近は「漢彝混合語」と言う見方も出ている[3]。漢字の音訓を利用して記録する方法が伝えられているが、文字としてはまだ公認されたものはない。漢語世界の周辺に位置する日本や韓国同様、その言葉には漢語語彙がかなり多く取り込まれている。

白族自治州の中央に大理盆地がある。この盆地は西にそそり立つ四千メートル級の連峰点蒼山（俗称蒼山）一九峰と東に広がる雲南省第二の大きさを誇る湖洱海との間に挟まれて南北約四〇㎞に伸び、湖の保温作用とその高度により、夏冬通して気候はおだやか、また雨水にも恵まれて作物も育ちやすく「魚米の郷」と称されていて、豊かな場所である。その盆地にある大理市は曾て中原に唐・宋の王朝の栄える頃、西南に建国して四百年以上独立して栄えた南詔（七四八？—九三七）・大理王朝（九三八—一二五四）の中心地であり、現在の州府はその南側にある下関地区に移っているが、この盆地を中心として従来まとまった文化が継承されてきたのも故なきことではない。

この白族自治州は、各地に残される南詔・大理時代の名所旧跡に加え、日本では失われてしまった歌垣の風俗等を残す地域としても知られ、日本の古代文学との関係からも注目されている。今夏、点蒼山山麓にある大理学院にて日中の学会の共催による『中日白族歌謡文化研討会』が開催され、日本及び中国の研究者から歌垣関係や白族歌謡に関する多くの発表が行われた(4)。

そこで発表された内容については、今後出版予定の論文集を参考にして頂くことにして、ここでは拙論に直接関わる現象について記したい。それは、この学会で事前に準備された論文集の各論文に引用された白族歌謡の表記に、国際音標記号表記、伝統的に用いられてきた漢字の音訓を利用した漢字表記（以後は漢字型白文と呼ぶ）、そして近年作成されたローマ字による白語表記（以後ローマ字型白文と呼ぶ）という三種類の表記法が用いられていたことである。

大理白族自治州は、自治州とはいえ、白族は全人口の三割を越えるにすぎない。加えて彝族やハニ族などの少数民族が幾種類も住み、さらに、五割を越える漢族が住む。漢族やその他の民族が集まる都市における彼らの間の交際言語は主に西南官話である。また、近年では中国政府の普通話推進の方針をうけ、多くの学校では北方漢語に基づく普通話の推進も盛んだ。随って、白族の民間歌謡をテーマにしたこの日中共催の学会でも、その使用言語は漢語普通話か日本語で、発表にはそれぞれ通訳が付くという形式を採ることになった。もちろん、普通話といっても、とりわけ年長者の発音には土地の言語の影響が強い。一方、研究対象は白族の民間歌謡であるから、発表での引用や記録は漢語訳ではなく白語歌謡を直接記すことが望ましい。しかし、白語にはまだ公認された文字はないから、その表記には工夫が求められる。国際音標記号を用いた論文は、発表すべき学会が国際学会であることを配慮しての事だろう。しかし、一般の人々にとって、国際音標文字による表記の利用はなかなか難しい。そこで白語歌謡の表記にしばしば採用されるのが、白語音に類似の発音を持つ漢字や漢字の意味を訓として利用した漢字型白文である。この漢字型白文字には長い伝統があり、白族の民間に伝わる歌謡物語の歌い手は従来この方法で歌謡物語を記録し続けてきた。今回学会予稿論文集にこの方法で白族歌謡を表記している論文が数編含まれていたのは、その伝統の上にある。また会議で参加者に配布された書籍の『石宝山白族歌謡選』（雲南民族出版社二〇〇五）は、この漢字型白文で白語歌謡を記している。この書籍が基づくのは剣川県の文化局が編集出版し続けてきた『石宝山白族歌謡選』という冊子なのだが、この冊子は従来この漢字型白文で印刷されて来た(5)。かかる情況は、漢字型白文に一定の表記能力を確認できるし、白語歌謡の関係者にとっては使い慣れた表記法だといえよう。この方法は南詔の頃まで遡るもので、「方塊白文」と称されている(6)。これを「白語文字」だと認定するかどうかについては意見が分かれるところだろう。確かに「漢字」を使ったものでも、日本古代の『万葉集』の漢字による表記が日本語の表記であって漢語を表記するものではないように、これは明らかに白語の表記であって漢語の表記ではない。しかし、これを白族に共有された文字として直ちに認定しづらいのは、使用する範囲が限られ、また各人によって白語音に当てる漢字が異なり、文字として当時一般化されていなかったという疑いが消えないからだ(7)。

かかる漢字型白文に対して、ローマ字型白文は近年創定された「白族文字方案（草案）」に基づく。これを「新白文」と呼び、漢字型白文を「古白文」とか「老白文」とよんで区別するときもある。この表記法は白語の音節を要素に分割し、各要素の発音をローマ字に対応させ、その組み合わせでその音素を示すもので、所謂表音文字である。漢語を知らなければ漢字は使えないけれども、ローマ字はわずか三〇字に満たず、それさえおぼえれば白語を記録できるという利点がある。そのため、白語しか使えない農村部の文盲対策でも効果を挙げ、小学校の学習実験でも効果を挙げている。

このローマ字型表記法は一九五一年より創定の検討が始まり、紆余曲折を経て一九九三年に現在の草案がでた。以来その効用は大いに期待され、学習会も各地で何度か開かれたし、その試用の推進も唱えられた(8)。このローマ字型白文は国家による批准をいまだ得てはいないとはいえ、現在一〇種類を越える書籍がこのローマ字型白文で公に出版され、半公認の情況である。また、僅かではあるが剣川西中の小学校では教育実験が継承され、大理向陽渓の専門学校では白語教科書を用いた教育も続いているようだ。今回参加した学会が準備した事前論文集中、何篇かの論文がこのローマ字型白文を用いて白語歌謡を表記しているのはその成果とみなしてよい。

しかしながら、このローマ字型白文は、一九九七年九月の調査報告では、「白文字は文化的事業に携わる人々に有効な道具であるので、白文字は文化領域においての応用価値は日ましに広がって行き、その将来は楽観的に思われる」(9)と期待されたものの、現在では、「遠慮なくいえば、白文の普及推進はその目立った成果がないばかりでなく、その進行は難渋し、趙衍緒・徐琳の二人の言語学者が心血と汗水を流して作成した『白漢辞典』も、四川民族出版社から出版以後は、部分的には大理に運ばれたものの、その他の多くのものは、誰にも相手にされず新たな製紙の材料になった」という情況である(10)。

筆者は、二〇〇一年一一月から二〇〇三年一〇月の二年間にわたりトヨタ財団の援助を受けて、白族自治州にある民間研究機関の大理市白族文化研究所の有志と研究チームを組み、民間芸能を利用したローマ字型白文の普及運動を手助けしたことがある。また、この手助けが修了して後、一年半近く経てその後の意見も調べてみた。加えて、この夏大理での先述の学会参加の折、曾てのチームの研究者に会う機会を得て話を聞けば、白文字の創定とその普及は、どうやら現在転換期を向かえているようだ。

前書きが長くなったが、この小論では、かつて行った大理での共同研究とその後の情況について紹介し、そこから得られた幾つかの私見を述べ、現在新たに提案されている漢字型白文の案を紹介して、曲がり角に来たかに見える白族の文字問題の示す問題について考えてみたい。

一

この共同研究は「中国雲南省白族の民間歌謡の収集と白語文字普及による白語保存運動の研究」と言う題目でチームを組み、二年間に渡るものである。内容は、大理白族自治州およびその近辺に伝わる白族の民間歌謡を調査採集し、録音・録画してその記録を残すと共に、この資料を整理編集し、白語ローマ字を使って書籍として出版、それをテキストとして識字教育の研修会を行うという計画である。対象の主眼を民間歌謡にしたのは、白族では歌謡が盛んなこと、その歌謡は白語で行われること、従って歌謡を記録しようとすれば白語の文字が必要となり、そこには白語文字を使用する環境が確保されると考えた事による。というのは、これまでの調査では、白語ローマ字について、「通常の生活では、文字を使うところがないため、覚えてもすぐ忘れてしまう」という意見をよく聞いたからである。そうであるならば、白語文字が必要な領域を重点的に取り上げ、そこから識字教育を広げて行けば、識字の効果も上がるに違いなく、加えて白族の伝統芸能の保存にも役立ち、現地還元型の研究として一石二鳥だとみたわけである。

この計画は、筆者が代表となり、大理白族文化研究所の楊燦恒・施珍華・段伶・張錫禄氏との五名でチームを作り、トヨタ財団に助成金を申請して、幸い二年間で三〇〇万円の助成金を得ることができた。この三〇〇万円で録画機や録音機及び編集用の機材を購入、それを利用して初めの一年は自治州各所で収集活動を行い、翌年度は書籍の出版と識字班開催による識字教育を行った。協力を得た大理白族文化研究所は、当時の中国では珍しい民間の研究所で、白族の言語及び文化の維持と継承を切に願う白族知識人士を主としている。その中でもチームに参加した施珍華氏は、白族民間歌謡の第一人者として国際的にも知られ、地域の民間芸能人に知り合いも多く、それだけに白族の民間歌謡の収集は進めやすかったと思われる(11)。白語を解せぬ筆者は主に研究の企画立案推進とそれに伴う予算の処理に努め、実際の収集整理活動の多くは研究所の四名が主体となり行った。

その結果二〇〇三年の三月には白族の民間歌謡を集めてローマ字型白文と漢語訳を付した『白族民間文芸精粋』を雲南民族出版社から印刷発行でき、白語歌謡利用を予定した識字班の教材として『白族民間文芸の保存と伝承育成・教学教義』の冊子を編集印刷することができた。この二種の教材を用いて、二〇〇三年四月に「白族民間文芸伝習班」の名のもと五〇名の研修員を各地から集めて白語文字の識字教育と、白語伝統歌謡の理解に対する一週間の研修会を計画した。この研修会の目標は、まず白語ローマ字の習得、そして、その文字で白語の歌が記せるようにすること、次にその基礎の上に白族歌謡の基礎知識を学び、民間歌謡の基本的な収集や整理そして自らも創作ができるようにすることにある。これを一週間で行うには受講生にある程度の白語歌謡に対する素養が必要とみて、施氏が属す大理白族自治州民間文化協会の協力を得て、白族地域の各地の基層文化組織に声をかけ、白語歌謡に興味を持つ人材に集まってもらった。このような人材が各地に戻り、各地で白語を使った表記法で白語歌謡を表記し伝えていけば、これを学ぶ人も増えて、白語文字の利用領域がひろまり、やがてローマ字型白文も一般化するのではないかと期待したわけである。なお、こういった民間歌謡の伝承などの研修会への参加者は、民間歌謡の流通する庶民農民の社会に暮らす人材が多く、決して裕福な人員ばかりではない。よって、参加者の宿舎や食事、仕事休業の補填など、経済的な援助をあらかじめ準備した。大理の街に初めて訪れるものもいたと聞く。筆者は任務校で前期が始まったばかりの頃で、研修会は一日参加できただけで帰国せざるを得なかったが、その後の現地からは、最終日におこなわれた考査では、二五名は自作の歌を作り白語文字で記し得、他の二五名は伝統民歌を記し得る所まで進み、且つ、三名は白語文字によって文盲の水準から抜け出ることができたとの連絡があった。研修会は成功裏に終わったといってよかった。

筆者は、このような結果を受けて、今後研修者が地元に帰って以降は、大いにローマ字白文を宣揚して、各地に白語ローマ字の使用者がどんどん増えて行くことを期待したのだが、終了して一年半後におこなったアンケートによるその後の調査では、どうやらこちらの思惑通りには進んでいない。

二

この事後のアンケートは共同研究者の施珍華・張錫禄氏にアンケート用紙を送付して、研修範囲参加した五〇名に対して現地でおこなってもらったもので、二〇〇五年の夏から秋にかけて行っている。まず白語ローマ字と漢字諧音表記とではどちらが白語歌謡を表記しやすいかについて尋ねると、圧倒的に白語ローマ字が支持されたが、中には漢字表記を支持するものもいた。しかし、帰郷後の情況を挙げれば以下の表の通りで、ローマ字型白文の習いやすさの指摘はあるものの、この研修会によって、白語ローマ字表記が各地に広まったというにはほど遠い結果となっている（以下の表参照）。

質問			
帰郷後白文を教える機会はありましたか	多くの人に教えた	あったが多くではない	ほとんどない
	5名／50名 10％	35名／50名 70％	9名／50名 18％
その時白文は容易に理解されましたか	容易に学ばれた	あまり容易ではなかった	難しかった
	32名／50名 64％	12名／50名 24％	0
彼らは今でも白文を使っていますか	いつも使っている	あまり使わない	勉強しただけ
	5名／10名 10％	39名／50名 78％	12名／50名 6％

白語ローマ字があまり使われない理由として、挙げられた理由には、用いる機会が少ない、というものが非常に多かった。確かに白族歌謡を好むと言っても、主に歌を歌う機会である祭日が年中あるものではない。歌を記す領域を越えて利用するとなると、日常生活ではこれまで通りの生活様式で十分で、ことさらに文字を用いる必要もないことになる。使わない理由に農作業や副業の忙しさ、他に知る人がいないこと等を挙げている人物が何人もいた。また、白語書籍の少なさの指摘もあった。白語ローマ字よりも漢語表記の方が利用しやすいという意見もあったのは、従来慣れ親しんだ方法のほうがやりやすいということであろう。当初の予想より現実は遙かに厳しいと思い知らされる結果だった。このような状況からは、新白語文字はそもそも必要とされていないのではないか、本当に必要なのか、との疑いすら出てくる。

その中で、「多くのものに教えた」「教えたものがよく使う」と答えた五名のうち、重なっていた四名の中の二名は私立の白語白文字学校が細々とだが長く活動を続けている向陽渓地区の人物であり、またもう二名が白語ローマ字教育の実験小学校が存続し、またかつて普及実験が行われた自治州北部の剣川県西中地区の二名であった事は興味深い。これはその学校の地域への効果があって、教えやすく使いやすい素地があるのだと思われる。だとすれば、地域での恒常的な取り組みがあれば使う機会が増えると考えられるだろう。この推測が正しければ、行政の積極的で幅広い推進活動を計画し当初は些か強引にでも普及を計れば、普及はもっと早いのではないかと予想される。

文字というものが自然に広まるのを待つとすれば、おそらくかなり長い時間が必要なのだ。文字による効果、そこからもたらされる利益が染み渡ることによって、ようやく文字は人びとに共有化され利用できるものになって行くのが通常の文字普及の仕方であろう。現在新しい文字を人工的に普及しようとすれば、かなりの無理が必要になる。つまり、白語文字を学ぶことが漢語や英語の学習にもまして我が向上や具体的な利益につながる事を説明しながら、その一方で大勢が一緒に学び、読み手と書き手を一時に大量に作る必要があるのだ。しかもその文字が使われて行くためには、各自の利益に結びつく各種各様の書籍の継続的出版も必要なのだ。現在白語文字で出版されている書籍や部数は限られたもので(12)、それらの書籍の講読欲だけでわざわざ白文字を学ぶほどの動機付けができるかどうか。また、日常会話の記録であるなら、従来の方法でやはり十分であり、何も自分だけが書けて読める白語文字をわざわざ学ぶには及ぶまい。このような情況では、行政的な力で一気に広めねば広まるものではない。そうあってこそ、白族の人びとが白語文字を利用したいと思うような白語文字雑誌や書籍が産みだされ、白語文字の有用性が示され識字が前に進む、という情況になるのだろうと思われる。

しかしながら、現状の行政は、白語新文字には剣川県での実験小学校は維持しながらも、語文教育の中心は普通話普及運動の方に力を入れており、新白語文字の普及は特定の場を越えて広がる気配をなかなか見せない(13)。

三

行政の問題を認めながらも、その一方で白語ローマ字自体に普及を阻害する問題があるとの指摘も出ている。楊立権氏は、ローマ字型白文の採用決定後の動向について、「しかしながら、残念なのは、一九九三年に第三部の白文字方案が通過した後は、〝新白文字〟は逆に熱が冷め、関係する仕事及び研究は次第にふるわなくなっていった。その原因を考えることは十分価値のあることだ。地元の行政に情熱を欠き、内容に実質を持たせる予算援助の不足は元より客観的な要素の一つであるとはいえ、しかし、新白文は、白族に長い間にわたり通用してきた〝漢字型文字〟の伝統に背き、また各主要な方言区への考慮がないという欠点が、おそらくその衰えを導いた深層の原因である」(14)と述べる。これはつまり、白族は従来漢字型白文を以てその言葉を記すことに慣れているのだから、伝統の浅いローマ字を利用した表音系の新文字には一般の人びとは親近感を感じにくく、表音を方法とするために各方言の対応も限られてしまい、それがその広がりを制限する理由だとみるのである。

この話で思い出すのが、漢語拼音方案の登場とその後の情況である。ご存じのように、一九五〇年代の後半、中国大陸において漢語拼音方案が登場したとき、その背後には、文字は表音文字化に進むべきものだという観点があった。やがて共通漢語が普及して、その漢語に対応する漢字の簡体が進めば、漢語表記は表音表記のローマ字になる、そして漢字は博物館に残ることになるだろう、という見通しが語られていたのである(15)。当時はローマ字による記事を数多くのせた『拼音』という実験雑誌も出版されて、大いにローマ字運動は盛り上がったかに見えた。しかしながら、それから数十年、漢語表記のローマ字化は進んだかというと、そうではない。むしろ、見たところローマ字化論は遠く後に退き、簡体字化はその歩みを止め、それを支えてきた雑誌は『拼音』から『文字改革』に変わり今では『語文建設』へと名前を変えている。出版界ではかつて珍しかった繁体字版も書店では見かけるようになった。これは、漢語世界での漢字使用への憧憬の根強さを示すものなのであろう。つまり、漢語世界においてローマ字型文字の普及が停滞し、旧来の漢字を継承しようとするように、白族でもまたローマ字型は停滞し、旧来の漢字型文字への志向の転換が起こっているように見えるのである(16)。

白語と漢語は同様に音節が発音の基本単位だから、音節にそのまま対応する文字は使いやすく感じるのだろう。よって、漢字であれば、経験的に白語の音節で似た漢字をそのまま当てはめ得て使い易くもあるが、音素分析表記のローマ字となると、文字の作られ方から学ばねばならず、利用するにも白語の音節理解が前提となるため、使いづらいと言う心理が働くのだろう。日常では音節構造など考えもせず使っている言葉を、「音素に分析してローマ字で記す」といわれて音声分析の概念を持ち出されても、一般の人びとは戸惑うばかりである。音節に対応する漢字の方が、その言葉に直接対応して使いやすいことになる。それは、日本語でローマ字表記が訴えられても、なかなか書籍などの形では流通しない理由とも通じるはずだ。

もし漢語におけるローマ字表記推進の停滞と同様に、白族もまた漢字に慣れ親しんできたが故にローマ字の表記に積極的になりきれないのだとしたら、本来普及すべき新文字はローマ字型ではなく漢字型がよいという意見も出てくるだろう。

次に紹介するのは、昨年末に筆者に届いた「古白文の規範と開発」という施珍華氏の漢字型の白語記述案である。白族の文字使用の現状についても語られているので、施氏の同意の下、必要な部分を抜粋しながら見て行きたい。

(施珍華氏の視点)

先ず施珍華氏は、白族における漢字利用の状況を説明し、古白文（ここにいう漢字型白文）こそ白語の文字であったとして、従来の白語無文字説を否定する。

漢字と漢字を加工して作り上げた古代の白族文字は、少なくとも一千年余りの歴史をもっている。このような古白文字で書かれた抄本、経巻、瓦片、碑刻は、非常に貴重な歴史文化資料である。我々は文物文化財同様にそれを保護して、適切に利用し、現在の経済的文化的建設の助けとなるようし、社会経済の発展に効果を持つようにしなければならない。事実上、中華人民共和国が建てられて以来、現在に至るまで、文化伝達の分野では、白族の人々によって大いに好まれる白曲・吹腔・大本曲・白劇・歌舞音曲といった伝達形式をずっと重視しており、それによって党と政府の路線・方針・政策・法令を伝達し、事業の成功・人材の配置・科学技術の普及等々に、良い効果を挙げてきた。これらの歌唱はみな古白文で書かれたもの及び印刷されたものだった。

次に、漢字型白文のかつての利用範囲の広さについて述べ、さらにその文字形式は現代でも利用されていることを説く(17)。

中華人身共和国が建国されて以来、白族が集中して住む幾つかの県の文化伝達部では、大量の歌唱資料を編集し印刷したが、皆古白文で書かれたものであって、手書きあり、ガリ版印刷有り、石版印刷有り、活字印刷有り、タイプ印刷有り、コンピュータ製版での印刷等々多種類があった。……　白族の大本子曲を使って創作した曲目なども また多い。例えば、望夫雲・配天婚……等、その原型はみな古白文字の写本であって、その後に漢語に訳されたものだ。さらに、この数年剣川の阿鵬芸術団によって創作されたり、白語に移し替えられた吹吹腔戯には、糊涂盆砸锅・两厢情愿……等があり、白語の小品には、烟叶缘・难之过……等がある。共に古白文で書かれ、その後に白語によって語られ歌われたもので、とても良い演出効果を挙げている。白族の人々は一緒になって笑い、頷きながら見て、正しく楽しみの中に文化教育を織り交ぜるという目的を果たすものである。その文字伝達の手段が古白文字に他ならないのだ。

……以上の実践が物語るのは、古白文は無用の骨董品ではなく、現代文明と深く関わっており、物質文明の建設・精神文明の建設・政治文明の建設にも直接関係するもので、白族自治州の建設には古白文の使用が必要だと言うことである。また、基層組織・文化宣伝部門・民間演劇の方面ではずっと古白文を使用してきている。だとすれば、この古白文字に関して研究・討論を加え、共通の認識を持って、健康的に発展する道へと導く必要がある。

施氏は、「古白文」の検討を訴えつつ、白語表記の問題について触れ、白語ローマ字と古白文字についてその形式を説明し比較して以下のように述べる。

この問題（論者注：白語文字表記の問題）を解決するために、多くの専門家達が多くの努力をして、幾つかの方法を考えた。まとめてみると、二つの方法に分けられる。

一つは、白族文字表音方案である。

これは『汉语拼音方案』の基礎の上に、声母・韻母共に用いるVを採用し、ss・ng・hhを増やし、更に八つの声調記号、五五調は一、三五調はｆ、四四調はｒ（緊喉音の場合は省略）、三三調はｘ、四二調はｐ、三一調はｔ、二一調はｄ、を用い、ローマ字表記の後につけて調値を示せば良いようにしている。声母と韻母の間に誤解が生じると時には隔音符号を加える。

この方案は現在まで二〇年余り使っており、国内外で認められて、比較的整った方案である。使いやすく、学びやすく理解しやすい。実験校では素早く効果を挙げている。幾種かのローマ字を使った出版物もあり、その中には教材・一般向けの読み物・伝統的な曲本・旅行詩歌・中共一六大文献彙編等が含まれている。しかしながら実際の効果から言うならば、多くの人々が読めないし、その広がりの点でも狭いもので、普及を願っても難しいところがある。その原因は、白族の人々は子どもの頃から漢語文を勉強すること。漢語ローマ字表記は漢字識字の架け橋となり、また外国語文の学習・ローマ字を記号とする数学・理工・化学課程等は、試験や進学・卒業と就職に関わっていて意味を持つが、その上余計に白語ローマ字を学ぼうという人はいないのだ。ただ高等機関の専門家達が学び、研究し応用して、関係する研究機関・研究者が更に研究を進めるばかりである。また役所の文書・新聞雑誌などもみな漢語文を使い、表音白文字は用いないため、もっとも重要な共通の場が欠けてしまっている。というわけで、白文字表音方案は今でも白語の音注の領域に留まり、それ以上の力を発揮していない。当然ながら、注音は確かにとても重要で、これはまた漢字型の古白文に欠けたものでもある。

……もう一種は、現代の専門家によるもので、漢字を用いその偏旁に以下のような声調符号を加えて、読音を白語に近づけようとするものである。

六六調　漢字の白語読み、符号は付けない。　五五調　上に「ウ」をかぶせる。

四二調　「囗」で囲む。　　　　四二調　「廾」を上につける。
三五調　右に「刂」偏をつける。　三三調　左に「丫」を加える。
三二調　右に「≪」を加える。　　三一調　下に「凵」を加える。
二一調　右に「く」を加える。

この方案は現在修正中で、まだ正式には推進されていない。

上の文で施氏が始めに挙げたローマ字の例がこれまで話題にしてきたローマ字型白文で、施氏もその普及に取り組んできたものである。後者の漢字型白文は北京民族大学の李紹尼（白族）氏の説をさすようだ。筆者が以前昆明の双語学会で李氏と話した折りには、「この漢字型文字でずっと白語の日記をつけているが、不自由に思ったことはない」と聞き、その時いただいた実例資料がこの方針にそうからである。この文字方案は、ワードプロセッサーの発達で漢字の各部分を分解でき、且つ組み合わされて新しい文字を作りうることにより、印刷も十分可能になった。しかし、施氏の話では、李氏が大理学院でこの話をしたところ、あまり評判は良くなかったらしい。施氏は声調符号を加える繁雑さが問題なのだという。

施氏が李氏の説に対して示すのは、現在民間に用いられている漢字利用の方法を用いることである。

最も広く使われているのは現在の漢字を使った記録である。音読・訓読入り交じり、読む人なりに解釈しなければならない。利点は漢字を利用するだけなので、コンピュータを使って印刷することもでき、便利で早い。欠点は、利用漢字が音読されているのか訓読されているのか明らかな区分がないことである。当然ながら、声調は漢字の白語読みでも訓読でも、白語の本来の音で決まるから、そこには声調符号の問題は存在しない。半世紀の実践では、白族の人々の漢文化の水準が不断に高まるにつれて、訓読する文字や単語を区別できれば、漢字だけで白語を記すやり方も可能ではないかということだ。最も簡便なやり方は、白族の先祖が用いたやりかた、つまり文字の下に小さな丸、例えば標点符号の強調符号のようなものをつければそれでよいというものである。

施氏は、白語の漢字表記の問題は、漢字のみの使用の場合、その漢字が単に白語音を示すものか、或いは白語の意味つまり訓として利用されているのか良く分からない点がその表記の不完全さだと見る。そこで、その区別をする印、ここでは当該漢字に下点を付けさえ付ければ、読み易くなりわざわざ新しい筆画を加えて新字をつくらずとも、白語の表記に十分堪えうると考えるのである。この方法は、一九八九年の段階で既に用いられている方法であり、決して唐突な指摘ではない(18)。白語の漢字利用に音利用と訓利用の二種類があることは知られていることであり、古白文の解読ではその部分の区別が問題となる。

以上が施氏の主張だが、この提案は雑誌などの掲載されているわけではないので、あくまで私的なものに留まる。しかし、ここで注意しておきたいのは、施氏が文字普及の為にはローマ字系の白文字より漢字型の方がふさわしいと見ているところである。というのは、施氏は従来ローマ字文字の推進に関わってきた人物でもあるからだ。実は、施氏が引用した別の漢字型表記法を示した李紹尼氏も、かつてはローマ字案を支持していている(19)。このような状況をふまえるとすると、白語文字の普及運動は、現在ローマ字型から漢字型へ方向を変えようとしていると疑われる。

結びにかえて

白族に不慣れな表音系のローマ字型文字の利用に代わって唱えられ始めた漢字利用の表記だが、それでも幾つかの大きな問題が予想される。まず、施氏の利用を勧める漢字表記は、漢語や漢字を知らなければ利用できない事だ。識字運動の大きな目標は、漢語を学ぶ機会のない白族の一般庶民の文盲からの脱出のために為されてきたはずである。もし、漢字型の表記を考えるなら既に漢語を解する人間のみが漢語を用いて記し得ることにならないか。近年漢語教育は小学校で進んでいるようだから、漢語を解さぬ人びとは確実に少なくなっているとはいえ、現在なお存在する漢語を解さない白族農民や婦女子もまだ多くいるだろう。次に、この場合の白語の漢字類似音は、普通話のそれであるか、西南官話のそれであるか、と言う問題が出てくる。従来の漢字表記は、白族地域に話されてきた漢語に沿ったものだろう。とすると、多くの若者が普通話を年少時から学び始めた今、旧来の漢字音の利用で白語を記し続けるのか、それとも新しい普通話音を利用するのか、問われることになりはしないか。また、旧来の白族地域の漢語は白語と長い間共存していたため、白語音をかなり写しやすくなっていると予想されるが、現代北方方言の普通話の発音を白語表記にどれだけ利用できるのだろうか(20)。

以上、一〇年近く見つめてきた白族の識字運動の現在の動向について述べた。現実の問題としてローマ字型にせよ漢字型にせよ、望まれるのは早期の普及と一般化であろう。さもなければ、白語は漢語の下に敷かれてしまうかもしれないし、そうでなくとも、白語による表現力の向上も限られたものになってしまう心配がある。今夏、白族の言語学者段伶氏は、この文字問題について、「白語の文字表記はしばしば白族白語地区の生徒の漢語学習への移行に効果的だという事から推進が唱えられ易いが、それだけではない。白語が文字を持つことは白語を発展させる為なのだ」と筆者に語った。これは、白文字の普及は、白語を創造性のある言語として先に進ませるための力を持たせるためだという主張である。

白語文字の前途に楽観は許されない。ローマ字型であれ漢字型であれ、言語として創造性を持ち続けるためには、なるべく文字を早く広め、文字を利用した思考の蓄積を図るべきであろう。もしそうでなければ、白語は生活に密接な情感は語ることができても、複雑な思考成果を蓄積し、その思想と文化を前に進めるような力を失ってしまうのではないか。数年前の調査では、子どもの将来のために家庭では漢語を使っているという話も聞いている。こうなると白語自体の先細りいう情況も想定されるわけだ。そもそも、チベット族のように宗教的な求心力を持つわけではない白族だから、外からの圧力にはもろい処もあるのだろう。

この問題は、白語白文字ばかりの問題ではなく、おそらく今漢語の周辺にある各種言語が直面している問題とも関わっているのだろう。また、同様な問題は他の大きな言語集団の周辺でも起こっている現象に違いない。たとえば英語の拡大によって、太平洋の島々の言語がかなり消えていると聞く。今後白族の人々がどのようにこの言語問題に対応していくのか、中原における漢語拼音の普及の問題とも絡めながらもうしばらく関わってゆければと思っている[21]。

註

(1)『二〇〇〇年人口普査中国民族資料』民族出版社二〇〇三/九によれば、白族の総戸籍登録人口一八五八〇六三人で、雲南省に一一九一七二六人が住む。そのうち、大理白族自治州には一〇八一一六七人、最も人口を集めるのはやはり州府の大理市で三一七三〇三人が住む。

(2)「中国雲南の絞り藍染め・大理白(ペー)族の村から」の題で国立民族博物館で展示(二〇〇二　二/二三〜一一/五)

があった。また、歌謡については二〇〇三年三月に伊丹市で中国雲南省大理白族伝統芸能団による白族春景「三月街の祝い歌」が上演されている。また、『中国少数民族の昔話－白族民間故事伝説集』（李星華編著君島久子訳）が三弥井書店より世界民間文芸叢書第一一巻として一九七〇年に出版されている。

（3）『白語簡志』（民族出版社一九八四）は「概況」参照。尚、近年の系統説紹介は、楊立権「白語研究一百年」（雲南大理学院民族文化研究所編『大理民族文化研究論叢』第一輯二〇〇四／一一、民族出版社）に四つの説に分けて説明がある。

（4）『中日白族歌謡文化研討会』：主催　中国大理学院文学院民族文化研究所・アジア民俗文化学会（二〇〇一年創立、現代表岡部隆）共催。二〇〇六年二〇～二三日、中国雲南大理学院にて開催される。発表内容については、論文集にまとめられて公開される予定。

（5）『石宝山白族歌謡選』（剣川県文化体育局文化館編　雲南民族出版社二〇〇五／八）の「後記」にはこの歌謡選一～一〇輯を基礎としたとある。現在筆者の手元にあるのは、第四輯（一九八八）から第一〇輯（一九九八）まで。その後の出版は確認していない。

（6）徐琳「関於白族文字」（『白族文化研究』趙寅松主編二〇〇一民族出版社）参照

（7）今後の研究次第では、各人所蔵の原稿を整理すれば、個人的には決まった音対応が見られ、地域や領域を限れば文字として共有化されていたと言いうるかも知れない。古くは共有された文字として一定領域に流通したとされる情況もそこに残っている可能性はある。大理国が滅びその文字が忘れ去られても、中には物語をその方法の漢字で記録しうる人物が残っていたかも知れないからだ。そのためには、この問題は民間芸人と呼ばれる人々に今なお残される漢字型白文の原稿を収集整理し、個別の漢字の使用規則を越えて一般的な規則が考えられるかどうか調べてみることで、ある程度は程度推測できるのではあるまいか。はたしてこの辺の作業が行われているのかどうか、筆者はまだ知らない。もしまだならば、現在、現代化に随う「歌謡」への認識の変化により、民間歌謡の歌い手が急速に減っている現在、こういった原稿の収集保存整理はその資料が焚き付けになる前に急がねばなるまい。

（8）その「新白文」創定の経過とその後の情況については奚寿鼎「白語文工作的回顧及若干思考」（白族学会編印『白族学研究』一九九七）に詳しい。また、『白族学研究』一九九九では、このローマ字型白文について、王浩宗「推進白漢双語文教学実験促進農村経済文化発展」・張慶開「加強双語文教学　提高児童素質」・大理市向陽渓白文職教中心「推進白文　普及科技　拓寛農村職教進路」の論文が載り、それぞれ白文の効果を、文盲の救助から文化遺産の記録まで幅広く訴えている。また拙論：「中国少数民族白族の言語文化基礎調査（その一）」（財団法人アジア太平洋センター『福岡発・アジア研究報告』三―一一　一九九四）、「中国少数民族（白族）の新文字普及運動その現状と問題点」（同上六―一九九七）、「雲南大理白族自治州における白族の新文字普及運動をめぐって」（『中国文化』五六　一九九八）

（9）張霞「白文語文工作調査報告」（『雲南民族語言文字現状調査報告』雲南民族出版社二〇〇一・二　pp.73-89）参照。

（10）趙寅松「関於白文思考」（『白族学研究』一五　白族学会二〇〇五／一〇　p.193）ただし、その原因の一つには、この辞典のローマ字表記が一九九三年に決まる方案の以前の表記方法であり、中部方言を基準に語彙を集めていること、よって出版された時にはすでに方案が変わっていたということ、発音も南部の大理方言とは差があるものであったことを指摘しておく。これは白語文字推進のちぐはぐさを語るものでもある。なお、この趙氏の主張は漢字型白文の提唱である。

（11）民間故事収集を行うときで外部の人間が行う困難さは、李星華『白族民間故事伝説集』（中国民間文芸出版社一九八二／四）が後書きに語っている。

（12）ローマ字型白文図書の出版状況・部数などについては奚寿鼎「白文図書編輯出版概況」（『白族学研究』六　一九九六）、「一九九六至二〇〇五年白文図書出版概況」（『白族学研究』一五　二〇〇五）に詳しい。

（13）普通話教育への力の移動については雲南省語文指導工作委員会に属す友人からの情報。
民族言語と普通話の双語教育が提唱されるとき、母語とは異なる普通話の学習の向上にはより時間が必要であり、その分力がはいるのは必然的であろう。また、行政はなぜ積極的にならないのか、その理由として、行政に関わる白族が漢語を話し、白語を話せなくなっていることをよく聞くし、私も理由の一つとして考えていた。また、この話は他の少数民族の調査でも聞くところだ。つまり、民族文字の使用が増えれば、行政幹部も民族語を学ばねばならない面倒があるという行政の幹部の問題という理解だ。これも一理由であろうが、以前採集した師範学校でのアンケートの中で、民族言語から漢語への転換による文明化を唱える回答があった。これは白語の学習を進めるより漢語の学習を進める方が、地域の発展に効果的だという視点である。自治州には白族だけが住んでいるわけではないから別の少数民族の民族言語教育の問題とも絡んでくる。行政側としては、当面のところ彼らの暮らしがさらに文明化できるよう、白族世界の外に拡がる中国社会で必要とされる共通語の普及を進めた方が、限られた予算で地区全体を発展させるためには経済的だと考えるのも一理あるわけだ。このような状況もまた中国少数民族語文問題を考える上で難しいところに思われる。

（14）楊立権「白語研究一百年」（『大理民族文化研究論叢第一輯』民族出版社二〇〇四　四／一一　p.338）

(15) 倉石武四郎『中国語五〇年』（一九七三）『漢字の運命』（一九五二）（共に岩波新書）等参照。なお、大原信一氏は、「おそらく一〇〇年もたてば事態はよほど好転しているであろう」としてピンインへの期待を依然持つように語っている（『中国の識字運動』東方書店一九九七　p.220）、しかし事態は楽観を許さない。

(16) 漢字への憧憬は古典に関わる者ほど強いように見える。以前簡体字による古典全集が出た。『伝世経書』と呼ばれるその簡体字版の古典書籍をながめながら、これからは簡体字版でも古典研究ができるようにするのが人民の立場に立つ学者の態度なのだろうと思い、そのための標準テキスト作りがこの全集なのだろうと思ったものだが、近年の古典の書籍では繁体字版が多くなっている。もちろん校勘の作業を考えれば、簡体字版は劣るけれども、簡体字版でも原文同様に理解できるように校注を施す工夫をすること、それが簡体字を利用する時代に古典を普及すべき学者の仕事ではあるまいか私は以前は考えていたし、今でもそうは思っているのだが、実際には技術的な面や社会思想的な面、個人的心情など、確かに解決の難しい問題が多い。そこには「文字」の機能に対する一つの根源的な問いかけ、即ち「文字は誰のものか、文字によって記される事象や思想は誰のためか」という問題へのそれぞれの立場が反映する。

ただし、このような漢字型白文への指向は、実は、現在のローマ字型白文が示された当初からあったといって良い。一九九三年にローマ字白文方案が提示された次の年、段鼎周「略論白文和白文創制」（『白族学研究』四　白族学会編印一九九四／四）が示され、白族の文化伝統に従うものとして漢字型白文字を提唱していた。当初に漢字型が選ばれずに、ローマ字型が推し進められたという状況は、一九五八年に作られた『白族文字方案』を引き継ぐものと思われるが、その状況が導かれた背景の検討は今後の課題としたい。

(17) なお、このような漢字を利用した自族言語の表記法を用いたのは、中国南方の少数民族壮族でも同様であった。「方塊荘字」と呼ばれるこの表記法は南宋代にまでさかのぼる事ができ、多くの歌謡が記されてきており、二〇世紀の解放戦線の宣伝でも用いられている。よって、「方塊白文」と同様の作用をしてきたわけだ。しかし、人民共和国成立以後ローマ字による壮文がつくられ、一九五七年に国務院の批准を得た結果、今ではローマ字が正式な文字として認められている（『壮語簡志』民族出版社一九八〇「文字」参照）。

(18) 〝漢字白読〟民歌一首」（雲南省少数民族語文指導工作委員会編『雲南語文』一九八九—三　p.58）では簡体字を使いながら、幾つかその下に点がうたれた漢字があって、それは白語音で読むようにとの指示がある。この漢字は白語で訓読せよということであろう。

(19) 李紹尼「白文与白族的経済起飛」(『白族学研究三』一九九三―三)では、ローマ字型白文を広めることで白族の経済や文化を引き上げる力を持つだろうと語っている。

(20) 趙衍蓀「白語和漢語普通話的対比研究」(『民族語文論集』中国社会科学出版社一九八一 p.61)によると「白語和漢語普通話之間語音差別較大」なのだという。

(21) 中国では、憲法や教育法などで各民族の言語文字の自由が示されているが、国家通用言語文字法の二〇〇一年からの施行によって、普通話の推進にいっそう力が込められることになった。今後の各民族言語と漢語あるいは漢族との関係がどうなっていくのか、文字を持つ民族、持たない民族などで対応にも違いが出よう。こういった領域での個別の研究報告を待ちたい。

東南方言における授与と受動

佐々木勲人

一　はじめに

中国語の受動文を構成する前置詞にはいくつかのタイプがある。〝普通话〟と呼ばれる標準語の場合、主として書面語に用いる〝被〟があり、口語には〝叫〟と〝让〟がある。「与える」という意味の授与動詞である〝给〟もまた、受動標識（passive marker）の一つに数えられることがある。

文体論的な問題以外にも、〝被〟と〝叫・让〟は動作者の省略に関して異なった文法的振る舞いを見せる。〝被〟は動作者を省略することができるが、〝叫〟や〝让〟ではそれが許されない(1)。

(1)　a　敌人 的 油库 被（我们）炸毁 了。
　　b　敌人 的 油库 叫 *(我们) 炸毁 了。
　　c　敌人 的 油库 让 *(我们) 炸毁 了。（敵の石油タンクは（我々によって）爆破された。）

また、〝叫〟と〝让〟は使役標識（causative marker）の機能も備えているという点において〝被〟とは異なる。「言いつける」という意味の動詞が文法化した〝叫〟は指示使役を表し、「譲る」という意味の動詞が文法化した〝让〟は許容使役を表す。指示使役とは、使役者が被使役者に対して動作・行為を遂行させようとしむける事態を述べる文であり、許容使役とは、被使役者が動作・行為を遂行することを使役者が許容、ないしは放任する事態を述べる文である(2)。

(2) 我 叫 她 早点儿 回 家。(私は彼女を早く家に帰らせた。)

(3) 主任 让 小李 去 广州。(主任は李さんを広州へ行かせた。)

しかし、両者の文法化のレベルはかなり高いといってよく、〝叫〟が許容使役を表すこともあれば、〝让〟が指示使役を表すこともある。少なくとも右の二文において、〝叫〟と〝让〟の置き換えは十分に可能である。

詳しい議論は桥本(一九八七)、江蓝生(二〇〇〇)、木村(二〇〇〇)、蒋绍愚(二〇〇三)などを参照されたいが、使役者が許容、ないしは放任する事態を述べる許容使役文は、受動文との間に密接な関わりがあると考えられている。被使役者の行為を許容、ないしは放任した結果、その影響が使役者に降り懸かる事態を表すことから受動文が成立したと考えられている。〝叫・让〟の受動標識としての機能は、許容使役の機能から派生したものと理解されてよい。〝叫・让〟の受動文において動作主の省略が許されないのも、それらが使役文から派生した形式であることに因ると考えられるが、この点については次節で述べる。

一方、授与動詞の〝给〟については、研究者によってその取り扱いがさまざまである。『现代汉语八百词』(吕叔湘主编、一九八〇年)は次のような文を挙げ、標準語の〝给〟に受動標識としての機能があることを認めている。

(4) 门 给 风 吹开 了。(扉が風に吹き開けられた。)

(5) 衣服 给 雨 淋湿 了。(服が雨に濡らされた。)

しかし、先行研究の多くは標準語における〝给〟の受動文を南方方言の影響を受けた表現と見ているようである。『现代汉语方言』(詹伯慧、一九八一年)が挙げる次の例からもわかるように、授与動詞と受動標識の関連は確かに南方方言に多く見られる(3)。

(6) 广州［粤语］

a 佢《他》 畀《给》 本 书 我。（彼は私に本をくれた。）

b 佢《他》 畀《给》 狗 咬 亲《了》。（彼は犬にかみつかれた。）

(7) 厦门［闽语］

a 伊《他》 互《给》 我 一本 新册《书》。（彼は私に新しい本をくれた。）

b 伊《他》 互《给》 人 拍《打》 一下。（彼は人に殴られた。）

(8) 苏州［吴语］

a 我 拨《给》仔《了》 俚《他》 一 本 书。（私は彼に本をやった。）

b 我 拨《给》 俚《他》 吓仔《了》 一 跳。（私は彼に驚かされた。）

(9) 梅县［客家语］

a 𠊎《我》 分《给》 一 本 书 佢《他》。（私は彼に本をやった。）

b 𠊎《我》 分《给》 佢《他》 打e《了》 一 拳。（私は彼に殴られた。）

(10) 汉口［官语］

a 他 把《给》了 我 一 本 书。（彼は私に本をくれた。）

b 他 把《给》 狗 咬了 一 口。（彼は犬にかみつかれた。）

(10)に汉口の例があるように、授与と受動の関連は決して南方方言に固有の現象ではなく、〝官语〞と呼ばれる北方方言にも存在すると言わなければならない。しかし一方で、その分布状況が地理的に東南地域に集中していることとは歴然とした事実であり、授与動詞を用いた受動文が南北各地に散見されるというような状況にないことは明らかである。

授与動詞と受動標識の関連はなぜ南方方言、厳密に言えば東南地域に集中して観察されるのであろうか。言い換えれば、なぜ北方地域に少ないのであろうか。授与動詞を用いた受動文が東南地域に多いという現象を指摘する研究は多いが、その理由が突き詰めて議論されたことはないようである。授与と受動の密接な繋がりが観察される東南地域の方言には、何らかの文法的な共通点があるのではないか。ここでは呉語、閩語、客家語、粤語のデータを基に、比較方言文法の観点からこの問題を考えてみたい。

二　授与から受動へのプロセス

授与動詞と受動標識の関連については、これまでにもいくつかの解釈が示されている。はじめにそれらを概観しつつ、問題点を整理してみたい。

伝統的には「与える」という動詞の原義から、直接的に受動の機能を引き出そうとする立場がある。例えば、高名凱（一九四八）は(11a)のような受動文に対して、(11b)のような能動文からの派生あるいは省略があると指摘している。

(11)　a　我给他打了。（私は彼に殴られた。）

b　我给了他来打我的机会。（私は彼に私を殴る機会を与えた。）

中国語の前置詞が動詞の文法化によって成立したものである以上、前置詞の機能と動詞の原義の間に密接な繋がりがあることは事実である。しかし、高名凱（一九四八）の解釈は次のような受動文に対しては説得力を持ち得ない。〝杯子〟が〝弟弟〟に壊す機会を与えたという説明は成り立ち難い。

(12) 杯子 给 弟弟 打破 了。（コップが弟に壊された。）

Bennett 1981のように、処置用法との関連から受動の機能を説明しようとする立場もある。例えば、次の(13)は受動文と処置文の何れにも理解することができる。

(13) 张三 给 李四 打 了。（張三は李四を殴った。／張三は李四に殴られた。）

同一の形態素が受動文と処置文の両方を構成する現象は、いくつかの方言において観察されている。そうした事実に基づいて、授与から処置、そして受動へという拡張のプロセスが提案されている。

また、徐丹（一九九二）は、同一の形態素が「授与」と「取得」という二つの相反する意味を表す場合があることに着目し、北京語の〝给〟が機能語として処置文と受動文という二つの相反する構文を構成し得るのも、〝给〟自身が二つの方向に発展する可能性を備えているからであると述べている。

受動文と処置文が意味的にも構造的にも表裏の関係にあることは夙に知られた事実であるが、本稿が問題としている東南方言についていえば、受動文と処置文は必ずしも同一の形態素によって構成されるとは言い難い。授与動詞が受動文を構成する現象は東南地域全域に広く観察されるが、処置文を構成する現象は長江流域の中部地域に集中している[4]。また、徐丹（一九九二）が指摘するような、同一の形態素が「授与」と「取得」の両方を表すという現象は、一部の限られた地域でのみ観察されるものであり、高い一般性をもつとは言い難い。東南方言の授与動詞の中で、「授与」と同時に「取得」の意味を表し得るのはごく少数である。

授与から受動への文法化のプロセスに受益の介在を仮定する立場として、佐々木（一九九三）や木村（二〇〇四）がある。佐々木（一九九三）では、〝给〟が導く名詞句の意味的な連続性に注目し、モノの受け取り手としての受益者から、事柄の引き起こし手としての誘発者を経て、受動文の動作者へと派生していく文法化のプロセスを次のような例を用いて提案した。

(14) a 我 给 她 买了 一 瓶 好药。(私は彼女によい薬を買ってやった。)[受益者]

b 马腿 给 石头 折断 了。(馬の足は石に躓いて折れてしまった。)[誘発者]

c 他 给 流氓 杀 了。(彼はならず者に殺された。)[動作者]

さらに、受益者と誘発者の連続性を示す文としては(15)を、誘発者と動作者の連続性を示す文としては(16)のような文を挙げて、受益と受動を連続する一つの枠組みの中で捉えることの有効性を示した。

(15) 我们 在 广场上 给 地主们 流 汗。(我々は広場で地主たちのために汗を流した。)[受益者/誘発者]

(16) 麦子 给 水 冲走 了。(麦が大水で流されてしまった。)[誘発者/動作者]

(15)について言えば、我々が汗を流すという行為は、確かに地主たちの利益に結びつく。この点から言えば、〝地主们〟は受益者としての性質を備えている。しかし、これを行為の担い手である〝我们〟の側から見れば、必ずしも地主たちの利益を目的として汗を流しているのではない。むしろ、地主たちのせいで我々は汗を流すはめになったのである。即ち、ここでの〝地主们〟には受益者と誘発者の意味役割の二重性が認められる。

一方、(16)における〝水〟は、事柄の引き起こし手であるという点において、誘発者の〝石头〟と共通する。しかし、次の(17)が成立することからもわかるように、〝水〟は高い動作主性(木村(一九九二)でいうところの致使力)を備えているという点において、(14c)における動作者の〝流氓〟に通ずる性質を備えている。

(17) 水 冲走了 麦子。(大水が麦を流した。)

授与動詞が受益者を導く前置詞へと文法化を遂げ、そこから誘発者を経由して、受動文の動作者を導く機能を獲得していくプロセスは、北方方言のデータのみを見た場合には一定の説得力があるように思われる。しかしながら、授与と受動の関連が多く観察される東南地域の諸方言に対して、この文法化のプロセスは有効ではない。なぜなら、東南方言の授与動詞は受益者を導く機能を備えてはいないからである。

東南方言において受益者を表示する場合、一般的には随伴者と同じ前置詞が用いられる。それらは授与動詞とは関連がない。粤語と客家語の〝同〟や閩語の〝共〟のように「ともにする」という意味の動詞、呉語の〝搭〟のように「関連する、あわせる」という意味の動詞、あるいは客家語の〝㧯〟のように「混ぜる」という意味の動詞などが用いられる。これらはいずれも「複数の要素を結びつける」という意味において共通している。以下、これらを結合動詞と呼ぶ。

(18) a 搭 依《你》 买 衣裳《衣服》。（お前に服を買ってやろう。）［吴语：浙江宁波］林璋他（二〇〇二）

b 该《这》个 问题 我 要 搭 其《他》 商量商量。（この問題は彼と相談しなければならない。）

(19) a 我 共 依《你》 洗 衫裤《衣服》。［闽语：福建泉州］林连通主编（一九九三）（洗濯してあげましょう。）

b 伊《他》 共 我 说过。（彼が僕に言った。）

(20) a 大家 㧯 𠊎《我》 共下《一起》 唸。［客家语：台湾桃园］（皆さんわたしと一緒に読んでください。）

b 佢《她》 捷捷《常常》 㧯 𠊎《我》 洗 衫《衣服》。（彼女はいつもぼくのために洗濯をしてくれます。）

(21) a 阿姆《妈妈》 同 阿姐《姐姐》 做 新娘 衫裤《衣服》。［客家语：台湾美浓］田中（二〇〇一）

（母は姉に花嫁衣裳を作ってやった。）

b 天光《明天》 我 爱《要》 同 惠景 共下《一起》 煮《做》 菜。（明日私は恵景と一緒に料理を作る。）

(22) a 我 同 你 買 架《辆》 車。［粤语：香港］千島（二〇〇四）（きみに車を買ってあげよう。）

b 我 同 佢《他》 拍緊《着》拖。（私は彼とつきあっています。）（拍拖＝つきあう）

授与動詞から受益前置詞へという文法化が広く観察される北方方言とは異なり、東南方言では結合動詞から随伴前置詞、さらに受益前置詞へという文法化のプロセスが成立している(5)。従って、授与から受益、さらに受動へという文法化は、少なくとも東南方言にとって有効とは言えない。

これまでのところ最も多くの研究者によって支持されているのは、受動標識を使役標識からの派生と捉える立場である。使役から受動へという拡張は中国語以外のさまざまな言語においても確認されており、きわめて一般性の高い現象である(6)。

歴史文法の観点からこの問題を取り上げた蒋紹愚（二〇〇三）は、授与から使役、さらに受動へという拡張が、文法史上では比較的晩期にあたる明代から清代にかけて成立したと述べている。その上で清代中期の白話小説『紅楼夢』の中に、使役と受動の何れにも解釈可能な次のような文があることを指摘し、使役から受動への拡張を示す例としている。

(23) 千万 別 給 老太太、太太 知道。（絶対ご隠居様や奥様に知られないようにするのですよ。）

（紅楼梦五二回）

一方、北京語における授与から受動への文法化の問題を論じた木村（二〇〇四）は、「共時的なコーパスにも、また、過去二世紀余りを遡る代表的な北京語資料にも、〝給〟が純然たる許容使役文の〈被使役者〉マーカーとして用いられる例は見当たらない。一八世紀後半に成立した『紅楼夢』にも一九世紀中期に成立した『児女英雄伝』にも（中略）、二十世紀初頭に成立した北京語口語資料『小額』にも、該当する〝給〟の用例は一例も索出されない。」として、北京語において使役から受動へという文法化のプロセスを仮定することは論理的根拠を欠くと述べている。この点において蒋绍愚（二〇〇三）と木村（二〇〇四）の主張には隔たりがある。

授与から使役、そして受動へという文法化のプロセスを裏付ける最も有力な根拠は、動作主の省略に関する制約である。授与動詞を用いた受動標識はそのほとんどが動作主の省略を許さない⑺。

(24)　a　*我　咯《的》书　拨《给》（　）　拕《拿》走　嚁《了》。［吴语：浙江宁波］
　　b　*我　的　册《书》　互《给》（　）　拿去　也《了》。［闽语：福建厦门］
　　c　*偓《我》　个《的》　书　分《给》（　）　拿走　哩《了》。［客家语：台湾桃园］
　　（私の本は持っていかれた。）

(25)　a　*茶杯　拨《给》（　）　敲《打》破　哉《了》。［吴语：浙江上虞］
　　b　*茶杯　乞《给》（　）　拍《打》破　了。［闽语：广东潮州］
　　c　*茶杯　分《给》（　）　打破　e《了》。［客家语：广东梅县］　詹伯慧（一九八一）
　　（湯呑みは割られてしまった。）

一般に受動文では、主語の位置に立つ受け手がどうなったかに関心があり、動作の担い手である動作者には関心が薄い。例えば英語の受動文などでも、byフレーズを伴う受動文は、それを伴わない受動文よりも少ないといわれている。他言語との比較という観点から見れば、動作者の省略を許さない中国語の受動文はむしろ特殊であると言わなければならない。

しかし、このような特殊性こそが、受動文と使役文との構文的関連を示していると考えられる。周知のとおり中国語の使役文は兼語式と呼ばれる連動構造によって表される。標準語の例㉖を用いて説明すれば、〝让〟の目的語である〝他〟が〝去北京〟の主語でもあるという意味的関係が成立して、はじめて使役の意味がもたらされる。使役の意味はこの構造に支えられているといってよい。

(26) 我 让他 去 北京。（私は彼を北京へ行かせる。）

従って、たとえ前後の文脈から被使役者が自明な場合であっても、この構造を崩すことは許されず、被使役者の省略は許されない。

(27) *我 让（ ） 去 北京。（私は北京へ行かせる。）

標準語において〝让〟を用いた受動文が動作者の省略を許さないというのも、それが使役文としての構文的特性を受け継いでいるからに他ならない。

(28) 敌人 的 油库 让 *(我们) 炸毁 了。（=(1c)）（敵の石油タンクは（我々によって）爆破された。）

東南方言において、授与動詞を用いた受動文が動作者の省略を許さないという現象も、それらが使役文から派生した形式であり、その構文的特性を保持していることを示している。

三　授与使役から許容使役への文法化

前節で見たように、授与と受動の関連が多く観察される東南方言では、授与から使役、そして受動へという文法化のプロセスが最も有力である。つまり、授与動詞を用いる受動文は使役文から派生した形式である可能性がきわめて高い。ではなぜ、東南地域の方言にだけそのような文法化が成立したのであろうか。そこには、以下に示すような東南方言の使役文にほぼ例外なく観察される現象が関与していると考えられる。

まず、「言いつける」という意味の動詞を用いた指示使役は、調査した限りにおいて東南地域のすべての方言で観察された。標準語の〝叫〟に相当する指示使役の標識は、南北を問わず中国各地の方言で確認されており、最も一般的な中国語の使役標識であると言ってよい。

(29) 主任 呕《叫》 小李 去 广州。（主任は李さんを広州へ行かせた。）［吴语：浙江宁波］

(30) 我 告《叫》 伊《她》 早仂囝《早点儿》 转《回》 厝《家》。（私は彼女を早く家に帰らせた。）［闽语：福建福州］

(31) 妈《妈妈》 拍《打》 电话 叫 伊《他》 出来。（母は電話をかけて彼に出て来させた。）［闽语：福建厦门］

(32) 佢《他》 喊《叫》 你 去 办公室。（彼はあなたをオフィスへ行かせた。）［客家语：台湾桃园］

(33) 叫 佢哋《他们》 做 事。（彼らに仕事をやらせる。）［粤语：香港］

ところが、東南地域では専ら許容使役の事態を表す標識が見当たらない。標準語の〝让〟にあたる使役標識が存在しないのである。「譲る」という意味の動詞〝让〟は存在する。しかし、それが使役標識に文法化を遂げてはいないのである(8)。

例えば、呉語の寧波や閩語の福州において、〝让〟を用いた次のような文は必ずしも容認不可能ではないが、標準語の影響を強く受けた表現という印象を免れないという。

(34) 让 阿拉《我们》 参观 一下。（参観させてください。）［吴语：浙江宁波］

(35) 让 我各侬《我们》 参观 嘛《一下》、会 使 鱠《不会》？（参観させてください。）［闽语：福建福州］

では、東南方言において許容使役はどのように表されるのであろうか。最も単純な方法は、指示使役の標識を用いることである。例えば、閩語の福州において、次の文は主任が李さんに広州へ行くよう指示したとも解釈できるし、広州へ行きたがっている李さんに対して、主任がそれを許したとも解釈できる。標準語において〝叫〟と〝让〟の置き換えが比較的自由であったことを見れば、このような状況は十分理解できる(9)。

(36) 主任　告《叫》　小李　去　广州。(主任は李さんを広州へ行かせた。)[闽语：福建福州]

しかし、「言いつける」という意味の動詞に由来する指示使役の標識では、どうしても補いきれない許容使役の事態がある。標準語の〝让〟がそうであるように、許容使役の標識は否定辞を伴って、許可しない、あるいは放任しないことによって、被使役者の行為を妨げる事態を表すことがある。しかし、指示使役の標識はいずれも否定辞との相性が悪い。

(37) *?主任　广州　弗《不》　呕《叫》　小李　去。(主任は李さんを広州へ行かせない。)[吴语：浙江宁波](10)

(38) *?我　伓《不》　告《叫》　伊《她》　早仂团《早点儿》　转《回》　厝《家》。(私は彼女を早く家に帰らせない。)[闽语：福建福州]

(39) *?妈《妈妈》　伓《不》　叫　伊《他》　出来。(母は彼に出て来させない。)[闽语：福建厦门]

(40) *?佢《他》　唔《不》　喊《叫》　你　去　办公室。(彼はあなたをオフィスへ行かせない。)[客家语：台湾桃园]

(41) *?唔《不》　叫　佢《他》哋《们》　做　事。(彼らに仕事をやらせない。)[粤语：香港]

「言いつける」という意味の動詞を用いる指示使役とは、言葉によって命令や指示を与え、それによって被使役者に対して積極的に関与する事態を典型とする。であるとすれば、指示使役の標識が否定辞に馴染まないのはむしろ当然のことであるといえよう。命令や指示を与えないことによって、被使役者の行為を妨げることはできないというわけである。許可しない、あるいは放任しないことによって、被使役者の行為を妨げる事態を表し得る許容使役とは、この点において違いがある。

標準語の〝让〟にあたる使役標識を持たない東南方言では、被使役者の行為を妨げる事態を表すために、授与動詞を用いた使役文が使われる。

(42) 主任　广州　弗《不》拨《给》小李　去。（主任は李さんを広州へ行かせない。）［吴语：浙江宁波］

(43) 我　伓《不》乞《给》伊《她》早仂囝《早点儿》转《回》厝《家》。（私は彼女を早く家に帰らせない。）［闽语：福建福州］

(44) 妈《妈妈》伓《不》互《给》伊《他》出来。（母は彼に出て来させない。）［闽语：福建厦门］

(45) 佢《他》唔《不》分《给》你　去　办公室。（彼はあなたをオフィスへ行かせない。）［客家语：台湾桃园］

(46) 唔《不》畀《给》佢哋《他们》做　事。（彼らに仕事をやらせない。）［粤语：香港］

授与動詞を用いる使役文は、本来はモノのやり取りを通して被使役者の行為を誘発する事態を典型とする。このような使役状況を佐々木（二〇〇二）では授与使役と定義した。

(47) 其《他》拨《给》我　相《看》照相《照片》。（彼はわたしに写真を見せてくれた。）［吴语：浙江宁波］

(48) 我　掏《拿》苹果　乞《给》汝《你》食《吃》。（あなたにリンゴを持ってきて食べさせてあげる。）［闽语：福建福州］[11]

(49) 我　互《给》你　坐。（あなたに座らせてあげる。）［闽语：福建厦门］

(50) 𠊎《我》分《给》你　食《吃》。（あなたに座らせてあげる。）［客家语：台湾桃园］

(51) 畀《给》人　睇《看》。（人に見せる。）［粤语：香港］

ところが、東南地域の授与動詞は、こうした授与使役の領域にとどまらず、次のような許容使役の事態にまでその表現領域を拡大させているのである。このような現象は北方方言では見られない。

(52) 主任　拨《给》小李　去　广州。（主任は（行きたがっている）李さんに広州へ行かせた。）［吴语：浙江宁波］

(53) 我　乞《给》伊《她》早仂囝《早点儿》转《回》厝《家》。［闽语：福建福州］

（私は（帰りたがっている）彼女を早く家に帰らせた。）

(54) 伊《他》互《给》我 去 机场。（彼は（行きたがっている）私に空港へ行かせた。）［闽语：福建厦门］

(55) 佢《他》分《给》你 去 香港 旅行。［客家语：台湾桃园］

（彼は（行きたがっている）あなたに香港へ旅行に行かせた。）

(56) 畀《给》佢《他》入《进》嚟《来》。（（入りたがっている）彼に入らせる。）［粤语：香港］

標準語の授与動詞〝给〟がそうであるように、北方方言の授与動詞の多くはモノのやり取りを通して被使役者の行為を誘発する授与使役の事態しか表すことができない。これに対して、東南地域の授与動詞は許容使役の事態にまでその表現領域を拡げている。このことは、東南地域の授与動詞が動詞の原義を離れ、使役標識として高度な文法化を遂げていることを意味している。その原因となったのは、許容使役を表す〝让〟の不在であったと本稿は考える。

東南地域の諸方言は標準語の〝让〟のように専ら許容使役の事態を表す使役標識を持たない。また、指示使役の標識では被使役者の行為を妨げる事態を表現し難い。そうしたいわば選択の余地のない状況から、東南方言の授与動詞は、授与使役から許容使役へとその表現領域を拡張していったと考えられる。

四　許容使役から受動への文法化

東南方言に共通して観察される現象は、標準語の〝让〟のような専ら許容使役の事態を表す使役標識を持たないことである。そのため、許容使役の事態は指示使役や授与使役の標識によって表されることになる。とりわけ否定形式では、指示使役を用いることは難しく、授与使役を用いるしかないといった状況が生じる。こうしたことが、授与動詞の文法化を促進することに繋がったと考えられる。

東南方言の授与動詞がモノのやり取りを仲立ちとする授与使役に限定されることなく、許容使役をも表すことが可能になったのは、専ら許容使役を表す〝让〟が不在であったためである。そして、許容使役の機能を獲得した授与動詞は、標準語の〝让〟がそうであったように、受動標識へとさらにその機能を拡張していくことになる。つまり、東南方言の授与動詞は以下のような文法化のプロセスを経て、受動標識の機能を獲得したと考えられる。

授与動詞　→　授与使役標識　→　許容使役標識　→　受動標識

このような文法化のプロセスを仮定することによって、東南方言における授与と受動の繋がりを無理なく説明できると同時に、授与動詞を用いた受動文がなぜ東南方言に多く、北方方言に少ないのかという問題に対しても、合理的な解答を与えることが可能となる。

註

(1)『现代汉语八百词』は「好大的雨，衣服都叫淋透了。」という文を挙げ、〝叫〟には動作者を省略した用法が稀に見られるが、〝让〟にそのような用法はないと指摘している。二六八頁及び四〇六頁を参照。

(2) 木村（二〇〇〇）を参照。

(3) 太田（一九五六）は、〝给〟による受動文はもともと北京語には存在しなかったと指摘している。また、李珊（一九九四）も、生粋の北京語としては、受動標識として〝给〟を用いることはないと指摘している。

（4）佐々木（一九九九）を参照。

（5）刘丹青（二〇〇三）は、北部呉方言には、〝搭〞のように随伴から受益へという文法化が認められる前置詞がある一方で、〝帮〞のように受益から随伴へという文法化が認められる前置詞も存在すると指摘している。

（6）Haspelmath 1990, Washio 1993 などを参照。

（7）閩語の福州では、授与動詞の〝乞〞を用いた受動文において動作者の省略が可能である。

我　其《的》书　乞《给》（　）掏《拿》去　了。（私の本は持っていかれた。）［闽语：福建福州］

眼镜　乞《给》（　）做《弄》破　咯《了》。（メガネが壊された。）［闽语：福建福州］

（8）呉語の上海では、〝让〞が使役標識に文法化を遂げている。しかし、上海方言の基礎方言の一つとされる寧波方言では、〝让〞を使役標識に用いることはない。

搿《这》　碗　汤　让　我　吃吃。［吴语：上海］钱乃荣（一九九七）（このスープを飲ませてください。）

（9）同様の現象は北方方言の内部でも観察される。例えば、使役標識として〝让〞を使うことの少ない西北官話の西安や西寧では、指示使役の〝叫〞が〝让〞に代わって広く許容使役を表すという。

（10）呉語の寧波では、否定文の場合、目的語は前置されることが多い。

（11）閩語の福州の授与使役では、具体的な授与行為を必ず示さなければならない。そのため、ここでの〝掏苹果〞は省略できない。詳しくは、佐々木（二〇〇二）を参照。

参考文献

千島英一（二〇〇四）「現代香港広東語の記述的研究」『現代香港広東語の語彙体系とその形成にかんする記述的研究』平成一三―一五年度科学研究費基盤研究(B)研究成果報告書。

木村英樹（一九九二）「BEI 受身文の意味と構造」『中国語』六月号、一〇―一五頁。

木村英樹（二〇〇〇）「中国語ヴォイスの構造化とカテゴリ化」『中国語学』二四七号、一九―三九頁。

木村英樹（二〇〇四）「授与から受動への文法化―北京語授与動詞の前置詞化をめぐって」『言語』四月号、五八―六五頁。

林璋・佐々木勲人・徐萍飛（二〇〇二）『東南方言比較文法研究―寧波語・福州語・厦門語の分析―』好文出版。

太田辰夫（一九五六）「「給」について」『神戸外大論叢』七巻一―三号、一七七―一九七頁。

佐々木勲人（一九九三）「受身と受益―〝给〟構文の分析―」『日本語と中国語の対照研究』第一五号、一三―二二頁。

佐々木勲人（一九九九）「南方方言におけるGIVEの処置文」『中国語学』二四六号、二〇七―二七六頁。

佐々木勲人（二〇〇二）「中国語における使役と受益―比較方言文法の観点から―」『事象と言語形式』三修社、一七七―一九七頁。

田中智子（二〇〇一）「客家語の介詞「同」について」『日本中国語学会第五一回全国大会予稿集』、八五―八九頁。

高名凯（一九四八）《汉语语法论》开明书店、复刊（修订版）商务印书馆（一九八六）。

黄伯荣主编（一九九六）《汉语方言语法类编》青岛出版社。

江蓝生（二〇〇〇）〈汉语使役与被动兼用探源〉《近代汉语探源》商务印书馆、二二一―二三六页。

蒋绍愚（二〇〇三）〈〝给〟字句、〝教〟字句表被动的来源―兼谈语法化、类推和功能扩张〉《语法化与语法研究（一）》商务印书馆、二〇二―二二三页。

李珊（一九九四）《现代汉语被字句研究》北京大学出版社。

林连通主编（一九九三）《泉州市方言志》社会科学文献出版社。

刘丹青（二〇〇三）〈语法化的共性与个性，单向性与双向性―以北部吴语的同义多功能虚词〝搭〟和〝帮〟为例〉《语法化与语法研究（一）》商务印书馆、一二五―一四四页。

吕叔湘主编（一九八〇）《现代汉语八百词》商务印书馆。

钱乃荣（一九九七）《上海话语法》上海人民出版社。

桥本万太郎（一九八七）〈汉语被动式的历史・区域发展〉《中国语文》第一期、三六―四九页。

徐丹（一九九二）〈北京话中的语法表记词〝给〟〉《方言》第一期、五四―六〇页。

詹伯慧（一九八一）《现代汉语方言》湖北人民出版社。

Bennet, P. A. 1981. The Evolution of Passive and Disposal Sentences, *Journal of Chinese Linguistics* 9, pp. 61-90.

Haspelmath, Martin. 1990. The Grammaticization of Passive Morphology, *Studies in Language* 14-1, pp. 25-72.

Washio, Ryuichi. 1993. When Causatives Mean Passive: A Cross-linguistic Perspective. *Journal of East Asian Linguistics* 2, pp. 45-90.

ポライトネスの文法

――人称的視点と要請言語行為の関わりから

張　勤

一　はじめに

一・一　日本語動詞の活用形のうち、命令形はその名の通り、（1）（2）のように聞き手[1]に何らかの行為・行動を起こさせるといった要請言語行為を明示する形式である。

（1）　ドアを開けろ！

（2）　ドアを開けてくれ！

ところが、（1）と（2）を比較して分かるように、授受を表す補助動詞「～てくださる（～てくれる）」の命令形である「～てください（～てくれ）」という形式による表現は他の命令形と同様に要請言語行為を明示するが、ふつうの動詞命令形による要請言語行為より行為の強制度が低く、いくぶん希求的な意味を持つ丁寧な表現として聞こえる。同じ命令形でありながら、このような表現上の違いはどのように生じてくるのであろうか。

一・二　（1）と（2）の違いが発生する理由としては、何よりもまず授受動詞において人称的視点[2]、敬語的人称[3]が存在するということが考えられる。しかしそれならなぜ人称的視点があれば命令形式の強制力が弱くなり、丁寧に聞こえてくるのかという問題が起こってくる。

意味的に「〜てください（〜てくれ）」に対応する表現を中国語において探せば、「〜給我〜！」(4)という形となる。中国語(5)は日本語と違って、人称的視点が敬語体系において語彙形式（くださる（くれる））、または文形式（〜てくださる（〜てくれる））に織り込まれることはない。「給我」という介詞構造(6)は、構文において条件が揃えれば、結果的に視点的な意味を表すことがある。しかし、（3）と（4）で見られるように命令構文における「〜給我〜！」は日本語の「〜てください（〜てくれ）」と違って、丁寧に聞こえないばかりか、非常にきつい要請表現となる。

（3）　ドアを開けてくれ。

（4）　你給我开门！

日本語と中国語のこの違いは何によるものであろうか。この小論は、これらの疑問について説明を試みるものである。

二　人称的視点と恩恵

二・一　「〜てくださる（〜てくれる）」等の授受動詞には人称的視点が存在する。金水一九九五は人称的視点に基づく授受動詞の語彙体系が室町末期から定着し、やがてそこに敬語がはめ込まれるようになり、最終的にこのようなシステムが補助授受動詞によって一般化され、あらゆる出来事が人称的視点の網の目のなかで描かれるようになり、同時に相対敬語を生じさせたと捉えている。人称的視点は、久野一九七八の用語を借りれば、話し手から見た発話における動作の向かう先の対象への「自己同一視化」の度合いの結果である。「～てくださる（～てくれる）」の発話においては、示されれば二格となる動作の向かう対象への話し手の「自己同一視化」の度合いが高く、ほぼ一致する。

二・二　人称的視点が織り込まれている補助動詞「～てくださる（～てくれる）」がある発話とそれがない発話とを比較すると、「～てくださる（～てくれる）」には、受ける動作、または動作の遂行者に対してある種の恩恵が感じられる表現としての意味が読み取れる。

（5）　どうしても玉枝を竹神の家へ迎えたいと思うようになったのは、何げなくそんなことをいいにきた与兵衛の言葉が契機になっている。喜助は、玉枝が芦原にいても決して幸福でないことを知っていたし、嫁にゆかないのかときいた時、自分のような女はもらってくれる人がないと玉枝はいった。このまま「花見家」で客をとって生きてゆくしかない、と淋しげな顔をしていた。玉枝がもし、この竹神の家にきてくれるなら、どんなに嬉しいだろうと喜助は思った。仕事にも精が出るにちがいない。玉枝を世界の誰よりも大切にしてやることが出来る、と喜助は思った。（水上勉『越前竹人形』）(7)

（5）の「自分のような女はもらってくれる人がない」という玉枝の発話は、「このまま「花見家」で客をとって生きてゆくしかない、と淋しげな顔をしていた」という後続の描写からも分かるように、「もらってくれる」ことがありがたいという意味が含意されている。また「玉枝がもし、この竹神の家にきてくれるなら」という喜助の思いも「来てくれる」ことが「どんなに嬉しいだろう」というありがたい気持ちが込められているものである。これらのことが実現すれば、いずれも「～てくれる」の一人称視点によって、話し手（玉枝）、またそれ同等の者（喜助）にとってありがたい恩恵となる。

もし、「もらってくれる」が「もらう」になり、「きてくれる」が「くる」となれば、表現としては客観性を帯びてくると同時に、人称的視点がなくなり、恩恵の意味も消えてしまうであろう。

二・三　上に見た「～てくださる（～てくれる）」の特質は、人称的視点を伴うことで、恩恵といった意味がもたらされてくるという敬語の体系に則しての解釈も可能だが、（4）のような中国語の例をも視野に入れれば、単なる人称的視点と恩恵との結びつけより別のファクターをも考慮に入れたほうがより統一した解釈が可能になることが期待される。ここでは、Brown と Levinson の politeness strategy 理論を援用したい。

Brown と Levinson の politeness strategy 理論では、コミュニケーションにおいて、当事者が守りたい face を次のように二種類に分類されている。

・positive face　自分の望みが他人にとっても望ましいことだと思われたいという face

・negative face　他人からじゃまされないで、自由に行動したいという face

そして、Brown と Levinson は日本語を negative face の文化に入るとしている。

二・四　日本語が持つ negative face が意識されるコミュニケーションにおいては、聞き手と話し手はそれぞれ独立した世界を持ち、基本的にお互いに干渉しない。そうした独立の世界を犯すということは、negative face の基本となる「他人からじゃまされないで、自由に行動したい」という face を犯すことになり、失礼な行為となり、コミュニケーションの失敗を来たすことになりかねない。

ところが、人間社会は個が完全に独立したまま、言い換えると、聞き手と話し手がお互いにまったく干渉を持しないままでは、コミュニケーションが成り立たなくなり、生活の営みそのものもできなくなる。negative face の意識とお互いに干渉をせずに生活の営みが成り立たないということとは相反することである。

たとえば、窓を閉めなければならないが、自分はどうしても手が空かずに閉めることができない。窓側に相手がいるが、negative face を共有しているので、もちろん頼みにくい。その時に、相手が自分（＝話し手）の状況を察してくれて、そして「窓を閉めてくださった（てくれた）」ということが実現できれば、なんと助かることになるのであろう。

「窓を閉める」と比較すると、「窓を閉めてくださる（てくれる）」のほうは、negative face を共有する相手に行為を頼んだりすることで相手の世界を犯すことなく、自分が望んでいたことを相手がしてくれるという意味を持つ。これはまさに話し手にとっては恩恵である。

二・五　しかし、negative face という共通のコミュニケーション意識のもとでは、「〜てくださる（〜てくれる）」ことは、negative face の意識を超えることで、negative face によって秩序付けられる社会ルールを破ることでもある。従って、ふつうにあることではないゆえにそれがありがたい恩恵となる。しかし、「〜てくださる（〜てくれる）」ことは、いつでもこちらが待ち望んでいることになるとは限らない。場合によってはありがた迷惑になり、時には望んでいるのとは逆方向の行為になり、まさに迷惑となる(8)。いずれにしても「〜てくださる（〜てくれる）」ことは、実現するかどうかについての話し手の予期を超えるところに成立する行為として捉えられる。

二・六　「〜てくださる（〜てくれる）」において予期しないことがありがたく実現するという含意があることは、「〜てくださる（〜てくれる）」の動作主が無情物でもよいことからも窺える。有情物動作主の場合、予期しないということの理由は、negative face の存在というコミュニケーション展開上の意識によるものだが、無情物動作主の場合は、それへの働きかけが不可能なことと、意図的にやってくれることがあり得ないということによるのである。論理的に働きかけや意図的な行動が不可能な相手が何かやってくれたという表現に対して、擬人化であるとの解釈を施すことができても、予期しないことの実現という含意の存在を否定することは不可能である。もちろん「～てくださる（～てくれる）」から補助動詞を無くせば、予期しないことがありがたく実現するという意味も消えてしまう。

二・七　「他人から邪魔されたくない、自由でいたい」という意識の壁を破り、相手が意図的にまたは結果的に自分のために自分の望み通りに何かをやった。これが表現においては人称的視点として現れ、人称的視点の内実となる。

このように、人称的視点が織り込まれる授受表現に読み取れるありがたさ、恩恵といった含意は、「～てくださる（～てくれる）」に関して言えば、本質的には、予期しないことがありがたく実現することから来ると言えよう。そして人間同士がお互いに働きかけることが「予期しない」ことはほかではなく、negative face がもたらす結果である。

三　「給我～」と恩恵

三・一　「～てくださる（～てくれる）」に恩恵の意味が含まれる人称的視点が織り込まれるのに対して、中国語には人称的視点が存在しないので、行為が誰に向かっていくものかは「给～」のように、介詞による統語構造を持って示すほかかない。「～てくださる（～てくれる）」と意味上対応するのは、「给我～」となる。

三・二　ところで、後ほど詳しく論じるが、中国語は、Brown と Levinson の politeness strategy 理論の分析によれば、自分の望みが他人にとっても望ましいことだと思われたいという positive face を持つもので、コミュニケーションにおいて日本語とは逆の展開が見られる。negative face を持つ日本語が、聞き手と話し手のそれぞれにおいて独立した世界が形成されて、お互いに干渉しないのが基本であると考えられるコミュニケーションのパターンを持つのに対し、中国語はむしろ話し手と聞き手が同一の世界に属し、そこでお互いに干渉しつつ認め合うというコミュニケーションのパターンを持つ。

このように positive face を持つ中国語では、一般的に相手が何かを進んでやってくれることについては、日本語のように「予期しない」ありがたいことの実現として認識されず、むしろ同じ世界のメンバー同士間における当然の行動として捉えられる。日本語と違って、中国語の「给我～」は次の例のように多分に客観記述の読みが強く、基本的に恩恵という意味合いを持たない。

（6）・没想到你吴大旺会让我这么不放心，会给我闯这么大的祸，会让师长的老婆在电话上莫名奇妙地乱发火。

・静静地看他一会，从椅子上起来，她不冷不热地说，早上别烧汤了，给我冲两个鸡蛋，你就回连队去吧。

・不管你和师长离不离婚，给我提不提干，调不调我媳妇、孩子进城，我吴大旺这一辈子都在心里感激你，都会在心里记住你。

・我没犯什么错，年年都被评为模范指导员，优秀的思想政治工作者，不说让师长给我提一级，调到关里，至少也让我在部队多干一、二年，……

（阎连科《为人民服务》）

（6）は五万五千字前後の小説からの引用だが、その小説にある「给我～」の全用例は、以上の四例と要請言語行為を示す二例であった。用例が少ないことは別にしても、上記の例はいずれも動作の相手を示すのに必要な与格として用いられている。後の二例にある「给我提不提干」「给我提一级」に恩恵の含意があるように思われるが、これはむしろ内容から来るものであり、その内容が示す恩恵と与格とが一致した結果である。詳しくは後にまた触れることがあろう。

四　要請言語行為

四・一　動詞の命令形と「〜てください（〜てくれ）」は、いずれも要請言語行為を遂行するための表現である。要請言語行為もコミュニケーションにおいて情報を伝えるものだが、推測したり、聞いたことを伝聞したりするのとは異なって、発話時より未来の時点における聞き手の行動に関する情報を伝えるものである。未来の時点において聞き手がしかじかの行為をとる、という本来なら聞き手に属し、聞き手の主観において行われるはずの行動についての情報が、話し手から聞き手に押し付けられるものである。聞き手が自主的に行う行動の青写真を話し手が描くことは、話し手において、自分が描いたとおりの世界に合わせて聞き手に行動をしてほしいという意図を持っていることの結果であり、そして聞き手が話し手に従うべき状況にあれば、このような意図が聞き手に伝達されるということは、言うまでもなく聞き手への行動の「要請」となり、対他性のつよい表現である。

四・二　聞き手の行動を話し手が実質的に描いて規定することは越権的な行為であり、丁寧さが低いものである。その上、聞き手と話し手の社会的関係によっては、それに破綻をもたらす危険性さえ孕む可能性が存在する行為である。さらに negative face を持つ日本語において話し手と聞き手がそれぞれ独立した異なる世界を持ち、「邪魔されたくない、自由でいたい」ので、お互いに干渉しないことをコミュニケーションにおいて守ることが要請される。しかし、要請言語行為はそうしたコミュニケーションにおけるタブーを正面から破るものである。円滑なコミュニケーションが行われ、また成功させるためには、当然そうした話し手と聞き手の関係の破綻の危険性を回避するストラテジーをとらなければならないが、命令形の形による「要請」はまったく逆の方向へ働く。というのは、命令形は要請言語行為を明示するものであり、その作用で要請行為が強くなるからである。

四・三　しかし、そういうことにも係わらず、要請を明示する命令形である「〜てください（〜てくれ）」には、実際はふつうの動詞の命令形と異なり、きつい語感が必ずしもない。同じ命令形の形式なのに、なぜ「〜てください（〜てくれ）」が一般の動詞命令形より丁寧に聞こえるのであろうか。次の節からこの疑問を考えて行きたい。

五　negative faceと「〜てください（〜てくれ）」

五・一　いったい「〜てください（〜てくれ）」は何を要請する表現であろうか。

(7)「あの女と、人伝でなく話したいことがある。しかるべく申上げてくれないか。——ごく微行で伺うから。もう夜あるきもできぬ私の身分だし、どんなことがあっても隠さねばならぬことだから、私とあの女とのことは、夢にも人に洩らさない。全く、秘密のうちの再会なのだ。それをようくわかって頂いてくれ」（田辺聖子『新源氏物語（本文）』）

(8)「お兄ちゃん、ゲートルは吹きとんだよ。シャツは、水玉のところが抜けてしまったよ。爆弾が光ったとき、いっぺんにそうなった。お兄ちゃん、僕を認めてくれよ」（井伏鱒二『黒い雨』）

(9) 特務曹長「そうだ。おいみんな。おまえたちはこの事件については何も知らなかった。悪いのはおれ達二人だ。おれ達はこの責任を負って死ぬからな、お前たちは決して短気なことをして呉れるな。これからあともよく軍律を守って国家のためにつくしてくれ」（宮沢賢治『饑餓陣営』）

五・二　上の例で分かるように「～てください（～てくれ）」によって遂行される要請は、一般的な単純な越権的行為ではなく、予期しない、望めないことの実現への要請、言い換えればより希求的な要請言語行為に傾いたものである。このような性質を持っているからこそ、（10）のように聞き手（相手）が有情物でなくとも、要請が成立するし、（11）のように聞き手が目の前にいなくても要請が可能である。

（10）（翌日久しぶりのゴルフを控えているが、止みそうも大雨が降り続ける）やんでくれー！

（11）（テレビ画面に映っているリングに倒れているボクサーに対して親が叫ぶ）立ってくれ！

五・三　「～てください（～てくれ）」による要請言語行為が持つ希求的な性質がその表現が丁寧に聞こえる要因の一つになると考えられる。

対他的な作用が強い一般の要請言語行為と比して、希求的な要請言語行為は、作用の向かう相手が多くの場合は虚構的なものか、擬人されたものか、発話の場にいないものが多く、結局要請の作用が話し手の内に解消される、いわば対自的な作用が強い行為としての性質を持つ。このような希求的な要請は、話し手の一種心的な態度の表出なので、要請としての強要度が弱くなる。このような要請の意味が希薄な希求的な要請表現は、相手がそれに従うか否かの選択余地をより与えるものとなり、Leech の表現を借りれば、相手の負担を最小限にする表現である。

それゆえに、希求的な要請に傾く「～てください（～てくれ）」による要請言語行為は丁寧に聞こえてくる。negative face を持つ日本語においては、要請によってもたらされるであろう関係の亀裂を避けたり、修復したりするストラテジーとなる。「～てください（～てくれ）」による要請行為に対して、動詞命令形による要請行為は、ちょうど逆の対極にある。動詞命令形のそれは強い対他的な作用によって、ストレートに相手に要請するので、相手の負担が最大限にされてしまい、negative faceを持つ日本語においては、受け入れ難い表現の一つとなる。

五・四　しかし、「〜てください（〜てくれ）」による要請行為が丁寧に聞こえる理由は、希求的に傾いていることだけではない。

「〜てください（〜てくれ）」による要請言語行為は、negative faceを持つコミュニケーションにおいては二つの側面の行為を遂行することになる。例えば「ドアを開けてくれ」においては、まず「ドアを開ける」という命題が示している行為の遂行を聞き手へ要請することになる。それと同時に、自分のためにドアを開けるように要請するということは、とりもなおさず自分が邪魔されたいという表明であり、聞き手に対して自らの世界をオープンさせ、聞き手に自分の世界へ侵入するように依頼することとなる。聞き手に対して自分の世界をオープンすることは同時に自分を卑下させるストラテジーともなる。

話し手と聞き手の世界がそれぞれ閉ざされるnegative faceを持つ日本語においては、自分の世界への誘いはコミュニケーションの秩序を破ることにはなるが、聞き手への信頼の現れであり、予期しないありがたいことの実現でもある。命令形によってもたらされるマイナスな意味合いは、自分の世界への誘いによる卑下さによって消され、むしろ丁寧な語感が残ることになる。

五・五　以上のように、「〜てください（〜てくれ）」は、希求的な要請言語行為であること、自分の世界への侵入を聞き手に許す表現であることから、一般動詞命令形より丁寧な表現となるのである。

negative faceを持つ日本語において話し手と聞き手はそれぞれ独立した世界を持つことになるが、この独立した世界への操作は、日本語コミュニケーションにおける関係調節の機能を果たすものとなる。一般論からいうと、相手に自分の言う通りに行動を要請するということは、この独立した世界の秩序を破り、相手の世界へ侵入してしまうことであり、negative faceを潰すことになるので、コミュニケーションにおける通念に反する。これが表現上においては丁寧でないニュアンスになって現れてくるのである。もちろん、話し手と聞き手のそれぞれの世界を守るのは、negative faceを持つ日本語においてはコミュニケーションの基本理念だが、それが行過ぎた場合は、逆に慇懃無礼の効果が出、関係を遠くするストラテジーともなる。さらに「〜てください（〜てくれ）」のように自ら自分の世界をオープンさせるのも丁寧さを醸し、コミュニケーションをスムーズに展開させるストラテジーとなる。

六　中国語「〜给我〜！」

六・一　(12)　现在到了七月份以后，工资改革究竟能改多少，我们也不知道。我们觉得国家暂时还有困难，是哇。不可能给我们每个人都长很多的钱。所以我们觉得是时候儿了就退下来，就退下来了。（北京口语资料D二六）

(13)　但是学校毕竟毕竟是学校吧，不好再再往深里说，因为这也不犯法！实际上反正给我们规定的呢就是是不准交异性朋友啊，然后还有一个，少数儿说，不准穿牛仔儿裤啊。（北京口语资料D三三）

中国語は日本語のように人称的視点が語彙の意味に織り込まれていないので、要請言語行為の向かう先は誰か、そして行為の結果、誰が恩恵を受けるかは上の例のように、統語構造を持って示すほかない。ところで、要請する行為を示す命題に、「给」を取る間接目的語節があれば、同一文に同一の介詞節を二つ以上使ってはならないという規則により、「〜给我〜！」で恩恵の方向を示せなくなる。次の文の「〜给我〜！」は間接目的語と解釈される。

（14）　到了东京，请给我来信。

一次的に間接目的語として解釈されるのは、「给我」が格関係を示すものだったからである。それが恩恵の方向と一致すれば、恩恵を与える意味を持つようになり、イメージのスキーマの働きで、間接目的語を示す必要がない時にも恩恵を表すようになり、文法化が起こるようになる。ところで、間接目的格の新しい形式が現れない限り、文法化が完全に実現されなく、（14）のようにまずは間接目的語として解釈され、当の行為の実現が話し手に有利な場合に含意として恩恵の意味を持つようになる。間接目的語が必須ではない命題の場合に「～给我～！」は（12）にあるように恩恵の意味に傾斜していく。

六・二　ところで恩恵という意味においても、「～给我～！」と「～てください（～てくれ）」とは根本的に異なるものが存在する。（15）と（16）の中国語と日本語訳を比較すれば確認されるように、「～给我～！」を「～てくれ」に対応して訳されておらず、代わりに要請的言語行為の中で丁寧度が一番低い活用語（ここでは動詞）の命令形を当てて訳されている。

また逆に日本語の「～てくれ（ください）」は次のように「～给我～！」でない中国語に訳されている。

（15）「生意気を言ってないで、お母さんに手紙を出して聞いとくれよ。」（川端康成「故郷」）

〝别说大话啦，写封信问问你妈妈吧〟（葉渭麦訳）

（16）「ちょっと待ってください。僕ひとりで会わせてくれませんか。この部屋に僕ひとりにしてくれませんか。」（川端康成「死顔の出来事」）

〝请等一等，能不能让我单独见？让我单独在这间房子里？〟（葉渭麦訳）

すなわち恩恵の意味においても中国語の「～给我～！」と日本語の「～てくれ」とは対応していないのである。

中国語の「给我」は命題の一部分の間接目的語が一人称を主格とする要請言語行為においてたまたま恩恵の方向と一致することにより結果的に恩恵の意味をもつこととなるので、そもそも一人称の間接目的語が存在することが恩恵の意味をもつことの前提条件である。これは「给」がまだ完全に恩恵の意味を示すまで文法化されていないことをも物語っているのである。

このために、(17)と(18)のように命題自身に間接目的語が必要でない場合に「～给我～!」を使用すると、恩恵ではなく、強制の意味となる。(19)と(20)の「～给我～!」が日本語の用言(動詞の)命令形に訳されているのはこのように解釈がつくのである。

(17) 然后，她板着面孔又重复着强调了那句话，说我是你姐，你要给我说实话。(阎连科《为人民服务》)

(18) 爱事做得不好，她就说该罚你了，去给我的那件衣服洗洗。(阎连科《为人民服务》)

(19) 〝哼，晾衣服?〟猩猩骤然在牢外冷笑，〝为什么偏偏到楼七室门口来晾?嗯，每件衣服都给我搜!〟(罗广斌・杨益言《红岩》)

「ふん、洗濯物を干してるな?」猩々は扉の外で冷笑した。「わざわざ二階七号室のまえまで干しにくるとは、どういうわけだ?うん、服を一枚一枚調べてみろ」(三好一訳)

(20) 〝我要抗议!即使我没有制止学生胡闹，你们也不能这样粗鲁地对待自己人……〟

〝住口!给我站过去。〟余新江的手朝牢房深处指了指。(罗广斌・杨益言《红岩》)

「ぼくは抗議する!たとえぼくが学生たちのばか騒ぎをとめなかったにせよ、仲間にたいしてこんな乱暴な取扱いをするとは……」

「黙れ!立て!」余新江の手が房の一番奥を指さした。(三好一訳)

六・三　要請言語行為の表現として日本語「～てください（～てくれ）」と「～給我～！」が持つ異なる表現性は、単なる形式の違い、すなわち人称的な視点が織り込まれる（日本語）のと織り込まれていない（中国語）の違いのみによって解釈することは難しい。この違いはやはり両国語がもつ異なるfaceによるものではないかと考えられる。

日本語はすでに述べたようにnegative faceを持つゆえに、話し手と聞き手がそれぞれ独立した世界を有しており、お互いに「邪魔されたくない」ので、独立の世界への干渉をしないのがコミュニケーションの通念としてある。そうした状況の中で、「～てくださる（てくれる）」は、希求的な要請言語行為であること、自分の世界への侵入を聞き手に許す表現であることから、一般動詞命令形より丁寧な表現となるのである。

それに対して、中国語は、negative faceではなく、コミュニケーションの通念としてpositive faceを持つ。人から邪魔されたくないnegative faceに対し、positive faceは自分の望みが他人にとっても望ましいという希望を持つ。

positive faceが意識されるコミュニケーションにおいては、話し手と聞き手にそれぞれが独立した世界を持つのではなく、話し手と聞き手が同一の世界に存在するか、同一の世界に位置するように設定するのが通念としてある。この場合、日本語のように話し手と聞き手がお互いの世界を犯したり干渉したりしないのと逆に、進んで聞き手に働きかけ、干渉を持つことがよりコミュニケーションがスムーズに行われる。自分の望みが他人にとっても望ましいことなので、自分が聞き手のために進んで何かやってあげることはきっと聞き手も望んでいることであるという意識を持って、遠慮することなしに聞き手に何かやる。聞き手も話し手がやってくれることに対して邪魔される思いがなく、むしろそうすることが当然だ、言い換えると、こちらから要求しなくてもやってくれるものだと思うのである。更にいうと、話し手が進んで聞き手に何かやって聞き手がそれを喜んで受け入れれば、自分の行為が認められたという自己満足が得られる。話し手と同様に、聞き手も話し手が何か進んでやってくれると、自分のことが聞き手に認められていると確認することができる。話し手と聞き手がそうしたことを通して、両方が同時に存在する世界の確認を行い、コミュニケーションにおける自分の位置を確保する。

六・四　ところが、このような positive face が意識されるコミュニケーションの場において、自分のための要請言語行為が遂行されることは、当然やってくれるということに対して疑いをかけ、催促することになり、positive face が潰されてしまう。コミュニケーションの場で、遂行することが明白なのに催促していくことができるのは往々にして話し手がより高い地位にいる場合であるので、positive face を持つ中国語の「～給我～！」による要請言語行為は聞き手に強要する含意が含まれ、横柄で失礼な表現となる。「～給我～！」が強要の含意があるのは、無情物主語の文に使えないことからも分かる。「～給我～！」は必ず要請の内容を実現させてくれる相手がいなければならない。「～給我～！」は希求的な要請と自分の世界への干渉の許可という両側面を持って丁寧に聞こえる「～てください（～てくれ）」と根本的に異なる。

一方、中国語は positive face を持ち、話し手と聞き手が同一の世界に存在する、または同じ世界に位置するように設定するので、話し手と聞き手は常に明示的な言語行為によるコミュニケーションがふつうとなる。それゆえに、日本語は一般の動詞命令形による要請言語行為丁寧度が低いのに対して、中国語は「～給我～！」によらない一般命令文のほうのポライトネスの適正度が高い。

七　終わりに

以上の分析で明らかになったのは以下のことである。

「～てください（～てくれ）」による要請言語行為が一般動詞命令形によるそれより丁寧な表現となるのは、negative face を持つ日本語において「～てくださる（～てくれる）」にある予期しないことがありがたく実現するという含意と、そうした含意によって「～てください（～てくれ）」が希求的な性質を持つようになり、自分の世界への侵入を聞き手に許す表現であることによるのである。さらに予期しないことがありがたく実現するという含意は日本語における人称的視点の内実でもある。

一方、日本語の「～てくださる（～てくれる）」と意味的に対応する中国語の「给我」は、基本的に間接目的語を示す形式であり、命題が間接目的語を必要としない場合に恩恵の意味に傾斜していく。「～てください（～てくれ）」と意味的に対応する「～给我～！」は、positive face を持つ中国語では聞き手への信頼を疑い、行為を強要する丁寧度の低いものとなるが、一般動詞命令文は日本語と異なり、ポライトネスの適正度が高い。

参考文献：

井出祥子，二〇〇六，『わきまえの語用論』大修館書店．

張勤，一九九九，『比較言語行為論―日本語と中国語を中心に』好文出版．

金水敏，一九九五，「敬語と人称表現―『視点』との関連から」，『(解釈と教材の研究）国文学』（一九九五年一二月号）学燈社．

菊池康人，一九九四，『敬語』角川書店．

Brown, Penelope., and Stephen C. Levinson，1987，*Politeness: Some Universals in Language Usage.* Cambridge University Press.

久野暲，一九七八，『談話の文法』大修館書店．

註

（1）本文は、「話し手」と「聞き手」をやや広く捉え、コミュニケーションの当事者という意味で用いていく。

（2）金水一九九五．

（3）菊池一九九四．

（4）典型的な「～給我～」は，「你給我去一趟」「你給我把窗打开」のように命令文において動詞の前に位置するものである。

（5）本論は対象を現代中国語と現代日本語に限定する。

（6）ここでは共時的に「給」の性質を問題にしている。

（7）下線は筆者。以下同。

（8）迷惑となる場合についての考察は別稿を用意する。

「交渉」源流考

盧　濤

要旨　本稿は、「交渉」の語彙化(lexicalization)を分析したものである。「交渉1」の形成と「交渉2」の発展及び現代中国語における「交渉」の用法を考察して、以下の三点を主張したものである。第一に、「交渉1」は初唐に形成され、「关系」と「交往」といった意味の獲得は隠喩(metaphor)のプロセスであり、自由形態素である「交」と「涉」の語構成から見ても、「交渉1」の形成は隠喩に起因することが分かる。第二に、「交渉2」は清末に成熟したが、それは日本語からの借用ではなく、「交渉1」の更なる語彙化のプロセス即ち意味の特殊化(specialization)の結果である。第三に、現代中国語では、「交渉1」は用いられておらず、「交渉2」は *negotiation* と *negotiate* の対応語として使われてはいるが、意味的にも統語的にも変貌して徐々に弱化に向かい、借用語の「谈判」にその位置を譲りつつある。

关键词　词化　隐喻　特殊化　弱化　借用

一　引　言

本文从历时和共时两个角度探讨「交涉」的形成和使用问题。

历史地看，「交涉」是一个既有联系又有区别的两个词。一是表示「关系」、「交往」等意义的「交涉1」，一是表示「谈判」意义的「交涉2」。通过调查分析「交涉1」的形成（第二节）、「交」和「涉」的构词分布（第三节）、「交涉2」的发展（第四节）、以及现代汉语中「交涉」的使用（第五节），我们提出以下三点主张。第一，偏正结构复合词「交涉1」形成于初唐，广泛使用于明清，其「关系」和「交往」意义的获得是隐喻（metaphor）的结果，「交」和「涉」的构词分布以及相同结构复合词的形成也旁证了这一点。第二，「交涉2」在晚清固定成熟，它不是来自日语的借词，而是「交涉1」词化进一步发展即语义特殊化(specialization)的结果。第三，现代汉语中 *negotiation* 及 *negotiate* 的对应词基本是「谈判」和「交涉」，但二者不仅在文体上有区别，而且在语义和语法功能上也体现出差异。「交涉」不具备「谈判」相对开放的短语组合功能是其语义和语法弱化的一个最重要标志。

二　「交涉一」的形成

「交涉1」始用于何时？在各个不同的历史时期它的使用发生了怎样的变化？这正是本节所要回答的问题。

在唐代作品中我们找到了「交涉」成词独立使用最早的例子。

（1）应既擒，凡诸宾客微有交涉者，皆伏诛（唐・姚思廉《陈书》列传第十三）

（2）师者，市郭兒语，无交涉也（唐・张鷟《朝野佥载》）

（3）千万亿偈，共他勿交涉（前蜀·贯休《闻无相道人顺世》诗之五）

（4）至于宫人出使，不与州县交涉，惟得供其饮食（唐·王方庆《魏郑公谏录》卷一）

（5）其父存日，与郑家还往，时相赠遗资财，无婚姻交涉（唐·王方庆《魏郑公谏录》卷二）

（6）孙儒踪迹交涉者，并宜免罪，不在究寻（清·董诰《全唐文》九十二卷）

例（1）姚思廉（557-637）所撰《陈书》（成书于636年）中的「交涉」是我们现在找到的最早用例（1）。观察以上例句就会发现，「交涉」在形成开始就是名词功能和动词功能二者兼而有之。例（1）的「有交涉」、例（2）的「无交涉」、例（3）的「勿交涉」以及例（4）、例（5）的否定等有限使用说明，「交涉」的「关系」和「往来」意义的表达多局限在有与无或否定等特殊的用法当中（2）。到了宋代，「交涉」的使用仍基本保持唐代的特点，与「没」等否定词搭配以及疑问表达占优势。

（7）问佛问祖，向上向下，求觅解会，转没交涉（释道元《景德传灯录》十九）

（8）世人有见古德见桃花悟道者，争颂桃花，便将桃花作饭，五十年转没交涉（《苏轼集》卷一百二志林五十五条·祭祀）

（9）上无眼禅，昏昏一枕睡。虽然没交涉，其奈略相似（《苏轼集补遗》诗一百七十九首）

（10）春虽与病无交涉，雨莫将花便破除（范成大《病中闻西园新花已茂》）

（11）如此为学，却于自家身上有何交涉（《朱子语类辑略》卷二）

（12）淮、汝径自徐州入海，全无交涉（沈括《梦溪笔谈》辩证二）

由此可以推断，「交涉」的成熟及广泛使用是在唐宋以后的明清时期（3）。

唐宋以后，尤其是在清代小说中，「交涉」的使用发生了一定的改变。总的情况是，使用频率增大，其「交往」意义相对突出。这既是「交涉１」语义扩大即词化深化的过程，也是「交涉１」向「交涉２」发展的一个中间过程。它标志着「交涉１」的成熟和「交涉２」发展的开始。当然，这一时期的「交涉１」使用与唐宋时期保持着某些相似之处，体现了词化过程的连续性。请看明代的几个例子。

（13）一般努目扬眉，举处便唱，唱演宗门，有甚里交涉（汤显祖《南柯记・禅请》）

（14）那女儿只在别家去了，有何交涉（凌蒙初《拍案惊奇》下）

（15）如今人所共见太虚空耳，与真空总无交涉也（李贽《焚书・解经文》）

在清人李百川（1720–1771）的《绿野仙踪》（成书于1762年）中「交涉」多作「交往」、「往来」解释。

（16）倒只怕和仵作有点交涉（第六八回）

（17）老公与他毫无交涉，怎么说「仇恨」二字（第七一回）

当然这并不意味着「交涉」的「交往」意义就一定完全取代「关系」意义。在其后的俞万春（1749–1849）《荡寇志》（成书于1847年）中「交涉」仍保持着「关系」意义。

（18）此案定与他有些交涉（第二七回）

（19）这桩妖事定于二贼身上有些交涉，也须勘问（第六六回）

到了二十世纪初，在部分作品中「交涉１」仍在使用，如在张春帆（1872–1935）《九尾龟》（1906年刊行）中我们还会看到「交涉１」的名词用法。

（20）难道贝大人的太太和你有什么交涉不成？（第五二回）

（21）小丑小飞珠，和沈二宝也是有些交涉的（第一六四回）

被称为「民国第一小说家」李涵秋（1873–1923）的《战地莺花录・中》（1915年出版）中「交涉１」的用例也

屡见不鲜。

（22）从来不曾同别的女子交涉（第一二回）

（23）他是曾经同强盗打过交涉的（第一九回）

（24）不见得遂同赛姑打起秘密交涉（第二〇回）

（25）恐访一旦同别人家女孩儿闹起交涉，我这脸面还是要不要（第二一回）

例（23）中的「打交涉」与「打交道」同义，其中的「交涉」具有多义性，很难断定是「交涉1」还是「交涉2」，说明「交涉1」和「交涉2」的内在联系即「交涉2」是「交涉1」进一步发展的结果（详见下文）。

通过以上分析可以看出，在「交涉1」的词化过程当中，名词和动词始终是未分化的，只有到了「交涉2」的进一步发展，其动词功能才越来越显著。

我们认为，「交涉」是由偏正结构短语发展而来的偏正结构复合词，隐喻是其形成的动因所在。这一点从「交」和「涉」的构词分布以及部分与「交涉」近义的词语的形成可以得到证明。

三　「交」与「涉」的构词分布

《汉语大词典》（以下简称《大词典》）为「交」立义项二十余个，其本义是「两者相接触」。

（26）天地交而万物通也（《易・泰》）

由「交」的本义发生发展的一个典型义项是「结交」、「交往」。如，

（27）为人谋而不忠乎？与朋友交而不信乎？（《论语・学而》）

这个意义的「交」不仅可以单独使用，而且作为后项语素还构成了大量的复合名词和复合动词。

（28）久交 心交 世交 石交 平交 旧交 兰交 死交 至交 穷交 势交 知交 厚交 面交 亲交 神交 素交 淡交 款交

（29）邦交 托交 纳交 信交 结交 缔交

在现代汉语中仍大量使用着由这一意义的后项语素「交」组合的复合词。

（30）初交 故交 国交 旧交 社交 神交 深交 世交 私交 外交 新交 知交 至交 忘年交 八拜之交 一面之交

（31）邦交 成交 缔交 订交 建交 断交 绝交 结交 相交 杂交 性交 择交[4]

但是「交涉」与例（27）-（31）中的「交」没有直接关系，「交涉」也不是「交好」、「交游」、「交易」一类「动+动」的并列结构复合[5]，「交涉」是表示「相互」意义的副词化了的「交」与「涉」组合的状中偏正结构短语融合而成的。换言之，「涉」是「交涉」的中心语素，其语义变化是「交涉」所以独立成词的根本之所在。在讨论「涉」之前，我们先看一下副词化了的「交」的构词分布情况。

在古汉语中，作为前项语素，「交」构成许多复合词，《大词典》共记载各类结构的词语三百多个。其中「交相辉映」的「交相」副词化证明，作为副词的「交」可以构成许多偏正结构词语。在现代汉语中尚保留使用的构成与「交涉」相同的偏正结构复合动词就有以下这些。

（32）交叉 交道 交媾 交合 交换 交汇 交会 交集 交加 交结 交困 交融 交谈 交恶 交易 交战 交织 交流 交际 交往 交通

分析这些偏正结构的复合词就会旁证「交涉」的结构特点及其隐喻过程。以下我们根据《大词典》的解释和例句粗略地看一下与「交涉１」有语义关联的「交际」、「交流」、「交通」在古汉语里的形成和使用情况，以证明偏正结构复合词「交涉」词化来自隐喻的结论。

「交际」形成较早，在战国时期就已独立使用。

（33）敢问交际，何心也（《孟子・万章下》）

（34）昆弟世疏，朋友世亲，此交际之理，人之情也（汉・王符《潜夫论・交际》）

朱子对例（33）孟子的「交际」有注，「际，接也。交际，谓人以礼仪币帛交接也。」「交际」无疑是一个偏正结构复合词。与「交际」近义的「交流」也具有同样的特点。

「交流」本指江河之水汇合而流，后隐喻为「来往」。「交涉」与「交流」结构相同，隐喻过程亦相同。

（35）望河洛之交流兮，看成皋之旋门（汉・班昭《东征赋》）

（36）林独往吾何恨，车马交流渠自忙（宋・陆游《晚步江上》）

而「交通」原指交相通达，后来也喻指「往来」。

（37）山川涸落，天气下，地气上，万物交通（《管子・度地》）

（38）与士交通终身无患难（《韩诗外传》卷十）

与以上三例相同，「交涉」也是一个偏正结构的复合词，「涉」与「际」、「流」、「通」一样，是其复合成词的中心语素。作为这种中心语素的「涉」的语义转变是「交涉」词化的根本。「涉」的语义转变过程从其构词分布可以得到证明（6）。

作为动词，「涉」的基本义是空间移动并由此产生了相关的一些隐喻用法。

（39）渡水：子惠思我，褰裳涉溱（《诗・郑风・褰裳》）

（40）行走：故乡路遥远，川陆不可涉（南朝·宋·谢灵运《登上戍石鼓山》）

（41）经历：况以中材而涉乱世之末流乎（《史记·游侠列传序》）

（42）到：春夏待秋冬，秋冬复涉春夏（汉·王符《潜夫论·叙赦》）

（43）进入：不虞君之涉吾地也，何故（《左传·僖公四年》）

「涉」空间移动这一基本义的比喻转变也体现在由其构成的动宾结构复合词中。

（44）涉手　涉世　涉目　涉足　涉事　涉俗　涉笔　涉险　涉学　涉难

「交涉」正是由「涉」表达物理空间内的水流移动、汇集转向表达人与人之间的关系、交往这样一个语义范畴发生根本改变的隐喻过程。由「涉」作为前项语素构成的「涉想」和「涉猎」，作为后项语素构成的「干涉」、「关涉」、「窥涉」等复合词化也旁证了「涉」的隐喻过程。

（45）帐前微笑，涉想尤存（南朝·梁·何逊《为衡山侯与夫书》）

（46）徐州张尚书，妓女多涉猎（唐·冯贽《云仙杂记·粉指印青编》）

（47）与小夫人并无干涉（关汉卿《窦娥冤》折二）

（48）且事当炎运，尤相关涉（唐·刘知几《史通·书志》）

（49）人品以上，贤愚殊性，不相窥涉，不相晓解（沈约《神不灭论》）

虽然「涉」的构词力很弱，作为前项语素和后项语素所构成的与「交涉」有关联的词语仅有以上这些，但它们的隐喻词化特点也说明了「交涉」是隐喻这样一个突发的词化过程。它是由具体的空间移动转向抽象的人际关系和人际交往这样一个语义领域转移的隐喻过程[7]。伴随着语义的转变，其句法范畴也随之而有所分化。例（1）—（6）「交涉」多作名词使用这一名词化特点证实了这一点。

四 「交涉二」的发展

在上文提到的《九尾龟》中我们同时看到了「交涉２」的例子。

（50）等我把这件事儿交涉清楚再行酬谢（第三二回）

（51）要和洋人办交涉，自然是困难非常（第一四五回）

（52）洋人忽然来和你交涉起来了（第一四五回）

上边的「交涉」是由「交涉１」进一步发展而来的动词。但「交涉２」一方面作为动词具有充当谓语的功能，一方面又保持着作名词使用的某些功能，与「交涉１」一样，体现出句法范畴跨类的特点。「交涉１」和「交涉２」这种句法特点的一致性也说明二者具有内在的联系。

（53）交涉失败（第一四六回）华洋交涉（第五〇回）交涉的事情（第一四六回）

（54）不谙交涉（第一四五回）闹出绝大的交涉（第一四六回）酿成重要的交涉（第一四回）闹出大交涉来（第一五八回）做个间接的交涉（第一七六回）

例（53）中的「交涉」既可以作主语又可以构成名词短语的后项要素或前项要素，而在例（54）的动宾结构中，「交涉」一方面可以和许多动词结合，一方面又可以受许多形容词修饰。其使用的多样化说明，「交涉２」概念在当时已经相当成熟。

在《战地莺花录·中》中也发现了「交涉２」的用例。

（55）却不料因为撞倒那个老妇，忽然的同那两个后生闹起交涉来（第一一回）

（56）母亲竟引他进来同我当面交涉（第一六回）

（57）此后怎样向官署里交涉？（第一三回）

（58）今日湛氏同方钧在厅上办理悔婚交涉（第一六回）

（59）除得同那厮严重交涉，此外皆是无济于事（第一三回）

例（55）的「闹起交涉」与前边例（25）的「闹起交涉」如果脱离其特定的语境就很难断定是「交涉１」还是「交涉２」。与相同动词搭配使用说明了它们语义的内在联系即二者的源流关系。

在一九〇三年同一年刊行的三部清末谴责小说中，我们只在刘鹗的《老残游记》中找到「再也不与男人交涉（第一回）」这一处「交涉１」的例子，而在其他两部作品中只看到了「交涉２」的用例，却没有发现「交涉１」的使用，说明「交涉２」的成熟和稳固，也预示着「交涉１」消失的开始。请看吴沃尧《二十年目睹之怪现状》中的例子。

（60）我们和外国人办交涉，总是有败有胜的（第八五回）

（61）从此起了交涉，随便怎样，也争不回来（第八五回）

（62）这两年上海的交涉，还好办么？（第九一回）

同样，在李宝嘉的《官场现形记》中的「交涉２」也多作名词使用。

（63）毕竟是他不识外情，不谙交涉之故（第九回）

（64）说他自到外洋办理交涉，同洋人如何接洽（第五四回）

（65）不认得外国字，怎么也在这里办交涉呢（第三三回）

除上边作宾语使用外，作为名词，「交涉」构成复合词语的功能相对活跃。

（66）交涉事件（第七回）　交涉案件（第九回）　交涉重案（第三一回）

尽管如此，在《官场现形记》中却发现了既可作「交涉２」又可作「交涉１」解释的双重意义的例子。

（67）他生平最怕与洋人交涉（第九回）

例（67）充分证明了「交涉１」与「交涉２」的语义关联性，说明「交涉２」只不过是「交涉１」「交往」、「接触」这种广泛意义的行为的一种特殊形态而已。换言之，「交涉２」正是「交涉１」语义特殊化或曰缩小的结果。

在稍后的另一部谴责小说曾朴（1872-1935）《孽海花》（始刊于1905年）中，也没有「交涉１」的出现，「交涉２」的使用也非常稳固。它首先可以作典型的动词使用。

（68）托他向老鸨交涉（第八回）

（69）到底交涉了几年，这外交的事情，倒也不敢十分怠慢（第八回）

它也可以作名词使用。除作主语外，还构成许多复合词语。

（70）我国交涉吃亏，正是不知彼耳（第八回）

（71）交涉事件（第三回）　交涉的方略（第八回）　交涉上的劳绩（第九回）

交涉的难题目（第一五回）　交涉的事（第二四回）

实际上，「交涉２」的成熟和稳固早在郑观应（1842-1922）的《盛世危言》中就体现得很充分(8)。除例（72）作动词使用一例外，在「办交涉」动宾结构短语固定化以及由其再次组成的短语中所体现的名词特点，证明了其概念化、抽象化的程度。

（72）英人商务交涉中国，财产颇巨（边防二）

（73）愤时者不可以办交涉（略）趋时者不可以办交涉（交涉上）

（74）办交涉之法日益细，能办交涉之人日益少（交涉上）

（75）是宜先储善办交涉之才，次定专办交涉之法（交涉上）

作主语使用，「交涉」的搭配就更加多样化。

（76）而交涉之难调，由于意向之不定（游历）

（77）罕习外情承办先天主见，交涉何得公平（游历）

（78）遇交涉不平之事，据理与争（日报下）

名词的「交涉」可以作偏正结构短语的前项要素和后项要素使用，其相对自由组合与第五节将要涉及的「谈判」有某些相似之处，说明其概念化成熟程度之高。

（79）交涉案件（吏治下）交涉之案（刑法）交涉大事（通使）交涉则例（交涉上）

（80）界务交涉（边防五）洋务交涉（交涉上）通商交涉（交涉上）中外交涉（日报上）

（81）所以各官与招商局有交涉者，或有势力者，皆不尊局船规矩（商船上）

在《盛世危言》中仅发现了一处「交涉1」的用法—「有交涉」，证明了「交涉1」与「交涉2」的历史关联。《盛世危言》中「交涉2」使用相当稳固，与*negotiation*概念基本对应。但是，「交涉2」的固定是一时的。取而代之的是其后从日语借用的「谈判」（详见下文）。

关于「交涉2」的来源有三种看法。一种认为它是日语的借词，高名凯、刘正埮（1958）持这种观点。一种是避而不谈，王立达（1958）就没有涉及「交涉」的语源。一种是认为它不是日语的借词，潘允中（1989）坚持这种看法[9]。「交涉2」到底是日语借词还是「交涉1」的继续发展？以上所讨论的「交涉2」与「交涉1」的形成、使用以及他们的语义关联清楚地回答了这个问题。另外，从使用时间的先后来看，也证明「交涉2」不是来自日语的借词。

日本规模最大、语源数据最丰富的小学館『日本国語大辞典（第二版）』（第五卷）（2001）所给日语「交涉」最早的例子是在二〇世纪初。

（82）帝国が平和の交渉に依り求めむとしたる将来の保障（「露国に対する宣戦の詔勅」）（1904））

但汉语中「交涉事件」一类的用法十八世纪末就已经出现，而且汉语大词典出版社《近现代汉语新词词源词典》（2001，125页）所给「交涉２」的例子比日语要早二〇年（例（85））。

（83）两边人民交涉事件，如盗贼、人命，各就近查验缉获罪犯（《恰克图市约》）（1792）

（84）遇中外交涉事件（冯桂芬《显志堂稿・上海设立同文馆议》（1862））(10)

（85）我中国办理交涉之案，如能不存轩轾，一秉至公，据理而论，亦未尝不可以服远人（1881年阙名《日本杂记》）

例（83）和例（84）中的「交涉」虽然不完全等于上文讨论的《盛世危言》及其后小说中的「交涉２」概念，但至少可以说它们是「交涉２」发展的一个起点和标志。这个发展的起点也证实了「交涉２」的发展是汉语内部语言变化的事实(11)。

我们认为，现代汉语部分词语是否来自日语的讨论固然重要，但它不应该只停留在使用时间先后探索的水平上。对个别词语使用时间先后的简单调查不能彻底解决词语成立即词化的动因（motivation）这一根本性问题。我们的主张是，在讨论是与不是日语的借词问题的同时，如果是借词就应当进一步分析融入汉语作为汉语词汇而成立和发展的理由是什么，如果不是，就应该提出汉语内部词汇发展的线索和结构以及使用上的依据。以上「交涉」词化过程的分析正是后者这种工作的一个试尝。

五　现代汉语中的「交涉」

词化是持续着的语言过程。在清末民初至今一百年左右的历史当中，「交涉」（指「交涉2」，下同）的演变一直在继续进行着。本节我们首先根据五四运动以后几十年间「交涉」使用频率的数字调查交待一下它被「谈判」取代的情况，再通过对当前「交涉」使用的描述，进一步分析「交涉」的词化过程和结果。

五四运动前后，「交涉」仍占据着主要地位。检索《梁启超著述及研究文献全文光盘》发现，梁启超作品约一千二百篇中一百零五篇中出现「交涉」三百二十九处，而「谈判」只在其后期作品的十三篇中出现六十三处，不到「交涉」的五分之一。另外，检索五百三十六卷《清史稿》（修成于1914–1927）发现，「交涉」出现多次，而「谈判」为零。这说明在二十世纪初叶，「谈判」仍没有取代「交涉」的位置。

但二、三十年代以后，出现了「交涉」逐步被「谈判」取代的趋势。检索《毛泽东选集（四卷本）》发现，其中没有使用「交涉」，而「谈判」却出现了十次。检索同时期的文学作品，显示出「交涉」使用频率逐渐降低的倾向。在收集了鲁迅、茅盾、沈从文等二、三十年代作品的《中国现代文学名著经典（一）》中，「交涉」出现二〇二次，「谈判」仅四十七处。而在收集四十年代以后周而复等人的《中国现代文学名著经典（二）》中，「交涉」出现六十一处，而「谈判」却达一百一十处。这说明，「交涉」在此期间逐渐为「谈判」所取代，以至形成了今天我们所看到的局面[12]。

当前汉语中「交涉」的使用情况又是怎样的呢？以下我们根据检索二〇〇三年《人民日报》得到的数据，通过与「谈判」的比较试回答一下这个问题。

二〇〇三年《人民日报》中「交涉」出现了一百次左右，当然它们都是作为「交涉2」使用的。例（86）「交涉」和「谈判」并列使用一方面说明二者保持着近义的关系，一方面又说明「交涉」和「谈判」具有一定的区别。

（86）代表农民工与企业就工资、劳动待遇等问题进行谈判交涉（12/8）

总的来看，「交涉」基本保持着动词的句法特点，较少作名词使用，表现出相对有限的短语组合功能。这是「交涉」区别于「谈判」的一个最基本的特点。

首先看一下「交涉」作动词使用的基本情况。

（87）办案律师了解情况后，几次找到王某交涉（10/25）

（88）没有得到优抚金，刘某可以与相关部门交涉要求落实（9/4）

「交涉」作动词使用一般是具体的。上例「交涉」作连动句后项谓语或前项谓语证明了这一点。与时间副词词组结合使用也证明了这一点。

（89）为了取回自己的卡，她不得不和银行工作人员交涉了好一阵（1/13）

（90）张徐两家交涉了快一个月，还是没有结果（4/19）

「交涉」与副词状语组成的偏正动词短语也证明了「交涉」的动词特点。

（91）多次交涉　反复交涉　一再交涉　多方交涉

与「交涉」结合的表示对象的附加词也都是具体的，如，

（92）工作人员　商家　校方　厂家　公司　超市

但「交涉」很少直接带受事宾语，与引出交涉内容的介词短语搭配时，「交涉」往往作「进行」一类形式动词的宾语使用。这说明「交涉」具有一定的名词特点即在其词化过程当中句法范畴尚没有最后分化。

（93）围绕古巴华工问题清政府与西班牙曾进行过反复的外交交涉（5/18）

（94）就此事向土耳其政府和有关国际机构进行交涉（6/11）

「交涉」的名词特点还体现在它可以构成「交涉团」一类的复合名词。「交涉团」与「谈判团」有互换性说明它们的历史发展的关联性(13)。

(95)市烟具行业协会组成交涉团前往欧洲(8/11)

而例(96)中的「提出交涉」并不是交涉行为本身，有「提出抗议」的意思，不能替换成「提出谈判」。在此，「交涉」有新的名词化趋向。

(96)中国驻法使馆也已经向法方就此提出交涉(8/16)

(97)小泉首相不顾中国政府一再交涉和强烈反对(1/15)

(98)日本驻华使馆接到中国外交部对此事件交涉后(8/13)

例(97)的「一再交涉」与「强烈抗议」并列使用说明了它们的语义关联性和类似性，例(98)中「接到交涉」的「交涉」显然不是交涉谈判的具体行为，而是口头要求或通牒，带有新的语义转变倾向。

作为名词，「交涉」可以受部分形容词、名词修饰构成偏正复合短语。

(99)严正交涉　有力交涉　积极交涉　紧急交涉　必要交涉　对外交涉　住房交涉

但与「谈判」比较，这类复合较少，尤其是「住房交涉」一类与名词复合的例子就更少，说明「交涉」的名词功能相对弱化。

二〇〇三年《人民日报》中「谈判」共出现了七百余次，是「交涉」的七倍，呈现出「谈判」组合短语功能的多样化局面。说明借词「谈判」取代「交涉」以及它的稳固和在现代汉语中的地位。

首先，如「本轮谈判」、「举行谈判」所示，「谈判」可以与文章体动量词「轮」以及「举行」搭配使用。而这些文体表达功能是「交涉」所不具备的。「交涉」既不能说「本轮交涉」、也不能说「举行交涉」。

更能说明问题的是，「谈判」可以构成很多类型短语。除并列结构、主谓结构、动宾结构以外，「谈判」还可以构成偏正结构的前项要素和后项要素。如上所述，这些组合功能「交涉」是很微弱的。

首先是并列结构短语。「交涉」很少构成下列并列结构短语。

（100）从对外招标、谈判、签约到合同的执行（7/21）

（101）对话与谈判　协商和谈判　谈判磋商　谈判商量

作为名词，「谈判」作主语构成的主谓短语中，谓语的双音节动词和四字成语都是文章体的。这说明较之「交涉」「谈判」更正式、更文章语化，也更具有丰富的组词造句能力。

（102）谈判破裂　谈判触礁　谈判卡壳　谈判搁浅　谈判失败

（103）谈判步履蹒跚　谈判一波三折　谈判裹足不前　谈判陷入僵局

名词「谈判」作宾语也具有开放性的使用功能，与作主语的主谓结构情形相同。

（104）进行谈判　拖延谈判　结束谈判　恢复谈判　深入谈判　启动谈判　加快谈判

作偏正结构短语的前项要素时，「谈判」的组合就更丰富，更具有开放性。

（105）谈判领域　谈判战术　谈判策略　谈判方式　谈判方案　谈判原则　谈判模式
谈判对手　谈判议题　谈判空间　谈判僵局　谈判方向　谈判立场　谈判进程

作偏正结构短语的后项要素时，前项要素无论指定的是「谈判」的内容还是「谈判」的样态，其短语组合同样是开放性的。

（106）入盟谈判　条约谈判　裁军谈判　停火谈判　组阁谈判　合资谈判　索赔谈判
商务谈判　农业谈判　价格谈判　劳资谈判　引资谈判　项目谈判　贸易谈判

（107）紧张谈判　艰难谈判　高级谈判　秘密谈判　公开谈判　正式谈判　预备性谈判
平等谈判　直接谈判　拉锯谈判　多边谈判　集体谈判　国际谈判　维也纳谈判

「谈判」偏正短语的相对开放组合说明，它与英语的 *negotiation* 以及日语的「交涉」基本形成了对应关系，「谈判」才是表示 *negotiation* 概念的基本词。换言之，在现代汉语中，作为英语 *negotiation* 和日语「交涉」的基本对应词，「交涉」已经逐渐让位给了「谈判」。

我们知道，双音节词化的主要来源是短语，而成词后进一步参与短语组合所呈现的组合能力便成为其词化「成熟度」高低的一个主要标志。「交涉」的相对封闭和「谈判」的相对开放的短语组合能力正是「交涉」的弱化以及为「谈判」所取代的最明显标志。

六　结　语

正如方言地理学派的代表口号所说的那样，「每一个词都有它自己的历史（Each word has a history of its own）」[14]，词汇兴衰交替的历史过程及其动因是复杂多样的。词化动因既有来自语言结构内部的，也有来自语言结构外部的。以上对「交涉」不到一千五百年发展历史的分析表明，「交涉１」的形成是隐喻等汉语内部的语义以及结构变化的结果，而社会生活的变动则是推动「交涉１」语义特殊化即向「交涉２」发展的外部动因。众所周知，鸦片战争和五四运动是现代汉语形成和发展的两个主要历史时期。「交涉１」的消失和「交涉２」的发展及其逐渐为「谈判」所取代正是这个时代进程中语言变化的一个典型例证[15]。「交涉」的词化过程再次验证了社会生活的变动是带动词化的重要动因这一语言基本定律。

附注

（1）不能完全证明在初唐以前没有「交涉」的例子。通过检索，在《太平广记》中只发现了例（2）这一处「交涉」的例子，在清人董诰编撰的《全唐文》（1796-1820）中也只发现了例（6）这一处「交涉」的例子。而在收录二千五百二十九位唐代诗人四万二千八百六十三首诗作的『全唐诗库』(http://www3.zzu.edu.cn/qtss/zzjpoem1.dll/)中，也只检索到例（3）僧人贯休（832-912）这一例。检索《陈书》以前的『前四史』及其他史书也没有发现更早的用例。「交涉」的有限分布也说明当时它还不是一个相当成熟的词。另外，检索『国学网页』(http://www.guoxue.cn)，发现其中收录的欧阳询主编《艺文类聚》（624年成书）卷九水部下「泉」中记载的後汉张衡《温泉赋》中出现了「交涉」二字。「览中域之珍怪兮，无斯水之神灵，控汤谷于瀛洲兮，濯日月乎中营。荫高山之北延，处幽屏以闲清，於是殊方交涉，骏奔来臻，士女晔其鳞萃兮，纷杂遝其如烟」。但后经核查张震泽校注《张衡诗文集校注》（上海古籍出版社，1986年，16页），发现其中有误。「交涉」处实为「跋涉」。看来，「交涉」成词独立使用可能不会早于初唐。

（2）《汉语大词典》以及高文达主编（1992，376页）给「交涉1」分别立了「关系」和「往来」两个义项。我们认为「关系」和「往来」语义联系紧密、相辅相成，名词和动词的句法范畴一直没有彻底分化，所以在此对它们不加义项的区别。

（3）一般涉及「交涉」的词典，如《辞海》（1979年版，794页）和《辞源》（1979年版，151页）以及日本諸橋轍次『大漢和辞典』（大修館書店）等多列举例（10）范成大（1126-1193）的例子，给人以「交涉」出现在宋代这样一个错误印象。《汉语大词典》虽列出了贯休的例子，但如例（1）所示，「交涉」的成立至少比贯休的例子还要早二百多年。

（4）例（28）、（29）采自安德义（1994，238-240页），例（30）、（31）采自陈晨等编著（1987，273页）。

（5）陈（2002）在讨论中古并列双音词的形成时，列举《论衡》中「交接」、「交通」、「交易」为并列结构复合词（219页），通过以下「交通」等的分析可以看出，这种归类有误。

（6）高名凯 刘正埮（1958）在讨论分析现代汉语来自日语借词的三个类型时将「交通」划为与「场合」同类的「纯粹日语」（82页），将「交际」及「交涉」划为与「文化」同类的利用古汉语的「意译」词（87页），将「交流」划为日语新组合的「意译」词（93页），以上的分析表明，这些归类显然是错误的。

（7）关于隐喻（metaphor），有许多文献可以参考，Lakoff and Johnson(1980)的定义较为精当，(*metaphor is*) *understanding and experiencing one kind of thing in terms of another.* (p.5)

（8）《盛世危言》易其前稿《救时揭要》（1873年）及《易言》（1874年），几经修订，最终版本刊行于一九〇〇年。有关《盛世危言》的成书过程及版本请参见夏东元编《郑观应集（上）》（上海人民出版社，1982年）『前言』。

（9）潘允中（1989）曾三次谈及到「交涉」一词。他说：「『交涉』古义指关涉、关系，（略）在近代汉语里，『交涉』产生了一个新义，专指人与人间、国与国间互商处理事情的行为」（119页）。分析中国第一个留美学生容闳（1828-1912）在西文借词和译词的特点时，他又例举了「交涉」（147页），仿佛「交涉」应该是一个借词，有自相矛盾之嫌。但在否认日语借词时却列举了「交涉」一词（156页）。没有从正面说明「交涉2」的语源。另外，刘正埮等编（1984）没有将「交涉」作外来词收录。

（10）例（83）引自陈帼培主编《中外旧约章大全》第一分卷（中国海关出版社，2004年）68页，例（84）引自柳诒徵撰《中国文化史》（上海古籍出版社，2001年）884页。

（11）关于日语「交涉2」的形成和使用问题当前还没有看到专门研究。我们推测日语「交涉2」是受了汉语的影响。上边提到的《盛世危言》前稿三十六篇本《易言》约成书于一八七四年，其中不仅有〈论交涉〉一篇，而且还有「交涉之案」、「交涉事务」、「交涉事宜」等用法。从「(《易言》当时）风行日、韩」的说法看（《郑观应集·上》，238页），日语「交涉」很有可能受了汉语的影响。

（12）张永言（1988）曾例举「谈判」等词指出进入社会主义时期以后，「政治、哲学用语大普及，有些成了常用词」（136页）。我们所调查的「谈判」取代「交涉」数据基本符合这一历史事实和结论。关于「谈判」从日语借用以及与「交涉2」的交融、竞争以致取而代之的详细历史过程我们将另文系统讨论。

（13）在最近的中文互联网发现了「交涉术」一类类似日语的复合词。这是来自日语的借用还是汉语「交涉」自身发展的问题也值得考虑。

（14）转引自徐通锵著《历史语言学》（商务印书馆，1996年）235页。

（15）「交涉1」的消失很有可能与「关系」的广泛使用有关。相关问题也有待另文探讨。

引用语料说明

本文的语料除引用部分工具书以外，主要来自光盘和网页检索。光盘资料如下。

北京卓群数码科技有限公司《中华传世藏书》、《中华历史文库》

青苹果数据中心《中国古典名著百部》、《中国古典名著新百部》

青苹果数据中心《中国现代文学名著经典（一）》、《中国现代文学名著经典（二）》

北京大学出版社、北大未名科技文化发展公司《梁启超著述及研究文献全文光盘》

另外，我们对唐宋明清部分作品的印刷本进行了核查。现将核查过的版本列举如下。

姚思廉著《陈书》（《二十五史》所收）上海古籍出版社 上海书店，1986。

张鷟著《朝野佥载》（《太平广记》第三卷）中华书局，1986。

王方庆著《魏郑公谏录》中华书局，1985。

董诰编《全唐文》中华书局，1983。

释道元著《景德传灯录》上海书店，1985。

凌萌初著 章培恒整理 王古鲁注释《拍案惊奇》上海古籍出版社，1982。

李百川著《绿野仙踪》中华书局，1991。

俞万春著《荡寇志》人民文学出版社，1981。

郑观应著《盛世危言》（夏东元编《郑观应集（上）》所收）上海人民出版社，1982。

吴沃尧著 张友鹤校注《二十年目睹之怪现状》人民文学出版社，1978。

李宝嘉著《官场现形记》北京宝文堂书店，1954。

曾朴著《孽海花（增订本）》上海古籍出版社，1979。

张春帆著《九尾龟》上海古籍出版社，1994。

李涵秋著《战地莺花录・中》华东师范大学出版社，1994。

主要参考文献

安德文 1994《逆序类聚古汉语词典》。湖北人民出版社。
陈宝勤 2002《汉语造词研究》。巴蜀书社。
陈晨等编著 1987《简明汉语倒序词典》。知识出版社。
高文达主编 1992《近代汉语词典》。知识出版社。
董秀芳 2002《词汇化：汉语双音词的衍生和发展》。四川民族出版社。
高名凯 刘正埮 1958《现代汉语外来词研究》。文字改革出版社。
刘正埮等1984《汉语外来词词典》。上海辞书出版社。
罗竹风主编1986-1994《汉语大词典》（十二卷）。汉语大词典出版社。
潘允中1989《汉语词汇史概要》。上海古籍出版社。
王　力1984《汉语词汇史》。《王力文集第十一卷》(山东教育出版社)所收。
王立达 1958〈现代汉语中从日语借来的词汇〉。《中国语文》六十八期。
张永言 1988〈汉语词汇〉。《中国大百科全书语言文字》所收。
Lakoff, G. and Johnson, M. (1980) *Metaphors We Live by*. University of Chicago Press.

（附记　本项研究工作得到了「广岛大学研究支援金（二〇〇六年度）」的援助，在此谨致谢意。）

魯迅篇

魯迅「祝福」についてのノート（一）
——魯迅の民衆観から見る

中井政喜

一　はじめに

「祝福」(1)は一九二四年二月七日に書きあげられたもので、魯迅が一九二三年の約一年間、寡黙の時期をへた直後のことである(2)。

「祝福」（『東方雑誌』第二一巻第六号、一九二四・四・二五、『彷徨』、北京北新書局、一九二六・八）は、語り手「私」が故郷に帰り、そこで体験したこと、聞いたことや回想を述べ、祥林嫂のほぼ一生を語る。物語の構造を、「枠物語」の構造をとるものと考える(3)。この構造に基づいて私は、「祝福」のテーマを二つにわけて考える。第一のテーマは祥林嫂に関する物語（主として枠内物語で語られる）であり、第二のテーマは、語り手「私」の在り方である。

このことから私は、「魯迅『祝福』についてのノート（一）（二）」の目的を次の点におく。①第一のテーマにかかわって、「祝福」を主として魯迅の民衆観という観点からとりあげ、その中でどのような位置づけができるのか、を追究する。②第二のテーマにかかわって、語り手「私」の存在が意味するところについて、一九二四年始め頃の魯迅の思想的精神的状況に基づいて解釈を試みる。

この「魯迅『祝福』についてのノート（一）」では、第一のテーマを取りあげる。

二　梗概

以下に私の解釈する「祝福」の便宜上の梗概を記す。

年末、まもなく「祝福」の行事が行われる頃、「私」は故郷の魯鎮に帰った。その直後、今や乞食となり、木彫りのような顔つきになった祥林嫂と出会う。祥林嫂は、「私」に三つの質問をする。「人は死んでから、魂があるのですか。」「魂があるとすると、地獄があるのですか。」「死んだ一家は顔を合わせることができるのですか。」語り手「私」は困惑し逡巡して答えるが、ついに自分の答えに窮し、そうそうに遁走する。その後、祥林嫂が死んだことを聞き、「私」は自分の答えの責任をめぐって不安になる。しかし「私」は、現世で無意味に生きているものが死んだとしても、たとえ見るのもいやなものが見えなくなるとしても、それは人のため自分のために、すべて間違ったことではないと考え、内心咎めるところがあるものの、気分が楽になっていく。

「私」はそのあと祥林嫂の一生のことを回想する。

祥林嫂は二六、七歳のとき一〇歳年下の夫（祥林）を亡くし、姑の家から逃げだして、衛ばあさん（衛老婆）の紹介により魯四旦那（魯四老爺）の家で働く。彼女は働き者で善良だった。しかし姑は祥林嫂を捜しだすと、彼女を縛りあげ船に乗せて連れ帰り、山里の家に再び嫁入りさせる。祥林嫂は必死の抵抗ののち再婚し、息子を生んだ。祥林嫂はしばらく平穏な生活を送ることができた。まもなく二番目の夫は腸チフスで死に、残された息子も狼にさらわれて亡くす。叔父が祥林嫂の住む家を取りあげ、追いだす。祥林嫂はやむなくまた魯四旦那の家にやってきて、働くことになる。祥林嫂は二人の夫と結婚した寡婦であるため、魯四旦那に不清浄なものとしてあつかわれ、「祝福」の仕事に手を出すことを許されない。柳媽から教えられて、祥林嫂は門の敷居を廟に寄進し贖罪を果たそうとした。しかし魯四旦那の家は贖罪を認めず、祥林嫂は失望と恐怖（死後、閻魔大王によってのこぎりで二つに裂かれ、二人の夫に与えられる、と柳媽から聞く）によって茫然自失した生活に陥る。そののち仔細な事情は「私」には分からぬが、祥林嫂は解雇され乞食となった。

「私」は、魯鎮が「祝福」のにぎやかな爆竹の音に包まれている中で、けだるいしかも伸びやかな気持ちとなり、祥林嫂の死に対する自らの道義的責任について疑念を一掃する。

三　民衆と旧社会とのあいだで

一　一九二三年頃までの魯迅の民衆観の概観

一九二三年頃までの魯迅の民衆観を概観しておきたい(4)。

日本留学時期の初期文学活動（一九〇三―一九〇九）の諸論文に窺われる魯迅の民衆観は、士大夫（読書人）階層の指導者意識を根柢にして、愚民と「素朴な民」（「朴素之民」、「破悪声論」、一九〇八・一二・五発表）として現れる。愚民とは、「精神界の戦士」（「摩羅詩力説」、第九章、一九〇八・二・三発表、『墳』）等を顕彰することと対比的におとしめられる、愚民としての民衆である。「素朴な民」は、誤った指導を与える「志士」（「破悪声論」、前掲）と対比的に称揚される純朴な民としての民衆である。初期文学活動の時期においては、この二つの民衆像の系譜があったと思われる。それらは、魯迅の指導者意識・士大夫意識から見下ろした民衆の姿の、一枚の銅貨の表裏の関係としてあった。しかしこれらの民衆の姿は多分に書物的であり、清朝末期における現実の民衆の姿と十分には重なることがなかったと思われる。

初期文学活動の失敗（一九〇九年に帰国）と辛亥革命（一九一一年）の挫折は、魯迅の指導者意識を崩壊させた（しかし自らの啓蒙的な思想の正しさを疑わなかった）。また、辛亥革命の挫折の根本的原因を、魯迅は伝統的精神的な中国人の国民性の悪に求めていった。辛亥革命挫折の後、上記の二重の挫折体験によって、魯迅は改革者としての自らの力量不足と、中国変革の前途に深く失望し、沈黙の期間に陥る。

この沈黙の期間の後、一九一八年から魯迅の小説等に現れる一つの民衆像は、伝統的国民性の悪の具現者としての、目覚めぬ麻痺した民衆であった。それは事実の裏打ちをもつものとして表現された愚民である。これは愚民の系譜に属するもので、初期文学活動の愚民が現実において深化した姿をとって現れたものと思われる。同時に、「天性〔天性の愛――中井注〕を発露することのできる」（「我們現在怎様做父親」、一九一九・一〇、『新青年』第六巻第六号、一九一九・一一・一）民衆に言及する。それは、「聖人の徒」（同上）の踏みつけを経験したことのない民衆であり、「素朴な民」の系譜に属する。また、天性を損なわれていないものとして、後の世代（子供たち、すなわち進化論のもとで想定された素朴な民）に言及する。これらは、初期文学活動の「素朴な民」の民衆像が改めて具体的な姿をとって出現したものと思われる。さらに一九一八年以降、旧社会というこの「主犯なき無意識の殺人集団」（「我之節烈観」、『新青年』第五巻第二号、一九一八・八・一五、『墳』）によって抑圧されてきた女性と弱者、また旧社会の失敗者が現れる。この旧社会で苦しむ民衆（或いは知識人）は、初期文学活動の書物的な民衆像ではなく、その深化した姿、現実の民衆（或いは知識人）に近づいた姿をもつものと思われる。この時期における、目覚めぬ麻痺した民衆に対する（旧社会全体に対する）憎悪と、旧社会の犠牲者である苦しむ女性・弱者に対する同情（また失敗者に対する同情）の両者は、挫折を体験した改革者魯迅の苦しみの心情に基づいた、表裏一体のものと思われる。

一九二〇年頃、魯迅は『労働者シェヴィリョフ』（『工人綏恵略夫』、アルツィバーシェフ原作、一九二〇年訳了）を翻訳し、労働者シェヴィリョフによる人道主義者アラジェフ批判と出会う。このことをつうじて、魯迅は、理念として人道主義（天性の善・愛に基づく）を高唱することが、現実に対して無策であることを自覚した。もしも人道主義が存在するものとすれば、旧中国の現実の中から人道主義（天性の善・愛）を汲みとることが必要であることを悟った。先験的に「素朴な民」の存在を想定し、そこに中国変革のよりどころを求めるのではなく、もしも存在するものとすれば、旧社会における「素朴な民」（後の世代の子供たちを含めて）の実際の人生と運命を確認する必要があった。

以上のことを言い換えると、一九一八年頃以降の魯迅の民衆観は、のち自らが思想的経歴をふり返って語った、『人道主義』と『個人的無治主義』という二つの思想の起伏消長」（『魯迅景宋通信集』二四」、一九二五・五・三〇、『魯迅景宋通信集《両地書》的原信』、湖南人民出版社、一九八四・六）の過程を構成する一環としてあった、と推測できる。「人道主義」を支える「素朴な民」の存在と、「個人的無治主義」の憎悪の対象としての目覚めぬ麻痺した民衆である。

一九二〇年頃、シェヴィリョフによるアラジェフ批判を知って以後、魯迅は人道主義（天性の善・愛）を理想として高唱するのではなく、現実の中から天性の善・愛を汲みとろうとした。そのとき魯迅は、旧社会において天性の善・愛を損なわれざるをえない下層の民衆（閏土〈「故郷」、一九二一〉等、彼らは旧社会の「素朴な民」と言える）のもがき・苦しみを理解することとなった。また目覚めぬ麻痺した民衆像を、具体的に明らかにした（「阿Q正伝」〈一九二一・一二〉の阿Q等）。

しかし目覚めぬ麻痺した民衆（愚民）を生みだす歴史的社会的条件と、愚民の連関を社会学的に明らかにしたわけではない。旧社会の構造を、苦しめる者（圧迫者）と苦しめられる者（被圧迫者）の二種類に分類して考えた。それは社会の上層から下層まで、苦しめ、同時に苦しめられる者として連珠のように連なるものとされた。そのため、同じ下層の民衆であっても、彼らは苦しめる者として立ち現れることがあり、魯迅の憎悪の対象となった。それは、魯迅が始めて理解する「圧迫者と被圧迫者」（「祝中俄文字之交」、一九三二・一二・三〇、『南腔北調集』）の関係についての、苦しみの経験を分析の軸とした、感性的な独自の理解であったと思われる。

二　民衆と旧社会のあいだで

一九二四年二月における「祝福」の第一のテーマ、祥林嫂に関する物語において、民衆はどのように描かれたのだろうか。祥林嫂はどのような民衆として描かれているのだろうか。

祥林嫂は、中国旧社会において女性にとって大きな「悪徳」であると見なされた再婚を強いられる（旧社会では、女性は「従一而終」でなければならなかった）。それを強制させたものは、旧社会の貧困の中で生きていかねばならない嫁ぎ先の事情である（祥林嫂の姑は、やり手の女性であった）。子孫を絶やさぬために、夫を失った祥林嫂の、義理の弟に嫁をもたせねばならない。しかしそのためにはお金がなくてはならない。そのお金は祥林嫂を再婚させることによって、結納金を手に入れるしかなかった。ひとりの人間に「悪徳」を犯させる旧社会の状況が、宗族社会の慣習が、人々の上に覆いかぶさっていた。必然的と見える糸に、人間を人間と思わせないような糸に、たぐられて、犠牲は献げられる(5)。しかしこの「悪徳」を犯すことを強制させられた犠牲者の苦しみは、ひととおりではなかった。再婚に対して純朴な祥林嫂は必死の抵抗を行い、婚礼のときに額を香炉机に打ちつけて自殺を図った。（祥林嫂の純朴さゆえの、この抵抗心に注目しておきたい(6)。）

「祝福」の物語の中で魯迅は、中国変革を願望する革命的知識人の立場から、民衆に対して目的意識をもった、もっぱら批判的な筆づかいをしていない。むしろ語り手「私」はいつわらぬ目をもって、旧社会という封建社会の中で生きる民衆の姿を、暖かさも冷酷さもかなりの程度あるがままに描き（冷酷さが際だつ結果をもたらしているとしても）、そのため民衆の姿も一面性をまぬがれている。のちに『彷徨』集に収められた「長明灯」（一九二五・二・二八、『彷徨』）、「示衆」（一九二五・三・一八、『彷徨』）にみられる目覚めぬ民衆に対する一方的な批判と嘲りと失望とは、描き方を異にしている。

例えば、祥林嫂が話す自分の子供阿毛の話がある。祥林嫂は再婚した先で再び夫に先立たれ、子供と二人だけの生活をしていた。ある早春の日に阿毛は狼にさらわれ食われてしまった。魯鎮の人々はこの話を聞くと、再婚した祥林嫂への軽蔑をひっこめて同情する。

「この物語はいたって効き目があった。男たちはここまで聞くとしばしば笑いをおさめ、おもしろくなさそうに離れていった。女たちはそれにひき替え彼女を許してしまったかのようであり、軽蔑した顔の色をたちに改めたばかりでなく、たくさんの涙をご相伴に流そうとした。」（一七頁）(7)

しかし、これは長くは続かなかった。民衆の冷酷さは、民衆自身がそれと感じないままに、祥林嫂に注がれる。

「彼女は、彼女の悲しみがみんなに何日も咀嚼され味わわれて、とっくにかすになりおわり、うるさいもの、唾棄するものでしかないことを知らなかった。しかし人々の笑いの影からこの冷たさととげとげしさを感じ、

自分から口を開く必要がもうなくなったことを感じたようである。」（一八頁）

祥林嫂を再び雇用することを四嬸（魯四老爺の妻）が主張したのは、彼女がよく働くこと、あまり食い意地が張っていないことを喜んだためである（山村の女性、祥林嫂の働きぶりは、最初に雇われたとき、性格の善良さとともに語られる）。それは魯四旦那と四嬸の利害打算に基づいたことである。

祥林嫂は、姑からは結納金をとるための商品としてあつかわれ、魯四旦那夫妻からは打算的なあつかいを受け、魯鎮の人々からは最後には冷酷な嘲笑を投げつけられ、人間的な交わりを与えられない地点に立たされていく。

「造化の神は人を作ることからして、まったく巧妙で、他人の肉体上の苦痛を感じることができなくさせた。われわれの聖人および聖人の弟子はかえって造化の神の欠陥を補って、さらに精神上の苦痛を二度と感じることができなくさせた。」（「俄文訳本『阿Q正伝』序」、一九二五・五・二六、『集外集』）

作者魯迅は、主として枠内物語（ここでは語り手「私」は、没人格的語り手として語る）をとおして、この祥林嫂の不幸を描くことによって、旧社会の病態を描きだそうとしている、と思われる。

論文「祝福」（許欽文、『仿徨分析』、中国青年出版社、一九五八・六、底本は『魯迅巻』第一四篇、中国現代文学社編）は魯迅における、地主に対する憎悪（民衆の麻痺した精神に触れながらも、それを長期の封建支配の結果とする）と、下層の民衆である寡婦祥林嫂に対する同情という視点から、小説「祝福」を解釈しようとする。小説「祝福」における人間関係を、地主と下層の民衆という階級関係に焦点をあわせて解釈する。

しかし、「逃、撞、捐、問――対悲劇命運徒労的掙脱――論『祝福』」（范伯群、曽華鵬、『魯迅小説新論』、人民文学出版社、一九八六・一〇）は、次のように指摘する。

「長い間、多くの研究者は『祝福』を分析するとき、好んで毛沢東同志の《湖南農民運動視察報告》の一節を引用し、主人公祥林嫂の悲劇の社会的原因を説明した。毛沢東は言う。『政権、族権〔家父長をはじめとする家族の権力——中井注〕、神権、夫権が、あらゆる封建的宗法社会の思想と制度を体現している。それらは、中国の人民とりわけ農民を束縛する四本の太い縄である。』この分析は理論上から言えば当然正しい。しかし『祝福』という小説の実際の描写から見ると、研究者が既成の結論を文学作品に当てはめるというやり方には、いささか単純化があるように見える。そのやり方は特定の時間・空間の条件下にある環境の独特さ、複雑さを完全には提示できない。例えば『祝福』で、魯迅は封建的政治権力の祥林嫂に対する政治的圧迫を、直接には描写していない。魯四老爺も反動政権の代表であるとは大変言いにくい。祥林嫂の不幸な運命に対して作用を起こしたいくつかの要素は、完全には四本の縄の中に含まれない。このことから、私たちは作品の実際の芸術的描写から出発し、あらためて魯迅が重点をおいて表現しようとした、祥林嫂の悲劇の運命と複雑な性格を作りだす、いくつかの重要な客観的原因を検討する必要がある。」（二三五—二三六頁）(8)

上のように指摘して、「逃、撞、捐、問——論『祝福』」（范伯群、曽華鵬、前掲、一九八六・一〇）は、魯鎮に現れる旧社会の特徴を五点にわたって指摘する。①魯鎮は閉鎖的な社会であった。伝統的な習俗と、人間についての封建的等級関係が残され、五四運動等の変革の動きは魯鎮に影響がなかった。②魯鎮は道学（理学）の思想的支配のもとにあった。女性の再婚は風俗を壊乱するものであった。また、女性の贖罪（懺悔）は許されないものであった。③魯鎮には迷信の雰囲気が色濃く漂っている。二人の夫に嫁した女性は、閻魔大王によってのこぎりで二つに裂かれる、と柳媽によって伝えられる。人間としての正当な願望・欲望が、迷信と道学によって窒息させられる。④魯鎮の民衆は、苦しむ人（祥林嫂）に冷酷な態度を示す。そこには精神の麻痺がある(9)。⑤祥林嫂は、社会的な災難を被った。夫を二度亡くしたこと、子供を狼にさらわれたこと、これらは旧社会のいずれの人にも可能性のあった災難である。以上のように、同論文は祥林嫂をとりまく環境の中に、階級間の環境（地主と被雇用人）もあるし、そればかりでなく、社会的環境もあり、自然的環境もあるとする。

また、「祝福と救済――魯迅における〈鬼〉」（丸尾常喜、『文学』第五五巻第八号、岩波書店、一九八七・八）は、当時の宗族社会の社会的＝宗教的環境を詳細緻密に明らかにして、この社会の「涼薄」（無関心、冷淡、薄情などの意を表す）にさらされる祥林嫂の孤独と悲哀を指摘し、宗族主義的論理に対する魯迅の憤りと悲しみを深く分析する。

このようなさまざまな病態をみせる旧社会の環境の中で、祥林嫂はその犠牲者被害者であり、旧社会の中で苦しみ孤立し、悲しみ、嘲弄され、恐れ、絶望して、一筋の行くべき道もなくなった(10)。祥林嫂は柳媽から、廟の門の敷居を寄進することにより、罪を償うことを教えられ、実行する。しかし魯鎮（旧社会）では、女性が罪を償い身を清めることの不可能なことを、祭祀の準備のときに知る。これは祥林嫂の、短い夢から覚めて、行くべき道のない絶望でもあった（「娜拉走后怎様」、一九二三・一二・二六講演）。病態社会は彼女を飲みこみ、彼女は人肉の饗宴の材料にされた（「灯火漫筆」、一九二五・四・二九、『墳』）。

ここでの、魯迅の人間関係についての認識のしかたは、封建社会の搾取階級と被搾取階級（地主と被雇用人）という社会学的なもの、階級の関係に焦点をおいたものではない。むしろ、旧社会の慣習の中で（宗族社会のしきたりの中で）、他人の苦しみを理解せずに苦しめる者と、苦しめられる者が連珠のように連なり生活するという、人間の生な感性に近い理解であったと思われる。魯迅は、苦しみのない美しい世界を（「故郷」〈『新青年』第九巻第一号、一九二一・五・一〉の子供時代、「社戲」〈一九二二・一〇〉、「好的故事」、一九二五・一・二八）、理想として追憶の中で夢見ている。それと相反した現実の世界は、人間が人間らしく生きられない人肉の饗宴の場であり、

「主犯なき無意識の殺人集団」（「我之節烈観」、一九一八・八・一五発表）がいちずに弱小者を懲らしめる場である旧社会（宗族社会）であった。魯迅は、そこに生きる人々（民衆を含めて）に対して、思想的にというより、感性的に接近し理解した。そして魯迅の感情は基本的に、挫折を体験した改革者としての旧社会全体に対する憎悪（「無治的個人主義」の一面としての、シェヴィリョフ的憤激）と、そこで苦しむ弱小者（祥林嫂）への深い同情（「人道主義」）であった。

祥林嫂の不幸な死に対して、作者魯迅は深く同情するものであったと思われる。

魯迅の民衆観から言えば、祥林嫂の死は、中国旧社会に生きる「素朴な民」（「破悪声論」、一九〇八・一二発表）が、抵抗しつつも、まぬがれがたい不幸な運命に陥ることを、「素朴な民」のもがきと苦しみを、決定的に確認するものであったと思われる(11)。魯鎮の民衆は、旧社会における現実の目覚めぬ麻痺した民衆（愚民）としての姿を、暖かさも冷たさももちながら、旧社会においてはその習俗に違反するものに対して涼薄（冷酷）である姿を、表している。

四　さいごに

一九二四年二月以降の魯迅の民衆観については、目覚めぬ麻痺した民衆（愚民の系譜）が引き続き出現する。しかし祥林嫂のような、中国の現実の中で生きる「素朴な民」は、しばらく魯迅の作品に現れない。このことから上述のように、「祝福」が中国の現実における「素朴な民」の不幸な境遇・運命に対する決定的な確認を意味した、と私は考える。

「祝福」から約一年九ヶ月後、一九二五年一一月六日、「離婚」（『語絲』週刊第五四期、一九二五・一一・二三、『彷徨』）において、新しい類型の民衆、「愛姑」が出現する。それはさらに現実の民衆把握につながる、民衆の中の新しい類型の探究であった、と思われる。

「祝福」から二年後、一九二六年二月になって、「素朴な民」と目覚めぬ麻痺した民衆（愚民）は、魯迅の追憶の中で改めてその姿を見つめ直され計り直されて、当時の中国の現実のあるがままの民衆として、まず「狗・猫・鼠」（一九二六・二・二一、『朝花夕拾』、北京未名社、一九二八・九）から現れる、と思われる。それは魯迅にとって、『人道主義』と『個人的無治主義』という二つの思想の起伏消長」の過程を構成する一環としての民衆観から脱却するための、そして一九三〇年代において新しい民衆像を認識していくための、魯迅の民衆観における止揚の第一歩であったと推測する。

これらにいたる経過には、民衆（目覚めぬ麻痺した民衆）に対する弁護の道があったと想像する。

こうしたことについて、魯迅の民衆観における私の次の課題としたい。

註

（1）「祝福」の底本は、『魯迅全集』第二巻（人民文学出版社、一九八一）である。

この小論では副題にあるように、「民衆観から見る」「祝福」を取りあげ、「魯迅『祝福』についてのノート（二）——語り手〈私〉について」（『野草』第七九号、二〇〇七・三予定）では、語り手「私」について取りあげる。そのため論述に重なるところがあり、読まれる方のご諒解をお願いしたい。

私が目をとおした「祝福」に関する論文は次のものにとどまる。以下適宜に、小論の中で具体的に言及することにする。

〔中国語文献〕

①「『祝福』研究」（徐中玉、『魯迅生平思想及其代表作研究』、自由出版社、一九五四・一）
②「祝福」（許欽文、『彷徨分析』、中国青年出版社、一九五八・六、底本は『魯迅巻』第一四篇、中国現代文学社編）
③「関于『祝福』的幾個問題」（馮光廉、朱徳発、『魯迅研究文叢』第一輯、湖南人民出版社、一九八〇・三）
④「中国反封建思想革命的鏡子――論『吶喊』『彷徨』的思想意義」（王富仁、『中国現代文学研究叢刊』一九八三年第一輯、北京出版社、一九八三・三）
⑤「『祝福』中的〈我〉」（張葆成、『求是学刊』一九八四年第五期、総四二期、一九八四・一〇・一五）
⑥「論『祝福』及其在中国現代小説史上的意義」（林非、『魯迅研究』第九輯、中国社会科学出版社、一九八五・八）
⑦「逃、撞、捐、問――対悲劇命運徒労的掙脱――論『祝福』」（范伯群、曽華鵬、『魯迅小説新論』、人民文学出版社、一九八六・一〇）
⑧「『祝福』的主題思想異議」（李永寿、『魯迅研究資料』第一八輯、中国文聯出版公司、一九八七・一〇）
⑨「論『祝福』思想的深刻性和芸術的独創性」（林志浩、『魯迅研究〈下〉』、中国人民大学出版社、一九八八・六）
⑩「〈反抗絶望〉的人生哲学与魯迅小説的精神特徴」（汪暉、『反抗絶望』、上海人民出版社、一九九一・八、第五章、初出は『魯迅研究動態』一九八八年第九期、第一〇期）
⑪「『祝福』：儒道釈〈吃人〉的寓言」（高遠東、『魯迅研究動態』一九八九年第二期）
⑫「『祝福』中〈我〉的故事」（銭理群、『走進当代的魯迅』、北京大学出版社、一九九九・一一）
⑬「第二章　魯迅小説叙事模式分析」（譚君強、『叙述的力量：魯迅小説叙事研究』、雲南大学出版社、二〇〇〇・四）
⑭「魯迅小説的叙事芸術（下）」（王富仁、『中国現代文学研究叢刊』二〇〇〇年第四期、二〇〇〇・一〇）

〔日本語文献〕

①「祝福と救済――魯迅における『鬼』」（丸尾常喜、『文学』第五五号、一九八七・八）
②「『祝福』論」（野村邦近、『二松学舎創立百十周年記念論文集』、一九八七・一〇・一〇）
③「魯迅『祝福』」（丸尾常喜、『中国語』一九九一年八月―一一月、内山書店）
④「叙法から見た魯迅の一人称小説」（平井博、『人文学報』第273号、東京都立大学人文学部、一九九六・三・三一）
⑤『中国伝統小説と近代小説』（李国棟、白帝社、一九九九・四・五、「第二章　伝統の『枕中記』と近代の『黄粱夢』」、五五五頁）

⑥「『祝福』試論――〈語る〉ことの意味」（今泉秀人、『野草』第七〇号、二〇〇二・六・一）
⑦「魯迅の『祝福』（一九二六年）」（『女性と中国のモダニティ』、レイ・チョウ著、田村加代子訳、みすず書房、二〇〇三・八・二五、「第三章　モダニティと語り」）

（2）魯迅が一九二三年の一年間、ほぼ沈黙に陥ったことについては、「魯迅と『労働者セヴィリョフ』との出会い（試論）」〈下〉（『野草』第二四号、一九七九・一〇）の注24を参照されたい（『魯迅探索』〈汲古書院、二〇〇六・一〉の第二章の注24にあたる）。ここで、一九二三年の魯迅の精神状況を説明し、この一年間の寡作が魯迅の厭世的個人主義（シェヴィリョフ的憤激の心情、すなわち無政府的厭世的個性主義のこと）によるものである、と私は推定した。

（3）「『祝福』中〈我〉的故事」（銭理群、『走進当代的魯迅』、北京大学出版社、一九九九・一二）は、次のように指摘する。
「『祝福』には二つの物語がある。『私』が故郷に帰った物語と、『私』が語る『他人』――祥林嫂の物語である。」

また、「『祝福』試論――〈語る〉ことの意味」（今泉秀人、『野草』第七〇号、二〇〇二・六・一）は、「祝福」の「枠物語」（「外枠物語」）の構造について次のように指摘する。

「ある物語を内包し、それ自身はフレームのように機能する、いわゆる〈外枠物語〉の構造を『祝福』はその体裁としている。」

こうした構造に沿って、私は「祝福」のテーマを二つにわけ、小論を進めることにする

（4）拙稿、「初期文学・思想活動から一九二〇年頃に至る魯迅の民衆観について」（『大分大学経済論集』第三二巻第四号、一九八〇・一二・二〇、『魯迅探索』〈汲古書院、二〇〇六・一〉の第四章にあたる）で、一九二〇年頃までの民衆観について、述べたことがある。本文の記述は、主としてこれに依拠する。

（5）「祝福と救済――魯迅における『鬼』」（丸尾常喜、『文学』第五五号、一九八七・八）は、「祝福」が寡婦祥林嫂に対する旧社会の「涼薄」（無関心、冷淡、薄情などの意を表す）を描いており、祥林嫂がそのために向きあい、さらされる孤独と悲哀を指摘する。また旧社会の社会的＝宗教的環境を詳細緻密に明らかにする。そして、篇末の描写に宗族主義的論理に対する魯迅の憤りと悲しみを認める。
私は、この優れた論考に学びながら、「祝福」が魯迅自身にとって思想的過程において、どのようなことを意味する表現であったのか、という点を追究したい。そのために、「魯迅『祝福』についてのノート（二）」おいて語り手「私」の在り方にも注目したいと思う。

（6）『「祝福」研究』（徐中玉、『魯迅生平思想及其代表作研究』、自由出版社、一九五四・一）において、祥林嫂の反抗的精神が詳細に分析されている。

また、「逃、撞、捐、問――対悲劇命運徒労的掙脱――論『祝福』」（范伯群、曽華鵬、『魯迅小説新論』、人民文学出版社、一九八六・一〇）は、次のように指摘する。

「長い間、研究者は『祝福』の主人公祥林嫂に対して次のような基本的評価をしてきた。彼女は自分の労働によって人としての生活の権利を勝ちとりたいと考える女性である。しかしこの願望は政権、族権、神権、夫権の四本の縄によって扼殺された。しかし彼女は決して屈服せず、何度もあらがい、反抗した。しかし結局強大な封建勢力の圧迫に抗しきれず、悲惨な死にかたをする。」（二四一頁）

「逃、撞、捐、問――論『祝福』」（范伯群、曽華鵬、前掲、一九八六・一〇）は、祥林嫂の追求と抗争は決して単色のものではない、そこには進歩的要素と落伍した要素が入り混じっているとする。決して単色ではない精神の現れとして、「逃」（逃げる）、「撞」（ぶつける）、「捐」（寄進する）、「問」（質問する）という行為を分析し、そこに 反抗の精神の一端の現れとその制約された内容を論じる。

（7）「逃、撞、捐、問――対悲劇命運徒労的掙脱――論『祝福』」（范伯群、曽華鵬、『魯迅小説新論』、人民文学出版社、一九八六・一〇）は、魯鎮の民衆の冷酷さのみを指摘する。

また、「『祝福』中〈我〉的故事」（銭理群、『走進当代的魯迅』、北京大学出版社、一九九九・一一）も、他人の不幸を鑑賞し慰みものにする魯鎮の村人の残忍さをのみ指摘する。

しかしここで村人は祥林嫂に同情していることも、私は、認める。むしろこの村人の両側面を魯迅が描くことによって、民衆の冷酷さ（「涼薄」）がいっそう切実なものとなっていると、読む者は受けとることができる。魯迅が、旧社会批判によりいっそう激しく傾くとき、民衆像はむしろ愚民としての一面的姿を現す傾向があり、その場合むしろ現実の民衆像から遠ざかる、と思われる。

（8）毛沢東の「四権」（政権、族権、神権、夫権）の理論を、「祝福」にかぶせて理解することの不十分さを指摘したものに、「中国反封建思想革命的鏡子――論『吶喊』『彷徨』的思想意義」（王富仁、『中国現代文学研究叢刊』一九八三年第一一輯、北京出版社、一九八三・三）がある。さらにこの点を詳細に批判し論じたものに、「『祝福』的主題思想異議」（李永寿、『魯迅研究資料』第一八輯、中国文聯出版公司、一九八七・一〇）がある。また、「『祝福』中〈我〉的故事」（銭理群、

『走進当代的魯迅』、北京大学出版社、一九九九・一一）は、「政権」に基づいて魯四老爺を解釈することの不十分さを指摘する。

逆に、「四権」を「祝福」の悲劇の根源とし、その立場から悲劇の深刻性を明らかにしようとしたものに、「関于『祝福』的幾個問題」（馮光廉、朱徳発、『魯迅研究文叢』第一輯、湖南人民出版社、一九八〇・三）がある。「論『祝福』思想的深刻性和芸術的独創性」（林志浩、『魯迅研究〈下〉』、中国人民大学出版社、一九八八・六）は、祥林嫂の形象を詳細に分析する。そのうえで、毛沢東の「四権」を導入して、物語を解釈しようとする。その結果、「政権」を代表する魯四老爺を、陰険に使用人を支配する地主とする。

「論『祝福』及其在中国現代小説史上的意義」（林非、『魯迅研究』第九輯、中国社会科学出版社、一九八五・八）は、「中国反封建思想革命的鏡子――論『吶喊』『彷徨』的思想意義」（王富仁、前掲、一九八三・三）を高く評価し、「四権」に則って解釈した自らの以前の論文（「魯迅小説的人物創造」、『文学評論』一九六三年第五期）を自己批判する。また「祝福」の小説としての現代文学史上の位置を、その後、貧困の勤労女性を描いた諸作品と比較しながら、その源流の位置にあるものと評価する。

（9）「逃、撞、捐、問――対悲劇命運徒労的掙脱――論『祝福』」（范伯群、曽華鵬、『魯迅小説新論』、人民文学出版社、一九八六・一〇）は、註7で前述したように、民衆の冷酷さのみを指摘する。

（10）このような側面を概括的に指摘するものに、「『祝福』研究」（徐中玉、『魯迅生平思想及其代表作研究』、自由出版社、一九五四・一）がある。

「《祝福》は祥林嫂の悲惨な境遇をとおして、封建社会と旧礼教の人を食う本質を赤裸々に暴露し批判する。魯迅が自ら、『意図するとこは家族制度と礼教の害を暴露することにある』（《現代小説導論二》）と言った小説《狂人日記》の中で、かつて狂人の口を借りて以下のような歴史の真理をはぎ取り明らかにしたことがあった。『私は歴史書をひっくり返して調べた。この歴史書には年代がなく、くねくねとどの頁にも〈仁義道徳〉の数文字が書いてあった。私はどのみち眠れなかった。詳しく夜半まで調べて、そうしてはじめて字と字のあいだから文字が見えてきた。本中すべて二文字が書いてある、〈食人〉だ。』」

また、「『祝福』研究」（徐中玉、前掲、一九五四・一）は、毛沢東の「四権」（『湖南農民運動視察報告』）を引用するが、しかしそれは当時の封建社会を説明するためであり、それによって「祝福」の具体的分析に換えるものではない。また前述のように、祥林嫂の反抗的精神についても指摘し、目配りのきいた論文となっている。しかしその分析は第一のテーマ〈祥林嫂の物語〉に偏っており、第二のテーマ（語り手「私」の在り方）には言及されない。その結果、最後の魯鎮の〈祝福〉の場面は、圧迫者の（魯四老爺を代表とする）幸福と、被圧迫者の窮死という対比として論じられ、被圧迫者に対する魯迅の同情が強調される。

（11）後の世代としての子供たち（進化論の想定のもとにおける「素朴な民」、すなわち「素朴な民」の一形態）に対して、魯迅が無条件の信頼を消失していくことは、次のようなところから窺うことができると思われる。

「長明灯」（一九二五・二・二八、『民国日報副刊』、一九二五・三・五―八、『彷徨』）では、廟の常夜灯を吹き消そうとする彼（旧社会に反抗しようとする者）に対して、ひとりの子供が言う。

「腕をむきだしにした子供が、遊んでいた葦を持ちあげると、彼にねらいを定め、桜桃のような唇をあけると、言った。

『パン！』」（六〇頁）

「頽敗綫的顫動」（一九二五・六・二九、『語絲』週刊第三五期、一九二五・七・一三、『野草』）では、母親が身を売って子供を育てる。その後家族をもった娘は、年老いた母親の過去の行為を責める。小さな子供は祖母に向かって、「殺せ」と言う。

「『一生私につらい思いをさせるのは、あんただ。』（中略）

『あの子たちまで側杖を食わせようとしている。』

一番小さい子供はちょうど枯れた葦の葉で遊んでいたが、このときそれを刀のように高く振りまわすと、大声で言った。

『殺せ。』」（二〇五頁）

「孤独者」（一九二五・一〇・一七、『彷徨』）では、魏連殳が次のように言う。

「『考えてみると、少し奇妙だと思うね。君のところへ来るときに、幼い子を大通りで見かけた。葦の葉っぱで僕をさして、殺せ、と言うんだ。その子はまだよく歩けないほどなのに……』」（九二頁）

魏連殳は、以前子供は天真だ、悪いところは環境が悪くさせたのだ、中国の希望は、子供にあると信じていた。こうした子供の天性の善に対する無条件の信頼を、魏連殳は失っていく。

一九二六年以降、『朝花夕拾』において中国旧社会の現実の「素朴な民」の人生と運命が計り直され追究されると思われる。その一環として、旧社会における子供の人生に対する追究も、『朝花夕拾』において、例えば「『二十四孝図』」（一九二六・五・一〇、『朝花夕拾』）等でおこなわれたと思われる。

魯迅と唐俟

――吾有不忘者存（『荘子』田子方篇）――

谷　行　博

一

魯迅の「『吶喊』自序」は重層構造を持つテクストである(1)。

「鉄の部屋」の喩え。その奥には、ニーチェ「ツァラトゥストラの序説」において森のなかの翁がツァラトゥストラにいう言葉「あなたはいま、眠っている者たちのところへ行って、何をしようとするのか?」がある。またチェーホフ『決闘』のライェフスキーの科白「ヱレスチャアギンの絵に、死刑の宣告を受けた人間が、非常に深い井戸の底で泣いてる所があつた。君の所謂美しきコオカサスは恰どその井戸のやうな気がする。」がある(2)。そして、その最深部にあるのが『荘子』至楽篇である(3)。『荘子』至楽篇における荘子の妻の死。荘子は両足を投げ出し、盆をたたいて歌を歌っている。非難する恵子に対して荘子はいう。

察其始而本無生、非徒無生也、而本無形、非徒無形也、而本無気。雑乎芒芴之間、変而有気、気変而有形、形変而有生、今又変而之死、是相与為春秋冬夏四時行也。人且偃然寝於巨室、而我噭噭然随而哭之、自以為不通乎命、故止也。

「その始まりを考えてみればもともと生も形も気もないのだ。混沌のなかで混じりあっていたのが気、形、生となった。今、変じて死となる。このような変化こそ春夏秋冬の四季の移り変わりのように循環していくのだ。妻は安らかに巨大な部屋、天地の間で寝ている。私が泣き喚いたら、命に通じていないことになる。だから止めたのだ」。「偃然寝於巨室」（妻は安らかに巨大な部屋で寝ている）を意識しながら、魯迅は「鉄の部屋」の喩えを書いたというのが私の考えである。魯迅は「巨室」という語を日本留学後期、翻訳テクストにおいて用いている。『域外小説集』（一九〇九年）に収められているアンドレーエフ「謾」の次の一節は『荘子』を下敷きにしている。

既往方在、方在将来之界域泯矣。時劫之識、如吾未生、与吾生方始、其在我同然、無不似吾常生、或未生、或常生既者。——蓋吾未生与吾生方始時、彼実已君我。而思之尤殊異者、乃以彼為有名与質、有始与終（4）。

（過去と現在、現在と将来の境界が無くなった。私が未だ生きていないときと私が生き始めたとき、その長い時間は私にとって同じものだった。私は常に生きたのか、あるいは未だ生きていないのか、あるいは常に生きることを終えたのか。——考えてみるに私が未だ生きていないときと私が生き始めたときに、彼女は私を支配していた。特に奇妙に思われるのは、彼女が名前と身体をもち、始まりと終わりをもっていることだ。）

この次の段落の最初に、「彼女の家」の訳語として「巨室」があらわれ、さらに後の個所では、「大きな部屋」の訳語として「巨室」があらわれる。『荘子』至楽篇の「巨室」は、ロシア象徴主義の小説を魯迅が受け止める重石となっているといわなければならない。『吶喊』自序」の「鉄の部屋」は、古代の天地の時空からアンドレーエフ「謾」の〈いま、ここ〉を経て生まれてきた。これが魯迅の近代であった。日本留学後期に章炳麟のもとで『荘子』の講義を受けている魯迅の姿を思い浮かべてみなければならない(5)。

二

いま、『新青年』において魯迅「狂人日記」等とともに発表された新詩に用いられた筆名「唐俟」に注目しよう。ここにも『荘子』と『吶喊』自序」との関係が存在する。「魯迅」、「唐俟」という筆名については夙に許寿裳による説明がある(6)。一九二〇年の年末、魯迅自身の言葉によると、「魯迅」という筆名は(一)母親の姓が魯であり、(二)周、魯は同姓の国であり、(三)魯鈍にして迅速の意を取った、という。「唐俟はどうなのだ」と許寿裳が聞くと、陳師曾が石章を贈ってくれるときに、どういう字を彫るかと聞かれて「君が槐堂なので僕は俟堂といったのだ」と魯迅が答えたという。許寿裳はこれを聞いてすぐに「俟」の含む意味が分かった。あの時は部内の某長官が魯迅を追い出そうとしていて、魯迅は安らかに待っていた、いわゆる「君子居易以俟命」である。許寿裳は、「俟堂」をひっくり返し、堂と唐は同音であるので「唐俟」ができたと説明している。周、魯、唐は同姓の国であり、ここから魯迅はいつでも偶像を破壊する志を忘れないのだと結んでいる。しかし、「唐俟」がもつ意味は許寿裳の説明だけで充分だろうか。魯迅は、「俟堂」から「唐俟」を生み出したときにある意味を込めたのではないだろうか。『荘子』田子方篇の第三の説話を見てみなければならない。

孔子と顔回の問答。顔回は孔子に問うていう。「先生が並足で進めば私も並足で進み、先生が速足で進めば私も速足で進み、先生が駈足に移れば私も駈足に移ります。先生が虚空を切って飛び始めると私は後ろで目を見張るばかりです」。孔子がそれはどういう意味だと尋ねると、顔回は言葉をついだ。「先生が発言されれば私も発言し、先生が議論されれば私も議論し、先生が道を語れば私も道を語るということです。ところが、先生が言わずして信頼され、特定の人間とだけ親しくせず万人を愛し、君主の地位に無いのに人々が前に集まって来て、それが自然に行われることにはただ驚嘆するという意味です」。孔子は答えていう。

悪、可不察与、夫哀莫大於心死、而人死亦次之。日出東方、而入於西極、万物莫不比方、有目有趾者、待是而後成功。是出則存、是入則亡。万物亦然、有待也而死、有待也而生。吾一受其成形、而不化以待尽、効物而動、日夜無隙、而不知其所終。薫然其成形、知命不能規乎其前、丘以是日徂。吾終身与汝交一臂而失之、可不哀与。汝殆著乎吾所以著也、彼已尽矣、而汝求之以為有、是求馬於唐肆也。吾服汝也甚忘、汝服吾也亦甚忘。雖然、汝奚患焉、雖忘乎故吾、吾有不忘者存。

「ああ、よく考えてみよう。いったい悲しみのなかで心の死より深いものはない、身体の死などはこれに次ぐものだ。太陽は東から出て西に沈む。万物はすべてこれに従う。目あり足あるものは太陽によってその営みを成し遂げる。太陽が出るときは生存し、沈むときは滅びる。万物も同然であって死に、頼るところがあって生きる。私も形を受けたからには、変化せず尽きるのを待つ。物に従って動き、日夜間断のないようにし、その終わるところを知らない。なごやかに形を守り、命を知りその始まりははかり知ることはできない。私はこのように一日一日を生きてゆく。私は生涯あなたと腕を組んでゆこうとしているのにそれがだめになってしまった。

悲しまないでいられようか。あなたは私が明らかにしたものだけに明らかなようだ。だがそこはもう尽きてしまっているのに、あなたは求めて存在するとする。これは取引の終わった馬市で馬を求めようとするようなものだ。私はあなたのことを心にとめようとするが忘れてしまい、あなたも私のことを心にとめようとするが忘れてしまう。しかし、あなたは何も心配することはない。古い私を忘れても、私には忘れられないものが厳として存在するのだ。

魯迅は、ここにあらわれる「唐肆」(空の馬市)を踏まえて「唐俟」を用いたのではないだろうか。「是求馬於唐肆也」の前後に注目しよう。「汝殆著乎吾所以著也、彼已尽矣、而汝求之以為有」(あなたは私が明らかにしたものだけに明らかなようだ。だがそこはもう尽きてしまっているのに、あなたは求めて存在するとする)という表現は、筆名「唐俟」を用いて新詩を書いた魯迅の内に、読み手に対する韜晦がこめられていることを示している。「狂人日記」とともに最初に新詩を発表するときの作者の心のゆれがここにあらわれている。そして、この問答の最後の句、「雖忘乎故吾、吾有不忘者存」。ここに「唐俟」の根幹がある。「『吶喊』自序」の冒頭部の「回憶」と「忘却」、「忘れえぬもの」に関する叙述。

我在年青時候也曾経做過許多夢、后来大半忘却了、但自己也並不以為可惜。所謂回憶者、雖説可以使人歓欣、有時也不免使人寂寞、使精神的絲縷還牽着已逝的寂寞的時光、又有什麼意味呢、而我偏苦於不能全忘却、這不能全忘的一部分、到現在便成了『吶喊』的来由。

(私も若かったころに多くの夢を見たものだ。後になって大半は忘れてしまったが、自分でも別に惜しいとも思わない。回憶というものは、人を歓ばせもするが、時には寂寞を覚えさせることもある。精神の糸をすでに過ぎ去った寂寞の時につなぎ止めていても何の意味があろう。私はむしろ忘れきれないことが苦しい。この忘れきれない一部分が現在にいたって『吶喊』のもとになったのだ。）

この一節と「吾有不忘者存」（私には忘れられないものが厳として存在しているのだ）は、魯迅の内で相互に呼応している。同時に、「『吶喊』自序」におけるいわゆる幻灯事件の後の叙述、「医学は大切なことではない。およそ愚弱な国民は体格がいかにたくましくても、見せしめの材料と見物人になるだけだ。どれだけ病死しようと不幸だと考えることはない。やるべきことは彼らの精神を改造することだ」。これは、この問答における孔子の言葉の冒頭部、「夫哀莫大於心死、而人死亦次之」（いったい悲しみのなかで心の死より深いものはない、身体の死などはこれに次ぐものだ）を踏まえている。『新生』刊行の試みの挫折後、「私はひとたび腕を振るえば応じるもの雲集するという英雄ではないと分かった」という自覚は、顔回の問い、「無器而民滔乎前」（君主の地位に無いのに人々が前に集まってくる）を転倒させたものであろう。「新生」という語は、田子方篇の次に位置する知北遊篇にあらわれる。『荘子』のこの辺りは、魯迅においては踏み固められた路であったといえよう(7)。

「忘れえぬもの」。これこそ「魯迅」＝「唐俟」連関の最も奥深いところに存在するモチーフである。新詩の筆名とともに雑感の筆名にも用いられた「唐俟」は、従来考えられてきた以上の深い意味をもつものであったのだ。

三

「唐俟」に含まれた「忘れえぬもの」の背後に存在する魯迅の奥深い無言の重さを私は測りしることはできない。ただテクスト連関を吹きぬける風によって、その存在を肌身で感じとることができるだけである。新たな書くことの始まりであった「狂人日記」とともに『新青年』の同じ号第四巻第五号（一九一八年五月一五日）に発表された新詩「夢」、「愛之神」、「桃花」のなかの最初の詩「夢」を見てみよう。

夢　　　唐俟

很多的夢、趁黄昏起閧。
前夢才擠却大前夢時、後夢又趕走了前夢。
去的前夢黒如墨、在的後夢墨一般黒；
去的在的彷彿都説、『看我真好顔色。』
顔色許好、暗裏不知；
而且不知道、説話的是誰？

＊　＊　＊　＊

暗裏不知、身熱頭痛。
你来你来！明白的夢。

夢　　　唐俟

多くの夢が、黄昏に立ち騒ぐ。
前の夢がその前の夢を押しやる時、後の夢が前の夢を追いやる。
行った前の夢は墨の如く黒く、今在る後の夢は黒く墨のよう、
行ったのも今在るのも、「私の素晴らしい色を見なさい」と
言っているよう。
色はよいかもしれないが、暗くて分らない、
その上判らない、話しているのが誰か？

＊　＊　＊　＊

暗くて分らない、体が熱っぽく頭が痛い。
来てくれ来てくれ！はっきりとした夢。

この詩の言語空間は、一方で「狂人日記」を書き記し、一方で古代漢語を「唐俟」に封じ込めたなかでせりあがった極北の白話の言語空間であった。魯迅は『集外集』序言」で「何首かの新詩も作った。私は実は新詩を作るのが好きではなかった。――かといって旧詩も作るのは好きではない――ただその当時詩壇は寂寞としていたので、

太鼓を叩いて仲間に入ってにぎやかにしようとしただけであった。詩人と称するものが出現してからは、手を引いて作らなくなった」と述べている(8)。しかし、後になって振り返ったこの心境とは違い、筆名「唐俟」を最初に使って新詩を書く魯迅の意識は、「狂人日記」執筆と張り合う関係をもっていたのではないだろうか。

この詩の主題が夢であることと「『吶喊』自序」の冒頭に夢の記述があらわれることを考えてみよう。「唐俟」が『荘子』を通して「『吶喊』自序」と連関しているのと同時に、この詩と「『吶喊』自序」もまた深いところで繋がっている。「『吶喊』自序」はいうまでもなく『吶喊』という作品集を書いたことについて書いているテクストである。夢とは魯迅にとって書くことの始まりと同じ意味を担うものであった。この詩は、新しい白話詩を〈書くことを書くこと〉についての詩でもあるといえよう。この詩の夢の記述、「行った前の夢は墨の如く黒く、今在る夢は黒く墨のよう」は、夢の深層に「墨」、すなわち「書くこと」があることを示している。「分らない」、「判らない」という言葉は、「暗さ」とあいまって「書くこと」の始まりの苦しみをあらわしている。「その上判らない、話しているのが誰か?」は「話す」=「書く」主体としての態度の模索であろう。区切り符号の後の詩句「身熱頭痛」(体が熱っぽく頭が痛い)は、後に雑感「『校訂』はやめてほしい」(一九二四年一月二八日『晨報副鐫』、筆名「風声」)を『熱風』におさめたときに、「付記」において同一の表現「一九二五年九月二四日、身熱頭痛之際、書。」があらわれる(9)。これは「書くこと」における魯迅の身体感覚を示すものであろう。最後の句、「来てくれ来てくれ!はっきりとした夢」からは、新しい言語表現への希求が読み取れる。他方、言うまでもなくこの詩の表層の意味は夢そのものである。そして、「『吶喊』自序」の夢が「忘れえぬもの」のモチーフを示すのと同様にこの詩もまた夢とともにある「忘れえぬもの」がにじみ出ている。「前の夢がその前の夢を押しやる時、後の夢が前の夢を追いやる」には、時の存在、記憶の存在が含まれている。魯迅において白話詩を〈書くことを書くこと〉には「忘れえぬもの」

がこめられていたのである。

同時に、この「忘れえぬもの」を脱却する試みもまた詩として書き記されている。『新青年』第五巻第一号（一九一八年七月一五日）には唐俟の筆名で「他們的花園」と「人与時」が掲載されている。後者に注目しよう。

人与時　　唐俟

一人説、将来勝過現在。
一人説、現在遠不及従前。
一人説、什麼？
時道、你們都侮辱我的現在。
従前好的、自己回去。
将来好的、跟我前去。
這説什麼的、
我不和你説什麼。

人と時　　唐俟

一人が言う、将来は現在に勝る。
一人が言う、現在は過去に遠く及ばない。
一人が言う、何？
時は語る、あなた方は私の現在を侮辱している。
過去がよいものは、自分で戻りなさい。
将来がよいものは、私について前に進みなさい。
それは何と言うものは、
私はあなたには何も言いません。

ここにある時間は、『荘子』にあらわされているような始めも終わりもない循環する古代的時間ではない。一人一人に、存在をかけた決断を迫る近代の時である。この現在時は、「忘れえぬもの」としての過去を背後にもちながら、未来をそのなかに含みこんだ痛切の時である。この詩は「現在」を見つめなおし、「将来」に顔を向けようとしている。「随感録五七　現在的屠殺者」（一九一九年五月『新青年』第六巻第五号、筆名「唐俟」）をあわせて考えてみよう(10)。「人類であるのに仙人になることを願い、地上に生きているのに天に登ろうとする。明らかに現代の人間であり、現在の空気を吸っているのに、朽ちて腐った儒教や、干からびて死んだ言葉を押し付け、現在を侮辱しつくす、これはすべて『現在を屠殺する者』である。『現在』を殺せば、『将来』をも殺すのだ。——将来は子孫の時代である」。「随感録五七」が白話と文言の問題に焦点を合わせているのに対して「人と時」は時間そのものを主題としている。しかし、両者における「現在」への切実な思いは同質のものである。魯迅において、「忘れえぬもの」は新たな生に向かう根源的な態度を生み出したといわなければならない。

四

『新青年』第六巻第四号(一九一九年四月一五日)に新詩「他」が発表されている。『新青年』に掲載された「夢」、「愛之神」、「桃花」、「他們的花園」、「人与時」は、すべて『集外集』に収められているが、この「他」のみ収録されていない(11)。偶然だろうか。否、「唐俟」名義の新詩のなかで最もすぐれていると思われるこの詩は、魯迅が意識的に外したと考えられる。なぜだろうか。おそらく、「唐俟」に閉じ込めたものがこの詩においてあふれ出ているからだ。

他　　唐俟　　あの人　　唐俟

一　　一

『知了』不要叫了、　　「蝉」よ、鳴くな、他在房中睡着；
『知了』叫了、刻刻心頭記着。
太陽去了、『知了』住了、——還没有見他、
待打門叫他、——鏽鉄鎖子繫着。

二

秋風起了、
快吹開那家窗幕。
開了窗幕、会望見他的双靨。
窗幕開了、——望全是粉牆、
白吹下許多枯葉。

三

大雪下了、掃出路尋他；
這路連到山上、山上都是松柏、
他是花一般、這里如何住得！
不如回去尋他、——阿！回来還是我家。

あの人が部屋のなかで眠っている、
「蝉」は鳴く、一刻一刻心に刻んで。
太陽は沈み、「蝉」はやむ、——まだあの人は現れない、
戸を叩き呼んでもあの人は、——さびた鉄の鎖に繋がれている。

二

秋風が立ち、
あの家の窓のカーテンを吹き開ける。
窓のカーテンが開いたら、あの人の二つの笑窪が見られるだろう。
窓のカーテンが開いた、——見ると白い壁があるだけ、
たくさんの枯葉を空しく吹きしくばかり。

三

大雪が降って、路を掃きながらあの人を尋ねる。
その路は山の上に連なり、山の上は松柏ばかり、
あの人は花のよう、ここにどうして住めよう！
戻ってあの人を尋ねるほうがよい、——ああ！戻ればやはり私の家。

題名の「他」は、男性であるのか、女性であるのか決定しにくい両義性をもっている。同時にこのためにこの詩には他の詩にない色濃い陰影が存在しているといえよう。この詩における「他」を、松枝茂夫訳(12)は「彼」とし、伊藤虎丸訳(13)は「あの人」としている。拙訳は後者に拠っている。

この詩は、三章に分けた各章の初めの言葉を「『知了』不要叫了」、「「秋風起了」、「大雪下了」と「了」でそろえ、三様の「あの人」をめぐる場面を塗り重ねていく。夏の場面。冒頭部の句は、〈いま、ここ〉に存在する「あの人」を「蝉の鳴き声の響きのさなか眠っている」という誰しもが記憶にもつ心にしみるイメージで深く印象づける。続く「『蝉』は鳴く、一刻一刻心に刻んで」の句は、「人と時」における「現在」の切実を重ねながら、「蝉」のひと夏の生とその後にくる死を喚起させる。「戸を叩き呼んでもあの人は、——さびた鉄の鎖に繋がれている」とはどういうことか。私は、何度この詩を読んでも常にここにつきあたる。秋の場面。「家の窓のカーテン」、「風」、「二つの笑窪」という連鎖は、「あの人」に女性を感じさせる。「白い壁」と「枯葉」は「あの人」の不在を印象づけている。冬の場面。「あの人」の不在が重ねて書き記される。「雪」、「松柏」からは死の影が読み取れる。「あの人は花のよう」にはやはり女性的なものがある。しかし「あの人」を尋ね求めるということのなかには、女性に仮託された男性の存在があるように思われてならない。「戻ってあの人を尋ねるほうがよい、——ああ！戻ればやはり私の家」からは、「あの人」と「私」の逃れようのない関係性が浮き彫りにされる。この詩の夏、秋、冬からは、循環してやむことのない季節感を踏み超えた、二度と繰り返すことのない一回かぎりの濃密な時間を読み取ることができる。しかし「あの人」はついに明快な像を結ぶことはない。そして「私」とは誰か。「私の家」は人間存在の深みにまでとどいているだろうか。

松枝茂夫は次のように述べている。『集外集』の序の言葉を額面通りに受取るわけには行くまい。散文詩集『野草』は今日なお中国現代詩の及びがたい高峯をなしているではないか。／六首のうち、廃名は、最後の『彼』の一篇が最も美しく、魏晋古風の蒼涼さがあるといって賞賛している（『談新詩』）」(14)。私は、「あの人」を、読み手に身を切るような追体験を迫る、魯迅における実存的なテクスト体験として位置付けたい。「あの人」を読み解くために、「唐俟」と「『吶喊』自序」の連関を考えよう。「『吶喊』自序」の冒頭、「夢」、「忘却」、「忘れえぬもの」の記述に続く二つ目の段落にあらわれるのは、魯迅の父の病気、そして死についての記述である。「あの人」の存在と不在。「あの人」の背後には、「父」のモチーフが潜んでいると読み解けないか。冒頭、『蝉』よ、鳴くな、／あの人が部屋のなかで眠っている」には、「鉄の部屋」の喩えとともに、『朝花夕拾』に収められた「父親の病気」における父親の臨終の時に叫ぶ魯迅の声が呼応する(15)。結びの句、「不如回去尋他、――阿！回来還是我家」（戻ってあの人を尋ねるほうがよい、――ああ！戻ればやはり私の家）において、「還是」という語は、直接的には「回来」につながりながら、一方、この詩全三章の場面の重みを支えている。結果、「忘れえぬもの」としての「私の家」、すなわち厳として存在する、あるいは存在した「私の父」が書き記されているといえないか。

注目すべきことは、魯迅の「孔乙己」がこの詩とともに同じ号の『新青年』に掲載されていることである。「孔乙己」における「櫃台」（カウンター）は、「『吶喊』自序」における質屋の「櫃台」（カウンター）、薬屋の「櫃台」（カウンター）と二重に重なる。「『吶喊』自序」で「櫃台」の前に立っている「私」は、「孔乙己」では「櫃台」の後に立っている。「孔乙己」の「櫃台」のなかから「私」の視線で見られた孔乙己は、魯迅と「父」との関係性を担っているのだ(16)。「戸を叩き呼んでもあの人は、――さびた鉄の鎖に繋がれている」、すなわち「孔乙己」において「私」と孔乙己との空間に開かれているその関係性は、「あの人」では比喩としてあらわされている。「窓のカーテンが開いた、――見ると白い壁があるだけ」、「あの人」の「粉牆」（白い壁）は、「孔乙己」における「粉板」（白塗りの板）と照応している。そして「父」のモチーフには、「祖父」が重なる。「さびた鉄の鎖に繋がれている」は、魯迅における「忘れえぬもの」の最奥に横たわるイメージのひとつであった。「あの人」に書き記された「――」、ダッシュはテクスト内部の沈黙、いいかえるならば「唐俟」の無言をあらわすものであった。

註

（1）『吶喊』自序」『吶喊』（北京新潮社、一九二三年八月）、『魯迅全集』第一巻（人民文学出版社、一九八一年）所収

（2）チェーホフ作小山内薫訳『決闘』（梁江堂書房、明治四三年四月二五日）、拙論「呂緯甫と魏連殳」（『中国文芸研究会会報』第一五〇号、一九九四年三月）参照

（3）本稿では『荘子』に関して次の各書を参考にした。
金谷治訳注『荘子』第一冊（岩波書店、二〇〇〇年）、『荘子』第二冊（岩波書店、一九九九年）、『荘子』第三冊（岩波書店、一九九八年）、『荘子』第四冊（岩波書店、一九九七年）
福永光司『荘子』外篇（朝日新聞社、一九七三年）
周荘周撰晋郭象注『荘子』（台湾中華書局、一九七三年）
郭慶藩撰『荘子集釈』全四冊（中華書局、一九八五年）
王叔岷『荘子校詮』全三冊（中央研究院歴史語言研究所、一九八八年）

（4）『魯迅訳文集』第一巻（人民文学出版社、一九五八年）による。

（5）郭沫若『荘子与魯迅』（一九四〇年一二月一八日、一九四一年七月一一日補記）、『中国現代作家与作品研究資料叢刊　魯迅巻』初編（中国現代文学社編）所収において翻訳作品以外の魯迅に対する『荘子』の影響が考察されている。
伊藤虎丸は、「『破悪声論』（補記）『破悪声論』に見られる古典詩句について」（『魯迅全集』一〇、学習研究社、一九八六年八月二五日）で次のように述べている。「『破悪声論』は文語文で書かれており、その中には、『原注』に挙げられ『訳注』で補った以外にも、古典中に典故あるいは典故とは言えないにしても先例を持つ語句が極めて多い。その古典語句の使われ方の最も大きな特徴は、第一に、『荘子』から取られた語句乃至は言い廻しが甚だ多く、『淮南子』、『楚辞』がそれに次ぐことである（そのほかにも『孟子』、『左伝』、『易経』、『詩経』などの語句が目立つ）。これは当時の魯迅の

〝文学的〟な好尚を示すとともに、たとえば『朴素の民』への愛着なども無関係なこととは思われず、中国文化の伝統を儒家思想とは別のところに見ていた、彼における〝文化上の民族主義〟のあり方を示しているやに見える。第二に、しかし、それは決して思想家としての荘子乃至はいわゆる老荘思想などへの共感を示すものではないと思われる。」

（6）許寿裳『亡友魯迅印象記』（人民文学出版社、一九五五年）、『中国現代作家与作品研究資料叢刊　魯迅巻』初編（中国現代文学社編）所収

（7）例えば、「犁然有当於人之心」（『荘子』山木篇）が「『域外小説集』序言」にあり、「光曜」（『荘子』知北遊篇）が「破悪声論」と『域外小説集』「謾」にある。「破悪声論」の「悪声」は『荘子』山木篇の「悪声」を踏まえている。「狂人日記」の「喫人」も「千世之後、其必有人与人相食者也」（『荘子』庚桑楚篇）や「後世其人与人相食与」（『荘子』徐無鬼篇）と照応し、「故郷」の「一気」は『荘子』知北遊篇の「一気」と遠く呼応していると考えられる。「我們現在怎様做父親」『墳』、『「碰壁」之後』『華蓋集』には「勃谿」（『荘子』外物篇）があらわれる。

（8）「『集外集』序言」『集外集』（上海群衆図書公司、一九三五年五月）、『魯迅全集』第七巻（人民文学出版社、一九八一年）所収

（9）「望勿『糾正』」『熱風』（北京北新書局、一九二五年一一月）、『魯迅全集』第一巻（人民文学出版社、一九八一年）所収

（10）このテクスト連関は、「人と時」是永駿訳注（『魯迅全集』九、学習研究社、一九八五年六月二五日）に指摘がある。

（11）「他」は、『集外集拾遺補篇』、『魯迅全集』第八巻（人民文学出版社、一九八一年）に収められている。

（12）『魯迅選集』第一二巻（岩波書店、一九七三年）

（13）『魯迅全集』一〇（学習研究社、一九八六年八月二五日）

（14）『魯迅選集』第一二巻「解説」（岩波書店、一九七三年）

（15）「父親的病」『朝花夕拾』（北京未名社、一九二八年）、『魯迅全集』第二巻（人民文学出版社、一九八一年）所収

（16）拙論「魯迅と李賀——己生須己養　荷担出門去——」（『相浦杲先生追悼中国文学論集』東方書店、一九九二年一二月一七日）参照

翻訳文体に顕れた厨川白村

——魯迅訳・豊子愷訳『苦悶の象徴』を中心に

工藤貴正

はじめに

葉霊鳳は「私のエッセイ作家——文芸随筆の二」（一九三〇年一二月二九日付、所収『霊鳳小品集』）の中で、次のように語っている。

> 日本厨川白村氏の数種のエッセイ集は、中国に紹介されてから一時期おおいに流行した。しかし、中国の新文芸に及ぼした影響はその中の文芸に関する見解についてであって、その軽快な風格とEssay式の文体についてではない。このことは大変おかしなことだ。聡明な人ならもとより珠を買いその珠の入っていた櫝《はこ》は返すであろうが、時には「(取捨選択に際し) 櫝を買って、珠を還す」ようなことがあっても構わないではないか。

魯迅の短い文章はまさに厨川白村が言うように「正面から人を罵っているかと思えば、あちらを向いて独りにやにや笑っているといったような風もある。不用意ななぐり書きのように見せかけて、実は彫心刻骨の苦心を重ねた文章（白村原文：貴い文字）である」。これがまさに魯迅の短い文章の長所である。

最初の引用は、日本語を解さない葉霊鳳が、厨川白村の「軽快な風格とEssay式の文体」を高く評価して、「櫝を買って、珠を還す」ことが起こり得ると語る。そして次の引用は、厨川白村『象牙の塔を出て』に所収の「エッセイと新聞雑誌」の一節を、魯迅の訳文を使って、魯迅の雑感文に白村が主張するエッセイの長所を見出せることを解説したものである。

一方、民国文壇では無名の中学校教師だった王耘荘が、一九二七年七月頃から二九年六月までのおよそ二年間に浙江省立第十中学で担当した「文学概論」の授業用の講義録をテキストとして編み直した『文学概論』（杭州非社出版部、一九二九年九月初版）は、本間久雄『新文学概論』（新潮社、一九一七年一一月初版）の章構成を軸に、厨川白村『苦悶の象徴』『象牙の塔を出て』の言説にかなり共感しながら作成されたものだった。テキストの形式は本間久雄に依拠し、実質的な内容は厨川白村に共鳴して出来上がったものであるが、ここでも使用されたのは、魯迅訳『苦悶的象徴』であった。その点に関しては、王耘荘自身が『文学概論』の中で、著述の際に使用したのは、本間久雄『新文学概論』の翻訳書が章錫琛訳『新文学概論』（文学研究会叢書、前・後編、上海商務印書館、一九二五・八初版）であり、厨川白村『苦悶の象徴』の翻訳書は魯迅訳『苦悶的象徴』（未名叢刊、新潮社、一九二四・一二初版、一九二六・三再版以降北新書局）であると、語っている(1)。

ところで、厨川白村の著作『苦悶の象徴』(2)は魯迅訳だけが際立った存在になっているが、同時期に単行本として出版された『苦悶の象徴』の翻訳には二種類あった。一つは魯迅訳『苦悶的象徴』（未名叢刊、新潮社代售、一九二四・一二初版）であり、もう一つは豊子愷訳『苦悶的象徴』（文学研究会叢書、上海商務印書館、一九二五・

三初版）である。魯迅訳は計十二版、二万四千冊以上を発行して、一九二〇、三〇年代に知識人の間に大いに普及、浸透しているが、豊子愷訳は第三版まで発行されたのが確認されるものの、魯迅訳に較べて知名度がかなり低い。

本稿では、葉霊鳳に代表される日本語を解さない知識人ですら厨川流の散文体に高い評価を下している点に着目し、彼ら多くの民国文壇の知識人はその著作を翻訳文体で読んだにもかかわらず、なぜ厨川文体に評価に値する表現手法を見出していたのか、言い換えると、厨川白村の文章は如何に翻訳されていたのかについて考察を行なう。

そこで、一九二〇、三〇年代の普及版となった魯迅訳『苦悶的象徴』の翻訳文体の特徴を中心に考察しながら、同時に、豊子愷の翻訳文体の特徴についても考察を加える。その方法として、まず、魯迅が、『苦悶の象徴』の翻訳に際して、「直訳」とし、「語句の前後の順序すらも甚だしくは入れ換えなかった」、「そのことによりできるだけ原文の口調をそのままに保ちたかった」と、自ら説明する方法を検証することで、魯迅の翻訳文体の特徴を提示する。次に、この魯迅の翻訳文体との違いを、ほかの訳者、特に豊子愷の『苦悶的象徴』と、一九八〇年代以降の台湾で普及版となっている林文瑞の『苦悶的象徴』の翻訳文体を対比してみた場合に、魯迅と豊子愷の翻訳文体の特徴と如何なるものなのかについて言及する。この時、比較の為に例示する引用は、王耘荘は自著『文学概論』の中で、魯迅訳『苦悶的象徴』『出了象牙之塔』の言説を十六個所に亘り引用し、その中、『苦悶的象徴』からの引用が一二箇所（図一箇所）あるので、その一部を使用する。

最後に、魯迅の翻訳文体の評価を梁実秋の観点と、近年、台湾で復刻された魯迅訳『苦悶的象徴』（台北県新店市・正中書局、二〇〇二・一二初版）の「編集室報告」が示した観点とを併せて提示する。そして全体として、厨川白村の文章は如何に翻訳されていたかを整理してみたい。

一　厨川白村文体の認知の背景

台湾、謂わば「継続する民国文壇」では、一九二〇、三〇年代に引き続き、厨川白村著作の翻訳は継続的に行われている(3)。そして、台湾において、『近代文学十講』の翻訳者となった陳暁南は「関於厨川白村及其作品」（所収、陳暁南訳『西洋近代文芸思潮』台北市・志文出版社、一九七五・一二初版）の中で、この著作及び厨川白村を次のように評価する。

この『西洋近代文芸思潮』（原書名『近代文学十講』）は、厨川白村早期の代表的な傑作であり、日本の知識界や青年たちが西洋思想を理解しようとまさに渇望していた折に、時宜を得て本書を同邦人に向けて送り出したものであって、出版後、各方面からの好評と大いなる共鳴を引き起こした。（……中略……）本書は近代西洋文学史を形成していると見做せるばかりでなく、同時に、作者は博識のうえに懐が深いので、文学作品の内面部と文学家が表現しようとしている意識を探索している。同時にまた、このような文学が生み出される時代背景を提示し、文学作品に深く影響を及ぼしている哲学や思想にまで筆が及んでいる。そこで、本書は思想史を形作っているとも見做すことができる。一人の文芸批評家として、厨川白村は客観的な論述を忠実に為しているばかりでなく、同時に、彼の鋭い眼力によって、一目で各種文芸流派の変遷を見抜き、創意溢れる批評を提示することで、読者を深く西洋文芸の堂奥にまで導いてくれる。

ここで、陳暁南は『近代文学十講』が「近代西洋文学史を形成している」ばかりでなく「思想史を形作っている」

こと、更には厨川が「博識のうえに懐が深いので、文学作品の内面部と文学家が表現しようとしている意識を探索し」、「各種文芸流派の変遷を見抜き、創意溢れる批評を提示することで、読者を深く西洋文芸の堂奥にまで導いてくれる」とかなりの高い評価である。

また、一九八〇年以降、再版を重ね、台湾における『苦悶の象徴』の普及版の翻訳者である林文瑞は、「関於厨川白村及其作品／代訳序」（一九七九年九月付、所収、林文瑞訳『苦悶的象徴』台北市・志文出版社、一九七九・一一初版）の中で、次のように厨川白村を評価する。

厨川白村は学者ではあるが、多種の外国語に精通し、博学で優れた記憶力をもち、広範な書物を読破することによって、世界の潮流を把握し、社会の環境と需要を理解して、批評を加え、改革の路を求めることができた。そのことによって、当時と後世に対して重大な影響を残したことは、得がたく貴いことであると言っても差し支えない。彼の作品は現在に至ってもまだ多くの読者の支持を得て、彼の思想が文芸界において長期に亘り影響を保つことができたのも決して偶然ではないのである。

この林文瑞の厨川白村著作の評価において、注目に値するのが、厨川白村が「当時と後世に対して重大な影響を残し」、「彼の作品は現在に至ってもまだ多くの読者の支持を得て、彼の思想が文芸界において長期に亘り影響を保つことができた」としている点である。そして、このような厨川白村著作に対する評価は、魯迅「『苦悶の象徴』序言」（一九二四年一一月二二日付）における次の評価が、民国文壇の知識人に対して大きな影響を及ぼしていった始まりと言えるだろう。

作者はベルクソン流の哲学に基づき、進んで已まぬ生命力を人間生活の根本とし、また、フロイト流の科学に基づき、生命力の根底を探し出して、文芸——とりわけ文学の解釈に運用した。しかしながら、旧説とは若干の違いがある。ベルクソンは未来を予測できないとするが、作者は詩人を預言者（先知）とする。フロイトは生命力の根底を性欲に帰するが、作者はその力の突進と跳躍だと言う。このことが恐らく、現在数多ある同類の書物の中で、科学者のような独断や哲学者のような眩惑とも異なり、しかもなお且つ一般的な文学論者のような煩雑さもないと、言えるところである。作者自身がたいへん独創力に富んでいる。このことにより本書もある種の創作となっている。しかも、文芸に対する多くの独創的な見地と深い理解を示している。

魯迅はここで、フロイトやベルクソンを引き合いに出しながら、「生命力」の根底とは何か、未来を予測するとは何かが、『苦悶の象徴』の中で説明されていることを読者に伝えた上で、厨川白村は「たいへん独創力に富んでいる」、「文芸に対する多くの独創的な見地と深い理解を示している」と、高い評価を下している。

一方、葉霊鳳が示したような厨川白村の文体に対する認識は、民国文壇の厨川白村著作の翻訳者たちによってもたらされる。例えば、『近代の恋愛観』の翻訳者である任白涛は、『『恋愛論』巻頭語」（一九二三年四月付、任白涛輯訳『恋愛論』学術研究会叢書之六、上海学術研究会叢書部、一九二三・七初版）の中で、次のように述べている。

著者は文学者であり、大変情感に富んだ人である。そこで彼の作品——とりわけこの本は、大部分が美しい且つ熱烈な情感文である。さらに幾つかの処においては詩にも似た散文であるということができる。文章が拙劣な私の様な者が、彼の文章の美しさを伝達仕切れたとは正々堂々と言えないにしても、本書の生命である著者の豊富な情感を私は決して失わなかったということに対しては、私はおおいに自信がある。

また、同じ『近代の恋愛観』の翻訳者である夏丏尊は、「『近代的恋愛観』訳者序言」（夏丏尊訳『近代的恋愛観』婦女問題研究会叢書、上海開明書店、一九二八・八初版）の中で、次のように語る。

厨川氏の本を私は殆ど全てを愛読した。私が愛読した訳は彼の思想に惹かれたためばかりではなく、大方は彼の文章に惹かれたためである。厨川氏は essay に長けており、『象牙の塔を出て』の中で、かつて多くの文章に関する意見を述べており、私に愛好されたのである。本書の原文は、本来すばらしい essay であるが、残念なことに、私の訳文に因り、少なからず本来有する風格を減じてしまっている。

更には、『十字街頭を往く』『小泉先生そのほか』『印象記』の翻訳である劉大杰は、「『小泉八雲及其他』訳者序言」（一九二九年九月一日付、緑蕉訳『小泉八雲及其他』上海啓智書局、一九三〇・四初版）の中で、次のように厨川白村の著作と文章を評価する。

我国によく知られているのが厨川白村先生である。彼は英文学に造詣が大変深く、文章は流れるように美しいので、Essayist としていかに人の心を揺り動かしているかということは、我国の青年たちはとっくに知っていることである。彼の著作は大方すでに紹介されているし、しかも全てとりわけ我国の人々の嗜好に合うのである。

厨川白村の文章を、任白涛は「美しい且つ熱烈な情感文」「詩にも似た散文である」といい、夏丏尊は「すばらしい essay」といい、劉大杰は「文章は流れるように美しい」といい、また、それぞれに「文章の美しさを伝達仕切れたとは正々堂々と言えない」とか、「私の訳文に因り、少なからず本来有する風格を減じてしまっている」とか、翻訳に際し、厨川白村文体のすばらしさを読者に伝えようとしている。そして、この厨川白村の文体のすばらしさを意識的に中国語に写し撮ったのも魯迅であった。

二　『苦悶の象徴』の翻訳文体——魯迅訳の特徴と豊子愷訳との比較を通して

厨川白村の文体は、滑らかで流れるように美しい典雅な文体或いは詩をも彷彿する流麗な文体、即ち「個」の尊重を第一とする芸術至上主義的な古雅な文体であったと評される(4)。しかし、厨川白村の死後、時代は急速に、都市に働く均質的な労働者「大衆」にも解り易い、率直で溌剌とした写実的、現実主義的な文体を用いて表現されることを嗜好する方向へと移行し、厨川のような、江戸の流れを引く伝統的な和文体に漢文訓読体を融合させた古雅な文体は時代の前衛性を失って行った。しかし、魯迅、任白涛、夏丏尊、葉霊鳳など、多くの民国文壇の知識人は厨川文体の優美さを認めていた。

魯迅は厨川白村の文体の翻訳に際して、「『苦悶の象徴』序言」（一九二四年一一月二二日付）と「『象牙の塔を出て』後記」（一九二五年一二月三日付）の中で、この二作に対して如何なる翻訳を施したかについて語っている。

文章はたいてい直訳にした。そのことによりできるだけ原文の口調をそのままに保ちたかった。しかし、私は国語の文法については素人なので、その中には必ずや規範に合わない文章があると思う。

文章はやはり直訳とすることは私がこれまでに取ってきた方法と同じである。そのことによりできる限り原書の口調を保ちたかったので、大抵は語句の前後の順序すらも甚だしくは入れ換えなかった。

魯迅は、『苦悶の象徴』と『象牙の塔を出て』とを「直訳」し、「語句の前後の順序すらも甚だしくは入れ換えなかった」、「そのことによりできるだけ原文の口調をそのままに保ちたかった」が、「国語（中国語、現代漢語――筆者）の文法」の「規範に合わない文章」もあると説明している。

そこでここでは、「中国語の規範に合わないとは何か」「語順を入れ換えないとはどういうことか」、また、どのような語彙を翻訳用語に使用したのかを例示するが、しかし全体としては魯迅と豊子愷の翻訳文体の特徴について考えてみたい。

【中国語の規範に合わないとは】

魯迅も自ら認める、明らかに中国語の規範に合わない例を示してみる。

（厨川原文）①潜在意識の海の底の深い深いところに伏在している苦悶、即ち心的傷害が象徴化せられたものでなければ、大芸術はない。浅い上つらの描写は、如何にそれが巧妙な技巧に秀でていても真の生命の芸術のように人を動かさないのだ。突込んだ描写とは風俗壊乱の事象なぞを、事も細やかにただ外面的に精写するの謂ではない。作家が自己の胸奥を深く、またより深く掘り下げて行って、②自己の内容の底の底にある苦悶に達して、そこから芸術を生み出すと云う意味である。自己を探ること深ければ深いほど、その作はより高く、より大に、より強くあらねばならぬ。③描かれたる客観的事象の底まで突込んで書いていると見えるのは、実は何ぞ知らん、それは作家が自己そのものの心胸を深くえぐり深く深く探っているに他ならない。(『苦悶の象徴』「第一　創作論・六　苦悶の象徴」)

(魯迅譯)倘不是將①伏藏在潛在意識的海的底裏的苦腦即精神底傷害，象徵化了的東西，即非大藝術。淺薄的浮面描寫，縱使巧妙技倆怎樣秀出，也不能如真的生命的藝術似的動人。所謂深入的描寫者，并非將敗壞風俗的事象之類，詳細地，單是外面底地細細寫出之謂；乃是作家將自己的心底的深處，深深地而且更深深地穿掘下去，②到了自己的內容的底的底裏，從那裏生出藝術來的意思。探檢自己愈深，便比照著這深，那作品也愈高，愈大，愈強。人覺得③深入了所描寫的客觀底事象的底裏者，豈知這其實是作家就將這自己的心底極深地抉剔著，探檢著呢。(魯迅訳『苦悶的象徵』北平新潮社代售、未名叢刊、一九二四年一二月初版、三九頁)

ところで、魯迅は「『苦悶の象徴』序言」と「『象牙の塔を出て』後記」の編末部で、次のようにも断っている。

その中で、特に表明すべきは、何箇所かで、「的」の字を用いずに、故意に「底」の字を使った理由についてである。つまり、形容詞と名詞が連なって一つの名詞となるものは、すべてその間に「底」の字を用いた。例えば、Social being は「社会底存在物」とし、Psychische Trauma は「精神底傷害」などとした。また、形容詞で他の品詞から転成した、語尾が -tive, -tic のようなものは、語尾に「底」を用いて、Speculative, romanticは「思索底」、「羅漫底」と記した。

上記の説明を例示した翻訳に戻してみると、魯迅は「心的」を「精神底」と、「外面的」を「外面底」と、「客観的」を「客観底」（二重傍線部）と訳していることが解る。豊子愷の訳文は「底」と「的」の使い方に一貫性がない。名詞を修飾する前で「的」を用いたり、「底」を用いたり、また、連用修飾語の前で「的」を使用したりしている。ただ、現代漢語と違い、当時はこのような「的」「地」「得」或いは「底」を分けては使っていない。そんな中にあって、魯迅が一応の使い方を釈明している点は合理的であり、時代の前衛に位置する用い方であり、意図はよく解る。

ここで、魯迅が言う中国語の「規範に合わない」用い方とは、恐らく、上記の引用例文の傍線部、①「潜在意識の海の底」、②「自己の内容の底の底」、③「客観的事象の底」のような、日本語の「底《そこ》」として意味で「底裏《ディリ》」（中国語の意味は「内情、実情」）が出て来る場合であろう。「海的底裏」や「内容的底的底裏」や「客觀底事象的底裏」は、文章の脈絡から理解できても、すぐには中国の一般読者には理解できない訳語である。特に「底的底裏」は意味不明であろう。これは、厨川が厳選し、取捨選択の上で使った単語をできる限りそのまま中国語へ移そうとする傾向である。しかし、それも文章の流れから読めば大方理解できる訳語でもある。例えば、単行本として発行された以下の五種類の『苦悶の象徴』の翻訳書で、上記に例示した箇所を較べてみる(5)。

（豐子愷譯）所以若不是①隱伏於潛在意識的海底極深處的苦腦——即心的傷害底象徵化物，就不是大藝術。淺薄的描寫，技巧上無論何等的巧妙秀麗，總不能像真的生命的藝術似地動人。所謂深入的描寫，不是單就傷風敗俗的事象一情一節地精寫外面的部分之謂，是作家深而又深地向自己底胸奥裏掘下去，②達到了自己底内容底底裏，然後在那裏生出藝術來的意思。應該是自己掘下越深，作品越高，越大，越強。看來是③深入被描寫的客觀事象之底裏而作的，其實正是深深地探掘作家自己底心胸。（豊子愷訳『苦悶的象徵』上海商務印書館、文学研究会叢書、一九二五年三月初版、三二、三三頁）

（徐雲濤譯）如果不是把①潛藏在無意識海底深處的苦悶象徵化，即把心的傷害象徵化，那就不是偉大的藝術。淺薄的浮面描寫，無論是如何美妙優秀的技巧，總不能像真生命的藝術那樣來得動人。所謂深入的描寫，并非衹是把那種敗壞風俗的事象，細膩而表面地描寫出來之謂；而是說，要把作家自己的胸奥深而又深地發掘下去，②達到自己的内容之底而又底的苦悶所在之處，而從這裏面産生出藝術來。探索自己愈深入，這作品也就愈崇高愈偉大。雖然有時好像可以看作這是③深入客觀事象之底所寫成的，但是其實，這除了是由於深掘深探作家自己的内心所寫成此外沒有別的。（徐雲涛訳『苦悶的象徵』台南市、経緯書局、一九五七年一二月初版、一二六頁）

（琥珀出版部編）倘不是將伏藏在潛在意識的海的底裏的苦腦，即精神的傷害，象徵化了的東西，即非大藝術。淺薄的浮面描寫，縱使巧妙技倆怎樣秀出，也不能如真的生命的藝術一般動人。所謂深入的描寫（者），并非將敗壞風俗的事象之類，詳細地，單是外面（底）地細細寫出（之謂）；乃是作家將自己的心底的深處，深深地而且更深深地穿掘下去，到了自己的内容的底的底裏，從那裏生出藝術來（的意思）。探檢自己愈深，便比照著這深，那作品也愈高明、愈偉大、愈強盛。人覺得深入了所描寫的客觀（底）事象的底裏（者），（豈知）其實這就是作家就將這自己的心（底）極深地抉剔著，探檢著（呢）。（琥珀出版部編訳『苦悶的象徵』世界文学名著、台

北県板橋市、一九七二年五月出版、三九，四〇頁）

（徳華出版社編輯部編）所以若不是隱伏於潛在意識的海底極深處的苦腦——即心的傷害底象徵化物，就不是大藝術。淺薄的描寫，技巧上無論何等的巧妙秀麗，總不能像真的生命的藝術似地動人。所謂深入的描寫，不是單就傷風敗俗的事象一情一節地精寫外面的部分之謂，是作家深而又深地向自己底胸奧裏掘下去，達到了自己底内容的底裏，然後在那裏生出藝術來的意思。應該是自己掘下越深，作品越高，越大，越強。看來是深入被描寫的客觀事象之底裏而作的，其實正是深深地探掘作家自己底心胸。（徳華出版社編輯部編訳『苦悶的象徵』台南市、一九七五年二月初版、三二頁）

（林文瑞譯）所以如果不是①隱伏在潛意識深處的苦腦——即心靈傷害的象徵化作品，就不是偉大的藝術。膚淺的描寫，無論技巧是何等的奇特秀麗，總無法像具有真實生命的藝術般地動人。所謂深入的描寫，并不是單就傷風敗俗之類的事物，給予詳細描寫外表，而是作家深入自己的心靈深處挖掘，②達到自己心靈的深處，然後在那裏生出藝術來。掘得越深，作品便越崇高、越偉大、越有力，看來像事③被深入描寫的客觀事象之內部，其實正是深深地探掘作家自己的心靈深處。（林文瑞訳『苦悶的象徵』新潮文庫二一三、雑文系列、台北市・志文出版社、一九七九年一一月初版、三〇，三一頁）

上記の例文において、豊子愷も「底《そこ》」を「底裏《ディリ》」と訳し、徐雲涛も「底《そこ》」を「底《ディ》」と訳す。一方、林文瑞は「底《そこ》」を「深處」や「内部」と訳している。魯迅を含め、三人以上の文壇の知識人がそのように訳すからには、「規範に合わない」ことがあっても、十分に理解可能な翻訳であると言える。そして、ここで注目に値する発見は、上記で括弧や網掛けで示したような微細な変更はあるものの、台湾で一九七〇年代に「琥珀出版部編」から「世界文学名著」として出版された『苦悶的象徴』が魯迅訳本であり、「徳華出版社編輯部編」版の『苦悶的象徴』は豊子愷訳本である事実である。訳者こそ一般の読者には知らされなかったが、一九七〇年代以降、台湾では魯迅訳版と豊子愷訳版の『苦悶的象徴』が一般読者に流通していたことになる。

次に、魯迅は厨川文体の「原文の口調をそのままに保つ」ために、如何にして「語句の前後の順序すらも甚だしくは入れ換えなかった」のかを検証してみる。ここでは、魯迅訳と豊子愷訳との違いに客観性を持たせるために、一九八〇年代以降台湾で普及版となった林文瑞訳の『苦悶的象徴』の翻訳文体を対象に加える。それは、戦後、国民国家の言説として意識的に北京語を標準語とする言語政策が執られ、現在台湾で使用されている中国語からは、標準的な中国語（共通話、現代漢語）としての規範を確認できるからである。言い換えれば、林訳を加えることにより、魯訳と豊訳のどちらに標準語の規範が体現されているかを考察可能にする。以下の、三種のテキストを使用して、魯迅と豊子愷の翻訳文体を比較検討する。

【語順を入れ換えないとは —— 主語・修飾語・接続語の位置】

A　そういう苦悶を経験しつつ、多くの悲惨な戦を戦いつつ人生の行路を進み行くとき、われわれは或は呻き或は叫び、怨嗟し号泣すると共に、時にまた戦勝の光栄を歌う歓楽と賛美とに自ら酔うことさえ稀ではない。その放つ声こそ即ち文芸である。（『苦悶の象徴』「第一　創作論・五　人間苦と文芸」）

（魯迅譯）一面經驗著這樣的苦悶，一面參與著悲慘的戰鬥，向人生的道路進行的時候，我們就或呻，或叫，或怨嗟，或號泣，而同時也常有自己陶醉在奏凱的歡樂和贊美裏的事。這發出來的聲音，就是文藝。二六頁

（豐子愷譯）我們歷嘗這苦悶，歷逢這悲慘的戰鬥，而向人生的路上進行，有時呻吟呼叫，有時嗟嘆號泣；又有時歌唱戰勝的光榮而沈醉於歡樂和贊美中，這等時候的放聲就是文藝。二二頁

（林文瑞譯）我們遍嘗些這苦悶，歷經這些悲慘的戰鬥，而向人生的路上進行，有時呻吟呼叫，有時嘆息哭泣，有時歌頌勝利的光榮，有時沈醉於歡樂和贊美中，這些時候發出的聲音就是文藝。二二頁

例文Aは、魯迅が、原文の語順の入れ換えを最小限に抑えながら、「原文の口調をそのままに保ちたかった」とすることが端的に現れた例である。「経験しつつ」、「戦いつつ」、「進み行く時」に呼応する語順で、「一面経験着」、「一面参与着」、「進行的時候」と連なり、その後に主語「わたしたち」「我們」が置かれ、「或」「或」とリズムよく繰返され、「時にまた」「而同時也」と続くのも原文と同じである。このことにより、魯迅訳からは厨川文体が有するリズムの良さが伝わっている。一方、豊子愷と林文瑞の翻訳文体はかなり類似している。主語の位置や「或は」を「有時」と訳すなど、ここを含めて全体的に言えることである。林訳は「徳華出版社編輯部編」版或は直接豊子愷版『苦悶的象徴』をモデル或は下敷きにしている可能性が高い。すると、現代漢語のモデルとして林訳を扱い、その訳文に豊子愷訳が近いことを述べようとしていた、筆者の意図が崩れてしまうが、しかしやはり、解り易さという点で言えば、豊子愷の翻訳文体は現代漢語の規範に忠実であり解り易いのは事実であろう。

B　酒と女とは主として肉感的に、また歌（即ち文学）は精神的に、いずれも皆生命の自由解放と昂奮跳躍を得るところに、愉悦と歓楽を与えるものである。もとを尋ぬれば、日常生活に於ける抑圧作用を離れ、これによって意識的にも無意識的にもしばしたりとも人間苦を離脱しようとする痛切なる欲求から出たものだ。アルコール陶酔と性欲満足とはともに、文芸の創作鑑賞と同じく、人をして抑圧から離れしむることによって、暢然たる「生の喜び」を味わしめ、「夢」の心的状態を経験せしむるものに他ならぬ。（『苦悶の象徴』「第三　文芸の根本問題に関する考察・六　酒と女と歌」）

（魯迅譯）即酒和女人是肉感底地，歌即文學是精神底地，都是在得了生命的自由解放和昂奮跳躍的時侯，給與愉悦和歡樂的東西。尋起那根柢來，也就是出於離了日常生活的壓抑作用的時侯，意識地或無意識地，即使暫時，也想藉此脱離人間苦的一種痛切的欲求。也無非是酒精陶醉和性欲滿足，都與文藝的創作鑒賞相同，能使人離了壓抑，因而嘗得暢然的「生的歡喜」，經驗著「夢」的心底状態態的縁故。一一六頁

（豐子愷譯）即酒與女主在肉感方面，歌（即文學）在精神方面，都能在生命得自由解放，昂奮跳躍的時侯給與愉悦和歡樂。探求其源，都是從離去日常生活中的壓抑作用，因而意識的地無意識的地都想脱離人間苦的束縛的痛切的欲求上出發的。Alcohol 的陶醉和性欲滿足，與文藝的創作鑒賞同樣，都不外乎是使人因脱離壓抑而嘗到暢然的「生的歡喜」，經驗到「夢」的心状的。八九頁

（林文瑞譯）酒與女人指肉體方面，歌（即文學）指精神方面，二者都能在生命中得到自由解放、興奮跳躍的時

候，給與愉悅和歡樂。探求其源，都是從脱離日常生活中的壓抑作用，因而意識地或無意識地，都在想脱離人類苦悶的束縛的痛切欲求上出發的。酒精的陶醉和性欲的満足與文藝的創作鑒賞同様，都不外乎是使人脱離壓抑而嘗到暢然的「生的喜悅」，經驗到「夢」的心態。八二，八三頁

例文Bは、魯迅が、原文の語順の入れ換えを最小限に抑え、「原文の口調」を保つために、副詞が動詞を修飾する体裁に揃えて、「肉感的に」「精神的に」「得るところ」を「肉感底地」「精神底地」「得了~的時候」としており、やはり「原文の口調」重視の直訳体である。この他にも、原文にある「与えるものである」とか「しばしたりとも」という言葉もしっかり魯迅は訳している。中国の読者にしてみたら、「与える」とさえ言えば、「ものである」に相当する「的東西」は不要であろう。ただ、「意識的にも無意識的にも」「離脱しようとする」は、魯迅はここでは「~的に」の訳語に「底」を使用せず、豊子愷が「的」を使用し、この時点ではまだ現代漢語の規範が整っていなかった状況が見て取れる。

C　未だ曾て日本の桜の花を見た経験を持たない西洋人には、桜を詠じた日本詩人の名歌を読んでも、われらがその歌から得る詩興の十分の一をすらも得ることは難いであろう。未だ曾て雪を見た事のない熱帯国の人にとっては、雪の歌は寧ろ感興少き索漠たる文字として終るであろう。（『苦悶的象徴』「第二　鑑賞論・一　生命の共感」）

（魯迅譯）在毫沒有見過日本的櫻花的經驗的西洋人，即使讀了詠櫻花的日本詩人的名歌，較之我們從歌詠上得來

的詩興，怕連十分之一也得不到罷。在未嘗見雪的熱帶國的人，雪歌怕不過是感興很少的索然的文字罷。五六頁

（豐子愷譯）在全然沒有看日本的櫻花的經驗的西洋人，雖讀詠櫻花的，日本詩人底名歌，恐怕難於得到我們從這歌中所得的詩興底十分之一。在沒有看見過雪的熱帶國的人看來，雪的歌不過是少感興的枯燥的文字罷了。四七頁

（林文瑞譯）在完全沒有欣賞過日本櫻花的經驗的西洋人，雖然讀著歌詠櫻花的日本詩人的名歌，恐怕也難於得到我們從這歌中所得到的詩興的十分之一。在沒有看見過雪的熱帶國的人看來，雪之歌不過是毫無趣味的枯燥的文字罷了。四二頁

例文Cは、魯迅訳が「詩興の十分の一をすらも得ることは難い」の語順を意識した直訳であるのに、リズミカルで巧い表現になっている。一方、解り易さを意識して、豊訳と林訳とは語順を換えたのだろうと思われる。

D　才人往くとして可ならざるなく、政治科学文芸のすべてに於て超凡の才能を発揮し、他人目には極めて幸福な得意の生涯だと見えたゲーテの閲歴にも、苦悶は絶えなかったのだ。（『苦悶の象徴』「第一　創作論・六苦悶の象徴」）

（魯迅譯）才子無所往而不可，在政治科學文藝一切上都發揮出超凡的才能，在別人的眼裏，見得是十分幸福的

生涯的瞿提的閲歴中，苦悶也沒有歇。四一頁

（豐子愷譯）那多方面的才子，在政治，科學，文藝上都發揮超凡的才能而在他人眼中以為是極幸福的得意的生涯的歌德底閲歴中，也有不絶的苦惱。三四頁

（林文瑞譯）在政治、科學、文藝上都發揮脱俗的才能，在他人眼中看來是極幸福極得意的一代才人歌德，在其一生中也有他不絶的苦悶，三三頁

例文Dは、三者三様の訳体ではあるが、厨川文体は「才人」と「ゲーテ」との間に長い長い修飾語を挟んでいるが、これは魯迅の訳体も豊子愷の訳体も同じ体裁を採っている。ただ違いは、豊訳と林訳ともに欠落した原文の「往くとして可ならざるなく」という漢文体口調の文句を、魯迅は文語文的表現の「無所往而不可」と訳して留めていることである。

【翻訳用語としての語彙について】

E　だから生きるということは何等かの意味に於ての創造であり創作である。工場に働くのも、事務所で計算をするのも、野に耕すのも、市に売るのも、みな等しく自己の生命力の発現である以上、それが勿論ある程度の創造生活であることは否定せられない。しかしながらそれは純粋な創造生活であるべく余りに多くの抑圧制御を受けている。（『苦悶の象徴』「第一　創作論・三　強制抑圧の力」）

（魯迅譯）所以單是「活著」這事，也就是在或一意義上的創造，創作。無論在工廠裏做工，在帳房裏算帳，在田裏耕種，在市裏買賣，既然無非是自己的生活力的發現，說這是或一程度的創造生活，那自然是不能否定的。然而要將這些作為純粹的創造生活，卻還受著太多的壓抑和制馭。一二頁

（豐子愷譯）因這理由，所謂「生」的一事在某種意義上是創造，是創作。在工場裏勞動的，在事務所裏計算的，在田野裏耕種的，在市街裏買賣的，倘然同樣是發見自己底生命力的，就當然是某種程度的創造生活。然而若說是純粹的創造生活，所受的壓抑制御畢竟太多了。一〇頁

（林文瑞譯）因此，所謂「生」，在某種意義來說即是創造。在工廠裏勞動，在公司裏計劃，在田野裏耕種，在商店裏作生意，如果同樣是自我生命的表現，當然就是某種程度的創造生活。然而這還不能說就是純粹的創造生活，因為所受的壓抑畢竟太多了。一二頁

例文Eは、豊訳と林訳とは「それが勿論……創造生活である」と訳すので「否定せられない」は不要となり翻訳されない。一方、魯迅訳は「それが……創造生活であることは」「勿論……」「否定せられない」と考えるので、「那自然是不能否定的」という原文重視の翻訳になっている。また、「多くの抑圧制御を受けている」は魯迅訳だけがこのままの動詞句で、豊訳と林訳は「抑圧制御を受けることが多い」と形容詞句になっている。

F　換言すれば人間が一切の虚偽や胡魔化しを棄てて、純真に真剣に生きることの出来る唯一の生活だ。文芸

が人間の文化生活の最高位を占め得る所以もまたこの点に在る。これに較べると他の総ての人間活動は皆われわれの個性表現のはたらきを滅殺し破壊し蹂躙するものだといっても差支ない。（『苦悶の象徴』「第一 創作論・三 強制圧抑の力」）

（魯迅譯）換句話説，就是人類得以拋棄了一切虛偽和敷衍，認真地誠實地活下去的唯一的生活。文藝的所以能占人類的文化生活的最高位，那緣故也就在此。和這一比較，便也不妨說，此外的一切人類活動，全是將我們的個性表現的作為加以減削，破壞，蹂躪的了。一二，一三頁

（豐子愷譯）換言之，這是人間捨棄一切的虛偽和欺詐，而能純正地真率地做人的，唯一的生活。文藝所以能占人間底文化生活底最高位，也是為此。與這比較起來，別的一切人間活動都可說是減殺，破壞，且蹂躪我們底個性表現的舉動的。一〇，一一頁

（林文瑞譯）換句話説，這是人類捨棄一切虛偽和欺詐，而能純正、率真地做人的唯一生活。文藝之所以能居人類文化生活中的最高位，因為即在此。與這相比，其他一切人類活動都可説是扼殺，破壞或蹂躪我們個性表現的舉動。一二，一三頁

例文Fの「いっても差支えない」は魯迅訳「便也不妨説」の方が「可説」よりも、日本語にニュアンスをしっかり訳出している。ここで、紙幅の関係上例示できなかった文章を含めた中から、魯迅、豊子愷、林文瑞が使用した

翻訳用語を幾つか挙げて比較してみる。

【翻訳用語例】

（厨川原文）他人、ある程度、或は、　人間活動、人間の文化生活、人間の種々な生活活動、人間苦、はたらき
（魯　迅　訳）別人、或一程度、或、　人類活動、人類的文化生活、人類的種種生活活動、人間苦、　作為
（豊子愷訳）他人、某種程度、有時、　人間活動、人間底文化生活、人類底種種生活活動、人間苦、　挙動
（林文瑞訳）他人、某種程度、有時、　人類活動、人類文化生活、　各種生存活動、　人類的苦悶、挙動

（厨川原文）胡魔化し、馬鹿馬鹿しい謬見だ、文士生活の楽屋落、　といっても差支ない、換言すれば
（魯　迅　訳）敷衍、　糊塗之至的謬見而已、文士生活的票友化、　也不妨説、　換句話説
（豊子愷訳）欺詐、　這真是可笑的謬見、文士生活底游戯談、　可説、　換言之
（林文瑞訳）欺詐、　這真是可笑的謬見、文人生活的游戯閑談、可説、　換句話説

以上、やや特徴のある語彙を挙げたが、比較すると、例えば、やや解りづらい「楽屋落」（狭い仲間内にだけに解って、他者には解らないこと）を、魯迅が「票友化」（役者の素人化）と訳し、豊子愷も林文瑞も「遊戯談」「遊戯閑談」（遊びのような軽い雑談）と訳しているが、どちらも適訳だろう。また、中国語の「人間」の意味は、「人の世」「人が生きている現実の世の中」、即ち「じんかん」のことで、普通「ひと」を意味しない。日本語では、「人間」は「じんかん」と読めば中国語と同じ意味を有するが、一般的には「にんげん」と読み、「人類」または

「人」を指す。翻訳用語の適切な選択によって、厨川が伝えようといていた内容を的確に訳出しているのは、翻訳者三人の中で、魯迅だけである。しかし全般的には、中国語への翻訳者は厨川が厳選し、取捨選択の上で使った単語をできる限りそのまま中国語へ移そうとする傾向が見られる。その一つとして、日本語で使われた漢字は意味を損なわぬ程度でその漢字を使用する方法がある。しかし、「人間」の訳に関しては、魯迅はこの方法を無制限には採らない。日本語を熟知していた魯迅は、「人」「人間」を中国語にする時は、脈絡によって「人」「人類」「人間」と三種に翻訳する。この使い分けは魯迅においてのみ顕著である。しかし、翻訳者全般に見られる翻訳用語の選択に関しては、魯迅訳だけが取分け凝った単語を使用しているという訳でもない。しかしまた、魯迅訳には「糊塗之至的謬見而已」のように、中国語としてのリズムの良さを引き出すために文語文的な音のリズムを使用する箇所、逆に、「換句話説」のように平易な口語体を使用する箇所もあり、魯迅が意識的に厨川文体の持つリズムの良さを中国語に写し撮ろうとした苦心の跡を、我々読者は体感することができる。

そして、翻訳全体として魯迅訳に著しい特徴は、厨川の古雅で流麗な文体の口調を活かすために、副詞的な修飾関係或いは接続語を使った連語関係を使い、できる限り日本語の修飾関係を維持し、語順の入れ換えを避けながらも、中国語としてのリズムの良さを活かし、できる限り厨川文体の口調に近づけてようと努めていることである。これが、魯迅が「語句の前後の順序すらも甚だしくは入れ換えなかった」、「そのことによりできるだけ原文の口調をそのままに保ちたかった」と説明する点であろう。

ここで少し整理しておく。今日に至るまで、単行本として翻訳出版された『苦悶的象徴』は全部で以下の六種類である。

魯迅訳『苦悶的象徴』未名叢刊、北平新潮社代售、一九二四・一二初版

豊子愷訳『苦悶的象徵』文学研究会叢書、上海商務印書館、一九二五・三初版
徐雲涛訳『苦悶的象徵』台南市・経緯書局、一九五七・一二初版
琥珀出版部編『苦悶的象徵』世界文学名著、台北県板橋市・琥珀出版社、一九七二・五出版
徳華出版社編輯部編『苦悶的象徵』台南市・徳華出版社、一九七五・二初版
林文瑞訳『苦悶的象徵』(新潮文庫二一三、雑文系列)台北市・志文出版社、一九七九・一一初版

しかし、琥珀出版部編『苦悶的象徵』は魯迅訳、徳華出版社編輯部編『苦悶的象徵』は豊子愷訳であることが明らかになり、『苦悶の象徴』の翻訳者は全訳が、魯迅、豊子愷、徐雲涛、林文瑞の四人、それに部分訳は、一九二一年一月一日発行の雑誌『改造』三巻一号の「苦悶の象徴」から直接訳した明権「創作論与鑑賞論」(『時事新報』副刊『学灯』一九二一年一月一六日~二二日)と『苦悶の象徴』第三章「文芸の根本問題に関する考察」を翻訳した樊仲雲訳「文芸上幾個根本問題的考察」(『東方雑誌』二一巻二〇号、一九二四・一〇)の二人で、合計六人である。

筆者は以前『近代の恋愛観』の翻訳者任白涛と夏丏尊の翻訳文体を比較したことがある(6)。その時筆者は次のように指摘した。任白涛訳『恋愛論』は西洋近代の恋愛観を念頭に置く一般論的恋愛論を志向したために、一人の翻訳家として黒子に徹することなく、恣意的な章節の改竄、原文の削除を行っていること。しかし、翻訳された部分だけを原文と比較対照すると、原文の文章表現を訳者の表現で簡単に概括化したり余分に潤色する箇所を加えたりする部分と、かなり逐語訳に近い部分があることが認められ、近逐語訳部に関して言えば日本語原文で表現される白村のエッセイの雰囲気を巧く伝えていることを指摘した。一方、夏丏尊訳は原著を一字一句も疎かにしない逐語訳であり、しかも修飾語と被修飾語の語順関係を軸に、できる限り語句の前後の語順をも入れ替えないことによ

り、白村のエッセイの雰囲気を醸し出そうとする訳文になっていること、その上、中国語に置きかえる際の語順の入れ替えを極力少なくしているにもかかわらず、中国語としてのレトリックには違和感を感じさせない文体であることを指摘した。

そして、今回例示した魯迅、豊子愷、徐雲涛、林文瑞の翻訳文体には共通点が認められた。それは、魯迅が「語順の入れ換え」を極力少なくし、「原文の口調」を保とうと意識し工夫したが、その傾向が豊子愷訳にも、徐雲涛訳にも、林文瑞訳にも同様に顕われているという点である。同様に「原文の口調」を保とうとする意識の中で、魯迅の翻訳文体には厨川同様のリズムがあり、豊子愷の翻訳文体には、現代漢語に規範に近い解り易さがあった。要するに、文壇における翻訳者としての知識人は、如何に厨川文体を精確に伝えようとしていたかが窺える。

三　梁実秋と輓近台湾文壇における魯迅の翻訳文体及び「厨川」の評価

魯迅と梁実秋の間に、文学における階級性の問題に関わる認識について熾烈な論争があったことは周知の事実である。梁実秋が馮乃超に『拓荒者』二期（一九三〇年二月「文芸理論講座（第二回）」）誌上で、文学の階級性に関わり「資本家の犬」と批判されたのだが、その原因は梁実秋が『新月』に発表した文章「文学に階級性があったのか?」（『新月』月刊二巻六・七合併号、一九二九年九月）であった。ところが、本誌にはもう一つ、梁実秋の「魯迅先生の〝硬訳〟という文章があり、魯迅はこれに答えて「〝硬訳〟と〝文学の階級性〟（『萌芽』月刊一巻三期、一九三〇年三月）を発表した。すると、今度は梁実秋が魯迅と自称無産階級文学家と間に、どんな「連合戦線」があるのかは知らないがと断り書きを記した、一連の「魯迅先生に答えて」「資本家の犬」「無産階級文学」（『新月』

月刊、二巻九号、一九二九年一一月――梁実秋の執筆は、一九三〇年三月二日の「左連」成立の直前であろうし、実際の発売は『萌芽』一巻三期と一巻五期の間）と題する文章を発表し、更に今度は、魯迅が「〝宿無しの〟〝資本家の哀れな犬〟（『萌芽』月刊一巻五期、一九三〇年五月）を発表した、というのがこの論争の流れである。論争は、次第に感情的なもつれへと発展する様相を呈しているが、ここではこの論争は問題ではないのだが、魯迅における厨川白村文芸論への決別を考える上では重要な時期である。それは、この論争が一九三〇年三月二日の「左連」成立の前後に行われており、魯迅にとっては一九二九年四月『壁下訳叢』（上海北新書局、一九二九・四初版）で厨川文芸論をすでに「旧い論拠」に位置づけ、一九三一年七月二〇日の「上海文芸の一瞥」（一九三一年七月二〇日、社会科学研究会での講演、所収『二心集』）では「彼がこれまで係わりのなかった無産階級の情況や人物に対しては、為すすべ無しで、或いは誤った描写をするかもしれません」と「新興文芸」の中での厨川文芸論への懐疑を示している。ところで、この論考で必要な材料は、梁実秋「魯迅先生の〝硬訳〟」と「魯迅先生に答えて」の中に、特に前者の中にある。梁実秋は「死訳」という言葉が周作人の造語であるとした上で、「魯迅先生の〝硬訳〟」で次のように述べる。

死訳の例は甚だ多いが、私が今魯迅先生の翻訳だけを例としてあげるのは、私たちの誰しもが魯迅先生の小説と雑感がいかに簡潔で洗練された流麗な文体であるかを知っていて、魯迅先生の文体にはケチをつける者などいないからである。しかし、彼の翻訳は「死訳」に近くなっている。魯迅先生が数年前翻訳した文章、例えば厨川白村の『苦悶の象徴』などは、まだ理解できないものではなかったが、最近の翻訳書は風格が変わってしまった。今年の六月十五日大江書舗出版の『ルナチャルスキー：芸術論』、今年の十月水沫書店出版の『ルナチャルスキー：文芸と批評』という二つの著書はともに魯迅の近訳であるが、私は今勝手に極端に解り難い幾つかの文章を下記に示して、壮健な文体で知られる魯迅先生が「死訳」を免れていないことを検証する。

梁実秋は、魯迅自身が「『文芸と批評』訳者附記」で、「訳者の能力不足と中国文そのものの欠点のために、訳了して読んでみると、晦渋で、ひどいくらい難解なところもずいぶんとあるが、仂句《ろっく》（主述句）をばらしてしまうと、今度は本来の精悍な口調が失われてしまう。そこで、私としてはこのような硬訳する以外には〝なすすべなし〟といったところである」と弁明している点に、批判を加え、「中国文に〝欠点〟はあるのか」、「〝硬訳〟なら本来の精悍な口調を保つことができるのか」、「〝硬訳〟と〝死訳〟になんらの区別があるのか」と反駁する。更には、「魯迅先生の近頃の翻訳作品は全くのところ晦渋であって、全くのところ難解な点があまりにも多いということを、私はいつでも実例を挙げて証明できる」と、魯迅の最近の翻訳文体に不満を表明したのだった。梁実秋からすれば、一つに、自分とは考え方を異にする、肌の合わない無産階級文学家（新興文学者）の文芸理論を、しかも、昇曙夢、金田常三郎、蔵原惟人、茂森唯士、杉本良吉という翻訳者たちの日本語の重訳本を使って、「本来の精悍な口調」を魯迅が訳出したという言説自身にすでに不満があったのだろう。確かに、魯迅が原文のロシア語からではなく、日本語から翻訳したものに「本来の精悍な口調が失われてしまう」と発言したその翻訳文体に対して、梁実秋に生じた疑義にはそれなりの正当性がある。論敵同士として、毛沢東にまで利用された魯迅と梁実秋の関係だが、その梁実秋が、「魯迅先生が数年前翻訳した文章、例えば厨川白村の『苦悶の象徴』などは、まだ理解できないものではなかった」と、やや譲歩した発言をしていることは、注目に値することである。それは、梁実秋がこの厨川著作に対する魯迅の翻訳文体までは承服できるという評価を下しているからである。

一九二〇年代の民国文壇で生じた厨川白村現象（創造社メンバーの受容、西洋近代文芸思潮の紹介、「近代」論としての「恋愛」など）の重要な役割を担っていた魯迅は、三〇年代に入ると、自ら舞台を下りてしまう。その残り香は三〇年代半ば頃まで留まるものの、厨川白村著作及びその文芸論は、大陸・中国においては、一九九二年春節、鄧小平の改革開放を再加速するため重要講和、所謂「南巡講話」に至るまで、体制イデオロギーを支えるところからは、かなり疎遠な存在であった。しかし今また、「厨川」が再評価されている。

一方、「継続する民国文壇」台湾では、前述したように、かなりの厨川白村著作が継続的に翻訳紹介され続けている。その中、琥珀出版部編の『苦悶的象徵』は魯迅訳であり、一般読者は魯迅訳であることを知らずに読んでいた。そして、二〇〇二年一二月に、正式に魯迅訳『苦悶的象徵』（台北県新店市・正中書局）が、「手軽な古典（軽経典）」シリーズとして刊行されている。その中、「編集室報告」として陳莉苓「苦悶の音符に跳躍させられて」という序文の中で、次のように魯迅訳『苦悶的象徵』を評価する。

厨川白村は平易で親しみやすい筆づかいで、文芸思潮を深く掘り下げながらも解り易く探究した。そこに近代文学の第一人者魯迅の実直にして精緻な訳文が加わって、本書は幅広い読者の愛好を博することとなった。原文に忠実な翻訳であるために、私たちは魯迅テキストの言葉を選りすぐって作った文章を保存してきたのだった。

この陳莉苓の指摘する「厨川白村の平易で親しみやすい筆づかい」を「魯迅の実直にして精緻な訳文」に著されたという表現は、将に魯迅の翻訳文体に対する正鵠を射た評価であり、厨川が「文芸思潮を深く掘り下げながらも解り易く探究した」という評価も、中国語圏の知識人の普遍的な評価であるといえる。

まとめ

本稿では、葉霊鳳に代表される日本語を解さない知識人がなぜ厨川文体に高い評価を下したのかを解明することを目指した。その方法として、魯迅が翻訳書序文で、「直訳」とし、「語句の前後の順序すらも甚だしくは入れ換えなかった」、「そのことによりできるだけ原文の口調をそのままに保ちたかった」と説明していることを検証してみた。

その結果、『苦悶の象徴』に代表される厨川著作の中国語への翻訳者は、厨川が厳選し、取捨選択の上で使った単語をできる限りそのまま中国語へ移そうとする傾向が見られた。その一つとして、日本語で使われた漢字は意味を損なわぬ程度でその漢字を使用する方法である。ただ、そのことにより、誤訳が生じる結果にもなった。例えば、日本語の「底《そこ》」としての意味で「底裏《ディリ》」を使ったり、「人間」をそのまま「人間」とする等は顕著な例である。そして、魯迅訳『苦悶的象徴』に著しい特徴は、厨川の古雅で流麗な文体の口調を活かすために、副詞的な修飾関係或いは接続語を使った連語関係を使い、できる限り日本語の修飾関係を維持し、語順の入れ換えを避けながらも、中国語としてのリズムの良さを活かすということである。特に、中国語としてのリズムの良さを引き出すために、文語文的な音のリズムを使用する箇所も散見するが、全体としては平易な表現と、厨川文体の持つリズムの良さを写し撮ろうとしている傾向であった。そしてこれが、魯迅が「語句の前後の順序すらも甚だしくは入れ換えなかった」、「そのことによりできるだけ原文の口調をそのままに保ちたかった」と説明する点であった。更に、魯迅に見られた「語順の入れ換え」を極力避けて、「原文の口調をそのままに保ち」、厨川文体の美しさを読者に伝えようとする翻訳の特徴は、豊子愷をはじめとする厨川白村著作の翻訳者に見られる共通点であった。そのことが、葉霊鳳に代表される日本語を解さない知識人が厨川白村文体の美しさを直接に実感する大きな要因であった。また、台湾、謂わば「継続する民国文壇」で初めて「魯迅」という実名で出版された魯迅訳『苦悶的象徴』の編集者陳莉苓が、「厨川白村の平易で親しみやすい筆づかい」を「魯迅の実直にして精緻な訳文」に著されたと書いているのは正鵠を射た評価であること、更に、厨川は「文芸思潮を深く掘り下げながらも解り易く探究した」という評価が、中国語圏の知識人が厨川白村著作に与えた普遍的な評価といえるだろうことを提示した。

註

(1) 拙稿「ある中学教師の『文学概論』(上)——民国期における西洋の近代文芸概説書の波及と受容」『大阪教育大学紀要』第Ⅰ部門五一巻一号、二〇〇二・九)/拙稿「ある中学教師の『文学概論』(下)——本間久雄・厨川白村・小泉八雲の文芸論の受容と役割」『大阪教育大学紀要』第Ⅰ部門五一巻二、二〇〇三・二

(2) 本稿で扱う魯迅訳や豊子愷訳以外で、逐次刊行物に掲載された『苦悶の象徴』の部分的な翻訳に次のようなものがある。
①明権訳「創作論与鑑賞論」『時事新報』副刊『学灯』一九二一年一月一六日~二二日
②樊仲雲訳「文芸上幾個根本問題的考察」『東方雑誌』二一巻二〇号、一九二四・一〇
また、現在に至るまでに単行本として翻訳出版された『苦悶的象徴』には、以下のようなものがある。
●魯迅訳『苦悶的象徴』未名叢刊、北平新潮社代售、一九二四・一二初版
●豊子愷訳『苦悶的象徴』文学研究会叢書、上海商務印書館、一九二五・三初版
1 徐雲涛訳『苦悶的象徴』台南市・経緯書局、一九五七・一二初版(民国四六年)
2 琥珀出版部編『苦悶的象徴』世界文学名著、台北県板橋市・琥珀出版社、一九七二・五出版(民国六一年)
3 徳華出版社編輯部編『苦悶的象徴』台南市・徳華出版社、一九七五・二初版(民国六四年)
4 林文瑞訳『苦悶的象徴』(新潮文庫二一三、雑文系列)台北市・志文出版社、一九七九・一一初版(民国六八年)/一九九五・六、再版(民国八四年)/一九九九・八再版(民国八八年)

(3) 台湾で出版されている厨川白村著作の単行本に、注(2)で示した四篇以外に以下のようなものがある。

5　金溟若訳『出了象牙之塔』（新潮文庫八、雑文系列）台北市・志文出版社、一九六七年一一月初版（民国五六年）／一九八八年一月再版（民国七七年）
6　陳暁南訳『西洋近代文芸思潮』（新潮文庫一二八、文学評論及介紹）台北市・志文出版社、一九七五年一二月初版（民国六四年）／一九九六年五月再版（民国八五年）
7　青欣訳『走向十字街頭』（新潮文庫二二四、雑文系列）台北市・志文出版社、一九八〇年七月初版（民国六九年）
8　魯迅訳『苦悶的象徴』（軽経典二八）台北県新店市・正中書局、二〇〇二年一二月一六日初版、二六日再版（民国九一年）

（4）昭和女子大学近代文学研究室「厨川白村」『近代文学研究叢書』第二二巻、一九六四・一二

（5）王成「『苦悶的象徴』在中国的翻訳与伝播」（『日語学習与研究』二〇〇二年三月）において、魯迅と豊子愷と樊従予の『苦悶的象徴』の文体比較を行なっている。魯迅訳は原文の語義と文型を配慮し、多少中国語としての誤りを冒してでも、原文に忠実な直訳体を施している。豊子愷訳は直訳の原則を遵守しながらも、原文の意味をよく理解し、原文重視の前提のもとで、中国語の表現方法も考慮した翻訳文体である。樊従予の訳文は、中国語の表現方法には気を配っているが、原文の文型や文章構成はさほど配慮しない意訳であると、指摘している。また、王氏は、注（2）①の明権とは孔昭綬の字であると指摘している。王氏に拠ると、孔昭綬（一八七六―一九二一―九）教育家。字明権、号競成。長沙府瀏陽の人。一九一〇年湖南優級師範を卒業。日本法政大学に留学、法学士の学位を取得。一九一三年湖南第一師範校長に任ぜられ、「明恥」を校訓として、愛国主義教育を行い、「民主教育の先駆」と賞賛されていると指摘している。

（6）拙稿「任白涛『恋愛論』と夏丏尊『近代的恋愛観』について」『大阪教育大学紀要』第Ⅰ部門五〇巻一号、二〇〇一・八

※本稿では、日本語版を『苦悶の象徴』と記し、中国語に翻訳されたものを『苦悶的象徴』と記している。また、旧字・旧仮名で書かれていた表記を常用漢字・現代かな使いに改め、ルビを省略した。

【資料・厨川白村著作の魯迅訳版本と豊子愷訳版本の出版状況】

魯迅訳版本				
書名（頁数）	出版年月・版本	叢書名	出版社	発行部数（価格）
苦悶的象徴（147＋8）	1924.12、初版	未名叢刊（巻末）	北京大学・新潮社、代售	1500（5角）
	1926. 3、再版	未名叢刊（巻末）	北平・上海・北新書局	1500
	1926.10、3版	未名叢刊（巻末）	上海・北平・北新書局	1500
	1927. 8、4版	未名叢刊（巻末）	上海・北平・北新書局	3000
	1928. 8、5版	未名叢刊（巻末）	上海・北平・北新書局	2000
	1929. 3、6版	未名叢刊（巻末）	上海・北平・北新書局	3000
	1929. 8、7版	未名叢刊（巻末）	上海・北平・北新書局	2500
	1930. 5、8版	未名叢刊（巻末）	上海・北平・北新書局	3000
	1931、重印		上海・北平・北新書局	
	無出版日期、10版			
	無出版日期、11版			
	1935.10、12版		上海・北平・北新書局	（5角半）
（139）	1960. 8、第1版		香港・今代図書公司	
（85/262）	2000. 1、第1版	世界散文名著叢書	天津・百花文芸出版社	4000（14元）
（197）	2002.12.16、初版	軽経典	台北県新店市・正中書局	（200元）
	2002.12.26、再版	軽経典	台北県新店市・正中書局	
出了象牙之塔（254＋8）	1925.12、初版	未名叢刊（表紙）	北平・未名社	3000（7角）
	1927. 9、再版	未名叢刊（表紙）	北平・未名社	1000
	1928.10、3版	未名叢刊（表紙）	北平・未名社	2000
	1929. 4、4版	未名叢刊（表紙）	北平・未名社	1500
	1930. 1、5版	未名叢刊（表紙）	北平・未名社	2000
	1931. 8、初版		上海・北平・北新書局	2000（9角）
	1932. 8、再版		上海・北平・北新書局	
	1933. 3、3版		上海・北平・北新書局	
	1935. 9、4版		上海・北平・北新書局	
	1937. 5、5版		上海・北平・北新書局	
（235）	1960. 8、第1版		香港・今代図書公司	
（172/262）	2000. 1、第1版	世界散文名著叢書	天津・百花文芸出版社	4000（14元）

豊子愷訳版本				
書名	出版年月・版本	叢書名	出版社	発行部数（価格）
苦悶的象徴（105＋2）	1925. 3、初版	文学研究会叢書	上海商務印書館	
	1926. 7、再版	文学研究会叢書	上海商務印書館	
	1932. 9、国難後1版		上海商務印書館	（3角半）

私も魯迅の遺物

―朱安女士のこと

山田敬三

一　彼女は母の贈り物

結婚が当事者の意志で行えない時代があった。配偶者を決定するのは、その家庭の実権者―多くの場合、当人の両親や祖父母―であるという社会通念が、ごく自然に通用していたのである。それは儒教的倫理と結びついて、近年まで東アジア文化圏に普遍的であった。そして、そこから無数の悲劇が生まれた。魯迅（周樹人）と朱安（一八七九？―一九四七）(1)の場合も例外ではない。

樹人に結婚話がもちあがったのは、彼が南京の学堂で学んでいた十八歳前後の頃だと推定されている(2)。夫が三十七歳の若さで亡くなり、その二年後に四男の椿寿が夭折して悲嘆にくれていた母に、彼女と仲の良かった同族の一人が長男である樹人の結婚話を仲介したという。婚約の時期は確定できないが、彼の南京修学中あるいは日本留学中のことであったと考えられる。北京の磚塔胡同で、魯迅と同じ屋敷内に住んでいたことのある兪芳は、魯迅夫婦の結婚のいきさつを、魯迅の母親から聞いた話として次のように記録している(3)。

当時、私は縁談をまとめた後で、息子に知らせました。その時、彼は不服そうでしたが、私が決めたことだったので、とことん反対することはありませんでした。私を信頼していたので、私が選んだ人なら、間違いはないと思っていたのかも知れません。その後、相手（朱安女士）の纏足していることがわかりました。息子は纏足の女性を好みませんでしたが、それは旧社会のなせるものだと考え、纏足を理由に縁談を断わることはしませんでした。ただ日本から手紙をよこして、纏足を解くように申してくれと言ってきました。しかし、朱家では娘がもう若くないのだから、できるだけ早く婚礼を挙げてほしいと、仲人を介して再三催促してきました。というのは、あちらでは息子が日本の女性を娶り、子どもまでできているというちもないデマを耳にしていたからです。……実のところ私もわずらわしくなったので、人に頼んで私が病気だから、速刻帰国せよという嘘の電報を息子に打ってもらったのです。息子は思った通り帰ってきました。私が事情を説明すると、彼はとがめ立てもせず、結婚に同意しました。

これとほぼ同様の事実を、魯迅の口から直接耳にした日本人もいる。改造社版「大魯迅全集」の第七巻に、訳者の一人である鹿地亘が記した「伝記」には次のような叙述がある。

同郷者の或る者は、彼が日本婦人と結婚して子供をつれて神田を散歩してゐるのを見たと言ひ、その消息が故郷を驚かした。

一九〇六年六月、二十六歳の時、彼は一旦帰国してゐるが、晩年彼の私に話したところではかうである。かうした謠言のため家からは矢のやうに「帰国せよ」と催促し、時には一日に二度も手紙が来た、「私は憤怒と麻煩とのため神経衰弱になつた。」と。しかし結局は帰国して、親戚・家族に迫られ山陰の朱女士と結婚したが、一週間後に再び独りで東京に向つてゐた。「家人はその時、私が新人(4)であるといふので、祖先にも礼拝せず、旧式の婚儀にも反対するだらうと心配した。けれども私は黙って彼等のいふままにした。」かういふ事情であつたから、彼等の結婚も幸福なものでなかつたことは想見される。

いずれの証言からも、樹人の結婚が本人の意思と無関係であったこと、それにもかかわらず、彼がそれを拒否しなかった（できなかった）ことがうかがえるのであり、そのことを今日否定する人はない。従って、魯迅が親友の許寿裳に「あれは母が僕にくれた贈り物だ」(5)とか、「彼女は私の母親の妻です。私の妻ではありません。」と内山完造に語った言葉(6)も、その自嘲的な響きとともに自然に受け止められている。

だが、これは朱安の立場からすれば、その妻としての存在や人間としての尊厳を否定するにも等しい、きわめて残酷な発言内容である。しかも、魯迅を不幸な結婚の犠牲者という悲劇のヒーローに仕立て上げることで、その神格化を完成させようとする研究者も後を絶たない。

たとえば、結婚式前後の樹人はこんなふうに描かれているのである(7)。

当時、彼の家に雇われていた王鶴照同志の回想によれば、魯迅は結婚の日の夜に泣いた。翌日一階に降りて来た時、顔がべっとり青くなっていた。あきらかに涙が枕カバーにしみ通って染まったのである。

この時の魯迅について、別な研究書でも、「その夜、涙が青く染めたシーツを湿らせたために、翌日、二階から降りてきた時、魯迅の顔はくっきりと青く染まっていた」と叙述している(8)。

こうした記述があるからであろう、日本でも近年刊行された中国女性史の入門書に、「魯迅が「ハハキトク」の電報に驚いて留学先の日本から帰国したのは、一九〇六年、二十六歳の時だった。……魯迅は一度も新婦と寝室をともにすることなく東京に戻った。」と解説されている(9)。

だが、この文の前半に相当する王鶴照の発言は、「魯迅先生は二階で結婚され、一夜過ごしてから、次の夜、魯迅先生は書斎で眠られた。プリント模様の布団の濃い青が魯迅先生の顔も染めてしまったので、彼は不興だったようです。」と語っているだけである(10)。望まぬ結婚による涙で顔が青く染まったのではなく、初夜も妻と同室しなかったのではない。魯迅を尊重する余り、魯迅神話を捏造することは、結婚生活では魯迅より更に不幸であった朱安という女性の人格を否定し、その尊厳を傷つける心ない仕業である。

王鶴照は、当時の周家で掃除やお茶くみ、買い物などの走り使いに雇われていた少年であり、婚礼前後の魯迅については、後日、この王の口述が周芾棠によって整理され、『回憶魯迅先生』と題して発表された。その内容は信憑性の高い証言である。

それにしても、夫によって「私の妻ではない」といわれ、「母が僕にくれた贈り物」とまで言われながらも、離婚する自由さえなく、姑に仕えその最期をみとった朱安こそは、時代の不幸な犠牲者であった。また、魯迅を彼女が愛していたとすれば、よりいっそうの悲劇であったというべきであろう。

二　愛情は知らない

「愛情」についての、魯迅の有名なエッセイがある。一九一九年に雑誌《新青年》のコラムに発表された「随感録四〇」である(11)。当時、教育部の役人として、北京の紹興会館に一人住まいをしていた魯迅の所に、ある知らない青年から「愛情」と題する一編の詩が送られてきた。「私は憐れな中国人。愛情よ！　私はお前がどんなものなのかわからない。」

という一句で始まる詩の後半部では次のように歌われている。

私が十九のとき、父母が私に妻を娶ってくれた。それから数年、私たち二人は仲睦まじく暮している。だがこの結婚は、すべて他人が言い出し、他人が取りもったものだ。ある日の彼らの冗談が、私たち一生の盟約となった。まるで二匹の家畜が「ほれ、お前たちは仲良く一緒に住むんだよ！」と主人から命令されたかのように。

愛情よ！　憐れむべき私は、お前がどんなものなのかわからない！

この引用に続けて、魯迅は、「愛情がどんなものなのか、私にもわからない。」という。そして、「だが女性の方には、もともと罪はない、今は古い習慣の犠牲になっているのだ。」と続け、「われわれはやはり愛のない悲しみを叫び、愛することのない悲しみを叫ばねばならない。……われわれは古い帳簿が抹消されるときまで叫ばねばならない。古い帳簿はどうすれば抹消されるのか？　私はいう、〝われわれの子供が完全に解放されたら！〟と結ぶのである。

ここには朱安に対する魯迅の率直な思いが述べられている。母親によって選ばれた妻に、彼が愛情を持っていなかったのは事実であろう。同時に、そうした妻が旧社会の犠牲者であることに胸を痛め、みずからの結婚を呪いながら、しかし、その生活を解消できない現実に絶望していたであろう。このような古い「帳簿」を抹消するには、新時代の到来を待たなければならなかった。子供の解放にかけるという発想は、当時の進化論信奉から出た言葉である。

この前年にも、魯迅には「キューピッド（原題は「愛之神」）」と題する詩が(12)あって、愛情についてこんなふうに歌っている。

小さな赤児が、翼を拡げて空中に、
片手で矢をつがえ、片手に弓を引く、
どうしたはずみか、僕の胸に矢がつきささった。

「赤ん坊さん、当てずっぽうでも有り難う！
でも教えてくれないか、僕が誰を愛すればよいのか？」
赤児は慌てて、首を振り、「おや！
君は見識のある人なのに、そんなことを言うなんて。
君が誰を愛すればよいのか、僕には分るはずがない。
どのみち僕の矢は放たれたのだ！
誰かを愛するなら、命がけで愛したまえ、
誰も愛さないのなら、命がけで死ぬがいい。」

これは、当時まだ一般になじみのなかった新詩の形式で作られた口語自由詩である。男女間の愛に目覚めた喜びをかみしめながら、しかし、愛の対象を持ち得ない複雑な心境を吐露した作品である。詩的情緒に乏しい戯れ歌のような詩句の羅列であるが、詩が文語定型でしか作られることのなかった時代に、同時代の胡適が試みた「嘗試」の作品を頭におきながら、新しい詩の構築を意図して挑戦した実験詩である。

樹人が清国留学生のために設置された弘文学院に学んでいたころ、彼の机の引き出しには、「バイロンの詩、ニーチェの伝記、ギリシャ神話、ローマ神話等々」が、「離騒」とともにしまい込まれていたといわれる(13)。それから十数年を経て、日本の言文一致運動に相当する文学革命が提唱され、その発端を作った胡適が「白話詩八首」と題する口語詩を試作(14)したものの、詩語の多くはまだ文語から充分に脱しきれず、語の配列も定型であった。

胡適作品の形式および内容に対して批判的であった魯迅は、みずからの作品を対置することで新詩の世界を切り拓く意向を示したと考えられるのであるが、同時に近代的な「愛」への憧れを、ギリシャ神話のキューピッドに仮託して歌ったのである。「愛之神」を掲載した同期の《新青年》には「夢」と「桃花」、二号あとの第五巻第一号（一九一八年七月十五日）にも「他們的《の》花園」及び「人与《と》時」と題する詩をいずれも唐俟の署名で発表している。

けれども、みずからの結婚に「愛」はなかった。「あれは母が僕にくれた贈り物なんだ。僕はそれを大切に養うしかない。愛情なんて僕には分からない。」(15)朱安にとってはこの上なく残酷な言葉ではあるが、それはまぎれもなく魯迅の本音であった。

三　婚約の経緯

科挙の試験を受け、役人になることを既定方針とする読書人の家庭に長男として生まれた魯迅は、幼い頃から塾に通ってそのための古典学習に励んだ。彼が六歳の時、勉学の手ほどきを受けたのは、魯迅からは叔祖（祖父の弟）にあたる周玉田（兆藍）からである。魯迅によれば、周家の一族が「集って住んでいる屋敷の中で、彼の家がいちばん本をたくさん持っており、また変ったものがあった。」という(16)。

玉田は科挙の最初の試験に合格した「秀才」で、その夫人は藍太太と呼ばれていた。夫人の実家は魯迅たちの住んでいた新台門の周家から道路一本を隔てて一キロばかり西方にある水溝営丁家弄（現在の地名では丁向弄）の朱家であった。

玉田夫妻には二人の息子があり、長男である周鳳珂（伯撝叔または謙叔）の妻は謙少奶奶（姓は趙）と呼ばれており、一人子を亡くしていた彼女は、同じように子供をなくして悲しみにうちひしがれていた魯迅の母親とは仲が良かった。彼女は、魯迅の母親が夫に引き続き、「子供を亡くして悲しんでいるのを慰めるために、ときどき見舞いに来た。」(17)だけではなく、気晴らしのため、芝居見物を勧めたりした。

「周作人日記」の己亥三月十三日（新暦四月二十二日？）で、「朝、船に乗って偏門外に祭を見に行き、午後芝居を見る。十四日朝、帰宅。」とあるのは、謙少奶奶が魯迅の母親を見物に誘ったのである(18)。ここでいう「芝居」は、魯迅の作品『社戯』に描かれている紹興地方の宮芝居のことで、水辺の舞台にかけられた演目を、船の中から見物するのである。また、己亥四月五日（一八九九年五月十四日）にはこんな記述もある(19)。

朝、朱筱雲兄、伯撝叔、衡廷叔、利冰兄と船に乗り、夾塘へ芝居を見に行く。平安吉慶班なり。夜半に大雨。

ここでの朱筱雲は、朱安の弟朱可銘（一八八一—一九三一）のことであり、魯迅とは同年齢の少年であった。伯撝叔は玉田の長男周鳳珂、つまり謙少奶奶の夫である。この時は二艘の船を借り上げ、男女別々に乗船した。女船には玉田夫人とその姪（朱安？）、謙少奶奶、それに長媽媽および魯迅の母とまだ幼なかった周建人が乗り込んでいる(20)。

その翌日、一行は雨の中を今度は大樹港へ出かけて芝居を見たのであったが、この時、周家の女中であり、魯迅の乳母であった長媽媽が船中で発作を起こして急死した。そのため、女船の女性たちは男船に乗り移り、長媽媽の遺体は元の船に乗せて彼女の実家にとどけられることになる。その夜、小雲（朱安の弟朱可銘）は周家に泊まり、翌日帰宅している。

この間の事情から明らかなように、魯迅の一家と周玉田及び朱家の三家族は、当時すでに相当親密な関係にあった。同じ船に乗って宵越しの芝居見物に出かけ、不幸のあった夜、身内の一人が相手方の家に宿泊するというのは、親戚づきあいである。魯迅の母親と謙少奶奶が、ともに子供を亡くして慰め合っていたというだけでは説明のつかない密着ぶりである。なぜなのか？

実は、この度の芝居見物より二ヶ月前、己亥二月初五日（一八九九年三月十六日）の「周作人日記」には、「朱宅出口、托恵叔備席、約洋五元」（朱家が求婚を受け入れたので、恵叔に会席の準備を頼んだ。洋銀約五元）という記載がある。馬蹄疾によれば(21)、〝出口〟というのは、「昔の結婚風俗で、まず男性の方から〝求帖〟を送って、女性側に求婚し、女性の側では同意すれば〝求帖〟を収めて、別に〝允帖〟を用意し、男性側へ送り返して、承諾の意を表明する、という手続きである。紹興の民間で〝紅緑帖〟と称されている。

〝朱家出口〟は、朱家が〝允帖〟を送ったことであって、それゆえ周家では遠縁の一族である恵叔（周子衡）に頼んで酒席を設けてもらい、朱家と会食するための費用として五元を用意した。以後、両家の往来は頻繁になり、その模様が、先に引用した「周作人日記」からうかがえるのである。

辛丑一月二十三日（一九〇一年三月十三日）の日記にも、「午後、兄、恵叔と楼下陳へ行って芝居を見、朱氏の舟と出会って、しばらく同船する。『盗草』、『蔡荘』、『四傑村』が演じ終わり、家へ帰ろうとしたが、引き留められて帰れず。恵叔と兄は先に帰り、私は留まって夜の芝居を見た。」と記されている。

そしてその一ヶ月後、辛丑二月十五日（一九〇一年四月十三日）の日記には、両家の婚約を暗示する事項が記載されている。

丁家弄の朱宅に人をやって請庚す。……夜、兄宛の手紙三枚を書き、明日郵送の予定。

このころ、魯迅は南京の礦務鉄路学堂に在学していたので、周作人が朱家への「請庚」を手紙で兄に伝えようとしたのであろう。「請庚」も昔の結婚手続きの一段階で、「出口」の後、女性方に妻となる者の生辰八字（生年日と誕生時刻を示す干支の八字）を問い合わせて、新郎となる者のそれと適合するかどうかを占い、両者に不都合がなければ、次に「文定」、すなわち男性側が「彩礼」（結納）を贈って正式に婚約することである(22)。ただ、周作人はこの後、やはり南京へ向かったので、「文定」の行われた事実は日記に記載していない。

通常、「請庚」は「出口」に近接して行われるものであるが、この場合にはまる二年間の空白がある。その主たる原因は魯迅の反対にあったと推定されている。「周作人日記」に記す「出口」と「請庚」が、ともに魯迅と朱安の婚約に関する内容であったとすれば、二人の婚約は、形式的には一九〇一年、樹人の南京修学中に両家で取り決められたことになる(23)。

この間、魯迅が短時間、朱家の船に乗り込んだという周作人の記録(辛丑一月二十三日)はあるが、朱安がその場に居合わせたかどうかは定かでない。つまり、結婚前に魯迅は朱安とは面識がなかった可能性も否定できないのである。そうだとしても、当時、それはごく普通のことであった。

四　結婚の条件

周建人によれば、紹興では、「当時、男女の婚姻は一般に仲人が取り持つものであるが、親友の紹介によるものもあった。両家でまとまれば、仲人に頼んで形式を整える。結婚の条件は、(一)双方の身分がつり合っていること。(二)男女の生まれ年が衝突せず、八字の相性が悪くないこと。(三)女性の年齢が男性より二～四歳上で、舅や姑に仕え、家事をこなすのに都合がよいこと(24)。」であった。

一家の主が、以上の条件を満たすと判断した場合、当事者の意思とは関係なく婚約が進められた。樹人より三歳年長で、母親の心証も良かった朱安は、母にとっては理想の嫁であったろう。周家、朱家ともに読書人の家柄でありながら、当時はいずれも没落状態にあったため双方の身分はつり合っていた。

だが、この婚約にあらかじめ当事者の意見が反映されていなかったことは、先に引いた魯端（魯迅の母）の言葉からも明らかである。そして、母親の定めた結婚に反対できなかった魯迅は、かろうじて二つの条件を提起したという。日本にいた彼は母親宛の返信で、「朱安嬢を娶るのはよいが、二つの条件がある。一つは纏足をやめること、もう一つは学校に入ること」を求めた(25)。

けれども、朱安は「考え方がやや古風」だったので纏足をほどこうとはせず、学校へ入ることも望まなかった(26)。その結果、魯迅の要求は受け入れられないことになり、こうしたすれ違いをもったまま、二人は一九〇六年の結婚式を迎えることになる。

その一方で、魯迅には別な結婚話があったといわれる。相手は琴姑という同族の娘であった。漢文ができて難解な医書も読めた。魯迅が南京で勉強していた時、両家で結婚話が持ち上がったけれども、魯迅の乳母である長媽媽が口やかましく反対したため、この話は立ち消えになったという。このことを琴姑は知っていたが、魯迅は知らなかったと周建人は述べている。しかも、他家へ嫁いだ琴姑は病死する直前に、このことを「死んでも忘れることのできない、終生の恨み事」であると言い残したというのである(27)。

ところで、日本へ留学した翌年の夏休み（一九〇三）、樹人は一ヶ月ほど帰省している。朱安との婚約はすでに成立していたと考えられるが、それに魯迅がこの時点で同意していたかどうかはわからない。母親の決めた結婚に、当時もまだ魯迅が反対していたという説(28)もあるが、このことについても確証はない。初めての帰国で経験した最も苛酷な体験は、魯迅の断髪に対する人々の反発であった。「周作人日記」によれば、この年、樹人は辮髪を切り落とした断髪の写真を二度にわたって弟に送っており(29)、帰省の際にもむろん辮髪はなかった。

魯迅より八歳年少の弟周建人によれば、そのことによって魯迅が郷里の人々から受けた屈辱的な対応は、実に悲惨なものであった。洋服に断髪という日本帰りの服装に対してばかりではなく、あらかじめ上海で用意した辮髪のカツラに長衫という伝統の装備に対しても、人々は冷笑と悪罵で対応し、魯迅はついに外出を諦める事態にまで追い込まれてしまうのである(30)。

こうして、ちょうど一ヶ月間の惨憺たる夏休みを郷里で送った後、樹人は再び日本へ旅立ち、以後、母親の病気を口実に呼び返されて婚礼にいたる一九〇六年の夏まで帰国しなかった。

五　許広平の思い

一九二三年、魯迅は北京女子高等師範学校(31)の校長を務めていた許寿裳から招かれて、教育部勤務のかたわら同校で「中国小説史略」と文芸理論を講じることになる。後に魯迅夫人となる許広平（一八九八―一九六八）は、その前年に天津第一女子師範学校を卒業して同校に入学、魯迅が講師となった時には二回生であった。魯迅との年齢差は十八歳、一般の学生よりは年長である。

彼女は、このころすでに進取的な作家、評論家として著名であった魯迅の講義には毎回出席して最前列に陣取り、「いつも我を忘れて率直に、同じようにきっぱりした言葉で、よく発言する」(32)学生であった。許寿裳は間もなく校長職を辞任し、その後任となった女性校長の楊蔭楡は保守的な教育方針を学生たちにおしつけたため、猛烈な反発を浴び、学内では校長排斥運動が起こり、許広平はその運動で中心的な役割をはたしていた。

魯迅に傾倒し、教師としての魯迅を心底から敬愛していた許は、二五年三月十一日付で魯迅あてに手紙を書き、運動を進める中での悩みや困難を訴えながら魯迅の指針を求めた。よく知られているように、それがきっかけとなって、二人は頻繁に文通を繰り返し、その過程で当局による女子大の閉鎖とそれに対する抵抗運動が興起、立場を同じくする二人は急速に接近して、恋愛感情が生じた。

一年後、中国の内政問題に対する日本の干渉から三一八事件(33)が勃発、北京女子師範大学における魯迅の受講生に犠牲者が出るとともに、事件とは無関係の魯迅にも危険が迫った。

この事件を契機に魯迅は北京を離れて廈門大学の教授になり、ちょうど大学を卒業して郷里の広東で教員となることの決まっていた許広平とともに、二人は同じ列車で上海へ向かった。この時、二人は二年後の同居を予定しており、魯迅を見送る朱安夫人も、夫が彼女の元から離れることを感じ取っていたという(34)。

魯迅の廈門生活は二六年九月四日から翌年一月中旬までのわずか四ヶ月余であった。その理由として、魯迅は大学当局が彼の『古小説鉤沈』など古典研究の成果を出版すると言った約束を守らなかったこと、かつて北京では論敵であった保守派の文人が次々に大学へ招かれてきたことなどを上げているが、しかし、広東大学が孫文を記念する中山大学に改組され、魯迅に就任を依頼するとただちに応じるという、きわめて非常識ともいうべき転進の動機には、やはり許広平がそこにいたという事実を無視できない。

この間、魯迅は廈門で歴史小説『眉間尺』(35)(後に『鋳剣』と改題)と『奔月』を執筆しているが、そのいずれにも許広平への想いがさりげなく描き込まれている。すなわち、前者では、作中の「黒い男」が歌う「ハー　愛よ、愛よ、愛よ！／青剣を愛す、一人の仇、みずから屠る。／おびただしいかな、一夫、青剣を愛す、ああ、孤ならず。……」という一見わけのわからない歌詞は彼女への相聞であり、後者のヒロイン嫦娥にも許広平の影がちらついている(36)。

廈門から許広平に送った魯迅の手紙には、煩悩に身を焼かれる男の姿が彷彿と浮かび上がる。広東から廈門へ発せられた許の手紙にも、敬愛する恩師を恋人に変身させた女の喜びと誇りが充満している。公表された往復書簡である『両地書』ではそうした生の感情を伝える部分が微妙に加工され、薄められているが、今日あきらかになった原信は、一人の中年男性と、当時としてはやや年齢の高い独身女性のラブレター以外の何者でもない。

だが、世間的には妻子ある著名な教授と、反権力運動の中で同志となった若い教え子との不倫であり、論敵からは絶好のスキャンダルとしてしっぽをつかまれることにもなりかねない。魯迅の広東到着後、許広平は教職をやめて、中山大学で魯迅の助手に採用され、日常的に接触するようにはなったが、二人の関係は公的には同じ職場の教職員であった。

しかし、当初、大学の建物内に単身で住み込み自炊生活を送っていた魯迅は、間もなく同僚に招いた許寿裳とともに市内の高級アパート白雲楼に移転、二人の炊事を引き受ける形で許広平も同じアパートに入り、三人は隣り合う三つの部屋に独立して入居したが、この時点で、魯迅と許広平は実質的な夫婦関係に入ったと推定される。こうして、北京から暖めてきたせつない感情はようやく満たされることになったのであるが、それとは逆に大学をとりまく環境は日を追って厳しいものになった。

当時、「革命の根拠地」(37)といわれた広東には、たしかに北京とは異なる進取の気風があふれていた。中国共産党の学生党員たちが魯迅の元を訪れて宣伝物をもちこみ、革命運動に対する彼の援助を求め、魯迅も彼らを好意的に迎えていた。だが、孫文の在世時、一九二四年の中国国民党第一回大会で成立した国共合作(中国国民党と中国共産党の共同事業)は、このころにはほころびが大きくなり、二七年四月十二日、上海では蒋介石の指導する国民党は、共産党員や労働運動の指導者を大量に逮捕、処刑した。四一二クーデターである。

この動きはただちに広東にも波及し、四月十五日、ここでも大規模な「清党(レッドパージ)」が実施された。魯迅を慕っていた学生たちの多くが学内で逮捕され、あるいは突然行方不明となって、やがて虐殺されたことが判明する。文学系主任兼教務主任であった魯迅は大学の各系主任緊急会議に出席して逮捕された学生の釈放を図ろうとしたが、国民党右派に牛耳られていた大学では、彼の主張は採用されなかった。

大学の対応に怒った魯迅は許寿裳とともに当局へ辞表を提出、許の辞表はただちに受理されたが、学生への影響を恐れた当局は魯迅を何度も慰留した。しかし、魯迅の決意が固かったため、その辞表は六月に入ってようやく受理される。許広平との実質的な夫婦関係が成立したと推定されるのはこの間の事である。それだけに二人の関係を公にすることには危険がともなった。だが、許の方では、一日も早く二人が公的に認知されることを望んでいた(38)。

六　私はカタツムリ

魯迅が廈門へ出発した一九二六年八月を境として、朱安夫人との夫婦関係は事実上途絶した。結婚後の二〇年から、魯迅の留日期間や北京での単身赴任時代をさしひけば、二人が同じ屋根の下で生活を共にした歳月は多くなかったが、それでもこの間は名実ともに夫婦であった。

とりわけ、紹興の故居を売り払い、北京の八道湾に住宅を購入して母や兄弟一族で同居した時（一九年八月）から、周作人との不和で磚塔胡同へ転居（二三年八月）した時期及び西三条胡同で新築した四合院に移って生活した間（二四年五月―二六年八月）の七年間は、同じ住宅内で通常の所帯を構えていた。二人の間に共通の話題が少なく、心が通じ合っていなかったとしても、世間一般に言う夫婦であることに変りはなかった。

この間、朱安夫人は魯迅の妻として生活を共にしただけではなく、夫の愛を求めてできる限りの努力を傾けていた。しかし、それでも魯迅の愛情を得ることは難しかった。磚塔胡同で、魯迅夫婦と同じ敷地内の家屋に住んでいたことのある兪芳は、そのころの朱安から痛ましい心境を耳にし、それを次のように記している。

彼女（朱安―山田）は感情を高ぶらせ、がっくりしながら私に申しました。「これまで先生と私とはしっくりいっていませんでした。でもよくお仕えし、何事にも従っていれば、いつかきっとよくなるだろうと思っていました」。彼女はまたたとえて申しました。「私はカタツムリのようなものです。塀の下から少しずつ這い上がれば、歩みはのろくても、いつかきっと塀の上に上れるはずでした。しかしもう駄目です。這いのぼる力もなくなりました。あの人がよくしてくれるのを待つのは、意味がありません」。彼女がここまで話した時、その表情はすっかりうち沈んでいました。さらに、「私の一生は、お母さま一人にお仕えするしかないようです。万一お母さまが亡くなられても、先生のお人柄からすれば、私の生活は保障して下さるでしょう。」と彼女はいったのです。

これは、上海で許広平との同居に踏み切った魯迅が、二人で撮った写真を母親に送ってきた後の話である。このころ、北京で母親と同居している朱安に対して、魯迅は毎月の生活費として二〇〇元を送り続けた(39)のであるが、朱安の予想に反して先に亡くなったのは母ではなく、魯迅の方であった。

使用人の賃金を含む一家の生活費は、魯迅の死後も許広平によって送金されたが、許が日本軍占領下の上海で、憲兵によって逮捕され、拷問を受けた(40)とき、その送金が一時的に途絶えたことがあった。そんな時、周作人が家人の生活費捻出を口実に魯迅の蔵書を整理して売りに出そうとした。作人は魯迅蔵書の中から外国の図書を整理して三冊の目録にまとめ、来薫閣に販売を委託したのである。

唐弢によれば、汪精衛の「国民政府」委員で国史編纂委員会の主任を兼任していた陳群（江蘇省長）は、当初、この目録に収録された図書をすべて買い取ろうとした。しかし、日本語部分にマルクス主義とソ連の文芸に関する図書が多いのを知って恐れをなし、それらを除外して購入しようとしたが、それは書店が認めなかった。その結果、売書目録が南京から上海に出回り、それを見た関係者は仰天した。

復社から刊行した三八年版「魯迅全集」の編集についても、北京の遺族には誤解が生じていた。その間の事情を説明し、蔵書の散逸を阻止するため、たまたま北京へ所用で赴くことになっていた劉哲民に唐弢が同行することになった。魯迅の紹興府中学堂時代の学生であり、当時は北京図書館に勤務して、魯迅一家とも親しかった宋紫佩に対する許広平の紹介状を携えて唐は北京へ出発した。

七　私も魯迅の遺物

四四年十月十五日の夕刻、唐と劉は宋紫佩にともなわれて西三条胡同を訪れた。その時、朱夫人とかつて魯迅の母親に雇われていた老女は二人で質素な食事を取っていたが、宋紫佩が来意を告げ、唐弢が蔵書に対する許広平や知人たちの意見を補充すると、彼女はしばらく言葉を発せず、やがて感情を高ぶらせながら次のようにいった(41)。

あなた方はいつだって、魯迅の遺物を保存せよ保存せよとおっしゃる。私だって魯迅の遺物じゃないの。あなた方も私を保存してよ！

この言葉に対して、唐は許広平が日本の憲兵に逮捕されて送金が途絶えたこと、そうした中で息子の海嬰を避難させたことなど上海の困難な状況を縷々説明した。話題が海嬰に及んだ時、彼女は唐弢が魯迅の息子を朱安の元へつれて来なかった事をやんわりなじったという。血の通わない子供であっても、魯迅の息子は自分の子供だという意識があったのであろう。

そうしたやりとりの中で双方の気分がほぐれ、蔵書の保存問題に話が戻ると、朱安が直面していた経済状況が明らかになってくる。当時、二人の老人が生活するためには北京で通用していた聯合准票銀行の貨幣で毎月九〇〇〇元が必要であったという。それに対して、周作人からは一五〇元だけが補填されていた。これは魯迅の母親の在世時に、作人が小遣い銭として渡していた十五元を、当時の貨幣価値に合わせた金額であって、唐弢によれば北京の（市内から）西山まで行く時に支払った三輪車の代金だけでも一〇〇元かかった。九〇〇〇元でも幾籠かの果物が買えるだけの金額に過ぎなかった。

唐弢は朱安が必要とする生活費を、引き続き上海から送金することを約束して、魯迅の蔵書をけっして手放さないよう説得し、朱安も、どうにもならなくなるまでは書物を売らないことを約束した。また、「私は周家の人間として生きてきたのですから、死ねば周家の仏となります。お母様のおっしゃった事に、決して背いたりしません。」というのであった。この「善良で憐れな老人」を目の前にして、唐と劉は思わず目頭を熱くしたと記す。

唐弢がこの間の事情を文章にしたのは、彼女と会った直後である(42)。許広平もまだ在世中であったが、魯迅の妻でありながら、一生夫の愛を得られなかった老婦人のいちずな発言をすなおに受け止めて暖かく見守っている姿がそこからは彷彿とするのである。だが、このように朱安を描くことは、その後、長い間タブーとなる。

中華人民共和国の建国後、魯迅はともすれば、神格化され偶像視されて、それが論敵を打倒するため、政治的に利用されるという不幸な時代もあった。毛沢東によって「偉大な革命家、思想家、文学者」と賞賛された魯迅が、結婚後に妻以外の女性と同棲し、子供までもうけたについては、それだけの理由がなければならない。そうでなければ、許広平との関係は単なる中年男の不倫だということになってしまいかねない。そういう心配もあってか、一般公開されている北京の魯迅故居では、あえて朱安の部屋を明示しない時代さえあった(43)。

今日では、そうした魯迅像を結ぶことへの批判が普遍的になり、かつてのように魯迅を神格化することはなくなったが、それでも事実とは異なる叙述が、無批判に継承されていることがある。先に引用した馬蹄疾の『魯迅生活中的女性』（一九九六年、知識出版社）にも、そうした叙述がいまだに通用しているのである。

魯迅の結婚に関しては、かつての日本でもそうした見方があった。戦後まもなくに出版された竹内好『魯迅』でも、「二人のあいだに精神的な交渉はなかったし、もしかすると肉体的な交渉もなかったかもしれない。」と記されている(44)。竹内の場合は魯迅を神格化したわけではないが、しかし、魯迅に対する思い入れから、二人の夫婦関係を認めようとしなかったのである。それは、そうあってほしいという著者の願望の表明ではあっても、魯迅に関する資料が今日のように整備されていなかった時代でしか許容されない推測である。

だが、日本の魯迅研究者たちによる今日の魯迅論にも、魯迅と朱安の関係についてはまだそうした記述が通用している(45)。「私も魯迅の遺物」だと叫んだ朱安の底知れぬ悲しみが、実は魯迅の痛みそのものでもあったという事実を無視して魯迅の文学を読むことは、無意味であろう。

『祝福』『傷逝』『離婚』（いずれも作品集「彷徨」所収）等、魯迅には不幸な女性の生涯や結婚を描いた作品群がある。こうした作品を読み解く上でも、朱安との結婚生活に関する伝説的な誤解とはきっぱり決別しなければならない。

註

（1）紹興城内山陰県丁家弄（現在の丁向弄）の出身。実家は読書人の家筋で父の名は朱耀庭。裘士雄氏（前紹興魯迅記念館長）によれば、朱安の姪にあたる朱積城氏は生年を一九七八年だと同氏に答えているが、周作人の長男である周豊一氏は、一九八六年一月七日付の同氏宛書翰で「関於朱安生肖、我確記系兎年、推算之、則応是光緒五年己卯年、即一八七九年了。」と記している。他にも一九八〇年説がある。

(2)段国超「魯迅与朱安」(北京出版社《中国現代文学研究叢刊》一九八三年第三輯)→《魯迅家世》(教育科学出版社)

(3)兪芳「我記憶中的魯迅先生」(浙江人民出版社、一九八一年、p.143)

(4)現代中国語では新郎新婦を意味する場合もあるが、ここでは進歩的思想を持った人を指す。

(5)「西三条胡同住屋」(許寿裳『亡友魯迅印象記』、人民文学出版社、一九五三年)

(6)内山「我認識魯迅的経過」(楊一鳴《文壇史料》、大連書店、一九四四年)

(7)註2に同じ。

(8)余一卒「朱安女士」(一九八四年《魯迅研究資料》一三)。馬蹄疾「在無愛中死去的朱安」(『魯迅生活中的女性』、知識出版社、一九九六年)等、その後、中国で発行された書物でも同様の叙述がなされている。原書に記された事実を歪曲したり、歪曲された叙述の誤りを確認することなく、踏襲しているのである。

(9)関西中国女性史研究会編『中国女性史入門』(二〇〇五年、人文書院、p.28)

(10)王鶴照口述・周芾棠整理『回憶魯迅先生』(上海文芸出版社《中国現代文芸資料叢刊》第一輯、一九六二年)→周芾棠「魯迅故家老工友憶魯迅」『故郷人士論魯迅』(浙江文芸出版社、一九九六年)

(11)《新青年》第六巻第一号、一九一九年一月十五日発行。

(12)《新青年》第四巻第五号(一九一八年五月十五日)所収。署名は唐俟。

(13)「屈原和魯迅」(許寿裳『亡友魯迅印象記』、人民文学出版社、一九五三年)

(14)「口語詩八首」は雑誌《新青年》第二巻第六号(一九一七年二月)に発表された。『嘗試集』はそうした作品をまとめた詩集である。

(15)註5に同じ。

(16)魯迅『阿長与山海経』(『朝華夕拾』)

(17)周作人「仁房的大概」(『魯迅的故家』)

(18)周作人「阿長的結局(一)」『魯迅的故家』

(19)以下、「周作人日記」からの引用文は、馬蹄疾の調査結果を周作人手稿の大象社版「周作人日記」影印本及び「魯迅研究資料」所収の「周作人日記」によって検証したものである。
(20) 周建人口述・周曄編写「値得紀念的大樹港」『魯迅故家的敗落』（湖南人民出版社、一九八四年）。周作人『魯迅的故家』ではこの他に藍太太の家の茹媽とその娘の毛姑を記載しているが、周建人の名はない。
(21) 馬蹄疾『魯迅生活中的女性』（知識出版社、一九九六年）p.72
(22) 「文定」の語源は『詩経』「大雅・大明」の第三章「文定厥祥」付された鄭箋及びそれをふまえた朱子の新解であろう。
(23) 「文定」の時期が一九〇二年四月以降であれば、両家の婚約は魯迅の日本留学中ということになる。
(24) 「魯家姑娘嫁到周家」（註20、p.49）
(25) 『魯迅生平資料匯編』第一輯p.107（一九八一年、天津人民出版社）。ただし、典拠は明らかにされていない。
(26) 同右
(27) 「要改変国民的精神」（註20、p.242）
(28) 「朱安」『魯迅生平資料匯編』第一輯（一九六一年、天津人民出版社）p.107
(29) 「断髪之相」（癸卯三月十二日）、「断髪小照」（同十九日）
(30) 「我們不是烏大菱殻」（註21）
(31) 一九二四年五月一日に国立北京女子師範大学と改称。その前身は一九〇八年創立の京師女子師範学堂で、一九一二年に北京女子高等師範学校と改称され、一九一九年に国立北京女子師範学校となった。
(32) 『両地書』第一集第一信
(33) 一九二六年三月十八日、日本の軍事介入に反対する北京の学生運動が段祺瑞政権によって弾圧された事件。
(34) 魯迅と許広平の結婚について、朱安は「早くからわかっていた」といい、その理由として「二人が一緒に出発した」ことを述べている（兪芳「我記憶中的魯迅先生」浙江人民出版社、一九八一年、p.142）
(35) 執筆時期は一九二六年十月と考えられている。ただし「魯迅日記」二七年四月三日では「作《眉間赤》訖」と記されているので、発表前にもう一度加筆したのであろう。「赤」と「尺」は中国語では同音である。少年の名前は、典拠となっている『列異伝』では「赤鼻」、『捜神記』では「赤」となっており、それらとの関係で、最初の題名を「眉間赤」と記したのかも知れないが、より直接的には、赤鼻の顧頡剛を小説の中で風刺する意図があった。
(36) 『両地書』第一一二信参照。

(37) 北方の軍閥を平らげ、統一国家を建設して中華民国を名実ともに近代国家とするため、中国国民党と中国共産党が共同して軍事行動を起こした「国民革命」を意味する。
(38) 駒木泉「もう一人の許広平」(《季刊中国》六七号)がこの間の許の思いを的確に分析している。
(39) 唐弢「《帝城十日》解—関於許広平《魯迅手迹話蔵書的経過》的一点補充」(《新文学史料》一九八〇年第三期)
(40) 許広平『遭難前後』(邦訳は安藤彦太郎『暗い夜の記録』岩波新書)参照
(41) 註39に同じ
(42) 『帝城十日』(一九四四年十一月、《万象》第四年第五期、署名は晦庵)註40による
(43) 一九七八年、私が北京の魯迅故居を訪れたとき、魯迅の書斎兼寝室であった「老虎尾巴」や母親の居室には明確な表示板がついていたが、明らかに朱安の部屋と思える所には説明の標識が無かった。現在は朱安の部屋であったことが明示されている。
(44) 竹内好『魯迅』(一九四八年、世界評論社p.42)→『魯迅入門』(一九九六年、講談社p.36)
(45) 檜山久雄『魯迅の最初の妻朱安のこと』(『古田教授退官記念・中国文学語学論集』東方書店、一九八五年)その他

学術活動の記録

山田　敬三（やまだ　けいぞう）

（一）著書

著書Ａ［日本語之部］

(01) 魯迅の世界　大修館書店　一九七七年五月初版　一九九一年七月改訂

(02) 十五年戦争と文学―日中近代文学の比較研究―　東方書店　一九九一年二月（共編著）

(03) 文学（日中文化交流史叢書第六巻）　大修館書店　一九九五年十二月（共著）

(04) 孫文と華僑　汲古書院　一九九三年三月（共編著）

(05) 異邦人の見た近代日本　和泉書院　一九九九年十月（共著）

(06) 境外の文化―環太平洋圏の華人文学―　汲古書院　二〇〇四年十二月（編著）

著書Ｂ［中国語之部］

(01) 魯迅世界　山東人民出版社　一九八三年一月

(02) 中日戦争与文学―中日現代文学的比較研究― 東北師範大学出版社 一九九二年八月

(03) 文学巻(中日文化交流史叢書第六巻) 浙江人民出版社 一九九六年十一月

(04) 孫文与華僑 (財)孫中山記念会 一九九七年三月

(二) 訳書・訳文

(01) 魯迅全集・第九巻 学習研究社(共訳) 一九八五年六月 集外集拾遺

(02) 魯迅全集・第十二巻 学習研究社(共訳) 一九八五年八月 古籍序跋集

(03) 孫文選集・第三巻 社会思想社(共訳) 一九八九年六月

(04) 原典中国現代史・第五巻 岩波書店(共訳) 一九九四年七月 思想・文学

(05) やっと出せた一通の手紙(霞山会『ひとびとの墓碑銘』所収、1983年2月、岡田幸子共訳)

(06) 李何林述『魯迅研究上の若干の問題』(「アジア・クォータリー」第45号、1981年10月)

(三) その他の著書

(01) 魯迅評論選集 東方書店 一九八一年一月

(02) 戦後台湾文学史に関する基礎的研究 昭和六十年度科学研究費補助金研究成果報告書

(03) 日本学者中国文学研究訳叢第六輯 吉林教育出版社 一九九三年七月

（四）論文

論文A（日本語之部）＊は著書収録論文

（論文題目）（発表雑誌・書名）（発行年月）

（01）『中国近代文学の展開――雑誌「新小説」を中心に』（日本現代中国学会「現代中国」第51号、1976年8月 pp.26-37）

（02）＊『火を盗む者――魯迅とマルクス主義文芸』／神戸大学文学部「紀要」第6号／1977年1月／pp.147-186

（03）『「文革」期の中国文芸――改作の意味するもの――』／神戸大学文学部三十周年記念論文集／1979年10月／pp.573-598

（04）『文芸復興の季節――七八年秋の逆転劇』／「アジア・クォータリー」第41号／1980年6月／pp.94-110

（05）『魯迅と孫文』／中国研究所「中国研究月報」第404号／1981年10月／pp.1-9

（06）『魯迅と中国古典研究（上）――「古小説鉤沈」――』／中文研究会「未名」創刊号／1982年2月／pp.45-61

（07）『漢訳「佳人奇遇」の周辺――中国政治小説研究札記』／神戸大学文学部「紀要」第9号／1982年3月／pp.37-63

（08）『魯迅と中国古典研究（中）――「会稽郡故書雑集」――／中文研究会「未名」第2号／1982年9月／pp.57-73

（09）『台湾文学の断面――1970年代を中心に』／日本現代中国学会「現代中国」第57号／1983年6月／pp.50-55

（10）『魯迅と中国古典研究（下）――廈門と広東のころ』／中文研究会「未名」第4号／1983年10月／pp.124-144

（11）『王拓という作家――台湾当代文学管見――』／東方書店「中国語学・文学論集」所収／1983年12月／pp.189-

207

(12) 『「清議報」誌上の漢訳「経国美談」―中国政治小説研究札記』／神戸大学「文化学年報」第3号／1984年2月／pp.195-226

(13) 『「新小説」としての歴史小説（上）―中国政治小説研究札記』／神戸大学文学部「紀要」第11号／1984年3月／PP.175-201

(14) 『「新小説」としての歴史小説（下）―中国政治小説研究札記』／神戸大学文学部「紀要」第12号／1985年2月／pp.123-145

(15) 『詩人と啓蒙者のはざま―「集外集拾遺」―』／学研「魯迅全集」第九巻所収／1985年6月／pp.625-659

(16) 『「小説月報」の「革新」と「半革新」』／東方書店「中国文学語学論集」／1985年7月／pp.582-597

(17) 『挫折せる詩人―張賢亮試論の一』／汲古書院「中国詩人論」所収／1986年10月／pp.915-940

(18) 『陳衡哲小論―五四文学の基層作家群』／中文研究会「未名」第6号／1987年12月／pp.99-119

(19) 『「新文学」基地としての《新潮》―五四文学の基層作家群』／神戸大学文学部「紀要」第15号／1988年3月／pp.187-218

(20) 『中国「民主化」運動の思想的側面―魏京生の「探索」』／京都大学人文研「転形期の中国」／1988年3月／pp.295-327

(21) 『中国文学の近代と前近代―中国近代文学史研究序説』／中文研究会「未名」第7号／1988年12月／pp.231-246

(22) *『文学とナショナリズム―十五年戦争と日本』／神戸大学「文化学年報」第8号／1989年3月／pp.75-108

(23)『陳映真―苦悩する台湾の知識人』／岩波講座「現代中国」第五巻／1990年1月／pp.241-256
(24)『現代中国の思想的一面―方励之の場合』／日本現代中国学会「現代中国」第64号／1990年8月／pp.20-26
(25)*中国左翼作家連盟の顛末（上）』／霞山会「東亜」第280期／1990年10月／pp.44-53
(26)*『中国左翼作家連盟の顛末（下）』／霞山会「東亜」第281期／1990年11月／pp.28-37
(27)『「戯劇界革命」の底流―清末の広東戯曲界』／中文研究会「未名」第10号／1992年3月／pp.81-109
(28)*『「戦争文学」作家の明暗―石川達三と火野葦平』／霞山会「東亜」第303期／1992年9月
(29)『胡適之体の嘗試』／東方書店「中国文学論集」所収／1992年12月／pp.73-93
(30)『哀しき浪漫主義者―日本統治時代の龍瑛宗』／東方書店「よみがえる台湾文学」所収／1995年10月／pp.345-369
(31)*『魯迅、周作人の対日観と文学』／中文研究会「未名」第15号／1997年3月／pp.85-113
(32)『第二次握手』―文革期「地下文学」の典型』／汲古書院「中国学論集」所収／1997年3月／pp.547-564
(33)『民族アデンティティと白先勇の文学』／緑蔭書房「台湾文学研究の現状と展望」／1999年3月
(34)『新中国未来記』をめぐって―革命と変革の論理』／みすず書房「梁啓超―西洋近代思想受容と明治日本」所収／1999年10月
(35)『読書人社会への決別―魯迅とその時代（一）』／福岡大学「人文論叢」32-1／2000年3月／pp.81-105
(36)『苦渋の選択―仙台医専―魯迅とその時代（二）』／福岡大学「人文論叢」32-3／2000年12月／pp.1601-1620
(37)『科学救国の夢（上）―魯迅とその時代（三）』／福岡大学「人文論叢」32-5／2001年3月／pp.21-40

（38）『科学救国の夢（下）―魯迅とその時代（四）』／福岡大学「人文論叢」32-7／2001年11月／pp.1385-1410
（39）『胡風と徐懋庸―魯迅をめぐる人々』／創文社「中国読書人の政治と文学」／2002年10月／pp.533-553
（40）*『陳舜臣―国家・民族の枠を超える文学』／神戸新聞総合出版センター「神戸と華僑」／2004年4月／pp.140-162
（41）*『南洋華僑の語り部―黄東平の文学』／汲古書院『境外の文化』／2004年12月／pp.338-384
（42）*『私も魯迅の遺物―朱安女士のこと』／東方書店『南腔北調論集』／2007年7月／pp.1115-1136

論文B（中国語之部）

（01）『魯迅与馬克思主義文芸』／復旦大学出版社「中国現代文学的思潮」／1990年2月
（02）『孫文和魯迅』／魯迅博物館「魯迅研究資料」第15号／1986年4月
（03）*『魯迅与日本〝白樺派〞作家』／北京大学「国外文学」1981年第4期／1981年12月
（04）『漢訳《佳人奇遇》縦横談』／上海古籍出版社「中国古典小説戯曲論集」／1985年6月
（05）『台湾文学的一個側面』／吉林教育出版社「日本学者中国文学研究訳叢」／第二輯、1987年9月
（06）『魯迅与中国古典研究・下』／「日本学者研究中国現代文学論文選粋」／1987年7月
（07）『作家王拓』／前衛出版社「台湾文学研究在日本」／1994年12月
（08）『挫折的詩人―張賢亮試論』／「日本学者中国文学研究訳叢」第六輯／1993年7月
（09）『文学的蛻変』／「東北師範大学報」哲学社会科学版総117／1989年1月
（10）『〝戯劇〞革命的底流』／吉林大学出版社「中日比較文学論集（続）」／1993年11月

(11)『清末留学生—魯迅与周作人』/魯迅博物館「魯迅研究月刊」総176期/1996年12月
(12)『魯迅与中国古典文学研究—以《会稽郡故書雑集》為例』/上海古籍出版社「中国文学古今演変研究論集」/2001年11月
(13)『魯迅与儒勒・凡爾納之間』/遠方出版社「魯迅的世界 世界的魯迅」/2002年8月
(14)*『挫折的詩人—張賢亮試論之一』/吉林大学出版社「東瀛文擷」/2003年10月
(15)魯迅周囲的人—関於三十年代文芸的一面/大象出版社「魯迅—跨文化対話」/2006年10月

(五) 研究ノート

研究ノートA(日本語之部)

(題名)(掲載誌)(発行年月)

(01)*「故郷」の位置—子供の情景から/一光社「国語の授業」第21号/1977年8月
(02)詩人としての魯迅/伊亜之会「伊亜」第9号/1977年11月
(03)魯迅と日本/伊亜之会「伊亜」第11号/1978年11月
(04)何が真実か?—三十年代文芸/大修館書店「中国語」第249号/1980年10月
(05)忘れられた作家群像/中国研究所「中国研究月報」第436号/1984年6月
(06)台湾文学の政治性と「文化交流」/大修館書店「中国語」第298号/1984年11月
(07)「故郷」の持つ教材の特性と意義/明治図書「実践国語研究」第63号/1986年7月
(08)台湾海峡の両岸/大修館書店「中国語」第330号/1987年6月

(09) 北島の「回答」を読む／中国研究所「季刊中国研究」第20号／1991年5月

(10)「新時期」十年の魯迅研究／大修館書店「中国語」第380号／1991年9月

(11) 魯迅研究の陥穽—胡風問題／中文研究会「未名」第11号／1993年3月

(12) 留学交流の理念と現実—日中協力関係の糸口／兵庫県中国人留学生支援の会／1997年11月

(13) 世界華文文学／中国研究所「中国年鑑1998」／1998年7月

(14) 東アジアの過去・現在・未来／福岡大学研究部論集第1号／2001年4月

(15) 魯迅—子供の情景から／九州大学中国文学会編『中国文学講義』／2002年5月

(16) 華文文学の土壌—言語問題その他／「福岡大学研究部論集」人文科学編Vol.2 No.7／2003年3月

(17) 余秋雨現象の余波／岩波書店《図書》／2003年8月

(18) 中国語の環境—漢語学習50年の個人的体験から／「福岡大学研究部論集」人文科学編Vol.5 No.2／2005年11月

(19) 実存主義者・近代文学の開祖—魯迅／晃陽書房「中国思想の流れ（下）」／2006年11月

研究ノートB（中国語之部）

(01)『真実何在?』／魯迅博物館「魯迅研究資料」第9号／1982年1月

(02)『日本的台湾文学研究現状』／「文季」第2巻第2期／1984年7月

(03)『日本新感覚派的小説』／北京大学出版社「東方研究論文集」／1989年1月

(04)『日本：摂取文化的走廊』／吉林教育出版社「中日比較文化論集」／1990年7月

(05)『十年多来的日本魯迅研究』／上海魯迅紀念館「上海魯迅研究」6／1995年7月
(06)『魯迅研究的陥穽 ― 胡風問題』／魯迅博物館「魯迅研究月刊」第137号／1993年9月
(07)『留学交流的理念与現実 ― 日中合作関係的端緒』／上海財経大学出版社「近代以来中日文化関係的回顧与展望」／2000年7月
(08)『紀念魯迅誕辰120周年学術討論会』／中国研究所「中国研究月報」／2002年1月
(09)『東亜与文学』／吉林大学出版社「世界華文文学的新世紀」2006年7月

(六) 書評A (日本語之部)

(題名) (掲載誌) (発行年月)

(01) 陳舜臣著『桃花流水』／神戸大学生協「流民」第5号／1977年4月
(02) 文革の暗部えぐる「問題小説」／中国研究所「中国研究月報」第376号／1979年6月
(03) 林田慎之助著『魯迅のなかの古典』／九州大学「中国文学論集」第10号／1981年11月
(04) 巴金作・石上韶訳『随想録』／中国研究所「中国研究月報」第420号／1983年2月
(05)『彩鳳の夢 ― 台湾現代小説選1』／中国研究所「中国研究月報」第434号／1984年4月
(06) 片山智行著『魯迅のリアリズム』／東方書店「東方」第54号／1985年9月
(07)『野草』への詳密な注釈／東方書店「東方」第134号／1992年5月
(08) 丸尾常喜著『魯迅「人」「鬼」の葛藤』／京都大学「中国文学報」第49号／1994年10月
(09) 石田浩著『わがまま研究者の台湾奮戦記』／関西大学「経済論集」第46巻第1号／1996年4月

(10) 片山智行著『魯迅』／日本経済新聞朝刊（1996.4.14）／1996年4月

(11) 南雲智監訳『胡風回想録』／内山書店「中国図書」第99号／1997年6月

(12) 楊暁文著『豊子愷研究』に寄せて／東方書店『豊子愷研究』／1998年2月

(13) 阿部兼也著『魯迅の仙台時代』／東方書店「東方」第233号／2000年7月

(14) 杉野要吉編著『交争する中国文学と日本文学』／日本比較文学会「比較文学」第43巻／2001年3月

(15) 岡崎郁子編『宋王の印』／「図書新聞」第2589号／2002年7月13日

(16) *尾崎秀樹著『旧植民地文学の研究』／汲古書院『境外の文化』／2004年12月／pp.661-675

(17) 「異常な時代の記憶」（藍博洲著・間ふさ子他訳『幌馬車の歌』）／東方書店「東方」号／2006年8月

(18) 『寒夜』（李喬著・岡崎郁子、三木直大共訳）／中国研究所「中国研究月報」No.703／2006年9月

(19) 中井政喜著《魯迅探索》／中国文芸研究会「野草」79号／2007年2月

書評B（中国語之部）

尾崎秀樹著『舊殖民地文學的研究』／台北・人間出版社／2004年11月

「異常時代的記憶」／台北・人間出版社「日讀書界看藍博洲」／2006年7月

（七）事典・索引・目録

「神戸大学文学部蔵　中国報刊目録」（中文教室共編）／文学部東ア研／1983年3月

「大百科事典」分担執筆／平凡社／1985年11月

「台湾現代文学家本名筆名索引」（澤井律之共編）／文化学年報５／1986年3月
「岩波 現代中国事典」分担執筆／岩波書店／1999年5月

（八）序・跋その他

序・跋その他Ａ（日本語之部）
魯迅の跡を訪ねて／中国研究所「中国研究月報」第360号／1978年2月
李何林先生と魯迅全集のこと／中国研究所「中国研究月報」第372号／1979年2月
魯迅の旅（1～10）／日中旅行社「ほおゆう」第9号～第18号／1980年8月～1981年5月
朝花夕拾（編集後記）／「未名」第1～4号、第7号／1982年2月～
台湾の文学をたずねて／中国研究所「中国研究月報」第436号／1984年6月
洛中歓談 ― 陳映真夫妻を囲んで／台湾文学研究会会報第七号／1984年7月
紅鼻と青剣／学習研究社「魯迅全集」第12巻栞／1985年8月
現代中国の歴史と文学／南窓社「アジア・太平洋の人と暮らし」／1990年6月
『兵庫生活指南』監修・跋／兵庫県中国人留学生支援の会／1994年8月
ミサイル演習と中台関係／大阪ユネスコ協会会報／1996年11月
台湾海峡の両岸 ― 孫文と中国の統一／孫中山記念会「十年の歩み」／1997年3月
「孫文と中華文明」研究部会／汲古書院「近きに在りて」第31号／1997年5月
留美学生会の文化活動／二十一世紀の日中関係の展望／1997年11月

改訂版の発行にあたって／兵庫県中国人留学生支援の会／1998年3月
「蘆北賞」の受賞にあたって／「未名」第16号／1998年3月
『満映』に集まった文人たち／アジアフォーカス福岡映画祭企画委員会「今、語る満州映画協会（満映）／1999年9月
夢を追う人—山口一郎先生のこと／大阪外国語大学《鵬翼》第2号／2001年3月
専家漫筆①華文文学／内山書店《中国語》／2003年1月
専家漫筆②敏感な問題／内山書店《中国語》／2003年2月
専家漫筆③世界の範囲／内山書店《中国語》／2003年3月
孫文 and 魯迅 in 日本／孫文研究会《孫文研究》33号／2003年1月
*岡崎郁子著『黄霊芝物語』／研文出版社『黄霊芝物語』／2004年2月
*境外の文化—環太平洋圏内の華人文学／汲古書院『境外の文化』／2004年12月
*跋—共同研究の経過／汲古書院『境外の文化』／2004年12月
魯迅と郭沫若／九州大学アジア総合研究センター、岩佐昌暲編著『中国現代文学と九州』／2005年4月
東アジアと文学／「中日両語文芸誌　藍」第18・19合併号／2005年5月
誄—釜屋兄を祭る／翠書房「釜やんシンフォニー」／2006年7月

序・跋その他B（中国語之部）
復活魯迅精神之契機（延河文芸月刊社「延河」第203号、1981年10月）
『漫談魯迅』（魯迅博物館「魯迅研究資料」第11号、1983年1月）

滕軍著『日本茶道文化概論「序」』（北京・東方出版社、1992年11月）

（九）新聞掲載原稿

中国の政治と文化は不可分／神戸新聞朝刊／1977年10月4日
日中文化交流のいとぐち／神戸新聞朝刊／1978年8月15日
中国の作家「白樺」批判に思うこと／神戸新聞朝刊／1981年5月13日
なぜ「魯迅」なのか？／読売新聞夕刊／1981年9月16日
大陸とは違った緊張感／神戸新聞朝刊／1984年4月9日
忘れられた作家群像／読売新聞夕刊／1984年4月10日
国事を談ずるなかれ／読売新聞夕刊／1984年4月11日
「根なし草」の悲哀／読売新聞夕刊／1984年4月12日
郷土文学の新たな潮流／読売新聞夕刊／1984年4月13日
中国学生デモの背景／読売新聞夕刊／1986年12月26日
東北（旧・満州）文学の旅／神戸新聞夕刊／1988年10月28日
苦悩中的台湾知識分子／文学報 420期／1989年4月13日
親族訪問（探親）／読売新聞夕刊／1989年4月16日
「十五年戦争」と日中文学／朝日新聞夕刊／1991年4月13日
言葉奪われた文学の悲しみ／朝日新聞夕刊／1997年4月11日

靖国参拝／朝日新聞朝刊／2005年7月15日

（十）学界活動

日本中国学会評議員

日本中国語学会理事

中文研究会代表（一九八八年―一九九八年）

日本現代中国学会幹事、常任理事、評議員（顧問）、現在に至る

（十一）科学研究費補助金による共同研究の代表

（海外学術研究）「十五年戦争」期の中国及び日本における文壇状況についての日中共同研究

（総合研究A）中国「淪陥区」及び「国統区」の文芸に関する総合的研究

（基盤研究A）環太平洋圏の華人文学に関する基礎的研究

（十二）社会活動

財団法人　孫中山記念会設立準備委員会委員として財団の設立に参加

財団法人　孫中山記念会常務理事

財団法人　孫中山記念会副理事長

財団法人　孫中山記念会参与・理事、現在に至る

謝　辞

男子の平均寿命が八十歳に近づいた今日、古稀はもはや「古来まれ」ではなくなりましたが、その記念論集を作って下さるという有難いご提案に厚かましく甘えることにしました。といっても、研究者として学界に貢献するほどの業績を蓄積したわけではなく、優秀な専門家を数多く育成した実績もありません。よくあるような「〇〇先生古稀記念論文集」はおこがましいので、書名は「南腔北調集」という魯迅の雑文集から剽窃して、『南腔北調論集―中国文化の伝統と現代』と名づけていただきました。

「南腔北調」は、辞書によれば、「南北の方言が入り交じってなまりのある共通語」を指すようですが、この文集の執筆者も文字通り東西南北、そして論述内容は中国文化にかかわる古今東西にわたっています。これは私が九州大学、神戸大学、そして最後は福岡大学というように勤務先を転々と変えたこととも大いに関係があります。

九州大学では、当時の教養部に所属し、直接、学部生を指導する立場にはいませんでしたが、基礎的な学問と学部での兼任講師でたくさんの若い人達とふれあう場がありました。その中からかなりの人々が文学部の岡村繁教授や荒木見悟教授の指導下に古典研究者として育ち、本書の「伝統文化篇」を担当してくれました。

神戸大学では、文学部に「中国語・中国文学講座」を創設するという仕事が私の最初の任務となり、着任後間もなく大学院の後期博士課程が新設されたこともあって、二十三年間の在任中にある程度の専門家、それも中国近・現代文学の研究者が育ちました。本書の「近代文化篇」「現代文化篇」および「台湾文化篇」その他で執筆者として参加してくれています。

以上の他、九州大学の同僚であった合山究さん、福岡大学で同じ学科に所属していた甲斐勝二さん、共同研究者として行動をともにした池上さん、岩佐さん、楠原さん、倉橋さん、島田さん、瀬戸さん、中さん、武さん、松岡さん、松永さん、三木さん、森川さん、安本さん、横地さん、与小田さん、魯迅研究のよしみで工藤さん、谷さん、中井さん、博士論文の審査でご縁のできた人たち等すべて四十九名の方々が執筆に加わって下さいました。この場を借りて厚くお礼申し上げます。

論集の刊行準備については岩佐昌暲さん、事務処理に関しては間ふさ子さん、また、ワープロ入力では長崎治恵さんに、それぞれお世話になりました。心よりお礼申し上げます。

なお、論集刊行のお話をいただいたころ、C型肝炎を患っていた妻の病状はすでに終末期を迎えていました。執筆者の皆様から寄せられたご厚意に、本書の出版を楽しみにしていた妻とともに改めて感謝申し上げます。

二〇〇七年四月三十日　古稀の誕生日に

山田　敬三

執筆者紹介（五十音順・敬称略）

愛甲弘志（京都女子大学・准教授）
間ふさ子（福岡大学・講師）
阿部泰記（山口大学・教授）
池上貞子（跡見学園女子大学・教授）
石井康一（甲南大学・講師）
岩佐昌暲（熊本学園大学・教授
九州大学・名誉教授）
岡崎郁子（吉備国際大学・教授）
甲斐勝二（福岡大学・教授）
楠原俊代（同志社大学・教授）
工藤貴正（愛知県立大学・教授）
倉橋幸彦（大阪産業大学・教授）
胡　金定（甲南大学・教授）
呉　紅華（九州産業大学・教授）
合山　究（九州大学・名誉教授）
近藤則之（佐賀大学・教授）
佐々木勲人（筑波大学・准教授）
澤井律之（京都光華女子大学・教授）
柴田　篤（九州大学・教授）
島田順子（大阪外国語大学・講師［非］）
白水紀子（横浜国立大学・教授）
新谷秀明（西南学院大学・教授）
瀬戸　宏（摂南大学・教授）
竹村則行（九州大学・教授）
谷　行博（大阪経済大学・教授）
張　勤（中京大学・教授）
張　静萱（南山大学・講師［非］）
陳　来幸（兵庫県立大学・教授）
辻田正雄（佛教大学・教授）
滕　軍（北京大学・副教授）

中　裕史（南山大学・准教授）
中井政喜（名古屋大学・教授）
中尾友香梨（福岡大学・講師）
武　継平（上海財経大学・教授）
藤井良雄（福岡教育大学・教授）
松浦　崇（福岡大学・教授）
松浦恆雄（大阪市立大学・教授）
松岡純子（長崎県立大学・教授）
松永正義（一橋大学・教授）
三木直大（広島大学・教授）
森岡優紀（佛教大学・講師［非］）

森川登美江（大分大学・教授）
安本　実（姫路獨協大学・教授）
山田敬三（神戸大学・名誉教授）
楊　暁文（滋賀大学・准教授）
与小田隆一（久留米大学・准教授）
横地　剛（現代中国語講座・世話人代表
熊本学園大学・講師［非］）
劉　雨珍（南開大学・教授）
梁　有紀（富山大学・准教授）
林　琦（廈門大学・副教授）
盧　濤（広島大学・准教授）

南《なん》腔《こう》北《ほく》調《ちょう》論《ろん》集《しゅう》　中国文化の伝統と現代

2007年7月1日初版第1刷発行

編　者
発行者　山田敬三先生古稀記念論集刊行会

発　売　㈱東方書店
〒101-0051　東京都千代田区神田神保町1-3
電話（03）3294-1001　営業電話（03）3937-0300

印　刷　王子印刷株式会社

ISBN978-4-497-20708-1　C3098